嶺南詞話彙編

上册

余意 編著

SPM 南方傳媒
廣東人民出版社
·廣州·

圖書在版編目（CIP）數據

嶺南詞話彙編／余意編著. —廣州：廣東人民出版社，2023.9

ISBN 978－7－218－15611－8

Ⅰ. ①嶺… Ⅱ. ①余… Ⅲ. ①詞話（文學）—廣東—古代 Ⅳ. ①I207.23

中國版本圖書館 CIP 數據核字（2021）第 269247 號

LINGNAN CIHUA HUIBIAN

嶺南詞話彙編

余　意　編著

出 版 人： 蕭風華

責任編輯： 李永新
責任技編： 吴彦斌

出版發行： 廣東人民出版社
地　　址： 廣州市越秀區大沙頭四馬路 10 號（郵政編碼：510199）
電　　話：（020）85716809（總編室）
傳　　真：（020）83289585
網　　址： http://www.gdpph.com
印　　刷： 廣州市人傑彩印廠
開　　本： 889 mm×1194 mm　1/32
印　　張： 48.5　　**字　　數：** 1020 千
版　　次： 2023 年 9 月第 1 版
印　　次： 2023 年 9 月第 1 次印刷
定　　價： 600.00 元（全三册）

序：邊緣的意義

吴承學

記得上世紀八九十年代的國内電影和電視節目裏，廣東人一出場就充滿喜感，他們往往被塑造成爲口音怪異、錢包鼓脹的滑稽形象。一些外地人既羡慕廣東人有錢，又鄙視嶺南是個除了賺錢就没什麽文化的地方。改革開放之初，廣東從計劃經濟時代的邊緣地區，一躍變成敢爲天下先的引領潮流者，以至社會上有句話叫做「東西南北中，發財到廣東」。自古流放「罪人」的炎瘴之地，變成天下英才的集聚之處。人們面對這種快速的歷史切换，對廣東人形象産生複雜的感覺是可以理解的。

平心而論，廣東文化的確帶有邊緣色彩。從周秦漢唐文化中心視角來看，嶺南開發比較遲，故有蠻荒之稱。五嶺不但隔斷北方南下的寒冷空氣，也阻滯了南北文化的交流。不過，如果從中外文化交融的角度來看，嶺南臨海，近世以來，與外來政治、經濟、文化交流更爲便利，雖地處邊僻，卻通商最早，風氣最開。如梁啓超在《中國地理大勢論》一文中所説，廣東「其民族與他地絶異，言語異，風習異，性質異，故其人頗有獨立之想，有進取之志。兩面瀕海，爲五洲交通孔道」。

海洋文化與内陸文化交融的個性，在嶺南文化的方方面面都打上了烙印。

嶺南文化邊緣性具有深刻的意義。邊緣文化與主流文化的相摩相盪、互動互補，使中國文化具有强大的自我調適的彈性和長久不息的生命。嶺南文化正是以其邊緣所具有的獨特性，展示中國文化的豐富性與多樣化，成爲中國文化最有活力的地域之一。從長時段的歷史來看，嶺南的整體發展明顯呈「後發優勢」。如清末報人歐榘甲《新廣東》論及近代以來，辦實業，興製造，開報館，開學堂，開學會，開國會，遊學海外，議論國事，愛國愛種，「無不發起於廣東人之手」，「於是中國全部之事，幾於有廣東人則興，無廣東人則廢」。不誇張地説，假如没有邊緣的嶺南，中國的近代史、現代史和當代史將是另一番模樣。

二〇一〇年秋季，東莞理工學院余意教授到中山大學隨我訪學。他是華東師大齊森華教授的博士高足，在詞學研究領域已頗有建樹和影響。二〇〇九年，他在上海古籍出版社出版《明代詞學之建構》一書。後來，另一部專著《明代詞史》列入國家社科基金後期資助項目，並收入我所主持的「中國文體學研究」叢書，在北京大學出版社出版。我在詞學方面是門外漢，余意到中大訪學，主要是利用中山大學和廣州的圖書館的藏書研究詞學。我當時正準備整理《全粤詩話》，便建議他可以關注嶺南文獻，整理和研究嶺南詞話與詞學。如果説嶺南文化處於邊緣的話，嶺南的詞學則處於更邊緣之位置。但是，余意認識到嶺南文化邊緣的意義，而他對嶺南詞學的研究也逐漸被學界所理解和認可。後來，他的研究計劃得到廣東省哲學社會科學項目資助，其最終成果

《嶺南詞話叢編》書稿也列入廣東人民出版社出版計劃。

二〇二〇年年初，我到美國探親，爲新冠疫情所困而滯留多時。余意寄來《嶺南詞話叢編》書稿，讓我享受先睹之快，感受到嶺南的詞客騷人之心、民俗風物之美，頗慰思鄉之情，也引發一些感想。

近年，我在主持整理《全粤詩話》過程中，深感嶺南詩話的遺存情況很不理想，而嶺南詞話的遺存情況更差，以詞話命名或詞話性質遺存的著作真是屈指可數。嶺南詩話、詞話遺存之少，可能有複雜的原因。比如嶺南地域上遠離政治、文化中心，各方面發展稍遲。由於交通不便，與中原交流較少，文獻傳播不廣。加之氣候潮濕悶熱，書籍發霉、蟲蠹鼠嚙的情況，極爲普遍，紙質文獻之流傳與保存難度很大。詞話是中國古代品評詞體的經典批評形式，有其固定的形制，余意在收集嶺南詞話的過程中，因嶺南以「詞話」名篇者較少，故有創意地采用新的詞話形制，凡是關涉詞的言説，都納入詞話範疇。這種兼容並收的「詞話」雖不同於傳統形制，但在文獻收集整理上的功夫，恐需數倍於傳統詞話。傳統詞話有嚴格的邊界，而這種新體制的詞話，則邊界甚廣。此書從五代、兩宋綿歷至民國，諸如以詞話名篇者、序跋、書信、論詞詩、論詞詞、詞選點評等等均有觀照，書中所録，涉及嶺南籍詞人、詞評家一百四十多人，采集範圍幾乎遍及嶺南籍詞人總集、別集、詞集以及相關雜俎。爲了收集文獻，余意的搜訪遍及國内較大的圖書館，諸如國家圖書館、上海圖書館、廣東省立中山圖書館、中山大學圖書館、華東師範大學圖書館、復旦大學圖書館等，基本收齊了有關嶺南詞話存世文獻。

《嶺南詞話叢編》的價值，首先在於它是第一次以文獻匯編的形式全景呈現嶺南詞話的基本面貌，比較清晰地呈現嶺南詞學的歷史流變。它采取以嶺南詞學爲中心，以歷史順序爲綱，嶺南詞人、詞評家爲目，以嶺南人話詞、嶺南之外人話嶺南詞兩種視野觀照，作爲文獻存徵，客觀地展現嶺南詞話的歷史發展、理論貢獻以及影響力。

文獻之學，既重功力，又重識力。余意在搜求輯録嶺南詞學文獻時，發現了可以補苴詞史的一些重要文本。諸如陳澧好友桂文燦的《席月山房詞》的四個稿本，其中一本爲陳澧朱筆校正本。《席月山房詞》向無刊本，這四個稿本分藏中山大學圖書館、廣東省立中山圖書館、上海圖書館、國家圖書館，通過比勘四稿本，清晰看到它們彼此的承繼流變關係。他還發現同名不同卷刊本的異同，諸如廖恩燾詞集《懺庵詞續稿》四卷本，此本多見，今復旦大學、南京大學等圖書館有藏。其實還有同名二卷本存世，二卷本目前僅見藏於廣東省立中山圖書館。比勘二本，即見出異同：二卷本封面題簽由澄廬篆書「懺庵詞續稿二卷」，四卷本由張爾田於甲戌秋日題楷「懺庵詞續集」；二卷本前有陳洵爲二卷本所作的記及作者自識，四卷本仍存陳洵爲二卷本所作的記，去掉作者自識；二卷本末無跋識，四卷本有陳衍、林鵾翔、陳洵、龍榆生、吴梅、汪兆銘跋識；四卷本的前二卷與二卷本詞目完全相同，可見四卷本是在二卷本的基礎上遞修而來。又如他發現當年陳洵寫給詞學大師朱祖謀的書信手稿二十一則以及陳洵隨信寄送的照片、詞稿等，彌補了詞學界祇知見有朱祖謀致陳洵之函，而未能獲睹陳洵致朱祖謀函札的不足之憾。此類相關的詞學評論，既豐富學界對嶺南詞學的認識，亦可以此爲個案，重新認知清詞、民國詞文本存在形態的豐富性與複雜性。

詞興於唐，盛於兩宋，衰亡於元明，復興於清，回顧詞史，很大篇幅敘述的視點都集中於江南，嶺南詞以及嶺南詞學的發展情形又是怎樣呢？《嶺南詞話叢編》展示了嶺南詞與嶺南詞學從邊緣向中心靠攏，逐漸融入並影響主流的過程。唐、宋時期，嶺南詞脈萌生，至元、明二代，嶺南詞人數量依然不多，根據余意教授統計，明代嶺南詞人數量名列全國第九。清代以後，根據葉恭綽先生的初步統計，嶺南詞人數名列全國第四位。近代以來，嶺南詞人數量激增，並出現聞名海内外的大詞人，如後期常州詞派代表人物譚獻、張景祁將葉衍蘭、汪瑔、沈世良三家詞編爲《粵東三家詞鈔》，自後「粵東三家」之稱名聞海内；晚清四大家之一的朱祖謀，對陳洵《海綃詞》褒賞不遺餘力，評曰「神骨俱静，此真能火傳夢窗者」，將其與況周頤等之，謂「新會陳述叔、臨桂況夔笙，並世兩雄，無與抗手也」，而置《海綃詞》於《滄海遺音集》中，無疑將陳洵視爲晚清「夢窗熱」的典範。

嶺南詩、詞的發展存在不平衡態勢。清代張維屏在《〈粵東詞鈔〉序》中說：「自唐以逮國朝，大家名家，後先相望，總集別集，遠近風行。惟詩餘，則千載以來，從未有人蒐羅而甄綜之。」相較詩壇的繁盛，歷代粵籍詞家在數量上顯得相對偏少。光緒間南海詞人顔師孔曾分析其中原因，謂「《粵東詞鈔》自五季時黄損始，至今僅五十餘人，已搜索無遺矣。蓋粵中謳歌，每操土音，聲韻不能播之管弦，故不爲也」，將詞家少之原因歸結爲粵中土音不能與詞律曲調相諧；而至咸豐時太平天國之亂，則「三江、皖、浙人避亂客粵者多，時與往還」，盡管還時見「動爲所譏，謂粵人盡不解填詞」之説。不可否認的卻是，外來因素誘發了嶺南詞在晚清走向興盛的拐點。作爲詞體繁盛之區的江南詞人客粵，攜當時流行的浙西或常州詞風南來，填詞之風氣遂在粵地不斷流衍。如嶺南大儒陳澧先世籍江蘇，其詞集名《憶江南館詞》，有「寄思念故鄉之意」（陳澧之子陳宗穎語）；「粵東三家詞」之葉衍蘭、汪瑔、沈世良，均以浙人寄籍番禺，家族多善填詞者，如葉氏父英華、孫恭綽等；汪氏有汪兆銓、汪兆鏞等；沈氏有沈澤棠、沈宗畸等；有以旗人籍寄寓嶺南的陳良玉等等。正如葉恭綽《俞伯揚水周堂詩詞序》所説：「有清一代，粵東文化，不能不歸功於惠、翁、阮、張之倡導，而他省人士之流寓者，亦時有異軍之特起，斯亦灌輸演進之效致然也。省會中他省新占籍者若徐、若汪、若胡、若沈諸氏，皆家學綿衍，聲稱籍甚。」他省流寓人士之「灌輸演進」，激發了嶺南本土士人對詞的創作熱情。嶺南詞在嘉慶、道光間形成上升的拐點，顯示了詞的主流與邊緣氤氳化合，促進邊緣生長的鮮活圖景。正如余意教授在本編前言所説，如果説清代嘉慶、道光之前的嶺南詞學，尚處在邊緣的探索，那麽之後的嶺南詞學，則是融入當時詞壇之主流，甚至有後來居上之勢。

嶺南由於獨特的地理環境與人文環境，近代無疑得風氣之先。於詞而言，潘飛聲（字蘭史）於光緒二十五年（一八九九），受聘德國柏林大學漢文教授，以詞寫海外風物。姚文棟評其《海山詞》曰：「獨開生面，妙寫麗情，蓋古來才人未有遠游此地者。才人來百林，自蘭史始。讀者艷其才，並艷其遇矣。」其詞得到了日本井上哲、金井雄的評價，促進了詞這一文體在異域的理解與交流。晚清民國廖恩燾喜好作詞，作爲外交官常旅居海外，用詞筆描繪異域風光，開詞學未有之境。於異域開詞境、揚詞聲，拓展詞這一文體的域外接受，這是嶺南詞學在近現代的獨特貢獻。近代思潮風起雲湧，嶺南出現了一批力主求新求變人物，諸如黄遵憲、康有爲、梁啓超、廖仲愷、胡漢民等，或以自己的創作實踐，或以鮮明的詞學評價，在「紛紛學五代，學周、吴之作，一禪杖掃空」，作「獨立蒼茫，高唱萬峰峰頂」之獅子吼（錢仲聯評黄遵憲語），有意作别清代浙西、常州作風，顯示了嶺南人文敢爲天下先的氣魄。

在我看來，《嶺南詞話叢編》不但具有文獻上的意義，它勾勒出嶺南詞學從邊緣逐漸走向主流，從冷寂走向熱點的趨勢，展示詞學的豐富性和多性化，而且嶺南詞學因流寓士人的「灌輸演進之效」以及揚詞聲於異域的實績，其文學與文化上的意義，也很值得注意和重視。

前言：嶺南詞學之流變

余意

所謂嶺南，在空間上專指海南未單獨建省之前意義上的廣東。嶺南詞學，是指嶺南人詞的創作被批評以及嶺南人批評嶺南之外人士之詞或詞體，基於嶺南而形成的詞學認知。嶺南人詞的創作被批評，有嶺南人評嶺南人創作的詞與嶺南之外人評嶺南人的詞；嶺南人批評詞，有嶺南人評嶺南人詞，嶺南人評嶺南之外的詞。綜而輯之，嶺南詞學有三個層面的觀照：嶺南人評嶺南人創作的詞、嶺南人評嶺南之外的詞、嶺南之外人評嶺南人的詞。如果説，詞學是一個關於詞的認知的輿論場，嶺南詞學自然是這一輿論的分場，對歷史發生的以上三個層面的觀照，可以明晰作爲區域主體的嶺南詞學和作爲整體中局部的嶺南詞學觀念的差異；並從歷時性的角度展現嶺南詞學如何在區域與整體的交流中走向現代。

一

從大的方面來説，詞興起於唐五代，繁盛於兩宋。但是，作爲區域的嶺南，唐五代時期，詞的創作似未萌芽。在明代，劉晉充撰《天馬媒傳奇》，演繹嶺南連州人黃損事，中有《憶江南・平生無所願》詞一闋。歷史中的黃損，確實爲晚唐五代人，經此演繹，自後各種詞話、詞選甚至具有嶺南詞學史意義的《粵東詞鈔》均將其作爲嶺南最早使用詞體的人。這首詞是否爲歷史中的黃損創作呢？據曾昭岷等《全唐五代詞》考證，此詞最早出現在宋張君房《麗情集》中，作者爲崔懷寶，並説：「此詞當爲張君房所依託……所載黃損作此詞，亦是從《麗情集》附會而來，不可信據。」①因此，在晚唐五代時期，就詞的創作而言，嶺南地區處於混沌未開的狀態，因此並無所謂的嶺南人評詞以及嶺南之外人評嶺南詞的情形。

唐圭璋先生《兩宋詞人占籍考》統計，兩宋時期廣東省詞人有六人，分別是「陳紀（東莞）、趙必瑑（東莞宗室）、陳楠（博羅）、崔與之（廣州）、李昴英（番禺）、劉鎮（南海）」②。另有瓊州詞人葛長庚，有學者根據相關文獻線索③，在此基礎上增加石處道、吴憲兩位詞人，因此兩宋嶺南詞人共有九位。説是兩宋，其實通過排比九位詞人行年，他們均生活於南宋，也意味著北宋時期，雖然有大詞人蘇軾、秦觀等分別被貶到惠州、瓊州、雷州等地的經歷，他們也有寫作於嶺南的作品，但遺憾的是，他們並未影響到嶺南士人，此時嶺南士人對詞的創作、批評等依然是蒙昧一片，一如晚唐

① 曾昭岷、曹濟平、王兆鵬、劉尊明《全唐五代詞》第一二八〇頁，中華書局一九九九年。
② 唐圭璋《宋詞四考》第一五頁，江蘇古籍出版社一九八五年。
③ 謝永芳《崔與之「粵詞之祖」説的再檢討——詞史定位與讀者尊崇之隔離的解構》，《徐州師範大學學報》二〇一一年第二期。

五代。

嶺南詞學興起於南宋，具體表現在如下幾個方面。唐圭璋先生《兩宋詞人占籍考》提到的六位廣東詞人，基本出現於這個時期。就行年而言，這六位詞人先後大致如下：崔與之、葛長庚、劉鎮、李昴英、陳紀、趙必瑑。在這個時期，進入嶺南之外詞學視野的有崔與之、劉鎮、李昴英，南宋以來幾部重要詞選可以體現：《草堂詩餘》選劉鎮二首；《中興以來絶妙詞選》選崔與之一首、劉鎮二十二首、李昴英一首；《陽春白雪》選劉鎮二首、李昴英一首、崔與之一首；《絶妙好詞》選劉鎮一首。其中，《中興以來絶妙詞選》選劉鎮詞居所有詞人入選量之第八，在張宗瑞、陸游之前，可見劉鎮當時在嶺南之外有較大詞學影響。劉鎮，南海人，生卒年不詳，中寧宗嘉泰二年（一二〇二）進士，其詞品質較高，大詞人莆田劉克莊有《跋劉叔安感秋八詞》一文，曰：「叔安劉君落筆妙天下，間爲樂府，麗不至褻，新不犯陳，借花卉以發騷人墨客之豪，托閨怨以寓放臣逐子之感。周、柳、辛、陸之能事，庶乎其兼之矣。」讚賞其詞語言精妙，有自覺的寄託意識，無論長調短闋，神似蘇軾。① 黄昇《中興以來絶妙詞選》也作專門介紹，品質上乘，名家推薦，自然得到嶺南之外詞家的認可。如果不拘泥於詞學範圍，南宋時期，影響較大的嶺南詞人當推崔與之。崔與之（一一五八—一二三九），增城人，官拜右丞相。「先廣人有當試成均者，憚遠不行，公毅然勇往……擢工

① 劉克莊《跋劉叔安感秋八詞》，張惠民編《宋代詞學資料匯編》第二三七頁，汕頭大學出版社一九九三年。

科，廣人由冑監取第者自公始」①，卒後謚曰清獻，與嶺南唐代張九齡（謚曰文獻）並號爲「二獻」，是南宋時期功名最顯、事功最著的嶺南士人。今傳崔與之詞二首，最爲著名的是其帥蜀時所作《水調歌頭·賦劍閣》，曾引得嶺南内外士人的追和，如劉克莊就曾賦有《水調歌頭·遊蒲澗追和崔菊坡韻》七首，表達了對先輩典型高風的仰慕之情。也許崔與之平生事功過於顯著，以致當時人評判的重心均落實在他的人格、事業上，即使評判是因《水調歌頭·賦劍閣》而起。如有人將崔與之這首詞題於山石上，其門人李昴英因此作《題菊坡〈水調歌頭〉後》曰：「清獻崔公劍閣賦長短句，卷卷愛君憂國，遑恤身計，此意類《出師表》。雅趣欲結茅庾嶺邊，一琴一鶴，繇湘、桂歸南海，竟不得踐緑陰青子約，然幅巾藜杖，徜徉老圃寒花間十有六年，晏歲之樂，不減洛中耆英也。」②專指詞中意義，幾乎不涉及其詞的風格。

這個時期，嶺南人開始就詞體發表看法，不過意見尚少，僅見崔與之門生李昴英的幾則序跋以及陳紀評趙必瑑詞。崔與之是「菊坡學派」創始人，入黄宗羲《宋元學案》卷七十九「邱劉諸儒學案」，全祖望按語曰「能用先聖之道」③，故作爲延續「菊坡學派」法乳的李昴英，其對於文藝作品的理解自不脱離儒家觀念，往往多關注於内容以及人格性的層面，如「長短句，有『人世易老』

①　李昴英《崔清獻公行狀》，宋李昴英撰，楊芷華點校《文溪存稿》第一一三頁，暨南大學出版社一九九四年。
②　李昴英《題菊坡〈水調歌頭〉後》，李昴英《文溪集》卷四，文淵閣四庫全書本。
③　黄宗羲《黄宗羲全集》第六册，第九九頁，浙江古籍出版社一九九九年。

之歎，必期三年成名而歸，書所云云，立志已卓然不凡」①以及上文所引《題菊坡〈水調歌頭〉後》均可以看出。如果説這些衹是李昴英就具體詞作的理解展現其基本理論認知，那麽下面則是從文體的角度聲明其對於詞體的認知：

判可稱者，唐香山，我朝武溪，然拘牽儷對，或未能盡寫其意。公之判，斡旋頓挫，隻字不苟，真可爲吏師。世方纖巧詩詞，新集捷出在在有，真可醬瓿。此刻皆及物，實功不腐，宜哉！②

詩詞雖寄興寫物，必有學爲之骨，有識爲之眼，庶幾鳴當世、落後世。不然，是土其形、繪其容，望之宛然若人也，置雨中敗矣。③

前者出自《〈方帥山判〉序》，因方山判文不僅頓挫有法，而且言皆中物，文有實功；李昴英不滿於當時追求纖巧的文學思潮，尤其是體現這種思潮的詩詞新集大量湧現，文不及物，没有太多

① 李昴英《跋菊坡太學生時書稿》，李昴英《文溪集》卷四，文淵閣四庫全書本。
② 李昴英《〈方帥山判〉序》，李昴英《文溪集》卷三，文淵閣四庫全書本。
③ 李昴英《題鄭宅仁詩稿》，李昴英《文溪集》卷五，文淵閣四庫全書本。

的實用價值。後者將詩、詞並論，强調二者都具有「寄興寫物」的功能，正因爲如此，詩、詞必須關涉學與識，這樣才可以在當世與後代發揮應有的影響，否則如土偶一般，空有其表，遇雨則敗。可見，李昴英十分重視詞中内容以及人格的發掘，講究詞體要寄興寫物，要有學有識，要有實功，不可僅僅在文字上著力。這無疑是其儒家文藝觀在詞學中的體現。陳紀評趙必𤩪詞曰「公詩文清逸；樂府風流動盪，得秦、晏體」①，指出其詞具有「風流動盪」、頗類似「秦、晏」詞的風格特點；批評就詞論詞，至於詞體應該具備什麼樣的特徵則付之闕如。在這個時期，影響嶺南之外最大的詞人劉鎮，作詞最多，和大詞人劉克莊關係密切，從其豐富的詞學創作經驗以及詞學交遊來看，他應該具有深刻的詞學理解，不過非常可惜，他並没有留下關於詞學認識的隻言片語。

綜上，南宋之前，嶺南地區從創作到理論批評，可謂榛蕪一片；詞學興起的南宋時期，與浙江、江蘇地區相比，仍舊處於邊緣地帶。不過對於嶺南區域而言，則出現了能夠「北上」影響的詞家，其中既有如崔與之以儒家剛大浩然之氣充塞的詞作，也有如劉鎮兼具婉約、豪放風格的高品質詞作；在詞學理論批評中，李昴英從儒家文藝觀念出發，强調詞體和其他文體一樣，應該言而有物、言而及物。這些都爲嶺南詞學的發展打下基礎。

① 陳紀《秋曉先生行狀》，趙必𤩪《覆瓿集》卷六，文淵閣四庫全書本。

二

南宋後的元、明兩代，由於雜劇、散曲、小説等新的文藝樣式的出現，相比前代而言，詞體使用的熱度降低，出現了詞學史上所謂的「詞衰亡於元、明」的説法。儘管如此，詞的創作代不乏人，詞脈不絶如縷。就嶺南而言，元代約九十年間並没有詞人詞作流傳下來，真可謂荒蕪；明代詞人的中心地帶是以蘇州爲首的廣泛意義的吴地，作爲邊緣區域的嶺南共有詞人二十七位①，在全國各省中列第九位。元代嶺南内外都無關涉嶺南的詞學批評文獻流傳，故此處不論。相比宋代嶺南詞人數量，明代嶺南詞人漸多，但若以共時性來考量，嶺南之外對嶺南當代詞的關注似乎不如南宋時代；若以歷時性來考量，嶺南之外對嶺南當代詞的關注低於前代詞。

首先，從詞選來看。明代詞選多與《草堂詩餘》、《花間集》有關，或重編，或二者組編，或仿其體制另編，但在若干詞選中，選録嶺南當代詞的有潘游龍《精選古今詩餘醉》，録丘濬詞一首；卓人月《古今詞統》，録丘濬詞二首。嶺南其餘二十六位詞人無一入選。倒是嶺南先明詞在相關明代詞選中有一定比例，出現了一些新現象，諸如陳耀文《花草粹編》選録劉鎮十三首、崔與之一首，這與前代選嶺南詞的格局差不多，到明末卓人月《古今詞統》選黄損一首、白玉蟾十一首、李

① 余意《明代詞史》第一六頁，北京大學出版社二〇一五年。

昂英一首；潘游龍《精選古今詩餘醉》選白玉蟾二首，前代重視的嶺南詞人劉鎮與崔與之落選，而出現在小説中的黃損以及方外詞人白玉蟾的詞於此時得到大力揄揚，受嶺南之外詞界關注的嶺南詞人有所增加。

其次，嶺南之外人評嶺南詞。明人的評論往往依託詞選而以評點出之，於入選詞後附綴數語。上文提到，入選當代詞選的祇有丘濬的詞。潘游龍《古今詩餘醉》選丘濬《沁園春·責高宗殺武穆》，評曰：「《精忠録》所載有千百首，祇責檜而不責構，構漏疏網矣。」①將《精忠録》中詩歌與丘濬詞相比，高度肯定丘濬詞中責高宗殺武穆是正確的認知。卓人月《古今詞統》選丘濬《菩薩蠻·秋思回文》二首，評曰：「隨句倒讀猶易耳，至尾讀轉，斷鶴續鳧，非巧手不能。」②贊賞丘濬回文詞作巧妙，堪稱「巧手」。雖然這個時期詞人人數較多，但是人們對前朝詞人詞作的關注程度明顯高於當代。這一時期，人們對前朝忽視的詞人重新發掘，且給予高度評價。自黃損詞借《天馬媒傳奇》行世，諸如《古今詞統》因之敷衍其本事，在虛構的基礎上延長了嶺南詞學的歷史。楊慎可謂是較早發現葛長庚的詞學家，在其《詞品》中評白玉蟾《念奴嬌·武昌懷古》詞曰：「此調雄壯，有意效坡仙乎？」並在此基礎上全面認識其他詞，曰：「玉蟾詞，他如『一葉飛何處，天地起西風』、『轔轔波上煙寒，水冷翦丹楓』，皆佳句。詠燕子有『秋千節後初相見，祓禊人歸有所

---

① 潘游龍《古今詩餘醉》卷十五，遼寧教育出版社二〇〇三年。
② 卓人月、徐士俊《古今詞統》卷五，遼寧教育出版社二〇〇〇年。

思』，亦有思致，不愧詞人云。」①對其詞作給予較高評價。自此之後，白玉蟾的詞受到詞評家極大關注，都高度肯定其詞作的藝術水準，盛讚其不愧爲「詞人」、「詞家」，進而發掘其籍地及行跡②。白玉蟾這一時期嶺南詞人中入選詞作最多的詞人，也是被評點頻率最高的詞人。南宋時期就已聞名嶺南之外的崔與之、劉鎮、李昴英，在明代也得到進一步評價。劉鎮的詞，楊慎評曰「亦清麗可誦。其咏茉莉云：『月浸欄杆天似水，誰伴秋娘窗户。』評者以爲不言茉莉，而想像可得，他花不能承當也。又『春宴一庭花弄影，一簾香月娟娟』，有富貴蘊藉之味。『餞元宵』、『餞春』二詞皆奇，南渡填詞巨工也。」③潘游龍《古今詩餘醉》評其《柳梢青·七夕》：「詞極刻意，更妙在不凑七夕事。」沈雄評曰：「富貴蘊藉，不屑爲無意味句者。其詞皆時令物情之什。」都肯定了劉鎮詞高超的藝術技巧，特别是楊慎以「南渡填詞巨工」譽之，將劉鎮在詞史中的定位推到相當高的位置。楊慎將本是嶺南番禺的李昴英當作四川資州人。他似乎特别鍾愛李昴英詞，曰：「送太守詞，『有脚豔陽難駐』一詞得名。然其佳處不在此。文溪全集，予家有之。其《蘭陵王》一首絶妙，可並秦、周。」④後來，李昴英詞脱離全集以《文溪詞》單行，明毛晉將其選入《宋名家詞》，並在没有《文溪全集》相關背景材料佐證的情形下，於其籍貫莫衷一是，難以遽定，同時評曰：「因送太平

---

① 楊慎《詞品》卷二，唐圭璋《詞話叢編》第一册，中華書局一九八六年。
② 沈雄《古今詞話》「詞評上卷」，唐圭璋《詞話叢編》第一册，中華書局一九八六年。
③ 楊慎《詞品》卷五，唐圭璋《詞話叢編》第一册，中華書局一九八六年。
④ 楊慎《詞品》卷五，唐圭璋《詞話叢編》第一册，中華書局一九八六年。

州太守王子文詞得名，叔暘亦止選此一調，稱爲「詞家射雕手」。用修又極稱《蘭陵王》一首可並秦、周。余讀《摸魚兒》諸篇，其佳處豈遜『楊柳岸、曉風殘月』耶？」①謂李昴英好詞多有，不僅可並秦觀、周邦彦，亦可平視柳永。上文提及，崔與之入《宋元學案》，是宋元理學學脈中嶺南地區的重要人物，其道德文章及事功作爲無形的精神遺産在感發後人，其詞作爲其遺産的重要部分，對身處理學興盛氛圍的明代士人有著重要的影響力，其具體表現不在選其詞、評點其詞，而是睹其物、思其人、和其詞，如陶奭齡《次韻崔菊坡詞有序》曰：

> 崖山張、陸及慈元廟在新會，崔清獻公菊坡在增城。余代按節，行部兩邑，不及至崖山；而曾冒雨一上鳳凰臺，尋菊坡遺跡，惟斷石尚在，景物殊荒凉。因讀其小詞，次韻志感。蓋自古亡國，未有一嫠婦、二三孤臣，抱一嬰兒於崎嶇嶺海，以圖恢復，寧葬魚腹不悔。如斯人者，敷天沌、濁海波，獨芳泚至今，烈氣猶耿耿崖山一片石、一杯水間，壯哉！末流砥柱，良在兹矣。菊坡所處時勢尚未棘，而獨能脱屣幾先，辭榮高蹈。微、箕、逢、比，不相謀亦不相笑，未容以彼輕此。其詞亦古勁可誦。

陶奭齡曾仕歷嶺南，感動於宋末崖山之壯烈和菊坡之志氣，認爲二者之間雖表徵不同，卻内

---

① 毛晉《〈文溪詞〉跋》，《宋名家詞》本。

裏潛通。評其詞「古勁可誦」，因和詞一首曰：「萬古忠臣窟，半壁鬼門關。慈元冠佩猶昔，夜雨慰平安。無復趙家塊肉，無復胡奴遺孽，天道果然還。菊坡詞有「天道久應還」之句。祇有萇弘血，點點荔枝丹。　溯增江，登鳳麓，菊花殘。當年三詔不起，留得半生閒。亦有采薇行遯，亦有懷沙殉義，共此歲方寒。殷有三仁在，輝燭此溪山。」①此詞重在對崔與之精神志尚的景仰。崔與之詞有一股士人追求的張大之氣，因與明中期的館閣文風因緣際會，所以這首詞追和甚多，「從《全明詞》中檢得次韻《水調歌頭・題劍閣》詞五家二十五首，從《全明詞補編》中檢得十四家六十三首，合得十九家八十八首，占明詞總量的近千分之四。其中較爲重要的詞家有霍韜二十一首、張邦奇十六首、夏言十四首、童承敘七首、王廷相四首、許贊三首、張璧三首、費懋賢三首等」②，成爲嶺南詞學接受史中的特別案例，通過明代士大夫的次韻，無疑擴大了崔與之詞在精英階層中的影響力。

再次，嶺南人的詞學批評，批評形式有序跋、評點等。嶺南人評嶺南詞的有陳獻章、黃佐二人。陳獻章景仰鄉賢崔與之，因讀其詞而及往日夢見的經歷：「曩夢拜公，坐我於牀，與語平生，仕止久速偶及之。仰視公顏色可親，一步趨間，不知其已翱翔於蓬萊道山之上，欲從之上下而無

① 陶奭齡《賜曲園今是堂集》卷十一，四庫禁毀叢刊集部第八〇册。
② 葉曄《明詞中的次韻宋元名家詞現象——以蘇軾、崔與之、倪瓚詞的接受爲中心》，《中國文化研究》二〇〇七秋之卷。

由，因請公手書，公欣然命具紙筆。」①在這裏詞不是作爲詞體的存在，而是作爲崔與之平生行止風神的印證。黄佐在地方志編纂的過程中，拾掇鄉邦文獻，偶及評點先賢詞作，如評陳紀「尤工小詞，有周美成、康伯可風韻」②。黄佐另外對江蘇武進人徐問的《踏莎行·早春》詞進行評論，評曰「通篇清潤可歌」③，顯示了黄佐極爲敏鋭的藝術感覺。在這個時期，有四會李謹《新刊草堂詩餘引》、番禺黄作霖的《〈草堂詩餘〉跋》表達了嶺南士人對於詞體的基本看法。嘉靖間李謹卑視詞體，曰：

> 詩自《三百篇》而降，氣運相沿，屢觀其變，其道已不純古。衰頽至唐季，而詩餘之變漸盛，至宋則有極焉。其體裁則繁，音節則輕，辭則近褻而妍巧，渾淪敦厚之意，存者寡矣。嗟乎！其去古也，詎不遐哉？④

顯然李謹秉持儒家正統文藝思想，帶著復古的眼光，認爲詩道代代陵替，至詞雖體繁音輕辭褻等，而敦厚之古意，存者罕見，詞存在的意義僅僅在於「按作者之遣，考時風之弊」，是爲世風澆

---

① 陳獻章《陳白沙集》卷四，文淵閣四庫全書本。
② 黄佐《嘉靖廣東通志》卷二百七十，明嘉靖刻本。
③ 徐問《山堂萃稿》卷一，四庫全書存目叢書本。
④ 李謹《新刊〈草堂詩餘〉引》，《新刊古今名賢草堂詩餘》，明嘉靖刊本。

漓的文學反映，這些無疑是儒家觀風俗、知厚薄的文藝功用觀在詞中的直接體現。萬曆年間的黄作霖與此相反，曰：

總之，掞露裁雲，揚葩舒藻，傳意紈素之間，振響宫商之内，令讀者飄然有凌雲之想，可不謂工乎？或者猶謂柔情曼態，壯夫不爲，第不考音比律，即樂府無當於世，又何宣金石、被筦絃之冀也？勾吴王大司寇嘗於《卮言》論次之，固知公所以表章斯詞，將與樂府並存，四海之内，寧無同好者？溯其元聲，發其天籟，大雅不難復焉。①

其中提到王世貞《藝苑卮言》論詞部分，顯然受其影響，能夠正面認識詞的文字、聲情、音樂等方面的美學價值，雖然不當大雅，但詞乃大雅樂府之遺，由此可上溯元聲，恢復大雅。對照李謹和黄作霖的詞體觀念，可以感受到在嘉靖時期，嶺南士人受單一的儒家意識形態的影響而卑視詞體，但到萬曆時期，在社會意識多元化的氛圍下，詞體或能得到正面認識，甚或受山人風氣影響而至將詞小品化。

綜上，元、明時期，嶺南並非是詞學熱土，但與前代相比，詞學格局出現了如下變化：在虚構黄損詞作的基礎上，嶺南詞學史得到提前；白玉蟾被發掘並被張揚，成爲最後被嶺南之外人士關

---

① 黄作霖《〈類編草堂詩餘〉後跋》，《類編草堂詩餘》黄作霖等刻，明萬曆三十五年刻本。

注的宋代嶺南詞人；受儒家意識形態影響，崔與之詞不論在嶺南還是嶺南之外，都有較高的接受度；出現了嶺南第一部詞別集《文溪詞》；嶺南人所持詞學觀念受社會主流思潮影響，發表了一些爲主流社會所關注的認識。

三

民國時期編纂過《全清詞鈔》的葉恭綽在其學術演講《清代詞學之攝影》①中專列清代詞人產地表，其中廣東（一百五十九人），爲江蘇（二千零九人）、浙江（一千二百四十八人）、安徽（二百人）之後的第四名。雖然這一統計資料不是建立在全樣本的基礎上，但也基本上反映出一些格局趨勢。也就是説，就詞人產地而言，如果説江蘇、浙江是清代詞人版圖的第一梯隊，那麽安徽、廣東則處於第二梯隊，與明代詞人產地數處於第九位相比較，清代廣東創作詞的風氣無論是從歷時性還是共時性來衡量，均有向盛趨勢。清初屈大均、陳恭尹、梁佩蘭因詩合稱「嶺南三大家」，三家均有詞作面世，繼有譚敬昭、黃培芳、張維屏並稱「粵東三子」，沈世良、汪瑔、葉衍蘭並稱「粵東三家」等等，顯示了粵東詩詞的整體實力。更出現了一些詩詞世家，如葉英華、葉衍蘭、葉恭綽；譚瑩、譚宗浚、譚瑑青；陳澧、陳宗穎；居巢、居仁兄弟；沈世良、沈澤棠；汪瑔、汪兆銓、汪兆鏞、

① 葉恭綽《清代詞學之攝影》，葉恭綽《遐庵匯稿》，《民國叢書》本。

汪兆銘，等等。加之清代廣東學院之風盛行，本地博學鴻儒聚集於此，授徒之餘，結社唱酬，諸如越臺詞社等，培養了一批詩詞人才。總之，在清代，嶺南地區已經生發出了良好的詞學創作生態，產生的詞學影響力不僅波及本地的詞學輿論，同時也會帶動嶺南之外批評的進入，可以説正是嶺南詞的創作趨盛帶動了詞學的趨盛。

清代以降，嶺南詞家中聞名全國的有屈大均、吴蘭修、張維屏、儀克中、葉英華、陳澧、汪瑔、葉衍蘭、沈世良、潘飛聲、康有爲、汪兆鏞、楊鐵夫、陳洵、梁啓超、易孺、廖恩燾、許之衡、陳運彰、葉恭綽，等等。之所以能夠受到全國的關注，一方面是嶺南詞人主動走出去，如屈大均走出嶺南、奔走塞外，以屈原後裔自居，高揚遺民姿態，其詞作贏得了特别是清遺民諸如朱祖謀、況周頤等人的高度贊許；潘飛聲、康有爲、楊鐵夫、陳洵、梁啓超、易孺、廖恩燾、許之衡、陳運彰等，或康、梁等以社會改革家名世，或拜著名詞學大師朱祖謀、況周頤等門下如楊鐵夫、陳運彰，或棲身學界，等等。另一方面，近代嶺南由於其獨特的地位，得風氣之先，一些嶺南之外士人往往因某些原因寄寓或托籍於此，如冒廣生因祖上寄居廣東而在此成長、朱祖謀曾任廣東學政等，既增進了和廣東詞人的情感聯繫，同時又加深了對廣東詞壇的理解。通過檢索這些嶺南之外詞人的籍貫，發現多有祖籍來自江南地區者。要知道，江南地區自古以來就是詞學發展的中心區，因此江南與嶺南的詞學聯繫無形中被拉近，他們或採用題序、題詞、詞話、詞選等方式關注、批評嶺南詞人以及相關的一些現象，從而使得嶺南詞學與主流詞壇之間的聯繫更加密切。

清代嶺南詞學最大的成就是完成了本地詞學統系的梳理和建構。如吴嵩梁曰「嶺南故多詩人而少詞人」①； 梁梅也説「念曲江詩派，不乏名家，惟嶺南詞壇，尚稀宗匠」等②。另外，嶺南之外的詞家也對嶺南詞學表示過疑惑，如張景祁《〈秋夢盦詞鈔〉序》曰：

國朝詞學之盛，江浙稱最。竹垞、迦陵以沈博絶麗之才，衍爲樂章。奇情壯采，籠罩萬有，獨闢南宋未闢之境，然尋源溯流，未始判若淄澠也。逮樊榭易之以幽雋，茗柯矯之以沈厚，一時綴學之士，墨守門庭，寖成流别，由是江浙兩派，有南宗北宗之異矣。嶺南繁盛之區，瓌奇薈萃，魁儒碩彦，著述代興，獨於倚聲一道絶少流播，采風者猶有憾焉。

正是在這種倚聲有闕的情緒中，嶺南士人開始了本地詞學統系的梳理和建構。首先，他們開始廣泛地搜集粵地詞學文獻，編有《粵東詞鈔》、《粵詞雅》等地方詞總集，並開展了對粵東詞的批評，出現了諸如譚瑩專論嶺南詞人絶句三十六首，等等。張維屏《〈粵東詞鈔〉序》曰：

粵東地位南離，人文炳焕，聲詩之道，自唐以逮國朝，大家、名家，後先相望，總集、别集，遠近風行。惟詩餘，則千載以來，從未有人蒐羅而甄綜之。吾友許君青皋、沈君伯眉，好古多

① 吴嵩梁《〈桐花閣詞〉序》，吴蘭修《桐花閣詞》，清宣統三年刊本。
② 梁梅《論詞絶句六首序》，《學海堂集》三集卷二十四，清刊本。

> 聞，尤深詞律。一日偶談及此，兩君慨然任之。於是近覽遠稽，探幽索隱，或訪之他鄉異縣，或求之斷簡殘編，人無論歿存，詞無論多寡，自五代迄今共得六十餘家，分之則各自成篇，合之則都爲一集。①

《粵東詞鈔》上溯五代黄損，下至於編者同時代，應該説是基本展現了嶺南詞史的發展面貌。然在當時人的心目中，所謂的「少詞人」，不僅僅是一種數量上的斷定，而可能更是在某種價值標準下對嶺南作詞人的論定，正是所謂「惟嶺南詞壇，尚稀宗匠。粵東鄉前輩詞惟黄益之《憶江南》一闋，始著藝林，至南宋崔清獻《菊坡詞》，具體蘇、辛；李忠簡文溪有『詞壇射雕手』之目，其它如宋、明、國初人專集，類皆有詞，然皆由詩及之，求其足與姜、張抗行者，不多見也」②；「嶺南故多詩人而少詞人，然石華孝廉則今之玉田生也」③；丁紹儀《聽秋聲館詞話》：「粵東詞家甚少，近日嘉應吴石華、番禺儀墨農，始以詞名。」④。清代主流詞壇經浙西、常州二派潮流洗禮，逐漸形成南宋、北宋等美學標準，嶺南詞學受其影響，亦以此來衡定詞人，如徐琪在《〈金霞仙館詞鈔〉序》中説：

---

① 謝永芳校點《粵東詞鈔》第四八頁，鳳凰出版社二〇一二年。
② 梁梅《論詞絶句六首序》，《學海堂集》三集卷二十四，清刊本。
③ 吴嵩梁《〈桐花閣詞〉序》，吴蘭修《桐花閣詞》，清宣統三年刊本。
④ 丁紹儀《聽秋聲館詞話》，唐圭璋《詞話叢編》第三册，中華書局一九八六年。

嶺南自來多詩人而少詞人，南漢劉益之祇「樂中箏」一闋傳於世。及劉隨如、李文溪、崔菊坡繼起，詞學甚盛，其後不復見成家矣。國初陳、屈、梁、程四家皆工於詩，而詞非所長。迨至吴石華、黄琴山、儀墨農、陳蘭甫、潘子羽諸子出，並駕詞場，追蹤北宋，而樂府之清新雅正，始振頽靡而造宏深。①

大有將吴蘭修之前時代的詞認定爲非專業、非專家的發展時期，吴蘭修時代，嶺南詞學才開始步入專業、專家的發展軌道。如果我們通過進一步探勘，就會發現，吴蘭修所處的清嘉慶、道光年間，正是嶺南詞學併入主流詞壇，開始形成主流特色的時期，自後，詞人漸多，正如吴蘭修所云：

吾粤百餘年來，留心詞學者絶尟，墨農以精妙之思，運英俊之才，發爲倚聲，大得石帚、玉田之妙。嶺表詞壇，洵堪自成一隊矣。予亦酷喜填詞，今睹斯編，不無自愧，益當自勉也。②

① 徐琪《〈金霞仙館詞鈔〉序》，吕鑒煌《金霞仙館詞鈔》，清光緒二十一年刻本。

② 吴蘭修《〈劍光樓詞〉序》，儀克中《劍光樓詞》，清咸豐十年半耕草堂刊本。

「嶺表詞壇，洵堪自成一隊矣」，正是之後嶺南詞壇情形的絶佳描述。雖然《粤東詞鈔》顯示，粤東詞脈歷史悠久，但真正使得粤東詞壇生根發芽、枝繁葉茂的時間點不在清以前，而在清嘉慶、道光以降，也就是説之前的本地詞脈並未成爲取法的資源，這個時候的嶺南詞壇，直接併入主流，在主流詞壇的影響下發展。

清嘉慶、道光時期，江南地區的詞學思想可謂是浙西、常州二派並存的時期。此時的嶺南詞壇，有兩大巨擘，其一張維屏，其一吴蘭修。如果大致將宋詞分成三種典型，蘇辛、周吴、姜張，各自其一，那麽張維屏則是追蹤蘇辛一派，吴蘭修則是遥師姜張。張維屏是詩人，其對詞的理解如下，曰：「詞，一名詩餘，談藝者多卑之。余謂詞家所填之詞有高有卑，而詞之本體則未嘗卑。何也？詞與詩，皆同本於《三百篇》者也。」①「詞家蘇辛、秦柳，各有攸宜，軌範雖殊，不容偏廢。」「以情勝者恐流於弱，以氣勝者恐失於粗。」②就其主觀來看，並不卑視詞體，因爲詞與詩本同出《詩經》，秉持這種詞學思想，自然其詞多以詩爲詞。譚敬昭評其詞曰：「東坡太白，溯一派源頭，九霄來脈。手挽長河，奮飛南斗北。」③謝章鋌評曰：「南山詞豪宕自喜，蓋有意蘇、辛。」④張維屏

---

① 張維屏《〈粤東詞鈔〉序》，許玉彬、沈世良等輯，謝永芳校點《粤東詞鈔》，鳳凰出版社二〇一二年。

② 謝章鋌《賭棋山莊詞話》，唐圭璋《詞話叢編》第四册，中華書局一九八六年。

③ 譚敬昭《齊天樂·〈聽松廬詞鈔〉題詞》，張維屏《聽松廬詞鈔》，清刻本。

④ 謝章鋌《賭棋山莊詞話》，唐圭璋《詞話叢編》第四册，中華書局一九八六年。

是蘇、辛在嶺南的傳人，但在實際效果上，謝章鋌認爲其「有意蘇、辛而不至，尚不能自踐其言」①。當代學者陳永正先生認爲張維屏詞作「以散文筆法入詞，慷慨豪邁，緬懷抗清先烈，字字挾風霜之氣，體現了嶺南詩詞特有的『雄直』的風格，論者不應以其『粗厲猛起』而忽視之」②。的確不應該忽視，然而在詞學思想史中，對於詞體不僅辨雅、俗，更要辨其正體、變體。早在兩宋，蘇、辛就有被視爲詞之變體，而清代無論是浙西還是常州，均爲求正的詞學思想。在這種情形之下，張維屏詞作雖然被人譽爲「天籟自鳴」，無奈後繼乏人。吴蘭修自稱「素有詞癖」③，與張維屏不同的是，他以姜、張爲軌範，預於詞壇主流，自然讚揚多多。如桐鄉人陸以湉《冷廬雜識》評曰：「嘉應吴石華學博蘭修，酷好倚聲，所著《桐華閣詞》，清空婉約，情味俱勝，可稱嶺南詞家巨擘。」④吴蘭修影響嶺南詞人甚多，如儀克中「以其餘技爲詞，頗喜石帚、玉田」⑤；陳澧曾批點《絶妙好詞》，於姜、張詞著墨甚多，意味著陳澧是從姜、張入門；包括後來的陳良玉、汪瑔、沈世良等，基本沿著浙西詞派的路線，以此可見受吴蘭修的影響。汪瑔曾爲陳良玉作《〈梅窩詞鈔〉序》：

① 謝章鋌《賭棋山莊詞話》，唐圭璋《詞話叢編》第四册，中華書局一九八六年。
② 陳永正《嶺南歷代詞選》，廣東人民出版社一九九三年，第一三七頁。
③ 吴蘭修《〈桐花閣詞〉自序》，吴蘭修撰《桐花閣詞鈔》，學海堂叢刻本之六。
④ 陸以湉《冷廬雜識》卷二，續修四庫全書子部第一一四〇册。
⑤ 江沅《〈劍光樓詞〉序》，儀克中《劍光樓詞》，清咸豐十年半耕草堂刊本。

君又心折竹坨，與余意合，遂歡笑不能止。人皆目余爲狂生，並竊議君，而吾兩人不顧也。秋九月，復相見於杜子季英所。季英短竹坨，余與君互争之。至於論詞，則交推竹坨，並及樊榭，爲國朝巨手，謂瓣香所在，宜宗之。①

不惜與人争論，維護朱彝尊、厲鶚的詞壇地位，尊奉浙西詞派的詞學傳統，職是之故，汪瑔「所著《隨山館全集》詩及駢散文詞，色色皆似樊榭。」②和清代主流詞學思想發展軌跡類似，嶺南詞學基本也是循著由浙入常的路徑展開。葉衍蘭《〈粵東三家詞鈔〉序》云：

杭城譚仲修、張蘊梅論交尤摯，仲修有《篋中詞》之刻，曾將三人詞選入續編，别采數十闋，標爲「粵東三家」。復得蘊梅補輯遺漏，校讐聲律，與仲修各加弁言，先後寄粵。③

譚仲修，即譚獻，是後期常州詞派代表人物。常州詞派主張以王沂孫作爲詞學入門之徑，沈

---

① 汪瑔《〈梅窩詞鈔〉序》，陳良玉《梅窩詞鈔》，清光緒元年刊本。
② 冒廣生《小三吾亭詞話》卷二，唐圭璋《詞話叢編》第五册，中華書局一九八六年。
③ 葉衍蘭《〈粵東三家詞鈔〉序》，《粵東三家詞鈔》，清光緒二十一年刻本。

世良等開始矚目王沂孫的《花外集》。

番禺人張德瀛，著有《詞徵》，對於詞體認識多有發明，曰：

「詞」與「辭」通，亦作詞。《周易孟氏章句》曰：「意内而言外也，《釋文》沿之。」小徐《説文繫傳》曰：「音内而言外也，《韻會》沿之」。言發於意，意爲之主，故曰意内。言宣於音，音爲之倡，故曰音内。其旨同矣。①

其主張的「意内言外」、「音内言外」，無疑是延續常州詞派張惠言以來的基本思想。隨著晚清四大家登上主流詞壇，嶺南詞人楊鐵夫拜朱祖謀爲師、陳運彰拜況周頤爲師，更有一大批粵籍詞人主動參與主流詞壇組織的詞社活動，諸如潘飛聲參與的漚社、廖恩燾參與的如社、午社等，進一步强化了與主流詞壇的精神聯繫。

清代有一種觀念，粵音似乎在所有地方音中最不宜填詞，如陳銳《褒碧齋詞話》：「雨珊嘗語余曰：『江浙人舌柔，開口便作昆腔，湘人不能及也。』執是而論，吾湘人之詞，將謂優於閩、廣人耶？」似有將粵詞不盛歸因於粵音之意。南海人顏師孔《〈煮葵堂詩詞合鈔〉自序》亦道：

① 張德瀛《詞徵》，唐圭璋《詞話叢編》本。

《粵東詞鈔》自五季時黄損始，至今僅五十餘人，已搜索無遺矣。蓋粵中謳歌，每操土音，聲韻不能播之管絃，故不爲也。三江皖浙人避亂客粵者多，時與往還，動爲所譏，謂粵人盡不解填詞。因取《填詞圖譜》觀之，曰是不難也，不過取輕倩字面作掩抱語，按譜諧聲，逐字嵌入矣。①

這段話可以作爲清代以來嶺南詞學的生動寫照：《粵東詞鈔》面世以前，粵籍詞人因「操土音」等原因，詞家尚少。由於太平天國之亂，「三江皖浙人避亂客粵者多，時與往還，動爲所譏，謂粵人盡不解填詞」，藉此契機，嶺南詞壇緊跟主流詞壇。不過令人驚豔的是，嶺南詞學一跟上之後，當即取得不俗的成績，産生了諸如吴蘭修、汪瑔、陳澧、潘飛聲、陳洵、楊鐵夫、葉恭綽、廖恩燾等聞名嶺南内外的大詞人。在詞學建設方面，張德瀛的《詞徵》、陳洵的《海綃説詞》、楊鐵夫的《吴夢窗詞箋注》、《清真詞箋注》等等均取得了令人讚歎的成就。如果説，清代嘉慶、道光以前的嶺南詞學，尚處在自由探索的時期的話，那麽之後的嶺南詞學，則主動融入主流詞壇，隨著主流詞壇的變化而變化，取得了相當不俗的成績，可謂後來居上矣。

---

① 顔師孔《煮葵堂詩詞合鈔》，清光緒十四年刻本。

凡例

一、詞話有叢鈔、叢編之事，肇始於況周頤、唐圭璋先生，後有朱崇才、屈興國、葛渭君、孫克强、鄧子勉等先生繼武，或全域、或斷代，洋洋大觀，幾於備矣。兹編以「嶺南」名篇，特矚目於廣東一省，時間歷晚唐、五代以迄民國（若作於民國後，主要議題仍涉及民國者則酌情放寬），以地域之眼觀之，闡揚前哲時賢之義，庶有一助於嶺南詞學乃至全域詞學之認知。

二、詞話之體，實爲傳統話體批評於詞體中之實踐，吴梅先生謂詞話「上焉者徵文考獻，明雅鄭於藝林。中焉者撫事擷芳，備參稽於詞苑。自餘侈陳纖冶，標榜聲華，亂以詼諧，涉於玄怪，又其下焉者也」（《〈詞話叢編〉序》）。作爲一種傳統批評樣式，與現代論説體相比，其特點是自由感性多，嚴謹理性不足。有鑒於此，兹編並不囿於所謂是否以「詞話」名篇者，凡有關於詞的非嚴謹論説文體式言説諸如序跋、評點、題詞、題詩、書信、報刊通訊等均納入收輯範圍；凡民國時期所出之嚴謹論説文體，概不闌入。

三、兹編所謂「嶺南詞話」，有兩層涵義，其一指嶺南人話詞，其二指嶺南之外士人話嶺南人詞，舉凡嶺南人談詞、嶺南之外士人論嶺南詞者均予收輯，内外印證，庶幾見嶺南詞學之實績。

四、茲編以唐五代、宋、明、清、民國各歷史時期順序爲部，各嶺南籍詞人略依生年分列各部之中，若生年不詳，則依其大致生活年代列入；嶺南之外士人話嶺南人詞附著於嶺南籍詞人之後，而毋拘嶺南之外詞評人之當朝不當朝也。

五、揆以「嶺南詞話」，嶺南籍詞人名下，有兩個部分，若有詞學話語留世，則輯之，僅標題目，不注作者；嶺南之外詞評人評嶺南詞，則標明作者、題目，注明資料來源，無論嶺南内外也。嶺南詞人，統編小傳以備考稽。

六、本書編纂宗旨，在於爲學界提供一套較爲齊全的便於查找和使用之嶺南詞話資料，故不作繁瑣之校勘，整理時以校是非爲主。底本中明顯之文字錯誤、句讀錯誤，則徑改之，不出校。凡遇底本漫漶缺損，有他本可校者，則校補之，否則以「□」實之。

七、全書採用繁體字豎排，新式標點。由於徵引文獻的時代不同、來源不同、載體不同，書稿在按原文録入後，不可避免地出現大量繁簡字、異體字、古今字、俗字等，此次整理，對全書用字均作了規範統一。

八、本書所録資料，於各條之前均列有標題。其原有標題者，今仍之；原無標題者，今題爲編者所擬。

目録

清

沈世良

中册

下册

許之衡

廖仲愷

劉翰棻

唐五代

黄損

黄損，字益之，連州人。梁末龍德二年（九二二）登進士第，後仕南漢，授永州團練判官，累官至尚書左僕射。著有《桂香集》，已佚。

卓人月、徐士俊《古今詞統》評

賈人女裴玉娥善箏，與損有婚姻約，後爲吕用之劫歸，賴胡僧神術，尋復歸損。内七言二句，或作唐崔懷寶詩。 卷一

——卓人月、徐士俊《古今詞統》，遼寧教育出版社二〇〇〇年

王奕清《歷代詞話》評

賈人女裴玉娥善箏，與黄損有婚姻約。損贈詞云：「無所願，願作樂中箏。得近佳人纖手子，

砑羅裙上放嬌聲。便死也爲榮。」後爲吕用之劫歸第，賴胡僧神術復歸損。詞内七言二句，本唐崔懷寶詩，多有以此詞爲崔作者。《詩餘廣選》

——王奕清《歷代詞話》，唐圭璋《詞話叢編》本

馮金伯《詞苑萃編》評

賈人女裴玉娥善箏，與黄損有婚姻約。損贈詞云：「無所願，願作樂中箏。得近佳人纖手子，砑羅裙上放嬌聲。便死也爲榮。」後爲吕用之劫歸第，賴胡僧神術復歸損。《詩餘廣選》

——馮金伯《詞苑萃編》，唐圭璋《詞話叢編》本

葉申薌《本事詞》評

賈人女裴玉娥，善彈箏，與黄損有婚姻之約，後爲吕用之劫歸第中，賴胡僧神術取回。損嘗爲賦箏詞云：「無所願，願作樂中箏。得近佳人纖手子，砑羅裙上放嬌聲。便死也爲榮。」

——葉申薌《本事詞》，唐圭璋《詞話叢編》本

況周頤《歷代詞人考略》評

損字益之，連州人。梁龍德二年登進士第，仕南漢劉龑幕府，歷永州團練副使，累進尚書左僕

射，以極諫忤意，退居永州卒，或曰仙去。著有《三要書》、《桂香集》、《射法》。

【詞話】《詩餘廣選》：「賈人女裴玉娥善箏，與黃損有婚姻約。損贈詞云：『無所願，願作樂中箏。得近佳人纖手子，砑羅裙上放嬌聲。便死也爲榮。』後爲吕用之劫歸第，賴胡僧神術復歸損。詞內七言二句，本唐崔懷寶詩，多有以此詞爲崔作者。」

【詞考】《餐櫻廡隨筆》：明古吳劉晉充撰《天馬媒傳奇》，演唐人黃損事。《歷代詩餘》載損此詞，調《望江南》。元注：據傳奇，損，咸通朝人。《詩餘》損詞列温庭筠之後，皇甫松之前。「生平無所願」作「平生願」，「纖手子」作「纖手指」。《詩餘廣選》云：「賈人女裴玉娥善箏，與黃損有婚姻約，損贈詞云云。」元注：首句作「無所願」，「纖手子」，云「子」不作「指」，與傳奇合。後爲吕用之劫歸第，賴胡僧神術，復歸損。此云「胡僧」，傳奇則云「氤氳使者幻形爲道人」也。又《粵東詞鈔》第一首即損此詞，則傳奇所演，未可以子虛烏有目之矣。

按：黃益之《望江南》詞，《全唐詩》作崔懷寶。《天馬媒傳奇》以損爲咸通朝人，又云狀元及第，並未詳所據。惟《御選歷代詩餘》列損詞温庭筠後、皇甫松前，則亦以損爲唐人矣。而詞人姓氏則又列之南漢（南漢祇損一家），蓋當時詞臣分編，編詞一人，編姓氏又一人，偶不相符合也。茲撰小傳，謹依《詩餘》姓氏。因《雅言雜載》亦云「損，龍德二年進士」，可資旁證也。

又按：《麗情集》「薛瓊瓊，開元中第一箏手。中官楊羔潛取以還。崔懷寶飲羔薰香酒曰：『此以春草所造。』羔令崔作詞，方得見瓊瓊。崔曰『平生無所願，願作樂中箏』」云云，此別一說。選本有從之作崔詞者，録存備考。

——況周頤《歷代詞人考略》，葛渭君《詞話叢編補編》本

況周頤《蕙風詞話補編》評

明古吴劉晉充撰《天馬媒傳奇》，演唐人黄損事。損字益叔，連州人。先是與妓女薛瓊瓊有嚙臂盟，瓊因謝客，牾權奸吕用之。損家傳玉馬墜一枚，絶寶愛。氤氲使者幻形爲道人，詣損乞取，損慨贈之。未幾，損應襄陽張誼之招，别去。用之以瓊善箏上聞，即日召入後宫。損途次邂逅賈人裴成女玉娥，娥亦善箏，損聞箏頃，賦詞極道愛慕，乘間擲與之。詞云：見《締緣》出。「生平無所願，願作樂中箏。得近佳人纖手子，砑羅裙上放嬌聲。便死也爲榮。」娥與損約，中秋夜繼見於涪州，以父成是夕當往賽神，舟無人，得罄胸臆。損屆期往，得娥船，娥屬移纜近岸。甫解維，纜忽斷，船流遽覆，娥溺焉。會瓊母馮送女歸，道涪，拯娥舟次，相待如母女也者。俄損狀元及第，上疏，劾用之誤國。用之因劾損交通瓊宫掖中。適張誼内轉官京朝，旨付用之，誼會審，誼中損，得直，欽賜與瓊畢婚。用之罷歸田里。用之憤怒，其門客諸葛殷、張守一獻計，謂入宫之瓊，贋鼎也；真瓊固猶在母所，盍往刼取！蓋誤以娥爲瓊也。氤氲使者知娥有急，托募化贈玉馬，娥佩不去身。用之攺娥，馬則現形，奔奮嚙用之，閤府大擾，羣以妖孽目娥。仍用葛、張計，以娥贈損，冀嫁禍損。損拒不納，送女者委損門外而去。娥入見損，成眷屬焉。玉馬遂騰空而去。傳奇關目，大略具此。按：《御選歷代詩餘》載損此詞，調《望江南》。據傳奇，損咸通朝人。《詩餘》，損詞列温庭筠後，皇甫松之前。「生平無所願」作「生平願」，「纖手子」作「纖手指」。《詩餘廣選》云：「賈人女裴玉娥善等，與黄損有婚姻約，損贈詞云云。首句作『無所願』，『纖手子』，『子』不作『指』，與傳奇合。後爲吕用之刦歸第，賴胡僧神術復歸損。」此云「胡僧」，傳奇則云「氤氳使者幻形爲道人」也。又《粤東詞鈔》第一首即損此詞，則傳奇所演，未可以子虚烏有目之矣。

——況周頤《蕙風詞話補編》，葛渭君《詞話叢編補編》本

宋

崔與之

崔與之（一一五八—一二三九），字正子，號菊坡，增城人。宋光宗紹熙四年（一一九三）進士，曾任廣南西路提點刑獄、知成都府本路安撫使、廣東經略安撫使兼廣州知州等職。以觀文殿大學士致仕，封南海郡公，卒謚清獻。著有《菊坡集》。

陶奭齡《次韻崔菊坡詞有序》

崖山張、陸及慈元廟在新會，崔清獻公菊坡在增城。余代按節，行部兩邑，不及至崖山，而曾冒雨一上鳳凰臺，尋菊坡遺跡。惟斷石尚在，景物殊荒涼。因讀其小詞，次韻志感。蓋自古亡國，未有一嫠婦、二三孤臣，抱一嬰兒子崎嶇嶺海，以圖恢復，寧葬魚腹不悔。如斯人者，敷天沌、濁海波，獨芳泚至今，烈氣猶耿耿崖山一片石、一杯水間，壯哉！末流砥柱，良在兹矣。菊坡所處，時勢尚未棘，而獨能脱屣幾先，辭榮高蹈。微、箕、逢、比不相謀，亦不相笑，未容以彼輕此。其詞亦古勁可誦：「萬古忠臣窟，半壁鬼門關。慈元冠珮猶昔，夜雨慰平安。無復趙家塊肉，無復胡奴遺孽，天道果然還。菊坡詞有「天道久應還」之句。衹有萇弘血，點點荔枝丹。溯增江，登鳳麓，菊花殘。當年三詔不起，留得半生閒。亦有采薇行遯，亦有懷沙殉義，共此歲方寒。殷有三仁在，輝燭此溪山。」

——陶爽齡《賜曲園今是堂集》，四庫禁燬叢刊集部第八〇册

許昂霄《詞綜偶評》評

《水調歌頭》崔與之：填此調者，類用壯語，想亦音節應爾耶？

——許昂霄《詞綜偶評》，唐圭璋《詞話叢編》本

文廷式《琴風餘譚》評

明初崔子璲著《崔丞相全録》卷二：公嘗題劍閣云：「萬里雲間戍，立馬劍門關。亂山極目無際，直北是長安。人苦百年塗炭，鬼哭三邊烽鏑，天道久應還。手寫留屯奏，炯炯寸心丹。對青燈，搔白髮，漏聲殘。老來勳業未就，妨卻一身閒。梅嶺緑陰青子，蒲澗清泉白石，怪我舊盟寒。烽火平安夜，歸夢到家山。」按：此詞爲《水調歌頭》，詞旨高朗，是稼軒一派，録宋詞者鮮及清獻，故具鈔之。

——《同聲月刊》第三卷第三期

徐珂《歷代詞選集評》評

《水調歌頭·萬里雲間戍》：麥孺博曰：「豪邁何減稼軒！」

——葛渭君《詞話叢編補編》本

白玉蟾

白玉蟾（一一九四—？），本名葛長庚，字如晦，閩清人，或云瓊州人。少孤，棄家遠遊，至雷州被白氏收養，改名白玉蟾，字以閱，號白叟、海瓊子、海南子。入武夷山學道，曾被宋寧宗封爲紫清明道真人。著有《海瓊集》。

楊慎《詞品》評

白玉蟾《武昌懷古》詞云：「漢江北瀉，下長淮，洗盡胸中今古。樓櫓横波征雁遠，誰見魚龍夜舞。鸚鵡洲雲，鳳凰池月，付與沙頭鷺。功名何處，年年惟見春絮。　非不豪似周瑜，壯如黄祖，亦隨風波度。野草閒花無限數，渺在西山南浦。黄鶴樓人，赤烏年事，江漢庭前路。浮萍無據，水天幾度朝暮。」此調雄壯，有意效坡仙乎？　詞名《念奴嬌》，因坡公詞尾三字，遂名《酹江月》；又恰百字，又名《百字令》。　玉蟾詞，他如「一葉飛何處，天地起西風」、「鱗鱗波上煙寒，水冷翦丹楓」，皆佳句。　咏燕子有「鞦韆節後初相見，祓禊人歸有所思」，亦有思致，不愧詞人云。　卷二

——楊慎《詞品》，唐圭璋《詞話叢編》本

卓人月、徐士俊《古今詞統》評

《阮郎歸·舟行即事》「淡煙凝翠鎖寒蕪」：仙乎仙乎！　卷六

《柳梢青·海棠》：（「説與」三句）聞道仙人種瑶草，何須尚惜世間花。　卷六

《水調歌頭·丙子中元後風雨有感》：此老有《嬾翁齋賦》，合而讀之，冰紈火布，錯列横陳，饞眼爲醉。　卷十二

《念奴嬌·武昌懷古》：正與坡公「赤壁懷古」相爲表裏。《詞品》云：「白玉蟾咏燕：『秋千節後初相見，祓禊人歸有所思。』此二句不愧詞人。」　卷十三

《瑞鶴仙·殘蟾明遠照》：有煙霞骨相，自無塵土心情，是以出與芳草爲緣，入惟黄花可念。　卷十四

《沁園春·乍雨還晴》中「説教」二句：手翦禽蟲，能飛能語。　卷十五

《沁園春·吹面無寒》：先出「吹面」、「沾衣」，後承「柳風」、「杏雨」。

《沁園春·客裏家山》中「五飯三茶」：即文及翁兩粥一飯之意。　卷十五

《賀新郎・昔在神霄府》：唐有金粟如來，宋有玉蟾道士，姓白名白相同，前身後身不異。 卷十六

《賀新郎・月插青螺髻》：隱居《真誥》中，那得有此爽朗之作！ 卷十六

——卓人月、徐士俊《古今詞統》，遼寧教育出版社二〇〇〇年

潘游龍《古今詩餘醉》評

《念奴嬌・武昌懷古》「漢江北瀉」：詞最雄壯。玉蟾間有數詞，如「一葉飛何處，天地起西風」、「鱗鱗波上煙寒，水冷翦丹楓」，又咏燕「鞦韆節後初相見，祓禊人歸有所思」，皆佳甚。 卷十一

——潘游龍《古今詩餘醉》，遼寧教育出版社二〇〇三年

沈雄《古今詞話》評

《玉壺遐覽》曰：白玉蟾，本姓葛，字長庚，有《海瓊子集》。咏燕云：「秋千節後重相見，祓禊人歸有所思。」不愧詞家。

《湧幢小品》曰：白玉蟾，瓊州人，自言世間有字之書，無不過目，足跡半天下。嘗爲朱晦庵像贊，乃《三臺令》也。其自題云：「千古蓬頭跣足，一生服氣餐霞。笑指武夷山下，白雲深處吾家。」嘉定中被徵，封明道真人。尋別衆，於鶴林羽化。 詞評上卷

——沈雄《古今詞話》，唐圭璋《詞話叢編》本

徐釚《詞苑叢談》評

評《酹江月》：葛長庚，自號白玉蟾，閩人也，一云瓊州人。居武夷山中。嘉定間，詔徵赴闕，館太乙宮，封紫清明道真人。嘗至武昌，賦《酹江月・懷古》詞云：「漢江北瀉，下長淮、洗盡胸中今古。樓櫓横波征雁遠，誰見魚龍夜舞。鸚鵡洲雲，鳳凰山月，付與沙頭鷺。功名何處，年年惟見春絮。　非不豪似周瑜，壯如黄祖，亦逐秋風度。野草閒花無限數，渺在西山南浦。黄鶴樓人，赤烏年事，江漢亭前路。浮萍無據，水天幾度朝暮。」　卷八

——徐釚著、唐圭璋校注《詞苑叢談》，上海古籍出版社一九八一年

王奕清《歷代詞話》評

白玉蟾居武夷山中，嘉定間詔徵赴闕。嘗過武昌，賦《酹江月・懷古》詞云：「漢江北瀉，下長淮、洗盡胸中今古。樓櫓横波征雁遠，誰見魚龍夜舞。鸚鵡洲雲，鳳凰山月，付與沙頭鷺。功名何處，年年惟見春絮。　非不豪似周瑜，壯如黄祖，亦逐秋風度。野草閒花無限數，渺在西山南浦。黄鶴樓人，赤烏年事，江漢亭前路。浮萍無據，水天幾度朝暮。」《能改齋漫録》　卷八

白玉蟾，瓊州人，有《海璚子集》。自言世間有字之書，無不目過，足跡半天下。嘗爲朱晦庵題像，賦《三臺令》詞。其自題亦云：「千古蓬頭跣足，一生服氣餐霞。笑指武夷山下，白雲深處吾

家。」後於鶴林羽化。《湧幢小品》　卷八

東坡《水調歌頭·明月幾時有》一詞，畫家大斧皴，書家擘窠體也。後有海璚子一詞足與匹敵。起句云「一葉飛何處，天地起西風」，卒章云「鐵笛一聲曉，唤起五湖龍」，此豈胸中有煙火、筆下有纖塵者所能仿佛其一二耶？且讀此老《孏翁賦》，冰紈火布，錯列交陳，真令饞眼爲醉。《詞統》　卷八

——王奕清《歷代詞話》，唐圭璋《詞話叢編》本

張宗橚《詞林紀事》評

長庚，字白叟，又號白玉蟾。閩清人，家瓊州。入道武夷山。嘉定中，詔徵赴闕，館太乙宫，封紫清明道真人。有《海瓊集》。《三臺令》：「千古蓬頭跣足，一生服氣餐霞。笑指武夷山下，白雲深處吾家。」《湧幢小品》：「白玉蟾有《海璚子集》，自言世間有字之書，無不目過，足跡半天下。嘗爲朱晦庵題像，賦《三臺令》詞。其自題亦云云。」《酹江月·武昌懷古》：「漢江北瀉，下長淮、洗盡胸中今古。樓櫓横波征雁遠，誰見魚龍夜舞。鸚鵡洲雲，鳳凰池月，付與沙頭鷺。功名何處，年年惟見春絮。　非不豪似周瑜，壯如黄祖，亦逐秋風度。野草閒花無限數，渺在西山南浦。黄鶴樓人，赤烏年事，江漢亭前路。浮萍無據，水天幾度朝暮。」《能改齋漫録》：「白玉蟾居武夷山中，嘉定間，詔徵赴闕。嘗過武昌，賦《酹江月》懷古詞云云。」《詞品》：「此詞雄壯，有意效坡仙。」　卷十八

——張宗橚編、楊寶霖補正《詞林紀事·詞林紀事補正》，上海古籍出版社一九九八年

馮金伯《詞苑萃編》評

白玉蟾，瓊州人，有《海瓊子集》。自言世間有字之書，無不過目，足跡半天下。嘗爲朱晦庵題像，賦《三臺令》詞。其自題亦云：「千年蓬頭跣足，一生服氣餐霞。笑指武夷山下，白雲深處吾家。」後於鶴林羽化。《湧幢小品》

白玉蟾居武夷山中，嘉定間詔徵赴闕。嘗過武昌，賦《酹江月·懷古》詞云：「漢江北瀉，下長淮、洗盡胸中今古。樓櫓橫波征雁遠，誰見魚龍夜舞。鸚鵡洲雲，鳳凰山月，付與沙頭鷺。功名何處，年年惟見春絮。　非不豪似周瑜，壯如黃祖，亦逐秋風度。野草閒花無限數，渺在西山南浦。黃鶴樓人，赤烏年事，江漢亭前路。浮萍無據，水天幾度朝暮。」《能改齋漫録》

——馮金伯《詞苑萃編》，唐圭璋《詞話叢編》本

陳芝光《南宋雜事詩》評

酒龍詩虎葛長庚，跣足時時自在行。太乙宫中因詔館，一朝飛去入蓬瀛。《武夷山志》：白玉蟾，本姓葛，名長庚。嘉定末，詔徵赴闕，對御稱旨，命館太乙。一日不知所往。《海瓊集·賀新郎》詞：「昔在神霄府。是上皇嬌惜，便自酣歌醉舞。來此人間不知歲，仍是酒龍詩虎。」

——沈嘉轍等《南宋雜事詩》，文淵閣四庫全書本

陳廷焯《白雨齋詞話》評

葛長庚詞，一片熱腸，不作閒散語，轉見其高。其《賀新郎》諸闋，意極纏綿，語極俊爽，可以步武稼軒，遠出竹山之上。　卷二

兩宋詞家，各有獨至處，流派雖分，本源則一。惟方外之葛長庚，閨中之李易安，别於周、秦、姜、史、蘇、辛外，獨樹一幟，而亦無害其爲佳，可謂難矣。然畢竟不及諸賢之深厚，終是託根淺也。　卷六

葛長庚詞，風流凄楚，一片熱腸，無方外習氣。余尤愛其《水調歌頭》云：「江上春山遠，山下暮雲長。相留相送，時見雙燕語風檣。滿目飛花萬點，回首故人千里，把酒沃愁腸。回雁峯前路，煙樹正蒼蒼。　漏聲殘，燈燄短，馬蹄香。浮雲飛絮，一身將影向瀟湘。多少風前月下，迤邐天涯海角，魂夢亦凄涼。又是春將暮，無語對斜陽。」　卷六

葛長庚詞，脱盡方外氣。李易安詞，卻未能脱盡閨閣氣。然兩家較之，仍是易安爲勝。　卷六

詩以窮而後工，倚聲亦然，故仙詞不如鬼詞，哀則幽鬱，樂則淺顯也。宋代惟白玉蟾脱盡方外氣。陳與義擬《法駕導引》三章，亦稱佳搆。　卷七

——陳廷焯《白雨齋詞話》，唐圭璋《詞話叢編》本

陳廷焯《詞則》評

《水調歌頭・江上春山遠》：起十字有十一層。《大雅集》卷四

《賀新郎・且盡杯中酒》：真人《賀新郎》諸闋，大率多送別之作，情極真，語極俊，既纏綿，又沈著，在宋人中亞於稼軒，高於竹山。《別調集》卷二

《霜天曉角・緑浄堂》：筆力雄蒼。《別調集》卷二

《賀新郎・倏又西風起》：一波三折。蒼涼悲壯，情味無窮。《別調集》卷二

《賀新郎・謂是無情者》：真人詞最工發端。此篇低徊反復，情至文亦至，絕唱也。《別調集》卷二

《摸魚兒・問蒼江》：風流酸楚中極清俊之致，出黄叔暘筆右矣。《別調集》卷二

——陳廷焯《詞則》，上海古籍出版社一九八四年影印本

陳廷焯《雲韶集》評

真人詞清疏俊快中而往復纏綿，一唱三歎，別於清真、白石外獨成一家。卷十

《酹江月・漢江北瀉》：（上闋眉批）俯仰流連，無限哀感。（下闋眉批）一片英雄不得志心事，不第以明道真人目之。卷十

《水調歌頭》「江上春山遠，山下暮雲長」：起十字清快，有十層。清俊。（下闋眉批）未嘗輕棄天下，吾知真人之志矣。卷十

《摸魚兒·問滄江舊盟鷗鷺》：風流悲楚中而有清快之致，是爲真高出黄叔暘、于真人之上。情景俱到。卷十

《霜天曉角·五羊安在》：（上闋眉批）是何等筆力。（下闋眉批）魄力雄峻，音調蒼涼。卷十

《賀新郎·且盡杯中酒》：真人《賀新郎》諸闋俱是送别之作，而情深語至，雅意騷情，不求工而自工，前無古，後無今。（結句眉批）清俊而芊麗，絶世文情。卷十

《賀新郎·倏又西風起》：直起，高絶老絶。無限感慨，無限情思。（下闋眉批）一波三折，詞中有此，庶幾無愧。卷十

《賀新郎·謂是無情者》：此詞低徊反復，情之至者詞亦至，尤出上兩章之右。雖起方回、清真、白石諸家爲之，亦無此凄涼，無此曲折，無此令人骨醉心死也。卷十

——陳廷焯《雲韶集》，稿本，國家圖書館藏

續修四庫全書總目提要　白玉蟾先生詩餘

内多餐霞鉛汞之語，非所以言長短句也，而撰作甚夥，徒爲費辭。

——《續修四庫全書總目提要（稿本）》，齊魯書社一九九六年

劉鎮

劉鎮，字叔安，自號隨如，南海人。宋寧宗嘉泰二年（一二〇二）進士。以詿誤，謫居閩之三山三十年，與真德秀、崔與之遊，學者稱隨如先生。有《隨如集》、《隨如百咏》。

劉克莊《跋劉叔安感秋八詞》

長短句昉於唐，盛於本朝。余嘗評之：「耆卿有教坊丁大使意態，美成頗偷古句，温、李諸人，困於撏撦。近歲放翁、稼軒，一掃纖豔，不事斧鑿，高則高矣，但時時掉書袋，要是一癖。」叔安劉君，落筆妙天下，間爲樂府，麗不至褻，新不犯陳，借花卉以發騷人墨客之豪，託閨怨以寓放臣逐子之感。周、柳、辛、陸之能事，庶乎其兼之矣。然詞家有長腔、有短闋。坡公《戚氏》等作，以長而工也；唐人《憶秦娥》之詞曰「西風殘照，漢家陵闕」、《清平樂》之詞曰「夜夜常留半被，待君魂夢歸來」，以短而工也。余見叔安之似坡公者矣，未見其似唐人者。叔安當爲余盡發秘藏，毋若李衛公兵法，妙處不以教人也。

——劉克莊《後村先生大全集》，清鈔本卷九十九

黄昇《中興以來絶妙詞選》評

劉叔安，名鎮，號隨如。兄弟皆以文鳴。有《隨如百咏》刊於三山。 卷八

——黄昇《中興以來絶妙詞選》，遼寧教育出版社新世紀萬有文庫本

楊慎《詞品》評

劉叔安，名鎮，號隨如。元夕《慶春澤》一首，入《草堂》選。又有《阮郎歸》云：「寒陰漠漠夜來霜。階庭風葉黄。歸鴉數點帶斜陽。誰家砧杵忙。燈弄幌，月侵廊。熏籠添寶香。小屏低枕怯更長。和雲入醉鄉。」亦清麗可誦。其咏茉莉云：「月浸欄杆天似水，誰伴秋娘窗户。」評者以爲不言茉莉，而想像可得，他花不能承當也。又「春宴一庭花弄影，一簾香月娟娟」，有富貴蘊藉之味。「餞元宵」、「餞春」二詞皆奇，南渡填詞鉅工也。 卷五

——楊慎《詞品》，唐圭璋《詞話叢編》本

《廣東通志初稿》評

謫居三山三十年，爲詩詞益工。 卷十四

——戴璟等《廣東通志初稿》，四庫全書存目叢書本

潘游龍《古今詩餘醉》評

《水龍吟・清明》：李詩：「疑是天邊十二峰，飛入君家彩屏裏」。

《柳梢青・七夕》：詞極刻意，更妙在不湊「七夕」事。

——潘游龍《古今詩餘醉》，遼寧教育出版社新世紀萬有文庫本

沈雄《古今詞話》評

劉潛夫曰：「隨如樂府，麗不至褻，新不犯陳。周、柳、辛、陸之能事，庶乎兼之。」《柳塘詞話》曰：「泰定中，進士劉叔安，有《隨如百咏》，富貴蘊藉，不屑爲無意味句者。其詞皆時令物情之什。」詞評卷上

——沈雄《古今詞話》，唐圭璋《詞話叢編》本

賀裳《皺水軒詞筌》評

作詞不待用事，用之妥切，則語始有情。劉叔安《水龍吟・立春懷内》曰：「雙燕無憑，尺書難表，甚時回首。想畫闌倚遍東風，閒負卻、桃花咒。」此用樊夫人、劉綱事，妙在與己姓暗合。若他人用之，雖亦好語，終減量矣。

王彦泓咏茉莉，改劉叔安詞云：「簾櫳午寂，正陰陰窺見，後堂芳樹。緑遍長叢花事杳，忽見瓊葩豐度。豔雪肌膚，蕊珠標格，銷盡人間暑。還憂風日，曲屏羅幕遮護。　長記歌酒闌珊，微聞暗麝，笑覓衣沾露。月没闌干天似水，相伴謝娘窗户。浴後輕鬟，涼生滑簟，總是牽情處。惹人幽夢，枕邊零亂如許。」簾中堂後，緑陰掩靄，説花時已覺有情，豔雪蕊珠狀花之色，暗麝狀花之香，鬟間，簟上，枕邊，舉護花者之張設，戴花者之神情，摹擬逼到，語復俊麗，可稱詞中聖手。然用劉語不過四句，此可竟稱次回作也。

——賀裳《皺水軒詞筌》，唐圭璋《詞話叢編》本

張宗橚《詞林紀事》評

鎮，字叔安。南海人。嘉泰二年進士。自號隨如，學者稱隨如先生，有《隨如百咏》。劉潛夫云：「叔安樂府，麗不至褻，新不犯陳，周、柳、辛、陸之能事，庶乎近之。」「三山臘雪才消，夜來誰轉回寅斗。試燈簾幕，送寒幡勝，暗香攜手。少日歡娱，舊遊零落，異鄉歌酒。到而今，生怕春來太早，空贏得、兩眉皺。　春到蘭湖少住，肯殷勤、訪梅尋柳。相思人遠，帶圍寬減，粉痕消瘦。雙燕無憑，尺書難表，甚時回首。想畫欄，倚遍東風，閒負卻、桃花咒。」《詞筌》：「畫欄倚遍東風，閒負卻、桃花咒」，此用樊夫人事，妙在與己姓相合。　卷十二

——張宗橚《詞林紀事》，上海古籍出版社一九九八年

馮金伯《詞苑萃編》評

劉後村：「《隨如百咏》，麗不至褻，新能化陳。周、柳、辛、陸之能事，庶幾近之。」裴按：劉鎮，字叔安，南海人。嘉泰二年進士，自號隨如子，著有《隨如百咏》。卷五

劉叔安名鎮，號隨如。元夕《慶春澤》一首，入《草堂》選。又有《阮郎歸》云：「寒陰漠漠夜來霜。階庭風葉黄。歸鴉數點帶斜陽。誰家砧杵忙。燈弄幌，月侵廊。熏籠添寶香。小屏低枕怯更長。和雲入醉鄉。」亦清麗可誦。《詞暌》。卷二十三

——馮金伯《詞苑萃編》，唐圭璋《詞話叢編》本

王初桐《小嫏嬛詞話》評

劉叔安樂府，麗不至褻，新不犯陳。卷二

——王初桐《小嫏嬛詞話》，清嘉慶刊本

謝章鋌《賭棋山莊詞話》評

若夫伉儷情深，不特劉叔安有《水龍吟》，史邦卿有《壽樓春》、《夜行船》。卷十一

——謝章鋌《賭棋山莊詞話》，唐圭璋《詞話叢編》本

陳廷焯《雲韶集》評

劉潛夫云："叔安樂府，麗不至褻，新不犯陳，周、柳、辛、陸之能事，庶乎兼之。"叔安詞韻味深婉，得歐陽永叔之遺。卷六

《水龍吟・弄晴臺館收煙候》：和章韻者，東坡《楊花》一闋空絶古今，東坡外，推此作合拍。（下闋眉批）情詞凄豔，而句卻從《多麗》新詞得來。卷六

《浣溪沙・簾幕收燈斷續紅》：（"夜寒歸路噤魚龍"眉批）一"噤"字他人道不出。款款深深，低徊不已。卷六

——陳廷焯《雲韶集》，稿本，國家圖書館藏

況周頤《歷代詞人考略》評

鎮字叔安，自號隨如子，學者稱隨如先生，南海人。嘉泰二年登進士第。按：戴石屏《送叔安入京詩序》："謫居三山二十餘年，真西山奏令自便云云。"叔安以何官被謫，不可考。有《隨如百咏》，刻於三山。

詞評：

《鄒水軒詞筌》：作詞不待用事，用之妥切，則語始有情。劉叔安《水龍吟・立春懷内》曰："雙燕無憑，尺書難表，甚時回首。想畫闌倚遍東風，閒負卻、桃花咒。"此用樊夫人、劉綱事，妙在

與己姓暗合。若他人用之，雖亦好語，終減量矣。

《樊榭詞話》：劉隨如詞：「黄昏人静，暖香吹月，一簾花碎。芳意婆娑，緑陰風雨，畫橋煙水。」寫景皆妙。

《織餘瑣述》：宋劉鎮《水龍吟·立春懷内》云：「試燈簾幕，送寒幡勝，暗香攜手。」「暗香」句衹四字，饒有無限景中之情。自非雅人深致，未易領會得到。

《堅瓠八集》：劉叔安元夕《慶春澤》一首入《草堂》選，又有《阮郎歸》云：「寒陰漠漠夜來霜。階庭楓葉黄。歸鴉數點帶斜陽。誰家砧杵忙。　燈弄幌，月侵廊。熏籠添寶香。小屏低枕怯更長。和雲入醉鄉。」亦清麗可誦。

劉潛夫云：隨如詞，以騷人墨士之豪，寓放臣逐子之意，麗不至褻，新不犯陳，周、柳、辛、陸之能，庶乎兼之。

按：劉隨如《水龍吟·丙子立春懷内》云：「三山臘雪才消，夜來誰轉回寅斗。試燈簾幕，送寒幡勝，暗香攜手。少日歡娱，舊遊零落，異鄉歌酒。到如今，生怕春來太早，空贏得、兩眉皺。　春到蘭湖少住，肯殷勤、訪梅尋柳。相思人遠，帶圍寬減，粉痕消瘦。雙燕無憑，尺書難表，甚時回首。想畫闌、倚遍東風，閒負卻、桃花咒。」歇拍二句與秦太虚《眼兒媚》後段「綺窗人在東風裏」云云，異曲同工。又《玉樓春·東山探梅》歇拍云：「白頭空負雪邊春，著意問春春不語。」語意亦淡而深。　卷三十六

——況周頤《歷代詞人考略》，葛渭君《詞話叢編補編》本

劉毓盤《輯校〈隨如百咏〉跋》評

黄昇《中興以來花庵詞選》曰：「鎮，字叔安，號隨如，兄弟皆以文鳴於時，有《隨如百咏》，刊於三山。」厲鶚《宋詩紀事》曰：「叔安，南海人。嘉泰二年進士。學者稱隨如先生。」劉克莊《後村千家詩》録其《贈隱者》詩曰：「夫子生東野，經年不到城。愛吟無俗趣，貪畫得閒名。荒徑侵山影，虚堂出燕聲。我慚爲謫吏，泉石負幽情。」餘不傳。隨如生於粵，而其集傳於閩。其「謫吏」一句，意者登第後，三山其宦遊地也，否則爲講學地。其始末無可考。花庵謂其兄弟皆以文名，則有名氏翳如之歎矣。查爲仁、厲鶚《絶妙好詞合箋》曰：《隨如百咏》有「丙戌清明和章質夫韻」《水龍吟》詞，劇佳。則閩刻本樊榭猶所及見也。後村又曰：《隨如百咏》麗不至褻，新能化陳，周、柳、辛、陸之能事，庶乎兼之。則其詞必隨如手定本，出而付剞劂氏者，今惟百之二十五存。其懷王侍御《天香》詞，按《宋史·王十朋傳》：字龜齡，紹興二十七年進士第一，歷官龍圖閣學士，謚忠文。有《梅溪集》，有《與劉鎮夜聽雙瀑》聯句詩，又附劉鎮《書王龜齡述恨詩後》詩。鎮，字方叔，紹興十八年進士，有《待評集》，龜齡爲之序。今亦不傳。與隨如同姓名，其登第先於隨如者六十年。選本登其一詞。陳耀文《花草粹編》改書名爲書字，以隨如名重，不知其非一人也。金繩武重編定本仍之，誤已。無名氏《草堂詩餘》有劉方叔《金縷曲》端午詞，亦附刊焉，讀書之一樂哉！今歲春自明州歸，仁和翁志吾司馬將之官琴川令，延余司筆札。距吴寓五十里，半日程耳。我母盼孫切，命挈筠姬往，賃屋即絳雲樓，其後人分鬻於他姓者。虞山，余舊遊地，多知友。春秋佳日，攜筠泛舟於尚湖，或憩破山寺，或涉拂水巖，相視而笑。買二小婢，一十歲，一九歲，供使令，佐紉汲。月一歸省，以爲常，隨如懷內、寄遠之詞，可不必作也。光緒癸卯，江山劉毓盤校畢并識。

——劉毓盤《唐五代宋遼金元名家詞集六十種輯》，民國鉛印本

李昻英

李昻英（一二〇一——一二五七），字俊明，號文溪。南宋寶慶二年（一二二六）進士，累任汀州推官、吏部郎官、右正言等，擢龍圖閣待制、吏部侍郎，因彈劾權臣被貶而去，家居以終。爲官有清譽。卒謚忠簡。著有《文溪集》。

《方帥山判》序

吾儒本領在所學，而發用在所筆，心正則筆正矣。平居辨經疑，破衆史百氏誤，以袪天下後世惑，此筆也。其至外服，則鋤惡束姦，衈窶伸枉，片言分兩造之曲直，此筆也。時有用舍，用有内外，而所學所志無不行。方公藩嶠南，晨出廳事，吏擁連牘牛腰然，森立庭下，次第而進，不竟不已，晏且暮不知也。落筆累千言，原情據法，必曲必盡，雖刑之奪之無怨。第一義則厚人倫、美風

俗，故道化乎暢，所部大治。一判出，佐屬争手抄。久焉所編鉅，乃彙分而梓。於寄來者稽焉，知學校、兵防、財計之本末，與炎人之情僞習尚，能推行其説，流惠益遠矣。公治廣之懿固不專在此，而五年目力心思大概聚於此，泯没可乎？判可稱者，唐香山，我朝武溪，然拘牽儷對，或未能盡寫其意。公之判，斡旋頓挫，隻字不苟，真可爲吏師。世方纖巧，詩、詞新集，捷出在在有，真可醬瓿。此刻皆及物，實功不腐，宜哉！

題菊坡《水調歌頭》後

清獻崔公劍閣賦長短句，卷卷愛君憂國，遑恤身計，此意類《出師表》。雅趣欲結茅庾嶺邊，一琴一鶴，繇湘桂歸南海，竟不得踐緑陰青子約，然幅巾藜杖，徜徉老圃寒花間十有六年，晏歲之樂，不減洛中耆英也。好事者揭此詞山中，惜非公手跡。某敬以所藏本授横浦校官賴君棟，使刻之。文獻張公始鑿嶺路而未有祠，著公同龕爲宜。此則地主事，非過客所得專也。淳祐六年三月既望，門人李昴英。附刻崔菊坡《水調歌頭》：萬里雲間戍，立馬劍門關。亂山極目無際，直北是長安。人苦百年塗炭，鬼泣三邊鋒鏑，天道久應還。手寫留屯奏，炯炯照心丹。　對青燈，搔白髮，漏聲殘。老來勳業未就，妨卻一身閒。蒲澗清泉白石，梅嶺緑陰青子，怪我舊盟寒。烽火平安夜，歸夢到家山。

跋菊坡太學生時書稿

此清獻公初入太學寄其友林介仲書也。吾州去在所四千里，水浮陸馳，大約七十程。士以補試，雖登名，猶未脱韋布也。故稍有事力者猶勞且費之，憚而尼其行，寒士又可知矣。公奮然間關獨往，一試預選，隨取高第。平生勳業名節，實賢關基之。長短句有「人世易老」之歎，必期三年成名而歸，書所云云，立志已卓然不凡。至於述齋舍之費頗悉，聞其入京參齋時，皆朋友相資助，故書報之詳。貧者士之常，公之貧有人不堪其憂者，處之甚安，所以富貴不能淫，而清白照一世也。林介仲，名介，增江老儒者，生没在公之前，後人不能寶有此紙，轉落士人之家，某近始得之。公以歲庚戌入在膠庠，庚戌而此書出，若有數然。外姪陳某往試橋門，持此授兒子守道，守道亦就試，且婿菊坡之門，公手澤宜歸之。淳祐十年二月朔。

題鄭宅仁詩稿

詩、詞雖寄興寫物，必有學爲之骨，有識爲之眼，庶幾鳴當世、落後世，不然，是土其形、繪其容，望之宛然若人也，置雨中敗矣。余識鄭君宅仁已數年，今見其近作如此。君同年之弟也，愛而莫之助，可乎！淳祐六年三月朔。

——以上李昴英《文溪集》，文淵閣四庫全書本

楊慎《詞品》評

李公昻，名昻英，號文溪，資州盤石人。送太守詞，「有脚豔陽難駐」一詞得名。然其佳處不在此。文溪全集，予家有之。其《蘭陵王》一首絶妙，可並秦、周。其詞云：「燕穿幕。春在深深院落。單衣試、龍沫旋熏，又怕東風曉寒薄。別來情緒惡。瘦得腰圍柳弱。清明近，正似海棠怯雨，芳疏任飄泊。　釵留去年約。恨易老嬌鶯，多誤靈鵲。碧雲杳杳天涯各。望不斷芳草，又迷香絮，迴文强寫字屢錯。淚欲注還閣。　孤酌。住春脚。更彩局誰歡，寶軫慵學。階除拾取飛花嚼。是多少春恨，等閒吞卻。猛拍闌干，歎命薄。悔舊諾。」案：宋李昻英，字俊明，番禺人，有《文溪存稿》。《詞品》作李公昻，誤，謂爲資州磐石人，亦誤。　卷五

——楊慎《詞品》，唐圭璋《詞話叢編》本

毛晉《〈文溪詞〉跋》

《花庵詞選》云：「李俊明，名昻英，號文溪。」升庵《詞品》云：「李公昻，名昻英，資州盤石人。」余家藏《文溪詞》，又云名公昻，字俊明，番禺人。未知孰是。因送太平州太守王子文詞得名，叔暘亦止選此一調，稱爲「詞家射雕手」。用修又極稱《蘭陵王》一首可並秦、周。余讀《摸魚兒》諸篇，其佳處豈遜「楊柳岸、曉風殘月」耶？古虞毛晉識。

——毛晉輯《宋六十名家詞》，上海古籍出版社一九八九年

卓人月、徐士俊《古今詞統》評

陳君美云「煉句不如煉韻」，信然。公昴以「有脚豔陽難駐」一詞得名，不如「駐春脚」三字。卷十六

——卓人月、徐士俊《古今詞統》，遼寧教育出版社二〇〇〇年

潘游龍《古今詩餘醉》評

詞極豔麗，至「嚼花」、「吞恨」句，猶鮮妍。卷四

——潘游龍《古今詩餘醉》，遼寧教育出版社二〇〇三年

沈雄《古今詞話》評

李俊明，字公昴，寶慶進士，資州人，有《文溪詞》。其送郡守「有脚陽春難駐」，知名於時，蓋送王子文詞也。詞評上卷

——沈雄《古今詞話》，唐圭璋《詞話叢編》本

賀裳《載酒園詩話》評

李昴英填詞聖手。《景泰寺》詩「遠鴉追夕陽，低雁壓西風」，終不脱詞家本色。卷一

——賀裳《載酒園詩話》，郭紹虞《清詩話續編》本，上海古籍出版社一九八三年

四庫全書總目　《文溪詞》提要

宋李昴英撰。昴英有《文溪集》，已著録。此本爲毛晉所刊，卷首題「宋李公昴撰」。卷後跋語稱《花庵詞選》作「名昴英，字俊明」，楊慎《詞品》作「名公昴，字昴英，資州盤石人」，晉有家藏本作「名公昴，字俊明」云云。考昴英附見《宋史·黄雍傳》，其《文溪集》載始末甚詳，不云别名「公昴」。且今本黄昇《詞選》亦實作「昴英」，不知晉所據《詞選》當屬何本。至楊慎「資州盤石人」之説，觀詞内所述，惟有嶺南，無一字及於巴蜀，慎引爲鄉人，尤爲杜撰。原集具在，何可强誣。其詞集本分爲二卷，此本合爲一卷，字句舛謬非一，亦不及集本之完善。蓋慎與晉均未見文溪全集，故有此輾轉訛異也。

——《欽定四庫全書總目(整理本)》，中華書局一九九七年

張宗橚《詞林紀事》評

昴英，字俊明。番禺人。寶慶丙戌廷對第三。淳祐初，官吏部郎，累擢龍圖閣待制、吏部侍郎，歸隱文溪。卒，謚忠簡。有《文溪集》。橚按：升庵《詞品》：李公昴名昴英，資州磐石人。汲古閣《文溪詞》又云名公昴，字俊明。未知孰是。今從《花庵詞選》，花庵同爲南渡人，當必有所據。《摸魚兒·送王子文知太平州》：「怪朝來、片紅初瘦，半分春事風雨。丹山碧水含離恨，有

脚陽春難駐。芳草渡。似叫住東君，滿樹黄鸝語。無端杜宇。報采石磯頭，驚濤屋大，寒色要春護。陽關唱，畫鷁徘徊東渚。相逢知又何處。摩挲老劍雄心在，對酒細評今古。君此去。幾萬里東南，隻手擎天柱。長生壽母。更穩步安輿，三槐堂上，好看彩衣舞。」橚按：汲古閣《文溪詞跋》稱，俊明因此詞得名，黄叔暘目爲「詞家射鵰手」。此條評語不載《花庵詞選》，俟更考之。卷十二

——張宗橚《詞林紀事》，上海古籍出版社一九九八年

李調元《雨村詞話》評

升庵《詞品》云：「李公昴，名昴英，盤石人。」予家藏《文溪詞》又云：「名公昂，字俊明，鄱陽人。因《摸魚兒·送太平州太守王子文》詞得名。叔暘亦止選此一調，稱爲『詞家射雕手』。」今按其詞有「長生壽母，更穩步安輿，三槐堂上，好看彩衣舞」句，乃獻壽俗套諛詞，不知當日何以得名。升庵獨稱《蘭陵王》一闋，最爲有眼，如「階除拾取飛花嚼，是多少春恨，等閒吞卻」句，前人所未經道。卷三

——李調元《雨村詞話》，唐圭璋《詞話叢編》本

俞陛雲《唐五代兩宋詞選釋》評

文溪以送太守詞得名，叔暘稱爲「詞家射雕手」。楊用修則稱《蘭陵王》一首，謂「可並

秦、周。」

——俞陛雲《唐五代兩宋詞選釋》，上海古籍出版社一九八五年

陳廷焯《雲韶集》評

《蘭陵王·燕穿幕》：（上闋眉批）曲折深婉。淒豔。（下闋眉批）情詞並茂，合秦、柳爲一手。遺詞押韻，字字精鍊，一片神行。

——陳廷焯《雲韶集》，稿本，國家圖書館藏

卜娛、況周頤《織餘瑣述》評

李昴英《文溪詞》，《摸魚兒》云：「愁絕處，怎忍聽、聲聲杜宇深深樹。」疊字頗可喜。

——《詞學》第五輯

陳紀

陳紀（一二五四——一三一五），字景元，東莞人。南宋咸淳十年（一二七四）進士，官通直郎。宋亡後，隱居不仕。有《秋江欸乃》。

秋曉先生行狀

公諱必瑑，字玉淵。……公詩文清逸，樂府風流動盪，得秦晏體，皆已板行。蓋乾坤清氣，鍾爲是人，號曰秋曉，以況其清，宜也。

——趙必瑑《覆瓿集》，文淵閣四庫全書本

許昂霄《詞綜偶評》評

《賀新郎》陳紀：稼軒作從昔人説起，此作就本事説起，合二闋觀之，可以識章法之妙。鐵撥鵾絃春夜永，對金釵鍾乳人如玉。唐賀懷智以鵾雞筋作琵琶，絃用鐵撥彈，故坡公有「鵾絃鐵撥響如雷」之句。香山詩：「鍾乳三千兩，金釵十二行。」

——許昂霄《詞綜偶評》，唐圭璋《詞話叢編》本

明

丘濬

丘濬（一四二〇——一四九五），字仲深，號瓊臺，世稱瓊臺先生，瓊州人。明正統九年（一四四四）鄉試解元，景泰五年（一四五四）中進士二甲第一，選庶吉士，後爲翰林院編修，歷任經筵講官、侍講官、翰林院學士、禮部侍郎、國子監祭酒、文淵閣大學士、禮部尚書、太子太保兼吏部尚書、武英殿大學士等，卒謚文安。著述頗豐，有《大學衍義補》、《世史正綱》、《學的》、《丘文莊集》、《瓊臺集》等。

潘游龍《精選古今詩餘醉》評

丘濬《沁園春》：「爲國除忠。」《精忠録》所載有千百首，祇責檜而不責構，構漏疏網矣。　卷十五

——潘游龍《精選古今詩餘醉》，遼寧教育出版社二〇〇三年

卓人月、徐士俊《古今詞統》評

丘濬《菩薩蠻·秋思回文》。隨句倒讀猶易耳，至尾讀轉，斷鶴續鳧，非巧手不能。卷五

——卓人月、徐士俊《古今詞統》，遼寧教育出版社二〇〇〇年

陳獻章

陳獻章（一四二八——一五〇〇），字公甫，號石齋，世稱白沙先生，新會人。早年師從吴與弼，學程朱理學，幾次入京會試未中，遂閉門讀書。開創嶺南第一個具有形而上學意義、頗具影響力的學派——江門學派。有《白沙子集》行世。

跋崔與之詞①

跋清獻崔公題劍閣詞弘治甲寅十月作：「萬里雲間戍，立馬劍門關。亂山極目無際，直北是長

① 題爲編者擬加。

安。人苦百年塗炭，鬼哭三邊烽鏑，天道久應還。手寫留屯奏，炯炯寸心丹。對青燈，搔白髮，漏聲殘。老來勳業未就，妨卻一身閒。梅嶺綠陰青子，蒲澗清泉白石，怪我舊盟寒。烽火平安夜，歸夢到家山。」右調《水調歌頭》，吾鄉先輩菊坡先生、宋丞相清獻崔公鎮蜀時題劍閣，即此詞也。曩夢拜公，坐我於牀，與語平生，仕止久速偶及之。仰視公顏色可親，一步趨問，不知其已翱翔於蓬萊道山之上，欲從之上下而無由，因請公手書，公欣然命具紙筆。烏虖！古今幽明一理，人之所見則有同異，感而通之，其夢也耶？其非夢也耶？今書遺其後七世孫同壽云。卷四

夢崔清獻坐牀上，李忠簡坐牀下，野服搭颯，而予參其間

清獻堂堂四百春，夢中眉宇識天人。報君西蜀清油幕，老我東籬白葛巾。萬里歸心長短賦，九天辭表十三陳。南風欲理增江棹，也借青山卜墓鄰。卷七

公在蜀中嘗賦《水調歌頭》一篇，其辭曰：「萬里雲間戍，立馬劍門關。亂山極目無際，西北是長安。人苦百年塗炭，鬼泣三邊鋒鏑。天道久應還。手寫留屯奏，炯炯寸心丹。對青燈，搔白髮，漏聲殘。老來勳業未就，妨卻一身閒。蒲澗清泉白石，梅嶺綠陰青子，怪我舊盟寒。烽火平安夜，歸夢到家山。」夢中對菊坡論舉此詞，故中聯及之

宋史記中堪列傳，菊坡門下豈無人。彈文驚世頻登閣，散髮從師懶著巾。嶺海一星元屬李，

古今全筆總歸陳。山齋夢破今何在，夜半歌聲徹四鄰。卷七

——陳獻章《白沙集》，文淵閣四庫全書本

黄佐

黄佐（一四九〇——一五六六），字才伯，號泰泉，香山人。明正德十六年（一五二一）進士，選庶吉士，授編修，出爲江西提學僉事，改督廣西學校。棄官歸養，未幾，起爲右春坊右諭德，擢侍讀學士，掌南京翰林院事。與夏言意見不合，罷歸。日講程、朱之學，學者稱爲泰泉先生。卒贈禮部右侍郎，謚文裕。著有《泰泉集》。

評陳紀詞

尤工小詞，有周美成、康伯可風韻。

——黄佐《嘉靖廣東通志》，明嘉靖刻本

評徐問《踏莎行·早春》

「金谷芳菲，紅樓錦步，豪華宿昔今何處。百年容易過風花，只有山川宛如故。淑景良

辰，云江碧樹，會情卻有天然趣。殷勤屬付野亭春，莫教虚擲鶯花去。」黄佐云：通篇清潤可歌。

——徐問《山堂萃稿》，四庫全書存目叢書本

李　謹

李謹（一四九二—一五五一），字常甫，號南津，四會人。明嘉靖七年（一五二八）中鄉試，嘉靖十四年（一五三五）進士。治《書經》。曾任歙縣知縣。曾刻印過何士信《類編草堂詩餘》。

《新刊草堂詩餘》引

南津子曰：詩自《三百篇》而降，氣運相沿，屢觀其變，其道已不純古。衰頹至唐季，而詩餘之變漸盛，至宋則有極焉。其體裁則繁，音節則輕，辭則近褻而妍巧，渾淪敦厚之意，存者寡矣。嗟乎！其去古也，詎不遐哉？予政暇，嘗閱集中雖多名流，以詩道盛，未妙過，故不能高振而樂習之。若太白，挺天縱之才，抱大雅之歎，爲唐宗賢，而有《憶秦娥》、《菩薩蠻》二曲，深可怪也。較之曲，蓋亦非齊驅矣。客有聞者曰：「信斯言也，曷以傳耶？」曰：「求據步於正室，當引轡於

康衢，弗傳，固宜也。然而按作者之遺，考時風之弊，其庶幾可以興歟？」故刻而傳之，是爲引。嘉靖己酉仲秋望日，賜進士第文林郎知歙縣事四會南津子李謹書。

——《新刊古今名賢草堂詩餘》，明嘉靖刊本

黄作霖

黄作霖，番禺人。明萬曆間人。

《類編草堂詩餘》後跋

金谿胡公總轄逾年，山海告寧，百廢俱舉。鈴閣之暇，輒進諸生商確文藝，間出所編《詩餘》，令相釐正之。受而卒業，則景物縷分，短長鱗次，因門附類，端緒不淆，視昔諸刻，體裁獨當，而一宗顧汝和所選，金元靡習，悉擯而不收，此編一出，長安之紙價復高矣。因請付之剞劂，公許而序之，且囑霖跋其左方。霖不文，烏能供筆劄之役，附青雲於不朽哉！竊觀詩餘之制，始於李供奉兩詞，學士大夫爭相摹效，遂爲詞林嚆矢。其世既遠，其調益繁，而《花間》、《金荃》諸集以次代興，麾毛不翅矣。總之，掞露裁雲，揚葩舒藻，傳意紈素之間，振響宮商之内，令讀者飄然有凌雲

想，可不謂工乎？或者猶謂柔情曼態，壯夫不爲，第不考音比律，即樂府無當於世，又何宣金石、被筦絃之冀也？勾吴王大司寇嘗於《卮言》論次之，固知公所以表章斯詞，將與樂府並存，四海之内，寧無同好者？溯其元聲，發其天籟，大雅不難復焉。兹固公意，亦王司寇所論次意也。萬曆丁未莫春，番禺門人黄作霖謹跋。

——《類編草堂詩餘》，黄作霖等刻，明萬曆三十五年刻本

郭輔畿

郭輔畿（一六一六—一六四八），原名京芳，字咨曙（一作咨署），大埔人。少有才子之譽。明崇禎十五年（一六二四）舉人，後入京應試，因戰事不得志。著有《洗硯堂文集》、《楚音集》等。

顧璟芳等《蘭皋明詞彙選》評

「悶倚簾看」，顧璟芳云：此語不堪對薄情人説。李葵生云：咨署，嶺南騷士，吐辭香豔，不獨在長短句而亦有足傳者，窮且益工，觀自弁情譜可知矣。「海比相思尚有涯」，胡應宸云：風雅

醞藉。

——顧璟芳等《蘭皋明詞彙選》，遼寧教育出版社一九九八年

王士禛等《倚聲初集》評

《踏莎行·紅樹濃煙》：咨署，嶺南奇士。詞有別致，宜與琴張子有冰乳之令。卷十

——王士禛等《倚聲初集》，續修四庫全書集部一七二九册

陳廷焯《雲韶集》評

《浣溪沙·海比相思尚有涯》：真情至語，風流絶世。卷二十五

——陳廷焯《雲韶集》，稿本，國家圖書館藏

清

屈大均

屈大均（一六三〇—一六九六），初名邵龍，又名邵隆，號非池，字騷餘，又字翁山、介子，號菜圃，番禺人。明亡後多方奔走，出入僧儒之間，積極進行反清復明活動。著有《翁山詩外》、《翁山文外》、《翁山易外》、《廣東新語》及《四朝成仁録》等，與陳恭尹、梁佩蘭並稱「嶺南三大家」。

《紅螺詞》序

詩所不能言者，以詞言之，詞者，濟詩之窮者也。詩至唐而亡，有宋之詞而唐之詩乃不亡，詞至南宋益稱善。吾友鮑子韶，喜以玉田、白石、梅溪爲宗，所作《紅螺詞》，驚采絶豔，誠使香山、紫微降格爲之，未知其孰勝。其舊刻《江樓合選》，則又與查、沈二君稱絶矣。子韶狀貌魁梧，有文武才具，近自虔南至止，當酷暑，袒裼彈琴，聲妮妮若兒女語，户外聽者，不知其奇偉之爲人也。子房若好女子，其手纖柔，不以撫琴動操而以椎秦，不善用其所長者也。紅螺之詞，子韶之琴聲也，其恩其怨，而相爾汝，吾安能測其中之所存也哉。卷二

——屈大均《翁山文外》，《嘉業堂叢書》本

丁紹儀《聽秋聲館詞話》評

番禺屈翁山大均，國初披緇爲僧，繼返初服。所著《道援堂集》，頗近青蓮，顧多觸犯本朝語，嘉慶以來書禁弛，其集始行。然如《戊辰元日》、《壬戌清明》、《廣州弔古》、《酌貪泉》、《猛虎行》諸作，幾類醉漢罵街。至《咏古》中謂管、蔡之叛爲忘親殉國，而責微、箕不爲羽翼，持論尤謬。後人刻其集，删之爲是。集後附詞一卷，遠不如詩，可存者數詞而已。《蝶戀花》云：「驀地榆飛片片。雨濕梨花，珠淚無人見。愁緒宛如江水滿。茫茫直與長天遠。　已過清明風未轉。此處春寒，何處春先暖。惆悵金爐朱火斷。水沈多日無香篆。」「冬夜與李天生宿雁門關」《長亭怨慢》云：「正燒燭、雁門高處。積雪封城，凍雲迷路。添盡香煤，紫貂相擁，夜深語。苦寒如許，誰和爾、凄涼句。一片望鄉愁，飲不醉、鑪頭駝乳。　無處。問長城舊主，但見武靈遺墓。沙飛似箭，賸多少、草間狐兔。欣此後、口北關南，不須峻、并州門户。更莫射黃麞，收拾楚弓歸去。」卷十六

——丁紹儀《聽秋聲館詞話》，唐圭璋《詞話叢編》本

朱祖謀《望江南·雜題我朝諸名家詞集後》

湘真老，斷代殿朱明。不信明珠生海嶠，江南哀怨總難平。愁絶庾蘭成。屈翁山

——朱祖謀著、白敦仁箋注《彊村語業箋注》，巴蜀書社二〇〇二年

覺諦山人《清詞壇點將録》評

步軍頭領十員：魯智深　屈大均

——《同聲月刊》第一卷第九號

況周頤《蕙風詞話》評

明屈翁山大均《落葉詞》《道援堂詞》，余卅年前，即喜誦之。「悲落葉。葉落絶歸期。縱使歸時花滿樹，新枝不是舊時枝，且逐水流遲。」末五字含有無限凄婉，令人不忍尋味，卻又不容已於尋味。又，「清淚好，點點似珠匀。蛺蝶情多元鳳子，鴛鴦恩重是花神。恁得不相親。」「紅茉莉，穿作一花梳。金縷抽殘蝴蝶繭，釵頭立盡鳳凰雛。肯憶故人姝。」哀感頑豔，亦復可泣可歌。卷五

王阮亭《衍波詞·虞美人》云：「迴環錦字寫離愁。恰似瀟波，不斷入湘流。」《炙硯瑣談》引陸龜蒙采（葯）詞：「問人則不屈不宋，説地則非瀟非湘。」謂「瀟湘」字前已有分用者。按番禺屈

翁山大均《道援堂詞·瀟湘神》三首，零陵作。「瀟水流，湘水流，三閭愁接二妃愁。瀟碧湘藍雖兩色，鴛鴦總作一天秋。」元注，瀟、湘二水相合，故名鴛鴦水。「瀟水長，湘水長，三湘最苦是瀟湘。無限淚痕斑竹上，幽蘭更作二妃香。」「瀟水深，湘水深，雙雙流水逐臣心。瀟水不如湘水好，將愁送去洞庭陰。」似是阮亭所本。續編卷二

——況周頤《蕙風詞話》，唐圭璋《詞話叢編》本

況周頤《餐櫻廡漫筆》評

挐畫者，指頭畫之流亞。明屈翁山大均《道援堂詞》，《一斛珠·題林文木挐畫看竹圖》云：「蕭疏翠竹。美人手爪時相觸。枝枝葉葉如新沐。寫向鵝綾，看盡瀟湘綠。冰綃細摺成春服。針神更使人如玉。絲絲難繡文章腹。腹裏流光，照映篔簹谷。」《觚剩續編》云：「王秋山工爲挐畫，凡人物、樓臺、山水、花木，俱於紙上用指甲及細針挐出，較紙高出分許，大劈小皴，吮粉研硃，設色濃淡，布境淺深，無不一一法古名繪，其技絶神，無有能傳之者。紅豆詞人吴綺園次賦《沁園春》贈之曰：『天壤王郎，具天下才，而巧若斯。向邊生腕裏，撇開彩筆；薛娘針下，碎襞靈絲。綴就成春，呼來欲活，展卷同驚未有奇。真奇也，比千秋圖畫，高一分兒。　相逢別具襟期，看湖海風流一笑時。愛談兵席上，公髯如戟；銜觴燭底，人醉如泥。技至此乎，誰爲是者，長嘯翻疑不是伊。何疑爾，疑紅窗金翦，另有蛾眉。』」按鈕玉樵云斯技神妙，無能傳者。然林文木後有王秋山，非傳而何？屈詞，鈕殆未見也。挐，居竦切，音拱。《說文》：「擁也」。與

用指甲及細針挐出之義無涉。

——況周頤《餐櫻廡漫筆》，《申報》一九二四年八月三十日

郭則澐《清詞玉屑》評

順、康才士，抗懷藐世者，無如屈翁山。初披緇爲僧，旋返儒服，漫遊南北，所交盡遺逸。其《道援堂集》，多觸時忌語，附詞一卷，有「冬夜與李天生宿雁門關」《長亭怨慢》云：「正燒燭、雁門高處。積雪封城，凍雲迷路。添盡香煤，紫貂相擁，夜深語。苦寒如許。誰和爾、淒涼句。一片望鄉愁，飲不醉、鑪頭駝乳。　無處。問長城舊主，但見武靈遺墓。沙飛似箭，謄多少、草間狐兔。欣此後、口北關南，不須峻、并州門户。更莫射黄麞，收拾秦弓歸去。」蓋已灰心匡復，而未改灌夫口吻。翁山好内，而屢失偶。徐分虎嘗遇之石城，時翁山自秦載華姜將歸羅浮。後十年，復於石城遇之。翁山仍攜家來此，而閨人非復華姜矣。時翁山又買騎北行，分虎賦《豐樂樓》長調贈之。第三段云：「凌波軍散，便撥蓀橈，秣陵寄倦旅。畫船有、比肩人戰，月姊應是，筆格梳函，錦鮫綃護。東田翠麓，松扉堪結，漫傷前度吹簫偶，更閒尋、細草鈿車路。離箱乍啓，且翻葉葉銀鉤，幾卷嶺外新語。」即述其事。華姜自秦數千里從歸，不永其年，尤翁山所痛也。龔蘅圃亦有「喜翁山移家白門」《無俗念》詞，有云：「綠齒年來應踏碎，倦向天涯爲客。選得閒房，青溪柳外，偕隱荷衣襞。蠻煙瘴雨，嶺梅何處消息。」翫其詞意，當是秦嶺初歸情事，所云「偕隱」者，乃華姜也。

——郭則澐《清詞玉屑》，朱崇才《詞話叢編續編》本　卷二

龍榆生《忍寒漫録》評

温飛卿以《金荃》、《握蘭》名其詞集，取其香而弱也。在歌詞盛行之世，金尊檀板，取便珠喉，抽祕騁妍，固宜香弱。然思不越乎閨房之内，語不離乎兒女之情，陳陳相因，亦復令人生厭。況詞樂久亡之後，詞已變爲長短不葺之新詩體，不有沈雄邁往之氣，瑰瑋奇麗之辭，亦何足以開拓萬古之心胸，推倒一世之豪傑乎？元遺山稱東坡詞有因病以爲妍者，豈與夫縛於音律、窘於囚拘者所可同年而語也？

頃讀趙氏惜陰堂新刊《道援堂詞》，明遺民番禺屈翁山先生大均撰。中多邊塞之作，闢前賢未有之境。蓋先生自明亡後，嘗歷遊秦、隴，觀山河之勝，慨然有興復之志，與顧亭林氏如出一轍，故其磊落悲涼之概，一發於詩詞，迥異凡響也。兹特迻録數首，與同好共賞之。

《長亭怨·與李天生冬夜宿雁門關作》：「記燒燭雁門高處，積雪封城，凍雲迷路。添盡香煤，紫貂相擁深夜語。苦寒如許。難和爾，凄涼句。一片望鄉愁，飲不醉、鑪頭駝乳。　無處。問長城舊主，但見武靈遺墓。沙飛似箭，亂穿向草中狐兔。那能使口北關南，更重作并州門户。且莫弔沙場，收拾秦弓歸去。」

——《同聲月刊》第一卷第六號

屈翁山《道援堂詞》，又有《意難忘・自宣府將出塞作》云：「山轉雲中。問花園上下，蕭后遺宮。鴛鴦雙濼在，木葉四樓空。洋河雪，紇干風，愁不度居庸。恨一春戰雲慘淡，直接遼東。揮鞭且莫悤悤。愛笳吹兜勒，邊女脣紅。駝鞍眠正穩，馬乳飲還濃。休出口，奮雕弓，更奪取胡驄。料數奇，徒然猿臂，白首難封。」

《滿江紅・陰山道中》云：「只赤陰山，黄水外，龍堆相接。最愁見，邊雲羣起，牛羊無別。白草已將青草變，平城並與長城没。倩蘆笳吹出漢宮春，梅休折。　天斷處，沙如雪。天連處，沙如月。總茫茫冰凍，未秋寒徹。柳未成陰風已斷，鶯將作語春頻歇。勸行人莫殢紫遊韁，教華髮。」

《八聲甘州・榆林鎮弔諸忠烈》云：「大黄河萬里卷沙來，沙高與城平。教紅城明月，白城積雪，兩不分明。恨絶當年搜套，大舉事無成。長把秦時塞，付與笳聲。　最好榆林雄鎮，似駱駝横卧，人馬皆驚。更家家飛將，生長有威名。爲黄巾全膏原野，與玉顔三萬雪花腥。忠魂在，願君爲厲，莫逐流螢。」自注：榆林鎮，流寇號爲駱駝城，馬見而畏。

右録各詞，皆噴薄而出，讀之使人神王。

——《同聲月刊》第一卷第七號

沈軼劉《繁霜榭詞札》評

明遺民之桀驁不馴，跳蕩激越，俯視一世，能與陳維崧方駕而領袖清初詞壇者，祇有番禺屈大均。自來選家，對他的時代都列入明籍，至爲不當。屈生於明思宗崇禎三年（一六三〇），卒於清聖祖康熙三十五年（一六九六），得年六十七歲。明亡時僅十四歲，他的一生全部活動在清代。僅有不少出生於明萬曆年間者卻被算作清人。或謂明仕清則然，但如顧炎武、傅山等都與屈同爲編氓，卻都被認作清人，何有於屈？意者屈行動詭異，民族思想濃重，其集被禁燬，選家顧忌所致！但屈之文學成就傑出冠時，即以詞論，朱祖謀《彊村語業》以屈冠清名家，而龍沐勳《近三百年名家詞選》且詳舉屈生於明崇禎三年庚午九月初五日，乃張伯駒、黄君坦等所編《清詞選》竟指屈爲明人，實屬荒謬。屈詞夭矯綿密，刻意振奇，其最大特點在於嚴守規矱，在傳統格律範圍內尋求自由，充分發揮内藴，因此所作如環峯激水，隨意方圓；高鳥出雲，不離煙靄，縱横馳驟，力能掃蕩羣言，廓清積弊。所作如《鵲踏枝》、《長亭怨》等皆足以表現其宕激不逾矩之絶特面。

——沈軼劉《繁霜榭詞札》，《近現代詞話叢編》本

陳恭尹

陳恭尹（一六三二—一七〇〇），字元孝，號半峰、獨漉，自稱羅浮山人、羅浮布衣，順德人。陳邦彦子。明亡後積極奔走，力圖恢復。與屈大均、梁佩蘭並稱「嶺南三大家」，著有《獨漉堂集》。

況周頤《餐櫻廡漫筆》評

偶於陳蒙庵案頭見南海陳元孝恭尹《獨漉堂集》，有《啞虎詞》，題目絶新，調《水龍吟》云：「宵來萬籟刁調，阿誰清嘯風生苑。仙都仁獸，爪牙空利，肝腸偏善。夜目如燈，斑毛如刺，不驚林犬。但泥沙路上，兒童笑指，蹄痕處，看深淺。浪説騶虞不踐，草青青、經行何損。霽威勿用，忍饑忘食，古今應鮮。負子宏農，乳兒荊楚，化機潛轉。待龍從九五，氣求聲應，大人利見。」以詞意審之，啞虎殆虎而不虎者，可以愧世之不虎而虎，虎猶不食其餘者。元孝，明季布衣，自號羅浮山人。東坡詩：「雲溪夜逢喑虎伏。」注：羅浮向有瘂（同啞）虎巡山，殆即元孝之所賦歟？

——況周頤《餐櫻廡漫筆》，《申報》一九二五年十二月十五日

王隼

王隼（一六四四—一七〇〇），字蒲衣，番禺人。與明遺民屈大均過從甚密，嗜文藝書史，著有《大樗堂初集》。

《騷屑》序

夫詞曲一道，嚴於詩賦，撰語清新香麗，諧律四聲陰陽。近代作者，或詞乖於義，或字戾於聲，不審高低，不辨清濁。刻意求工者，以過泥失真；師心作解者，以率俚欠雅。玉茗堂詞曲，膾炙人口，獨音律少諧，不無鐵綽板唱「大江東去」之病，詞場惜之。余善病，杜門屏絶嗜好，唯聲律不能忘懷。今春與諸伶較理詞曲，絲肉鼎沸之際，而翁山先生緘示《騷屑》一編，遂按以紅牙，被之絃索，摧藏掩抑，嫋嫋動人，含商咀徵，循變合節，義既精粲，律復整嚴。昔萬寶常善歌，上帝以天授音律之性，使鈞天之官示以玄微之要。先生此詞，何所自來，其殆有神授耶！天壤元音，一綫未絶，笙簧一代，鼓吹千秋，其在斯乎，其在斯乎！梳山友姪王隼拜撰。

——屈大均《翁山詩外》，續修四庫全書集部一四一一册

易宏

易宏（約一六五〇—一七二二），一作易弘，字渭遠，别字秋河，又號雲華子，鶴山人。善詩詞，得兩廣總督吴興祚賞識，羅致幕下，自此得以飽覽天下。晚年隱居肇慶，从事著述。著有《雲華閣詩鈔》、《坡亭詞鈔》。

吴繡《〈坡亭詞鈔〉跋》

坡亭諸詞，觀止矣！怵心瀝血以厲其思，海涵地負以博其氣，而纏綿旖旎以成其聲，擬以秦、柳，何讓焉？坡亭著述等身，凡夫山經地志、鳥篆龍文、汲冢叢殘、琅函隱怪，莫不宏中而肆外，且又南窮百粤，北盡三河，訪殘灰於劫火，弔舊壘於秋風，豈非秀斂江山資其筆墨耶？是以文章有奇氣，登古作者堂。填詞顧不多作，然已足不朽矣。今且放浪五陵，顧盼英妙，北里西曲之靚麗，時時徵逐其中，絲竹不離於耳，綺情妙墨，狼藉練裙歌扇間。異日酒餘夢醒，一展《醉春風》諸詞，猶見此日之章臺楊柳也。坡亭安得忘情哉？武林吴繡虎文識。

——易宏《坡亭詞鈔》，《粤十三家集》本

李繼燕

李繼燕（一六五五？—一七一五？），字駿詒，號參里生，東莞人。拔貢，曾官江蘇吴江縣知縣。著有《搨花亭詞稿》、《月夜雜詠》。

沈用濟《〈搨花亭詞稿〉序》

種天上之白榆，難爲庸目；擷人間之紅豆，豈乏知音。是以窅渺思深，班氏有《通幽》之賦；研芳興屬，洛濱非佻達之情。李君駿詒，譽滿儒林，望隆華閥。楊梅屬對，傳是髫齡；鸚鵡成篇，由於頃刻。不以臧否形言，阮嗣宗之至慎；未嘗喜愠見色，嵇叔夜之流風。兼之胸中籌略，不減智囊；腹内經綸，何殊武庫。職先訓士，羣遵講學於一堂；秩重親民，小試烹鮮於百里。加以研求經史，吐納風騷。紅蠟填詞，述鯉庭之盛事；銀箏製曲，寫鸞扇於柔情。奉慈顔於子舍，竹筍冬肥；篤友愛於鴒原，荊花春茂。静好有琴瑟之御，刑于垂樛木之仁。渥水龍駒，聯鑣並出；女牀鳳羽，舒翼齊飛。若乃傾蓋言歡，班荊敘舊，王吉之都亭長掃，文舉之樽酒不空。散千金而結客，留一劍以酬恩。春華秋實，競集毫端；名山大川，都歸胸次。至於寄情皓質，託意閒情。女郎砧上，泣擣素於秋風；織婦機邊，愬流黄於明月，足令蜀國歎其麗都，《離騷》增其芳草也。乃或謂恣情標榜，《花間》終屬外篇；竭力賡揚，《蘭畹》應輸大雅。不知蘇、辛鉅製，即是《明堂》、《寶鼎》之遺音；周、柳香詞，依然《白苧》、《紅鹽》之變調。揆厥所由，敻乎尚已。僕夙慕芳徽，永懷高躅。偶遊鵬嶺，即御龍門。金粟數叢，分將月窟；紅芳一樹，移自羅浮。鶯學轉以纔成，花將飛而未墜。人非徐穉，徒懸下榻之殷；才異鄭桓，竟忝授餐之雅。朝朝石上，散髮披襟；夜夜燈前，論心促膝。已届小除之夕，猶爲七日之留。別酒頻添，難辭莞水；片帆無恙，直指錢江。自來名士，定悦傾城，豈有蹇修，不工擇對。是用廣搜香閣，吟披謝女之章；妙選蛾眉，坐待張郎之畫。及此桃夭之月，百兩來迎；買將桂葉之舟，雙橈並載。效繁欽《定情》之曲，翻入新聲；擬獻之《渡江》之詞，續成佳詠。固知芍藥盈箱，無假陸倕之錦；蒲萄滿篋，寧煩潘岳之花。千秋黄絹之解，自有楊修；一時青玉之酬，實慚平子。聊綴蕪篇，用揚彤管。丙戌春正月三日，錢唐弟沈用濟方舟拜題。

——李繼燕《搨花亭詞稿》，清康熙刻本

陳阿平

陳阿平，字獻孟，號雲士，晚號愚溪，東莞人。清康熙間諸生。與屈大均、陳恭尹、梁佩蘭唱和。著有《鉢山堂詩集》。

《搨花亭詞稿》序

天以陰陽、四時、五行、二十四氣、三百六十度周而復始，積邪分以置閏，天之餘也。地以山河陵谷、城郭宫室、郊圻鄉遂，以至侯甸要荒、九州萬國，外而瀦爲四海，地之餘也。人自聖賢中道盡性至命，旁迨諸子百家，與夫積功累仁以遺於後，食報揚休盛大，累世不替，人之餘也。惟詩亦然。詩有賦比興，賦則敘述其事，比則連類屬辭，興則觸物感發，然皆温厚和平、含蓄藴借，有留餘不盡之致，使人自得於意象之表。若夫填詞，則其體制鋪陳鱗砌，句梳字櫛，以新穎組繡透發爲工。大抵興之意少而賦比之意多，故詩之往復流連，一唱三歎，遺音未竟，悉於詞發之，故詞爲詩之餘。然非俯仰古今，自抒情性，實大聲宏，浩然有得者不能。吾友李君駿詒博學高才，有體有用。其所著《白雲》、《羅浮》、《珠池》、《鳳車》諸賦，飈發泉湧，下筆輒數千言，皆原本《風》、《騷》，根柢兩漢，取材六朝，可與《上林》、《羽獵》、《二京》、《三都》、《閒居》、《江南》相抗衡者也。出其緒餘爲填詞，盡妍極態，能於格律偪側中掉臂遊行，五丁之鑿鼉叢、巨靈之劈華嶽，非由其神力包舉者哉！以長公、稼軒之才，而兼柳七、少游之巧，此文人之詞，非儘詞人之詞也。而余更有感者。夫言以達志，志以集事，故觀其言可以知其志，觀其志可以定其人。今讀其詞，《雷陽雜詠》志土風也，猶邠風《七月》之遺也。曰「休歎地無皮」，目擊瘡痍，不忘民社也。曰「玉帛趨王」，會心乎君也。曰「繫白日長繩，擬留春住」，能事其親也。大平居壟畝，君親民物猶無日而不繫諸懷，況當出山攬轡，以其所言見之於行。吾知念切痌瘝，對揚君父，朝野之間，自多建白，則夫事業文章，忠孝廉節，不於是而信之哉？吾聞威鳳祥麟，片鱗纖羽，無非吉光。此亦吾友之片鱗纖羽耳，而卓卓可傳若此。使出其全，鼓吹休明，將八伯賡歌、卿雲復旦，黼黻唐虞盛治，復見今日，益信吾儒有本之學，不徒博雅卿才，有華邦國已也。同里友弟陳阿平序。

——李繼燕《搨花亭詞稿》，清康熙刻本

林貽熊

林貽熊，東莞人，清康雍間人，雍正四年（一七二六）任陳州知州。

《搨花亭詞稿》序

學者以詞爲詩餘，非也。古者，詩與樂合，故二南奏之房中，雅頌歌於郊廟，未有不叶之金石、被之管弦，而可以爲詩者也。逮風降而騷，雅頌降而五古，沿及唐人，準辭切律，回忌聲病，大都不過爲有韻之文已耳。索之曲直繁瘠、廉肉豐殺之間，茫然不知其何當。獨倚聲之作，猶有登歌之遺，脱穎於行墨，即可諧暢於絲竹。雖辭有古今，然以是而推古者詩樂相通之故，亦猶箕之於弓、裘之於冶也。然則詩之去古似近而遠，詞之去古似遠而近，第作者以爲餘事，而嘗試爲之，祇求文藻之工，不復精研聲律，雖以蘇玉局之才，不免鐵綽板之誚，而餘可無譏矣。余友李子駿詒，深沈好古，於書無所不窺，所作詩古文，卓有家法。今夏自雷陽歸，手一編示余，則其所填詞也。咀徵含宫，醞釀風雅，余驚歎以爲白石、玉田復出，而李子不自以爲能，斷斷然慎審四聲，比音協律。間嘗過余縱論詞曲，時有神悟心解，出於諸譜之外，既又以古調不盡可歌，方斷斷然博綜羣書，以求乎古人不傳之秘，慨然有志於詩樂相通之故，而以是爲津梁焉者。其用力之專如此，夫豈以爲餘事而嘗試其間哉！夫聲音之廢久矣，雅頌之音不傳於漢末，漢之樂府不傳於魏晉，而唐人絶句迄今亦無能歌之者，誠使有好古之士，專其力而講求之，詩與樂府不至風馬牛若此也。今吾友以其神悟心解之餘，斷斷然慎審而比協之，微吟俯唱，既麗以則，不懈而逮於古，則其所作，匪直樽俎於旗亭綺席之間，將必有鏗鯨魚之鐘、伐靈鼉之鼓以俟者。今此一編，亦可以爲嚆矢矣。姻家友弟林貽熊識。

——李繼燕《揖花亭詞稿》，清康熙刻本

韓海

韓海（一六七七—一七三六），字偉五，號橋村，番禺人。清雍正十一年（一七三三）進士，官封川教諭。秉性孤介，拒大府之鴻博薦。於詩古文用力均深，尤工駢文。有《東皋詩文集》。

《西湖十景詞》題詞

蓋聞銅琶鐵板大江東，須丈二將軍；錦瑟瓊簫楊柳外，費幾行妙妓。柳耆卿、蘇長公各以填詞名，而二家不同。坡一日問伶人曰：「我填詞何如柳學士？」伶曰：「學士那比得公，公詞須用銅琵琶、鐵綽板唱相公的「大江東去」，柳學士卻著十七八女郎唱「楊柳外曉風殘月」。」坡爲之撫掌。温柔激烈，自古難兼；綺麗錦芊，於今罕擅。況山明水碧，豈易描無色之丹青；花笑鶯啼，更難協有情之箏笛。鳳凰山聳，地號無雙；明聖湖開，勝標有十。恍麗人於鏡裏，淡抹紅粧；訝生色於圖中，肥紅瘦墨。蠟才人之屐，費盡蠻箋；維仙客之舟，揮殘彩筆。乃生來勝地，大有名流。六橋之柳翠桃緋，敬同桑梓；九里之松蒼篁緑，狎等枌榆。某水某邱，童子時所遊釣；一觴一咏，絲竹外之絃歌。堪協律以付紅兒，真按歌而成白雪。大似王家中允，首倡輞水之吟；還如杜氏司勳，遍狀樊川之景。洵擅詞人絕調，匪徒廉吏兼長。嗟乎！製錦尹何，孰解製行間之錦；栽花潘岳，誰能栽字裏之花。知汝宦遊，不忘故里。喜予客邸，獲讀新篇。莊舃之爲越吟，且宛轉於摸魚戀蝶；謝安之工洛咏，聊悠揚於減字偷聲。

——韓海撰、胡蓉編《東皋草堂文集》，清乾隆刊本

羅天尺

羅天尺（一六八六—？），順德人。清乾隆元年（一七三六）舉人。著有《癭暈山房詩删》。

讀尤晦庵、陳其年兩太史集

魂銷煙柳漸絲絲，花落如皋中酒時。洗卻花間草堂陋，迦陵詞即杜陵詩。

——羅天尺《癭暈山房詩删》，清乾隆刻本

何夢瑤

何夢瑤（一六九二—一七六四），字報之，號西池，南海人。清雍正八年（一七三〇）進士，曾任多地縣令，官至知州。擅中醫，所在活人無數。晚年返鄉，著書自娱，有《匊芳園詩鈔》、《醫碥》等。

天香　題《莞爾詞卷》

蛩縷緋愁，瓶笙煮夢，吟魂半颺簾影。薈虎駿鸞，湧幢揮塵，舊記嶠南曾訂。班香宋豔，閒點筆、南唐小令。衰草天黏，斷雲山抹，賦情蕭冷。　棠陰八年桂嶺。倚東風、尚書紅杏。幾度漫泉亭畔，汲芳垂綆。惆悵遷鶯漸遠，剩舊拍、霓裳度秋鏡。擫笛宮墻，從頭記省。

——沈世良、許玉彬《粤東詞鈔》，謝永芳校點，鳳凰出版社二〇一二年

趙希璜

趙希璜（一七四六——一八〇五），字子璞，一字渭川，長寧人。清乾隆四十四年（一七七九）舉人，官安陽知縣。好交海内名士，工詩，好金石，善山水，著有《四百三十二峯草堂詩鈔》、《研筏齋文集》。

《甜雪詩餘》序爲楊田村進士作

樂府流傳，原在金元曲子；南唐風味，全憑組織工夫。豔體偏多，宫詞不少；抄來北里，録向

東家。誰翻十院琵琶，莫説一軍筆策。無腰不瘦，人誇家令門風；有謫皆仙，我羨隴西才地。則有大庾詩人，睡梅詞客，橋霜店月，嚼雪而甘；鞭影櫓聲，拈花而笑。寒香沁骨，不必亭有松風；小令成聲，何事市多雕本。援微詞而通志，倚麗句以留情。是雖江上餘波，雲中寸爪。已現蛟螭之狀，無非龍鳳之形。粉麪鉛昏，紙渝墨敝。有謂而竟成逋客，無聊而別署漫郎。檀板銀箏，酒旗歌扇。豈見訶於禪客，非自托於伶官。獨成一家，釐爲五卷。半織元稹之曲，都吟柳永之章。僕每怪夫時人，詞則指爲小道，倘非傑作，疇雪斯言。慷慨悲歌，昔傳燕市；風流文采，今屬先生。

——趙希璜《研筏齋文集》，清刻本

李符清

李符清（一七五一——一八〇八），字仲節，號載園，以「寶杜齋」署所居，合浦人。清乾隆四十八年（一七八三）舉人，選滿城縣知縣，移宰束鹿，遷開州知州。著有《海門詩鈔》、《海門文選》等。

銅梁王鎮之觀察《玉脂詞》敘

詞者何，詩之餘也；古樂府，《三百篇》之餘也；五七言古詩，樂府之餘也；五七言近體，古詩之餘也。詞作於六朝，述於唐，盛且雜於宋，微於金元。其流派有三，曰姜、張，曰秦、柳，曰蘇、辛。姜、張清婉，秦、柳婉約，而蘇、辛以宕激慷慨變之，近於詩矣。詩以風骨爲主，蘇分其詩才之餘者也，辛則并其詩之才之力，而專治其餘。銅梁鎮之先生，詩宗昌黎、昌谷，亦分詩才之餘爲詞，其豪放處直摩蘇、辛之壘，間有嫵媚之作如秦、柳者，非其質也。余弱冠時頗喜填詞，及攻舉子業，遂廢之。然每讀古今名作，總不平頗，輒爲手鈔祕枕。先生《玉脂詞》二卷，余鈔存笥篋中十年矣。今春謁於上谷，杯酒話舊，偶論及此，索觀之，覼然曰：「此稿久失，不虞君之爲余存也。」及還天雄使署，復檢得十三闋寄示，情致婉曲，余續入卷末，雖吉光片羽，而慢、令中或如七寶樓臺，眩人眼目，或如天風海雨逼人，讀之令人色舞神飛，直可凌轢唐宋，俯視金元，與諸名家并傳藝林。郵復於先生，并綴數語於卷端。

——李符清《海門文選》，清嘉慶刊本

李遐齡

李遐齡（一七六八—一八二三），字芳健，又字香海，號菊水，香山人。清乾嘉間人，貢生。著有《勺園詩鈔》、《容安堂文存》。

轉應曲 《聽松廬詞鈔》題詞

霞纈，霞纈，絶妙文心織就。水中間笛聲寒，唱出陽阿和難。難和，難和，海闊天空一箇。

——張維屏《聽松廬詞鈔》，清刻本

梁信芳

梁信芳（一七六九—一八四九），字薌甫，番禺人。清嘉慶十三年（一八〇八）舉人，後屢試不售，遂以讀書課子終生。著有《桐花館詩鈔》、《螺涌竹窗稿》。

瑞鶴仙

張南山司馬舊作《遊仙詞》三十首，黄蓉石比部欣然和之如數，璧合珠聯，詞壇媲美。爲各題一闋，以志欣賞

詞壇尊老宿。偶翻尋舊譜，雲霞滿幅。幽夢墮仙屋。愛導引琳琅，金銀排矗。飛珠噴玉。調徵羽、鈞天絲竹。是何年、袖入蓬萊，散出星辰森肅。　奪目。露華洗字，月斧雕肝，鄉嬛吐屬。花團錦簇。唱百疊，迎鸞曲。最安閒、別有壺中天地，刻畫胎仙蝙蝠。拌任教、赤松黄石，從頭細讀。

其二

清都誰省見。是君身仙骨，青蓮才擅。羣玉盡題遍。爍字字珠花，霓裳宛轉。雲霞雕瑑。縱筆舌、風流曼倩。信曾遊、巽島神州，讀破仙書萬卷。　驚羨。圖雲寫氣，炰鳳屠龍，瑶臺月殿。都京研煉。按一曲，意千變。夢蘧蘧、但覺驂鸞駕鹿，灑吐珠璣迸濺。更攀留、新宮題草，雙童捧硯。

——沈世良、許玉彬《粵東詞鈔》，謝永芳校點，鳳凰出版社二〇一二年

張岳崧

張岳崧（一七七三—一八四二），字海山、子駿、翰山，號指山，安定人。清嘉慶十四年（一八〇九）探花，官至湖北布政使。有《筠心堂集》。

《天籟軒詞譜》序

余不工度曲，顧每讀曩賢佳製，如李青蓮之飄逸，温飛卿之雅麗，蘇子瞻之豪宕，秦淮海之情韻，周清真、姜白石之精深華妙，每一諷咏，情興往來，有如贈答。嘗謂此事爲詩人緒餘，其矗似俚，其豔類俳，然言情最摯，託興尤深。昔晏小山「夢魂慣得無拘檢，又踏楊花過謝橋」句，至爲伊川子所賞，不虚也。同年友葉君小庚，負豪爽不羈之才，詩文之外，兼善倚聲。兹所選《天籟軒詞譜》，倣萬紅友《詞律》，而精審過之。俊語名章，足資吟諷；櫛字比句，尤具衡裁。學者金鍼斯在，無徒向舞裙歌扇、豪竹哀絲作綺語癖也。定安張某序。

——張岳崧《筠心堂文集》，清道光二十四年刻本

吴榮光

吴榮光（一七七三—一八四三），字伯榮，一字殿垣，號荷屋，晚號石雲山人，南海人。清嘉慶四年（一七九九）進士，歷任湖南巡撫兼湖廣總督、福建布政使。善於金石、書畫鑒藏，且工書善畫，精於詩詞。著有《辛丑銷夏記》、《石雲山人文集》、《緑枷楠館録》等。

百字令　題孔荃溪觀察昭虔《琴雅詞稿》，時觀察量移江西糧道

春來何處，莽天涯、愁入美人香草。三十年前紅杏影，曾被東風顛倒。觀察後余一科成進士。月白當頭，花芳竟體，有個人年少。酒闌燈灺，一聲飛上蓬島。　懊惱。七載榕雲，今朝萍水，又話西江道。水遠如天天較近，只恐有情天老。蝴蝶多憨，鴛鴦雙慧，夫人善填詞。此福誰修到。旗亭他日，剔箏傳寫多少。

——沈世良、許玉彬《粤東詞鈔》，謝永芳校點，鳳凰出版社二〇一二年

譚敬昭

譚敬昭(一七七四—一八三〇),字康侯,號選樓,陽春人。清嘉慶二十二年(一八一七)進士,官户部主事。與張維屏、黄培芳並稱「粤東三子」;又與林聯桂、黄玉衡、黄培芳、張維屏、吴梯、黄釗並稱「粤東七子」。著有《聽雲樓詩鈔》、《聽雲樓詞鈔》。

一翦梅 《聽松廬詞鈔》題詞

唱罷新詞一問天。霞滿江天,月滿江天。天邊鸞鳳海山仙。謫自天仙,仍自天仙。　鐵撥紅牙也任傳。譜遍霞箋,鈔遍霞箋。旗亭畫壁待何年。乞付嬋娟,早付嬋娟。

齊天樂 次韻答張南山司馬①

素馨田畔長春國,千秋尚餘香色。百囀黄鸝,交飛翠羽,勾引花間詞客。閒情浪墨。況如此

① 此詞爲譚敬昭答張維屏作,附於《聽松廬詞鈔》,題曰「康侯次韻」。詞作緣起張維屏以詞代書致譚敬昭,譚敬昭以詞回書。詞題爲編者所擬。

江山，幾重阡陌。一笑三年，棹頭吟詠又何惜。迢迢相望咫尺，向天孫乞巧，心錦重織。細按紅牙，低呼碧玉，綺語誰曾多得。涼宵露白。對素月千波，絳河一脈。互唱雲霞，落花飛硯北。

齊天樂　次韻再答張南山司馬①

重教鐵撥翻牙拍，詞壇又增聲色。響遏銀雲，音流玉笛，自是登樓羈客。豪情翰墨。早平覽千秋曲，凌三陌。對酒當歌，舞殘金縷未須惜。珊瑚敲碎七尺，看宮袍泛月，雲錦爲織。海鶴南飛，天仙幾謫，那許塵知得。東坡太白。溯一派源頭，九霄來脈。手挽長河，奮飛南斗北。

——以上張維屏《聽松廬詞鈔》，清刻本

滿江紅　題石華《桐花閣詞》

作客梁園，曾踏破、滹沱冰雪。還獨立、長風萬里，帽簷吹揭。白雁來經沙磧外，黄河瀉入長城缺。借胡笳羌笛譜邊聲，關山月。青草冢，寒雲滅。燕支塞，春光泄。又歸來遥望，居庸層疊。馬上琵琶絃轉急，曲中楊柳枝堪折。待皇州春色囀新鶯，朝金闕。石華曾客大同。

——吴蘭修《桐花閣詞》，清光緒刻本

① 此爲詞譚敬昭答張維屏作，詞題爲編者所擬。

題《劍光樓詞》

姑射山人綽約姿，裁雲鏤月譜新詞。紅牙拍按黄金縷，自寫銀箋付雪兒。

湯休怨別碧雲高，小閣桐花見鳳毛。近時湯雨生暨吾粤吴石華《桐花閣詞》最工。一曲霓裳方擫笛，當筵不數鬱輪袍。

——儀克中《劍光樓詞》，清咸豐十年刊本

林聯桂

林聯桂（一七七四—一八三五），初名家桂，字辛山，吴川人。清嘉慶六年（一八〇一）拔貢，九年（一八〇四）中舉。道光六年（一八二六）進士。歷任綏寧、新化、邵陽知縣。博學能文，才思敏捷，爲「粤東七子」之一。著有《見星廬詩稿》、《見星廬詞稿》等。

劉彬華《〈見星廬詞稿〉序》

吴川林辛山孝廉，工詩古文詞，富著述。其《見星廬詩》已刻者若干卷，余嘗選入《嶺南羣雅二集》。其未刻者，詩若干卷，古文、駢體文及詩話、文話、賦話又二十餘卷，皆足以出而問世。惜辛山家貧，無剞劂資。今其門人吾宗楙堂刻其詞稿一卷，特管豹之一斑耳。吾粤故多詩人，比來番禺張南山、陽春譚康侯，皆兼擅填詞，而嘉應吴石華詞筆尤工。辛山出其詩之餘緒，與諸子執旗鼓，抗顔行，夫豈多讓耶？楙堂恂恂有文，服膺師教，亦足多云。時道光癸未九月既望，樸石劉彬華題於粤華山館。

——林聯桂《見星廬詞稿》，清道光刻本

黄　釗

黄釗（一七八七—一八五三），字穀生，號香鐵，嘉應人。清嘉慶二十四年（一八一九）舉人，充國史館繕書。大挑授知縣，後任潮陽縣教諭，再任翰林院待詔。有《讀白華草堂詩集》。

題潘紱庭曾綬《睡香花室詞稿》

一卷生花絶妙詞，小樓春到賣花時。紱庭詞句。吴中團扇新翻樣，公子家家競繡絲。

——黄釗《讀白華草堂詩集》，清道光二十八年刻本

題《東陂漁父詞》

西堂老去粱汾謝，誰爇蘇辛一瓣香。眼底東陂漁父唱，海天霞客遜蒼涼。張南山有詞名《海天霞唱》。新詩尚有小斜川，謂令子秋農。淮海遨遊歷冀燕。不負文章江左望，琅邪風調最翩翩。

——顔琬《東籬詞稿》，鈔本

黄之馴

黄之馴，字季剛，號景碧山人，吴川人。生平無意功名，幕遊南北，以詞爲性命。著有《宋人詞説》四卷，今佚。

踏莎行 《蓱緑詞》題辭

水繞荒城，煙迷冷月。落梅如雨繁華歇。春風詞筆瘦誰知，綺懷空綰丁香結。　醉裏徵歌，客中話别。分明都是愁時節。天涯惆悵倚樓人，孤鴻夜掠平山雪。

——丁至和《蓱緑詞》，清咸豐十一年刻本

杜文瀾《憩園詞話》評

與丁萍緑至交，有黄季剛者，名之馴，廣東吴川縣人。幕遊江南，無意求名，以詞爲性命。初學蘇、辛，後改而致力於南宋。深慕王碧山，故自號景碧山人，志趣可想。著有《宋人詞説》四卷，切磋三十餘年，選存自作詞六十五闋，均未刊。以其兄介存孝廉官山西介休縣，復幕遊山右，亡時年已六十有九矣。萍緑摘録其詞寄示，余謂小令三闋，筆致輕倩。《漢宫春》、《瑶華》二闋，咏物無迹，舒卷自如。其擇律之精，無俟稱述，備録之，以質同賞。《相見歡》云：「梨花寂寞春殘。倚闌干。兩道眉痕淺淺、學春山。　情甚熱。歡無竭。别來難。況是一天風雨、不勝寒。」又《臨江仙・東友》云：「老去逢春多感慨，偏教霧裏看花。落紅點點逐塵沙。東風知有意，吹送到誰家。　鬢軃鬟欹嬌不語，一腔幽怨還賒。有人淪落共天涯。青衫都是淚，不敢問琵琶。」又《祝英臺近・奉和曼陀羅華閣賦橘》云：「荔枝香，梅子熟，秋老漢陽路。客倦遊梁，江上植千樹。恰宜清曉霜天，髯蘇仙去，有誰解、霎時延佇。　紫簫侣。記曾共破新橙，濃芳蘸柔素。密意潛懷，襟袖暗香度。只愁冷落樵柯，重尋棋劫，又空剩、斷雲迷霧。」又《漢宫春・咏介休中七星槐爲介存兄舊治》云：「司馬門前，自仲文老去，幾度沾衣。重巡莎徑，一片庭草萋萋。星靈暗淡，定傷心、景物全非。對昔日、傳經舊市，一般都付鶯啼。　屈指清涼未久，聽蟬吟高樹，露咽風淒。記得緑陰共醉，花蕚留題。瞢騰枕上，送斜陽、冉冉低迷。且莫問、朱輪何似，一枝聊許幽棲。」又

《瑶華・和萍緑咏白菊》云：「冰綃淚隕。揮盡黄金，剩瑶臺零粉。瓊酥消瘦，休錯怨、昨夜西風吹恨。銀屏涼透，又新雁、替傳霜信。愁漏深，月兔斜窺，暗地玉容偷認。　籬邊蛺蝶飛來，爲貪抱寒香，雙夢棲穩。萸杯潦倒，須待得、送酒人來重引。紫桑舊約，已誤了、昔年招隱。最可人、漸老徐娘，一段素秋風韻。」卷四

——杜文瀾《憩園詞話》，唐圭璋《詞話叢編》本

張維屏

張維屏（一七八〇——一八五九），字子樹，號南山，因癖松，又號松心子，晚年自署珠海老漁、唱霞漁者，番禺人。清嘉慶九年（一八〇四）舉人，道光二年（一八二二）進士。在湖北、江西等地任州縣地方官，曾署理南康知府。爲官清廉，道光十六年（一八三六）辭官歸里。著有《聽松廬詩略》、《松心文鈔》、《松心駢體文鈔》、《聽松廬詞鈔》、《聽松廬詩話》、《談藝録》、《國朝詩人徵略》等。

聽松廬詞話①

吴蘭修，字石華，嘉應人，嘉慶戊辰舉人，官訓導。石華自榜其門曰：「食四十兩俸；藏三萬卷書。」今書多出售矣。石華專工填詞，吾粤詞家屈翁山多蘇、辛格調，若石華則南唐、南宋，出以天然，詞筆天生，一時無兩。聽松廬詩話

陳澧，字蘭甫，番禺人，道光壬辰舉人，官河源縣教諭。蘭甫以萬夫之稟，加三餘之勤，根本孝友，研貫典籍，自經史以至子集百家，皆能過目，而舉其要者。著書十數種，尤深翻切音韻之學，爲古文得古人蒼健之氣，駢體氣息多近六朝，詩詞不專主一家，而出筆能自攄胸臆，蓋天資、學力兩美克兼，而又能深造自得，故能臻斯境也。聽松廬詩話

李應田，字研卿，順德人，咸豐壬子進士，官候補道。研卿天資穎異，加以博覽多聞，凡制藝、駢體以及詩詞，當其興之所至，文如舒錦，思若湧泉。近聞出爲觀察，駸歷仕途，詩文一道，想來未暇專心致力矣。詩稿未見，僅録兩聯。聽松廬詩話

葉衍蘭，字蘭臺，番禺人，咸豐丙辰進士，官翰林院庶吉士。蘭臺稟賦過人，多材多藝，於制藝、駢體、詩詞之外，凡篆、隸各體以及鐘鼎文字，俱能臨摹逼肖，又工寫花卉，善畫美人，精刻印

① 本無此專名，兹從《藝談録》、《國朝詩人徵略》摘録話詞者數則而以此名之。

章，不徒衆藝兼長。去歲將入都，見王仲瞿曇文集，即日借鈔，其勤學如此。聽松廬詩話

沈世良，字伯眉，番禺人，附貢生，官訓導。伯眉汲古綆修，劬書炙劇，博聞多識，幾於過目不忘。工制藝，兵燹頻年，鄉闈不舉，鴻翔鳳翽，待時而鳴，駢體、詩詞，藻思豐贍，於倚聲一道，尤得宋人神韻之遺。聽松廬詩話

——張維屏《藝談録》，清咸豐刻本

先生古文亦雅正有法①，其《銅絃詞》尤爲獨絶。或行以勁氣，則磊落崎嵚；或出以深情，則纏綿婉曲。直是世間一種不可磨滅文字，不得以小詞目之。

藝圃有《離亭燕》一闋云②：「天際片帆，揺曳客裏，風光須記。過幾處、水村山郭，又指酒帘歌肆。春色到揚州，人在紅橋廿四。不見嶺頭驛使，書倩飛鴻遥寄。無限别離愁與恨，並作平安兩字。家隔萬重山，只有夢歸容易。」藝圃詞不多作，此闋使蘇、辛、秦、柳見之，亦當歎爲黄絹幼婦也。松軒隨筆

——張維屏《國朝詩人徵略》，清咸豐二年刻本

① 此處「先生」指蔣士銓。
② 金菁莪，字藝圃。

清　張維屏

《粵東詞鈔》序

詞，一名詩餘，談藝者多卑之。余謂詞家所填之詞有高有卑，而詞之本體則未嘗卑。何也？詞與詩，皆同本於《三百篇》者也。説者謂詩有定體，而詞之字則或多或少，詞之句則或短或長，是以不能與詩並，而不知此即本於《三百篇》。試略舉之，如一句兩字，本於「鱨鯊」、「祈父」；一句三字，本於「螽斯羽」、「殷其雷」；四字、五字、七字與詩同者，無庸更僕。若夫上三下四而仄韻者，「麟之趾，振振公子」；上三下四而平韻者，「園有桃，其實之殽」；上四下三而平韻者，「式微式微，胡不歸」；上四下三而仄韻者，「自今以始，歲其有」；上三下五而仄韻者，「美無度，殊異乎公路」；上三下五而平韻者，「左執簧，右招我由房」；上四下五而平韻者，「靜女其姝，俟我於城隅」；上四下五而仄韻者，「微君之故，胡爲乎中路」；上五下四而仄韻者，「益之以霢霂，既優既渥」；上五下四而平韻者，「無金玉爾音，而有遐心」；上四下六而平韻者，「懷哉懷哉，曷月予還歸哉」；上四下六而仄韻者，「王事適我，政事一埤益我」；上六下四而仄韻者，「迨天之未陰雨，徹彼桑土」；上六下五而平韻者，「我姑酌彼金罍，維以不永懷」；上六下五而仄韻者，「胡寧瘨我以旱，憯不知其故」；上四下七而平韻者，「我有旨酒，以宴樂嘉賓之心」；上五下七而仄韻者，「日辟國百里，今也日蹙國百里」；上四下八而仄韻者，「九月在户，十月蟋蟀入我牀下」；上四下八而平韻者，「不狩不獵，胡瞻爾庭有縣貆兮」。而尤可互證者，詞往往以三字句作收，似乎纖屑，而其實本於《風》之「遠條且」、「從夏南」，且以《頌》之莊嚴，而收句亦「於繹思」三字。是其字之多寡，句之短長，皆從《三百篇》來，則安得以詞爲卑耶？雖兒女情長，曼聲不少；而英雄氣壯，傑作恒多。青蓮、白石，傳來樂府之遺音；東坡、稼軒，行以古文之灝氣。然則詞亦視乎其人，視乎其詞，非可一概論也。粵東地位南離，人文炳焕，聲詩之道，自唐以逮國朝，大家、名家，後先相望，總集、别集，遠近風行。惟詩餘，則千載以來，從未有人蒐羅而甄綜之。吾友許君青皋、沈君伯眉，好古多聞，尤深詞律。一日偶談及此，兩君慨然任之。於是近覽遠稽，探幽索隱，或訪諸他鄉異縣，或求之斷簡殘編，人無論殁存，詞無論多寡。自五代迄今，共得六十餘家，分之則各自成篇，合之則都爲一集。雕板將竣，問序於余。余因約舉詞字多寡、詞句短長皆本於《三百篇》，以明詞體之未嘗卑，先以質諸同人，且以質諸海内之工於倚聲者。

——張維屏《松心文鈔》，清咸豐刻本

《玉香亭感舊詩詞》序

明明如月，灼灼其華。蕙質自芳，蘭儀比潔。倩蹇修以結言，玉田早種；盼杜蘭之下降，香簡曾貽。當江郎采薪之年，有吴姝寫韻之意。而况木公金母，許揖拜於瑶房。橘弟槐兄，慣追陪於繡闥。斯時也，筵羅樽俎，院沸笙歌，童子何知，伊人宛在。吐屬則風姨善謔，徘徊而月姊無猜。香霧一身，撲枝頭之小蝶；紅潮雙頰，窺鏡裏之修蛾。固宜花號合歡，禽稱共命。何意碧城風烈，黑水波寒。珠逐星沈，璧隨月墮。三生夢斷，塵凝玳瑁之牀；兩小神交，墨碎鴛鴦之譜。嗟乎！霜舂玉杵，難醫倩女之魂；水漲銀河，忽湧離人之淚。紅桐骨立，雌鳳聲酸；碧荇絲牽，鰥魚夢澀。情苗頓折，歡緒空尋。積金如山，詎韶年之可買；抽刀斷水，笑綺業之難消。聊藉長謡，用攄孤抱。

《回波詞》自序

齠齡讀書南墅，墅在珠江之南，潘氏别業也。墅中有軒，階前雙梧，碧覆簷際，風枝雨葉，涼入心脾。軒外數武，一橋見山，萬緑飲水。余與金七菁莪、潘大正亨、陳二廷揚徜徉其間，吴上舍格、邱都閫珖、張茂才思齊時相過從。吴善飲，飲可一斗。邱善歌，幼時曾及見杭堇浦先生。每話先生笑貌舉止，聽者咸想見之。張喜彈琴，兼工書畫。陳善吹笛，余與金、潘賦新詩或哦古人詩，陳吹笛和之，相與聯襼掎裳，攬環結佩。蒼官青士，互爲主賓；吴歈越吟，迭相唱和。紅日暫别，招白月兮偕來；朱夏將炎，留青春兮共住。偶爾臨水，意不在魚；翩然傍花，身欲化蝶。尤可愉者，四時惟秋最清，百花惟菊最壽。五柳不作，一籬可東。依花傳觴，選石安硯。吟毫偶輟，逸趣横生。紅芙壓肩，黄菊簪帽。列坐水次，行歌道中，鄉人笑迎，巷犬怒吠。樵夫漁子，皆我友朋；佛寺僧房，供我几榻。不知眼底何地，但覺胸中有天。人生行樂，亶其然乎？歲華飆馳，朋輩雨别，易遘青眼，難逢素心。名韁利鎖，擾擾百年；問舍求田，營營一世。富貴老大，不如貧賤少年；臺閣鵷鸞，何似煙波鷗鷺。曲唱小海，詞填回波。甫得兩闋，提壺喚人，披衣出門，遂不復續。

——以上張維屏《聽松廬駢體文鈔》，清咸豐刻本

《月波樓琴言》題辭

棠溪儀部深於詩，不肯多作，作亦不欲示人。夙工倚聲，興到填數十闋。昨出以見示，三唐兩宋，不專一家；細膩粗豪，各如其意。時而激昂慷慨，直是銅琶鐵板，唱大江東；時而旖旎纏綿，何減山抹微雲，曉風楊柳。作者幾欲合蘇、辛、秦、柳爲一手，必傳奚疑。咸豐丙辰三月修禊後三日，珠海老漁張維屏。

——陳其錕《月波樓琴言》，清咸豐六年刊本

《法駕導引》序

遊仙發詠，肇自陳思。溯厥權輿，則《皇娥》、《白帝》之歌，「太乙」、「東君」之語，實飆辭之星宿、霞構之岷峨。逮郭璞沿夫古波，曹唐摛其新藻，自時厥後，代有偉篇，莫不驅海入壺，裁雲作紙，顧詩多嗣響，而詞少繼聲。歲在元黓，館於西城，時方養疴，經月不出。心每遊乎碧落，身易入於黑甜。上清童子，願贈銖衣；太極夫人，許披瑶笈。銀河漱齒，吞星斗於懷中；絳闕揮毫，瀉波濤於腕底。應接則東華南嶽，馳驅則赤豹黄螭。眷彼瑰觀，攄兹懷抱。在昔龍女行歌市中，所謂水府真人《法駕導引》者，節奏天成，人間罕覯。爰譜其逸調，填以新詞，爲夢遊仙曲三十闋。僕家傳辟穀，身愧伐毛。繻襦甲帳，難尋跨虎之蹤；鐵板銅琶，敢笑雕蟲之技。況百年一瞬，並處華

胥；三島十洲，本羅丹府。浮生若夢，但須緑醑頻斟；噬肯來遊，莫待黄粱已熟。

——張維屏《聽松廬駢體文鈔》，清咸豐刻本

沈伯眉廣文世良見示新詞爲題二絶句

多情誰似杜司勳，禪榻茶煙話舊聞。刻意傷春復傷別，於今還有沈休文。

落紅和酒濕春衫，不負佳辰三月三。填就新詞三百字，白眉情似白鵝潭。伯眉近寓禪院，在鵝潭之南。

——張維屏《松心詩集》，清道光刻本

齊天樂　秋夕簡康侯

南無綺語蠻菩薩，多時坐觀空色。耳冷聽雲，心孤夢雨，三載仙城爲客。淋漓潑墨。對紅蓼沙汀，緑楊煙陌。絮繞絲纏，珠兒珠女總堪惜。　陽關三疊舊譜，訝新翻花樣，旋轉如織。君有《珠江柳枝詞》上下平三疊。一笛輕吹，雙鬟低唱，此福書生禁得。銀河夜白，想水正盈盈，意常脈脈。忽效參軍，語蠻南又北。

齊天樂　疊前韻答康侯

珊瑚架上秋垂露，筆端挽回春色。唾去紅霞，捉來白月，一笑人間癡客。餘煙剩墨。要灑遍溪山，染勻阡陌。紙醉金迷，練裠書破未應惜。　量天誰借玉尺，歎天孫辛苦，終歲勤織。手倦兜羅，機支片石，未許凡夫窺得。抽青妃白，看繡虎雕龍，共分靈脈。快掃千軍，馬羣空冀北。康侯時將北上。

浪淘沙　石華見寄新詞，次韻答之

覽鏡對方銅，鬢欲成翁。勞勞南北更西東。塵海回頭多變幻，蜃氣青紅。　昨日雨濛濛，今日霞烘。興來歌嘯海天風。小技雕蟲遊戲耳，好去雕龍。

滿江紅　吴石華孝廉出示《桐花閣詞》，賦此以贈即題卷後

一介書生，曾旅食、身行萬里。問眼中、幾多奇境，幾多奇士。蘇武城邊斜照入，白登臺畔秋風起。向天涯、此際復何爲，狂歌耳。　且莫問，悲還喜。也莫辨，宫和徵。祇酒酣落筆，新詞千紙。射虎定償他日願，雕龍本是平生技。賸些些、綺語未消除，風流子。君嘗客大同

——以上張維屏《聽松廬詞鈔》，清刻本

金陵女子元小桂詩餘題詞并序

女子名維馨，字小桂，金陵人。祖觀察、父少尹、昆弟並知名之士。小桂年十九，鼓琴承母教，而指法益奇變，讀書賦詩而外，雅喜填詞，工小楷，歸固始吴茂才書升。茂才爲吾友紅生孝廉之姪，而小桂則紅生之甥也。紅生書來，述其淑慧，并寄示小詞數闋，因題四絶句。

琴譜萱闈親授來，更從指法出新裁。定知静好傳佳話，曾把絲桐作鏡臺。女士及笄，姑祝夫人賜以良琴。

蘭閨小女學吟哦，小女初學詩。好句傳來擊節歌。讀到涼波吹不皺，碧天如水月明多。女士玩月有「萬頃涼波吹不皺」之句。

寫韻仙家本絶塵，簪花妙格更誰倫。新裁玉版烏闌紙，欲乞佳人仿洛神。

小山叢桂愛清秋，月地雲階互唱酬。眉史修成修國史，延陵福慧定雙修。此章兼寄茂才。

——張維屏《聽松廬詩鈔》，清嘉慶刻本

湯貽汾《百字令·〈聽松廬詞鈔〉題詞》

唱霞漁者，君自號。恁襟懷，直似海天空闊。萬里潮平煙盡處，遥指中原一髮。蜃市忙閒，鯨波喧静，過眼都休説。一聲高唱，六螭扶起紅日。　憶昨罷釣江頭，攜琴海上，見汝雄心折。予有《秋江罷釣圖》。兩卷新詞聲激壯，寫出肝腸如鐵。海雨晴時，天風斷後，血共丹霞熱。魚龍夜定，再休横竹吹裂。

——張維屏《聽松廬詞鈔》，清刻本

黄燮清《國朝詞綜續編》評

黄韻甫云：先生善文詞，所交皆海内知名士。著《國朝詩人徵略》一書，發微闡幽，各繫小傳，使後之人知人論世，得所依據，其用心遠矣。詞亦秀雋不凡。

——黄燮清《國朝詞綜續編》，續修四庫全書一七三一册

杜文瀾《憩園詞話》評

粵寇初起，兩江陸立夫制軍建瀛爲欽差大臣，赴楚堵剿。檄余與戚子固觀察綜理糈臺，余兼司箋奏。壬子十二月十五日，自白門啓節。祭大纛時，天日慘澹，飛霧滿庭。環顧弁兵，無不顔色淒黯，心已訝其不祥。申刻出儀鳳門，登舟，風逆不得發。夜間得報，知武昌失守。次早，揚帆西行，迨阻風九江，烽警更惡。余乘紅船較寬，同人常來聚談，相對悲慨。胡珠泉二尹，忘其名，口誦粵東張南山太守維屏一詞，調寄《闌干萬里心》云：「九江城外雨如煙。九派茫茫送客船。不聽琵琶已黯然。水連天。一夜江聲人未眠。」謂與此時情景相似。余謂此是承平時語，今風聲鶴唳、銷魂情緒，殆又過之。曾有和作。未數日，舟次湖北隆平鎮，翼長都督恩長陣亡。制軍易舟先歸，同人星散。珠泉趨陸路，遇賊戕害。今因録同好詞句，忽念前詞，覺烽火連江，宛然心目，爲之

淒然。　卷四

——杜文瀾《憩園詞話》，唐圭璋《詞話叢編》本

謝章鋌《賭棋山莊詞話續編》評

《聽松廬詞鈔》，《海天霞唱》二卷附《玉香亭詞》一卷。番禺張子樹維屏撰。子樹一字南山，早負才名，居官亦有聲。晚年家居，頹唐自肆。余聞其鄉人曰：「此南山有爲而然也。」南山生平謹飭，後爲人所誤。區寬者，縣役之總首也，蠹法受贓，家資鉅萬，援例得四品銜，既歿，其家請南山題主。私以萬金賂其人，其人粉飾慫恿，南山不知而從之，清議譁然。南山曾仿尤西堂法作圖數十幀，歷紀一生事蹟，付之梨棗，分致同人。或於其後添繪題主圖，密封送還，南山始覺，乃大慚憤。因謂身名瓦裂，有何顏面，因而問柳尋花，無日不在歌姬之院。即其素愛之聽松廬，亦不時至焉。

南山曰：「詞家蘇、辛、秦、柳，各有攸宜，軌範雖殊，不容偏廢。」又曰：「以情勝者恐流於弱，以氣勝者恐失於粗。」然南山詞豪宕自喜，蓋有意蘇、辛而不至者，尚不能自踐其言。其夢遊仙曲三十首填《法駕導引》，盛得時名，究之仍是五七言詩耳。《天仙子·春暮出遊，悵然有咏》云：「黃屋英魂猶在否，清明寒食無杯酒。夕陽紅上越王臺。攜翠榼，整金釵，人自百花墳上來。」《西地錦·舟中午日》云：「曾歷燕齊鄒魯，有滿身塵土。長河水濁，長淮水緑，又滿天風雨。　萬里此行何補。惹離愁千縷。清明過了，端陽到了，聽異鄉簫鼓。」《醜奴兒令·題畫》云：「疏林昨夜新霜透，天正寥寥。風又刁刁。只有丹楓醉未消。　一條拄杖如人瘦，兩鬢蕭蕭。兩袖飄

飄。又被青山引過橋。」此數闋特清婉。附録一卷，皆其少作。其名「玉香」者，時有山陰方某，集諸文士於紫藤池館，南山年十三，白蓮盛開，援筆賦《浣溪沙》，有「銀塘風定玉生香」之句。方歎曰：「此子他日必以文章名。」遂以幼女字之，且擬搆亭池上，顔曰「玉香」。其後女以哭母病歿，南山悼之，集中《紫藤曲》與《藤花夢傳奇》，皆因是作也。

——謝章鋌《賭棋山莊詞話》，唐圭璋《詞話叢編》本 卷三

陸寶樹《樵畬詞話》評

張南山先生，廣東番禺人。秋夜偕客放舟赤壁，酒酣，填《一萼梅》調，扣舷歌之，詞云：「依然赤壁在黄州。古有人遊，今有人遊。茫然萬頃放扁舟。人在中流，月在中流。髯蘇二賦自千秋。佳境長留，佳話長留。何須簫管聽啁啾。詩可相酬，酒可相酬。」豪情逸致，想見當年。披讀之餘，令人神往。

——《詞學》第二十一輯

蔣敦復《芬陀利室詞話》評

雨翁有一詞，頗露英雄本色，題張南山《海天霞唱集》云：「唱霞漁者，恁襟懷，直似海天空闊。萬里潮平煙盡處，遥指中原一髮。蜃市初收，鯨波未息，過眼都休説。一聲高唱，六龍扶起紅

日。憶昨罷釣江頭，攜琴海上，見汝雄心折。幾卷新詞聲激壯，寫出肝腸如鐵。瀨雨晴時，天風斷後，血共丹霞熱。魚龍夜定，再休橫竹吹裂。」卷二

——蔣敦復《芬陀利室詞話》，唐圭璋《詞話叢編》本

郭則澐《清詞玉屑》評

偶於楊味雲齋頭，見楊掌生孝廉所著《長安看花記》，筆墨修雅，略如《金臺殘淚》，而詳贍過之。冠以范秀蘭，殿以翠林。録其爲翠林書扇《柳梢青》一解云：「記否相逢。春山畫裏，春水波中。繫馬樓臺，藏鴉門巷，歸燕簾櫳。　好春生怕匆匆。歌扇底、芳心自同。藍尾杯深，紅牙板緊，沈醉東風。」翠林字韻琴，蓋識自保陽者，嘗隷京師春臺部，幾於天涯淪落矣。秀蘭字小桐，善畫，嘗於紅氍毹上演馬湘君畫蘭，煙條雨葉，揮灑立就，或水墨，或著色，並皆佳妙。掌生藏其小影畫扇，名之曰「國香秀影」，且依樊榭咏素心蘭《國香慢》韻，倚聲題之。又有潘玉香者，字冠卿，夙與韻香、蕊仙齊名，工《瑶臺》、《藏舟》諸劇，尤善演《楊妃春睡》，旖旎風情，出人意表。掌生以梁汾咏梅《浣溪沙》詞所謂「物外幽情世外姿」者方之。玉香娶婦芙蓉，爲賦《賀新郎》云：「一桁簾衣捲。藕花中、並蒂移花，羊車初遣。莫笑一生花底活，未許露華輕泫。況紅葉、留春如繭。一笑並肩人鏡裏，問近來、眉樣今深淺。紫雲曲，譜親展。　國香服媚名逾顯。記索郎、飛白瑶臺，親題禁扁。爲檢河魁繙秘笈，不吠琅嬛白犬。許平視，磨甎幸免。不礙二分春似水，算長安、添數

看花典。圓月照，華燈翦。」是即秋水軒倡和韻，國初諸老嘗以賀汪蛟門納姬者。其題扁句，則謂嘗取張南山「銀塘風定玉生香」詞意，名玉香所居曰「白藕花吟舫」，亦後來詞家談助也。 卷九

——郭則澐《清詞玉屑》，朱崇才《詞話叢編續編》本

澹於《雪堂叢拾》評

張南山先生詞：張南山先生，有「村居樂」《黃鶯兒》八首，寫四時村居之樂，各擅其勝，即熱客聞之，當亦悠然神往也。茲録其春、夏、秋、冬各一首，以貢世之提倡村居者。詞云：「結箇小茅茨。愛村居，耕種宜。課晴問雨吾儕事。新泥一犁，新秧一畦，朝來好雨如絲細。著蓑衣，衝煙而去，笑指杏花肥。」春「深柳讀書堂。愛村居，日正長。兒曹把卷書聲朗。北窗置牀，南風送涼，忽然夢到羲皇上。黑甜鄉，思量熱客，此際汗如漿。」夏「秋色滿煙蘿。愛村居，詩思多。移花補竹閒功課。撚鬚奈何，掉頭細哦，樵夫牧豎都來和。笑呵呵。塗鴉心急，新墨兩頭磨。」秋「曝背坐前廊。愛村居，冬向陽。太平打鼓鼕鼕響。東家築場，西家殺羊，騎驢踏雪人來訪。漏春光，梅花帳底，一夜夢魂香。」冬先生詩、詞，皆天籟自鳴，若律以聲律細屑之學，非所語於先生矣。

——《詩聲》第三卷第十號

何桂林

何桂林，清嘉道間人，字子卲，號一山，增城人。福建候補縣丞。張維屏、黄培芳弟子，嘗寓番禺河南溪峽，與潘光瀛爲詩酒之交，於潘飛聲爲父執輩。著有《海天琴思詞》。

一枝花　《花語詞》題詞

人在珠江畔，年少行吟慣。蘋洲漁笛，都擁琴案。看減字偷聲，寫得詞華爛。家世豪情擅，尊祖鴻軒先生有《燈影詞》；尊甫玨卿有《梧桐庭院詞》。檀板紅牙，早已旗亭傳遍。笑儂亦紅裁白判，惹得吟逋絆。到如今、爨弄何曾算。羡摘粉搓酥，淺斟低唱，肯便浮名换。字字珠璣，堪倩箇、小鬟輕按。

——潘飛聲《説劍堂集》，清光緒二十四年刊本

姚天健

姚天健，清嘉道間人，字行軒，别號西溪漁隱，澄海人。布衣，以詩馳聲江淮間，道光時遊學於洪亮吉之門。著有《遠遊詩鈔》、《遠遊詞鈔》、《倦遊詞草》。

王植《〈遠遊詞鈔〉後跋》

行軒先生以所製《遠遊詞鈔》示爲商榷，讀其詞，知其學蘇、辛諸大家者有素。兹自小令及長調，謹登其尤佳者若干首，其餘詞意可采，或以一字累全章者，概行割愛。即所登入選者，妄加臆見評點。非采爲嚴刻，蓋以名家著作在精不在多，與其亂沙雜金，何如吉光片羽爲可傳耳？然其間遺珠污玉，勢所難免，斯則我之咎，將無所逃避者也。時嘉慶丁卯夏中，吴門弟王植拜跋。

——姚天健《遠遊詞鈔》，紉芳簃鈔本

馮賡颺

馮賡颺，字子皋，號拙園，南海人。清嘉慶進士，官翰林院庶吉士，任山東汶上知縣。著有《拙園詩選》。

《玉香亭詞》跋

《玉香亭詞》，吾師松廬先生少作也。曷名「玉香」？有方翁者，山陰人，性豪邁，喜絲竹。一日，集諸文士於紫藤池館，金樽檀板，裙屐風流。時先生年十三，於座中爲最少。適白蓮盛開，援筆賦《浣溪紗》一闋，有「銀塘風定玉生香」之句，方翁歎曰：「此子清才，他日必以文章名。」遂以幼女字之，且擬構亭池上，顔曰「玉香」，亦韻事也。越數載，而女以哭母病殁，先生賦詩悼之，集中如《紫藤曲》、《遺恨懷》諸篇，又《藤花夢傳奇》，皆緣是而作也。先生少作詞稿多散失，偶從故篋中檢得此卷，録附《海天霞唱》之後，仍存「玉香」之名，殆佛氏所謂影事前塵，亦不欲概爲捐棄云爾。門人南海馮賡颺謹識。

——張維屏《玉香亭詞》，清道光刻本

梁梅

梁梅（一七八八—一八三八），字仲錫，一字子春，順德人。清道光八年（一八二八）優貢生。受知於曾燠，禮爲上客。精於鑒古。著有《寒木齋集》。

論詞絶句一百六十首 并序，録二十六首

自昔三百餘曲，傳於教坊；八十四調，載於樂府。大抵竹枝㛹㛹，摹漢北之新腔；蓮葉田田，仿江南之豔唱。取備尊前之按拍，遂開詞學之濫觴。本美人香草之思，爲減字偷聲之製。原厥初祖，首推謫仙。迨晚唐而始務穠纖，歷五代而漸聆淒惋。迄乎兩宋，愈夥宗工；沿及本朝，斯繁作者。户傳魚鑰，人握蛇珠。擷羣芳之譜裏，萬紫千紅；眩多寶之船中，五光十色。然而天池星海，派實衍乎一源；灩澦瞿塘，流只分乎三峽。試標大略，可概羣言。微雲衰草之闋，儘女婿之傳誇；拂水飛棉之章，回至尊之燕喜。或以韻高而見重，或以諧婉而相推。星期月約，酒色天涼；燕户鶯簾，温柔鄉暖。擅花嚲柳欹之致，極搓酥滴粉之工。人目情癡，天生語好。比之十三少女，玉豔珠鮮；最宜二八嬌娃，淺斟低唱。是稱張、柳，亦曰周、秦。一時如无咎仙歌、小山鬼語，賀老黄梅之句、尚書紅杏之篇，機杼雖殊，門逕則一。近如漁洋、容若、羡門諸老，則又薰香摘豔，而盡

態極妍者也。瓊樓玉宇，憶宮闕而傷心；翠袖紅巾，借英雄而揾淚。驅古語而掉來書袋，譜醉翁而操入琴絲。雖柳綿枝上，亦類傷春，桃葉渡頭，不無怨別。而前身青兕，豪宕可知；一曲黃雞，感慨何限。弔佛狸之祠下，題燕子之樓中。聽綽板銅琶之唱，石破天驚；作金戈鐵馬之聲，脂羞粉怯。是謂蘇、辛之體，頗當詩、論之評。毛子晉云：「宋人以東坡爲詞詩，稼軒爲詞論，皆善評二公者也。」一時如西河唱酬、于湖忠憤、龍洲俊邁、龜峯悲涼，各挹餘波，時相學步。近如梅村、迦陵、心餘諸老，則又豪放傑出，具體而微者也。裁雲翦雪，詡無縫之天衣；換羽移宮，叶自然之天籟。買落花以陪笑，捲酒波而祓愁。舊時月色，梅邊之玉笛孤吹；第一東風，雪畔之薰爐重熨。本澹遠幽涼之趣，寓瓌奇警邁之辭。清謳發而閒鷗亦聽，逸藻飛而雙燕如舞。瀉澗瀑以流韻，鬱煙巒而練姿。惟姜、史之兩家，比唐詩之極盛。一時如竹山、竹屋、夢窗、草窗，張春水之超元，王碧山之清致，咸相羽翼，並建旌幢。至竹垞而句雕字琢，益闡其宗風；至太鴻而活色生香，亦承其墜緒者也。夫惟各擅勝場，遂分歧視。駕南轅者，動違北轍；泛東舸者，或背西帆。不知因時制宜，立言貴當。其琴書跌宕，山水雕鎪，引風月爲交遊，與漁樵相問答。或荷花香裏，侶合鴛鴦；或末利林中，題分蟋蟀。固應韻諧笛譜，趣演琴言，奉玉田先輩以瓣香，與白石老仙相鼓吹，斯稱雅人之吐屬，足供老子之婆娑。若夫市上吹簫，客中彈鋏，朝天路遠，賣賦金空，搔白首以過揚州，寄清淚而回泗水。荒亭北固，認廢址於南朝；故壘西邊，感雄姿於三國。非極慷慨悲歌之致，曷抒登臨憑弔之懷？故論其常則以清逸爲宗，語其變亦以豪横見賞也。即或賦擬閒情，債還綺語，許不負鶯花之願，寄偶思螺蛤之心。細膩風光，遊戲筆墨，又何必開卷作王昌之戒，小詞來法秀之呵乎？要惟斥絕淫哇，翦除硬語，屬詞婉約，行氣清空，蕭寂以致其幽，雋永以深其味，毋過煉以入晦澀，毋太纖而乖雅醇。陰陽應律，辨堯章鬲指之聲；上去審音，嚴君特煞尾之字。九張機麗，一串珠圓，斯不愧詩國之附庸，騷家之別子也。梅捫蝨語兟，《神仙通鑑》：「石曼卿有《捫蝨庵長短句》。」射雕手弱。念曲江詩派，不乏名家；惟嶺海詞壇，尚稀宗匠。粵東鄉前輩詞，惟黄益之《憶江南》一闋，始著藝林，至南宋崔清獻《菊坡詞》，具體蘇、辛，李忠簡文溪有「詞壇射雕手」之目，其他如宋、明、國初人專集，類皆有詞，然皆由詩及之，求其足與姜、張抗行者，不多見也。雖紅牙未諳乎顧曲，而蒼頭欲張乎異軍，每泛覽乎諸家，輒妄加乎評語，由唐、宋、元、明而遞及，合慢、曲、近、引以咸搜。竊比荔鄉居士，各綴吟草；庶幾樊榭山人，直抒臆見。指迷待教，願聆詞苑之叢談；佳作倘逢，請補詞林之紀事。

千秋詩聖亦詞仙，逸韻誰堪與比肩。不作人間箏笛響，笙吹緱嶺月當天。李供奉白

翰林才筆律深嫻，托旨悲涼感豔頑。可惜提鞋詞唱遍，不傳一曲念家山。南唐後主李煜

一寸狂心譜六幺，動人未免易魂銷。何如鬼語饒風致，夢踏楊花過野橋。晏小山幾道

流水棲鴉野望時，景中情與畫中詩。斜陽欲暮寧無別，未許深文遽詆諆。秦少游觀

梅子黄時雨如霧，删除兩字味方深。由來梟頸偏宜短，莫泥陰陰夏木吟。賀方回鑄

迷花殢酒輒留題，一代高名孰與齊。我似歐陽雖讀杜，心摹別自愛昌黎。周美成邦彦

山遮不斷愁來路，句愛東湖亦不羣。肯向外家誇宅相，本來阿士自能文。徐師川俯

自然曾記玉田評，不作鶯鶯燕燕聲。堪埒吹笙石湖句，杏花吹笛到天明。陳去非與義

悠悠雙槳夕陽天，別正消愁句黯然。自勝遠汀灕鷺句，曉風不及柳屯田。查□□荎

宮闕傾頹汴水寒，東都重到意辛酸。黍離麥秀荒煙鎖，淚盡金人捧露盤。曾純甫觀

大聲鏜鞳小鏗鏘，弔古傷今最激昂。卻爲詞家留本色，有時兒女亦情長。辛稼軒棄疾

白髮蕭騷水調歌，清泉白石舊盟多。青燈自寫留屯奏，想見丹心炯不磨。崔清獻與之

露洗華桐二月時，緑陰搖曳誤誰知。正如桂影朦朧夕，霜滿愁紅也未宜。聶長孺冠卿

波間紅濕賦斜陽，摘豔疑從杜老章。何若檀郎相倚句，手拋蓮子打鴛鴦。趙德莊彥端

不經人道悉瓌奇，癡語由來妙在癡。果否閒愁多萬斛，爲春瘦了怕春知。高竹屋觀國

靡曼删除格不凡，悠然至味異酸鹹。佳人翠袖寒依竹，詎羨朱門孔雀衫。蔣竹山捷

詞家豔說張春水，孤雁還齊鮑昱名。我愛白雲三百首，篇篇鏤玉與雕瓊。張玉田炎

惆悵三谿冰雪翁，爲秋娘句句何工。佳人命薄英雄苦，同歎飛花與轉蓬。李南金晉卿

不與遺民心共頑，墨痕常帶淚痕斑。傷心一闋鶯啼序，哀甚江南庾子山。汪水雲元量

聲聲慢賦雨聲聲，毀者原苛譽過情。自是村姬好風韻，亂頭粗服未裝成。李清照易安

吴郎樂府名天下，書劍飄零歎遠遊。曾賦舊時王謝燕，一聲河滿淚雙流。吴彥高激

歐九風流尚宛然，調多閒雅致綿芊。飄飄時有神仙氣，請讀麒麟散髮篇。趙閒閒秉文

水龍吟早見龍超，令曲纖穠致亦嬈。窗外白楊時自語，不容孤客不魂銷。劉文成基

感均頑豔韻宮商，白髮填詞最擅場。偶學花間留俊語，悲歌終愛賀新涼。吴梅村偉業

紅豆詞人世豔傳，一時欣賞到嬋娟。銷魂最是釵頭鳳，簾幕和霜凍可憐。吴薗次綺

南北兼宗具各家，忽然檀板忽霜笳。憐渠筆落驚風雨，和淚緘書寄漢槎。顧梁汾貞觀

——《學海堂三集》，清刊本

吴蘭修

吴蘭修（一七八九—一八三九），字石華，嘉應人。清嘉慶十三年（一八〇八）舉人，曾任信宜訓導，監課粤秀書院，阮元聘其爲學海堂首任學長。博通經史，工詩詞。著有《石華文集》、《桐花閣詞》、《端溪硯史》、《宋史地理志補正》等。

《桐花閣詞》自序

余隱桐村，素有詞癖。春聲秋緒，固不在殘月曉風也。乃草草出山，十年萬里，邊笳警夢，江雨懷人，聲音所觸，感慨繫之矣。近檢吟囊，殘佚殆盡，篝燈坐憶，歎息彌襟。爰取近草若干首刻之，雖非夙昔稱心之作，亦留此誤絃，以博周郎一顧云爾。嘉慶二十一年九月十九日，吴蘭修自序。

浪淘沙　題張南山《海天霞唱詞稿》

萬里碧磨銅，一箇漁翁。扣舷高唱大江東。唱到夕陽西去也，海角霞紅。　煙水泝空濛，五色雲烘。浮槎我欲趁長風。共汝蓬山吹鐵笛，喚醒魚龍。

——以上吴蘭修《桐花閣詞鈔》，學海堂叢刻本

《劍光樓詞》序

吾粤百餘年來，留心詞學者絶尠，墨農以精妙之思，運英俊之才，發爲倚聲，大得石帚、玉田之妙。嶺表詞壇，洵堪自成一隊矣。予亦酷喜填詞，今睹斯編，不無自愧，益當自勉也。謹弁數言於簡端，以證諸同好云。道光乙未閏月，嘉應吴蘭修。

——儀克中《劍光樓詞》，清咸豐十年刊本

吴嵩梁《〈桐花閣詞〉序》

嶺南故多詩人而少詞人，然石華孝廉則今之玉田生也。夫詞與詩異體而同工，力摹標格者，其情未深；專任性靈者，其音易靡。今之詞人，稍能修潔者，曰吾姜、史也；喜側豔者，曰吾秦、柳也；驚豪放者，曰吾蘇、辛也；其棼然雜出者，且曰吾無所不有者也。嗚呼，其信然耶？余嘗題曾賓谷中丞詩集，曰千變萬化歸一真，真爲衆妙之門，僞則百害隨之，豈獨詩詞乎哉！石華以所著《桐華閣詞》見示，讀至終卷，無一字一句不合乎古人之度，而婉約、清空、纏綿、深至，往復不窮。是夕攜歸寓園，掩扉枯卧，聞雨聲滴荷葉上，蕭蕭寥寥，忽斷忽續，復就枕畔篝燈諷之。凡人所難

言及吾意所欲言者，石華皆能達其隱，而被以聲，幾不知爲古人之詞、石華之詞，并不知爲非余之詞矣。非有真得者，其能移人至此耶？石華學問深博，著述等身，乃獨以詞人名，可爲太息。然使世間有井水處，皆知石華爲真詞人，未爲不遇，惜乎其難數數覯也。此余讀石華之詞，所爲掩卷低徊而不能自已也夫？嘉慶二十三年九月，石溪漁兄嵩梁序。

郭麐《〈桐花閣詞〉序》

霽青太守自潮州以書寄《桐花閣詞》一册，曰此嘉應吴君石華所作也。君於他詩文無不工，而尤刻意於倚聲。嘗見《浮眉詞》而心許焉，屬以此見質，且索弁言其上，幸勿違其請。余受而讀之，跌蕩而婉，綺麗而不褥，有少游之神韻，而運以梅溪、竹山之清真。蘭雪以爲凡人所難言、其意所欲言者，皆能達其隱而被以聲，殆非虚美。夫詞，蘄至於此而止矣。今時輩流嘐然自異，必求分刌節度，無不合於姜、張，非是，雖工不足以與於此事。吾不知其果能悉合與？不即悉合其律吕，而言之不工，吾又不知古人肯引爲同調賞音不也。余往時嘗費日力於此，年老心驫，又爲檗火盡焚其三年之作，遂懺除結習，久不復作。因讀《桐花閣詞》，瞥然如睹故物，不覺又生見獵之喜。夫詞，雖文章之小技，然工拙能不，自有定論。能傳與不，俟之後人，豈好憎同異之心，可以輕重於其間哉？因書以報吴君，并質之霽青、蘭雪何如也。道光八年，歲在戊子四月，復翁郭麐序。

湯貽汾《桐花閣詞》題辭

吳石華詞稿刻成，自粤寄此，作詩報之，並追悼陳棠湖

小蓮幺鳳擅才名，一卷瑶華萬里情。歎我猶爲窮塞主，嗤君也學野狐精。金陵懷古詞三十餘家，惟王介甫爲絶唱，東坡見之，歎曰：此老乃野狐精也。早知哀樂中年集，且許樓臺七寶成。腸斷中仙仙去遠，瑣窗殘夢怕秋聲。

滿江紅 題吳石華孝廉小照，即書其《桐花閣詞稿》

玉樹亭亭，休只羨、粉郎年少。曾歷盡、騷湘豔洛，雄秦俠趙。秋水聰明生在骨，春花富貴天然貌。怎潘愁沈瘦一年年，生潦倒。 琪山上，幽居悄；荔村裏，良田繞。琪山、荔村皆君故居。儘柴荊深掩，塵飛不到。彈鋏登樓君試省，牽蘿倚竹人將老。漫風輪雨檝一年年，仍潦倒。 儘魚姊珠孃，唱不盡、桐花新曲。生憐殺、藕絲腸細，斷時難續。金屋銀屏春似夢，紅牙翠管人如玉。便三分羅綺七分愁，風流足。 功名貴，凡夫福；神仙壽，愚夫欲。只騷壇清冷，我堪馳逐。燕頷鳶肩終有老，鷗朋鷺侣從無俗。更何人能結墨因緣，同歌哭。

周尚文《南歌子・嘉應吴石華學博蘭修，詩文皆工，而倚聲尤妙，借得〈桐花閣詞〉，讀竟奉題，以志心佩》

慧種前生業，才留近代名。柔紅軟碧句裁成。最是恰當好處見聰明。　羚角尋無跡，蠶絲聽有聲。心香一瓣盡高擎。合向桐花閣底拜先生。

——以上吴蘭修《桐花閣詞》，清宣統三年刊本

陸以湉《冷廬雜識》評

嘉應吴石華學博蘭修，酷好倚聲，所著《桐華閣詞》，清空婉約，情味俱勝，可稱嶺南詞家巨擘。録其尤者如左，《菩薩蠻》云：「愁蟲瑣碎啼金井，離人漸覺秋衾冷。一味做凄涼，夢魂都不雙。當年相戀意，萬種心頭記。酒醒一燈昏，更長細細温。」「廉州七夕寄内」《虞美人》云：「一年又到穿針節，樓角纖纖月。素馨棚外倚欄杆，最憶二分風露玉釵寒。人間無限銀河水，相隔長千里。九回今夕在天涯，只有心頭夢裏不離家。」「梁子春梅屬題春堂藏書圖」《乳燕飛》云：「一夕酸心話。問平生，説猶未忍，那堪圖畫。阿母昔兼師與父，儲取縹緗滿架。將舊日、釵鈿都捨。一盞寒燈親口授，有繅車、伴盡啼烏夜。衣絮冷，寺鐘打。　而今回首悲親舍。哭秋風、樹根讀竟，淚涔涔下。剩有緇帷常入夢，猶侍殘機未罷。算此種、深恩誰寫。任説馬周當富貴，痛泉臺、何處頻封鮓。我亦是，傷心者。」學博常謂嶺嶠精華之氣，茘支得其七八，如敝鄉者桃

又得其二，蘭輩數十人共得其一耳。　卷二

——陸以湉《冷廬雜識》，續修四庫全書子部第一一四〇册

梁紹壬《兩般秋雨庵隨筆》評

嶺南多詩人，而詞家絶少。嘉應吴石華廣文蘭修，著《桐花閣詞》，郭頻伽先生以爲「跌宕而婉，綺麗而不縟，有少游之神韻，而運以梅溪、竹山之清真者也」。《黄金縷》云：「柳絲細膩煙如織，病過花朝，又是逢寒食。多少春懷拋不得，都來壓損眉峯窄。　可憐生抱傷心癖，一味多愁，只恐非長策。葬罷落花無氣力，小闌干外斜陽碧。」《減蘭·過秦淮》云：「春衫乍换，幾日江頭風力軟。眉月三分，又聽簫聲過白門。　紅樓十里，柳絮濛濛飛不起。莫問南朝，燕子桃花舊板橋。」余酷愛誦之。　卷五

——梁紹壬《兩般秋雨庵隨筆》，續修四庫全書子部一一六三册

謝章鋌《賭棋山莊詞話》評

五倫非情不親，情之用大矣，世徒以兒女之私當之，誤矣。然君父之前，語有體裁，觀情者要必自兒女之私始，故余於諸家著作，凡寄内及豔體，每喜觀之。黄仲則「十六夜憶内」《踏莎行》云：「珠斗斜擎，雲羅淺熨，蟾盤偷減分之一。重圓又是一年看，明年看否誰人必。　今夜蘭閨，癡兒嬌女，那知阿母消魂極。擬將歸棹趁秋江，秋江又近潮生日。」吴石華「寄内」《黄金縷》

云：「一春歡意何曾縱。似怕春寒，又怯寒衣重。不做情天長似夢。雨絲織得愁無縫。藥爐茗盌成清供。病亦無多，只是酸心湧。欲寄尺書情萬種。平安一半將伊哄。」又《喝火令》云：「慧業寧多福，離愁也夙因。十年兩度祝三生。奈是八年今夕，孤影可憐卿。心近人千里，宵涼雁一繩。又驚歸夢見分明。見汝焚香，見汝損眉青。見汝緑鬟扶起，獨自拜雙星。」

石華短調絶佳，梁應來紹壬曾采《黄金縷》、《減字木蘭花》等闋入《兩般秋雨庵隨筆》。更有《臨江仙》云：「落得半生甘薄倖，爲誰只管離家。東風支病小年華。情絲千縷，和淚寄天涯。短紙行行惆悵字，幾曾重仿簪花。急來一半是塗鴉。零星苦語，寫了又添些。」《菩薩蠻》云：「秋蟲瑣碎啼金井。離人漸覺秋衾冷。一味做凄涼。夢魂都不雙。當年相戀意。萬種心頭記。酒醒一燈昏。更長細細温。」《黄金縷・春夜聽儀墨農瑣語》云：「温柔見慣尋常事。約笑裁歡，珍重三分媚。看到熱懷涼似水。真真地久天長意。憶曾檢得雙文紙。寫了鴛鴦，小注卿儂字。不許儂看生隱避。那知儂又牢牢記。」一杯在手，孤燈相對，循環雒誦，誠不知作幾許銷魂。卷二

——謝章鋌《賭棋山莊詞話》，唐圭璋《詞話叢編》本

丁紹儀《聽秋聲館詞話》評

粵東詞家甚少，近日嘉應吴石華、番禺儀墨農，始以詞名。石華名蘭修，嘉慶戊辰舉人，官教諭，有《桐花閣詞》。《采桑子》云：「輕陰著意催寒食，風也纖纖。雨也纖纖。半臂吴綿昨夜添。

海棠過了梨花病，春也懨懨。人也懨懨。不耐傷心怕捲簾。」《蝶戀花》云：「恨縷情絲紛似織。病過花朝，又是逢寒食。多少春懷拋不得。都來壓損眉峯窄。　爲底愁腸成百結。一味多愁，只恐非常策。葬罷落花無氣力。小闌干外斜陽碧。」「題吴蘭雪悼亡姬岳緑春聽香館叢録」《疏影》云：「簾櫳正悄。有青禽啼處，深翠圍繞。幾折回廊，幾點苔痕，都是屐聲曾到。蘼蕪隱約裙腰碧，襯一片、傷心斜照。甚東風、苦苦無情，便把柳枝吹老。　卻憶那時年少，鬢雲纔挽上，眉際春小。黛不禁濃，螺也嫌深，無可奈何懷抱。二分細膩三分怨，總未許、檀奴看飽。歎人生、幾日相憐，腸斷一庭秋草。」蘭雪納妾時，方以國博改中翰，有人戲以詩云：「逢人勉强稱前輩，對妾殷勤學少年。」證以「未許檀奴看飽」句，令人欲笑。墨農名克中，少遊京師，道光壬辰始舉於鄉，有《劍光樓詞》。《浣溪沙》云：「月暗堤長樹影連。一星螢火墮濃煙。夜涼如水抱愁眠。　只有蟲聲來枕底，更無塵夢到鷗邊。聽風聽水又經年。」「蓬窗聽雨用玉田生韻」《南浦》云：「夜雨隔篷聽，乍成眠、卻又啼鶯催曉。墜夢覓江潯，東風軟、況是閒愁難掃。垂楊夾岸，斷煙浮出青山小。目送流紅何處去，魂醉王孫芳草。　心頭無限江山，向鳴榔聲裏，等閒過了。新恨未分明，消凝候、驀地舊愁都到。回眸望渺。而今燕語鷗盟悄。一片歸雲留不住，窗外夕陽多少。」　卷十八

——丁紹儀《聽秋聲館詞話》，唐圭璋《詞話叢編》本

李佳《左庵詞話》評

吴蘭修，嶺南詞人，新著《桐花閣稿》，多清新可愛。「爲梁子春題春堂藏書圖」《乳燕飛》，尤情韻綿邈，真摯足以感人。詞云：「一夕酸心話。問平生、説猶未忍，那堪圖畫。阿母昔兼師與父，儲取縹緗滿架。將舊日、釵鈿都捨。一盞寒燈親口授，有繅車、伴盡啼烏夜。衣絮冷，寺鐘打。而今白首悲親舍。笑哭秋風，樹根讀竟，淚涔涔下。剩有緇帷常入夢，猶侍殘機未罷。算此種、深恩難寫。任説馬周當富貴，痛泉臺、何處頻封鮓。我亦是，傷心者。」卷上

吴石華《羅敷媚·題采桑圖》云：「誰覺銷魂。只管銷魂。再不回頭看使君。」抵得一首《羅敷行》。卷上

——李佳《左庵詞話》，唐圭璋《詞話叢編》本

譚獻《重輯復堂詞話》評

《臺城路》「寒林漸做傷心色」闋：蕭疏。又「閒庭落葉無人掃」闋：淼瀰伊鬱。卷四

——譚獻《重輯復堂詞話》，葛渭君《詞話叢編補編》本

陳廷焯《雲韶集》評

《菩薩蠻》「愁蟲瑣碎啼金井」：嶺南詞家絶少，如石華者，真有數作家也。（下闋眉批）神理都到。《減蘭》「春衫乍换」：音節之妙，空絶千古，宜粱應來酷愛誦之也。《虞美人》「一年又到穿鍼節」：歐陽公後乃有替人。（結句眉批）語極沈切。《黄金縷》「柳絲細膩煙如織」：兼晏、歐、秦、柳之神韻，而運以梅溪、竹屋之清真，宜有此合作。卷二十三

——陳廷焯《雲韶集》，葛渭君《詞話叢編補編》本

陳廷焯《詞則》評

石華詞，氣格不高，措語卻凄警。《菩薩蠻》「愁蟲瑣碎啼金井」：語極鬆秀。嶺南絶少詞家，如石華者即傑出也。《虞美人》「一年又到穿鍼節」：語亦閒雅。情真語切。《黄金縷》「柳絲細膩煙如線」：佳處亦不免淺薄，然不得謂之不佳。卷六

——陳廷焯《詞則》，上海古籍出版社一九八四年

徐世昌《晚晴簃詩滙》評

石華詩清新俊逸，尤長倚聲，有《桐華閣詞》，宗白石、玉田，婉約輕靈，天然雅韻。通算術，著

《方程考》。阮文達續補《疇人傳》及焉。卷一百二十

——徐世昌《晚晴簃詩滙》，續修四庫全書集部一六二九册

續修四庫全書總目提要　桐花閣詞

寄内數篇，情致悱惻，不必以字句論工拙也。《減字木蘭花·過秦淮作》，頗瀟灑有風致。其《大江東去·渡江至京口》一闋，亦激壯可喜。蘭修詞不宗一家，故未能純浄，然在經生詞中，自可備數矣。

——《續修四庫全書總目提要（稿本）》，齊魯書社一九九六年

郭則澐《清詞玉屑》評

唐直甫明府，舟行泊羚羊峽，夜夢一老人舉硯授之。既而有鬻硯者，撫視之，古色斑然，石質留潤，蓋明陳忠愍雪聲堂遺物也。因以「夢硯」名齋，且繪圖紀之。陳息凡題以《念奴嬌》，後半闋云：「試看卅載攜將，盛名海内，珍重争題記。江漢旬宣陰蔽芾，長物歸來餘此。雪夜聲閒，草堂人静，抱研呼翁起。模糊難問，夢中當日心事。」蓋爲直甫子子方方伯補題，時子方自楚藩乞歸也。先是，吴石華客京師，於公車中識子方，亦獲睹是硯，爲填《臺城路》云：「西風忽斷騷人夢，江聲可憐凄絶。半壁殘山，經年戰鼓，往事那堪重説。金甌易缺。更玉帶飄零，土花同蝕。月落楓青，瘦猿隱隱聽嗚咽。　當年猶記草檄，歎槐封哭醒，誰弔寒雪。地老天荒，海枯石爛，鸜鵒也應啼

血。銷磨似鐵。問幾度滄桑，夢痕明滅。譜入陽關，竹聲吹又裂。」語尤悽激。蓋其時兵氛慘黷，子方又奉諱將歸故爾。直甫父子風裁，皆非俗吏，覘得所託，良非偶然。卷三

嘉應吴石華學博蘭修與雨生善，嘗題其《琴隱圖》。又有「寄雨生」《望江南》云：「長相憶，一別到如今。荔子紅時誰顧曲，芭蕉緑處獨聽琴。容易著秋心。」「長相憶，歸計與誰論。江上煙波蓑上雨，梅邊風雪笛邊雲。何處不思君。」可徵交厚，且見風標。雨生早歲即負才名，以世職屈就緑營，非其本志。官江口都司時，緣事忤上官落職，作《秋江罷釣圖》，題者甚夥，而石華《摸魚子》詞特工，云：「莽蕭蕭、煙波無際，何人漁隱三泖。蘆村蟹舍風塵外，畫裏半竿垂釣。歸來好。愛酒緑燈紅，兒女團歡笑。船頭飯飽。看六合蒼茫，五湖空闊，一箇客星小。平生事，只有月明曾照。星星兩鬢將皓。煙蓑雨笠拋人海，此地略容臣傲。寒更悄。把鐵笛淒涼、吹得魚龍老。儘教醉了，便一曲滄浪，數聲欸乃，唱出碧天曉。」其遺世孤悰，非故人莫能寫之。仁和吴蘋香題其伉儷合寫畫梅樓雙照《臺城路》結拍云：「解事雛鬟，並棲憐翠鳥。」蓋雨生晚年蓄家姬似查東山。金希偓詞云：「舊遊江左記否？親聽將軍妙曲，彈箏催酒。」亦謂其事。卷四

蓮花侍書岳緑春者，吴蘭雪之侍姬也。工畫蘭，自負才色，貴家爭聘之不得，蘭雪詣之乞畫，一見心傾，遂訂量珠之約。陸祁孫豔其事，爲譜《碧桃記》院本，蓮裳題以《過秦樓》一闋，述其相遇云：「紫纙風香，翠翹雲晃，映靨瓶花低亞。搜從帳後，拜近鞋尖，笑道酒徒類也。知是阿婿風魔，和客搴簾，向儂求畫。便低呼小玉，分甌仙茗，解伊酲罷。曾見説、聘卻千金，緣慳雙璧，遇了玉郎纔嫁。情根慧茁，性蕊憨開，不枉鏡臺佳話。多少詞人豔傳，曲譜宜春，歌名子夜，甚桃

花兩朵，換得蓮花侍者。」即院本中情事也。又有「贈緑春」《南鄉子》云：「花有美人香。樹影玲瓏畫粉墻。道不解詩儂不信，吟將。佳句分明似沈郎。　笛譜按宮商。此技兒家不擅長。聽曲暗拋紅豆記，思量。要發鶯喉賽膜簧。」自注謂：「前二語緑春句也。」則緑春亦工詞矣。其時二吳齊名，一爲石華學博蘭修。緑春夭折，蘭雪感逝之作，語多酸楚，石華賦《緑意》慰之，云：「簾櫳静悄。有小禽倒挂，深翠圍繞。幾折回廊，幾點苔痕，都是屧痕曾到。蘼蕪隱約裙腰碧，襯一片、傷心斜照。甚東風、直恁無情，便把柳枝吹老。　猶憶上頭時候，鬟雲梳乍起，眉嫵慵掃。螺不禁濃，黛也嫌深，無可奈何懷抱。二分細膩三分怨，忍更理、當時畫稿。歎人生、幾日相憐，惆悵滿庭秋草。」暗切其名，辭亦淒豔。又「爲蘭雪題緑春遺照」《菩薩蠻》云：「東風一夜吹愁醒。銷魂賸得花前影。苦憶舊眉痕，傷心瘦幾分。　緑陰亭館在。又是春無奈。簾畔喚琵琶。鸚哥長念他。」同時題詞者不及也。卷八

董琴山嘗夢至一處，梅林環繞，煙霏雪映，一美人佇立花間。迨納姬，貌適如所夢，因作《夢梅圖》。後以計偕至都下，攜此圖自隨，石華見之，爲題《虞美人》一解云：「羅浮一夜吹香雪。偎夢衾如鐵。月迷離處玉爲臺。記得風鬟霧鬢踏花來。　而今碧樹棲鸞鳳。離合還疑夢。杏花消息祝東風。又累美人春夢小樓中。」雲萍撮合，頗有前因。李碧玲嘗於惠山邂逅一麗者，後納姬，貌與酷肖，因繪圖徵題。陳朗山良玉爲題《蕙蘭芳引》，前闋云：「雙槳趁潮，喚桃葉、夕陽芳渡。乍卻扇低迷，驚眼舊遊重數。雲廊月院，似相見、那時何處。記品泉第二，一樣翠奩眉嫵。」意其惠山尼歟？又高要周夢樓舍人，在京師眷菊部雲郎，旋夭去，後遇羊城歌者蓉兒，姿貌宛如雲郎，舍

人復匿之。呂拔湖爲賦《解連環》詞，朗山於友人酒座中見之，果妍靚可念，亦和是調云：「銀屏影隔。怪逢來昨夕，還又今夕。曲录迷香，纖腕芳羅，燈底背人偷擲。秋襟不耐花枝繞，笑年年、疏狂蹤跡。逗晶簾、眉月彎環，仿佛宮黄寫額。　爭豔芙蓉名字，祇櫻桃一樹，許共標格。玉已成煙，燕又移巢，舊恨新愁如織。傷春未入梨雲夢，也無端、百分憐惜。問尊前、顧曲周郎，兩地銷魂恁得。」時蓉兒已有所主，故有「移巢」語，此猶各有其人也。若劉稌村事尤奇。稌村藏工筆美人一幀，寶之十餘年，每張於齋舍。一日偶動司勳湖州之興，得羊城余氏女，載歸，宛然畫裏真真，即以是幀當新人小影。又十餘年，朗山過飲，酒闌話其事，且出圖示之，朗山題《沁園春》一解云：「誰載扁舟，忽遇傾城，攜來若耶。怪百番購索，十載畫稿；三生眷屬，一旦君家。仔細評量，往回顧盼，衣髻爭差貌不差。傳神處，定老妻笑指，小婢偷誇。　憐余浪跡天涯。又書劍隨身泛海槎。笑灰非心死，衾惟擁鐵；絮真泥染，鬢漫堆鴉。欲喚真真，祇增惘惘，平視劉楨可讓他。營巢燕，早居然生子，憶否銜花？」姬小字燕還，故結語云云。後三事皆朗山目睹，尤奇。　卷八

——郭則澐《清詞玉屑》，朱崇才《詞話叢編續編》本

哲廬《紅藕花館詞話》評

詞忌陳腐，尤忌深晦；忌率易，尤忌牽澀。曲亦如之，下里之歌，殊不馴雅，文士爭奇炫博，益非當行。大都詞欲藻，意欲纖，用事欲典。然塗附堆砌則不可，意太刻細尤不可，用典偏僻更不可。必也豐腴綿密，流利清圓，令歌者不噎於喉，聽者大快於耳，方爲上乘。詞中句法對待，更當

有一定之式，須如孫吴用兵，諸葛布陣，紀律整嚴，一步不可亂動，斯可稱詞。倘可漫爲，則人人皆能之，不足貴矣。試觀《西廂》全傳，意態横生，行雲流水，卻又嚴肅整齊，絲毫不亂，故人争稱羨之。吴石華《桐花閣詞》，郭頻伽先生以爲跌宕而婉，綺麗而不縟，有少游之神韻，而運以梅溪、竹山之清真者也。《黄金縷》云：「柳絲細膩煙如織。病過花朝，又是逢寒食。多少春懷拋不得。都來壓損眉峰窄。　可憐生抱傷心癖。一味多愁，祇恐非長策。葬罷落花無氣力。小闌干外斜陽碧。」《減蘭過秦淮》云：「春衫乍换，幾日江頭風力軟。眉月三分，又聽簫聲過白門。　紅樓十里，柳絮濛濛飛不起。莫問南朝，燕子桃花舊板橋。」均可誦。

——《小説月報》第二卷第四號

金菁茅

金菁茅，字子慎，號醴香，番禺人。清嘉慶二十一年（一八一六）恩科舉人。洋人入侵廣州，協防有功，奏補員外郎，升郎中，未幾卒。著有《遺經樓詩集》、《浴日亭詩鈔》。

《聽松廬詞鈔》序

吾師南山先生，比年專力治經，所著有《經訓諶心》、《讀史求義》、《礐泉内篇》、《聽松廬文集》、《詩集》、《外集》、《韻類蒙求》、《楚辭摘豔》、《松棚涼話》，凡十餘種。黄君蒼崖先爲刻詩數百首，已不脛而走矣。先生髫齡即工倚聲，少作多散棄弗存。弱冠後，往返萬里，登臨覽觀，興酣落筆，有瀏灕頓挫之致，名曰《海天霞唱》。嘗謂詞家蘇、辛、秦、柳，各有攸宜，軌範雖殊，不容偏廢。又謂以情勝者，恐流於弱；以氣勝者，懼失於麤，殆甘苦深歷之言也。集中《過周瑜祠》及《揚州》兩闋，傳唱一時，而《遊仙曲》、《村居》詞，好事者取以繪圖，即兒童僕豎亦相與歌之，以爲娱樂。遠近索觀，副鈔弗給。門人輩請録其半，先付剞劂，釐爲三卷，少作《玉香亭詞》一卷附焉。門人番禺金菁茅謹識。

——張維屏《聽松廬詞鈔》，清刻本

陳其錕

陳其錕（一七九二—？），字吾山，號棠溪，番禺人。清嘉慶二十三年（一八一八）恩科舉人，道光六年（一八二六）進士，以知縣用，改禮部主事。丁外艱，歸鄉不復出。主羊城書院幾三十年。鑒古、詩、文、詞、書法兼擅。著有《陳禮部集》、《月波樓琴言》。

《月波樓琴言》自序

近日倚聲家雕詞琢句，率憑胸臆，長調短引，按譜成章，至格律之細，節簇之妙，刌度寡諧，豪鼇楚越，蓋詞名存而音亡久矣，安得起古人而叩宮角哉！萬紅友言「平止一途，仄兼上、去、入，不宜遇仄以三聲概填」，必審音下字，斟酌盡善，然後抑揚抗墜，得之微吟婉諷間。昔寄閒老人每製一詞，必使歌者按拍，稍有不協，修改再三。其《瑞鶴仙》一闋云「粉蝶兒、撲定花心不去，閒了尋香兩翅」，通體皆協，惟「撲」字稍戾，改「守」字始協。又《惜花春起早》云「瑣窗深」，「深」字不協，改「幽」字又不協，改「明」字。此三字皆平，而五音有脣、齒、喉、舌、鼻之分，輕重清濁，犁然各判，則信乎協音之難也。予少喜填詞，亦頗研究四聲，然憚於修改，入律未細，按拍或乖，如仇山村所謂「老伶俊倡，面稱好而背竊笑之」也。姑刊存以質審音者。

綺羅香　題張南山司馬、黃蓉石比部《法駕導引》唱和詞卷

金荃誰和法曲，細數才人有幾，張三黃九。補就媧霄，修成娥月，翻卻詞場窠臼。玉唱珠酬，漫擬王前盧後。笑籠將、碧落新書，盡譜入、碧雲新奏。倩雙鬟、低度銀簫，紫煙衣上見星斗。妙語如仙，一一鶴聲清晝。試嚼來、滿口紅霞，儘拋去、滿箱紅豆。忒多情，鞭鳳笞鸞，廣寒天地瘦。

鄧廷楨《月波樓琴言》題辭

伏讀大製，樂府清麗，虛脱中時有事外遠致，自是美成嫡派，健舉處乃直造白石矣。《水龍吟》之「揾銅仙淚」，「銅仙」二字相連。《臺城路》之「隔紅塵正遠，斷腸人易老」，末二字並用去上，皆恪守家法，不肯偭錯，尤徵斲輪老手，傾倒無量。眼前有如此詞人，而兩年才知親炙，亦鄙人聾聵之一端也。拙著《詩雙聲疊韻譜》已刊成，謹以一册就正，此事差之豪氂，失之千里，伏乞有以糾繩之。

祁墳《月波樓琴言》題辭

近世詞人，如鄧嶰筠、周稚圭、董琴南輩，皆以倚聲擅名當代。君與數子旗鼓中原，未知孰爲周葛。予弗解音律，誦君詞輒心醉。君由儀曹丁外艱回籍，服闋，以母年高乞養授徒。予兩任粤，相得甚歡，然未嘗以一言一事干謁。值時多艱，每有諮訪，指陳利害，洞若觀火。予敬憚之，恒以不用其言爲憾。噫！君抱有用之才，而不克展其用，良可惜也。予求端人慤士於海内，如君者不一二數也。君工詩，駢體、散文具有法度，世豔稱其樂府及書法，抑末矣。爰綴數語，以志欣賞。

——以上陳其錕《月波樓琴言》，清咸豐六年刊本

楊鍾羲《雪橋詩話》評

番禺陳棠溪客曹其錕，精鑒古，阮文達進呈王象之《輿地紀勝》，其景宋抄本在其家。詩多詠古感事之作，兼工塡詞。自序謂：「萬紅友言『平止一途，仄兼上、去、入，不宜遇仄以三聲概塡』，必審音下字，斟酌盡善，然後抑揚抗墜，得之微吟婉諷間。昔寄閒老人每製一詞，必使歌者按拍，稍有不協，修改再三。其《瑞鶴仙》一闋云『粉蝶兒、撲定花心不去，閒了尋香雙翅』，通體皆協，惟『撲』字稍戾，改『守』字始協。又《惜花春起早》云『瑣窗深』，『深』字不協，改『幽』字又不協，改『明』字。此三字皆平，而五音有唇、齒、喉、舌、鼻之分，輕重清濁，犁然各判，則信乎協音之難也。」鄧嶰筠謂其「《水龍吟》之『搵銅仙淚』，『銅仙』二字相連；《臺城路》之『隔紅塵正遠，斷腸人易老』，末二字並用去上，皆恪守家法，不肯偭錯」，蓋於格律節簇，刌度毫釐者久矣。《餘集》卷七

——楊鍾羲《雪橋詩話全編》，人民文學出版社二〇一一年

黃德峻

黃德峻（一七九六—？），字景崧，號琴山，高要人。清道光二年（一八二二）進士，官泉州府知府，署福建儲糧道。著有《樵香閣詩鈔》、《三十六鴛鴦館詞》。

滿江紅 自題詞卷

落拓江湖，惟自寫、一時胸臆。幾曾辨、屯田樂府，玉田詞格。蝴蝶夢原秋水幻，琵琶淚慣春衫滴。總無非、托興例風人，詩三百。　吹不盡，山陽笛。題不了，旗亭壁。只鶯喉珠溜，雪兒偷得。殘月曉風歌宛轉，銅絃鐵板聲淒激。甚機中、三十六鴛鴦，愁如織。

——沈世良、許玉彬《粵東詞鈔》，謝永芳校點，鳳凰出版社二〇一二年

儀克中

儀克中（一七九六——一八三八），字協一，號墨農，别號姑射山樵、羅浮山樵，番禺人，原籍山西。清道光十二年（一八三二）舉人，曾爲祁墳巡撫記室、阮元幕賓、學海堂山長，工詩詞，擅丹青。著有《劍光樓詩鈔》、《劍光樓詞》。

戴金溪觀察冒雨過訪，譚詞竟日，喜誌所聞

娓娓清譚和雨聲，先生雅論快生平。自今秀水齊樊榭，一代詞人有定評。

郭麐《〈劍光樓詞〉序》

僕自焚巢之後，卷帙散佚，都不復料理。又以年逼崦嵫，力疲津逮，精欲銷亡，神思辭去。小文短咏，尚涉毫楮；綺懷側豔，悉付懺摩。良以枯條無重發之榮，老女謝鉛華之飾，物理如斯，末由彊勉。然曾采華芝，未忘情於三秀；素珍徑寸，或注目於九淵。以蚓投魚，未方斯好。墨農寮人之倖，文師之雄，研經緯史，追躡作者。顧猶陶冶心靈，散落華藻，閒爲慢、令，以翼《風》、《騷》。闖荃蘭之逕，麗而不靡；入姜張之門，腴而彌澹。猥以新編，發其耳目。鑑奇姿於昏鏡，問妙弄於賤工。詎足以寫其妖妍，辨其節族者哉！騎驢京國，鼓柁江淮，再接清言，獲聆雅調。已南郭之我忘，笑梵志之非昔。一唱三歎，愧溢顦妍而已。道光己丑八月，老復丁庵主郭麐引。

江沅《〈劍光樓詞〉序》

倚聲之體，濫觴唐人。當時多言男女之私，以別於詩，蓋樂府之遺也。竊謂古人風雅比興之作，往往假諸男女，以伸其爲子爲臣纏綿悱惻之思。關雎，后妃之德，三家以爲應門失守，畢公刺之。太史公曰：「周道缺，詩人本之衽席，《關雎》作；仁義凌遲，《鹿鳴》刺焉。」古人主文譎諫，吟咏情性，以風其上，即玉溪生《無題》諸作，亦由此志。而言詩者多乙之，則昧古人比興之義。當時所以分立此體，或亦因於此也。北宋漸恢其體，南宋加之動蕩，遂以唐人之所爲詩者爲之，而所爲忠孝之思托於比興者，亦往往而寓焉。近日張太史皋聞嚴其體裁，歷斥諸家，發明主文譎諫之義，而或不免穿鑿附會之病。孟子所謂以意逆志者，殊非易易矣。沅往歲薄遊粵中，交吴學博石華、儀上舍墨農，俱喜爲詞。石華學唐人體，已得三昧。而墨農之才之學，爲儀徵阮宫保暨諸先達所推許，以其餘技爲詞，頗喜石帚、玉田，而沅未之見也。兹者道出敝地，始得讀其數首，精妙獨至，蓋管中一斑焉。屬沅一言弁其集，沅學殖荒陋，當日承諸君子之愛我，而學博於拙詞尤有嗜痂之好。録本郵寄，都付浮沈，將因墨農告以他日之更寄也。以此質諸墨農，且以證諸學博也。己丑九月，吴趨江沅。

江藩《風入松・書儀君墨農〈劍光樓詞〉後》

蘋洲擫笛譜新詞，吹冷胭支。不裁柳七輕盈體，愛他非曲非詩。八寶樓臺拆下，争如茅舍疏籬。　夜深明月上梅枝，簾影花移。斷腸好句和香歇，最銷魂、兩鬢添絲。滴粉揉酥小令，牽儂多少鄉思。

——以上儀克中《劍光樓集詩四卷詞一卷》，清學海堂刻本

秀琨《〈劍光樓詞〉跋》

墨農孝廉往矣。其所遺著作甚富，余不文，力亦不逮爲之剞劂。訂交多年，重來穗石，殊歉歉

也。歲戊午，下榻半耕堂之桐蔭軒，與思山、羲琴兩世講談及舊事，始知孝廉著作，經前撫粵使者祁恭恪公選訂成集，嗣因番禺重修縣誌，局中採輯，稿燬於火，幸原草尚存，兩喆嗣先將詞集刊竣，乞余一言以識簡端。秀琨既欣老友之有傳書，更欽世講之成先志，附名其間，撫今追昔，不禁感慨係之矣。咸豐庚申孟秋，遼海秀琨子璞書後。

——儀克中《劍光樓詞》，清咸豐十年刻本

譚瑩

譚瑩（一八〇〇—一八七一），字兆仁，號玉生、玉笙，室名樂志堂，南海人。清道光二十四年（一八四四）舉人，歷任肇慶府學教授、曲江縣學教諭、博羅縣學教諭、嘉應州學訓導、化州訓導、瓊州府學教授。嶺南著名學者，與陳澧齊名。任學海堂學長多年，主持刊刻《嶺南遺書》、《粵雅堂叢書》，長於駢文、詩詞，著有《樂志堂詩集》、《辛夷花館詞》。

儀墨農孝廉詞集序

倚聲一道，體沿變雅，意昉離騷，咸知樂府之遺，獨備教坊之用，實導源於青蓮前輩，無待侈陳；能衍派於白石老仙，庶幾嗣響。以蘇、辛爲別調，不乏替人；有朱、厲之遺音，無慚作者。乃多歧路，仍各擅場，而要之工拙不存乎此也。墨農孝廉早譽石麟，前生青兕。聲名官職，聽造物之安排；經濟文章，合古人而位置。詩文特富，詞曲兼工，瘦定比於黄花，祝豔傳夫紅豆。中年哀樂，久嗟玉樹之埋；大著留貽，先刻《金荃》之集。瑩忝附雲龍，非猶風馬。譜舊時之月色，與古爲新；吹乍起之東風，干卿何事。北海之尊罍倘在，君苗之筆研當焚。述梗概於生平，誌心形之俱服。已夫！虎賁容貌，究異中郎；優孟衣冠，仍匪孫叔。杜拾遺之膏馥，沾丐原多；李記室之襴襦，捋撦不必。孝廉則熱血一腔，寸心千古。人知劇孟，兄事袁絲。英雄之俠骨棱棱，兒女之封題叩叩。會都真率，事本尋恒。有客黄衫，隔江紅袖。伯鸞穿冢，思近要離；光祿當筵，閒呼騶卒。焚張壯武之綺語，思鬱風雲；懺陶靖節之閑情，賦抑流宕。曲盡《陽春》《白雪》，意仍香草美人。此其宜工者一也。書破萬卷，懸知下筆之神；字識一丁，仍等彎弓之輩。羌無故實，未易解嘲；儘得風流，仍勞勸學。孝廉則胸羅四部，手披萬籤。金版玉箱，劉《略》班《藝》。言矜倚馬，心喻雕龍。旋擲米以爲珠，總釀花而成蜜。胸臆第率，業爲一國所推；才技略分，寧僅十人足了。以三餘董遇，比三絶鄭虔。原具三長，夙兼三好。力偏同於搏象，手乃儷乎射雕。此其宜工者又一也。枕邊遊覽，便詡神仙；户限功名，終嫌迷悶。縱偶思乎螺蛤，端不負乎鶯花。妙詞亦譜學蘋洲，癡語恐嘲同竹屋。孝廉則越井驂鸞，雲淙讀史；燕臺躍馬，輦轂稱詩。排雲作泰華之遊，對雨赴羅浮之約。太行山色，采石江聲，北固疏鐘，西湖畫檝，渡迎桃葉，逕采蓮花。奏神絃於玉女靈祠，拾折戟於周郎廢壘。撫時談劍，謁勝朝之壞殿枯陵；懷古訪碑，弔前代之殘山賸水。志輿圖於嶺海，瓊島洪波；夢里閈於晉秦，潼關斜月。過釣瀨則垂綸遺興，詎謝皋羽之餘哀；登酒樓而潑墨留題，實董糟邱之所築。此其宜工者又一也。異幼安而割席，非賈誼而杜園。論廣《絶交》，辭反《招隱》，遊皆鹿豕，侶亦魚鰕，真作野人之居，是謂愚公之谷。孝廉則東南名士，争拜下風；臺省鉅公，緬懷舊雨。陸機入洛，敢問葫蘆；韓琦帥揚，與賞芍藥。復有朝廷人物，風雅總持，慶歷詞章，文昌下降。亦共呼爲才子，許以台司。揮玉麈以談詩，擲金龜而命酒。沈隱侯之名筆，見獨王筠；丁敬禮之小文，定於曹植。唱《欝輪袍》而誰屑，讀《寶劍篇》而夙知。鑑即千秋，師惟一字。笑郝隆第作蠻語，恨張融不見吾狂耳。所以摩詰早朝，有賈舍人之和作；退之聯句，與孟東野而齊稱。擊劍誰精，妙畫宛然神助；刺船輒返，彈琴頓覺情移爾。此其宜工者又一也。哲嗣思山、羲琴昆仲，能讀父書，委撰此序。深慚元晏之筆，宛報秣陵之書。非聞笛而泫然，聊舉杯以相屬。禮黄梅而參妙諦，詎聞法秀之訶；時余寓長壽寺書局，歲丙申、丁酉，屢與孝廉讌集寺中。賦紅杏而擅才名，乃遜尚書之福。瓊樓玉宇，素抱可知；鐵板銅琶，雄姿如見。即屏風而圖畫，合比李君虞之詩；有井水而能歌，豈讓柳屯田之作。咸豐庚申閏三月晦日，南海譚瑩玉生。

——儀克中《劍光樓詞》，清咸豐十年刻本

論詞絶句一百首

對酒歌難興轉豪，由來樂府本風騷。承詩啓曲端倪在，苦爲分明卻不勞。

謫仙人語獨稱詩，菩薩鬘推絶妙詞。並憶秦娥疑贗作，盍將風格比温岐。李白

七言律少五言多，偶按新聲奈若何。清平樂令真衰颯，縱入花庵選亦訛。仝上

二李君虞、昌谷詩歌供奉傳，體成長慶益纏綿。瀟瀟莫雨吴孃唱，製曲端由白樂天。白居易

臣本煙波一釣徒，風斜雨細景誰摹。日湖漁唱陳允平蘋洲笛周密，漁父詞還似此無。張志和

章臺柳折太多情，寒食東風句未精。若使君王知此曲，曲兼詩並署韓翃。韓翃

温李詩名舊日齊，樊南綺語説無題。金荃不譜梧桐樹，恐並花間集也低。温庭筠

猩色屏風畫折枝，已涼天氣未寒時。香奩語豔無人儷，奈僅生查子一詞。韓偓

摩訶避暑有全詞，花蕊風流恐願師。何侯洞仙歌檃栝，點金成鐵使人疑。蜀主孟昶

能使陽春集價低，浣溪沙曲手親題。一池春水干卿事，酷似空梁落燕泥。南唐中宗李璟

傷心秋月與春花，獨自憑欄度歲華。便作詞人秦柳上，如何偏屬帝王家。南唐後主李煜

念家山破了南唐，亡國音哀事可傷。叔寶後身身世似，端如詩裏説陳王。仝上

香奩佳句少年時，度曲偏令異域知。不論生平論詞藻，也應名姓徹丹墀。和凝

醉粧詞作又何年，韋相才名兩蜀先。徵到小重山故事，遭逢霄壤鷓鴣天。韋莊

孟婆風緊太郎當，誰憶君王更斷腸。説到故宫無夢去，三生端是李重光。宋徽宗

製舞楊花曲最工，花王誰比問東風。須知三殿歡娛日，五國城中雪未融。宋高宗

喚柘枝顛亦自娛，能稱曲子相公無。柔情不斷如春水，認作唐音恐太諛。寇準

楊柳桃花調亦陳，三家村裏住無因。歌詞許似馮延巳，語語原因類婦人。晏殊

萋萋芳草遍天涯，何預孤山處士家。更譜長相思一闋，未應孤冷伴梅花。林逋

點絳唇歌不自聊，閒情偏賦亂紅飄。安陽出鎮蕭閒甚，回首春風廿四橋。韓琦

大范勳華有定評，小詞傳唱御街行。至言酒化相思淚，轉覺專門浪得名。范仲淹

廣平擬議恐非倫，賦有梅花事卻真。司馬溫公人物似，西江月又錦堂春。司馬光

不妨語妙本天成，紅杏尚書説子京。博得內人呼小宋，無題詩借玉溪生。宋祁

儒宗自命卻風流，人到無名又可仇。浮豔欲刪疑誤入，踏莎行與少年遊。歐陽修

空傳飲水處能歌，誰使言翻太液波。詩學杜詩詞學柳，千秋論定卻如何。柳永

便有人刊冠柳詞，霜風淒緊各相思。縱難遽許唐人語，譜入紅牙板最宜。仝上

歌詞餘技豈知音，三影名胡擅古今。碧牡丹纔歌一曲，頓令同叔也情深。張先

詞同珠玉集俱傳，直過花間恐未然。人似伊川稱鬼語，君王卻賞鷓鴣天。晏幾道

大江東去亦情多，燕子樓詞鬼竊歌。唱竟天涯芳草語，曉風殘月較如何。蘇軾

海雨天風極壯觀，教坊本色復誰看。楊花點點離人淚，卻恐周秦下筆難。仝上

訶憑法秀浪相誇，迴脱恒蹊玉有瑕。黃九定非秦七比，后山仍未算詞家。黃庭堅

天生好語阿麼同，不礙詩詞句各工。流下瀟湘常語耳，萬身奚贖過推崇。秦觀

山抹微雲都下唱，獨憐知己在長沙。一代盛名公論協，揄揚翻出蔡京家。仝上

未遜秦黄語略偏，買陂塘曲世先傳。歐蘇張柳評量當，位置生平豈漫然。晁補之

亭皋木葉正悲秋，元祐詞家得宛邱。著墨無多風格最，綺懷不獨少年遊。張耒

詞筆真能屈宋偕，鬼頭善盜各安排。也知本寇巴東語，梅子黄時雨特佳。賀鑄

惜分飛見賞坡翁，偉麗詞多祝相公。楓落吴江真壓卷，東堂全集也徒工。毛滂

海棠開後燕來時，燭影摇紅片玉詞。此是大晟新樂府，榮安原唱盍相思。王詵

各推菩薩鬘詞好，實使東坡到海南。各各賞音同此調，我朝貽上宋花庵。舒亶

論到舒王遜一籌，海棠未雨雱句卻風流。李郎冠月淡雲來去，果勝郎中舊句不。王安石

是佳公子自翩翩，調雨催冰格宛然。舞鬱輪袍仍逐客，淺斟低唱柳屯田。王觀

有人愛比夜光珠，多麗詞傳到海隅。誰説桐花絲柳遍，仲春時候緑陰無。聶冠卿

聽喜遷鶯竟召還，有漁家傲不須删。歸來獻壽將軍事，須念征人老玉關。蔡挺

斜川居士世東坡，自作新詞自按歌。一隊畜生言太酷，教人無奈曉鴉何。蘇過

杏花村館有詞題，驛壁曾煩驛卒泥。未覽溪堂詞一卷，但名蝴蝶品流低。謝逸

敢説流蘇百寶裝，唐人詩語總無妨。移宫换羽關神解，似此宜開顧曲堂。周邦彦

新詞學士貴人宜，獨步尤難市儈知。唱竟蘭陵王一闋，君王任訪李師師。仝上

碧山樂府世交稱，獨二郎神得未曾。攬碎一簾花影語，張郎中後竟誰能。蔡伸

詞隱詞多應制成，可容協律晁端禮與齊名。長相思曲尤工絕，雨滴芭蕉滴到明。万俟雅言

周柳居然有替人，聖求詩在益酸辛。人言未減秦淮海，名字流傳竟不真。呂濱老。陳振孫《書録解題》作「渭老」，《詞綜》因之。今從嘉定壬申趙師岊序。

雲龕居士有人招，伯可南來不自聊。反覆炎涼誰屑道，文章名盛惜初寮。王安中

畫像偏教戴牡丹，阮郎歸賦壽皇歡。詼諧莫誚曾鶚脯，淒絶金人捧露盤。曾覿

伯顔軍已破杭州，試問金華夢醒不。麥秀黍離詞客感，銷魂真箇是天游。詹天游

香餘鴛帳冷金猊，名相詞傳品未低。唱徹聲聲蘇武令，人言作者李梁溪。趙鼎

序有胡寅未必知，江南江北酒邊詞。味如元酒心枯木，依舊看花不自持。向子諲

輕詆蘇黄太刻深，倚聲一事卻傾心。流鶯不語啼鶯語，狡獪真憐葉石林。葉夢得

敢信坡仙壘可摩，詞名無住卻無多。杏花影裏人吹笛，竟到天明奈若何。陳與義

西江月好足名家，直許微塵點不加。三卷樵歌名士語，此才端合賦梅花。朱敦儒

紅羅百匹總無嫌，想亦無心學子瞻。至使魏公緣罷酒，一腔忠憤洗香奩。張孝祥

小晏秦郎實正聲，詞詩詞論亦佳評。此才變態真横絶，多恐端明轉讓卿。辛棄疾

斜陽煙柳話當年，穠麗詞工又屑傳。謹謝夫君言亦誤，兩詞沈痼實依然。仝上

集中偏愛伎名垂，一代宗英作者誰。波底夕陽紅濕句，我家人語阜陵推。趙彦端

天下皆歌又禁中，賞音能與古琴同。鬼名點遍胡爲者，一語當師岳倦翁。劉過

生平經濟託微言，文似龍川意可原。亦有翠綃封淚語，散花庵選集無存。陳亮

玉照堂開夜不扃，海鹽腔衍與誰聽。滿身花影詞工絶，將種何須蟋蟀經。張鎡

蓮花博士曲新翻，合是詩人總斷魂。飛上錦裀紅縐語，千秋遺恨記南園。陸游

韓邸詞家一大宗，四方善頌可無庸。早知冰腦防難及，顫裊周旋守箇儂。廖瑩中

酒肆屏風果墨緣，尚扶殘醉玉音宣。斷橋迴異橋南路，賦玉瓏璁竟不還。俞國寶

竹齋名藉草堂存，沈鬱蒼涼一代論。刻翠翦紅原不屑，唱酬唯有岳王孫。黃機

果被梅花累十年，後村別調有人傳。與郎眉語伊州錯，快語何嘗不可憐。劉克莊

平江伎唱蒲江曲，春色原無主屬誰。可有淵源關綺語，大防文集四靈詩。盧祖皐

石帚詞工兩宋稀，去留無迹野雲飛。舊時月色人何在，戛玉敲金擬恐非。姜夔

前無古更後無今，可向尊前一集尋。錦瑟未知終不信，小紅低唱有餘音。仝上

赤壁詞誰眼更青，劍南詩法未凋零。豪情壯采東坡似，低首天台戴石屏。戴復古

和天也瘦語真癡，語未經人竹屋詞。端恐梅溪無此語，爲春瘦卻怕春知。高觀國

清真難儷況方回，掾吏居然覯此才。縱使未堪昌谷比，斷腸挑菜或歸來。史達祖

綺語能工債亦酬，一分憔悴一分秋。鄱陽詞法兼師法，怪説詞家第一流。張輯

道家裝束恨難尋，許國生平卻不禁。和摸魚兒揮淚別，憐才始侑百星金。吴潛

四卷詞編更補遺，夢窗詞比義山詩。得君樂府迷能指，履貫誰傳沈伯時。吴文英

梨花好夢不曾圓，忙恨東風咏水仙。辛苦後村評騭當，雪舟相識十年前。萬孝邁

此中甘苦劇難言，選得新詞廿卷存。果散花庵詞特妙，羊車過也又黃昏。黃昇

江湖遁迹竟忘還，詞品尤推蔣竹山。心折春潮春恨語，扁舟風雨宿閶灣。蔣捷

歸去山中卧白雲，王孫憔悴總能文。不名孤雁名春水，豈藉揄揚始重君。 張炎

悲涼激楚不勝情，秀冠江東擅倚聲。詞格若將詩格例，玉溪生讓玉田生。 仝上

曉起簾櫳翠漸交，鶯聲春在杏花梢。獨將雅正（張炎語）評西麓，賸粉零金語欲拋。 陳允平

相思無處説相思，妾欲移心恨未知。誰謂山民工小令，至今人説四靈詩。 徐照

觀者直求形似外，弁陽不爲一詞言。夢輕怕被愁遮住，似此能無斧鑿痕。 周密

舊選中興絶妙詞，更名絶妙好詞爲。效顰十解人人擬，直比文通雜體詩。 仝上

棄官長短句工吟，故事花翁集裏尋。人物語應無市井，當留此論作詞箴。 孫惟信

花間集外名花外，直欲填詞繼歷朝。聞雁秋燈秋雨裏，故山歸去總魂銷。 王沂孫

獨爲秋娘感慨深，三生杜牧李南金。賀新郎譜青衫濕，淪落天涯自古今。 李南金

從容柴市曲偏工，聲倚昭儀驛壁中。未有無情忠與孝，沁園春即滿江紅。 文天祥

參政何人竟北留，木蘭花慢送歸舟。杜鵑教我歸何處，各極芊綿一樣愁。 陳參政

詞工咏物半遺黎，樂府何勞更補題。易世恐興文字獄，子規誰許盡情啼。

緑肥紅瘦語嫣然，人比黄花更可憐。若並詩中論位置，易安居士李青蓮。 李清照

一鉼一缽可歸來，覓覓尋尋亦寫哀。自是百年鍾間氣，張秦周柳總清才。 仝上

幽棲居士惜芳時，人約黄昏莫更疑。未必斷腸漱玉似，送春風雨總憐伊。 朱淑真

寄憶秦娥語不深，海棠開後到如今。酒樓依館皆傳播，信是旗亭獨賞音。 鄭文妻孫氏

天台伎合賦桃花，限韻詞工益作家。怪得有人心爲醉，鵲橋已駕恐緣差。 嚴蕊

果屬唐人未可知，禁中傳得擷芳詞。燕來時也無消息，一語令人十日思。

倚聲誰敢陋金元，由宋追唐體較尊。且待稍償文字債，紫藤花底試重論。

又三十六首　專論嶺南人

竟傳仙去亦多情，得近佳人死也榮。見《歷代詩餘》。誰謂益之能直諫，生平願作樂中箏。見阮《通志》。黃損

但許詞家品已低，推崇獨説李文溪。出師拜表如忠武，水調歌頭劍閣題。見《崔清獻集》李昴英跋。崔與之

不知履貫亦稱工，楊升庵《詞品》謂：「昴英，資州盤石人，《蘭陵王》一詞絶妙。」忠簡生平六一同。獨説蘭陵王一闋，曉風殘月柳郎中。見《文溪集》孫文燦跋。李昴英

柳周辛陸事兼能，劉潛夫語，見《花庵絶妙詞選》並《絶妙好詞箋》。論到隨如得未曾。豈獨後村評騭當，心傾周密又黃昇。劉鎮

念奴嬌曲賦梅花，見《廣東文選》。譜賀新郎聽琵琶。見《詞綜》。絶妙好詞偏未選，咸淳以後足名家。陳紀

感到滄桑覆瓿集名宜，秋娘猶在足相思。「舊日秋娘猶在否」，集中《蘇幕遮·錢塘避暑憶舊》語。集中多用清真韻，秋曉詞集名同片玉詞。趙必瑑

老樹嫣然也著花，林坡仍未算詞家。薄情鶯燕偏相惱，林坡先生詞集中《風入松》詞語。詩學西庵

見《獻徵録》竟不差。黎貞

風韻何嘗樂府殊，白沙遠過邵堯夫。春風沂水人千古，也學煙波舊釣徒。按《白沙集》有長短句一門，實雜體詩也，無詩餘。然《釣徒》一首題云「效張志和體」，志和原作各家詞選俱收，調名《漁歌子》，而白沙譜之，殆詩餘矣。陳獻章

石屏家世獨文章，清節先生見《粵大記》總擅場。新酒諒難降舊恨，宋人風格滿庭芳。見《廣東文選》及《詞綜》。戴槤

卻金亭築表清風，使朝鮮時事，見黃《通志》。偉麗詞傳應制同。鑾徽弓衣應織遍，滿朝歡又滿江紅。見《廣東文選》。祁順

雙槐手植見黃《通志》興蕭然，著述何須樂府先。宋末補題工咏物，持螯曾譜鵲橋仙。見楊子《卮言閏集》。黃瑜

倚聲屈指到文莊，人似流鶯語可商。「人似流鶯老」，稿中《青玉案》詞語。春思宛然秋思好，生查子與應天長。《瓊臺彙稿》存詞十九闋，唯三闋稍工耳。邱濬

水調歌頭調獨佳，《渭厓集》存詞廿一闋，俱填此調。誰容奮筆寫胸懷。以人存亦談詩例，未甚傾心霍渭厓。霍韜

文章官職遜而翁，偏至填詞格調同。見《勉齋集》。自鄶無譏誰過刻，前明樂府鮮宗工。霍與瑕

西園詞稿不須添，著等身書韻偶拈。獨釣罷時還獨泛，見《西園存稿》。喜無一語近香奩。張萱

千秋歲又桂枝香，腦滿腸肥儘吉祥。賦罷郊居見本集鑾峒苑。見阮《通志》。敢占文福四留堂。《四留堂稿》附詞七闋。盧龍雲

海目詩存十手鈔，前明吾粵區氏稱詩者數家，而海目先生稱最，無詞。見泉詞律略推敲。滿江紅外無多調，《見泉集》附詞十闋，俱填此調，范履霜能與解嘲。區元晉

感切興亡問著書，北田遺集附詩餘。曼詞未敢相推許，小令鏗然不去臚。集名。何絳

長相思與浪淘沙，見《歷代詩餘》。不爲忠魂許作家。第一才人見阮《通志》餘技稱，死生消息有蓮花。見《番禺志》。韓上桂

不唱吳歈唱嶺歈集名，堂開顧曲見薛始亨撰傳也須臾。金琅玕傳奇寫桄榔下，見《中洲草堂集》附詞自序。實與升庵格調殊。王阮亭謂喬生詩似用慎修格調。陳子升

國初抗手小長蘆，除是番禺屈華夫。讀竟道援堂一集，彭孫遹鄒祗謨説擅倚聲無。屈大均

嶺外論詩筆斬新，六瑩堂冠我朝人。倚聲僅有山花子，不弔湘妃見《國朝詞綜》弔洛神。見《國朝詞雅》。《六瑩堂集》附存詞十八闋，而兩闋不存。梁佩蘭

千秋得失也須公，獨漉詩名蓋代雄。祝壽餞離兼咏物，《獨漉堂集》附詩餘一卷，類多此等題。倚聲何敢過推崇。陳恭尹

嶺南竟有玉田生，翻覺稱詩浪得名。試覽南樵初二集，初集附詞十六闋，二集附詞三闋。流聞猶藉賦風箏。見《廣州府志》。梁無技

芙蓉月下麗人來，翦翦西風對菊開。見《四桐園存稿》《眼兒媚》、《一斛珠》兩詞。有四桐園工小令，不教苦子名璜，鍹之兄擅詩才。陶鍹

門掩梨花雨打聲，至今腸斷摘紅英。真吾閣在伊人死，誰譜孤舟棹月明。《真吾閣集》，詞唯《摘紅

英》、《明月棹孤舟》兩闋特工。許遂

琵琶楔子傳奇閒情，合大樗堂外集評。解賦無題詩百首，見《番禺志》。固當秦七是前生。王隼

日上坡亭集名日按歌，瓣香當屬易秋河。才名足動張文烈，見《鶴山縣草志》。綺靡新聲奈汝何。易宏

耆舊凋零得報之，匊芳園集有填詞。移橙閒話人收取，説紫棉樓樂府誰。《匊芳園詩文集》、《移橙閒話》、《紫棉樓樂府》，并夢瑶撰。何夢瑶

對此茫茫譜曲宜，無多心血好男兒。詞人北宋推黄九，並逃虚閣《買陂塘》詞語。未解逃虚閣所師。張錦芳

樵夫情韻特纏綿，小閣何因署藥煙。少作芙蓉亭樂府，中年哀樂總虀然。《藥煙閣詞鈔》，二樵著，閣緣婦病得名。二樵少客邕州，著《芙蓉亭樂府》。黎簡

祕書郎自鐫「上清祕書郎」小印許魯靈光，便署陽春録陽春人不妨。三疊柳枝誰爲唱，著有《柳枝詞》九十首，三疊平韻。聽雲樓集名圮月如霜。譚敬昭

曲付玲瓏舊酒徒，官場滋味困倪迂。并《茶嵁舍詞稿》《花犯·觀劇戲作》語。茅煙箐雨茶嵁舍，便算羅浮與鼎湖。見《味辛堂詩鈔自序》。倪濟遠

倚聲猿鳥助蕭騷，過客能來羨汝曹。生長最佳山水處，讀書臺與釣臺高。黄球，太學生，有「讀書臺懷古」《憶君王》一闋；黄藹觀，諸生，有「峽中漁」《步蟾宫》一闋；歐嘉逢有「遊飛來，納涼菩提樹下夢回，偶調」《漁歌子》一闋。并國朝清遠人。并見《禺峽山志》。

落落寒雲獨倚樓，遠懷如畫一天秋。并見《明詞綜》「得程民部詩，卻寄」《小重山》詞。此才不讓程民部，

佛屋填詞也白頭。今釋

偷覷鴛鴦不自知，偶然心事上雙眉。分見《蓮香集》《如夢令》、《風入松》兩詞。男兒慣作蓉城主，鱗屋龍堂合嫁伊。亦見《蓮香集》。張喬

又四十首　專論國朝人

白髮飄蕭事可知，江南祭酒獨稱詩。閒官大有滄桑感，宋玉微詞莫更疑。吳偉業

塗澤爲工足寄情，生香真色殆分明。海棠開否芭蕉緑，一品官閒獨倚聲。梁清標

窮始能工到樂章，曼聲哀豔越齊梁。詩文望重遭逢慘，淒絶萊陽宋荔裳。宋琬

怯月淒花不可倫，即焚綺語見《東皋雜鈔》亦周秦。大科名重千秋在，開國填詞第一人。見《倚聲集》。彭孫遹

我朝供奉典裁詩，大筆淋漓顧曲宜。豔説君侯腸斷句，王揚州亦少年時。王士正

千秋功論試評量，南渡詞人特擅長。十五家同收四庫，定知誰許魯靈光。我朝詞集，《四庫》所收者唯《珂雪詞》、《十五家詞》，餘俱存目耳。曹貞吉

語本天然筆不休，將軍射虎也封侯。老名士是真才子，法曲飄零總淚流。尤侗

奉敕填詞教小伶，人非曾覩海野卻曾經。我如十五雙鬟女，把酒東風祝不停。吳綺

無情誰許作詞人，情摯惡能語逼真。遠寄漢槎金縷曲，山陽思舊恐難倫。顧貞觀

家世文章第一流，如猿啼夕雁吟秋。縱王内史生平似，見《茶餘客話》。何必言愁也欲愁。性德

沈博文章點筆成，酒樓妓館倏知名。陳周徐庾唐温李，轉作詞家總正聲。毛奇齡

偶然聲價重雞林，詞苑叢談説賞音。此事何嘗關閲歷，秋笳集名窮塞入孤吟。徐釚、吴兆騫

齊名當代説王朱，樂府還能抗手無。少日桐花名麗絶，也應心折小長蘆。朱彝尊

載酒江湖竟讓誰，疏狂不減杜分司。銅琶鐵板紅牙拍，各叶迦陵絶妙詞。陳維崧

人如倪瓚特蕭閒，見《本事詩》。綺靡緣情語早删。小令見推樊榭老，固當標格異花間。嚴繩孫

詩名不賤見《秋錦山房集序》竟何如，二李名齊足起予。人似武曾須學步，夢窗綿密玉田疏。李武曾

倦圃秋岳人歸有未邊集名，朔南萬里倚聲先。反從北宋追南宋，朱十言夸殆未然。李符

積書多亦如書簏，況僅詞家備宋元。讀到小方壺一集，居然作者莫同論。汪森

妾是無鹽君太沖，善言兒女竟誰同。易安居士談何易，宋牧仲語見《詞苑叢談》。殆宋尚書曲未工。董以寧

詞家人競説堯章，端恐前明倣盛唐。買菜豈須求益者，無多著撰實姜張。沈岸登

粉署仙郎愛讀書，湖山歸夢也終虚。江南江北相思慣，紅藕莊詞比藕漁。龔翔麟

同居咸藉見陳其年《浙西六家詞序》也名齊，飲水能歌獨柘西。自許玉田差近者，集中《再題蕃錦集》語，低徊蕃錦集重題。沈皞日

簾波詩事見《東皋雜鈔》特風流，歷代詩餘命纂修。南宋瓣香誰較近，蓉湖漁笛譜蘋洲。杜詔

大宗誰並曝書亭，蓋代才同浙水靈。竟是我朝張叔夏，至今風法未凋零。厲鶚

緑陰如幄又江南，琴鶴翛然理共參。見《蒲褐山房詩話》。似學道人工綺語，幻花庵亦散花庵。張梁

押簾集名風致亦嫣然，把臂知從石帚先。薺菜孟嘗君莫笑，人推絶妙好詞箋。查爲仁

論詩能廢盛唐無，北宋何嘗不可摹。頗愛太倉王抱翼，恥偕同社逐時趨。王時翔

詞品羣推第一宜，瀟湘聽雨未還時。著有《瀟湘聽雨録》。由來絢爛歸平淡，苦學花間一輩知。江昱

苦心孤詣得清空，橙里居然樂笑翁。句集一家成一卷。集《山中白雲詞》一卷。竹垞蓄錦説天工。江昉

不付兜娘欲與誰，當年樊榭竊相推。紅牙久寂紅闌閣名折，可有人傳薛鏡詞。張雲錦

江珧柱更荔枝添，日日停琴對不嫌。嘗以韋左司有「對琴無一事」語作《對琴圖》，復以「對琴」自號。自是唐堂工獎借，松溪漁唱殆難兼。汪棣

蓋代詩名山斗重，崎嶔磊落更淋漓。便將詩筆爲詞筆，熱血填胸一灑之。蔣士銓

蒼茫放筆轉欷歔，詩畫書名卻未如。文到人情端不朽，直將詞集當家書。鄭燮

纖穠誰信作忠魂，娉雅堂詞一代論。莫向麗華祠畔唱，萇宏血碧事難言。趙文哲

無端綺語債誰償，朱吉人謂君有《香奩詞》一卷，惜爲人假手，不能傳播藝林。現到曇華集名總擅場。詞客千秋同此恨，爲他人作嫁衣裳。張熙純

頭銜未署柳屯田，袁蔣詩工合讓先。卻被淺斟低唱誤，如何情韻不芊綿。黃景仁

二陸才多擅倚聲，文章碧海掣長鯨。頗嫌樂府香奩語，孤負冰天雪窖行。楊芳燦、楊揆

巧獨天工不可階，鏤冰翦雪費安排。我朝亦有吴君特，七寶樓臺拆儘佳。吴錫麟

文工選體筆崚嶒，餘事填詞得未曾。時論固知君不囿，見《小謨觴館詞集自序》。一空依傍轉無憑。彭兆蓀

起居八座也伶俜，出塞能還繡佛靈。文似易安人道韞，誰教不服到心形。徐燦

——譚瑩《樂志堂詩集》，續修四庫全書集部一五二八册

丁紹儀《聽秋聲館詞話》評

南海譚玉生廣文瑩《樂志堂集》中論詞絶句，至一百七十六首，扢揚間有未當。如訾少游「爲誰流下瀟湘去」，謂是常語。並謂白石「舊時月色人何處，戛玉敲金擬恐非」。而推崇戴石屏與本朝之毛西河、屈翁山，謂屈詞足以抗手竹垞。此與番禺張南山司馬維屏服膺鄭板橋、蔣藏園詞，同似門外人語。内三十六首專論粤人，如陳元孝、黎二樵詞，均覓之未得。余所見粤詞，近推吴石華、儀墨農爲最。再則東莞林桓次侍讀蒲封《齊天樂》云：「十年陳跡驚心認，流鶯喜還未老。海燕争迎，岸花曾送，不分者番重到。且停蘭棹。看幾樹垂楊，向風低裊。郤怪萋萋，池塘緑遍夢中草。

琴絲暗塵涴了。任吹殘鬢影，誰是同調。虬漏聲沈，魚天雲淡，一抹眉痕纔掃。紅樓深悄。怎話到前歡，頓添淒抱。回首南園，曲闌春正好。」欽州馮魚山户部敏昌「新構小亭落成」《天仙子》云：「結就小亭形似舸。泉石周遮叢竹裹。漁歌斷處接樵歌，斜日墮。浮雲破。對影三人

風月我。　老去心情耽懶惰。怕向危流重捩柁。趨來宴憩意悠然，閒吟坐。饒清課。讀畫絃詩無不可。」高要黃琴山太守德峻「留別友人」《金縷曲》云：「別緒因君起。覺朝來、陽關未唱，寸心先碎。十載風塵牛馬走，僕亦幾經愁死。賸草草、勞人若此。脱屣妻孥都易事，到他鄉、愈戀真知己。悽無語，可知矣。　行程忽又趨燕市。指關山、暮雲春樹，八千餘里。何日萍蹤能再合，後會良難預擬。只尺素、遠憑雙鯉。倘對惠連懷謝客，願夢魂、時入西堂裏。言不盡，此中意。」番禺陳蘭甫學博澧「朝雲墓」《八聲甘州》云：「漸殘陽、淡淡下平蕪，塔影浸微瀾。問秋墳何處，荒亭葉瘦，斷碣苔斑。一片零鐘碎梵，飄出舊禪關。杳杳松林外，添做蕭寒。　不恨竹根常卧，勝丹成遠去，海上三山。只一坏香冢，占取小林巒。依約傍、水仙祠廟，有西湖如鏡照華鬘。休腸斷、玉妃煙雨，謫墮人間。」林有《龞洲集》，附詞。黃有《三十六鴛鴦館詞》。顧詩中均無一言論及，殆以爲近時人耶？二樵亦近時人也，殊不解。　卷二十

——丁紹儀《聽秋聲館詞話》，唐圭璋《詞話叢編》本

況周頤《餐櫻廡漫筆》評

論詞絶句，作者頗多，武進趙叔雍近擬《匯録》一編，俾廣其傳，甚盛事也。昨見海南譚玉生瑩《樂志堂論詞百首》，又專論國朝人四十首，粵東人三十六首，旁徵博引，評騭精至，可謂大成矣。茲録數首：「章臺柳折太多情，寒食東風句未精。若使君王知此曲，曲兼詩並署韓翃。」韓翃。「唤柘枝顛亦自娱，能稱曲子相公無。柔情不斷如春水，認作唐音恐太諛。」寇準。「大范勳華有

定名，小詞傳唱御街行。至言酒化相思淚，轉覺專門浪得名。」范仲淹。「空傳飲水處能歌，誰使言翻太液波。詩學杜詩詞學柳，千秋論定卻如何。」柳永。「詞憑法秀浪相誇，迴脱恒蹊玉有瑕。黄九定非秦七比，后山仍未算詞家。」黄庭堅。「亭皋木葉正悲秋，元祐詞家得宛丘。著墨無多風格墜，綺懷不獨少年遊。」張耒。「敢説流蘇百寶裝，唐人詩語總無妨。移宫换羽闕神解，似此宜開顧曲堂。」周邦彦。「小晏秦郎實正聲，詞詩詞論亦佳評。此才變態真横絶，多恐端明轉讓卿。」辛棄疾。「玉照堂開夜不扃，海鹽腔衍與誰聽。滿身花影詞工絶，將種何須蟋蟀經。」張鎡。「石帚詞工兩宋稀，去留無迹野雲飛。舊時月色人何在，戛玉敲金擬恐非。」姜夔。「悲涼激楚不勝情，秀貫江東擅倚聲。詞格若將詩格例，玉溪生讓玉田生。」張炎。「舊選中興絶妙詞，更名絶妙好詞爲。效顰十解人人擬，直比文通雜體詩。」周密。

——況周頤《餐櫻廡漫筆》，《申報》一九二六年二月十七日

葉英華

葉英華（一八〇二—一八六五），字蓮裳，號夢禪居士，番禺人。葉衍蘭父。著有《花影吹笙詞》、《小遊仙詞鈔》。

《小遊仙詞》序

原夫元靈振響，曲按璇宫；黄竹賡歌，辭傳瑶島。莫不思通碧落，望隔紅塵，霞骨雲心，飄乎仙矣。僕淹蹟窮途，漂摇恨界。絲纏蝶繭，空繅織素天機；蜜餂蜂脾，詎割流黄玉劍。每問天而搔首，輒喝月以酣歌。愁唤奈何，情誰遣此。溯思在昔龍女行歌市中，所謂水府真人法駕導引者。仙韻飆飛，逸情雲上。暇日譜其遺製，攄我孤懷。學步曹唐，希蹤郭璞。排雲閶闔，拾星斗於懷中；滌日滄溟，瀉波濤於腕底。香咽三危瑞露，噴成五色桃花；碎翦九月飛霜，灑潤百畦芝草。惟是腹愧鞠通，身慚脈望。詞餘湊雜，字食叢殘。意雖寓感夫莊騷，言幸未乖於風雅。非敢謂揮斥八極，馳驅皆赤豹文貍；逍遥九垓，應接盡皇娥白帝也。詞賦百章，付拚一笑。

金縷曲　秋夜讀《彈指詞》，感懷亡友越亭，即書其《吴市簫聲詞》後

寸帙瑶華捧。證詞源、黄金鑄出，瓣香遥奉。始信鍾情惟我輩，做就愁根恨種。奈彈指、人琴增痛。風雨吟魂呼不起，葬梅花、瘦骨秋雲凍。腸斷續，鐙斜擁。　緣知對影還誰共，黯低徊、長歌當哭，死生珍重。寒咽悲聲簫歇絶，清淚瀉如潮湧。問何日、皇天心動。手疊琅函香翦葉，配紅蘭、一朵孤芳供。殘漏滴，星芒炯。

潘曾瑩《〈花影吹笙詞鈔〉序》

予少時喜爲倚聲之學，與同里朱酉生、沈閏生、吴清如、戈順卿諸君，互相商榷，略解聲律。迨官京師，又與陶鳧香前輩、張詩舲尚書、張海門同年，時相過從，鬮題分韻，唱和遂多。歲月不居，晨星寥落，孤吟易輟，知音蓋稀。今蘭臺農部以尊甫蓮裳先生《花影吹笙詞集》見示，寓懷綿眇，造語幽腴，别具鑪錘，自成馨逸。組織工矣，而無襞績之痕；醖釀深矣，而無沾滯之習。具跌宕縱横之致，而不病於粗豪；極纏綿悱惻之情，而不涉於冶靡。洪纖合度，高下在心，洵大雅之遺音，南宋之正軌也。至其遊仙諸闋，絶去凡襟，獨標高格，證前盟於白石，結遐想於丹梯。神光合離，靈氣儵忽，雲心縹緲，霞骨高騫。俯唱遥吟，真覺御風而行，飄飄欲仙矣。時積雪初晴，寒月欲上，盆中老梅，漸吐紅蕚，鐙前展卷，尋味再四，如聽白石老仙吹笛譜《暗香》、《疏影》詞也。星齋潘曾瑩序。

潘祖蔭《〈花影吹笙詞鈔〉序》

近世詞家，以姚野橋、許我園兩丈詞稱最善。野橋丈之論詞曰：「均不騷雅則俚，旨不微婉則直。」我園丈曰：「澀爲難。」兩丈詞皆手定稿付梓，海内知與不知者，皆曰兩先生詞極工。自世目文章爲小道，而詞益可輕，然爲之者自有不得已之故。士不遇於當世，至以文章自娱悦，而所作之傳不傳既未可知，其精氣果不可磨滅，必有愛惜保護於他日者。而風雨挫折，奴隸摧殘，更不可問。況變故百出，兵戈水火，來若無端，其禍更有慘於覆瓿投溷者。而握管時，方苦其心思，以求繼古人而傳後世，此可歎也。而傳者卒孤立於天壤，歷百變而光輝益新，此又古人所引以自信，非常人所能測也。同年葉君蘭臺蒐輯年丈蓮裳先生詞稿，經數年而成帙，屬蔭序之以付梓。丈舊有手定稿，燬於兵。蘭臺梓之，意甚摯。歐陽氏曰：「惟爲善者能有後，而託於文字者可以無窮。」蔭未知此本既出，海内論定，視姚丈、許丈爲何如？然當其哀樂所流，纏綿靡極，亦自有不得已之故在也。於虖！可以傳無窮矣。同治癸酉，年家子吳縣潘祖蔭序。

——以上葉英華《花影吹笙詞鈔》，清光緒三年刊本

譚獻《復堂詞話》評

夢禪居士有「小遊仙詞」《法駕導引》一百首，託興幽微，辭條豐蔚，談者與樊榭老人絕句三百首並稱，不愧也。

——譚獻《復堂詞話》，唐圭璋《詞話叢編》本

夏敬觀《忍古樓詞話》評

南雪尊人蓮裳先生英華，有《花影吹笙詞》，尤長小令，殆《飲水》、《側帽》之亞也。

——夏敬觀《忍古樓詞話》，《詞話叢編》本

冒廣生《小三吾亭詞話》評

《花影吹笙詞》，爲蘭臺先生尊人蓮裳英華所作，後附《小遊仙詞》一百首，讀者如聽鈞天廣樂也。詞凡二卷，皆搜輯於兵火之餘，馨逸自成，南宋遺則。《臨江仙》云：「花事暗隨春事了，魂銷風雨年年。無聊情緒奈何天。閒愁邀燕子，軟語話纏綿。　緑寫相思紅寫怨，淒涼知倩誰憐。傷心人月兩嬋娟。分明清影在，都欠一分圓。」《湘月》云：「冷冥冥地，撥爐香、静坐悄無情緒。一院苔花，凝暗緑，淺沁二分疏雨。蓮漏微沈，桃笙倦疊，懶賦傷心句。西風簾卷，可憐人瘦如許。　爲問怨月啼蛩，干卿甚事，直恁聲酸楚。露濕閒階，孤葉墜響，亂夜深砧杵。碎翦窗煙，團圓燈影，都是愁來處。紅樓夢穩，秋心知對誰語。」《蝶戀花》云：「月轉桐陰風碎竹。庭院煙深，瘦影寒圍燭。翠被香銷蓮漏促。羅幃倦倚人如玉。　明鏡無塵釵夢熟。夢醒雲飛，雲斷痕難續。波冷露零秋瑟縮。芙蓉紅淡鴛鴦緑。」《一翦梅》云：「層闌殘照寫黄昏。界破簾痕。劃記釵痕。月中愁影鏡中人。圓欠三分。瘦減三分。　慵妝倦倚兩鬟雲。紅麝香薰。紫麝花熏。心凝拚付蝶温存。情暖於春。夢懶於春。」吴縣潘文勤序之，謂當其哀樂所流，纏綿靡極，亦自有不得已之故在也。　卷一

——冒廣生《小三吾亭詞話》，唐圭璋《詞話叢編》本

莊心庠

莊心庠（一八〇六—？），字養之，號寄漁，番禺人。清道光二十七年（一八四七）進士，與張之萬、李鴻章、沈葆楨爲同年，咸豐元年（一八五一）任湖南永綏同知。

東籬先生詞集序

歲庚寅，予客上谷，讀東籬先生詞而好之，題句以志嚮往。越甲午，始識先生於連平，一晤而別。今年冬，謁魯輿師於西岡別墅，與先生不期而遇，縱言至於詞，且得盡讀其近所爲詞。先生復爲詞以贈之，而屬予爲詞之序。夫序者，序述此經之旨也。予於詞曾未肄業及之，不惟弇陋而已，蓋亦性之所不近。今乃使之序詞，其將何述？即述焉，其能免扣槃捫燭之誚哉？客有詰予者曰：「如子言，是不知詞者也。然子固謂讀先生詞而好之者也，設非知之，烏從而好之？」予曰：「否。遊佳山水者，一至其地，輒爲之神移。問以山之徑，水之源，或未能遽數以對矣。見景星卿雲、祥麟威鳳者，凡人皆以爲瑞，而不必皆言其所以爲瑞也。食嘉肴者，不已於咽而飽，樂其旨也。必問以如何而後旨，天下其皆精五味六和乎？予不知詞，而好先生之詞，何以異於是？」孔子曰「不知爲不知」，又曰「知之者，不如好之者」，然則予無所述，即述所好，以爲先生之詞之序焉可也。序成，質之先生，必粲然笑曰：「是非汝之所爲也。」即不以爲序焉亦可。道光甲辰嘉平月立春後一日，番禺莊心庠拜序。

——顔琬《東陂漁父詞》，清道光二十四年刻本

題《東陂漁父詞》

拍聲宛轉調玲瓏，一卷漁詞出海東。怪底賢郎多好句，此才原自有家風。

讀罷歌頭笑口開，秋風催我故鄉來。煙波他日聯新侶，定到東陂訪釣臺。

——顔琬《東籬詞稿》，鈔本

顔　琬

顔琬，字東籬，連平人。清嘉道間人。著有《東籬詞稿》。

洞仙歌　跋《烏絲詞》

悲歌慷慨，有荊溪詞客。半世漂零也堪惜。歎負才如海，吐氣如虹，都被那、翠管烏絲銷蝕。

紫雲相伴日。捧硯花間，抵掌掀髯鉢池側。縱感激蘇辛，妖冶周秦，應難拔迦陵赤幟。憑鐵板銅琶唱江東，拚潦倒今生，徜徉自得。

《東籬詞稿》評點彙輯

《霜花腴・跋盧先生月下東鄰弄笛小照》，畹君姊評：豐神超逸，少游雅稱。

《雨霖鈴・寄未庵兄用柳耆卿韻》，畹君姊評：神味似「一船離恨上西洲」。

《浣溪沙・贈未庵兄》，王獅巖先生評：兀奡風流。

《臨江仙・咏懷》，王評：寄託何遥深。

《念奴嬌・種竹》，王評：人亦如之，期望後日，落想甚超。

《大江西上曲・送鳴岡弟之南昌》，亦樵叔評：似陳其年手筆。鳴岡弟評：情真語摯。王評：沈痛語。王評：黯然銷魂。

《浣溪沙・過友人宅》，王評：如聞山陽笛聲。

《賀新涼・秋到》，王評：唾壺擊碎矣。

《滿江紅・亦樵從叔三十》，王評：高唱而入。王評：警絶。

《菩薩鬘・戲復友人》，王評：通首氣韻流走。

《浪淘沙・偶檢篋中得亦樵叔往日飲予山莊古詩》，王評：情真、景真、語真。

《滿庭芳・寄楊應三》，王評：藴藉語。

《貂裘換酒·九日喜鳴岡弟歸自南昌》，王評：排宕之句，詞品上乘。

《似娘兒·偶感》，王評：此即白傅《琵琶行》。

《如夢令》，王評：清豔。

《菩薩蠻·六月十九日禮佛》，王評：一片婆心，具大法力。

《蝶戀花·爲黃葉山人賦》，錢星鈐先生評：語長心鄭重。

《浣溪沙》，錢評：如將不盡，含毫邈然。

《黃金縷》，錢評：真摯。

《鷓鴣天·袁浦舟中誌別》，錢評：讀之黯然。

《漁家傲·清江寓中午日》，錢評：字字至性，自肺腑中流出。

《摸魚兒·寄友》，錢評：白雲在空，卷舒自如。以水喻之，正有一波三折之致。錢評：想見胸中飄灑。

《賣花聲》，錢評：揚州杜牧，真有國風之遺。

《眼兒媚》，錢評：冬郎豔體。

《念奴嬌·弘濟寺》，錢評：即景生情，有俯仰古今懷抱。

《好事近·七夕》，錢評：意超象外，情溢行間。

《踏莎行·登觀音閣》，錢評：振衣千仞之勢。

《南柯子》，錢評：工雅。

《貂裘換酒·贈王玉卿》，錢評：盡不到，此詞當令二小女奴，檀板輕敲曼聲而歌之。

《春光好·鳳陽道中》，錢評：起句似劉曉行。

《虞美人》，錢評：酒澆塊壘，花憶嬋娟，真豪於情者。

《青玉案》，錢評：語語纏綿，亂我心曲。

《賣花聲》，錢評：句句入畫。

《百字令》，錢評：《别賦》怨情，選樓高韻。

《蝶戀花·召雲娘飲酒後聞其大醉翌日拉同人訪之》，錢評：嬌欲人扶，醉嫌人問，當與史詞互參。

《點絳唇》，錢評：清婉。

《琴調相思引》，錢評：入《麗人集》可也。

《采桑子》，錢評：如聞《子夜歌》。

《江城子·對雪有憶》，錢評：春蠶吐絲，晴空裊裊。

《洞仙歌·跋烏絲詞》，錢評：太白一生低首謝宣城，君於迦陵亦復如是如是。

《釣船笛·漁父》，錢評：寫盡漁家樂趣，是張志和一流人物。

《念奴嬌·冬夜與李堯圃飲酒》，錢評：下筆如風。一起一結，石破天驚，詞中李長吉也。

《鵲橋仙》，評曰：意必翻空，方不落前人窠臼。

《明月引》，錢評：大珠小珠落玉盤。

《踏莎行·訪毛姬》，錢評：豐神楚楚，似張緒當年。

《臨江仙》，錢評：體貼入微，不知從何處鈎摹出來。

《摸魚兒·壽陽除日》，錢評：聲聲子規，令人不忍卒讀。

《東風第一枝·贈别歌姬》，錢評：一句一轉，無轉不靈，善於用折筆也。

《賀新郎·送别》，錢評：亦頓挫，亦清壯，一起有懸崖落石之妙。合付楊鐵崖歌《鴻門會》後歌之。

《鵲踏枝·離席》，王評：一往情深，令人之意也消。

《清平樂·寄家書後》，王評：此白描手段也，不著一字，盡得風流，集中應推傑作。

《減字木蘭花·對缾中杏花有懷》，王評：韻甚。

《木蘭花慢·寄植三弟》，王評：親情客況，一并寫出。王評：可與少陵「看雲白日」之句并傳。

《菩薩鬘·題膠西宋孝徽山水》，王評：句極自然。

《浪淘沙·浦口舟中對月》，王評：此意深入一層。

《臨江仙·舟過金山》，王評：工雅。

《臨江仙·蕭三兄拉去聽友人彈琵琶》，王評：典核。

《賀新郎·喜晤植三弟於杭州署中》，王評：直率如家書，一氣呵成，筆意灑落，合稼軒、耆卿爲一手矣。結稍弱。錢評：一氣奔瀉。

《浪淘沙·遊杭州西湖》，鑑塘叔祖評：「羣峯」句如畫。

《念奴嬌·杭州署中送植三弟之處州幕》，錢評：突兀。王評：短句有排奡之氣，奇甚。王評：無限胸中不平事。

《踏莎行·雪夜同亦樵叔錢星鈴孝廉飲北新關》，王評：情至語。王評：典雅。

《沁園春·寄用川叔》，王評：筆花、心花，一齊怒放，且通體卷舒自在，有掉臂遊行之樂。王評：虛神。楊以庸評：一氣呵成，如水赴壑。王評：遠神。

《沁園春·亦樵叔送酒》，王評：興會淋漓，饞涎可掬，朗誦一過，移我情深。王評：真堪絕倒。

《乳燕飛·哭亦樵叔》，荔川叔評：一往深情。

《朝中措·寄德清蔡師山先生》，荔川叔評：如見其人。

《羅敷媚·題丁蔭庭畫蝶》，六叔評：活現。

《賀新涼·亳州夜月感懷亦樵叔鳴岡弟》，六叔評：聲淚俱下。

《漁父家風·留別幕中友人》，六叔評：情深語摯。

《臨江仙·題楊曉芳妹夫鼓山觀海小照》，六叔父評：豪氣蓬勃。

《蓮陂塘·辛巳三山除夕》，六叔父評：低徊往復，如春蠶吐絲，縷縷不絕。

《蓮陂塘·柬黃翼樓秀才》，巫卓如先生評：飄然不羣，如讀李謫仙詩。巫評：此之謂清真。巫評：信手拈來，俱成妙諦。

李昭《〈東籬詞稿〉序》

夫八十四調之流傳，實三百五篇之別派。裁竹枝於漢北，靈響嗣興；采蓮葉於江南，雅音繼起。平林煙織，記太白之高歌；溢浦月明，付小紅而低唱。自後編成竹屋，譜寄蘋洲。邦卿則平睨方回，子野則齊驅同叔。莫不咀宮嚼徵，抽祕騁妍。然而學步難工，效顰易失。閎裁或少，流弊滋多。有如侈靡弗除，淫哇競作。寫春雲於兩鬢，公子情深；翦秋水於雙瞳，美人笑淺。殘妝剩粉，點染筆頭；豔舞嬌歌，飄揚紙窩。是雖偏反唐棣，足傳微婉之心；究之輕薄桃花，無當清真之目。又若雄詞浪吼，苦調風摧。易水北來，代漸離而貢憤；大江東去，貌坡老以矜豪。客豈馮君，悲生劍鋏；年非天寶，淚灑鼙婆。氣既涉於激昂，情更傷於抑鬱。凡此意乖風雅，吾何以觀；相期律叶清平，殆難其選。若顏東籬先生者，吾友秋農之尊甫也。秋農肆志書林，蜚聲藝苑，胸無塵滓，學有淵源。每當對榻之餘，備述趨庭之訓，知先生香名早飲，大器晚成，磨礱金玉之姿，生長煙波之地。段繼昌最饒詩趣，飲酒能豪；姜白石雅擅文名，倚聲尤妙。昨以詩餘一卷相示，其含毫綿邈，奏句輕清。或寫懷而燭刻寸紅，或寄友而箋裁尺素。冰絃欲語，鐵笛將飛。逸興偏多，細雨斜風之候；深情若揭，高山流水之間。是蓋其墨妙筆精，志和音雅。孕奇模而就範，營意匠以揮斤。故能高下皆宜，情詞俱到。加以壯遊屢賦，勝地頻經。曳一杖而雲輕，挂片帆而煙重。琵琶亭畔，新翻白傅長歌；囉嗊樓前，重訂昌齡樂府。五兩清風之閣，畫意入窗；二分明月之橋，琴聲在水。一時目之所遇，耳之所得，皆足以發舒逸緒，陶寫靈襟，焉有不進而益精，熟而彌巧也哉！

昭歌頭學按，木舌未調。自慚腐鼓之音，難稱同調；幸睹洪鐘之製，得識中聲。爰佈俚言，用攄嚮慕。如其續成雅韻，祈付雁足而遥傳；勿謂老去詞人，竚看龍頭之有屬。時道光甲午三月，書於金陵寓館之桂之軒，世愚姪蓬州李昭拜手。

歐聲振《跋〈東陂漁父詞〉》

予去春讀《東陂漁父詞》而善之，謂其激昂慷慨，情溢於辭，與予心合。今更熟讀而益善，遂不能已於言。詞家稱詞，以惝怳迷離爲第一義，而以蘇、辛之横放不羈爲下乘，故有關西大漢執鐵綽板唱「大江東去」之譏。執是説也，是必如李義山之詩，幽僻艱澀，使人不知所謂，謂爲文章一厄而後已也。夫詞，樂府之裔，謂意必婉曲，情必深至，語必秀雅則可，若必宗詞家之言，曾見有不流於纖靡，即失之蕪雜者，而猶曰此所謂惝怳迷離，則又何如横放不羈爲得性情之正耶？斯言也，請吾石樵他日歸侍鯉庭，一質之東籬尊丈，以爲何如。道光戊戌小春，滇易門歐聲振跋於撫署杏雨堂。

王楨《題〈東籬詞卷〉》

著述欲千古，平原公子佳。湖山寬眼界，冰雪浄胸懷。豔想花光映，愁憑酒力排。論文到人海，心折是吾儕。

王楨《浪淘沙·又題〈東籬詞稿〉》

夢裏筆花妍，雙管齊拈。蘇辛豪放柳纏綿。只我自慚形穢甚，珠玉當前。　何日與周旋，一棹觥船。西湖風月莽無邊。留得嶺南詞客住，對擘紅箋。

錢衡《〈東籬詞稿〉題詞》

藕花深處一泓清，日把烏絲譜玉笙。君嗜迦陵如太白，一生低首謝宣城。

陳晉坦《〈東籬詞稿〉題詞》

溯洄秋水感蒹葭，縹緲煙波合住家。皓月孤懸翻鐵笛，悲風四起怨銅琶。美人遲暮情何限，詞客飄零興倍加。聽到大江東去後，蘇辛豪放敢輕譁。

杭州小住更蘇州，難得湖山有勝遊。闌寫烏絲牽綺債，譜拈紅豆觸香愁。光陰鶴算長庚紀，事業鵬程令子酬。我欲東陂訪漁父，一竿持處好披裘。

戴熙《〈東籬詞稿〉題詞》

蘇辛感激柳輕盈，嚼徵含商韻最清。我昔皇華曾使粵，廿年詞客憶連平。

——以上顔琬《東籬詞稿》，鈔本

葉其英

葉其英，字蓉史，嘉應人，清道光二十年（一八四〇）舉人。著有《稻香詩集》。

《〈東籬詞稿〉題詞》

卅載豪情賦壯遊，金樽紅燭伴清謳。西湖風月揚州夢，都付先生鐵板收。
髯翁老去詞尤健，笠屐歸來興最多。隨意扁舟吟水調，萬松花裏一漁蓑。

——顏琬《東籬詞稿》不分卷，鈔本，廣東省立中山圖書館藏

顏伯燾

顏伯燾（一七九二—一八五五），字魯輿，號載帆，別號小岱，連平人。清嘉慶十九年（一八一四）進士，歷任陝西督糧道、甘肅布政使、直隸布政使、陝西巡撫、雲南巡撫、雲貴總督、閩浙總督等職。是鴉片戰爭中的主戰派之一。著有《求真是齋詩鈔》、《求真是齋詩餘》。

《東陂漁父詞》序

風、雅、頌一變而爲騷，爲賦，爲曲，爲引，爲行，爲謡，爲歌。千餘年後，乃有倚聲製詞，起於唐之季世。唐樂府高古工妙，以其餘作詞，宜其工矣，顧乃不然。此陸放翁云爾。五代而後，以詞名家，殆難覼縷。有以坡公爲極詣，若公問幕士，幕士云：「學士詞須關西大漢執鐵綽板唱『大江東去』。」，公爲之絶倒。然則横放、清真、纖豔，何者爲是？余幼時亦竊學之，嗣閲《袁子才集》，嘗極意作詞，蔣心餘謂殊不似詞，余亦爲之絶倒，遂不復學。今老矣，於此事益復瞢然。東籬兄喜製詞，究以何者爲是？還以質而請益，兄得毋亦爲絶倒乎？道光甲辰孟秋月，從弟伯肅敬敘。

——顔琬《東陂漁父詞》，清道光二十四年刻本

楊懋建

楊懋建（一八〇七—？），字掌生，號爾園，别署蕊珠舊史，嘉應人。清道光十二年（一八三二）舉人，後屢試不中，滯留京師數載。晚年返粤，主講陽山書院、韓山書院。工詩文，填詞，爲阮元賞識。著有《留香小閣詩詞鈔》、《京塵雜録》。

《留香小閣詩詞鈔》自記

余少年填有《蘭陵王》慢詞一篇，凡分三闋，此爲北宋人第一長調，相傳周邦彦「柳陰直」一詞，聲情最爲幽咽者也。道光戊子，外祖黄笏山先生任普寧校官兼崑岡書院，院中有墳，外祖母清明以酒酹之，表弟苹長洗苔蘚，得磨崖刻五大字，曰「天潢小裔墓」，蓋普寧令明宗室朱統鋤女公子葬處也。於時外祖爲作詩，後又檢《國朝四六文選》得樂蓮裳鈞嘉慶時所作墓碑，因並刻以徵詩，黄觀察霽青、葛太史蓬山皆有作。壬辰，吾在保定，既填《蘭陵王》，又代諸弟及内子瑶華各填一詞寄歸，今未知尚有存稿否？如能尋得鈔寄倪雲劬，備其采擇亦可。吾詩無可存者，或少年填詞，尚能搜羅數首，亦略見一斑也。同治戊辰十月二十日，留香小閣主人掌生記。

——楊懋建《留香小閣詩詞鈔》，《清代稿鈔本》

吴尚憙

吴尚熹（一八〇八—？），字禄卿，一字小荷，别署南海女士，南海人。湖南巡撫吴榮光女、觀察葉夢龍子應祺室。善花卉畫，著有《寫韻樓詞》。

碧痕《竹雨緑窗詞話》評

《真相畫報》刊有《寫韻樓詩餘》一卷，都數百闋，爲南海吴荷屋先生女公子尚熹所著。尚熹字渌卿，工詩善畫，其詞尤纖麗。集中多寫景之作，予愛其吟秋四闋，亟録之。《蝶戀花·秋聲》曰：「蓊蓊清風穿繡幕。倚檻閒聽，滿樹驚蕭索。幾處寒蛩鳴四壁，巡簷鐵馬無休歇。鶴唳澄虚天一抹。歷歷霜砧，遥逗心如結。寶鴨香消燈欲滅，庭前送入梧桐月。」《唐多令·秋影》云：「寒露散空濛。明霞在遠峯。愛冰蟾、斜挂疏桐。瑟瑟西風催漏去，頻移向、畫簾中。小徑百花叢。花間爾伴儂。對清潭、卻又無蹤。翠袖添寒燈欲暗，還疑是、隔紗籠。」《臨江仙·秋色》云：「萬里清輝新月皎，碧痕摇曳風斜。江涵雁字寄天涯。星河雲影静，何處著殘霞。點綴飛鴻天際外，一行秋水蒹葭。夜寒花影上窗紗。侵尋霜有信，庭樹正棲鴉。」《行香子·秋心》云：「清夜溶溶，花影重重。乍聽來、四壁寒蛩。雲屏倦倚，愁緒偏濃。問翠眉邊，錦腸内，不言中。　輾轉幽懷，料峭芳蹤。儘平分、一半絲桐。華年迅速，去雁來鴻。任金爐冷，銀釭淡，晚妝慵。」以上四闋，語語着眼，字字寫秋，真繪生手也。又《漁歌子·咏漁人》云：「占取煙波曉露清。一竿斜裊小舟横。收網坐，帶蓑行。緑水青山欸乃聲。」直與張志和争衡，誠易安後之一人矣。

——碧痕《竹雨緑窗詞話》，《民權素》第九期

雷縉、雷瑊《閨秀詞話》評

南海吴尚熹，字小荷，巡撫吴榮光女，亦有《寫韻樓詞》。與佩湘同姓，而同以其樓名集，亦是佳話，然評者謂才力不逮佩湘，所作少竟體完善者。然如《邳州道中寄懷·南歌子》云：「暖護桃花蕊，寒飄燕子翎。東風吹夢似浮萍。且把一衾愁緒，伴啼鶯。　月影摇山店，垂楊拂驛亭。淒涼誰識此時情。索向客窗尋句，寄惺惺。」殊有清味。「秋夜聞歌《長生殿傳奇·聞鈴》賦」《浪淘沙》云：「秋氣露爲霜。漏漸添長。無聊正欲卸殊妝。忽覺清音偏著耳，韻正淒涼。　傾國悔明皇。驛路蒼茫。馬嵬風雨□何狂。玉隕珠沈空有恨，聽到郎當。」又《赴都省母，水阻王家營，對月感懷》云：「憔悴荒家驛。對空庭、茅簷土壁。旅愁千疊。倦倚單衾懷往事，心比亂絲還結。恨迢迢、玉京遥隔。羈此異鄉如斷梗，望白雲、渺渺思親切。何日裏，慰離别。　飄零心緒同誰説。算只有、孤燈素影，天邊皓月。彈指悲歌離合事，又是幾回圓缺。這淒涼、似鵑啼血。千古娥眉磨折恨，待從頭、細告蟾宫魄。瑶闕遠，楚天闊。」亦覺清遠入神。

——雷縉、雷瑊《閨秀詞話》，《詞話叢編二編》本　卷二

況周頤《玉棲述雅》評

輕靈爲閨秀詞本色，即亦未易做到行間句裏。纖塵累累，失以遠矣。南海吴小荷尚熹《寫韻樓詞》，《南柯子·暮春》云：「荏苒餘春駐，依微嫩旭晴。繡簾人静午風輕。一片絮花吹墜、到窗

櫨。 幾處雙飛燕，誰家百囀鶯。遊絲摇蕩繫門庭。門外朱旛緑野、正催耕。」斷句《蝶戀花》云：「何處簫聲，暗逐歌聲轉。」《唐多令・賦瓶中白梅》云：「嫋嫋藐姑仙子影，嬌不語，送寒香。」《燭影摇紅・春柳》云：「謾道柔條無力，綰離情，江南江北。」《臨江仙・秋色》云：「星河雲影淨，何處著殘霞。」前調《秋影》云：「愛冰蟾、斜挂疏桐。」《南歌子・寄懷湘君四嫂》云：「東風吹夢似浮萍。 且把一衾愁緒、伴啼鶯。」《憶秦娥》云：「苕苕更漏，訴人離别。」皆以輕靈勝者。《踏莎行・遺懷》云：「繡幕慵開，瑚闌倦倚。金釵難綰夫容髻。也知點檢怕愁來，愁來渾不由人意。 身似蓬飄，人如匏繫。壯懷空有鬚眉志。羡他懞懂勝才能，從來物巧招天忌。」此闋後段，漸近沈著，視輕靈有進矣。

思親詞：《寫韻樓詞》屢見思親之作，吴媛蓋性情中人也。《碧桃春・己亥元旦》云：「燭消香透曉來天。東風入繡簾。一聲恭祝畫堂前。椿萱眉壽添。 調鳳律，獻羔筵。斑衣學古賢。融融春色報豐年。書雲快睹先。」此詞近凝重，有精彩，又非以輕靈勝者，可同年語矣。《鷓鴣天・甲辰秋舟次全州寄懷李凝仙姊》云：「冷怯西風撲鬢絲。寒砧畫角雁歸遲。試觀皎潔天邊月，又向蓬窗照别離。 思寄語，勸添衣。嫦娥應亦笑人癡。夢魂未隔三千里，已轉柔腸十二時。」《雙調南鄉子・寄懷湘君四嫂》云：「春暖畫添長，欲度金針轉自傷。記得畫堂同刺繡，端相。裁罷吴綾玉尺量。 今日雁分行。閨課琴書久已荒。獨把淚珠穿繡線，凄涼。線短珠多更斷腸。」何其情之一往而深也。惟有真性情者，爲能言情，信然。

除夕詞：《寫韻樓詞》，《念奴嬌・除夕》云：「鏡裏宜春，釵髻綰、綵勝紅絨斜束。」語致非閨人不能道。清似甚喜之，謂可摘爲警句。

——況周頤《玉棲述雅》，唐圭璋《詞話叢編》本

王藴章《然脂餘韻》評

吴尚憙，字小荷，南海人，荷屋巡撫榮光女，著有《寫韻樓詞》。《賀新郎·閨課》云：「曉露飄階次。製晨妝、菱花初拂，金盆初試。梳罷雲鬟更翠服，問省高堂安未。好打疊、繡妝架起。刺鳳描鸞紅較緑，喜餘閒猶把琴書理。抛鍼處，讀閨史。　興來柳絮新詞紀。按譜圖、籤分四部，偷聲減字。香爇龍涎花插架，點綴膽瓶風致。怎負它、明窗浄几。楚楚工夫黄昏後，尚敲棋煮茗青燈繼。中庭外，月如水。」弄墨然脂，真不愧采鸞家世也。

——王藴章《然脂餘韻》，《小説月報》第五卷第八號

許玉彬

許玉彬，字璘甫，後改名鍑，字伯鬲，號青皋，番禺人。少時師從吴蘭修，清道光十四年（一八三四）入選學海堂專課肄業生，後爲府學生員。有《冬榮館遺稿》。

《粤東詞鈔》跋

詞者詩之餘，其異於詩，惟體格耳。人或不察，多尚纖穠之語，佻巧之思，柔曼之音，豔冶之色，以爲匪是，無當乎倚聲，齗齗然於字句間求之。至其近於詩者，輒擯之，又以爲非詞正軌，失之隘矣。不知詞萌於六朝，著於三唐，暢於五代，盛於兩宋，其短長清濁，實風雅之遺，而人人各具面目，各寫性情。若徹其源流，自不必分詞與詩而爲二，更不必分詞與詞爲二，夫然後詞之道廣而其體乃全。譬諸樂有五聲八音，謂舍角徵而獨尚宫商，去金石而專言絲竹，則斷乎不可，而詞亦何獨不然？余與沈君伯眉纂輯粤詞，實本此意，蓋吾粤詞家，向無總集，祇就所見綜而録之，有詞以人傳者，有人與詞俱傳者，古今多寡，不拘一格，要不失乎雅正而已。第恐見聞未廣，搜羅未遍，後有續得，當别爲二集云。道光己酉孟秋之月，賁隅許玉彬識於水莊老屋。

——沈世良、許玉彬《粤東詞鈔》，清道光二十九年刻本

重刻《兩當軒詩》、《竹眠詞》跋

按是集所見凡三本，趙渭川原刻詩十四卷，八百十七首；鄭文軒補刻跋語稱詩十六卷，八百五十四首，然覈其卷數詩數，仍與原刻相符，未嘗增益。詞二卷，凡八十闋，各本皆同。鄭初印本跋云一百五十八闋，覈刻本又改云七十九闋，均未免矛盾也。余與鍾君翼民、姚君掞藻，喜讀是

集，合諸本校而刻之十四卷，内《落花》二絶句，已見九卷，作七律一首，題雖異而詩同，今删去。從《湖海詩集》補詩三首，從《悔存詩鈔》補詩一首，仍爲十四卷。又得寫本《竹眠詞》一百三十六闋，寫本所無，從原刻《悔存詞鈔》補十四闋，從《詞綜》補三闋，分爲二卷，今稱《竹眠詞》者，從其多也。各本字句互有異同，兹依吴石華師所定，不復註云。道光十四年五月，番禺許玉彬跋。

——黄仲則著、李國章校點《兩當軒集》，上海古籍出版社一九八三年

陳　澧

陳澧（一八一〇—一八八二），字蘭甫、蘭浦，號東塾，番禺人。清道光十二年（一八三二）舉人，六應會試不中。先後受聘爲學海堂學長、菊坡精舍山長，造就衆多。陳澧涉獵廣泛，人稱東塾先生，於經學、天文、地理、樂律、算術、古文、駢文、填詞、書法等無不精通，著述達一百二十餘種，有《東塾讀書記》、《漢儒通義》、《聲律通考》、《憶江南館詞》等。

論詞絶句六首

月色秦樓綺思新，西風陵闕轉嶙峋。青蓮隻手持雙管，秦柳蘇辛總後塵。

冰肌玉骨洞仙歌，九字何曾記憶訛。刪取七言成贋鼎，枉教朱十笑東坡。

自琢新詞白石仙，暗香疏影寫清妍。無端忽觸胡沙感，争怪經師作鄭箋。張皋文謂《疏影》詞爲二帝之憤。

道學西山繼考亭，文章獨以正宗名。吟成花又嬌無語，卻比詞人更有情。

也解雕鎪也自然，燈前雨外極纏綿。何因獨賞唐多令，祗爲清疏似玉田。

超元誰似玉田生，愛取唐詩翦截成。無限滄桑身世感，新詞多半説淵明。玉田詞多用唐句，然往往失之生强。

——《學海堂三集》，清刊本

朗山宗兄之官通州，瀕行，出示詞集，讀之不能釋手，奉題一律，即以贈行

青燈濁酒過殘年，抱卷長吟一惘然。酩酊市樓飄臘淚，淒涼城郭感風煙。一官又去八千里，此地由來尺五天。灞上棘門前日事，爲添幽怨入冰絃。

按：抄本陳良玉《茘香詞鈔》一卷有陳澧題詞，爲陳澧未定稿，與上有别，兹録於此：「壬戌臘月之杪，讀朗山宗兄《茘香詞》書後，即送之官通州：寒燈濁酒送殘年，把卷長吟更惘然。酩酊市樓飄臘淚，淒涼城角感烽煙。（皆集中語）一官又去八千里，此地由來尺五天。北闕龍吟前日事，爲添哀怨入冰絃。（陳澧未定稿）」

同治戊辰六月，余遊端州，遇王君耕伯，云有余評點《漢書》及《絶妙好詞箋》，得之史實甫之子。實甫死久矣，今以歸余，余受《漢書》，而以此卷贈耕伯，並題絶句於目録後。「江南倦叟」者，余昔年填詞以此自號云

腸斷梅溪折素絃，還君絶妙好詞箋。江南倦客今頭白，不按紅牙二十年。

——以上陳澧《東塾先生詩鈔别本》，民國二十三年鉛印本

題陳禮部其錕詩稿八首　其一

才成詩佛又填詞，象管鸞箋自一時。底用國工田正德，自吟新曲寫琴絲。

——陳澧《陳東塾先生遺詩》，民國二十年刻本

《小遊仙詞》題識

夢禪居士見示《小遊仙詞》百章，此真所謂「裁雲縫霧之妙思，敲金戛玉之奇聲」。昔坡仙借《小秦王》以唱《渭城》，居士善南北曲，盍借以歌此詞，當令聞者如聽仙樂也。江南倦客讀畢并題。

——葉英華《花影吹笙詞鈔》，清光緒三年刊本

《楞華室詞鈔》序

吾友沈君伯眉，善爲詞。或曰：「伯眉多病而好禪。夫詞之爲道也微，使人心勞而氣疲，非善病者所宜也。且禪者之於語言文字，方將棄之如遺，又奚以綺語爲哉？」余曰：「不然。子不見夫病者乎？不宜喧而宜寂，不宜甘而宜澹，澹兮若默，窈兮若抑，幽兮若客，如是者，與詞宜。又不見夫禪者乎？以鬱爲達也，以空爲納也，以沈爲拔也，以闇爲豁也，有觸而忍發也，有叩而忽答也，如是者，又與詞宜。是故伯眉之詞工矣，而伯眉之病亦瘳，伯眉之禪亦遂通矣。」或曰：「子無病，又不好禪，不工詞，而子何以知之？」余不能對，聊書其語以質伯眉。伯眉曰：「是不病而病，不禪而禪，不詞而詞，吾詞刻成，爲我序之。」陳澧序。

——沈世良《楞華室詞鈔》，清咸豐四年刊本

題沈伯眉學博《小摩圍閣詞鈔》

沈伯眉學博見示《小摩圍閣詞鈔》，洪子齡大令見示尊甫稚存太史《比雅》。《比雅》似古鼎彝，青緑滿眼；《小摩圍詞》似宋錦，觸手生香。皆莫名其妙，但知爲天下之寶而已。一月來二寶，同集案頭，抑何幸耶？同時復有鄒特夫茂才《學計一得》，亦在案頭，皆絶藝也。鑒賞書畫者謂有眼福，此亦余讀書之眼福矣，因併識之。

——陳澧《東塾續集》，沈雲龍《近代中國史料叢刊》本

《唐宋歌詞新譜》序

自詩騷道缺，而漢以樂府協律；樂府事謝，而唐以絶句倚聲。及夫詩變爲詞，詞衍成曲，後者代興，前者退舍，徒以篇制具存，傳襲無廢，莫能紀其鏗鏘，定其容與者焉。昔東坡、山谷借《小秦王》、《鷓鴣天》二調以歌絶句，蓋惜古調之已亡，託新聲以復奏。國朝《九宮大成譜》，多録詩餘，即坡、谷之遺意，爰廣斯例，校録成篇。凡詞曲調名既符、字句亦合者得若干闋，采詞苑之英華，注曲譜之音拍。夫以物之相變，必有所因，雖不盡同，必不盡異。譬夫大輅非椎輪之質，而方圓無改；積水無曾冰之凜，而清濁奚殊。詩失既求諸詞，詞失亦求諸曲，其事一也。且士夫觴詠，不廢絲竹；而俳優雜劇，詎儕風雅。今爲新譜，惟尚古詞，庶追燕樂之遺，亦附文章之末，其有依舊曲琢新詞者，綵筆甫停，清絃已作。將復過旗亭而發唱，有井水而能歌，凡在詞人，亦有樂乎此也。

——陳澧《東塾集》，續修四庫全書集部一五三七册

《席月山房詞》序

《席月山房詞》者，亡友桂星垣之所作也。昔星垣見人刻詩文集，輒笑曰：「我不須此。」星垣以功名自任，視文章之士若不屑然者，顧時時填詞，嘗謂余曰：「我有好詞至百首，當刻爲一集。」此與前言相反，何哉？凡人不能無所好，雖古人豪傑，於所好者輒不能自止，即以詞人論之，辛幼

安功名之士也，宜不屑於文章，故詩與文罕傳焉，惟詞則爲之不已，傳之至今，所好故也。星垣殁後，其子均出其詩、詞，將刻之。余告以前之兩言，使不刻詩而刻詞，此星垣意也。數其詞，不及百首。嗚呼！言人壽者輒曰百年，星垣年四十八而卒，於百年未及半也，猶曰年之修短有命焉，顧欲爲百首之詞而亦不能如其願，況欲立功名於天下哉！此余之所以悁悁而悲也。番禺陳澧序。

《席月山房詞》卷首

星垣爲諸生，與余肄業粤秀書院。時監院吴君石華填詞最有名，有小印文曰「嶺外詞人」，星垣笑謂余曰：「彼可取而代也。」

張小蓬倩余題畫，余填詞題之。星垣曰：「此詩人之詞也。」余詞乏婉約之致，乃不似詞，故嘲之。

星垣鄉、會試連捷，選庶常，乞假歸娶。少年玉貌，聲名藉甚，所至人聚觀之。有畫李太白沈香亭詩事求題者，星垣題《洞仙歌》云：「爲賦清平調三章，留下譜瓊簫，放臣歸去。」見者皆稱其工絶。《洞仙歌》一仄四平之句最難，「清平調三章」五字，真天成也。

鄧嶰筠制府得銅鼓，廣徵題咏，謂星垣曰：「吴石華在，當有絶妙好辭。」星垣不對，翌日爲一闋，制府擊節曰：「何必吴石華哉！」

余會試不第，歸過清江浦。星垣官淮海道，邀飲。衙齋池上，巨觥數事，余亦攜星垣舊所贈雙螭杯，引滿無算，皆大醉。星垣復持兩壺曰：「必盡之。」余紿曰：「君能飲後復填詞耶？」曰：

「能。」乃侍榻對坐，磨墨伸紙構思。侍者竊兩壺去。吾二人皆鼾聲如雷矣。

閲星垣詞集，追憶舊事，書於卷尾，以寄今昔之感。蘭甫記。

——以上桂文燿《席月山房詞》，鈔本，廣東省立中山圖書館藏

《憶江南館詞》自序

余少日偶爲小詞，桂君星垣見之曰：「此詩人之詞也。」自是十餘年不復作，或爲之，歲得一二闋而已。去歲黄君蓉石、許君青皋邀爲填詞社，凡五會，而余僅成二詞，兩君謂余真詞人也。此三君皆工詞，而其言如此。蓋詞之體與詩異，詩尚雅健，詞則靡矣。方余學爲詩，故詞少婉約，今十餘年不學詩久矣，或可以爲詞歟？然亦才分薄耳，昔之詩人工詞者豈少耶？今年下第歸，行篋書少，鉛槧遂輟，江船雨夜，稍稍爲詞，以銷旅愁。時方以廣文待選，取杜詩語題之曰《鐙前細雨詞》，并舊作都爲一卷。甲辰新秋章貢舟中識。

《憶江南館詞識記》：謹案，先京卿以大挑得教職，迨選任河源，到官兩月，即告病歸，而粵賊起矣。既而賊踞金陵，以先世爲上元人，凡甲辰後所爲詞雖無多篇，併前作題曰《憶江南館詞》，以寄思念故鄉之意。晚年復手自删定，兹將遺稿重寫，仍録前序，並附註於後。壬子重陽宗穎謹記。

先京卿詞存稿不多，遺命不必付梓，如海内有選詞者付選刻數首足矣。憬吾孝廉曩從先京卿遊，頃索讀此編，謹用寫上，如有訛脱，幸諟正之。宗穎又識。

——陳澧《憶江南館詞》，續修四庫全書集部一七二六册

《景石齋詞略》序

姚仲魚大令能文，而屈於場屋，一行作吏，不廢風雅。數年前，拓其境內古碑廿餘通寄余，其思古之幽情可知也。哲嗣樫甫太史奉諱歸，繕録大令所爲《景石齋詞》見示，余再三讀之，知其於兩宋及國朝諸家寢饋深矣，而尤愛其小令似朱竹垞。余素好爲詞，老而才思枯槁，不爲此者廿餘年，然猶常常諷誦昔人所作，以寄清興。竹垞詞則尤熟誦者，今謂大令似竹垞，安得起大令而質之，當不以余爲强作解事乎？所寄余古碑，友人借觀而不還，此亦好古之士，故不强索之；而太史聞之，又以贈余，此後當深藏之，不復借人矣。爲此詞集序，因并記之。光緒六年十一月，陳澧序。

——姚詩雅《景石齋詞略》，清光緒七年刊本

白石詞評

小重山令　賦潭州紅梅①

人繞湘皋月墜時。斜横花樹小，浸愁漪。一春幽事有誰知？東風冷，香遠茜裙歸。鷗去昔遊非。遥憐花可可，夢依依。九疑雲杳斷魂啼。相思血②，都沁緑筠枝③。

① 細玩白石各詞，咏景咏物，俱有一段深情，纏綿悱惻於其間。至其偶拈一義，用典必靈化無痕，尤爲獨步。

清　陳澧

② 「紅」字一點已足。切「紅」字，秖此一句，餘俱不沾沾於貼合，而自得神理。此等不宜多寫，秖用小令。

③ 樓鑰《攻媿集》云：潘端叔惠紅梅一本，全體皆梅也，香亦如之，但色紅爾。來自湖湘，非他種比，自此當稱爲紅江梅以別之。王文公、蘇文忠、石曼卿諸公有紅梅詩，意其未見此種也。

好事近　賦茉莉

涼夜摘花鈿，苒苒動摇雲緑。金絡一團香露，正紗廚人獨。朝來碧縷放長穿，釵頭挂層玉。記得如今時候，正荔枝初熟①。

① 白石曾至嶺南耶，抑爲粤人賦也？

鷓鴣天　己酉之秋，苕溪記所見

京洛風流絶代人，因何風絮落溪津。籠鞋淺出鴉頭襪，知是凌波縹緲身。紅乍笑，緑長嚬。與誰同度可憐春。鴛鴦獨宿何曾慣，化作西樓一縷雲①。

① 末句好。

醉吟商小品

又正是春歸，細柳暗黄千縷。暮鴉啼處。夢逐金鞍去。一點芳心休訴。琵琶解語①。

① 絶唱。此似從「畫堂前人不語，誰解語」脱胎。

浣溪沙 丙辰歲不盡五日，吴松作

雁怯重雲不肯啼。畫船愁過石塘西。打頭風浪惡禁持①。 春浦漸生迎棹緑，小梅應長亞門枝。一年燈火要人歸。

① 「惡」字恐誤，疑是「怎」字。「怎」字是「作麽」二字急言之，故造此字從「乍」也。「麽」字合脣音，「作」字之末，繼以合脣，則成「怎」字音矣。猶「嬸」字是「叔母」二字急言之，「母」字合脣音，「叔」字之末，繼以合脣，則成「嬸」字音矣。

霓裳中序第一

丙午歲，留長沙，登祝融，因得其祠神之曲，曰《黄帝鹽》、《蘇合香》。又於樂工故書中得商調《霓裳曲》十八闋，皆虚譜無辭。按沈氏《樂律》，霓裳道調，此乃商調。樂天詩云『散序六闋』，此特兩闋，未知孰是。然音節閑雅，不類今曲。予不暇盡作，作中序一闋傳於世。予方羈遊，感此古音，不自知其辭之怨抑也。

亭皋正望極。亂落江蓮歸未得。多病卻無氣力。況紈扇漸疏，羅衣初索。流光過隙。歎杏梁、雙燕如客。人何在，一簾淡月，仿佛照顔色①。 幽寂。亂蛩吟壁。動庾信、清愁似織。沈思年少浪跡。笛裏關山，柳下坊陌。墜紅無信息。漫暗水、涓涓溜碧。飄零久，而今何意，醉卧酒壚側②。

① 純作嗚咽之音。

② 通首俱沈頓，得此一結動盪之。

清 陳澧

慶宫春

紹熙辛亥除夕，予别石湖歸吴興，雪後夜過垂虹，嘗賦詩云：「笠澤茫茫雁影微，玉峯重疊護雲衣。長橋寂寞春寒夜，只有詩人一舸歸。」後五年冬，復與俞商卿、張平甫、銛朴翁自封禺同載詣梁溪，道經吴松，山寒天迥，雪浪四合。中夕相呼步垂虹，星斗下垂，錯雜漁火，朔吹凛凛，卮酒不能支。朴翁以衾自纏，猶相與行吟，因賦此闋，蓋過旬塗稿乃定。朴翁咎予無益①，然意所耽不能自已也。平甫、商卿、朴翁皆工於詩，所出奇詭，予亦强追逐之。此行既歸，各得五十餘解。

雙槳蓴波，一蓑松雨，暮愁漸滿空闊。呼我盟鷗，翩翩欲下，背人還過木末。那回歸去，蕩雲雪，孤舟夜發。傷心重見，依約眉山，黛痕低壓。　采香徑裏春寒，老子婆娑，自歌誰答。垂虹西望，飄然引去，此興平生難遏。酒醒波遠，政凝想、明璫素襪。如今安在，唯有闌干，伴人一霎②。

① 填一詞而過旬乃定，真無益也，然如此則不能工，故余絶意不爲也。按：「然」字下兩句疑有脱漏。

② 作此詞時，蓋小紅方嫁也。

齊天樂　黄鐘宫

丙辰歲，與張功父會飲張達可之堂，聞屋壁間蟋蟀有聲，功父約予同賦，以授歌者。功父先成，辭甚美。予徘徊茉莉花間，仰見秋月，頓起幽思，尋亦得此。蟋蟀，中都呼爲促織，善鬥。好事者或以三二十萬錢致一枚，鏤象齒爲樓觀以貯之。

庾郎先自吟愁賦。凄凄更聞私語①。露濕銅鋪，苔侵石井，都是曾聽伊處②。哀音似訴。正思婦無眠，起尋機杼③。曲曲屏山，夜涼獨自甚情緒④。　西窗又吹暗雨。爲誰頻斷續，相和砧杵。候館迎秋，離宫弔月，别有傷心無數⑤。豳詩漫與。笑籬落呼燈，世間兒女。寫入琴絲，一聲聲更苦。宣政間，有士大夫製《蟋蟀吟》。⑥⑦⑧

① 妙在先愁，若二語倒易，則索然矣。

② 誰解如此放活。

③ 力除實筆、直筆、正筆，又幾經洗鍊，乃能臻此。

④ 又添一層。

⑤ 特與「處」字韻分別。

⑥ 桂星垣云：「『豳詩』句無味。候館離宫，懷汴都也；豳詩謾與，想盛時也；兒女呼燈，不知亡國恨也。故以『更苦』語結之。」星垣之語乃廿餘年前所談，記之卷端，今又數年矣，忽因「離宫」二字乃會作者之意，惜不得起星垣而共論之。丙辰四月十一日夜二鼓書。按：丙辰爲咸豐六年，陳東塾四十六歲。桂星垣名文燿，南海人，道光九年進士，入翰林，官至江南淮海兵備道，咸豐四年卒，年四十八歲。事跡具《廣州府志》及陳澧《東塾集·桂君墓碑銘》。

⑦ 序云「中都」，注云「宣和」，益信前言之不謬。

⑧ 咏物當以此爲式。嘗見拈咏物題者，搜羅典故，堆垛滿紙，令人懵然，又恐人不解，乃詳加自注，真是事類賦矣。

滿江紅

清　陳澧

《滿江紅》舊調用仄韻，多不協律，如末句云「無心撲」三字，歌者將「心」字融入去聲，方諧音律。予欲以平韻爲之，久不能成。因泛巢湖，聞遠岸簫鼓聲。問之舟師，云：「居人爲此湖神姥壽也。」予因祝曰：「得一席風徑至居巢，當以平韻《滿江紅》爲迎神曲。」言訖，風與筆俱駛，頃刻而成。末句云「聞珮環」，則協律矣。書以緑箋，沈於白浪，辛亥正月晦也。是歲六月，復過祠下，因刻之柱間。有客來自居巢云：「土人祠姥，輒能歌此詞」①。按：曹操至濡須口，孫權遺操書曰：「春水方生，公宜速去。」操曰：「孫權不欺孤。」乃撤軍還。濡須口與東關相近，江湖水之所出入；予意春水方生，必有司之者，故歸其功於姥云。

仙姥來時，正一望、千頃翠瀾。旌旗共、亂雲俱下，依約前山。命駕羣龍金作軛，相從諸娣玉爲冠。廟中列坐如夫人者十三人。向夢深、風定悄無人，聞珮環②。神奇處，君試看。奠淮右，阻江南。遣六丁雷電，別守東關。卻笑英雄無好手，一篙春水走曹瞞③。又怎知、人在小紅樓，簾影間④。

① 當時詞人製詞，士人即能歌之。今則士人作長短句耳，猶唐人之作古樂府不可歌也，而猶沾沾於平仄，安言協律，甚無謂也。

② 是仙姥。

③ 筆力自有神奇。

④ 末二句微欠莊重。又豪宕之後，以幽豔作收，遂乃相間成色。讀「英雄」兩句，誰知如此挽合作收，是何神勇。又「命駕」二句富豔極矣，必須前後以清句間之。

一萼紅

丙午人日，予客長沙別駕之觀政堂。堂下曲沼，沼西負古垣，有盧橘幽篁，一徑深曲。穿徑而南，官梅數十株，如椒如菽，或紅破白露，枝影扶疏。著屐蒼苔細石間，野興橫生。亟命駕登定王臺，亂湘流，入麓山，湘雲低昂，湘波容與。興盡悲來，醉吟成調。

古城陰，有官梅幾許，紅萼未宜簪①。池面冰膠，墻腰雪老，雲意還又沉沉②。翠藤共閒穿徑竹，漸笑語驚起卧沙禽。野老林泉，故王臺榭，呼喚登臨。南去北來何事？蕩湘雲楚水，目極傷心③。朱户黏雞，金盤簇燕，空歎時序侵尋。記曾共西樓雅集，想垂楊還嫋萬絲金④。待得歸鞍到時，只怕春深⑤。

①咏梅祇如此，可知不必多著筆。
②又添一層，如善畫者重重皴染，乃深厚有味。
③豪極矣，而神不外散。何等勇力，高唱入雲。
④「楊」一作「柳」。
⑤曲則不盡。

念奴嬌

予客武陵，湖北憲治在焉。古城野水，喬木參天。余與二三友日蕩舟其間，薄荷花而飲，意象幽閒，不類人境。秋水且涸，荷葉出地尋丈，因列坐其下，上不見日，清風徐來，緑雲自動。間於疏處窺見遊人畫船①，亦一樂也。朅來吴興，數得相羊荷花中。又夜泛西湖，光景奇絶。故以此句寫之②。

鬧紅一舸，記來時、嘗與鴛鴦爲侶③。三十六陂人未到，水佩風裳無數。翠葉吹涼，玉容銷酒，更灑菰蒲雨④。嫣然摇動，冷香飛上詩句。日暮青蓋亭亭，情人不見，争忍凌波去⑤。只恐舞衣寒易落，愁入西風南浦。高柳垂陰，老魚吹浪，留我花間住。田田多少，幾回沙際歸路⑥。

①此等奇絶之景，白石尚不收入詞句，但點綴題語，命意可知。
②此詞於武陵、吴興、西湖，稍欠分明。
③「嘗」一作「長」。
④對句後又深一步。

⑤「凌波」二字如此用法，可悟入矣。

⑥結句未安。

法曲獻仙音　俗名大石，黄鐘商

張彦功官舍在鐵冶嶺上，即昔之教坊使宅。高齋下瞰湖山，光景奇絶。予數過之，爲賦此。

虚閣籠寒，小簾通月①，暮色偏憐高處。樹鬲離宫，水平馳道，湖山盡入尊俎。奈楚客淹留久②，砧聲帶愁去③。　屢回顧，過秋風未成歸計，誰念我、重見冷楓紅舞。喚起淡妝人，問逋仙今在何許④。象筆鸞箋，甚而今、不道秀句⑤。怕平生幽恨，化作沙邊煙雨⑥。

①起句奇麗，接句幽而不滯。

②是詞不是詩。

③「夢逐愁聲去」、「砧聲帶愁去」，押「去」韻俱妙。

④豪邁之氣收入幽細，此白石所以獨步。

⑤「不道秀句」，四字拙。

⑥幽絶。

琵琶仙　黄鐘商

《吴都賦》云：「户藏煙浦，家具畫船。」唯吴興爲然。春遊之盛，西湖未能過也。己酉歲，予與蕭時父載酒南郭，感遇成歌。

雙槳來時，有人似、舊曲桃根桃葉。歌扇輕約飛花，蛾眉正奇絶①。春漸遠、汀洲自緑，更添了、幾聲啼鴂②。十里揚州，三生杜牧，前事休說。又還是、宫燭分煙，奈愁裏、匆匆換時節。都把一襟芳思③，與空階榆莢。千萬縷、藏鴉細柳，爲玉尊、起舞回雪。想見西出陽關，故人初別④。

① 句則平常，意則奇麗，試玩其虚字。
② 尋常語耳，說來自然入妙，此全在神韻不同。
③ 「都」一作「卻」。
④ 加「想見」二字，使異樣生新，妙在有逆挽之勢。結則悲壯，而用歇後語，便有不盡之神。

玲瓏四犯　此曲雙調，世別有大石調一曲

越中歲暮，聞簫鼓感懷。

疊鼓夜寒，垂燈春淺，悤悤時事如許①！倦遊歡意少，俯仰悲今古。江淹又吟恨賦。記當時、送君南浦。萬里乾坤，百年身世，唯有此情苦②。揚州柳，垂官路。有輕盈換馬，端正窺户。酒醒明月下，夢逐潮聲去。文章信美知何用③，漫嬴得、天涯羈旅④。教說與，春來要，尋花伴侶⑤。

① 起二句忽落，蓋一遞一轉之法。
② 一提一落。
③ 又提。
④ 「漫嬴得」好。

清　陳澧

⑤ 應起句，完密。

水龍吟

黃慶長夜泛鑑湖，有懷歸之曲，課予和之。

夜深客子移舟處，兩兩沙禽驚起。紅衣入槳，青燈搖浪，微涼意思。把酒臨風，不思歸去，有如此水。況茂林遊倦，長干望久，芳心事、簫聲裏。　屈指歸期尚未。鵲南飛、有人應喜。畫闌桂子，留香小待，提攜影底。我已情多，十年幽夢，略曾如此。甚謝郎、也恨飄零①，解道月明千里。

① 忽然颺開說謝郎，其實自負。

八歸　湘中送胡德華

芳蓮墜粉，疏桐吹綠，庭院暗雨乍歇。無端抱影銷魂處，還見篠墻螢暗，蘚階蛩切。送客重尋西去路，問水面琵琶誰撥？最可惜一片江山，總付與啼鴂。　長恨相從未款，而今何事，又對西風離別？渚寒煙淡，棹移人遠，縹緲行舟如葉。想文君望久，倚竹愁生步羅襪。歸來後，翠尊雙飲，下了珠簾，玲瓏閒看月①。

① 意境人人所有，而出語幽秀，自然不同。

摸魚兒

辛亥秋期，予寓合肥，小雨初霽，偃卧窗下，心事悠然，起與趙君猷露坐月飲，戲吟此曲，蓋欲一洗鈿合金釵之塵。他日野處見之，甚爲予擊節也①。

向秋來、漸疏班扇，雨聲時過金井。堂虛已放新涼入，湘竹最宜欹枕。閒記省，又還是、斜河舊約今再整。天風夜冷，自織錦人歸，乘槎客去，此意有誰領。空贏得，今古三星炯炯，銀波相望千頃。柳州老矣猶兒戲，瓜果爲伊三請。雲路迥，漫説道、年年野鵲曾並影。無人與問，但濁酒相呼，疏簾自捲，微月照清飲。

① 此詞自不惡，甚爲擊節則猶未也。

揚州慢 中呂宮

淳熙丙申至日，予過維揚。夜雪初霽，薺麥彌望。入其城，則四顧蕭條，寒水自碧，暮色漸起，戍角悲吟。予懷愴然，感慨今昔，因自度此曲。千巖老人以爲有黍離之悲也。

淮左名都，竹西佳處，解鞍少駐初程①。過春風十里，盡薺麥青青②。自胡馬窺江去後③，廢池喬木，猶厭言兵。漸黃昏④，清角吹寒。都在空城⑤。杜郎俊賞，算而今重到須驚。縱豆蔻詞工，青樓夢好，難賦深情。二十四橋仍在，波心蕩冷月無聲⑥。念橋邊紅藥，年年知爲誰生⑦。

① 一頓。
② 又頓。

清　陳澧

③ 提。
④ 跌。
⑤ 悽入心脾，哀感頑豔。
⑥ 月影湖光，一片空靈，何處捉摸？
⑦ 後闋一放一收，又各有兩轉。

長亭怨慢　中吕宫

予頗喜自製曲，初率意爲長短句，然後協以律，故前後闋多不同。桓大司馬云：「昔年種柳，依依漢南。今看摇落，悽愴江潭。樹猶如此，人何以堪！」此語予深愛之。

漸吹盡，枝頭香絮，是處人家，緑深門户。遠浦縈回，暮帆零亂向何許？閱人多矣，誰得似長亭樹？樹若有情時，不會得青青如此①。日暮。望高城不見，只見亂山無數。韋郎去也，怎忘得、玉環分付。第一是早早歸來，怕紅萼無人爲主。算空有并刀，難翦離愁千縷②。

① 「此」字宜改「許」字乃合韻，上「許」字宜改「處」字。
② 音調嘹亮，裂石穿雲。

澹黄柳　正平調近

客居合肥南城赤欄橋之西，巷陌凄涼，與江左異，唯柳色夾道，依依可憐。因度此闋，以紓客懷。

空城曉角。吹入垂楊陌。馬上單衣寒惻惻。看盡鵝黄嫩緑，都是江南舊相識。正岑寂。

明朝又寒食。强擕酒、小橋宅①。怕梨花落盡成秋色。燕燕飛來，問春何在，惟有池塘自碧②。

① 似斷似續，音節高妙。

② 「梨花」句已妙極，結句尤妙不可言。「梨花落盡成秋色」，李長吉《十二月樂詞》句也，後來張玉田亦多用唐人詩句點竄入詞。

暗香 仙吕宫

辛亥之冬，予載雪詣石湖。止既月，授簡索句，且徵新聲，作此兩曲。石湖把玩不已，使工妓隷習之，音節諧婉，乃名之曰《暗香》、《疏影》。

舊時月色①，算幾番照我，梅邊吹笛？喚起玉人，不管清寒與攀摘。何遜而今漸老，都忘卻春風詞筆。但怪得竹外疏花，香冷入瑤席②。　江國，正寂寂。歎寄與路遥，夜雪初積。翠尊易泣，紅萼無言耿相憶③。長記曾擕手處，千樹壓西湖寒碧④。又片片、吹盡也，幾時見得？⑤⑥

① 「舊時月」三字用劉夢得詩，添一「色」字便妙絶。

② 此等詞措辭命意固佳，尤當玩其用虚字。

③ 按：「言」字應一讀，《詞律》未註明。

④ 將收處用四顧之筆，便不直瀉。

⑤ 末字微帶生硬，而別有風味。

⑥ 所謂不著一實筆，白石獨到處也。

疏影　仲吕宫

苔枝綴玉①②，有翠禽小小③，枝上同宿。客裏相逢，籬角黄昏，無言自倚修竹。昭君不慣胡沙遠，但暗憶、江南江北④⑤⑥。想佩環、月夜歸來，化作此花幽獨⑦。猶記深宫舊事，那人正睡裏，飛近蛾緑。莫似春風，不管盈盈，早與安排金屋。還教一片隨波去，又卻怨、玉龍哀曲。等恁時、重覓幽香，已入小窗横幅⑧⑨。

①「舊時月色」，妙在傳神；「苔枝綴玉」，工於體物。
②起韻四字必須鍊，有單鍊，有雙鍊。
③第二句查玉田詞，作「滿地碎陰」。
④用典由自己意造，與「何遜」二句同一翻新。
⑤張臯文謂此「以二帝之憤發之」，臯文論詞多穿鑿，惟此似得之，否則何忽説到胡沙耶？
⑥忽用提筆，自然跌宕。
⑦靈活緊醒，此虚字法也。
⑧别用一意作收，善於謀篇。
⑨説到花落矣，誰解如此作收。

惜紅衣　無射宫

吴興號水晶宫，荷花盛麗。陳簡齋云：「今年何以報君恩。一路荷花相送到青墩。」亦可見矣。丁未之夏，予遊千巖，數往來紅香中。自度此曲，以無射宮歌之。

簟枕邀涼，琴書換日，睡餘無力。細灑冰泉，并刀破甘碧。墻頭喚酒，誰問訊城南詩客。岑寂，高柳晚蟬，說西風消息①。虹梁水陌，魚浪吹香，紅衣半狼藉。維舟試望故國，眇天北。可惜渚邊沙外，不共美人遊歷。問甚時同賦，三十六陂秋色。

① 昔韶臺最愛「琴書換日」句，星垣最愛「說西風消息」句。按：韶臺爲張祥晉，番禺人，維屏子，道光十八年舉人。官至廣西左江道。咸豐八年卒，年四十二。陳澧爲作墓碑，見《東塾集》五。星垣，見頁第六。

徵招

潮回卻過西陵浦，扁舟僅容居士①。去得幾何時，黍離離如此。客途今倦矣。漫贏得一襟詩思。記憶江南，落帆沙際，此行還是。迤邐。剡中山，重相見、依依故人情味。似怨不來遊，擁愁鬟十二。一丘聊復爾。也孤負、幼輿高志。水葓晚，漠漠搖煙，奈未成歸計。

① 此詞起二句與《齊天樂》同，然則一句一拍也。

秋宵吟　越調

古簾空，墜月皎①。坐久西窗人悄。蛩吟苦，漸漏水丁丁，箭壺催曉。引涼颸、動翠葆。露脚斜飛雲表。因嗟念，似去國情懷，暮帆煙草。帶眼銷磨，爲近日愁多頓老。衛娘何在，宋玉歸來，兩地暗縈繞。搖落江楓早。嫩約無憑，幽夢又杳②。但盈盈、淚灑單衣，今夕何夕恨未了。

① 「墜月皎」三字硬。

② 言情處偏作無數重疊，令讀者輒喚奈何。

淒涼犯 仙吕調犯商調

合肥巷陌皆種柳，秋風夕起騷騷然。予客居闔户，時聞馬嘶。出城四顧，則荒煙野草，不勝淒黯，乃著此解。琴有淒涼調，假以爲名。凡曲言犯者，謂以宫犯商、商犯宫之類。如道調宫上字住①，雙調亦上字住。所住字同，故道調曲中犯雙調，或於雙調曲中犯道調，其他準此。唐人樂書云：「犯有正、旁、偏、側；宫犯宫爲正，宫犯商爲旁，宫犯角爲偏，宫犯羽爲側。」此説非也。十二宫所住字各不同，不容相犯；十二宫特可犯商、角、羽耳。予歸行都，以此曲示國工田正德，使以啞觱栗角吹之，其韻極美，亦曰《瑞鶴仙影》。

緑楊巷陌秋風起，邊城一片離索。馬嘶漸遠，人歸甚處，戍樓吹角。情懷正惡，更衰草寒煙淡薄。似當時②、將軍部曲，迤邐度沙漠。　追念西湖上，小舫攜歌，晚花行樂。舊遊在否？想如今、翠凋紅落。漫寫羊裙，等新雁來時繫著。怕悤悤、不肯寄與誤後約。

① 「住」字即沈存中所謂「殺聲」，蔡季通所謂「畢曲」，張叔夏所謂「結聲」，宋人歌曲最重此聲，凌次仲不知也。

② 正所謂不勝淒黯。

翠樓吟 雙調

月冷龍沙，塵清虎落，今年漢酺初賜。新翻胡部曲，聽氈幕元戎歌吹。層樓高峙，看檻曲縈紅，簷牙飛翠。人姝麗，粉香吹下，夜寒風細。　此地，宜有詞仙，擁素雲黄鶴，與君遊戲。玉梯凝望久，歎芳草萋萋千里。天涯情味。仗酒祓清愁，花銷英氣①。西山外，晚來還捲，一簾秋霽。

①驚心動魄之句。

——陳澧著、周康燮編《白石詞評》，龍門書局（香港）一九七〇年

譚獻《篋中詞》評

《疏影·空階雨積》闋：如太白古風，多少和婉。蘭甫先生，孫卿、仲舒之流，文而又儒，粹然大師，不廢藻咏。填詞朗詣，洋洋乎會於風雅，乃使綺靡、奮厲兩宗，廢然知反。

《摸魚兒·繞城陰雁沙無際》闋：玄著。

《甘州·漸斜陽澹澹下平堤》闋：柔厚，衷於詩教。

——沈辰垣等編《御選歷代詩餘附篋中詞廣篋中詞》，浙江古籍出版社一九九八年

李佳《左庵詞話》評

陳澧蘭甫，以經學稱，詩詞亦超雋。《水龍吟·追和石華陪春海師登越秀看月》云：「詞仙曾駐峯頭，鸞吟縹緲聞天際。成連去後，素絃彈折，萬重雲水。碧月仍圓，蒼山不改，舊時煙翠。只長林墜葉，金風過處，都吹作、秋聲起。　今夜露臺同坐，對清光、酒顔全洗。珠江滾滾，暗潮消盡，十年前事。疏雨飛來，白雲一角，漲嵐廿里。賸出山回望，燈明佛屋，有閒僧睡。」具見通品，無

不能之。視彼一孔半瓶，沾沾自命爲儒士，轉鄙詞賦爲雕蟲而不屑觀之，能勿汗顔？

——李佳《左庵詞話》，唐圭璋《詞話叢編》本

文廷式《純常子詞話》評

姜堯章《齊天樂·咏蟋蟀》詞，後半闋「豳詩漫與」句，人頗疑其腐硬。陳蘭甫師謂此篇乃東京夢華之思，其上半闋「離宫」、「别館」二語可證。此真善論詞者。然按《陽春白雪》卷録此詞，堯章自注云「宣、政間，有士大夫製《蟋蟀吟》」，則此意更不可煩言而解矣。《琴風餘譚》

余不甚解音律，而讀書則能言其所以然。日來因問策撰《樂律》一條，詳覽論家之書，則作樂之原，惟戴鄂士《音分古義》深明其所以然。至隋唐以後之樂，則先師陳蘭甫先生《聲律通考》，實能披郤導窾，非諸家所及。後世有欲振興樂教者，據兩書所言，參以聲學之理，依咏和聲之盛，或可得其百一乎？《南軺日記》

——《詞學》第二十九輯

朱祖謀《望江南·雜題我朝諸名家詞集後》

甄詩格，凌沈幾家參。若舉經儒長短句，巋然高館憶江南。綽有雅音涵。陳蘭甫

——朱祖謀著、白敦仁箋注《彊村語業箋註》，巴蜀書社二〇〇二年

覺諦山人《清詞壇點將録》評

四寨水軍頭領李俊　陳澧

——《同聲月刊》第一卷第九號

錢仲聯《近百年詞壇點將録》評

天壽星混江龍李俊　陳澧

蘭甫學人，《憶江南館詞》，譚獻稱其「洋洋乎會於風雅，乃使綺麗、奮發兩宗，廢然知反」。朱祖謀亦推爲「雅音」。張爾田《吴眉孫詞集序》曰：「余嘗論一代之詞，於我清聲家外，獨右陳蘭甫。」推崇可云備至。蘭甫名輩較先，而高才曼壽，至光緒八年始辭世，遂取爲水軍頭領之首，爲近百年詞壇張目。

——錢仲聯《夢苕庵清代文學論集》，齊魯書社一九八三年

盧前《望江南》

經師作，高館憶江南。蓴客論詩詞亦可，即知綽有雅音涵，不必沈王參。

——盧前《飲虹簃論清詞百家》，陳乃乾輯《清名家詞》本

冒廣生《小三吾亭詞話》評

粵中詞人，三家之先，推嘉應吴石華學博蘭修、番禺陳蘭甫京卿澧。學博之詞，詞人之詞；京卿之詞，則學人之詞也。京卿邃於説經，品詣高雅，所著《東塾叢書》，風行於世。録其「雨中過嚴瀧」《百字令》云：「江流千里，是山痕寸寸，染成濃碧。兩岸畫眉聲不斷，催送蒲帆風急。疊石皴煙，明波蘸樹，小李將軍筆。飛來山雨，滿船涼翠吹入。　便欲艤棹蘆花，漁翁借我，一領閒蓑笠。不爲鱸魚兼酒美，只意嵐光呼吸。野水投竿，高臺嘯月，何代無狂客。晚來新霽，一星雲外猶濕。」此詞仙樂飄飄，箏琶洗俗，嘗鼎一臠，可以知味矣。卷二

同時與陳京卿負通儒之望，而又工詞章者，則南匯張嘯山學博文虎也。卷二

——冒廣生《小三吾亭詞話》，唐圭璋《詞話叢編》本

冒廣生《〈疚齋詞論〉自敘》評

經有經學，史有史學。言詞學者，玉田而後，吾所服膺爲凌次沖、張嘯山、陳蘭甫三人。

——冒廣生《疚齋詞論》，葛渭君《詞話叢編補編》本

續修四庫全書總目提要　憶江南館詞

澧詞雖多少年之作，而清新婉雅，持律亦不苟。澧明於聲律，嘗撰《聲律通考》，頗有駁正《燕樂考原》之處。

——《續修四庫全書總目提要（稿本）》，齊魯書社一九九六年

郭則澐《清詞玉屑》評

伊墨卿太守知惠州，重修朝雲墓，一時題咏甚夥。余特愛孫靈犀詞句云：「也許瓊樓花葉報，奈鸞牀、總是相思樹。」辭意甚新。惠州人景慕坡公，至今成俗，每歲清明，傾城士女，必詣朝雲墓，酹酒羅拜，蓋以敬坡公者推及之。陳蘭甫澧紀以《八聲甘州》云：「漸斜陽澹澹下平堤，塔影浸微瀾。問秋墳何處，荒亭葉瘦，廢碣苔斑。一片零鐘碎梵，飄出舊禪關。杳杳松林外，添個荒寒。須信竹根長卧，勝丹成遠去，海上三山。只一抔香土，占斷小林巒。似家山、水仙祠廟，有西湖爲鏡照華鬘。休腸斷、玉妃煙雨，謫墮人間。」朝雲，錢唐人。杭、惠同有西湖，故有「似家山」句，意亦新穎。注謂「坡公詩云：『丹成逐我三山去，不作巫陽雲雨仙。』倘果相從仙去，寧能獲此？雖然，問之朝雲，恐願共三山，不願專尺土耳」。　卷三

——郭則澐《清詞玉屑》，朱崇才《詞話叢編續編》本

澹於《雪堂叢拾》評

陳蘭甫先生詞：番禺陳蘭甫先生澧，近代大儒也，尤覃思經學，暇輒從事倚聲，然每隨手棄去，漫無存稿，及門多以談經自命，又不復注意及此，故詞稿散失，僅於復堂所選《篋中詞》續集中，得一見之。茲録其一於下：惠州朝雲墓調寄《甘州》云：「漸斜陽淡淡下平堤，塔影浸微瀾。問秋墳何處，荒亭葉瘦，廢碣苔斑。一片零鐘碎梵，飄出舊禪關。杳杳松林外，添做荒寒。須信竹根長卧。勝丹成遠去，海上三山。祇一抔香冢，占斷小林巒。似家鄉水仙祠廟，有西湖爲鏡照華鬘。自注：惠州有豐湖，一名西湖。朝雲墓在湖側，每歲清明，傾城仕女酬酒羅拜焉。休腸斷。玉妃煙雨，謫墮人間。」於淒婉中，如此大聲鏜鞳，未嘗有也。

——《詩聲》第四卷第十號

高毓浵《詞話》評

番禺陳蘭甫，經學名儒，倚聲亦雋。詠朝雲墓調寄《甘州》云：「漸斜陽淡淡下平堤，塔影浸微瀾。問秋墳何處，荒亭葉瘦，廢碣苔斑。一片零鐘碎梵，飄出舊禪關。杳杳松林外，添做蕭寒。須信竹根長卧，勝丹成遠去，海上三山。祇一抔香塚，占斷小林巒。似家鄉、水仙祠廟，有西湖爲鏡照華鬘。惠州有西湖，朝雲墓在湖側，每歲清明，傾城士女酹酒羅拜。休腸斷、玉妃煙雨，謫墮人間。」譚仲修

《篋中詞續集》録之。

——孫克强、楊傳慶、和希林編《民國詞話叢編》，社會科學文獻出版社二〇二〇年

況周頤《繡蘭堂室詞話》評

番禺陳蘭甫澧精擘宫律，手批《白石道人詞》，斜行作草，遍滿餘紙。曩年于文和式枚見貽，半塘借去未還，遂不可蹤跡矣。半塘未還之書，以明陳大聲《草堂餘意》及是書，最爲可惜。所著《憶江南館詞》，僅二十八闋。《鳳皇臺上憶吹簫·越王臺春望》云：「芳樹啼鴂，野花團蝶，嫩晴剛引吟筇。訪故王臺榭，依約樵蹤。零落當年，黄屋都分付，蜑雨蠻風。添惆悵，望佗城一片，海氣冥濛。　青山向人似笑，笑淘盡潮聲，誰是英雄。只幾堆新壘，鳥散雲空。休説樓船下瀨，傷心見，斷鏃苔封。還依舊，攀枝亂開，萬點春紅。」自注：萬紅友《詞律》，載此調李易安詞，「休休，者回去也」，謂第二「休」字用韻，非也。易安此詞，已有「欲説還休」句，不當重「休」字。余此闋，依易安詞填之，而「山」字不用韻，以正萬氏之誤。《八聲甘州》序云：「辛丑，張韶臺和余盧溝咏柳之作，自是唱酬遂多。今歲同至揚州，余往金陵，韶臺先歸，空江獨吟，追憶前事，慨然成咏。」「記盧溝，煙柳和新詞，淒斷小銀箏。正風前畫角，夢中紅袖，一樣關情。此日天涯依舊，書劍共飄零。卻恐愁邊鬢，添了星星。　憔悴江南倦客，更勾留十日，酒夢纔醒。賸清絃獨撫，深夜伴孤檠。只如今、怕吟楊柳，甚年年、慣作別離聲。歸來好，南園煙水，料理鷗盟。」

——況周頤《繡蘭堂室詞話》，《中社雜誌》第二期

清　陳澧

張爾田《吴眉孫詞集序》評

余亦嘗論一代之詞，於我清聲家外，獨右陳蘭甫。眉孫聞之，則大以爲知言。眉孫往者以傭書佐人理，狂篇醉句，千啼百笑，久落落在人口。顧皆棄去，而獨取師友所見可者，及晚歲所爲未經人道者，聯爲卷，合若干闋。故其詞豪邁矣而不失之傖，沈駿矣而不失於放，折旋於一節一扚之間，而聲容言笑又非一節扚所能縛。擬之蘭甫，貌異心同，殆先師所謂清雄者，非耶？余學詞不能專，少從叔問、彊村兩丈問故，則竊其緒餘，以自賞馨逸。同時輩流所服膺者，嶺南陳述叔、江夏夏盥人，今又得君而三。

——吴庠《吴眉孫詞集》，一九五七年油印本

吴庠《與夏臞禪書》評

昨談極快。孟劬翁題品晚清詞手，首推陳蘭甫先生。聆其絃外之音，蓋致慨於僞體《夢窗四稿》耳。

——《同聲月刊》第一卷第三號

龍榆生《沈巽齋影印張奕樞本〈白石道人歌曲〉、陳澧譯詞樂譜》

今所傳宋詞樂譜，以姜夔《白石道人歌曲》十七闋所注旁譜爲唯一可據文獻，在我國音樂史上有其重大價值。自番禺陳東塾先生澧以工尺譜譯出《暗香》、《疏影》二曲見予所輯《詞學季刊》後，楊蔭瀏、夏承燾、丘瓊蓀、錢仁康諸先生皆曾作深入探究，並多譯成五線譜，廣爲演奏，重傳於世焉。

——龍榆生《龍榆生詞學論文集》，上海古籍出版社一九九七年

夏承燾《瞿髯論詞絶句·陳澧》

萬卷蟠胸一禿翁，江關兵火望中紅。羅浮海澨看奇彩，落落青天廿五峯。

——《夏承燾集》，浙江古籍出版社、浙江教育出版社一九九七年

伍崇曜

伍崇曜（一八一〇——一八六三），原名元薇，字良輔，號紫垣，商名紹榮，南海人。祖父開

設怡和商行，清道光十三年（一八三三），接替祖上任怡和商行以及十三行公行總商。平生嗜畫善詩，著有《茶村詩話》、《粵雅堂詩鈔》。喜搜地方文獻，刻有《嶺南遺書》、《粵十三家集》、《粵雅堂叢書》等。

《詞源》跋

右《詞源》二卷，宋張炎撰。案：炎字叔夏，號玉田，又號樂笑翁，臨安人，張循王五世孫。宋亡後，縱遊浙東西，落拓而卒。工長短句。鄧牧心《伯牙琴》稱其以《春水詞》得名，人稱「張春水」；孔行素《至正直記》稱其《孤雁詞》得名，人稱「張孤雁」，厲樊榭《山中白雲詞跋》並引之。其實玉田詞三百首，幾於無一不工，所長原不止此也。樊榭《論詞絶句》第七首自註云：「玉田詞本其父寄閒翁。翁名樞，字斗南，有詞在周草窗《絶妙好詞》中。然玉田實有跨竈之興，前無古人，後無來者，惟白石老仙足與抗衡耳。研究聲律，尤得神解，故所著書，類足爲詞家圭臬。」是編爲秦澹生太史所刻，跋稱元明收藏家，均未著録，從元人舊鈔謄寫云。又《絶妙好詞箋》附録厲樊榭跋，有引張玉田《樂府指迷》語，則樊榭與查蓮坡所見，均非完本也。然錢遵王《讀書敏求記》實已著録，稱上卷詳考律吕，下卷泛論樂章。凌廷堪《燕樂考原》亦曾引是書，顧樊榭與蓮坡均未得見耶？惟彭甘亭《小謨觴館集·徵刻宋人詞學四書啓》，紀其原委最詳，稱究律吕之微，窮分寸之要，大晟樂府遺規可稽，則《白石道人歌曲》、晦叔《碧雞漫志》而外，惟《詞源》一書爲之總統。原本上、下分編，世傳《樂府指迷》即其下卷。明陳仲醇續刊秘笈，妄析全書之半，删改總序一篇，襲用沈伯時《樂府指迷》之稱，移甲就乙。由是「詞源」之名，訛爲子目，傎孰甚焉，則洞見癥結矣，何勝國諸賢之輕於竄亂故籍也。咸豐癸丑竹醉日，南海伍崇曜跋。

——張炎《詞源》，《粤雅堂叢書》本

《日湖漁唱》跋

右《日湖漁唱》一卷，宋陳允平撰。案：允平字君衡，號西麓，句章人。張炎《樂府指迷》，稱「詞欲雅而正，志之所之，一爲物所役，則失其雅正之音。近代陳西麓，所作平正，亦有佳者。」我朝朱竹垞撰《詞綜》，嘗謂論詞必出於雅正，故曾慥録《雅詞》，鮦陽居士輯《復雅》，其論實本於炎，而炎以屬之西麓，固倚聲嫡派矣。考西麓詞如《摸魚兒》云「春已暮，縱燕約鶯盟，無計留春住」，《江城子》云「燕初還，杏花殘，簾裏春深，簾外雨聲寒」，《祝英臺近》云「春自年年，花自爲春開。是他春爲花愁，花因春瘦，花殘後、人未歸來」，《清平樂》云「去年共倚鞦韆，今年獨倚欄杆。誤了海棠時候，不成直待春殘」等句，清轉華妙，宜玉田生秀冠江東，亦相推挹矣。厲樊榭等《南宋雜事詩注》，稱西湖十景，始自南宋。瞿宗吉稱周草窗賦《木蘭花慢》，張子成賦《應天長》，皆晚宋名作。今草窗十景，已軼不傳，獨張子成、陳君仲所作具在，各存五首，以見勝概，蓋亦甚重其詞也。又知西麓字君衡，復字君仲，抑傳寫之訛也？此本爲江都秦太史恩復所刻，自署所居曰詞隱草堂，蓋亦究倚聲之學者。咸豐辛亥三月之望，時清明後十一日矣，南海伍崇曜謹跋。

——陳允平《日湖漁唱補遺續補遺》，《粤雅堂叢書》本

《樂府雅詞》跋

右《樂府雅詞》六卷拾遺一卷，宋曾慥撰。按：慥字端伯，温陵人。據《泉州府志》：紹興間爲祕書郎、直寶文閣奉祠，號至游子，博學能詩。《鐵網珊瑚》稱蘇庠詩翰帖跋有温陵曾慥書，則端伯又能書也。向子諲《酒邊詞》，其《浣溪沙》咏巖桂第二闋「别樣清芬撲鼻來」一首，據註云曾端伯和，蓋與薌林居士倡酬，故於填詞自多協律。著撰頗富，所撰《類説》與是書，《四庫提要》均已著録。秦澹生太史刻《詞學叢書》，以是集居首，其原起具跋語中。《日湖漁唱》昨已重刊。維揚兵燹，不知叢書鋟版猶在享帚精舍否？並附剞劂，作倚聲者指南焉。填詞雖小道，實源於《風》、《雅》，故黄魯直序晏幾道《小山詞》，稱其樂府可謂狹邪之大雅；黄昇《中興詞選》謂張于湖集舊名《紫微雅詞》；鮦陽居士嘗輯《復雅》；周草窗善爲詞，題其堂名「志雅」；張玉田《詞源》亦稱「詞欲雅而正」；端伯題此集曰《樂府雅詞》，猶此志也。自序稱歐陽公世所矜式，乃或作豔曲謬爲公詞，據《西清詩話》謂劉煇僞作。《名臣録》亦云歐公知貢舉，爲下第舉子劉煇作《醉蓬萊》、《望江南》詞誣之。至錢氏私誌則竟云歐有才無行，共白於文僖，屢微諷而不恤。又云不惟不恤，反以爲怨。後修《五代史·十國世家》痛毀吴越，又於《歸田録》中説文僖數事，亦非美談。其厚誣賢者，肆無忌憚，至於如此，亟删除之，宜矣。咸豐癸丑重陽後四日，南海伍崇曜跋。

——曾慥《樂府雅詞》，《粤雅堂叢書》本

《陽春白雪》跋

右《陽春白雪》八卷、外集一卷，宋趙聞禮撰。案：聞禮字立之，一字粹夫，號釣月。周草窗《浩然齋雅談》作「約月」，恐誤。臨濮人。《浩然齋雅談》録粹夫詞二闋。《謁金門》云：「人病酒。生怕日高催繡。昨夜新翻花樣瘦，旋描雙蝶湊。　慵傍繡牀呵手，卻說新愁還又。門外東風吹綻柳，海棠花廝勾。」《踏莎行》云：「照眼菱花，翦情菰葉，夢雲吹散無蹤跡。聽郎言語識郎心，當時一點誰銷得。　柳暗花明，螢飛月黑，臨窗滴淚研殘墨。合歡帶上舊題詩，如今化作相思碧。」俱工。然又謂集中大半皆婁君亮、施仲山所作，安知非他人者。豈集久經竄亂，故《絶妙好詞》未録之，而余秋室《續鈔》仍未之及耶？是書録自作《玉漏遲》、《法曲獻仙音》、《瑞鶴仙》等數闋，朱竹垞《詞綜》則録其《水龍吟·水仙》一闋，俱工。蓋粹夫原以倚聲擅長，其所甄録，自有針芥相投之妙。樂笑翁稱《絶妙好詞選》與是書亦有可觀，但所取不甚精一，亦原非確論耳。顧久不傳。朱竹垞《詞綜·發凡》稱是集見李開先《小山樂府後序》，則嘉、隆間猶未散軼。高江村《絶妙好詞序》稱是書與《樂府雅詞》「名存書佚」，殆均未之見也。彭甘亭《小謨觴館集》有《徵刻宋人詞學四書啓》，稱是書與《樂府雅詞》「斥哇去鄭，歸於雅音，宋代選家，此其職志」，推崇已極，而徵刻一事，迄未舉行也。又馮延巳詞亦名《陽春集》，蓋同取曲高和寡之意云。咸豐癸丑送秋前一日，南海伍崇曜跋。

——趙聞禮《陽春白雪》，《粵雅堂叢書》本

《元草堂詩餘》跋

右《元草堂詩餘》三卷，元廬陵鳳林書院本，無名氏輯。案：《草堂詩餘》久爲後人指摘，朱竹垞詆之尤力，謂其所收最下最傳。又謂填詞最雅，無過石帚，不登其隻字，可謂無目。署曰《名儒草堂詩餘》，而是書乃襲其名。厲樊榭稱其采擷精妙，無一語凡近，弁陽老人《絶妙好詞》而外渺焉寡匹，則相去實逕庭矣。《詞綜·發凡》稱「鳳林書院元詞」，又稱「冠別字於姓名之前者，鳳林書院體」，即是書也，卻無貶詞。顧鐐厓曾刻入《讀畫齋叢書》。是編則經樊榭屢校，以授嚴道甫長明者，滄生太史重刻之，洵善本也。楊用修《詞品》稱元人工於小令、套數，而詞學漸衰，惟滕玉霄賓填詞不減宋人之工。玉霄詞屢見集中，雖署曰元人，實皆宋遺民所作也。至選及文信國詞，似可不必。又如選羅志人之《木蘭花慢·禁釀》、周孚先之《鷓鴣天·禁酒》、尹濟翁之《聲聲慢·禁釀》等數闋，殊非太平景象，則又藉以略見元時之粃政，固不僅作詞家南董已也。咸豐癸丑十月之望，南海伍崇曜跋。

——《元草堂詩餘》，《粵雅堂叢書》本

《燕樂考原》跋

右《燕樂考原》六卷，國朝凌廷堪撰。按：廷堪字次仲，一字仲子，歙人，事跡具阮文達《國朝儒林傳稿》，稱其畢力著撰，貫通羣經，尤精於《禮》，説經之文多發前人所未發云云。江鄭堂《漢學師承記》稱其十二歲棄書學賈，偶見《詞綜》、《唐別裁》，攜歸燈下讀之，遂能詩及長短句。浙人張賓鶴大奇之，告之大使湯某，邀君至揚州。時鹺使置詞曲館，檢校詞曲中字句違礙者，從事讐校，得修脯自給。君之精於南北曲，而能分別宫商者，基於此矣云云。又稱其於詩不分唐宋門户，專論聲韻之協，詩餘亦不主一家而嚴於律，今人之詞有一字不合者，必指摘之云云。又稱君殁後，其門人張褧伯徒步至歙，訪君遺書，北走海州，於敗簏中攟拾殘稿，假居僧寺，輯録以歸，得是書及《元遺山年譜》二卷、《充渠新書》二卷、《校禮堂文集》三十六卷、詩集十四卷、《梅邊吹笛譜》二卷云云。先生之著撰亦富矣。郭頻伽《靈芬館詩話》亦紀其論詞語極微至，殆於倚聲妙得元解，而是書尤推絶學，特重梓之，俾世之談律吕者，知今之樂猶古之樂，藉以折衷焉。咸豐辛亥花朝後五日，南海伍崇曜謹跋。

——凌廷堪《燕樂考原》，《粤雅堂叢書》本

《詞林韻釋》跋

清　伍崇曜

右《詞林韻釋》一卷，宋菉斐軒刊本，無撰人名氏。案：古無詞韻，詞韻即詩韻耳。厥後作者，又間參以方音，實難拘一格，故絶鮮專書也。秦澹生太史刻是編於《詞學叢書》，跋稱阮太傅家藏本，乃疑其出於元明之季，謬託南宋初年。然厲樊榭集《論詞絶句》有云：「去上雙聲子細論，荊溪萬樹得專門。欲呼南渡諸公起，韻本重雕菉斐軒。」自註稱「近時宜興萬紅友《詞律》嚴上、去二聲之辨，本宋沈伯時《樂府指迷》，予曾見紹興二年刊菉斐軒《詞林要韻》一册，分東、紅、邦、陽等

十九韻，亦有上、去、入三聲作平聲讀者」云云，《詞林要韻》即是書耳。又彭甘亭《小謨觴館集·募刻宋人詞學四書啓》，稱至於詞韻，向少專書，紹興二年所刊《詞林要韻》差爲近古。樊榭固詞家巨擘，甘亭亦精究倚聲者，所言如是，夫復何疑。余重刻是書成，適兒輩購得原槧本，紙色墨香，令人把玩不已，即非南宋所刊，要非近代物，鈐有「叢書樓」小印，殆經馬秋玉徵君藏庋者。徵君亦居揚州，阮太傅家藏本或即此册歟？復有「劉氏廷美」、「陸氏子傳」兩名印。廷美名珏，明宣德間人；子傳名師道，明嘉靖間人。復有「荷屋曾觀」小印，則吴中丞也。復有「簑笠翁」印，豈李漁耶？漁特字笠翁耳，亦翰墨良緣也。附書於此以志幸。咸豐甲寅重陽後五日，南海伍崇曜跋。

——《詞林韻釋》，《粤雅堂叢書》本

《飲水詩集》跋

右《飲水詩集二卷詞集二卷》，國朝性德撰。案：性德字容若，滿洲人，太傅明珠子。康熙十二年進士，官侍衛。鄉試出徐健庵司寇之門，《通志堂九經解》即其所刻。韓慕廬《有懷堂集》稱容若嘗輯《全唐詩選》，晚乃篤意於經史。《茶餘客話》稱其天姿英絶，蕭然若寒素，擁書數萬卷，彈琴歌曲，評書畫以自娱。書學褚河南。幼善騎射，自入環衛，益便習，發無不中。扈蹕塞垣，弭弓牙箭，環列罽帳，以意製器，多巧倕所不能到。嘗題趙松雪《自寫照詩》有感，即繪小像，仿其衣裝，座客或期許太過，皆不應。徐健庵曰：「何酷似王逸少！」乃喜云。尤工倚聲，少作名《側帽詞》。吴漢槎兆騫以科場事謫寧古塔，擕焉，朝鮮使臣以一金餅購去，題云：「使車昨渡海東邊，攜得新詞二妙傳。誰料曉風殘月後，而今重見柳屯田。」兼謂顧梁汾貞觀《彈指詞》也。與梁汾交最密，見其所寄漢槎《金縷曲》二闋，泣曰：「山陽思舊之作，都尉河梁之什，並此而三矣。此事弟當以身任之，告之太傅。」漢槎遂以辛酉入關。然容若詞固自哀感頑豔，有令人不忍卒讀者。至如《采桑子》句云「瘦盡燈花又一宵」，《浣溪沙》句云「生憐瘦減一分花」，《浪淘沙》句云「紅影濕幽窗，瘦盡春光」等，竊謂《詞苑叢談》稱沈江東嘲毛稚黄有「三瘦」之目，固當以移贈容若耳。詩亦清麗芊綿，固不僅「自把紅窗開一扇，放他明月枕邊看」語近韓冬郎者爲人傳誦也。詞舊爲袁簡齋太史所刻，今以此本校之，略有同異。此並詩集爲張詩舲中丞所刻，經梁汾審定者，殆足本耶？咸豐辛亥百花生日後，南海伍崇曜謹跋。

——納蘭性德《飲水詩集二卷詞集二卷》，《粤雅堂叢書》本

《沙河逸老小稿六卷嶰谷詞一卷》跋

右《沙河逸老小稿六卷嶰谷詞一卷》，國朝馬曰琯撰。案：阮儀徵太傅《淮海英靈集》稱嶰谷生平勤學好客，酷愛典籍，有未見書必重價購之，世人願見之書，不惜千百金付梓。所藏書畫碑版，杭大宗《詞科掌録》亦稱其甲於大江南北。《道古堂集》復稱其兄弟不求時名，親賢樂善，惟恐不及。刊刻王漁洋《感舊集》、朱竹垞《經義考》，尤爲士林所寶貴云。厲太鴻《樊榭山房集》亦稱其藏書甚夥，近更廣搜經義，補所未備。王蘭泉侍郎《蒲褐山房詩話》亦稱其多藏善本，間以古器名畫，又能奔走寒畯，一時文酒稱爲極盛。夫維揚，財賦之區，又當南北衝途，往來晉謁，吟花嘯

竹，主詩壇者數十年，幾疑其太邱道廣，招名士以自重，互相唱酬，其門如市，顧相與攬環結佩，大抵皆淹雅恬退之人，闃寂荒涼之輩。擬之以賀知章、陸龜蒙、陶峴，洵無愧色。全紹衣寓畬經堂中成《困學紀聞三箋》，復爲撰《叢書樓記》、《叢書樓書目序》。厲太鴻寓小玲瓏山館中凡數載，端居探討，成《宋詩紀事》、《遼史拾遺》，復爲撰《焦山紀遊集序》、《九日行庵文讌圖記》，且皆召試同徵，良友也。以視疏泉架石，遊人闐集，遍索當途題句，筆舌互用，以驚爆時人耳目者，迥不侔矣。詩詞俱未算名家，要亦翛然絶俗，殁後，其弟半槎彙刻焉。讀陳授衣徵君一序，令人增友于之感，鴒原之痛。余先四兄春嵐都轉、先六弟秋舲員外，遺稿散佚，僅附刻《楚庭耆舊遺詩續集》末，零縑斷楮，皃朽蟫蝕，校是書畢而不禁清淚汍瀾爾。咸豐辛亥小寒食日，南海伍崇曜跋。

——馬曰琯《沙河逸老小稿六卷嶰谷詞一卷》，《粤雅堂叢書》本

《南齋集》跋

右《南齋集六卷詞一卷》，國朝馬曰璐撰。案：全謝山《鮚埼亭集·叢書樓書目序》云：「吳越好古君子過此樓者，必謂自明中葉以來，韓江葛氏聚書最盛，足以掩而過之。余以此猶其淺焉者也。夫藏書，必期於讀書。」又云：「馬氏兄弟服習高曾之舊德，沈酣深造，屏絶世俗剽賊之陋，而又旁搜遠紹，萃薈儒林文苑之部居，參之百家九流，如覾王會之圖，以求其斗杓之所向，是豈特非閉閣不觀之藏書者所可比，抑亦非玩物喪志之讀書者所可倫。」其所以勗之者至矣。故杭大宗《詞科掌録》，亦稱其詩筆清削。今觀是集，尚匪阿好之言，而厲樊榭所撰《湖船録》亦屬爲之序，

殆並重其人也。維揚園林甲天下，小玲瓏山館尤著，所謂地以人傳者歟？在街南書屋中，復有透風透月兩明軒、覓句廊、紅藥階、石屋、看山樓、七峯、草亭、梅寮、清響閣、澆藥井、藤花庵諸勝。南莊復有青畬書屋、卸帆樓、庚辛檻、春江梅信、君子林、小桐廬、鷗灘諸勝。舊讀厲樊榭諸名流題咏，輒神往不置，迄今百餘年間，已屢易主，曷勝華屋邱山之感。余經邗江欲訪其遺址，竟不可得。復欲購兩遺集，而名字翳如，即販書之肆、藏書之家，概無以應，殊可詫也。特屬張堯仙太史覓之，累年始獲抄本郵寄，恐其湮没不傳也，並重梓之。咸豐辛亥清明後三日，南海伍崇曜跋。

——馬曰璐《南齋集六卷詞二卷》，《粵雅堂叢書》本

居巢

居巢（一八一一——一八六五），字梅生，號梅巢，又號今夕盦主，番禺人。善書畫，開嶺南畫派之先河。著有《昔耶室詩》、《今夕庵煙語詞》。

《今夕庵煙語詞》題後

海雪硯邊，衍波箋上，恨織愁消。想一串牟尼，紅鹽侑酒；雙聲練璪，白石吹簫。昔昔華年，娟娟綺夢，都付春江早晚潮。空留取，恁鴻泥蝨粉，不共魂銷。

墜歡梗斷萍漂。剩漠漠江城

黯黯宵。記風雨題襟，草堂授簡；江湖載酒，蘭渚停橈。芳樹無情，落花濺淚，風鶴驚魂到我曹。檀槽畔，忍重聽此曲，莫雨瀟瀟。

李宗瀛《〈今夕庵煙語詞〉序》

梅生先生蜚聲畫苑，掉鞅詩壇。花樵没骨之圖，錦集嘔心之句，更以餘事，蔚爲詞人。篇篇黄絹，無非絶妙好辭；字字烏絲，那便芟除綺語。允宜織遍弓衣，飾成鞶帨者矣。自來工樂府者，或曉風殘月，豔矣而態近女郎；或鐵板銅絃，豪矣而譏遺傖父。蓋專長每易，兼擅斯難。梅生則以搓酥滴粉之才，出蕃錦生花之筆。冰壺玉椀儷其清，瑶草金茎遜其麗。秋蟲春鳥，經匠心體出，居然趯躍嚶鳴；小草幽花，偶妙手拈來，如見生香活色。日莫碧雲，望孅人兮不見；春來紅豆，占此物之相思。良繇文生於情，抑亦技進乎道焉。爾其孤襟澡雪，逸緒繅雲。横陳鐙畔，恍吹氣以如蘭；流響風前，豈倚聲而裂竹。此事何與卿飢寒，池吹春水；無人不知其姓字，山抹微雲。僕也雅癖風謡，未嫻令慢，謬許識酸鹹於味外，試教辨商羽於絃中。投以《水調歌頭》，徵其俚言弁首。三沐三薰，薔薇露浣；一觴一咏，迷迭香殘。咀到粲花之句，如嚼蕊以齒芬；噀來散水之詞，似飲醇而心醉。間嘗論之，其一勒雙鉤，渲青染碧，詞品即其畫品也；千迴百折，判白批紅，詞品亦其詩品也。此日曲教鸜鵒，已傳井水新歌；他年竿拂珊瑚，更譜瀣天高唱。咸豐甲寅，臨川李宗瀛季容甫撰。

——以上居巢《今夕庵煙語詞》，清咸豐四年刻本

羅嘉蓉

羅嘉蓉(一八一二—一八九七),字載徽,號秋浦,一號石船,東莞人。清道光二十二年(一八四二)補諸生。以教書爲業,進士鄧蓉鏡、陳嘉謨出其門下,曾助鄧淳輯《寶安詩正》,自輯《寶安詩正續集》,著有《雲根老屋詩鈔》。

《花語詞》題詞

喜我五朝老詩叟,識君一代大詞人。奇文況得江山助,雅曲長翻格調新。辯慧早擒潘岳藻,雄豪獨與老坡鄰。關西大漢能歌此,合按銅琶鐵綽頻。

——潘飛聲《說劍堂集》,清光緒二十四年刊本

陳良玉

陳良玉(一八一三—一八八一),字朗山,號鐵禪。本遼寧鐵嶺人,隸漢軍鑲白旗廣州駐防。清道光十七年(一八三七)舉人,選任通州學正,升廣西知縣,後因足疾歸。任學海堂學

長、同文館主講，與陳澧、陳璞爲友，時有「三陳」之稱。嗜好文史，善詩書畫，工倚聲，著有《梅窩詩鈔》、《梅窩詞鈔》。

《隨山館詞稿》序

國初諸老論詞，以清空爲宗指，其弊也，剽而不留，競事虚響。於是近世詞家，又以澀矯之，而不善學者阨塞底滯，亦不能無所流失。曩與芙生共論此事。芙生以謂「詞者，詩之餘也，詩緣情而綺靡，惟詞亦然，必先有纏綿婉摯之情，而後有悱惻芬芳之作，情之所至，文自生焉。清空可也，澀亦可也。非然者，鏤冰翦彩，真意不存，獨區區求工於字句間，庸有當乎」。其持論如此，故於詞不多作，亦自謂弗工，蓋難之也，而聞其説者或不謂然。十餘年來，彼此南北離合非一。今年良玉南歸，相見於端州。芙生出示其詞，則别後所作，不及三十首，即舊與余輩唱和諸詞，亦十不存一，而細讀之，幾於篇篇有意，情紆語緩，自極杼柚之工，其於曩言，可云無愧。余勸其鋟木，芙生以所存過少爲疑。余曰：「此顧工否何如爾，詞果工，少固無害，使其不工，多奚爲哉！」芙生曰：「如是，則子宜序之。」良玉所爲詞，芙生嘗序之矣。衡以無言不讎之義，固無可辭，乃述其平昔論詞之語，以爲之序，不知者又將以吾兩人爲標榜也。同治戊辰十月，漢軍陳良玉。

——汪瑔《隨山館詞稿》，清光緒刻本

《花語詞》序

蘭史夙承家學，後來詩人，罕見倫比。又擅倚聲，癖愛拙詞，屬書册上，摘録數首，即希拍正。光緒己卯九月，陳良玉。

——潘飛聲《説劍堂集》，清光緒二十四年刊本

《桐花閣詞鈔》序

粵稱詩國，唯詞寥寥。嘉應吴石華學博，史學擅長之外，獨工倚聲。身後遺書散失，其詞亦罕流傳。家蘭甫先生，極稱許之，搜訪得前後兩刻本，以余謬有同嗜，屬爲校訂，重刊入《學海堂叢書》，乃去其重複，並汰其什之一二，得若干闋爲一卷，名仍其舊。往道光壬寅、癸卯間，同人結詞社於羊城，月凡一會，倡和甚盛，惜學博不及見矣。光緒七年六月，鐵嶺陳良玉序。

——吴蘭修撰《桐花閣詞鈔》，學海堂叢刻本

念奴嬌　題羅春畦上舍《柳院填詞圖》

江東才子，厭比紅詩舊，重來翻譜。旖旎閒情柔似水，悄共柳綿吹去。翠幄深深，紅欄曲曲，鶯老羞無語。長條垂地，早蟬剛和新句。　卻笑觴侑離人，渭城三疊，衹解相思苦。一曲珠鬟

先記拍，乳燕分明偷覷。豔沁苔牋，脆生檀板，低唱還應許。曉風殘月，此情仍要同賦。

念奴嬌　書吕拔湖同年《沁園春》詞後

人生能幾，總未成歡會，苦教摧折。贏得銷魂稱絶代，那管淚痕成血。粉鏡描蛾，黄金市駿，往事難重説。酒懷潮湧，冷腸一霎都熱。　我亦廿載名場，恒河偷照，鬢影驚秋雪。十丈珊瑚敲不碎，碎盡青春風月。鶯燕迷離，琵琶怨恨，笑付金杯凸。晚天如夢，玉龍聲又吹裂。

祝英臺近　題歐陽彦伯悼亡詞後

畫簾垂，燈暈小，絲雨暮寒峭。三載韋郎，舊事滿懷抱。歸來錦瑟房櫳，暗塵珠網，剩誰管、落紅聲悄。　夢魂杳。長記偎熳梨雲，深院怯重到。蠟炬春蠶，此恨定難了。年年風雨寒食，夜鵑啼罷，拚一樹、野棠花照。

水龍吟　題拔湖《珠海填詞圖》

猩豪豔洗鵝潭，横空掃斷金銀氣。一時詞筆，風流豪宕，讓他青兕。十手傳鈔，萬花圍繞，雲藍揉紙。問隔船絲竹，黄衫年少，明明月，當誰墜。　懶羨鑾坡故事。且評量、周秦姜史。枕鴛鈿雀，釵蟲筝雁，欲拋還未。注碧芳筩，鬧紅深舸，晚涼先醉。好珠喉付與，柳波深外，共漁謳起。

——以上陳良玉《梅窩詞鈔》，清光緒元年刊本

朱鑑成《水龍吟·題〈荔香詞鈔〉》　用集中韻

鹿盧拍遍闌干，早看甲馬中原遍。嬉遊海上，憐君鬱鬱，愁和天遠。池浴烏輪，天扶鼇柱，妙才誰擅。祇書生同病，清晨理髮，霜華漸、驚吹滿。　門外滋蘭九畹。是湘中、素心難換。沈醉如何，獨醒未肯，繁憂心亂。事讓羣龍，吟留二鳥，海山雙綰。躍飛黃鐵嶺，重遊雨露，更無深淺。

——陳良玉《荔香詞鈔》，鈔本

續修四庫全書提要　梅窩詞鈔

詞集……慢詞居多，有清雅處，有精整處，有奔放處，蓋宗法朱彝尊、厲鶚者。……要而論之，詞效朱、厲，取法乎下也；效法南宋，取法乎中也；效唐餘、北宋，取法乎上也。良玉專效朱、厲之詞，宜其不純粹也。

——《續修四庫全書總目提要（稿本）》，齊魯書社一九九六年

郭則澐《清詞玉屑》評

菩提樹葉，其薄如紗，故亦稱菩提紗。鐵嶺陳朗山有《繞佛閣》詞咏菩提紗云：「葉雲一片，層疊織就，冰彩霞絢。明鏡臺畔。幾時掃斷，根塵靜鬘現。井華凍浣。纖翳絶少，蟬翼初展。天

女花散。記曾親把、銖衣細分翦。瑩薄訝無質，入手琉璃擘更軟。紈綺强呼，前身猶未換。笑粉壁輕籠，詩好誰看。試嵌爐眼。待紙襯瓷青，妙寫羅漢。趁元宵、共珠燈燦。」菩提紗可製燈，見《武林遺事》。又宜書畫。乾隆時，鐵嶺董茂泰工人物，嘗以菩提紗一葉寫十八應真像進呈，高宗稱賞，詞中即用其事。　卷十一

——郭則澐《清詞玉屑》，朱崇才《詞話叢編續編》本

伍紹棠

伍紹棠，清道同間人，伍崇曜子。

《梅邊吹笛譜》跋

右《梅邊吹笛譜》二卷，國朝凌廷堪次仲撰。後附《花犯》一闋並《折桂令》諸散曲，則其弟子張其錦補録也。按《國朝漢學師承記》稱：次仲十二歲即棄書學賈，偶在友人家見《詞綜》，攜歸，在燈下讀，遂能長短句。浙人張賓鶴見其詞，大奇之，薦之板浦場大使湯某某，敬禮之，邀君至揚州。是時鹺使置詞曲館，檢校詞曲中之字句違礙者，從事讎校，得修脯以自給。然則精南北曲而

能審宮調者，固髫齡已然矣。考國朝經生能填詞者，近推張臯文、江鄭堂，然臯文論詞往往求深反晦，如姜白石《暗香》、《疏影》二詞，乃指爲二帝之憤，不幾於錢蒙叟之解「雲鬟玉臂」耶？江鄭堂論詞，於萬氏《詞律》，深致不滿，而自詡其倚聲爲得古今不傳之秘，余未敢遽以爲然。惟次仲此詞，婉約清新，能得宋賢三昧。次仲本精律吕，著有《燕樂考原》一書，宜其能精研入細也。其錦字褧伯，宣城人。聞次仲殁，徒步走海州，於敗簏中攟摭殘稿，假居僧寺，輯録以歸。其人蓋亦篤於師門之誼者。光緒乙亥中秋前二日，南海伍紹棠謹跋。

——凌廷堪《梅邊吹笛譜》，《粤雅堂叢書》本

伍仲贊

伍仲贊，順德人。生平不詳。

《梅窩詞鈔》跋

右《梅窩詞》，予友陳朗山作也。朗山客歲自臺灣歸，予過朗山飲，出以相示。予昔讀朗山詩，未嘗讀其詞，遂攜歸齋中，酒醒挑燈盡讀之。時殘月在壁，蟲聲隱牀，淒清蕭瑟，與篇中之韻若相答。因念朗山飢驅南北，頻年轉徙，其抑鬱無聊之概，於詩見之，不意其詞之復如是也。吾粤詞家

頗少，前輩如吴石華學博，近如沈伯眉明經，皆世所盛稱者，然以朗山視之，其悱惻動人有過之矣。藻兒嘗執業朗山門下，因命校刊以行云。壬申十一月，順德伍仲贊跋。

——陳良玉《梅窩詞鈔》，清光緒元年刊本

楊永衍

楊永衍（一八一四——一八九三），字蕃昌，一字椒坪，別署添茅老人，番禺人。道光中曾佐林則徐禁煙。著有《添茅小屋詩草》，詞附，輯有《粵東詞鈔二編》。

《粵東詞鈔二編》序

吾粵詞家，自許青皋茂才、沈伯眉學博采入《粵東詞鈔》，古今作者皆備。其書刻於道光己酉春，距今閱四十餘載矣。故友居梅生工於詞，嘗欲續刻數家，以補許、沈之遺，未果。余又不能詞，然以詞爲詩之餘，其纏綿悱惻、字句長短，實與古樂府相通。每見詞卷，或購藏，或鈔寫，或出友人投贈之作，江村無事，日手一編，而諷咏之意頗有會。今梅生化去將三十年，余衰老日甚，顧詞卷之横陳案上，則猶往時興致也。因輯録十餘家，爲《粵東詞鈔二編》。梅生之作，名《煙語詞》，咸豐丁巳之冬，其板被兵火燬去，未經復刻，故多録焉。是編刻成，惜梅生不及見矣。光緒十八年歲次壬辰秋九月，番禺楊永衍識於添茅小屋，時年七十五。

——潘飛聲輯《粵東詞鈔三編》，《廣州大典》五二〇册

李長榮

李長榮（一八一三—？），字子虎、子黼、子黻、紫黻，號柳堂，南海人。諸生，張維屏門生，曾官教諭。編有《嶺南集鈔》、《柳堂師友詩録》，著有《問鸝山館詩鈔》。

題岐山詞兄遺集二律

瑞香館裏舊銜卮，嶽雪樓中日寫碑。精力全銷金石録，心情偶託女郎詩。青衫司馬傷同病，謂崔崧生。紅豆詞人又屬誰。轉惜賞音辜沈許，沈伯眉、許青皋兩君嘗輯《粵東詞鈔》，惜未見君諸闋。不禁懷友淚如絲。

落花時節悵東風，魂倘歸來教小紅。一字能傳君未死，三生猶戀佛難空。翻君自輓聯。不須崔曙悲身後，君遺妻妾二女，少翁從厚撫恤。大似昌黎哭殿中。令祖秀甫太守、尊甫小彭廣文均舊好。他日爲編才子傳，愧無銀管繼湘東。擬輯君詩入《柳堂師友詩録》。

——周浚霖《濠園剩草一卷一品花詩餘一卷》，清同治九年刻本

賴學海

賴學海（一八一五—一八九三），字匯川，號虚舟，順德人。好讀書，不治舉業，惟致力作詩，與番禺馮詢善。著有《虚舟詩草》、《雪泥詩話》。

《海山詞》題辭

糾縵情雲結綺寮，萬花叢裏擁嬌嬈。文君自有求凰曲，不待相如玉軫挑。

琴雖異體一般絃，得叶宫商韻總圓。廿六妖娥翻舞袖，倚聲齊踏鷓鴣天。

——潘飛聲《説劍堂集》，清光緒二十四年刊本

題《恩江詞卷》

浩歌聲裏卻尋思，風景依稀記得時。看取百花洲畔柳，東風擡起萬條絲。

——賴學海《虚舟詩草》，清光緒二十年刻本

孔廣鏞

孔廣鏞(一八一六—一八九一),字厚昌,一字少庭,號懷民,又號韶初、守璞子、守璞主人、七十二峰主人,南海人。清道光二十四年(一八四四)舉人,能詩文,工詩善畫,與弟孔廣陶並稱。喜書畫收藏鑒賞,著有《嶽雪樓書畫録》。與陳澧、譚瑩、鄭獻甫補刊《皇清經解》。

題《岐山上舍詩詞遺草》

蘇辛風調擅清詞,尚有叢殘冊七詩。八法更精兼六法,君更工水墨花卉。獨憐不耐歲寒姿。

十載論交剩草留,手編觸我倍悲秋。遥知兜率添詩侣,明月瓊臺汗漫遊。

——周浚霖《濠園剩草一卷一品花詩餘一卷》,清同治九年刻本

姚詩雅

姚詩雅（一八二三—？），字致堂，又字仲魚，室名景石齋，番禺人。初幕河南布政使，曾任河南孟縣知縣、懷慶知府。著有《景石齋詞略》、《醒花軒詞稿》。

續修四庫全書總目提要　景石齋詞略

陳澧謂其詞似竹垞，今觀集中，亦不盡同，其間時有奇警之語。《減字木蘭花·題黃山三十六峯長卷》末段云：「青山如此，何日置身圖畫裏。更約浮邱，一個峯頭住一秋。」其《菩薩蠻》寫珠江四時風景四首，亦五代《南鄉子》之遺意，中間如「風來絃管急，水影燈光濕」、「花月共清涼，滿天星斗香」、「兩岸樹婆娑，夕陽紅處多」，皆精豔可誦。惟《沁園春》恨、愁、情、夢諸首，染南宋以來之惡習，令人生厭者也。

——《續修四庫全書總目提要（稿本）》，齊魯書社一九九六年

郭則澐《清詞玉屑》評

粵中珠江花船之盛，過於臺江。姚仲魚家居南海，有《菩薩蠻》四闋，分咏珠江四時景物。春令云：「晴波瀲灩鴛鴦宿。明璫翠羽人如玉。畫舫海珠南。風光三月三。鶯啼春欲暮。春

去花無數。何處摸魚歌。賣魚人過河。」夏令云：「銀牀冰簟涼無汗。水晶球浸玻瓈盌。波鏡照梳頭，一枝花影流。　風來絃管急。水暈燈花濕。花月共清涼。滿天星斗香。」秋令云：「鬧紅四壁花爲屋。夜涼凭遍闌干曲。風露一身秋。素馨開滿頭。　良辰逢七夕。瓜果陳歌席。私語聽無聲。有人花底盟。」冬令云：「粟肌時候天無雪。橙黄橘緑新攀擷。兩岸樹婆娑。夕陽紅處多。　一冬無落葉。總是花時節。臘鼓已喧街。木樨香正開。」略見嶺外物候之異。程春海侍郎以祭酒典壬辰粵試，有見於粵風之奢淫，於闈後公宴中，語人曰：「二十年後，亂事將自粵起，又十年，痡毒幾遍天下。」後果驗。吴石華與春海、墨農同登越王山，賞秋月，賦《水龍吟》，即是時事。其詞云：「笛聲吹上銀蟾，山河影裏秋無際。溟溟一色，樓臺著處，都成寒水。水氣浮煙，煙痕罥樹，蕩爲空翠。正人聲斷盡，西風料峭，聽幾杵、疏鐘起。　難得乘槎客至。愛青山、露華如洗。荒臺古甃，再休重問，漢時遺事。黄鶴招來，碧雲無恙，夢圓千里。正潮平海闊，珠光隱隱，有驪龍睡。」「夢圓」句，謂春海前一歲夢遊珠江，至是果以典試來此，益知數有前定也。卷三

姚仲魚大令能詞，一行作吏，不廢風雅。宰孟縣最久，闢廨東隙地，築小圃，雜蒔花木，署曰「東園」，有東園雜咏《菩薩蠻》多闋，録二云：「去年移種墻東竹。今年又種籬東菊。餘地已無多，半池還種荷。　澆花兼洗石。要省園丁力。井遠水難分。新通花下門。」「八年不調花應笑。催科自署陽城考。官鼓漫冬冬。排衙先讓蜂。　一升還健飯。五斗何曾戀。未有買山貲。空吟歸去辭。」頗見風趣。署中蓄盆蘭，七年不花，甲戌春，忽抽一箭，作花十四，皆殷紅色。

時其子樫甫方試春官，見者以爲花瑞。果得雋卷，爲李蘭蓀所拔，以二甲十四入翰林，因作《紅蘭圖》紀之。仲魚自題《減蘭》云：「徵祥子舍。一紙泥金來日下。展帖沈吟。應合移根到上林。數來花朵。春入箜篌絃恰可。爲報先聲。二甲臚傳十四名。」生平厄於場屋，故尤以令子成名爲喜。故事：應童子試者，必先試於郡邑。仲魚宰河陽，凡五度校士，賦《摸魚子》云：「景韓堂、三間老屋，五番泥爪堪記。無多簿領都抛卻，重與細論文字。思往事。憶辛苦當年，銀燭條條淚。而今老矣。看蟹眼煎茶，蠶聲食葉，見獵尚心喜。河陽境，不少昌黎苗裔。斯文應有元氣。生才何必分今古，襟帶河山如此。衰待起。莫更學安仁，但種閒桃李。庭空似水。恰好雨知時，麥秋剛屈，歲熟倍多士。」注云：應試者幾及八百人，彈丸小邑，亦云盛矣。　卷五

——郭則澐《清詞玉屑》，朱崇才《詞話叢編續編》本

本刊收到新刊詞集誌謝

又承桂林王孝飴先生寄贈番禺姚仲魚先生詩雅遺著《景石齋詞略》……陳蘭甫先生澧序仲魚先生詞，以爲其小令似朱竹垞。

——《詞學季刊》第三卷第三號

汪瑔

汪瑔（一八二八—一八九一），字芙生，號無聞子，寄籍番禺。平生佐幕，多有獻計功。著有《隨山館集》。

《攓雲閣詞》序

詞本出於樂府，故宋人直以樂府稱之，如《樂府雅詞》、《樂府補題》之類。當時作手，無不知四聲二十八調者，不獨周美成、姜白石諸人能自度曲也。子遠先生，詞不多作，而篇篇有意，蓋以經術餘事爲古今體詩，又旁涉音律，窮極幼眇。嘗正凌仲子《燕樂考原》之誤，金元人院本，皆能按譜歌之。其於詞之源之流，溯沿搜討者久矣，宜其詞之工也。瑔於音律之學，無能爲役，顧嘗從事於長短句，惝悉原委，故讀先生詞，輒附質所見，先生其將有以教之與？光緒乙亥，山陰後學汪瑔識。

——徐灝《攓雲閣詞》，清末刊本

《小鄉嬛館詞草》跋

《小鄉嬛館詞》，筆致清婉，在所作古今體詩之上。使其摶輯爲之，其工當不止此。顧爲境地所限，螢老蟫枯，迄未能有所表見。即此寥寥數十篇者，亦幾堙晦於烎燼中。賴稼亭郡丞不忘久要之言，爲之排比叢殘，鋟版行世。此後名山廣内，雖不敢知要留此一編於天壤間，使異世有草窗、花翁其人，或見甄録。此即郡丞懷舊闡幽之盛心，足以慰故交於地下矣。余與許君未嘗識面，郡丞出此編屬爲删定，余以其詞不多，不可復汰也，故無所去取，而跋其後以歸之。庚辰九月，越人汪瑔。

——許王勳《小鄉嬛館詞草》，清光緒七年刻本

《花影吹笙詞鈔》後序

《花影吹笙詞》二卷，賁隅葉蓮裳先生所作長短句也。瑔昔當弱歲，僑寓茲邦，以士衡入雒之年，有向秀攀嵇之志。時與喆嗣蘭臺、荚船昆季撫塵結契，敷衽論文，輒於譚藝之餘，旁及倚聲之作。往來伯仲，匪獨大山；咀嚼宫商，争歌《小海》。於時先生娭燕家衖，相羊石林，間予與品題，或垂賡和。少年跌宕，衣慘緑以追隨；老子婆娑，譜《鞓紅》而按拍。羌導勚夫先路，用提倡乎後來。今集中《柳眼》一詞，即爾時所作也。星榆歲閲，風絮蹤浮，悵羈旅以遠遊，惜墜歡之難續。悲歌塵土，多洛陽緇素之嗟；契闊山河，感杜陵老蒼之句。今年冬，蘭臺昆季將刻先生遺集，先以詞稿付刊，距賦《柳眼》詞時，已將三十稔矣。管裁嶰谷，猶聞老鳳之聲；簡出羽陵，不受枯蟫之蠹。屬襄讐校，兼綴蕪言。瑔自問躉蟳，詎工揚榷。顧念尺波徂景，綦履可思；丈室侍言，衣珠如授。吳夢窗之手稿，會許傳看；沈義父之《指迷》，舊聞緒説。準斯而論，其敢以不文辭乎？夫詞者，

樂府之餘波，詩騷之別子也。佩荃連類，原本性情；采菽中原，亦資學殖。先生醇聽執古，葩華切今，探龍威之𧨷函，捫𧆂篆而皎夢。加以宅衷肫摯，寓意芬芳。祭故人馬鬣之封，百齡心在；掣中夜鰥魚之淚，一往情深。張衡則晏歲工愁，伯業則暮年好學。是以出其餘技，運以精思。正則之賦《離騷》，美人寄託；蘭成之銘《思舊》，悲谷蒼涼。認絳蠟以分明，吹紫簫而嗚咽。雖翦紅刻翠，夸目尚奢；而轉緑回黃，深心若揭。是則織九張機之錦，覬費相宣；繰一絡索之絲，纏錦無已。聆音識曲，足知琴雅之微；減字偷聲，非僅笛家之勝者已。兹者問山亭而無恙，世傳趙郡之名家；飲井水以能歌，人寫屯田之妙製。鶴在陰而留響，鳳片羽而知珍，即此一編，已堪千古。而瑔少承鴻奬，終類鯢居，江湖聽杜牧之箏，煙水冷蘋洲之笛。披尋綺語，悲束澤以云亡；俛仰生平，望西州而太息。勉題簡末，追憶典型，吮豪弄墨之餘，蓋不禁僩然以思、憫然以感也。光緒乙亥大雪日，山陰後學汪瑔撰。

——葉英華《花影吹笙詞鈔》，清光緒三年刊本

《秋夢盦詞鈔》序

春絢萬紅，秋寫一碧，露痕泫晨，霞影媚夕，此明麗而華潤者，詞家之格也。闌檻花外，樓臺柳陰，衣香有無，簾波淺深，此幽靚而綿邈者，詞人之心也。心内凝以立格，格外㓾以寫心。言則兩端，極無二致。然而冶靡者傷其氣，肸飾者短於情，縱具偏長，詎云妍唱。求其金皆辟灌，玉不瑕玼，合表裏而一規，備情文之雙美，則吾於南雪户部《秋夢盦詞》，幾見之矣。君生而有夙慧，少工

倚聲，曩嘗招邀友朋，更互酬倡。珧黎緑而七采，錦流黄而九張，極深揅幾，侔色揣稱，含毫自遠，抗手無輩，既而紬書中祕，橐筆禁近，捧録黄而夜直，肅佩紫而晨趨，咸以爲詩人告勞，兹事當廢矣。而君雖處清要，不忘精進，往往按笛家之遺響，叩簫譜而求音，妙抒襟靈，自成馨逸。其耽嗜也如彼，其顓至也如此，宜乎仙心獨超，而風格彌上已。頃者耆集所作，録爲一編，出以示蒙，命之榷定。睹冰蠶者，咸驚五色；闚霧豹者，匪僅一斑。真奇相要，賞會無間。應求之雅斯在，摽牓之誚何辭，用是綴以瑣言，暢其琴趣焉。方今服領之外，人文蔚然，獨詞之一途，作者蓋寡，英絶領袖，豈無其人？氿春翹而有思，啓夕秀於未振，則夫範圍羣雅，提倡後來者，其在君乎？其在君乎！光緒甲申季冬望日，越人汪瑔識。

——葉衍蘭《秋夢盦詞鈔》，清光緒十六年刻本

《梅窩詞鈔》序

咸豐壬子人日，許孝廉裀光招集杏莊賞牡丹，始識陳君朗山於座中。是日，余被酒，議論恣發，不能自休。坐客皆愕眙相視，君獨欣然無所忤，因相與縱論及國初諸家詩，君又心折竹垞，與余意合，遂歡笑不能止。人皆目余爲狂生，並竊議君，而吾兩人不顧也。秋九月，復相見於杜子季英所。季英短竹垞，余與君互争之。至於論詞，則交推竹垞，並及樊榭爲國朝巨手，謂瓣香所在，宜宗之。時余見君詩，未知君能爲詞。因索觀，出所著《梅窩詞》，則僅一卷數十首耳，而清真婉約，足以上追朱、厲，欣賞不置。而君擊節余之所爲詞，亦不啻余之於君也。余生長羈旅，無師友

淵源之益，所爲詞何足道，然於詞法亦嘗竊求之矣。世之言詞者，皆曰清空，彼亦知何者爲清空乎？司空《詩品》曰：「濃者必枯，淺者愈深。」此即「清空」之説也，必先有搓酥滴粉、縫雲裁月之功，然後澄之而清，化之而空，乃不爲剽淺，不爲疏孱。北宋人詞尚已，南渡而後，雖稍變，然文質相傳，亦猶北宋耳。竹垞、樊榭寢饋兩宋，遺貌而取其神，所以能雄視一世。今君之詞，胎源於宋而得力於宋末、元初諸人爲多，故雖不多作，自有可傳之理，即不遽等之朱、厲，視世之輕於爲詞者，固已遠矣。余世之所謂狂生也，感君矜許之厚，又相識不久，以君赴春官别去，意不能無言，輒不自量，雜述締交之始，與余平昔論詞之意，爲《梅窗詞》序，屬季英以質君，君其許爲知言否乎？山陰汪瑔。

——陳良玉《梅窗詞鈔》，清光緒元年刊本

旅譚

姜堯章《暗香》、《疏影》兩詞，自序但云：「辛亥之冬，予載雪詣石湖，授簡索句，且徵新聲，作此兩曲。」《硯北雜志》所記亦同，無異説也。近人張氏惠言謂：「白石此詞爲感汴梁宫人之入金者。」陳蘭甫亦以爲然。鄙意以詞中語意求之，則似爲僞柔福帝姬而作。按《宋史·公主傳》云：「開封尼静善者，内人言其貌似柔福，静善即自稱柔福。蘄州兵馬鈐轄韓世清送至行在，遣内侍馮益等驗視，遂封福國長公主，適永州防禦使高世榮。其後内人從顯仁太后歸，言其妄，送法寺治之。内侍李愕自北還，又言柔福在五國城適徐還而薨，静善遂伏誅。」宋人私家記載，如《四朝聞見録》、《三朝北盟會編》、《古杭雜録》、《鶴林玉露》、《浩然齋雅談》，此書但言柔福南歸，下降高世榮，不言其後事。所記雖小有參差，《北盟會編》云：「自稱小名環環。」《四朝聞見録》云：「適高世榮。」《古杭雜録》云：「乃一女巫爲宫婢所教也。」大致要不相遠。惟《璅碎録》獨言其非僞，韋太后惡其言虜中隱事，故急命誅之耳。意當時世俗傳聞，有此一説。白石《疏影》詞所云「昭君不慣胡沙遠，但暗憶江南江北。想佩環月下歸來，化作此花幽獨」，言其自金逃歸也。又云「猶記深宫舊事，那人正睡裏，飛近蛾緑。莫似春風，不管盈盈，早與安排金屋」，則言其封福國長公主，適高世榮也。又云「還教一片隨波去，又卻怨玉龍哀曲」，則言其爲韋后所惡，下獄誅死也。至《暗香》一闋，所云「翠尊易泣，紅萼無言耿相憶。長記曾攜手處，千樹壓西湖寒碧」，則就高世榮言之，於事敗之後，追憶曩歡，故有「易泣」、「無言」之語也。張叔夏謂：「《疏影》前段用少陵詩，後段用壽陽事，此皆用事不爲事使。」夫壽陽固梅花事，若昭君則與梅花無涉。而叔夏顧云然，當是白石詞意，叔夏知之。特事關戚里，不欲明言，故以此語微示其端耳。余嘗以此説質之伯眉，頗不以爲謬。然究是臆説，姑識之以質當世之知言者。

——汪瑔《旅譚》，唐圭璋《詞話叢編》本

贈余藥田壽宏即書所作《抱香詞》後

戎馬關山鍊此才，冰花曾共筆花開。將軍即世詞人老，還抱孤琴度嶺來。藥田嘗受知於崇樸山將軍。崇公殁於奉天，藥田南歸，遂遊嶺表。

密寫珍珠字字工，如啼秋碧笑春紅。都將半世飄零恨，并入鸞牋象管中。

聞調緑綺譜紅情，妙語誰知白石生。惆悵松陵橋十四，更無人聽玉簫聲。中有本事。

亦復言愁始欲愁，銷魂人隔小紅樓。天涯吹冷蘋洲笛，衰柳旗亭一例秋。君自題旗亭秋餞圖《金縷曲》云：「不信秋風才幾日，吹得垂楊都瘦。」《旗亭笛譜》，余詞稿舊名也。

——汪瑔《隨山館猥稿》，續修四庫全書集部一五五七册

清平樂　自題詞稿後

絮愁花笑，總被風吹了。一縷遊絲晴自裊。化作蠶眠字小。　香銷酒醒鐙昏。如今夢也無痕。孤負搓酥滴粉，可曾真箇銷魂。

金縷曲　題舒蘭陔《湘芬館詞卷》

一卷珍珠字，儘消磨、才華片玉，歲華流水。回首鄉關瀟湘路，瑟怨簫愁之地。宜下筆、都含秋氣。辛苦長幺兼短拍，賺江湖、多少青衫淚。應擊碎，鐵如意。　賞音海内知無幾。算悠悠，何嘗省識，蘇辛姜史。我亦從來傷心者，讀竟喟然而起。但許事、總須料理。留得蘋洲漁笛譜，料千秋、終有人知己。詞至此，可傳矣。

朱鑒成《隨山館詞稿》題詞

足下詞兼有北宋之秦、南宋之姜，技至此，亦可矣。曩何言之謙也。僕詞不入行，故不敢於閿中評泊，然已心醉矣。蜀人朱鑒成。

賈景芳《隨山館詞稿》題詞

余不能爲詞，然喜讀南唐、北宋人小令，以爲言短意長，與唐人絶句同一機彀也。往見穀翁小令百數十章，率以二李爲宗，其佳者殆不減《飲水詞》。今乃盡删之，何與？余爲代存數章，而删其慢詞十餘闋，大氐皆讌會題圖之作也。以門外人强作解事，良可笑噱，然世間類此者多矣，於虚谷乎何尤。蕺山人賈景芳。

辛中仁《隨山館詞稿》題詞

詞貴清空，然須於質實中見清空，乃真清空爾。穀庵先生諸作，殆無愧此言。旗亭畫壁生辛中仁。

潘猷《隨山館詞稿》題詞

鏤月裁雲字字工，旗亭幾度唱春風。誰知蕭瑟江關意，都在長謡短拍中。江湖載酒悔狂名，容易詞人白髮生。惆悵蘋洲一枝笛，吹來多半是秋聲。

徐昶《隨山館詞稿》題詞

自是霓裳譜，休論第幾聲。商量銀字管，分付玉鞾笙。載酒春如夢，彈棋意不平。故應楊柳岸，未肯學耆卿。

——以上汪瑔《隨山館詞稿》，清光緒刻本

李佳《左庵詞話》評

汪瑔《虞美人》云：「鶯聲勸我尋春好，將近春分了。便隨芳草到城東，卻又春煙漠漠、雨濛濛。分明雁字橋邊路，是我曾遊處。重來不見小桃花，何況小桃花下、那人家。」語亦尋常，卻不尋常，寫出無可奈何情態。又有句云：「不爲花愁兼酒病，只是無聊。題詩帕子舊生綃。小半墨痕多半淚，一半香消。」亦妙。卷上

——李佳《左庵詞話》，唐圭璋《詞話叢編》本

冒廣生《小三吾亭詞話》評

汪瑔《隨山館詞》：山陰汪芙生丈，寄籍番禺，老爲諸侯賓客。家伯祖哲齋太守官潮州最久，丈居潮州幕中亦最久。所著《隨山館全集》，詩及駢散文、詞，色色皆似樊榭。義山而後，此爲第一好記室也。《宴清都》云：「未覺餘寒斂。迷濛處、不分花影濃淡。簾紋似水，煙痕似夢，作成銷黯。斜陽乍露墻匡，又漠漠，微雲半掩。問藏春、何處樓臺，移春幾處闌檻。　新來病酒年華，薰爐況味，無限淒感。袷衣換了，香篝炧後，勝情都減。無端鳳紙相思，剩襟上、紅冰點點。怕等閒、過卻燒燈，東風荏苒。」《南柯子》云：「香減雙心襪，書迷四角盤。幾回酒醒怯衣單。偏是黄昏，偏是雨潺潺。　絳蠟成灰未，青禽寄語難。退紅簾子小紅闌。衹隔春人，不解隔春寒。」《揚州慢》云：「三月春深，一帆客到，酒邊愁聽琵琶。正臨江小閣，糁一片楊花。算回首、旗亭别後，短衣長鋏，多少年華。剩相逢無恙，青衫依舊天涯。　鄉關似夢，怕烏衣、難認人家。便北户笙歌，南壕簫鼓，都換悲笳。舊事不堪重省，尊前看、醉墨攲斜。忍憑闌、東望蒼茫，落日昏鴉。」《綺羅香》云：「十八低鬟，一雙約指，悄向街西相識。鈿誓釵盟心事，更誰知得。還待把、銀蒜低垂，肯閒逗、石榴消息。奈前頭、鸚鵡聰明，窺人妝暈畫闌側。　鴛鴦猶記卅六，何事東堂有限，東風無力。唾碧啼紅，總是可憐春色。花正好、鏡檻人愁，酒乍醒、玉篝香熄。悔年時、百種相思，鳳綃空自織。」《一翦梅》云：「待炙銀笙煖玉簫。九九餘寒，數到花朝。小紅樓隔小紅橋。負了春風，誤了春潮。　一種閒愁不肯銷。似雨絲絲，似水迢迢。燈昏酒醒又今宵。縱不相思，也自無聊。」《浣溪沙》云：「人倚東風倦不禁。舊遊如夢怕追尋。隔花樓閣幾重深。　越酒中時寒惻惻，湘簾低處晝沈沈。最無聊賴是春陰。」《蝶戀花》云：「紅樓西畔鸝三請。煙語重尋，緑黯蘼蕪徑。行近雕闌心自省。袖羅凭處香猶凝。　吹盡柳絲風未定。花嚲斜陽，畫出春人影。幾日相思如小病。酒懷易醒愁難醒。」《浪淘沙》云：「問訊護花幡。曉鏡低鬟。紅樓春已二分殘。偏又東風無氣力，留住餘寒。　香冷鷓鴣斑。翠袖衣單。避人深掩小屏山。不管蝦鬚簾子外，閒了闌干。」《卜算子》云：「池館鎖黄昏，闌檻無重數。寒是三分煖二分，釀得春如許。　柳意倦於人，花氣吹成霧。最不分明最可憐，簾幕深深處。」又云：「風露没多些，濕了莓苔徑。淺碧濛濛暈不銷，攙入梧桐影。　蟲語一絲絲，似説秋來冷。人比疏花瘦可憐，衫嚲涼煙暝。」　卷二

沈評《隨山館詞》：沈伯眉丈嘗評《隨山館詞》，謂爲「氣體超潔，邀月能語，遏雲不流，似黄鶴樓中玉笛」。芙丈因問「吾子自視云何」，曰：「花影吹笙，滿地淡黄月。」　卷二

——冒廣生《小三吾亭詞話》，唐圭璋《詞話叢編》本

續修四庫全書總目提要　粵東三家詞鈔

瑔耽情詩詞，以客籍主持粵中詞壇，其詞不多，作綺語而有懷古撫時之感。

——《續修四庫全書總目提要（稿本）》，齊魯書社一九九六年

清　汪瑔

陳璞

陳璞（一八二八—一八八七），字子瑜，號古樵、尺岡歸樵、息翁，番禺人。清咸豐元年（一八五一）舉人，任江西安福知縣，後丁憂不復出。被聘爲學海堂學長，郭嵩燾任廣東巡撫，聘爲參事，得保昇同知。與陳澧等爲友。有《尺岡草堂遺詩》。

《梅窩詞鈔》序

余少嗜詩，而不解詞。及讀宋元諸家詞，嗜之，而不能爲。壬寅歲，於顏紫墟半園初識君。君夙工詩，時又藉甚以詞稱也。余乃稍稍效颦，而亦卒不常作。同治紀元，君過余息園，出所爲《梅窩詞》示余，且曰：「爲余一言。」余自問詞學殊淺，乃以余爲知言耶？顧余嘗謂詩至宋而窮，宋人之詞乃宋人之詩也，其情韻幽遠，意致深穩，與唐人詩無異。逮元初詞人，多宋代遺老，滄桑黍離，纏綿悱惻，一託乎倚聲。厲太鴻稱爲清湘瑶瑟，一唱而三歎，則尤幾幾乎風雅之遺矣，唐人詩焉已哉！是論也，君嘗頷之。君生長海嶠，遭時轗軻，困抑無憀。近十數年，又值戈甲搶攘，烽燧幾遍天下。流離奔走，轉徙兵間。是以酒酣耳熱，撫時感事，詩人懷抱，間以詞發之，泠泠焉如秋林晚風，淅淅焉如空階夜雨，聆之者不覺感愴而不能自已，此與宋元名家相遇以天，不同而貌合。至於國朝詞，推朱、厲兩家，殆取其體制雅逸、風調穩藉耳，非其本也。秋七月，颶風陡發，息園水高三尺，所藏書籍，漂没大半。而君之詞，獨得檢拾於驚飆沸浪中，真精所寄，非浩劫所得磨滅，不其信耶？因復申前説，書以復君，君仍頷之否？番禺陳璞。

——陳良玉《梅窩詞鈔》，清光緒元年刊本

《花語詞》序

嘗與蘭甫、朗山論吾粤詞家，自吴石華後，繼者絶尟。蘭史年少好學，以精妙之思，運英雋之才，發爲倚聲，綺豔中時露奇矯之氣，屢爲蘭甫、朗山所賞，嶺表詞壇，洵爲獨秀矣。余少喜填詞，老而荒廢。今睹是編，不無自愧，益當自勉也。光緒乙酉十月，尺岡歸樵陳璞書於息園。

——潘飛聲《説劍堂集》，清光緒二十四年刊本

《劍光樓詞》跋

咸豐六年修《番禺縣志》，余在志局，見墨農孝廉《劍光樓集》有文一卷、詩八卷、詞一卷。逾年，省城被兵，局燬於火，集與各鄉先生著述俱燼矣。咸豐十年，余自江右歸，聞其嗣君藏有副本，已陸續付刊。既而嗣君之長者歿，少者貧甚，此集未見有書，疑刊之不成矣。陶君春海近訪，知所刻版片在手民家，商之同人，亟往取之，則僅得《北行草》、《遨遊草》、《訪碑吟》、《羅浮紀遊草》、詞一卷而已，乃即以此刻附入學海堂叢刻中。余并録《番禺志》本傳於卷首，俾後之讀者知其爲人。集雖不全，其亦庶幾不盡湮没乎！光緒八年四月，陳璞跋。

——儀克中《劍光樓詞》，清光緒刊本

葉衍蘭

葉衍蘭（一八二三—一八九九），字蘭臺，號南雪，晚號秋夢主人，番禺人。清咸豐二年（一八五二）舉人，咸豐六年（一八五六）進士，選爲翰林院庶吉士，散館授户部主事。晚年爲越華書院主講。與汪瑔、沈世良並稱「粤東三大家」。著有《秋夢盦詞》。

《秋夢盦詞》自序

余幼喜長短句，在書塾中偶得《花間集》一本，如獲異寶，時學爲之，未敢示人也。迄乎弱冠，填拍寖多，大都側豔之詞。酒闌鐙畔，倚醉揮毫，散見舞裙歌扇中，無稿可録。壯歲而還，憂愁幽心，所作半緣寓感，又疊遭兵燹，十無一存。壬午秋間，乞假旋里，僅從故紙堆中檢得數首，同人復以昔時所録環示，叢殘拉雜，隨手鈔存，釐爲二卷，索觀者衆，苦乏鈔胥，爰付手民，以代掌録。今年已垂暮，學道未能，不復作少年綺語，然春蠶未死，尚有餘絲。早雁新鶯，月闌花謝，情懷棖觸，忍俊不禁，嗣有所作，當續附於後。麝香鸞彩，愛惜斯珍，聊以自娱，不堪問世。光緒甲申仲秋端五，秋夢主人自記。

——葉衍蘭《秋夢盦詞鈔》，清光緒十六年刻本

《粵東三家詞鈔》序

余與伯眉、芙生爲總角交，舞勺之年即共學爲詞，翦燭聯吟，擘牋鬥句，無間晨夕。弱冠餬口四方，音塵頓隔。咸豐丙辰，余通籍假旋，《楞華詞》已付梓。迨光緒壬午解組歸，伯眉墓有宿草矣。因與芙生互訂詞稿，剞劂甫竟，芙生又歸道山。余孤絃獨張，抑鬱誰語？海内詞人，有淄澠味合者，不憚馳書千里，以通縞紵。杭城譚仲修、張蘊梅論交尤摯，仲修有《篋中詞》之刻，曾將三人詞選入續編，別采數十闋，標爲「粵東三家」。復得蘊梅補輯遺漏，校讎聲律，與仲修各加弁言，先後寄粵。余惟故人唱和之情，與良友切磋之誼，均不可没，遂鏤板以行。嗟夫！卅年舊雨，一曲春風，湖海題襟，恍如夢幻。余冉冉老矣，憂愁幽思，學道未能，日惟焚香寫經，以懺少年綺語之過，而疇昔朋簪酬唱，謬役心脾者，猶不能割置焉，亦結習之未忘也。士衡之誚，法秀之訶，弗暇計已。光緒二十有二年，歲次丙申仲夏之月刻成，曼伽并識。

——《粵東三家詞鈔》，清光緒二十一年刻本

《小三吾亭詞》序

清　葉衍蘭

咸豐初，余與沈子伯眉，杜子仲容、季英，冒子哲齋、文川，汪子芙生，舉文會於粵中。七人者，道同齒若，飲食遊戲，風晨月夕，靡不徵逐。其後季英死於兵，仲容、哲齋、文川宦轍分馳，聚散之

感，則余與伯眉、芙生共之。伯眉、芙生喜填詞，余倚洞簫和之，聲嗚嗚然，若不知帶甲滿天地也。其後余入都，供職郎署，門孤援寡，浮沈白首，兹事廢棄，垂卅年矣。比年乞假家居，則伯眉、仲容、文川、芙生後先殂謝，哲齋息影歸如皋，俯仰之間，已爲陳跡。既念逝者，行復自念，未嘗不感傷於廢興之故，而英絕領袖之無其人也。鶴亭吾友爲文川令孫，生之夕，文川夢其先巢民先生來，又適與之同日，識者咸知有異稟矣。稍長，應童子試，縣府道皆冠其軍。旋舉孝廉，名大噪。其爲文，氣咄咄若朝日，固宜其早成也。顧性好詞，雖從余遊，而時有以啓余。嘗與余言，詞雖小道，主文譎諫，意内言外，上接《騷》、《辨》，下承詩歌，自古風盛而樂府衰，六朝人《子夜》、《采蓮》之歌，未嘗不與詞合也。自長調興而短令亡，南唐人《生查子》、《玉樓春》之什，未嘗遽與詩分也。又言學詞當從唐人詩入，從宋人詞出。每怪近日詞家，極軌南宋，黄九、秦七，已成絶響，亡論温、李。嘗集李昌谷詩爲詞一卷，欲以竟長短句之委，而通五七言之郵。余韙其言，未嘗不喜故人之有後也。頃以計偕入都，袖其詞稿，乞余一言。余辱與鶴亭三世交，又念嶺以南無有如鶴亭之可與言詞者，因爲文以報之，且繫之詞，詞曰：「珠懺紅禪，香描碧唾，十年秋夢初醒。唱出東風，何人共畫旗亭。銀河浄滌生花筆，皺池波、底事干卿。話纏綿，幽恨桐悲，芳思蘭馨。　楞華豔散霜芙萎，恨霓裳舊侶，法曲飄零。海上琴音，更無孤鶴潛聽。白雲只在山中住，訴冰絃、再鼓湘靈。泛仙槎，杏苑題春，歌遍瑶京。」調寄《慶春澤》。光緒甲午冬，葉衍蘭敘，時年七十有一。

——冒廣生《小三吾亭詞》，清光緒二十六年刻本

《花影吹笙詞鈔》跋

先府君少工吟咏，尤善倚聲，所作皆苦心孤詣，改易數四，始行定稿。古今體詩及詞集皆有定本，手自録存。丁巳歲，賊匪犯粤，避寇鄉居。閲四匝月始還家，書籍盡遭燬壞，僅於灰燼中撿獲今體詩一册，餘悉散佚。先府君以兵燹之餘，家業凋敝，吟事斯輟，所失亦無由記録。乙丑歲，衍蘭奉諱南旋，於故紙中遍行搜討，覓得詞一百十餘首，隨獲隨編，不復能按年排比。所存不過十之三四，敬謹詳校，釐爲二卷。竊念先人遺墨，經數年捃摭，始獲成編，亟付手民，用代掌録。獨愧衍蘭等筆硯荒蕪，家學未能負荷，每一念及，泚顙汗背，不知所云。兹因剞劂告竣，謹誌顛末，不禁涕泗之漣如也。光緒三年二月上巳，男衍蘭、衍桂、衍壽謹識。

——葉英華《花影吹笙詞鈔》，清光緒三年刊本

致張鳴珂書四通

一

玉珊仁兄大人閣下：夙仰芝儀，莫由葭倚，江雲燕雹，徒切馳想。遥維才譽益隆，榮聞休暢，甚善甚善。前在樊雲門兄處拜讀足下書扇詩餘數首，清超綿邈，婉約風流。知玉照白雲，師承家

學，不勝佩服之至。弟家本東浙，寄籍嶺南，舞勺之年，即好辭藻，賦性愚昬，不知所從。自入京師，逐逐軟紅，俗緣坌集，孤吟易輟，知音蓋稀。歲月不居，朱顔頓改，吹花嚼藥，吟興胥捐。近來倚聲一道，談者益鮮，如足下之清響獨標，深情若揭者，實未易覯。私衷欽遲，結轖難忘。獨惜南北暌，不獲仰接光儀，縱談蘊蓄，悵也如何！特呈上素箋四紙，伏求將平日錦囊佳製，賜書數闋，大著如已付刻，賜寄數本，尤所深感。以當萱蘇。毋吝金玉，幸甚盼甚。雲天在望，延企爲勞，書此代面，敬請著安！諸惟荃照，不備。愚弟葉衍蘭頓首，二月廿三日。

再，賤號南雪，一號蘭臺，如荷賜復，祈寫明寄至京師順治門外米市胡同中間路西軍機葉宅，便可接得。又及。

二

玉珊仁兄大人閣下：秋間接奉惠緘，並賜書大著，旋肅函布謝，並付扇面二件，交提塘轉寄，未審何時遞到。日久未蒙復示，切甚懸懸。比維勛祉增綏，台祺篤祜，印牀花滿，官閣梅開。逸興吟情，思隨春發，喜可知也。弟傫直如恒，毫無淑狀，從公歷碌，隕越時虞，十丈軟紅，抗塵走俗，殊覺寒花笑人耳。風便務祈賜復數行，以慰馳愫，是所切禱。魚書到日，燕喜迎年。專此，恭請台安，祇賀新禧百益！愚弟葉衍蘭頓首，十一月廿四日。

三

公東仁兄大人閣下：炎景流金，招涼無術。朵雲一片與薰風偕來，幸甚幸甚。就審履繶益榮，道紃增勝，想電掃庭訟，嚮答詩筒，致足樂也。蒙賜書大作，花光洗霧，玉暖蒸雲，悱惻纏綿，哀艷騷屑，詢足繼武玉田，追蹤石帚，浣薇雒誦，佩服奚如，謹當錦裘紗籠，珍逾球璧矣。承示秋間即將大著詞本與《説文佚字考》同授梓人，剞劂告竣，務求賜寄一份，俾先讀爲快。弟弱齡弄翰，即好辭章，兵燹之餘，盡遭毁失。自入都後，軟紅十丈，遂逐輪蹄，孤絃不張，吟懷斯輟。即偶有棖觸，亦蛩吟蟬噪，終不成聲，何敢以折楊之唱，上塵大雅耶！今春黎小韓大令來京，得讀佳製《春柳》四章，忍俊不禁，謬爲繼詠。又和友人《游絲》四律，統録交小韓兄帶呈郢政，未知已登詞壇否？兹再録呈教。《游絲》四詩，係和繆小山編修之作，乃脱稿後同人迭有和章。因思《白雪》、《陽春》，定殊凡響，尚祈俯賜和什，以當瓊瑶，曷勝欣盼。莼客、子縝、雲門三人詞章之美，皆素心所欽，惟子縝尚未謀面，明歲伊差旋後，自可晤談也。小詞一章奉贈，又便面雜録舊作，統求郢削。另素箑面懇再賜書大作，俾出入懷裏，如挹清風，想不吝教耶！江天在望，不盡馳忱。人便時惠德音，不勝翹切。專此肅復鳴謝，敬請撰安！諸惟藹照，不宣。愚弟葉衍蘭頓首，七月廿三日。

來書稱謂太覺客氣，愧不敢當。嗣後請彼此稱呼如一，庶存直諒之道，定不遐棄也。再，以後奉寄函件，應交何處爲妥？速祈示知。並乞將尊寓住址開明見示爲荷。

四

公束仁兄大人閣下：夏間接奉手緘，時正整理歸裝，匆匆未即裁復，深盼初秋良覿，藉慰欽忱。比維侍祉增綏，道綱益譽，定符所祝。弟京國秋風，頓思蓴菜；先塋宿草，待掃松楸。檢校琴書，料量數月，荷花生日，始定行期。爰挈細君扁舟南下，正報歸帆抵滬，問水西泠，道出鴛湖，輕舠訪戴，煙雨樓畔，握手論心。不意閨人素患肝疾，臨時病發，藥石無效，撒手離塵。驪唱俄催，鵾絃倏斷，人天掻首，悼痛逾深。現定於八月初間攜眷同返，仍由津海附搭輪船。萬里孤帆，遺棺共載，祇增眉蹙，莫解胸春，奉倩神傷，曷能自已。申江繫楫，不獲遲留，載酒元亭，徒存虛願，悵惘奚如。内人卅餘年伉儷相莊，幽嫻淑慎。弟曾預作《扁舟偕隱圖》，自題四截，同人多有留題，何意良緣，頓成悽眷。詩詞兩首，就正詞壇，倘蒙寵賜佳章，俾光泉壤，戴均存殁也。懷人傷逝，百感茫茫。臨穎黯然，不遑多及。承愛縷布，敬請台安！不盡。愚弟葉衍蘭頓首，七月廿二日。

——《清代名人書札》，北京師範大學出版社二〇〇九年

與冒廣生論詞書札①

一

鶴亭賢弟如晤：别後長懷。昨得手書，欣悉安抵永嘉，侍奉康娱爲慰。吉期在邇，惜遠道不獲了一花詩筵耳。《返生香》詩詞，今年或可斷手，明春始可成書。《午夢堂集》敝處原有，重刊無貲，且應刻書甚多，不止此集也。賢弟所得之本不必賜寄。《楓江漁父圖》亟思摹得真象，惟止摹虹亭先生相頭便得，切不可摹全圖，即全身亦可不必也。林文忠像早從伊後人處摹出，不須重複。圖章不必汲汲，假有名手，順便求之可耳。梁山舟先生像求之十餘年未得，如賢弟邂逅遇之，即須設法摹出，不可錯過。《香畹樓傳奇》亦望物色及之。匆匆布復，即詢元安，并賀大喜！同學愚兄葉衍蘭頓首，十月十八日。

二

鶴亭仁弟如晤：别後時思，得手函，藉慰。僑寓吴門，閉門讀書，佳想安吉，甚善甚善。新詞

---

① 《冒廣生友朋書札》載葉衍蘭書信十四件，其中有關詞者四件，現據以采録。

二章，清圓婉約，筆致勝前，足徵精進。間有應酬處，俟再細閱。梁石翁後裔零落，可歎，其遺像求之數十年不獲矣。《香畹樓傳奇》與《影梅庵》同刊，詞雖未工，然其事其人，皆可流傳，故欲得之。故書攤上或可邂逅，幸留意焉。《湘煙小録》敝處原有初刻本，兹寄來雖屬重鐫，刻工尚好。前有小像，初刻所無，未知追摹是否真容也？圖章甚佳，諸費清神，甚感。莽鏡拓本，俟暇時咏之。兄去冬今春，氣體常覺不適，一春積霖，無日不在煙雨中。排悶無術，吟情頓減，數日來未成一字。近日仍雨暘不定，天氣如此，人身自不快也。令外祖爲叔眗前輩，雖弟久企美才，在京惜未把晤。家富收藏，著作可惠寄一覽否？《返生香》已告竣，特寄上一本，又《三家詞》一本，統望察收。餘拙詞一本，《三家詞》一本，煩代呈令外祖，并道景忱。近詞尚有數十首，未能即刻。女弟子十一人，半不在省。鍾、沈二姝已亡，曷勝慨歎。鍾詩二百餘首，經兄訂定，存百餘首，皆有可觀。前年隨其姊聟沈移庭返申江，沈屬俗物，此姝遺稿失去無疑，思之悵然。惲女史秋間來粤，是否貴同年陸君同來？次遠出巡，今年能否回省，尚未可定。次遠不在署，其女即難會晤。陸君想亦風雅士，如其夫婦偕行，尚煩告知陸君，請其來院晤談爲妙。伯懷久未見，想就館事忙。蘭史在香港，未能時常上省。及門雖多，可談風月者無幾人也。粤人作詩，開口便俗，相沿成習，牢不可破。賢弟何日再作粤遊耶？思之不置。手此泐復，即頌元祉諸佳！心照不一。友生葉衍蘭頓首，六月十五日。

信未封發，兩詞特爲易數字，望酌之。

三

鶴亭仁弟如晤：前得手函，並《湘煙小録》各件，旋有覆信交令親。七月中又有一椷，附書本各件。由申江信局轉寄。頃接來信，信内無月日，無可察核。未見提及，均收到否耶？仁弟日隨令外祖修書，學業日徵精進，侍祺多福，定愜鄙懷。兄春間小病，夏秋又俗務作縈，吟懷斯掇。每一搦管，艱於構思，即衰老之漸也。莽鏡率成一詞，未見愜意，即録吟可。前寄《三家詞》，校對未細，訛舛甚多，現經改補，因將沈、汪二家大加修削，以期美善。前印出者止將拙詞貼改，兹特寄去一本，望於前本内照此更正，俟沈、汪二家改刻竣工，再另寄也。蘇城箋紙甚多，煩代購全紅者二匣，切不可多。必須擇其鏡面瑩滑，如蠟箋一式者爲妙，花樣不拘。有便寄下，該價告知寄還，不可客氣。日間晤譜琴同年，煩代道念。前得伊來信，已有覆函並書本各種，於月初交張璞君兆豐帶寄，未知收到否？此覆，即頌元祉，不盡欲言。同學兄衍蘭頓首，九月廿五日。

四

字問鶴亭仁弟安好。得信並惠寄各書，藉慰。入春想諸凡增勝，侍奉康娱。鄧尉探梅，貴恙定痊癒矣，念念。兄冷坐青氊，依然故我，閉門卻掃，晴雨無關。差幸目力尚未盡衰，每日晨興，必作楷書百十字。現寫出佛經數部，奈粵中手民工拙價昂，未能一一付梓爲憾耳。承寄詩箋，謝謝！前函懇代購全紅滑面者二匣，茲來五色八匣，過多矣。今昔粗細迥殊，欲求如從前杭州有容堂之精者而不可得。將來淮生兄旋粤，能託其覓全紅鏡面者二匣切不可多帶來，則妙甚矣。京信時通，小兒無事，食貧已耳。文叔問與易仲碩，皆海内奇才。叔問詞縝密綿麗，得力於姜、史。覺仲碩猶時傷纖巧，叔問雅正過之。《瘦碧詞》敝處已有，《冷紅詞》未見，能索所見寄否？如會晤，尚望代致景忱。拙詞四本寄去。《三家詞》内，芙生集重字太多，無首無之，因不憚煩，悉爲改正另刻，現已斷手，俟印出再寄。曹君惠書二種甚精，望爲道謝。《長吉集》數種，工價釘裝，皆較尋常十倍有餘，索者過多，均以刻貲見惠。間有知好取以送人，則每部酬直二番，非欲貨取，實難遍給所求也。《北堂書鈔》，已由令叔處購寄。周集一本，即交莘白矣。粤省自元旦後陰雨浹旬，奇冷爲向來所未有，終日袖手圍鑪，百事俱廢。此數日嚴寒尤甚。呵凍泐復，即頌元祉，不盡欲言。曼伽拜手，新正廿日。

——上海博物館圖書館編《冒廣生友朋書札》，上海書畫出版社二〇〇九年

水龍吟　題張鳴珂《寒松閣詞》

水風吹冷霓裳，海山誰譜琴天趣。江湖載酒，頻年飄泊，京華羈旅。絶代銷魂，鞦韆花影，獨吟愁句。想銀河滌筆，萬紅香沁，白雲在、春深處。　緑皺池波幾許。寫幽懷、相思情緒。秋蘭一朵，孤芳遥寄，楚騷煙語。邀笛蘋洲，淒涼夜月，舊盟鷗鷺。問何時倚醉，更闌翦燭，話西窗雨。

——張鳴珂《寒松閣詞》，續修四庫全書集部第一七二七册

高陽臺　題厲樊榭先生遺象

館冷秋聲，樓空花隱，騷魂已賦遊仙。唱出孤墳，探訪猶記湖船。風流合繼蘋洲笛，寫幽懷、妙注詞箋。競吟壇，鴛水漁歌，同譜纏綿。　蓬池漫繫閒鷗住，只邗江裙屐，情話頻聯。夢返西泠，六橋春鎖晴煙。紅欄月墮淒涼影，剩交蘆、夜伴枯禪。展輕綃，一抹寒林，海思琴邊。

長亭怨慢　余與芙生别三十年，舊雨再聯，春風重唱，以詞稿屬爲點定，即書其後

問何事、頻年載酒。畫壁旗亭，青衫依舊。湖海歸來，故人無恙試攜手。燕啼鶯笑，猶只是、春僝僽。恁一掬潭波，淒豔有、萬紅香透。　回首。憶鬘天夢影，題遍錦屏歌袖。蠻箋鬥擘，寫不盡、斷腸花柳。又誰信、絶代才華，只贏得、杜陵詩瘦。且料理琴尊，重翦夜闌春韭。

瑣窗寒　譚仲修大令獻代訂詞集，賦此寄謝

落拓江湖，頻年載酒，蹋歌呼侶。纏綿寄恨，影瘦萬花紅處。寫秋聲、素琴獨張，自彈夜月情誰訴。謝詞仙拂試，芳襟遥證，翦燈淒語。　愁緒。傷心淚，且細數筝言，静邀笛趣。雙鬟賭唱，莫問旗亭金縷。悵天涯、日暮碧雲，懷人添賦相思句。感飛蓬、書客飄零，倚畫樓聽雨。

慶春澤慢　東冒鶴亭廣生

珠儳紅禪，香描碧唾，十年秋夢初醒。唱出東風，何人共話旗亭。銀河浄滌生花筆，皺池波、底事干卿。話纏綿，幽恨桐悲，芳思蘭馨。楞華豔散沈伯眉霜芙萎汪芙生，恨霓裳舊詠，法曲凋零。海上琴音，更無孤鶴潛聽。白雲只在山中住，訴哀絃、唤起湘靈。泛仙槎，杏苑尋芳，歌遍瑶京。鶴亭時將計偕入京。

張鳴珂《〈秋夢盦詞鈔〉序》

漠漠平林，暝色高樓之句；綿綿遠道，斜陽芳草之思。予與南雪先生，孝緒神交，伯恭心契。酒徒擊筑，曾題燕市之襟；俗吏牽絲，已輟《花間》之譜。碧雲千里，玉璫一緘，寄示所作《秋夢盦詞》，屬校定焉。夫其策杖尋秋，叩舷唱晚。露筋祠下，雲水蒼茫；粤秀山前，月華涼沁。碧苔揺暝，積煙雨於空階；紅萼無言，寫羅浮之清影。畫禪棲逸，滌筆冰甌；酒坐分牋，倚聲瑶瑟。洎乎回翔青瑣，儤值樞垣，烏帽紅萸，玉簪羅帶。裊筆無際，换羽移宫；視草餘閒，盤花旋竹。吴雲壑春霆秋雪，敷暢襟靈；蘇子瞻玉宇瓊樓，纏綿忠愛。加以翠屏春悄，銀燭光寒，零香怯風，斷紅怨雨。孤花病蝶，悵景物之都非；落葉哀蟬，想形容其宛在。拾墜歡於何處，紫玉銷沈；度飲水之新詞，青衫濕遍。心之幽矣，慨乎言之。今者關河無恙，最愛書來。珠玉在前，輒慚形穢，得加餐之一紙，藏懷袖以三年。按拍梅邊，操縵動衆山之響；低徊蓮社，刺船移海上之情。光緒十有二年孟陬月二十一日，嘉興張鳴珂拜手序於豫章寓次。

譚獻《〈秋夢盦詞鈔〉序》

一

蘭臺先生鬱乎著作之大手，發此妃儷之小文。亹寓似不成之子，鄭重皆有爲之言。寓意即工，得意忘象。而獻猥以齊竽，濫夫曠聽，俯求錯石，遠責隨珠，縱心往復，擊節再三。煙之綿綿知其遠，琴之渢渢知其清，雎之關關知其和，錦之爛爛知其采，猶復抉摘瑕璺，振拂羽翰，庶幾候蟲亦登《月令》，芘草且貢染人，聞聲相思，微塵何益。若夫《三都》之紙貴，不藉皇甫而傳。無補淵深，且安緘默，嶺雲在目，海思盈襟矣。仁和譚獻拜識。

二

竊嘗推大樂府，賡續興觀。以爲短長其字，則情罔勿章；玲瓏其聲，則聽亡不浹。於是平章衆製，進退美文，由唐汔明，篋中寫定，昭代作者，最録今集。夙昔佇興，而作斯言。一人之私，睇想神交，沈吟元賞，吾嶺南葉曼伽先生有同嗜焉。先生破萬卷而有神，成一家而不愧。承明奏賦，笙磬乎鄒、枚；名山著書，籥勺乎儒、墨。摩天之刃，鋭而爲鍼；帝子之衣，紉而亡縫。舉宮倚商而交應，側峯横嶺而畢成。慎若數馬之對，曲求雕龍之心。有觀樂者，得微悟焉。夫以斜陽芳草，陶洗希文；缺月疏桐，流連蘇子。煙柳唱危闌之倚，亂雅送歸夢之濃。識忠愛之微言，固怨悱而不亂，文外獨絶，傳之其人。《秋夢盦詞》，風雲擘儽直之誠，山水寄田間之興。變衰秋氣，落木蕭然；綺麗餘波，美人安在。非必索老嫗之解，是以流絃外之音。夢禪家學，郭景純之《遊仙》；尊甫夢禪先生有《小遊仙詞》百章。東塾師資，宋大夫之《九辨》。陳蘭甫先生，君師法所出。使我看朱而成碧，知君得魚而忘筌也已。獻投老以來，同聲斯應，嶺表賢達，天涯素心，東有汪芙生、沈伯眉，望風懷思；西有王幼霞、況夔笙，撫塵結契。池波共皺，井水能歌，出門有必合之車，異曲有同工之奏。《花間》、《草堂》，去人不遠；拍肩挹袖，引以自豪。沫胝先生之倚聲，蔚跂篋中之續集。永嘉之末，聞正始之音，若何而不歎息絶倒也？光緒壬辰九秋，譚獻再識。

易順鼎《〈秋夢盦詞鈔〉序》

番禺葉蘭雪先生，今之張子野也。其官郎中同，其享老健同，其以詞名天下無不同。然先生詞品人品，皆清絶高絶，又能文章，精鑒賞，丹青、篆刻餘事，靡不兼工，有非子野所能及者。即以詞境論之，潔浄精微，追蹤白石；纏綿悱惻，嗣響碧山。蓋先生之詞品可見，先生之人品亦可見矣。先生以名進士入詞垣，供職曹司，在樞密有年，外而郡守，内而卿寺，隨流平進，指顧間可得。乃澹泊自守，視富貴榮利猶倏風之時灑、蚊蝱之一過，惟以風雅提唱，慕前哲、獎後進爲事。終日焚香掃地，晏處超然，未幾，竟拂衣歸爲書院主講，爲詩壇主盟。年逾七十，精力不衰，猶手寫古書，作蠅頭楷字數萬。讀書之暇，或作畫，或度曲，望者以爲神仙中人。國朝嶺南諸老，若翁山、獨漉，若魚山、二樵，若香鐵、石華，若蘭浦、南山，若墨農、玉生，若先德蓮裳公，三百年間文采風流，非先生莫爲賡續。詞特先生一藝耳，固足以傳先生，而先生豈僅以詞傳者乎？某於先生爲年家子，曩在京師，過從譚藝，謬許爲忘年之契。先生歸粵後，猶時以郵筒相問訊，嘗寄所作《秋夢盦詞》命序，且望其爲嶺南之遊。荏冉浮沈，久未報命。去年甫屬草稿，而老母嬰疾，遽遘閔凶，依墓築廬，雖生猶死。惟文章交道，宿諾終償，舊稿尚存，爰綴數語，以報知己。噫嘻！嶺海之遊，恐難如願，儻得跨鶴騎鯨，尚欲訪停雲於八表。先生美意延年，壽方未艾，他時左攜漁童，右挾樵青，朱履紅衣，筆牀茶竈，艤煙波畫船於珠江幽處，試扣舷按拍，誦平生得意詞，聞霞天月海、空靈縹緲中，若有太息欷歔、賞音擊節者，其某也耶？其某也耶！光緒甲午二月，易順鼎敘於慕皋廬。

張景祁《〈秋夢盦詞鈔〉序》

國朝詞學之盛，江浙稱最。竹垞、迦陵以沈博絶麗之才，衍爲樂章。奇情壯采，籠罩萬有，獨闢南宋未闢之境，然尋流泝源，未始判若淄澠也。逮樊榭易之以幽雋，茗柯矯之以沈厚。一時綴學之士，墨守門庭，寖成流別，由是江浙兩派，有南宗、北宗之異矣。嶺南繁盛之區，瓌奇薈萃，魁儒碩彥，著述代興，獨於倚聲一道，絶少流播，采風者猶有憾焉。南雪先生，其粵之竹垞、迦陵乎？先生敭歷承明，回翔郎署，儤值樞庭，相如典冊，枚皋飛書，日不暇給，宜若引商刻羽之思，嚼蕊吹花之句，未遑搜討及之也。而乃抽祕騁妍，造微踵美，研律度之分刌，辨聲響之浮切，一篇跳出，鮮侔晨葩。讀所著《秋夢盦詞》，雖不若竹垞、迦陵之富，而掃除浮豔，刻意標新，直合石帚之騷雅，夢窗之麗密，梅溪、竹山之疏俊駘蕩而爲一手，又奚以多爲哉！夫人溺志於聲華靡麗之場，勞形於冠蓋馳驅之會，不能瑩發靈藻，涵咏天和，縱使陟清要、躋膴仕，亦與夢中槐蟻等耳。而先生泊然寡營，早遂初服，陶寫哀樂，情餘於管絃；謠咏山川，聲出乎金石，抱琴獨往，天機盎然，是豈窮達升沈嬰其念慮者，而謂競聲譽於旗亭井水之間哉？祁於先生爲同館後進，一行作吏，未獲晉接音塵，迺蒙千里訂交，虛懷商榷，或推敲一字之安，或斠量半黍之細。偶有獻替，從若轉圜，淵襟雅量，尤有不可及者。即以詞論，亦足以繼《載酒》之集、《烏絲》之譜於三山五嶺間，創新聲而賡絕調也。光緒二十年歲次甲午孟陬之月，錢唐張景祁序於閩中浦城官廨。

——以上葉衍蘭《秋夢盦詞鈔》，清光緒十六年刻本

譚獻《〈粵東三家詞鈔〉敘》

佩玉千聲，流水九曲，書藝正宗，逆入平出，此《楞華》之諦也。送遠碧草，登樓青山，目之所際，春秋佳色，此《隨山》之珍也。錦瑟幽憶，奇珠轉圜，裴回裴回，采詩入樂，此《秋夢》之禪也。夫以榮曜華茂，人間之松菊同生；引商流徵，伶官之竹肉中呂。既曰轉益多師，亦且同中見異。賦當六義之一，宋景喁于；詞出八代而還，比興十九。嶺表崇秀，海氣合離，敦乎風雅之林，蔚以文章之府，匪獨國秀，亦有寓公。目論本朝，心儀曩哲，陳、梁振乎前轍，黎、張賡乎藝林，尚已。東塾先生文而又儒，開示承學，武庫之無不有，文苑之當其難。乃至倚聲樂府，游藝名家，秦、晏、姜、

張，入千金之冶；卿、雲、蘇、李，同異苔之岑。接武三家，比物比志。綺藻麗密，意內而言外；疏放豪逸，陳古以刺今。中原競爽者，在百年以前；海上同聲者，視三足之鼎。綿乎其思，琅乎其響，沈乎其抱，振乎其筋。溯自華年，洎於傳世。沈約緝韻，著録皆無凡語；伯眉定《嶺南詞》。汪倫客籍，井里所不敢私。芙生先世浙東。而我葉先生被服儒者，纏綿忠愛，香草之寄，瓊樓之吟，一殿靈光，操觚作賦。名山招隱，砎石神交。獻方與梁節盦行歌互荅江漢之濱，流連雲物，結想風期，撰《三家詞選》，以達神恉。沈、汪逝矣，行念石林，琴歌家衖，天涯猶一室也。光緒二十年甲午仲秋之月，杭州譚獻敘於復堂行邁。

張景祁《〈嶺南三家詞鈔〉序》

夫滙湘江之派，蘭澤多芳；擘太華之峯，蓮船競秀。鶴羣繞樹，必引和聲；蠶女繅盆，詎抽獨繭。而況調鐘脣吻，寀律豪芒者乎？《嶺南三家詞》者，沈伯眉、汪芙生、葉曼伽諸先生之所著也。鳳林書院之體，鳴盛於江西；龍涎樂府之編，萃奇於東越。海風並表，弗濫齊竽；春雪載賡，悉成郢曲。統同辨異，可得而言。文園善病，綺戒未除；玉局諧禪，塵詮不落。花田展禊，呼煙艇以盟鷗；棉寺聞鐘，敂松關而放鶴。含芬蘅茝，結響菰蒲，於《楞華詞》得《騷》、《辨》之遺焉。烏篷蕩月，夢繞花遊；白社吟芳，酒涵琴趣。情絲萬軸，穿藕孔以移針；約指一雙，賦榴裙而解佩。閒愁皺於春水，冶思澹於微雲，於《隨山詞》得諷喻之旨焉。玉堂夜永，恨別華鬘；瓊闕秋高，歌翻水調。杏花春雨，虞學士思歸之吟；煙柳斜陽，辛幼安斷腸之什。靈簫緣短，珍簟流哀；素豔馨銷，玉鉤弔古，於《秋夢詞》得風雅之正焉。彼其金絲繁會，笙磬同音。勰大晟之正聲，屏《皇荂》之里耳。撫塵結契，南皮之讌常開；識曲移情，東海之琴並鼓。分曹酒坐，蠟炬傳箋；畫壁旗亭，翠鬟賭句。同聲相應，樂可知已。而乃江湖夢闊，漂泊萍蹤；京洛塵緇，浮湛荷槖。通天臺畔，宿草旋荒；深水潭邊，踏歌遽斷。金奩坐雨，題醉墨而酸懷；玉笥埋雲，折哀絃而鑄淚。此則山陽聞笛，徒增思舊之悲；井水傳歌，益觸浮名之痛矣。曼伽先生感瓠梁之易歇，期蘭畹之兼收。彙寄瑶編，命操鉛筆。聚文綃於鮫室，珠海光寒；合仙拍於鸞璈，鈞天廣樂。信鑣聯乎藝苑，足鼎峙乎詞壇。尤可異者，三君皆系出鑑湖，徙居嶺嶠。樂賀公之吴語，守莊舄之越吟。結蓴夢以興謳，鄉音未改；遡樵風而引唱，天籟同宣。宜乎與浙西六家如燕之頏，如驂之靳，正不獨蠻煙蜑雨間各擷一席也。光緒二十一年歲次乙未仲春之月，錢唐張景祁序於龗江官舍。

——以上《粤東三家詞鈔》，清光緒二十一年刻本

譚獻《重輯復堂詞話》評

番禺葉南雪太守衍蘭，介許邁孫以《秋夢庵詞》屬予讀定。綺密隱秀，南宋正宗。於予論詞頗心折，不覺爲之盡言。

翻閲《秋夢庵詞》，七十老翁，旖旎風華，不露頹脱。此翁自少壯以來，殆專以倚聲爲寄者也。

葉蘭臺屬選《嶺南三家詞》，爲沈伯眉、汪玉泉及蘭翁。今日始就，審定圈識，寫目録寄去。沈爲《楞華館詞》，汪爲《隨山館詞》，葉爲《秋夢庵詞》。

上江裕輪舶回杭，咋葉南雪以《詞續》寄示，鮮妍修飾，老猶少壯，壽徵也。予愧之。

《長亭怨慢》「已拚作天涯羈旅」闋：振響哀絃。

《珍珠簾》「楚天環珮清秋迥」闋：直揭本旨，大筆淋漓。

《垂楊》「章臺夢杳」闋：去國之思，韻合《騷》、《辨》。

——譚獻《重輯復堂詞話》，葛渭君《詞話叢編補編》本

冒廣生《〈海雲閣詩鈔〉跋》

右《海雲閣詩鈔》一卷，吾師番禺葉蘭臺郎中撰，裕甫哀而刻之，蓋距師没已三十年。裕甫能惓惓祖澤，意可嘉也。咸豐初，先伯祖、先祖咸留滯嶺南，與師及汪丈芙生、沈丈伯眉有唱和。其後師成進士，以户部郎值軍機，蹤跡始稍稍疏矣。比師挂冠歸，先祖旋謝世，伯祖亦歸如皋。師一日見廣生所學爲詞，曰：「此吾故人孫也。」命執贄受業門下。同吾遊者，時則有若姚子伯懷、潘子蘭史、黄子日初，而師獨奇愛廣生。春秋佳日，後堂絲竹，廣生殆無不與。師有潔癖，客退恒使人洗地。少髭髯，兩眸子有異光。一飲食，一談笑，殆無不可入《世説新語》者。師時耑填詞，不復措意於詩。顧其少日乃盛以詩鳴於時，嘗賦《鴛鴦》曰：「笑我夢寒猶待闕，有人情重不言仙。」柳翁者見之，妻以女，士夫至今豔其事。廣生嘗從容請闕其全，屢扣屢不應。師殆欲然猶自以爲未足者。獨於垂革書《病黄詩》七律四首寄廣生吴門，曰：「異日有爲國朝人詩綜者，存吾鱗爪可矣。」廣生感其言，以語金丈粟香。粟香采之入《隨筆》。今裕甫掇拾殘逸，寫成定卷。雖未必盡

吾師之所欲存，而其存者，上追元、白，平視温、李，則固足以信今傳後，無疑也。廣生從師遊時，年最少，今且執梃爲門生長。與裕甫論三世交親，見裕甫居高位，能繼述事志。會與裕甫同遊平山堂下，感歐、蘇遺事，俯仰故知，涕浪浪下。裕甫亦逡巡爲罷酒起去。戊辰五月。

——冒廣生《冒鶴亭詞曲論文集》，上海古籍出版社一九九二年

冒廣生《小三吾亭詞話》評

番禺葉蘭臺先生衍蘭嘗選己作《秋夢庵詞》，與沈伯眉丈世良《楞華室詞》、汪芙生瑔《隨山館詞》，合刻曰《粤東三家詞》。先生早歲綺才，有「葉鴛鴦」之目。其賦《鴛鴦》詩云：「笑我夢寒猶後闋，有人情重不言仙。」有柳翁者見之，詑曰：「有才如此，尚作『不知何處月明多』耶？」以女妻之。以翰林改官户部，儤直樞密。解組以後，主講越華書院十年。余與姚伯懷、潘蘭史皆從問字，後堂絲竹，至今猶繞夢寐。乙未，余計偕北上。先生手書「文章有神交有道，珍珠無價玉無瑕」十四字楹帖見詒，又爲賦《慶春澤慢》詞以寵其行。詞云：「珠幰紅襌，香霏碧唾，十年秋夢初醒。唱出東風，何人共畫旗亭。銀河淨滌生花筆，皺池波、底事干卿。話纏綿、幽恨桐悲，芳思蘭馨。　楞華黯散霜芙萎，悵霓裳舊咏，法曲凋零。海上琴音，更無孤鶴潛聽。白雲只在山中住，訴哀絃、唤起湘靈。泛仙槎，杏苑尋芳，歌遍瑶京。」余藏新莽始建國二年鏡，先生爲賦《百字令》，詞云：「硬黄輕展，認當年、偷照長安宫掖。剛卯銅符零落盡，顧此一規蟾魄。玉璽沈淪，金縢謬妄，鑑古悲無極。興劉窺識，路堂羞整巾幘。　知否原碧新妝，眉蘞乍啓，對影窺蓮額。堪笑迴旋隨斗柄，映到漸臺宣室。璧彩萎生，苔花繡漬，位置泉刀側。漳河遺瓦，勝他猶伴吟席。」零縑斷墨，尚藏篋笥。先生晚年病黃，嘗賦七律四首，句句皆暗嵌黃字，亦可想其風趣也。卷一

《秋夢庵詞》，刻意夢窗，而得玉田之神。《水龍吟》云：「銀蟾何處飛來，碧空捲得炎飆浄。樓臺一抹，是煙是水，鎔成清景。道冷呼鸞，天高唳鶴，露淒風警。料廣寒今夕，素娥無睡，晶簾外、羞孤影。　我欲凌虚絶頂。洗塵襟、玉壺冰鏡。穠花錦石，漢家遺恨，那堪重省。惆悵江南，有人歸夢，相思愁證。試憑闌長嘯，横吹紫竹，唤啼烏醒。」《清平樂》云：「蟾光似水。花影層闌碎。風露羅衣涼欲洗。此際高樓誰倚。　鄰家絃管分明。兒家庭院淒清。只有一枝横竹，奈他都是秋聲。」《瑶花》云：「纖雲浄洗，萬里涵輝，瓊宇都澄澈。花魂初醒，簾乍卷、冷浸一庭涼雪。塵襟盡滌，渾不覺、天風飄瞥。歎素娥、依舊團圓，明鏡幾曾傷缺。　高吟拍遍闌干，問法曲霓裳，今向誰説。河山無恙，還憶否、當日廣寒宫闕？危樓獨倚，聽鶴背瑶笙清絶。瞰秋江、唤起魚龍，横竹數聲吹裂。」《瑞鶴仙》云：「海棠嬌欲語。正紅濕屏山，花光如許。流鶯尚啼樹。怪無端、吹上二分塵土。飄殘錦絮。怎飄得、愁絲恨縷。怕呢喃雙燕歸來，不是畫梁朱户。　何處。枇杷門巷，鸚鵡簾櫳，舊遊都阻。尋芳伴侣。誰共賦、傷心句。縱春風詞筆，吟成豆蔻，莫寫天涯倦旅。倚高樓、目斷斜陽，一襟淚雨。」《解連環》云：「冶魂銷盡。悵紅樓鎖恨，殢春無影。渾不記、綺夢歡塵，有宵語翠篝，曉妝鸞鏡。幾度清秋，便换了、樽前芳訊。剩湘簾一桁，麝粉香殘，鴨篆煙冷。　秋懷頓成薄倖。歎情隨月蝕，人替花病。灑別淚、猶漬青衫，縱鴛軫重調，鳳簫慵整。玉砌苔窩，尚留得、韈羅纖印。料飄蓬、瘦蛾蹙損，畫闌獨凭。」《子夜歌》云：「遡歡塵、錦屏絳蠟，花月豔情如許。有多少、琴心箏怨，付與紅牙金縷。徑窄埋鴛，樓空鎖燕，驀换淒涼處。剩長廊、鸚鵡迎人，似説華鬘影事，夢尋無據。　雕闌畔、逡巡繞遍，冷落一庭秋雨。禿柳當門，

橫藤礙路，莫繫遊驄住。悵樊川薄倖，天涯空歎羈旅。翠袖籠箋，青衫涴淚，漫憶銷魂句。祇十年、幽恨難忘，酒邊淒語。」　卷一

——冒廣生《小三吾亭詞話》，唐圭璋《詞話叢編》本

續修四庫全書總目提要　粵東三家詞鈔

其詞造句設意，每寓懺禱。蓋衍蘭晚年惟嗜焚香寫經，遂不覺流露於字裏行間也。

——《續修四庫全書總目提要（稿本）》，齊魯書社一九九六年

郭則澐《清詞玉屑》評

珠江花月，尤擅繁華。劉笠生以諸生客粵，於花舫中眷一妓，名温鳳，字桐華，頗解文翰，與笠生青溪舊眷李鳳珍小字桐華適同，貌亦頗肖。毗陵汪玉賓爲作《雙桐圖》紀事，謝椒石學崇賦《解連環》一闋題之云：「緑幺名字。羨佳人占得，種成連理。算祇有、石上三生，許塵外知音，慰君焦尾。瘦碧題詩，錯認作、一時温李。伴回眸顧影，玳瑁雙棲，自寫明媚。　當年箇儂暗記。笑卿卿鳳鳳，同心千里。正荔子、合浦紅時，也曾念桃根，去隨流水。鏡約重來，怕一葉、經秋先墜。喚真真、半珪翠月，又疑夢裏。」其別贈笠生詞所云「選夢桐孤，餞春芍老，消息愁重問」，亦指是事。有曾遊珠江者，謂畫舫爲樓，圓膚不襪，水市喤呷，燈月繁妍，亦所謂銷金之窟也。葉南雪丈衍蘭爲友人題珠海夜遊圖《賣花聲》二闋云：「萬頃碧玻瓈。劃破蟾漪。鏡中人影畫中詩。照見鬘天

花似海，紙醉金迷。　前夢劇相思。風景依稀。閒情棖觸舊遊時。除卻彎彎眉子月，更有誰知。」「雲鬢耀珠鈿。翠袖翩躚。錦屏春鎖嫩寒天。除是侍香來小玉，休揭湘簾。　鸞鏡畫遊仙。顧影生憐。新愁何事上眉尖。縱使芳容花樣豔，也惜華年。」亦似有本事者。其地茉莉、素馨最盛，四時有之。王薇庵賦茉莉《菩薩蠻》云：「釵圍結就玲瓏雪。小屏昨夜欹香月。引夢蝶魂甜。柔雲彈枕邊。　銀絲無奈弱。顫影兜金雀。喜字愛連環。盈盈如妾顔。」蓋即官南海時所作。　卷八

——郭則澐《清詞玉屑》，朱崇才《詞話叢編續編》本

錢仲聯《光宣詞壇點將録》評

總探聲息頭領一員：天速星神行太保戴宗　葉衍蘭

南雪先生爲遐庵之祖，早與譚獻爲友，有詞札往來。選《粵東三家詞鈔》，張嶺南詞苑壇坫。著有《秋夢龕詞鈔》，往往一片神行，絶塵莫躡。《長亭怨慢·書汪瑔詞卷後》所云「悽豔，有萬紅香透」者，亦自爲寫照也。

——錢仲聯《光宣詞壇點將録》，《詞學》第三輯

沈世良

沈世良（一八二三—一八六〇），字伯眉，番禺人。貢生。清咸豐八年（一八五八）舉爲學海堂山長，選授韶州府訓導，未到官卒。工詩，尤善填詞，與汪瑔、葉衍蘭並稱「粵東三家」。著有《小祇陀盦詩鈔》、《小摩圍閣詞鈔》、《楞華室詞》。

《隨山館詞稿》題詞

曩嘗評友人所爲詞，戲以樂喻。蘭甫如空山鼓琴，松風壑泉，間與相答；朗山如霜天曉角，清響遠聞，然不可與筦絃間雜；青皋如琵琶出塞，淒怨動人；蓮裳如雁柱銀箏，新聲繁會，其它作者未共喁于，則未敢妄論也。今讀穀庵詞，氣體超潔，邀月能語，遏雲不流，其黃鶴樓中玉笛乎？穀庵因問：「吾子自視何如？」曰：「花影吹笙，滿地淡黄月。」

——汪瑔《隨山館詞稿》，清光緒刻本

《小遊仙詞》跋

昔樊榭老人製《遊仙詞》三百首，西泠詞客矜爲「黃河遠上」之作。殘年杜鬬，折梅花度歲。

夢禪居士賜讀大著《小遊仙詞》百闋，海風洗月，腰玉蒸雲，如泛清宵瑶瑟，令人作碧天霞想。位置當在玉田、夢窗間，非僅爲嶺南樊榭翁也。長公蘭臺孝廉方計偕入都，明春泥金帖至，當煩方平治具，令飛瓊輩歌此詞侑酒，爲居士壽，第不知座中能致麴秀才否？乙卯臘八日，快讀數過，呵凍書此，以誌服膺。愚姪沈世良拜題於夢陔草堂。

——葉英華《花影吹笙詞鈔》，清光緒三年刊本

案頭雜置諸詞集戲題四絶句

稼軒玉局氣拏雲，字字華嚴劫外身。夜半傳衣誰得髓，可憐人愛説蘇辛。稼軒、東坡

老輩朱陳樹鼓旗，家家傳寫遍烏絲。誰知天授非人力，别有聰明飲水詞。竹垞、迦陵、容若

角巾西第思投老，白髮徵車耐退閒。花外集兼樊榭集，一雙詞筆四明山。碧山、樊榭

跌宕風懷老未删，狂名鵲起大江南。若將書品參詞品，瘦硬通神郭十三。頻伽

除夕懷人絶句

咫尺黄公舊酒壚，木綿花落愴啼烏。蘐蘇詞卷飄零盡，尚有琵琶戀玉奴。黄蓉石比部

桑經酈註誤新刊，燕樂源流補筆譚。又是燈前聽細雨，把君詞卷憶江南。陳蘭甫廣文。著有《燈前細雨詞》。憶江南館，其齋牓也。

清　沈世良

題蘭甫丈《憶江南館詞》集後

御廚早啖防風粥，觸手新詞發妙香。我愧吴均耽説餅，不曾真飽太官羊。

季麐弟近嗜填詞，作此示之

綺語新教鐵秀訶，承平氣息未銷磨。船回海上琴材老，客冬由都中附海舶歸佗城。幘岸花前酒券多。敗意東風輕作雨，載愁春水慣生波。黄雞白日悤悤曲，莫遣玲瓏醉後歌。

——以上沈世良《小祇陀盦詩鈔》，清同治二年刻本

金縷曲　題陳迦陵先生《湖海樓詞》集後

滿幅傷心話。想當年、高歌斫地，纏綿悲詑。月黑沙黄哀雁叫，落葉蕭蕭而下。忽换作、鶯歌燕姹。紅豆三升珠一斛，有胸中、暗淚如鉛瀉。呵壁問，胡爲者。　過江門第饒聲價。劇相憐、青衫半世，吴船燕馬。飽食官羊參史局，早是鬢絲盈把。但題遍、酒樓僧舍。跋扈飛揚空復爾，勝善權、花落啼山鷓。揮涕讀，唾壺打。相傳先生前身爲善權山中老猿。

——沈世良《小摩圍閣詞鈔》，香港崇文書店一九七二年

洞仙歌　題王碧山《花外集》後，用《山中白雲詞》中「觀《花外集》有感」韻

一官吟老，便拂衣西第。歌遍旗亭井華水。想湘絃夜鼓，鶴響風高，渾不斷，吹落人間如此。四明山縹緲，霧閣雲窗，定有飛仙護瓊字。彈指舊斜暉，翠戢紅疏，將鵝管、吹春都碎。把一卷、離騷與招魂，問六百年來，古愁消未。

——沈世良《楞華室詞鈔》，清咸豐四年刊本

藴璘評

近日騷壇客，逢君欲受降。粗豪輕北地，奇峭出西江。禪悦山棲志，詞工水調腔。難忘共尊酒，相對話燈窗。

——沈世良《小祇陀盦詩鈔》，清同治二年刻本

譚獻《篋中詞》評

《蘭陵王·錦波直》闋：筆筆中鋒，清真法乳，此調幾成《廣陵散》矣。嶺南文學，流派最正，近代詩家，張、黎大宗，餘韻相禪。塡詞有陳蘭甫先生，文儒蔚起，導揚正聲。葉南雪爲春蘭，沈伯眉爲秋菊，婆娑二老，並秀一時。約梁君星海將合二集，益以寓賢汪玉泉，爲《粵三家詞》云。

——沈辰垣等編《御選歷代詩餘附篋中詞廣篋中詞》，浙江古籍出版社一九九八年

冒廣生《小三吾亭詞話》評

沈伯眉學博丈，多病逃禪，卒時年僅三十。其遺著號《楞華室詞》者，漢軍蘊璘爲之付刊。別有《倪雲林年譜》，南海伍氏刻入《嶺南遺書》。其詩規撫山谷，詞則繼響《山中白雲》也。《唐多令》云：「華髮漸星星。扁舟逐去程。向西風、殘酒初醒。卻笑輕裝如落葉，吹過了、短長亭。　驛路瘴花明。檣烏五兩輕。渺天涯、水熟潮生。苦竹黃蘆聽不斷，更聽到、夜猿聲。」《翠樓吟》云：「遠岫分嵐，層陰閣雨，禪關幾回低款。疏鐘敲夢，又寒緑沈沈，遮斷高樓天半。悵放鶴來遲，聽鸝歸緩。茶煙暖。晚山留客，畫叉齊展。　捲幔。無限春愁，覺碎珂叢佩，舊遊都倦。茅庵分住我，待料理、繩牀經卷。蒲團誰伴。更偈約龍參，花將猿獻。徘徊遍。塔雲如墨，鷓鴣聲亂。」《江城梅花引》云：「荻花蕭瑟斷霞明。早潮生。暮潮生。喚取一枝柔艣過前汀。修竹誰家門可款，水亭外，滿煙波，落葉聲。　葉聲葉聲愁裏聽。寶蒜停。香篆縈。記也記也記不了，簧煖笙清。尚有芙蓉梳掠，媚秋晴。眉月半彎樓畔挂，曾照見，倚闌干、話玉京。」《三姝媚》云：「山堂招燕語。問當年、詩人酒人何處。冷落東風，悵倦簫零笛，俊遊誰主。吹盡鶯花，吹不盡、旗亭煙絮。遍倚闌干，萬一重逢，舊盟鷗侶。　歎息騎鯨先去。但壞堞紅棉，晚鴉爭樹。小拍疏尊，早帕羅香損，醉中題句。月有圓時，人卻被、仙龕留住。寄與相思，一片黃昏夢雨。」卷二

《楞華室詞》有《壺中天》，自序云：「偶於市中，購得冒巢民爲清漪上人所畫横幅，即題其後。」詞云：「溪藤小幛，是香温茶熟，興酣揮就。短檻回廊春曲录，有地儘栽楊柳。選樹鶯啼，定

巢燕去，十頃風漪皺。蘼蕪望遠，緑陰濃上襟袖。　想見白社留僧，紅絲洗研，妙擅荊關手。鈿軸飄零頻閲世，粉墨模糊非舊。水繪園荒，湘中閣圮，往事銷沈久。影梅窗下，一枝還似人瘦。」廣生謹案：先徵君生平未有畫名，而諸姬則皆擅繪事，蔡女羅含工蒼松墨鳳，見《廣陵詩事》。金曉珠玥善寫人物，吴薗次有《乞曉珠畫洛神啓》，又有《題曉珠畫盋盦圖詞》。王阮亭有《題曉珠雜畫》三絶句，朱竹垞有《題曉珠水墨芙蓉》詞。董小宛白則僅能畫遠山叢樹而已。見《影梅庵憶語》。往年聞京師某妓家，有小宛夫人畫蝶横幅。比與黄陂陳士可往過，則已爲人易去，至今夢想。潘榕皋有《題小宛墨菊》詞。又嘗見國朝人詞集中，有《題董小宛畫兩兩鴛鴦護水紋圖》，一時忘作者姓名矣。寧鄉程子大太守、王炳卿參議皆藏有先徵君畫山水直幅。龍陽易實甫爲余言，義州李文石觀察藏先徵君畫一美人蒙被卧，自題其上云「平山事異，墨胎曷歸。世之君子，不無諒之」，凡十六字。文石精賞鑒，此幅則亦贋物也。卷二

——冒廣生《小三吾亭詞話》，唐圭璋《詞話叢編》本

夏敬觀《忍古樓詞話》評

《粤三家詞》者，番禺沈伯眉世良《楞華室詞》，汪芙生瑔《隨山館詞》，葉南雪衍蘭《秋夢盦詞》也，刻於光緒乙未。芙生先生與先叔子新公交誼至篤，南雪先生則吾友遐庵之祖也。《楞華》「春日憶惠州豐湖」《湘江静》云：「紺塔紅堤湖上樹。記歸舟、倦篙曾駐。斜陽導客，橋迴寺轉，又遊絲攔路。酹酒六如亭，更誰憶、後村題句。松枝礙帽，藤梢罥衣，傷心聽、晚蟬語。周草窗《浩然齋雅談》載劉後村使廣日經惠州六如亭有詩云：「吴兒解記真娘墓，杭俗猶存蘇小墳。誰與惠州耆舊記，可無抔土覆朝雲。」於是

郡守與之修墓立碑文云云。余遊時，墓亭漸就荒落，故感慨及之。意未闌，期屢誤。卧滄江、歲華輕度。鶯招燕約，等閒過了，渺飛花飛絮。彈指好樓臺，空還卻。舊時鷗鷺。魚天訊杳，煙波望極，清吟更苦。」《江城梅花引》云：「荻花蕭瑟斷霞明。早潮生。暮潮生。喚取一枝柔艣過前汀。修竹誰家門可款，水亭外，滿煙波，落葉聲。　葉聲葉聲愁裏聽。寶蒜停。香篆縈。記也記也，記不了簧暖笙清。尚有芙蓉梳掠媚秋晴。眉月半彎樓畔挂，曾照見，倚闌干、話玉京。」《隨山》「移居」《水調歌頭》云：「我笑孟東野，家具少於車。間坊五里三里，容易便移居。不是桃花潭上，卻近蓮須閣畔，天許著潛夫。因樹可爲屋，引水恰通渠。　數竿竹，一拳石，半牀書。此中得少佳趣，筆硯儘堪娛。莫問西園讌集，且倚南窗嘯傲，幽意樂何如。商略補松菊，吾亦愛吾廬。黎美周蓮須閣在豪賢里，其故址今不可考，要距敝廬不遠也。」《聲聲慢》云：「無人看竹，有客題蕉，房櫳鎮日愔愔。曲境重來，争信樹老苔深。紅棉幾番作絮，撲生衣、風力難禁。春去久，歎雕梁換了，故燕空尋。　曾記年時初暑，借冰泉灑酒，石几眠琴。布韤椶鞋，行處不似而今。青梅等閒摘盡，賸蕭然、長日園林。休再問，繞回廊、多少翠陰。」《臨江仙》云：「一片鵓鴣聲不斷，杖藜閒到城東。村墟黯黯樹濛濛。春陰如澹墨，襯出木綿紅。　畫得米家山幾疊，欝頭祇是朦朧。料應有雨過前峯。生煙叢灌外，孤塔亂雲中。」《秋夢》「經舊遊處感賦」《子夜歌》云：「憶年時、錦屏絳蠟，漏盡不教歸去。賸多少、琴心箏怨，化作浪萍風絮。寶鼎煙沈，繡幃月落，舊夢無尋處。聽籠鸚、簾外呼人，猶記綠窗點拍，學歌金縷。　畫欄畔、逡巡繞遍，冷鎖一庭秋雨。禿柳當門，殘蕪糝徑，莫繫遊驄住。悵樊川薄倖，天涯空歎羈旅。翠扇留題，青衫漬淚，都是傷春句。最難忘、酒醒香銷，翦燈夜語。」「素馨斜」《臺城路》云：「紅雲冷落昌華苑，宮衣散餘歌舞。豔骨吞絲，香魂瘞粉，恨鎖青原抔土。哀蟬自語。悵廢塢寒煙，蝶裙何處。賸有涼螢，夜闌悄影墮秋雨。　呼鸞休問故道，畫橋流水杳，花葬誰主。斷碣霜苔，連畦露卉，閱過興亡幾度。樓羅細數。算喚起芳名，尚留春駐。戲馬臺荒，玉鉤同弔古。」諸詞皆風格遒上，力避乾嘉甜熟之習。南雪尊人蓮裳先生英華，有《花影吹笙詞》，尤長小令，殆《飲水》、《側帽》之亞也。「夏日即事」《點絳脣》云：「老樹當簷，夕陽影裏鳴蟬鬧。柴門卻掃。靜覺清風到。　睡醒呼童，竹塢支茶竈。幽香窈。緑胎含笑。夜合花開了。」《浪淘沙》云：「燈炧墜金蟲。倦眼惺忪。夢回愁倚錦屏東。梧葉雨疏聲點滴，秋病人慵。　小札寄芙蓉。問訊怱怱。百凡珍重可憐儂。影瘦黃花香瘦蝶，惱煞西風。」「春陰」《添字南鄉子》云：「軟緑泛煙蕪。天影模糊。喚盡春魂總未蘇。底事雨鳩頻逐婦，呱呱。水漲溪橋渡也無。　飛絮一帘扶。莫謾愁沽。好趁梨花醉玉壺。規取漁樵身入畫，疏疏。試仿雲林淡墨圖。」

——夏敬觀《忍古樓詞話》，唐圭璋《詞話叢編》本

楊鍾羲《雪橋詞話》評

番禺沈伯眉廣文世良，熟精《南史》。嘗與陳蘭甫、譚玉生結東堂吟社。論詩與鄭小谷尤契。生平慕倪高士爲人，録其軼事，訂爲年譜。尤工填詞，案頭雜置諸詞集，戲題四絕句云：「稼軒玉局氣挐雲，字字華嚴劫外身。夜半傳衣誰得髓，可憐人愛説蘇辛。」「老輩朱陳樹鼓旗，家家傳寫遍烏絲。誰知天授非人力，別有聰明飲水詞。」「角巾西第思投老，白髮徵車耐退閑。花外集兼樊

榭集，一雙詞筆四明山。」「跌宕風懷老未删，狂名鵲起大江南。若將書品參詞品，瘦硬通神郭十三。」

——孫克强、楊傳慶、和希林編《民國詞話叢編》，社會科學文獻出版社二〇二〇年

徐珂《清詞選集評》

《蘭陵王·錦波直》：譚復堂師曰：「筆筆中鋒，清真法乳，此調幾成《廣陵散》矣。」

——徐珂《清詞選集評》，葛渭君《詞話叢編補編》本

顔師孔

顔師孔（一八二五—？），字仰之，南海人。著有《煮葵堂詩詞合鈔》。

《煮葵堂詩詞合鈔》自序

凡學問之道，能以志帥氣，致其果毅堅定之力，必無中道而廢之惑。故佛家以猛勇精進爲第一義。昔唐人高特夫年五十始學詩而詩工，國朝羅兩峯年五十始學畫而畫亦工，蓋能致毅然不

撓，以造其極。余嘗致其果毅堅定而不能迄於有成，則限於天分也。……至詩餘一種，粤中爲之者尟。童時見王龍潭師爲此，亦不解所以。《粤東詞鈔》自五季時黄損始，至今僅五十餘人，已搜索無遺矣。蓋粤中謳歌，每操土音，聲韻不能播之管絃，故不爲也。三江、皖、浙人避亂客粤者多，時與往還，動爲所譏，謂粤人盡不解填詞。因取《填詞圖譜》觀之，曰是不難也，不過取輕倩字面作掩挹語，按譜諧聲，逐字嵌入矣。遂奮然爲之。時年已六十一二，積之三載，得若干闋，謬災梨棗，謂其不工可也。誠不工也，即謂其終不解亦無不可，請以質諸三江、皖、浙人，以爲解否？吾故曰以志帥氣，致其果毅堅定之力，必無中道而廢之惑，用以勗少年之廢學者云爾。光緒十七年仲春，衰朽老人顔師孔自記，時年六十六。

——顔師孔《煮葵堂詩詞合鈔》，清光緒十四年刻本

吕鑑煌

吕鑑煌（一八三〇—一八九七），字嘉樹，一字海珊，鶴山人。清同治元年（一八六二）舉人，甘肅靖遠知縣。著有《竹林詞鈔》與乃父吕洪合撰、《金霞仙館詞鈔》、《海珊詞稿》、《調琴飼鶴齋詩集》。

《金霞仙館詞鈔》自敘

此卷甲午歲繼《竹林詞鈔》而作，或即景填成，或追舊補寫，擇清豔詞牌名，各填一首，即以詞牌爲目録，以便入場，易於尋覓規仿。單圈是句，雙圈是韻，一目了然。照長短句平仄填上，改换切題之句，即成一首絶妙好詞，似難實易。合《竹林詞》共二百餘首，雖詞牌有數百之多，而當行出色，宗師館課所常出，古今詞客所喜填者，不過百餘箇牌名。況一牌而數名者甚多，兩卷統言，幾於過半。其餘過長過短、平淡詭僻者，不必盡數敷衍，致貽貪多務得之誚。留有餘地步，即養無限天機，毋令後人笑我拙也。海珊氏記。

折紅梅　自題《金霞仙館詞鈔》

念半生、琴劍飄零，踏遍江湖大地。自甘隴宦遊回里，此身幾無位置。山川攬勝，幸撑得高明胸次。天空海闊，收入詩囊，看揮灑雲煙，别饒生趣。珠璣迸濺，向萬卷鄉嬛，排成仙字。剩一管、春風詞筆，陶寫老來風味。常伸短紙，權且學、歸田瑣記。他時謬録，選刻新歌，作迎鸞曲調，聽鸝鼓吹。

玉京秋

中秋前兩夕，潘蘭史訪余於聽秋吟館。時天高氣爽，月明如晝，花影半庭，茶香滿座。蘭史出所著《説劍堂詞》相示，讀之，覺有吴石華之清麗而益以諄摯，有沈伯眉之香豔而汰其穠纖，實爲時賢所罕覯。竟夕縱談，評量今古，無何村雞遠唱，不知東方之白也，因以詞紀之。

秋影瘦。疏籬護明月，宵蟲哀奏。清霜滿地，涼飔滿袖。檢點筆牀茶竈，背紗窗，燈燄如豆。花光溜。句敲長短，濃堆繡。　青女素娥邂逅。趁良宵、嬋娟共鬥。冷眼看，熱腸一幅，望天搔首。預話來宵佳節事，風景年年依舊。聽蓮漏，已近漸寒時候。

明月棹孤舟　題顔仰之師孔《煮葵堂詞鈔》

一領布衣稱國士，狂歌醉舞長安市。曼倩風流，幼安詞學，别有壺中天地。　落筆雲煙堆滿紙，莫笑是、雕蟲末技。文字送窮，語能益智，未信案螢枯死。

徐琪《〈金霞仙館詞鈔〉序》

嶺南自來多詩人而少詞人，南漢劉益之祇《樂中箏》一闋傳於世。及劉隨如、李文溪、崔菊坡繼起，詞學甚盛，其後不復見成家矣。國初陳、屈、梁、程四家皆工於詩，而詞非所長。迨至吴石華、黄琴山、儀墨農、陳蘭甫、潘子羽諸子出，並駕詞場，追蹤北宋，而樂府之清新雅正，始振頹靡而造宏深。壬辰歲，余按試粵東，以古學課士，多設詞令一條。蓋采取低徊要眇，以去柔曼而範繩尺焉。鶴山吕生蔚彬能文詞，余取録一等士也。場後來謁，并出其尊甫海珊大令《金霞仙館詞》一卷，請序焉。大令爲拔湖先生猶子，曾以己所爲詞附先生稿後，名《竹林詞鈔》，清雋豪宕，具有家法。此卷《金霞仙館詞》，則造力愈深，持律益嚴，與石華諸子後先輝映者。余勸其亟付梓人，俾傳播藝林，倡興後進也。光緒甲午年八月，督學使者徐琪序。

——以上吕鑑煌《金霞仙館詞鈔》，清光緒二十一年刻本

張燏煌

張燏煌，古岡人。餘不詳。

《竹林詞鈔》序

《竹林詞鈔》者，吕拔湖先生暨猶子海珊大令合刻所作也。先生威明人俊，康成經神，程門雪深，馬帳雲矗。少年科第，問已寡於葫蘆；碩學宏通，博幾同於蓮目。而乃情深若水，氣吐如虹，

秘思芊綿，清詞蓱布。或曲拋紅豆，每歎頻伽；或譜憶金蘭，時懷宏正。或雨巾郭墊，以寫其放浪之情；或山屐謝攜，以寄其牢騷之迹。托美人之遲暮，實名士之風流。故其爲詞也，豪雄足繼黃損之，英挺可踵李忠簡。王右軍帖曰：「有深情者，何能不恨？」幾疑孔融偉器，必無審言替人矣。及觀我海珊大令之作，又令人口呿而不能合，舌繟而難收焉。夫機、雲無武，絳、灌無文，人之常也。乃自桂折瓊宮，花栽冷署。臨洮雪轡，大漠雪笳。吟工部落日之詩，理傅氏治民之譜，弔太公綸璜之迹，懸廣德致政之車。方疑十年讀書，一行作吏。敢必有井水處皆誦柳詞，賈雞林人必購白集乎？不知幽絕則史、姜同調，悲壯則蘇、范並衡。詞賦一家，雲霞五色。韓家阿買，繼慧業於昌黎；蘇氏於菟，象葩華於玉局。表英風於銅琶鐵板，行間作金石鳴；摹豔質於滴粉搓酥，筆下具香奩體。訪遺跡則銅人下淚，題風景則湘妃效靈。李白吟崔灝之詩，自甘擱筆；歐九讀東坡之論，且放出頭。以視方尉《金荃》，尚書「紅杏」。《梅溪》奇秀，《蘭畹》温柔。幾欲廊廡陸、潘，銜官屈、宋焉。此燏煌所以筆硯欲焚，而膾炙同嗜者也。茲當全集付梓，索我弁言，知九萬幅義之之箋，難臚雅韻；八千張崔愍之紙，莫罄鄙懷。聊濡退毫，照燭龍於螢爝；謹撰俚語，妍犨麋於子都耳。光緒歲次癸巳，古岡張燏煌敬撰。

——呂洪、呂鑑煌《竹林詞鈔》，清光緒十九年刻本

黃炳堃

黃炳堃（一八三二—一九〇四），字笛樓，別號迂道人，新會人。生長古琴世家，妙解音技。青年時代，遊歷多方任幕僚，足跡甚至達日本。清光緒元年（一八七五）隨雲貴總督劉長佑到滇。十四年（一八八八）任雲南景東知縣，後任騰越同知。三十年（一九〇四）卒於任上。著有《希古堂文存》。

望海潮

曉過藤縣，蓬窗穩卧，風利舟疾，不得謁秦學士祠，乃扣舷而歌，詞以弔之，不知商聲之惻惻也。學士有此詞，萬紅友謂其「第八句第一字，第十句第一字，第十三句第一字，第十九句第一字必仄；第十四句第一字，第二十一句第一字，可不拘，餘俱平起」。故此闋依學士原詞填之。

鷗連波白，魚分灘緑，依稀似識鬚眉。煙路曉衝，風程夢駛，青浦莽隔叢祠。篷底薦騷籬。更遠攜湘笛，重譜新詞。付與蠻娘，夜深蘆管等閒吹。　循州記訪湖西，有坡公笠屐，蘚剥殘碑。端禮黨人，熙元舊串，天涯同是棲棲。名士例流離。慨古今依樣，詹尹難知。怎似滄洲醉倒，榕雨濕蓑衣。少游《望海潮》詞有「相與醉滄州」之句。

翠樓吟　題周紉霜女史畹如《吟秋山館詞稿》

眉筆敲詩，唇脂點畫，女史善畫。西風怕對衰柳。鉛華銷歇盡，止萬縷、情絲如藕。愁來慵繡，聽葦雁寒驚，苔蟲涼咒。人先瘦。曼聲低唱，倚闌時候。　譜就。南宋詞人，有草窗家法，未須黄九。靈縑梨板付，已傳遍、珠江吟口。女史詩已梓於粵東，但非全集。騷壇低首。更倚笛梅邊，拋餘紅豆。鴛鴦牒、幾生修到，許他消受。謂黄梅溪。

摸魚子　題《靈芬館詞》

笑詞人，畢生修譜，空遺身後吟吻。浮眉樓上閒風月，都是舊時幽恨。君細認。看此老聲情，雅與蘋洲近。招魂試問。問蘅夢醒初，花陰醉裏，多少淚珠滾。　書生福，那得黄金鑄印，歌場難道無分。偷聲減字從吾好，痛寫豔愁嬌憤。儂後進。有一瓣心香，拜倒騷壇峻。敲吟未穩。縱爨後音留，爣餘語綺，可奈雪侵鬢。

——以上黄炳堃《希古堂詞存》，民國二十年刊本

周浚霖

周浚霖（一八三三—一八六八），字岐山，一作其山，番禺人。擅書畫，著有《濠園剩草》、《一品花詩餘》。

俞文詔《題周岐山集》

周郎稟天秀，敏學繼先轍。金石析源流，詩詞豔冰雪。我期仲宣貴，誰料公瑾折。懷舊誦遺文，泫然使心結。

——周浚霖《濠園剩草一卷一品花詩餘一卷》，清同治九年刻本

鄧其鑣

鄧其鑣，又名平壽，字子俊，號補雲山人，順德人。清同治三年（一八六四）舉人。通小學，工小篆，亦能隸行書。能詩，著有《補蠹山人詩存》。

#《周岐山詩詞集》序

余少好篆八分之學，以伏處里閈，見聞寡陋，茫然無所成。二十六歲至京師，勤收小學之書，又與二三積學士大夫遊，稍識六書原流，而篆、八分乃始進。丙寅南歸，龍伯淛同年爲余言，周君岐山書法極工，並精篆、分二體。余亟欲一見，以資講肄，而因事苦累，卒卒無須臾之閒，未遑及也。岐山向館孔少唐郎中家，伯淛與少唐綦稔，因知岐山品操雅粹，兼善詩詞，與之言，名言絡繹，有晉宋人標格。余雖未識面，而愛慕益切。及己巳之夏，得交少唐於嶽雪樓，而岐山已捐舍矣。余與少唐往還之暇，輒論藝文，於是縱觀其所藏經籍、金石、書畫，次又示余以岐山詩詞遺稿，而屬爲一言，將付之剞劂。岐山生平所作，多隨手散佚，是稿乃少唐搜其篋衍之所彙存。其詩多出應酬之作，且體氣羸弱，未能覃覃致力，苦不甚高。獨其詞往復纏綿，哀感頑豔，能祖蘇、辛而祧秦、柳，尤爲卓然可傳，是固其境遇困鬱、懷才不售使然耶？岐山近年以橐筆索米，苦於家累，身後蕭然，賴少唐篤於交誼，能卹其家，能彙其遺草，並將鏤刻以傳之不朽。在岐山，身後固無可憾。余獨悲夫得一邃於六書之友，數年思慕，而終不獲晨夕討論，乃不禁歎息慨慕，而爲之悲不自勝也。岐山館孔氏最久，故所存篆、分頗多。今觀其小篆品格，雖不能與李少温並駕，而骨力實出萝瑛、王壽卿諸人上，安詳秀美，自近峿臺銘宗派。其八分亦復出入唐人，以名位不高，乃不爲俗人所稱道。要其憲章古始，心慕手追，其精神自不可没。少唐近方從事石刻，若或摹勒近人書蹟，盍並取岐山之小篆而附益之，使與詩詞並傳於世，不尤爲岐山所大快耶？又聞岐山深沉篤學，手不釋

清　鄧其鑣

卷，使天永其年，以致力於古，其於六書必有所撰述，是尤余所屬望。今不幸早世，乃僅以詩詞獨傳，得少唐之搜羅而詩詞乃藉以存。余不獲交岐山於生前，而得序其詩詞於身後，既爲之悲，又爲之幸，雖微少唐之命，余又烏能已於言哉！同治庚午正月，順德鄧其鑣子俊拜序。

——周浚霖《濠園剩草一卷一品花詩餘一卷》，清同治九年刻本

黄紹昌

黄紹昌（一八三六——一八九五），字懿傳，號芑香，又號屺鄉，香山人。早年遊學陳澧、劉融齋之門，清光緒四年（一八七八）學海堂專課肄業生，十一年（一八八五）舉人，官中書，任學海堂、菊坡書院、豐山書院主講，十六年（一八九〇）主持廣雅書院文學分校。著有《藤花書屋詞鈔》、《葦花荷劍詞》、《秋琴館詩文集》、《佩三言齋駢體文》。

《花陰寫夢詞》序

倪君雲癯將梓其詞，而屬紹昌爲序。披而讀之，則譚叔裕太史之作弁焉。詞之工，太史詳之，抑又何敢序？雖然，寫夢之名，君胡爲者？請即説夢，以序君之詞可乎？今夫夢，茫茫昒昒，窈窈冥冥，想非想而幻非幻，惝怳譎怪，莫可究詰。故昌黎丹篆、孝穆彩雲、靈運春草、茂挺花繡，風鵬鷟鸑、蕉鹿蝴蝶，能文者類托之以發其奇而窮其變。而紹昌謂於詞尤宜。夫夢，何詞也？忽而

璚樓玉宇，忽而流水孤村，忽而錦雨金雲，忽而曉風殘月，忽而鶯嬌燕婉，忽而鳳舞龍飛，忽而玉潤珠明，忽而柳昏花暝，忽朝忽暮，忽仙忽鬼，忽離忽合，忽笑忽啼。夢也，皆詞也。彼「綺窗紗幌映朱顏，相逢醉夢間」，非司馬文正之詞乎？「瑣窗幽恨，夢高唐人困」，非陳文毅之詞乎？「誰作桓伊三弄，驚破緑窗幽夢」，非蘇文忠之詞乎？「醉人花氣，午夢扶頭」，非范文穆之詞乎？彼數公，殆非作夢中語者，而工且如此。故詞不皆夢，詞而夢，則詞益工。且詞何夢也？方其事有難言，情有不自禁，於是影形自語，嘷趾離而告之，以寫其芬菲幼眇之思。癡人且聞之而增惑，豈知其不夢而夢，夢而不夢，直與詩之或比、或興、或賦，或比而興、興而比、賦而興又比者，宛轉相通，芳情獨喻。而張直夫所云「靡麗不失爲《國風》之正，閒雅不失爲《騷》、《雅》之賦」，舉於夢乎寓之，而詞亦安得而不工？今君而夢，夢而詞，工可知矣。紹昌不能詞，夢則有之。疇昔之夜，飛夢渡珠江越山之麓，三間草堂，筆牀茶竈，接葉交香，其君之詞館耶？白石仙人，蘋洲漁父，象管鸞箋，風歌雲舞，其君之詞友耶？他日買棹相從，列坐苔石，相與說夢於柳遮桃映間，緑意紅情，聽雛鬟低唱。芳酒已熟，素琴正調，尚能爲君和之。同治甲戌暮秋，香山黃紹昌序。

——倪鴻《花陰寫夢詞》，清光緒九年刻本

與潘飛聲書

蘭史大兄足下：前月由都抵家，奉惠書垂念，拳拳心感，曷既久不晤，馳繫維勞。昨在星堂處，讀近作詩詞，深歎其工，詞尤屬必傳之作。茲謹呈詩牋，求賜題《秋琴圖》、《桐院讀書圖》。詩如命書繳。《雪鴻圖》，忘置行篋，當與《櫻花圖詩》同書，再呈也。十載交遊，相知最深，況吾兄英年俊才，尤所欽佩，安能無言，容搜索，呈諸大教耳。漢陽嘉洗、蘭亭硯，皆希世之寶，欲作一詩附之以傳，特恐才力薄弱，不能稱此好題目也。敬頌吟安，欲言不盡。愚弟黃紹昌頓首。

——潘飛聲《説劍堂集》，清光緒二十四年刊本

潘光瀛

潘光瀛（一八三八——一八九一），字宗詒，號珏卿，潘恕子，潘飛聲父。附貢生。著有《梧桐庭院詩鈔》。

徐珂《康居詞話》評

番禺潘珏卿學博丈，爲蘭史徵君之封翁，所著《梧桐庭院詞》，見《粤東詞鈔》。有《桐院填詞圖》，爲陳古樵所繪，陳朗山題詞其端。粤人以二陳合之蘭甫，稱「三陳先生」。圖經兵燹，佚去久矣。歲乙丑，汪憬吾物色得之，以還蘭史。十月十四日，蘭史招集翦淞閣，屬題，珂爲題《清平樂》云：「丹青無恙。騷客今長往。按譜桐陰琴答響。想見承平幽賞。　翦淞閣上填詞。蓀荃也

托微辭。看取一庭煙翠，春風茁秀孫枝。謂文孫楚材、楚琦、楚安。」

——孫克强、楊傳慶、和希林編《民國詞話叢編》，社會科學文獻出版社二〇二〇年

陳　驤

陳驤，約生於清道光十九年（一八三九），廣東人，朱次琦門人。

《花語詞》序

吾粵無以詞名家者，獨吴石華先生耳。今讀蘭史大兄《説劍堂詞》，覺《桐花閣集》，情不如其深，思不如其巧，辭不如其豔，材不如其富，句不如其鍊，聲不如其響，字不如其新，每每驚魂盪魄，出人意外，雖極悽婉，仍不乖雅正之音，豈獨爲吾粵詞人之冠，恐國初如竹垞、西堂、其年、容若諸公，未之或先也。昔先師朱子襄先生謂粵詩如二樵，雖李、杜不能掩；驤則又謂粵詞如蘭史，雖姜、張不能掩也。驤明年六十矣，何意跧伏窮鄉，忽獲邁傳人如蘭史，爲大可幸、大可欽如是也。書畢，繫以句云：「千丈情絲嫋碧空，如斯清綺倩誰同。鄉先不數桐花閣，似續詞家白石翁。」愚弟陳驤拜讀并誌。

——潘飛聲《説劍堂集》，清光緒二十四年刊本

蕭夐常

蕭夐常，字伯瑶，南海人。布衣終身，《五百石洞天揮麈》謂其「少日即以詩爲老宿所驚許。數十年來，迄無所遇。平生境界，略似二樵山人。年來傭書鮀江，遇愈窮而詩愈工」。著有《蕭齋餘事約刊》。

《珠江低唱》序

蘭史大兄，三世詞宗，一家韻事，宫商繩武，研祖硯以雕瓊；律吕承歡，讀父書而戛玉。命小紅以低唱，我欲吹簫；浮大白而高歌，卿當按拍。况復六家之後，顧曲寥寥；五嶺以南，知音落落。沈祗陀之《金縷》，剗襪未前；陳虞苑之銅琶，横刀而去。君則《河滿》一聲，《陽關》三疊。數樓臺於南國，不少鍾情；問松柏於西陵，偏多寄慨。何止盈盈秋水，破粉成痕；淡淡春山，結眉表色也哉！於時花塢香濃，珠江月皎。船船綺席緑熊，則坐子罇前；處處晶窗金鳳，則挂臣冠上。鴛鴦沙，實冶遊之地；楊柳岸，有酒醒之時。可無小令追歡，新聲填恨，播諸樂府，度以名倡者乎？爰製金荃，更抛紅豆，拍遍王郎摺疊之扇，薰滿盧家蘇合之香。一卷烏絲，應付當筵部伎；兩行紅粉，如調上苑春鶯。僕向工愁，不禁命酒；君猶摘豔，或妒搓酥。豈曰銷魂，直令神往已。

光緒癸未中和節，西園種菜叟蕭鍑常。

《海山詞》題詞

開闢麟洲换紫腔，古今詞客盡心降。胡琴數載波斯女，笑煞劉郎大體雙。
柳七新詞處處聞，卻令紅袖夜香薰。海山亦有洪崖妓，不唱屯田獨唱君。

——以上潘飛聲《説劍堂集》，清光緒二十四年刊本

《雙溪詞》題詩

新詩吟罷又新詞，拍遍雕欄落月知。應是松陵姜白石，曲中寒徹玉簫吹。
東風御柳拂宫墻，漏瀉巫山一段香。法曲飄零餘菊部，人間何處唱霓裳。
三饒嶺岫鬱岧嶢，似有幽人解佩要。爲問閒愁能幾許，一川煙草碧迢迢。
肯把浮名换淺斟，絃高猶有卻秦心。繡詩樓上觀滄海，世紀艱虞半不禁。
百感風生集硯池，雲窗四面寫烏絲。何須花落黄陵廟，已有人彈火不思。
一卷金荃付小伶，歌筵紅粉鬢絲青。何戡未老劉郎少，莫唱伊涼掣淚聽。
舊時院本又翻新，一代金元點拍頻。明月西樓休獨倚，有人擫笛正懷春。
曲屏水調夜沾衣，暮雨瀟瀟人未歸。不見當年牛給事，鶯啼盡日柳花飛。

倚山樓閣晚涼天，譜出檀槽字字圓。十里西風裙帶路，家家争唱柳屯田。
上環逶迤到中環，羅綺香薰海外山。賴有詞場牛耳在，旗亭貰酒命雙鬟。
海内斯文不值錢，古人書史厄秦煙。何如鐙炧量紅豆，紙貴雞林似樂天。
回首雙溪是故園，琤琮流水入前村。隔墻疑有張三影，拋過鞦韆月半痕。
窈窕前溪第幾家，一絲風外一痕沙。花間蘭畹都成集，來按漁歌艤釣槎。
君工戲㸑我工愁，一别滄江又素秋。恨不相攜花月夜，湯溪同泊石橋頭。
太平山上我曾來，此日瓊蕤幾度開。正是相思如夢處，斷腸猶有賀方回。
宣統元年秋仲，南海愚弟蕭夐常伯瑶拜題。

——陳步墀《雙溪詞》，《繡詩樓叢書》本

鄭權

鄭權（一八四〇—？），字玉山，番禺人。府學廩生，清同治八年（一八六九）選學海堂專課肄業生。光緒十四年（一八八八）舉人。其文才藻富贍，被舉爲菊坡精舍學長。著有《碧琳腴館詞鈔》、《玉山草堂駢體文》。

《碧琳腴館詞鈔》自序

余少時，雅不喜長短句。及長，以授徒糊口，奔走衣食，更不暇爲此。光緒歲癸巳，余年五十四矣，獨一子名壎南，弱冠時頗能爲詩賦制義，屢試不售，抑塞憤懣，鬱而成瘵，歷三年矣。羣醫束手，病日殆。余爲菊坡精舍學長，偶以重刻《宋六十家詞鈔》命題，因繙閱諸家詞，略有會心，涉筆爲之，尚不見擯於同好。當是時，壎兒之病益劇，檢視方藥，痛心刺骨，夜闌燈灺，獨坐憂愁，無可告語，倚聲選韻，以自排遣，或追懷往事，或陶寫幽情，工拙不暇計也。既而抱喪明之痛，文字之業俱廢，獨於詞偶一爲之。積二年餘，遂逾百闋，久置文書麓中。恐漸散佚，抄付剞劂，而自述其原委如此。時光緒二十六年，庚子二月也。

滿庭霜　題葉蘭臺年丈《秋夢盦詞鈔》

遊倦京華，林泉歸老，楚庭桃李成陰。平生豪宕，鴻雪遍題襟。比歲偷聲減字，銀箋擘、舊譜重尋。誰知道，閒情一賦，彭澤寄懷深。　江湖時載酒，鶯儔燕侶，影事銷沈。想拋殘紅豆，直到而今。多少花愁月恨，都付與、俯唱遥吟。留題處，詞壇唱和，應識歲寒心。

沁園春　潘蘭史以《説劍堂詞》集見贈，讀其《海山詞》，因賦此解

年少翩翩，作客歐洲，萬里孤征。歎安仁文藻，棲遲韋布；終童豪氣，莫請長纓。劍倚窮天，琴横塞月，局似彈棊心不平。羈愁寫，有胡姬按拍，共倚新聲。　三年水驛山程，盡譜出、新詞冰雪清。羨生花才筆，嘔肝霞鏤；如雲佳麗，把臂香盟。如此風懷，偏多豔曲，疑聽緱山吹玉笙。長歌罷，恨陶潛老去，徒賦閒情。

陌上花　題潘蘭史《花語詞》集

河陽世胄，絶代才華，詞名花語。減字偷聲，綵筆一枝霞舉。舊遊細認留題，墨半在、柳堤花嶼。歎流年似水，墜歡成夢，衹增愁緒。　自歸來海國，彈琴説劍，慷慨情懷如許。俯仰無端，託迹燕儔鶯侶。勸君勿短英雄氣，多少侯王塵土。縱功名誤我，即論詞筆，亦高千古。

長相思　題潘蘭史《長相思詞》集

痛憶粧樓，恨縈畫扇，人天無限相思。三年夢冷，五夜魂銷，無聊短枕斜欹。檢點遺詩，有蘭房舊譜、花語新詞。題句苦拈髭，正夜闌、鐙炧蛩啼。　況憔悴潘郎，鬢毛愁改，四年海國棲遲。紅芳空弔影，撫囊琴，懶整瑶徽。暗鎖春眉。休對月、繩牀更移。願鴛鴦，他生重卜雙棲。

摸魚兒　題潘蘭史《珠江低唱詞》集

儘風流、淺斟低唱，瀟灑珠江詞客。當筵譜出銷魂句，何減夢窗風格。清歌發。度一串，珠喉宛轉紅牙拍。杯浮琥珀。看人影衣香，金迷紙醉，曲曲畫屏隔。　雲箋擘，幾度花晨月夕，紗籠爭認題壁。而今製就金荃集，流播亂絲叢笛。纏頭擲。直壓倒、黄河高唱旗亭畫。憐余白髮。也筆繪眉圖，香燒心字，一讀一浮白。

——以上鄭權《碧琳腴館詞》，清光緒二十六年刊本

黄玉堂

黄玉堂（一八四一——一九一三），字仙裴，順德人，僑居香山。清同治十三年（一八七四）進士，授翰林院編修，官至山西提學使。工詩詞，著有《蓮瑞軒詩集》、《癡夢齋詞草》。

念奴嬌　題黄椒升《倚香榭詞集》

霜毫揮灑，儼光芒、萬丈射人眉宇。翦翠裁紅紛滿帙，煞費良工心苦。跡滯鵬摶，恨添鵠別，

悲憤憑誰訴。發舒胸臆，波濤腕下奔赴。愧我搜索枯腸，宫商未協，翩鳳何能附。白雪陽春推絶唱，誰是後塵堪步。繭紙曾題，麝煤旁瀋，梨棗雕鎸付。君家黄九，大名同此千古。

——黄玉堂《癡夢齋詞草》，民國四年石印本

繆雲湘

繆雲湘，約生於清道光、咸豐年間，香山人。清光緒三年（一八七七）武進士，曾任營用守備之職。文武兼備，善書畫。

《癡夢齋詞草》序

昔歐陽永叔序《梅聖俞詩集》，有曰「詩人少達而多窮」，又曰「窮而後工」。今讀仙裴先生大集，始知其言之不確也。先生少登科第，迴翔雲路，垂二十年，不可謂窮。及觀其所著《蓮瑞軒詩》，則如絳雲在霄，舒卷自如，豈不工者能如是乎？至《癡夢齋詞草》，則更豪情勝慨，跌宕自喜，奄有姜、史、蘇、辛遺意，是其工者又不僅詩已也。今先生已歸道山，其喆嗣焰初世兄等哀其所作爲一集，將付梓，請序於余。余維與先生交最稔，不可無以紀之，因弁數言，俾後生之讀是集者，

得以想見其爲人，并以知詩詞之工不工，固不繫乎境遇之窮達也。甲寅仲夏，姻愚弟繆雲湘序并書。

——黄玉堂《癡夢齋詞草》，民國四年石印本

繆國鈞

繆國鈞，字瓊軒，香山人。清光緒二十年（一八九四）舉人，授雲南候補道。

《癡夢齋詞草》序

仙裴姻伯捐館舍，既越歲，喆嗣出詩詞二册，泣謂余曰：「先君手澤也，生平性情嗜好，循是可約略得。予小子不忍讀，而懼無以傳也。將鋟板，丐子一言以爲弁。」余陋不能文，詎敢妄有陳説，著糞佛頭？惟念自滇返里，昕夕過從，昌黎泰山北斗，日在景仰中。懷舊思古，抑有不能已者。嘗謂詩言志，歌永言，實總古今音韻學之祕。顧南雅謂文如其人，後世至舉富貴福澤，胥云能以文字覘之。今誦公詩詞，隱秀在骨，雍容大雅，率金華殿中人語之舊。溯公弱冠入詞館，出持英蕩，未五旬，即投簪返初服。收華養寂，不復仕。和易淳厚，能葆其真，咏歌所及，皆涵養之素、陶寫之

神，固何在不見其性情嗜好也。喆嗣受楹書，能體前志，爲此於道喪大雅不作之餘，是能表揚先德矣。而與公往歲文酒宴遊，翦燈刻燭，相唱酬和答諸舊侶，掩卷興懷，中郎儼在，得無愴然於雖無老成人，尚有典型乎？余爲之結轖已。甲寅初夏，姻姪繆國鈞謹序。

——黄玉堂《癡夢齋詞草》，民國四年石印本

李鶴年

李鶴年，字鹿門，香山人。歲貢生。嘗從居廉習繪事。

《癡夢齋詞草》序

仙裴太史青睛在目，紫痣横腰，玉局才華，金門仙隱。詞工芍藥，王筠則總角知名；賦麗榴，張紘卻文壇馳譽。伯霜仲雪，豐骨雙清；越石楚金，科名並峙。鵬搏雲而九萬，鯤擊水以三千。薛鳳荀龍，一門駿譽；顔筋柳骨，雙管蜚聲。逾仲華拜衮之年，簪毫鸞掖；甫子雲棄繻之歲，叱馭羊腸。玉尺量才，冰壺儷潔。青錢萬選，褒甲乙於棘闈；丹詔九重，傳褒獎於楓陛。乃宫人禁裏，頭銜猶識沈郎；而宰相山中，手詔何妨弘景。湛露有從天之降，閒雲無出岫之心。文酒流

連，竹肉諧婉。或繞船三匝，唱《小海》於洛陽；解珮雙歡，託微波於湘水。廣平媚態，何損梅清；靖節閒情，依然菊逸。偶爾煎裙之會，瑩然唾玉之詞。則有燕許騷人，鄒枚遊客。金心繡鳳，赤手縛麟。明月清風，每懷元度；揚眉吐氣，願識荊州。尊酒不空，座客常滿。題襟聯咏，結襪交歡。先生蓮花插腰，斑管在手。唾韓公佳句，芬擷天葩；攜謝朓豪吟，光騰星斗。此則比之文主金海，徐陵玉臺，不是過也。僕年垂秃炷，學殖荒蕪。珠海挐舟，曾折王陵之簡；錦江聯褉，恨無梁父之吟。陸機才若五河，笑君苗輒焚筆硯；王彧名高三楚，惟安豐足競琳琅。增倍價於雞林，定有購詩賈客；弁蕪詞於雅集，自慚著糞佛頭。宣統元年，歲次己酉仲春上澣，姪李鶴年鹿門拜識。

——黃玉堂《癡夢齋詞草》，民國四年石印本

黃奉宣

黃奉宣，香山人。黃玉堂宗姪。

百字令

匡時才調，竟抽身宦海，半生瀟灑。公是吾家山谷叟，詞賦繼聲騷雅。竹箭東南，花釵左右，

幾個如公者。西清回首，才名豔煞晁賈。猶憶一榻琴書，十年冠劍，更五陵裘馬。悟徹浮生真夢幻，聊復徜徉林下。駘宕風流，發舒胸臆，不盡閒情寫。妍辭麗唱，金荃堪抵聲價。右調《百字令》奉題仙裴丈《癡夢齋詞鈔》後。宗姪奉宣未是稿。

——黄玉堂《癡夢齋詞草》，民國四年石印本

黄衍昌

黄衍昌，字椒升，香山人。黄紹昌弟。從陳澧問學。增貢生，以課徒終老。著有《倚香榭詞集》。

金縷曲

寫夢何能已。襯良辰、裁紅翦翠，碧桃花底。燦出瓊瑶盈十幅，髣髴鴛鴦成綺。好嗣響、詞中三李。七寶樓臺真獨造，彼豪辛、膩柳休相擬。鏗妙句、玉田似。　當年射策金門裏。咏霓裳、琅璈敲切，衆仙同美。今日京華塵不染，甘向園林高寄。翻自笑，癡人如此。鐵板銅琶流絶唱，對寒窗、静把吟毫理。歌一闋，西風起。右調《金縷曲》。仙裴太史以《癡夢齋詞草》見示，挑燈展讀，如置身於蓬萊閬苑之間。特倚此解，以誌欽佩。小弟黄衍昌椒升甫倚聲。

——黄玉堂《癡夢齋詞草》，民國四年石印本

梁煦南

梁煦南（一八四三—一九一四），字壁珊，一字碧山，號迂齋，香山人。屢試不售，年四十猶困場屋。與同里黄紹昌、劉熽芬友善，均以詩詞古文鳴世，耆宿張維屏等咸推重之。著有《迂齋詩鈔》、《三洲漁笛譜》。

《三洲漁笛譜》自序

詩鈔竟，意少之，因檢篋衍得少作倚聲附其後。或曰：子薄有聲譽，存此綺語，恐爲盛德累。煦曰：是戔戔者何足存，因足以見少年情性，故不忍割愛，且以此爲情語則是，以此爲綺語則非。千古聖賢豪傑、忠臣孝子，孰非一情結綻而成？情顧可恝乎哉？煦性孤介，不見容於世，情無可寄，所可見情者，惟箇中人耳。子疑煦爲兒女情多、風雲氣少者耶？著作班班，可覆按也。美人香草，安知非寄託之詞？若必以恝然寡情爲賢，吾不知之矣。光緒九年夏初，梁煦南。

——梁煦南《三洲漁笛譜》，清光緒十四年刊本

解連環

光陰過客。況情天癡海，僅堪吟劇。從夢國、揮灑文章，任唱付小紅，哦浮太白。滴粉搓酥，

最難忘、風晨月夕。想冠蓋餘閒，偏豪竹哀絲，擅譽詞伯。妙年翩翩裘屐。曾草視金鑾，才量玉尺。今日夢冷簪纓，把竹屋梅溪，特闢餘席。綵筆偷春，寫入江天晴碧。待雛鬟、賞豔嬌歌，旗亭畫壁。右《解連環》。伏讀《癡夢齋詞草》，覺白石清空、玉田秀挺不是過。愛玩再三，不忍釋手，爰賦此解，以誌欽佩。璧姍弟梁煦南拙稿。

——黄玉堂《癡夢齋詞草》，民國四年影印本

譚宗浚

譚宗浚（一八四六——一八八八），原名懋安，字叔裕，號止庵、荔村，南海人。譚瑩子。幼承家學，博聞强記，工駢文。清咸豐十一年（一八六一）舉人，同治十三年（一八七四）榜眼，授編修，督學四川，充江南副考，爲雲南糧備道、權按察使。著有《希古堂文集》、《荔村草堂詩鈔》。

《花陰寫夢詞》序

於時幽徑霾雨，空林闇煙。陟釐之苔欲上乎塵榻，澀勒之竹自摇乎疏窗。則有倪君耘劬，遠辱高軒，來過陋室，出其巨製，徵及鄙文。蓋君嘗撰有《花陰寫夢詞》，取蔣心餘先生「坐花陰，將

寫夢」之語以名焉者也。僕識慚窺豹，讀誤呼豨，曾匪專門，敢誇顧誤。請較量其梗概，用聊代夫噱談，可乎？惟心餘給札承明，致身通顯，衣沾宫露，袖染罏煙。君則跡寄閒官，心同大隱，託跡蝸舍，分枝鷦巢。潘鬢驚多，沈圍瘦易，此一異也。心餘生當全盛，跌宕酣嬉，凡夫金谷留題，玉山雅集，競迎門而倒屣，咸詣座以分鬮。君則轉徙萍蓬，屢經離亂。屠鯨海外，空鬱壯心；立馬關前，未消豪氣。此一異也。心餘僑居白下，返棹章門，蘆外呼舠，竹西按譜，遊筇所至，未及嶺南。君則泛鷁梧江，驂鸞桂嶠，弭節於呼鸞之道，移船於拾翠之洲。頗類越吟，間爲蠻語。此一異也。然而系傳迂叟，雅喜琴言；居近越臺，曾聯簫譜。擅《金荃》之體制，誇玉茗之風流。當其撫劍悲涼，銜觴慷慨，祓落花而寄怨，挼碎葉以催吟。海千尺兮量愁，山萬重兮遮恨。將刀斷水，纏綿多莫抑之情；翻酒洗天，激宕有難平之憾。爰付聲於鵝管，因寫調於烏絲。臯臯今情，茫茫古夢。新荷驟雨，翻短弄以琤瑽；衰草微雲，唱餘腔而宛轉。較之心餘《銅絃詞》之蒼涼古直者，又何多讓也哉？由是換羽移宫，偷聲減字，付青琴而低唱，俾絳樹以高歌。時也苔砌雲陰，花樓霧重，香片驚墮，玉鱗四飛。疏條怒撑，鐵幹交亞。招老鶴以相伴，引銀蟾而下來。書殘半展之蕉，記盡相思之豆。曼聲細度，敲回九燕之釵；急調俄鏗，擫破雙龍之笛。用以遣懷激抱，陶寫幽懷。戛洪金以獨鳴，吹寒玉而紛碎。温八叉之才調，絶豔無雙；柳三變之篇章，銷魂爾許。蓋君自此遠矣。或疑心餘所作詞，雖屬詩餘，間參曲體，才情縱逸，格製未純。君則清麗温柔，瓣香朱、厲，守玉田之圭律，挹白石之宗風，似乎塗徑攸分，波瀾迥别。不知以水濟水，味異而派同；執柯伐柯，製殊而狀一。雖淵源之或判，要宗旨之同歸。彼有喜瘦者憎肥，悦甘者忌苦，偏激之論，僕無取焉。江醴陵不云乎：「蛾眉詎同貌，而俱動於魄；芳草寧共氣，而皆悦於魂。」請援此言，以釋紛嬈。弁之簡首，并質倪君。同治癸酉仲春，南海譚宗浚序。

——倪鴻《花陰寫夢詞》，清光緒九年刻本

《梅窩詞鈔》序

詩詞之道，異曲同工，或乃彈壓三才，牢籠九有，極掞張之詭製，窮幽窔之精思，訇洪音以振鯨，蔚高采而翹鳳，若是者則詩爲宜。又若托意微茫，選聲幼眇，淡永以深其味，姸麗以寫其姿，曳孤響而藹悲，振清吭而珠串，若是者則詞爲宜。自非手握龍璣，胸涵鴛杼，獨標正覺，屏絶淫哇，何以究簫譜之真詮，領琴言之别趣也乎？陳丈朗山系原鐵嶺，家近珠湄。青管風流，舊傳佳咏；黄衫豪俠，早噪狂名。有王郎抑塞之才，同阮公韜晦之感。江湖遠適，閒蹤殆類於白鷗；邊塞關心，壯志本儕於青兕。詩歌而外，兼擅倚聲，逸思不羣，敻懷自遠。當夫三城多暇，五管無塵，北里徵歌，南樓買醉，嬉春杏墅，選夏蘭湖。燒絳蠟以成堆，擁錦裀而自暖。撥絃便唱，齊聽子夜之箏；賭酒偏豪，屢注尉遲之盞。固已紅牙按出，烏角翻成，幺鳳詞工，摸魚調逸。付旗亭而使奏，有井水以能歌。及乎海國狼烽，江城鶴唳。聽鷓鴣於驛畔，哀曲頻聆；尋蛺蝶於臺前，劫灰已化。空城薺麥，故院楊花。夢斷樓笳，愁生戍鼓。況干戈其擾攘，復身世以蒼茫。梁鴻則避地年年，王粲則從軍度度。一官雞肋，曾住燕山；萬里鯨波，又經瘴海。朝窺蜀鏡，夜拂吴鉤，咳歊肩而空鬱壯心，騎鶴背而難償夙願。九河汗漫，無非注恨之波；八極縱横，孰是埋憂之冢。固宜其激昂善感，偪側頻吟者也。其寄興也豪，故其振聲也逸；其蓄懷也隱，故其標趣也幽。其詞也，婉約多姿，空靈善變，如雲邊吹笛，清響四流；如泉底織綃，奇文自炫。是蓋近從朱、厲，遠泝姜、張，莫不披厥枝條，饜其膏馥，澄心自運，生面獨開。錬仙氣以輕霏，起禪心而雋悟。雖復函牛寸臠，美擅八珍；威鳳一毛，采兼五色。洵足以傳已。顧嘗見丈詩，迅驟濤驅，歘張霧湧，撐霆裂月，拔地倚天，獨於詞則嫋嫋餘音，泠泠振韻。訝襟靈之各別，疑格律之過嚴。則豈知鼓鐘發響於噌吰，而箏管之悠揚，自饒雅奏；綈錦炫華於翬費，而縑紈之麗密，別具新機。體製既殊，指歸自異。惟其軼材無兩，故得餘技能兼。又奚必楚舞悲涼，燕歌慷慨。銅琶鐵板，弔故壘而傷心；翠袖紅巾，對孤煙而揾淚。唱出淘沙之曲，譜成破陣之章，然後爲跌宕多情，淋漓滿志也哉？宗浚間嗜謳歈，未諳聲病。忝崔駰之世誼，登劉兆之高門。獲侍雅言，辱承委序。呼郗純爲小友，屢荷品題；許丁廙以知音，竊疑過聽。辭不獲已，良用恧然。謬以蕘言，弁之簡首。明知戚施本醜，聱耴難工。然竊自幸蚊芒蠅翼之姿，得以附驥旄而千里也。同治壬申七月既望，南海譚宗浚序。

——陳良玉《梅窩詞鈔》，清光緒元年刊本

沈澤棠

沈澤棠（一八四六—一九二八），原名澤蘅，字芷鄰，號懺庵，番禺人。沈世良子。清同治十二年（一八七三）舉人，候選知縣。曾與汪兆鏞同爲南海孔氏嶽雲樓客。著有《懺庵詞話》、《懺庵詞鈔》。

懺庵詞話

先君喜倚聲，南北宋人詞集，丹黄殆遍。澤棠髫年失怙，未及親奉庭誥，唯葆持楹書，惓惓手澤，於論詞時有領悟。竊思詞雖小道，然言外而意内，無論長闋小令，其抑揚頓挫、微窈紆曲處，皆如蛛絲馬跡，最耐尋繹；又當如張叔夏所云，以雅正爲宗旨。爰本此指趣，即所心得者，隨時札記，日久遂積成帙，非敢問世，唯存以爲兒輩學詞津梁而已。杜詩云「老去漸於詩律細」，詞律亦何莫不然。歲月蹉跎，誦之曷勝愧歎。宣統三年，番禺沈澤棠自識。

一

吴履齋《南柯子》云：「池水凝新碧，蘭花駐老紅。」初疑下三字生造，後閲北宋人張文潛詩「老紅駐春妝」，知爲吴詞所自出。古人真無一字無來歷也。

二

吴夢窗《水龍吟·壽尹梅津》云：「春霖繡筆，鶯邊清曉，金猊旋整。」蓋宋時學士始得用猊韉也。

三

羅椅《八聲甘州·孤山有感》云：「問何時、樊川歸去，歎故鄉、七十五長亭。」「七十五長亭」，即用牧之詩句。

四

方秋崖《江神子·牡丹》云：「切莫近前輕著語，題品錯，怕花嗔。」國色天香，除謫仙《清平調》外，豈易著語品題耶？數語可補入《牡丹榮辱志》。張舟山詩云：「平生衹是知慚愧，逢著梅花不作詩。」此真妙於語言。

五

《柳梢青》四字六句，最易板滯，換頭處又須挺接，否則聲情啞荼。余最愛周嘯齋《楊花》云：「似霧中花，似風前雪，似雨餘雲。本自無情，點萍成緑，卻又多情。西湖南陌東城，甚管定、年年送春。薄倖東風，薄情遊子，薄命佳人。」學詞當知此中三昧。

六

趙霞山汝芫《夢江南》下闋云：「蕭閒處，磨盡少年豪。昨夢醉來騎白鹿，滿湖春水段家橋。濯髮聽吹簫。」聲情頓宕，可作《騎鹿聽簫圖》。

七

吴夢窗《燭影摇紅・餞馮深居，翌日深居初度》云：「飛蓋西園，晚秋恰勝春天氣。」與王漁洋之「殘春風景似初秋」，皆得山谷所謂翻著襪法。

八

許棐《琴調相思引》云：「倩人縫作護花衣。空花飛去，無復上芳枝。」二句極呆極真，竟似創意體貼，他人并不知者。詞多有此意。

九

《梅屋詩餘》，《滿宫春》下闋云：「柳供愁，花獻恨。衮衮獵紅成陣。碧樓能有幾番春，又是一番春盡。」《虞美人》下闋云：「明朝又有秋千約，恐未忺梳掠。倩誰傳語畫樓風，略吹絲雨濕春紅。絆遊蹤。」二詞生香活色，跌宕風流，小令之特健藥也。

一〇

蕭泰來《霜天曉角·梅》云：「清絶。影也别。知心惟有月。元没春風情性，如何共、海棠説。」咏梅可謂脱盡窠臼。

一一

翁元龍《絳都春·秋海棠與黄菊盛開》上闋云：「玉顔不趁秋容换，但换春遊同伴。」下闋云：「秋娘羞占東離畔。待説與、深宫幽怨。恨他情淡陶郎，舊緣較淺。」由海棠遞入黄菊，融洽分明，不涉呆相，咏物當學此種。

一二

譚宣子《謁金門》上闋云：「昨夜新翻花樣瘦，旋描雙蝶湊。」「湊」字趣，但不可於此求工。下闋云：「閒憑繡牀呵手，卻説春愁還又。門外東風吹綻柳，海棠花厮够。」直是惡札。平日過好尖新，便易涉此魔障。宋人詞集，每多此種，山谷且不能免，可不必效之。

一三

陳逢辰《烏夜啼》上闋云：「月痕未到朱扉。送郎時。暗裹一汪兒淚，没人知。」猥褻不成語。幸下闋云：「揾不住，收不聚，被風吹。吹作一天愁雨，損花枝。」有此一托，極呆極新，尚爲可取，然終非大家舉止。

一四

奚秋崖《芳草·南屏晚鐘》上闋云：「笑湖山、紛紛歌舞，花邊如夢如薰。響煙驚落日，長橋芳草外。客愁醒。天風送遠，向兩山、呼喚癡雲。猶自有、迷林去鳥，不信黄昏。」於題前作勢，跌入鐘聲，脈絡極細。末三句，史虚白詩所謂「風雨揭卻屋，渾家醉不知」。南宋君臣，湖山歌舞，旋至忘國，非「迷林去鳥」之謂耶？作者流涕疾呼，欲爲蒲牢之吼，亦可哀矣！

一五

趙聞禮《魚游春水》云：「玉鉤珠箔，密密鎖紅闌翠。」《風入松》云：「珠簾捲上還重下，怕東風、吹散歌聲。」均極細膩。

一六

張叔夏云：「詞欲雅而正。」二字填詞宗旨。

一七

陳允平《唐多令》云：「欲頓閒愁無頓處，都著在、兩眉峯。」「頓」字不厭其煉。

一八

莫侖《水龍吟》：「但年光暗换，人生易感，西歸水，南飛雁。」六字無限感慨。又《玉樓春》云：「直饒明日便相逢，已是一春閒過了。」詞忌平直，透過一層，自覺味永。

一九

周端臣《木蘭花慢》上闋云：「梅梢。尚留顧籍，滯東風、未肯雪輕飄。」下闋云：「河橋。柳愁未醒，贈行人、又恐越魂銷。」「梅梢」、「河橋」，是句中用韻，古今詞家每多忽略。

二〇

潘希白《大有·九日》云：「强整帽簷攲側，曾經向、天涯搔首。幾回憶、故國蒓鱸，霜前雁後。」如此用落帽故事，亦新穎而不著跡。

二一

劉潛夫云：「放翁、稼軒，一掃纖豔，不事穿鑿，高則高矣，但時時掉書袋，要是一癖。」今人則更無書袋可掉矣。

二二

《耆舊續聞》載陸子逸、盼盼一事云：「士有侍姬盼盼者，色藝俱絶，公每屬意焉。一日宴客，偶睡，不預捧觴之列。陸因問之，士即呼至，其枕痕猶在臉。公爲賦《瑞鶴仙》，有『臉霞紅印枕』之句，一時盛傳。」按：起二句「臉霞紅印枕。睡覺來、冠兒還是不整」，味之實無生趣。陸爲人放傲不羈，亦因其事傳爲佳話耳。

二三

趙希邁《八聲甘州・竹西懷古》云：「幾傷心、橋東片月。趁夜潮、留恨入秦淮。潮回處，引西風恨，又渡江來。」畫家寫風借樹，寫月烘雲，此詞深得其法，故能化腐爲奇。

二四

趙希彰《霜天曉角・桂》云：「姮嫦戲劇，手種長生粒。寶幹婆娑千古，飄芳吹滿虛碧。」此等刻劃，墮入惡道。宋時宗室生子，例使館制名，有津送未滿意者，輒取僻劣字名之。如此，希彰「彰」字，及與鉚「鉚」字，疑皆此類。

二五

李肩吾《清平樂》下闋云：「叮嚀記取兒家，碧雲隱映紅霞。直下小橋流水，門前一樹桃花。」巧不傷雅，且「碧雲」句先爲下「流水」、「桃花」寫照，雖四句，亦有綫索。

二六

陳策《摸魚兒・仲宣樓賦》下闋云：「烏帽整。便做得功名，難綠星星鬢。敲吟未穩。又白鷺飛來，垂楊自舞，誰與寄離恨。」「做得功名」二句，可謂沈著。

二七

填詞，最忌落套，人皆知之。而偏易蹈故轍，其病在無真氣貫串，惟用好言語敷衍成篇，遂至神氣散漫，全無筋節。長調起結，更須神回氣合，否則遊騎無歸。

二八

陳策《滿江紅·楊花》云：「又趁扁舟低欲去，可憐世事今非昨。看等閒、飛過女墻來，秋千索。」語不甚深，以蘊藉出之，自覺低徊不盡。

二九

石帚之騷越蒼涼，飛行絶跡；玉田之空虚綿邈，舉重如輕，皆夢窗所短。然其詞境幽澀，正足以藥剽滑之弊。張叔夏云：「吴夢窗如七寶樓臺，眩人眼目，拆碎下來，不成片段。」此病詞家亦須知之。

三〇

學白石者易生硬，學玉田者易浮滑，學夢窗者易堆垛。能消息於張、吴二家，是爲合作。若白石老仙，則直須性情學問，俱到十分，方許問津矣。

三一

吴夢窗《花心動·郭清華新軒》云：「繡檻展春，金屋寬花，誰管採菱波狹。翠深知是深多少，都不放、夕陽紅入。」思力深厚，直透紙背，亦不易學。

三二

於逼塞處見空虚，於渾樸中見勾勒，於刻畫中見天然，讀夢窗詞當於此著眼。性情能不爲詞藻所掩，方是夢窗法乳。

三三

夢窗《唐多令》云：「何處合成愁，離人心上秋。縱芭蕉、不雨也颼颼。都道晚涼天氣好，有明月、倦登樓。　年事夢中休，花空煙水流。燕辭歸、客尚淹留。垂柳不縈裙帶住，漫長是、繫行舟。」詞固動蕩，但非夢窗平生傑構。玉田心賞，以其近自家手筆故耳。

三四

夢窗《高陽臺·落梅》云：「南樓不恨吹横笛，恨曉風、千里關山。」换頭處「壽陽宫裏愁鸞鏡，問誰調玉髓，暗補香瘢」，隸事如鹽著水，得未曾有。誰謂詞不宜用典，實不易用耳。

三五

白石《暗香》云：「何遜而今漸老，都忘卻、春風詞筆。」《疏影》云：「昭君不慣胡沙遠，但暗憶、江南江北。想佩環、月下歸來，化作此花幽獨。」均屬用事而神乎變化者，自與獺祭迥别，且姜詞實爲汴宫北徙而言也。

三六

夢窗《杏花天·重午》云：「竹西歌斷芳塵去，寬盡經年臂縷。」綰合自然，此訣不可不知。

三七

夢窗《風入松》下闋云：「黄蜂頻撲秋千索，有當時、纖手香凝。」又《高陽臺》云：「飛紅若到西湖底，攬翠瀾、總是愁魚。」用筆總透過數層，詞家秘鑰也。

三八

吴居父《浪淘沙》云：「臨水整烏紗，兩鬢蒼華。故鄉心事在天涯。幾日不來春便老，開盡桃花。」情景融洽，筆極騗宕，然專學此派，又恐流於剽滑。余嘗論寫字要澀，似筆與紙拒，如屋漏痕，如折釵股，始爲佳書，填詞何獨不然？

三九

辛稼軒《摸魚兒》上闋云：「更能消、幾番風雨，忽忽春又歸去。惜春長怕花開早，何况落紅無數。春且住。見説道、天涯芳草無歸路。怨春不語。算只有殷勤，畫簷蛛網，盡日惹飛絮。」起二句入題飄忽，「惜春」二句深一層跌出，「春且住」一頓作開，下三句托筆作合，真一波三折，開後人無限法門。下闋收語：「閒愁最苦。休去倚危闌，斜陽正在，煙柳斷腸處。」樹樹皆春色，山山惟落暉，傷心人别有懷抱，令人讀不成聲。

四〇

稼軒《祝英臺近》云：「怕上層樓，十日九風雨。」九字千古高唱，令人衹以粗獷作蘇、辛，真隔十重簾幕。

四一

《太平清話》載張野《古山樂府》，《水龍吟・酹辛稼軒墓》云：「嶺頭一片青山，可能埋没凌雲氣。」是真能知稼軒者。

四二

劉龍洲《唐多令》云：「黄鶴斷磯頭，故人今在不？舊江山、總是新愁。欲買桂花重載酒，終不似、少年遊。」所謂「花開猶似十年前，人不似、十年前後」。

四三

龍洲《醉太平》云：「小樓明月調筝，寫春風數聲。翠銷香暖雲屏，更那堪酒醒。」又旖旎，又幽峭。

四四

真西山《蝶戀花・紅梅》云：「兩岸月橋花半吐。紅透肌香、暗把遊人誤。盡道武陵溪上路，不知迷入江南去。」此詞未稱上駟，特以公道學，不慣作綺語，故膾炙至今耳。

四五

洪舜俞《眼兒媚》云：「海棠影下，子規聲裏，立盡黄昏。」杜詩所謂「獨立蒼茫自咏詩」，此境未易領略。

四六

《京口三山志》：岳珂「登多景樓」《祝英臺近》云：「甕城高，盤徑近。十里笥輿穩。欲駕還休，風雨若無準。古來多少英雄，平沙遺恨。又總被、長江流盡。　倩誰問。因甚衣帶中分，吾家自畦畛。落日潮頭，漫寫屬鏤憤。斷腸煙樹揚州，興亡休論。正愁盡、河山雙鬢。」感激蒼涼，可爲忠武《滿江紅》繼聲。倦翁文采幹濟，俱稱於時，而不免墨行，惜哉！全謝山《鮚埼亭外集》備列之。

四七

人謂蕘夫善於打乖。張功甫《念奴嬌·咏千葉海棠》云：「紫膩紅嬌扶不起，好是未開時候。半怯春寒，半便晴色，養得胭脂透。」更於未開時著眼，豈稼軒所謂「惜春長怕花開早」耶？

四八

盧蒲江《江城子》云「年華空自感飄零。擁春酲，對誰醒。天闊雲閒，無處覓簫聲。載酒買花年少事，渾不似，舊心情」，與劉龍洲詞「欲買桂花重載酒，終不似，少年遊」，可稱二難，然終不如少陵之「詩酒尚堪驅使在，未須料理白頭人」爲倔强可喜。

四九

蒲江《賀新涼》一闋，自注云：「彭傳師於吴江三高堂之前作釣雪亭，蓋擅漁人之窟宅，以供詩境也。子野命予賦之。」上闋云：「挽住風前柳。問鴟夷、當日扁舟，近曾來否？月落潮生無限事，零亂茶煙未久。謾留得、蒓鱸依舊。可是從來功名誤，撫荒祠、誰繼風流後。今古恨，一搔首。」「三高」者，范蠡、陸龜蒙、張翰。第二句從范起，「零亂」句入桑苧翁，「謾留」句串入張步兵，「今古恨」二句總結「三高」，詞法亦有步驟。

五〇

蒲江《清平樂》下闋結句：「殘夢不成重理，一雙蝴蝶飛來。」又前調收云：「何處一春遊蕩，夢中猶恨楊花。」一從虚際烘托，一是加倍寫法。

五一

蒲江《謁金門》云：「玉腕籠紗金半約，睡濃團扇落。採得雙蓮迎笑剥，柳陰多處泊。」描寫情景過於質實，便成俗豔，無雋永之味矣。

五二

詞用疊字頗難自然。蒲江《烏夜啼·西湖》云：「漾暖紋波颭颭，吹晴絲雨濛濛。輕衫短帽西湖路，花氣撲青驄。」疊字尚不硬不弱。

五三

徐山民與徐璣、翁卷、趙師秀號「永嘉四靈」，詩皆工晚唐體。其《南歌子》云：「簾景篩金綫，爐煙裊翠絲。菰芽新出滿盆池。喚取玉瓶添水、買魚兒。意取釵重碧，慵梳髻翅垂。相思無處説相思。笑把畫羅小扇、覓春詞。」纖細無味，此則詞中四靈派。而篤嗜此種者，竟以此始爲正法眼藏，宗風不幾墮哉！

五四

山民《阮郎歸》下闋云：「妾心移得在君心，方知人恨深。」情摯語，太過則似柳七。南唐小令已有「换我心，爲你心，始知相憶深」之句，此詞得無山谷所云傷事主耶？

五五

潘紫巖《南鄉子》云：「生怕倚欄杆，閣下溪聲閣外山。空有舊時山共水，依然。暮雨朝雲去不還。想見躡飛鸞，月下時時認珮環。月又漸低霜又下，更闌。折得梅花獨自看。」層層遞下，小令中能善轉折，便有尺幅千里之勢。

五六

昔人句云：「江頭數盡南來雁，不寄西風一副書。」張雪窗《西江月》云：「雁雁無書又到。」括以六字，彌覺沈頓。

五七

白石詞，初看如花中没骨，無鉤勒可尋，而蛛絲馬跡，呼吸靈通，又時於深造得之。如《暗香》

一闋云：「舊時月色。算幾番照我，梅邊吹笛。喚起玉人，不慣清寒與攀摘。何遜而今漸老，都忘卻、春風詞筆，但怪得、竹外疏花，香冷入瑶席。江國。正寂寂。歎寄與路遥，夜雪初積。翠樽易竭。紅萼無言耿相憶。長記曾攜手處，千樹壓、西湖寒碧。又片片、吹盡也，幾時見得。」上半以「舊時」、「而今」作開合耳，而夭矯變化，能令讀者攬挹不盡，是爲筆妙，亦由此老胸次蕭曠，故能作此等語。

五八

白石《一萼紅·人日登定王臺》下闋换頭處：「南去北來何事，蕩湘雲楚水，極目傷心。」一雙冷眼，一腔熱血，如陳伯玉登幽州古臺，狂歌涕下。

五九

石帚詞换頭處，多不輕放過，最宜深味。

六〇

填詞，題貴雅雋。予最愛《白石道人歌曲》題云：「予客武陵，湖北憲治在焉。古城野水，喬木參天，予與二三友日蕩舟其間，意象幽閒，不類人境。秋水且涸，荷葉出地尋丈，因列坐其下。

上不見日，清風徐來，綠雲自動，間於疏處窺見遊人畫船，亦一樂也。朅來吴興，數得相羊荷花中。又夜泛西湖，光景奇絶。故以此句寫之。」又云：「丙午人日，余客長沙别駕之觀政堂。堂下曲沼，沼西負古垣，有盧橘幽篁，一徑深曲。穿徑而南，官梅數十株，如椒如菽，或紅破白露，枝影扶疏。著屐蒼苔細石間，野興横生，亟命駕登定王臺。亂湘流，入麓山，湘雲低昂，湘波容與。興盡悲來，醉吟成調。」此真仙境仙語。

六一

劉仙倫《菩薩蠻・效唐人閨怨》云：「冷煙寒食夜，淡月梨花下。猶有軟心腸，爲他燒夜香。」確是南唐小令。

六二

詞有淡遠取神，祇描寫景物，而情致自在言外，此爲高手，然不善學之，最易落套，亦如詩中之假王、韋也。劉仙倫《一翦梅》云：「唱到陽關第四聲。香帶輕分，羅帶輕分。杏花時節雨紛紛。山繞孤村，水繞孤村。　更没心情共酒尊。春衫香滿，空有啼痕。一般離思兩銷魂。馬上黄昏，樓上黄昏。」此闋頗能景中寓情。

六三

沈伯時云：「孫花翁有好詞，亦善運意。但雅正中時有一二市井語。」此病真不可不知。昔人謂王、謝家兒自有一種風氣，此在乎平日洗伐矣。

六四

史梅溪《東風第一枝·春雪》結局云：「恐鳳靴挑菜歸來，萬一灞橋相見。」的是春雪。又《夜行船》云：「怕看山、憶他眉黛。」均未經人道。

六五

《竹屋癡語》，《金人捧露盤·水仙》云：「夢湘雲，吟湘月，弔湘靈。有誰見、羅襪塵生。」「香心静，波心冷，琴心怨。客心驚。怕珮解、卻返瑶京。」又前調《梅》云：「念瑶姬，翻瑶珮，下瑶池。冷香夢、吹上南枝。」「溪痕淺，雲痕凍，月痕淡，粉痕微。江樓怨、一笛休吹。」此則鈍根人語耳。張叔夏云：「竹屋、白石、夢窗、梅溪，俱能特立清新之意，删削靡曼之詞，自成一家。」何可以竹屋比肩三子？

六六

竹屋《思佳客》云：「春思悄，畫窗深。誰能拘束少年心。鶯來鶯碎風流膽，踏動櫻桃葉底鈴。」幾墮惡趣。《風入松》云：「長橋愛、花柳多情。紅外風嬌日暖，翠邊水秀山明。」更不成語。

六七

王嵎《祝英臺近》云：「自别後，聞道花底花前，多是兩眉皺。又説新來，比似舊時瘦。須知兩意常存，相逢終有。莫謾被、春光僝僽。」詞以言情，不貴有頭布氣，然專學此種，則易入佻薄，終非雅奏。

六八

《蕭閒詞》，《浪淘沙·豐樂樓》云：「試花霏雨濕春晴。三十六梯人不到，獨唤瑶箏。」妙在「濕」字、「唤」字，詞家煉字法也。

六九

李篔房《生查子》云：「心事卜金錢，月上鵝黄柳。拜了夜香休，翠被聽春漏。」含蓄之筆，寫怨字更深，正不必以「啼紅」、「泣翠」等字面作老婢俗態也。

七〇

吴夢窗《絳都春·爲李篔房量珠賀納姬》，題目頗新。

七一

王松間《高陽臺》云：「姮娥不管征人苦，甚夜深、盡照孤衾。想玉樓，猶憑闌干，爲我銷凝。」即李萊老「樓上數殘更，馬上看新月。繡被怨春寒，怕學鴛鴦疊」意，而李警煉，王平衍矣。

七二

尚莘老《浪淘沙》結句云：「試問落花隨水去，還解西流。」水必東流，换一「西」字而以虛活之筆出之，便化熟爲生。

七三

翁孟寅之「人生好夢逐春風，不似楊花健」，與朱藻「一徑楊花不避人」，及盧祖皋之「何處一春遊蕩，夢中猶恨楊花」，皆善於驅使楊花者。

七四

王同祖《阮郎歸》云：「新煙浮舊城。」五字雖不佳，卻無人説過。

七五

李萊老《臺城路·寄弁陽翁》下闋云：「文園憔悴頓老，又西風暗换，絲鬢無數。燈外殘砧，琴邊瘦枕，一一情傷遲暮。故人倦旅。料渭水長安，感時吟苦。正自多愁，砌蛩終夜語。」與王易簡《齊天樂·客長安賦》云：「東風爲誰媚嫵。歲華頻感慨，雙鬢何許。前度劉郎，三生杜牧，赢得征衫塵土。心期暗數。總寂寞當年，酒籌花譜。付與春愁，小樓一夜雨。」流連光景，俯仰身世，詞意均跌宕圓潤，可歌可泣。

七六

《樂府補題》，王易簡《摸魚兒·賦蒓》云：「功名夢，消得西風一度。高人今在何許。鱸香菰冷斜陽裏，多少天涯意緒。誰記取，但枯豉紅鹽，溜玉凝秋箸。尊前起舞。算惟有淵明，黄花歲晚，此興共千古。」此詞並步兵高致，亦一齊撇卻，運意更高，固是熟事生用法，亦從東坡「不爲鱸魚也自賢」句討出消息。

七七

仇山村論《山中白雲詞》「意度超元，律呂協洽」，「當與白石老仙相鼓吹」。詞家姜、張齊名，由山村論定。

七八

張玉田《南浦·春水》云：「和雲流出空山。甚年年浄洗，花香不了。」《解連環·孤雁》云：「寫不成書，衹寄得相思一點。」人皆以「張春水」目之，又稱之曰「張孤雁」，殆與「崔鸜鵒」、「鄭鷓鴣」同。

七九

玉田《高陽臺·送陳君衡被召》云：「東風漸緑西湖柳，雁已還、人未南歸。」又前調《寄越中諸友》云：「夢魂欲渡蒼茫去，怕夢輕、還被愁遮。」語均峭雋，未經人道。

八〇

玉田詞云：「分得煙霞數畝，乍掃苔尋徑，撥葉通池。放鶴幽情，吟鶯歡事，老去卻願春遲。

愛吾廬、琴書自樂，好襟懷、初不要人知。長日一簾芳草，一卷新詩。」洪北江詩所謂「久無胸次居公等，別有池臺寄夢中」也。

八一

王碧山《醉蓬萊・歸故山》云：「一室秋燈，一庭秋雨，更一聲秋雁。」蕭瑟情懷，不忍卒讀。

八二

王碧山《高陽臺》云：「何人寄與天涯信，趁東風、急整歸船。縱飄零，滿院楊花，猶是春前。」結句與莫雨山詞「直饒明日便相逢，已是一春閒過了」用意相反，一用進筆，一用縮筆，洵爲異曲同工。

八三

張清源《祝英臺近》云：「也知春亦多情，依依欲住。子規道、不如歸去。」與張斗南《戀繡衾》詞：「自不怨、東風老，怨東風、輕信杜鵑。」一妙在説破，一妙在不説破。不説破意更深曲。

八四

吴琚《水龍吟·喜雪》："細看來、不是飛花，片片是、豐年瑞。"從東坡"細看來、不是楊花，點點是、離人淚"脱胎，而蘇詞雋永矣。

八五

翁孟寅《摸魚兒》："沙津少駐。舉目送鴻飛，幅巾老子，樓上正凝佇。"東坡送子由詩"時見官帽出復没"，是由送客望見行人，極寫臨歧眷戀之狀。此詞煞尾乃由行人望見送者，客子銷魂，故人惜别，用筆兩面俱到。

八六

王澡《祝英臺近·别詞》收句："便瘦也、教春知道。"高竹國《金人捧露盤·咏梅》有云："新愁萬斛，爲春瘦、卻怕春知。"與此詞用意相反。又姚雲文《紫萸香慢·九日》詞："儘烏沙、便隨風去，要天知道，華髮如此星星。"趙與仁《虞美人》詞："雁聲能到畫樓中，也要玉人知道有西風。"張斗南《清平調》云："留得宿妝眉在，要教知道孤眠。"思致略同，而要皆情致語。

——沈澤棠《懺庵詞話》，清刻本

懺庵隨筆①

王青浦侍郎昶《山中白雲詞跋》云：「龔蘅圃刊《山中白雲詞》最爲精審，蓋竹垞、分虎諸君校定本故，然頗恨其不附《樂府指迷》。數十年來，此版轉鬻趙谷林家，而樊榭諸君復搜軼事補之，殆無遺義。戊申四月，過禄豐大慈悲寺，借閲《天日中峯和尚廣録》，中《大覺寺無盡燈記》云：『大圓覺場開蓮花峯，有旃檀林、龍象圖，繞梅野。居士張叔夏施財，造無盡燈一座，復施腴田若干畝，用充膏油，持以供養。工師出巧，珠轉玉迴，浮幢王刹，殆不是過。位置十面，面各一鏡，鏡各一佛，中燃一燈，交光相攝。居士即之而興無盡之施，匠氏因之而獻無盡之巧，蓮峯得之而作無盡之莊嚴，大衆觀之而爲無盡之法事，是謂無上功用，解脱法門，超然於名相之表。居士求余作記，故引是説以告之。』是又厲、趙諸君屐齒所未及者，喜而録之。益知海底珊瑚，鐵網有所未盡，世有嗜奇愛博君子，續獲叔夏軼事，庶尚有以助我云。」按：《山中白雲詞》附刻《浙西六家詞》中，當抽出别付剞劂，並附入《樂府指迷》，補繫此跋於後，以成侍郎之志，亦詞苑中佳話也。又案：侍郎所謂《樂府指迷》，即《詞源》，陳眉公《祕笈》祇載半卷，誤以爲《樂府指迷》，又以陸輔之《詞旨》爲《樂府指迷》之下卷。至本朝雲間姚氏又易名爲沈伯時，踵謬承訛，愈傳愈失。至嘉慶庚午，江都秦太史敦復始得元人舊抄本二卷，校而刊之，復名《詞源》。及道光戊子，太史復得戈順卿茂才所

① 沈澤棠《懺庵隨筆》八卷，中有多則論詞，現輯録於此，仍以「懺庵隨筆」名之。

校精本，勘訂前刻訛謬，重付梓人，而此書始無遺憾，事具詞隱老人兩跋中。是侍郎已歸道山，未及快睹，故仍眉公之誤耳。惜秦氏亦僅附刻《詞學全書》中，未得與《山中白雲詞》合刻成帙也。又侍郎《書叔夏年譜後》有云，叔夏詞自《夜飛鵲》書「大德」外，其餘僅記甲子，並未紀元，是乃師法柴桑云云。讀叔夏詞者不可不知。　卷二

顧澗蘋《思過堂集》第十五卷有《姜白石集跋》曰：「嚮者山尊學士見語曰：『子曾校《文選》，亦知《吴都賦》今本有脱句否？』予叩其故，則舉白石《琵琶仙》詞題中引《吴都賦》『户藏煙浦，家具畫船』二句。予心知白石聖於詞，而此卻不可爲典要，然當時無切證，不能奪之也。今校姚鼎臣《唐文粹》，至李庾《西都賦》有曰：『其近也，方塘含春，曲沼澄秋，户閉煙浦，家藏畫舟』，正其所引矣。『藏』、『具』二字皆誤。又讀『舟』爲『船』，致失原韻，且移唐之西都於吴都，地理尤錯。白石但襲志書或類書之舛耳，豈得謂之《文選》脱文？」云云。余謂用事失檢，蘇詩中正復不少，此正見古人讀書多，傾倒而出，不同獺祭輩按圖索驥，不必爲白石翁諱也。得顧君爲之指誤，使讀姜集者不致承訛襲謬，藉口石帚，亦正快事。　卷二

周草窗《浩然齋雅談》載：慶元丙辰冬，姜堯章與俞商卿、銛朴翁、張平甫自封禺同載，詣梁溪，道吴淞，既歸，各得詩詞若干解，鈔爲一卷，命之曰《載雪録》。其自敘云：「予自武康與商卿、朴翁同載，至南溪，道出苕霅、吴淞，天寒野迥，仰見雁鶩飛下玉鑑中，詩興横發，嘲哈吟諷，造次出語便工，而朴翁尤敏不可敵。未浹日，得七十餘解。復有伽語小詞，隨時一笑。大要三人鼎立，朴翁似曹孟德，據詩社出奇無窮；商卿似江東，多奇秀英妙之士；獨予椎魯不武，自謂漢家子孫，然

不敢與二豪抗也。」《雅談》又云：「此編向見之雪林李和父，後歸之僧頤蒙，乃朴翁手書也。古、律、絶句、贊、頌、偈語、聯句、詞曲、紀夢凡一百五十三，多集中所無者。蕭介父題云：『亂雲連野水連空，只有沙鷗共數公。想得句成天亦喜，雪花迎棹入吴中。』孫季蕃云：『詩字峥嶸照眼開，人隨塵劫挽難回。清苕載雪流寒碧，老我扁舟獨自來。』」按：中間自序一段，今白石全集所謂搜羅大備者，亦未載入。

湯貞愍貽汾族子某著有《翼坰稗編》，内載雨生夢赴陰職，案前吏持簿唱名，則皆糜體折馘者，悾惚遽醒。越兩載，紅巾四起，烽火連天，金陵圍急。公時家居，年已八十，城破，赴塘水死，時咸豐癸丑某月也。忠臣孝子，殁爲明神，況公三代殉節，理尤可信。夢之先兆如此。道光中，公由京口都司調官粵東，與一時名流交甚歡，詩筒酒椀，排日雅集。吴石華學博爲題《秋江罷釣圖》，調寄《摸魚子》云：「莽蕭蕭、煙波無際，何人漁隱三泖。蘆村蟹舍風塵外，畫裏一竿垂釣。歸來好。愛酒碧燈紅，兒女團歡笑。船頭飯飽。看六合蒼茫，五湖空闊，一箇客星小。　平生事，只有月明曾照。星星兩鬢將皓。笠簷蓑袂離人海，此地略容臣傲。寒更悄。把鐵笛、悽涼吹得魚龍老。再休醉了。便一卷離騷，滿心酸淚，讀到碧天曉。」及殁，南山先生哭以詩云：「八旬儒將氣堂堂，報國捐軀志慨慷。父子祖孫同節義。自注：公祖與父同母殉臺灣林爽文之難。詩詞書畫有輝光。公兼工詩、詞、書、畫。生前索序言猶在，死後遺孤事莫詳。公幼子生而有文在手，及是流離，未可知存殁。歎息道人終不錯，自號錯道人。屈原沈水共流芳。」

《國朝女士正始集》若干卷早已行世，近有南陵徐積餘乃昌所藏閨秀詞，殆逾百家，仿《元詩癸集》之例，凡詞之叢殘不成集者，合爲一編，名曰《小檀欒室彙刻閨秀詞》，光緒丙申梓行，亦大觀矣。臨桂王鵬運序云：「倚聲之學，於文章爲一藝，得積餘爲之捃摭收拾，尚復其盛如此。更能推而廣之，則《葛覃》、《卷耳》之風，何難見於今日填詞云乎？」《粤嶽草堂詩話》云嘉應吴石華學博輯《女文選》一書，惜未得見。

納蘭性德有《與梁藥亭書》，以《詞綜》一選可稱善本，意謂選書不必務博，貴專取精詣傑出之彦，盡其所長。曰天下惟物之尤者，斷不可放過耳。江瑶柱入口，而復咀嚼鮑魚、馬肝，有何味哉？僕意欲有選，如北宋人之周清真、蘇子瞻、晏叔原、張子野、柳耆卿、秦少游、賀方回，南宋之姜堯章、辛幼安、史邦卿、高賓玉、程鉅夫、陸務觀、吴君特、王聖與、張叔夏諸人，多取其詞，彙爲一集，餘則取其詞之至妙者附之，不必人人有見也。不知足下樂與我同事否？有暇及此否？處雀喧鳩鬧之場，而肯爲此冷澹生活，亦韻事也。望之望之。云云。此集想未成書，因知藥亭先生倚聲一道，亦爲當時名流推許。

——沈澤棠《懺庵隨筆》，清宣統三年刻本

《雨屋深鐙詞》序

辛亥九月，避地蠔鏡，蠻花犵鳥，觸目傷懷。兀坐一樓，足音寂寂。是年冬，伯序亦來卜居，舊雨忽聚，喜何如也。寓廬咫尺，晨夕過從，偶出詞稿一帙相示，音協詞雅，導源姜、張，追蹤朱、厲，雖未窺全豹，而綏山一桃，色香味已非人間所有。然烽火奔走間，尚不忘文字，世得無笑吾兩人迂且憨耶！番禺沈澤棠記於澳門龍崧街寓樓。

——汪兆鏞《雨屋深鐙詞》，民國元年刊本

《桐花閣詞》跋

汪君伯序工倚聲，重刊《桐花閣詞》，校勘極精，如《聲聲慢·集惜硯齋》「風簾」原誤作「花簾」，《琵琶仙·題珠江重檥圖》「怎禁得」原誤作「怎受得」，皆能訂正學海堂本之訛。詞雖小道，一字之誤，全篇減色，得此足稱善本矣。宣統三年正月，番禺沈澤棠。

——吴蘭修《桐花閣詞》，清宣統三年刊本

壺中天　和汪兆鏞自題《雨屋深鐙填詞圖》

米家小幨，認三椽老屋，濕雲吹皺。寂寞柴關人不到，聽斷隔江殘漏。虚牖無眠，短檠有味，響滴茅龍透。濛濛望遠，鬢眉照去依舊。　恍惚佛火留青，漁篝閃碧，樹裏看如豆。中有蒼茫懷古意，想見詩心都瘦。萬籟俱沈，雙花欲炧，冷趣能消受。興酣落筆，淋漓還羨高手。圖爲李留庵所作。

——汪兆鏞《雨屋深鐙詞》，民國元年刊本

黄遵憲

黄遵憲（一八四八——一九〇五），字公度，别號人境廬主人，嘉應人。清光緒二年（一八七六）舉人，歷任駐日參贊、舊金山總領事、駐英參贊、新加坡兼馬六甲總領事等職。戊戌變法期間，署湖南按察使。喜以新事物鎔鑄入詩，有「詩界革命導師」之稱。著有《人境廬詩草》等。

夏敬觀《忍古樓詞話》評

嘉應黄公度按察遵憲，余曩於義寧陳伯嚴席上見之。公度有《人境廬詩草》十一卷，其詞則未之見也。頃於潘蘭史《飲瓊漿館詞》中，得其附載公度題羅浮遊記《雙雙燕》一闋。詞云：「羅浮睡了，試召鶴呼龍，憑誰唤醒。塵封丹竈，賸有星殘月冷。欲問移家仙井。何處覓、風鬟霧鬢。只應獨立蒼茫，高唱萬峯峯頂。　荒徑。蓬蒿半隱。幸空谷無人，棲身應穩。危樓倚遍，看到雲昏花暝。回首海波如鏡。忽露出、飛來舊影。又愁風雨合離，化作他人仙境。」此詞「羅浮睡了」四字，爲陳蘭甫先生遊羅浮時所得，卒未成詞，蘭史卒成之，廖懺庵亦屢有和作。

——夏敬觀《忍古樓詞話》，唐圭璋《詞話叢編》本

錢仲聯《近百年詞壇點將録》評

天孤星花和尚魯智深　黄遵憲

公度詩界革命巨子，詞不多作。《雙雙燕·題潘蘭史羅浮紀遊圖》，借風雨離合之境，寄禹域瓜剖之憂，真不愧爲「獨立蒼茫，高唱萬峯峯頂」之獅子吼。紛紛學五代，學周、吴之作，一禪杖掃空矣。

——錢仲聯《夢苕庵清代文學論集》，齊魯書社一九八三年

陳宗穎

陳宗穎（一八五四—一九一四），字孝堅，陳澧第四子，番禺人。清光緒十四年（一八八八）優貢生，十七年（一八九一）任陽山縣學訓導。性狷介，不諧俗。學有淵源，博雅通深，工篆書，善詩詞，著有《達神愔齋詞》。

《碧琳腴館詞鈔》序

吾友鄭君玉山同年，出其《碧琳腴館詞稿》，督爲序。余讀君詞多矣，今窺其全，益慨然曰：嗚呼，君之才豈屑以詞見哉！然而詞則無不工，惟其工，此余所以感歎而不能已也。君少有大志，從先京卿受學，克自奮厲。綜覽羣籍，而專於史部書。善屬文，尤擅駢儷，意議宏達，藻耀騰上。先京卿恒嗟賞不置，文譽之美，震於一時。咸以遠大相期許，乃困躓場屋，戊子鄉試，始中舉人，時已中歲矣。再上會試不售，遂無意進取，退然以著書自娱。然而感憤時事，俯仰身世，又益以朋舊離逝、骨肉缺憾之痛，悒鬱於中，輒爲詞以自抒寫。夫豈君之有樂於此哉？使其早登承明，成大著作，自足以潤色鴻業，即不然而得一官，出其所學，爛然以施之行事，必有不暇爲詞者。而竟以詞名，且以工詞名，則天果何意而屈抑之也。余與君少同學，又爲同年友，蹤跡最密，逾三十年時命之厄，略與君等；其溺於詞也，亦與君有同好。惟昔則飄泊江湖，近則伏匿里閈，其困嗇視君爲甚。君詞雅麗流美，卓然有唐宋作者之遺。而余詞則常患不逮意，可存者少，讀君稿中酬贈之作，深愧弗如，此則才之所限，而不敢引君爲同調者也。光緒二十五年十一月，同縣陳宗穎。

——鄭權《碧琳腴館詞》，清光緒二十六年刊本

孔昭仁

孔昭仁（一八五二—一九〇八），又名昭宗，字理和，號静航，南海人。國子監生，清同治十二年（一八七三）舉人，授詹事府主簿，官至内閣中書、户部郎中。

《梅窩詞鈔》跋

甲戌之秋，仁執業朗山夫子門下，撰杖之暇，得讀所爲詩詞。惜兵燹之餘，半多散失。今所存者，大抵皆四十歲前後之作耳。欲付剞劂，既屢請而後許之。至今删訂編次，仍請夫子自定，并前伍氏所刻詞鈔，復合刻焉。刻既竣，謹綴數言以誌顛末，若其詳則有諸先生之序在，不敢復贅云。光緒乙亥仲冬之望，南海受業孔昭仁謹注。

——陳良玉《梅窩詞鈔》，清光緒刻本

朱啓連

朱啓連（一八五三—一八九九），字跂惠，號棣垞，番禺人。少遊外舅汪瑔之門，於書無不窺，學殖深厚。一試不第，遂棄之。善詩能琴，著有《棣垞集》、《琴説》、《琴譜》。

《梅窩遺稿》跋

梅窩先生詩詞未刻稿各一帙。辛巳之春，啓連始謁先生，承命攜呈先師谷庵汪先生點定。逾年，而先生歿。又九年，而先師歿。又二年，乃從先生後人索得原稿，凡詩六十五首，詞十一首刊附集末，版歸其家。光緒十九年癸巳七月，蕭山後學朱啓連記。

——陳良玉《梅窩詞鈔》，清光緒元年刻本

李清照《荼蘼春去圖》

自倚春纖折一枝，似憐吹盡怨芳遲。行都兵馬倉皇日，止是紅衰緑減時。
玉臺金屋幾詞雄，老去靈犀豈易通。來歲春深花好在，不曾孤負舊東風。

——朱啓連《棣垞集》，清刻本

龍榆生《無著盦脞録》評

《無著盦脞録》一册，歸安朱彊村先生孝臧手寫本。雜記有關宋元人詞事，附録顧圖河《與覺堂論書一百韻》，朱跂惠啓連《三希堂帖題辭》十首，又《題内景經鬱岡齋本》四首、《崔兔牀詩》六首、《朱棣垞詞》二首、吴摯甫汝綸所撰聯語二十三則，沈濤園瑜慶、沈子培曾植、陳伯嚴三立、秦晦嗚樹聲、梁卓如啓超、陳弢庵寶琛、瞿子久鴻璣等所撰聯語十三則，皆先生隨手抄撮，以備省覽者也。……棣垞啓連爲朱執信之父，其詩詞集未見刊行。此所録《高陽臺·庚辰冬粵秀山探梅》：「南雪都非，西園幾换，梅花底事還開。便解尋香，冷蜂猶自疑猜。春風除卻何郎筆，算無人肯費詩才。恁相逢，不似孤山，不似瑶臺。　而今索向冰霜裏，任飛雯捲雨，没個人來。有限春心，年年寄與天涯。天涯又衹無歸處，漸東風不管塵埃。盡消凝，一段蒼煙，一片蒼苔。」《臺城路·雁來紅，時叔嶠將北赴禮部試》：「煙霄錦字書難寄，浮沈楚江無跡。冷逗楓霜，低縈茜水，都做滿園秋色。斜陽向夕。又看似非花，問誰堪摘。十樣西風，幾行南浦但相憶。　商聲又催怨笛。悵隨陽去遠，何處香國。冠幘雞人，仙裳鳳侶，應有舊時相識。瓊枝露積。待煊染寒芳，更成消息。一點燕支，帶將歸塞北。」二詞頗見風骨，亦有興諷，他日徵存粵東詞學者所宜留意也，故特拈出之。

——龍榆生《龍榆生詞學論文集》，上海古籍出版社一九九七年

伍懿莊

伍懿莊（一八五四—一九二七），名德彝，號逸莊、花田逸老，南海人。性豪爽喜客，有「再世孟嘗」之譽。尤好詩詞書畫、文物收藏，著有《浮碧詞》、《松茗館題畫詩》。

鍾德祥《伍懿莊都轉〈浮碧詞〉序文》

詞家之心，出以悱惻，入於幼眇，蓋楚騷之遺流而爲别裁者也。李太白、温飛卿爲之先河，委流餘波，放乎兩宋，作者稱盛焉。伍君逸莊，園居讀書，不嗜聲利，獨沈酣好爲詞，馨香芬芳，吹豪欲飛。逸莊之齒猶未也，而孤詣已如此，更充之以經籍，而涵之以義理，當追盛於兩宋，而登李、温之堂，匪伊異人也。方今道喪文敝，此學不絶若線。讀逸莊之詞，爲之躊躇，爲之四顧，老懷不復以衰邁無力、肩荷舊學爲憂矣，擲筆歡喜。乙巳八月，南寧鍾德祥書。

——以上《賞奇畫報》第二期

朱祖謀《〈浮碧詞〉序文題後》

《浮碧詞》，有清妙之響，誠如愚公前輩所評，充之以經籍，而涵之以義理，文章之事無不然，詞豈能遊乎方之外耶？一以詞人自命，則無足觀。往年半唐老人恒舉以勗鄙人，鄙人亦持此餉浮碧何如？祖某。

黄映奎

黄映奎（一八五五—一九二九），字仲照，號日坡，香山人。學海堂專課生，入陳澧門。清光緒二十七年（一九〇一）歲貢，曾任《廣東通志》分纂，主修《藝文略》。著有《杜齋詩鈔》、《山堂思舊集》。

《雙溪詞》序

塵海一我，禺山卅年。煮夢燈秋，吹愁笛晚。天涯多濩落之侶，宇内鮮應求之歡。乃有玉瑺遠緘，珠琲在握，款扉而來者，則饒平陳君子丹寄示詞集，索序於余也。受而讀之，愛其別狀襟靈，自成馨逸。斜陽煙柳，偏工幽抑之思；缺月疏桐，時寄清翏之韻。邈懷玉宇，眷千里之嬋娟；獨嘯瓊田，揖萬象爲賓客。飄飄乎足洗花翁之市語，溯稼老之淵源已。慨自嶺學風墜，越謡調沈，倚聲一塗，知音彌寡。聽漁舠之唱，霞海天芳；尋禊社之圖，花田春古。番禺沈伯眉先生嘗結詞社，其第二集爲《花田禊遊》，先香石叔祖有圖。幾等廣陵之散，頓寒蒲磵之盟。唯君氣壯元龍，情托幺鳳。前溪譜笛，地即蘋洲；東隴揚舲，人如蘭澤。亦復量竹尋羽，張藤吭豪。律嚴四聲，才傲三影。及夫棹移花月，有海皆香；襟蕩水雲，極天無涘。紅巾翠袖，寫佳麗之一時；鐵板銅琶，問英雄於千古。情以眈嗜而至，韻以細琢而嬌。所謂落落古歡，泠泠雋調。嘘潛耀於將滅，返元音於既遥，君其有焉。

矧乃價騰雞林，詩俠譽播；災拯鴻澤，針神藝傳。選辭固勰乎大成，補世浪呰其小道。斯集之劍氣射月，錦心組霞。縱奇致若晁、黃，尚當斂衽；詎曼聲之周、柳，敢與齊鑣乎？四百里外，有此作者，同調胡希；數十年後，無復斯文，懸譚倘驗。傾衿既久，焚硯奚疑。漫貢卮言，藉攄琴趣。

己酉秋七月，香山黃映奎謹序。

——陳步墀《雙溪詞》，《繡詩樓叢書》本

《癡夢齋詞草》序

維時濁日匿景，獰飆肆威。雪壓孝元之松，霜零靖節之菊。牙琴凍而軫折，融樽冰而酒空。凌寒索居，慨獨誰語。乃有金荃授集，玉璫達緘者，則順德宗人掞初手其先太史詩詞遺著，問序於余也。余受而讀之，作而稱曰：遺榮疏廣，靡傳東海之文；述志韓符，未刻昌黎之集。良以壽世不朽，胥賴宏詞；克家有賢，愈彰先德。蘄擅千古，須兼二難。仙裴太史早奮天衢，高翔瀛島。月卿清望，常傍九霄；星使榮輝，遠臨三晉。金蓮寵渥，奇蘇軾之文詞；玉尺才多，受和凝之衣缽。咸謂鵬摶風大，驥籋雲遥。標著作於承明，焕影纓於臺省。而乃王希素抱，畏作熱官；紀瑜清衿，弗存貴仕。於是傳止足，賦遂初。知章未乞鑑湖，元亮載欣栗里。煙霞抗迹，思邈遊仙；林壑娱心，句先呈佛。故其詩則四聲勰律，儼金絲之引和；詞則三影希蹤，如錦字之蜚采。微雲疏雨，雋語競傳；殘月曉風，餘音自戛。旗亭畫壁，雙鬟唱徹嬋娟；君山扣舷，萬象揖爲賓客。洵足壓倒元、白，滌其輕俗之氛；頡頏姜、張，振厥清泠之響者矣。然楊綰雄文，每恥自白；林逋遺草，弗歆世求。闕名山之琬鐫，滋藝苑之觖望。今掞初晏書屬守，顔筆克傳。爰發襲芸之藏，悉付雕梨之手。高唱則黄河遠上，新聲則井水能歌。鸞掖詞華，長聯雙璧；雞林聲價，定購兼金。匪矜堂構之令材，蔚作鄉邦之文獻。斯則寒齋盥誦，歧海溯洄，猶想見與太史旅邸傾衿，賓筵譚藝時也。癸丑臘月，香山宗愚弟映奎謹撰。

——黄玉堂《癡夢齋詞草》，民國四年石印本

沈宗畸

沈宗畸（一八五七—一九二六），字太侔，號南雅、繁霜閣主，别號鞾道人，番禺人。少隨父宦遊揚州、京師，詩名藉甚，晚居京師。清光緒十五年（一八八九）舉人，南社社員。著有《繁霜詞》、《便佳簃雜鈔》等，輯有《今詞綜》、《駢花閣文選》。

《南雅樓詩斑》自序

昔項蓮生先生自序其所著《憶雲詞》，有曰「不作無益之事，何以遣有涯之生」，吾每誦此兩言，如聞項先生累欷之聲，又如寒蟲咽砌、孤雁叫雲，令人萬感交集，嗚呼傷已，博弈猶賢，宜若可爲。不幸生丁喪亂，孤憤伊鬱，舍詩詞又將焉託？吾四十後始學爲詞，未歷艱苦，無可追述。至

於詩則嘔血鏤肝，積有年歲，此中得失，可略言焉。癸巳以前，苦於父師之督責，惟應制文字之是學，無暇學詩。甲午年三十，忽病重聽，得吾父之愛憐，留侍郡齋，不遣應春官試。至是盡棄平日揣摩之書，發篋取漢魏唐宋人詩集而讀之，吾之學詩自是年始。隨宦揚州，一瞬八稔，可與談詩之友，冒君鶴亭廣生、何君邕威震彝兩人而已。壬寅丁外艱，僑寓江寧，獲交夏君藹如仁瑞、丁君秀夫傳靖。甲辰服闋，再入都門，又得與袁君小偁祖光、金君勺園綬熙、王君鈍夫在宣遊，諸君皆詩壇泰斗，吾又能虛心受益，詩境日進，所作亦日多。顧吾賦性真率，貿貿然以真性情出，而與世相周旋，發而爲詩，亦自有真意流行其間，尋常應酬詩不能寫吾真，偶一效顰，索然意盡矣。今太歲在癸丑，吾年四十有九，前後得詩過千首，以懶於迻録，什不存一。……亂愁無極，吾生有涯，吾自哀之不暇，又何暇哀項先生也。悲夫！永和後二十六癸丑仲秋之月，聾道人沈宗畸自序於南雅樓。

——沈宗畸《南雅樓詩斑》，民國五年鉛印本

《著涒吟社詩詞鈔》小引①

夫圭塘魚鳥，元承旨之風流；輞川煙霞，王右丞之雅集。每緣暇日，遂播芳徽。音異器而同宣，錦殊機而一製。況復花新葉早，地依帝里之光；玉潔冰清，人屬仙曹之選。宗畸揚州夢覺，人

① 張錫麟有《著涒吟社徵詩詞啓代沈孝耕禮部作》，見其《榘園駢體文鈔》，民國二十一年刻本。該文應出自張錫麟。

海身閒，罷題明月之橋，愛誦清風之句。梅花索笑，耳雖冷於空山；繭紙分題，興正濃於春酒。爰立吟社，定名著涒。託絲竹於中年，集羽霓於同日，刻燭而徵絶唱，挈樽而論高文。秋蟀春鶊，韻四時而疊奏。畹蘭畝蕙，香百和而彌清。所冀名流，同兹雅咏。或緣情吐恨，蠶抽宛轉之絲；或得句狂吟，鸞舞團圞之鏡。誰歟健者，傾珠玉而揮毫；僕也請前，捧槃敦而待命。

——沈宗畸輯《著涒吟社詩詞鈔》，光緒三十四年鉛印本

《飲瓊漿館詞》序

己酉九月，蘭史徵君抵都，重晤於禺山館。搜其書簏，得所著遊吴越詩文詞數帙，爲之狂喜。駢文數篇，亟編入《鍊庵文選》；詞數十闋，别爲《飲瓊漿館詞鈔》，附余輯刻《晨風閣叢書》内。尚有《江湖載酒集》、《在山泉詩話》、《遊羅浮記》，均從國學萃編社次第刊出，則社已延徵君爲總編輯也。今海内文士，欲一讀徵君新著久矣。此數種乃刊於《説劍堂集》之外者，得不爲藝林所歡迎耶？至徵君所作，上追仲則、仲瞿、頻伽、蘭雪，近與壬秋、實甫、樊山齊名，無俟鄙人譽美矣。月當頭夜，同里沈宗畸太侔書於春明池館。

——潘飛聲《飲瓊漿館詞》，《晨風閣叢書》本

《後村别調補》跋

右後村詞二十九闋，汲古刻《後村别調》所無，見於侯官葉申薌《閩詞鈔》，而葉氏又得之於同

縣陳左海先生所録天一閣《大全集》本者也。毛刻缺字亦得校補，故重刻毛本，而以此帙附焉。宣統改元夏五，番禺沈宗畸。

——沈宗畸《後村別調補》，《晨風閣叢書》本

題冒鶴亭郎中廣生《水繪盦填詞圖》

當年寒碧堂前柳，每遇陳髯眼倍青。風月樸巢今好在，再來遮莫是張靈。君生時太夫人有夢兆，故小字阿靈。

重摹二百年前稿，煞費經營老畫師。添箇紫雲應更好，玉簫聲裏坐填詞。

康熙乙巳曾修禊，見説名園未盡蕪。他日潛夫倘無恙，願隨絲竹入新圖。

當年負卻湘中閣，詩格漁洋苦未高。有約旗亭重畫壁，定應傳唱冒如皋。鶴亭題《青衫捧硯圖》三絶，傳誦一時。

辛壬之際雜事詩　第三十一

留君編定嶺南詩，稽首人天好護持。夷惠之間微尚在，深鐙老屋自填詞。汪伯序同年兆鏞著有《微尚齋詩鈔》、《深鐙老屋詞》。

——以上沈宗畸《南雅樓詩斑》，民國五年鉛印本

浣溪沙　書成容若悼亡詞後

未必他生會有期。他生還恐再分離。不因情重不成癡。　得嫁才人甘早逝，轉從幼婦博新辭。零風苦雨納蘭詞。

豈獨潘郎鬢有絲。紙錢蝴蝶一般飛。傷心何況是無題。　埋恨早知無隙地，寒愁未敢咏新詩。此情除是枕函知。

——沈宗畸《繁霜詞》，民國五年鉛印本

與冒廣生論詞書①

一

多時未晤，敬維侍福儷綏，即事增勝，頌頌。前承雅命，囑題《填詞圖》，昨拈得小詩，茲録請方家斧削，隨後送圖再題可也。星海方伯有照片一頁，由伍叔葆同年交來，囑代送上，望收入見復爲荷。此布，祇頌升安！　鶴亭吾兄世大人。世小弟畸頓首。初二午後，天冷手僵，書不成字，可笑人也。

① 書信共收六則，茲録其中有關詞學者二則。

奉題水繪園填詞圖

舊時寒碧堂前柳，每遇陳髯眼倍青。風月樸巢今好在，再來人是晉張靈。君生有異徵，自記甚詳。

重摹二百年前稿，煞費經營老畫師。添箇紫雲應更好，玉簫聲裏坐填詞。

康熙乙巳曾修禊，差幸名園未盡蕪。他日潛夫倘無恙，願隨絲竹入新圖。

當年負郤湘中閣，詩老漁洋格未高。有約旗亭重畫壁，定應傳唱冒如皋。君題《青衫捧硯圖》第三絶致佳，所謂「康熙上巳湘中閣，詩老漁洋致斷魂」是也

阿伽羅庵就正草。

二

《金臺殘淚記》、此忘記何人著。《香草箋》，黃莘田著。以上兩種兄處有否？弟欲將此兩書重刻。前見鄴架有《松桂堂全集》。弟有小本《延露詞》，欲覓原刻大本，將其批語抄出，因《珂雪》有批語也。與《珂雪詞》合刻發售。可否賜借《延露詞》，弟手自抄録，約十餘日即可奉趙矣。此詞外間不易得，值亦甚昂，弟所深知，決不至遺失也。專此奉懇，即乞示復，盼切切。弟畸又拜。

——上海博物館圖書館編《冒廣生友朋書札》，上海書畫出版社二〇〇九年

錢仲聯《近百年詞壇點將録》評

地全星鬼臉兒杜興　沈宗畸

清　沈宗畸

太倅南社詞人，蜚聲嶺表，曾輯《今詞綜》四卷。自爲《繁霜詞》、《燭影揺紅》、《真珠簾》二首，遐庵謂其皆有本事，詞亦高華。

——錢仲聯《夢苕庵清代文學論集》，齊魯書社一九八三年

梁慶桂

梁慶桂（一八五八——一九三一），號小山、筱山、筱珊，番禺人。祖、父兩世翰林。清光緒二年（一八七六）舉人，歷官内閣中書、侍讀，曾參與「公車上書」。三十二年（一九〇六）奉派美國舉辦僑校，歸國支持立憲運動。著有《式洪室詩文遺稿》。

《冶秋詞》序

杯泛紅螺，織就錦樓之記；訊傳青鳥，翦餘香海之鐙。時也花田雨歇，漁笛風來。解綵纜而開晴，轉牙檣而泊晚。紺山碧水，樓臺參差，繡轂雕鞍，鸞鈴絡繹。踏江天之明鏡，鴛侶俱仙；卷水閣之珠簾，鶯聲十里。崔護唱迷香之引，門立桃鬟；張緒醉倚翠之魂，堤舒柳眼。人來今夕，與明月以俱圓；歡憶春餘，怕銀雲而流去。此南海康長素君《冶秋詞》所由作也。於是尋巢舊燕，

浄掃麋痕；舞鏡雙鸞，潛通眉語。篆沈薰於寶鼎，響畫屧於迴闌。拓朱鳥之窗，素娥窺客；譜文鸞之曲，緑綺調琴。百福簾開，迎撲花之酒氣；九華帳掩，聽墮髻之釵聲。指約彄銀，賦定情於五夜；眉長凝翠，問畫黛以何年。然而蘭杜經春，易傷遲暮；鷓鴣啼雨，慣觸羈鰥。豔情如絲，蠶驚秋早；綺夢成寸，鷗怯波涼。問溝水於東西，好題紅葉；識桃江之姊妹，共載芳根。月照影以成雙，魚媚波而自比。盤龍鏡底，緣訂三生；神鵲橋邊，時剛七夕。香籠豆蔻，繡被同温；露粉薔薇，晨妝共浣。數三商之玉漏，參昴星圓；挽百褶之仙裙，綺羅香膩。琶洲風信，佇傳妍唱於旗亭；珠海潮音，願播新聲於樂府。

——梁慶桂《式洪室詩文遺稿》，民國二十年鉛印本

潘飛聲

潘飛聲（一八五八—一九三四），字蘭史，又字劍士，號心蘭、老蘭、老劍、獨立山人，番禺人。少受業於葉衍蘭。清光緒二十五年（一八九九），受聘德國柏林大學漢文教授。歸國，先後居廣州、香港、上海，曾任香港《華報》、《實報》主筆，加入南社，晚年在滬賣文爲生。著有《説劍堂詩集》、《説劍堂詞集》、《在山泉詩話》。

粤詞雅

吾粤地鎮南離，人文炳焕，代出異才。聲詩之道，始於晉緑珠，逮唐而盛於張曲江。即何仙姑增城何泰之女，見邑志絶句十數章，亦得仙意。至倚聲一門，則倡自南漢黄益之也。益之名損，連州人。登梁龍德壬午進士，仕南漢劉龑，累晉尚書左僕射。以極諫忤朝旨，退居永州不出，相傳仙去。所著有《三要書》、《桂香集》及《射法》。《粤東詞鈔》刻其《望江南》一首云：「平生願，願作樂中箏。得近佳人纖手子，砑羅裙上放嬌聲。便死也爲榮。」南海譚玉生舍人瑩《論粤詞絶句》云：「誰謂益之能直諫，平生願作樂中箏。」殆宋廣平之賦梅花矣。

吾禺崔清獻公有《菊坡集》，其詞載《宋詞選》、《詞綜》。《水調歌頭》一闋題劍閣云：「萬里雲間戍，立馬劍門關。亂山極目無際，直北是長安。人苦百年塗炭，鬼哭三邊鋒鏑，天道久應還。手寫留屯奏，炯炯寸心丹。　對青燈，搔白髮，漏聲殘。老來勳業未就，妨卻一身閒。梅嶺緑陰青子，蒲磵清泉白石，怪我舊盟寒。烽火平安夜，歸夢到家山。」此詞起四句，雄壯極矣，雖蘇、辛亦無以過之。昔杭堇甫論粤詩云：「尚得古賢雄直氣，嶺南猶覺勝江南。」余謂崔詞非雄直而何？

宋人頗重壽辭，然壽辭出以典雅，亦復不易。菊坡先生有壽趙運使《賀新涼》一首云：「雨過雲容掃。使星明、德星高揭，福星旁照。槐屋猶喧梅正熟，最是清和景好。望金節、雲間縹緲。和氣如春清似水，漾恩波、沾渥天南道。晨雀噪，有佳報。　天家黄紙除書到。便歸來、升華天下，安邊養浩。好是六逢初度日，碧落笙歌會早。遍西郡、歡聲多少。人道菊坡新醞美，把一觴、滿酌歌難老。瓜樣大，安期棗。」

李忠簡公昂英《文溪集》，附詩餘一卷，南海伍氏刻入《粤十三家集》，有《摸魚兒》一調云：「曉風凝、繡簾低舞。霏霏香碎紅雨。燕忙鶯懶春無賴，懶爲好花遮護。渾不顧。費多少工夫，做得芳菲聚。休虁百五。卻自恨新年，遊疏醉少，光景恁虚度。猊煙瘦，困起庭陰正午。遊絲飛絮無據。千林濕翠須臾遍，難綠鬢根霜縷。愁絶處。怎忍聽、聲聲杜宇深深樹。東君寄語。道去也還來，後期長在，紫陌歲相遇。」纏綿麗密，置之《清真集》中不能辨。

宋人詞多縱筆，而格調仍嚴。《文溪集》中有《水調歌頭·題舫齋》云：「郭外足幽勝，潮入漲溪流。舫齋小小一葉，老子日遨遊。管領白蘋紅蓼，披戴綠蓑青篛，直釣任沈浮。玉縷飽鱸膾，雪陣狎沙鷗。箇中眠，箇中坐，箇中謳。箇中收拾詩料，觴客箇中留。休羨乘槎博望，且聽洞簫赤壁，樂處是瀛洲。日月盪雙槳，天地一虚舟。」

《文溪集》慢體多而短調殊少，《浣溪沙》云：「筍玉纖纖拍扇紈。戲拈荷葉起文鴛。水亭初試小龍團。拜月深深頻祝願，花枝低壓髻雲偏。倩人解夢語喧喧。」似五代之作。

余友劉葱石世珩，貴池人，刻《貴池唐人集》。余亦擬輯《嶺南宋六家詞》，六家者，崔菊坡與之、劉叔安鎮、李文溪昂英、趙秋曉必瑑、陳景元紀、葛如晦長庚也。

劉叔安先生，名鎮，南海人。嘉泰壬戌進士，自號隨如子，有《隨如百咏》。其詞格高氣遠，情致纏綿，而才足以運之，爲宋代詞家特出。《沁園春·題西宗雲山樓》云：「爽氣西來，玉削羣峯，千杉萬松。望疏林清曠，晴煙紫翠；雪邊迴棹，柳外聞鐘。夜月瓊田，夕陽金界，倒影樓臺表裏空。橋陰曲，是舊來忠定，手種芙蓉。　仙翁。心事誰同。付魚鳥相忘一笑中。向月梅香底，招邀和靖；雲山高處，問訊梁公。物象搜奇，風流懷古，消得文章萬丈虹。沈吟久，想依依春樹，人在江東。」又《花心動·題臨安新亭》云：「鳩雨催晴，遍園林、一番緑嬌紅媚。柳外金衣，花底香鬚，消得豔陽天氣。障泥步錦尋芳路，稱來往、縱横珠翠。笑攜手，旗亭問酒，更酬春思。還記東山樂事。向歌雪香中，伴春沈醉。粉袖殢人，彩筆題詩，陶寫老來風味。夜深銀燭明如晝，待歸去、看承花睡。夢雲散，屏山半熏沈水。」此等詞用意摛藻，宛轉渾雅，總不輕下一筆，真是大家手筆。

昔人謂耆卿情有餘而才不足，夫以屯田猶未能兩者俱兼，況他人哉！《隨如集》、《漢宮春·鄭賀守席上懷舊》云：「日軟風柔，望暖紅連島，晴緑平川。尋芳拾蕊，勝伴陌上鮮妍。玉驄歸路，記青門、曾墮吟鞭。人去後，庭花弄影，一簾香月娟娟。　追念舊遊何在，歎佳期虚度，錦瑟華年。博山夜來燼冷，誰换沈煙。屏帷半掩，奈夢魂不到愁邊。春易老，相思無據，閒情分付魚牋。」又《水龍吟·庚寅寄遠》云：「老來慣與春相識，長記傷春如故。去年今日，舊愁新恨，送將風絮。粉淚羞紅，黛眉顰翠，推愁不去。任瑣窗緊閉，屏山半掩，還別有、愁來路。　回首畫橋煙水，念故人、匆匆何處。客情懷遠，雲迷北樹，草連南浦。離合悲歡，去留遲速，問春無語。笑劉郎，不道無桃可種，苦留春住。」二詞情文交至，不知較之耆卿如何。

《隨如集》中「丙戌清明和章質夫韻」調《水龍吟》云：「弄晴臺館收煙候，時有燕泥香墜。宿醒未解，單衣初試，騰騰春思。前度桃花，去年人面，重門深閉。記彩鸞別後，青驄歸去，長亭路、芳塵起。十二屏山遍倚，任蒼苔、點紅如綴。黄昏人静，暖香吹月，一簾花碎。芳意婆娑，緑陰風雨，畫橋煙水。笑多情司馬，留春無計，濕青衫淚。」「丙子元夕」調《慶春澤》云：「燈火烘春，樓臺浸月，良宵一刻千金。錦步承蓮，彩霞簇仗難尋。蓬壺影動星毬轉，映兩行、寶珥瑶簪。恣嬉遊，玉漏聲催，未歇芳心。笙歌十里誇張地，記年時行樂，憔悴而今。客裏情懷，伴人閒笑閒吟。小桃未盡劉郎老，把相思、細寫瑶琴。怕歸來、紅紫欺風，三徑成陰。」情思婉妙，讀者疑爲白石道人集中作。

茉莉，一名小南强，夏夜花開，清馥與素馨無異。隨如先生集中有《念奴嬌》一調賦茉莉云：「調冰弄雪，想花神清夢，徘徊南土。一夏天香收不起，付與蕊仙無語。秀入精神，涼生肌骨，銷盡人間暑。稼軒愁絶，惜花還勝兒女。長記歌酒闌珊，開時向晚，笑浥金莖露。月浸闌干天似水，誰伴秋娘窗户。困殢雲鬟，醉欹風帽，總是牽情處。返魂何在，玉川風味如許。」賦物小題，而託體高華，此宋人與元、明人異處。

趙秋曉先生名必瑑，字玉淵，東莞人。咸淳乙丑，與父崇鈾同登進士，官朝散郎，僉書惠州軍事判官，系出濮安懿王。德祐四年，惠州守文璧辟爲從事。會邑人熊飛以勤王兵潰歸，自循惠下招輯，而梁雄飛亦以招安兵自大庾下，入城，飛與梁構兵弗解。必瑑語飛曰：「師出無名，是爲盜也。吾聞宋主舟在海中，不若建宋號，通二使，尊宋主，然後舉兵入城，事成則可雄一方，不成亦足以垂不朽。」飛深然之，即日署宋旗，舉兵向城，梁遁去。飛議盡括邑人財穀以充軍實，羣情洶洶。必瑑請於飛，願以家貲三千緡、米五百石贍軍，乞寬邑人之力，飛從之。景炎三年三月，文天祥復東州，必瑑往謁，相與論時事，慷慨泣下。天祥偉其義，辟軍事判官兼知録事。十一月天祥被執於五坡嶺，遁歸。明年宋亡，元以故官例授將仕郎、象州儒學教授，不赴，退隱邑之温塘，足跡不入城市。惟東走甲子門，望厓山，伏地大哭；又畫天祥像於廳事，朝夕泣拜。嘗題其室曰：「詩人衹合住茅屋，天下未嘗無菜羹。」所著有《覆瓿集》五卷，著録於《四庫全書》。據《粤十三家集》，附長短句一卷。

秋曉先生志節高超，儒林景仰。其詩若霜天鶴唳，清氣往來，騷屑哀音，寓黍離、麥秀之感，皆可傳也。詞則綺思麗句，取法清真。《蘭陵王》一闋「贛上用美成韻」云：「畫闌直。餖飣千紅萬碧。無端被狂風怪雨，僽柳僝花禁春色。尋芳遍楚國。誰識。五陵俊客。流水遠，題葉無情，雁足不來杳㡬尺。　浮生等萍跡。纔卸卻歸鞍，坐未温席。匆匆還又京華食。歎聚少離多，漂零因甚，江南逢梅望寄驛。美人兮天北。　悲惻。恨成積。悵釵玉塵生，猊金煙寂。緑楊芳草情何極。偏懶撥琵琶，愁聽羌笛。梨花院落，黄昏後，淚珠滴。」

《風流子》一調「別故人用美成韻」云：「春光纔一半，春未老、誰肯放春歸。問買春價數，酒邊商略，尋春巷陌，鞭影參差。春無盡，春鶯調巧舌，春燕壘香泥。好趁春光，愛花惜柳，莫教春去，柳怨花悲。　春心猶未足，春帷暖、鑪熏香透春衣。説與重歡後約，春以爲期。記春雁回時，錦牋從寄，春山鎖處，珠淚長垂。多少愁風恨雨，惟有春知。」多用「春」字，自成一格。

秋曉詞瓣香清真，集中多用美成韻。《瑣窗寒·春暮用美成韻》：「乳燕雙飛，黄鶯百囀，深深庭户。海棠開遍，零亂一簾紅雨。繡帷低、卷起春風，香肩倦倚嬌無語。歎玉堂底事，匆匆聚散，又江南旅。　春暮。人何處。想歌館睡濃，日高丈五。舊迷未醒，莫負孤眠鳳侶。長安道、載酒尋芳，故園桃李還憶否。早歸來、整過闌干，花下攜春俎。」詞中意匠經營，節拍流利，逼肖清真，此境實不易到。

秋曉先生家國之思，時時流露詞間。《綺羅香・和百里春暮遊南山》云：「辦一枝藤，臘一雙屐，縱步翠微深處。無限芳心，付與蜂媒蝶侶。紅堆裏、杏臉匀妝，翠圍外、柳腰嬌舞。有吟翁、熱惱心腸，肯拈出美成佳句。　九十光陰箭過，趁取芳晴追逐，春風杖屨。消得幾番風和雨。春歸去。恨鶯老、對景多愁，倩燕語、苦留難住。秋千影裏送斜陽，梨花深院宇。」意思沈著，令人尋繹不盡。

短調有極豔冶者，《蘇幕遮・錢塘避暑憶舊用美成韻》云：「遠迎風，回避暑。人似荷花，笑隔荷花語。無限情雲并意雨。驚散鴛鴦，蘭棹波心舉。　約重遊，輕別去。斷橋風月，夢斷飄蓬旅。舊日秋娘猶在否。雁足不來，聲斷衡陽浦。」

《菩薩蠻・戲菱生》云：「紅嬌翠溜歌喉急。舊撥絃斷新腔入。往事水東流。菱花曉帶秋。　幃香雙鳳集。情淚層綃濕。殘夢五更頭。酒醒依舊愁。」「殘夢」句，引陳希夷「衹怕五更頭」語，及命宮中轉六更事，雖豔曲，隱寓亡國之戚。

陳景元先生，東莞人，名紀，咸淳間登進士，官至通直郎，宋亡，隱居不仕。有詞名《秋江欸乃》。《賀新郎・聽琵琶》云：「趁拍哀絃促。聽泠泠、絃間細語，手間推覆。鶯語間關花底滑，急雨斜穿梧竹。又澗底松風簌簌。鐵撥鵾絃春夜永，對金釵、鐘乳人如玉。敲象板，翦銀燭。

六幺聲斷涼州續。悵梅花、天寒歲晚，佳人空谷。有限絃聲無限意，淪落天涯幽獨。頓喚起、閒愁千斛。賀老定場無處問，到如今、只鼓昭君曲。呼羯鼓，瀉醽醁。」

增城有增江口，以昌黎「增江滅無口」句爲名，相傳崔清獻公曾家於此。景元先生有「重九登增江鳳臺，望崔清獻故居」調《滿江紅》云：「鳳去臺空，庭葉下，嫩寒初透。人世上，幾番風雨，幾番重九。列岫迢迢供遠目，晴空蕩蕩容長袖。把中年懷抱更登臺，秋知否。天也老，山應瘦；時易失，歡難久。到如今，惟有黃花依舊。歲晚淒其諸葛恨，乾坤只可淵明酒。憶坡頭、老菊晚香寒，空搔首。」

葛長庚字如晦，自號白玉蟾，瓊州人。居武夷山。嘉定中，詔徵赴闕，館太乙宮，封紫清明道真人，後仙去。有《海瓊詞》。《蘭陵王》調「題筆架山」云：「三峯碧。縹緲煙光樹色。高寒處，上有猿啼，鶴唳天風夜蕭瑟。山形似筆格，人道江南第一。遊紫觀，月殿星壇，積翠樓前吟鐵笛。客來訪靈跡。問王郭當年，曾此駐錫。二仙爲謁浮邱伯。從驂鸞去後，雲深難覓。丹爐灰冷杵聲寂。依然舊泉石。　泉石。最幽闃。更禽静花閒，松茂竹密。清都絳闕無消息。共羽衣揮麈，感今懷昔。堪嗟人世，似夢裏，駒過隙。」《沁園春》調「題湖頭嶺庵」云：「客裏家山，記踏來時，水曲山崖。被灘聲喧枕，雞聲破曉，怱怱驚覺，依舊天涯。抖擻征衣，寒欺曉袂，回首銀河西未斜。塵埃債，歎有如此髮，空爲伊華。　古來客況堪嗟。儘貧也輸他在家。料驛舍旁邊，月痕白處，暗香微度，應是梅花。凍折一枝，路逢南雁，和兩字平安寄與他。教知道，有長亭短堠，五館三茶。」又《水龍吟》調云：「雨微疊巘浮空，南枝一點春風至。洞天未鎖，人間春好，玉妃曾墜。

錦瑟繁絃，鳳笙清響，九霄歌吹。問分香舊事，劉郎去後，還誰共、風前醉。回首暝煙千里。但紛紛、落英如淚。多情易老，青鸞何許，詩成難寄。斗轉參橫，半簾花影，一溪流水。悵飛鳧路杳，行雲夢斷，有三峯翠。」辭意高超，飄飄仙舉，當與呂純陽、吾家逍遥子同傳。

白玉蟾有演《歸去來辭》入詞者，《沁園春·寄鶴林》云：「三徑就荒，松菊猶存，歸去來兮。歎折腰爲米，棄家因酒，往之不諫，來者堪追。形役奚悲，途迷未遠，今是還知悟昨非。舟輕颺，問征夫前路，晨光熹微。　歡迎童稚嘻嘻。羨出岫雲閒鳥倦飛。有南窗寄傲，東皋舒嘯，西疇無事，植杖耘耔。矯首遐觀，壺觴自酌，尋壑臨流聊賦詩。琴書外，且樂天知命，復用何疑。」此爲詞家創格。

白玉蟾詞，有情辭伉爽，一氣呵成，置之蘇、辛集中，所謂詞家大文者。特録著二闋，《摸魚子》云：「問滄江、舊盟鷗鷺。年來景物誰主。悠悠客鬢知何事，吹滿西風塵土。渾未悟。謾自許功名，談笑侯千户。春衫戲舞。怕三徑都荒，一犁未把，猿鶴笑君誤。　君且住。未必心期盡負。江山秋事如許。月明風静萍花路。欹枕試聽鳴櫓。置又去。道喚取陶潛，要草歸來賦。相思最苦。是野水連天，漁榔四起，蓑笠占煙雨。」又，《賀新涼》云：「且盡杯中酒。問平生、湖海心期，更如君否。渭樹江雲多少恨，離合古今非偶。更風雨、十常八九。長鋏歌彈明月墮，對蕭蕭、客鬢閒攜手。還怕折、渡頭柳。　小樓夜久微涼透。倚危闌、一池倒影，半空星斗。此會明年知何處，蘋末秋風未久。謾輸與、鷺朋鷗友。已辦扁舟松江去，與鱸魚蓴菜論交舊。應念此，重回首。」

懷古詞須感慨淋漓，讀之令人神往，斯稱佳作。白玉蟾有「武昌懷古」調《酹江月》云：「漢江北瀉，下長淮、洗盡胸中今古。樓櫓橫波征雁遠，誰見魚龍夜舞。鸚鵡洲雲，鳳凰池月，付與沙頭鷺。功名何處，年年惟見春絮。　非不豪似周瑜，壯如黄祖，亦逐秋風度。野草閒花無限影，渺在西山南浦。黄鶴樓人，赤烏年事，江漢亭前路。浮萍無據，水天幾度朝暮。」

白玉蟾集中短調，《霜天曉角·題緑淨堂》云：「五羊安在。城市何曾改。十萬人家闤闠，東亦海，西亦海。　年年蒲澗會。地接蓬萊界。老樹知他一劍，千山外，萬山外。」壯遊中饒有仙氣，自成一格。

白玉蟾畫梅，見稱於金冬心題畫集中，而真跡實不易睹。曾有《好事近·贈趙制機》云：「行到竹林頭，探得梅花消息。冷蕊疏英如許，更無人知得。　冰枯雪老歲年徂，俯仰自嗟惜。醉卧梅花影裏，有何人相識。」讀此詞，可知其畫境之妙矣。

《海璘詞》、《蝶戀花》二闋有句云：「柳絮欲停風不住。杜鵑聲裏山無數。」又，「醉裏尋春春不見，夕陽芳草連天遠。」均見纏綿不盡之思，得古大家神解。

——潘飛聲《粵詞雅》，《詞學季刊》第一卷第四期、第二卷第一期

在山泉詞話①

余少時每聞一新學術及見詞章佳句，必録於讀書劄記之後。偶一展閱，迨如夢寐。蓋此三十

① 《在山泉詩話》中頗有詞話篇幅，今摘出而以「詞話」名之。

年前事，今已無暇爲之矣。猶記在羊城同古齋畫肆見一扇册，不知何人付裱，題爲「壬辰六月十三日，晴綺軒聯句奉送小松九哥歸杭，即題野雲所作圖後」，調倚《摸魚子》云：「碧玻璃、明湖十里，讓君鷗約重赴。春渠。晚風不作催涼信，卻送一枝柔櫓。玉池。江外路。帶月影潮痕，搖過瓜州渡。石滄。輕煙淡霧。指兩點金焦，樓臺似夢，畫出水天句。介亭。嫣然處。鏡裏紅香翠嫵。歸來花下容與。雪礓。遥山漸學眉尖瘦，先入邀秋尊俎。橙里。翻羨汝，向青翰舟中，挈箇塵梅侶。玉屏。從前逆旅。也聽夠愁聲，芭蕉殘燭，陣陣打窗雨。小松。」朱野雲山人此圖惜未見，不審黃小松司馬易《秋庵集》有收此詞否耳。卷一

（黃公度）先生爲余題圖者，一詩一詞，今珍若拱璧。題《獨立圖》云：「四億萬人黃種貴，二千餘歲黑甜濃。君看獨立山人側，多少他人卧榻容。」題《羅浮紀遊圖》調倚《雙雙燕》云：「羅浮睡了，試召鶴呼龍，憑誰唤醒。塵封丹竈，賸有星殘月冷。欲問移家仙井。何處覓、風鬟霧鬢。只應獨立蒼茫，高唱萬峯峯頂。荒徑。蓬蒿半隱。幸空谷無人，棲身應穩。危樓倚遍，看到雲昏花瞑。回首海波如鏡。忽露出、飛來舊影。又愁風雨合離，化作他人仙境。」末注云：「蘭史所著《羅浮遊記》，引陳蘭甫先生『羅浮睡了』一語，便覺有對此茫茫、百端交集之感。先生真能移我情矣，輒續成之，狗尾之誚，不敢辭也。」又蘭史與其夫人舊有偕隱羅浮之約，故『風鬟』句感及之。」按：此詩此詞，傳鈔一時，已有録入詩話、筆記者。遺編展誦，益愴予懷。卷一

泉州女史潘瑶卿夫人，從曾伯祖棣萼太史公女，適盛雲笙郎中廷森。工詩文，擅書畫，慧心懿德，見孟蒲生孝廉鴻光撰傳。夫人有《河陽泛春圖》，風姿如生，繪像者鍾南山，補景者蔣香湖，皆

當時名手。而湖山似鏡，桃柳夾堤，則吾家天外蘋洲、南墅、萬松山房諸勝處也。昨由郎中之孫春臺廣文奉圖見示，卷中題者二十四人。余最愛蒲生《浪淘沙》一詞云：「人住木蘭舟。花比人稠。一層花住一層樓。中有一花開並蒂，別樣風流。　轉瞬已驚秋。花替人愁。洛陽松柏雪颼颼。一水便如銀漢闊，隔斷牽牛。」宋小野延春詩云：「鬢影照流水，東風送畫船。人行花外路，春滿鏡中天。佳麗傳三絶，浮生悟四禪。劇憐荀奉倩，展卷總淒然。」韋竹坪坦云：「舊日湖山今尚存，多情潘岳最銷魂。可憐春水年年緑，一瓣桃花一淚痕。路接仙源一棹輕，前身知是許飛瓊。柳陰匝地子規喚，環珮不歸空月明。」　卷一

瑶卿夫人復有《評詩讀畫圖》長卷，題者益多，温伊初、譚玉生、儀墨農、侯君模、梁子春、吴石華、桂星垣、陳棠溪、許雲生、潘紱庭、慎芙卿、史蠻坡，皆詩文名輩也，所題多見本集。余最愛張南山維屏、黄蓉石玉階兩詞，南山用《摸魚兒》調云：「問情天、月輪如鏡，少圓多缺何苦。生天早證靈華業，似厭世間塵土。君看取。歎幻影、曇花一瞬留難住。鴛儔鳳侶。記繡閣評詩，香閨讀畫，舊緒定千縷。　豐神在，認是黄門愛女。停雲重感嵇吕。班昭謝韞聰明種，手有七襄機杼。人已古。看玉照、拈毫欲寫新題句。晨星暮雨。想熨體荀郎，悼亡詩就，獨夜更悽楚。」蓉石用《玉漏遲》調云：「舊絃摧怨軫，刹那光景，翠凋紅隕。幻影分明，憶得鏡奩香潤。當日啼鶯夢遠，更此日、啼鵑聲近。愁緒引。與君原是，一般長恨。　筆牀茶竈塵凝，歎詩賸遺箋，畫餘剩粉。病榻丁寧，有約再生重認。待説韋郎絮果，又怕見、蕭郎絲鬢。清淚忍，數載半衾眠穩。」夫人卒年僅二十七，雲笙先生乃出兩圖，倩人題咏，故皆作哀悼語，然兩圖亦皆傳矣。　卷一

圖後，子貞先生復題一詞云：「嶺外名園，海上仙館，好景無數包藏。主人耽古，蠹簡發奇光。往歲飛樓寶界，宴天上、持節星郎。今重到，蓑衣箬笠，漁父入鷗鄉。　商量。先占得，黎明盥漱，消受晨涼。看眉軒寫黛，雪閣凝霜。一片荷花漲晚，有無限、綺麗悠揚。重攜酒，漫搖蘇舸，休爲荔支忙。」詞後題云：「癸亥杪春，重遊羊城，德叟老弟寓我於海山仙館，出示舊題，彈指十五年矣。名園勝處，日得暢飲，漫填《滿庭芳》一闋請正。」　卷二

虞山翁澤芝比部號「花瑞詞人」，刊有《桃花春水詞》，人稱爲「朱長蘆後身」。年未三十，體弱工愁，情多好色。聞其出都，爲債家所逼，以十餘年來所搜求各家詞集一百九十餘種質貲成行。今得孝耕書，知其客中死矣。前經悼亡，復鮮子女，聞者哀之。所著詞集，余未得見，兹就《花世界》所録者，表而彰之，澤君固不死也。《浣溪紗》云：「脈脈牽衣欲別離。偷留一晌爲誰歡。丁寧兩字道加餐。　顧影自憐釵上鳳，多情羞煞鏡中鸞。爲誰銷瘦帶圍寬。」又云：「琬玉書名喚小憐。心香一瓣禮紅禪。願花長好月長圓。　緩緩清歌聞白紵，遲遲纖手理朱絃。同心結子玉連環。」《菩薩蠻》云：「屏山六曲青陰幕，遠山羅黛欺眉額。不解畫雙顰，問郎勻未勻。　亂紅堆不掃。匝地珠簾悄。別夢幾時歸，玳梁雙燕飛。」《浪淘沙》云：「淚雨兩潺潺。花事闌珊。相思真比麝灰寒。病裏生涯閒歲月，無計尋歡。　倚遍十重闌。望斷蓬山。夢兒容易夢伊難。彈破四絃人不見，悄立花間。」　卷二

吾鄉楊侖西其光，自號「花笑詞人」，詞分四種。性好《飲水》，一生低首納蘭公子，余謂其思致與靈芬尤近。靈芬氣，斯足付畫壁女郎，淺斟低唱也。有《陌上花》一闋，乃過梅花渡弔唐宮

人者，幽馨哀豔，令人意銷，詞云：「鳴鑾鳳輦，翠花曾見，玉花傷別。弔古閒來，腸斷渡頭人說。珠傳一斛長門怨，怕看紅綃啼血。想椒房、聽到霓裳豔曲，懶描眉月。　問六龍西去，新都安否，莫憶上陽宮闕。苦雨淋鈴，恨煞禄山餘孽。二南縱有相期志，無奈興亡愁閲。賸寒香、此處年年開也，雪風悽絶。」按：渡在閩海南臺，相傳昔日梅妃下船處。侖西遊閩，故得此好題目也。　卷二

上海《花世界報》刊病紅山人詩詞，悽脂冷粉，香豔襲人。余不知病紅名姓，或曰即《花世界》主筆，日撰《靈蕤閣詩話》者。《詩話》曾録余與亡婦飛素詩，然則文字神交也。病紅雖未得見，意其驚才好色，蔣劍人一流人物歟？其《閶門周二寶水閣小坐感賦》二絶云：「霧裏看花眼復明，天涯驀遇舊雲英。暗中已換摩登劫，影事花天記未清。」「桃鬟一尺看梳頭，拍著簾衣未上鈎。照到鏡中雙鬢影，夕陽如血過西樓。」《洞仙歌》一闋，「六月二十四日遊荷花蕩，極紅嬌碧冶之觀，填贈葉姬秀蘭」云：「胥波滑笏，盪湖船六柱，最愛兜孃蹋摇慣。看靈蛇堆髻，仙蝶飄裾，掩映著、血色鞋兒新豔。　嬌喉珠半串，脆絶吴音，唱到瓊窗五更轉。隱謎故相嘲，風水聲中，墜一朵、碧雲天半。縱唤到、無情木石腸，聽暮雨瀟瀟，也應魂斷。」病紅詩詞善用「血」字，蓋從長爪郎得來者也。　卷二

余題《晚香圖》，甫脱稿，有「閑情易入淵明賦，只要名花耐得寒」。侖西在座，歎爲得未曾有。自誦其《咏菊》一詞，頗自矜許，末語殆與余同意也。詞用《烏夜啼》調，云：「一枝冷顫斜陽。菊初黄。晚節如君才許、説孤芳。　爐不篆，簾早捲，任伊涼。也要箇人禁得、是秋霜。」侖西集中

小令尤工，其格多在容若、劍人之間。　卷二

歸安朱古微侍郎祖謀視學粵東，告假歸里。過港作一夕談，商榷文史，虚懷宏獎，是翁蘇齋、朱笥河一流人物。出贈《彊齋詞》一卷，纏綿感喟，意在言外，是得清真神髓，當代無與抗手也。《燭影摇紅》調「癸卯晚春過公度人境廬話舊」云：「春暝鈎簾，柳條西北輕雲蔽。博勞千囀不成晴，煙約遊絲墜。狼藉繁櫻剗地。傍樓陰、東風又起。千紅沈損，卑夾聲中，殘陽誰繫。　容易銷凝，楚蘭多少傷心事。等閒尋到酒邊來，滴滴滄洲淚。袖手危欄獨倚。翠蓬翻、冥冥海氣。魚龍風惡，半折芳馨，愁心難寄。」《夜行船》調「甲辰九月舟過香港，倚船晚眺，寄公度」云：「滄波放愁地，遊棹輕迴。楓葉亂點行杯。驚秋客枕酒醒後，登臨塵眼重開。蠻煙盪無霽，颺天香花木，海氣樓臺。冰夷漫舞，唤癡龍、直視蓬萊。　多少紅桑如拱，籌筆問何年，真割珠厓。不信秋江睡穩，掣鯨身手，終古徘徊。大旗落日，照千山、劫墨成灰。又西風鶴唳，驚笳夜引，百折濤來。」此闋收處，抑何雄壯乃爾！　卷二

趙曰生茂才與病紅山人，詞章之美，余既載入詩話矣。兩君皆同道，并託神交，未獲一面。曰生現應瓊海教習，時有書札往來。病紅則主滬上《花世界報》，未通姓名。其《靈蕤閣詩話》録余詩，亦僅見之報中也。連得兩君贈詞，纏綿感喟，愛我獨深，江湖身世，同一難遣，因并録之，梁汾、珂雪不得專美於前矣。曰生《買陂塘》調云：「檢青衫、猩紅狼藉，舊痕襟上如許。霜裘貰酒當年事，繫馬垂楊新樹。尋愁緒。認楚尾吴頭，蹤跡留吴楚。閒情休賦，恐老去徵君，殷勤十願，難倩玉簫譜。　雖則是，十載歡場如夢，夢痕歷歷堪數。縱然是夢分明在，任汝空呼負負。真辛苦。

直描出萬絲，殘墨成愁雨。黃金作土。便揮盡黃金，可能再買，如此少年否。」再疊韻云：「坐茫茫、大千人海，詞壇公是燕許。在山泉下徵君宅，繞屋桃花千樹。無意緒。怎直把珠娘，認三吴翹楚。費君詞賦。忒吹笛梅邊，品簫松外，親付小紅譜。　凝眼望，萬里海波如鏡，英雄淘盡無數。香江一部穠愁史，付汝一肩擔負。歌正苦。君試聽、一聲河滿啼紅雨。青衫塵土。僅舞燕歌鶯，酒龍詩虎，差慰寸心否。」病紅《金縷曲》調云：「雲樹茫茫處。謝西風、飄然吹送，天涯羈旅。數點緇塵空染袂，裊著吟鞭南去。把詞客、頭銜親署。十載珠江涼月夜，捏檀槽、唱出黃河句。旗亭事，成孤負。　海山咫尺中原路。歎匆匆、年芳一剎，頓成過羽。採取連蜷因寄贈，中有愁痕無數。抖搜了，半襟香土。玫燭文窗新奏記，賸金荃、妙筆渾難據。相思苦，甚情緒。」又《瑞鶴仙》調云：「香江羈旅地。祗而今，嘗遍江湖滋味。天涯莽迢遞。怎相思，聊託衍波箋紙。吟魂醒未。歎潘郎、鬢絲霜矣。鎮無憀、傷別傷春，誤了浩歌沈醉。　留滯。海山十笏，遁跡天南，助吟多麗。青鞋辦就，甚時商略歸計。儘搴著荔幃，珊瑚擊碎，怨入湘娥山鬼。奈小鬟、細捏檀痕，綺愁又起。」詞四首，讀之醉余神魂，傾余肝膽，蓋文字之感，甚於瓊醪。而病紅二章亦祗刊報上，至今未嘗貽書，想江湖孤介，懶於應酬，益可感也。

題余亡婦《飛素閣遺集》者，名篇秀句，百琲琳琅，泉臺有知，定應告慰。既全刊集端，竊比長離矣。而萬劍盟《尾犯》一闋，鄭陶齋七絕四章，每讀一過，益愴予懷，復録入詩話。劍盟詞云：「暮雨濕苔花，香蝕翠奩，綃淚凝碧。覓影尋聲，溯歡悰猶昔。荷蕩浄、銖衣並泛，桂陰涼、銀箋共擘。世空緣淺，夢短恨長，月冷驂鸞夕。　仙裙愁化蝶，向燈畔、忍檢殘墨。慧具騷心，擅蘭荃標格。算重負、羅浮雙隱，酒醒時、寒生帳隙。感深潘鬢，怕倚曲屏僵寶瑟。」陶齋絶句云：「無端錦瑟溯華年，憔悴黄門感逝川。嘉耦宛如天上月，一生能得幾回圓。」「一曲離鸞最愴神，畫簾微雨惜餘春。棠梨滿樹開如雪，不見明妝覓句人。」「天長地久紀相思，絮果蘭因併入詩。未免有情難忍俊，遠山依約皺蛾眉。」「一卷遺詩字字珠，酒闌高咏唤仙乎。長離閣外開生面，想見冰心映玉壺。」　卷二

庚子七月，京師被圍，糧糈幾絶。王幼霞給諫鵬運、朱古微侍郎祖謀、劉伯崇殿撰福姚同處危城，戀闕不去，於砲聲槍響中强爲消遣，分韻填詞，彙成《庚子秋詞》一卷。三家皆工詞，此卷借題抒意，憂時之什也。伯崇所作，曾爲余書扇三首，今録之。《思歸樂》云：「易水悲歌燕市酒。容幾輩、椎埋屠狗。攬鏡自傷憔悴久。莫更説、健兒身手。　落葉驚風吹隴首。暮色起、兩三亭堠。雁門李廣尚在否。祇今月明依舊。」《定風波》云：「瘦馬嘶風不肯停。郎當鈴語送歸程。頭白老烏何處止。餘幾。定巢還傍柳邊青。　流水替傳羈客恨。哀楊解作斷腸聲。難得一宵愁裏睡。沈醉。曉風殘月又須醒。」《琴調相思引》云：「老屋疏籬一欠申。亂愁多似夢中雲。鎮無聊處，寒月一痕新。　垂老儒冠能傲客，久居山鬼喜窺人。世情銷盡，翻讀送窮文。」語多悲壯，詞境之變格也。　卷二

古微侍郎所製《彊村詞》一卷，氣息静穆，意味自生，非徒矜情韻一派所能及。夜窗展卷，如對其人，風度温温，弁陽嘯翁，在几席間也，再録長短調數章入詩話。《菩薩曼》調云：「纔調龍餅留人語，旋捐寶玦催人去。去住兩朦朧，靈犀無路通。　朝朝翻象局，懶劃瓊釵卜。不到落花

時，春愁君不知。」《清平樂》調「南雄試院，晚桂深冬始花」云：「蜂黄未斛。香外梅塵撲。碎糝辟寒金簇簇。驚起月中人獨。　　年年夢冷仙梯。凌寒露粟侵肌。銷得鈿筐淚點，畫闌秋去多時。」《霜葉飛》「調滬上喜遇半塘翁」云：「過江人暮，經年事，燈牀重話秋雨。北風驅雁暫成行，飛泊寒箏柱。伴獨客，零宫斷羽，天涯惟有啼鵑苦。謾浪説浮家，冷夢落滄波，幾隊白鷗同住。　　長記墮策吹塵，浮雲蔽眼，上東門外歧路。膌烽驚斷後歸魂，嗚咽銅駝語。笑一夕、枯槎竟渡。腥塵還傍鑾江去。要故人，登臨倦，自結春帆，素馨開處。」《高陽臺》調「惠州西湖朝雲墓」云：「連岫平煙，清波小鏡，妝成縮本西湖。語變炎禽，年光細草催枯。分明玉塔紅棉路，笑暫來、客意疏蕪。太匆匆，拖策天涯，疊鼓城隅。　　一杯銷與羅浮碧，占清新風日，天與髯蘇。片雯鵑聲，朝霞飄墮漚珠。丹成不共維摩去，怕散花，人比山孤。熨歸魂，小碣鑾花，留偈如如。」　卷二

少時，遇菊坡書院課期，每詣聽陳蘭甫先生講書，講畢，同集院中山亭朝飯。山陰汪莘伯太守兆銓年最少，翩翩文采，頗心儀之，而未嘗一握談。蓋兩家相望，一席無緣也。辛丑五月返里，伯澄從兄邀飲養志園，重晤莘伯，把杯話舊，歡若平生。余髮已見二毛，莘伯鬚髯如戟矣。越日，爲余題《載酒圖》一詞，用《摸魚子》調云：「歎年年、徵歌載酒，高陽舊侣餘幾。天涯醉墨都題遍，贏得清愁如此。君倦矣。君莫灑、君家騎省悲秋淚。紛紛塵世。問海島看花，虚堂説劍，才調更誰比。　　聞名久，一笑相逢眼底。鬢絲都已憔悴。驚筵雄辯剛中酒，猶有昔時豪氣。須料理。更底處、山靈與我呼知己。丹青卷裏。添幾個盟鷗，半船釀具，相約老煙水。」余次韻和云：「問故園、壺觴風月，故人歡會能幾。越臺詞社摶沙散，我又飄零似此。遊倦矣。笑篋裏詩歌，都是江湖淚。

是何年世。認萬樹梅花，千家團扇，心事劍南比。　清詞好，傳遍尊前月底。浮名拚博憔悴。茂陵弟子皆絲鬢，彩筆讓君才氣。還更理。海外舊冰絃，喚鶴爲知己。青山畫裏，待結箇桃源，商量草稿，高唱答雲水。」「清詞」句，謂辛伯詞曾録入《粤東詞鈔》；「茂陵」句，謂辛伯與余均受學葉蘭臺先師門下也。　卷二

武進湯貞愍公貽汾以畫梅名，而山水尤静細，書卷之氣盎然，思翁一路佳構也。家藏《紅豆村莊填詞圖》便面，貞愍自題云：「潦倒詞場六十秋，自拋紅豆種離愁。村扉一出人争識，翠板紅牙拜白頭。」貞愍工詞，蔣劍人《詞話》載其數闋，惜無專集也。　卷三

余初謁葉蘭臺先生於越華講院，先生張盛筵款客，并出其《陳其年填詞圖》，與姚伯懷、冒鶴亭同觀。圖長二丈餘。先生宦京時所手摹者，畫、字皆畢肖。繪其年坐席上，握翠管攤書，長髯秀目，神采風流，令人豔羨。旁一美人坐蕉葉，倚長簫，未見雲郎也。卷中題者，一時瀏覽難盡。先生云：「以尤西堂《洞仙歌》四詞爲最佳。」蓋借摹年餘，始成此卷。末有先生綴題長古一篇，今不復記憶矣。是日，余賦《掃花遊》一闋云：「玉梅勸酒，愛墜粉池臺，暗香飛滿。翠簾乍捲。繼西園韻事，石林清宴。畫幢書牀，要與詞仙共款。錦波軟。襯一角夕陽，紅上蕉院。　湖海人未遠。認拂拂霜髯，笑拈銀管。緑幺細按。怕歌起豔情，紫雲偷怨。倩影傳神，妙筆重摹粉絹。舊題遍。付尊前、鈿簫吹緩。」又《張憶娘簪花圖》，亦長丈餘，楊子鶴手筆，題者不可勝數。袁子才所謂「國初諸老風情甚，袖角裙邊半姓名」者也。圖入粤中，歸辛氏。前年，余得假觀於伯澄從兄秋曉庵中，亦填《減字木蘭花》一闋云：「横波翦翦。似向鮫綃屏裏見。識面偏遲。袖角裙邊綴

小詩。花魂未醒。千古憐香同問影。紅豆生生。也向枝頭附姓名。」末二語，謂余方爲洪銀娘繪《紅豆圖》徵題也。余作詩話，雅不欲自録詩詞，惟此兩圖，最關余眼福，巴人適意，遂自忘其陋耳。卷三

蘭甫先生不獨以經史考據大文擅長，即詩詞亦卓卓可傳，惟遺命不刊入集部。去冬，朱古微侍郎與余言，欲索余所輯《粤東詞鈔》，一讀蘭甫先生遺作。篋中適無是書，此板舊藏楊椒坪丈處，今且散失矣。兹從《粤東詞鈔》内憶録三首，又從《花南軒筆記》鈔出七首，當寄示侍郎也。《憶秦娥·曲江舟中遇沈偉士》云：「關山路。詞人千里還相遇。還相遇。檀糟銀燭，滿樓香霧。　夜深催挂蒲帆去。明朝惜别知何處。知何處。紅梅驛畔，冷煙殘雨。」《如夢令·春日對雲館作》云：「亭畔碧桃花樹。一日繞花千度。幾日不曾來，換了滿階紅雨。歸去。歸去。去向百花中住。」《望漢月·舟夜聞笛》云：「日暮閒雲千里。柳外孤篷纔緊。一聲長笛是誰家，定在小紅樓裏。　夜深蓮漏轉，愁聽得、乍低還起。知他何事暗銷魂，吹到月斜人睡。」《浣溪紗·途中作》云：「千里西江曲曲流。布帆無力滯歸舟。再遲三日又新秋。　岸柳學人腰樣瘦，草蟲説我夢中愁。情懷不似少年遊。」《滿庭芳》「馬彬士孝廉春闈報罷，途有白傅琵琶之感，填此以解之」，詞云：「蓮子陂塘，柳絲門巷，有客重繫遊驄。桃花一樹，不似舊時紅。相見如何未見，漫贏得、粉淚千重。添惆悵，愁枝病蕊，禁得幾春風。　朦朧。如中酒，鴻泥印爪，直恁匆匆。歎天涯漂泊，此恨還同。莫聽琵琶怨曲，傷心事、催上眉峯。相思夢，休隨粉蝶，再入百花叢。」《百字令》「夏日過七里灘，飛雨忽來，凉沁肌骨。推篷看山，新黛如沐，嵐影入水，扁舟如行緑玻璃中。

臨流洗筆，賦成此闋，倘與樊榭老仙倚笛歌之，當亦衆山皆響也」，詞云：「江流七里，是山痕寸寸，染成濃碧。兩岸畫眉聲不斷，催送蒲帆風急。疊嶂皺煙，明波蘸樹，小李將軍筆。飛來山雨，滿船涼翠吹入。　便欲艤棹蘆花，漁翁借我，一領閒蓑笠。不爲鱸香兼酒美，只愛嵐光呼吸。野水投竿，高臺嘯月，何代無狂客。晚來新霽，一星雲外猶濕。」《念奴嬌》「張韶臺孝廉前在南昌歸里，攜一雛姬，至清遠峽小病。風雨中奄然而逝，葬之峽山。韶臺悼之，既屬余文其碣，復作《凝碧灣》曲本屬題」云：「一灣愁碧，記年時曾照，雙鬟嬌影。手弄花枝隨大婦，清曉同窺鸞鏡。佇月衣單，凌波步怯，釀得春成病。五更風雨，嫩紅無語飛盡。　愁絶兩岸青山，深深埋玉，零落花鈿冷。夜半秋墳詩唱徹，更比哀猿怕聽。斷石縈煙，涼泉瀉峽，尚帶殘妝粉。香魂休睡，試憑橫竹吹醒。」《緑意·賦苔痕》云：「空庭雨積。漸染成淺黛，延緣墻隙。正是池塘，春草生時，難辨兩般顏色。閒門静掩無人到，已滿地、翠煙如織。又暗添、幾縷蛀涎，裊裊篆紋猶濕。　應誤迴闌倚遍，怕行近滑了，穿花雙屐。似淡還濃，漠漠平鋪，只道緑槐陰密。黄昏小立成銷黯，恰看到、斜陽成碧。謝樹頭，吹落嫣紅，一霎破伊岑寂。」《八聲甘州》「韶臺與余同出都，韶臺先歸，余小住金陵，歸舟偶閲昔年唱和驛柳詞，因題此闋」云：「記盧溝煙柳和新詞，悽斷小銀箏。悵飛花飛絮，催人過盡，水驛山程。此日天涯依舊，書劍共飄零。卻恐愁邊鬢，添了星星。　憔悴江南倦客，更勾留十日，酒夢纔醒。愛吟箋、檢點深夜對枯檠。只如今，怕吟楊柳，甚年年慣作別離聲。歸來好，南園煙水，更結鷗盟。」《一枝春》「里中人日例有花埭之遊。余以小病閉閣不出。案頭水仙作花，山農復致緋桃，紅豔欲醉，頹然隱几，口占小詞寫之」云：「響竹喧餘，笑題詩此日，心情都懶。薰鑪燕几，换了酒旗歌板。瑶妃睡起，步羅襪、肯來相伴。還暗憶，門掩青山，幾樹豔如人面。　村童折來紅顫。趁輕雲嫩日，烘開微煖。明脂靚粉，媚我破琴枯硯。晴川畫舫，怕遊屐、麴塵撩亂。岑寂裏，聊慰今年，看花霧眼。」先生所著名《憶江南館詞》，聞全稿在梁星海處。侍郎近欲録副云。又憶少時在菊坡精舍，先生言遊羅浮歸，衹得「羅浮睡了」四字，久未成詞，故余與公度後皆擬作。　卷三

彭剛直玉麟，一代偉人而癡於情。中表有女子梅生者，娟好通文翰，剛直與訂婚約。顧貧不得志，女之父母卒以女字他人，女鬱鬱歿。故剛直畫梅，旁蓋一印文，曰「一生知己是梅花」。聞女少時，與剛直同學，即相愛悦，嘗作《西江月》詞贈之，詞云：「豆蔻梢頭年紀，梧桐葉底詩名。遮燈私語碧窗陰。署個綢繆小印。　舊恨已隨春去，新愁又共秋生。海棠開後到如今。除卻相思無分。」剛直詩多倔强闊大之句，此詞殆不類其人。　卷三

無錫尼韻香善畫蘭，字仿《内景經》，縞紵遍於四方。後以所託非人，天年竟閼，殘縑遺扇，散在人間。三十年來，江湖猶有能道之者。余舊藏所畫芍藥一幀，爲人索去。昔汪容甫過馬守貞故居，憶其所畫叢蘭修竹，爲文以弔之。韻香流落相同，而賫恨猶苦。南海桂星垣觀察文燿曾賦《國香慢》詞一闋云：「一匊湘魂，記花宫未鎖，偷降瑶仙。蘭香是誰付與，帶向生前。更有芳心玉斲，愁滋味、省識春先。無端。强孤冷，鑄影龕鐙，炙夢鑪煙。　幾番摇落恨，把荷衣蕙帶，繭緒相纏。東風欲語，當日自寫嬋娟。花夢漸隨春散，任人間、碎拾芳鈿。爲伊祝來世，莫種靈根，再近情天。」　卷三

泉塘陳蝶仙秀才栩新刊《著作林》一書，内分十門，材料豐富。卷首以銅板範余寫真，上列贊辭，并録詩詞於諸家之上。余神交半天下，投簡札者日無虚。然如蝶仙之厚情，感銘肺腑。余方悼女，返江村，患目痛，苦雨閉門，忽寄至此編，眼光爲之頓豁也。蝶仙最工詞曲之學，所著《九宫曲譜正宗》、《栩園新樂譜》，多所考正。其《古今詞曲品》，論梁任公文章絶世，詩亦豪邁不羈，惟所撰《新羅馬傳奇》，曲中多平仄倒置、腔調不合之處，如《皂羅袍》、《黄鶯兒》中四字句，尤顯而易見者，竊爲全書可惜云。 卷三

蝶仙有《眉山冷翠詞》一卷。《浣溪紗》云：「弱弱芳魂瘦影單。去來無定怨更殘。和衣靠暖玉闌干。 花底心香銷宿火，柳梢眉月悄籠煙。屧廊分手去珊珊。」前調「懷内子」云：「個裏情懷衹鏡知。 暫時消遣玉臙脂。强爲嬌女畫長眉。 怕著寒衣慵起早，不圖好夢慣眠遲。虧他往夜耐相思。」《洞仙歌·寄張雲蘭校書》云：「東風門巷，認桃花依舊。尊底相逢破眉皺。愛櫻唇潤酒，花鬢黏香，那還説，特地爲郎僝僽。 别來無恙否。如此春寒，薄絮衣裳怎禁受。前日是清明，蘇小鄉親，應難忘，西泠楊柳。問畢竟紅船幾時來，我釀熟葡萄，和卿拌□。」《南浦·次平湖懷舊韻》云：「水天一碧，記依稀，風景似當年。試問秋光如許，明月甚時圓。三株兩株楊柳，怪絲絲、不繫小樓船。對平湖皺碧，孤山凝黛，秋夢渺如煙。 惆悵段家橋畔，更誰家、燈火燦華筵。冷落紅簾翠箔，煙鎖畫樓前。山兒水兒依舊，峭西風、愁殺隔波蓮。算年年不改，一堤芳草送吟鞭。」短調學小山，長調似耆卿，近時詞家之傑出也。 卷三

《紅豆圖》已題遍大江南北，諸名士裝成巨册。近日復得沈孝耕由都中寄到《金縷曲》一闋，

趙曰生又由瓊海寄題《摸魚子》一闋，秦、蘇並世，姜、柳同聲，真詞家之韻事也，亟爲録出。沈作云：「好夢渾無據，黯銷魂、吟邊記曲，花間按譜。比似櫻桃春恨重，誰料相思更苦。悔不早、量珠聘去。怕共前塵輕擲卻，戲拈來、贈與傷心句。算總是，團圓誤。　盈盈一水非修阻。奈飢驅、爲人作嫁，累伊延佇。點點離情吹不散，恰被東風約住。已暗惹、二分塵污。聞道琵琶猶未老，合歡杯、索要酬芳樹。試看取，淚痕嫵。」趙作云：「是情天、歡苗愛葉，纏綿結得如許。無端一夜東風劫，化作相思雙樹。甚情緒。看萬點猩紅，萬點皆酸楚。齊梁詞賦。寫不盡潘郎，柔情萬種，還付樂人譜。　尚記得那日，銀屏風底，煩卿顆顆親數。殘膏剩馥應猶在，莫把此心空負。情最苦。問海角飄蓬，又更經風雨。安排香土。好後苑移根，重攜素手，如此願償否。」孝耕工詩，未嘗留意倚聲，偶一填寫，意在言外，直逼竹垞老人，若曰生，則旗亭傳播十餘年也。　卷三

吾鄉海幢寺側有土一抔，相傳爲南漢時梳粧樓，今則委巷蕭條，盈衢蔀屋。地與寺園相近，緑樹陰合，時聞鳥聲。嘗與鄭玉山孝廉權過其地，黯然有懷，蓋不勝弔古之意。孝廉因填《鳳凰臺上憶吹簫》一詞云：「故國悲涼，梵宮岑寂，幾間破屋人家。訪綺樓遺蹟，盡化塵沙。妝鏡香奩俱渺，都莫問、往日繁華。傷心處，斜陽古木，怕聽鵑鴉。　堪嗟。望衡對宇，半豚柵雞塒，煅竈繅車。念霸圖銷歇，而況宮娃。空賸南强千畝，開宴日、扶荔同誇。千秋後，誰如素馨，尚有香斜。」　卷三

余選《粤東詞鈔三編》，吴小荷恭人詞，幾於全録。恭人爲荷屋中丞女，名禄卿，畫摹蔣、惲，詞學蘇、辛，有《寫韻樓稿》一卷，藏葉蘭臺師處。僅記其自題小像二句云：「含毫私語還相問，可是西山寫韻人。」其懷抱可想，此稿惜無刊之者。　卷三

又王笠舫大令衍梅題《滿江紅》一詞云：「閱遍煙花，排頭算、蘇州第一。曾闖過、畫眉橋畔，玉簪如雪。簾影軟摇人語細，笛枝涼透秋光碧。認歌樓、繁響下唐梯，弓鞋窄。　十郎事，鸚哥説。冰壺淚，珍珠滴。把吴淞裁破，蜀箋重擘。約略紅衫年紀小，嬌憨素臉春潮熱。待夜深、偷摸枕函邊，呼伊出。」笠舫先生詩詞，爲世所珍。畫中人得此，益覺釵鈿生色。余亦囑陳倚雲大令題句。倚雲，湘南人，曾遊吴門，與余話滄浪、虎邱之勝。詩工豔體，人呼「笠舫後身」。因賦三絶云：「昔日風流李水部，吴門畫得五花枝。潘郎珍重非無意，换取詩人絶妙辭。」「靈魂吸取在毫端，眼暈眉愁想像難。莫道畫圖曾省識，只留色相與人看。」「廿紀初聞警女鐘，顧他脂粉盡英雄。如何花底金鈴繫，不在人間在畫中。」　卷三

過渡時代，置身科名，沈酣經史，而倡興新理新學，思唤起疲聾，製造人格，以强中國，元和江建霞京卿標實爲傑出。建霞於戊戌罷官，竟齎志以終，余爲中國哭是人也。余與建霞不相識，近閲《湘學文編》，始知其録余文入《湘報》中。欲求其遺詩，不可得。憶從冒鶴亭扇頭見建霞所繪《江亭秋柳圖》，蕭疏澹逸，不似玉堂人筆，其襟抱可想。鶴亭又語余，建霞藏名畫甚多，有改七香琦寫玉京道人小像，頗珍貴。江都王義門景沂曾題《高陽臺》一調云：「紫鳳愁春，紅蘭泣夕，鬟絲容易滄桑。前度秦淮，愛河緑遍垂楊。琴心不綰王孫住，怨金徽、彈出清商。恨難忘，水樣流年，夢樣歡場。　桃花開後靈妃笑，有仙眉佛髻，妝點秋娘。畫裏東風，而今不到鴛鴦。白頭怕説開元事，泣春燈、宫樹青蒼。惜餘芳，寫盡新詞，斷盡柔腸。」「畫裏東風」二語，余最賞心，故因記建霞，並存之。又聞建霞以日本女子小華爲膩友，藏其詩篇、小影，作《東鄰巧笑圖》，徵題咏至

百餘家。　卷三

先文學君有《桐院填詞圖》，爲陳古樵大令愜心之筆。大令自言晚年作畫，未有如此軸之巨者。題者遍於畫旁。宋子熙先生紹濂二絶云：「太湖石對小紅亭，竹影開軒萬个青。拍遍闌干明月夜，有人偷聽玉瓏玲。」「少小論交二十年，兩家楊柳碧溪邊。祇今煙樹江頭夢，不爲悲秋亦黯然。」先君每爲人誦之。　卷三

香山黄椒升茂才衍昌有《倚香榭詞》一卷，專仿玉田，言情最工。少時即與余交好，今俱老矣。余曾選所作入《粤東詞鈔三編》。今録《摸魚子》題余《珠江顧曲圖》一闋云：「怪潘郎、者般消受，綺羅香裏誰共。前身應是蓉城主，贏得煙花供奉。幽響動。聽滿耳清歌，都向珠喉湧。笙簫迭弄。任换羽移宫，偷聲減字，的的幾回貢。　春江畔，我記蘭舟輕送。嬌鶯齊發新弄。鈿頭銀篦全敲碎，轉瞬舊遊成夢。肩罷聳。歎明慧如君，豔福生來種。疏狂漫諷。有誤拍紅牙，憨翻白紵，談笑看微中。」　卷三

蘭甫先生詞集，久未刊行。近閲譚仲修《篋中詞》，録其「惠州朝雲墓」一闋，調倚《甘州》云：「漸斜陽淡淡下平堤，塔影浸微瀾。問秋墳何處，荒亭葉瘦，廢碣苔斑。一片零鐘碎梵，飄出舊禪關。杳杳松林外，添作荒寒。　須信竹根長卧，勝丹成遠去，海上三山。祇一抔香冢，占斷小林巒。似家山、水仙祠廟，有西湖爲鏡照華鬘。休腸斷，玉妃煙雨，謫墮人間。」按：惠州有豐湖，亦名西湖，朝雲王夫人墓即在湖側，每歲清明，傾城士女攜酒羅拜焉。此詞「有西湖爲鏡照華鬘」句，已入神品，全首託體極高，不在朱、厲之下也。　卷三

庚寅七月十一日，柏林束裝將發，諸女史餞余於佛羅窪園林。海外離筵，美人情重，酒酣握手，淚下霑裳。余填《摸魚兒》下闋云：「狂生願，甘老華鬘界裏。憐儂歸去非計。尊前便解相思苦，不待驪歌終矣。杯莫置。問如此江山，甚日能重至。瑶琴慢理。怕天際峯青，酒邊人遠，幽夢隔雲水。」是日，陶槼林送余至火車驛，見此詞，曰：「《陽關三疊》曲不得專美於前矣。」先一夕，同寓媚雅、芬英、威麗默、雪芝、貝殊五女史置酒緑天樓，清談惜别，娓娓忘寢。余率成二絶書扇酬諸女史云：「江東名滿綺羅叢，多謝離尊慰轉蓬。今日得歸偏愁别，三年回首惜匆匆。」「同住銀河水一灣，塵心未盡又東還。相思預祝寥空月，夜夜分愁到海山。」日本井上哲以德文譯之，刻於柏林報紙。卷三

冒鶴亭題《摸魚子》一闋云：「怪東風、年年多事，情根吹長如許。江南已是相思地，偏又移來芳樹。新愁緒。待訴得卿前，只怕卿悽楚。卿家詞賦。記一曲霓裳，人間天上，長恨舊曾譜。十年事，除卻菱花親覷。鬢絲換了無數。沈思聚散原如夢，總奈初心難負。君何苦。君念我春衫，近日無乾雨。白楊黄土。問持此天涯，歌離弔夢，抵得此情否。」詞意悽絶，蓋鶴亭當時正有所悼也。卷三

雲間楊古醖大令葆光以名諸生官知縣，年已七十。新刊《蘇庵集》，駢散文詩詞數千篇，喬皇麗則，淡逸高深，各見卷裏，真大手筆也。嘗次余《庚寅抵家》韻四首見贈，又次佛羅窪留别《摸魚子》韻寄題《獨立圖》，由沈孝耕介紹，則拙著《説劍堂》各稿，必曾邀大令青睞者矣。原詞先録於此：「莽男兒、蒼茫四顧，薄他塵世紈綺。奇花海外都尋遍，奢願算來良慰。舟不繫。把一葉歸

槎，付與空空子。風塵倦未。只結習難除，蒼茫獨立，畫本者般寄。憐儂老，同住有情天裏，蠹魚聊作生計。新詞遠慰聞聲慕，自歎頭顱衰矣。思不置。有如許清才，索要蓬萊至。孤絃試理，想琴按飛塵，岡踰帶霧，往事付流水。」「飛塵」二句，殆用余悼亡詞中語。卷三

《竹林詞鈔》一卷，吕海山大令鑑煌刻其叔拔湖先生洪所爲詞并己作成帙。海山復有《飼鶴齋詩鈔》。《舟次老河口》云：「水窗紅倚夕陽斜，客路迢迢望眼賒。羡煞河邊老船户，江湖走遍未離家。」此意未經人道。卷三

先文學君《桐院填詞圖》，朗山先生亦題云：「楊孚宅河南，松滿洛陽雪。軼事幾千年，風景詎殊別。雙桐君家圃，小占煙水闊。憶我屢盤桓，坐嘯冠巾脱。上有老鳳吟，下見孫枝發。汲泉茶共煮，行觴炙對割。書攝羲之鬼，句呈賈島佛。如何海大風，忽萎南邦哲。琴材君繼抱，落落信瓌傑。么拍寄閒情，雅音未銷歇。青衿在學校，恥但賦城闕。期君龍門枝，雲和奏明月。」先君有《送朗山先生入都》五古一篇，此蓋次韻也。卷四

性德初名成德，字容若，美風姿，擅才藝，所著《飲水詞》、《側帽詞》，爲國朝詞人之冠。曾刻《通志堂經解》，搜羅極富，而其愛才禮士，則尤翩翩貴公子所無。觀其救吴漢槎賜環入關一事，顧梁汾、郭頻伽諸家詞集，皆稱美之。世傳《紅樓夢》賈寶玉，即其人也。卷四

容若詞集大行於世，其詩則《熙朝雅頌》外，張南山《詩人徵略》録之。容若有句云「共誰看月共誰愁」，南山代爲之對云「同我惜花同我病」，蓋謂二語，皆有林黛玉其人在也。卷四

葉蘭雪師衍蘭曾摹《秦淮八豔圖》爲一卷，雕刻精細，題咏秀雅，紙貴一時。圖後，師各爲小

傳，并題詞八闋，兹録其《月下笛・題董小宛》云：「玉映蟾輝，良宵並坐，影梅池館。湘簾試捲。嬌趁芙蓉露華泫。幽蘭暈碧風枝裊，愛小印、紅絲繫腕。更寶匳搜豔，搓酥滴粉，共題鵝絹。仙眷。凌波見。記蕩槳金焦，茜衫塵浣。銀缸鬥茗，料伊雲海遊倦。畫闌香霧沾衣冷，願長作、姮娥彩伴。怕唤起、杜鵑魂，寒食桃花夢短。」《慶宫春・題陳圓圓》云：「滿目月輝，横塘駐影，豔名早冠香溪。朱邸藏嬌，瓊筵顧曲，酒酣密透靈犀。繡鞍馱去，恨驚聽漁洋鼓鼙。投鞭遼海，縞素軍中，重迓鸞篦。　雄姿漫説征西。碧血全家，鵑淚空啼。玉帳兵銷，銅臺春鎖，暗愁驕馬長嘶。五華高築，懺塵夢、禪關静棲。傷心誰訴，忍見吴宫，芳草淒迷。」餘詞俱刻《秋夢庵集》中。卷四

陽湖劉語石廣文炳照有《留雲借月庵詞》一卷，冒鶴亭曾寄余。其佳句云：「一寸詞腸，七分是血，三分是淚。」頗爲人所傳誦。余愛其《百字令・畫蘭》云：「三湘七澤，自屈原去後，風流歇絶。畝蕙畹蘭遺種在，千古沈冤誰雪。君子靈修，美人遲暮，一例心如結。離騷讀罷，洞庭飛上明月。　有客雙管生春，淋漓醉墨，慣把香魂攝。豈爲衆情甘取媚，寄興一花一葉。幻色全空，孤芳自賞，品格殊高潔。爲題新句，也應清到詩骨。」聞廣文詩集甚富，厄於祝融，幸詞集流播人間耳。

伍乙莊德彝家富園林，風流自賞，有《浮碧詞》一卷。余爲序之，稱其能仿成公子，蓋多神韻之作也。録數闋於此。《浣溪紗・煙滸樓歸舟》云：「惻惻輕寒中酒天。江樓人别不成眠。好風橋外送歸船。　綺夢難尋江令管，年華清損鮑家絃。此時明月舊時圓。」《减蘭・題雙美垂釣圖》云：「桃根桃葉。照影驚鴻春熨貼。垂柳垂楊。盪得柔情波樣長。　釣絲輕逐。一寸銀魚

憐比目。添寫文鴛。雙宿雙棲在錦茵。」《菩薩蠻・爲蘭史題陳仲卿搔首填詞圖》云：「羅浮小鳳朱明客。湘水靈均牛渚白。把酒讀離騷，狂來首自搔。　仙才偏潦倒。緑綺臺空老。地上玉麒麟。知君是後身。」蘭史貌與仲卿酷肖。《浣溪紗・浮碧亭賞荷》云：「十畝銀塘繡閾開。玉簫聲裏好徘徊。金壺紅燭夜傳杯。　熨帖佩裳消豔福，品評絲竹要清才。蓮花都化美人來。」卷四

子丹先人晦洲先生有詩一卷，附詞三首，情思清絶。余曩輯《粤東詞鈔三集》，竟爾遺珠，致爲抱憾。今子丹已刊入《陳氏叢書》，特采録一闋於此。《賣花聲》云：「花氣雪肌膚。豔影難摹。月明潮暗記曾無。舊日歌喉今日淚，全是玲珠。　小病費支吾。夢也模糊。懨懨酒半又茶初。一夕秋荷紅盡脱，瘦了西湖。」而子丹亦工詞。《採桑子》云：「軟塵纔踏京華路，誰似潘郎。又歷山塘。消受江花七里香。　湖煙湖雨迷離處，不見金閶。分付垂楊。綰取船燈入睡鄉。」「夢回真箇銷魂也，一葉舟飄。寒怯珠跳。徙倚蓬窗聽晚潮。　姑蘇自古風流地，同是蘭橈。玉漏迢迢。可有吴娘伴寂寥。」「相思再要圖紅豆，腸斷天涯。人在誰家。一夜風橫雨又斜。　情知前事都成夢，應記琵琶。面掩桃花。眼底分明隔館娃。」「羨君短簿名同重，好翦吴淞。汗漫遊蹤。飛到寒山半夜鐘。　畫中來寫迦陵意，問訊征鴻。何日歸篷。瘦了梅花又一冬。」此數闋亦極似王中仙。補遺

——潘飛聲《在山泉詩話》，謝永芳、林傳濱校箋，人民文學出版社二〇一六年

《漚社詞選》序

辛未之秋，夏君劍丞招集映園，同人議倡詞會。時朱古微先生以詞壇耆宿，翩然戾止，厥興甚豪，遂推祭酒。是日擬調《齊天樂》，有即席成者。會中共十四人。嗣後每月一會，以二人主之，題各寫意，調則同一，必循古法，不務艱澀。襟抱之譜，唱酬之樂，雖王中仙集中咏物諸作，蔑以加焉，由是遂成漚社。入會益多，有隔數千里而郵筒寄遞者。詎意壬申近臘，東寇乘我不備，突然襲攻滬北。我軍殲敵，敵復集大隊來攻。炮火轟天，遷徙流離，各不相顧。余家且陷賊中，僅以身免。朱古老於亂前已撒手西行，同人每不通音問，詞社星散，殆如水中漚矣。逾歲之夏，滬居始定，同人重集江濱，社事再舉，重拾墜歡。蓋讀白石道人詞「自胡馬窺江去後，廢池喬木，猶厭言兵」，非變徵之語耶？同人懼詞稿之散佚，謀梓以存之。彙送夏閏枝先生選定，合爲一册。昔朱古老與半塘老人寓燕京，庚子之亂，成《庚子秋詞》兩卷。今此卷刻成，恨古老不及見矣。

——《詞學季刊》第一卷第四號

《碧春詞》序

江南徐貫恂秀才，寄示《碧春詞》一卷。裁花作骨，翦水爲思，仿白門楊柳之歌，聽莫愁芙蓉之曲。神清叔寶，羊車看陌上春花；年少張郎，蟾鏡顧樽前秀影。倚竹枝而紅霞脱口，賦梅雪而白石銷魂。葛鴉兒之小字，彈入三絃；吴蛺蝶之前身，飛來八拍。宜其錦箋繡稿，菊部争傳；翠瑲紅冰，花叢羣拜矣。爾乃黄浦約月，秦淮棹煙，問豔影於丁簾，驚香魂於甲帳。鴛鴦短夢，呼碧玉以無眠；鸚鵡微嗔，怨紅綃之竟去。樓頭殘月，遽送嫦娥；山下微雲，還尋佳婿。叩叩定情之什，軟語銘心；盈盈繫臂之盟，深痕印齒。情天歷劫，畫金粉而非春；江水言愁，借琵琶而下淚。磨折爲才子之氣，離别乃詞人之境。怨悱能工，芬芳易醉也。僕銀箏迸雨，鐵管吹霜，酒暈香消，筆花紅瘦。樊南懺除綺語，維摩怕入華鬘。然春蠶欲死而纏絲，秋蝶驚寒而作繭。江南花落，何處逢君；海上琴孤，還應待我。菖蒲再發，猶雲英未嫁之年；桃葉重招，唱子敬歡迎之曲。光緒乙巳四月，番禺潘飛聲拜於花語樓。

——徐鋆《碧春詞》，清光緒三十二年刻本

《煙語詞》後序

居梅生先生爲吾鄉高士，性情澹逸，學問深邃，然平生頗切用世之志。東官張廉訪敬修，以禮羅致粵西營中。今讀軍中諸詞，激昂慷慨，如見先生運籌帷幄時也。先生書畫久爲世珍，詩詞全稿，則人罕得見。余少時從楊丈永衍齋中讀先生《今夕盦詩》，高深渾遠，洪北江所謂「造句造意」者，心醉久之。顧草稿叢雜，尚未編次。其《煙語詞》一卷，舊有刊本，自經兵燹，板亦散佚無存。順德邱兵部誥桐，獨任重刻之費，先舉詞集付梓人，並以其詩委余編定，以俟續刻。余忻慕先生，而深喜先生身後之遇知己也，謹於詞後敘述如此。

《粵東詞鈔三編》序

飛聲少時稍學爲詩，於詞則未解聲律也。嘗讀先大父《鐙影詞》，擬作數首，攜謁陳朗山先生。先生以爲可學，授以成容若、郭頻伽兩家詞，由此漸窺唐宋門徑，心焉樂之。間與友朋唱酬，或見近人所作，擷其一唱三歎，恰魂澤顔者，録爲一編。曾挾之渡重洋，讀與山雲海月聽。壬辰之秋，同里楊椒坪丈有《粵東詞鈔二編》之選，先君子《梧桐庭院詞》并采入焉。發潛闡幽，良可感歎，然尚有數家未備者。因出篋中舊録諸家詞，重加選輯，爲《粵東詞鈔三編》，以附二編之後。惟吾粵詞人，或已佚殘編，或遠處異地，必有蒐羅不及者，他日當爲補入，務期無缺。至於作者時代編次後先，則不能復泥耳。

——以上潘飛聲《説劍堂集》，清光緒二十四年刊本

《罽伽壇詞》序

詞者詩之餘，蓋長短之變格耳。大凡清辭麗句，慷慨高歌，必有意思以運之，性靈以出之，雅而不俚，真而不僞，方成其爲一己之詩，即詞又何獨不然？邇日詞學大興，代有作者，然亦描摹草窗、夢窗二家爲最多。晦澀生强，至不可讀。又有追和名家側豔之作，連篇累牘，雖至百數十首，並無意義之可尋者。昔萬紅友苦心孤詣，撰爲《詞律》，自詡嚴定字句之功臣，卻於古人之名曰

「一調而字句不同者」，判爲又一體，蓋已附會牽强，依譜填之，幾無一自然之句矣。近更變本加厲，謂必須吻合四聲，始稱能事。不知古人必無自製一詞，而令人復依其四聲者。此較之李獻吉學秦漢文，張船山謂「怕讀假蘇詩」，尤增一大笑柄也。廉生先生博覽羣書，不競名利，向工詩古文辭，近復嗜爲倚聲，力戒摹仿，篤風誼於師門，汏淫哇於薄俗。如眉山、稼軒，託體高邁，真意貫串，即秦七、黄九，無以難之也。閒常編爲一集，持以示余。余讀而賞之，感近日詞派之枝蔓，趨附之日深也，當必有如明代文人見歸震川而低首者，因爲之序。癸酉孟陬，番禺潘飛聲。

——劉肇隅《閟伽壇詞》，民國鉛印本

《竹林詞鈔》敘

鶴山吕拔湖先生，以名孝廉官韶州府司鐸，歸，授徒羊城，講經課文，負笈從遊者歲數百人。英俊之士，掇巍科，稱碩學，多出其門。迨先生歸道山，其著作俱未編梓。值於《學海堂四集》，得其詩十餘篇而已。先生好填詞，嘗與陳朗山司馬唱和，然人罕睹其倚聲也。先生猶子海珊大令近始搜得十三闋，半録入《粤東詞鈔二編》。復謀全梓以行世，而以己作附焉，成《竹林詞鈔》一卷。先生詞清雋深婉，雅近玉田、小山；大令則雄豪清麗，如聽鐵板銅琶，高唱「大江東去」，方之蘇海韓潮。其服官甘肅，曾刊《調琴飼鶴齋詩鈔》，早已不脛而走。而先生之作，則人所嚮慕而未獲讀者。此詞刻成，足慰士林之望矣。光緒癸巳，番禺後學潘飛聲序。

——吕洪、吕鑑煌《竹林詞鈔》，清光緒十九年刻本

與劉翰棻論詞書

潘蘭史徵君來書云：「大詞清麗纏綿，實爲詞家正軌。」再書云：「大集已全讀過，必傳無疑，姑無論是否爲應酬諛詞。愚謂一時遊戲作品，歷數年自不記憶，何有於人之傳，即傳有何作用，雖做一種學問，未嘗不經多少艱難辛苦，然斤斤於傳與不傳論，竊笑老蘭不免著相。」

——劉翰棻《花雨樓詞草》，民國十九年刊本

與趙尊岳論詞書五則

一

叔雍仁兄詞宗足下：久仰盛名，前在甘園，未得握談，以座多俗客也。手示敬悉。尊選詞鈔，尤所心佩。粵詞前刻七册，弟補成三册，共裝十函，板藏吾禺楊氏。今闕板片爲人典去，未審續質否？此詞鈔俟函致鄉友，如覓得，即當奉贈也。粵詞向以吴蘭修字石華《桐花閣集》，陳澧字蘭甫，世稱東塾先生《憶江南館詞》，先大父字鴻軒，諱恕，世稱桐圃先生《鐙影詞》，陳良玉字朗山，世稱梅窩先生《虞苑東齋詞》，爲四名家。而先師葉蘭臺先生諱衍蘭，自刻其《秋夢庵詞》，與汪芙生瑔、沈伯眉世良二家所作爲「粵三家」，詞散見於各家選本矣。拙作《論嶺南詞絶句二十二》，三十年前已

刊入《説劍堂集》内。兹著學生録出，特呈侑覽。專覆，即頌著安！弟潘飛聲頓首，二月十三日。

二

叔雍先生詞宗足下：去歲承賜詞集多種，感謝無量。委辦《粤東詞鈔》，經早函託汪憬吾詞家代覓，惟此書板存楊氏，今始查悉，迭經兵燹，板多散佚，購書亦久而不得，蓋吾粤典籍頻年淪劫多矣。兹憬老寄到新刻詞集，呈上一册，乞惠覽。聞陳東塾先生《憶江南館詞》亦經鋟板，俟寄到再行奉贈。專此修候，敬頌著安！小弟潘飛聲頓首，八月七日。

三

叔雍先生詞宗足下：重九一别，兩易蟾圓，敬維著作日富，至爲心佩。弟久不作詞，鶴亭屬和一首，生澀失律，特録請削定，或附報上，何如？專此修候，即頌大安！弟飛聲頓首，十一月廿五日。

四

叔雍詞社先生侍史：奉手示，承詢各節。弟由貢生到京考入成均，遂貢太學。洪文卿侍郎派隨使節駐德三年，充東方學堂教習，保知孫請改京職，以便新試得國子監典籍。戊戌薦經濟特科，未赴。弟本布衣也，舊事重提，一笑。弟在次詞事集議。弟本擬設座功德林，專待金甸老返滬，詎意甸老遽赴玉樓。弟年老失良友，中心摧喪，俟開歲即舉行耳。順布專復，即頌撰安！弟飛聲頓首。

弟搜得沈去矜詞集沈與毛先舒齊名，如尊處未有，當即送上，餘亦陸續致送。又及。

五

叔雍詞長先生足下：手示敬悉。輯粵詞者，沈伯眉是舉人抑貢生記不清，查粵詞二編已載，官教諭，著《祗陀盦詞》。許青皋初名玉彬，後更名馥，以貢生候選訓導，著《冬榮館集》，詞附。楊椒坪，太學生，候選同知，年八十餘，好賓客，精山水。粵畫自黎簡、謝蘭生、張如芝、羅天池後，而陳璞、潘即先祖、鄧大林、楊永衍，亦稱「四子」云。草復，專頌著安！弟聲頓首，廿九日。

拙詞已刻者，《海山詞》、《花語詞》、《珠江低唱》、《長相思詞》在《說劍堂集》內。又在京刻《飲瓊漿詞》附《國粹叢編》內。餘《江湖寫夢詞》一冊未刻，然無一可觀也。又及。

——《趙鳳昌藏札》，國家圖書館出版社二〇〇九年

與冒廣生論詞書四則①

一

展我碧落箋，書君白雪篇。詞人如玉立，名句似珠穿。羊石纔傾蓋，龍門共侍筵。葉南雪夫子席上。家園羡水繪，應許作其年。

小詩奉贈鶴亭仁兄有道，甲午三月潘弟飛聲蘭史稿。

二

鶴亭仁兄大人足下：前月接八月嘉興道中手書，如親面晤。别後太夫人起居安善。奉上素紙一卷，求書大作詩詞横幅，謝謝。聞著《三國志音義》一書，欽佩之至。友人黄芑香曾撰《三國志音釋》，此書久已脱稿，未刊，不知曾於在粤時彼此商榷否耳。七月間弟返五羊，曾謁蘭師，適未會晤。下月歸里，當求《三家詞》一讀也。洼老在常州，著作必富，有回羊石信否？春間弟和其立春之作，託馮沖遠寄去，晤時乞致意。兹有一函，請先寄叔問詞家，久仰其人，所著能示一二尤妙。

① 上海博物館圖書館編《冒廣生友朋書札》載潘飛聲書信十則，今録與詞事密切者四則。

易實甫手刻各稿，求物色代購。近人佳集及湝老新刻各種，輪便務請寄示，感感。弟託庇粗安，家人無恙。近刻《一得芻言》與《香海集》，俟印成即寄。《獨立》拙圖求賜題，並乞代徵諸有道。覆函仍寄港《華字日報》較捷。書不盡言，敬頌文安！

附上先祖《梅花集》並詩一卷。又呈在柏林時拍照一幀。

愚小弟飛聲百拜，十月十三夜。

三

鶴亭老弟大人足下：前日承枉顧一談，甚暢。尊著詩文詞集，急欲一讀也。如有時賢所刊著有副本可以贈人者，亦懇惠一二，謝謝。《詩羣》八卷，未窺全豹，未審有録拙詩否？《詩話》已一讀悉矣。茲貢上拙詩一二，求附入《詩羣》，不求多，衹求有耳。拙詩已刻者多，未刻者叢雜懶鈔，呈上之稿非恰好之作，不過偶爾撿出耳。《品荔圖詞》俟撿出補題，記得此詞用尊韻，乃《清平調》。何以年前之信多付洪喬耶？前日遊崇效寺，見《馴雞圖》有大作，擬用此韻記遊長椿寺有九蓮菩薩像、松筠庵、國子監觀石鼓，尊集有此題否？欲約韻作詩，有乞惠和。即頌大安！小兄聲頓首，十九日。

四

鶴公足下：昨得暢談，又承賜題圖卷，俾壓歸裝，珍謝之至。倘有興，更望惠跋《載酒册》。聲復擬將《山塘聽雨圖》乞一小詞也。石遺先生已允題此二圖，容録鈔呈賞。專謝，即頌大安！小兄聲頓首，十八日。

——上海博物館圖書館編《冒廣生友朋書札》，上海書畫出版社二〇〇九年

無錫王蒓農藴章明經，出視吳興鈕西農先生《亦有秋齋詞》，當夜讀之，演其詞意，成詩四首奉題

炙研圍爐吮筆宜，官窯品定定州磁。玉梅池畔無消息，吟瘦東風第一枝。

波紋吹皺緑參差，風景垂虹逐漸非。獨有陽春斷腸句，落花偏上酒人衣。

白嶽紅霞縹緲明，妒他攜手許飛瓊。靈芝九葉難重見，猶聽雲華玉珮聲。

苕水苕花古渡頭，七橋新漲膩如油。雨生遠宦蒹塘别，誰寄南湖一段秋。

——鈕福疇《亦有秋齋詞鈔》，民國十年鉛印本

題吳穎老《蘇隱詞》

比竹彊村各勝場，一枝鐵管夜吹霜。卅年獨坐成孤另，添寫江山淚萬行。君三十前年有《獨坐圖》。

竹垞老去歎填詞，猶有金尊照鬢絲。昨夜當筵鶯燕語，江南花落斷腸時。

辛仿蘇出觀宋張玉娘《蘭雪集》，爲鮑氏知不足齋寫本，翰林院舊藏也，題四絶句　其一

瘦影黄花懶並頭，易安蕭瑟善言愁。詞家别有傷心處，疏雨寒煙易感秋。

——以上潘飛聲《説劍堂詩集》，一九三四年

題《淮海先生詩詞叢話》

孤村流水夕陽時，怕落耆卿格調卑。一抹微雲禪意在，只應琴操續填詞。
樓頭燕子屬誰家，天女維摩好散花。不信先生偏薄幸，修真何事遣朝華。
雙鬟傳唱感龍標，那似詩魂入夢遥。千古佳人殉才子，情根入地恐難銷。
述祖文章兩代雄，藤花開落怨東風。千年不見秦淮海，繞扇歌雲想像中。

——秦國璋輯《淮海先生詩詞叢話》，民國三年刊本

詞家四咏

蕭瑟平生萬事閒，冰泉酬唱動江關。滄桑一灑新亭淚，中有詞家庾子山。江陰金武祥粟香
玉簫金琯度玲瓏，惆悵芳心與我同。傳遍江南紅豆曲，買絲争繡冒郎中。如臯冒廣生甌隱

霜天切切響檀槽，月静花涼調愈高。轉惜少年同學貴，新聲不唱鬱輪袍。仁和姚紹書伯懷

越山寫黛三城秀，潭水量情千尺長。往日朱顔同白首，酒邊琴筑各蒼涼。山陰汪兆銓莘伯

題《淮海詞》四首

孤村流水夕陽時，怕落耆卿格調卑。一抹微雲禪意在，祇應琴操續填詞。

樓頭燕子屬誰家，天女維摩好散花。不信先生偏薄幸，修真何事遣朝華。

雙鬟傳唱感龍標，那似詩魂入夢遥。千古佳人殉才子，情根入地恐難銷。

述祖文章兩代雄，藤花開落怨東風。千年不見秦淮海，繞扇歌雲想像中。

龐櫱子屬題《玉琤瑽館填詞圖》

暗香晴雪梅邊路，誰倚瑶臺笛一枝。可許飛瓊來按拍，晏家珠玉琢成詞。

憐卿獨秀此江東，老我頻年感斷蓬。消受五更松竹雨，隔窗敲碎玉瓏璁。

簫愁劍恨滿詞箋，爲語松林一惘然。慚愧白頭王伯穀，畫眉無筆懺紅禪。

聞夢坡於秋雪庵築詞人祠堂，慨歎成咏，即寄夢坡

秦亭鐘動暝溪煙，小别精籃謾五年。爲約孤蓬秋雪路，緑蓑青笠拜詞仙。詞人祠堂所祀以張志和

居首。

俎豆名山結浄緣，好酬幽恨上詞箋。風流誰繼梧門老，寂寞詩龕一百年。

重讀先師葉南雪户部《海雲閣集》

著述同光溯已還，楚騷梁選孰能攀。沈伯眉汪芙生吾粤尊三子，譚仲修蔣劍人詞壇見一斑。秀句廣寒裁月斧，情思洛水禮風鬟。門生把卷頭全白，海上孤雲望故山。

——以上潘飛聲《説劍堂詩集》，一九三四年

浪淘沙　俊盦寄示詞集，爲題一闋報之

十載滬江湄。羡爾能詩。柳波花埭好填詞。嬌小珠孃教按拍，寫盡情思。記否舊遊時。照影明漪。白頭重與鷺鷗期。拓地巢居山半角，補種楊枝。嘗與君話西湖之遊，惜孤山之濱，不種楊柳。

——劉翰棻《花雨樓詞草》，民國十九年刊本

柳梢青　題陳子丹《雙溪詞》

斷送韶光，花飛鶯去，惱殺蕭郎。十載填詞，三生結想，此恨偏長。蘭兒刺繡應忙。子丹姬人素蘭、楚蘭皆繡其詩。認秀句、脂痕粉香。第一銷魂，雙溪合處，一段斜陽。

——潘飛聲《飲瓊漿館詞》，《晨風閣叢書》本

甘州　徐積餘《小檀欒室校詞圖》

記玉臺分韻寫新詞，付與小銀箏。正翠奩研墨，錦牋按譜，一樣關情。消受尊前紅燭，豔影照娉婷。穩聽蘆簾外，湘水秋聲。　此日江南倦旅，算曉風殘月，酒夢都醒。費十年心血，收拾衆香亭。君輯《閨秀詞選》，有明一代多取材於《衆香詞》。是斷腸、家山愁念，莽天涯、歌板共飄零。應同笑、白頭紅袖，換了浮名。

菩薩蠻　《陳其年先生填詞圖》摹本

髯翁風度神仙似。畫屏錦簟憑呼起。我識弄簫人。雲郎偶化身。　偷聲兼減字。諳盡江湖味。莫認是閒情。詞場老先生。

十年夢冷秋江路。荒庵書畫誰爲主。今古一迷離。詞仙有鶴歸。　陸家紈扇語。坡老分身處。幽恨本難描，吹殘一管簫。三十年前，曾在秋夢庵觀先師葉蘭臺太史手摹其年填詞圖長卷。

菩薩蠻　題彊村詞集，追悼彊村先生

河山獨賸銅仙淚。漢家陵闕愁無地。琴調水雲寒。花前那忍彈。　兩朝傳諫草。海角飄零老。我意比黃、蘇。詩中人境盧。《彊村詞》二卷，竊以黃公度《人境廬詩集》爲比。

論嶺南詞絶句

尚書極諫有時名，底願平生作樂箏。要近佳人纖手子，神仙不過是多情。黄損

老來勳業畏投閒，極目邊愁寫亂山。自有激昂雄直氣，高歌立馬劍門關。崔與之

紅塵醉帽愛金揮，曾羨花翁策蹇歸。絶憶青樓題小扇，春愁多半在屏帷。「屏帷半掩，奈夢魂不到愁邊」，又「屏山半掩，還别有、愁來路」，皆名句。劉鎮

曉風殘月酒懷孤，深院春情比似無。做得芳菲詞句好，雕瓊全不費工夫。孫文璨跋文溪集，以《蘭陵王》一詞比之「曉風殘月」，其實不倫也。余最愛忠簡《摸魚兒》調「燕忙鶯懶春無賴，懶爲好花遮護。渾不顧。費多少工夫，做得芳菲聚」等句。李昴英

南山詞調記遊春，消得風風雨雨辰。拈出美成佳句否，心香一瓣在清真。趙必瑑

高卧溪山老歲華，秋江欸乃託漁家。都將家國無窮感，趁拍哀絃聽琵琶。陳紀

天宫花片寫歸思，醉後騎龍鐵笛吹。静夜玉蟾飛卷下，神光一片海璚詞。葛長庚

静裏端倪太極圖，村南詞興愛行沽。小匡廬下光風艇，不礙先生作釣徒。陳獻章

賸水殘山鬱作詩，塞門騷屑又填詞。秣陵弔古蒼涼甚，可有金笳故國思。屈大均

清詞滴粉與搓酥，珠海羣花拜麗姝。爲識雙忠青眼定，蓮香終勝柳蘼蕪。麗人曾侍黎忠愍、陳文忠酒。張喬

煙渚靈旗對九峯，雅琴瑶瑟愧雷同。六瑩詩有青蓮筆，題句湘靈恨未工。梁佩蘭

清　潘飛聲

南樵風調柳耆卿，夢斷南湖載酒行。一席花孃能勸醉，玉梅紅袖可憐生。梁無技

尊前親付雪兒歌，博得微嗔喚奈何。偏是銷魂憔悴日，春衫花氣酒痕多。《逃虚閣詞》，最愛其「博得微嗔，也都情分」、「挽斷春衫，半是酒痕花氣」、「假如真有銷魂日，拌暫爲伊憔悴」等句。張錦芳

何人亭下采芙蓉，煙冷湘娥夢不逢。惆悵海天秋一曲，花枯月黑認樵蹤。二樵《芙蓉亭樂府》、《藥煙閣詞鈔》皆不傳於世，前人刻《粤東詞鈔》亦無可搜采。余近從李氏藏二樵畫山水卷録其自題《海天秋》一闋，補入《詞鈔二編》。又許周生《鑑止水齋集》詩註有引二樵「别後花枯月黑」一句耳。黎簡

樂府淵源三百篇，淫哇豔曲枉雕鐫。采桑一曲羅敷媚，敢問桐花笑拍肩。石華《題采桑圖》語意渾厚，真得風詩之遺。吴蘭修

郎君曾讀上清書，絶代仙才嶺海無。買斷人間天不曉，金錢那惜萬緡輸。康侯自鐫「上清祕書郎」小印，其豔詞有云：「那惜金錢，買斷人間不曉天。」譚敬昭

經師偏解作詞談，朱厲齊驅筆豈慚。記讀真孃憑弔曲，一簾春雨憶江南。《憶江南館詞》未刻，有真孃墓一闋甚工，《粤東詞鈔》未采入。陳澧

倉皇烽火走山川，白髮歸來負酒泉。盡洗詞家穠麗習，銅琶鐵板唱霜天。陳良玉

夢裏青山寒處描，詞工小令本寥寥。東風不放花成夢，也算銷魂寫六朝。湘賓工小令，《白門即事》云「東風不放花成夢」，又「青山夢裏寒」，皆名句也。李龍孫

楚遊煙雨弔湘君，骯髒襟期寫韻人。畢竟嶺南鍾間氣，紅蘭詞句似蘇辛。小荷爲吴中丞榮光女，有《寫韻樓詞》一卷。吴尚熹。

——以上潘飛聲《説劍堂詩集三卷詞集一卷》，民國二十三年鉛印本

題萬劍盟參軍釗《薑露庵填詞圖》

海外詞壇推健者，激昂何似劍盟翁。劍光落地成秋水，忽轉琵琶唱惱儂。
井水能歌繡色絲，蘋波傳遍舊題詞。空舲一夜瀟瀟雨，聲入哀猿又竹枝。
鶴磵詩龕獨樹家，泠泠薑露馬塍花。詞人未老紅兒好，合向松陵理釣槎。
封侯何預老參軍，捫蝨空山且慢云。手握珠璣驚咳唾，白雲一席好平分。

——潘飛聲《説劍堂集》，清光緒二十四年刊本

浪淘沙　《抱香室詞》題辭

村落寂無人。門掩殘春。桃花水似晉時津。君自抱香何處隱，一瓣清真。
寫韻頻頻。瑚紅刻翠總傷神。老去填詞飄盡淚，竹垞前身。

——楊鐵夫《抱香室詞》，清末刻本

《夢羅浮館詞》題詩

江南春色好遨遊，何似梅村事事幽。欲借長房方縮地，與君蹋壁入羅浮。
前身君是羅浮蝶，卻爲新花瘦二分。想見風流繼梅屋，筆端意蕊自繽紛。

清　潘飛聲

我亦西泠繫夢思，蘇堤曾約十年期。曉風殘月無人會，來聽花凉柳七詞。

——許泰《夢羅浮館詞鈔》，稿本

冒廣生《小三吾亭詞話》評

蘭史嘗遊柏林，氈裘絶域，聲教不同，碧眼細腰，執經問字，亦從來文人未有之奇也。所著《説劍堂集》，意慕定庵，而無其發風動氣。《大江西上曲》云：「江亭酒醒，聽西風一笛，離愁吹起。已判鄉心拋撇去，禁得橋闌重倚。戴笠前盟，誅茅後約，灑盡平生淚。絲絲疏柳，向人還更憔悴。早分萬里關山，吴簫燕筑，萍梗看身世。何況西溟風雪路，多恐敝裘難理。潮打秋來，海浮天去，歸夢知何際。蒼茫雲水，挂帆吾又行矣。」《碧桃春》云：「山眉青抹一奩煙。湖平花滿天。羅裙香影漾紅船。凌波人是仙。風絮外，醉魂邊。層樓燈又然。畫筵歌舞繫歸舷。鴛鴦眠未眠。」《高陽臺》云：「簾捲花痕，屏開雪影，有人樓外偷憑。蜜語些些，等閒忘了深更。娉婷心似纖纖月，照閒愁、又照閒情。慰飄零。細酌銀瓶，細攏銀筝。年來孤閣聽秋雨，問綺懷誰訴，冷枕寒燈。一夕温存，消他暖熨吴綾。鸚哥解喚傷春客，讓梨魂、曉夢休驚。記香盟。如此分明。如此凄清。」《點絳唇》云：「暮雨瀟瀟，曉來才覺東風軟。滿池花片。看得春光賤。瘦減腰圍，憔悴何人見。憑闌倦。重簾不捲。誤了歸來燕。」《清平樂》云：「一庭香霧。卷入紅簾去。檀板玉簫無意緒。閒煞秋宵如許。碧梧影落沈沈。冷螢飛照秋心。欲向曲闌微步，愁他滿地花陰。」蘭史婦梁佩瓊，亦能詩詞，其斷句如「花陰一抹香如水，柳色千行冷化煙」、「花前怕向回

闌望，紅是相思緑是愁」，皆悽惋可誦。梁卒，蘭史賦《長相思詞》十六章，聞者掩涕。卷四

——冒廣生《小三吾亭詞話》，唐圭璋《詞話叢編》本

邱煒萲《五百洞天揮麈録》評

蘭史詞已梓者，《海山詞》、《花語詞》、《珠江低唱》、《長相思詞》四種，詞筆自是一代作手，求諸近代中，於納蘭公子性德爲近，並世詞家如浙江張藴梅太史，亦嫌氣促，遑論其他。

蘭史多情，尤多豔迹。居德意志時，有女史名媚雅者授琴來柏林，彼此有身世之感。蘭史賦《訴衷情》詞云：「樓迴，人静，移玉鏡，照銀櫳。琴語定，簾影，月朦朧，芳思與誰同。丁東，隔花彈亂紅，一痕風。」他日媚雅邀遊蝶渡，招同女史二十六人，各按琴曲，延蘭史入座正拍，復成《琵琶仙》詞云：「仙舫晶屏，有人畫、洛浦靈妃眉嫵。歌扇輕約蘋風，雲鬟蘸香霧。芳渡口、銀奩浸緑，更紅了、櫻桃千樹。初度劉郎，三生杜牧，塵夢休賦。　還憐我、似水才名，話佳日、匆匆莫閒度。都把一襟羈思，與前汀鷗鷺。扶窄袖、瑶絲代語，唤水仙、共點琴譜。只惜絃裏飛花，斷腸何處。」順德賴虚舟，年七十矣，讀而豔之，詫爲奇福，因題其後云：「紅縵情雲結綺寮，萬花叢裏擁嬌嬈。文君自有求凰曲，不待相如玉軫挑。」「琴雖異體一般絃，得叶宫商韻總圓。廿六嬌娥翻舞袖，倚聲齊踏鷓鴣天。」

——潘飛聲《飲瓊漿館詞》，《晨風閣叢書》本

邱煒萲《論粤東詞絶句序》

余少治詩，未嘗治詞，惟愛其節奏抑揚，情詞往復，比諸近人詩中之所謂樂府者，終覺清新有味，時而循誦，遇佳處則復忻然忘倦，會心處原不在遠。因悟文體有宜於散者，有宜於駢者，韻語亦然。詞在詩中謂之詩餘，不過駢文之出於散文云爾。且其源甚正，句法韻法多與《三百篇》合，漢魏以來未甚行，毋亦如篆、隸、草、楷之爲時會或限，非託體之爲薄，人見其體隨世後先，有不足，輒引麗則麗淫成説，界彼分此，復舉後主、易安一二人以實之，此何異怨荊公而嫚《周禮》，責《綱目》而連《春秋》者哉？而宋、元、明大儒，多擅此體，入國朝尤卓然稱作者，則有朱竹垞開其先，厲樊榭繼之，成容若、郭頻伽又繼之，風雅淵源，盛哉斯世已！吾友番禺潘蘭史嘗喜爲詞，余讀其集，知由朱、厲、成、郭四先生以與蘇、辛相見者，愛其同心，竊欲以平生臆見狂言，向之質證而未果。今年夏，寄示大作《論嶺南詞絶句》屬題，始獲一發所云如右。先是，蘭史有《粤東詞鈔》之刻，其所咏者，多其所刻。閩、粤同處海濱，士鮮四聲之學，又無人爲之薈萃，中原談詞家遂亦不及。今粤詞得蘭史而大其聲，若閩詞自葉申薌《天籟軒》之後，數十年來未有繼者。余以寄公窮坐七千里外海島，極目蒼茫，又不能不望吾里之有蘭史其人，一爲搜羅焉、網拾焉，使余得並世而讀其文，則亦可以不憾已乎！　光緒二十四年戊戌首夏實清和，閩海邱煒萲謹序於星洲之五百石洞天。

姚文棟《〈海山詞〉序》

予使太西，始識蘭史於百林。年少翩翩，盛名鼎鼎。擕鏤玉雕瓊之筆，作棧山航海之遊。草草光陰，流連三載；花花世界，邂逅羣仙。彙其詩詞，分爲兩集，獨開生面，妙寫麗情，蓋古來才人未有遠遊此地者。才人來百林，自蘭史始。讀者豔其才，並豔其遇矣。上海姚文棟。

承厚《〈海山詞〉序》

大詞哀感頑豔，淒入心脾，所恨者厚。塵務坌涌，不能以師事之，奈何！賜題《畫芙蓉》一闋，尤洽鄙懷。意外之意，日來悶甚，正擬把酒朗誦數過，藉遣天涯幽緒耳。兀魯特部落承厚。

張德彝《〈海山詞〉序》

海西萬里外，不聞此調，如《廣陵散》矣。今讀此編，激越清泠，純乎天響，如鼓成連琴於山海間，令我移情久也。戊子冬月，張德彝拜識於柏林行館。

井上哲《〈海山詞〉序》

此卷詞清曠瑰麗，以冰雪之筆寫海山之景，瓊島瑶臺，隱現紙上，令人目迷五色，古來詞家所未有也。日本井上哲拜讀拜服。

陶榘林《〈海山詞〉序》

歲在戊子，蒙方傍星軺，涉歐海，役形竿牘，息影衙齋。閒抽青琴，同調斯罕，仰視白日，異域可悲，歌《敕勒》以蒼涼，唱《河干》而僾悒。孤歡易墜，一稔有奇，則有潘君蘭史者，瑩鑒月皎，才鋒雷鳴，吞篆妙齡，噪名宙合，氈裘絶域，雁贄遠遺，乃浮博望之槎，高設馬融之帳。碧瞳黄髮，羌北面以從風；白狄紅番，沐東溟之化雨。客居清暇，與我周旋。家世河陽，種桃滿縣；行歌海國，擲果盈車。授簡援毫，排寒送暑。堂名説劍，催詩刻燭之雄；室號相思，補屋牽蘿之趣。語多雋逸，目無淺營。近復出《海山詞》一集見示，藹辭篋發，琚談色飛。玉田之疏，夢窗之密，柳永長亭之雨，髯蘇大江之浪，包羅胸襟，奔赴腕底。間或惆悵明璫，流連翠被，指樓頭之盼盼，索紙上之真真。搴杜芳洲，紉蘭空谷，寤寐所接，髣髴其人，因而妙語珠穿，紈情綺合。美人香草，一例寓言；佛子秋波，三生禪悟。翳不乖乎宗旨，實連犿以無傷。使君不凡，吾黨心折。時則青女晨妒，素妃夜愁，南窗偶開，北風如刺，擁衾不寐，閣筆欲焚，萬感無聊，一杯獨酌。縱覽宏製，不期塊壘之消；附綴芻言，請待國門之索。光緒十四年冬十有二月，寧鄉陶森甲榘林序於德意志拍爾陵使署之西樓。

承厚《虞美人·〈海山詞〉題辭》

庾郎才調江郎筆。來繼金荃集。新聲傳誦到歐西。處處冰絃檀板唱君詞。　多情小杜傷春慣。又感秋無限。漫誇薄倖遍揚州。千載天涯一樣説風流。

離情每被柔情擾。夢影愁多少。三生綺債幾時休。流水落花風雨一天愁。　琵琶誰訴飄零客。舊曲翻新拍。相逢海國久知君，可許盧仝從此拜韓門。

桂林《海山詞》題辭

草窗風調夢窗詞，情是三生杜牧之。如此華年如此筆，卻來海外畫蛾眉。

新聲傳寫遍蠻箋，鏤玉雕瓊字字妍。記唱壽樓春一曲，萬花低首拜詞仙。

金井雄《海山詞》題辭

此鄉未合老温柔，細按紅牙教莫愁。卻笑腰纏無十萬，年年騎鶴上揚州。

尊前休唱雨淋鈴，舊曲天涯只怕聽。爲問珠江今夜月，水天閒話付樵青。

不捲重簾夜聽潮，緑天風雨太無聊。寒燈水閣瀟瀟夕，只有琴娘伴寂寥。

歌舞歐西眼易青，冶遊休説似浮萍。洋琴試按衷情曲，簾外蠻花解笑聽。

風流家世是潘郎，幾度金鋮繡錦鳶。遮莫上人嗔破戒，海山新曲又催粧。扶桑有客識才名，同是江湖載酒行。剩得閒情一枝筆，也題黄絹拜先生。

井上哲《海山詞》題辭

黄河詞調世争傳，玉貌風塵尚少年。愛向海山題豔曲，細腰人拜杜樊川。鑾孃能唱浪淘沙，合寫羈愁付琵琶。一樣傷春感零落，爲君重訴二橋花。日本新橋、柳橋看月，爲東京之冠。

承厚《蝶戀花·〈長相思詞〉題辭》

孤館紅芳空問影。天上人間，此恨何時醒。花語蘭衾愁記省。離鄉爲覓忘憂境。　到底江湖風雪冷。冷入琴絲，怨軫休重整。讀罷君詞心自警。天涯共是多愁命。

冒廣生《孤鸞·〈長相思詞〉題辭》

綵雲驚散，問底事春人，都成悽眷。燭燼香灰，那有珮環魂返。紅芳昔年並坐，驀相思、舊題新换。苦憶種蘭風露，越教人腸斷。　甚悼亡、真箇君家慣。念憔悴於今，鬢絲應短。十載江湖，贏得玉龍哀怨。婆娑漸憐意盡，病維摩、祗耽經卷。訴説夜臺知道，也淚痕襟浣。

——以上潘飛聲《説劍堂集》，清光緒二十四年刊本

李佳《左庵詞話》評

嶺南潘飛聲，刊有《説劍堂詞》，中《水龍吟》一闋，筆端饒有清氣，詞云：「柴門淡月如煙，垂陽浸在輕煙裏。半池荷露，一堤花影，兩三船艤。今夜流雲，昨宵宿雨，碧天無際。把湘簾四捲，瑶琴漫理，還乍聽，疑流水。　前度城西舊寺，集詞人、攜尊同醉。聽湖亭上，絃聲浩漫，有江湖氣。響散松陰，愁生焦尾，知音誰是。記回船尚有，娟娟蟾影，照人無睡。」

——李佳《左庵詞話》，唐圭璋《詞話叢編》本

錢仲聯《近百年詞壇點將録》評

地飛星八臂哪吒項充　潘飛聲

蘭史早歲蜚聲域外。《雙雙燕·追和人境盧羅浮》一詞，仙袂飄舉，足與公度抗手。然《説劍堂詞》才華豔發，與公度亦不盡同也。

——錢仲聯《夢苕庵清代文學論集》，齊魯書社一九八三年

夏敬觀《忍古樓詞話》評

番禺潘蘭史徵君飛聲，壯歲遊柏林，歸，寄跡南洋羣島間，被徵不出。辛亥後，賃廡上海，鬻文

爲活。今年三月逝世，年七十有三。所著有《飲瓊漿室詞》，余初未之見也。殁前數日，寫示詞十首。來牋謂少時曾刻《海山詞》，作於外洋；《花語詞》、《珠江低唱詞》，又《相思詞》悼亡所作，凡四卷，入《說劍堂集》，板存廣州，不能重印。又在北京有《春明詞》，排板散去。殁後，其門人就其家搜集遺稿，則惟《說劍堂詩集》在，其詞稿竟佚去。邇年與予結漚社，月一賦詞，已見《漚社詞鈔》矣。生平老友，性情耿直如蘭史者最可念。殁前寫詞尚在我篋中，檢視不覺淚下也。「姚子梁招遊槎上，傍晚移尊猗園賞荷」《拋球樂》云：「滿鏡紅蕖展簟寬。移尊重拾舊清歡。尋香裙衩隔花見，糝玉琴絲和水彈。便托微波語，何必題詩上畫欄。」「夜過秦淮」《浣溪沙》二闋，其一云：「簾幕驚鴻瞥影過。一彎情碧比銀河。詞人多恨況聞歌。　桃葉渡頭期子敬，瓣香裙下屬橫波。滿天風露意如何。」其二云：「欲懺紅禪訪女冠。茅庵孔雀久荒寒。消魂不是舊清歡。一部鶯花原似夢，六朝煙水獨憑闌。琴絲只覓玉京彈。」「高姬眉子見過用夢窗韻賦贈」《絳都春》云：「簾痕一綫。度繡衩麝香，蝶兒隨遠。人住屧廊，名占蘇臺吴宫苑。爲花爲月前生怨。付身世、落紅零亂。畫屏羅帳，深深穩護，海棠庭院。　曾見。眉棲訊病，欹鸞枕、細訴枝棲柔倩。松柏誓心，紅淚鮫綃愁相换。圓蟾重照湘蛾面。正銀漢、雙星暗轉。勞他軟語教成，錦茵坐暖。」「王清微《空山聽雨圖》，葉南雪師命題」《浪淘沙》云：「流水遠潺潺。悄掩松關。道心微處一憑闌。塵海本無聽雨地，只合空山。　惠麓洗煙鬟。鶴静猿閒。擬尋卞賽素琴彈。一卷畫圖參上乘，莫落人間。」「題寇白門小像」《減蘭》云：「情波半翦。柳下詞牋花下扇。明月金尊。誰識當年寇白門。明珠無價。卻笑蘼蕪輕一嫁。漫訴南朝。零落秦淮舊板橋。」「月夜重過揚州」《減蘭》云：「一帆風利。取足秦淮三日醉。宿酒纔醒。又逐吹簫過廣陵。　腰纏莫問。豈有劉郎才氣盡。如此良宵。何處煙波廿四橋。」「杏花樓昔年與眉子尋春對酌處」《高陽臺》云：「破瑟尋鸞，遺釵拾鳳，香塵漸没仙蹤。文杏仍花，客來已換愁容。芳尊屢導低鬟笑，霎金迷、夢影惺忪。話松陵，老去詞仙，莫過垂虹。　蒼顏白髮維摩境，拚散花何礙，玉局緣空。漫說華鬘，天涯雙衛難逢。啼鶯不管人傷別，勸斜陽、冷入簾櫳。算多情，洛浦微波，猶駐驚鴻。」「白髮蒼顏，正是維摩境界。空方丈、散花何礙」，東坡贈別詞也。「題徐積餘小檀欒室校詞圖」《甘州》云：「記玉臺分韻寫新詞，付與小銀箏。正翠奩研墨，錦牋按譜，一樣關情。消受尊前紅燭，豔影照娉婷。穩聽蘆簾外，湘水秋聲。　此日江南倦旅，算曉風殘月，酒夢都醒。費十年心血，收拾衆香亭。君輯《閨秀詞選》，有明一代多取材於《衆香詞》。是斷腸、家山愁念，莽天涯、歌板共飄零。應同笑，白頭紅袖，換了浮名。」「賦西湖蓴菜用樊榭韻」《摸魚兒》云：「蒻湖漪、又勞宋嫂，芳羹調作濃碧。清明纔過春三月，那有菱芡收得。隨意摘。要盪槳三潭、着手看風色。晴波淨拭。笑藕較絲長，芹還葉小，情縷也愁織。　鄉味好，曾賦秋林琴客。酒酣如酌瓊液。仙城美擅離支菌，合補昌黎南食。秋興寂。但盼到松鱸、歸思知何極。此時正憶。借花港漁罾，柳堤蝦斷，多采備晨夕。」

——夏敬觀《忍古樓詞話》，唐圭璋《詞話叢編》本

畢幾庵《芳菲菲堂詞話》評

一

番禺潘蘭史先生，四十後更字老蘭，主香港《華報》、《實報》筆政，曾梓其文稿，與遊記、詩集，都爲十四卷，而詞則自《海山》、《花語》二集之後，未有繼刊。有人傳誦其「香海别洪銀屏校書」云：「客裏雲屏情緒亂，便道歡場，説夢應腸斷。莫惜深杯珍重勸，銀箏醉死銀燈畔。同是天涯何所戀。月識郎心，花也如儂面。東去伯勞西去燕，人生那得長相見。」右調《蝶戀花》，此詞纏綿盡致，一往情深，置之子野、耆卿集中，不能過也。

二

蘭史嘗遊柏林，氈裘絶域，聲教不同，碧眼細腰，執經問字，亦從來文人未有之奇也。所著《説劍堂集》，意慕定庵，而無其發風動氣。蘭史婦梁佩瓊亦能詩詞，其斷句如「花陰一抹香如水，柳色千行冷化煙」、「花前怕倚回闌望，紅是相思緑是愁」，皆悽婉可誦。梁卒，蘭史賦《長相思詞》十六章，聞者掩涕。蘭史詞已梓者，《海山詞》、《花語詞》、《珠江低唱》、《長相思詞》四種。詞筆自是一代作手，求諸近代中，於納蘭公子性德爲近。並世詞家，如浙江張藴梅太史，亦嫌氣促，遑論其它。

三

蘭史多情，尤多豔迹，居德意志時，有女史名媚雅者，授琴來柏林，彼此有身世之感，蘭史賦《訴衷情》詞云：「樓迥，人静，移玉鏡，照銀櫳。琴語定，簾影，月朦朧，芳思與誰同。丁冬，隔花彈亂紅，一痕風。」他日媚雅邀遊蝶渡，招同女史二十六人，各按琴曲，延蘭史入座正拍，復成《琵琶仙》詞云：「仙舫晶屏，有人畫、洛浦靈妃眉嫵。歌扇輕約蘋風，雲鬟蘸香霧。芳渡口，銀奩浸緑，更紅了、櫻桃千樹。初度劉郎，三生杜牧，塵夢休賦。還憐我、似水才名，話佳日、匆匆莫閒度。都把一襟羈思，與前汀鷗鷺。扶窄袖、瑶絲代語，唤水仙、共點琴譜。只惜絃裏飛花，斷腸何處。」順德賴虚舟，年七十矣，讀而豔之，詫爲奇福，因題其後云：「紈縵情雲結綺寮，萬花叢裏擁嬌嬈。文君自有求凰曲，不待相如玉軫挑。」「琴雖異體一般絃，得叶宫商韻總圓。廿六嬌娥翻舞袖，倚聲齊踏鷓鴣天。」

——畢幾庵《芳菲菲堂詞話》，《詞學季刊》第一卷第四號

陳聲聰《論近代絶句》評

詞人牢落一扁舟，載酒江湖始欲愁。何似翠鬟雙岫美，幾回攜夢上羅浮。潘飛聲字蘭史，廣東番禺人，有《江湖載酒圖》，海内名人，題咏殆遍。其詞奇思壯采，不可方物，咏羅浮諸作，尤爲精警。

——陳聲聰《填詞要略及詞評四篇》，廣東人民出版社一九八六年

仙源瘦坡山人輯《習静齋詞話》評

番禺潘蘭史在德時，曾撰《海山詞》一卷，中多記彼邦山水美人。余友寄塵《海天詩話》中擇録數首，讀而愛之，惜全帙余未之見也。《一翦梅·斯布列河春泛》云：「日暖河乾殘雪消。新緑悠悠，浸滿闌橋。有人橋下駐蘭橈。照影驚鴻，個個纖腰。　絶代蠻娘花外招。一曲洋歌，水遠雲飄。待儂低和按紅簫。吹出羈愁，蕩入春潮。」《碧桃春·夏鱗湖在柏林西數里，松山低環，緑水如鏡，細腰佳人夏日多遊冶於此》云：「山眉青抹一奩煙。湖平花滿天。羅裙香影漾紅船。凌波人是仙。　風絮外，醉魂邊。層樓燈又燃。畫筵歌舞繫歸舷。鴛鴦眠不眠。」《搗練子·與嬉嬋女士遊高列林，林有酒樓臨夏菲利河，極煙波之勝》云：「河上路，翠浮空。萬點蘋花逐軟風。縹緲樓臺如畫裏，捲簾秋水照驚鴻。」

——《小説海》第三卷第六號

朱劍芒《垂雲戀愛閣詞話》評

番禺潘蘭史所作小詞，俱極側豔。《香痕奩影録》中亦盛稱之，謂與病紅山人足相伯仲。其《臨江仙》一闋，記情如繪，詞云：「第一紅樓聽雨夜，琴邊偷問年華。畫房剛掩緑窗紗。停絃春意懶，儂代脱蓮靴。　也許胡牀同靠坐，低教蠻語些些。起來新酌咖啡茶。卻笑憨婢笑，呼去看唐花。」代脱蓮靴，胡牀同靠，低教蠻語，起酌咖啡，極狀初次相值。即兩情繾綣，忽起忽坐，手忙足亂，所以憨婢在旁，亦慮其竊笑也。又有《如夢令·玉蓉樓録別》一闋云：「不分玉樓雙鳳。喚醒紅窗幽夢。半晌不擡頭，祇道一聲珍重。休送，休送。江上月寒霜凍。」「半晌不擡頭」一語，含有無限淒楚。《西廂記》「長亭」一齣，在此小令中包括無遺，可謂寫情妙手者矣。

——《紅玫瑰》一九二八年第三三期

何嘉《絳岑詞話》評

南海潘蘭史先生飛聲，粵東老名士也。殁後數年，遺稿散佚甚多。去年始由葉遐庵、夏吷厂、姚虞琴諸丈，及其高足某君，爲之輯刊《説劍堂集》，後附《説劍堂詞》，多酬應之作，慮不足以傳先生耳。《説劍堂詞》係綜合《海山詞》、《花語詞》、《長相思詞》、《珠江低唱》、《飲瓊漿館詞》、《花月詞》多種而成，想佚去者必多。

——《社會日報》民國廿七年十一月十三日

郭則澐《清詞玉屑》評

潘蘭史跌宕詞場，頗躭聲色，「香海别妓」《蝶戀花》詞有「月識郎心，花也如儂面」之句，人喜誦之。居歐西柏林，碧眼細腰，多從問字。有女子名媚雅者，授琴爲業，同有鳳鸞飄泊之感。蘭史賦《訴衷情》詞贈之云：「樓迥，人静，移玉鏡，照銀櫳。琴語定，簾影，月朦朧，芳思與誰同。丁東，隔花彈亂紅，一痕風。」他日媚雅遊蝶渡，招同女史二十六人，各按琴曲，延蘭史入座正拍。復成《琵琶仙》一解云：「仙舫晶屏，有人畫、洛浦靈妃眉嫵。歌扇輕約蘋風，雲鬟醮香霧。芳渡口、銀奩浸緑，更紅了、櫻桃千樹。初度劉郎，三生杜牧，塵夢休賦。還憐我、似水才名，話佳日、匆匆莫閒度。卻把一襟羈思，付前汀鷗鷺。扶窄袖、瑶絲代語，唤水仙、共點琴譜。祇惜絃裏飛花，斷腸何處。」順德賴虚舟見其詞，詫爲奇福，賦詩紀事，有句云：「廿六嫦娥翻舞袖，倚聲齊唱鷓鴣天。」重瀛巾髻，乃有知音，聞者豔之。蘭史室梁佩瓊亦工詞，有「紅是相思緑是愁」句，頗擅韻致。卷九

——郭則澐《清詞玉屑》，朱崇才《詞話叢編續編》本

潘蘭史先生下世

自彊村先生歸道山，滬上詞流，推番禺潘蘭史先生飛聲最爲老宿。去年先生方爲本刊特撰《粤詞雅》一編，興復不淺。不幸於本年三月初九日下世，身後蕭條，賴故舊如葉遐庵、夏吷庵諸

先生爲經紀其喪。復於七月一日，假湖社舉行追悼會，有姬人將祝髮爲尼云。

——《詞學季刊》第二卷第一號

唐圭璋《夢桐室詞話》評

番禺潘蘭史詞筆穠麗，與納蘭容若相近。世傳其《蝶戀花·爲銀屏校書作》：「客裏雲屏情緒亂。便道歡場，説夢應腸斷。莫惜深杯珍重勸。銀箏醉死銀燈畔。　同是天涯何所戀。月識郎心，花也如儂面。東去伯勞西飛燕。人生那得長相見。」此詞纏綿宛轉，一往情深，誠有白香山淪落江州之感。予嘗和之云：「堤上千花如雪亂。心逐雲飛，苦被山遮斷。沈恨不須明月勸。淚珠自落紅綿畔。　虛擲今生無可戀。日守瓊窗，忍負春風面。不及畫梁雙語燕。天涯何必長相見。」一時遣興，亦足以敵蘭史之沈著。

——《中國文學（重慶）》第一卷第二期

康有爲

康有爲（一八五八——一九二七），原名祖詒，字廣廈，號長素，又號明夷、更甡、西樵山人、遊存叟、天遊化人，南海人，人稱「康南海」。平生推行資産階級改良主張，曾鼓動公車上書、戊戌變法，失敗後流亡國外。辛亥後，積極保皇，反對共和制。著有《新學僞經考》、《孔子改制考》、《大同書》、《廣藝舟雙楫》等。

《味梨集》序

爲文辭者，尊詩而卑詞，是謬論也。四五七言長短句，其體同肇於《三百篇》，墨子稱「歌詩三百，舞詩三百，絃詩三百」，故《三百篇》皆入樂之章也。樂章以咏歎淫佚、感移人心爲要眇，故其爲聲高下、急曼、曲折，亦以長短爲宜。《三百篇》之聲既亡，於是漢之《將進酒》、《艾如張》、《上之回》，亦以長短句爲章。六朝時，漢鐃歌鼓吹曲既廢，於是《清波》、《白鳩》、《子夜》、《烏棲》之曲，亦以長短句爲章。中唐時，六朝之曲廢，於是合律絶句「黄河遠上」曼聲之調出。爰暨晚唐，合三五七言古律，增加附益，肉好眇曼，音節泠泠，俯仰進退，皆中乎桑林之舞、經首之會。暨宋人益變化作新聲，曼曼如垂絲，飄飄如遊雲，劃絶如斫劍，拗折如裂帛，幽幽如澗谷，龍吟鳳嘯，鶯囀猿啼，體態萬變，實合《詩》、《騷》、樂府、絶句，而一協於律，蓋辭之大成，文之有滋味者也。古詩樸，律體雅，詞曲冶，如忠、質、文之異尚，而能郁郁彬彬，孔子從文；以詞視詩，如以周視夏，殷爲勝也。或譏其體豔冶靡曼，蓋詞禰律絶而祖樂府，以風騷爲祖所自出，與雅頌分宗别譜，然雅頌遠裔爲鐃歌鼓吹，皆用長短句，則亦同祖黄帝也。

吾嘗遊詞之世界，幽娉靈眇，水雲曲曲，燈火重重，林谷奥鬱，山海蒼琅，波濤相撞，天龍神鬼，洲島渺茫，吐滂沛於寸心，即華嚴以芬芳，忽感入於神思，徹八極乎彷徨，信哀樂之移人，欲攬涕乎大荒，惟情深而文明者，能依聲而厲長。

桂林王侍御佑遐，所謂情深而文明者耶？ 爭和議而逐鷹鸇，非其義深君父耶？ 歎日月而惜離別，非情深朋好耶？ 温柔敦厚之至，而爲咏歎淫佚之辭，其爲稼軒之飛動耶？ 其爲游揚詄蕩之美成耶？ 其爲草窗、白石之芳馨耶？ 但聞裂帛，聽幽濤，紫瀨涓涓，古琴瑟瑟。它日遊王子之故鄉，泛訾洲之煙雨，宿風洞之嵐翠，天晴豁開，萬壑湧秀，忽而雲霧半冥，一峯青青，有人獨立其上，蒼茫問天，其必情深而文明者哉！ 光緒二十一年七月。

——《國風報》第一卷第四期，一九一〇年

與並世詞人書

與況周儀箋 一九一五年

惠書二及《靈廟碑》，謹收悉。伯純言即到，候其面復。即請夔笙仁兄先生著安，有爲頓首。

《靈廟碑》及書收到。伯純日間來，候其面復。即請夔翁仁兄先生著安，有爲頓首。

與朱祖謀、王乃澂箋 一九一六年

古微、聘三兩公：今夕八時，約厚齋飲，想兩公哀王孫而思見之。即請來同酌。謹請大安！

辛園，七日。

與鄭文焯箋　一九一八年三月

叔問仁兄：滬上縱談，别久思深。頃馨帥威名日上，憾前謀未成，不能鎮吾鄉也。頃到杭州欲與足下話舊。在此僅一二日，望枉至惠然，以速爲幸。或先期約定，免相左，即請大安！

鄭叔問哀啓　一九一八年四月

啓者：鄭叔問中書博學通才，雅文高節，史館、大學屢徵不應，首陽薇蕨，竟以餓死。每讀其詞，哀感頑豔，絶出時流，誠耆舊之高蹈、遺老之逸才者也。去臘，其夫人新逝，今二月二十六日鄭君亦竟病終。雙棺在堂，蕭條繐帳，斂手足形，殯葬無依，寡妾弱息，煢孤可憫。鄭君名在通人，交遍海内，而青蠅不弔，白楊徒悲，豈無聞山陽之笛而過黄公之壚者乎？平生交舊，應共含哀助其殯葬，厚其賻賵。

清詞人鄭大鶴先生墓表

高密鄭文焯叔問，善爲詞，沈麗幽夐，哀感頑豔。其辨音律，研分刌，扣宫協角，皆中經首之會，凡唐宋以來詞部，遍批細字，評得失，精别毫髮。蓋君生於京師，長於豪華，從父瑛棨宦遊南北，冠年而中光緒丙子舉人，官内閣中書，遍交當代耆宿貴要、名士通人。博文學，妙才華，好訓詁考據，尤長金石、書畫，旁及聲色、飲饌、古器，沈酣以自娱，而感激於國事，超濟於榮利。及戊戌政變，感憤棄官，遊吴而家焉。先後巡撫十九人，慕其才名延幕府。君乃徜徉湖山，著書作歌詞，以老於吴下。已而辛亥國變，君幽憂哀憤，西臺痛哭，盡託於詞。行醫賣畫以爲食，常鬱鬱不樂，雖平日寶藏之書畫骨董，亦不復愛顧而盡棄之，蓋生氣盡矣。丁巳之臘，以其孺人張氏之喪來滬謝，且慰予復辟之難。吾留之晚飲，乃曰：「今京師大學以金石、醫二教習聘予，月俸金八百，加鬻書行醫，計月可千餘金，供吾搜金石書畫，足雍容娱老矣。若辭聘，吴中請吾醫與畫者寡，行將餓死。進退維谷，君其爲我決之。」答之曰：「兹非吾所能及也，如人飲水，冷暖自知。兹非吾所能及也。」戊午正月，君以書來曰：「大學之聘已卻之，昔者清史館之聘，且已忍餓而不就，豈至今而後失節哉？」吾復之曰：「然哉！」二月廿五日，君遂病卒。壽六十三歲。葬於鄧尉梅花中，從君志也。前一日彌留，屬其子復培以後事託康有爲，康有爲乃爲紀其喪，聞其所藏書畫古器，則已鬻盡。君若不死，再見首陽之餓夫矣。嗚呼叔問！世慕淵明，□君才節何加焉？其女茂韶才，書法似君，請銘其墓，乃爲寫銘曰：石芝龕，夢大鶴。超榮觀，老文學。詞馨烈，哀故國。餓采薇，窮賣藥。此靖節，亦貞白。死士壟，長嶽嶽。

《粤二生詩詞集》序

吾自海外歸，以甲寅六月居上海申嘉園，日與沈子培尚書遊，而問人才，曰：「自戊戌吾亡外十六年，與中國人士不久接，後起多才賢，孰冠冕者？」尚書應曰：「以所見人才，能冠一國，莫如君之門生麥孺博、潘若海也。」吾聞而適適驚，乃輕吾東家有顔子而不知也。二子者，皆有萬夫不當之勇，博極今古之學，通貫中外之識，惻怛救國之仁，沈毅而剛勁，直大而忠純，至誠而有仁術，觀世甚深，而去就不苟，安貧自娱，非其道與之，千駟萬鍾不受。二子相友善，相扶攜，抵掌行吟，五升之飯不飽，不忘憂中國，哀生民，孜孜鍥而不捨也。夫震萬石之鐘，器巨聲閎，翼負青天，待培風而摶九萬，而槍枋榆之燕雀笑之。沈尚書以爲冠國士也，豈其阿耶？

昔吾講學粤萬木草堂時，有吾邑陳千秋禮吉、曹泰著偉兩生，高才博學，冠絶一時，皆以甲午不幸短命死矣。及戊戌從我變法，則有譚嗣同復生、林旭暾谷兩生，皆以奇才戮死矣。越歲庚子，唐才常黻丞，又以奇才弘學，舉兵漢口，蒙難死矣。越數年三水何樹齡易一，道通天人，無言而死矣。傷心陳蔡，痛念吾黨人才零落，已令鄙人有天咒之悲。所與經營中國、負荷生民者，有孺博、若海二子，乃先後長往也。

昔袁世凱之將帝，兩召孺博相見，且授以教育總長，孺博即拂衣出國門，不肯見，況於受官也。然乃俯首與若海入江督馮國璋幕，相與謀倒袁，以爲非西南無敢起兵者。若海既遊説桂督陸榮廷，訂舉兵之約，若海爲江督馮華甫電約滇中蔡鍔舉兵，滇、桂遂先後舉兵。若海爲袁嚴捕，走香港，嘔血死於吾家亞賓律道三號宅中。孺博則以乙卯怒袁稱帝，而先氣絶死。嗚呼！人之云亡，邦國殄瘁。自二子之逝，天實喪予，吾遂孤獨窮老，弔影海濱。嗟乎才難，既有其人，又復凋之，傷心人兮，將如之何？

孺博弱冠舉於鄉，若海爲郎於民政部十餘年，從吾奔走救中國。若海弱冠從戎，習兵略，倜儻權奇，氣吞八表，嘗入揚州猛將徐寶山幕，將擁之以勤王，遍交全國諸將帥，盡識其才略兵械，而欲乘時鞭笞撫用之。孺博則太沖希夷，抱德□和，懷寶迷邦，不易乎世，不成乎名，不見是而無悶，遁世不見知而不悔，確乎不可拔之潛龍也。然二子以憂國故，皆懷抱大志，鬱伊不少展，故其發之於詩詞，多憂傷憔瘁、悲秋冶春之綺語，則未能天遊也乎？然其雄深鬱律之氣，若春雲出而海潮湧，騰踔峻厲，光怪怒發不可遏。然抑之柔之，中乎桑林之舞，樂而不淫，哀而不傷。讀者論世知人，固自得之。若拘者美其詩法之出少陵、昌黎、東坡、半山，詞調之出於美成、夢窗、稼軒、白石，抑末也。

若海詩詞本多，今此區區散在人間，亦泰山一毫芒耳。若孺博於詞章，綿麗沈鬱，尤其天才，自少與梁啓超以才名齊，惟不自收拾，吉光片羽，爲其親舊搜發者，龍章鳳姿，亦可窺豹於一斑。杜少陵曰：「吾憐孟浩然，短褐即長夜。賦詩何必多，往往凌鮑謝。」後有知音，應同此賞歎也。

朱彊村侍郎，久與二子遊，多所倡和，既歎念逝者，爲録校其所遺詩詞，令吾序之。披卷咏歎，天寒日短，夕陽在山，朔風振厲，修竹蕭條，如聞山陽之笛，哀怨微茫，感舊傷懷，能無愴恨！朱侍郎曰：「潘、麥二子之才賢，庶幾魯二生。」若海，南海人；孺博，順德人。吾遂名爲《粤二生詩詞集》而序之。

《江山萬里樓詞鈔》序

天生鳥獸，有自然之語言聲歌，何況人也。文言者，語言聲歌之精，故雅而有韻。大地萬國語文，皆用拼音；惟中國語文，雖有諧聲而用單文，故有屬對。夫一陰一陽之謂道，中國文詞窮奇偶駢儷之工，整齊綺麗之極，萬國無比焉。六朝人稱文筆，以無韻者爲筆，有韻者爲文。歌謡也，自古有之，韻文之最先者耶？和聲依永，演而爲詩，調而爲律，於是有高下、抗墜、清濁、平仄、長短之音，有一言、二言、三言、四言、五言、六言、七言、八言、九言之句。至於唐末，詩之道，變化極矣，長短句之詞乃出焉。詞者，文言之有分寸節奏，寫情之尤要眇者耶？其聲綿渺而哀厲，其氣芬芳而馨遠，其情娟嫮而悱惻，其詞綺靡而瑰麗。文言至五代、宋人詞，觀止矣，蔑以加矣。元人增長爲曲，鋪排廣博而已，於其聲調，分毫末之能加也。故詞人皆師法南北宋，若美成之跌宕悠揚，蘇、辛之儻宕遒上，夢窗之七寶樓臺，姜、張之清新俊逸，亦各窮工極妍矣。然韻味之雋，含蓄之深，神情之遠，詞句之逸，未有若三李者，結唐詩之結局，開宋詞之先聲，實詞家元始之音、中正之聲。若文辭之有屈、宋，書法之有羲、獻，莫能尚之。元人未有專之者，明人於詞不足道。國朝最盛，然朱、厲以來，皆組越甲以爲工，夸晉郊以炫富。夫詞以紓情，非與波斯胡競賈也，奚取於斯？納蘭性德之《飲水》、《側帽》，其庶幾乎清水出芙蓉矣，然雜於宋、元間。吾門人楊圻雲史，生世於京師華腴之地，遊宦於南溟詭異之俗，遭遘國難，朝市變遷，感激既多，鬱而爲詞，蓋與李中後主之身世亦近焉。其旨微而遠，其情深而文，其聲逸而哀。回腸蕩氣，感人頑豔，清詞麗句，自成馨逸。而肌膚若冰雪，天然去雕飾，左挹浮丘，右拍洪崖，超絶埃塵，若藐姑射仙人焉。蓋三李之芳躅復見於今，而非餘子所能望見者也。雲史爲詩，雄深似少陵，名騰海内，而詞則度世飛升，世鮮知者。癸亥之臘，風雪中，吾與雲史登嵩嶽之頂，宿於太極峯下，息於嵩陽書院，遊於石淙，踞巨石，臨清淵，雲史請吾序發明之。世之善爲詞者，其必有賞音而不河漢吾言也。甲子夏日，南海康有爲序。

贈鄭大鶴同年

海内詞人孰正聲，畫師樗散話居平。何當麋鹿遊臺感，又見龍蛇起鹿争。燕樂孤微知石竹，樵風哀豔入琵筝。西臺鐵笛曾吹裂，賣藥懸壺斷此生。入山惟恐不能深，勾漏羅浮何處尋。欲問葛翁同徙宅，山樵妙墨有青岑。身世可堪逢百憂，萬方多難竟無休。死生契闊嗟吾輩，煙雨迷茫話小樓。

祝朱古微侍郎七十壽

早登館閣二春官，晚挂衣冠乞鑒湖。滄海種桑閲賢劫，首陽采薇論潛夫。蓬萊阿娜傷心地，詞客蒼茫久白鬚。尚剩靈光古稀有，吹殘鐵笛老菰蘆。

挽況夔笙

八桂林中秀一枝，廬陵集古美成詞。江南哀後蘭成賦，郢下秋深宋玉悲。頻絶蕨薇首陽餓，只留松柏講堂思。吾門才士又弱一，苦節清辭豈世知。

哀鄭叔問中書　窮死吴中，其子述遺命，以後事見托，因爲籌喪費

白羽褵褷喬木零，蘇臺乾死讀書螢。江南哀甚蘭亭賦，肘後方傳素問經。比竹好詞感頑豔，采薇長餓隱沈冥。所南遺筆歸泉路，鐵笛西臺誰與聽。

草堂松菊有遺民，谷口今傷鄭子真。窮巷青蠅爲弔客，幽篁山鬼哭蕭辰。畫師酒後空傷鬢，處士歸來獨漉巾。四海交遊歎零落，謬承遺托只酸辛。

——以上《康有爲全集》，中國人民大學出版社二〇〇六年

靈《詞林新語》評

南海康長素傲岸自大，或於稠座請赴梨園，應曰：「余豈不畏人剽殺者耶！」

——《詞學季刊》第一卷第三號，一九三三年

錢仲聯《近百年詞壇點將録》評

地暴星喪門神鮑旭　康有爲

長素《蝶戀花》詞：「翠葉飄零秋自語，晚風吹墮横塘路」、「三十六陂飛細雨，明朝顔色難如故」，豈戊戌維新失敗史之縮影耶！

——錢仲聯《夢苕庵清代文學論集》，齊魯書社一九八三年

陳聲聰《論近代絶句》評

嶺南學海老經師，能作芊綿窈窕詞。萬木卻生東塾後，蕭條風雨不同時。康有爲原名祖詒，字長素，號更生，廣東南海人。初講學於萬木草堂，光緒十五年，以諸生伏闕上書，戊戌政變失敗，逃日本，繼遊各國。有《萬木草堂詩鈔》，附詞一卷。詩中前二句謂經師陳蘭甫，實不相同也。

——陳聲聰《填詞要略及詞評四篇》，廣東人民出版社一九八六年

李綺青

李綺青（一八五九—一九二五），字漢珍，一字漢父，別號倦齋老人，惠陽人。清光緒十六年（一八九〇）進士，歷任福建、吉林、河北、黑龍江等地知縣，辛亥後旅居京津，賣文爲生，一九二五年病逝於北京。著有《草間詞》、《聽風聽水詞》、《倦齋吟稿》。

《草間詞》自敘

余少耽倚聲，中歲饑驅南北，此事遂輟，而結習未嘗忘也。辛亥以來，端居噎鬱，輒檢宋人集，

日手一篇，以吟以歎，有所感觸，遂亦橅效。江湖郢曲，未脱凡豔；病榻越吟，寧協音律。因思詞人如玉田、草窗、碧山、山村及篔房兄弟，皆生際承平，晚遭末季，牢愁山谷，無補於國，莫救於時。一以黍離之思，託之歌詞，百世之下，猶想見其懷抱。余於昔賢辨律辨韻，實未能窺其一二也，而無補於國，莫救於時。空山偃蹇，假託咏歌，排遣永日，則與昔賢有同慨焉。爰檢壬子以來所作，共得若干首，題曰《草間詞》，謂如哀蛩自語，鳴蜩獨吟，物候使然，非希世人之賞音，不必向其中論工拙也。戊午十月四日，倦齋老人序於天津聽風聽水庵。

——李綺青《草間詞》，民國七年鉛印本

《聽風聽水詞》自敘

余自光緒戊、己間，與孝通學填詞，然不過取宋人作規仿一二而已。迨辛、卯之官閩中，始識張韻梅。韻梅，固浙西所稱詞家者也，乃相與討論音律，辨正聲韻，遂爲填詞之始。韻梅自言其酷嗜倚聲，自十八至今五十年，萬氏《詞律》凡批點至十六次，謂長調創自北宋，然如耆卿、淮海，間有協律者，其他皆未能也。至美成、夢窗、梅溪、白石、草窗、玉田、碧山，遞相祖述，抽祕騁妍，以律爲主，所辨別去、上二聲尤細，彼此互證，不差累黍。又如凡一調而甲乙互異者，以大家爲正；一人而先後偶殊者，以名作爲準，此萬氏考證之獨精者也。又言近世詞人，務爲艱深，謂即清真、夢窗，不知相去愈遠。夫玉田，學清真者也，雖無周之意境，而清婉近之。草窗，學夢窗者也，雖無吴之奥麗而雅密似之，所謂善學前人者也。韻梅之論多如此。同時番禺葉南雪亦務填詞，郵筒往來，於韻梅多所折正，間爲倡和。今韻梅墓木拱矣，余亦萍飄人海，牢落終歲，綺語之債，分亦將了。久以少作，不敢示人。自惟年逾六十，精力銷耗，已無塗乙之暇晷，而詞家如韻梅可以就商者，尤無其人也。爰檢戊子迄壬子夏，計得詞若干首，暫付刊存，並詳記韻梅之論於簡端，以誌良友切磋之誼焉。己未十月四日，歸善李綺青識於天津聽風聽水樓。

——李綺青《聽風聽水詞》，民國八年鉛印本

與冒廣生論詞書

鈍老詞長兄足下：都門小別，又見春風。嗣聞台從自永嘉移節京口，厭看雁蕩，還復管領金、焦，山水之福，令人健羨。《草間詞》已印就，初作淺率，本不足存，謬荷引喤，或者附青雲而顯，未可知也。茲寄上五本，乞哂存，摘謬再示。江山佳處，必多吟咏，近作望賜我一二。此叩侍福！綺青，九日。

——上海博物館圖書館編《冒廣生友朋書札》，上海書畫出版社二〇〇九年

法曲獻仙音　譚仲修以《篋中詞》見寄，賦此答謝。原集自國初至近人，搜采精備，末附《復堂詞》本集

蟲月研秋，雁霜吟曉，詞客年來清趣。雅集尊前，賞音絃外，金猊和香微度。念漢水、風流在，題襟

滿縑素。　共誰語。但隨身、寶箏鈿管，早唱徹旗亭、酒邊金縷。珮影篋中收，正喚起、探花情緒。絶妙新歌，教蘋洲、都入簫譜。料方回名字，傳遍江南兒女。

洞仙歌　題孝通《孤桐詞》卷後

麝塵蠹損，剩紫簫殘吹。玉笥寒雲半憔悴。聽清商依舊、悽動牙絃，誰更識，當日中郎焦尾。錦鯨仙去後，哽咽吟魂，天際笙雲自飄墜。障扇過旗亭，畫壁淒迷，黄河句、酒家能記。尚落月、沈沈夢歸來，對夜雪梅花，緩歌山鬼。

甘州　題張韻梅《新蘅詞》集

又西風吹葉作秋聲，雨屋古燈深。自錦鯨歸去，淒涼采石，月冷如今。記得梅花夜雪，翦燭共悽吟。一片寒蕪影，緑滿樓陰。　欲訪蘋洲殘笛，奈香迷紫曲，霜黯青林。檢中仙舊卷，淚灑碧山岑。問修羅、此回天上，有吹笙、多少舊題襟。銷魂久，素絃塵掩，愁拂孤琴。

——以上李綺青《聽風聽水詞》，民國八年鉛印本

燭影摇紅　題項蓮生《憶雲詞》後

自撥琵琶，酒邊一片傷心語。紫霞淒調半飄零，愁見蘋洲譜。側帽孤吟最苦。問聽殘，秋聲

幾度。湖陰落月，似識當年，翦燈情緒。玉笥雲埋，泠鵑怨血春還聚。世間無地著閒愁，祇向哀絃訴。畫壁憑誰唱與。滿江南，猶傳恨句。夜闌眠醒，靜聽疏鐘，有人啼雨。

沁園春　讀《稼軒詞》有感

緩帶輕裘，投壺雅歌，吾愛稼軒。任酒邊索句，頻搔白首；山中種樹，欲老青門。卻謂淵明，酷如諸葛，尚友千秋迥不羣。辛詞「看淵明、風流酷似，卧龍諸葛」，龔定庵詩「陶潛酷似卧龍豪」，蓋本此。爲三歎，想帶湖勺水，那駐騷魂。名流爭謁車塵。算惟有、龍洲同酒尊。恨英雄難覓，憑欄北固，神州未復，攬轡中原。健筆眉山，祇堪伯仲，入室余推劉後村。平生感，念如君奇傑，竟作詞人。

——以上李綺青《草間詞》，民國七年鉛印本

自題小像

草間詞卷付哀絃，據石危襟手一編。閱盡滄波頭似雪，可能留待見桑田。

——李綺青《倦齋吟稿》，民國鉛印本

冒廣生《〈草間詞〉序》

吾於歸善得友二人。其一江孝通户部，其一則李漢珍太守也。二人者，皆善填詞。二十年

前，孝通與吾各集李昌谷詩句爲詞。孝通既没，其遺稿之存亡不可得而問已。漢珍成進士，以知縣官閩，已而調吉林。光、宣間，始與吾相識於京師。然吾少時從番禺葉南雪先生學爲詞，則已知漢珍名。歲丁酉，吾兩客福州，與傅節子太守、張韻梅大令日過從，獨未識吾漢珍。比相見，道姓氏，詢邑居，則又未嘗不各嗟其晚也。當是時，梁伯尹吏部居韓家潭之芥子園，其地既饒木石之勝，士夫文酒恒集於園中，吾與漢珍蓋無一日不相見。國變以後，漢珍以貧故，留滯周南，端居寡歡，則益肆力於詞。自言：「南宋詞人如玉田、草窗、碧山及篔房兄弟，皆生際承平，晚遭離亂，牢愁山谷，無補於世，一以禾黍之痛，託之歌謠。百世之下，猶想見其懷抱。」顔其所作曰《草間詞》，蓋取梅村「草間偷活」之語，以寓其感。然即置漢珍詞於《草堂》、《花間》，固亦無愧赧色也。夫詞者，詩之餘也，本忠愛之思，以極其纏綿之致，尋源《騷》、《辨》，託體比興。自其文字而觀之，不過曰「褰修」、曰「蘭荃」耳。世無解人，而急功近利之徒盈天下，此天下所以亂，而《春秋》不得不因《詩》亡而作也。然則謂詞之不亡，即詩之不亡可也。吾數年以來，填詞雖不如漢珍之多，獨刺取古樂府題爲《擬古樂府》一卷，皆於時事，深切著明，言者無罪，聞者足戒。自謂不似有明何、李，强爲無病之呻吟也。唱予和汝，漢珍能鼓勇爲之乎，不必問後世之有無桓譚也。戊午十月如皋冒廣生。

——李綺青《草間詞》，民國七年鉛印本

郭則澐《清詞玉屑》評

甲申馬江劫後，李漢甫客閩，重經廢壘，有「馬江書感」《揚州慢》云：「孤島星懸，千檣霧鎖，滄波歷盡鷗程。過海門百曲，看夾岸峯青。自濡口、交鋒以後，障江帆艫，猶未銷兵。望空明鏡裏，重陰隱約高城。　陳濤往事，到如今、父老談驚。念籌筆樓荒，沈沙戟折，遥寄幽情。一片蕭蕭蘆荻，清商起、暗和秋聲。聽天邊哀角，沈雲都逐愁生。」頗爲人傳誦。張繁甫客節幕，目擊兵事，賦「馬江秋感」《曲江秋》云：「寒潮怒激。看戰壘蕭蕭，都成沙磧。揮扇渡江，圍棋賭墅，諕綸巾標格。烽火照水驛。問誰洗，鯨波赤。指點鏖兵處，墟煙暗生，更無漁笛。　嗟惜。平臺獻策。頓銷盡、樓船畫鷁。淒然猿鶴怨，旌旗何在，血淚霑籌筆。回首一角天河，星輝高擁乘槎客。算祇有、鷗邊疏荭斷蓼，向人紅泣。」指斥僨事諸臣，尤不留餘瀋。簣齋自號知兵，兵將皆非所習，其取敗，固非不幸。然以夙負重望，故尤爲羣矢所集。而朝貴袒之者，至謂閩事可敗，船廠可棄，豐潤學士決不可死，異哉！

——郭則澐《清詞玉屑》，朱崇才《詞話叢編續編》本卷五

錢仲聯《近百年詞壇點將録》評

天英星小李廣花榮　李綺青

漢父爲詞三十載，《聽風聽水詞》、《草間詞》，嶺表詞場之射鵰手，上接翁山，持節龍荒，銅琶

亂撥，雄麗綿密，得未曾有。「暖風吹遍蠻花，海天更産英雄樹」，水龍吟《木棉》。可即爲漢父詞讚。

——錢仲聯《夢苕庵清代文學論集》，齊魯書社一九八三年

梁鼎芬

梁鼎芬（一八五九—一九一九），字星海，號節庵，番禺人。清光緒六年（一八八〇）進士，授編修。歷任知府、按察使、布政使，因彈劾李鴻章，名震朝野。後應張之洞聘，主講廣東廣雅書院和江蘇鍾山書院，爲《昌言報》主筆。辛亥後任溥儀師，授毓慶宫行走。詩詞多憤世，與黄節、曾習經、羅惇曧並稱「嶺南近代四家」，有《節庵先生遺詩》、《節庵先生遺稿》。

夏敬觀《忍古樓詞話》評

冒鶴亭同年自粤歸，抄贈粤詞人《雁來紅圖卷詞録》一卷，作者凡十三人。番禺梁節庵鼎芬《惜紅衣》云：「紅葉飄殘，緑梅開乍。數枝妍雅。襯出霜華，風流玉苔榭。墻頭石角，散魚尾、斷霞誰寫。前夜。有多少冷音，逐琴絲來也。　春韶歇了，獨自餘芳，秋心較濃冶。閒階立盡，烘醉酒初罷。翻恨半庭涼訊，不共月魂同下。想瓊枝天外，愁絶不堪盈把。」仁和王子展存善《百字令》云：「江楓低舞，又匆匆正到，重陽時節。盡洗霜華偏絢爛，烘出空庭秋色。遠浦霞明，寒林日

遥想姹紫嫣紅，春韶一瞥，惟剩荒苔蹟。塞外征鴻書未達，盼斷西風消息。似錦年光，空隨逝水，人歎頭先白。與花相對，朱顏換了華髮。」綿竹楊叔嶠鋭《百字令》云：「菊花村晚，正斜陽一抹，向人淒絶。萬里衡陽秋信遠，盼到重陽時節。岸柏酣霜，橋楓惹燒，詩思同淒切。長空錦字，落霞高傍明滅。　堪歎作客隨陽，春生溢浦，又值征鴻發。塞北江南何處是，悵想山堂濃葉。照檻非花，烘簾似錦，衹剩鵑啼血。墜歡如夢，幾時芳意重説。」蕭山朱棣垞啓連《臺城路》云：「煙霄錦字書難寄，浮沈楚江無跡。冷逗楓霜，低縈茜水，都做滿園秋色。斜陽向夕。又看似非花，問誰堪摘。十樣西風，幾行南浦鎮長憶。　商聲乍催怨笛。悵隨陽去遠鄉國。冠幘雞人，仙裳鳳侶，應有舊時相識。瓊枝露積。待煊染寒芳，更成消息。一點燕脂，帶將歸塞北。」會稽陶子政邵學《祝英臺近》云：「露花寒，風絮老，根觸舊情緒。誰洗胭脂，更灑斷腸處。一霎粉蝶遊鶯，芳菲閲盡，是誰把、少年空誤。　念芳意，拚受今日秋風，明朝又秋雨。留得嫣紅，休自怨遲暮。知他三月春韶，杜鵑枝上，應更啼痕還苦。」番禺汪莘伯兆銓《壺中天》云：「斜陽庭院，正屏風倚處，離愁千里。冷落秋江蘆荻岸，幻出一枝明媚。鶴頂深痕，鵑啼恨血，灑入西風裏。一般紅葉，幾行新試題字。　橫舍相約尋秋，軟遲來作客，飄零如此。不是芙蓉江上影，也自向人沈醉。絳樹歌殘，茜窗事杳，剩有書難寄。老來顏色，那人應怨蕉萃。」番禺葉南雪衍蘭《惜紅衣》云：「豔借霜腴，嫣含雨暈，露華涼滴。垂蓼汀洲，疏花半狼藉。妝樓乍過，渾帶得、新來秋色。悽寂。蘆岸落霞，趁江楓消息。　琴邊醉客。驚惜朱顏，尋芳小橋側。斜陽送晚，遠訊渺鄉國。苦憶舊時慘緑，夢斷夜寒簾隙。賸比紅詩句，啼煞杜鵑愁魄。」番禺徐巨卿鑄《揚州慢》云：「華片零霞，蒨絲沈水，秋人淒絶堪憐。恰新叢豔冶，媚此稚寒天。料池館卑枝悄亞，一聲箏柱，展向蘆邊。襯鵝屏猩色，尖風翦碎湘煙。　鸞綃紛舞，乍相逢曾障嬋娟。記蠟蕊輕挼，璚英私掐，滴粉芳妍。留得瘦金體態，休排與錦字雲箋。笑闌簾紅燕，銷魂輸卻年年。」萍鄉文道希廷式《卜算子》云：「午枕怯輕寒，天末驚新雁。瑟瑟疏花爲報秋，烘出斜陽茜。　書寄洞庭波，夢隔瀟湘遠。可惜淩霜葉葉紅，不及芙蓉淡。」番禺汪憬吾兆鏞《摸魚兒》云：「渺天涯、一繩寒陣，秋聲吹遍芳樹。可憐描出傷心色，碎翦蒨絲千縷。還記取。莫誤認、宫溝片葉題愁處。憑闌凝竚。便喚醒花魂，迢迢錦字，怎寄斷腸句。　韶華晚，誰念霜凋日暮。向人淒豔如許。霞衣茜袖清寒慣，未受世間炎暑。應惜護。笑鏡裏朱顔，安得春長駐。離懷漫與。計楓岸鴉啼，蓼汀鷗泛，相憶更情苦。」漢壽易實甫順鼎《摸魚兒》云：「問花天、淚痕多少，舊鵑又化新雁。秋江也似芙蓉命，惆悵東風不管。君漫感。君不見、碧桃花落春如電。羅裙血染。任翠袖單寒，青衫老大，商婦一般賤。　燕支色，欲畫牡丹渾懶。故山聊寫清怨。空簾緑影瀟湘水，洗出夕陽紅澹。箏柱畔。便題葉宫溝，已惜年華晚。關河路遠。怕留住朱顔，酒邊無用，去作冷楓伴。」番禺石星巢德芬《八聲甘州》云：「怪平林、一簇霎時光，看碧轉成朱。正蘆花白了，菊英落盡，剩此霜株。爲甚情懷不老，血性未銷除。目送芳暉裏，冷豔誰如。　生憶年華慘緑，儘嬉春酣夏，對景軒渠。忽秋心一點，遷恨到林於。盼消息、江南天遠，只相思、人去待傳書。增怊悵，年年織錦，拋斷江湖。」番禺陳荃階慶森《金縷曲》云：「逗起丹楓冷。倚閒庭、霜華乍泫，一枝紅凝。不信秋容偏淡泊，還有斜陽滿徑。正昨夜、梧飄金井。箏柱初移涼信透，茜紗窗、似閃驚鴻影。錦箋字，可重省。　衡陽自古離愁境。盼江天、碧雲黄葉，淚痕猶瑩。有限春韶都過了，憐爾芳心獨警。但伴取、朱顔明鏡。莫共玉溝流水去，怕深宫人寫秋宵静。尋舊侣，度湘迴。」末有憬吾先生哲嗣跋語云：「光緒乙酉十一月，梁節庵丈鼎芬罷官歸里，先伯莘伯先生招同楊叔嶠丈鋭、王子展丈存善、朱棣垞丈啓連、陶子政丈邵學集越秀山學海堂，酒半，過菊坡精舍。時雁來紅盛絶，梁丈首倡此詞，先伯因囑余子容丈士愷繪《雁來紅圖》，各題所爲詞於後。翌年，徐巨卿丈鑄、文道希丈廷式、易仲實丈順鼎、石星巢丈德芬，與家大人咸有繼聲。時葉南雪先生衍蘭以詞壇老宿，亦欣然同作，陳華階丈慶森則戊戌秋補作，俱裝池成册。南雪先生撰有《秋夢庵詞》，梁丈撰有《欸紅樓詞》，朱丈撰有《棣垞集》，家大人撰有《雨屋深燈詞》，皆已刻入。文丈撰有《雲起軒詞》，石丈撰有《緺春詞》，先伯撰有《惺默齋詞》，均未刻入。易丈撰有《湘絃詞》、《蔓天影事譜》、《琴臺夢語詞》、《摩圍閣詞》、《楚頌閣詞》。楊丈詞集未見。張菊生丈元濟刊有《戊戌六君子集》，均待檢。王丈、陶丈、徐丈、陳丈詞稿未刊。梁丈署名萸，蓋萸芬雙聲，罷官時偶易，並附識之。汪宗衍謹跋。」按：王子展先生曾與先叔子新公同官粤東，庚子、辛丑間，來居滬瀆，與道希學士交誼至密，余獲常相過從。其記問極博，談論風生，顧不以詞名，殆未有詞集。節庵先生詞，乃葉遐庵近歲所印行。叔嶠先生，余相識於北都，數共遊讌，曾同往豐臺看芍藥，有詩唱和。戊戌政變，被禍刑死。余襄助張菊生搜羅六君子集時，覓其全稿不得。實甫詩詞，生前零星刊行，未有全集。殁後，寧鄉程子大頌萬將爲彙刊遺稿，未果，而程君亦殁。

——夏敬觀《忍古樓詞話》，唐圭璋《詞話叢編》本

高毓浵《詞話》評

曾在友人扇頭見梁星海太史鼎芬句云：「短狗迎門羣燕舞。」歎其纖俏。未見其詞，而知其能詞也。近得葉遐庵贈所刻《欵紅樓詞》，纔數十闋，《浣溪沙》一調最多。小序云：「余愛斯調，得數十首，離合斷續，不知爲何題也。」兹摘其尤佳者録之。「並載金臺二月天。海棠巢下杏花前。試將明鏡照華年。　一晌緑窗纔記夢，幾回錦瑟未張絃。傷春無處不堪憐。」又：「祇有桃花比舊紅。燕昏鶯晚爲誰慵。鞦韆門外水西東。　那惜芳蹤和柳絮，更無隱語寄芙蓉。別離真個不相同。」又：「纔説當時淚暗傾。宵宵寒雨緑陰成。有人簾外盼天晴。　獨自空庭花細落，那堪今夜月微明。藥煙茶夢斷平生。」又：「苔網零星繡屧廊。秋疏幽緑景如霜。冷蛩猶自説凄涼。　坐懶放書剛半晌，酒醒彈指又重陽。便無愁處也思量。」又：「客意飄煙不爲風。曲璚簾底翠玲瓏。數聲啼鳥一聲鐘。　檢點夢痕初酒裏，懶殘情事碎花中。悔教雙燕昨相逢。」各首恍惚迷離，讀者亦不知其意之所在也。

——孫克強、楊傳慶、和希林編《民國詞話叢編》，社會科學文獻出版社二〇二〇年

錢仲聯《近百年詞壇點將録》評

天滿星美髯公朱仝　梁鼎芬

梁髯詞如其詩，吐語幽窈，芳蘭竟體。

——錢仲聯《夢苕庵清代文學論集》，齊魯書社一九八三年

嶺南詞話彙編

中册

余意 編著

南方傳媒
廣東人民出版社
·廣州·

汪兆銓

汪兆銓（一八五九—一九二九），字莘伯，汪瑔之子，番禺人。幼承庭訓，學有淵源，入學海堂陳澧門下。清光緒十一年（一八八五）舉人，授潮州府海陽縣儒學教諭，先後入廣東提督馬維騏、李準幕僚。後以親老家居，歷任菊坡精舍學長、廣雅書院總校、廣東高等學堂教務長等職。著有《惺默齋集》、《萇楚軒詩集》。

《耕煙詞》題識

嶺南無詞家，國朝吳石華爲嶺外填詞第一手，此外殆無人能争中原壇坫者。巽父詞兄出示大作，沈浸於宋元諸家者極深，而又能出以深婉，此真足以繼桐花閣之遺音者。明年遊歷薊北，自足與中原諸人争後先，鍥而不已，尤當開南國詞風也。三復歎賞，心折者以朱識之，其有質疑，亦率臆妄論，幸更有以教也。光緒癸巳十二月，汪兆銓。

——張德瀛《耕煙詞》，民國三十年刻本

秋岳《聆風簃詩詞話》評

汪莘伯先生兆銓，有《惺默齋詞》，未刊。友人近鈔示其《壺中天》一闋，蓋題《雁來紅圖卷》者，詞云：「斜陽庭院，正屏風倚處，離愁千里。冷落秋江蘆荻岸，幻出一枝明媚。鶴頂深紅，鵑啼恨血，灑入西風裏。一船紅葉，幾行新試題字。　横舍相約尋秋，歎遲來作客，飄零如此。不是芙蓉江上影，也自向人沉醉。絳樹歌殘，茜窗事杳，剩有書難寄。老來顔色，那人應怨蕉萃。」風格似碧山、玉田，結處悠然。

——《中華月報》第五卷第四期

錢仲聯《近百年詞壇點將録》評

地佐星小温侯吕方　汪兆銓

《惺默齋詞》，嶺南一作手也。芬芳悱惻，自是瑶臺嬋娟。《買陂塘·落花，辛亥冬作》，雖不免殷頑故態，而亦未嘗不歎息痛恨於桓、靈之世也。

——錢仲聯《夢苕庵清代文學論集》，齊魯書社一九八三年

汪兆鏞

汪兆鏞（一八六一—一九三九），字伯序，一字憬吾，自號慵叟，晚號今吾、清溪漁隱，牓所居曰微尚齋，故稱微尚老人，番禺人。曾侍讀叔父汪瑔，入學海堂，爲陳澧高足。清光緒十五年（一八七九）舉人，後三應禮部試不售。南歸，輾轉廣東地方遊幕。光緒三十一年（一九〇五），岑春煊主粵，禮聘入幕，獲岑賞識，薦知縣湖南，不赴任。辛亥後，往來澳門、廣東二地，病逝於澳門。著述豐富，涉及經史諸子，著有《微尚齋詩》、《雨屋深鐙詞》、《微尚齋雜文》。

椶窗雜記

道光間，番禺陶綏之克昌以葉小鸞眉子硯拓本遍徵題詠。嘉應吴石華學博蘭修詞最工，惟其《桐華閣集》載此詞，序云：「硯藏龔定盦家，并載硯銘，多與陶本異。」吴本「舅氏自邗上歸，分貽瓊章，得眉子硯」。陶本作「舅氏從海獲硯材」，「從海」二字，文義未明，詩中字句亦誤，疑陶藏是贋品。石華必曾見定盦所藏原硯，故寫定詞稿，於序中標明，不言陶氏藏，其意可知也。龔定盦有自題所藏葉小鸞眉紋詩硯，調寄《天仙子》詞。卷二洪稚存《玉麈集》：「史邦卿用陸放翁詩入詞，云：『小雨空樓，無人深巷，早已杏花先賣。』」按：宋人用昔人詩句入詞甚多，且有櫽栝詩文爲詞者，如東坡《哨遍》之於陶淵明《歸去來辭》，山谷《瑞鶴仙》之於歐陽永叔《醉翁亭記》，朱子《水調歌頭》之於杜牧之《九日齊州》詩是也。卷二

《湘綺樓詞選》三卷，湘潭王壬秋闓運纂。於古人詞多所改竄，如歐陽永叔之「燕子飛來窺畫棟，玉鉤垂下簾旌」，改「窺」作「歸」，謂「垂簾矣，何得始窺」，不知垂簾，燕子正不得歸，必著一「窺」字。「簟紋」、「雙枕」，皆從「窺」字寫出，故妙。改作「歸」，則涉呆相矣。周美成之「纖指破新橙」，謂「作『指』則全身不現」，改作「手」。破橙以「指」，「手」不及「指」字妍細。康與之《滿庭芳》詞「玉筍破橙橘香濃」，亦言指也。蘇子瞻之「不應有恨，何事偏向別時圓」，謂「與下二『有』字犯」，改「有」作「惹」，不及「有恨」渾成。韓無咎之「惟有御溝聲斷，似知人嗚咽」，因複「聲」字，改「聲」作「流」。「流斷」二字生湊，且「流」音濁，亦未叶。《吹劍録》：「東坡《大江東去》詞，三『江』、三『人』、二『國』、二『生』、二『故』、二『如』、二『千』字，以東坡則可，他人固不可。然語意到處，他字不可代，雖重無害也。今人看人文字，未論其大體如何，先且指點重字。」此論極是。《容齋隨筆》云：「黃魯直手書東坡《念奴嬌》詞，『浪淘盡』爲『浪聲沈』。」《詞綜》謂：「他本『浪聲沈』作『浪淘盡』，與調未協。」張宗橚《詞林紀事》：「考譜，『浪淘盡』三字，平仄未嘗不協，覺『浪聲沈』更沈著。」張琦《續詞選》仍作『浪淘盡』。　卷二

舊藏便面一葉：一爲北通州白季生觀察讓卿書詞：「合巹之夕，鄉舉捷報。」原注：「嘉慶己卯，年十八，九月初六日完婚，初七日鄉試開榜，先一夕泥金報到，中第五名，時已夜分，漏下三商矣。友人賀詞，調寄《滿庭芳》云：『試駿新程，乘龍佳話，二美君快遭逢。芹香桂馥，並入雀屏中。好握江郎綵筆，玉臺畔、先畫眉峯。恰難得，定情詩就，名報榜花紅。聯芳常棣秀，壎篪韻叶，琴瑟音同。菱花揭，鏡中人兆芙蓉。金榜洞房時夜，更高堂、晝錦增榮。門楣盛，狀元宰相，先占解

頭公。』」季生爲小山尚書鎔之子，與兄樸臣同時入泮，亦於是日贅姻。曾文正公克復金陵，季生集杜詩「天子預開麟閣待，相公新破蔡州回」二句作聯以賀，爲時傳誦。一爲番禺黃蓉石刑部玉階爲漢軍徐鐵孫榮書詞，賀其納姬日捷南宮。調寄《菩薩蠻》云：「渡江桃葉何須檝，入門一笑郎君捷。卻扇賦妝臺，泥金剛報來。石湖能贈婢，韻事今誰比。忙煞有情儂，新詞附小紅。」鐵孫官杭嘉湖道。咸豐五年，禦賊安徽祁門，陣亡。妾伍在杭聞之，投繯殉焉。二者皆一時美譚，可入詞話。卷二

余刊先生按：陳澧《憶江南館詞》時，憶及曩見先生有「尋呼鸞道故址不得」一詞，而稿中無存。姚嶰雪爲師門老弟子，亦僅記「仙子樊胡」句而已。偶過冷攤，於故紙堆中，得先生手書此詞原稿，爲之狂喜。又在珠江上襟江閣，見壁懸爲鄭紀常書扇「龍溪書院望羅浮山」詞，亦稿中未載，亟録之而歸。翌日，閣燬於火矣。謹將二闋補刊作集外詞，文字有靈，信哉！

沈伯眉學博丈世良工詩詞，纂《倪高士年譜》，考證精博。咸豐間避亂昌教鄉，有《六憶辭》寄蘭甫師，《小祇陀盦詩集》中未載，爲録於此。詩云：「簫譜引商刻羽，苔痕看碧成朱。憶得山堂詞集，故人多少黃壚。」原注：癸卯與諸君結詞社，蘭丈咏苔痕，有「怕看到斜陽成碧」句，爲時傳誦。「昌黎高咏山石，子固雙鉤水仙。憶得訶林醉墨，秋風團扇年年。」原注：詞社第三集在訶林，蘭丈醉中仿趙子固水仙於余團扇上，石賓田大令爲補芝田。「名士讀騷飲酒，神通運水搬柴。憶得談經病榻，東方絶倒詼諧。」原注：辛亥病中，與蘭丈論禪，書簡往返，凡數千言。「屏裏雪吹洱海，畫中蝶夢羅浮。憶得高齋橫麈，朱墨莊虞子馨共咏滄州。」「西湖雪霽」石屏及《羅浮仙蝶圖》，皆丈齋中清玩也。「六百年前古怨，抱琴來問山僧。憶得南園蹋雨，寺門野水蒼藤。」原注：客夏與丈攜姜白石《古怨琴曲》往南園覓悦成上人，按遺譜鼓之，聲極清越。「明鏡羞

窺白髮，西風病過黃花。憶得詩筒東筍，當時已厭聞笳。」原注：《庚戌病中秋懷》詩，丈與青皋四疊韻見和。　卷三

子政按：子政，陶邵學於詩、古文外兼工詞，嘗詠「豆花」一闋，極佳，惜詞稿全佚。余篋中存《祝英臺近・咏雁來紅》一首，云：「露花寒，風絮老，棖觸舊情緒。誰洗燕支，更灑斷腸處。一羣粉蝶遊鶯，芳菲閱盡，是誰把、少年空誤。　念芳意，判受今日秋風，明朝又秋雨。留得鵑紅，休自怨遲暮。知他三月春韶，杜鵑枝上，應更有、啼痕還苦。」又《金縷曲》一首云：「撫劍悲填臆。歎古來、乾坤莽莽，多少英傑。天遣沈淪非無意，何事南胡北越。便槁餓、何妨囓雪。況豈君恩常棄置，甚男兒、甘作中行説。君誤矣，空嗟惜。　生平已矣休重説。想當年、上書北闕，壯心何烈。變幻浮雲須臾事，一旦頓成輕絶。算從此、與君異轍。莫謂伍員能覆楚，豈無人、願效包胥節。凝北望，肝腸裂。」悲咤沈痛，不知當時何所指也。　卷三

胡延，字研孫，華陽人。工詞，兼善摹印，仿漢法。光緒十一年優貢生。丙戌年晤都下，談藝甚樂。嗣分發山西，歷署劇邑。庚子秋，車駕蒙塵，扈蹕至陝西，供奉内廷，擢至西安府。撰《長安宮詞》數十首，於行在瑣聞，紀載綦詳。陞江南糧儲道，曾貽書招余，有詩云：「江南春雨長安月，翦燭深譚倘肯來？」余倦遊未赴也。未幾交卸，歸舟遭風，覆溺以歿，書畫輜重均失，慘哉！君詞綺麗綿密，遠追竹屋、梅溪，近邁夢月、袖石。有《苾芻館詞》四卷，已刊行。　卷三

辛亥亂後，頻年轉徙港、澳間。返里門，朋從往還如陳孝堅宗穎、李留盦丈啓隆、姚嶰雪筠、豐城盛季瑩景璿、沈芷鄰澤棠，尚時有文酒之雅。孝堅爲東塾師季子，學有家法，光緒十七年優貢

生，工篆書，喜填詞，著《達神怡齋詞》一卷。嘗謂近年蘭荃不化爲棘艾者，曾無幾人。手篆「疏影暗香成絶調，高山流水寄相思」十四字作聯見貽，二語，端木子疇國瑚詩也。留丈比鄰，過從尤密，善山水花卉。嶰雪亦工畫，均已纂入《嶺南畫徵》中。季瑩居城南，能詩，書學蘇長公，論畫極精審，間作小品，設境運筆，皆韻致超秀，收藏亦富。芷鄰，同治十二年舉人，善詩詞，與余爲南海孔氏嶽雪樓客者十餘年，氣誼竺契，晚景坎坷，而掃除一室，焚香瀹茗，泊如也。乃不數年，相繼奄逝。會稽堵秀生煜老於幕府，深慨世變，談次奮袂抵几，亦極真摯，前年復怛化。每出門，輒有悵悵何之之感，所謂「既慟逝者，行自念也」。悲夫！　卷三

曩見厲樊榭《金陵懷古》詩：「荒畦盡種瓢兒菜。」近有人販至廣州，又名「烏蹋菜」，形似菘而矮，味腴則過之。昔人賦咏之者，有湯貞愍公《琴隱園集》一詩、汪紫珊世泰《碧梧山館集》一詞，茲彙録之。湯詩云：「澹泊平生志，無心戀鼎烹。儒餐傳菽乳，鄉味奪蒓羹。癖嗜詩頻採，新嘗酒快傾。幾經霜雪鍊，老圃慶功成。」「菘韭慚虛譽，田園此味真。休嫌咬菜儉，卻稱飲瓢貧。知爾歲寒性，難謀肉食人。芳華愁歇絶，虀甕肯相親。」汪詞《緑意》云：「斜陽老圃，看晚菘種後，寒色淒緊。爬蠡誰分，簇簇霜苗，貼地翠雲千頃。坡仙只慣行吟負，已錯過、蔬筵珍品。憶□□、呵凍烹來，細剥□□檀暈。　休便輕嘲儉素，抵他□□海，真味徐引。細糝紅鹽，滿貯青瓷，消受山家風景。共誰蒓菜縈鄉思，也探遍、雪中芳訊。原注：雪壓後乃更佳。是恁時、解事廚娘，添入隔年春筍。」吴穀人《開平王孫種樹歌》亦有「故宮但長瓢兒菜」之句。　卷四

橙以粵産爲良。漢張衡《南都賦》「穰橙」、「鄧橘」，晉庾闡《揚州賦》「果則黄甘、朱橙。」《後

漢書・南匈奴傳》，漢以橙、橘賜單于母及閼氏，當非粵産。張協《七命》「燀以秋橙」，韓昌黎詩「調之酸與鹹，芼以椒與橙」，蘇子瞻詩「點滴下鹽豉，縷橙芼蕈蔥」，祇以供調芼之用，皆嶺北産也。周美成詞「纖指破新橙」，亦未稱其甘美。龔芝麓、朱竹垞、王阮亭、趙秋谷、曹倦圃、潘次耕、全謝山、杭堇浦、吴蘭雪諸人南來，必曾啖之，皆未道及。查初白有《綺羅香・咏橙》詞云「似蓬萊金醴嫌酸」，殆非指粵産。然其《粵遊集》「冬末至廣州」，正橙實甘美時，未稱及，何也？惟近人徐子遠丈灝有一詩咏之，頗翔實。殆百年來培壅有法，始成此嘉種耳。卷四

——汪兆鏞《椶窗雜記》，民國十五年刊本

《懺庵詞鈔》序

詞雖小道，雅鄭之别，科律宜嚴。自草窗《絶妙好詞》，派始正；繼以茗柯之選，導源揚波，而詞體益尊。蓋微婉之旨，猶騷雅之流裔也。宋南海劉隨如和章質夫楊花詞，爲粵人倚聲萌芽，千載而還，巨子蓋寡。道光間，《桐華閣詞》出，抗聲前修，遺芬所扇，斯道翕興。厥後伯眉沈先生與吾叔父穀庵先生暨陳蘭甫、陳朗山諸老，賡互酬唱，一時稱盛。叔父論詞以爲必先有纏綿婉摯之情，而後有悱惻芬芳之作，徒尚清空，其弊也剽，矯以苦澀，亦失之滯，至叫囂僨張，等諸駔儈，曼辭靡調，貽譏淫哇，益無足算焉。當時諸公咸韙之，莫不浸淫於古，出入風雅。而蘭甫師晚年治經，朗山丈後復馳騁於詩，惟沈丈覃思冥追，至精且專，所著詞，已井華能唱矣。芷鄰夙稟庭誥，薪火之傳，跬步不惑於歧塗者也。《傳》曰：「意内言外謂之詞。」是必見於深而造於微，淵然憀然，動

與古會，乃不爲風氣所轉移。嗚呼，豈易一二爲流俗人言哉！頃以《懺庵詞》卷郵寄相示，芟去少作十之六七，所録僅數十闋，幽峭綿邈，音節興象在南唐、北宋間。張叔夏云「詞貴雅正」，斯其庶幾乎？兆鏞羈旅飄泊，騷屑江海之上，學無所成，間爲勞者之歌，何足躋諸大雅，第慨夫晚近詞學，放失迷謬，爲世訾謷，幾致俳優併畜，求如道光時先民矩則，邈難復得。莊子言「逃虚空者，聞人足音，跫然而喜」，況此匪直足音已也。因推兩家先世雅愔所在，以識祈嚮，亦以見世道文字升降之原，所謂「風雨如晦，雞鳴不已」。此則區區之心，尤爲徘徊往復於無窮者爾。芷鄰督之序，謹書此以質之。光緒二十六年三月，汪兆鏞。

——沈澤棠《懺庵詞鈔》，清光緒二十九年刊本

《席月山房詞》題識

香山黄慈博拔貢，偶於廣州冷攤見此詞帙。篇中多陳東塾先生朱筆點竄，字字精覈不苟，而不知爲何人稿本，出以視余。檢卷首有「孫銘球」等字，知爲南海桂星垣先生文燿之作。東塾有桂君墓碑、《席月山房詞序》，均見集中，生平風誼，可見梗概。詞未付梓，曾不百年，遺稿散落，可爲感喟。慈博裝背藏之，因綴數言於簡端。己巳大雪節前五日，番禺汪兆鏞敬識。

——桂文燿《席月山房詞》，鈔本，中山大學圖書館藏

《懺庵遺稿》序

懺庵早歲詩詞，皆已付梓。余曾爲之敘。辛亥後，亂離奔走，不廢吟咏，與余唱和尤多。每一篇成，輒折簡相視，情景宛然在目。今歸道山，將逾一稔矣。遺詩數帙，陳君芑村取而理董之，以余知之深，屬爲校訂。披讀數過，删存百七十二首，釐爲二卷。懺庵詩磊落瓌瑋，如其爲人，詩心而有俠骨者也。夫以懺庵之才，不獲躬際承平，發抒懷抱，高年雅尚，假嘯歌以攄寫騷屑之思，良可慨矣。校竟，歸之芑村。芑村續謀鋟版以傳，風誼肫厚，當於古人求之，晚近豈易多得。而吾輩暮年失此良友，風瀟雨晦，邈焉寡儔，出門每有倀倀何之之感。撫斯編，能無欷歔欲絶也耶？己巳白露節，羅浮汪兆鏞識於微尚齋。

——沈澤棠《懺庵遺稿》，民國刻本

《憶江南館詞》跋

右《憶江南館詞》一卷，番禺陳先生撰。先生少憙填詞，中歲後專治經，不欲以詞人傳。所爲詞，見於許青皋、沈伯眉兩先生，輯《粤東詞鈔》中者僅八首。壬子秋，孝堅世兄出先生手定稿相視，都凡二十五首，爰迻録一過。嗣復采獲四首，皆原稿所未載，附録爲集外詞。諸本字句有異同者，别爲校字記一篇。久擬付刊，孝堅以先生遺命勿刻阻之。今年春，孝堅歸道山，每撫此編，惜往日之云徂，哀大雅之不作。人間何世，失墜是懼。先生不欲刻詞，特自謙之意耳。謹命工剞劂，刊成，用識簡末。甲寅八月，門人汪兆鏞記。

——陳澧《憶江南館詞》，續修四庫全書集部一七二六册

《桐花閣詞》跋

粤中詞家，桐花閣最著。陳朗山先生曾刊其詞入《學海堂叢刻》中。偶與陳孝堅宗穎論及，因出所藏原刻本見視，互相校勘。山堂本删汰過半，其中不少佳製，棄去可惜。且原有吴蘭雪、郭頻伽兩序及自序共三首，均未刻入，亦缺憾也。今爲重刊之，其原刻本所有，而山堂本删去者，附刻補遺一卷，庶可窺全豹焉。上卷悉依山堂本，惟《題汪玉賓士女圖》四首，山堂本衹録《緘書》一首，今並刻入《補遺》四首内，俾還舊觀。宣統二年夏六月，番禺汪兆鏞。

——吴蘭修《桐花閣詞》，清宣統三年刊本

《席月山房詞》跋

南海桂星垣先生詞未刊行，遺稿亦散佚，惟陳東塾先生有《席月山房詞序》見文集中。頃友人於冷攤購得此帙，未署人名，以卷首「孫銘球、銘瑛校録」推之，知爲星垣先生之作。又從陳仲獻文學許見東塾殘稿，有記事數則，爰録於卷首。《洞仙歌·題李太白沈香亭詩事》一闋，即在卷

中也。諸詞有東塾以朱筆圈點并迻録一過，有續《粤東詞選》者，當付之。己巳二月，微尚居士汪兆鏞識於椶窗，時年六十九。

——桂文燿《席月山房詞》，鈔本，廣東省立中山圖書館藏

《白月詞》跋

南海崔子百越，嶔奇磊落人也。善詩詞。曩歲辟地，風雨鐙窗，相與縱論古今，致足樂焉。别來屢易寒暑，日者手詞一卷，屬爲識數語。讀竟欲紀以詩與詞，久皆未就。百越敦促至再，遂不能無一言。近世詞學大昌，元明淫哇俚調，枒荓幾絶。擢陷廓清之功，彊村老人爲最力。顧其所爲詞，導源《風》、《騷》，以逮晚唐、五季、兩宋，於東坡、清真、稼軒、白石諸家，涵泫渟蓄，而後摩盪於夢窗，合爐而冶之。回皇萬態，根於忠愛。深病世之徒詡清空者，欲救其弊。以生澀矯剽滑，而撴抑足以達其思；以縝密懲麤獷，而紆婉不以鼜其氣。沈鬱跸惻，邁絶衆流者以此。若僅襲皮毛，彌以馳逐，靡曼蕪累，其弊與徒詡清空者等，抑又加甚焉，兹事固未易言也。

百越久客香島，於詞精孯深造，不肯一語落窠臼。鍥而不舍，自躋於古作者之林。而世變泯棼，即聲家小藝，亦恐流失靡極。亂離舊侶，耿耿於懷，有不能默爾息者也，爰泚筆以期就正有道。至其詞之工，識者自知之，無俟芻言表襮矣。癸酉小寒節，羅浮汪兆鏞。

——《廣東文徵續編》

汲古閣本《尊前集》書後

丙子冬，廠肆書估南來，攜有汲古閣重刊顧本《尊前集》二卷，有「八千卷樓藏書記」、「嘉惠堂丁氏藏書記」諸印，爲揭陽曾剛甫右丞同年習經舊藏。毛晉跋尾，謂得之閩中郭聖僕家。卷首萬曆壬午顧梧芳序，稱自唐《花間集》、宋《草堂詩餘》行，《尊前集》遂鮮知者，曩客吴興茅氏，並爲附補梓行。卷數與四庫著録同，《提要》引《樂府指迷》，云隋唐以來爲長短句，至唐則有《尊前》、《花間》集，此當爲五代舊本，第陳振孫《書録解題》未及《尊前集》，故以爲疑。朱竹垞《〈尊前集〉顧本書後》言得吴匏庵手鈔本，取顧本勘之，靡有不同。是竹垞所見即此本，顧序謂世鮮知者，雖未指明五代時人或宋初時人傳本，要自由來已久。細加推勘，上卷録李王五首、馮延巳三首，下卷復録李王九首，馮延巳七首，知上卷爲五代舊本，下卷李、馮以次諸人之作，是顧氏附補，與毛跋所謂「梧芳採録名篇，釐爲二卷」語合。明人增竄舊籍，往往如是。朱彊村侍郎校刊本依丁氏藏梅禹金鈔本作一卷，以爲一卷本是五代以來舊本，而詞人先後、詞篇次第與此本無異，且毛本卷下李王九首，「九」誤刊作「八」，梅鈔遂遺卻《子夜啼》一首，而補録於馮延巳七首之次，其迻寫之疏舛，率忽如此，不若毛氏重刊顧本二卷爲善矣。此本有曾剛甫題識，謂《四庫提要》指爲宋初人編輯，殆因顧序論樂涉於華夷之辨，以字句違礙抽燬。按：顧序祇言金元污染北鄙風氣，無他違礙字句，提要明言此書前有明萬曆嘉興顧梧芳序，當不在抽燬之列，此不足辨也。剛甫墓有宿草，舊京凋瘁，海王村亦復零落。撫卷愴然，亟收之，并綴墨簡末。丁丑三月。

《碧山樂府》書後

宋王聖與《碧山樂府》二卷，又名《花外集》，見《御選歷代詩餘》，四庫未著録，毛氏汲古閣《宋六十家詞》無之，今惟存《花外集》一卷。鮑氏知不足齋本、范氏宋三家詞本、王氏四印齋本、鹽城孫氏本並同，實非完帙，《絶妙好詞》所録、《詞旨》警句及詞眼，集中均未盡載。而精粹爲南宋之傑。顧《宋史》無傳，《浙江通志》未載其仕履，行義未詳。《絶妙好詞箋》引《延祐四明志》，謂至元中爲慶元路學正。按《元史·百官志》，各行省設儒學提舉司，每司提舉一員，副提舉一員，吏目一人，司吏二人，屬官無學正之名。《宋史·職官志》有提學事司，掌一路學政。慶元路本明州，以集中「四明別友歸故山」等詞揆之，殆王聖與南宋末掌慶元路學政，宋亡歸隱。張叔夏題其詞集云：「野鵑啼月，便角巾還第，輕擲詩瓢付流水。」情事脗合。厲箋引《延祐四明志》，未加深考也。《樂府補題》，《四庫提要》謂皆宋遺民詞，其中聖與之咏龍涎香、白蓮、蓴、蟬諸篇，皆與唐玉潛珏倡和。聖與、玉潛同里，六陵埋骨，玉潛主其事。陶篁村《全浙詩話》，玉潛之前有王英孫字才翁，必聖與昆季。篁村謂玉潛寒士，才翁富而好禮。六陵事，非才翁慷慨揮金，里中諸惡少何能一呼衆應，成此良謀？故黄文獻以玆舉歸功於才翁，是聖與、玉潛之結詞社，淵源於此，決非貶節仕元，尤可信。善乎竹坨翁之言曰：「王聖與，宋末隱君子也。其詞於身世之感，有淒然言外者，其騷人《橘頌》之遺音乎？」此可爲定論，無惑於《四明志》之説矣。第詞集分調編録，未臻完善。竊意如《青房並蒂蓮》詞「愁窺汴堤翠柳，曾舞送當時，錦纜龍舟」，《水龍吟·牡丹》云「怕洛中春色，悤悤又入，杜鵑聲裏」，是南渡初追憶汴京，宜編次於前。如《眉嫵・新月》、《高陽臺・咏梅》、《慶清朝・榴花》，張臯文謂「並有君國之憂」。及《慶宮春・水仙》云「國香到此誰憐，煙冷沙昏，頓成愁絶」、「試招仙魂，怕今夜、瑶簪凍折」；《一萼紅・紅梅》云「歲寒事，無人共省，破丹霧應有鶴歸時」；《無悶・雪意》云「陰積龍荒，寒度雁門，西北高樓獨倚」、「待翠管、吹破蒼茫，看取玉壺天地」，是懷蒙塵之慟，而不忘恢復之思，宜編録次之。至《天香・龍涎香》云「孤嶠蟠煙，層濤蜕月」，是厓山之恨。《齊天樂・蟬》云「甚已絶餘音，尚遺枯蜕」，是冬青之悲。《法曲獻仙音・聚景亭梅》云「淒涼近來離思，應忘卻、明月夜深歸輦。縱有殘花，灑征衣、鉛淚都滿」，是荊駝之感。《綺羅香・紅葉》云「何事西風老色，争妍如許」、「但淒涼、秋苑斜陽，冷枝留醉舞」，是責亡國大夫不知恥辱也。循此微恉，重加排比，較有條理，因校録一過，並掇拾羣書之關涉者附於卷尾，以資參考。既訂正《四明志》之誤，復推論之，以質諸世之知言者。

與朱彊村侍郎書

始夏於張菊生同年寓齋鬯聆教言，枉存失迓，悤悤返粤，悵歉曷任。昨聞同人有搜輯爲《清詞鈔》之議。滬上爲今之學海，閎攬精擷，蔚成一代鉅觀，時不可失。得公主持，定當遠媲朱、王，近逾黄、丁，跂予望之。惟近時詞人輩出，其平日行義足稱，歿於辛亥後，而能抱節自貞，不爲塵污者，自宜甄録，以存其人，否則似宜審擇。明高宇泰結社，選詩棊嚴，嘗言謝臯羽《月泉集》所收稍濫，洵爲篤論。公當亦以爲然也。寄上先師陳東塾先生《憶江南館詞》一册，先叔穀盦先生《隨山館詞》一册，以備采覽。亡友丁潛客侍讀遺詩刊成，以公夙交，一併附呈。臨楮不勝馳仰之至。已巳十一月。

——以上汪兆鏞《微尚齋雜文》，民國三十一年刻本

與龍榆生書

榆生道兄足下：久别渴想，昨由石君交到手書，知有清恙，至以爲念。胃病以節飲食爲主，凡凝滯及發氣之品皆不可食。鴨與冬菇尤忌。近想調治漸瘥，仍希示慰。承詢今釋行實，以徐健庵撰塔志銘爲最詳。石刻已磨滅。徐集亦罕傳，寒齋有之。寫上，略加考證，及拙詩，統望訂正。閲畢并請轉致夏劍丞兄，未知可資采擇否？弟老病侵尋，無足道矣。專覆，即頌健安！弟兆鏞頓首，丙子十一月初二日。

——張壽平輯釋《近代詞人手札墨跡》，臺灣「中央研究院」中國文哲研究所二〇〇五年

瑞鶴仙　題陽湖劉語石《留雲借月盦填詞圖》

亂紅飛滿院。笑客似書舟，乍撩芳怨。清思吐蕙蒨。向邊松倚竹，斷腸題遍。天涯遊倦。算空傳、龍洲詞豔。怎禁他、鐵板紅牙，翻惹淚痕如霰。　自歎。江湖詩夢，冷寫斜陽，一枝湘管。風情漸懶。淒涼犯，怕重按。問甚時，更共吹笙騎鶴，容與秋天澹遠。黯銷凝，雨屋深深，翦鐙橫卷。

臺城路 自題《雨屋深鐙填詞圖》

人間萬事皆塵土，蕭然一鐙知己。亂葉摇涼，破苔弄暝，況是雨濛濛地。愁心滴碎。忍重憶年時，畫樓春思。門掩梨花，炧殘兀自照無寐。　蘋洲舊譜餘幾。向西窗琴薦，夜悄如水。多少英雄，吹簫擊筑，暗老天涯身世。孤檠影底。算淅淅空階，洗箏琶耳。百種閒情，澹描參畫理。

——以上汪兆鏞《雨屋深鐙詞》，民國元年刊本

石湖仙 題呹盦藏鄭叔問自寫詞册

人間何世。歎萬種清愁，空賸殘字。曾聽冷紅簫，倚高吟、秋聲滿紙。江南腸斷，自占領、雪蓑煙袂。沈醉。夢海桑、早分蕉萃。　霜腴故人舊句，展烏絲、香零錦碎。賦恨年年，漫惜江郎才費。屐齒空山，塔鈴荒寺，夕陽危涕。追影事，階前鶴舞猶記。

三部樂 題《呹盦填詞圖》，依夢窗賦姜石帚漁隱韻

寒卧滄江，似怨女自憐，頓慵膏沐。九歌山鬼，託意蓀橈荷屋。更迴睇，頹照荊駝，料對春濺淚，韻吟哀玉。紫簫咽苦，未是逐波歡曲。　幾回把劍沈吟，早判平老去，向岫盟溪宿。忍看霧迷敗毿，霜欺涼燭。夢匡廬、載愁萬斛。肝肺洗、清湍可掬。空際傳恨，苔階膩、窗檠摇緑。

聲聲慢

遯盦以追懷彊村翁詞見眎，依調寄和，含毫泫然。翁督粵學，乞病。《别西園詞》有「花藥澄湖」句，今湮廢矣。

洲迴栽藥，石破侵苔，當年吟盡斜暉。夜幌聞蛩，西風吹歇芳菲。淒涼緑上章焚草，歎流波、空閣思悲。詞客老，賸滄江吟望，猶夢朝衣。　一自漚盟煙邈，便凋零、霜葉苦爲誰飛。淚眼河橋，檀欒争説妍辭。一作「雨外鐙前，沈沈怕理琴絲」。飄來水仙孤調，儻愁魚、心事能知。摇落意，莽西園、寒遍釣磯。

減字木蘭花　題《龍榆生受硯廬圖》

陳散原敘榆生受詞學於彊村侍郎，而侍郎病垂危，以平昔校詞雙硯授之。吴湖帆爲作圖志其遇云。

涪心寮杳。鴝眼耐看詞客老。繾綣高寒。漫作樓臺七寶觀。　匣塵無語。摩盪精魂幾風雨。畫境沈沈。辛苦傳衣舊夢尋。朱侍郎舊有「涪心寮」額，光緒丙午海藏樓書。

——以上汪兆鏞《雨屋深鐙詞》，民國二十九年刊本

浣溪沙　爲榆生題所藏彊村翁手寫詞稿

散佚平居費苦吟。闌干北斗淚痕深。藜牀付託忒傷心。　信是有靈逃劫火，誰從顧誤識

遺音。十年夢歌歎冥沈。

——《詞學季刊》第三卷第一號

郭則澐《清詞玉屑》評

粵東地擅繁華，燈事最盛。朱漚尹侍郎「端州元夜」《六醜》詞有云：「誰家噴起中流笛。駕穩蓬萊，六鼇咫尺。沈沈萬波吹息。惹蹋歌一笑，飛棹無迹。」其在瘴江孤郡所見尚如此，何況會城。鄧嶰筠「重過廣州」《春光好》云：「春波小，送征蓬。試燈風。多少離離花影，月明中。一路星橋霧鎖，千家火樹煙籠。無奈催人清角曉，去匆匆。」亦略見其概。近見番禺汪憬吾兆鏞《雨屋深燈詞》，有《少年遊》一闋，追記承平時廣州燈事云：「金荷銀樹繡珠香。燈事記閒坊。一樣東風，鶯簾燕户，都戀春光。　十年今夕叢祠路，暮雨暗桄榔。隔籬有客，白頭相對，共話滄桑。」回首夢華，頓成荒寂，良足累欷。憬吾兄弟異趣，幾如文史，頻年閉户掃軌，自託遺民，其人亦足重也。卷十

——郭則澐《清詞玉屑》，朱崇才《詞話叢編續編》本

夏敬觀《忍古樓詞話》評

番禺汪兆鏞憬吾，先世世居山陰，遊宦海南，遂占其籍。辛亥後，定跡遠屏，閉户撰述，所著有《雨屋深燈詞》。其尊翁與先叔子新公在粵，往還至密。曩年憬吾歸越修墓，道經滬上，得與握手，

亟道先世交誼，語摯情深，貌温而粹，望而知爲績學之耆舊也。曾爲余賦《三部樂·次夢窗韻題填詞圖》，詞云：「寒卧荒江，似怨女自憐，頓忘膏沐。九歌山鬼，託意蓀橈荷屋。更迴睇，頳照荊駝，料對春濺淚，韻吟哀玉。紫簫咽苦，未是逐波歡曲。　幾回把劒摩挲，早判老去，向岫盟溪宿。忍看霧迷敗毯，霜欺涼燭。夢匡廬、載愁萬斛。肝肺洗、清湍手掬。空際傳恨，苔牋膩、窗檠摇緑。」「追紀廣州承平時燈事」《少年遊》云：「金荷銀樹繡珠香。燈事記閒坊。一樣東風，鶯簾燕户，都戀春光。　十年今夕叢祠路，暮雨暗恍榔。隔籬有客，白頭相對，共話滄桑。」「辛酉四月六十一度初度感賦」《水調歌頭》云：「萬物一芻狗，何有此形骸。況是餘生多病，早分卧蒿萊。不識論功管晏，不識寓言莊列，那復識鄒枚。但撫此心在，眼底盡塵埃。　禹穴石，聖湖水，幾徘徊。刹那都已陳跡，涼夢問蒼苔。自署乖崖愚谷，盡笑聾丞孳叟，評泊不須猜。古語壽多辱，感慨賦深杯。」其詞致力姜、辛，自摛懷抱，其品概亦今日之鄺湛若也。

——夏敬觀《忍古樓詞話》，唐圭璋《詞話叢編》本

陳聲聰《讀詞枝語》

詞咏木棉者，予所見有汪伯序《雨屋深燈詞》中之《蝶戀花》一闋、陳述叔《海綃詞》之《六醜》一闋，及朱古微《齊天樂》一闋，兹録朱詞云：（詞略）

陳聲聰《論近代詞絶句》評

諸汪南海舊相看，仿佛珊瑚間木難。誰似窮年惜孤抱，深鐙雨屋不知寒。汪兆鏞字伯序，號憬吾，廣東番禺人，清光緒己丑科舉人，曾受業陳澧門下，著有《微尚齋詩文集》、《雨屋深鐙詞》。其人志行修潔，學養深醇，詞婉貼中時有重筆，足以名世。

——以上陳聲聰《填詞要略及詞評四篇》，廣東人民出版社一九八六年

錢仲聯《近百年詞壇點將録》評

地佑星賽仁貴郭盛　汪兆鏞

憬吾《雨屋深鐙詞》，夏敬觀《忍古樓詞話》謂其「致力姜、辛，自抒懷抱」，蘭甫門下，斯亦治經治史以來，能分詞壇一席者。

——錢仲聯《夢苕庵清代文學論集》，齊魯書社一九八三年

張德瀛

張德瀛（一八六一—？），字采珊，號巽父，别號山陰道上人，番禺人。清光緒十七年（一八九一）舉人。善倚聲，著有《耕煙詞》、《詞徵》。

詞徵

卷一

古樂遞變

《鄉飲酒義》曰：「工入升歌三終，主人獻之；笙入三終，主人獻之；間歌三終，合樂三終，工告樂備，遂出。」此古樂歌也。秦燔《樂經》，其緒乃絶。六代而後，靡音日興。迄有唐之世，疊出新響，詞肇其端。蓋風會遞變，若有主之者。王仲淹謂「情之變聲」，即斯意也。

意内言外爲詞

詞與辭通，亦作詞。《周易孟氏章句》曰：「意内而言外也。」《釋文》沿之。小徐《説文繫傳》曰：「音内而言外也。」《韻會》沿之。言發於意，意爲之主，故曰「意内」。言宣於音，音爲之倡，故曰「音内」。其旨同矣。《周易章句》，漢孟喜撰。喜字長卿，東海蘭陵人，事蹟具《漢書·儒林傳》。喜與施讎、梁丘賀同受業於田王孫，傳田何之《易》。世以「意内言外」爲許慎語，非其始也。

詞本楚詞

屈子《楚辭》，本謂之「楚詞」，所謂「軒翥詩人之後」者也。《東皇》、《太一》、《遠遊》諸篇，宋人製詞，遂多倣效。沿波得奇，豈特馬、揚已哉！

樂府之始

《漢書·禮樂志》云武帝定郊祀之禮，乃立樂府，自司馬相如等討論八音，河間獻王獻所集雅樂，後世樂律，於兹爲盛。嚴滄浪謂漢成帝定郊祀，立樂府。王漁洋謂樂府之名，始於漢初，引高祖《三侯歌》、唐山夫人《房中歌》爲證，二説不同。考孝惠二年，夏侯寬已爲樂府令，則樂府不始於武帝。劉彦和謂武帝崇禮，始立樂府者，蓋據《漢志》言之。若元微之以仲尼操伯牙《流波》、《水仙》等操，齊犢沐作《雉朝飛》，衛女作《思歸引》，爲樂府之始，是第窮其源之所自出耳。

詞所自出

鄭夾漈曰：「古之詩，今之詞曲也。」胡明仲曰：「詞曲者，古樂府之末造也。」張功甫曰：「《關雎》而下《三百篇》，當時之歌詞也。」宋人品藻如是，則知詞之所自出矣。

詞之準的

詞有毗於陽，有毗於陰。毗於陽，則陂聲散，厚聲石矣。毗於陰，則回聲衍，薄聲甄矣。準的無主，二者交譏之。

相和成曲

詞多以相和成曲，巴渝詞之「竹枝」、「女兒」，採蓮曲之「舉棹」、「年少」，其遺響也。考相和曲有《碧玉歌》、《懊儂歌》、《子夜歌》諸調，蓋創於典午之世。

陳後主豔歌

陳後主所製豔歌，《玉樹後庭花》、《春江花月夜》、《黄鸝留》、《金釵兩臂垂》、《堂堂》，凡五曲。

豔詞所本

隋煬帝令樂正白明達造新聲，創《萬歲樂》、《藏鉤樂》、《長樂花》、《十二時》諸曲，遂爲後人豔詞所本。

《閒中好》所祖

南北朝尚書令王肅《悲平城》詩云：「悲平城，驅馬入雲中。陰山嘗晦雪，荒松無罷風。」祖瑩又作《悲彭城》詩云：「悲彭城，楚歌四面起。屍積石梁亭，血流睢水裏。」唐人製《閒中好》詞，其音響實祖二詩。

詞之句法本於《詩》

鄉先輩謂詞之句法，皆本於《詩》，兩字成句者本於《鱨鯊》、《祈父》。其三字以下句法，不一而足。愚按：詞有一字成句者，小令如《蒼梧謡》，慢聲如《哨遍》，皆然。唐時令狐楚賦山、同作者凡九八，此概舉其一耳。張南史賦雪，詠物六首之一。皆從一字起。文與可《丹淵集》，亦具茲體。顧徵君謂《淄衣》章「敝」字爲句，「還」字亦爲句，是詞之有一字，實本於《三百篇》也。

摘曲中語爲調名

古樂府《長相思》、《行路難》，摘曲中語爲題。毛平珪詞云：「何時解佩掩雲屏。訴衷情。」即以《訴衷情》名調。毛並有《戀情深》，詞格同。《蘆川詞》云：「翻成別怨不勝悲。」即以《別怨》名調。《梅溪詞》云：「換巢鸞鳳教偕老。」即以《換巢鸞鳳》名調。詞之上承樂府，觀此益信。

唐宋詞風

陸務觀云：「倚聲製詞，起於唐之季世。」又云：「詩至晚唐五季，氣格卑陋，千人一律，而長短句獨精巧高麗，後世莫及。」此亦但究其始耳。實則詞至北宋，堂廡乃大，至南宋而益極其變。晚唐五季小詞，沾沾自喜，未足言極軌也。「轉法華，勿爲法華轉」，此禪家語也。張叔夏《詞源》云：「使事而不爲事所使。」其言洞窺癥結，宜乎於南渡以還，卓然成獨至之詣。

沈伯時論作詞法

沈伯時論作詞之法，謂「音律欲其協，不協則成長短之詩；下字欲其雅，不雅則近乎纏令之體；用字不可太露，露則直突而無深長之味；發意不可太高，高則狂怪而失柔婉之意。」說最精審，循此以求之，其途正矣。

詞與風詩意義相近

詞有與《風》詩意義相近者，自唐迄宋，前人鉅製，多寓微旨。如李太白「漢家陵闕」，《兔爰》傷時也。張子同「西塞山前」，《考槃》樂志也。王仲初「昭陽路斷」，《小星》安命也。温飛卿「小山重疊」，《柏舟》寄意也。李後主「花明月暗」，《行露》思也。韋端己「紅樓別夜」，《匪風》怨也。

張子澄「浣花溪上」，《綢繆》之締好也。馮正中「庭院深深」，《萇楚》之憫亂也。潘逍遥「島嶼清秋」，《蒹葭》託蹤跡也。蘇子瞻「睡起畫堂」，《山樞》勸飲食也。晁無咎「陂塘楊柳」，《伐檀》力稼穡也。岳忠武「收拾山河」，《無衣》修矛戟也。張仲宗「夢繞神州」，《雨雪》思攜手也。辛稼軒「鬱孤臺上」，《燕燕》慨失偶也。姜白石「淮左名都」，《擊鼓》怨暴也。毛澤民「眉峯碧聚」，《日出》愴懷也。吴夢窗「盤絲繫縷」，《桃夭》感候也。王碧山「玉局歌殘」，《北門》告哀也。張玉田「傍湖千頃」，《衡門》之遠患也。文文山「水天空闊」，《于役》之傷離也。曾純甫「寂寞東風」，《黍離》寫故宫之憶也。王清惠「太液芙蓉」，《式微》抱中露之戚也。其他觸物牽緒，抽思入冥，漢、魏、齊、梁，託體而成。揆諸樂章，喁于䚡聲，信淒心而咽魄，固難得而遍名矣。

詞名詩餘

小令本於七言絶句夥矣，晚唐人與詩併而爲一，無所判別。若皇甫子奇《怨回紇》，乃五言律詩一體。劉隨州撰《謫仙怨》，竇宏餘、康駢又廣之，乃六言律詩一體。馮正中《陽春》録《瑞鷓鴣》，題爲《舞春風》，乃七言律詩一體。詞之名詩餘，蓋以此。

詞之六至

釋皎然《詩式》謂詩有六至：「至險而不僻，至奇而不差，至麗而自然，至苦而無迹，至近而意遠，至放而不迂。」以詞衡之，至險而不僻者，美成也；至奇而不差者，稼軒也；至麗而自然者，少游也；至苦而無迹者，碧山也；至近而意遠者，玉田也；至放而不迂者，子瞻也。

石刻宋詞

石刻載宋詞最夥，唐五代時如李白《桂殿秋》、蜀主孟昶《玉樓春》，傳者數闋，猶未盛也。若無名氏《憶仙姿》，則後唐莊宗時掘内苑得之。無名氏《後庭宴》，則宋宣和間掘地得之。無名氏《魚游春水》，《草堂詩餘》謂阮逸女作。則宋政和中掘地得之。

粵東石刻詞

詞之見於粵東石刻者，崔清獻《水調歌頭》、文信國《沁園春》，凡二闋。崔詞有劉介齡跋，今存白雲山蒲澗寺，萬曆丁亥摹勒上石。文詞在潮州吴文正韓山書院碑陰，明萬曆間，章邦翰重立石刻。於過變處有「嗟哉」二字，蓋後人所妄增者。

陳堯佐燕詞

五代和凝、明夏言，均稱「曲子相公」，豈運會使然邪？然吕申公致仕，薦陳堯佐以代，後堯佐撰燕詞見意，有「爲誰歸去爲誰來，主人恩重珠簾卷」之句，遂使黄閣中添一佳話。

張蜕巖詞之所自

李後主詞：「夢裏不知身是客，一晌貪歡。」張蜕巖詞：「客裏不知身是夢，只在吴山。」行役之情，見於言外，足以知畦徑之所自。

詞有内抱、外抱二法

詞有内抱、外抱二法。内抱如姜堯章《齊天樂》「曲曲屏山，夜涼獨自甚情緒」是也。外抱如史梅溪《東風第一枝》「恐鳳鞾挑菜歸來，萬一灞橋相見」是也。元代以後，鮮有通此理者。

不能舍意論詞

段柯古詩「捽胡雲彩落，疻面月痕消」，王半山詩「青山捫蝨坐，黄鳥挾書眠」，句工而實險。宋詞如「錦摻雲挨」、「鉤簾借月」、「玉船風動酒鱗紅」諸句，若舍意論詞，固煒煜而譎誑。楊升庵輩第求之於此，而不尋厥根，斯徧矣。

詞宜情景交煉

詞之訣曰「情景交煉」。宋詞如李世英「一寸相思千萬緒，人間没個安排處」，情語也。梅堯臣「落盡梨花春又了，滿地斜陽，翠色和煙老」，景語也。姜堯章「舊時月色，算幾番照我，梅邊吹笛」，景寄於情也。寇平叔「倚樓無語欲銷魂，長空黯淡連芳草」，情繫於景也。詞之爲道，其大旨固不出此。

康、辛詞傳誦海内

康伯可製《寶鼎現》詞，傳誦海内。蔣勝欲詞「笑緑鬟鄰女，倚窗猶唱，夕陽西下」，張蜕巖詞「楚芳玉潤吴蘭媚，一曲夕陽西下」，皆指康詞而言。又辛稼軒《永遇樂》詞「從頭問，廉頗老矣，更能飯否」，故戴石屏詞云：「吴姬勸酒，唱得廉頗能飯否。」以一闋之工，形諸齒頰，蓋玉以和氏寶，飲以中泠貴矣。

和韻詞

晁無咎《摸魚兒》、蘇子瞻《酹江月》、姜堯章《暗香》、《疏影》，此數詞後人和韻最夥。至周美成詞，趙秋曉八用其韻，崔菊坡詞，劉後村七用其韻。而方千里、楊澤民並有和清真全詞，夢弢、陳三聘又有和石湖詞，可以想一朝壇坫之盛。

宋人用《花非花》詞

白太傅《花非花》詞：「來如春夢不多時，去似朝雲無覓處。」此二語歐陽永叔用之，張子野《御階行》、毛平仲《玉樓春》亦用之。

詞自注所出

洪忠宣自製《江梅引》四闋，北人稱爲《四笑江梅引》，以每篇皆有「笑」字也。其一曰《憶江梅》，二曰《訪寒梅》，三曰《憐落梅》，而第四篇闋焉。今見於鄱陽者，僅存其一，詞之自注所出，繇忠宣始也。洪容齋《筆記》謂「紹興初，又有傅洪秀才注坡詞，鏤板錢塘。至於『不知天上宮闕，今夕是何年』，不能引『共道人間惆悵事，不知今夕是何年』之句；『笑怕薔薇罥，學畫鴉黄未就』，不能引《南部煙花録》。如此甚多。」

詞叶短韻

蘇子瞻《水調歌頭》前闋云：「我欲乘風歸去，又恐瓊樓玉宇。」後闋云：「月有陰晴圓缺，人有悲歡離合。」宇、去、缺、合，均叶短韻，人皆以爲偶合。然檢韓無咎詞賦此調云：「放目蒼崖萬仞，雲護曉霜城陣。」仞、陣是韻。後闋云：「落日平原西望，鼓角秋深悲壯。」望、壯是韻。蔡伯堅詞賦此調云：「燈火春城咫尺，曉夢梅花消息。」尺、息是韻。後闋云：「翠竹江村月上，但要綸巾鶴氅。」上、氅是韻。乃知《水調歌頭》實有此一體也。

檃括體

詞有檃括體。賀方回長於度曲，掇拾人所棄遺，少加檃括，皆爲新奇。常言「吾筆端驅使李商隱、温庭筠，常奔命不暇」，後遂承用焉。米友仁《念奴嬌》，裁成淵明《歸去來辭》，晁無咎有填盧仝詩，蓋即此體。「檃括」二字，見《荀子・大略》篇及《韓詩外傳》、劉熙《孟子注》。檃，度也；括，猶量也。

福唐體

福唐體者，即獨木橋體也，創自北宋。黄魯直《阮郎歸》用「山」字，辛稼軒《柳梢青》用「難」字，趙惜香《瑞鶴仙》用「也」字，均然。朱錫鬯《長相思》用「西」字，《紅橋尋歌者沈西》。《柳梢青》用「耶」字，《馬上望琅琊山》。《行香子》用「孃」字，《伎席》，此闋見《曝書亭外集》。陳其年《醉太平》用「錢」字、《咏錢》。瓢字，《題孫無言半瓢居》。本效宋人。此亦如今體詩之轆轤格、壺盧格，乃偶然託興者，必踵其轍，則爲惡境矣。

回文體

回文有二體：有逐句回環者，晁次膺《菩薩蠻》是也。有通體回環者，吴禮之《西江月》是也。

毛大可《浣溪沙》和任二王俌迴環韻，以下一首迴前，未詳所本。

明清人倣顧敻體

顧敻《荷葉杯》詞，「春盡小庭花落。寂寞。凭檻斂雙眉。忍教成病憶佳期。知麽知。知麽知。」敻所賦九詞，「麽」皆作「摩」。自後倣其體者，明人有小詞二闋，一疊「催麽催」三字，一疊「乾麽乾」三字，亦《荷葉杯》調，《艮齋雜說》以爲《如夢令》者，誤也。曹秋岳詞疊「留麽留」三字，毛大可詞疊「參麽參」三字。

《杏花天》二體

紫霞翁云：「木笪人以歌《杏花天》得名，補教坊都管。」案：《杏花天》有二體，其一體與《端正好》同，一體與《於中好》同。

詞之句法不同

柳耆卿《樂章集》，《清平樂》詞前闋結句云：「那特地柔腸斷。」趙秋曉《覆瓿集》，《齊天樂》詞次句云：「渺人物消磨盡。」句法與它家異，後人遂無宗尚之者。

虞美人體

《虞美人》詞五十六字者是正格。元何介夫有五十四字一體，詞云：「三年奔走荒山道。喜説苕溪好。苕溪秋水漫悠悠。載將離恨上杭州。　干戈未已身如寄。安樂知何處。青溪溪上釣魚磯。縱使無魚、還有蟹螯肥。」向來詞譜均未載及此體。

《一萼紅》體

《一萼紅》一百八字，平側各一體。吴山尊專賦是調，成《一萼紅詞》一卷，然以本調編至四體則未確。

詞有扇對

詩有扇對，詞亦有扇對。鄭都官詩云：「昔年共照松溪影，松折碑荒僧已無。今日還思錦城事，雪消花謝夢何如。」此詩之扇對也。趙元鎮詞云：「欲往鄉關何處是，正水雲浩蕩連南北。」後闋云：「欲借忘憂須是酒，奈酒行欲盡愁無極。」此詞之扇對也。毛刻《草堂詩餘》，元鎮作元稹，缺「正」字，「須」作「除」。又案：壽域詞《更漏子》云：「臉如花，花不笑。雙臉勝花能笑。肌似玉，玉非温，肌温勝玉温。」此亦扇對之法。

集詩句入詞

集詩句入詞，惟朱竹垞《蕃錦集》篇帙最富。然蘇子瞻、趙介庵均列是體，蓋宋人已有爲之者。其集前人詞句，則石次仲《金谷遺音》載之。

詞爲曲家導源

詩衰而詞興，詞衰而曲盛，必至之勢也。柳耆卿詞隱約曲意。至黄魯直《兩同心》詞，則有「女邊著子，門裏挑心」之語，彭駿孫《金粟詞話》，已言其鄙俚。楊補之《玉抱肚》詞云：「這眉頭强展依前鎖。這淚珠强收依前墮。」此類實爲曲家導源，在詞則乖風雅矣。

詞必立調

小徐曰：「詞之虚立，與實相扶，物之受名，依詞取義，此蓋謂語之助也。」推此而言，則詞必立調，而後可以審其節哉！

巴渝詞

《巴渝詞》有十四字者，有二十八字者。《舊唐書·音樂志》云：「巴渝，漢高帝所作也。帝自蜀漢伐楚，以板楯蠻爲前鋒，其人勇而善鬥，好爲歌舞，高帝觀之曰：『武王伐紂歌也。』使工習之，號曰巴渝。渝，美也。亦云巴有渝水，故名之。」

謫仙怨

《謫仙怨》，劉文房所創調也。竇弘餘云：「天寶十五載正月，安禄山反，陷没洛陽。王師敗績，關門不守，車駕幸蜀。途次馬嵬驛，六軍不發，賜貴妃自盡，然後駕行。次駱谷，上登高，下馬望秦川，遥辭陵廟，再拜嗚咽流涕，左右皆泣。謂力士曰：『吾聽九齡之言，不到於此。』乃命中使往韶州，以太牢祭之。因上馬索長笛吹，笛曲成，潸然流涕，佇立久之。時有司旋録成譜，及鑾駕至成都，乃進此譜請名曲，帝謂『吾因思九齡，亦别有意，可名此曲爲《謫仙怨》』。其旨屬馬嵬之事，厥後以亂離隔絶，有人自西川傳得者，無由知，但呼爲《劍南神曲》，其音怨切，諸曲莫比。謂有賢宰思，乃深爲彼美惜耳。」

一點春

《一點春》詞，相傳爲隋宫人所製。薛漁思《河東記》載歌一章，與《一點春》聲響相類，惟用側韻不同。

憶江南

《憶江南》調，原名《謝秋娘》，李贊皇鎮浙西日，爲亡姬謝秋娘作也。是調多别名，《初寮詞》亦謂之《安陽好》。毛大可《詞話》及劉斧《青瑣集》，以爲是隋煬帝所撰者，誤從《海山記》之言，而未知爲後人所僞託也。

傾杯曲

《傾杯曲》，一云唐太宗時長孫無忌所撰。一云宣宗善吹蘆管，自製此曲，蓋宫調也。今詞調《傾杯令》、《傾杯樂》，猶沿此稱。

調笑令

《調笑令》，創於唐天寶中，一名《宫中調笑》。戴容州謂之《轉應詞》，五代時謂之《轉應曲》，惟三十八字者，祇名《調笑》，初無異稱，蓋《轉踏曲》也。詞前以儷語作引，附古詩八句，多集唐人句。詩繇平至側，詞起句即承詩末兩字。附以破子，音響同詞。不以詩作引，末以絶句媵焉。毛澤民謂之「遣隊」，洪景伯《盤洲集·樂章》謂之「句隊」，或謂之「放隊」。兩宋時多尚此體，亦詞之《折楊》、《皇夸》也。其引子如古樂府之豔與和，破子如古樂府之趨與亂。《調笑令》一名《三臺令》，並有《上皇三臺》、《突厥三臺》、《中宫三臺》之目。其後三體名則從同，而音響異矣。「三臺」之偁，李濟翁以爲《鄴中三臺》，即陸翽《記》中所述者。《劉公嘉話》言高洋築三臺，皆指地言。惟方密之《通雅》引李涪《刊誤》言「権酒三十」，拍促曲名《三臺》。謂三臺者，作樂時部首拍版三聲，然後管色振作，乃曲名耳。此説近之。

秋霽

《秋霽》調，始自李後主，宋胡浩然易爲《春霽》，即此調也。楊升庵《詞品》，謂《秋霽》詞爲陳後主所創，蓋沿《草堂詩餘》之誤。

《月上海棠》與《瑶臺第一層》

《月上海棠》，徽廟所創調也，見《雲麓漫鈔》。《瑶臺第一層》，裕陵所創調也，見《后山居士詩話》。

醉翁操

《醉翁操》，乃琴調泛聲。歐陽文忠初作《醉翁亭》於滁州，既爲之記。時太常博士沈遵遊焉，爲作《醉翁吟》三疊，寫以琴。然有聲無詞，故文忠復爲《醉翁述》以補之。或病其琴聲爲詞所繩約，殆非天成。後三十餘年，有廬山玉澗道人崔閒，工鼓琴，請於蘇東坡爲之詞，律呂和協。辛稼軒「長松之風」一闋，其和章也。元、明人無賦是調者。惟於本朝得三闋焉，其一爲陳砥中作，見《松風閣琴譜》；其一爲凌次仲作，見《梅邊吹笛譜》；其一爲女史吴蘋香作，見《花簾詞》。

憶瑶姬

《憶瑶姬》，史邦卿所創調也。《水經注》謂天帝之季女名曰瑶姬。案《襄陽耆舊傳》云，赤帝女曰瑶姬，未行而卒，葬於巫山之陽，故曰巫山之女。楚懷王遊於高唐，晝寢夢見與神遇，自稱是巫山之女，遂爲置觀於巫山之陽。

孟家蟬

《孟家蟬》九十七字，潘元質所創調也。朱彧《可談》云，孟后衣服畫作雙蟬，目爲孟家蟬，識者謂蟬有禪意，久之竟廢。姜堯章詩「遊人總戴孟家蟬」，張伯雨詞「玉梅金縷孟家蟬」，指此。

歸國謡

《歸國謡》，或作《歸國遥》，劉氏延禧謂即樂府之《刮骨鹽》。謡、鹽聲之轉，刮骨與歸國聲近，殆一名訛别爲二也。

玉瓏璁

《玉瓏璁》，即《釵頭鳳》。《風月堂雜識》：玉瓏鬆，浙中謂之睡梅。毛文錫詞「快教折取，戴玉瓏璁」。璁、鬆同。

釵頭鳳

《釵頭鳳》，程正伯易名《折紅英》。《蛻巖詞》「折」作「摘」。唐氏和陸詞，前用側韻，後用平韻，上下闋同，實一調也。

小聖樂

《小聖樂》，九十五字，元遺山所製，俗以爲「驟雨打新荷」者是也。趙松雪詩「主人自有滄洲趣，遊女仍歌白雪詞」，謂此。詳見陶南村《輟耕録》。

鞓紅

無名氏有《鞓紅詞》，鞓紅，牡丹名也。辛稼軒詞：「鞓紅似向舞腰横。」孫花翁詞：「一朵鞓紅，寶釵壓髻東風溜」。萬紅友詳論其制，所云宋待制服紅鞓犀帶，蓋即《西溪叢語》引石子惠之說。愚案《夢溪筆談》云，海上有一船，桅折，抵岸三十餘人，如唐衣冠，紅鞓角帶。則知唐時已有之，非特宋制然也。

昔昔鹽

樂府有《昔昔鹽》，「昔」或作「析」。一云「昔昔」，隋宫美人名。傳自戎部，蓋疏勒曲也，屬羽調。「鹽」與「胤」、「引」均通，又轉爲「豔」，義與樂府之《三婦豔》相類，又作「炎」。北宋時，王師南征，製《黄帝炎曲》。《容齋隨筆》云，《玄怪録》載籧篨三娘工唱《阿鵲鹽》，又有《突厥鹽》、《黄帝鹽》、《白鴿鹽》、《神雀鹽》、《疏勒鹽》、《滿座鹽》、《歸國鹽》。唐詩：「媚賴吴娘唱是鹽。」施肩吾詩「嫵媚吴娘笑是鹽」，略異。「更奏新聲《括骨鹽》。」然則歌詩謂之「鹽」者，如吟、行、曲、引之類。愚案：詞有「鹽角兒」，託始於此。「角」謂是詞屬角調也。梅聖俞「紙角裹鹽」之説，穿鑿附會，殆不可據。

菩薩蠻

《菩薩蠻》，或作《菩薩鬘》。《杜陽雜篇》云：宣宗大中初，蠻國人入貢，危髻金冠，瓔珞被體，故謂之《菩薩蠻》。白太傅諷諭詩：「玉螺一吹椎髻聳。銅鼓千擊文身踊。珠瓔炫轉星宿摇，花鬘斗藪龍蛇動。」蓋指此也。

婆羅門引

《婆羅門》，胡曲，屬太簇商調。宋時隊舞，亦名《婆羅門舞》。詞調《婆羅門引》，宋詞或於上增「望月」二字。陽羡萬氏云「望月」二字是詞題，非牌名也，删上二字。徐誠庵謂唐教坊曲有《望月婆羅門引》，萬氏删原題，非也。今考隋大業中，遣常駿等使其國，赤土王遣婆羅門鳩摩羅以舶三十艘，吹螺擊鼓以迓常駿。迄唐開元中，西涼府節度楊敬述始進《婆羅門曲》。一名西涼調，一名凄涼調，一名子母調，一名高宫調。《唐會要》謂天寶十三載，改《婆羅門》爲《霓裳羽衣》，鑿鑿可證。《教坊記》之説，未可爲據。至《樂府雅詞》、《陽春白雪》載楊如晦《婆羅門引》，亦無「望月」二字。元段復之《遯齋樂府》《望月婆羅門引》注云：「以《望月婆羅門引》歌之，酒酣擊節，將有墮開元之淚者。」以訛傳訛，沿誤久矣。

霓裳羽衣曲

唐開元時，有《霓裳羽衣舞》，並《霓裳羽衣曲》。曲則西涼節度使楊敬述所造，玄宗從而潤色之。故王仲初《霓裳詞》，白太傅《霓裳歌》，皆筆於篇，以紀其事。歐陽永叔《詩話》云：「今教坊尚能作其聲，其舞則廢而不傳。人間又有《望瀛府》、《獻仙音》沈存中云屬燕部二曲云，此其遺聲也。」周公謹謂《霓裳》一曲，共三十六段，是能作其聲之一證。宋太宗時舞隊，其第五隊曰「拂霓裳隊」，或仍倣唐制也。詞調之《拂霓裳》及《霓裳中序第一》，義蓋本此。元微之云：「散序六遍無拍，故不舞，中序始有拍，亦名拍序。」

蘇幕遮

《蘇幕遮》，即《蘇摩遮》，本唐時曲名。「幕」乃「摩」之轉聲，西域婦帽也。唐張説有《蘇摩遮》詞四首，其第一首云：「摩遮本出海西胡。琉璃寶眼紫髯須。」義蓋取此。

簇拍

唐人樂府有《簇拍陸州》、《簇拍相府蓮》，今詞之《滿路花》、《醜奴兒》，均有以「促拍」名者，乃唐人之所謂「簇拍」耳。

六幺

王灼《碧雞漫志》云：「《六幺》一名《緑腰》，《吐蕃傳》云：奏《涼州》、《胡渭》、《緑腰》、《雜曲》。《緑腰》之名始此。一名《録要》。」段安節《樂府雜録》云：「樂工進曲，上令録其要者。據此則知《録要》之名，貞元中德宗所定者也。此曲内一疊名《花十八》，前後十八拍，又四花拍，共二十二拍，曲節抑揚可喜，舞亦隨之。」《墨莊漫録》亦云：「《六幺》曲有花十八，今《夢行雲》詞調，别名《六幺花十八》。」張斗南《宮詞》「奏罷六幺花十八」，歐陽永叔詞「貪看六幺花十八」，謂歌聲與舞態也。《演繁露》云，唐有新翻羽調《綠腰》，蔣竹山詞「羽調綠腰彈遍了」可證。以曲有高平吕調。考《綠腰》凡四曲，高平吕調其一耳。毛稚黄謂《綠腰》一名《樂世》，蓋依白太傅詩集編列，它家無之。

采雲歸

燕樂仙吕調有《采雲歸》，詞調《采雲歸》，「采」誤作「彩」，當據《宋史・樂志》更正。

犯聲

陳暘《樂書》云：「以臣犯君謂之犯聲，犯聲自天后末年始也。」詞之名「犯」，皆謂以此宫犯彼宫之調，如《四犯玉連環》、《四犯翦梅花》、《八犯玉交枝》、《四犯令》、《玲瓏四犯》、《花犯念奴》、《凄涼犯》、《花犯》、《倒犯》、《尾犯》、《側犯》，皆然。

六州

《容齋隨筆》云：「今樂府所傳大曲，皆出於唐，而以州名者五：伊、涼、熙、石、渭也。」謹案：《欽定歷代詩餘》云：「六州，伊、涼、甘、石、氐、渭也。唐樂府多以此名，詞調因之，與容齋所紀不合。詞調所謂《六州歌頭》者謂此。」《宋樂志》所載《六州鼓吹曲》也，郊祀明堂大樂多用之，與《六州歌頭》迥異。然

《六州歌頭》亦多言古今興亡之事，非豔詞比。其它若《伊州序》、《梁州即涼州序》、《甘州子》、《石州慢》、《氐州第一》，皆託名於詞調，而渭州無之。

調名音近而異

調名有因音近而異者，如《紅窗迥》之爲《虹窗影》，《握金釵》之爲《戛金釵》是矣。有因義同而異者，如《眼兒媚》之爲《秋波媚》，《夜行船》之爲《明月棹孤舟》是矣。有因所賦之詞而異者，如《暗香》、《疏影》之爲《紅情》、《緑意》是已。它如《浣溪沙》之爲《浣沙溪》，《滿江紅》之爲《上江虹》，則因槧本誤刻而異。若《長相思》名《吴山青》，《烏夜啼》名《上西樓》，佳章流播，緣是得名，固非《東澤綺語債》、《東山寓聲樂府》之比也。

温飛卿著作

温飛卿《金荃》、《握蘭》兩集，唐時雅愛重之。考《唐書・藝文志》，飛卿並有《採茶録》一卷、《學海》二十卷、《乾𦠆子》三卷、尤延之《遂初堂書目》作一卷，今所傳者三卷，與《藝文志》同。然是書宋時已佚，傳者蓋贋本也。《詩集》五卷、《漢南真稿》十卷。

陽春白雪

趙立之所編《陽春白雪》八卷、《外集》一卷，皆兩宋人長短句。明以前是書初不甚著，《欽定四庫總目》亦未採入。至秦敦父采輯原書，糾正其誤，書始傳播。惟卷數與陳直齋《書録解題》不合，或後人多所更易歟？

草堂詩餘

《草堂詩餘》本選宋詞，然參以唐五代諸人所作，究失體例。其以晏同叔《浣溪沙》詞爲李景作，成幼文《謁金門》詞爲馮延巳作，尤不免於疏舛。朱竹垞云：「《草堂》選詞，可謂無目。」蓋詬之甚矣。

惜香樂府

趙長卿《惜香樂府》編至十卷，殆倚聲家之詅癡符也。集中《蔦山溪》、《漢宫春》諸闋，多插科打諢之語，與黄豫章《鼓笛慢》數詞相類，莊士見之，能無廢卷耶？

草窗詞

周公謹《草窗詞》及《蘋洲漁笛譜》，詞多互見，而先後全倒置。大約《漁笛譜》是公謹手定，《草窗詞》則後人採集成書，而復削其序語者。

詞譜行而詞學廢

宋、元人製詞，無按譜選聲以爲之者。王灼《碧雞漫志》、沈義父《樂府指迷》、張炎《詞源》、陸輔之《詞旨》，詣力所至，形諸齒頰，非有定式也。迄於明季，始有《嘯餘譜》諸書，流風相扇，軌範或失，蓋詞譜行而詞學廢矣。

詞苑叢談

徐虹亭《詞苑叢談》一書，世稱精博。其跋語云：「退食之暇，與同年秀水竹垞朱君、宜興其年陳君互相參訂。竹垞始謂余捃摭書目，必須旁注於下，方不似世儒勦取前人之説以爲己出者。余韙其言，惜已脱稿，無從一一追溯，間取偶及記憶者，分注十之三四。」據此則知書中未經注明者不少。暇日循覽是書既畢，記憶所及，附載於此。如政和中無名氏賦《魚游春水》一條，見《復齋漫録》並《唐詞紀》。姜堯章自製曲一條，見《白石道人歌曲》。張子野製《師師令》一條，見《古今詞話》。宋宣和間掘石得《後庭宴》詞一條，見《古今詞話》。詞要清空一條，見張玉田《詞源》。東坡《賀新涼》、《卜算子》一條，見升庵《詞品》。詞中用事最難一條，見《詞源》。已上《體制》。柳耆卿《木蘭花慢》得音理之正一條，見《詞品》。已上《音韻》。李後主《烏夜啼》詞一條，見《古今詞話》。岳珂評辛詞一條，見《桯史》並《藝苑雌黄》。張志和《漁父詞》一條，見《樂府雅詞》並《東湖集》。辛稼軒《摸魚兒》詞一條，見《鶴林玉露》。范希文《漁家傲》邊愁一條，見《東軒筆録》。潘閬《憶餘杭》一條，見《詞品》。金主亮頗知書一條，見《鶴林玉露》。晏同叔詞未嘗作婦人語一條，見陳直齋《書録解題》並馬端臨《文獻通考》。楊守齋守歲詞一條，見《乾淳歲時記》並《武林舊事》、楊升庵《詞品拾遺》。已上《品藻》。蜀主衍《醉妝詞》一條，見《五國故事》。李後主《懷江南》一條，見《默記》並《詩話總龜》。南唐主與舊宫人書一條，見《江南録》並《西清詩話》。潘佑作詞諫後主一條，見《江鄰幾雜誌》。周邦彦在李師師家一條，見《耆舊續聞》並《樂府紀聞》。吴琚賦《酹江月》一條，見《武林舊事》。于國寶賦《風入松》一條，見《武林舊事》。嚴幼芳賦七夕詞一條，見《癸辛雜志》並《齊東野語》。宋駙馬楊震一條，見《古今詞話》。吴彦高賦《春從天上來》一條，見《花庵詞選》。紇石烈子作樂章一條，見《癸辛雜志》。張安國留守席上賦《六州歌頭》一條，見《朝野遺記》。陳參政餞陳石泉北行一條，見《志雅堂雜鈔》。柳三變賦《鶴沖天》一條，見《畫墁録》。宋子京過繁臺街一條，見《花庵詞選》。蘇子瞻倅杭賦《賀新郎》詞一條，見楊湜《古今詩話》並《苕溪漁隱叢話》。柳永進《醉蓬萊》詞一條，見《花庵詞選》並《太平樂府》。何㮚賦《虞美人》一條，見《樂府紀聞》。陶穀使江南一條，見《硯北雜志》並《雲巢篇》。天台營妓賦《如夢令》、《卜算子》

一條，見《癸辛雜志》。劉改之賦《沁園春》一條，見《桯史》。岳州徐君寶妻一條，見《古今詞話》。僧仲殊賦《踏莎行》一條，見《中吴紀聞》。韓蘄王能作字及小詞一條，見《齊東野語》。趙彦端《謁金門》詞一條，見《侯鯖録》。已上《紀事》。少游悶損人天不管一條，見《古今詞話》。已上《諧謔》。都下女子歌朝元路一條，見《無住詞》並《樂府雅詞》、《林下詞選》。陝府驛壁詞一條，見《能改齋漫録》。已上《外篇》。此皆徐之未及補注者。至同時勝流，軼聞異説，有與它書稍異，殆亦從而增飾者歟？

詞之箋注

元遺山《論詩絶句》云：「詩家總愛西崑好，獨恨無人作鄭箋。」然箋詩者尚多，箋詞者尤罕見。宋人如傅幹一作「洪」注坡詞，曹鴻注《葉石林詞》，曹杓注《清真詞》，皆不傳。周公謹《絶妙好詞》，查蓮坡、厲太鴻箋之。《山中白雲詞》，江賓谷箋之。餘未嘗有也。近人《白香詞箋》，實踵查、厲而作。

詞律

萬氏《詞律》不收明以後自度腔，最爲有識。其糾正諸調紕繆，如湯沃雪，久爲名流所心折。然譜中失收之調，正復不少。徐誠庵《詞律拾遺》所補入者一百六十五調，一百七十九體，合原書爲八百二十五調，一千六百七十餘體，統此二書，可爲準的矣。許積卿論萬氏《詞律》一書，謂一詞之中字句即有參差，不當以又一體判之。蓋於樂同在一宮，不得又爲一體也。其論極通，因爲拈出。

詞律辨四聲句法

《詞律》於四聲句法，斷斷辨之，有不厭其繁者，雖於所入宮調及聲之清濁，未嘗剖晰，而旨意恒與宋人吻合。凌次仲賦《湘月》詞弔之云：「律比中商，料後世、應有知音題品。」誠重之也。

詞律拾遺

《詞律拾遺》一書，旁搜博采，捃摭綦備，卷七、卷八，訂正原書，亦多確論。然其中有應補而不補者，如韓滮《弄花雨》、姜夔《鶯聲繞紅樓》、無名氏《樓心月》、張翥《丹鳳吟》、張雨《茅山逢故人》，此當列入補調。李敏軒《慶清朝慢》側韻、陳允平《祝英臺近》、李之儀《憶秦娥》、趙汝茪《江城梅花引》，此應列入補體。若斯之類，宜加搜輯，而反闕之，此其所略也。

卷二

十二律

十二律分寸毫釐絲數，吕氏、司馬氏、鄭氏、蔡氏，諸說各異。其後推算家以密率求今律調律數，皆連比例。戴鍔士《補校象數一原》云：「黄鍾與大吕，大吕與太簇，距一位而成比例。黄鍾與太簇，太簇與姑洗，距二位而成比例。」故知《樂記》「比音而樂」之一言，已露其旨。使由宫聲而得全律之聲，由全律之聲而通子聲，則按諸十二律，皆有定位，不特律數之比而後合也。

樂之七調

樂之七調，傳自龜兹人蘇祇婆，以琵琶絃叶之。隋鄭譯推演其聲，更立七均，合成十二，以應十二律。律有七音，音立一調，故成七調十二律，合八十四調，旋轉相交。七調者，一曰婆陁力，華言平聲，即宫聲也。宫聲或云中聲，《遼史・樂志》以宫聲七調屬婆陁力旦，如正宫、黄鍾宫之屬。按：唐時《新涼州曲》入婆陁調，西涼府郭知運所進。二曰雞識，凌次仲云：「《宋史・樂志》引《樂髓新經》作稽識。」華言長聲，即南吕聲也。《遼志》以商聲七調屬雞識旦。凌次仲謂南吕聲爲商聲之誤，是也。三曰沙識，華言質直聲，即角聲也。《遼志》以角聲七調屬沙識旦，殆如大食角、高大食角之屬。四曰沙侯加濫，華言應聲，「應」或作「甀」。即變徵聲也。五曰沙臘，華言應和聲，即徵聲也。凌云：「《遼志》四曰沙侯加濫聲，五曰沙臘，皆應聲。又羽聲七調，屬沙侯加濫旦。」案：《隋志》以沙侯加濫爲變徵聲者，以七聲之次序言。《遼志》以七羽屬之者，以琵琶四絃之大小言也。所謂七羽，如般涉調、高般涉調之屬，般涉華言徵也。六曰般贍，華言五聲，即羽聲也。蕭山毛氏謂般贍屬徵，鄭譯作羽聲誤。凌云：「《遼志》六曰般贍五聲。」案：《宋史・樂志》，七羽之首曰般涉調。贍、涉聲相近，般涉即般贍之轉。蓋七羽之有般涉，猶七宫之有正宫、高宫也。愚案：般涉宋人亦作般沙。七曰俟利鍵，《遼史・樂志》作「箑」。華言斛牛聲，「牛」或作「先」。《宋史》亦作「律」。即變宫聲也。此《隋書・音樂志》所述，而《遼志》因之。毛氏謂其五旦之中猶留四清，所去羽聲，本無清聲，此蓋祖明人瞿九思之言。然清羽之聲，古有成説，張叔夏《詞源》亦以羽聲爲最清。毛氏所論，固無取焉。至鄭譯所謂合八十四調旋轉相交者，琵琶雖四絃，然推演未嘗不廣。唐時並有六絃琵琶、七絃琵琶。六絃者，天寶中史盛所作。七絃，開元中鄭喜子所進也。惟以胡部之聲爲準，究不若以管聲定高下也。凌氏誤宗其説耳。

四旦二十八調

《遼史·樂志》云：「四旦二十八調，不用黍律，以琵琶絃叶之。」考黍律爲漢以前所定音。王朴論樂，專恃黍律之説，叶以琵琶絃，乃龜兹舊譜所用隋、唐以後之音也。旦者，均也，或曰清也。《宋·樂志》謂神宗時廢四清聲不用。蓋指隋之四旦，非四宫之清聲。四旦謂第一絃宫聲，第二絃羽聲，第三絃商聲，第四絃角聲。二十八調者，宫、商、角、羽皆有七調。徵則有其聲無其調，分隸四聲之中。徵調自隋時已闕。宋徽宗時，劉詵爲大晟樂府，案古制旋十二宫，以七聲得正徵一調，卒不克行。故後世所沿用者，並闕徵調。

樂律全書

四宫清聲，謂黄鍾、大吕、太簇、夾鍾，語載《宋史·樂志》，乃古法也。明鄭世子《樂律全書》言之最悉，其云：「中聲之上有半律，是爲清聲。中聲之下有倍律，是爲濁聲。」以人聲驗之，十二律由濁而清，黄、大、太、夾、姑、仲、蕤、林、夷、南、無、應，皆自然也。繼以半律，黄、大、太、夾雖清可歌，至於姑、仲，則聲益高，而揭不起，或强揭起，非自然矣。十二律由清而濁，應、無、南、夷、林、蕤、姑、仲、夾、大、太、黄，皆自然也。繼以倍律，應、無、南、夷雖濁可歌，至於林、蕤，則聲益低，而咽不出，或强歌出，亦非自然矣。世子所謂半律，謂仲、姑、夾、太、大、黄，配巳、辰、卯、寅、丑、子，從子至巳律皆長，故半之。律雖六，而清聲則止於夾、太、大、黄四聲也。倍律者，謂應、無、南、夷、林、蕤配亥、戌、酉、申、未、午，從午至亥律皆短，故倍之。律雖六，而濁聲則止於應、無、南、夷四聲也。按之譜字則黄（合Δ）大（下四㊃）太（四マ）夾（一上㊀）姑（一一）仲（上ㄅ）蕤（勾乙）林（尺人）夷（下工7）南（工7）無（下凡リ）應（凡几）。其四宫清聲，則黄（六幺）大（五㊄）太（下五ｵ）夾（一五㊄）。夾之一上當爲下一之誤。至或高或下，略爲别識，則自宋代已然矣。其以勾字爲高上下尺之訛者，本朝徐氏《樂律考》之説也。然《朱子大全》集載宋燕樂字譜，與上譜字亦多有不合者，備録於後：

Δ（合黄鍾）マ（四下大吕）マ（四上太簇）ニ（一下夾鍾）ニ（一上姑洗）フ（上仲吕）ム（勾〔即今低尺〕蕤賓）ㄱ（尺林鍾）7（工下夷則）ㄱ（工上南吕）リ（下凡無射）リ（凡應鍾）久（六黄清）π（上五太清）□（緊五夾清）

張爾公十二律圓圖

張爾公以十二字分配十二律，繪爲圓圖，汪燦人《律吕通解》録之。所配者，骿黄鍾、骿，卜公反。

捓大吕、捓，兵畝反。奔太簇、般夾鍾、裦姑洗、幫仲吕、幫，卜江反。波蕤賓、北林鍾、百夷則、八南吕、孛無射、卜應鍾。汪云：「其取類全以開合轉折。蓋骈字全在喉中而至濁，所謂黄鍾之中聲。至捓字則微開，至北字又微合。及卜字而聲出唇端，其聲盡矣。」愚按爾公之説，蓋取朱子譜中絣、逋、陂、牌等字而變通之，然所配實多窒礙。蓋中聲者，宫之本律也，配以至濁之字，是不以爲中聲，而以爲最下之聲也。且骈爲卜公反，迺合口中第一等字，其音純清。清濁不辨，欲其不牴牾，得乎？

五音二變

應鍾變宫，蕤賓變徵，謂之二變。二變椎輪《尚書》，至周景王時，伶州鳩遂有七音之説。杜佑《通典》云：「變宫、變徵，武王所加也。」説本杜預。隋盧賁亦云：「周武克殷，得鶉火天駟之應，其音用七。」其後漢稱七始，唐名七調，皆合五音二變言之。考徐景安《樂章文調》云：「五音合數而樂未成文。旋宫以明韻律，迭生二變，方協七音。乃以變徵之聲，循環正徵，復以變宫之律，回演清宫，其變徵以變字爲文，其變宫以均字爲譜」，語載浚儀王氏《困學紀聞》。此蓋謂二變可輔五音，以濟所不及也。然宋人之疵二變者，説正不一。《淮南子》謂姑洗生應鍾，比於正音，故爲和。應鍾生蕤賓，不比於正音，故爲繆。馬端臨云：「二變但爲和繆，已不得爲正聲矣。」陳暘《樂書》云：「二變四清，樂之蠹也。」沈括《補筆談》云：「變宫在宫、羽之間，變徵在角、徵之間，皆非正聲。」蔡元定《律吕新書》云：「變宫、變徵，宫不成宫，徵不成徵」，《宋史·樂志》亦載此語。古人謂之和繆。又云：「變聲非正，故不爲調。」諸家所論，與隋蘇夔駁鄭譯説略同，皆詳悉樂理，而略於樂制，故其辭如此。朱子云：

「凡十二律皆有二變，一律之内通五聲，合爲七均。祖孝孫、王朴之樂皆同。所以有八十四調者，每律各添二聲而得之也。」朱子之語，洞窺閫奧，而不悖於古。愚案：張玉田《詞源》，載律生八十四調，其宫、徵、商、羽、角，以土、火、金、水、木相配。閏宫、閏徵宫，以太陰、太陽相配，二閏即二變也。鄭譯云：「今若不以二變爲調曲，則是冬、夏聲闕，四時不備。是故每宫須立七調。」朱子之説，正本鄭譯。

二變有定律

《文獻通考》引《中興四朝樂志敘》曰：「變徵於十二律中，陰陽易位，故謂之變。變宫以七聲所不及，取閏餘之義，故謂之閏。」《宋・樂志》注曰：「宫、羽之間有變宫，角、徵之間有變徵。」此見二變有定律，不可易也。本朝毛氏謂黄鍾爲宫，大吕爲變宫，姑洗爲徵，中吕爲變徵，是易二變於宫、徵後矣。毛氏以今音衡量，則清、濁、高、下可互轉移，故創爲此説，以矜神悟，然去古不已遠乎？若以今音求古音，則前人以字譜一字爲變宫聲，凡字爲變徵聲，其説最碻，遠勝毛氏之穿鑿矣。徐新田《律吕臆説》：「欲廢二變之名，謂乙乃宫之低者，非所謂變宫，凡乃角之高者，非所謂變徵，然名可廢，而其音不可廢也。」

二變音響

向來論二變者，咸定其秩次，辨其得失，鮮有及其音響。《白石道人歌曲》引唐田畸《聲律要訣》云：「徵與二變之調，咸非流美。」此又兼爲製詞者言之也。

旋宫不始於祖孝孫

唐武德九年，命太常少卿祖孝孫正雅樂，因斟酌南北，考以古音，作《大唐雅樂》。以十二律各順其月，旋相爲宫，製十二和之樂，合三十一曲，八十四調。《文獻通考》謂周禮有旋宫之義，亡絶已久，莫能知之，一朝復古，自孝孫始也。然考隋文帝時，萬寶常所進《六樂譜》十四卷，論八音旋相爲宫之法，並八十四調，百四十律之音調，時論翕然歎服，則非始於孝孫矣。

旋宫之義

唐宋詞所入之調，各有不同。如以宫調合宫調，但云某宫而已。若以宫調合商調，則謂之黄鍾商。其它可以此例。蓋五音十二律，由此通彼，即旋相爲宫之義也，然究以所用之本調爲主。

道調宫

七宫中道調，倣自唐高宗。高宗自以爲李伯陽裔，調露二年，特命樂工製道調宫，故宋元詞有用之者。

十八調

《宋史·樂志》云：「教坊所奏，凡十八調，正宮調、中吕宮、道調宮、南吕宮、仙吕宮、黄鍾宮、越調、大石調、雙調、小石調、歇指調、林鍾商、中吕調、南吕調、仙吕調、黄鍾羽、般涉調、正平調。不用者有十調，高宮、高大石、高般涉、越角、商角、高大石角、雙角、小石角、歇指角、林鍾角。七宮之中，高宮闕焉。」陶宗儀《輟耕録》亦祇云六宮。沈括、張炎所紀，僅著其目而已。考宋教坊隊舞雲韶部及太宗所製新奏，皆不用高宮。南渡後，存而不用。至元雜劇始闕。高宮即大吕宮。孫氏應龍謂大吕助黄鍾宣氣，故虚而不用。其説紕繆，殊不足信。

詞調接宮調分配

唐五代、宋、金、元詞，按諸律宮分五音二十八調，失傳久矣。樓敬思著《羣雅集》，以四聲二十八調爲經，以詞之有宮調者爲緯，其無宮調者，依世次爲先後，附其下。亦無傳本。敬思，名儼，義烏人，康熙四十八年詔修詞譜者也。今特搜剔叢殘，可考者載之，不可考者闕之，别名則汰之。諸家所題或異，注明於旁，其有本宮之外，移入它宮，咸分隸焉，以備選調者之采擇。楊守齋論作詞五要，最重擇腔。如十一月須用正宮，元宵詞須用仙吕宮。曲譜瞭然，詞或罕及，當擴其意，以爲之準。

正宮　自此至正平調凡十八調，依《宋史·樂志》編録

齊天樂重　瑞鶴仙　憶王孫　鬥百花　曲江秋重　喜遷鶯重　雪梅香　黄鶯兒　尾犯重　甘草子　醉垂鞭　虞美人重　玉女摇仙珮

中吕宫

送征衣　晝夜樂　長亭怨慢　柳腰輕　西江月重　滿庭芳　揚州慢　好事近重　浣溪沙重　醉公子　柳梢青　菩薩蠻重　相思兒令　離别難　青玉案　倦尋芳　陽春曲　梁州令　虞美人重　謝池春慢　尾犯重　春光好　采桑子　惜雙雙　南鄉子　感皇恩重　山亭燕慢　踏莎行重　慶金枝　師師令　萬年歡　綺寮怨

道調宫

歸自謡　西江月重　感皇恩重　長壽仙　大聖樂

南吕宫

瑞鷓鴣重　一翦梅　南歌子重　木蘭花慢重　八寶裝　一叢花令　望江南重　滿江紅平調　賀新郎　河傳重　生查子

仙吕宫

暗香　疏影　傾杯樂　笛家　鶴沖天慢　桂枝香　八聲甘州　卜算子　聲聲慢　意難忘　鵲橋仙重　倒犯　蕙蘭芳引　好事近重　燕臺春慢　點絳唇重　望梅花　虞美人重　滿江紅仄調　六幺令重　臨江仙重　瑤池燕

黄鍾宫　無射宫亦名黄鍾宫，此則七宫中之正黄鍾宫也

齊天樂重　山花子　曲江秋重　錦纏絆　麥秀兩歧　漁家傲　侍香金童　絳都春　連理枝

虞美人重　浣溪沙重　玉漏遲　天仙子重　喜遷鶯重　點絳唇重　少年遊

越調

霜天曉角　水龍吟　石湖仙　永遇樂重　大酺　慶春宮　金蕉葉重　秋宵吟　鳳來朝

清夜遊　祝英臺近　解愁　瑣窗寒　清平樂重　春歸怨　丹鳳吟　翠羽吟

大石調

采桑子重　阮郎歸　木蘭花令　西河　燭影搖紅　歌頭　恨春遲　曲玉管　琵琶仙重

看花回　玲瓏四犯　風流子　隔浦蓮近拍　人月圓　塞垣春　望江南重　兩同心　清平樂重

法曲獻仙音　念奴嬌重　滿朝歡　迎新春　傾杯樂重　夢還京　金蕉葉重　鳳銜杯　女冠子

塞翁吟　尉遲杯重　霜葉飛　鶴沖天慢　受恩深　還京樂　柳初新陽關三疊

雙調

生查子　長相思重　賀聖朝　鹽角兒　巫山一段雲　迷仙引　河滿子　翠樓吟　尉遲杯重

慢捲紬　征部樂　佳人醉　采桑子重　玉聯環　武陵春　百媚娘　夢仙鄉　長相思重　謁金門

玲瓏四犯重　秋夜月　御階行　風入松　婆羅門令　念奴嬌重　雨淋鈴　傾杯樂重　定風波重

歸朝歡　采蓮令　花心動　湘月　少年遊重　紅林擒近　慶佳節

小石調

秋蕊香引　四園竹　法曲獻仙音重　西平樂　蝶戀花重　夜厭厭　如夢令　南歌子重

花犯　渡江雲　迎春樂　遍地花　江南春雙調　雙瑞蓮　一寸金重　驟雨打新荷　添聲楊柳枝

歇指調

荔枝香　水調歌頭重　卜算子　浪淘沙令慢　雙燕兒　永遇樂重　夏雲峯　鵲橋仙　祭天神重

林鍾商

三字令　隔簾聽　集賢賓　長相思慢　宣清　尾犯　破陣樂　蝶戀花重　南歌子　清商怨

少年遊重　減字木蘭花　內家嬌　雨中花慢　更漏子　駐馬聽　玉樓春重　古傾杯　雙聲子　醉蓬萊重　喜朝天　留客住　合歡帶　一寸金重　陽臺路　思歸樂　拋球樂慢　醉落魄　應天長

迎春樂重　定風波慢　二郎神重　殢人嬌　傾杯樂重　鳳歸雲重　訴衷情

中呂調

菩薩蠻重　戚氏　輪臺子　引駕行重　彩雲歸　天仙子重　醉紅妝　洞仙歌慢　望遠行重

擊梧桐　離別難重　過澗歇　夜半樂　歸去來重　迷神引　虞美人重　綺寮怨重　安公子重　祭天神重　菊花新　燕歸梁重

南呂調　南宋時亦名高平調

透碧霄　木蘭花重慢　臨江仙　憶帝京　瑞鷓鴣重慢

仙呂調

天仙子重　如魚水　小鎮西犯　女冠子重　玉山枕　滿江紅重　甘州令　玉蝴蝶慢　望海潮

促拍滿路花　鬲溪梅令　玉樓春重　剔銀燈　郭郎兒近拍　鳳歸雲重　洞仙歌慢　紅窗睡

竹馬子　引駕行重　西施　千秋歲　長命女令　迷神引重　八聲甘州重　河傳重　減字木蘭花

偷聲木蘭花　六幺令重　臨江仙慢　醉桃源重

黄鍾羽　重，王灼謂即般涉調，未確

竹枝　春風裊娜

般涉調

蘇幕遮　塞孤慢　安公子重　哨遍　洞仙歌重慢　漁家傲重　瑞鷓鴣重

正平調

菩薩蠻重　淡黄柳

黄鍾商　即越調，宜併入

少年遊重　法曲獻仙音重　琵琶仙

夾鍾商　宜併雙調

迎春樂重　鬥雞回　醉吟商

南吕商　宜併歇指調

水調歌頭　浪淘沙慢

夾鍾羽　宜併中吕調

玉京秋

高平調　宜併南過調

江城子　點絳唇重　採芳新　鵲橋仙重　玉梅令　解語花　于飛樂令　瑞鶴仙重　酒泉子

林鍾羽　王灼云即高平調

拜星月慢　定西番　怨春風重　胡搗練　燕歸梁重

黄鍾調　宜併黄鍾羽

解語花重　薄命女　鷓鴣天重

平調　宜併正平調

傾杯重　楊柳枝

長壽樂　望漢月　鷓鴣天重　燕歸梁重　歸去來重　步蟾宫　瑞鷓鴣

商調

回波詞　一斛珠　品令　永遇樂重　解蹀躞　更漏子　霓裳中序第一　二郎神重　高陽臺

夷則商　草窗所題如是，宜併上

憶秦娥　三部樂　應天長慢　調笑令　解連環　丁香結　氐州第一　鳳凰閣　西湖月

無射商　宜併上

國香慢

魚遊春水

　商角調《蜕巖詞》所題如是，《嘯餘譜》所載六宮十一調亦有之，與商調異

定風波重

　中吕商

白苧

　散水調

河傳重　傾杯令重

　林鍾調

十二時

　黄鍾清角調　以下二調，姜白石自製

角招

　黄鍾下徵調《晉書·律曆志》論下徵調法，謂用笛之宜，倍令濁下，故曰下徵。下徵乃律之倍，在中聲之下者也

徵招

　夾鍾宫

暗香疏影

　無射宫

惜紅衣　楚宫春

清　張德瀛

夷則商犯無射宮

越調犯正宮

玉京謠　古香慢

蘭陵王

薄媚

趙以夫有《薄媚摘遍》詞。《薄媚》曲名，宋官本雜劇有《薄媚錯取》、《薄媚鄭生遇龍女》、《薄媚柳毅》諸曲。若《歷絃薄媚》，屬琵琶曲，南宋時已不傳矣。

衮與賺

衮與滚同，其聲溜而下，歐陽永叔詞「拍碎香檀催急衮」，劉改之詞「繡茵催衮」，即南曲《後庭花》破滚之屬。又宋時京師尚「纏令」、「纏達」，中興後遂撰爲賺，取誤賺之意，令人正堪美聽，不覺已至尾聲。

叉手笛

宋太祖時，樂器有叉手笛，易名拱辰管，謂其執持之狀如拱揖也。和峴因令樂工調品以諧律呂，增入鼓吹部。每邊兵得勝，乃連隊抗聲歌之，其歌詞蓋《小秦王》、《陽關曲》之屬。沈存中《夢溪筆談》所載凡五曲。

羯鼓

《唐書・樂志》云：「羯鼓爲八音之領袖。」案：羯鼓有《大合蟬》、《滴滴泉》二曲，宋時猶有能識其音者。今《羯鼓録》不載。

宋燕樂入仙呂調

宋燕樂入仙呂調者，曰《攤破拋球樂》，曰《采雲歸》，詞襲其稱，它皆類此。

大曲截用

《筆談》云：「元稹《連昌宮詞》有『逡巡大遍應作「徧」涼州徹。』所謂大遍者，有序、引、歌、瓤、嗺、哨、催、攧、袞、破、行、中腔、踏歌之類，凡數十解。每解有數疊者，裁截用之，則謂之摘遍。今人大曲皆是截用，悉非大徧也。」案：詞如《梁州序》、《遥天奉翠華引》、《鈿帶長中腔》，即沈存中所謂「截用」者。

念曲、叫曲

《筆談》云：「聲無抑揚，謂之念曲；聲無含韞，謂之叫曲。」張叔夏《謳曲旨要》云：「若無含韻強抑揚，即爲叫曲、念曲矣。」宋時通音律者，其入微之論多類此，惜未能盡傳於世也。

殺聲

七篇曰：「玉振也者，終條理也。」沈存中、張叔夏之言「殺聲」，蔡季通、熊與可之言「畢曲」，皆此義也。《舊唐書·樂志》云：「古今樂府奏曲之後，皆别有送聲。」送聲義同。

諸宮住字

沈存中《筆談》有論諸宮住字之説，與吴君特言製詞最重煞尾字，其論頗同。惟吴之所論，未暢其旨。本朝方仰松《香研居詞麈》，有二十八調住字之圖，大約本於沈説而推廣之者。今録如左：

正宮 合字住，清六字住。

高宮 下四住。

中吕宮 下一住，清上五住。白石《揚州慢》、《長亭怨》二曲正同。

道宮 上字住。

南吕宫　尺字住。

仙吕宫　下工住。白石《暗香》二曲同此。

黄鍾宫　即無射宫，用下凡住。白石《惜紅衣》詞同此。以上七宫，其起調畢曲之字，並與各宫住字同。

大石調　下四住，清下五住，起畢一字。

高大石調　下一住，清五字住，起畢上字。

雙調　上字住，起畢尺字。

小石調　尺字住，起畢工字。

揭指調　工字住，起畢凡字。

商調　下凡住，起畢六字。白石《霓裳中序第一》兩結，旁譜作[illegible][illegible]，即下凡下凡也。同此可證。

越調　六字住，起畢四字。白石《石湖仙》詞兩結，旁譜作[illegible]，即六字住，兼上四畢曲也。

般涉調　工字住，起畢勾字，即令高仕。

高般涉調　下凡住，起畢尺字。

中吕調　六字住，起畢亦用六字。

正平調　下四住，清五字住，起畢凡字。

南吕調　下四住，清下五住，起畢下凡。

仙吕調　上字住，起畢下四，清五字。

黄鍾調　尺字住，起畢一字。

大石調　凡字住，起畢下一。

高大石角　六字住，起畢下一。

雙角　上五住，起畢工字。

小石角　上字住，起畢工字。

歇指調　勾字住，今當用高仩，起畢下凡。

商角　下五住，起畢上字。

越角　五字住，起畢勾字，今用高仩。

中管

中管聲在前後二律間，且與前律同出一孔，以之製調，或病音韻重複。考十二律中，惟五宫稱中管。太簇宫有，則大吕宫、夾鍾宫無。姑洗宫有，則夾鍾宫、仲吕宫無。蕤賓宫有，則仲吕宫、林鍾宫無。南吕宫有，則夷則宫、無射宫無。應鍾宫有，則無射宫、黄鍾宫無。《樂髓新經》云：「與前律同字者，加『中管』二字别之。」凌次仲《燕樂考原》云：「南吕商高於夷則音一律，故謂之中管林鍾商。」餘當準此。推之徐新田《管色考》，謂銀字與中管相爲對待，中管乃高調，銀字乃平調。並引尉遲青説及白太傅詩以證之，然則中管又爲應律之器矣。

四上

毛氏論樂有不足信者，其論《大招》四上競氣，謂四上者，笛聲也。《笛色譜》曰：「四上工尺六，爲宫、商、角、徵、羽。四上，宫與商也。」其前章曰：「趙簫倡只是也。」考王逸《楚辭注》，四上謂上四國，代、秦、鄭、衛也。補曰：「四上，謂聲之上者有四，謂代、秦、鄭、衛之鳴竽也，伏戲之駕辯也，楚之勞商也，趙之簫也。」毛氏以大招四上爲笛聲，則屈子時，初無管色譜之説。且其《聖諭樂本解説》，又以四上爲即一三同、一四上。忽而笛聲，忽而律算，蓋襲唐荊川之論，而不能定其所指。若近人解四上競氣爲宫角相應，亦曲説也。

明曲承宋

《明史·樂志》載：嘉靖間續定慶成宴樂四十九章，其《賀聖朝》、《水龍吟》、《醉太平》等曲，猶承宋之遺響。若《清江引》、《水仙子》諸曲，又濫觴於金、元者。惜乎詞之音理，至勝國而其緒絶也。

卷三

詞不能舍音韻

《樂記》曰：「聲成文謂之音。」聲出而音定焉，音繁而韻興焉。論其秩序，則音居先，韻居後。若舍音韻以言詞，匪特戾於古，詞亦不能工矣。

音律本於人聲

劉彦和《聲律》篇云：「夫音律所始，本於人聲者也。聲含宫商，肇自血氣。」惟詞亦然，高下洪細，輕重遲疾，各有一定之響。解人正當於喉吻間得之。

唐宋人製詞無韻書

齊永明時尚聲韻之學，周顒撰《四聲切韻》，沈隱侯撰《四聲譜》。曩嘗求其書讀之而不可得，蓋二書本未傳於世也。然平、上、去、入，互相通轉，羣經有之。其見於《毛詩》者，尤不可枚舉。當發言之始，期合天籟，非拘牽於聲韻者。故唐宋人製詞，別無韻書，而韻寓焉。陳獻可云：「詞曲起，則律吕即在詞曲之中。」語載陸清獻《三魚堂剩言》。然則製詞，而必求諸韻書，非其旨矣。段懋堂《六書音韻表》云：「古平、上爲一類，去、入爲一類，上與平一也，去與入一也，上聲備於《三百篇》，去聲備於魏、晉。」愚謂段説亦概舉之詞耳，實則《三百篇》未嘗無去聲，魏、晉未嘗無上聲也。

韻書分部

隋、唐韻書判二百六部，唐韻併作一百六部，覈其通轉之例，實得五部。五部者，宮、商、角、徵、羽，宋人以脣、齒、牙、舌、喉配之，厥後又易爲喉、齶、舌、齒、脣。《古今通韻》謂：「第一宮部爲喉音，今韻中東、冬、江、陽、庚、青、蒸七韻是也。七韻中字每讀訖，必返喉而入於鼻，唱曲家呼爲鼻音。或謂之穿鼻音。第二商部爲齶音，今韻中真、文、元、寒、删、先六韻是也。六韻中字每讀訖，必以下舌抵上齶，恩痕音以舌抵齶，則其收聲在恩痕之間也。第三角部爲舌音，今韻中魚、虞、蕭、肴、豪、歌、麻、尤八韻是也。八韻中字每讀訖，必懸舌居中。毛氏以上五韻及尤韻爲斂脣音，而割歌、麻二韻爲直喉音。第四徵部爲齒音，今韻中支、微、齊、佳、灰五韻是也。五韻中字每讀訖，必以舌擠齒。或謂之展輔音。第五羽部爲脣音，今韻中侵、覃、鹽、咸四韻是也。四韻中字讀訖，必兩脣相闔，歌曲家呼爲閉口音。」近人撰《古音類表》，實暢其説。因用《廣韻》，而移蕭、肴、豪、侯諸部爲第五部，以侵、覃、鹽、咸四部爲附聲，並割今韻蒸部附焉。此又從樂律二變通之，而分部益密矣。凌次仲自謂其詞用韻，凡閉口不敢闌入抵齶鼻音，至於抵齶與鼻音亦然。然則詞之用韻，不綦嚴乎？徐靈胎《樂府傳聲》，謂曲家尚有落腮、穿齒、穿牙、覆脣、挺舌、透鼻、過鼻種種諸法，則五音四呼一切不足以盡之。

五音法

《韻書》云：「合口爲宮，開口爲商，捲舌爲角，齊齒爲徵，撮口爲羽。」又云：「喉音爲宮，齒音爲商，牙音爲角，舌音爲徵，唇音爲羽。」如上所云，蓋即沙門神珙五音聲論及所分五音之法。

四聲譜

神珙《四聲五音九弄反紐圖序》曰：「譜曰『平聲者哀而安，上聲者厲而舉，去聲者清而遠，入聲者直而促』，數語若爲倚聲家言之。」其所謂譜，疑即沈氏之《四聲譜》也。

朱竹垞論詞韻

朱竹垞檢討謂遼、金、元文字雜以國書字體，其詩詞落韻，有出於二百六部之外者。觀檢討所論，即詞韻一端可判升降，況有泛濫於遼、金、元之外者乎？

兩通法

蕭山毛氏言，四聲之中有兩通法，平、上、去三聲自爲一通，去、入二聲自爲一通。三聲自通，必不雜入聲一字，二聲自通，必不雜平、上一字。然覈之於詞，則固不然。詞韻上、去自爲一通，入聲則或通於平，或通於上、去二聲。若平與上、去，當嚴立畛域，乃無遷就之弊。沈義父《樂府指迷》謂詞中去聲字尤要，入聲可代平聲，不可代上聲。萬氏《詞律》一書，實衍沈氏之説。

楊升庵論七音

楊升庵謂七音，即今切韻宮、商、角、徵、羽外，有半商、半徵，蓋牙、齒、舌、喉、唇之外，有深、淺二音故耳。考梵學於五音外，有折、攝二聲，折聲自臍輪起至唇上發，如⿰令牛字浮金反之類是也。攝字鼻音，如歆字鼻中發之是也。升庵所謂深、淺二音，實剿其説。《通雅》又以爲大宮商之概者，皆此兩音也。

二合音

古語有二聲合爲一字者，或謂起於西域二合之音，如龍鍾切爲癃，潦倒切爲老，謂人之癃老，以龍鍾潦倒目之，音義取此。案：二聲合爲一字，如狄鞮爲披，彌牟爲木，蒺藜爲茨，何不爲盍，又如鯽令爲精，窟籠爲孔，皆然。宋時謂之切脚語，是即切字之法所本。又魏善伯言，凡字有首有腹有尾，如都、烏、翁三字，則都爲首，烏爲腹，翁爲尾，共讀之即是東字。姑烏庵是甘字，西衣音是心字，此則由古人二合之説，而復引其緒者。

詞之用字

詞之用字，凡同在一紐一弄者，忌相連用之，宋人於此最爲矜慎。如柳耆卿《雨淋本作零鈴》詞：今見母牙音，角屬純清。宵心母齒頭音，商屬次清。酒照母正齒音，商屬次清。醒心母齒頭音，商屬次清。何匣母喉音，羽屬半濁。處清母齒頭音，商屬次清。楊喻母喉音，羽屬平。宋人所分四等聲，其不清不濁者統謂之平，無所謂全濁聲者。若《四聲等子》所列，則以疑、泥、孃、明、微、喻、來、日八母爲不清不濁，即宋人所謂平也。其邪、禪二母，不清不濁，亦平也。其以羣、定、澄、並、奉、從、牀、匣八母爲全濁者，婺源江氏亦從其說，乃宋人所謂半濁也。柳來母半舌音，徵屬半濁。岸疑母牙音，角屬平。曉匣母喉音，羽屬純清。風非母輕唇音，宮屬純清。殘從母齒頭音，商屬半濁。月疑母牙音，角屬平。其用字之法，洵可爲軌範矣。詞必分清、濁、輕、重，李易安作《詞論》亦云。然周德清撰《中原音韻》，判爲陰陽二聲，陰陽者，清濁之謂也。賈子明以輕清爲陰，重濁爲陽，宋張世南已有其説。陰陽四聲俱備，它音易明。惟上聲每難剖晰，如董陰、動陽，子陰、矣陽，皆製詞者所宜知。毛氏謂上聲無陰陽，蓋承《中原音韻》之説，誤矣。

宋詞用雙聲

唐人詩喜用雙聲，宋詞亦有之。李師吕《天香》詞「素手金篝」，疊用之法也。康伯可《金菊對芙蓉》詞，前闋「望故人消息遲遲」，下闋「悄爲伊瘦損香肌」，「消息」、「瘦損」，皆雙聲也。然二字之外，固無重沓而施之者。

詞借用詩韻

詞稱詩餘，故製詞者多借用詩韻。考唐孫愐依陸法言《切韻》增補，始有《唐韻》。宋陳彭年等刪減之，謂之《廣韻》。宋祁、丁度等增廣之，謂之《集韻》。景祐四年乃頒行《禮部韻略》，而衢州毛氏、平水劉氏復增補之。至元黄公紹撰《古今韻會》，纖悉備矣。厥後陰氏時中、時夫並奉平水韻而刪併之，遂爲通用之本，今之詩韻是也。婺源江氏云：「今世詞家習於併韻，談韻學者亦粗舉併韻，甚且誤以劉韻爲沈約韻。」江氏所謂劉韻，即陰氏韻也。桐城方密之撰《韻考》，既誤以今所行之陰氏韻爲沈韻，江氏又誤以爲劉韻，皆未審也。詩韻之稱，自明人作俑，蕭山毛氏謂「詩」爲「試」字之訛。而世遂有以詩韻爲詞韻者矣。

陶宗儀《韻記》

唐五代詞，承詩之遺，其韻多與近體詩合。《爰園詞話》謂唐晚五代小令填詞用韻，多詭譎不成文，未知其所謂詭譎者安在也。陶宗儀《韻記》曰：「本朝應制頒韻，僅十之二三，而人爭習之，户録一篇以黏壁，故無定本。後見東都朱希真復爲擬韻，亦僅十有六條。其閉口侵尋、監咸、廉纖三韻，以陰陽二聲標引，此爲曲韻之祖。不便混入，未遑校讎也。鄱陽張輯，始爲衍義以釋之。洎馮取洽重爲繕録增補，而韻學稍爲明備通行矣。值流離日，載於掌大薄蹄，藏於樹根盎中，濕朽蟲蝕，字無全行，筆無明畫，又以雜葉細書如半菽許，願一有心世道者，詳而補之。然見所書十六條，與周德清所輯，小異大同，要以中原之音，而列以入聲四韻爲準。」觀南村所記，知宋人製詞無待韻本，若張、馮所記者，亦泯滅久矣。

詞韻略

菉斐軒《詞林韻釋》一書，但爲北曲而設，於詞固無與也。至沈去矜始輯《詞韻略》，亂次以濟，散無紀律，而萬氏樹、徐氏釚反矜視之，竊所未喻。

清詞韻

踵《詞韻略》而撰詞韻者，本朝則有李氏《詞韻》、胡氏《文會堂詞韻》、吴氏《學宋齋詞韻》、湯氏《詞韻選雋》、未刻本。鄭氏《緑漪亭詞韻》，中惟戈書條理秩然，刊誤訂訛，多有卓識，視沈書相距遠矣。

戈氏韻分部

戈氏於入聲韻編分五部，覈諸唐、宋諸家詞，獨見精審。惟以第六部之真、諄等韻，第十一部之庚、耕等韻，第十三部之侵韻判而爲三，與宋人旨意多不相合。其辨《學宋齋詞韻》，謂所學皆宋人誤處，而力詆真、諄、臻、文、欣、魂、痕、庚、耕、清、青、蒸、登、侵十四部同用之非。今考宋詞用韻，如柳耆卿《少年遊》，以頻、纓、真、雲、人通叶。篇中所謂叶，謂同一韻而上下相叶，非謂以此韻叶彼韻，如顧處士《音論》所云。周美成《柳梢青》，以人、盈、春、心、雲、存通叶。李秋崖《高陽臺》，以塵、雲、昏、凝、沈、瓊、深、痕、情、陰通叶。洪叔嶼《浪淘沙》，以冥、晴、春、人、斟、情、鳴、清通叶。周公謹《國香慢》，以根、婷、春、凝、簪、兄、雲、清通叶。奚秋崖《芳草》，以薰、醒、雲、昏、凝、心、林、聽、人通叶。張叔夏《慶春宮》，以晴、人、餳、迎、筝、裙、雲、情、泠通叶。毛澤民《于飛樂》三闋，一以林、陰、深、心、尊、清、春、人通叶；一以雲、驚、瓶、心、亭、聲、清、鷹通叶；一以輕、雲、勻、神、顰、魂、人、情通叶。略舉數家，可得梗概。至上、去韻，如高竹屋、王碧山《齊天樂》，史邦卿《雙雙燕》亦然。此等處宋人自有律度，展轉相通，强爲遷就，固屬不可。然概指爲誤，轉無以處宋人，吴氏所輯，亦非無所見也。

方音之誤

張芸窗《水龍吟》詞，以過、汙、露、大、鎖、破、我、和、麽互叶。詞凡四闋，用韻皆同。陳君衡《長相思》詞，以蕭、騷、飄、樓、迢、遥、頭、秋互叶。米友仁《訴衷情》詞，以潸、喧、還、偏、山、言互叶。用韻不免錯亂。蓋前所舉者爲諸家所通用，此乃方音之誤耳。

叶者。

以方音叶

黄魯直《念奴嬌》詞，以笛韻緑。陸放翁云：「瀘戎間謂笛曰獨，故魯直得借用。」此亦以方音叶者。

借叶

辛稼軒檃括陶淵明詩，以江、窗借叶濛韻，卷二《一翦梅》，亦以窗借叶叢韻。案劉熙《釋名》曰：「窗，聰也。《尚書·舜典》『達四聰』，杜預注『四聰』作『四窗』。鮑明遠詩，亦以窗叶東韻，讀窗若聰。」詞非其類，稼軒殆因陶詩而偶用之。

製詞宜用宋人韻

否，一音方矩切，一音方久切。五代時韋端己《應天長》以否叶語，馮正中《蝶戀花》以否叶去，張泌《菩薩蠻》以否叶暮。宋詞則從上韻者十之九，從下韻者僅十之一，故周美成《垂絲釣》以否叶羽，黄魯直《漁家傲》以否叶土，黄幾仲《摸魚兒》以否叶雨，徐師川《摸魚兒》以否叶處，李端叔《驀山溪》以否叶户，趙秋曉《宴清都》以否叶鼓。至南渡以後諸家，亦莫不然。又可爲製詞宜用宋人韻之一證。下《摸魚兒》，乃《虞美人》之誤。

北字音叶

郭恕先《佩觿》云：「巴蜀謂北曰卜。《詩》『自南自北，無思不服』，叶韻也。」此恕先之臆說。三代時，服字與璧同音，不與卜叶。五代詞則有以北叶促者，若宋之黄竹齋、周美成、張于湖、韓東浦、周公謹、吴夢窗、姜堯章，其北字叶韻均作卜音。元李用章《洞仙歌》詞「更選甚南枝與北枝」，北亦作平。考司馬相如賦，東西南北叶下來韻，古樂府《江南曲》「魚戲蓮葉北」，叶上西韻，北字之可作平，固不第詩餘然也。

詞不以複出爲禁

周美成《齊天樂》詞，或病其複韻，非也。上句「佳時又逢重午」，指節序言，下句「喚風綾扇小窗午」，指氣候言。《逃禪詞》和美成韻，上「午」字作「五」。大抵文辭用韻，其異義者，原不必以複出爲禁。《石林詞》「誰採蘋花寄與」，又「悵望蘭舟容與」，兩「與」字異詁。黄魯直《喝火令》兩用「尋」字，乃刊本之訛。

詞用平側韻

詞有可用平韻亦可用側韻者，《閒中好》、《如夢令》、《憶秦娥》、《霜天曉角》、《豆葉黄》、《南歌子》、《虞美人》、《浣溪沙》、《絳都春》、《步月》、《聲聲慢》、《慶清朝》、《滿庭芳》、《百字令》、《蠟梅香》、《滿江紅》、《慶佳節》、《祝英臺近》、《永遇樂》、《玉樓春》、《雨中花》、《喜遷鶯》是也。側韻三聲皆可，惟《憶秦娥》、《虞美人》、《南歌子》則宜用入。至《漁歌子》、《南浦》等曲，亦平仄二調，然音響迥不侔矣。

平側通叶

詞之平側通叶者，《西江月》、《换巢鸞鳳》、《少年心》、《渡江雲》、《戚氏》、《大聖樂》、《哨遍》、《玉碾萼》、《兩同心》、《江城梅花引》、《古陽關》，凡十一調。它詞如賀方回《水調歌頭》、杜壽域《漁家傲》、周公謹《露華》，亦有通叶，然皆借韻爲之，非若數詞有定格也。

四聲可變通

唐人詩所用四聲，每有變通，不盡依本音者。李昌谷詩「請上琵琶絃」，琵字以平作入。白香山詩「金屑琵琶槽」，方雄飛詩「語慚不及琵琶槽」，王龜齡詩「清音下瞰琵琶洲」，蘇子瞻詞「小蓮初上琵琶絃」，並同。杜少陵詩「恰是春風相欺得」，欺字以平作入。思必切。白香山詩「歸來無涙可集中自注：「可紇反」霑巾」，可字以上作入。元微之詩「三省詎行怪」，怪字以去作平。李義山詩「簟冰將飄枕」，冰字以平作去。王仲初詩「緑窗紅燈酒初醒」，燈字以平作去。杜牧之詩「南朝四百八十寺」，十字以入作平，繩知切。白香山詩「紅闌三百九十橋」，陸放翁《老學庵筆記》謂十轉平聲，可讀爲諶。趙德麟《西江月》詞「我生魔了十年」，十皆作平。又香山詩「當時綺季不請錢」，請字以上作平。劉氏《碎金》云：「《廣韻》下平十四，清、請，疾盈切，受也。」自是而宋詞沿其例矣。

上去入作平

詞上入皆可作平，而入聲最夥。獨、一、寂、不、碧、亦等字固爲數見。它如張子野《踏莎行》「密意欲傳」，欲作平；黄魯直《漁家傲》「繫驢橛上合頭語」，合作平；蘇子瞻《如夢令》「寄語澡浴人」，浴作平，「簾外百舌兒」，舌作平；向伯恭《卜算子》「令我發深省」，發作平；辛幼安《念奴嬌》「太白還又名白」，上白字作平；韓東浦《卜算子》「初過寒食節」，食作平；蔣勝欲《賀新郎》「節飲食」，節作平，《梅花引》「漠漠黄雲，濕透木綿裘」，濕作平；吴夢窗「似説春事遲暮」，説作平；王通叟《慶清朝》「餖飣得天氣」，得作平；謝無逸《花心動》「折翼鳥」，翼作平；姜堯章《長亭怨慢》「日暮」，日作平；甄雲卿《霜天曉角》「後赤壁」，赤作平。其以上作平者，張仲宗《賀新郎》「肯兒曹恩怨相爾汝」，爾字；舒信道《菩薩蠻》「憶曾把酒賞紅翠」，賞字是也。其以去作平者，晏叔原《臨江仙》「相逢夢裏路」，夢字、王船山亦讀「氣吞雲夢澤」之夢爲平。洪舜俞《臨江仙》「萬紫千紅鬢上粉」，鬢字是也。

以平代側

詞用上、入可代平矣，然亦有以平而代側者。樓梅麓《沁園春》「此番登高」、張伯雨《滿江紅》「又一番元都春色」，兩番字皆作去。案：唐人詩「先後花分幾番開，十番紅桐一行死」，讀法正同。

以入叶平上去

詞亦有用入而叶平、上、去三聲者，杜壽域《惜春令》「悶無緒玉簫抛擲」，擲字作平叶。晁無咎《黄鶯兒》「兩兩三三修竹」，竹字作上叶。韓東浦《賀新郎》「綽約人如玉」，玉字作去叶。下「楚江曲」，曲字並同。此類在宋人中正復不少。

改入爲平

毛澤民《憶秦娥》詞，效五代馮延巳體也。馮詞用入韻，故毛詞可易爲平，猶孫夫人之變李太白詞爲平韻也。孫詞無换韻，毛詞兼之。蓋古詞用入者，宋人多改爲平，固不第此調然矣。

《燕歸梁》無側韻

《樂府雅詞補遺》載無名氏《燕歸梁》詞五十字，秦敦父謂前後第二句、第四句，與各家句讀不同。愚案：是詞用側韻，《燕歸梁》詞從未有作側韻者，蓋李遵勖之《滴滴金》詞也。秦未考正其調名之誤耳。

用韻借叶

詞用韻可借叶，姜堯章《長亭怨慢》以此叶户。宋人原有此體，惟不可藉口以寬其塗。明人不知叶韻之法，遂以姜詞「不會得青青如此日暮」爲一句。而國初人多宗之，或有改本文「此」字爲「許」字者。

前人喜用三十六字

前人詞多喜用三十六字，歐陽炯《更漏子》「三十六宫秋夜永」、孫孟文《謁金門》「卻羨綵鴛三十六」、譚明之《浣溪沙》「藕花三十六湖香」、張于湖《蝶戀花》「過盡碧灣三十六」、史邦卿《西江月》「三十六宫月冷」、曾純甫《金人捧露盤》「錦江三十六鱗寒」、王聖與《青房並蒂蓮》「也羞照三十六宫秋」、吴夢窗《惜紅衣》「三十六磯重到」、周公謹《木蘭花慢》「三十六鱗過卻」、李秋崖《木蘭花》「三十六梯樹杪」、姜堯章《惜紅衣》「三十六陂秋色」，用算博士語皆有致。

補綴用字之法

《詞品》載用字之法，所收太濫，苦無區別。愚謂虛字二字見張玉田《詞源》宜詳，實義可略，因補綴之。有原書已具，而未條晰者，亦附列焉。原書徵述，闌入本朝人，並及句法，微覺弗慊，故闕之。

暾，《説文》：「暴也。」歐陽永叔《漁家傲》詞：「今朝陡覺凋零暾。」

斗，與陡同，猝然也，一曰意健語也。杜少陵詩：「斗上捩孤影。」舒信道《蝶戀花》詞：「斗覺年華換。」

底，《匡謬正俗》：「俗謂何物爲底。」六朝人詩：「持底裝作衣。」又通柢。唐人詩：「去帆不安幅，作柢使西風。」

矬，昨和切，《通俗文》：「短也。」歐陽炯詞：「豆蔻花間矬晚日。」

假饒，猶云縱令，設辭也。蔣竹山詞：「假饒無分入雕闌。」楊補之詞：「假饒薄命。」

殺，所下切，大也，疾也。白香山詩：「東風莫殺吹。」又通煞，極也。温飛卿詞：「愁殺平原年少。」秦少游詞：「瘦殺人，天不管。」朱子《答陸子静論無極書》：「太煞分明。」石次仲詞：「雨兒又煞。」

恁，《方言》：「此也。」姜堯章《月下笛》詞：「自恁虛度。」

年紀，本《光武紀》。《侯鯖録》云：「紀，記也，記其年之數。」和成績詞：「正是破瓜年紀。」

一霎，沈會宗詞：「一霎時、光景也堪惜。」《審齋詞》：「一霎峭紅如許。」

儂家，蘇子瞻詩：「應記儂家舊姓西。」

没，《小爾雅》云：「無也。」孫孟文詞：「没人知。」

辛苦，見孔安國《書·洪範疏》及鄭康成詩箋。

者，《增韻》：「此也。」蜀主王衍詞：「者邊走。」又通這。程懷古詞：「這回真個。」

安排，《莊子》：「安排而去化。」程書舟詞：「已安排珠簟小胡牀。」

窽，《説文》：「穴中見也。」元微之詩：「艫窽動摇妨客夢。」

判，同拚。《方言》：「楚人揮棄物謂之拚。」杜少陵詩：「縱飲久判人共棄。」晏叔原詞：「已拚長在别離中。」

蕻，同哄，胡貢切，《廣韻》：「唱聲。」蔣竹山詞：「一窗芳蕻。」

麽，語餘聲也。王仲初詩：「衆中遺卻金釵子，拾得從他要贖麽。」去聲義同。蘇子瞻詞「還知麽」，叶上朶韻。

探，去聲，《周易疏》：「探謂闚探求取。」李太白詞：「月探金窗罅。」

許，助辭也。古樂府：「奈何許。石闕生口中，銜悲不得語。」李太白詩：「相去復幾許。」賀方回詞：「試問閒愁知幾許。」

罥，《韻會》：「挂也，與羂同。」李昌谷詩：「罥雲香蔓刺。」王千秋詞：「醉袖罥香黏粉。」

乍可，寧可也。韓退之詩：「乍可阻君意。」元微之詩：「乍可爲天上牽牛織女星。」

剗地，《集韻》：剗，平也。毛平仲詞：「剗地春寒。」劉武仲云：「此故，《說文》：「使爲之也。」《世説》：「王謂何曰：『我今故與林公來相看』。」劉武仲云：「此故字猶云特也。」杜少陵詩「清秋燕子故飛飛。」周美成詞：「故下封枝雪。」

争，《方言》：「如何也。」李義山詩：「争拭酬恩淚得乾。」

瑟瑟，殷紅也。殷文圭詩：「水面風吹瑟瑟羅。」又碧也。「半江瑟瑟半江紅」。

的，元微之詩：「的應未有諸人覺。」

端的，確辭也。高竹屋《祝英臺近》詞：「端的此心苦。」

好在，《通鑑》：高力士宣上皇詔曰：「諸將士各好在。」張伯雨詩：「好在畫圖留勝跡。」

奈，即「無奈」省文也。姜堯章詞：「奈愁裏悤悤換時節。」

樣，《舊唐書·柳公權傳》：「劉禹錫稱爲柳家新樣。」陳后山詞：「花樣腰身宮樣立。」

無那，猶「無奈」也。王右丞詩：「强欲從君無那老。」李後主詞：「無奈夜長人不寐。」

醮，莊陷切，《廣韻》：「以物内水也。」李德潤詞：「岸岸荔枝紅醮水。」

箇，與个同，《齊語》：「鹿皮四个。」《史記·貨殖傳》：「竹竿萬箇。」注：个猶枚也。李太白詩：「作箇音書能斷絶。」又此也。謝無逸詞：「箇中懷抱誰排遣。」又語辭也。王觀詞：「晴則箇，陰則箇。」

不忿，不平之意也。李正己詩：「不忿朝來喜鵲聲。」

罨，《丹鉛總録》云：「畫家有罨畫，雜彩色畫也。」吴興有罨畫溪，然其字當用韽。張子澄詩：「罨岸春濤打船尾。」

被，爲其所如何也。白香山詩：「常被老元偷格律。」

喫虚，杜牧之詩：「堪笑喫虚隋煬帝。」

挼，《説文》：「兩手相切摩也。」《晉書・劉毅傳》：「因挼五木久之。」又揉也。曹堯賓詩：「手挼裙帶問襄王。」馮正中詞：「手挼紅杏蕊。」《審齋詞》：「更須冰蛹替挼絲。」黄簡詞：「妝成挼鏡問春風。」

謾，通漫，虚也，枉也。馮延巳詞：「夜夜夢魂休謾語。」又用爲語助，取其因任放浪無所拘檢也。王碧山詞：「謾重拂琴絲。」

浪，與漫同。劉子儀詩：「簾聲燭影浪多疑。」又虚枉之辭也。杜子美詩：「浪作禽填海。」

阿，鵶之入聲。《三國志・龐統傳》：「向者之論，阿誰爲失。」漢詩：「家中有阿誰。」程懷古詞：「阿壽牽衣仍問我。」

綢繆，毛萇《詩傳》云：「纏綿也。」陳君衡詞：「水情雲意兩綢繆。」《文選注》云：「殷勤之意也。」柳耆卿詞：「綢繆鳳枕鴛被。」

剩，餘辭也。皮襲美詩：「剩欲與君終此志。」又尚也。杜牧之詩：「剩肯新年歸否？」

窣地，《玉篇》：「窣，蘇骨切。」唐玄宗詩：「垂楊窣地影。」

不成，杜子美詩：「不成誅執法。」榮樵仲詞：「不成天也不容我，去樂清閒。」張蛻巖詞：「不成便没相逢日。」

旋，事非預爲曰旋。王仲初詩：「旋翻曲譜聲初起。」司空表聖詞：「旋開旋落旋成空。」

絜，方密之《通雅》云：「《方言》以濡滯不決爲絜。」史浩《兩鈔摘腴》曰：「富鄭公偶疑不決。韓魏公曰：『公又絜』。」劉夷叔詞：「休絜休絜，我自明朝歸去。」

撋，與絶同，斷也。尹梅津詞：「點點愛輕撋。」

兒，少意也。向伯恭詞：「語音嬌軟帶兒癡。」辛稼軒詞：「晚雲做造些兒雨。」

手段，元遺山《三鄉雜詩》：「五鳳樓頭無手段。」

趲，《玉篇》，散走也。高竹屋詞：「趲將花落。」

著，《方言》：「語助也。」孫孟文詞：「更愁聞著品絃聲。」張宗瑞詞：「憶著故山蘿月。」

劣，陳克詞：「盆池劣照薔薇架。」

跟，《釋名》：「足後曰跟。」《廣韻》：「䩕屦跟後帖也。」劉改之《沁園春》詞：「微褪些跟。」

忒，《説文》：「更也，從心弋聲。」辛稼軒詞：「誰與安排忒好。」

戰，孫孟文詞：「紅戰燈花笑。」杜安世詞：「戰紅杏餘香亂墜。」

趁，《廣韻》：「逐也。」毛平珪詞：「鸂鶒還相趁。」周公謹詞：「幾點落英蜂翅趁。」

簇，司空表聖詩：「玉階相簇打金錢。」周美成詞：「簇清明天氣。」

賺，杜彥之詩：「騄駬騂騮賺殺人。」尹參卿詞：「賺得王孫狂處。」歐陽永叔詞：「誰把佳期賺。」

佯，與章切。《廣韻》：「詐也。」毛熙震詞：「佯不覷人空婉約。」

厮，蔣竹山詞：「影厮伴東奔西走。」

尀，同叵。《說文》：「不可也。」温飛卿《更漏子》詞：「雖尀耐。」薛昭蘊詞：「叵耐無端處。」

儘，即忍切。劉武仲曰：「此儘字猶任也。」許岷詞：「當初不合儘饒伊。」晏叔原詞：「儘無端盡日東風惡。」

猛，陳后山《清平樂》詞：「猛與將來放著。」沈約之《謁金門》詞：「猛記烏衣曾舊識。」

詞無襯字

吴夢窗《唐多令》詞：「縱芭蕉不雨也颼颼。」卓人月以「縱」字爲襯字，萬氏《詞律》卷九已駁正之。蓋謂曲有襯字，詞無襯字，二者不可相混也。朱子云：「古樂府祇是詩中間卻添許多泛聲，後來人怕失了那泛聲，逐一添箇實字，遂成長短句，今曲子便是。」朱子所謂曲子，指詞言之。胡元任云：「唐人調俱失傳，今可歌者，《小秦王》、《瑞鷓鴣》耳。《瑞鷓鴣》依字易歌，若《小秦王》必雜以虚聲，乃可歌也。」據此，則詞雖無襯字，而曲之肇源於詞者，概可識矣。周公謹《唐多令》「燕風輕、庭宇正清和」，下闋云「扇鸞孤、塵暗合歡羅」，句法與夢窗同。

卷四

自五代至明之詞集

唐人於歌咏之暇，兼製小詞，存於詩中，恒有遺佚。又輪廓初啓，體猶未盛。延及宋代，大晟所掌，復備宗廟之樂，而學士抒其情愫，教坊習其聲律，所作益繁。今取詞集、詞選、詞譜、詞話之具存於世者，稍加詮次，自五代始，迄於明止。若數闋流傳，附諸篇末者則汰之。按籍以求，梗概略備矣。唐五代時，如《金荃》、《握蘭集》、《謫仙集》、《蘭畹集》，目存書亡。至宋劉子翬詞附《屏山集》、岳忠武詞附《金陀粹編》、明王行儉詞附《抑庵集》，此類均未成帙。若本朝《欽定詞譜》外，則有秀水朱氏《詞綜》，王氏、陶氏續編，陽湖張氏《詞選》，陽羨萬氏《詞律》，德清徐氏《續詞律》，吴江徐氏《詞苑叢談》，蕭山毛氏、長洲彭氏、吴縣吴氏詞話及諸家所撰著者，近在眉睫，度無弗知。

《陽春集》一卷，五代馮延巳撰。錢塘何氏藏本。

《珠玉詞》一卷，宋晏殊撰。陸敕先校宋本。汲古閣本。

《逍遥詞》一卷，宋潘閬撰。歸安陸氏藏本。

《近體樂府》三卷，宋歐陽修撰。毛斧季手校本。古虞毛氏《六十家詞鈔》載《六一詞》併一卷。

《東坡詞》一卷，宋蘇軾撰。毛斧季手校本。汲古閣本。《文忠公集》編三卷。陳直齋《書録解題》編二卷。

《孫鎮注東坡樂府》一卷，宋蘇軾撰。舊抄本。

《小山詞》二卷，宋晏幾道撰。陸敕先、毛斧季手校本。馬貴與《文獻通考》編二卷。

《山谷詞》一卷，宋黄庭堅撰。汲古閣本。《宋史・藝文志》、《世善堂書目》均編二卷。

《張子野詞》二卷，補遺一卷，宋張先撰。知不足齋本。《安陸集》一卷，河間紀氏藏本。又附一卷，安邑葛氏輯。

《樂章集》一卷，宋柳三變撰。毛斧季手校本。《六十家詞鈔》易「三變」爲「永」。陳直齋《書録解題》編三卷。《文獻通考》、《世善堂書目》編九卷。

《東山寓聲樂府》三卷，補遺一卷，宋賀鑄撰。亦園侯氏本。常熟張氏本。知不足齋本。錢塘王氏本。

《東堂詞》一卷，宋毛滂撰。毛斧季手校本。以下四集《六十家詞鈔》本。

《溪堂詞》一卷，宋謝逸撰。陸敕先、毛斧季手校本。

《淮海詞》一卷，宋秦觀撰。舊抄本。

《晁無咎詞》六卷，宋晁補之撰。舊抄本。《書録解題》編一卷。古虞毛氏題作《琴趣外編》。案：晁端禮亦有《閒齋琴趣外篇》一卷，曹鴻注。

《后山詞》一卷，宋陳師道撰。舊抄本。《宋史・藝文志》名《語業》。「后」一作「後」。

《漱玉詞》一卷，宋李清照撰。勞巽卿手校本。《詞苑英華》本一編五卷。《花庵詞選》云三卷。又詞一卷，附事輯一卷，臨桂王鵬運四印齋刻本。

《巢令君阮户部詞》一卷，宋阮閲撰。汲古閣影宋本。

《姑溪詞》一卷，宋李之儀撰。汲古閣本。以下七集《六十家詞鈔》本。

《壽域詞》一卷，宋杜安世撰。汲古閣本。

《片玉詞》二卷，宋周邦彦撰。毛斧季手校本。一作《清真詞》，「真」亦作「正」。
《和清真詞》一卷，宋方千里撰。同上。
《初寮詞》一卷，宋王安中撰。同上。
《虚齋樂府》二卷，宋趙以夫撰。閩刻本。
《大觀昇平詞》一卷，宋李元白撰。閩刻本。
《斷腸詞》一卷，宋朱淑真撰。江南周氏藏本。
《石林詞》一卷，宋葉夢得撰。毛斧季手校本。
《酒邊詞》一卷，宋向子諲撰。陸敕先、毛斧季手校本。《六十家詞鈔》二卷。
《筠溪樂府》一卷，宋李彌遜撰。舊抄本。
《澹庵長短句》一卷，宋胡銓撰。汲古閣影宋本。别下齋叢書本。
《樵歌》三卷，宋朱敦儒撰。照曠閣藏本。《文獻通考》作一卷。
《龜峯詞》一卷，宋陳經國撰。閩刻本。
《白雪遺音》一卷，宋陳德武撰。閩刻本。
《樂齋詞》一卷，宋向鎬撰。舊抄本。
《碎錦詞》一卷，宋李好古撰。毛斧季手校本。
《樵隱詞》一卷，宋毛幵撰。陸敕先、毛斧季手校本。錫山孫氏本。《宋史·藝文志》編十五卷。
《文溪詞》一卷，宋李昴英撰。《六十家詞鈔》本。「昴」一作「昂」。

《渭川居士詞》一卷，宋吕勝己撰。舊抄本。
《得全居士詞》一卷，宋趙鼎撰。別下齋叢書本。
《拙庵詞》一卷，宋趙磻老撰。舊抄本。
《陽春集》一卷，宋米元暉撰。金陀岳氏法書本。知不足齋叢書本。
《章華詞》一卷，宋無名氏撰。汲古閣影宋本。
《文簡詞》一卷，宋程大昌撰。同上
《雙溪詞》一卷，宋馮取洽撰。同上
《澗泉詩餘》一卷，宋韓淲撰。丁月河藏書本。
《坦庵詞》一卷，宋趙師俠撰。汲古閣本。以下二十二集《六十家詞鈔》本。
《無住詞》一卷，宋陳與義撰。同上。《書録解題》作《簡齋詞》。
《嬾窟詞》一卷，宋侯寘撰。同上。
《丹陽詞》一卷，宋葛勝仲撰。同上。
《竹坡詞》三卷，宋周紫芝撰。同上。《書録解題》編一卷。
《海野詞》一卷，宋曾覿撰。同上。
《金谷遺音》一卷，宋石孝友撰。同上。
《洺水詞》一卷，宋程泌撰。同上。
《知稼翁詞》一卷，宋黄公度撰。同上。

《聖求詞》一卷，宋吕濱老撰。同上。「濱」一作「渭」。
《蘆川詞》一卷，宋張元幹撰。同上。《宋史·藝文志》編二卷。
《東浦詞》一卷，宋韓玉撰。同上。
《逃禪詞》一卷，宋楊无咎撰。同上。
《惜香樂府》十卷，宋趙長卿撰。同上。陸敕先校本。
《審齋詞》一卷，宋王千秋撰。同上。
《介庵詞》一卷，宋趙彦端撰。同上。
《歸愚詞》一卷，宋葛立方撰。同上。
《平齋詞》一卷，宋洪咨夔撰。同上。
《書舟詞》一卷，宋程垓撰。同上。《宋史·藝文志》編十一卷。
《雪山詩餘》一卷，宋王質撰。武英殿聚珍本。
《竹齋詩餘》一卷，宋黄機撰。同上。
《芸窗詞》一卷，宋張榘撰。同上。
《雙溪詞》一卷，宋王炎撰。舊抄本。
《綺川詞》一卷，宋倪稱撰。舊抄本。
《于湖詞》三卷，宋張孝祥撰。影寫宋刊本。《宋史·藝文志》編一卷。《愛日精盧藏書志》編五卷，拾遺一卷。
《放翁詞》二卷，宋陸游撰。毛斧季校本。

《稼軒詞》四卷，宋辛棄疾撰。陸敕先、毛斧季校本。《書録解題》、《欽定四庫全書總目》均編四卷。信州本十二卷。

《石湖詞》一卷，補遺一卷，宋范成大撰。知不足齋叢書本。

《和石湖詞》一卷，宋陳三聘撰。同上。

《後村別調》一卷，宋劉克莊撰。汲古閣本。

《近體樂府》一卷，宋周必大撰。同上。

《文定詞》一卷，宋丘崈撰。舊抄本。

《龍川詞》一卷，補遺一卷，宋陳亮撰。汲古閣本。《宋史·藝文志》編四卷。

《篁嵲詞》一卷，宋劉子寰撰。同上。

《燕喜詞》一卷，宋曹冠撰。同上。別下齋叢書本。

《梅溪詞》一卷，宋史達祖撰。毛斧季校本。

《竹屋癡語》一卷，宋高觀國撰。同上。

《龜峯詞》一卷，宋陳人傑撰。舊抄本。

《樂章》三卷，宋洪适撰。虞山毛氏影宋鈔本。

《西樵語業》一卷，宋楊炎正撰。鈔本。陸敕先、毛斧季手校本。

《白石道人歌曲》四卷，別集一卷，宋姜夔撰。江都陸氏本。歙縣江氏本。學海堂本。

《白石詞》一卷，宋姜夔撰。毛斧季校本。

《履齋詞》一卷，宋吴潛撰。葉石君藏本。
《空同詞》一卷，宋洪瑹撰。汲古閣本。以下五集，《六十家詞鈔》本。
《竹山詞》一卷，宋蔣捷撰。同上。
《烘堂詞》一卷，宋盧炳撰。同上。
《龍洲詞》一卷，宋劉過撰。同上。
《蒲江詞》一卷，宋盧祖皋撰。同上。
《花外集》一卷，宋王沂孫撰。知不足齋叢書本。一作《碧山樂府》。
《日湖漁唱》一卷，補遺一卷，續補遺一卷，宋陳允平撰。江都秦氏本。粤雅堂叢書本。
《西麓繼周詞》一卷，宋陳允平撰。明影宋本。
《夢窗甲乙丙丁四稿》，宋吴文英撰。舊抄本。
《養拙堂詞》一卷，宋管鑑撰。吴興丁月河藏本。
《散花庵詞》一卷，宋黄昇撰。明影宋本。
《山中白雲詞》八卷，宋張炎撰。通行本。附浙西六家詞。又詞二卷，補録二卷，四印齋刻本。
《蘋洲漁笛譜》二卷，宋周密撰。知不足齋叢書本。一作《草窗詞》二卷，補遺二卷。
《袁宣卿詞》一卷，宋袁去華撰。舊抄本。
《簫臺公餘詞》一卷，宋姚述堯撰。同上。
《煙波漁隱詞》二卷，宋宋伯仁撰。同上。

《蓬萊鼓吹》一卷，宋夏文鼎撰。同上。

《風雅遺音》二卷，宋林正大撰。泰興李氏藏本。

《省齋詩餘》一卷，宋廖行之撰。毛斧季校本。

《撫掌詞》一卷，宋無名氏撰，南城歐良編。秀水朱氏抄本。

《蕭閒老人明秀集注》三卷，金蔡松年撰，魏道明注解。影寫金刊本。《書録解題》編六卷。

《遺山先生新樂府》五卷，金元好問撰。舊抄本。

《遺山樂府》一卷，金元好問撰，凌雲翰編。通行本。

《天籟集》二卷，金白樸撰。文淵閣傳抄本。

《無絃琴譜》二卷，元仇遠撰。舊抄本。孫平叔家藏本。

《藏春詞》一卷，元劉秉忠撰。元刻本。

《樵庵詞》一卷，元劉因撰。同上。

《雙溪醉隱樂府》十一卷，元耶律鑄撰。同上。

《蜕巖詞》二卷，元張翥撰。知不足齋本。粵雅堂本。「巖」一作「庵」。

《松雪詞》一卷，元趙孟頫撰。虞山錢氏述古堂藏本。

《菊莊樂府》一卷，元段克己撰。元刻本。

《遯齋樂府》一卷，元段成己撰。同上。

《道園樂府》一卷，元虞集撰。同上。

《蟻術詞選》四卷，元邵亨貞撰。舊抄本。

《静春詞》一卷，元袁易撰。同上。

《竹齋詞》一卷，元沈禧撰。同上。

《古山樂府》一卷，元張埜撰。同上。

《貞居詞》一卷，元張天雨撰。知不足齋本。

《扣舷詞》一卷，明高啓撰。舊抄本。

《眉庵詞》一卷，明楊基撰。同上。

《寫情詞》一卷，明劉基撰。虞山錢氏述古堂藏本。

《玉霄詞》六卷，明滕玉霄撰。葉氏菉竹堂藏本。

《樂府遺音》五卷，明瞿佑撰。明刻本。

《桂洲詞》二卷，明夏言撰。世善堂藏本。

《花影集》五卷，明施紹莘撰。明刻本。

《玉霄仙明珠集》，明吴子孝撰。浙江鄭氏刻本。右詞集。

《花間集》十卷，蜀趙崇祚編。明覆宋本。閔氏朱墨本。

《類編草堂詩餘》四卷，宋無名氏編。汲古閣本。懺花盦叢書本。

《梅苑》十卷，宋黄大輿編。汲古閣影宋本。

《樂府雅詞》三卷，拾遺二卷，宋曾慥編。秀水朱氏藏本。江都秦氏本。粤雅堂本。上元焦氏藏本闕後二卷。

《文獻通考》編十二卷，拾遺二卷。

《陽春白雪》八卷，外集一集，宋趙聞禮編。江都秦氏本。粤雅堂本。

《花庵詞選》二十卷，宋黄昇編。明刻本。

《樂府補題》一卷，宋無名氏編。知不足齋本。杭州顧氏刻本。

《李氏花蕚樓詞》五卷，宋無名氏編。世善堂藏本。

《絶妙好詞》七卷，宋周密編。徐楙重刻本。會稽章氏刻本，附續鈔厲鶚、查爲仁同箋。

《方壺詞》三卷、《水雲詞》一卷，宋汪莘、元汪元量撰。休寧汪氏刻本。

《中州樂府》一卷，金元好問編。毛氏影寫元至大年。

《宋舊宫人詩詞》一卷，元汪元量編。知不足齋本。

《朝野新聲太平樂府》四卷，元楊朝英編。元刻本。

《元草堂詩餘》三卷，元人編。江都秦氏本。粤雅堂本。

《花草粹編》二十二卷，附録一卷，明陳耀文編。明刻本。

《尊前集》二卷，明顧梧芳編。《詞苑英華》本。

《宋六十名家詞》九十卷，明毛晉編。汲古閣本。

《秦張詩餘合璧》，明王象晉編。明刻本。

《國朝詩餘》五卷，明錢允治編。同上。

《草堂詩餘》十二卷，明沈際飛編。同上。

清　張德瀛

《古今詞統》十六卷，明卓人月編。同上。

《詞林萬選》四卷，明楊慎編。《詞苑英華》本。

《鳴鶴餘音》八卷，方外彭致中編。明刻本。右詞選。

《詩餘圖譜》三卷，附録二卷，明張綖編。通行本。

《嘯餘譜》十卷，明程明善撰。通行本。右詞譜。

《碧雞漫志》一卷，宋王灼編。陶宗儀《説郛》本。知不足齋本。

《樂府指迷》一卷，宋沈義父撰。舊抄本。亦附《花草粹編》。

《詞源》二卷，宋張炎撰。影元鈔本。黄蕘圃藏本。守山閣本。江都秦氏本。粤雅堂本。《學海類編》易名《樂府指迷》。

《詞旨》一卷，元陸輔之撰。《説郛》本。廣百川學海本。

《唐詞紀》十六卷，明董逢源撰。通行本。

《渚山堂詞話》三卷，明陳霆撰。范氏天一閣藏本。虞山錢氏述古堂藏本作一卷。

《詞評》一卷，明王世貞撰。廣百川學海本。

《詞林韻釋》五卷，元無名氏撰。鳳林書院本。江都秦氏本。

《詞韻》四卷，明沈謙撰。通行本。亦附《詞苑叢談》。

《詞韻》四卷，明仲恒撰。通行本。右詞話並詞韻。

卷五

唐昭宗詞

唐昭宗《菩薩蠻》詞，據《新五代史》暨《中朝故事》，是帝次華州，登城西齊雲樓望京師所作。其卒章云：「安得有英雄。迎歸大内中。」寇盗充斥，越在草莽，故其言悽愴如此，非復漢高《大風》之曲矣。沈存中云：「詞凡三章，墨本在陝州一佛寺中，今僅存二章，而以卒章作首章云。」

唐詞三家

李太白詞，渟泓蕭瑟。張子同詞，逍遥容與。温飛卿詞，豐柔精邃。唐人以詞鳴者，惟兹三家，壁立千仞，俯視衆山，其猶部婁乎？

元真子《漁歌子》

張子同《碧虚篇》有云：「無元而元，是謂真元。無真而真，是謂元真」，故自稱元真子。所製《漁歌子》詞，凡五闋，「西塞山前」一闋，世尤稱之。其時子同弟松齡及南卓、柳宗元、顔真卿、陸鴻漸、徐士衡、陸成矩並有和章。《樂府雅詞》謂是調至宋時已不能歌，故黄魯直衍之爲《鷓鴣天》，蘇子瞻、徐師川復衍之爲《浣溪沙》。五代而後，惟孫荊臺體與張巽。若和凝、李珣、歐陽炯、張炎、完顏璹均仿張體，蓋繇張始也。仿張體咏漁父者亡慮十數家，此其最著者耳。

張子同泊舟之所

子同詞，如「松江蟹舍主人歡，青草湖中月正圓」等語，蓋往來苕霅間所賦。烏程縣之東數十里有泊宅村，相傳爲子同泊舟之所。方勺《泊宅篇》，紀之甚詳。

《閒中好》詞

長樂坊安國寺紅樓，睿宗在藩時舞榭，東禪院亦曰本塔院。武宗癸亥三年，爲諸名流遊讌之所，鄭符、段成式、張希復《閒中好》詞，乃寓居禪院時所撰者。

呂仙詞

呂仙詞：「暫遊大庾。白鶴飛來誰共語。嶺畔人家。曾見寒梅幾度花。　春來春去。人在落花流水處。花滿前溪。藏盡神仙人不知。」謹案《欽定全唐詩》云：「失注調名，無考。」今案是調蓋《減字木蘭花》也，其時編校諸臣，偶未檢耳。

鍾輻詞

唐尚小令，自杜牧之《八六子》外，絶少慢聲。咸通末，江南鍾輻有《卜算子慢》詞云：「桃花院落，煙重露寒，寂寞禁煙晴晝。風拂珠簾，還記去年時候。惜春心、不喜閒窗繡。倚屏山、和衣睡覺，醺醺暗消殘酒。獨倚危闌，久把玉筍偷彈，黛蛾輕鬥。一點相思，萬般自家甘受。抽金釵、欲買丹青手。寫别來、容顔寄與，使知人清瘦。」詞筆哀怨，情深而不詭，殆感於縣樓之事而作也。

五代時樂府

《鄧析子·轉辭篇》云：「上古之樂，質而不悲。」五代時樂府，實與斯言相反。故語其綢繆宛轉之致，若無以加。然君臣爲謔，覆其宗社而不知悟，亦重可哀矣。

五代豔詞

五代豔詞與李樊南無題詩異轍。李詩託諸寓言，吴修齡謂其專指令狐綯説。五代詞，嘲風笑月，惆悵自憐，其能如韋端己、鹿虔扆之寄託深遠者，亦僅矣。

李後主詞

南唐李後主留意聲色，先納周宗女爲后。后通書，善音律，《霓裳羽衣曲》久絶不傳，后按殘譜，盡得其聲調，徐遊等從旁稱美，有狎客風。后有妹，姿容絶麗，以姻戚往來宫中，得幸於唐主。唐主製小令豔詞，頗傳於外。后卒，竟册立之，被寵逾於故后。詞即《菩薩蠻》「花明月暗」一闋，後人亦載諸《壽域詞》，而更易其數字焉。按陸游《南唐書·後主周后傳》，后卒於瑶光殿，年二十九，葬懿陵。後主哀甚，自製誄，刻之石，與后所愛金屑檀槽琵琶同葬。又作書燔之與訣，自稱「鰥夫煜」，其辭數千言，皆極酸楚。

李後主善音律

李後主善音律，嘗造《念家山破》唐教坊曲有《念家山》，後主衍之爲《念家山破》。馬令《南唐書》云：「其聲噍殺而名不祥，乃敗徵也。」及《振金鈴》曲。今後主詞所傳者三十四闋，而兩曲無之。

王衍醉妝詞

蜀主王衍詞二闋，《醉妝詞》則《北夢瑣言》載之，《甘州曲》則《十國春秋》、《五國故事》載之。較蓮峯居士所製，遂覺歡戚異趣，蓋二主之遭際殊也。

孟昶《玉樓春》詞

蜀主孟昶《玉樓春》詞，與花蕊夫人避暑摩訶池上作。東坡謂幼時有眉山老尼能誦其詞，今但記其首兩句，疑是《洞仙歌令》，乃爲足之。蜀主詞載張邦基《墨莊漫録》，與今本所傳稍參異同。今觀坡詞與蜀主全詞吻合，非但記其兩句。《墨莊漫録》謂東坡少年遇美人，喜《洞仙歌》，又邂逅處景色暗相似，故檃括稍協律以贈之，而詞敘以之自晦云。蓋謂《洞仙歌》腔出近世，五代宋初未嘗有也。然則潘明叔所云蜀帥謝元明開古摩訶池得石刻者，殆孟昶詞所本乎？

牛松卿詞

牛松卿《醉花間》云：「休相問，怕相問，相問還添恨。」其又一闋云：「深相憶，莫相憶，相憶情難極。」孫荊臺《謁金門》云：「留不得，留得也應無益。」皆歐陽永叔所謂陡健之筆。石次仲詞云：「歸不去，歸去又還春暮。」斆孫語也。

鹿虔扆詞

《十國春秋》云：鹿虔扆《思越人》詞，有「雙帶繡窠盤錦薦，淚侵花暗香消」之句，詞家推爲絶唱。今考鹿詞不多見，固非如馮正中諸人日從事於聲歌者，零璣碎錦，尤足貴矣。

黄益之詞

黄益之《憶江南》詞云：「平生願，願作樂中箏。得近玉人纖手子，砑羅裙上放嬌聲。便死也爲榮。」益之婦裴玉娥，工彈箏，故有是言。《全唐詩》以爲崔懷寶作。楊用修詩「肯信博陵崔十四，平生願作樂中箏」，蓋謂此也。

尹參卿詞

尹參卿詞多豔冶態，張叔夏稱其以明淺動人，特譏之耳。必如張直夫所云「靡麗不失爲國風之正」而後可哉！兩宋詞離合、張歙、疏密，各具面目，其猶禪家之南宗北宗，書家之南派北派乎？然究其所造，則根情苗言，固未嘗不交相爲用。

宋名臣大儒工詞

范文正、岳武穆，名臣也；真西山、朱晦庵，大儒也，而皆工於詞。至韓忠武致仕後，往來湖上，製《臨江仙》、《南鄉子》二闋，藝林傳誦。羅澗谷講程朱之學，爲饒雙峯高弟，而詞格婉麗，不落凡近。蓋風會所趨，非必浸淫於此，迺能之也。

詞可於史傳中參證

毛澤民元會曲賦《水調歌頭》云：「一段昇平光景，不但五星循軌，萬點共聯珠。」自注曰：「崇寧、大觀之間，太史數奏，五星循軌，衆星順鄉，靡有碎亂。」向伯恭江北舊詞《滿庭芳》題云：「政和癸巳滁陽作，其年京師大雪。」故其「宣和辛丑」《虞美人》詞云：「去年雪滿長安樹。望斷揚州路。」它若曾純甫之《福唐平蕩海寇宴犒將士席上作》、張于湖之《聞采石戰勝》、陳同甫之《送章德茂大卿使虜》，皆可於史傳中參證同異。

詞用古書

陸永仲《夜遊宫》詞，用詩疏，《豹隱紀談》以爲阮郎中作。蘇東坡《戚氏》詞用《山海經》，劉潛夫《沁園春》詞用《史》、《漢》，劉後村《清平樂》詞用《楞嚴經》，李易安《百字令》詞用《世説》，亭然以奇，别出機杼。若辛稼軒用四書語，氣韻之勝，離貌得神，又非徒以青兕自雄者。

宋史疏舛

《宋史·藝文志》載蘇軾詞一卷，陳師道《語業》一卷，曾布之《丹邱使君詞》一卷，《京鏜詞》二卷，《得全居士詞》一卷，張元幹《蘆川詞》二卷，《易安詞》六卷，辛棄疾《稼軒長短句》十二卷，程正伯《書舟雅詞》十一卷，趙彥端《介庵詞》四卷，陳亮詞四卷，王之道《相山長短句》二卷，朱敦儒詞三卷，張孝祥詞一卷，已上皆標題著録，非僅附於稿末。其《得全居士詞》注云不知名，蓋趙鼎所撰。得全居士，趙自號也。宋史疏舛，此其一耳。《文獻通考》云：「《得全詞》一卷，趙忠簡鼎元鎮撰。」

北宋五子

同叔之詞温潤，東坡之詞軒驍，美成之詞精邃，少游之詞幽豔，無咎之詞雄邈，北宋惟五子可稱大家。若柳耆卿、張子野，則又當時所翕然歎服者也。

應制詞

万俟雅言、晁端禮在大晟府時，按月律進詞。曾純甫、張材甫詞，亦多應制體。它如曹擇可有荼蘼應制詞，宋退翁有梅花應制詞，康伯可有元夕應制詞，與唐初沈、宋以詩誇耀者相頡頏焉。風氣之宗尚如此。

詞之脱胎

「相見争如不見」，司馬温公詞句也。王晉卿詞云：「幾回得見，見了還休，争如不見。」「始惜月滿花滿酒滿」，宋子京詞句也。程書舟詞云：「那更春好花好，酒好人好。」脱胎極妙。司馬温公《西江月》詞，《侯鯖録》載之，《本事曲》亦載之。楊守齋守歲詞，《武林舊事》載之，《乾淳歲時記》亦載之。一闋之工，争相傳播，可云盛矣。

以詩入詞

「無可奈何花落去，似曾相識燕歸來」，晏元獻詩句也。元獻又以其語填入《浣溪沙》。《苕溪漁隱》謂下句是王君玉所續成者。

潘逍遥詞

潘逍遥《酒泉子》憶西湖詞，世所競賞，石曼卿嘗令畫工繪之爲圖。逍遥詩，又有「散拽禪師來蹴踘，亂拖遊女上鞦韆」之句，龍性不馴，固若人乎？雖然，其狂不可及。

寇萊公詞

寇萊公《點絳唇》詞云：「小陌輕寒，社公雨足東風慢。定巢新燕。濕雨穿花轉。象尺熏爐，拂曉停針綫。愁蛾淺。飛紅零亂。側卧珠簾捲。」宋初體尚瘦硬，如寇詞者乃鮮其比。

歐公柳詞

歐陽文忠在維揚時，建平山堂，葉少藴謂其壯麗爲淮南第一。文忠於堂前植柳一株，因謂之歐公柳，故公詞有「手種堂前楊柳」之句。蘇文忠詞云：「欲弔文章太守，仍歌楊柳春風。」張方叔詞云：「平山老柳，寄多少勝遊，春愁詩瘦。」蓋指此也。

心字異詁

心字香，見范致能《驂鸞録》，蔣詞屢用之。晏叔原《臨江仙》「記得小蘋初見，兩重心字羅衣」，《南鄉子》「相逢笑靨，旁邊心字濃」，又蔡友古《滿庭芳》「雙心字，重衾小枕，玉困不勝嬌」，皆與蔣詞異詁。

梅聖俞詞

梅聖俞詩名卓著，其論詩謂「狀難寫之景如在目前，含不盡之意見於言外」，蓋亦深於詩者。詞則《蘇幕遮》一闋，爲時所矜重。然以《碧雲騢》一書，貽玷名節，實躁進之心誤之。或曰時人假託於梅，非其所撰也。

陶穀詞

《清波雜誌》云：「陶尚書穀奉使江南，恃才凌物，議論間，殆應接不暇。有善謀者，選籍中豔麗，詐爲驛卒孀女，布裙荊釵，日擁篲於庭。穀一見喜之，而與之狎，贈以長短句。一日，國主開宴，立妓於前，歌所贈「郵亭一夜眠」之詞，穀大慚沮，滿引致醉，頓失前日簡倨之容。歸朝，坐此抵罪。」其詞云：「好因緣。惡因緣。祇得郵亭一夜眠。別神仙。　琵琶撥盡相思調。知音少。再把鸞膠續斷絃。是何年。」爲驛卒孀婦者，一云韓熙載歌姬秦蒻蘭，國主即李後主煜也。《江南野録》則云曹翰使江南贈妓詞。而《研北雜誌》又以爲陶使吴越而作，與《冷齋夜話》、《雲巢編》所紀略同。

柳詞多本色語

耆卿詞多本色語，所謂「有井水處，能歌柳詞」，時人爲之語曰「曉風殘月柳三變」，又曰「露花倒影柳屯田」，非虚譽也。特其詞婉而不文，語纖而氣雌下，蓋骫骳從俗者。以發乎情止乎禮義之旨繩之，則望景先逝矣。胡致堂謂爲「掩衆製而盡其妙」，蓋耳食之言耳。

晁無咎詞

晁無咎慕陶靖節爲人，致仕後，葺歸來園，號歸來子。觀《琴趣外篇》，《題自畫蓮社圖》詞及

《呈祖禹十六叔》詞，淡然無營，俯仰自足，可以挹其高致。

醮詞一體

政和六年，徽宗賜方士林靈素號「通真達靈先生」，作上清寶籙宮，以便齋醮之事。帝又諷道籙院，册己爲「教主道君皇帝」。靈素迺託天神臨降，造帝誥天書雲篆，務以惑世欺衆，自是道教日盛，遂有醮詞一體矣。

含笑詞

含笑花，惟嶺表最夥，並有紫含笑、茉莉含笑之目。李忠定撰《含笑花賦》，有「蒙恩入幸」之語，謂自嶺表移至禁中者。趙坦庵有和張伯壽紫含笑詞，趙惜香有碧含笑詞。侯彦周賦含笑云「又誰知天上黄姑，掃盡晚春餘俗」，當是指艮嶽舊種。

毛澤民詞

毛澤民詞：「淚濕闌干花著露，愁倒《樂府雅詞》作「秋到」眉峯碧聚。」周煇《清波雜志》釋之云：「闌干，淚臉也，見《鄴侯家傳》。」「愁倒眉峯碧聚」，乃張泌《思越人》「想黛眉愁聚春碧」。

賈昌朝詞

華竹樓嘗經鳳凰山麓，得牙牌於樵子家，廣一寸二分，徑二寸，額鐫芝草，一面折枝荔枝，一面《玉樓春》詞，製作極精，字畫亦淳古可愛。詞乃北宋魏國公賈文元昌朝所作，題款「子明」，即其字也。好事者疑爲汴京宮人攜此南渡，墜失於荒煙蔓草間，經山樵拾得者。黃薌泉士珣、趙秋舲慶熺有詞紀之，見《清尊集》。

疊字詞

李易安《聲聲慢》詞起云「尋尋覓覓，冷冷清清，淒淒慘慘戚戚」，句法奇創，喬夢符《天淨沙》曾倣其體。又葛常之「裊裊水芝紅」詞，句皆疊字，如唐人之《宛轉曲》，世謂其源出「青青河畔草」一詩。然屈原《九章·悲回風》及《無量壽經》「行行相值」六語，又爲葛詞之祖。

製詞當別雅鄭

湯衡《于湖詞序》云：「東坡見少游上巳遊金明池詩，有『簾幕千家錦繡垂』之句，曰學士又入小石調矣。故陳季陸言少游詩如詞。觀於此言，則知製詞當別雅鄭，非特詩然。」

蘇辛詞

蘇、辛二家，昔人名之曰詞詩、詞論。愚以古詞衡之曰：「不用之時全體在。用即拈來，萬象周沙界。」

徐釚論蘇詞

《詞苑叢談》云：「子瞻『與誰同坐，明月清風我』、『明月幾時有，把酒問青天』，快語也。『大江東去，浪淘盡、千古風流人物』，壯語也。『杏花疏影裏，吹笛到天明』，爽語也。其詞在濃與淡之間耳。」徐氏所引「杏花」、「疏影」二句，蓋陳去非詞，非子瞻所作。

瑶池燕

東坡《瑶池燕》詞，《侯鯖録》及《古今樂録》並載焉。曾端伯以爲廖明略作者，誤也。《瑶池燕》一調，與《越江吟》略同，其音則與《點絳唇》相叶。

陳翼論蘇詞

宋牧仲謂宋詩多沈僿，近少陵；元詩多輕揚，近太白。然詞之沈僿，無過子瞻。長樂陳翼論其詞云：「歌赤壁之詞，使人抵掌激昂，而有擊楫中流之心。歌《哨遍》之詞，使人甘心澹泊，而有種菊東籬之興。」可謂知言。

赤壁訛傳

曹操入荊州，孫權遣周瑜與劉先主併力拒操，遇於赤壁，操軍敗走，蓋鄂州蒲圻縣地。《水經》：「湘水從南來注之。」酈注謂江水右逕赤壁山北，周瑜與黄蓋詐魏武大軍處所，即此地也。蘇文忠《赤壁懷古》詞，在黄州作。黄之赤壁，又名赤鼻磯，非周瑜所戰之地。公詞云：「故壘西邊，人道是、三國周郎赤壁。」當日訛傳既久，故隱約其辭耳。顧起元《赤壁考》，謂漢陽、漢川、黄州、嘉魚、江夏皆有赤壁。屬嘉魚者，宋謝枋得猶於石崖見「赤壁」二字云。

蘇詞用武侯文

蘇文忠《赤壁懷古》詞「亂石排空，驚濤拍岸」，蓋用諸葛武侯《黄陵廟記》語。

鮦陽之續

曾豐謂蘇子瞻長短句，猶有與道德合者。「缺月疏桐」一章，觸興於驚鴻，發乎情性也；收思於冷洲，歸乎禮義也。本朝張茗柯論詞，每宗此義，遂爲鮦陽之續。

茗柯評辛詞

茗柯又評稼軒《祝英臺近》詞云：「此與德祐太學生二詞用意相似。『點點飛紅』，傷君子之棄。『流鶯』，惡小人得志也。『春帶愁來』，其刺趙、張乎？」然據《貴耳集》云，吕婆，吕正己之妻。正己爲京畿漕，有女事辛幼安，因以微事觸其怒，竟逐之。今稼軒《桃葉渡》詞因此而作。是辛本非寓意，張説過曲。

稼軒詞用莊子

稼軒詞，趣昭事博，深得漆園遺意，故篇首以《秋水觀》冠之。其題張提舉玉峯樓詞，借莊叟自喻，意已可知。它如《蘭陵王》引夢蝶事，《水調歌頭》引嚇鼠、鵾鵬事，此類不一而足。其詞凌高厲空，殆夸而有節者也。

稼軒詞用韓詩

稼軒寄吴子似詞云：「酌酒援北斗，我亦蝨其間。」用韓退之詩「得無蝨其間，不武亦不文」。又《漢宫春》詞：「卻笑東風，從此便薰梅染柳，更没些閒。」案：李昌谷《瑶華集》「熏梅染柳將贈君」，本指仙藥，蓋與辛詞異詁。

顧亭林論辛詞

顧亭林《日知録》云，辛幼安詞「小草舊曾呼遠志，故人今有寄當歸」，此非用姜伯約事也。《吴志》：太史慈，東萊黄人也，後立功於孫策。曹公聞其名，遺慈書，以篋封之，發省無所道，但貯當歸。幼安久宦南朝，未得大用，晚年多有淪落之感，亦廉頗思用趙人之意爾。觀其與陳同甫酒後之言，不可知其心事哉！

稼軒詞用歐詞格

辛稼軒「去年燕子來」詞，倣歐陽永叔「去年元夜時」詞格。是詞亦載朱淑真《斷腸集》，乃誤編耳。《四庫全書提要》辨之甚明。蔣竹山招落梅魂，倣辛稼軒用《騷經》「些」字體也。

南宋辛體

劉改之詞，如「左執太行之獿，而右搏雕虎」，是善效稼軒體者。陶南村謂其贍逸有思致，殊不足以盡之。南宋此體最多，張安國《六州歌頭》：「長淮望斷，關塞莽然平。」翁五峯《摸魚兒》：「歎江左夷吾，隆中諸葛，談笑已塵土。」劉潛夫《沁園春》：「使李將軍，遇高皇帝，萬户侯何足道哉。」杜伯高《酹江月》：「元龍老矣，世間何限餘子。」王錫老《賀新郎》：「致使五官伸脚睡，喚諸兒、畫取長陵土。」陳定父《沁園春》：「劉表坐談，深源輕進，機會失之彈指間。」定父，字伯夫，名經國，潮州海陽縣人，有《龜峯詞》一卷。《詞綜》未詳，《粤東詞鈔》未收，曾端伯以此詞爲廖明略作者，誤也。楊濟翁《水調歌頭》：「可憐報國無路，空白一分頭。」張仲宗《賀新郎》：「天意從來高難問，況人情易老悲難訴。」皆所謂拔地倚天，句句欲活者。本朝鉛山蔣氏，則專以此體爲宗矣。

劉改之詞

劉改之《沁園春》「綬轡徐驅」一闋，題云「蘇州黄尚書同夫人春聚遊報恩寺」。後閲張世南《遊宦紀聞》，謂黄尚書帥蜀，其中閤迺胡給事晉臣之女，過雪堂行書《赤壁賦》於壁間。改之從後題一詞，中有「東坡題雪壁」等語，蓋紀實也。今《龍洲詞》與《遊宦紀聞》所載互易，殆後來所更定者。蘇紹叟又云：「改之愛歌《雨中花》，悲壯激烈，令人鼓舞。」今《龍洲詞》絶無《雨中花》調，何歟？

葉少藴詞

葉少藴有《極目亭詞》。考宋時壽山艮嶽，在汴城東隅，徽宗所築，由磴道至介亭。亭左有極目亭、蕭森亭，葉詞蓋指此也。《楓窗小牘》記之甚詳。

南宋數子感懷君國

太史公文，疏蕩有奇氣；吳叔庠文，清拔有古氣。詞家惟姜石帚、王聖與、張叔夏、周公謹足以當之。數子者感懷君國，所寄獨深，非以曼辭麗藻，傾炫心魂者比也。

竹山與西麓

神不全，軋之以思，竹山是已。韻不足，規之以格，西麓是已。讀石帚諸人所製，乃知姑射仙姿，去人不遠，破觚爲圜，要分别觀之。

南宋人咏梅詞

南宋人咏梅詞，譜《霜天曉角》者，倣自林君復。蕭小山一詞，《庶齋老學叢談》謂與王瓦全命意措詞略相似。瓦全，名澡，四明人，其詞今載於《絶妙好詞》。然未若樓考父「翦雪裁冰」一作，爲得翛然之趣也。

朱希真詞

朱希真詞品高潔，妍思幽窅，殆類儲光羲詩體，讀其詞，可想見其人。然希真守節不終，首鼠兩端，貽譏國史，視魏了翁、徐仲車諸人，相距遠矣。

打馬

陸放翁《烏夜啼》詞「闌珊打馬心情」。打馬世有二種：一種一將十馬，謂之關西馬；一種無將二十四馬者，謂之依經馬。宣和間，人取二種馬參雜加減，又謂之宣和馬。李易安《打馬賦》及所著《圖經》，言其情狀甚悉。圖中所列，蓋依經馬。南宋時此風尤盛。至明中葉，遂有走馬之戲，其制略與宋異，今俱廢矣。

張、陸粤遊詞

張安國詞云：「昏昏西北度巖關，天外一簪初見嶺南山。」陸放翁詞云：「小槽紅酒，晚香丹荔，記取蠻江上。」張初至粤地而作，陸追憶粤遊而作，其志趣迥爾不侔。

陳同甫詞

陳同甫幼有國士之目，孝宗淳熙五年，詣闕上書，於古今沿革政治得失，指事直陳，如龜之灼。然揮霍自恣，識者或以夸大少之。其發而爲詞，乃若天衣飛揚，滿壁風動。惜其每有成議，輒招妒口，故骯髒不平之氣，輒寓於長短句中。讀其詞，益悲其人之不遇已。

海鹽腔

南宋時有海鹽腔，循王孫張功甫居海鹽時所創。見《紫桃軒雜綴》。

楊補之詞

「欲把西湖比西子，淡妝濃抹總相宜」，東坡句也。趙祖文畫西湖圖，名曰《總相宜》。楊補之有《水龍吟》詞紀之。

康伯可詞

詞人中惟康伯可遭際最奇，高宗駐蹕維揚，伯可上《中興十策》，洞悉利弊，是范文正、晏元獻一輩人物。洎繆相專柄，伯可廁十客之列，附會干進。孝宗奉養上皇，伯可應制爲豔詞，諂諛乞進，是柳耆卿、曾純甫一輩人物。士大夫一朝改行，身名敗裂，不可復救。程子曰「節或移於晚，守或失於終」，其若人乎？

用前人詩詞

「柳色黄金嫩，梨花白雪香」，陰鏗詩也，李太白取用之。「漠漠水田飛白鷺，陰陰夏木囀黄鸝」，李嘉祐詩也，王右丞取用之。王初寮《生查子》詞云題云《柳州作》：「春紗蜂趕梅，宮扇鸞開翅。」張于湖用以咏摺疊扇，而更易其數字焉。毛平仲詞：「來如春夢不多時，去似朝雲無覓處。」歐陽永叔用之於《御街行》詞，又用之於《木蘭花》。

莫莫休休

晁無咎詞：「莫莫休休，白髮簪花我自羞。」陳后山詞：「休休莫莫，莫更思量著。」黄叔暘詞：「風流莫莫復休休。」考司空表聖在正貽溪之上結茅屋，命曰休休亭，嘗自爲亭記。其題休休亭之楹曰：「咄喏一作諾休休休，莫莫莫。伎倆雖多，性靈惡。」見尤延之《全唐詩話》。

曾覿賞月詞與吴琚觀潮詞

淳熙九年，駕詣德壽宫。八月十五夜，曾覿進賞月詞，十八日吴琚進觀潮詞，皆爲孝宗歎賞，其恩遇有在柳耆卿之上者。蓋偏安以後，猶有承平和樂之氣象也。

豐樂樓詞

豐樂樓，在杭州府西湧金門外，初名衆樂亭，又名聳翠樓，政和中易名豐樂樓。《咸淳臨安志》云：「樓據西湖之會，千峯環繞，一碧萬頃，柳汀花塢，歷歷檻間。而遊橈畫船，棹謳堤唱，往往會合於樓下，爲遊覽之最。故趙子真、韓子耕、吴夢窗皆有題豐樂樓詞。」吴夢窗詞，絢中有素，故於南宋自成一派。然乹費錦繢者，蔑視其本，則真如玉田生所云矣。

五粒松

吴夢窗有《水龍吟》，賦張斗墅家古松五粒詞。向不知五粒爲何，後閲段柯古《酉陽雜俎》及周公謹《癸辛雜誌》，乃知「五粒」即「五鬣」。《名山記》云：松有兩鬣、三鬣、五鬣，高麗所産松，亦每穗五鬣。粒、鬣聲近，故稱者異。李賀有《五粒古松歌》，岑參詩「五粒松花酒」，陸龜蒙詩「霜外空聞五粒風」，徐凝詩「五粒松深溪水清」，林寬詩「庭高五粒松」，皆可證也。

商調蝶戀花

趙令畤以元微之崔鶯鶯事，譜爲《商調蝶戀花詞》，其詞不載它書，但見於《侯鯖録》。然較鄭彦能、董穎《調笑》，則愈下矣。

施翠巖詞

施翠巖《夜登白鷺亭》一作，是從劉後村《夢方孚若》詞脱胎。然劉詞激楚挺拔，施詞獨具逸致。

雙白石

姜堯章、黄巖老同出於蕭千巖之門，皆號白石，時謂之雙白石。姜白石歌曲，至今傳之，若黄巖老，則幾不能舉其姓字焉。沈匏廬録誠齋《退休集》答賦黄巖老投贈詩，欲存其人也。巖老時爲永豐宰，詩祇一首。案：盧申之有《漁家傲》壽白石先生詞，謂黄巖老也。

潭州紅

梅之以色勝者，有潭州紅焉。張南軒《長沙梅園》二詩，美其嘉實，樂其敷腴，而不言其色。樓鑰謂當稱之爲紅江梅，以别於他種，其詩有云「夢入山房三十樹，何時醉倒看紅雲」，託興遠矣。詞則無逾姜白石《小重山》一闋，白石詞仙，固當有此温偉之筆。

白石誤引《吴都賦》

白石《琵琶仙》詞題，引《吴都賦》有「户藏煙浦，家具畫船」二語，今《吴都賦》無其辭。案李庾《西都賦》云：「方塘含春，曲沼澄秋，户閉煙浦，家藏畫舟。」或疑「吴」字乃「西」字之訛，然唐之西都，非吴地也，殆白石誤引耳。

馬塍

白石殁後，葬西馬塍，蘇石挽詩曰：「幸是小紅方嫁了，不然啼損馬塍花。」考《夢粱録》云：錢塘門外東西馬塍，諸圃皆植怪松異檜，奇花巧果，多爲龍蟠鳳舞之狀，每日市於都城，此杭之馬塍也。唐陸魯望住淞陵，家近馬塍，諸藝花户在焉，是又吴郡之馬塍也。

石林

周公謹云：「少藴之故居，在卞山之陽，萬石環之，故名，且以自號。正堂曰兼山，傍曰石林精舍。有承詔、求志、從好等堂，及浄樂庵、愛日軒、躋雲軒、碧琳池，又有巖居、真意、知止等亭。」然《石林詞》所載，如西園、逋園、右春亭、詔芳亭、鳳皇亭、並澗，皆有寄興之作，弁陽所録，未免闕如。

王聖與詞

王聖與多咏物詞。《掃花遊·賦緑陰》云：「舊盟誤了，又新枝嫩子，總隨春老。」《齊天樂·咏蟬》云：「病翼驚秋，枯形閲世，消得斜陽幾度。」家國之恨，惻然傷懷，殆晝傳中之馬半角也。

聖與賦白蓮詞

聖與又有賦白蓮詞云：「翠雲遥擁環妃，夜深按徹霓裳舞。」據《三餘帖》，蓮花一名玉環，故王以環妃爲喻。然下云「按徹霓裳」，則又似指唐宫妃子言之。

登蓬萊閣詞

張叔夏《憶舊遊·登蓬萊閣》詞，鍊滓澄音，可與張伯玉《蓬萊閣詩》、王十朋《蓬萊閣賦》並傳。

張叔夏用《東坡詩序》

叔夏《慶清朝慢》自敘云：「韓亦顔歸隱兩水之濱，殆未遜王右丞茱萸沜，予從之遊，盤花旋行，散懷吟眺，一任所適，太白去後，三百年無此樂也。」案：蘇東坡《百步洪詩》敘云：「余時以事不得往，夜著羽衣，佇立黄樓上，相視而笑，以爲李太白死，世間無此樂三百餘年矣。」張語本此。

楊妹子題詞

楊妹子，寧宗皇后妹，書法類寧宗，御府畫多命題咏。其題馬遠《松院鳴琴》詞云：「閒中一弄七絃琴。此曲少知音。多因淡然無味，不比鄭聲淫。松院靜，竹樓深。夜沈沈。清風拂軫，明月當軒，誰會幽心。」是詞選本絕少採入，蓋《訴衷情》調也。

吴彦高《人月圓》

宣和殿小宮姬流落於金，爲張侍御侍兒，吴彦高賦《人月圓》詞紀之，宇文叔通爲之舌咋。《容齋題跋》及劉祁《歸潛志》均載其事。吴尺鳧詩云：「細馬盤馱成隊去，傷心猶唱後庭花。」亦哀之矣。

卷六

金主亮詞

孫何帥錢塘，柳耆卿作《望海潮》贈之，有「三秋桂子，十里荷花」之語，金主亮聞之，遂起投鞭渡江之志。或云：「金主亮遣使臣朝賀，隱畫工於中，圖臨安城邑，及吴山西湖之勝，既進，繪事瞯然，有垂涎杭越之想。」今觀《桯史》及《藝苑雌黄》所載金主諸詞，獨具雄鷙之概，非但其武功之足紀也。

元虞、薩詞

前人評韓、柳文者曰：「韓如静女，柳如名姝。」殊覺未稱。獨元虞伯生、薩雁門二家詞，則極相類。虞詞幽倩，薩詞繁麗，殆有别耳。

元人詩宜入小令

李賓之論詩云：「宋之拙者皆文也，元之巧者皆詞也。」今觀元人詩，如袁通甫之「象管烏絲題往事，玉簫錦瑟負華年」，郝伯常之「桃李東風蝴蝶夢，關山明月杜鵑魂」，虞伯生之「一徑緑陰三月雨，數聲啼鳥百花風」，袁伯長之「曉沐緩垂蒼玉佩，晚妝愁帶紫羅囊」，顧仲瑛之「池上桃開銷恨樹，閣中香進助情花」，陳剛中之「芙蓉夜月開天鏡，楊柳春風擁畫圖」，楊鐵厓之「一雙孔雀銜青綬，十二飛鴻上錦箏」，薩雁門之「螺杯注酒摇紅浪，綵扇題詩染緑煙」，宋顯夫之「龍頭瀉酒紅雲豔，象口吹香緑霧斜」等句，皆宜於小令。若以之入詩，氣格卑矣。

高仲常詞

高仲常《貧也樂》詞，朱竹垞《詞綜》録之，蓋賀方回《小梅花》詞六闋之一。考向伯恭亦賦是調二闋。後人以賀詞六闋合爲三闋，以向詞二闋合爲一闋，皆誤。蓋上闋六句，平側各三韻，後闋下三句同。然起二句側韻，句法七字，乃所謂過變也。

蜕巖詞

《蜕巖詞》無自製腔，其詞腴於根，而盎於華，直接宋人步武。於元之一代，誠足以度越諸子，可謂海之明珠，鳥之鳳皇矣。

蜕巖警句

陸輔之《詞旨》，摘樂笑翁警句十餘條，吴子律又爲之補，美已盡矣。愚因倣陸氏《詞旨》，録《蜕巖詞》警句，使與樂笑翁匹焉。「縱留得楝花寒在，啼鴂已無聊。」《多麗·清明上巳同日飲西湖壽樂園》。「山容水態依然好，惟有綺羅雲散。」《摸魚兒·春日西湖泛舟》。「多情正要人拘管，無奈緑昏紅暝。」《前調·錢萬户宜之邀予賦瑶臺景》。「恨翠禽啼處，驚殘一夜，夢雲無跡。」《疏影·王元章墨梅圖》。「把柔情一縷，都隨好夢，作陽臺雨。」《水龍吟·賦倩雲》。「誰將玉斧修明月，奈瓊樓高處無人。」《高陽臺·題趙仲穆作陳野雲居士山水便面》。「絲箋密記多情事，一看一回腸斷。」《陌上花·使歸閩浙歲暮有懷》。「送影過鞦韆，驀然閒笑。」《玉漏遲·春日有懷》。「一片白鷗湖上水，閒了漁竿。」《浪淘沙·臨川文昌樓望月》。「碧雲江雨小樓空，春光已到銷魂處。」《踏莎行·江上送客》。皆琅然可誦也。

邱長春詞

邱長春《西遊記》，乃其門人李志常所述。記中載邱長春在邪米思干大城寓故宫中，題《鳳棲梧》二詞壁上云：「一點靈明潛啓悟。天上人間，不見行藏處。四海八荒惟獨步。不空不有誰能睹。　瞬目揚眉全體露。混混茫茫，法界超然去。萬劫輪回遭一遇。九元齊上三清路。」「日月循環無定止。春去秋來，多少榮枯事。五帝三皇千百禩。一興一廢長如此。　死去生來生復死。輪迴變化何時已。不到無心休歇地。不能清浄超於彼。」詞下一首下闋疑脱二字。故宫爲北印度境，回紇所居，算端氏之遺址也。記中並有《恨歡遲》一詞，邱長春重九日賞菊作。

宋元人咏桂詞

南宋人詞咏桂者，毛吾竹、謝勉仲、吴夢窗諸家最著。皇慶中，顧仲瑛集同人金粟影亭賦桂，同作者袁華、于立、陸仁、張遜均足抗手。朱梧巢《續鴛鴦湖棹歌》云：「玉笙錦瑟銷沈後，雅集空懷顧阿瑛。」風致可想。

張小山小令

張小山、喬夢符小令並稱。然張之小令遠軼夢符之上。如《雙調・水仙子》云：「繡牀人困，玉關夢回，錦字書遲。」《黃鍾・人月圓》云：「桃花吹盡，佳人何在，門掩殘紅。」《仙呂・一半兒》云：「喚蠻蠻，一半兒依隨，一半兒懶。」是調即詞之《憶王孫》，兩「兒」字蓋襯字。《中呂・山坡羊》云：「湖上藕花堤上柳。颼，渾是秋。愁，休上樓。」《中呂・滿庭芳》云：「闌干畔，芳枝緑滿，梅子替心酸。」句法偶與詞合，然「畔」、「滿」是韻，音響究異。《越調・凭闌人》云：「煉霞成大丹，袖雲歸故山。」皆能豐約中度，旋復回環，宜其居關、馬諸人之上。

明銅盤詞

明宣廟鎏金銅盤，方徑三寸五分，宣德七年正月十五日製。有御題《錦堂春》詞鐫於上云：「映日穠花旖旎，縈風細柳輕盈。遊絲十丈重門静，金鴨午煙清。　戲蝶渾如有意，啼鶯還似多情。遊人來往知多少，歌吹散春聲。」許醴川作歌紀其事，銅盤後歸曾賓谷方伯家。

張以寧詞

阮志《金石略》載張以寧詞序曰：「廣州省治，南漢主劉鋹故宫，鐵鑄四柱猶存。周覽歎息之餘，夜泊三江口，夢中作一詞，覺而忘之，但記二句云：『千古興亡多少恨，總付潮回去。』因隱括爲《明月生南浦》一闋云：『海角亭前秋草路。蘚葉風清，吹散蠻煙霧。一笑英雄曾割據。癡兒卻被潘郎誤。　寶氣銷沈無覓處。蘚暈猶殘，鐵鑄遺宫柱。千古興亡知幾度。海門依舊潮來去』。」案：以寧，字志道，古田人，元末官翰林學士承旨。明初，例徙南京，召爲侍讀學士，使安南道卒。有《翠屏集》四卷。

黄、莊元宵詞

成化中，黄編修仲昭、莊檢討昶撰元宵詞，又上疏論列，以去。其後每有文字，輒命文華門、仁智殿輩爲之，往往傳奉，驟得美官。黄、莊固志節之士矣，然迫意去位，又不知潘佑、韓熙載之以詞規諷者，爲足資鑒戒也。

王抑庵詞

王抑庵《浪淘沙》詞：「風暖翠煙飄。殘雪都消。遊絲百尺墜晴霄。可惜春光容易過，又近花朝。　驅馬第三橋。芳意蕭條。緋桃渾似放嬌嬈。瘦盡城南千樹柳，不似宫腰。」其言婉而有致，吴處厚所謂「文章豔麗，亦不害其爲正也」。至其《青玉案》二闋，一則云：「可恨狂風寒捲地。絳英零落，素姿飄墜。滿眼成憔悴。」再則云：「日日狂風吹客袂。九門鳴轂，六街遊騎。但見芳塵起。」兩詞殆指石亨、徐有貞諸人言之，其痛念於景帝之變乎？

楊升庵詞

揚子雲云：「詞人之賦麗以淫。」升庵詞爛若編貝，然麗以淫矣。其《江月晃重山》、《浪淘沙》諸闋，又議禮謫戍瀘州時所作。

陳白沙詞

陳白沙《漁歌子》云：「紅蕖風起白鷗飛。大網攔江魚正肥。微雨過，又斜暉。村北村南買醉歸。」結響騷雅，使劉後村見之，當不敢嗤爲押韻語録。

湯義仍詞

湯義仍詞，情文俱美，大致不出曲家科臼。若《阮郎歸》之「斷腸春色在眉彎。倩誰臨遠山。蜀妝啼雨畫來難。高唐雲影間。」舞身如環，綽有豐度，斯足稱矣。

豁堂和尚詞

浄慈豁堂和尚，工詩與書畫，性喜遊覽。嘗畫一漁艇於竹樹下，暧暧漠漠，煙水一灣，題一詞其上：「來往煙波，十年自號西湖長。秋風五兩。吹出蘆花港。得意高歌，夜静聲初朗。無人賞。自家拍掌。唱得青山響。」見李介立《天香閣隨筆》，詞極俊爽。王蘭泉編《明詞綜》，惜未收入。

王船山詞

王船山有《鼓棹初集》、《鼓棹二集》，其詞多不叶律，如詩之長短句而已。二集中有《蝶戀花·衰柳》詞一闋獨佳，頗肖六一。今録之於左：「爲問西風因底怨。百轉千回，苦要情絲斷。葉葉飄零都不管。回塘早似天涯遠。　陣陣寒鴉飛影亂。總趁斜陽，誰肯還留戀。夢裏鵝黄拋錦綫。春光難借寒蟬唤。」

吴梅村詞

吴梅村祭酒，爲本朝詞家之領袖，其出處絶類元之許衡。慢聲諸詞，吟歎頽息，蒼莽無盡，蓋所謂有爲言之者也。

王漁洋詞

王漁洋有句云「郎似桐花，妾似桐花鳳」，世以「王桐花」稱之。正如吴薗次之稱「紅豆詞人」，杭堇浦之稱陳微貞「竹影詞人」，均屬一時韻事。建安許賡皞，字秋史，其詞有「人在子規聲裏瘦」之句，人呼爲「許子規」。年二十餘，遊武夷，墜巖死。

彭羨門詞

彭羨門與王漁洋齊名，時有「彭王」之目。滕王閣落成一詩，尤爲漁洋心折。王評其詞爲近代詞人第一。集中詞如《菩薩蠻》之「泓黛秀聯娟。雲鬟亞玉肩」，《鷓鴣天》之「翠蛾一滴能傳語，窨住春愁不放還」，《玉樓春》之「江南無限斷腸花，枝上東風枝下雨」，《瑶花》之「舊歡如夢多少事，記取金釵羅帕」，《白苧》之「裊柔條，斷送了落紅如霰」，尤悔庵所謂「含柳吐秦」，沈偶僧所謂「綽有生趣」者，謂此類也。

汪遠孫詞

洪昉思填詞圖，題者甚夥，《清尊集》載有胡敬、孫同元、姚伊憲諸詩，並汪遠孫《望湘人》一詞。詞云：「正沈吟抱膝，兀坐撚髭，傳神阿堵如現。棗核纖豪，蕉紋小硯。譜出新詞黄絹。舊事疏狂，閒身落拓，愁深愁淺。賴竹絲、陶寫幽情，悄把紅兒低唤。　商略宫移羽换。聽珠喉乍轉，翠樽檀板。怕秋雨梧桐，滴盡玉簫清怨。靈均一去，旗亭淒斷。只剩湘流嗚咽。怎知道、林月溪花，舊日詩才尤擅。」相傳昉思好度曲，以《長生殿》一書，鐫秩而去，時人嘲之曰「可憐一曲長生殿，斷送功名到白頭」，謂此也。洪詩有「林月前後入，溪花冬夏開」之句，樊榭嘗亟稱之，故汪詞云然。

屈翁山詞

屈翁山詞，有《九歌》、《九辯》遺旨，故以《騷屑》名篇。觀其《潼關感舊》、《榆林鎮弔諸忠烈》諸闋，激昂慨慷，如蒯通讀《樂毅傳》而涕泣，其遇亦可悲矣。

粵詩四大家

吾粵當國初時，如陳恭尹、屈大均、梁佩蘭、王隼皆以詩鳴，有「四大家」之稱。屈詞最夥，陳與梁下之，惟王詞未見。故老謂其好彈琵琶，撰新樂府，即志中所稱《琵琶楔子》。意必有令慢諸作，或遺佚既久，遂無可考歟？

梁汾《閩客謡》

《字字雙》，唐王麗真所製調，或云是和章，非一手所成。明陳元朋翼飛步趨王作，不失累黍。顧梁汾《閩客謡》賦是調云：「煙嵐潑翠山復山。雪浪捲空灘復灘。車船算縉關復關。琴劍羈遊難復難。」一字一淚，能使征人逐客，讀之泫然。

梁汾寄吴漢槎詞

梁汾詞，脱然畦封，如陳夢良之秀綽，李通判之雅潔，其盛傳者莫如《寄吴漢槎寧古塔》二章。其賦六橋詞，集中僅存其四。割《踏莎行》半闋，《虞美人》半闋，爲《踏莎美人》，此等實不足爲後賢矩矱。毛西河《翦半詞》亦然。

西河詞

《河右詞》六卷，姜汝長湲選刻，前四卷名《當樓集》，附《西河集》中。愚按西河詞，選本絶少，因録數章於此。《遇陳王》云：「金斗熨開魚子纈、襯紅裳。銅瓶注暖獅頭炭、理黄妝。頻呼小玉因聲巧，欲寫泥金恐恨長。那見瑶臺成粉幛，果然銀漢是紅墻。」《酒泉子》云：「風攬紅簾，愁損隔簾人影，倩秦娥、纏越縈，唱吴鹽。　黄鋪白鎖春相望。高閣魂驚難上。那更堪、花滿桁，柳垂簷。」《菩薩蠻》云：「輕雷鹿鹿宫車轉。晚涼偷弄邪王管。雙甲小蟾蜍。黄鸝處處啼。　春風吹欲遍。盡作西清怨。暗裏换歌頭。伊州似石州。」《相見歡》云：「倚牀還繡芙蓉。對花叢。牽得絲絲柳綫、翠煙籠。　愁思遠。抛金翦。唾殘絨。羞煞鴛鴦銜去、一絲紅。」相傳有怨家摘其詞曲中語，以爲訕謗。按驗無實，得不坐。蓋幾於王胄之「庭草無人隨意緑」矣。

西河《望江南》詞

西河《望江南》詞：「誰浣素紗窺越女，因歌白苧號吴儂。總在石蓮東。」聞之，蓮實經秋，房枯子黑，其堅如石者爲石蓮。李昌谷詩「人在石蓮中」是也。楊修之詩「金波影裏石蓮花」，蓋段柯古所云生小石間者，是别一種。

丁飛濤詞

丁飛濤蚤歲有《白燕樓詩》，流傳吴下，士女争采摭，書於衣袖間。婺州吴器之贈以詩云：「恨無十五雙鬟女，教唱君家白燕樓。」其爲時傾倒若此。所撰《扶荔詞》，如《柳初新·詠柳》云：「及早和他同倚，怕消魂、夕陽飛絮。」大有江潭摇落之感。然如宗定九所評則過矣。飛濤與同里沈謙、陸圻、柴紹炳、毛先舒、孫治、張綱孫、吴百朋、虞黄昊、陳廷會並有時譽，世稱「西泠十子」。通籍後，與宋荔裳、施愚山、張譙明、周釜山、嚴顥亭、趙錦帆唱酬日下，稱「燕臺七子」云。

竹垞用六朝語

古人呼妻曰鄉里，六朝時已有此稱。《南史·張彪傳》：「我不忍令鄉里落他處。」沈休文詩：「還家問鄉里，詎堪持作夫。」朱竹垞《洞仙歌》詞「算隨處可稱鄉里」，用六朝語也。

竹垞用紅亭詞

紅亭，虢州西亭也，竹垞《送丁雁水觀察虔州》用之。案：岑嘉州詩，如「紅亭出鳥外」、「百尺紅亭對萬峯」、「紅亭水木不知暑」、「紅亭緑酒送君還」，皆指其地。

竹垞用玉玲瓏詞

竹垞寄龔蘅圃詞：「玉玲瓏、閣前松石，經過朱夏曾撫。」閣爲龔氏藏書之所。按杭堇浦《東城雜記》，玉玲瓏，宋宣和花綱石也，上有字紀歲月，蒼潤嵌空，叩之聲如雜佩，本包涵所靈隱山莊舊物云。

竹垞《蕃錦集》

竹垞《蕃錦集》，《沁園春》詞「每駐行車」，用王起詩句。《河瀆神》詞「來往五雲車」，用王維詩句。見《曝書亭外集》。王起詩，以「車」叶「花」，王維詩以「車」叶「賒」，竹垞均改入魚模韻，即錢辛楣所謂明知故犯者邪？

咏貓詞

朱竹垞、錢葆䉲、厲樊榭均有《雪獅兒》貓詞。吴聖徵又從而擴之，剌取典實，無隙不搜。然尚有三二事未及引者。《談苑》：「郭忠恕逢人無貴賤，輒口稱貓。」元遺山《遊天壇雜詩》注：「仙貓洞，土人傳燕家雞犬升天，貓獨不去。」魏禧《畫貓記》：「俗傳二危合畫貓，鼠輒避去，蓋宿與日並直危也。」

陳髯

陳其年冠而于思，鬢浸淫及顴準，天下學士大夫號爲陳髯。王西樵語子弟曰：「其年短而髯，吾祇覺其嫵媚可愛，以伊胸中有數千卷書耳。」朱竹垞詞：「池塘夢裏，試尋髯也消息。」李分虎詞：「髯也風流玉田侶。」蔣苕生詞：「一丈清凉界，倚高梧、解衣盤薄，髯其堪愛。」蓋本於諸葛武侯《答關雲長書》，猶未及「髯之絶倫逸羣」一語。又惲壽平《甌香館集·題雪山圖和陳其年韻》：「吴生擎扇向我笑，好遊髯客忘歸鞭。」

嬾雲窩

嚴藕漁《雙調望江南》詞云：「柳帶結煙留淺黛，桃花如夢送横波。一覺嬾雲窩。」考嬾雲窩，在吴城南北隅，元里西瑛所居地也。西瑛撰《殿前歡》曲賦之，貫酸齋、喬夢符、衛立中、吴西逸均有和章傳於世。

性容若《填詞》詩

性容若《填詞》詩云：「詩亡詞乃盛，比興此焉託。往往歡娱工，不如憂患作。冬郎一生極憔悴。判與三閭共醒醉。美人香草可憐春，鳳蠟紅巾無限淚。芒鞋心事杜陵知，祇今惟賞杜陵詩。古人且失風人旨，何怪俗眼輕填詞。詞源遠過詩律近，擬古樂府特加潤。不見句讀參差三百篇，已自換頭兼轉韻。」愚案：容若詞與顧梁汾唱和最多，「往往歡娱工，不如憂患作」兩語，則容若自道甘苦之言。然容若詞幽怨淒黯，其年詞高闊雄健，猶之晉侯不能乘鄭馬，趙將不能用楚兵，兩家詣力，固判然各別也。

容若與竹垞詞

容若《太常引》詞云：「夢也不分明，又何必、催教夢醒。」竹垞《沁園春》詞云：「沈吟久，怕重來不見，見又魂消。」二詞纏綿往復，郭子玄何必減庾子嵩。

藥名詩詞

藥名詩創於梁簡文帝。唐張籍《答鄱陽客》詩云：「江皋歲暮相逢地，黄葉霜前半夏枝。」可謂入妙。然本朝曹顧庵《南溪詞》，有「遠山平仲緑，幽徑寄奴青」之句。至萬紅友製藥名藏頭詞，賦《續斷令》，即《百字令》。陸魯望《藥名離合詩》：「青箱有意終須續，斷簡連篇一半通。」詞調實本於此。精巧絶倫。然陳瑩中詞有「世間藥院」一闋，陳亞有《生查子》三闋，則宋人已導其源矣。

毛會侯詞

毛會侯《眼兒媚》詞：「妝成自許，除非鏡裏，或是池邊。」《蘇幕遮》詞：「肥瘦近來無定也，前歲相偎，記妾腰微窄。」骪骳從俗，雖謂之乖調可也。

詞家三李

男中李後主，女中李易安，極是當行出色，前此太白，故稱「詞家三李」，此沈去矜説也。宋時嚴仁、嚴羽、嚴參，稱「邵武三嚴」。嘉興李武曾與其兄繩遠、弟符亦稱「三李」。可云前後輝映。

二馬詞

馬半槎《南齋詞》，馬秋玉《嶰谷詞》，平易近人，非精粹之詣。二子與樊榭交誼最篤，酬唱亦最盛，故其詞有類於樊榭者。

洪稚存詞

洪稚存於金、元人詞，獨取元裕之、虞伯生二家。其所撰《更生齋詩餘》，蓋亦於二家討消息者。稚存風骨峭厲，而詞獨清雋，文人固未可以一轍限也。

稚存喜用險韻

稚存喜用險韻，《西江月》云：「相對燭花呵欠。」《蝶戀花》云：「閒日偶從妝閣偵。」《蘇幕遮》云：「乞篆題縑，總仗孤僧介。」《如夢令》云：「幾片斷霞如斬。」《鳳棲梧》云：「對人言語尤奇窘。」《買陂塘》云：「一一淚珠繳。」《蝶戀花》云：「五更吟斷梅花詠。」《法駕導引》云：「海雲爲佩月爲兜。」《霜天曉角》云：「天子更思康晉。」《臨江仙》云：「脂粉瀉成洼。」若斯之類，恐非詞家本色。然如劉夢得詩「杯前膽不豩」，呼關切，頑也。皮襲美詩「石面得能[illegible]」，固文人狡獪之技。盧叔陽「袢溽皴皵褑」，其濫觴歟？

趙文哲詞有所指

乾隆三十三年，兩淮運使提行事發生，王昶與趙文哲坐言語不密，罷職。趙詞「江湖未改難馴性，肯負舊盟鷗鷺」，蓋有所指。趙後遊戎幕間，與江果毅公阿里袞、温尚書福相得，代撰奏記，文字嶔崎磊落，遭師潰與於難。蔣鉛山《後續懷人》詩：「從軍草露布，兵潰中書死。詩卷存英風，靈爽昭忠祀。庸庸爲令僕，斯人竟傳矣。」蓋謂此也。

趙文哲《祝英臺近》

趙有《祝英臺近》諸詞，由蔫得麗，以贍而華，正如宋廣平作《梅花賦》，殊不類其爲人。

黄仲則小令

黄仲則小令，情辭兼勝。慢聲頗多楚調，豈以其詩無幽并豪士氣，而於詞一泄之邪？

清初三變

汪蛟門謂宋詞有三派，歐、晏正其始，秦、黄、周、柳、姜、史之徒極其盛，東坡、稼軒放乎其言之矣。愚謂本朝詞有三變，國初朱、陳角立，有曹實庵、成容若、顧梁汾、梁棠村、李秋錦諸人以羽翼之，盡祛有明積弊，此一變也。樊榭崛起，約情斂體，世稱大宗，此二變也。茗柯開山採銅，創常州一派，又得惲子居、李申耆諸人以衍其緒，此三變也。

評嘉道以還詞

洪稚存，於同時詩人，皆有評騭，輒以八字括之，蓋祖涵虛子評諸家詞之意也。愚觀嘉道以還，詞人輩出，張皋文惠言詞，如鄧尉探梅，冷香滿袖。武進人，有《茗柯詞》。孫平叔爾準詞，如落葉哀蟬，增人愁緒。金匱人，有《雕雲詞》。馮晏海雲鵬詞，如鹿爪搊絃，別成清響。玉山人，有《紅雪詞》。顧簡塘翰詞，如金丹九轉，未化嬰兒。梁溪人，有《綠秋草堂詞》。劉贊軒勷詞，如金絲間出，雜以洪鐘。閩縣人，有《聚紅榭雅集詞》。李申耆兆洛詞，如承恩虢國，淡掃蛾眉。陽湖人，有《蜩翼詞》。吳荷屋榮光詞，如穹谷谽谺，飛泉濺響。南海人，有《筠青館詞》。惲子居敬詞，如瑤臺月明，鳳笙獨奏。武進人，有《蒹塘詞》。汪小竹全德詞，如深閨少婦，畏見姑嫜。江都人，有《崇睦山房詞》。邊袖石浴禮詞，如靜夜鳴蛩，助人歎息。任邱人，有《空青詞》。謝枚如章鋌詞，如古木拳曲，示加繩墨。長樂人，有《聚紅榭雅集詞》。汪紫珊世泰詞，如春蠶絲盡，奄奄無力。六合人，有《碧梧山館詞》。張南山維屏詞，如中郎瓶史，遍陳諸製。番禺人，有《玉香亭詞》、《海天霞唱》。鄧笏臣嘉純詞，如圓荷小葉，因風捲舒。江寧人，有《空一切盦詞》。承子久齡詞，如就駕鑾儀，矜栗竦峙。滿洲人，有《冰蠶詞》。黃香石培芳詞，如淨几明窗，儘堪容膝。香山人，有《水龍吟稿》。張翰風琦詞，如雛鶯調舌，宛轉關情。武進人，有《立山詞》。陸祁生繼輅詞，如謝家子弟，玉立森森。陽湖人，有《清鄰詞》。楊伯夔夔生詞，如綺窗花片，綽約可人。金匱人，有《過雲精舍詞》。俞小甫延瑛詞，如陳壽摛文，但取質直。吳縣人，有《瓊華室詞》。錢季重季重詞，如舜華在林，晝炕宵聶。陽湖人，有《黃山詞》。顧澗蘋廣圻詞，如春水初漲，更染嵐翠。元和人，有《思適齋詞》。吳石華蘭修詞，如靈和新柳，三眠三起。

嘉應人，有《桐花閣詞》。董方立祐誠詞，如秋花數叢，没入蕭艾。陽湖人，有《蘭石詞》。黄春帆位清詞，如蘄王奮戰，箭瘢滿身。番禺人，有《松風閣詞鈔》。董琴南國華詞，如山齋清供，不厭清癯。吴縣人，有《香影庵詞》。龔定庵自珍詞，如琉璃硯匣，光采奪目。仁和人，有《無著詞》、《懷人館詞》、《影事詞》、《小奢摩詞》、《庚子雅詞》。金朗甫式玉詞，如黄筌作畫，婉約傳神。歙縣人，有《竹鄰詞》。譚康侯敬昭詞，如野桃含笑，風趣獨絶。陽春人，有《聽雲樓詞》。許積卿宗彦詞，如荷珠走盤，清光不定。德清人，有《鑒止水齋詞》。彭甘亭兆蓀詞，如碧眼胡兒，販采奇寶。鎮洋人，有《小謨觴館詞》。陶鳧鄉梁詞，如修桐初乳，清響四流。長洲人，有《紅豆樹館詞》。倪秋槎濟遠詞，如女郎踏青，時聞嬌喘。南海人，有《茶嵋舍詞》。黄韻珊憲清詞，如齊煙九點，滅没空碧。海鹽人，有《拙宜園詞》。鮑逸卿俊詞，如桓溪鸛鴿，⿰鳥鼻作音。香山人，有《倚霞閣詞鈔》。姚梅伯燮詞，如密香騎鳳，碧城容與。句東人，有《疏景樓詞》。汪白也度詞，如黑浄登壇，直露本色。上元人，有《玉山堂詞》。黄琴山景崧詞，如天半晴虹，蜿蜒有態。高要人，有《三十六鴛鴦館詞》。孫曙舟家穀詞，如田間遊氣，上透碧霄。錢塘人，有《種玉詞》。儀墨農克中詞，如中郎八分，波磔取勢。番禺人，有《劍光樓詞》。黄花耘本騏詞，如舒錦臨風，爛然入目。寧鄉人，有《紅雪詞鈔》。沈吉暉星煒詞，如桃花巖石，觸手生温。仁和人，有《夢緑庵詞》。陳棠溪其錕詞，如五色仙蝶，迎風善舞。番禺人，有《月波樓琴言》。邊竺潭保樞詞，如六朝金粉，豔態迷人。任邱人，有《劍虹盦詞》。汪絳人初詞，如築石邀雲，自含清致。錢塘人，有《滄江虹月詞》。趙秋舲慶熺詞，如魏徵嫵媚，我見猶憐。仁和人，有《蘅香館詞》。蕭子山掄詞，如緑珠吹笛，慣作哀音。太倉人，有《判花閣詞》。孫子餘鼎臣詞，如女蘿擺風，兔絲吹動。善化人，有《蒼筤詞鈔》。杜小舫文瀾詞，如四壁秋蛩，助人歎息。秀水人，有《采香詞》。周自庵壽昌詞，如枯荷得雨，點滴分明。長沙人，有《思益堂詞鈔》。李舜卿洽詞，如蜂脾釀蜜，有美中含。新化人，有《擣塵集詞鈔》。許龍華光治詞，如淺渚平流，纖鱗不起。海昌人，有《江山風月譜》。何青耜兆瀛詞，如春暮柳絲，瘦無一把。江寧人，有《心盦詞存》。項蓮生廷紀詞，如元章冠服，酷肖唐賢。錢塘人，有《憶雲詞》甲乙丙丁稿。汪謝城曰楨詞，如疏雨打窗，翛翛送響。烏程人，有《荔墻詞》。葉蓮裳英華詞，如王家蠟鳳，慧心獨造。番禺人，有《花影吹笙詞》。楊蓬海恩壽詞，如新秧初插，流膏潤潤。長沙人，有《坦園詞稿》。張孟彪文虎詞，如風前障扇，不受塵污。南匯人，有《索笑詞》。周昀叔星譽詞，如仙人煉汞，九轉初成。祥符人，有《東鷗草堂詞》。徐若洲鴻謨詞，如十笏茅庵，時聞清磬。仁和人，有《薝蔔花館詞》。劉子樹湘年詞，如抱經老儒，稜角峭厲。大成人，有《約園詞》。汪穀庵瑔詞，如樾館秋聲，自含虛籟。山陰人，有《隨山館詞稿》。王蓮舟濟詞，如勁弓五石，力求穿札。湘潭人，有《覆瓿集詞》。俞蔭甫樾詞，如帝女機杼，別出新裁。德清人，有《春在堂詞録》。王壬秋闓運詞，如崇岡建樓，危簷陡立。湘潭人，有《湘綺樓詞鈔》。杜仲丹貴墀詞，如勁風滿林，驟聞金筈。巴陵人，有《桐花詞草鈔》。黄小田富民詞，如灌園野叟，閒話斜陽。當塗人，有《萍軒詞草》。彭貽孫君穀詞，如隙地種桑，不宜蘭蕙。溧陽人，有《洮溪漁隱詞鈔》。尹仰衡恭保詞，如易水作歌，忽聞變徵。丹徒人，有《江東詞稿》。樊嘉父增祥詞，如一縷遊絲，空中蕩漾。恩施人，有《十五廚齋詞》。譚仲修獻詞，如草根清露，融爲夜光。仁和人，有《復堂詞》。閨秀吴蘋香藻詞，如眉樓小影，曼睩騰波。仁和人，有《花簾詞》、《香南雪北詞》。趙儀姞棻詞，如新燕營巢，自能護體。上海人，有《濾月軒詩餘》。鄭娱清蘭孫詞，如瑶石含光，可鑑毛髮。錢塘人，有《蘭因室詞》。吴佩湘清蕙詞，如籬落疏花，自饒幽韻。吴縣人，有《寫韻樓詞草》。已上所列，凡七十餘家，其未論及者，暇日當補述也。

張茗柯詞

張茗柯謂：「爲人非表裏純白，不足爲第一流。」其所撰詞，實稱此語，蓋所謂蟬蜕穢濁，皭然涅而不緇者乎？

學小山、夢窗不可太過

學小山、夢窗體不可太過。孫松坪《浣溪沙》云：「稱撥香絃彈指爪，怯回珠衱小腰身。」「倦倚檀槽調浄婉，戲抛瓊咠泥櫻桃。」是學小山體而過者。顧簡塘《百字令》云：「香閣停笙，紅窗響玉，鶯夢斜星陌。」《虞美人》云：「緑巢湘鳥踏香霞。繡閣蠶書金卷海紅紗。」是學夢窗體而過者。文肆質劣，恐不免爲揚子雲所譏。

徐湘蘋詞

陳素庵室徐湘蘋，晚年皈依佛法，號紫管氏。曾製《青玉案·弔古》詞，爲世傳誦，即《林下詞選》所云「得北宋風調者」。蘋香詞，緝商綴羽，不失分寸，嘗寫《飲酒讀騷圖》，自製樂府，名曰《喬影》，吴中好事者被之管絃，一時傳唱，遂遍大江南北。倚聲之外，不廢吟咏，有《和王仲瞿西楚霸王墓》二律，其警句云：「青史但援成敗例，白雲長作古今愁。」「美人報主名先得，功狗邀封悔已多。」皆可誦也。

——張德瀛《詞徵》，唐圭璋《詞話叢編》本

《耕煙詞》自序

孟氏《周易章句》曰：「詞者，意内而言外也。」許書沿之。小徐《説文繫傳》曰：「詞者，音内而言外也。」《韻會》沿之。言發於意，以意笵其樞，故謂之意内；言宣於音，以音達其旨，故謂之音内。學士操紙命筆，愉戚悲歡，咸有所託，以寫胸臆，以爲興觀羣怨之助，雖曰小道，亦莫敢廢焉。詭其説者，迺謂詞出於《公羊》，或謂出於《穀梁》，知倚聲之學所繇來遠矣。原詞之興，肇端樂府，鄭夾漈謂「古詩爲今之詞曲」，然則今之詞曲，獨不可追於古乎？六代而後，競爲豔歌，淒咽魂魄。唐之中葉，自李隴西、王仲初創體以還，塗徑日闢，流風迄於兩宋，大暢厥蘊，周、秦諸子，洞晰神解，惜令、慢之外，初無成書，以示軌範。而楊守齋、陳后山、張玉田輩並能標舉旨意，使後之學者不迷於所往。若張于湖、劉龍洲諸人，忠憤之氣，形於楮墨，殊途同歸，無異趣也。亦越金元，詞人輩出，皆儲以歲月，笰其域，轥其庭，以達斯奥，俾繼聲於樂府之後。洎乎有明，曲盛詞衰，篴弄幺響，紛然並出。蕩而冶者其詞遊，繁而膇者其詞蔓，枯而狹者其詞茶，粗而厲者其詞獷。嗣是言詞者，揣合字數，變而爲詩。是故覈諸樂律，按諸音理，轉多紕繆。至其用韻，亦復異轍。凡詞之正叶、分叶、借叶、通叶、顛倒叶、方言叶、平側互叶，皆未昭晰，而字之同出一母、同在一紐者，聱牙詰屈，不協於聲。又其甚者，別爲腔調，窮力追新，雖以名流，猶復不免。明王弇州、楊升庵諸

人，其作俑者矣。德瀛幼而荒落，既頑且�。少長，讀古籍，瞢然無所得，惟於詞稍窺涯涘。檢舊製，得三百餘闋，甄録之，析爲五篇，顔曰《耕煙詞》。漆園有言：「道在瓦礫。」是戔戔者可驗性情。第惜乎意内音内之理，竟不獲起前哲於九原而一叩之也。歲在著雍涒灘皋月，山陰道上人張德瀛自序。

玲瓏四犯　雙調，客中讀吴夢窗甲乙丙丁四稿題後

廿載勝遊，緇塵京洛，當年蹤跡堪數。驪珠光迸落，此筆堪千古。旗亭小鬟賭唱，奈宫商、未留遺譜。湖上移船，臺邊呼酒，歸思轉淒楚。　錦鯨正看仙去，問翠漣拍砌，花鳥誰主。四明山色好，寫遍江淹句。承平景象秋雲散，賸我聽、中原鼙鼓。歎蠹粉飄零，久吟蛩自語。

憶江南　讀本朝諸家詞各賦小令識之

歸耕去，戢影閉柴關。十萬牙籤供指使，太常法曲落人間。花月不能閒。朱竹垞《曝書亭詞》

皋比座，宜配曼殊妝。偷得和凝紅葉稿，哀蟬引緒易迴腸。慎勿譜連箱。毛大可《當樓詞》

鴛鴦社，硯匣鎮相隨。惆悵故園行樂地，鍾情偏在月明時。聽唱飽家詩。成容若《飲水詞》

飛仙技，壯歲早傳名。筆底倒流三峽水，滿天鱗甲蟄龍鳴。不作斷腸聲。曹實庵《珂雪詞》

蘭畹集，曾向錦囊收。時序侵尋休忘卻，花慵柳困寫春愁。幾度醉南樓。梁蒼巖《棠村詞》

拈毫處，冰玉證襟期。季子平安勞問訊，翻教良友淚雙垂。哀語沁心脾。顧梁汾《彈指詞》
青衫淚，苦恨卻難禁。蠻葉裁箋香拂拂，耽研聲律幾沈吟。無限惜花心。萬紅友《香膽詞》
層波閣，篁竹護煙庭。要喚秋娘歌一曲，更撥瑶瑟寫雙聲。歸夢憶温陵。丁雁水《紫雲詞》
辭鋒勁，蒼兕氣逾雄。滿紙商聲吹颯颯，欲攜長劍倚崆峒。匹馬走西風。高澹人《蔬香詞》
東風早，留得夜吟魂。詩格舊傳長慶體，樂天才調試同論。誰爲織迴文。余香祖《團扇詞》
長嘯起，湫底瘦蛟鳴。放浪湖山無一事，柳家雙鑠託新聲。低首玉田生。厲太鴻《樊榭山房詞》
羈棲慣，題贈遍天涯。酒入詩腸芒角露，更將冰雪貯幽懷。不用八音諧。黄仲則《悔存詞》
藏園闢，有客正高歌。黛色參天含木瘿，掃除冶葉挺貞柯。未肯唱横波。蔣定甫《銅絃詞》
疏鑿手，隱意幾人窺。纓絡自然空一切，南華秋水喻禪機。何苦學妃豨。張皋文《茗柯詞》
鴛波緑，扶醉約吟儔。書破蜀箋三十幅，看花同上蠡湖舟。煙月恰迎眸。劉芙初《箏船詞》
蘋洲笛，清響繞江天。緑瘦紅憨都在眼，畫邊人語正纏綿。綵筆夢中傳。姚梅伯《疏景樓詞》

虞美人　書《蜕巖詞》後

西湖春豔蘭橈駐。攜手鴛鴦浦。一燈紅處醉東風。贏得才名傳遍酒樓中。　蓮兒恰稱聽歌耳。聽到人愁死。滄桑遺恨入中年。譜出靈均楚些倍凄然。

西江月　遼蕭后《回心院詞》題後

孤隱新妝絶世，十香蜚語傳訛。樓中眉樣認横波，花影金鋪長鎖。欲向高唐借夢，傷心紅粉青娥。談來秘事有蒙哥，誰是淚痕雙墮。

百字謡　題《陳其年先生填詞圖》

圖寫先生小像席地坐，攤箋膝上，搦管作構思狀，旁一女郎攜樂器數事坐蕉葉上

髯兮千古，對當年遺影，更縈方寸。湖海元龍豪氣在，傳出幽懷款款。嚼徵含商，移宫换羽，莫悵良宵短。紅顔偎傍，鬢絲晴雪吹滿。　曾記水郭題名，如臯暗憶，心字香難斷。團扇光陰重數到，爲問星霜幾换。趙瑟秦箏，新腔唱徹，欲把真真唤。迦陵才調，樂章先付銀管。

——以上張德瀛《耕煙詞》，民國十年刊本

丘逢甲

丘逢甲（一八六四—一九一二），字仙根，又字吉甫，號蟄庵、仲閼、華嚴子，別署海東遺民、南武山人、倉海君，嘉應人。生於臺灣，清光緒十五（一八八九）年進士，授工部主事。無意京城任事，回臺灣辦教育。臺灣淪陷後内渡，積極從事社會運動，支持維新變法，投身民主革命運動。著有《嶺雲海日樓詩鈔》。

《題蘭史〈香海填詞圖〉》二首

南宋國衰詞自盛，各拋心力鬥清新。零丁洋畔行吟地，又見江山坐付人。

此是本朝初割地，年來見慣已相忘。重吟整頓乾坤句，誰更雄心似鄂王。

——丘逢甲《嶺雲海日樓詩鈔》，續修四庫全書集部一五七六册

民國

廖恩燾

廖恩燾（一八六四—一九五四），原名鳳舒，字恩燾，號懺庵，又號懺綺盧主人、珠海夢餘生，惠陽人。九歲赴美留學，十七歲回國習國學，清光緒十三年（一八八七）開始擔任外交官，先後駐古巴、朝鮮、日本、智利、西班牙等國，一九三三年歸隱。擅詞，著有《懺庵詞》、《半舫齋詩餘》、《捫蝨談室詞》。

《懺庵詞續稿》自識

余年逾五十，讀唐五代小令而豔之，輒規摹焉。初未解作慢詞也，既而瓣香稼軒，始操觚作慢詞。居京師，半櫻詞人嘉興林鐵尊晨夕過從相切磋。半櫻與臨桂況蕙風善，半櫻詞尚氣格，蕙風詞尚豐神，二人固異趣。余嘗作《賀新涼》云：「北地燕支休再問，早佳人、已屬沙吒利。」半櫻以爲口吻酷肖幼安。顧余則以辛詞不易學，舍而學白石、碧山，又從草窗漸進而學夢窗，寖饋於夢窗者二年，似於清真之旨轉有所領會。見《四家詞選》周氏之説，知所取塗徑不謬，於是益肆力爲之，恪守半塘、彊村家法，不讀明以後詞，因得涉獵兩宋諸家之作。丙寅于役海外，般敦餘暇，伏案推敲，凡六易寒暑，成《懺庵詞》八卷，即彊村先生辛未校定付刊者也。今春自秣陵避亂還粵，端幽閉門，頗究心聲律，綜旅滬旅寧時所作，得令慢六十三闋，録稿質諸海綃翁。翁矍然曰：「進乎技矣！」爲題數語於卷首，慫恿付剞氏。余雅不欲再殃梨棗，第姑存之，以見功候深淺之故不可强有如此者。壬申中秋前二日，懺庵附識於東山之南廬。

——廖恩燾《懺庵詞續稿》，民國刊本

《影樹亭與滄海樓合印詞稿》序

從葉遐庵所輯《廣篋中詞》中讀伯端詞，《瑞龍吟》云「天涯慣見飛花」，又云「明日滄州路，分付與離魂，依絃低語」，《水龍吟》云「寒雲碧水，洗繁華眼」，《天仙子》云「歌一遍，歡娛短，不及雙棲梁上燕」等句，知其得力於小山、白石、梅溪者深，顧嘗鼎一臠，未余饜也。己丑春杪，自淞江南下，至香港。季裴爲介，始識伯端，相見恨晚。伯端録近作十餘首，並《心影詞續稿》見示，挑燈展卷，一讀一擊節，歎爲海綃翁後，粵詞家無第二人。嗣是月必數見，約結社課詞，酬唱既頻，積詞裒然成帙。余謂伯端曰：「余詞造詣不逮君，然沆瀣一氣，猥有同聲相應之雅，曷不同付排印成編，使朋輩瀏覽而知吾二人之梗概耶？」伯端允諾，因以近稿録副授余。余喟然歎曰：嗟乎！世變日亟，吾國數千年文獻，岌岌乎繫諸千鈞一髮，詞學小道，轉瞬間其不隨椎輪大輅以淘汰者幾希矣。然則兹編之印，聊以表吾二人海内比鄰之意，顧可緩乎哉！是爲序。辛卯立秋後十五日，恩燾。

——廖恩燾、劉景堂《影樹亭詞滄海樓詞合刻》，一九五一年鉛印本

《半舫齋詩餘》自序

自己丑以迄乙巳，于役美洲之古巴。於鄉落間買地闢園，極亭臺花竹之勝。塘六畝，累石爲假山，山之下倣珠江畫舫式築齋焉。山銜其半，曲欄繞出水之中央，顔曰半舫，因自號半舫翁。夏日荷花盛開，招彼都士女遊宴無虚夕。秩滿解組歸國，園遂爲西班牙某巨室購作别業。民國改元，持節再至其地，則棟宇如新，手植樹已合抱，而所謂半舫者，蕩然無零磚斷瓦之存矣。頃者避兵淞濱，端居閉門，得詞若干首。復搜舊篋，得金陵病中所爲慢令十四首，不忍投敗紙簏中，又不及增入《懺庵稿》，故别以《半舫齋詩餘》名之，集夢窗句題《水龍吟》一闋，聊志鴻爪，曰：「移鐙夜語西窗，芙蓉心上三更露。冷空淡碧，煙江一舸，虹河平遡。别岸圍紅，送人雙槳，萬妝争妒。聽鳳笙吹下，飛軿天際，新鴻唤，半汀鷺。　洲上青蘋生處，載清吟、數聲柔艣。低簾籠燭，翠翹欹鬢，遊情如霧。峭石帆收，裴郎歸後，幾番風雨。記行雲夢影，隔花時見，等閒留住。」己卯荷花生日，半舫翁自記。

——廖恩燾《半舫齋詩餘》，民國二十八年鉛印本

與龍榆生論詞書四則

一

榆生我兄詞長吟席：前得惠書，適又病入中央醫院，一星期出院，病體雖痊，然氣體精神尚未復元，故嬾握筆作答，故人當能見原也。拙詞再續稿删定後，擬於本年冬杪再付剞劂，其署檢欲請兄代求夏映盦先生手筆，其尺寸與弟初集同，懇裁定紙樣交去爲託。兄能作一短敘言，更感。精衛先生已起程，想秋杪可到寧矣。何日尊駕來此，望示一音，俾圖暢敘。此頌吟祺，不盡欲言。小弟壽頓首，九月廿五日。

二

榆生詞長兄大鑒：頃讀手書，慰藉無似。粵方吾兄不去亦好。俟海濱回，如渠來京，弟再與面商，另行設法，或較現局爲佳。弟昨已去信，小婿志澄將此意告知。如海濱到粵，囑志澄先對其言之。或志澄管理下有中學校之長，月薪在三百元以上，可兼一事更佳。日前報章謂汪公與戴或鄒仝行回國，嗣後又不見提及，據訪聞則汪子彈尚未取出，應俟取出後始能歸也。拙稿即名《懺庵詞再續稿》，因原集均以稿命名，故取一律，署檢即云「懺庵詞再續稿」，不必云集也。此稿存上海德鄰公寓三百六十八號鄭雪庵處，因大厂取閱，故託鄭代送去。今已函托鄭君向大厂處取回轉送兄處。閱畢三五日可仍飭人送回鄭君，因節後鄭君來寧，可帶來交還與弟耳。有可改竄處，請大匠加以斧斤，尤感。匆匆，不盡所懷，即頌節禧！　弟燾頓首，中秋前一日。

三

榆生詞長兄閣下：得書并小令三闋，不惟託意深遠，寄情幽婉，讀之如聽五夜山陽之笛，如聞孤舟嫠婦之歌，令人回環數四，拍案叫絶。其音節直追五代、南唐，豈金元以後作者所敢望其項背哉？尊跋拙稿已由滬寄到，藻飾過情，愧不敢當。其□□並不如□盦所述之□，可不重煩再寫，付刊時即照交手民可也。孫、梁日間大約可到，屆時當專訪一談，最好經鄙人初步疏通後，再乞於爲一言較重於九目升也。尊意以爲然否？手復，即頌秋祺！　弟燾再拜啓，十一月二十日。

四

榆生詞長兄史側：昨發函後閱報，知孫、梁回京，當即趨話，乃孫即午又乘機赴滬。晤寒操兄，與談尊事，彼甚傾慕。惟展堂學院現僅開始計劃，經濟困艱，一時尚未能著手，俟籌足款項方有端倪等語。又與之商量暫行設法，俾維目前。梁謂立院高級位置無可騰挪，中山文化館又無國學詞章等事可□，容俟孫院長回京，再行從長設法，第圖應命等語。所言似非虛與委蛇，仍俟孫回京時，弟再向之相商，另爲想法可也。前和作三首，愈看愈劣，雖已改易數句，仍不成詞。乞勿示人，免令人肉麻也。匆此，即請台安！弟燾頓上，十一月廿二日。

——張壽平輯釋《近代詞人手札墨跡》，臺灣「中央研究院」中國文哲研究所二〇〇五年

綺寮怨　彊村老人嘗語余云：海綃翁詞逼真兩宋，近代獨一無二。頃因秋湄之介，相見恨晚，出示所著説詞，發前人未闡之秘。秋湄約飲市壚，依翁詞律賦此

舊恨青衫彈淚，醽壺春又斟。念水曲、換紫移紅，閒鶯燕、恁費銷沈。琵琶嚶嚶自泣，沙洲上、雁落愁到今。問是誰，第一流人，清詞好，按笛曾悠吟。悵悵畫肩乍尋。蟲魚注罷，簷花細雨猶淋。鏡獨何心。遺殘絮，鬢沿侵。孤身亂峯扶起，有晚照，怕登臨。天聲在岑。成連怎海去，張素琴。

蝶戀花　予季仲愷殉難七年，墓木拱矣，揮涕展焉。比自金陵避兵，南下倉皇，過滬聞彊村先生捐館，未克臨奠一哭，棖觸有餘哀也

屹屹豐碑花外峙，老眼摩挲，認得留名字。收盡鴒原枝上淚，要離冢畔遊人醉。　六百年來詞絕系，哀遍江南，瘴海春憔悴。莫問珠厓真割事，魚龍寂寞寒無睡。半塘翁論彊村詞云：「自世之人知學夢窗、知尊夢窗，皆所謂但學蘭亭面者，六百年來真得髓者，非公其有誰耶？」先生香港秋眺懷公度詞云：「籌筆問何年，真割珠厓。」

——以上廖恩燾《懺庵詞續稿》，民國刊本

水龍吟　汪憬吾挽詞

砉然雲裂煙飛，峨松千尺懸崖倒。罷兵穗石，移家濠鏡，白頭遺老。人欲横流，耆賢長逝，傷哉吾道。問蒼茫何意，百年泡影，馬塍事，今朝了。　雨屋深鐙賸稿。記詞仙聲名最早。玉田雕琢，夢窗凝練，樓臺七寶。子敬琴亡，廣陵散絶，誰彈古調。看殘棋收拾，屬公門第，九京含笑。

齊天樂　吷盦爲題詞稿，倚此報謝，即書其填詞圖并詞集後

文章海内推宗匠，填詞晚年餘事。筆大如椽，懷虚若谷，人物過江誰似。雕蟲小技。但品題，一經聲價十倍。漉酒挑鐙，夜寒猶自擁吟鼻。　讀公雲錦幾卷，周吴且平揖，而況姜史。弩挽千鈞，劍飛五步，射馬擒王遊戲。元音正始。早氣作蛟蟠，韻諧鸞翽。笑我頭陀，片花紛著體。

——以上廖恩燾《半舫齋詩餘》，民國二十八年鉛印本

水調歌頭　《東坡樂府箋》題詞，即用坡韻

桐葉下如雨，轉首雁霜天。集箋坡老剛畢，須憶丙辰年。我亦浮鷗身世，猶解瓊樓玉宇，高處必應寒。渺矣鳳雙起，雲裏帝城間。　翦宵燭，披縹簡，殢遲眠。一編手授，師去龍子説能圓。曾是蘇辛同轍，卻與周吴殊迹，領會早完全。洗硯池紋滉，花影較鬟娟。

滿江紅　戲擬稼軒，自題《捫蝨談室詞稿》

半篋秋詞，應自笑，描鸞無筆。只豪放，欲問王猛，夷然捫蝨。抵掌縱談當世務，披襟細認微蟲迹。料終輸、紅袖拂蠨塵，詩題壁。　花底句，收吾集。天下事，非吾責。記莊周羊蟻，義猶難析。火鼠論寒寧足據，冰蠶語熱何曾得。誤英雄、兩三蝶飛來，頭空白。

《八聲甘州·倚曲欄凝睇數歸鴻》題序

余喜集句填詞，既集覽覺翁句成《水龍吟》、《渡江雲》二闋。春日無聊，復集美成句賦此。大抵集句詩易於詞，詞爲調束縛，稍能自圓其説，輒不恤天孫雲錦，雨碎風裂，未免猿鶴笑人，顧翦裁得天衣無縫，亦煞費匠心。昔石帚《慶春宫》詞過旬塗稿乃定，銛樸翁咎其無益，石帚謂意所躭，不能自已也。余之爲此，殆又無益中之無益者，或亦猶石帚之不能自已耶？

添字采桑子

余年五十，學爲倚聲，輒嗜柳七詞。自《黄鶯兒》以下二十餘闋，皆背誦極熟，探幽索微，確信周、吴導源所自。嘗謂讀吴而得周之髓，讀周而得柳之神，由柳追而上之，豁然悟南唐、五代，如天仙化人，奇妙不可測。十二年前回粤，以語海綃翁，歎爲知言。顧武陵陳氏、鐵嶺鄭氏闡發柳詞文字，迄未獲見。近頃映老以《抱碧齋集》見貽，閲詞話中載叔問舍人一書，於柳詞推崇備至，其奧義覃旨，剖析無遺，且引夢華老人言耆卿爲北宋巨手。伯弢又云屯田詞在院本如《琵琶記》，小説如《金瓶梅》，惜百年來無人能道隻字。余竊自喜平生對柳詞見地不謬，拙著此稿將問世，殿此小令，亦飲水思源之意云爾。

沿花唤月闌干凭，月上闌干。花滿闌干。月鏡花容，無那帶霜看。井泉飲處聞歌柳，甚百年間。索解人難。大鶴仙飛，誰與起詞孱。

——以上廖恩燾《捫蝨談室詞》，一九四七年鉛印本

減字木蘭花　檢篋得六年前映老爲繪填詞圖，口占此解

詞仙瀟灑。爲我填詞圖早寫。樹石池亭。筆筆思翁亦右丞。西江宗派。雲起軒遥公健在。白髮青樽。問字花前翠髻人。

杏花天

晏叔原謂「先公生平不作婦人語」，余竊嘗疑之。詞以哀豔爲體，不墮山谷惡道，作婦人語何傷？王荊公經術大家，其詞亦不例外。宿學如映老，雖洗盡脂香粉氣，讀其「斷魂騎絮過江南」句，不禁拍案叫絶，因仿白石體賦贈此闋。

映翁羞作閨幨語，是同叔、當年雅度。半山人仰老經師，所賦，有紅牋寄與句。翁雄據，書城萬户。也還算、鶯花舊主。斷魂騎甚過江南，曰絮，記飛龍乍點處。

清平樂　丙戌春戲作自題集外詞後，補録於此

平生挾策，伐罪興周室。載到後車年八十，不負磻溪釣笠。獨憐貂飾冠兒，頭和面目皆非。争似袒衣相見，昂然捫蝨談詞。

詞壇故老，評我殘年稿。僉謂必傳堪絶倒，遮莫阿私所好。拼憑覆瓿籠紗，鐙煠兩鬢霜華。長記雨來催句，硯池飛落簷花。

花簪亂鬢，村女塗脂粉。吾少也嘗□學問，腹笥書無幾本。南唐五代笙竽，吴周姜柳辛蘇。額點朱衣而後，十五年前，彊村老人評《懺庵初稿》云：胎息夢窗，潛氣内轉，專於順逆伸縮處求索消息，故非貌似七寶樓臺者所可同年而語。至其驚采奇豔，則又得於尋常聽睹之外。江山文藻，助其縱横，幾爲倚聲家别開世界矣。庇寒夏屋渠渠。客滬十年，與夏吷老晨夕觀摩，獲益不淺，在詞學浸衰之今日，吷老不獨爲余作詞導師，實亦爲詞界護法韋陀也。

《影樹亭和詞摘存》跋

己丑二次違難穗城，轉徙至香港。適六禾詞人亦來，介而識伯端。旅居無聊，填詞遣興。六閲月得若干闋，附印於《捫蝨談室集》後，藉留鴻爪，後有所作，則另編集也。懺庵記。

——以上廖恩燾《捫蝨談室詞一卷集外詞一卷影樹亭和詞摘存一卷》，民國三十八年鉛印本

夏敬觀《〈捫蝨談室詞〉序》

列禦寇稱林類壽且百年，拾穗行吟於故畦；榮啓期行年九十，行乎郕之野鹿，裘帶索鼓琴而歌。二子者樂其所歌，歌其所樂，雖其辭不傳於後世，其音吾不得而聞之，然味乎子列子之言，吾有以知其克引大年者即在是也。夫歌者咏其言，言者心之聲，今古相嬗，其言其聲，演變而異，其爲心之聲則無以異也。自《三百篇》以迄六朝、唐、五代、宋之詩若詞，豈有異乎？宋詞人如陸放翁、楊誠齋皆壽過八十，周草窗易代之際爲逸老遺獻，所遭之世，亦猶乎今，其能若斯者，亦在是乎？翁年七十有六，刊所爲詞《半舫齋詩餘》，余曾序之，今四年矣。翁壽登八十，又將刊所續爲詞，署曰《捫蝨談室》。余於翁詞，前序已論之詳矣，因述自昔詞人得壽之道，以爲翁祝而書簡末。夏敬觀拜撰。

冒廣生《〈捫蝨談室詞〉序》

懺庵先生以杖朝之大年，爲倚聲之鉅子，隨身筆硯，彈指樓臺，舊所刊《懺庵詞》及《半舫齋詩餘》，海内脛走，同社傳唱。鍥而不舍，復成《捫蝨談室詞》一卷，屬爲喤引。夫其宿世詞客，前身聖童。居近羅浮，帶李泌之仙骨；家有德曜，勝高柔之賢妻。帷房之間，唱酬已盛。迨夫中歲，奉使絶域，簡書之暇，不廢絃誦。垣隅佳什，播入蠻箏；榛苓美人，來問奇字。比之西夏有井水飲處歌者卿詞，其事逾盛，其届逾遠。自頃以來，兵塵未息，戢景斗室，發爲長謡。撫節序之變遷，則託意時花；慨山川之綿邈，則每懷陳迹。競四上之氣，屈宋接乎風雅；應雌雄之鳴，伶倫調其律吕。詩人老去，子野之辭愈工；故國神遊，東坡之興不淺。僕未燥元髮，亦耽小技。推襟送抱，彌多北海之流；浮李沈瓜，恒預南皮之讌。孝通已逝，漢珍云遥，嗟此二雄，皆君鄉里。惠州天上，碩果僅存。尚冀異日，與君日啖荔支於黄龍、白鶴之間，發其遐唱也。年愚弟冒廣生。

——以上廖恩燾《捫蝨談室詞》，一九四七年鉛印本

夏敬觀《廖懺庵先生〈半舫齋詩餘〉序》

詞之興，猶之詩也。令盛於唐五代，猶樂府新體之盛於六朝；慢盛於宋，猶律體之盛於唐也。自唐以來，燕樂大曲，多爲五七言絶句，詩家以爲難於他體。而令詞自絶句演成，故詞家又以爲令難於慢，令似易成而難工，慢似難成而工較易於令，無他，繁略有不同耳。劉彦和謂精論要語，極略之體；遊心竄句，極繁之體，二者適分所好。此雖以論文章裁鎔之道，詞豈不然？矧令、慢固顯有定裁耶？蓋文體雖别，文心不殊，必使略不可益，繁不可删，思致乃臻於密也。北宋若永叔、叔原、子野、方回、少游、美成，無不鎔鑄唐蜀，接踵花間，故其慢詞亦益密麗深厚。南宋漸趨於薄，然若夢窗詞，能使縟采飛動，亦《金荃》、《陽春》之遺法也。近頃詞流輩出，慢體多工，於小令輒不經意，獨懺庵先生於唐五代詞得其精髓，細心微詣，曲折盡變，由是而規撫夢窗，神明於鑪錘機杼。諸評君詞者，或惟知其爲夢窗詞而已，惟漚尹侍郎稱爲能潛氣内轉，於順逆伸縮處求索消息，信乎

窮流溯源，有所從入，有所從出，莫君若也。君前已刊詞十二卷，方在古巴時，賦其山川，詞藻奇麗，輝映異域，世訝爲輶軒絶代語復見於今。兹續刊是卷，雖曰別集，所存精采未之稍減，予於此益歎君之才力爲不可幾及矣。庚辰初春，新建夏敬觀。

夏承燾《〈半舫齋詩餘〉序》

戊寅秋，違難上海，始獲奉手於惠陽廖翁。翁年七十五，而氣度磊隗如四五十，文章翰墨，老而愈捷，間出其《半舫齋詞》，督爲一言，趨叩其淵源，則中歲爲稼軒，晚乃折入夢窗也。既又求得其舊刻《懺厂詞》讀之，運密麗而能飛舞，信乎非貌似七寶樓臺者。夫辛、吴殊尚，翁一手爲之，才大誠無不可，然非其身世閲歷之所摩漸，亦烏以臻此哉！竊嘗申而論之，兩宋樂章蜕自唐詩，飛卿瑰瑋奇秀，上承昌谷，昌谷在中唐，立意與元、白分北，其於昌黎，蓋拔戟爲一隊者，遞衍爲少游、清真，而集成於夢窗。自濫觴而江河波瀾，固莫二也。稼軒以從横恣肆之才，益拓東坡之宇，驅使經、子，并好隱括昌黎字面，其鋪張排比，用漢賦法者，尤與韓詩同杼軸，集中若《哨遍》、《六州歌頭》、《蘭陵王》諸作，不能一二數也。文事尚變，有揣其末如胡越、探其本而肝膽者，辛、吴之與昌黎，貌異而心同，殆亦猶義山、山谷之於杜耶？自彊村先生以東坡爲夢窗，二十年來，爲吴詞別創風會。今翁又合之稼軒，其海外蹤跡，遠出於尋常視聽之外者，自來詞人所未有，身世閲歷之所摩漸，宜其不終囿於夢窗也。予於翁詞，不敢妄有辭贊，謹舉辛、吴相通之義以求印可，世之讀翁詞者，倘不以爲河漢耶？己卯大暑，永嘉夏承燾序於滬西緑楊村。

姚肇松《〈半舫齋詩餘〉序》

《夢窗四稿》，自佑遐給諫、古微侍郎校定重刊之後，人始知規撫四明，然所作不失於隱晦拗澀，即流於佻巧纖弱，其能得四明之神髓者，幾何人哉！己卯春，余從吴門來滬，始與懺厂相識，年已七十餘矣，倜儻權奇之概，及耄弗衰，閒嘗述其身世，升沈得失，翛然曠視，無介於中。余以爲此人英也。暇日出所刻《懺厂詞》十二卷，讀之沈博閎麗，深厚芬悱，是殆出入四明，獨張一幟者。夫豈今世率爾操觚，侈於標榜弁鄙、夸誕傲睨自雄之流，所能望其項背耶？懺厂貴仕數十年，散資百餘萬，而豪情奇氣，不減當年。觀其詞，可以知其人矣。近復有《半舫齋詩餘》之刻，樂爲片言，弁諸簡端。己卯立夏，吴興姚肇松亶素。

龍榆生《〈半舫齋詩餘〉序》

惠陽廖鳳舒先生，既刻《懺庵詞》八卷、《續集》四卷，復删定兩年來避難淞濱之作，别爲《半舫齋詩餘》，將續刊行世。叩以「半舫」之由來，則先生三十年前于役古巴所營别業，而與彼都人士夏日遊宴之所也。先生壯歲持節海外，足跡遍東瀛及南北美洲，而居古巴最久。素習倚聲，於宋賢特崇夢窗，時亦出入稼軒，舉遐荒絶域詼詭奇麗之境，一託之於詞，鏤金錯采，適與彼土山川輝映。及歸國，而南北奔馳，不遑寧處，浮沈宦海，若顯若晦，行蹤所至，輒復探幽訪古，發爲咏歌，渾灝光芒，不少摧挫，此其胸次之曠遠，與夫天稟之超卓，洵有以異乎恒人，宜其麗藻繽紛，風力遒上，一編出，遂不脛而走矣。予始識先生於精衛先生席上，一語投契，忘年下交，嗣是每至金陵，必走視先生。先生健步履，喜登陟，雖年逾七十而容色益敷腴，望之若四十許人。每與碧桐夫人，童顔鶴髮，並肩相顧，儼然神仙眷屬也。前歲於戎馬倉皇中，扶病轉徙來滬，一廛之寄，屋小於舟，在恒情宜所難堪，而積年沈痾，一朝霍然而瘉，吾以是益信先生天稟之獨厚，後福且無疆矣。海天遥睇，渺兮予懷，吞雲夢於胸中，納須彌於芥子，一彈指而樓閣重現，豈第以七寶眩人眼目哉！晚近學夢窗者，歸安朱先生推君鄉海綃翁爲獨至，翁與先生亦相見恨晚，而朱先生所稱得於尋常聽睹之外，江山文藻，助其縱横者，則又先生之所獨有也。予不敢妄爲評品，因雜書所感以歸之。己卯孟秋之月，萬載龍沐勳謹序。

夏敬觀《雪梅香·懺庵先生齋中茗談，展誦所著詞卷，因譜此奉題，即希教正》

水澄澈，鏗然一曲上孤桐。認蓬瀛歸棹，攜來海角仙峯。渲染霜華熨寒寂，揣侔雲物麗晴空。錦紋織、萬草千花，知費春功。　沖融。夢痕繫，伏檻心情，半舫蓮風。剥芡論文，盡披閱世深衷。茗椀光浮動巖碧，飯盂香暖漬番紅。閒愁悲恨，共付危絃，彈看飛鴻。

吴庠《夢横塘·懺庵先生出視新寫半舫齋詞卷，雒誦數過，譜此奉題，即希拍正》

咏花裁箇，鬥酒題襟，墮歡聊爲收拾。草緑天涯，枉目斷、王孫消息。牽袂秦淮，繫船黄浦，可憐春色。算柔絲脆管，遣過中年，拚顦顇、江南客。　回思海國浮家，笑鷗鄉寢處，枕簟分席。萬葉風荷，曾醉擫、水欄涼笛。待重話、羅浮蝶影，梅香恨輕擲。問訊湖山，只餘清籟，在飄零詞筆。

吕貞白《奉題懺老仁丈大人〈半舫齋詞卷〉》

舊句曾傳海外吟，雲山千疊藴詞心。苕苕閒託芳菲思，譜入黄鐘大吕音。七寶樓臺呈絢爛，九天雲綺散晴妍。新詞細唱江南好，草長鶯飛又滿川。

林葆恒《八聲甘州·奉題懺庵吾兄社長〈半舫齋詩餘〉，即乞正拍》

是何人、蕭瑟比江關，惸惸抱離憂。正兵戈俶擾，音書遠隔，欲語先愁。忍對燕釵蟬鬢，重話少年遊。回首西江水，鄉思悠悠。　試憶當時豪俊，擁皇華使節，歷美經歐。奈紅桑换劫，客鬢已驚秋。算平生、封侯無分，賸判將、漁笛譜蘋洲。休傳唱，怕迴腸處，有淚盈眸。

仇埰《解蹀躞·清真均，奉題懺庵社長詞宗大集，録呈教正》

萬里星軺歸後，倦看花舞。夢尋煙月，羅浮遺羈旅。重理玉簡金荃，最憐寫怨孤桐，撫紘心苦。黯無緒。猶記鍾山微步。行吟慣相遇。舊情商略，今宵晚淞雨。引睇一髮中原，佇君彈淚高歌，大江東去。

冒廣生《淡黄柳·奉題鳳舒同年〈半舫齋詞稿〉》

輶軒使者，老作填詞客。説著惠州人便識。記得當時江孝通李漢珍，曾共春明拓金戟。豐湖側。朝雲舊遺蹟。試攜酒，臘雙屐，更遠招、明月羅浮入。如此江山，幾番風雨，合有一枝漁笛。

——以上廖恩燾《半舫齋詩餘》，民國二十八年鉛印本

朱孝臧《懺庵詞》題詞

胎息夢窗，潛氣内轉，專於順逆伸縮處求索消息，故非貌似七寶樓臺者所可同年而語。至其驚采奇豔，則又得於尋常聽睹之外，江山文藻，助其縱横，幾爲倚聲家別開世界矣。孝臧拜讀并注。辛未七月既望，歸安朱彊村先生在病中。余自海外歸滬上，賫六年來所爲詞百五十餘首，親詣就正。未獲晤，留稿去。一

月後再訪，則先生扶病起，以稿見還，汰存慢、令百二十八首，殷殷勸付剞劂。重違先生宏奬之雅，鐫版焉，即以先生題語弁簡端。恩燾謹識。

——廖恩燾《懺庵詞》，民國二十年鉛印本

陳衍《懺庵詞續稿》題識

根柢夢窗，而無絲毫蹇澀之致，其肆力於此道者深矣。讀懺庵詞畢，不禁爲之一快。衍，甲戌重九後三日。

林鶤翔《懺庵詞續稿》題識

大集攜歸，捧讀數過，拜倒之至。彊村師得夢窗之傳，而無此奇麗；海綃翁衍夢窗之緒，而無此恣肆。海内無人能抗手矣。鶤翔拜上。

龍榆生《懺庵詞續稿》題識

尊詞麗密之中，潛氣内轉，用能運動無數麗字，一一飛舞，異乎世之以晦澀求夢窗者。鄙意學夢窗貴乎能入能出，而於蘇辛一派，勢不能無所沾染。彊翁從夢窗入，從東坡出，公詞則從稼軒入，從夢窗出，固宜其異曲同工矣。晚生龍沐勳上。二月十二日。

吴梅《懺庵詞續稿》題識

天風海濤，詞之境也；金釭華燭，詞之遇也。至雄奇而沈著，縝密而疏俊，其詞心未易窺測矣。彊村丈、海綃翁之外，學夢窗而不囿於夢窗者，又遇一先生，讀竟歎服不已。甲戌臘八日，吴梅謹注。

——以上廖恩燾《懺庵詞續稿》，民國刊本

吴庠《踏莎行·用碧山題草窗詞卷均題〈捫蝨談室集外詞〉》

煙柳危詞，霜花苦調。江山涕淚知多少。年年試酒換單衣，青袍顏色輸春草。　雪唱誰聽，冰心獨抱。天涯情味鵑能道。羅浮舊約負梅花，壯遊人在兵間老。

林葆恒《八聲甘州·題〈捫蝨談室集外詞〉》

問詞家、私淑古何人，姜辛又吴周。正彊村端麗，樵風高窈，筆勢羅浮。醉肯燕釵重借，餘火撥香篝。早悔秦淮泊，鄉近温柔。　試憶六鼇當日，擁皇華使節，歷聘諸洲。便紅桑換劫，劍氣老貂裘。寧閒卻、戡鯨身手，但裼衣、捫蝨發清謳。還車載，似皤溪叟，碧水竿投。

張瑞京《踏莎行·題〈捫蝨談室集外詞〉》

蕭瑟江關，暮年詞賦，蘭城愁恨無重數。織綃人遠月孤明，照將鮫淚填新句。　意託紅箋，歌傳白紵，鸞吟那抵鵑啼苦。淺斟低唱換浮名，老還捫蝨飛珠唾。

——以上廖恩燾《捫蝨談室集外詞》，一九四九年鉛印本

夏敬觀《忍古樓詞話》評

惠州廖懺庵恩燾，于役古巴有年，有「遊馬丹薩鐘乳石巖次夢窗陪鶴林先生登袁園均」《西河》詞，題云：「巖在古巴，距都城二百里，平地下百三十餘尺。道光末葉，吾國人墾地海岸，得隧道叢莽中，告居人，相率持火入。蜿蜒行十餘里，峭壁四起，滴水凝結，纍纍如貫珠，如水晶，如玉，作山川、神佛、珍禽異獸形狀，又肖笙磬琴筑，叩之鏗然有聲。美利堅人沿徑曲折，環以鐵闌，澗谷則架橋通焉，電燈照耀如白晝，洵奇觀矣。相傳巖由海底達美國邊界，迄未能窮其究竟也。」詞云：「煙景霽。鉤藤瘦杖融泄。閒尋禹穴下瑶梯，凍巖滲水。素妝仙女散花回，千燈猿鳥娟麗。　繞危檻，看墮蕊。韈羅蒻露層碎。晶虬細甲近嫏嬛，洞天似咫。有人擊壤按商歌，鸞簫吹又何世。　汞成鶴氅半委地。沁殘雲、雕粉屏綺。壺裏沽春無計。向冰泉試約，長房一醉。青玉簪宜寒光洗。」《懺庵詞》八卷，已行世。朱漚尹侍郎稱其「驚采奇豔，得於尋常聽睹之外，江山文

藻，助其縱横，幾爲倚聲家别開世界」，評許不誣，吾無以易。海外奇景，古今人罕以入詞，此詞序述美利堅人於巖洞布置有方，極可爲法。余曩遊荊溪善卷、張公二洞，歎爲奇境，頗思令遊者能便，而仍不失天然之美。近聞其邑士儲君南强從事開闢，有人工鑿壞天巧之憾，不設電炬，入洞仍須秉燭，竊以爲未可也。

——夏敬觀《忍古樓詞話》，唐圭璋《詞話叢編》本

靳志《廖鳳舒恩燾〈懺庵詞再續稿〉書後》

余於詩不喜香山，於詞不喜耆卿、玉田，蓋以其文從字順，竈下老嫗皆解，殊少餘味也。詩在唐至昌黎、長吉、義山，在宋至山谷，宋人詞至夢窗，其言語艱澀，其旨趣奧僻，其色香幽秀雋永，此獨足矯平易之病者哉！懺庵先生刻意爲詞，老而彌篤，刊落浮豔，走避通逵，直欲入夢窗之室而食其臠，老輩如彊村，時賢如大厂、榆生，無不傾倒者，無俟贅述已。顧志愚以爲評四部稿者，謂如七寶樓臺，拆下都不成片段，懺庵所爲詞，並不規撫七寶樓臺，如畫漢未央宫殿者，彤墀青瑣羅列，千門萬户，然故將七寶樓臺拆得紛碎，使之片不成片，段不成段，而自以沈鬱拗折艱深之思經緯之，鈍根人驟讀，墮入幽雲怪雨，迷離恍惝，莫知所謂。然潛心默會，不難於零甎斷甓中，忽睹七寶樓臺、海蜃青紅，當前湧現，此則善學夢窗，得神駿於牝牡驪黄之外，而不爲所囿者也。雖然，匠心獨苦，解人難覓，揚子玄經，或覆醬瓿矣，此非余一人之私言也。試檢閲《懺庵再續稿》，寄大厂索敘詞稿《朝中措》下半闋，有云「會得先生微旨，犀心不屬詞人」，自注云「大厂詩『百折詞心不要

通」，彊村引爲知言」云云，然後知懺庵先生之爲詞，其微尚固別有在也。承示再續稿，謙挹垂問，及於下走，我愧此道，淺嘗輒止，何敢自附解人，管蠡所得，聊書於後，當代詞宗，或不河漢斯言乎？

——《衛星》第一卷第四號

嶺南詞家新刊詞集之介紹

惠陽廖鳳舒先生恩燾、鶴山易大厂居士孺並以詞名當世，爲嶺南詞學專家。廖先生詞，原有排印本，惟斷自辛未夏秋間。兹更取舊本重加删訂，爲《懺庵詞》八卷，益以辛未歸國後作爲《懺庵詞續稿》二卷，鏤版行世，頃已出售。廖先生現官外交部。廖先生曩曾出使古巴，久居海外，以辛、吴之詞筆，寫絶域之風光。彊村老人稱其「胎息夢窗，潛氣内轉，專於順逆伸縮處求索消息，故非貌似七寶樓臺者所可同年而語。至其驚采奇豔，則又得於尋常聽睹之外。江山文藻，助其縱橫，幾爲倚聲家别開世界」云云，其聲價可想矣。易居士往歲居西湖，曾寫印爲《雙清館詩詞集》，比復删定平生所填詞，爲《大厂詞稿》，内分依柳、欹眠、雙清池館、宜雅齋、湖舠、花鄰、絶影樓、简宧、湖夢等集。由居士及其知友數人，分别手寫，交由商務印書館影印發行。袖珍一册定價六角。居士少習華辭，旁通音律，其詞嚴於清濁四聲之辨，又復比合虚實，不恤律協言謬之譏，以就舊譜，事逾苦，志逾堅，亦可謂開徑獨行，冥心孤往者矣。世之填詞嚴律者，曷一讀之。

——《詞學季刊》第三卷第一號

詞林近訊　《半舫齋詩餘》出版

惠陽廖鳳舒先生，舊刻《懺庵詞》八卷，既爲世所傳誦，近復删定兩年來避亂淞濱之作，别爲《半舫齋詩餘》一卷，以活字版印行。頃由滬友寄示一册，中多小令。夏劍丞先生序稱「於唐五代詞，得其精髓，細心微詣，曲折盡變」云云。先生才藻，不稍衰退，宜其克享大年也。

——《同聲月刊》創刊號

吴梅《瞿安日記》評

一九三四年西十一月廿七日：「林鐵耕來，約明午往廖鳳書家宴飲，且云廖亦工詞，古微所激賞者。此老殷殷，不可卻矣。」

一九三四年西十一月廿八日：「雨。早三課畢，應林鐵耕之約，往江蘇路赤壁路九號廖宅午飯，覓良久方到。廖名恩燾，字鳳書，即仲愷之兄，亦喜詞，刻有《懺庵詞》，皆丙寅至辛未出使古巴時作，雖分八卷，實止一小册也。卷首朱古丈評語，有『江山文藻，助其縱横，幾爲倚聲家别開世界』之語，洵然。第細讀一過，殊少真性情，與周岸登《蜀雅》同病。惟七十老翁，撝謙自下，囑余評騭，似不可卻矣。」

——吴梅《吴梅全集》，河北教育出版社二〇〇二年

錢仲聯《近百年詞壇點將録》評

地雄星井木犴郝思文　廖恩燾

懺庵詞追蹤夢窗，於奇麗萬態之中，見青虹倚天之概。近人學夢窗一派者，難得此風力。

——錢仲聯《夢苕庵清代文學論集》，齊魯書社一九八三年

桂坫

桂坫（一八六五—一九五八），字南屏，齋名「晉磚宋瓦室」，南海人。桂文燦子。早年入讀廣雅書院和學海堂，清光緒十七年（一八九一）舉人，二十年（一八九四）進士，選庶吉士，散館授檢討、國史館修撰，官至浙江候補道署嚴州府知府。一九一五年任廣東通志館總纂。晚年定居香港。工書善詩文，著有《晉磚宋瓦室類稿》、《説文簡易釋例》。

《醉盦詞别集》題辭

南宋姜白石詩詞並妙，嘗自敘詩曰：「作者求與古人合，不若求與古人異。求與古人異，不若求與古人合而不能不合，不求與古人異而不能不異。其來如風，其止如雨，如印印泥，如水在器。」子獻前輩雅嗜聲律，集白石句及詞之調名爲《醉盦集》，純任自然，真有縫月裁雲之妙，其深於白石論詩之旨矣。白石同時有黄巖老，同學詩於蕭千巖，時稱雙白石。今得大集嗣音，其當世之黄巖老乎？反復玩味，佩敬無已。光緒戊戌展重午後一日，南海桂坫跋歘。

——王繼香《醉盦詞别集》，稿本

《席月山房詞》跋

此世父淮海公《席月山房詞》也。光緒中，余在京師，銘球姪以稿屬跋，未及録副。銘球没後，不知稿存否？每一念及，心戚戚焉。頃者番禺汪憬吾大令，借得東塾定本迻録之，復輾轉叚余。爰志數言，以告來者。己巳三月，坫。

——桂文燿《席月山房詞》，鈔本，國家圖書館藏

懺庵先生别四十年重晤羊城爲題詞集

茫茫四海歎無人，捫蝨誰知尚有君。吟盡八夤人未老，清明難得志如神。

文章事業一身同，再世蘇辛拍案工。談到瀛洲捫蝨集，精神不減鹿裘翁。己丑暮春，南海桂坫南屏。

——廖恩燾《捫蝨談室集外詞》，一九四九年鉛印本

楊其光

楊其光（一八六六——一九二二），字侖西，番禺人。與居廉等爲好友，工詩詞書法篆刻，刻印專師浙派，頗近丁敬、黄易。輯有《添茅小屋印譜》、《花笑樓詞》。

《花笑樓詞四種》自序

秦、柳不作，姜、張日遥。元明以還，抗響斯尠。國朝盛起，笙鏞迭奏，各極顓門。余少即嗜讀此，遇有纏綿悱惻之什，罔界今古，寤寐相維。復承諸先達誘掖，審音正字，爲之辨訛，漸通其趣，繇是日有所積。尋欲燬去，再自念藝雖未專，而當年哀樂之所經，心血之所寄，萬不忍以藏拙故没

我本來，後世毁譽，弗遑意計。拾而載之，竟成一帙，列分四種，爰紀親歷。至夫得力之境，無可言，亦不敢言。若希附浮榮，弁序於此，無論作者有失余之實，且懼有文余之陋也。光緒三十三年歲次丁未春三月，番禺楊其光識。

買陂塘　題陳子丹明經《雙溪詞集》

幾詞人、歌傳井水，南唐北宋才調。賞音漫數紅塵界，千古周郎終少。成一笑。有海外迦陵，毫素偏綿渺。偷聲悄悄。便感事題煙，描情訴月，客裏出新稿。　詩樓曉。筆與爐香輕裊。鐵崖早已傾倒。江山依舊秋來瘦，只合先生吟眺。奇想妙。問如此騷心，那箇同懷抱。雙溪夢繞。記笛譜梅花，紅妝待繡，選字鬥鍼巧。子丹所居曰繡詩樓，其姬人工刺繡。

——以上楊其光撰、陳步墀選《花笑樓詞四種》，清宣統元年刊本

曾習經

曾習經（一八六七—一九二六），字剛甫，一作剛父，號剛庵、蟄公，别號蟄庵居士，揭西人。清光緒十四年（一八八八）入廣州廣雅書院，次年（一八八九）舉人，十六年（一八九〇）成進士。初任户部主事，官至度支部左丞，兼任法律館協修、大清銀行監督、税務處提調、印

刷局總辦等職。與梁啓超關係密切。民國時寓居北京，堅辭新任。工詩詞，與梁鼎芬、羅惇㬊、黄節並稱「嶺南近代四家」，著有《蟄庵詩存》、《秋翠齋詞》。

《珂雪詞》題識

康熙丙辰原刻本，壬子歲十一月四日同伍叔葆觀廠肆所得。此書久覓購不獲，得之殊欣慰也。周保緒評稼軒「東流村壁」一闋，謂圓美而已，竹垞諸人衹得此一分家當。珂雪極有詞名，集中合作亦不過圓美二字而已，於北宋門徑殊遠也。蟄庵題。

——夏志穎《清詞序跋拾零》，《古籍研究》總第六十八卷

《冷紅簃填詞圖》題辭

西風久下藤州淚，社作今無竹屋詞。解識二窗微妙旨，樵風一卷亦吾師。

——黄濬著、李吉奎整理《花隨人聖盦摭憶》，中華書局二〇一三年

錢仲聯《近百年詞壇點將録》評

地勇星病尉遲孫立　曾習經

蟄庵詩筆瑰麗，嶺表名家。其詞狄平子謂爲「婉約善言情，直如萬縷晴絲，裊空無盡」。遐庵評其《高陽臺》一闋云「詞中溫李，上溯浣花」，《桂枝香》爲「變雅之音」，《天香》爲「寓物興懷，義

兼比興」，可以知其詣矣。

——錢仲聯《夢苕庵清代文學論集》，齊魯書社一九八三年

龍榆生《彊村先生手寫〈蟄庵詞〉》

右揭陽曾習經剛父《蟄庵詞》一卷，歸安朱彊村先生孝臧晚年删定手寫本，已刊入《滄海遺音集》中。剛父爲《春蟄吟》倡和諸家之一，其所爲詩，由番禺葉氏恭綽據手稿本影印行世。此彊翁寫本詞集，緑格端楷，與所寫海寧王國維静安《觀堂長短句》了無二致。於以見老輩學者篤於友誼，一絲不苟，爲可風也。謹以獻之浙江圖書館，庶永保之。一九六四年五月十日雨窗下，萬載龍元亮謹識。

——龍榆生《龍榆生詞學論文集》，上海古籍出版社一九九七年

陳昭常

陳昭常（一八六八—一九一四），字平叔，號諫墀，又號簡始、簡持，新會人。清光緒十五年（一八八九）舉人，二十年（一八九四）成進士，歷任翰林院編修、吏部主事、長春知府、吉林巡撫等職，辛亥後任吉林都督。著有《廿四花風館詩詞鈔》、《廿四花風館文集》。

李家駒《〈廿四花風館詩詞鈔〉敘》

簡持中丞没後十餘年，其嗣君景蘇搜輯遺稿，得詩詞若干首，裒爲此集。大氐庚子以後作，殘鱗片甲，彌足珍貴也。簡持少耽吟咏，枕側恒置卷帙盈尺，以諸名家詩集爲多，流覽既博，下筆乃不專宗一家。憶同官京朝時，相與縱飲，恣譚無虚日，或連牀夜話，娓娓達旦弗倦。蓋其天懷豪邁，名流宿彦，罔不樂與之遊，所爲詩，適如其爲人也。光緒乙未、丙申之際，與江孝通、曾剛甫、梁卓如諸同年唱酬甚盛，今乃無片縑之留，天性曠達，其一端矣。嗟乎！以簡持生平篤於友誼，卒不免見阨於友，所爲詩文至多，而存者又復寥寥若此，是亦可慨也已。庚午九月，年愚弟李家駒敘。

陳同軾《〈廿四花風館詩詞鈔〉跋》

先嚴早歲劬學，經史之外，喜爲詩詞，年才弱冠，人競傳寫。迨光緒甲午入翰林，旋改外任，迴翔京外垂二十年，簿書之餘，不廢吟咏，山川憑眺，寄興尤多。丁未歲在督，辦延、吉邊務，任内行館，不戒於火，生平著作，悉成灰燼。逾年巡撫吉林，政務殷繁，偶有所作，亦未存稿。蓋先嚴盡瘁事國，視詩文爲餘事，不復在□意中矣。甲寅，先嚴在滬棄養，同軾搜集遺著，復承四方親故録稿寄示，僅得詩一百二十七首，詞四十三闋。片楮零縑，失墜是懼，爰付剞劂，以永流傳。他日續有所得，當更增補也。庚午冬至，男同軾謹識。

——以上陳昭常《廿四花風館詩鈔一卷詞鈔一卷》，民國十九年刻本

徐紹植

徐紹植（一八六八—一九三四），字伯生、固卿，番禺人。徐灝子，徐紹楨兄。清宣統間任江北提督，辛亥革命爆發，起兵響應，被推爲起義軍總司令。著有《水南閣詞草》。

《耕煙詞》題識

詞以姜、柳爲宗，然余謂柳之婉膩，不如姜之沈鬱，至蘇、辛以歌爲詞，乃别派也。元去宋近，尚得真傳，有明一代，緒幾絶矣。國朝西堂、清容兩前輩，則直以曲爲詞，《百末》一卷，猶得失半參，《銅絃集》則純於曲，然是體南宋已有之，非清容所創也。伏讀大著，婉膩沈鬱，兼有其長，直駕西堂、清容，相與伯仲者，其金風亭長耶！花朝後一日，西泠徐紹植。

——張德瀛《耕煙詞》，民國三十年刻本

邱誥桐

邱誥桐（一八六八—？），字仲遲，一作仲池、仲篪，順德人。曾任兵部主事，歸鄉後築邱園，極園林之美，爲文人雅集之所。工詩，著有《邱園八咏》、《邱園隨筆》。

《海山詞》題辭

渡海經程四萬餘，長風破浪豈非夫。懷中一管生花筆，新息三邊聚米圖。
中原才子似君稀，西域羣雄任指揮。想到旗亭高唱罷，聖俞詩已在弓衣。
緻緻圓膚蹈舞場，繡裠低蹴小蓮香。芳心已爲潘郎醉，錮尺憑將細細量。
花草羣將獻壽情，倚闌高唱動娉婷。只愁别後相思曲，寫入琴中有怨聲。

——潘飛聲《説劍堂集》，清光緒二十四年刊本

林象鑾

林象鑾，字聲卿，番禺人。清光緒十三年（一八八七）學海堂專課肄業生。著有《心太平室詩鈔》、《羅浮遊仙詞》、《南漢雜事詩》。

《耕煙詞》題詞

巽父仁兄於詞不由指授，玄悟得之。源流正變，音律諧舛，無不洞見癥結，殆阮仲容所謂神解者耶？所著冥心孤往，一以南宋爲宗，含宫咀商，精研入細，倚聲正軌，舍是安歸？每闋訂繫宫調，元本宋人，而國朝淩次仲《梅邊吹笛譜》實沿用之，此外不多見，巽父更爲鉤稽，多補次仲所未備。自非妙解音理，鑒别詞原，曷足語斯？昔江鄭堂謂次仲詞不落第二流，次仲深通樂學，詞律最稱謹嚴，然謹嚴之過，詞氣或傷，是其一病。惟吾巽父以神解持正軌，復出以麗逸婉諧，鄭堂之語移以相贈，斯無愧色矣。己亥夏六月，林象鑾。

——張德瀛《耕煙詞》，清光緒間汪兆銓精鈔本

陳紹枚

陳紹枚（一八七四—？），字鐵生，新會人。同盟會會員，早年參加過南社，「精武四傑」之一，曾擔任上海精武體育會編輯。著有《喉症圖説》。

《金霞仙館詞鈔》跋

海珊詞丈服官甘肅，日以文詩詞賦課士。都人歌頌神明，謂不愧父師之職。解組回粤，詩酒遣興，復愛填詞倚聲。近又繼《竹林詞鈔》，添作一百二十餘首，名曰《金霞仙館詞》，囑枚編校。枚不敏，何敢贊一辭。然往往花晨月夕，把卷細玩，神往意移，竊謂其清豔豪雄，實可追蹤蘇、辛、姜、史，覺近今風流銷歇之日，《廣陵散》猶在人間也。《竹林詞》已爲士林争購，此卷刻成，其不翼而飛，不脛而走，益可知已。乙未秋刊竣，爰紀數言於簡末，以誌嚮往之志云。後學新會陳紹枚謹跋。

——吕鑑煌《金霞仙館詞鈔》，清光緒二十一年刻本

麥孟華

麥孟華（一八七五—一九一五），字孺博，號傷心人、蟫僧人，順德人。早年入廣州學海堂、萬木草堂，與梁啓超齊名。著有《蛻庵詩詞》，朱祖謀將其與潘若海作品合集爲《粤兩生集》。

聲聲慢　爲令嫻題《藝蘅館詞選》

瓣香薰豔，花露研朱，烏闌斜界生綃。嚼徵含商，冰絃瑟瑟重調。花間試翻舊譜，付小鬟、低按瓊簫。花蟲語，有騷魂，一片香外重招。　覆瓿文章何用，歎紅牙鐵板，一例無聊。底事干卿，玉臺豔集春苕。詞客平有靈識我，笑淋浪、袖墨難消。金荃響，算人間猶未寂寥。

——梁令嫻《藝蘅館詞選》，民國二十四年鉛印本

黄濬《麥潘兩粤生》

彊村有「寒夜同麥孺博、潘弱海」一詞，調寄《齊天樂》，起云「黄昏連樹拳鴉噤，江寒笛聲不起。擁葉驚波，呼風斷角，淒別歸鸞千里」者。孺博、弱海，所謂「粤兩生」，自戊戌以來，負江海盛名。予曩以瘦庵之介識兩君，弱庵不過數面，曾欲共遊潭柘，不果行，孺博則過從稍多。憶民國元

年、二年間，燕都宴飲，多在岳雲別業之岳雲樓，或畿輔先哲祠後之遥集樓，予與蜕公，蓋數陪文酒。一日陳簡持昭常招飲，憑闌望西山，黯然如將夕，君掀髯語時事久之。與瘻公言，是少年蓋可談者，重感其言。君既逝，予輓以詩云：「疏肩廣顙美髭鬚，平世觥觥見此儒。黨錮早年收郭泰，隱居晚節況王符。登樓曾共神州歎，覽逝真愁海水枯。莫倚層闌數陳跡，江楓千里正愁予。」即言及此事。今觀彊村翁《水龍吟・輓孺博》云：「峨如千尺崩松，破空雷雨飛無地。京華遊俠，山林棲遁，斯人憔悴。」可知蜕庵之志節。弱海以民國四、五年間，佐江蘇軍幕，假兵符趨黔、桂，興義師以討袁。袁以重金購捕之，乃走香港，匿亞賓律道康南海宅，悲憤嘔血死，後蜕公約二三年。狄平子數録兩君詩，蓋猶其四五十前後作。今歲映庵録其寄魏匏公天津《木蘭花慢》，中有云：「途窮我今不慟，且閉門種菜托英雄。萬里俱傷久客，百年將近衰翁。」此當是入民國後作。蜕庵、弱庵俱以橐筆爲生涯，晚年侘傺，弱庵恢奇有壯志，蜕庵則文章獨茂。兩君生嶺外而滯海上，匏公浙人而客津門，故云「萬里俱傷久客」。岳雲樓後改張文達百熙公祠，近又改爲校舍矣。

——黄濬著、李吉奎整理《花隨人聖盦摭憶》，中華書局二〇一三年

朱祖謀評《六醜・除夕》

凄麗盤折。

——《彊村老人評詞補》，葛渭君《詞話叢編補編》本

民國　麥孟華

錢仲聯《近百年詞壇點將録》評

地猛星神火將軍魏定國　麥孟華

蜕庵與弱盦齊名，《六醜·丁未除夕》句云：「瀾翻萬態趨殘夕，更箭沈沈，羣喧向寂。」「銅駝夢斷消息。倚危欄黯望，浮雲西北。」彊村《水龍吟》輓詞所以有「京華遊俠，山林棲遯，斯人憔悴」之歎。

——錢仲聯《夢苕庵清代文學論集》，齊魯書社一九八三年

陳融

陳融（一八七六——一九五六），字協之，號顒庵、顒園、秋山、松齋，番禺人。早年肄業於菊坡精舍，留學日本，光緒三十年（一九〇四）入日本東京法政大學速成科，期間加入同盟會。民國後，先後任廣東司法處處長、廣東警官學校校長、廣東審判廳廳長、總統府國策顧問等職。後隱居於廣州。平生雅擅詩文，喜藏書，集清、近代詩文集近萬家。著有《讀嶺南人詩絶句》、《顒園詩話》。

懺庵先生詞長大集題詞

羣蝨處褌中，吸盡蒼生血。捫者自快人，談者亦豪傑。慈悲心，廣長舌。健筆爲戈□，柔情是花月。半篋秋詞擬稼軒，八十老翁鬢如雪。

——廖恩燾《捫蝨談室集外詞》，一九四九年鉛印本

何香凝

何香凝（一八七八——一九七二），號雙清樓主，南海人。中國民主革命家，廖仲愷夫人。畫家。著有《何香凝詩畫集》。

一葉落　題《捫蝨談室集外詞》，唐莊宗體二首

集輯一，名捫蝨，帶王景略傲人骨。苻堅不再生，君身誰能屈。誰能屈，獨抱長吟膝。若玉琢，南飛鶴，九皐渺極夜鳴託。皤然半舫翁，江湖今憂國。今憂國，杜老殘年作。

——廖恩燾《捫蝨談室集外詞》，一九四九年鉛印本

徐棨

徐棨，字戟門，祖籍浙江錢塘，番禺人。著有《詞通》、《詞律箋榷》、《詞所》、《詞故》，其中《詞所》、《詞故》佚。

詞通

友人趙叔雍先生，以庚午春日，偶於上海坊肆，得無名氏《詞律箋榷》手稿八册，蠅頭細字，多所塗乙，知爲未定之本。序次悉依萬氏《詞律》，更取晚出宋、元人詞爲紅友所未及見者，羅列比勘，一字一句，往往論例至數千言，計全書僅成十之二三，而積稿厚已盈尺，對於萬、徐本立舊本，糾正極多。首冠《詞通》，分立《論字》、《論韻》、《論律》、《論歌》、《論名》、《論譜》諸門，參互斠覈，至爲精審。惜稿屬草創，序次偶有凌亂，廑事牽率，未遑續爲理董。其所徵引詞籍，迄於王氏《四印齋所刻詞》，不及見《彊村叢書》，料其人或卒於清末。書雖未竟，而其志學之堅卓，運思之縝密，咸足令人佩仰無窮。因請於叔雍，將《詞通》一卷，交本刊陸續發表，藉爲斠訂《詞律》者之先導。世有知作者姓氏里居，及其生平志行者，尤盼舉以見告，庶使專門學者，不至於湮没而無聞，又豈特本刊之幸而已。癸酉春，沐勳附記。

論字

詞之體格，成於句調、聲韻；而句調之同異，聲韻之乖協，皆字爲之也

詞有一名而成數調，一調而成數體，更或一體而故爲數調，一調而故爲數名，皆字數之多少爲之耳。字數之多少，綜其大要，約有四因：曰添字，曰減字，曰襯字，曰虚聲，如是而已。添字、減字者，添減調中之本字，而調中之定聲，亦隨之添減者也，實也；襯字者，調中之本字，不足於意，而於調外添字以助之；虚聲者，調中之本字，不足於聲，而即於調中添聲以足之，皆虚也。虚聲之理，非能歌者不明；襯字之法，則知文者皆識。而四者之中，又必先識襯字之故，而後古詞之變通，舊譜之出入，可得而言焉。

正體常格中考見襯字

詞有襯字之説，以一調兩體相較而可信，以一詞兩疊相較而益可信，既如前説矣。然兩體相較，必於相異處而求其所以爲異；兩疊相較，必於應同處求其所以不同；是必藉句調之變而後有以見之。顧有不待證諸異體，不必勘諸別調，祇就本調常格之中，而襯字確然可見者，豈不尤信哉？《喜遷鶯慢》前遍起句四五四，後遍起句二三四五，此正體之常格也。蔣竹山詞前起云「遊絲纖弱，漫著意絆春，春難憑託」，後起云「行樂，春正好，無奈緑窗，辜負敲棋約」。蓋前起十二

字，作四字三句；後起變首句四字爲三字，而加二字句過片，所謂換頭也。前起二三句之五字四字，後起三四句之四字五字，皆九字也；而實皆八字。本四字二句而加襯字於其間，前起加一字於上句，後起加一字於下句；如是則前爲五四，後爲四五矣。何以知其然也？以句法平仄知之也。「漫著意絆春」句，除「漫」字爲襯字外，其「著意絆春」四字，各家皆作平仄仄平，或作仄仄仄平，而於「絆」字無用平者；縱亦有之，不過二十之一。以四字常句論之，平住之句，第三字用仄，即是拗聲。後遍此句云「無奈綠窗」，音正相同。第三字用平聲者，亦甚寥寥。苟非同句，何必同拗？竹山尚有二詞，此句平仄悉合。高竹屋、趙介庵以及諸家名詞，同者極多，不勝條舉。且前句有用仄住者，如竹山云「被閒鷗誚我」，又云「被孤雲畫出」，而後句亦有用仄住者，如友古云「醒魂照水」是也。前句仄住，並有用拗聲者，如王審齋云「問誰曾開解」、蔡子政云「正紫塞故壘」，而後句亦有用仄住拗聲者，如趙仙源云「絃管鼎沸」、蔡子政云「烽火一把」是也。前爲五字句，後爲四字句；乃用聲皆同，且至仄住亦同，拗聲亦同，何其一一吻合如此？然則前起五字句，實即後起之四字句；其爲句首加一襯字無疑矣。然則後起下一句之五字，亦句首加一襯字無疑矣。或疑襯字必調外所加；不知詞曲本調中，皆有助貼字，猶文之有語助辭；助貼者，即襯也。曲譜於調外襯字，皆用小字旁寫，而詞譜無此式。故人知曲有襯字，知調外有襯字，而不知詞有襯字；且不知後加之襯字，久而併入本調矣。如此調，前則五四，後則四五，句法參差，而字聲吻合，則此二字者將不謂之襯字可乎？自注：次後頁兩詞相較一篇之後。

曲調可證詞句中之襯字併入者

襯字併入句中之説，有可以取證於曲者。《江城梅花引》程垓詞：「漏聲遠，一更更，總斷魂。」《琵琶記》云：「問泉下有人還聽得無？」《碎金詞譜》依《九宫譜》收之，於「問」字、「還」字皆作襯字，試以詞曲相較，若詞本七字，而曲作九字，則其有二襯字，宜也。今詞本九字，曲亦九字，而曲則於九字中有二襯字，可見詞之九字，亦有二襯字於其間，否則聲少字多矣。且《琵琶記》非不知聲律者，果是詞中本字，豈能割取二字，改爲襯字，使本調之聲，反作虚聲乎？顧詞家又斷不能依《琵琶記》之曲，而將詞句少填二字，然則襯字竟成詞中之本字，蓋已久矣。自注：次後頁論《浪淘沙》之後。

襯字併入正調

襯字併入正調者，如《四字令》一調，亦其確證。首二句四字矣，第三句六字，是加兩襯字也；第四句五字，是加一襯字也。後段亦然。此調初必全體四字，故名《四字令》；亦猶《三字令》，全首皆三字句；迨既加襯字，而後人便之，故成定體，而襯字遂併入正調耳。或謂首二句四字，故名《四字令》；則小令首二句四字者多矣，且何以解於《三字令》乎？

同句用襯字處各不同

《一落索》之加減，於《論句篇》中詳之矣，然又可爲襯字之確證。首句之六字，變爲七字，且無論矣，次句之四字句，加一領句字爲五字句，是即襯字也。然猶可曰或是加實字，非襯字也。如結句之六字，加爲七字。若是加實字，則句法當同。乃嚴次山云「獨自箇、傷春無緒」，三四句法；張子野云「問幾日上、東風綻」，四三句法：此則明是襯字。蓋嚴襯於後半句中，張則襯於句首，是襯字之明明可見者。

句法比較可得襯字

《後庭花》一調，最爲整齊，兩段各四句，而每段之上二句與下二句，又皆連用七四句法。毛熙震詞云「鶯啼燕語芳菲節，瑞庭花發。昔時歡宴歌聲揭，管絃清越」，後疊云「自從陵谷追遊歇，畫梁塵黦。傷心一片如珪月，閒瑣宮闕」，前後字句，斠若畫一。而孫光憲詞，後段前二句，一云「晚來高閣上，珠簾卷，見墜香千片」，每句各多一字；一云「玉英彫落盡，更何人識，野棠如織」，首句多二字：此皆襯字也。若謂變調，則此調疊用七四句，獨變此二句，整散不倫。倘以換頭之調例之，則此類之整齊小令，句法重疊者，絶少換頭。且變調云者，必别成一格，斷無既變之後，而又可隨意參差之理。孫詞一則後段首二句各添一字，一則首句添二字，是殆欲使過片時稍舒其聲韻，故加襯字以跌宕之，故連成兩首，而加字不同。是可爲詞有襯字之確據矣。

由襯字變爲添字

《卜算子》結句，有兩段皆五字者，宋人作者，不止什九，是爲正格。有兩段皆六字者，是明明由五字而添爲六字，自成一格矣。然亦有前五字而後六字者，亦有前六字而後五字者，視前兩體皆覺參差，不知此即五字變六字之所由來也。蓋初於五字句偶添襯字，或前或後，本所不拘。迨作者偶添此段，而嫌其不齊，則併彼段而添之；兩段既齊，乃不復辨其爲襯字矣。

襯字併入調中爲實字

詞中襯字，非若曲本以小字別之，可以一望而知也。詞之歌法失傳，並詞之襯字亦不可見；且恐有併入正調之中，如唐詞之和聲，併作實字者矣。句外增出之字，尚可見其爲襯；而其併入調中，諸作皆同者，則無從辨之。然亦偶有可見者，如《浪淘沙慢》，周清真「正拂面垂楊堪攬結」之句，吴夢窗云「見竹静梅深春海闊」，方千里云「念一寸迴腸千縷結」，皆八字句也，皆一字領七字者也；而陳允平云「恨入迴腸千萬結」，則僅七字。夫周、吴、方皆一字領句，若是調中本字，陳作豈能去之？故疑此字初爲襯字，後乃併入調中，竟成實字者。然今人填詞，則祇能依周體，而不敢復依陳體，蓋初字縱是襯字，而入調已久，不可追奪矣。

由襯字變爲減字

前說《浪淘沙慢》「正拂面垂楊堪攬結」之句，可爲襯字之證，抑更可爲減字之證。蓋此句第一字，實係領句之虛字，諸家皆同。無論其爲調中之本字，抑併入正調之襯字，要之皆領句之虛字耳，減之未嘗不成句；且此字不在調首，不在句中，減之亦未必不成聲；故諸家皆用之，而日湖獨減之也。日湖本用周韻，其原句「恨入迴腸千萬結。」隨添一字，以合周調，亦似無難，則其減此字，必出於自然不覺，非由勉强，足知此字之無關要旨。

前後遍比較可得襯字

兩詞相較，而以羨字爲襯字，猶或疑於體格之小異也。若一詞前後遍相較，則當無所疑矣。如《女冠子》前遍之七八九句，即後遍之六七八句也。蔣竹山詞，前遍云「而今燈漫挂，不是暗塵明月，那時元夜」。後遍云「吴牋銀粉砑，待把舊家風景，寫成閒話」。皆五字下六四二句也。康伯可詞，前遍云「薰風時漸勁，峻閣池塘，芰荷争吐」，後遍云「有時魂夢斷，半窗明月，透簾穿户」，皆五字下四字二句也。而竹山又一詞，前遍云「深衷全未語，不似素車白馬，卷潮怒起」，後遍云「楚妃竹倚暮，玉簫吹了，□陂同步」；李漢老詞，前遍云「紗籠纔過處，喝道轉身，一壁小來且住」，後遍云「引人魂似醉，不如趁早，步月歸去」，皆前遍五六四，後遍五四四。比竹山則後遍爲減，比伯可則前遍爲添，且八字自成二句，其爲襯字之添減，可以無疑。又周美成詞，前段云「聽笙歌猶未徹，漸覺寒輕，透簾穿户」，後遍云「南軒孤雁過，嚦嚦聲聲，又無書度」，則前遍「聽」字必是襯字，更無疑矣。

減字調中見襯字及虛聲

李後主《浪淘沙令》前後兩遍，皆以五字句起者。柳屯田前遍云「有一箇人人」，後遍云「歎歎輕裙」，後少一字。杜安世前遍云「簾外微風」，後遍云「嶺外白頭翁」；又前遍云「又是春暮」，後遍云「念念相思苦」；李之儀前遍云「霞捲雲舒」，後遍云「魂斷酒家罏」，皆前遍少一字。是必用李後主之調而減字者。然減字則必減聲。如此整齊雙疊之小令，何以不前後遍俱減，而但減一字，使其句調參差？理必不然。萬紅友有見於此，故《詞律》謂柳詞「有一個人人」，「一」字是羨字，引周美成《柳梢青》起句之「有個人人」爲證。而不知兩調迴殊，豈能强爲比附，而竟奪其一字？余謂柳、杜諸作，用減字之體，必前後皆減。兩遍皆四字起句；其仍有五字句者，則作者語意未足，於減字調中，仍添一襯字耳。蓋減字即減聲；此一字在減字調定聲之外添之，故但可謂之襯字，而不可視爲原調之五字句矣。如謂必係依原調，但減一字，則其四字必有虛聲以襯之，不得謂之減字。舊詞虛聲，可按譜而得者甚罕，兼存此論，亦足以爲考虛聲之一助。

添字、減字、襯字、虚聲，以一調各詞舉例

《八聲甘州》一調，於添字、減字、襯字、虚聲皆備焉，試取常調之柳屯田爲準，而以諸家異體之詞比較之。柳詞云：「對瀟瀟暮雨灑江天，一番洗清秋。漸霜風淒緊，關河冷落，殘照當樓。是處紅衰緑減，苒苒物華休。惟有長江水，無語東流。」後疊：「不忍登高臨遠，望故鄉渺渺，歸思難收。歎年來蹤跡，何事苦淹留？想佳人、妝樓長望，誤幾回、天際識歸舟。争知我、倚闌干處，正恁閒愁。」蕭列詞於「漸霜風」三句，作「殘春幾許？風風雨雨，客裏又黄昏。」去其領句之字，是減一字；而「客裏」句五字，與張鎡「閒咏」句五字皆實者不同，當是於句中襯一字。胡翼龍詞於「苒苒」句，作「倚西風，誰可寄芳蘅」，是加三字。張鎡詞於「無語」句作「閒咏命尊罍」，是加一字。楊恢詞於前疊「苒苒」句作「誰品春詞」，後疊「何事」句作「白鶴忘機」，是前後各減一字。張鎡詞於「想佳人」句作「唤汝東山歸去」，少一字。此本上三下四句，前三字多用虚字换接者。今作二四，可減處或寓虚聲，與蕭列之去領句字，及楊恢之去句中實字，其理不同。劉過詞於「倚闌干」句作「看東南王氣」，錢應庚詞作「待翦鐙深坐」，皆添一襯字。此字添於三字之下，非領句字，故可謂之襯字也。此詞並可證句法同異之理，别詳《論句篇》中。

減字於音節之變否

有字雖減，而音節不變者，亦即有因減字而變音節者。《風流子》前段，三四五六句，如張耒云：「奈愁入庾腸，老侵潘鬢，漫簪黄菊，花也應羞。」以一仄字，領起四字四句者也。賀方回則去其領句之字。後遍之六七八九句，亦以一字領起，與前遍例同。張古山亦去其領句之字。此猶前論陳日湖《浪淘沙慢》之減字，未必有礙於音節，是不變者也。若前段七八九句：「楚天晚，白蘋香盡處，紅蓼水邊頭。」三字一句，五字兩句。而吴夢窗云：「自引楚嬌天正遠，傾國見吴宫。」作七字一句，五字一句。是以兩句去其一字，而併爲一句，隨口讀之，音節即殊，不待能歌者而後知其變矣。

一調中襯字之添減變换

《喜遷鶯慢》高竹屋詞云：「涼雲歸去。再約著晚來，西樓風雨。水静簾陰，鷗閒菰影，秋到露汀煙浦。試省喚回幽恨，盡是愁邊新句。倦登眺，動悲涼還在，殘蟬何處。」後遍云：「淒楚。空見説，香鎖霧扃，心似秋蓮苦。寶瑟彈冰，玉臺窺月，淺黛可憐偷聚。幾時翠溝題葉，無復繡簾吹絮。鬢華晚，念庾郎情在，風流誰與。」此常格也。張元幹一詞，起句云：「雁塔題名，寶津頒宴，盛事簪紳常説。」次句五字變爲四字，第三句四字變爲六字。蓋此起句本四字三句之調，兩體各添襯字，正體添於第二句，此體添於第三句也。四五六句云：「文物昭融，聖代搜羅，千里爭趨丹闕。」則此體與正體同。蓋此三句爲四四六之調，皆無襯字也。何以知其無襯字？蓋起處既是四字三句調，此韻之六字句，若有二襯字，則又四字三句調矣。兩韻連用六字句，惟《水龍吟》有之。然果有意爲四字六句，則必不加襯字。況此韻之下，正體六字二句，趙、蔡俱變爲四字三句，豈非連用四字九句乎？故此韻若是四字三句，則下一韻之六字二句者，趙、蔡必不變爲四字三句，而此體下一韻之變法，亦必不如下文之所云矣。下一韻之第七八九句云：「元侯勸駕，鄉老獻書，發軔鼂前列。」即正體之七八句。正體六字二句，此體四字三句，而於後一句添一襯字。觀趙長卿兩遍皆用四字三句，蔡伸道前遍亦用四字三句，可爲此體添襯字之確證，亦即可爲起句十二字而各添襯字不同之確證矣。前結三句云：「山川秀，圜觀衆多，無如閩越。」正體三五四，此體三四四。蓋正體之五字句，有一襯字，而此體減之也。後疊過片句云：「豪傑姓標紅紙帖，報泥金，喜信歸來俱捷。」正體以二字三字兩句爲换頭，此體則以二字四字兩句爲换頭，蓋添一字也。正體四字五字兩句，即前遍之五字四字兩句，前遍添一襯字於上句，後遍添一襯字於下句，而此體則兩遍俱添二襯字於下句。然則襯字之説，尤明白無疑矣。五六七句云：「驕馬蘆鞭醉垂，藍□吹雪，芳□□月。」與正體同。八九句云：「素娥情厚，桂花一任郎君折。」則以正體之六字二句共十二字，變爲四字七字二句，共十一字。是於調中本字，減去一字也。前遍既變爲四字三句，後遍又可變爲四字七字二句者，則史邦卿一詞兩遍，俱用五七，可以爲證。而蔡伸道前遍四字三句，後遍五七二句，更與此體吻合。至若不變五七，而變四七，則辛幼安云：「千古離騷文字，至今猶未歇。」劉行簡云：「怒月恨花，須不是、不曾經著。」皆十一字，尤可爲此體之證。雖辛、劉二詞，有作十二字者，然各本相傳，各有所本，要當兩存其説。後結云：「須滿引，南臺又是，合沙時節。」則與前結相同，皆減去襯字耳。或謂既爲四字三句之調，何必添襯字？既在調中之字，何以知其爲襯字？不知調有定而腔則活也。調或板滯，則須有襯字以便於歌，而此調起句添字之處，前後不同，故雖在調中之字，而可以知其爲襯字矣。況又有别體以證之乎？更於另條詳之。

僻調雙體中考見襯字

冷僻之調，僅見數詞，而字句各異，有不知何者爲正格者；而就其各異之處，正可以爲襯字之確證，而並可以考見其本體焉。《歸田樂》引黄庭堅二闋、晏幾道一闋、《樂府雅詞》無名氏一闋，可見者僅此而已。過遍句，黄云：「看幸廝承勾，又是尊前眉峯皺。」又一闋云：「前歡幸未已，奈何如今愁無計。」次句皆七字也。晏云：「花開還不語，問此意年年，春還會否？」次句九字，襯二字也。無名氏云：「光陰轉雙轂，可惜許、等閒愁萬斛。」次句八字，襯一字也。後遍第五六句，即前遍之第四五句也。黄後遍云：「拚了又捨了，一定是這回休了。」其前遍云：「憶我又喚我，見我嗔我。」又一闋後遍云：「這裏誚睡裏，誚睡裏夢裏心裏。」其前遍云：「怨你又戀你，恨你惜你。」後遍下句皆多三字，萬紅友疑其衍文。然不能兩闋皆衍，紅友亦不應衹見一闋也。以晏詞及無名氏詞證之，則前後遍皆五四句，且無名氏前遍云：「種竹更洗竹，咏竹題竹。」後遍云：「念足又願足，意足心足。」則並疊字句法，亦與黄同。可見此句必以前後相同爲正格，而黄襯入三字耳。

考見本體之説，見《論調》篇。又此調用韻參差，可爲韻叶通融之證，見《論韻》篇。

添減字、襯字互相考見

詞中僻調，作者愈少，參差愈甚，甚至一調僅此數闋，而每闋字句各殊者。蓋調雖草創，而聲律尚未確定，故人各爲譜，一似漫無拘檢者。然其調既同，其聲必同，則其字之加減，正可資爲考證，而得明其變通之故焉。《女冠子》長調凡五體，而詞不過七闋。李漢老一首，蔣竹山「蕙風香也」一首、「電旗飛舞」一首，同體者也。康伯可一首，周美成一首，柳耆卿「淡煙飄箔」一首、「斷煙殘雨」一首，不同體者也。併竹山詞爲五體。若併漢老減字亦作一體計之，則六體也。首二句，蔣云「蕙風香也，雪晴池館如畫」，漢老及「電旗」一首既同，即康、柳亦自同。而周美成云「同雲密布，撒梨花、柳絮飛舞」，柳耆卿又云「淡煙飄箔，鶯花謝、清和院落」，則可知爲周、柳之加字，且可知爲前二字中加一襯字矣。第三句，蔣云「春風飛到」四字，李、康皆四字；周用五字，云『樓臺悄似玉』，是加一襯字。柳之『淡煙』一首，云「樹陰密，翠葉成幄」；其「斷煙」一首，云「動清籟、蕭蕭庭樹」，是句前加三襯字矣。此由四字而加爲五字，又加爲七字也。第四、五、六句，蔣云「寶釵樓上，一片笙簫，琉璃光射」，四字三句，李、康同。周云「向紅鑪暖閣，院宇深沈，廣排筵會」，是加一領句字矣。柳之「淡煙」，云「素秋霽景，夏雲忽變，奇峯倚寥廓」，是後五字中襯入一字矣。而其「斷煙」一首，則仍是四字三句，則此二首之爲周、柳加字，更可見矣。第七、八、九句，蔣云「而今燈漫挂，不是暗塵明月，那時元夜」，後段云「吴牋銀粉砑，待把舊家風景，寫成閒話」，兩段皆五字句，下接六字、四字二句。漢老及竹山「電旗」一首，前段皆同，而後段則五字句下接四字二句，是十字減爲八字也。然蔣、李僅自減其後段，康伯可則並取前段而減之，於是前後皆減二字，而五字下用四字二句之變格成矣。周美成一首，前作六四四，後作五四四，是不過康體前段之五字偶加爲六字也。其「淡煙」一首，前云「波暖銀塘，漲新萍緑魚躍」，後云「别館清閒，避炎蒸，豈須河朔」，「避炎蒸」句雖七字，然與前之七字句法不同。此爲三四句法，即六字句加一襯字耳。竟謂其與前段六字句同，亦無不可。是則五字既加爲六字者，又取而減爲四字；而八字既減爲七字者，又取而減爲六字矣。其柳之「斷煙」一首，則併後段之五字而亦加之。前云「芳階寂寞無睹，幽蛩切切吟秋苦」，後云「因循忍便睽阻，相思不得長相聚」，是兩段五字皆成六字，而併取八字二句，減爲七字一句矣。仍合其字數，仍是十三字也，則至變而益遠矣。案：此處原稿有脱誤。前段結處，李、蔣皆七字一句，六字一句，而其後段則變爲五字一句，四字二句。此種變法，各調頗多。康伯可則兩段皆四字三句，是減其領句字也。周則前段四字三句，後段七六二句；前無領句字，後有領句字也。柳詞二首，一則兩段皆五四四，一則兩段皆四字三句，一有領句字，一無領句字，是亦可見領句字之加減不拘矣。過片處，蔣云「江城人悄初更打，問繁華，誰能再向天工借」，李漢老同。康伯可則八字、十字，首句加一襯字也。周與康同。柳之「淡煙」一首，云「正鑠石天高，流金晝永，楚榭光風轉蕙，披襟處、波翻翠幕」，上以一字領四字二句，亦猶前之「幽蛩」七字句，可代四字二句也。下則十字中加入「披襟處」三襯字，是仍十字也。其「斷煙」一首，云「對月臨風，空恁無眠耿耿，暗想舊日牽情處」，易十字句在前，而七字句在後。柳之《浪淘沙慢》即有此例，特他家所少見耳。三、四、五句，蔣云「剔殘紅灺，但夢裏隱隱，鈿車羅帕」，李、康皆同。周則前二句同，而第五句六字，加二襯字也。柳之「淡煙」一首，云「以文會友，沈李浮瓜忍輕諾」，四字句同，而以七字句變四字二句，並去其襯字，亦「幽蛩」句例也。其「斷煙」一首，云「綺羅叢裏，有人人那回飲散，略略曾諳鴛侶」，第四句用三字襯，第五句加二字襯也。第六句以下，已於前段並論之。大抵古之作者，皆自通音律，故襯字不難自爲加減。若屯田則一紙偶出，已播歌場，知必非漫爲加減者。今則歌法失傳，未可以藉口於古人耳。

詞調別體即添字減字之確證

詞之就舊調而變體者，其添減之字，已幾於不可見。惟全調不變，而添減一二字者，則確然可證。然所以知其爲添字而非襯字，知其爲減字而非虛聲者，則以其於舊調之外，別成一調，諸家用之，而非一二闋之偶然也。試就《南鄉子》一調證之：歐陽炯單遍，平仄換韻，四字起句，馮延巳即同用此調，加成雙疊，而用五字起句，是於起句添一字也。馮延巳又一首，與前首字句悉同，而不换韻，宋人多依之。惟歐陽修一詞，用馮詞不换韻體，而首句仍用四字，是於馮詞爲減一字，而復歐陽炯之舊調。卓珂月《詞統》未加細考，所以誤名爲《減字南鄉子》也。就此一調，可以舉古人添減之例。

添減字之體復互爲添減

《一落索》之添減變換，與《南鄉子》之例略同。起處六字、四字兩句，結處六字一句，諸家所同，當是正格，而程正伯、秦少游、李元膺皆變次句爲五字，而六四起句者變爲六五矣。嚴次山用六五起句體，而後遍次句仍減爲四字，乍觀之，似是前遍變格，而後遍仍正格，實則用變格而再變後遍，非用正格而獨變前遍也。歐陽永叔、黄魯直皆變起句爲七五，而蜀伎陳鳳儀用七五起句體，而變其後遍爲六五，是在變體中而減其後遍之一字。得此可證嚴次山詞，亦是由變體而減者矣，並可證六一之《南鄉子》，確由馮詞而減者矣。至結句之七字，余既以爲襯字，而其五字者，則減字也。其有前用五字，而後仍六字，如六一、聖求者，皆用減字體而後遍添字也。

減字於體格之變否

《更漏子》過片云：「香霧薄，透羅幕，惆悵謝家池閣。」此正調，各家所同者也。歐陽炯云：「一向凝情望，待得不成模樣。」過片首句減一字，而同頭小令，遂成换頭之調矣。

今人填詞不宜通假

字之加減，既確有可以比勘而知者，則今人填詞，可以依加減之例而通假之乎？曰：不可。

古人自通聲律，其於本調之加減，必無礙於本調之聲音。故作者當循一家之體，萬不容取二三體而通假之也。如《女冠子》各體紛紜，雖其加減之跡，一一可尋；而句法用韻，每闋而異。若輾轉輳合，能知其必合譜乎？然其中亦有可以通假者，雖事所不可，而理所或可。如兩段結處，李、蔣則前段七六，蓋六字二句而加一領句字也。故其後段，即變作五四四，亦四字三句，而加一領句字也。康則兩段皆四字三句，而皆去其領句字；周則易七六於後，而置四字三句於前，前無領句字，而後有領句字；柳則兩段皆五四四，皆有領句字；其又一首則四字三句，皆無領句字。然則一領句字也，或此用而彼不用，或後用而前不用，其句法則或改換之，或顛倒之，各家互爲出入，而領句字之用否，且不隨句法而定。然則《女冠子》一調，其兩結之變換，或可以各體通假乎？此爲理所可信者。然詞至今日，求其步趨不失者，尚不可得，若又從而通假之，則將去而日遠矣，故曰事所不可也。

——《詞學季刊》創刊號

論韻

王幼遐刊戈寶士《詞林正韻》跋云：「居今日而言詞韻，實與律相輔，蓋陰陽清濁，舍此更無從叶律；是以聲亡而韻始嚴。」余謂韻不足以盡律，而律實寓於韻。今之填詞者，律之得失不可知，而韻之嚴慢，則可知者也。且論宮調者在收韻，韻誤則誤收別宮矣。故周、柳名詞，有同此一調，而分收兩宮者，即收韻之別也。

换韻

詞之换韻與詩異，詩有平换平，仄换仄者，詞則無之。劉光祖之《長相思》，前段用江陽韻，後段用東紅韻，似是由平换平，實則兩段異叶，與换韻不同。僅明人王元美曾用其體，此外不多見。長調换韻，詞雖平仄轉换，實仍同部，是平仄互叶，非换韻也。如《哨遍》、《换巢鸞鳳》等是。故换韻詞惟小令有之耳。

雙疊小令换韻者，如兩段相同之調，後段之韻，有與前段同部者，有與前段不同部者，有平仄同部者，有平仄不同部者，即《醉公子》一調，可以舉例。薛昭藴詞云：「慢綰青絲髮◎光砑吴綾襪◎牀上小熏籠◎韶州新退紅◎」後段云：「叵耐無端處◎偷得從頭污◎惱得眼慵開◎問人閒事來◎」此後段韻與前段不同部，而平仄亦不同部者也。尹鶚詞云：「暮煙籠蘚砌◎戟門猶未閉◎盡日醉尋春◎歸來月滿身◎　離鞍偎繡袂◎墜巾花亂綴◎何處惱佳人◎檀痕衣上新◎」此後段韻與前段同部，而平仄不同部者也。顧夐詞云：「岸柳垂金線◎雨晴鶯百囀◎家住緑楊邊◎往來多少年◎　馬嘶芳草遠◎高樓簾半捲◎斂袖翠娥攢◎相逢爾許難◎」此後段韻與前段同部，而平仄亦同部者也。舉一調而三體備。由此推之，則小令平仄换韻之體，皆可以此調爲例，或同叶，或異叶，或换韻，或互叶，其聲響要未嘗不同，其體例即未嘗不通耳。《巫山一段雲》，前段平韻，後段换仄，後仍换平韻，後段之平韻，有與前段叶者。有不與前段叶者。唐昭宗二詞，一云：「縹緲雲間質△盈盈波上身◎袖羅斜舉動埃塵◎明豔不勝春◎」後段云：「翠鬢晚妝煙重◎寂寂陽臺一夢◎冰眸蓮臉見長新◎巫峽更何人◎」結句「新」、「人」與前段韻相叶。又其一云：「蝶舞梨園雪△鶯啼柳帶煙◎小池殘月豔陽天◎苧蘿山又山◎」後段云：「青鳥不來愁絶◎忍看鴛鴦雙結◎春風一等少年心◎閒情恨不禁◎」結句「心」、「禁」與前段不相叶。可見換韻後，其相叶不相叶，於調無與矣。

《更漏子》雙疊小令，由仄韻換平韻，兩段相同。温飛卿詞：「柳絲長△春雨細◎花外漏聲迢遞◎驚塞雁△起城烏◎畫屏金鷓鴣◎　香霧薄◎透重幕◎惆悵謝家池閣◎紅燭背△繡簾垂◎夢長君不知◎」平仄遞換，皆不同部者也。賀方回詞：「繡羅垂△花蠟換◎問夜何其將半◎侵舄履△促杯盤◎留歡不作難◎　令隨鬮△歌應彈◎舞按霓裳前段◎翻翠袖△怯春寒◎玉蘭風牡丹◎」韻雖仄平遞易，而實仍一韻，此平仄互叶，而非換韻也。孫孟文詞：「聽寒更△聞遠雁◎半夜蕭娘深院◎扃繡户△下珠簾◎滿庭噴玉蟾◎　人語静◎香閨冷◎紅幕半垂清影◎雲雨態△蘭蕙心◎此情江海深◎」此兩段各用一韻，平仄互叶者也。晏元獻詞：「塞鴻高△仙露滿◎秋入銀河清淺◎逢好客△且開眉◎盛年能幾時◎　寶筝調△羅袖軟◎拍碎畫堂檀板◎須盡醉△莫推辭◎人生多别離◎」此兩段仄與仄叶，平與平叶者也。此外尚有前段互叶而後段不互叶者，有後段互叶而前段不互叶者，有仄與仄叶而平不與平叶者，有平與平叶而仄不與仄叶者，不能備録。具此一調，而换韻小詞之韻法盡之矣。

長調用韻既多，亦還有增減於不覺者。《女冠子》一調，所見僅數詞，而字句參差，已成數體，而其韻亦參差各異。試全舉李漢老詞，而以各家分證之。李詞云：「帝城三五◎燈光花市盈路◎

天街遊處◎此時方信△鳳闕都民△奢華豪富◎紗籠纔過處◎喝道轉身△一壁小來且住◎見許多才子豔質△攜手並肩低語◎」後段云：「東來西往誰家女◎買玉梅爭戴△緩步香風度◎北觀南顧◎見畫燭影裏△神仙無數◎引人魂似醉◎不如趁早△步月歸去◎這一雙情眼△怎禁得許多胡覷◎」第三句「天街遊處」叶韻，康伯可詞同；周美成作五字句，柳屯田皆作七字句；而叶韻則皆同。蔣竹山詞，與李漢老同體者，而此句不叶，兩首皆然，斷非偶失。況後段此句，蔣亦用叶與李同，而獨前段不叶，未免參差。且四字四句，此句不叶，則聲響頗累，非若《沁園春》之四字四句也。此可意會而不能言詮，讀者自見。第六、七、八句：「紗籠纔過處◎喝道轉身，一壁小來且住◎」「處」字、「住」字叶韻，而後段第六句不叶。蔣詞二首，前後皆叶，而七八二首皆作六四，頗較李詞嚴整。周詞句法小變，而亦同叶。柳詞二首，皆以三句合爲二句者。一則上句六字，下句七字，連用兩叶，是句異而韻同也；一則上句四字，下句前段六字，後段七字，下句叶而上句不叶，是少一韻矣。然猶曰句法本異也，若康伯可詞上句五字，下二句每句四字，是去前段襯字，而後段固與李、蔣同者，則句亦未變者也。而五字句皆不叶，兩段相同，亦較李詞嚴整。蓋蔣竹山依李漢老之前段而變其後段，伯可依漢老之後段而變其前段，要之皆使其兩段一律而已。

叶韻

入叶上、去，宋詞固屢見矣，然皆以入聲讀作上、去聲也。故所見者，皆全首上、去，偶借入韻者爲多；若全首入韻，偶借上、去韻者甚少。朱敦儒《柳梢青》云：「紅分翠別◎宿酒半醒△征鞍將發◎樓外殘鐘△帳前殘燭△窗前殘月◎　想伊繡枕無眠△記行客◎如今去也◎心下難拚△眼前難覓△口頭難說◎」「也」字以上聲叶入聲。無名氏《點絳唇》云：「殢雨尤雲△靠人緊把腰兒貼◎顫聲不徹◎肯放郎教歇◎　檀口微微△笑吐丁香舌◎噴龍麝◎被郎輕囓◎卻更嗔人劣◎」「麝」字以去聲叶入聲。夫入可以讀作上、去，而上、去不能讀作入；此全首入韻，而以一上去之字羼於羣入韻之中，然則竟以上、去本聲諧入聲，即猶之以上、去本聲諧平聲。如《哨遍》一調，平仄互叶，而用平用仄，則不盡拘，與轉韻之體平仄韻有定格者不同，是直以平與上、去視爲一例，聽作者之遺用，本已與曲韻相去無幾。此以上、去與入視爲一例，竟與曲韻同矣。

杜安世《惜春令》起句云：「春夢無憑猶懶起。」又一首云：「今夕重陽意深。」過遍云：「妝閣慵梳洗。」又一首云：「臂上茱萸新試。」以「起」、「洗」、「深」、「新」之平仄互易讀之，則兩句聲音如一，甚至換韻句三平，亦不因韻而易聲，是可知其爲平仄相代無疑矣。其後遍次句云：「悶無緒，玉簫拋擲。」一作「玉簫頻吹」。又一首云：「似舊年、堪賞光陰。」是又以入代平無疑矣。此三句皆除一押韻字之外，其餘平仄皆同，可見句中音節，不因韻之平仄而異，苟非四聲通叶，勢必不能無異也。是亦詞韻與曲韻相似之證也。

入韻叶上、去，其夾於上、去之間者易見矣。亦有轉韻詞連用入聲自叶，而實與平、上、去同叶者。牛嶠《更漏子》云：「南浦情△紅粉淚◎争奈兩人深意◎低翠黛△捲征衣◎馬嘶霜葉飛◎招手別◎寸腸結◎還是去年時節◎書託雁△夢歸家◎覺來江月斜◎」此調爲轉韻詞，或全首四韻，各不相叶；或通首一韻，平仄互叶；或兩段各一韻而平仄互叶；或仄與仄叶，平與平叶。所謂兩段互叶者，此詞是也。「別」、「結」、「節」皆讀作去聲，戈寶士《詞林正韻》附於「禡」韻之後，與「麻」同部，故叶「家」、「斜」。又黄山谷詞云：「體妖嬈△鬢婀娜◎玉甲銀箏照座◎危柱促△曲聲殘◎王孫帶笑看◎　休休休△莫莫莫◎愁撥箇絲中索◎了了了△玄玄玄◎山僧無盌禪◎」此仄與仄叶，平與平叶者也。「莫」字讀作去聲，「索」字讀作上聲，《詞林正韻》附於「果」、「過」韻後，故與「娜」、「座」相叶。由是觀之，曲韻之入聲派入三聲，未嘗不自詞家開之。況以入叶平，見於五代，其來遠矣。

入韻與三聲並叶竟如曲韻者，又有五代歐陽炯《西江月》一詞云：「水上鴛鴦比翼◎巧將繡作羅衣◎鏡中重畫遠山眉◎春睡起來無力◎　鈿雀穩簪雲髻◎含羞時想佳期◎臉邊紅豔對花枝◎獨占鳳樓春色◎」此直與南北曲之用韻者無異。且「翼」、「力」二字，不必讀作上去，已自然相叶，謝默卿所謂「東、冬韻無聲，今以東、董、凍、督調之，『督』之爲音，當屬於都、睹、妒之下」，此之謂也。此詞之「色」字，尚須讀作「塞」字之去聲，乃爲「衣」、「髻」相叶，爲曲韻之通例。若「翼」、「力」二字，則本音直叶，猶「督」字之於「都」、「睹」、「妒」矣。

入聲韻多有不可通之借叶

入聲韻十九部，詞韻併爲五部，可謂寬矣。而辛幼安《生查子》，以「濁」字夾於「雪」、「髮」、「渴」之間，是「覺」、「藥」與「月」、「屑」通用也。韓東浦《霜天曉角》，以「絶」、「北」夾於「屋」、「玉」、「促」、「作」、「獨」之間，「北」字讀作逋沃切，姜白石《疏影》已有其例，而「絶」字本在「屑」、

「薛」，以叶「屋」、「沃」，則當讀若「逐」，實未嘗見者。孫光憲《謁金門》以「六」字夾於「得」、「益」、「色」、「日」、「擲」、「疾」、「隻」之間，「得」、「益」等字，皆「質」、「陌」部，而「六」字在「屋」、「沃」部，聲頗不倫，何由得誤？「六」無别讀，何由得通，非令人不解者哉！

入聲叶上、去韻

入聲與上、去通叶，曲韻固然，顧詞韻亦多有之。《菉斐軒詞韻》，識者以爲曲韻矣。然如戈順卿《詞林正韻》，在詞韻中可謂謹嚴者，而每部皆以入代上、去之字，摘列部後，誠以入代上、去，宋詞蓋不少見，今試就所見者略舉之：周美成《女冠子》「布」、「舞」之下叶「玉」字，是以去聲讀若「裕」也。趙子發《點絳唇》「水」、「淚」之間叶「瀝」字，是去聲讀若郎帝切也。趙長卿《卜算子》以「腹」、「曲」叶「許」、「否」，「腹」字讀若方補切，「曲」字讀若邱雨切，皆上聲也。

入叶上、去借書他字

劉過《行香子》「賽」、「蓋」之間叶「煞」字，讀若「噝」，曹元寵《點絳唇》「改」、「快」之間用「噝」字，柳永《迎春樂》「怪」、「債」之間用「噝」字，本用「煞」字去聲，而直書作「噝」耳。按「噝」字音曬，無「煞」音，亦無「煞」義；實以「煞」字去聲則音「噝」，故借其字而免注叶之煩，而不復問其義矣。

閉口韻不獨用

閉口韻獨用，固詞曲定例，然古人亦有通用者，如杜安世《更漏子》云：「庭遠途程◎萬山千水△路入神京◎暖日春郊△緑柳紅杏△香逕舞燕流鶯◎客館悄悄閒庭◎堪惹舊恨深◎有多少驅驅△驀嶺涉水△枉費身心◎」後段云：「思想厚利高名◎漫惹得憂煩△枉度浮生◎幸有青松△白雲深洞△清閒且樂昇平◎長是宦遊羈思△別離淚滿襟◎望江鄉蹤跡△舊遊題書△尚自分明◎」詞中前段之「深」字「心」字，後段之「襟」字，俱閉口韻也；而與「京」、「鶯」、「名」、「生」、「明」同押，且一詞屢犯，非偶誤者。又黄機《南鄉子》云：「簾幕閟深沈◎燈暗香銷夜正深◎花落畫屏簷細雨△涔涔◎滴破相思萬里心」後段云：「曉色未平分◎翠被寒生不自禁◎待得夢成多惡況△堪顰◎飛雁新來也誤人◎」前段用「沈」、「深」、「涔」、「心」皆閉口韻，後段「禁」字亦閉口韻，凡五字，而與「分」、「顰」、「人」三字同押，亦斷非偶誤者。杜詞以「庚」、「青」部而雜「侵」部之韻，黄詞則以「侵」部而雜「文」、「真」之韻。

玉田可謂深於音律者矣，而《醉太平》一調，「屏」、「雲」、「嗔」、「春」、「迎」、「晴」與「尋」、「陰」並叶。白石能自製新腔者矣，《鬲溪梅令》旁注字譜，而「人」、「鄰」、「陳」、「春」、「雲」、「盈」與「尋」、「陰」並叶。

鄉音叶韻

《古今詞話》記林外題詞垂虹橋，傳者以爲仙。壽皇笑曰：「此閩人作耳：蓋以『老』叶『我』，知其閩音。」夫韻者，自然之音耳。宋、元人詞，既無詞韻之書，其勢必出於自然之音，讀之而叶，即是韻矣。讀之而叶，則其勢又必至於用鄉音。沈約韻書，亦嘗以鄉音範天下被譏，況詞無詞韻之時乎？趙長卿《水龍吟》以「少」、「了」、「峭」叶「晝」、「秀」，《四庫提要》謂：「純用江右鄉音。」然趙青山《氏州第一》以「狗」叶「老」、「曉」。周紫芝《如夢令》以「草」叶「晝」、「候」、「瘦」、「袖」，《點絳唇》以「有」、「口」叶「早」、「小」、「老」、「笑」，三家借叶皆同。按《詩·陳風·月出》之篇「皎」、「皓」、「糾」、「懰」、「受」相叶，又《豳風》「四之日其蚤，獻羔祭韭」，叶法亦同。然則「筱」、「有」兩部之通叶，固不僅爲近世之鄉音矣。前所述者或衆韻中羼雜一二，或全闋中參差相叶，人猶一讀而知也。若李彌遠《清平樂》云：「燭光催曉◎醉玉頹春酒◎一騎東風消息到◎占得鼇頭龍首◎」「曉」、「到」、「酒」、「首」相間互叶，乍讀之，一似隔句自爲叶者，將謂《清平樂》有此韻之別格，而不知其兩部之通用也。

王炎《南柯子》「姝」與「支」、「微」相叶，則「姝」讀若「姿」，今日吴越間尚然。曹組《點絳唇》「子」與「黍」、「雨」、「住」、「度」相叶，則「子」讀若「主」。沈端節《謁金門》「起」與「去」、「樹」、「語」、「渚」、「雨」、「楚」、「句」相叶，則「起」讀若「去」字上聲，如「去食」、「去兵」之「去」。今日蘇、滬梨園排演之單，以某伶飾某人爲去某人，而「去」字又書作「起」字，文人評劇者，亦兩字並用，實則「去」訛爲「起」也。

陳允平《南歌子》「翹」、「銷」與「樓」、「洲」、「篌」、「愁」爲叶，盧炳《武陵春》「橈」、「嬈」、「梢」與「愁」、「流」爲叶。

吴夢窗《朝中措》用魚、虞韻，而於「初」、「奴」、「書」、「夫」之間，夾一尤韻之「浮」字，蓋俗音讀若「孚」也。

詞用古詩通韻

杜安世《賀聖朝》用「滯」、「替」、「媚」、「細」、「計」皆「紙」、「寘」韻，而中夾「待」、「愛」二字，則在「蟹」、「泰」韻，在古詩亦有通者。戈氏《詞韻》，合爲一部。此其通借，較「支」、「魚」爲稍近，而其爲借叶則一也。

詞韻通借

詞韻之通借，有不必爲古音，亦不必其爲鄉音者。毛澤民《調笑令》用「冷」字起韻，而以「暖」、「晚」等字爲叶。周美成《女冠子》用「無」字起韻，而以「會」字爲叶。楊无咎《點絳唇》用「去」字起韻，而以「竄」字爲叶。《絶妙好詞》收無名氏《謁金門》用「坐」字起韻，而以「痦」字爲叶。

古詞俗叶補入韻書

俗音叶韻，宋人習以爲常。戈順卿《詞林正韻》每收附本部之末，然尚多未盡者。姜白石《暗香》云：「但暗憶，江南江北◎」以「北」字讀若逋沃切，與「玉」、「宿」、「竹」、「獨」爲叶，戈韻收附沃部。孫光憲《後庭花》云：「石城依舊空江國◎故宫春色◎七尺青絲芳草綠◎絶世難得◎玉英凋落盡△更何人識◎野棠如織◎只是教人添怨憶◎悵望無極◎」「七尺」句按譜必叶，故萬紅友《詞律》以爲「碧」字。不知「綠」字北音讀若「律」，以與「色」、「得」、「識」、「極」爲叶，亦猶白石「北」字之例也。戈韻例應附質部「術」韻之末，而偶遺之。凡似此者皆可爲之補入，於詞韻未爲無功，於戈氏亦未嘗非良助耳。

名人名詞重韻

重韻詞出於名手者，李易安《鳳凰臺上憶吹簫》前段句云：「生怕離懷别苦△多少事欲説還休◎」過片云：「休休◎這回去也△千萬遍陽關△也則難留◎」重「休」字韻。李漢老《女冠子》前段句云：「天街遊處◎此時方信△鳳闕都民△奢華豪富◎紗籠纔過處◎喝道轉身△一壁小來且住◎」重「處」字韻。但兩詞皆有可疑者。《樂府雅詞》所收李易安過片云：「明朝這回去也，」注云：「别本作『休休』。」其結句云：「從今更數，幾段新愁。」注云：「别本作『更添一段』」。按注與今日傳本同，想是秦玉生校刻時所注。然即此可見易安初有一詞，後復更定。凡更定文辭，多不免枝節而爲之，故與初稿重韻而不覺。觀其結句更定之後，於律乃細，而「休休」之句勝於「明朝」，又不可以道里計，則「明朝」之句，殆爲初稿無疑矣。漢老詞兩節相連，前節以一句領三句，後節以一句領二句；其所重「處」韻恰在兩節領句之句，且甚相近，非如易安詞雖隔一韻，而已在後半闋也。且《女冠子》如漢老體者僅三詞，而蔣竹山二詞，於「天街遊處」句皆不叶，獨漢老用叶，或者其有傳訛乎？

毛熙震《後庭花》起句云：「輕盈舞妓含芳豔◎競妝新臉◎」結句云：「時將纖手勻紅臉◎笑拈金靨◎」「臉」字重韻。陳克《謁金門》起句云：「深院静◎塵暗曲房淒冷◎」結句云：「夜長人獨冷◎」「冷」字重韻。

李易安《武陵春》後疊云：「聞道雙溪春尚好，也擬泛輕舟◎衹恐雙溪舴艋舟◎載不動許多愁◎」連押「舟」字，一意引伸，非無心複韻者比。杜善夫《太常引》後疊云：「別時情意△去時言約△剛道不思量。不思量◎是不思量◎説著後、教人語長◎」與易安詞之複韻正同。

韻叶之變換添減

詞中用韻變換添減之例甚多：有二句連韻而可疊可不疊者，有二句本連韻而上句或不用韻者，有增韻者，有減韻者，有换叶者，有借叶者，有句中夾叶者，更僕難盡，而舉《江城梅花引》一體，可以略盡其變，試録康與之詞爲準，而分證之。康詞云：「娟娟霜月冷侵門◎怕黄昏◎又黄昏◎

手撚一枝△獨自對芳樽◎酒又不禁花又惱△漏聲遠△一更更△總斷魂◎」後段云：「斷魂◎斷魂◎不堪聞◎被半温◎香半薰◎睡也睡也睡不穩◎誰與温存◎惟有牀前銀燭照啼痕◎一夜爲花憔悴損△人瘦也△比梅花△瘦幾分◎」按此詞前後段第二、三句，皆連韻而非疊韻，康前段用兩「昏」字，趙霞山後段云：「也問天◎也恨天◎」用兩「天」字，皆疊韻，此所謂連韻而可疊可不疊者也。又後段二、三句，周草窗云：「倚清琴△調大招◎」諸家同草窗者多，此所謂二句本連韻而上句或不用韻者也。「睡也睡也」句，在平仄叶體則用韻，而全用平韻體則此句無韻。而趙霞山云：「髻兒半偏◎」與「天」、「寬」相叶。又「漏聲遠△」、「人瘦也△」二句仄住無韻，而吴夢窗云：「竹根籬△」「小簾垂◎」與「微」、「嘶」相叶，此所謂增韻者也。换頭句「斷魂◎斷魂◎」兩「魂」字叶韻，而夢窗云「帶書傍月自鋤畦」，「書」、「月」不用韻，此所謂減韻者也。此調有平仄互叶體，後段前四句用仄韻，此所謂换叶者也。互叶之體，换頭前四字，仍是平叶。如洪忠宣之「一枝◎兩枝◎」各家多同，而王觀云「怨極◎恨極◎」以「極」字入聲借平而叶「誰」、「飛」，此所謂借叶者也。换頭七字爲句，而第二字第四字用韻，此所謂句中夾韻者也。凡此各例，散見於各調各詞者甚多，别爲條舉而詳説之。此以一調而盡其概，故述之以便省記云。

同句連叶或疊字或不疊字

詞中句法相通而連叶者，或用疊韻，或不用疊韻，往往不拘。如《江城子》第二、三句，秦少游云：「動離憂◎淚難收◎」後段云：「恨悠悠◎幾時休◎」皆不用疊，諸家悉同，而辛稼軒前云：

「晚風吹◎晚風吹◎」後云：「欲開時◎未開時◎」前後皆疊。周草窗則後段云：「似多情◎似無情◎」又云：「愛鶯聲◎惡鶻聲◎」後段疊而前段不疊。又如《江城梅花引》第二、三句，即《江城子》二、三句之例，康伯可云「怕黄昏◎又黄昏◎」，亦用疊韻。又《長相思》起句，宋詞或疊韻，或連叶，諸家不同，已成通例。

同句連叶者上句或不叶

句法同而連叶者，上句或不必叶，如《江城梅花引》後段二、三句，康與之詞云：「被半温◎香半薰◎」連叶者也。而周草窗之「倚清琴△調大招◎」陳日湖之「渺蓮舟△浮翠瀛◎」皆上句不叶，諸家不叶者甚多，即周、陳亦不止一首。又如《長相思》起句連叶者也，而楊季和云：「溪水清△溪水渾◎」向伯恭云：「年重月△月重光◎」楊首句不起韻，猶用平聲住，向則竟用仄住，未見他作矣。伯恭「月」字，殆借作平。

連叶之韻上句不用韻

詞中應叶之處，而作者偶不用叶，宋詞甚多，每在兩句有韻之處，而省其上句之韻，此例實唐詞開其先。如《天仙子》第四、五句，皇甫松云：「登綺席◎淚珠滴◎」兩句皆叶者也。和凝二闋，一云「桃花洞◎瑶臺夢◎」，亦兩句俱叶；一云「懶燒金△慵篆玉◎」則上句不叶，且用平住。又

《長相思慢》後段第六、七句，秦觀云：「曉鑑堪羞潘鬢點△吴霜漸稠◎」「羞」、「稠」連叶。柳永云：「墻頭馬上△慢遲留、難寫深誠◎」「上」字不叶。袁去華云：「流怨清商△空細寫，琴心向誰◎」「商」字不叶。袁尚用平住，柳則竟用仄住矣；前者尚同是三字句，後者則長短句也。

連叶之句兩句俱不叶

兩句連叶之處，上句不叶，如前述矣，亦有兩句俱不叶者。夫詞，以聲言之，則以韻爲拍；以文言之，則以韻爲節。若住句之韻而去之，豈非滅其一拍，失其一節乎？《歸田樂引》山谷詞起句：云「對景還銷瘦◎被箇人、把人調戲△我也心兒有◎」首句起韻爲一節，次三句爲一節。《小山詞》及《樂府雅詞》無名氏詞，次句皆用叶。次句非住句處，無論山谷、小山孰爲正格，要之可叶可不叶，無關宏旨也。前遍第四、五句，即後遍第五、六句。山谷前遍云：「憶我又喚我△見我嗔我△」後遍云：「拚了又捨了△一定是、這回休了△」兩句俱不叶。無名氏前遍云：「種竹更洗竹◎咏竹題竹◎」後遍云：「念足又顧足◎意足心足◎」兩句俱叶。小山前遍云：「願花更不謝△春且長住◎」後遍云：「對花又記得△舊曾遊處◎」上句不叶，下句叶。竊以爲小山當是正格，山谷及無名氏之兩叶兩不叶，俱爲疊字所牽耳。然上句多一叶，固自無妨，閒句無韻處，各家用叶者，不勝覼舉，如後條所引是也。惟住字叶韻處而不用叶，殊不多見，豈真可去其一節一拍哉？或山谷此詞，並下句爲節歟？

無韻之句用韻

詞中不必叶之處，而作者偶用叶，宋詞甚多，今略舉之：如《訴衷情》末三句，晏殊云：「此時拌作△千尺遊絲△惹住朝雲◎」「絲」字句各家皆不用韻，而賀方回云：「不堪回首△雙板橋東◎罨畫樓空◎」趙坦庵云：「雨潤風滋◎功與天齊◎」蔡友古云：「可憐今夜△明月清風◎無計君同◎」「東」、「滋」、「風」皆叶韻，然猶同是四字句也。《采桑子慢》潘元質云：「數點新荷△翠鈿輕泛水平池◎」後段亦同，各家詞皆然，而吳禮之前段云：「去也難留◎萬重煙水一扁舟◎」後段云：「先自悲秋◎眼前景物祇供愁◎」「留」、「秋」用韻，則非句法相同者矣。此正可與前節所引減韻之《長相思慢》相比例。

——《詞學季刊》第一卷第二號

論律

温飛卿之嚴律

唐詞由詩初變，體格尚寬，故律亦未細，或一句而平仄全異，或兩作而韻叶已殊。張志和《漁父》，通首平仄相反；孫光憲、閻選《八拍蠻》，僅一七言絶句之體，而首句或用韻，或不用韻。論詞於唐，幾疑其無所謂律矣，而不知唐詞之律，且有嚴於宋人者。温飛卿《荷葉杯》二闋，《定西番》三闋，《南歌子》七闋，以調論則頗有平仄通用之字，而温詞平仄字字相同，未嘗有一字通用者。在《荷葉杯》聲促韻繁，平仄或不容不謹，非唐詞之似詩者可比。然《南歌子》則音調流美，去詩不遠，人所易忽者矣，何亦謹嚴如是？七闋如一，夫豈無意而然者歟？

字聲嚴密見律

唐詞聲律之嚴者，皇甫子奇之《摘得新》二闋，銖黍不爽，試録而較之。詞曰：「酌一卮◎須教玉笛吹◎錦筵紅蠟燭△莫來遲◎繁紅一夜經風雨△是空枝◎」又一首曰：「摘得新◎枝枝葉葉春◎管絃兼美酒△最關人◎平生都得幾十度△展香茵◎」今以兩首逐句逐字比勘，第一句入入平；第二句平平入入平，字字皆同；第三句前三字上平平皆同，後二字一連用入入，一連用上上，雖入上不同，然三仄中上入本通，非若去聲獨用，且兩句之用疊聲則固同，此當爲律所限，否則何以謹嚴如此？後三句三仄不同而平仄同，第五句前一首之「一」字，後一首之「幾十」字，皆借作平也。

句調錯綜見律

合衆詞以見律，則字句也，韻叶也，平仄也，腔節也，比之而皆同，斯律見矣。然有一調之中，衆詞各異，而可以確知其律者。《少年遊》前後二遍，遍各二節，每節或七五兩句，或四四五三句，蓋兩腔相彼此而已。而宋人賦此調者，多至十餘體，或上此而下彼，或前彼而後此，或參差互立如犄角，或左右并駕如兩驂，或兩節連用於一腔，如蟬緌之貫聯，或一節獨異於三節，如山魈之獨脚。拙譜所編，變相略盡，錯綜變化，皆此兩腔互組而成，豈隨一詞而爲一律耶？將此調之本無所謂律耶？不知此兩節者，其腔實二而一者也。七字句之與四四句，七五句之與四四五句，在他調中，多相通之處，已詳《論句》、《論字》篇中；其於此調可爲確證者，詳於拙譜本調注中，與此參閱，可瞭然其故。蓋此調之四四五三句，仍即七五兩句，故諸家可以縱橫左右，隨意組合，而於律無失，字句異而聲同也。然有七五添字而爲七六者，更有四四五減字而爲四四四者，參差出入，亦隨作者之所施，是不但腔節不同，而字句亦不同矣。而不知五字之添而爲六，減而爲四，他調中亦皆有通用者，字句雖不同，而仍未嘗不同也。其間更有平叶之句，而以仄住者，有平起仄起全句相反者，而同編宫調，則並韻叶平仄，而亦不同焉。腔節字句，韻叶平仄，一一皆不同，其律宜不必同矣，而律實無不同，何以知之？不獨以他調字句通用知之也，前後互施，上下錯出，其所以可縱橫而左右之者，爲其隨所施，而不虞失律也。否則一定之調，而曰「聽客之所爲」；專家之詞，而曰「今日我爲政」，宋時有此詞調，有此詞人乎？

隨聲生律

詞調之似詩者，格律每不甚嚴，而似絶句詩者則尤甚。《竹枝》多作拗聲，全無定格；《八拍蠻》僅此數首，而首句或起韻或不起韻，遂有平住仄住之殊；其餘同調之作，或此平起而彼仄起，或此拗字而彼不拗，或全首平仄不同，或前後平仄拗接，不可縷數。大抵唐時詩皆可歌，旗亭畫壁，皆絶句也，就詩而成歌，非倚歌而成詩。迨作詩而命之曰「詞」，則亦以歌詩者歌詞矣。不然，旗亭之事，詩固久出，猶得曰先因詩而製譜也。若《清平調》一時三首，三首之中，「名花傾國」、「一枝濃豔」，皆平字起頭，「雲想衣裳」則仄字起頭，而帶一拗字，三首之聲，必不能一律，此可斷言者。而醉中起草，臨時宣進，命梨園子弟約略調撫絲竹，促龜年歌之，而明皇遂能倚玉笛和之，苟非就詩而成歌，何能如是？《碧雞漫志》云：「明皇宣白進《清平調》詞，乃是命白於《清平調》中製詞。」蓋謂當時有此調，而太白倚其聲。然則何以二首平起，一首仄起耶？是可知其非倚調者矣。

宋詞僻調守律之嚴

盛播管絃之調，名作既多，字音一律，其平仄之確不可易者，固可以尋聲而定墨矣。然即宋詞僻調亦有之，《女冠子》前段結句，蔣竹山云「況年來心懶意怯△羞與鬧蛾爭耍◎」，其又一闋云「但悄然千載舊跡△時有閒人弔古◎」，李漢老「見許多才子豔質△攜手並肩私語◎」，「心懶意怯」四字，平、上、去、入三作皆同，此當有不可易之理在，不然無如此之合巧也。即句首之去聲字，亦三作無異。此調此體，僅李、蔣三闋，而三闋如一，他家即皆變調，前段結句無與此同者。《詞律》以「意怯」二字爲可平，毫無憑證，貽誤來者不鮮。

又《女冠子》後段過片二句之下接云「剔殘紅灺◎但夢裏隱隱△鈿車羅帕◎」三句，「但夢裏隱隱」五字仄聲，去去上上上；其又一闋云「料貝闕隱隱」，去去入上上；李漢老云「見畫燭影裏」，亦去去入上上；五仄既同，領句之去聲又同，其爲必不可易亦明矣。況全句中，惟第三字兩入一上，然則所不同者，僅一上耳。而上去之相代，亦如平入，是仍未嘗不同也。《詞律》亦以「裏」、「隱」二字爲可平，想因康伯可調而借證耳。然康詞實已變體，在他調體異句同者可以借證，獨於此調此句則不可借證。蓋此體僅此三詞，而五仄險拗，三詞如一，斷非漫然而然者。謂此調不必依此體，而宜依康體則可；謂蔣詞之「裏」、「隱」二字爲可平，則必不可。

自然見律

聲律者，自然之事，而不出於勉强。自聲失而作詞者以比勘字句、斠量聲韻爲盡律之能事，於是謹嚴中有律，而自然中無律。凡言律者，咸勉强爲能知律焉，皆食馬肝中毒，而仍未嘗知味者耳。晏幾道《思遠人》云：「紅葉黄花秋意晚△千里念行客◎看飛雲過盡△歸鴻無信△何處寄書得◎淚彈不盡臨窗滴◎就硯旋研墨◎漸寫到别來△此情深處△紅箋爲無色◎」凡同頭小令，字句平仄，皆前後相同，即换頭之調，其間相合處，亦莫不然。小山此詞固同頭小令也，兩遍各五句，以七五起，以五四五煞，前後一律，可謂極嚴整者。而其字句之平仄，幾於全體不同，首、次句七五起韻，兩句爲一節，而上句全反。三、四句一字領起，兩句如一句，而上句亦全反。結句爲收調處，宫調所别，分刌宜謹，而前後亦相反；惟前後二五句，以五字成句者凡四句，平起仄起各不同，而第三字皆用去聲，四句皆然，如守戒令。由是觀之，一字之嚴，猶且若是，況於全句乎？況於全遍乎？是可知句調悉同，而兩遍之用聲全異者，即其律也；句法既異，而四字之用聲必同者，亦其律也。此可謂律出於自然者也。小山此調僅一闋，他家亦無作者，而律之明白昭著若此，奈何諉爲不可知哉？《論調篇》中有變體互校，可得本格一則，藉《歸田樂引》一調論，與此相爲出入，可以互觀。

東坡用律之嚴

詞至於以七絶詩爲調，其律之未必嚴可知矣。東坡天才放逸，所謂「銅琶鐵板」者，其不肯爲律所拘，抑亦明矣。乃以東坡爲七絶體之詞，而其律有不敢不謹者。然則學詞者，固可幸格調之寬以藏身，利古人之疏以藉口乎？《陽關曲》，唐絶句也，而當時已有三疊之聲，是殆有律之詩，故變爲《小秦王》而仍成宋詞。試舉東坡三作以證其律，當知有不容假借者。王右丞《陽關曲》之「渭城朝雨浥輕塵◎客舍青青柳色新◎勸君更盡一杯酒△西出陽關無故人◎」東坡三闋，「其中秋」作云：「暮雲收盡溢清寒◎銀漢無聲轉玉盤◎此生此夜不長好△明年明月何處看◎」其「軍中」云：「受降城下紫髯郎◎戲馬臺南舊戰場◎恨君不取契丹首△金甲牙旗歸故鄉◎」其「餞李公擇」云：「濟南春好雪初晴◎纔到龍山馬足輕◎使君莫忘霅溪女△時作陽關腸斷聲◎」此調平起，後二句亦用平起，而每句帶一拗字。東坡謹守尺寸，一如右丞三闋中用字之平仄，與右丞原作平仄相校，無一字不合者；惟「銀」字、「纔」字平聲，右丞「客」字入聲，平、入本可相代者也。其尤嚴不獨謹於句調，謹於平仄，抑且謹於四聲。除「中秋作」第三句兩「此」字上聲，「餞李公擇」第三句「莫」字入聲，右丞皆去聲，三字而外，兩詞皆四聲吻合，毫不假借。若「軍中」一詞，第一句之「紫」字，第二句之「戲馬」、「舊戰」四字，第三句之「不」字，所用仄聲，與右丞所用不同者凡六字，其餘亦仍吻合。然同是仄聲，不過三仄轉替，非若平仄通借者，且裁二十八字中之六字耳。今爲之逐字推敲，正以見三詞格律之嚴，調中緊要去處，未嘗有所假借，如第一字爲領調之去聲字，而末句兩平中夾一去聲字，皆必不可易者。又第三句拗第五字，此字本在可平可仄之處，而又恰用入聲；兼因末句後三字，是平去平，故此三字用入平去；又因此三字是入平去，故此句第四去聲重頓，然後轉入輕聲。凡此實有不可易之理，明於詩者即知之，無待取嚴於聲律也。唐詞如七絶者，或至宋而不爲詞調，如《竹枝》、《欸乃》、《清平調》等是也；或至宋雖有其調，而已易其聲句，如《浪淘沙》、《楊柳枝》等是也；是皆無一定聲律之故也。此調在唐爲《陽關曲》，至宋爲《小秦王》，他家填者，或雖無如此之嚴，而其爲有律之詞調則必矣。東坡詞亦自注云：「《小秦王》入腔，即《陽關曲》。」是可證余説之不謬。

僻調見律

《秋夜雨》一調，衹蔣竹山四闋，未見他作，似即竹山自度腔，故初爲《秋雨》一闋，復以蔣正夫之屬，更爲春、夏、冬三闋，而四闋之謹嚴，知斷非無意者。今全舉《秋雨》而分證之。詞云：「黄雲水驛秋笳咽◎吹人雙鬢如雪◎愁多無奈處△漫碎把、寒花輕撚◎　紅雲轉入香心裏△夜漸深人語初歇◎此際愁更別◎雁落影西窗殘月◎」此詞要處當在後遍第三句，蓋前後此句皆五字，而前遍不拗不叶，後遍則拗聲叶韻；明明相同之句，而忍使之不同，是即使人著意處矣。竹山此句，第二字、第四字皆去聲，四首皆同。以常例論，兩平相夾之仄字，必用去聲，而平字之外，更連仄字，如此句之第二字者，則去上不拘，而此則四首皆去聲；而上一句「夜漸深人語初歇」之「語」字常例必去聲，此則四首皆上聲；其「夜漸」兩字，常例多用去上，此則又四首皆去去；此其於製律遺聲，必非漫然而已者。其餘用字之細，如首句「水驛」二字上入，其次首「露濕」二句轉急，非去入即上入也；四首「不暖」則轉上入爲入上耳。次句「雙鬢」二字平去，三首「鬆藕」二字平上，而次首之「不能」，四首之「一片」，一則入上，一則入去，實仍平上、平去也。平入相代，而去上互施也。第三句皆用去聲住，第四首雖住上聲而實則去上也。

專取一詞爲律之説不能盡通

藉韻以存律，或奉一詞以爲律，皆今日不知律不得已之言也。亦既知其不得已，則有不得不守此説，以求庶幾所謂律者矣。然執此二説，或竟有不能並通者。《女冠子》一調，李漢老、蔣竹山之詞，同一體者也，其兩段之第三句，李漢老前後皆叶，蔣竹山則前後不叶，而後段獨叶。又前段第七句，即後段之第六句也，蔣竹山前後段皆叶，李漢老則前段叶，而後段不叶。李詞字有不齊者，蔣且從而整齊之；句調且欲前後整齊，在韻叶更不應前後歧異。故康伯可另題，亦整齊其字句，而於此句則兩段皆不叶，蓋寧少而叶，固猶勝於兩段參差也。然則填此體者，將從李乎？則第三句兩叶整齊矣，其如後段第六句少一叶何？將從蔣乎？則前七後六皆叶矣，其如前段第三句少一叶何？將並聽其少一叶乎？則蔣詞猶有可説，蓋此句之下，與後段句法已別也。然四句始叶，已累於聲。若李詞則在句調相同之處，而韻叶不同，其爲偶疏無礙也。將取李、蔣各添一叶乎？或亦如康伯可並去其一叶乎？則有悖於奉一詞爲律之旨矣。然則當何如？曰：奉一詞爲律者，謂句調韻叶既有參差，且析爲多體，而作者取從其便，丹素互施，必致不名一格，更何律之可言？若同再一體有可互證，則惟其是而已矣。李、蔣之外，既無同體之詞，而李、蔣之詞又各有可指之隙，以李證蔣，以蔣證李，皆其慎於律者也，非異體混施之謂也，此節可與。下缺

片段變換見律

長調多换頭者，亦多頭尾並换者，若兩遍全同之調，則小令爲多，長調亦或有之；更有兩遍雖同，而中或小異，皆在一二字出入之間，若有意，若無意者。然凡此類詞調，其於律當不甚嚴矣。然一觀其變體，則於其不變之處，可以見其律。試即《雨中花慢》論之。蔡伸詞云：「寓目傷懷△逢歡感舊△年來事事疏慵◎歎身心業重△賦得情濃◎況是離多會少△難忘雨跡雲蹤◎望斷無錦字△雙鱗渺渺△新雁嗈嗈◎後片云：「良宵孤枕△人遠天涯△除非夢裏相逢◎相逢處、愁紅斂黛△還又悤悤◎回首緑窗朱户△可憐明月清風◎斷腸風月△關河有盡△此恨無窮◎」此爲此調之常體也。兩遍不同處，第四、五句，前五四，後六四；結句前五四四，後四四四；其所參差者，皆領句字，似無重要關係也。然諸家變體，多變前遍，而後遍則絶無變者；前遍第四、五句，張孝祥、趙長卿皆變爲六四，而後遍仍七四；趙長卿又變爲四五；葛立方且變爲四上五下之九字一句，而後遍

仍七四也。結句張才翁變爲六四四，而後遍則仍四四四也。此前後不同處，變前而不變後者也。抑有前後同處，變前而不變後者，第六七句楊无咎變爲四字三句，而後遍仍六字二句也。前遍從後遍而變者，京鏜、趙長卿前結皆四四四也。更有前遍變而後遍不變者，則如東坡詞前遍起句作六四四，次節四、五句作六四，第三節六、七兩句，作四四四，結句亦作四四四，是全遍已全變矣。驟視之，不但頭尾皆换，且體段亦全不同，而未嘗變後遍之一字。尤奇者，前遍結處，首一句或五四四，或四四四，東坡、趙長卿皆前拗，而後遍不拗。又趙處第二句平住者多拗，而後遍亦不拗。然則此調後遍不獨字句不變，且聲亦不可變，豈定律固如是邪？雖不可知，而要非無故而然矣。趙長卿、柳永有後遍亦變者，然彼於變體中又自爲一格，不可同論。

韻叶變换見律，字聲變换見律

《玉蝴蝶慢》詞换頭二字句，皆用平平叶韻，其下則接四字仄住句，獨玉田過片句云：「欲覓生香何處？」將二字四字連爲一句。此在他調亦有之，如《沁園春》、《木蘭花慢》皆二字句换頭，而作者往往連下句爲一句；然句雖連下，而第二字仍帶叶韻，或雖不帶叶，則必仍用兩平聲。蓋韻者，詞之節拍也。住韻之處，必其待拍之處，其聲之停頓可知。故雖兩句連合，而句中帶叶，則無礙於拍矣。雖不帶叶而仍用平聲，則無礙於聲矣。儻所謂聲者，即此類乎？玉田此詞，此二字韻句連下爲一句，既不帶叶，且不用平聲，則其節拍之變可想，即音調之變亦可想。蓋换頭之句，非若中間係少一叶也；過片第二句入拍之聲，非若中間係變一聲也。而玉田故精於音律者，而竟變之，知必變其律矣。因此而悟玉田此詞起句首字用平聲，爲他家之所無。柳詞五首，皆用去聲，固無論矣。即他家亦多用去聲，其用上、入者，得二三首耳。末句以比前遍，則第一字可用平，然各家無用者，惟玉田與梅溪用之。玉田過片句既異，而起結亦遂有二字不同，毋亦因於律者邪？起句首句平聲，尹潤民之作亦然。尹詞平仄出入頗多，未可與此並論。

句調變換見律

《雨中花慢》一調，其常格之前遍結句，如張孝祥云：「有當時橋下△取履仙翁△談笑同舟◎」各家皆似此者。而東坡詞變其聲，三闋皆然。一云：「有國豔帶酒△天香染袂△爲我留連◎」一云：「空悵望處△一株紅杏△斜倚低墻◎」一云：「又豈料正好△三春桃李△一夜風霜◎」趙長卿亦云：「可堪那盡日△狂風蕩蕩△細雨斜斜◎」「取履」句變爲平起仄住，此調甚多；而「有當時橋下」變爲全拗，則惟東坡三首如一，而仙源同之耳。此句第一字爲領句字，故有去之不用，竟作四字句者。其在五字句則第二字平仄通用；其在四字句則第一字平仄通用，其餘皆仄。然則實全句仄字，而句首之字可通融耳。即在五字句，既以第一字爲領句，則第二字仍句首也。坡公三詞中兩例俱舉，證以趙作，其律愈明。

東坡論律之嚴

東坡《瑶池燕》注云：「琴曲有《瑶池燕》，其詞不協，而聲亦怨咽。變其詞作閨怨寄陳季常，此曲奇妙，勿妄與人。」按《瑶池燕》即《越江吟》之别名，各譜不知，多誤分爲二。蘇易簡《越江吟》云：「非煙非霧瑶池燕◎片片碧桃△冷落誰見◎黄金殿△蝦須半卷天香散◎春雲和、孤竹清婉◎入霄漢◎紅顔醉態爛漫◎金輿轉◎霓旌影斷簫聲遠◎」東坡《瑶池燕》云：「飛花成陣春心困◎寸寸别腸△多少愁悶◎無人問◎偷啼自揾殘妝粉◎抱瑶琴、尋出新韻◎玉纖趁◎南風未解幽慍◎低雲鬟△眉峯斂暈嬌和恨◎」由坡詞觀之，初謂字句聲韻之間，必多變易，且當時無傳者，故云奇妙勿與人也。今以兩詞相勘，則字詞句法全同。以韻論之，惟起句七字，坡詞於第四字帶叶，是其小異；又「散」韻坡用上聲，「婉」、「轉」、「遠」三韻，坡用去聲，不過上、去之别耳。以聲論之，句中字如「冷落」上入，坡用平上，然「冷」亦作「零」。「青」字坡用去聲，然「青」當作□，則仍無不同。又「態」、「爛」俱用去聲，坡用上平。又「影」字上聲，坡用去聲。其餘即去、入之字，亦無不同者。通篇異處，止於一韻之帶叶，一字之通用，及三仄之互代，如此而已。以尋常填詞言之，可謂謹嚴之至，而坡公所謂不叶者祇此。於此見詞調之嚴密者，實有一字不容假借之處，其聲韻字句，可以各行其是者，必其調之有可假借者也。坡公以不拘聲律名，此豈不知聲律者之事乎？

——《詞學季刊》第一卷第三號

論歌

金元院本既出，歌詞之法遂漸亡。元人去宋人不遠，且多通聲律，故詞雖不歌，而調不遽失也。至明則不守舊譜，並平仄而失之。又輒用己意，造作新腔，遂並格調而亂之。其實所謂新腔者，亦非能歌者也。有清文學鼎盛，詞亦中興，而一時名家，亦僅能按譜填詞，蘄於平仄不誤而已。萬紅友《詞律》斤斤於四聲，而每致慨於唱法之不傳。然聲音之道，自在天壤。南北曲之源，實出於詞。南北曲之聲，至今猶在。尋流以溯源，或有可達之航路。清初載記，猶有歌詞者，縱非宋法，其理則存。今日之所以不能歌者，文士不能唱，伶工不知詞耳。使以其理授之良工，余固疑其猶可歌也。故雜搜古近諸家之説，舉近代歌詞之據，爲《論歌》一篇，以待來者。倘有湯玉茗、阮圓海其人，以教曲之心力教詞，吾知終必有能歌之一日。

《四庫提要》云：「自古樂亡而樂府興，後樂府之歌法，至唐不傳，其所歌者皆絶句也。唐人歌詩之法，至宋亦不傳，其所歌者皆詞也。宋人歌詞之法，至元又漸不傳，而曲調作焉。」《顧曲雜言》謂：「五、六、工、尺、上、四、合、凡、一出於宋《樂書》」。又謂：「北曲以絃索爲主，板有定制。南曲笙笛，不妨長短其聲以就板。」余按歌詞多用竹，沈氏笙笛之説，可以論南曲，實不妨通之於歌詞。宋元名詞，往往有句法長短，字數多少者，皆長短其聲以就板者耳。宋時無南北曲，而「工」、「尺」等字已出於宋。然則固可以工尺歌詞，《九宫大成譜》所譜詞調，亦祇用工尺也。

謝元淮《碎金詞譜》，取《九宫大成譜》中所譜之詞訂録之，四聲、工尺、板眼皆爲縷註。其自序云：「四聲既準，則工尺無訛。即平素不習音律，依譜填字，便可被之管絃。」余嘗依其四聲填《霓裳中序第一》，以横竹吹之，工尺悉叶。因付名伶，用昆曲之法唱之，板眼亦無不合者。宋人唱詞，必非今日之南曲。然詞調往往入於曲調，則知其源未嘗不同。歌詞之法失傳，何妨即以昆曲唱之耶？

東坡惜張志和《漁父》曲度不傳，以《浣溪沙》歌之。山谷既和《浣溪沙》，季如篪云：「以《鷓鴣天》歌之，更叶音律，但少數句。」山谷因又作《鷓鴣天》。是則唐詞至宋，已有不能歌者，何況宋、元詞至於今日？然其改爲《浣溪沙》而可歌者，以其七字句與《漁父詞》近也；改爲《鷓鴣天》而更叶者，以其兼有三字句，與《漁父詞》愈近也。倘即借此二調之聲而增損之，仍歌《漁父》，知坡、谷必非不能也。蓋以其本詞之曲度不傳，即傅會成聲，亦未必是曲度耳。然在今日歌詞失傳之後，則又有説。宋元詞有各家皆填此調而各入一宫者，且有一家再填此調而分麗兩宫者，是一調之曲度，知非一譜。後人若能比聲協律，祇蘄能歌，何必泥其原譜之宫調？《九宫大成譜》中之調，亦即有分入兩宫調者矣。

《全唐詩》詞類小敘云：「唐人樂府，元用律絶等詩，雜和聲歌之。其并和聲作實字，長短其句，以就曲拍者爲填詞。」所謂和聲者，句外相和之聲也。所謂實字者，曲中並唱之字，謂譜字也。和聲非調中所有，本屬虚聲。迨既取之而並入調中，則虚聲化爲實字矣。南北曲多襯字，亦猶唐人歌詩之法，長短其句，以就曲拍耳。詞調中亦有添聲、減字諸例，正與唐律絶及南北曲長短就拍之意相同，豈能用於曲者，遽不能用於詞耶？

論名

字數爲調名

《百字令》、《十六字令》，以全調字數名之也。《三字令》通體三字句，以每句字數名之也。《四字令》實亦每句四字得名，其後兩句之六字、五字，殆有襯字耳。説詳《論字篇》中。或謂起二句四字，故名《四字令》。然則小令中四字起句者，豈少也哉？

詞句爲調名

有詞之先，既無所謂調，即無所謂名。故有一詞既成，乃取詞句以名其調者，如《閒中好》、《花非花》、《章臺柳》，皆本詞之首句。亦猶唐人詩以首句爲題，如「自君之出矣」、「何處生春早」之類。若《梧桐影》，則詞末之字，唐人詩亦有末句爲題者。蓋詞出於詩，初變之時，不獨字句聲韻皆襲於詩，即題亦沿詩例焉。惟詩句爲題，大都擬古之詞，或無題之作，故拈句代題，皆出於作者所自定；若詞句爲調名，則不盡然。《梧桐影》、《章臺柳》，皆後人取其句而名之，在作者尚未必自以爲詞耳。

以句舉詞因而名調

宋人亦有以詞句爲調名者，其例又與唐詞不同。大抵皆有名之調，作者林立，乃取詞中之句以記此詞，或便於徵歌者之所爲，亦猶今人命曲，不舉齣名而但舉句中首句。如東坡之《賀新郎》而名《乳燕飛》，且同此一詞，而又名《風敲竹》，少游之《水龍吟》而名《小樓連苑》，不可勝舉，皆以記此詞，非以名此調。相呼既久，此調遂因此詞而有此別名。觀於伶人對東坡之言，即以「銅琶鐵板」、「大江東去」與「二八女郎」、「曉風殘月」對舉，可見當時徵歌者慣以詞名命曲，故伶人不言調而但舉其句也。至若《莊椿歲》之類，則以祝壽獻諛，故易舊名，不可與此同日語。張宗瑞全集舊調，悉改新名，則又有心立異，不以常例論矣。

一詞中首尾兩句俱爲調名

同此一詞，而首尾句皆取以爲調名者，蘇子瞻《賀新郎》起句曰「乳燕飛華屋」，結句曰「又卻是風敲竹」，故有《乳燕飛》、《風敲竹》兩名。東坡《百字令》有《大江東去》及《酹江月》兩名，亦首尾兩句也。

僻調自度腔

宋人僻調孤詞，有本集中不注自度曲，而可以知其爲創調者。如蘇子瞻《華清引》云：「平時七月幸蓮湯◎玉甃瓊梁◎五家車馬如水△珠璣滿路旁◎　翠華一去掩方牀◎獨留煙樹蒼蒼◎至今清夜月△依舊過繚墻◎」《碎金詞譜》云：「詞賦華清舊事，因以名調。」按坡集調名下自注「感舊」，則非賦華清矣。然語意於華清故事在離即之間，其題所謂「感舊」事，大抵當時宮禁之事，而託其調於華清也。又晏小山《憶悶令》云：「取次臨鸞勻畫淺◎酒醒遲來晚◎多情愛惹閒愁△長黛眉低斂◎　月底相逢花下見◎有深深良願◎願期信似月如花△須更教長遠◎」此調惟見小山此詞，詞意與調名相合。《碎金詞譜》云：「調見《小山樂府》。」蓋亦謂小山所造腔也。又王介甫《傷春怨》云：「雨打江南樹◎一夜花開無數◎綠葉漸成陰△下有遊人歸路◎　與君相逢處◎不道春將暮◎把酒祝東風△且莫恁△匆匆去◎」調名下自注云：「夢中作。」此調別無作者，詞意適合調名，自是得詞後而就詞意以名調者。此皆不注自度曲，而詞即調名本意，可以決其爲自度曲者也。或曰：用《更漏子》以咏更漏，取《江南好》以賦江南，亦皆可謂爲創調之人乎？是又不然。後人就調名以填詞，取其相合者亦甚多，是否創調，不難考見。今所論者，以僻調孤詞言之耳。

僻調非自度腔

僻調孤詞，既不注自度曲，而詞無他作，調無可考，而可以知其非創調者，如毛東堂《散餘霞》云：「墻頭花口寒猶噤◎放繡簾晝静◎簾外時有蜂兒△趁楊花不定◎　闌干又還獨憑◎念翠低眉暈◎春夢枉斷人腸△更㦬㦬酒病◎」此調僅東堂此詞，調名亦無可考，而詞意與《散餘霞》絶無相涉。夫命名必有取義，否則摘取詞中字句，決無創調新詞與調名不相附麗者，故知其非自度矣。張子野《醉垂鞭》三首，皆於調名無涉。且自創之調，屢自填之，美成、白石之所未見。雖《醉垂鞭》之調，子野詞外，卻不見於他家，然可以知其非子野所造。

自度曲之疑似

由前之説，孤詞之是否創調，既有可知矣。亦有界在疑似之間者。黄魯直之《雪花飛》云：「攜手青雲路穩△天聲迤邐傳呼◎袍笏恩章乍賜△春滿皇都◎　何處難忘酒△瓊花照玉壺◎歸嫋絲梢競醉△雪舞街衢◎」此詞别無作者，似取後段咏雪爲調名，然前段爲紀恩之作，宜取莊皇，未必以《雪花飛》名之。按《宋史·樂志》，太宗親製小曲有《雪花飛》，或山谷因紀恩而倚御製之調耶？然調果播在人間，又豈絶無作者邪？宋太宗所製新曲名，見於填詞家者甚少，偶有見者，皆《宋史》所謂因舊曲製新聲者耳。其舊曲本在人間，非即御製調也。然則此詞是否山谷自度腔，實界在疑似之間。

本名别名互見歧出

此調之别名，有爲彼調之本名者。如《一絡索》亦名《上林春》，又名《玉連環》，而《上林春》、《玉連環》皆另有本調。《憶少年》又名《十二時》，《繡帶兒》又名《好女兒》，而《十二時》、《好女兒》亦各有本調。而最多者莫如《喜遷鶯》矣。《喜遷鶯令》又名《鶴沖天》，而《喜遷鶯慢》亦遂名《鶴沖天》，而又另有《鶴沖天》之本調。《喜遷鶯令》又名《春光好》，而另有《春光好》之本調。《喜遷鶯令》亦名《早梅芳》，而宋詞《早梅芳近》亦但稱《早梅芳》，又别有《早梅芳慢》，殆歧之中又有歧焉。此調别名凡六，令調之《萬年枝》、《燕歸來》，慢詞之《烘春桃李》皆是也，而爲别調本名者，已得其三。且《鶴沖天》既爲令詞之别名，復爲慢詞之别名；《早梅芳》既有令詞之本調，又有慢詞之本調。調名相複者，本不勝舉，此其多而易亂者。舊譜於此，或遺本調之《鶴沖天》，是其證矣。

論《江城梅花引》兩調合名之誤

《攤破江城子》又名《江城梅花引》。萬紅友《詞律》云：「相傳前半用《江城子》，後半用《梅花引》，故合名《江城梅花引》。」而疑其後半與《梅花引》未合。余謂此調並非兩調合名，所謂《江城梅花引》者，自是《攤破江城子》之别名，與五十七字之《梅花引》無涉，宜其不能相合，非若《江月晃重山》合兩調而爲名也。假使果合兩調，則填此詞者，必不得偏舉一調之名。而周草窗、蔣竹山、趙霞山，皆題《梅花引》，是殆此詞之省名，猶洪忠宣之省稱《江梅引》耳。萬紅友所謂相傳者，不知其説何所本？一名之附會，遂致全調支離。以渺不相涉之詞，而必求其所以爲《梅花引》之故，亦云勞矣。毛稚黄《填詞名解》直謂用《江城子》之上半，《梅花引》之下半，則尤武斷。

《江亭怨》、《清平樂令》之辨

魯直登荊州江亭，見柱間有詞，故其詞以所題之地名之曰《荊州亭》。又以夢中女子登江亭有感而作之語，名之曰《江亭怨》。《冷齋夜話》記此事，有調似《清平樂令》之語。黄叔暘忽其「調似」二字，竟於《花庵詞選》中誤題爲《清平樂令》。而《碎金詞譜》用《江亭怨》之名，注云：「《花庵詞選》名《清平樂令》。」按《冷齋夜話》云云，故又名《荊州亭》。一似此調本名《江亭怨》，亦名《清平樂令》，乃因魯直見題柱而後又名《荊州亭》者，其誤甚矣。《碎金》之誤，或謝默卿敘語未審，致失先後，然既引《冷齋夜話》，何亦不見「調似《清平樂令》」之語，而亦從《花庵》之誤邪？其尤誤者，則杜筱舫引《花庵詞選》以爲原名《清平樂令》，以糾《詞律》，不知萬紅友謂原無調名，説本不誤，杜引《花庵》，乃真誤耳。

誤句名調

呂洞賓《梧桐影》首句云「落日斜」，傳本誤爲「月」字，《竹坡詩話》曾辨之，乃有名此調爲《落月斜》者。洞賓此詞本無調名，後人取其詞句以爲名，而不知「落月斜」非其詞句矣。

論譜

論同名異調舊譜未收之誤

詞調千餘，從來各譜，苦不能盡。然或失之於孤調，或失之於僻調耳。抑有失之於目前者。馮延巳《陽春集》，《上行杯》云：「落梅暑雨銷殘粉◎雲重煙深寒食近◎羅幕遮香◎柳外鞦韆出畫墻◎」後疊云：「春山顛倒斜横鳳◎飛絮入簾春睡重◎夢裏佳期◎祇許庭花與月知◎」凡五十字，前後段同。《全唐詩》收之，注云：「與本調不同，而各譜亦未見收入此體者。」夫《陽春集》既題《上行杯》，今又别無考證，即不得因其體之不同，而謂其舊題之誤，即不得因疑舊題之誤，而遂不著於譜也。古詞名同而調異者極多，如《望梅花》唐、宋迥殊，而張天雨一首又獨異，皆不得不謂之《望梅花》。馮正中此詞，與《上行杯》本調不同，蓋無足異。前譜之未收者，殆未見邪？

漏譜同名異調之詞致令慢同誤

同名異調，《詞律》漏譜者，又不止如《上行杯》也。《上行杯》之漏譜，失一調而已。有失一調而誤及數調者，如《雨中花令》之有七十字體，已於《論調篇》中詳之矣。《詞律》收《雨中花》又名《夜行船》者，而不知有七十字之《雨中花令》，遂以《雨中花慢》類别於《夜行船》之《雨中花令》後，以爲即彼調之慢詞，是一失而三誤也。夫他調令、慢類列，已恐其非出同調，然尚曰名同而調不可考也。此則字句大半相同，《雨中花慢》確出於七十字之《雨中花令》，無可疑者。偶一不慎，以自誤者誤後人，故知類列之例，其爲蔽實甚矣。

論同調異名舊譜專列附列之辨

《探芳信》二體之外，有楊炎昶一詞，自題爲《玉人歌》，而其詞則《探芳信》也。祇前遍第三、四句，《探芳信》正體五五兩句，楊詞則四五兩句，去其領句之字，而與後遍正同。蓋正體後遍此兩句本無領句字也。凡變調必有其可變處。《探芳信》史梅溪之變體，適取後遍此兩句變爲四六，便成十字，與前遍同；而楊詞則減前遍爲九字，與後遍同，何其巧合歟？由是而知《玉人歌》之必爲《探芳信》，一也。《玉人歌》倘别爲一調，未必絶無他作。雖僻調孤詞，所見亦屢，然未嘗與他調全同者。由是而知《玉人歌》之爲《探芳信》，二也。《詞律》於《探芳信》後，附録《玉人歌》，誤作者爲楊炎，注云「通篇皆同，祇少一字，實一調而異名者」，然則當列爲又一體矣。乃附録調後，仍題《玉人歌》之名，然則當别爲一調矣。乃於《探芳信》調名下注云「又名《玉人歌》」，何舉棋不定有若是哉？《康熙詞譜》則以《玉人歌》專列一調，注云「祇此一首」。夫僻調孤詞，無可取證，則亦無可如何矣。若《玉人歌》與《探芳信》明明相合，何苦舍廣就狹？竊疑《康熙詞譜》，每隱採《詞律》之説，觀《四庫提要》之論可知。大抵此調之《玉人歌》，亦因《詞律》附録而不收爲又一體，故亦爲之專列，而不附於《探芳信》也。然究無可證，不能無疑，故有「祇此一首」之注也。《暗香》、《疏影》，《紅情》、《緑意》，宋詞前例，不勝覼舉。《玉人歌》爲《探芳信》之又一體，又何疑乎？

小令應否分疊之辨

小令中有同此一調，而諸本或分段，或不分段。如牛嶠《望江怨》，《花間集》不分段，朱竹垞《詞綜》分之，必有所本。萬紅友以爲小令必不分段，則謬見耳。小令分段，何勝枚舉。在刻詞無關宏旨，而製譜則不可不審矣。牛詞云：「東風急◎惜别花時手頻執◎羅帷愁獨入◎　馬嘶殘雨春蕪濕◎倚門立◎寄語薄情郎△粉香和淚滴◎」於「愁獨入」句分段，則上半是别時語，下半是别後語。一氣讀之，反覺錯雜。據文情以論詞調，可決其爲分段者也。

《上行杯》韋莊二詞。其一云：「芳草灞陵春岸◎柳烟輕、滿樓絃管◎一曲離歌腸寸斷◎今日送君千萬◎紅縷玉盤金鏤盞◎須勸◎珍重意、莫辭滿◎」舊本皆於「腸寸斷」分段，惟《九宮大成譜》收之不分段，《碎金詞譜》因之，而《詞律》則分段者。余謂韋詞句韻文義，分合皆可。惟證以孫光憲詞，則當以不分爲是。孫詞云：「離棹逡巡欲動◎臨極浦、故人相送◎去住心情知不共◎金船滿捧◎綺羅愁△絲管咽◎迴別◎帆影滅◎江浪如雪◎」向來諸本皆於「知不共」句分段，而後段起句則叶前段末句。而一叶之後，遂轉別韻，實爲詞體中所絕無，故萬紅友謂應於「金船滿捧」分段，且謂語意本應屬上。夫以韻論之，謂「金船」句屬上可也。若以語意論之，則酒杯歌舞，比事成文，當以「金船」句屬下爲是。若屬上反覺詞贅。萬紅友欲圓其説，未免强詞，不如直依《九宫譜》韋莊詞之例，不須分段之爲愈矣。然此詞猶可以分段也，若孫光憲之又一首，則必無可分。其詞云：「草草離亭鞍馬△從遠道、此地分襟◎燕宋秦吴千萬里◎無辭一醉◎野棠開△江草濕◎佇立◎沾泣◎征騎駸駸◎」舊本皆於「千萬里」句分段，是前段「襟」字、「里」字皆起韻而無叶，後段起句「醉」韻接叶之「里」韻，而一叶之後，不復再叶，中既分段，遂不覺「里」、「醉」之相叶也。且「醉」韻之下，又轉别韻，直至末句「駸」字，回叶「襟」韻，使人讀前段不知「襟」字爲起韻，讀後段不知「駸」字爲叶韻，若不分段讀之，則韻叶尚不致迷亂若此。此詞用韻本奇，而又爲分段所誤，幾不成其爲詞，並幾忘其爲有韻之文矣。以此閲證前詞，知此調本不分段，當以《九宫譜》爲正。

《詞律》不能考辨狃誤附列之調

歐陽炯有《賀明朝》二首，《詞綜》題爲《賀聖朝》，不知其係誤邪？抑有所據邪？《填詞圖譜》收爲《賀聖朝》第二體，已嫌鹵莽。然賴氏或但見《賀聖朝》之名，不知其爲《賀明朝》，則猶有可説也。《填詞名解》乃從而實之曰：「《賀聖朝》第二體，六十一字，亦名《賀明朝》」，則兩調誤爲一調，《賀聖朝》之外，别無《賀明朝》矣，然終屬不知而誤也。至萬氏《詞律》既收爲《賀聖朝》又一體，又注曰：「此調亦作《賀聖朝》，而汲古刻《花間集》以此調作《賀明朝》，似可另列一調，本譜不欲尚奇，故附此云。」此則明知之而仍誤者矣。苟非别調，不應另列。既可另列，必是别調。何謂好奇？萬氏未能考辨，故作游移之辭，以爲自藏之地。後有作者，另列一調，即不免爲多事，而此誤將終古矣。是明明自誤，而飾爲不誤，且驅後人以同出於誤矣。尤爲詑者，徐氏《詞律拾遺》取歐陽别首，異其句讀，復補爲《賀聖朝》之一體，其已爲萬氏之所嚇歟？

長句斷續舊譜牽掣之誤

《賀聖朝》二首，有十二字一氣之句，可分可合，可斷可續。第一首云：「石榴裙帶故將纖纖玉指輕撚。」第二首云：「人前不能巧傳心事别來仍舊。」《填詞圖譜》誤上八字作一句，而「别來依舊」則貫入下文之「孤負春晝」作一句，固誤矣，而《詞律》作八四二句亦誤。蓋此二首字句韻叶，一一吻合，若此句作八四，則第二首「石榴裙帶故將纖纖」爲一句，尚成何語哉？徐氏變其句讀爲别體，則竟合此上之八字，此下之四字，通改爲六字四句，而「紅袖半遮妝臉」爲句，「輕轉石榴裙帶」爲句，「故將纖纖玉指」爲句，「輕撚雙鳳金線」爲句，於是調大異而體乃殊。遂使叶韻之「轉」字、「撚」字亦皆夾入句中而不顧矣。

《詞律》有不能定譜之調

失其調者無論矣，失其體者亦無論矣，乃有收其調，列其體，而不能定其譜者，《詞律》之於杜安世《惜春令》是已。杜詞二闋。其一云：「春夢無憑猶嬾起◎銀燭盡、畫簾低垂◎小庭楊柳黄金翠△桃李兩三枝◎」後遍云：「妝閣慵梳洗◎悶無緒△玉簫抛擲◎絮飄紛紛人疏遠△空對日遲遲◎」又其一云：「今夕重陽秋意深◎籬邊散嫩菊開金◎萬里霜天林葉墜△蕭索動離心◎」後遍云：「臂上茱萸新◎似舊年堪賞光陰◎百盞香醑且酬身△牛山會難尋◎」驟觀之，兩詞之韻叶既不同，聲音復多拗，製譜者頗難著手，然實無足異者。兩詞字句，全首吻合，所不同者一則平仄通叶，一則全用平韻耳。不知前首兩起句之仄韻，即後首兩起句之平韻。試以「起」、「洗」二字易作平聲，或以「深」、「新」二字易作仄聲，比而讀之，全句聲音悉同，即後起之三平亦同；可知其不僅通叶，竟是平仄代叶也。過遍次句前首入韻，後首平韻，拗字亦同，是又以入代平也。一本「抛擲」作「頻吹」，尤其明證。至第三句則前首前遍仄叶，而後遍不叶；後首後遍平叶，而前遍不叶。又兩首俱前遍不拗，而後遍用拗，此又於不同處而得其同也。第四句則前首兩遍相同，後首前遍亦同，獨後遍因第三句之拗而並拗焉；是亦未嘗不同也。萬氏於此亦知平仄通叶，亦知入韻代平，而竟不能滙其通，而自謂不敢强爲之論，而不自知其强論之處，觸處皆是，乃獨於此而兢兢哉！《花草粹編》録此二詞，拗句皆叶，不知何所本？而《康熙詞譜》則前首後遍第二句亦平叶，後首後遍第三句亦仄住不叶，而前首前遍第三句亦遂不注叶，而兩首如一體矣。故拙譜分爲二譜以並存之，說詳後編。又《惜春令》尚有高漢臣詞，與杜詞迥別，殆同名而異調者。《詞律》未收，蓋未見也。

就調分體、以體領格之創例

同調異體之詞，不勝縷指，有一調而至一二十體者。如《河傳》、《酒泉子》，其尤繁者。舊譜每詞一體，又依字數爲先後，往往亂次以濟，眉目不分，竟是九嶷雲霧，面面皆疑，不僅山陰道上，使人應接不暇也。抑知詞體之繁者，每一體必有其所以爲體之處，或領句不同，或過遍有別，或協韻之異，或起結之殊，當各取其特異處以爲之類，謂之一體。而其每體中聲音字句之出入者，各附其體以爲別格。則紛然而雲陳者，皆朗然而星列矣。此例爲前譜所未見，竊不自揣固陋，於拙譜創之。

論同名異調之應分譜

有同一調名而詞迥異者，在當時實是二調，各譜之遺而未收者無論矣，有收之而以爲又一體者，則大謬不然。凡同調異體之詞，即參差過半，其聲句之大段處，未嘗不略同，即數變以後，猶可考其沿變之迹。若至全首迥異，如《上行杯》之馮延巳詞，《望梅花》之張天雨詞，《惜春令》之高漢臣詞，皆與本調字句聲韻，通體全別。其斷非同調之又一體，不待考辨而知。蓋南枝同姓，喚作他楊者矣。當分列兩調以爲譜，而兩調下互注以明之，庶幾各得其所歟？

《碎金詞譜》工尺字不盡合原調

《碎金詞譜》雙調收《夜行船》謝絳詞，其前段尾句云：「意偷傳眼波微送。」「傳」或作「轉」，謝默卿即用「轉」字譜之。按此調前後遍二、四兩句皆七字，而上三下四句法；其三字皆逗處，平仄皆可通。歐陽永叔一詞，此四字皆仄逗，而謝絳此詞，四字皆平逗。即以文論，「轉」字欠適，其爲「傳」字無疑。他調平仄雜用者姑勿論，此則四字平聲，更可證其非「轉」字。而謝氏依「轉」字譜之，亦竟成聲，其非本詞原來之聲明矣。然則謝氏所云「從一人詞爲定體，縱不能四聲俱講，而平仄斷不容舛」者，其説雖甚是，而謝已自犯之矣。譜古詞而易其字，不更甚於從古詞而易其聲者乎？亦足見平仄未嘗不可通者，在作者審慎之，不爲鹵莽滅裂可耳。

附録

八家兄季同先生嘗論絶句云：「絶句至今日，處處須防與人雷同，蓋圓熟之語，必經人道過，而太生硬又不可入絶句。」此槃此字原稿不清，或係梁字，參看本期影印手稿十七歲時學詩寄兄，兄書於和詩紙後者也。余謂小詞至今日，何獨不然？凡意之雋穎，句之優倩者，亦莫不經人道過，而盤空硬語，斫地哀歌，又不可入小詞。

徐山民照爲「永嘉四靈」之一，《阮郎歸》尾句云：「妾心移得在君心，方知人恨深。」《詞旨》標爲警句者也。而五代顧敻《訴衷情》尾句云：「換我心，爲你心，始知相憶深。」如此相襲，不止巧偷，竟成豪奪矣。此必出於無意，蓋有意爲盜者，必掩其跡也。

——《詞學季刊》第一卷第四號

詞律箋榷

卷一

竹枝

竹枝詞始於巴蜀，故又名《巴渝詞》，蓋本唐時俚唱而收入教坊曲者，亦採風遺意。雖盛於貞元、元和之間，而傳作僅數家。《詞律》謂唐人所作，皆言蜀中風景，後人因效其體，於各地爲之，斥爲非古。夫《竹枝》，聲耳，聲起於巴蜀，地豈限於巴蜀？信如所言，則六州之詞，易地皆不得用之，而《氐州第一》、《石州慢》、《六州歌頭》等調，殆幾乎廢矣。且《竹枝》之爲體，所以賦風土、寫人情，非流連光景之作。唐人作者，如劉、白諸家，大抵皆言巴、蜀、湘、楚之事。劉夢得在沅、湘，因里歌鄙陋，爲新詞教之，詞中雖有「白帝」、「巫峽」等句，而作則在沅、湘，語亦兼巴、楚。顧況詞則言蒼梧、洞庭。然則萬氏謂唐人所作皆言蜀中者，固不盡然，乃至謂皆言風景，則尤誤。其《詞律》收孫光憲「門前春水」一闋爲譜，注云：「句中平仄，亦可不拘，若唐人拗體絶句者。考之劉、白諸作，本多拗體，然未有和聲。若有和聲者，僅孫詞二闋，卻無拗字。」竊謂《楊柳枝》詞亦七絶，既加三字和聲之後，即成詞調。故《碧雞漫志》論《楊柳枝》云：「側字起頭，第三句亦側字起頭，聲度差穩。」可見既有和聲，則與七絶不同，已有聲度可議。此謂平仄不拘，以比拗體七絶，絶無左證。試觀《全唐詩》收孫光憲之作入詞類，劉、白諸作仍各在詩集中，而樂府類中則兩收之，可想見其分體之間，具有微意。至萬謂「竹枝」、「女兒」和聲，他人集中作詩，故未注此四字，亦恐未然。唐樂府中，如《天長久》詞之和聲曰「天長久」、「萬年昌」，《蘇幕遮》之和聲曰「憶歲樂」，又《舞馬詞》亦有和聲。《全唐詩》在樂府類則皆注和聲於題下，在詩集中則皆注詩下。獨劉、白、顧、李之《竹枝詞》，詩集及樂府類皆收之，而皆未注和聲。同此體例，或注或不注，可見《竹枝》而無和聲，迨成詞調而後人加和聲者，倘仍以爲平仄不拘，以比拗體七絶，實有未妥。若皇甫松二句體，尚在四句體之後，《詞律》已自言之。乃以字少列前，將使後之考者失其源流。余謂詞調難悉先後，以字數多少爲先後可也。詞體有可考見者，則當稍完次序，以便探溯。列調辨體，本自兩事，非亂例也。「門前春水」，實孫光憲之作，《詞律》署皇甫松，初疑寫校者之誤，然注中又云：「皇甫子奇亦有四句體。」遍檢所見各籍，皇甫《竹枝》，止二句體六首，無四字句者，而《詞律》所録之四句體，則孫詞而非皇甫詞，是又一語而兩誤。杜氏《校勘記》已正其署名之誤，而未察其注云已誤也。孫詞二首，具在《花間集》，萬所常引據者，宜無不見。後收韋莊《荷葉杯》，亦誤爲皇甫松，誠令人不解矣。又注謂：「和聲猶《採蓮曲》之有『舉棹』、『年少』。」按「舉棹」、「年少」，乃

《採蓮子》之和聲，此作《採蓮曲》亦誤。紅友務攻駁而或疏於考據，開卷已見一斑。客中無書籍，自序固已言之。然此皆其所及見之書，而失之目前者，固不必爲之諱耳。

十六字令

《十六字令》本名《蒼梧謡》，無三字起句者。周晴川詞之傳誤，朱竹垞辨之審矣。此調宋、元詞無多，除《詞綜》及《詞律》所引蔡友古、張于湖、周晴川三家而外，余所見者則袁去華《宣卿詞》二首，題名《歸字謡》，爲《詞律》所未及。調中平仄，各詞皆同，惟第二句張于湖云「十萬人家兒樣啼」，第五字平聲。此句本似七言近體詩，第五字用平，自無不可，《詞律》失註耳。

閒中好

唐詞《閒中好》，實五言絶句而少二字者。鄭、段諸作，字句音節，皆以五絶法行之。唐詞聲律本未嚴，凡詞之尚近於詩者，其平仄多不甚拘。此調亦是以詩爲詞，雖限平仄，亦未至即嚴去、上。《詞律》謂：「段成式詞『看移三面陰』，『看』字作去聲讀。」以張繼善詞爲證。竊謂此句以詩論之，則第一字本應平聲，若第三字拗平，則第一字可拗仄，所謂雙拗也。此調本似詩句，此句第三字既用平聲，則段詞之「看」字，平仄讀皆可，應作平仄通用之字。若必援張詞，謂當作雙拗之詩句，亦不過「看」字必仄讀而止矣，何以見其必爲去聲？調既未嚴，詞無多證，張詞去聲，恐亦偶然耳。

紇那曲

《詞律》謂：「《紇那曲》本五言絶句，《尊前》收之，蓋與《小秦王》等，本七言絶句，而實爲詞調。」觀夢得别作「歌聽紇那聲」可知。棨按：唐人五七絶皆可唱，豈得盡如《小秦王》爲有律之詞調乎？既可唱，即有聲，豈能因夢得「歌聽紇那聲」之句，可定爲有律如《小秦王》之詞調乎？舊譜收唐絶入詞者甚多，固不僅《紇那曲》，《詞律》循舊譜收之可也。乃既知此本五絶，而又曰「實爲詞調」，且以《小秦王》爲例，一若確有所據者。夫唐絶至宋而宫律尚存者，僅一《小秦王》耳，説詳《陽關曲》條下，並互見拙撰《詞譜》、《詞通》。至調中平仄，一三兩句之首字皆通用，《詞譜》漏注。

梧桐影

《梧桐影》本吕洞賓長短句詩，且無他作，故《詞律》不註平仄。然「今夜故人來不來」句，□□□載景德寺蛾眉院題壁，作「幽人今夜來不來」，前四字平仄全異，當引録以備考證。□□□非僻書，萬或偶見歟？此詞又名《落月斜》，實因舊本「落日」誤「落月」，而遂以爲别名，《竹坡詩話》已正之，《詞綜》從之。《詞律》未論及，未喻其故。

南歌子

《南歌子》凡三體：二十三字者唐詞也；二十六字始於五代，疊二十六字爲五十二字之雙調者亦始於五代，蓋變唐詞第三句之五字爲七字，尾句之八字爲九字耳。唐詞尾句八字，作五三讀，其勢自成兩句。若後二體之九字句，一氣舒卷，可斷可連，可作四五句法，可作六三句法，亦可作二七句法，《詞律》分爲六字一句，三字一句，誤矣。二十六字單調，張泌之作凡三首。《詞律》用「高捲水精簾額襯斜陽」一首，分爲六三字句，姑不問詞調何如，即以語意論，亦祇是一句，若一分讀，則兩句文義皆不完，其故可思。試觀其别作之「簾幕盡垂無事鬱金香」，九字一串，如何斷之？必欲斷之，祇可作四五，而不能作六三矣。雙調亦然。《詞律》用歐陽永叔詞爲譜，其兩段末句「愛道畫眉深淺入時無」、「笑問鴛鴦兩字怎生書」，是用首二字直貫全句者。萬氏亦斷作六三，恐歐公未必作如此句法。又石孝友仄韻一首，其九字句云「夢斷西樓嗚咽數聲角」，《詞律》亦作六三句，遂使「夢斷西樓嗚咽」，竟不成語。竊謂此調之九字句，決不能分作兩句，宋、元名作於六字逗者有之，於四字逗者尤不少。拙著《詞譜》已歷舉之。今試舉其最明白者，如張于湖云「小試邊城早晚上星辰」，又云「後日相思我已是行人」，程垓云「又見東風不忍見柔條」，又云「費盡才情休負一春詩」，趙長卿云「走馬尋花無復少年狂」，又云「月裏歸來無處覓精神」，辛棄疾云「除卻提壺此外不堪聞」，趙子發云「不是思歸只爲酒船空」，又云「風定津頭白日照平林」，范成大云「江已東流那肯更西流」，此皆上四下五之句。若辛棄疾之「鑿箇池兒喚箇月兒來」，則更截然四五兩句併爲一句矣。《詞律》既譜歐詞，分爲兩句，又自註云：「可上六下三，亦可上四下五。」此論逗則可，論句則必不可。既於句旁分注爲兩句，豈有兩句之詞，可六三，又可四五者哉？雖長調中亦間有取二、三句聯爲一氣，欲斷欲續而伸縮其字句者，實恃其化數句爲一句，一氣讀下，故得伸縮於其間，其理與萬氏此條適相反，非所論於此也。賴氏《詞譜》於單調九字，亦作六三兩句，萬氏蓋沿其誤。然萬氏專攻《圖譜》者也，《圖譜》失收雙疊，《詞律》譏之。而《續圖譜》收《風蝶令》，不知爲《南歌子》之雙疊，其於《風蝶令》九字句，則作一句讀。《圖譜》固矛盾，而萬氏亦未覺，何故？至此詞之平仄，温飛卿二十三字體，《花間》七首，一字不異，更無别調可證。《詞律》謂第三句第一字可平，第四句第一字可仄，未知何據。若首二句則與後兩體相同，可以借證而通假之矣。而《詞律》顧不注焉。其二十六字單調體，張泌三首，除第三句第三字平仄通用，餘亦字字相同。《詞律》於第三句第一字注可平，第四句第一字注可仄，第四句第三字注可平，明是用雙調體取證。然第一句第一字，第四句第五字，又不照雙調之平仄通用，抑何故也？於唐詞之第三句無可借證者，則以意通之，於單調雙調本可互證者，則從違各半。吾故曰萬氏《詞律》，似嚴而實放也。萬氏之武斷，有遠甚於此者，此其小焉者耳。又有萬氏考證所未及者，雙調第二句，向子諲云「輕盈波上身」，秦觀云「嬌眸冰玉裁」，賀鑄云「微風襟袖知」，鄧肅云「蓮開風露香」，倪偁云「光摇承露盤」，第三字皆用平；胡蒙泉云「羽觴花片飛，苦心紅燭知」，則因第三字用平，而第一字並拗作仄，此猶近體詩之拗句，拙著《詞譜》已論之。又雙調之首句，蜀毛震熙云「遠山愁黛碧」，結句前四字，孫光憲云「衹緣傾國」，皆與各家平仄全反，更非一字一聲之小異者可比，製譜者所不可不知。至此詞體格，周清真、楊无咎皆有五十四字雙調，蓋以兩段末句九字作十字。秦少游一首，於後段第三句下疊三字，《詞律》皆未及焉。然則並仄韻之體，蓋凡六體矣。又此調别名《望晴川》、《風蝶令》之外，尚有《春宵曲》、《恨春宵》、《水精簾》、《十愛詞》等名，《詞律》亦漏舉。

荷葉杯

《荷葉杯》，唐詞也。此調三體：温飛卿所作二十三字體，凡三首，通體平仄悉同。顧敻所作二十六字體，起二句與温同，而下半全異，平仄亦多通用。韋莊二首，即以顧詞之體，疊爲雙調，改末句之六字二句爲五字一句，故得五十字，其平仄亦有通用者。除三家外，未見他作也。《詞律》於温詞首句第一字第三字，均注「可平」，想係借顧詞别體作證。體本相襲，而起二句又正相同，借證自無不可。惟既借證顧詞，則首句第五字平仄可通用，第二句兩字句可用兩仄，《詞律》未注也。夫温詞三首，一字不殊，即遵之而不借證顧體可也。既借證顧體，而一句之中，三字可通者，但依其兩字，不可也。況顧詞第二句兩字俱仄，温詞之體，則五六兩句與二三兩句同。若依顧詞而第二句可作兩仄，其將並第五句亦可兩仄乎？抑同此句調，而第二句可兩仄，第五句獨不可兩仄乎？萬氏亦知其難，故温詞第二句不依顧詞作注。然既不能依顧詞，則何以能於首句一三兩字乎？首句一三兩字，既依顧詞，又何以能於首句第五字乎？余故以爲不可也。然《詞律》於温詞首句，既依顧詞一三字，非不依其第五字，蓋萬氏於顧詞，亦未嘗細校，不知其第五字之可通，故於顧詞首句第五字，亦未加注焉。至韋詞之體，除尾句外，悉與顧詞同，兩體平仄，大可互證。

《詞律》乃但就韋莊兩詞互證之，似失之拘。韋亦填舊調耳，即雙調自韋始，亦襲舊聲耳，平仄安在不可相同哉？於温、顧半同半異，體段小别者，則援後以證前，於顧、韋雙調、單調，聲韻悉同者，則舍比而泥此，殆亦有心立異耶？《詞律》又於所收單調温飛卿詞，「鏡水夜來秋月」注「韻」，「如雪」注「叶」，「採蓮時」注「换平」，「小娘紅粉對寒浪」注「三换仄」，「惆悵」注「叶三仄」，「正思惟」注「叶平」。按「月」、「雪」、「浪」、「悵」祇是句中自叶，非詞調之本韻。注至三换，使人心目皆眩。雖循舊譜，而有不可不辨者，説詳拙著《詞譜》中。又雙調詞，《詞律》録韋莊「記得那年花下」一首，而署皇甫松。按此詞與「絶代佳人難得」一首，俱韋莊作，收於《花間集》中。《古今詞話》：「王建奪其寵人，莊追念，作《小重山》及此詞。」《詞苑叢談》亦謂「韋莊因姬作《謁金門》」，尤悔庵追和之」，並引《古今詞話》。又朱竹垞《詞綜》亦題韋莊，而注其本事。遍考無作皇甫松者。初疑萬氏或别有所據，然似此名詞，久傳韋作，即有所據而易爲皇甫，亦必詳爲引辨，豈能輒改其名？萬氏必不如此。繼檢《花間集》，則韋莊之名，適在皇甫松之次，或萬氏失檢而誤題耳。

塞姑、塞孤

樂府之名，不可解者甚多，固不獨《塞姑》也。余每笑强解詞名者，或穿鑿附會，或望文生義，使人發噱。惟《塞姑》之名，則楊用修、都元敬、沈天羽、毛稚黄諸家，皆未及之，蓋亦不敢强解。若《塞孤》則柳屯田一詞而外，祇朱雍次韻梅詞，詞名何義，更未見道及者。萬紅友獨云：「塞謂邊塞，姑乃戍邊者之閨人。柳集《塞孤》必即此調之遺名，而訛『姑』字爲『孤』字，故附於後云。」此其說殆不止於穿鑿附會，望文生義矣。夫以一「塞」字遽訓爲「戍邊者」，是猶以一「船」字而訓爲「操舟者」，已屬不詞。況訓「姑」爲「妻」，向所未聞，而謂「戍邊者之妻」爲「塞姑」，尤覺費解。萬氏之意，蓋欲以「塞姑」比於征婦、戍婦之稱。不知因「征夫」而曰「征婦」，因「戍卒」而曰「戍婦」可也，因夫戍邊而妻稱「塞姑」則不免太奇。譬如因「漁翁」而曰「漁婦」可也，若又名之曰「船姑」、「舟姬」其可乎？有以知其必不然矣。至柳詞之《塞姑》，則迥然兩調。竟以「孤」爲「姑」之誤，實無依據，似亦未可武斷。況朱雍梅詞亦有此調，亦題《塞孤》，未必朱詞亦刊誤也。柳詞《塞姑》，舊本皆不分段。萬氏謂「漸西風緊襟袖淒裂」以上爲前段，「遥指白玉京」以下爲後段，前後比對，持之有故。然朱雍梅詞，即於裂韻分段，萬氏殆未見，故雖有此說，而未敢遽然分寫之邪？抑已見朱詞，故爲此說，而不言所據邪？萬氏用他人之說，往往没其來處，如仄字獨嚴去聲，其說出於沈義父，詞調以字數爲先後，其例創於錢葆馚，《詞律》一書所恃爲壁壘者，而皆諱其所自，非余之故爲刻論也。至「漸西風緊襟袖淒裂」萬氏讀作四字兩句，疑與後段結句不同，欲去「緊」字以就結句，誤矣。余謂八字實是一句，蓋「西風緊襟袖淒裂」恰好與結句之「免鴛衾兩恁虚設」相比，而以「漸」字領句，即謂此句多一襯字，亦無不可耳。

回波詞

「回波爾時栲栳」一首，《詞律》以爲裴談作。杜氏《校勘記》云：「此乃優人嘲謔裴談之詞，非其自作。萬氏以沈詞自著佺期之名，故以爲談作。」余按《全唐詩》詞類收此詞，亦誤作裴談，萬氏蓋循舊籍之誤，非因沈詞自著而誤也。此詞乃優人嘲唐中宗，非嘲裴談。中宗畏韋后，優人因内宴歌此，韋后賜以束帛，事見□□□，萬、杜皆誤耳。

三臺、伊州三臺

余於萬氏武斷處，每不敢服，獨万俟《三臺》向作兩段，萬氏訂作三段，實具精心。蓋此詞作兩段，則句句參差，以如此排比整齊之文，不似有如此參差之調。迨作三段，則字櫛句比，毫無出入。以此信三段之説，爲不誣也。顧此詞既無别作可證，則平仄當悉仍之。萬氏取本詞三段，前後互證，已嫌無所依據。然苟取其前後不同處，謂爲平仄通用，猶可説也。乃竟將仄聲盡改爲作平，恐無此理。如詞中之「不」字、「闕」字、「陌」字、「百」字、「踏」字、「識」字、「入」字，用入聲者凡七，既皆作平，而上聲之「九」、「子」、「水」、「草」、「晚」、「寶」、「惹」、「已」凡八字，亦皆謂其作平。夫上可代平，雖有其理，但宋、元詞中，以入代平者多，以上代平者十不一二，且凡用代聲，皆非得已。以万俟之擅辭致而精聲律，何致一詞之中，代至十五字，而用上代平者，又竟至八字之多耶？且「百」、「子」、「水」、「草」、「踏」、「入」、「晚」等字，因三段之中兩段皆用平，而一段用仄，猶得曰以一段就兩段也。若「不」、「已」二字，及「闕」、「識」二字，三段之中，兩段用仄，而一段用平，竟以兩段就一段，而皆以爲作平。至三段末句，皆以三字領起四字者，詞中如此句法，多有平仄不拘。此調三句，平仄各各不同，乃亦此而同之，改兩句作平，以就一句，甚至「遍九陌」三字中，遂有兩字作平者。此詞三段，每段八句，而八句之中，遂無一句不借聲作平，竊疑原詞未必如是。

迨第一段「海棠半含朝雨」之「半」字，第三段亦用「半」字，而第二段用「飛」字，兩「半」字去聲，不能作平矣，於是「半」字注「可平」，「飛」字注「可仄」。然則以上各字，皆是借聲，獨此一字爲通用乎？萬氏當亦無以自解。至「漢宮傳蠟炬」，改爲「漢蠟傳宮炬」，「漢蠟」二字，不免生湊，所謂奧藏元本者，不知何本？在萬氏亦因與上兩段不同，若將「蠟」字作平，而「宮」字不容作仄，若將上兩段之「柳」、「冷」二字作平，以就宮字，則上兩段之「金」、「青」二字，亦不容作仄，必依據元本，而後能使平仄悉同耳，否則「漢蠟」難通。萬氏亦未嘗不知，豈肯據一本以改衆本耶？萬氏訂譜，喜將前後段自爲比較，又喜謂平仄一字不可易，似甚謹嚴，然不憚删改字句以就己意，强古人以從我，其自用亦甚矣。《詞律》一書，大率類此。余謂其似嚴實放，職是故也。萬云：「五百年來，爲流俗人草草讀過，不能知其調之段落，又安能知其語之義趣、字之和協？」余謂調之三段，固萬氏特見，若以上入作平，自命爲知其「字之和協」，則未敢信耳。又萬引沈氏指斥之語，痛加詆詈，至摘沈詞而還詰之，此與制譜何涉？徒自乖著述之體耳。萬氏此病極多，後不再舉。至《伊州》、《三臺》，《詞律》僅據趙師俠一詞，遂無一字可以平仄通用者。不知楊詔父之詞，則可通者凡七字。此等小令雙調，與長調不同，凡前後相同者，即可前後段互證，各詞皆然，則此調可通者共十字，已詳拙著《詞譜》。萬氏欲嚴譜例，遂致可通者亦不欲其通，向喜兩段互證，而於趙詞前後第三句句首之「清」、「簌」兩字，亦不拈出，不解何意也。至注中所云：「此調雖前後段亦各二十四字，而第三句五字，第四句七字，雖亦兩字語意，自是别有一詞，與此體字同句異者。」驟視之不知其何指，想是指唐詞六言四句之《三臺》而言，而語意未明耳。若指唐詞，則不獨三四句異，即首句不用韻亦異，不獨句韻異，即彼名《三臺》，此名《伊州三臺》，調名亦異，直謂之變唐詞之體，而又加爲雙疊可也。注又云：「『下』、『夢』二字用去聲，與上『靈』、『羣』二字又别。」此語尤不可解。趙師俠詞「下」、「夢」二字，是兩段末句之第四字也，七字句也。「靈」、「羣」二字，是兩段次句之第三字也，六字句也。末句第四字之去聲，與次句第三字之平聲，有何相涉？而謂其與上又别。大抵萬氏之意，除去末句前三字，次句前二字，而以後四字比較，謂平平仄平，與仄平仄平，皆兩平句法耶？則此種句法，詞中甚多，其故不在上一字，故楊韶父末兩句於第四字皆用平聲也。至謂《伊州》，刻本作「洲」，今改正，此但汲古本校刊偶誤，非各本相沿誤字者可比，此原不足論，恐後此者以爲向誤「洲」字，至萬氏始定，則不怪毛刻，而盡誣古人矣。此節論述，與拙著《詞譜》互有詳略，兩存之，備參覽焉。

一點春

侯夫人《一點春》二首，起二句平仄全反，《詞律》於「砌雲消無日，卷簾時自顰」，但逐字分注其可平可仄，而不加注釋，不知者則首句可連用四平一仄，次句連用四仄一平，並可連用五平，豈不大誤？此亦未細之處。《詞律》中似此者極多，不能遍舉，用譜者宜辨之。

摘得新

《摘得新》，皇甫松二詞，萬氏謂第五句「繁紅一夜經風雨」，其次首云「平生都得幾十度」，「幾十」兩字作平，是也。然「一」字、「都」字，平仄通用，漏未注及。萬氏專攻《圖譜》，而此調《圖譜》所注，以首句之仄仄平爲可平仄平，次句之平平仄仄平爲可仄平平仄平，羌無考證，而改成兩拗句，萬氏獨無言，何也？類此者多，後不悉舉。

花非花

《白樂天詩集》收《花非花》於歌行曲引卷中。《詞律》云：「此本長慶長短句詩，而後人名之爲詞者。」於後二句「來如春夢無多時，去似朝雲無覓處」，注「來」字、「春」字可仄，「去」字可平，不知有無佐證？既收入詞而爲之製譜，則不得因其本是詩，而遂以詩句平仄注詞譜也。若即依詩句之平仄，則何以「來」、「春」、「去」三字皆注，而「朝」字獨不注爲可仄耶？宋、元似無倚此調者，或有之而余未得見。余所見者明人計南陽一首云：「同心花，合歡樹。四更風，五更雨。畫眉山上鷓鴣啼，畫眉山下郎行去。」平仄小異，末句全反。萬氏所注，又非據此，其或別有所據耶？

春曉曲

朱敦儒《春曉曲》，他無作者。《詞律》云：「第二句六字，《花草粹編》所載如此。」余按希真本集《樵歌拾遺》，此句本作六字，至第三句本集作「玉人醉渴嚼春冰」，《詞律》作「玉人醉渴咽春冰」，未知所據。杜氏《校勘記》僅引《詞譜》正之，殆未見本集耳。毛稚黄《填詞名解》，於譜加一字，以爲即《紇那曲》，其實二名。竊謂毛書多蕪舛，而此調獨表辨甚明。萬氏謂其既云本是六字，其實二調，而復云《紇那曲》，又名《春曉曲》，何其矛盾？抑思毛所謂又名《春曉曲》者，下缺

漁歌子、漁父

《詞律》譜張志和詞，題名《漁歌子》，又名《漁父》，注云：「和凝詞結句用『香引芙蓉惹釣絲』，平仄不同。玄真又一首，起二句『松江蟹舍主人歡，菰飯蓴羹亦共餐』，平仄全異。和凝又一首，『青箬笠』句用『釣車子』，是仄平仄，想亦不拘。然自宋以後，皆依『西塞』一體，今作者宜從之。」余按玄真此調名《漁父》，唐五代作者，皆無《漁歌子》之名。宋高宗題爲《漁父詞》，坡、谷亦皆稱《漁父》。惟顧夐、孫光憲等所作雙疊仄韻者名《漁歌子》，卻無《漁父》之名，當時實截然兩調。觀李珣於張體則題《漁父》，於顧、孫體則題《漁歌子》，一家之作，而分體異名，可以見矣。張志和之體稱《漁歌子》，不知始於何時，張玉田集中有之，未必即始於玉田也。今既作譜，必先正

名，當以《漁父》爲本名，而以《漁歌子》附注。今反標《漁歌子》，而謂又名《漁父》，則喧賓奪主矣。至張志和此調凡五首，共四體，一爲仄句起，平句結，「西塞山前」是也；一爲平句起，仄句結，「松江蟹舍」及「霅溪灣裏」二首是也；其餘二首，則一爲平句起平句結，一爲仄句起仄句結。萬氏殆未見全作，故云「松江蟹舍」起二句與「西塞」全反，而未知其通首起結全反也。至謂宋以後皆依「西塞」體，則尤不然。宋高宗一首，即用「松江蟹舍」體，正與「西塞」一首全反。張伯雨兩首，皆仄起仄結。張玉田十首，其同「西塞」者僅二首，餘皆別體。若和凝之「香引芙蓉」一首，亦即張志和之仄起仄結體，未可但謂結句不同。至和凝之《釣車子》三首，則張志和詞中本已用之。李竹嬾述梅道人詞十五首，多非「西塞」體，是皆宋元人詞也。除此而外，則宋元作《漁父》之調者，亦已寥寥，是不用「西塞」體者多，而用「西塞」體者少。萬氏竟謂宋以後皆依「西塞」一體，實不可解。至謂山谷增句作《鷓鴣天》，以語氣不倫，詆爲蛇足。夫山谷欲使其能歌，意在聲律，非意在詞章，意在播於聲，非意在改其詞，未可以語氣詆之，況作譜而詆及文法，萬氏亦可謂好詆矣。至孫光憲等之雙疊詞，自名《漁歌子》，而收爲此調之又一體，未免失考。然猶曰相沿已久，其誤不自我始也。乃此調顧敻一首、孫光憲二首、魏承班一首、李珣四首，同是五代詞，其前後段第四句用仄平平，第五句用平平仄，叶韻與首二句相同者，顧、李、魏六首皆然，反其聲而不叶者獨孫詞二首，當從其多者，亦當從其嚴整者，應收別詞爲譜，而注「可不叶」。今收孫詞而注云「可用叶韻」，無乃倒置乎？ 又李珣第二句用平平仄者共二首，不止「瀟湘夜」一句，且後段第五句亦用平平仄耳。

憶江南、望江南

此詞本名《望江南》，李衛公爲亡妓謝秋娘作，《樂府雜録》言之甚晰，《碧雞漫志》引之。白樂天詞因「江南憶」之句，名之以《憶江南》。宋元詞家，題《望江南》者最多，題其他别名，如《夢江南》、《江南好》者，亦每有之，而《憶江南》則甚少見，是此調本名甚著，非若《蒼梧謡》之爲《十六字令》所掩。萬氏作譜，乃標其《憶江南》之别名，而棄其《望江南》之本名，因馮延巳《憶江南》詞名與此别名相同，而遽列爲又一體，亦自注云：「句法與前調全異。」夫既知其全異，則非本調之又一體明矣。若因其名相同，則所同者爲《望江南》之别名耳。《望江南》又名《江南好》，彼長調之《江南好》，亦可取爲此調之又一體乎？本詞名與他詞之别名相同者極多，類列猶且不可，况以爲又一體乎？萬氏於彼調别名與此調本名相同者，每每致辨，而獨於此致誤，良不可解。至此調有隋煬帝泛東湖所製《湖上曲》八闋，見於《海山記》，《青瑣高議》引《樂府雜録》駁之，且録其詞，謂略不似隋人語。《碧雞漫志》則謂：「此曲自唐及今，皆南吕宫，字句亦同，止是今曲兩段。蓋近世曲子無單遍者。」萬氏云：「白香山三詞，晚唐襲之，皆係單調，至宋方加後疊，故知隋詞贋作無疑。」是實襲兩説，而不言其所本。不知兩説皆根據《樂府雜録》，以爲佐證，能實指調之所從起，而又悉其流委，明其宫譜，非僅以單雙調爲斷。若羌無故實，而僅因雙調斷爲贋作，吾有以知其必不然者，如萬所云，一若此調始於白樂天，而隋詞則因加後疊，故知贋作，不引原書，遂成臆斷，其理不足，反以自踣。又馮延巳之《憶江南》，萬氏謂其凡用三韻，不知馮作本是二首。其前一首四韻，前段用「月」、「節」、「雲」、「真」，後段用「舊」、「瘦」、「陰」、「心」，蓋後段不叶前段而換韻也。後一首二韻，前段用「發」、「節」、「開」、「來」，後段用「折」、「別」、「時」、「知」，蓋後段叶前段而不換韻也。萬取後一首爲譜，謂是三韻，殆以「發」、「節」、「折」、「別」相叶，而誤「開」、「來」、「時」、「知」爲換韻。抑思唐五代詞，尚沿詩韻耳。「支」、「灰」相叶，宋詞每有之。後來詞韻既嚴，始以灰部之半爲「咍」，而與「佳」同部，此未可以律之於馮延巳之時，況小詞雙疊者，有同此一調而前後段或相叶，或不相叶，如《長相思》本兩段叶者也，而劉光祖前段用「涼」、「腸」、「霜」，後段用「東」、「同」、「翁」。又如《醉公子》前後四換韻，而尹鶚詞則後段叶前段，正與馮延巳此詞同例。雖馮詞僅二闋，孰爲正體，孰爲別體，不可得知，而論韻叶之理，非前後同叶，則兩段各叶，斷無如此整齊之小令，而使兩段之前半同叶，後半各叶者，故謂之三韻，則必有所不可。至兩首互校，平仄多可通，萬亦多未注者，豈未見本集，而獨見此一首歟？

搗練子、胡搗練

南唐李後主《搗練子》，宋、元作者無多，其平仄大略皆同。除「無」字、「夜」字、「有」字，平仄可通，有賀方回、秦少游詞取證，此外即不多見。萬氏謂第三句首字，第五句首字三字皆可通，即以近體詩論之，其理或然。惟第三句第五字若可平，是成近體拗句，未知有所據否？至又一體三十八字之調，萬謂與前調大異，則殊未然。三字二句起，與前調同矣，第三句雖平仄相反，而同是七字，亦與前調同矣。又別有五十二字一體，僅將李後主原調末句之七字改爲六字作兩句，而加成雙疊，本原可考。三十八字體，即去其第四句七字而已。然則其同出於李後主原調可知，萬殆未見五十二字體耳。至若此調尚有李石一闋，其平仄有可互通處。萬氏僅以前段互證，殆亦未見李石詞耶？同調異體之詞，往往有參差將半者，惟《胡搗練》與《搗練子》則迥然不同。萬竟類列於《搗練子》，殊難索解。余按《胡搗練》與《望仙梅》同爲一調，而與《桃源憶故人》又名《虞美人影》者同調而異體。張子野填《桃源憶故人》，則題《轉聲虞美人》，自注云「此調亦名《胡搗練》」，是此五名之爲同調異體，從可知矣。説詳拙著《詞譜》中。萬氏類列之例，附會者已多，而强派者更不少。若此調則因「搗練」二字相同，竟從類列，何以《虞美人影》亦知其不能列於《虞美人》，《桃源憶故人》亦知其不能列於《憶故人》邪？至晏、杜二詞，想是據汲古閣本致誤，杜氏校勘，已引《梅苑》及《花草粹編》正之。

赤棗子

歐陽炯《赤棗子》二首互證，惟首句及第三、四句之第一字，又第五句之第一字及第三字，平仄通用。萬氏於三、四、五句之第一字、第三字皆作通用，是殆依近體詩句之平仄，以意證之，非以歐詞爲據。至首句第一字，歐詞二首，一平一仄，《詞律》取「夜悄悄」一首，而「夜」字不注「可平」，一字之微，失之甚遠。蓋此詞第一句三仄，而第一字去聲，最爲詞家注意，而歐作實出偶然，其別首作平可證。注譜作獨道案：此句當有脱誤此字不爲拈出，偶一罣漏，則後之學者，將疑此字別有不可通之故矣。然果有不可通之故，萬必不憚詳言之，故知其爲偶疏。大抵萬嚴去聲，而並忘歐詞别首之平聲歟？

桂殿秋

《桂殿秋》詞見於李太白，此後即罕作者，惟見向子諲一首。萬氏製譜，舍太白而取向詞，並太白詞之平仄而盡反之，注云：「太白有此二調，然《酒邊詞》所作平仄如右，後人但學此可也。」詞意之間，尊向詘李，抑揚甚至，不審何故？是不但數典而忘祖，且媚禰而祧祖矣。抑尤異者，向詞僅一闋，既可「後人但學此」，則宜無一字之可通。乃向詞「蟠桃已結瑶池露，桂子初開玉殿風」二句，於「蟠」字注「可仄」，「已」字、「桂」字注「可平。」按此二句，李詞一云「曲終卻從仙官去，萬户千門惟月明」，一云「九霄有露去無跡，裊裊香風生佩環」。若據李詞，則「蟠」字誠可用仄，惟既據李詞，則第三句之仄起，與向全反，亦當許爲通用。萬於《赤棗子》注云：「第三句《搗練》用仄仄平平仄仄平，《赤棗》反是，《桂殿》則兩者不拘。」是亦許李詞之通用矣，何此注又自相矛盾邪？又向詞之「已」字、「桂」字仄聲，李詞之「卻」字、「萬」字及「有」字、「裊」字亦皆用仄聲，而萬云「可平」，李詞第二句「玉鍊顔」，「鍊」字去聲，非上入可强使作平者比，而萬不云「可仄」，是知萬氏實不以李詞爲據。然亦别無所據，殆依近體詩句以意注之者，既不信李而使人但學向詞，又不信向而以己意遽改向詞，不將進退失據乎？余謂萬氏似嚴實放，殆非誣語。至《搗練》、《赤棗》去「子」字爲稱，不成詞名，《桂殿》去「秋」字則尤失之。此在俗伶或不免，奈何紅友亦出此？

解紅

《搗練子》、《赤棗子》、《桂殿秋》三調平仄，《詞律》皆頗以意出入，獨《解紅》平仄無所訂，注云：「亦似前三調，而第三句平仄略拗有異。」今按第四句亦拗，非獨第三句也。如以略拗爲異，則《桂殿秋》本亦拗體，萬竟祧太白原作，而取《酒邊》之不拗。若《搗練子》則本不拗，誠與《解紅》略異，萬謂第三句第五字爲「可平」，則又以不拗而改爲拗，遂與《解紅》字字皆同，無所謂略異者，何其自埋而自掘也？

瀟湘神

《瀟湘神》惟劉夢得二首，二首之中，惟第三句第三字一作平，一作仄，萬氏失註。一調中僅通一字，人所易忽，無怪其然。然此調與《搗練子》、《赤棗子》、《桂殿秋》、《解紅》皆似近體詩，萬氏皆以近體詩之平仄爲註，獨《解紅》及此調無註，如謂《解紅》無别作可註，則此調有劉作二首，況《搗練子》等皆有别作，萬皆不依據，而悉以詩句通假之，豈獨惜於此二調乎？四調鱗比，而矛盾屢見，甚矣體例之不可不謹也。

章臺柳、楊柳枝

韓翃《章臺柳》本是古詩，萬氏云：「後人採入詞譜，以起句爲名。柳姬答詞，亦以起句名《楊柳枝》，句法相同，即附於此。」余按柳氏答詞，實和原調，説在拙譜。萬説雖未詳，而附列甚是。乃又註云：「柳氏詞應列於《楊柳枝》之前，但七言絶句《楊柳枝》，其調最古，作者亦最多，不宜以此一調爲冠，故附録君平詞後云。」則又有令人不解者。既知其取首句爲名，則非二十八字之《楊柳枝》調明矣，而又以其名同，更爲騎墻之説，謂《楊柳枝》最古最多，不宜以此調爲冠。夫此詞亦唐作，不可謂之不古，如其爲《楊柳枝》也，則竟同列可也，附列於後亦可也，何謂不宜？如其非也，則既附韓詞之後，何必更爲此説，轉滋後人迷悦哉？萬氏每以詞名偶同，而强爲類列，故於此詞不類列而反自疑，遂不覺其詞之費。

南鄉子

《南鄉子》體格頗多，以余所見者已九體。《詞律》所收僅四體，未免有失之目前者。至駁《詞統》云：「前後四字起，名《減字南鄉子》，無據。如指歐詞，則彼先此後，不可云減字。」按《詞統》謂前後四字起，是謂雙疊也。雙疊而用四字起，惟六一兩詞。萬既云「如指歐詞」，則是知有六一之體，何以未收？《詞律》每於一句之拗一字，多另爲一體。豈有明知六一之體而不收者？殆所謂歐詞，仍即歐陽炯詞，故曰「彼先此後」耳。徐誠庵《詞律拾遺》以六一詞在馮延巳後，糾萬之誤。然萬不獨未見六一詞，且亦未見馮延巳詞，如曾見馮詞，則馮之雙疊換韻體，《詞律》又安有不收耶？以余論之，《詞統》減字之名，别無所見，萬謂「無據」，未可厚非。但未見馮、歐兩詞，而遽以先後爲駁議，是萬之誤也。而徐誠庵以馮、歐之先後駁萬，亦仍誤也。此詞初本單調，歐陽炯用四字起，李珣用六字兩句起。至馮延巳始爲雙疊二首，一首换韻，仍即從歐、李之體，一首不换韻，即後來宋人通用之體，兩首起句皆五字。其用雙疊而四字起者，惟六一兩首，六一之四字起，實祖歐陽炯，非減馮延巳也。要之《詞統》減字之名本誤，萬氏駁之甚是，而未得其要。徐氏之駁萬氏亦甚是，而未知萬氏所以致誤之由。且萬、徐皆駁人甚明，而己之持論則甚疏也。又李珣詞有「帶香遊女隈伴笑」、「春酒香熟鱸魚美」二句，萬謂「平仄拗，想不拘」。夫此調平易如近體詩，平仄即不拘，亦無如此奇拗者。《詞綜》作「帶香遊女偎人笑」，註云「或作『遊女帶香偎伴笑』」，則平仄不拗矣。「春酒香熟」，萬謂或是「酒香春熟」。余謂不若「酒」字借作平聲。萬所據蓋《花間集》，然《花間集》「偎」作「隈」，萬仍作「偎」，則究不知所據何本？至李珣詞《花間集》十首，《詞綜》亦收十首，複七首，共得十三首，《全唐詩》則收十七首，萬謂李有十詞，亦誤。

樂遊曲

《詞律》謂《樂遊曲》與《漁歌子》「松江蟹舍」相近，想其腔則各異。杜氏《校勘記》謂疑即《漁歌子》。余按所謂《漁歌子》者，謂張志和《漁父》也。《漁父》之調，張志和詞已成四體，而其句平易似近體詩，此則兩首皆用古詩句爲之，若僅以「龍舟摇曳」一首比「松江蟹舍」，猶可譬諸近體詩之有拗句，無如其更有一首絶難與《漁父》相比者，故拙譜謂一似近體詩，一似古體詩也。《漁父》、《漁歌子》之辨已見前。

陽關曲、小秦王

唐詞平仄不拘者極多，然亦有確爲定譜者，如《菩薩蠻》、《憶秦娥》之類是也。《陽關曲》在唐時衹七言絶句，而在宋則有譜之詞。觀《苕溪漁隱》所云「唐初歌詞多五七言詩，今止存《瑞鷓鴣》、《小秦王》二闋」，可見無調者皆廢，而此以有調而存矣。《詞律》用無名氏「柳條金嫩」詩爲譜，註云：「即七言絶句，平仄不拘。」余謂此調始於王右丞絶句詩，而所謂《陽關三疊》，當時已有歌法。東坡三首，無一字不與右丞原作同，甚且首句「渭城」之「渭」字，末句「故人」之「故」字，東坡三首亦皆去聲，蓋一在句首，一在兩平中夾仄也，其嚴如此，似不能謂「平仄不拘」。至萬謂東坡所作「暮雲收盡溢清寒」一首，下二句失黏不論，是尤足詫。東坡三首，皆平起平接，不獨「暮雲收盡」一首爲然。右丞原作，亦本是平起平接，東坡特依調填之，何謂東坡失黏？更何謂「暮雲」一首失黏？萬蓋未見東坡三首也。然右丞詩爲人人口熟，毛刻宋詞，早有坡集，萬氏所常引據者，實無可爲解矣。

採蓮子

詞之有和聲者，《採蓮子》其一也。此外則《楊柳》、《竹枝》皆有和聲，而和聲之用法，則各調不同。《詞律》以《採蓮子》之和聲與《竹枝》爲比，此論唱時之相和則可，撰譜以示人則不可，真可謂信手拈來者矣。註雖亦云「竹枝用於句中，女兒用於句尾，此則一句一换」，然《竹枝》和聲所以異於《採蓮子》者，尚不止此。蓋《竹枝》一句兩和，而和聲之「竹枝」、「女兒」等字，與本詞語意絶不相屬。《採蓮子》一句一和，而和聲之「舉棹」、「年少」等字，則與本句語意相屬。則倚此調者，不但須專賦採蓮，且每句之命意遣詞，須先闞合和聲之本意。是《採蓮子》之和聲，反爲此調之主要處，非若《竹枝》僅於句外泛設和聲，而可以隨意製詞。此其不同之大者，萬未審耳。又註：「或曰竹枝之『枝』、『兒』兩字，此調之『棹』、『少』兩字，亦自相爲叶，不可不知。」按《尊前集》於《竹枝》下已註「枝、兒相叶」，此似未見《尊前集》之語，紅友何至是？

楊柳枝、賀聖朝影

《楊柳枝》初本七言絶句，唐五代作者甚多。《詞律》云：「平仄失黏不拘。」考《花間》所收已二十二首，句調銜接，未見失黏者。若唐人詩集，則未及遍考。至用字之平仄，二十二首中，僅有三、四句係拗一字者，所謂「平仄失黏不拘」，未必盡然。至雙疊之《楊柳枝》，《詞律》於五句註「换仄韻」，第六句註「叶仄」。此調實由七言絶句每句下加三字和聲，後乃並填實字者，第五句即七絶之第三句，無換韻之理。蓋五、六兩句自爲叶，實則第三句之和聲，與第三句相叶耳。《碧雞漫志》云：「今黄鐘商有《楊柳枝》曲，仍是七言四句詩，但每句下各增三字一句，此乃唐時和聲，如《竹枝》、《漁父》，舊詞多仄字起頭，平字起頭者十之一二，今詞盡皆仄字起頭，第三句亦復仄字起，聲度差穩。」據此，則三字句實是和聲，所謂「今詞」者，即此有和聲之調，所謂「第三句」者，即此調之第五句，蓋每句併和聲計之也。然則雖有和聲，仍是七絶體之第三句，其不能換韻無疑矣。又所謂「舊詞」，係指劉、白及五代諸子所製，既云「多仄字起頭，平字起頭者十之一二」，則萬謂七絶體平仄失黏之説，亦可破焉。又註云：「《賀聖朝影》句法字法，皆與此同，祇後段『無尋處』之『處』字，仍用平聲叶前後韻，故於此爲各調，不可誤。」考宋詞《楊柳枝》如向伯恭、趙君舉、晁補之諸作，皆第六句與上下平韻相叶者，歐陽永叔、陸放翁、賀方回各用此調，或題《太平時》，或題《賀聖朝影》，字句平仄韻叶悉同，實皆一調。此外他家之作，未能悉舉。萬謂「於此爲各調，不可誤」，不知己實先誤也。朱敦儒《柳枝》一體，《詞律》謂「『柳枝』二字，當如『竹枝』、『女兒』、『舉棹』、『年少』作和歌之語，今無他可考，仍以大字書之」。余謂此調「柳枝」二字，朱希真《樵歌》本集及朱竹垞《詞綜》皆連屬詞句之中，「竹枝」、「女兒」、「舉棹」、「年少」之和聲，則本作旁註於句下，未可相比。蓋《竹枝》、《採蓮子》之調，去其和聲，仍自成聲，則和聲未入調内也。朱詞試去「柳枝」二字，則首二句不能與下文貫接成聲，且空説「江南岸」、「江北岸」，而無「柳枝」二字，義亦不完矣。餘詳拙譜。《詞律》又云「皆咏柳詞，不比《竹枝》泛用」，此固循舊説，而實不盡然。裴誠、温庭筠各有七絶二句，非咏柳者。不過此調本起於咏柳，故借咏柳託興者多，而泛用者少，萬未深考耳。

浪淘沙、浪淘沙令

唐詞《浪淘沙》本是七絶，且皆賦調名之本意。若創爲長短句之令詞，實南唐李後主開之。《詞律》不知李後主詞本名《浪淘沙》，而以令詞之名屬諸柳屯田，別爲標題類列於後，而於李後主詞，去其「令」字，《碎金詞譜》謂其强分，杜氏《校勘記》以爲倒置，皆不誣也。宋人《浪淘沙》之名，有用「令」字者，有不用「令」字者，實即一調，實即一名。王晦叔《雙溪詩餘》有二首，一作《浪淘沙令》，一作《浪淘沙》，以一集之詞，猶且標題不一。萬氏云：「凡小調俱可加令字，非因另一體而加令字。」然則萬亦既知之，乃知之而不從，則好立異之過矣。柳詞第四句「促拍盡隨紅袖舉」，萬據汲古閣本奪「拍」字，空格以補之。今按《歷代詩餘》作「促拍」，杜氏《校勘記》亦引《高麗史・樂志》作「促拍」。至柳詞前段起句「有一個人人」，後段起句「簌簌輕裙」，萬謂「一」爲羨字，譜中删去之。且曰：「周美成《柳梢青》起句亦云：『有個人人』，更何疑乎？」其果決如此。竊謂兩調迥不相涉，而竟以《柳梢青》證《浪淘沙》，未免過於假借，豈得無疑，恐益以滋疑耳。固亦知萬之本意，並非引格調爲證，不過借文字爲證。抑思此等俚諺，作者隨手拈入，在柳固不知後來之有周詞，而周亦決非用柳詞，兩調既不同，即使引用經籍成語，亦必增損以就腔，況其非耶？此調前後起句不同者，不僅柳屯田一詞爲然，杜安世、李之儀各有一詞，前段起句四字，後段起句五字者，柳詞則前段起句五字，後段起句四字，與杜、李蓋一轉移間耳。倘據後起四字而謂前起五字爲衍一字，亦可據前起五字而謂後起四字爲奪一字，倘謂柳詞前後不同，而前起五字衍一字，亦可謂杜、李二詞前後不同，而後起五字衍一字矣。一字之增減，詞調常事，況此調參差者凡數闋，又不僅柳與杜、李，即宋子京末句亦差一字也。宋子京仄韻體，亦無他作可證。前段末句云「到如今始惜月滿花滿酒滿」，後段末句云「倚蘭橈望天遠水遠人遠」。萬因後段「人」字平聲，遂謂「酒」字作平。然所譜平仄，本無他據，不過就本詞前後段相比較，何獨「酒」、「人」二字，不依本詞？萬喜謂上入作平，一至如此，已不可解，乃致因後段末句較前段末句少一字，直云「作者應照前段可也」，其果決更甚於論柳詞。柳詞則前段衍一字，宋詞則後段落一字，爲前爲後，爲羨爲奪，皆以意爲之，豈非武斷之甚者哉？又萬謂李之儀「霞卷雲舒」一首，「卷」字下落一字，非另體。杜氏《校勘記》引杜安世「簾外微風」一首爲證。余謂「簾外」一首，第四句之七字，變作八字，而成爲四字二句，仍與李之儀小有不同。惟杜安世另有一首，前起云「後約無憑」，後起云「愁思若浮雲」，餘亦皆同，可爲李之儀詞之證。惟後約一首末句云「可惜一天無用月照空爲誰明」，余所見爲汲古閣本，本多訛字，疑「照」字或衍，以其聲不協而義亦贅也。此外則杜安世平仄韻二體，《詞律》皆失收，徐誠庵補之。《碎金詞譜》又謂柳永、周邦彦別作慢詞，截然不同，類列者誤。此則《詞律》之通病，余論之數矣。

浪淘沙慢

《詞律》以《浪淘沙慢》類列於《浪淘沙令》之後，今因「令」、「慢」多體，考論繁複，故别爲一節焉。《詞律》所收周、柳《浪淘沙慢》凡三體。美成「曉陰重」一首，「漢浦離鴻」作「溪浦離魂」，杜氏《校勘記》引《片玉詞》，徐氏《拾遺》引《歷代詩餘》正之，别本悉同，必是萬氏校録之誤。「正拂面垂楊堪攬結」，萬於「面」字作「透」，文法頗乖。證以吴夢窗之「見竹静梅深春海闊」，方千里之「念一寸迴腸千萬結」，皆以一字領起七字者，論其文法，皆不能於三字作逗，而吴之「見竹静」更無作逗之理。至陳允平云：「恨入迴腸千萬結」，則去領句之字，尤足見本非三字逗矣。「憑斷雲留取西樓殘月」，萬於「雲」字作逗，證以陳允平之「信乍圓易散，綵雲明月」，是上五下四句法，不能以「信乍圓」爲逗，而以「易缺綵雲明月」連讀也，則此句亦本非三字逗。又「怨歌永瓊壺敲盡缺」句，似三五，萬於「永」字作逗，證以吴夢窗之「料池柳不攀風送别」，則是上五下三，不能以「料池柳」三字爲逗，而以「不攀風送别」連讀也，則此句亦本非三字逗。至結處「弄夜色空餘滿地梨花雪」，萬以「弄夜色」爲句，想是依美成别體。雖字之多少，句之長短皆同，而聲叶多異，未可執彼例此。既譜此體，當以此體爲主。證以吴夢窗之「更醉踏千山冷翠飛晴雪」，陳允平之「正滿院楊花落盡東風雪」，皆十字句，不能以「更醉踏」及「正滿院」斷爲三字句也。以上各句，大抵皆應一氣貫注，不能呆逗。萬謂竹山和調，四聲不殊，又於美成「萬葉戰秋聲露結」一體，註云：「前調有蔣詞可證，作者但從之可耳。」似於吴、方、陳諸詞皆未見，故獨賴蔣詞爲證。然《詞律》一書中，屢引方千里和清真詞，豈於此調獨遺之？ 殊難索解。 若蔣竹山詞，余所見汲古閣本，竟無此調，未知萬氏所據何本也。「萬葉」句萬氏於「戰」字作逗，未免割裂。 凡句中作逗，雖若斷若續之間，而語意必自聯屬。 今以「萬葉戰」連讀，又以「秋聲露結」連讀，更成何語？ 萬氏此病極多，往往隨意作逗，不顧文理。 然在他詞或因舊譜，或泥別作，從而强逗，猶有說也，此詞則並無舊譜別作，而亦加强逗，不知何故？ 又註中比證前體，舉「綠」字、「家」字、「老」字不用韻，「梅」字用韻，而於「笛」字之用韻漏舉。 又「家」字係全體用韻之句，改爲平聲住句，而不用韻，亦未爲之指出。 凡此皆兩詞所以分體之故，乃均語焉而未詳。 且以全句之「家」字，與句中之「涯」字、「時」字，相提並論，亦似粗疏。 至其餘字音句法平仄不同之處，即同體之詞，亦多有之。 詞之分體，不係乎此。 在同體固須標註，在另體則無關宏旨矣。 所更奇者，既收此爲又一體，又謂前體有蔣詞可證，使作者但從之。 夫苟以此體爲不足據，則勿收亦已矣。 乃既收之，而又欲以前體之蔣詞，廢此體之周詞，真有令人不解者。 至柳屯田一體，萬以「那堪酒醒又聞空階夜雨頻滴」作四字三句，余謂可照美成詞作六字二句讀之。 蓋柳詞本十二字一氣舒卷，可斷可續，與其分作四字三句，不如仍作六字二句，不失原調。 「幾度飲散歌闌」，萬改「闌」字爲「闋」字，注「叶」，又自注云「舊刻作闌，今改正之」，別無引據。 是直以意逕改，殆疑其數句無叶，而不知柳詞實借「被」字叶入聲也。 「闋」字與本詞所用「息」、「滴」等韻，並不同部，即改之亦不得爲叶。 況此句周詞本不叶，叶正下句，正與柳詞同也。 「被」字之借叶，說詳拙著《詞譜》。 又「願低幃昵枕輕輕細說與江鄉夜夜數寒更思憶」，依文義當以「枕」字、「與」字爲句，萬以「輕輕細說」爲句，以「說」字注「叶」，不知「說」字亦不同部，下又用「與江鄉」三字爲句，尤覺費解。注云「樂章多有訛錯，難於考訂」，然則何必改字添叶，致令文義難通乎？柳詞於周詞，亦衹大同小異，拙譜已逐句疏之，兹不贅也。

八拍蠻

《詞律》收閻選《八拍蠻》詞註云：「孫詞首句用平韻起，又與此異。」按此實七言絶句，故起句或用韻，或不用韻也。既爲詞譜，則一韻之所關甚巨，況句有平仄，聲即不同，非詳引而明證之，則未見後詞者，不知萬註之所謂矣。閻詞首句「雲鑠嫩黄煙柳細」，孫詞首句「孔雀尾拖金線長」，驟讀之若兩句迥異，實除韻字之外，六字皆同，第一字閻用平聲，孫用仄聲，則又通用之字也。萬不獨全句未明證，即首字平仄亦未註。又云：「即七言絶句，下二句失黏。」夫詩則有黏，若在詞各有本調，何所謂「失黏」邪？

阿那曲

唐詞《阿那曲》，衹楊太真一首。毛稚黄云：「《雞叫子》曲不傳，未知與《阿那曲》異同。」俞少卿云：「《阿那曲》、《雞叫子》皆七言絶句。」然則《雞叫子》是否即《阿那曲》，尚不可知。《雞叫子》今固未見，而《阿那曲》亦未見他作。《詞律》註云：「即仄韻七言絶句，平仄不拘。」豈或曾見别詞耶？抑因其似絶句，而以爲平仄不拘耶？《赤棗子》等調，萬皆用近體詩句平仄，以意註之。

欸乃曲

《詞律》辨「欸乃」二字之音，將四百言。其大要則據楊升庵之說云：「欸亞改切。柳詩本作『靄襖』，後人誤倒讀作『襖靄』，《正韻》『乃』字『依亥』、『於蓋』二切，是『乃』有『靄』、『愛』二音，而『欸』則音『襖』，是向來相傳，必有所本。《六書精蘊》『欸乃』之『乃』烏皓切，正作『襖』音，是則『欸』字之爲『埃』上聲無疑，而『乃』字則或作『靄』，或作『襖』未確。」此萬氏之說也。於「欸」字既謂音「襖」必有所本，又謂爲「埃」上聲無疑，於「乃」字既謂有「靄」、「愛」二音，又謂作「靄」作「襖」未確，徵引雜出，而仍不免於遊騎無歸。余按《韻會》云：「《說文》欸字原無襖音。」《項氏家訓》曰：「《劉蜕文集》中有《湖中靄迺曲》，劉言史《瀟湘詩》有『閒歌曖迺深峽裏』，元次山有《湖南欸乃歌》，三者皆一事，但用字異耳。『欸』本音『哀』，亦作上聲讀，後人因柳子厚集中有註字云：『一本作襖靄』，遂致音『欸』爲『襖』，音『乃』爲『靄』。不知彼註自謂別本作『襖靄』，非謂『欸乃』當音『襖靄』也。」項氏此說，足爲諸家解紛。《字典》徵引衆說，謂應讀若「矮靄」，並云「乃」無「愛」音，《正韻增》音「愛」非。《韻會》云：「欸」無「襖」音，「乃」無「靄」音。今二字連讀，爲棹船相應之聲。《演繁露》謂如《柳枝》、《竹枝》和聲，「欸乃」亦其例，恐涉附會。

清平調

李太白《清平調》凡三首，兩用平起，一用仄起，卻無拗調拗句。《詞律》注云：「平仄不拘。」實則三首中通無不拘之處，不知萬氏何所指？倘不見李詞，恐有誤成《竹枝》拗體絶句者矣。萬遇詞調之近詩者，每有「平仄不拘」之註，此或隨筆而及歟？

甘州曲、甘州子、甘州遍、甘州令、八聲甘州

五調同出《甘州》，然其名雖同，而令、慢既分，宮調亦異，概爲類列，固《詞律》體例之誤，不復多辨。《甘州曲》蜀主王衍詞次句「能解束」應作「能結束」，末句「可惜淪落在風塵」應作「可惜許淪落在風塵」，杜氏《校勘記》、徐氏《拾遺》各引《五國故事》、《歷代詩餘》、《康熙詞譜》等書補正之。《甘州子》萬氏註云：「首七字，末八字，與前異。」蓋不知王詞奪一「許」字，實則八字，正與前同，適足證兩體同出一調，惟首句三字七字異耳。《甘州子》首句第三字，萬氏註「可仄」，然顧敻五首，此字皆用平聲，無一仄者，此外未見他詞，不知何以言「可仄」也。《甘州遍》不註平仄，調後註云：「毛此體二闋，用字無不相合，可見古人填譜，自有定律。」然毛詞「絲竹不曾休」句，次首即作「往往路人迷」，「堯年舜日」句，次首即作「鳳皇詔下」，「絲」字、「往」字、「堯」字、「鳳」字，平仄通用，固未嘗字字相合。《甘州令》亦不註平仄。萬於他調無別詞可證者，則以前後段證之，此調

前後段平仄頗有不同，獨不加註，未解何意？《八聲甘州》拘於字數多少之例，以劉過、蕭列兩體列前，而柳永詞本屬此調正格，仄致後列，此亦因體例之誤，偶一舉之，後不遍及。此調聲律頗寬，論者若於寬處求嚴，固無不可，而《詞律》謂「一番洗清秋」之「番」字多用平聲，其用仄者十之一，又謂「誤幾回天際識歸舟」之「幾」字亦多用仄，教人取法乎上。余按「番」字用仄，「幾」字用平者，不可勝數，以余所見，已不啻十之四五。萬氏所舉「番」字平聲之例，僅得六家詞耳。余頗有考辨，已詳拙著《詞譜》。最可取證者，則張玉田一家之作，共十一闋，「番」字盡用平聲，「幾」字用平聲者亦已七闋，玉田精於聲律，豈慢然而誤耶？「倚欄杆處」一句，《詞律》謂中二字相連，然名作如林，似此者寥寥數闋，其作四字常句者，蓋不止十九，可見此非正格。又所舉石林首句五字，次句八字，與他家稍異，不知起句用五八者，更僕難盡，不僅石林一闋。此調起句，或用八五，或用五八，兩體不拘，名家所作，亦大略相等也。「争知我」三字應作一句，而《詞律》作逗，萬蓋但就柳詞語意，而未考本調之句逗。試觀各家於此三字，截然自爲一句，而不與下句貫屬者，不知凡幾。至柳詞中之「霜」字、「是」字、「不」字，各家皆平仄通用，《詞律》失註。又「闕」字、「干」字，亦有用仄者，但用平者多耳。又「想佳人」三字，有用仄仄平者，有用平仄仄者，有用仄平仄者，有用平平仄者，有用三仄者，「争知我」三字有用仄平平者，有用平仄仄者，此則真所謂十中之一，宜萬之未及措意矣。此調《詞律》所收三首外，尚有楊充之、胡蒙泉、張南湖三體，《詞律》未收。又張南湖、錢南金、張古山、周公謹四詞增減一字者皆未考。及至調名或加「慢」字，或作《甘州慢》，別名《蕭蕭雨》、《讌瑶池》，《詞律》並遺之。

字字雙

《詞律》註《字字雙》云：「因末字重複，故名。」玩「因」字、「故」字語意，似有所據而言。然此詞僅王麗真女鬼一闋，别無作者，則調名亦未必有可考。萬或望文生義耳。凡此之類，宜著己意，勿使後人誤爲有所本，庶不乖著作之體。

九張機

《九張機》以九首連章爲轉踏詞，似九首成一曲者，其二字起句者接於九首之後，明是前體之減字，當收三字起句體例列前，而以二字起句體附之。杜氏《校勘記》、徐氏《拾遺》謂二字起句二首爲遺隊，應列於後，則其説仍誤，已詳拙著《詞譜》。此調但見《樂府雅詞》所收二作，其一爲十一首，即附二字起句體者，其一爲九首。其十一首者每首第三字皆用仄叶，其九首者則第三句有叶有不叶，當從其多者註叶，而並明其可不叶焉。至首句自一張機以至九張機，其中三張機之「三」字，當是爲數所牽，乃於首句第一字註「可平」，豈非竟作三平？竊疑九首起法，蓋似定句，此字不註可也。若依此調，而别填字句，註爲「可平」，則必不然也。此調除二字三字起句不同外，其餘字句悉同，實仍一體。就《樂府雅詞》二十首比證之，二句第三字平仄通用，四五句第一字亦平仄通用。《詞律》所收二字起者，其第二句云「素絲染就已堪悲」，「染」字註「可平」。而所收三字起者，第二句云「横紋織就沈郎詩」，「織」字不註；又二字起者，四五句云「應同秋扇，從茲永棄」，「應」字不註，「從」字註「可仄」；而三字起者，四五句云「不言愁恨，不言憔悴」，上「不」字註「作平」，下「不」字不註。夫「染」字既註「可平」，則「織」字之例同也；「從」字既註「可仄」，則「不」字之例同也。萬每遇入聲，輒謂其作平，「識」、「不」二字之不註，或因其入聲而誤於不覺乎？至若第四句之「不」字註「作平」，則更有辨。大凡四字句之第一字，平仄不容通借者，必平平仄仄或仄平平仄之句居多。若平平平仄之句，則未聞第一字必平者。又凡四字二句，而平仄不容互證者，必平仄對待，如平平仄仄及仄仄平平之類，或平仄相異，如平平仄仄及仄平平仄之類，未聞有平仄相同，而第一字不容互證者。此調之四五句，平仄相同，故第三字皆通用，而五句之第一字亦平仄通用，則第四句何至獨異？萬謂第四句第一字之「不」字作平者，蓋因二十首之中，十八首用平，二首用仄，而皆入聲耳。萬喜主去聲單用，入聲代平之説，每有持之過當者。

法駕導引

陳去非之《法駕導引》，久誤爲赤城韓夫人之作，《詞律》引《無住詞註》辨正之，杜氏《校勘記》謂其未詳，全爲補録。余按《樂府雅詞》選陳去非詞，已並録此註。曾慥之書成於紹興間，正市肆中傳赤城韓夫人詞之時，所録必不謬。萬、杜皆不引，偶未見邪？五句第三字，六句第一字，各詞皆平聲，趙儀可詞用仄，《詞律》未註。

抛毬樂

五言六句律詩體之《抛毬樂》，劉夢得、皇甫子奇、徐鼎臣各有二首。至馮正中爲七言六句律詩體，而變其第五句爲五言，其源實同也，若柳耆卿之作，顯是别調，而《詞律》收爲又一體；令、慢雜廁，《詞律》通病，蓋體例本誤，非獨此調爲然。此調在宋自有抛毬樂舞隊，列入《宋史·樂志》。柳詞句調既與唐詞迥殊，當是宋樂，而乃列爲唐調之又一體，其誤又不止於令、慢雜廁矣。劉詞末句「應須贈一船」，而其次首云「一杯君莫辭」，是近體詩之雙拗句法。凡五言平起之句，第三字可獨拗，而第一字則必與第三字雙拗，七言平起句之三五字亦然，爲近體詩句之通例。《詞律》於第三字註「可平」，而第一字無註，是失劉詞之雙拗句矣。馮詞八首，平仄通用，一如近體詩，其中亦有拗體者，《詞律》亦未加註，豈所見祇一首耶？抑製譜時全首漏註耶？柳詞祇一首，别無可證，《詞律》之句逗，有令人疑詫者：「任他美酒十千一斗飲竭仍解金貂貰」，於「千」字、「竭」字斷句，《天籟軒葉譜》則於「酒」字、「斗」字斷句，於文爲優。在萬意不過欲與前段「是處麗質盈盈巧笑嬉嬉争簇秋千架」三句相比，不知一韻中字數相同，而句法長短不同者，宋詞極多，柳詞尤多，未可過泥而礙其文。又「恣幕天席地陶陶盡醉太平且樂唐虞景化」，《詞律》作四字一句，文亦稚澀，葉譜以「陶陶盡醉太平」爲一句，「且樂唐虞景化」爲一句，文即流美，似應從葉。如以調論，則此韻字數雖同，而四句變爲三句，且句法大異，宋元詞雖有伸縮句法，卻不至此，未可以「貰」字韻三句爲例。竊思「太平且樂唐虞景化」可作八字一句，或二字逗，或四字逗，皆無不可。

文在欲斷欲連之間，是柳詞本色。前段之「少年馳騁芳郊緑野」，本是八字一氣，亦可作八字句，與後段相比，其逗法亦可或二或四，如此則不傷於文，而亦無乖於調矣。抑此韻如照葉譜讀法，則前段以「金雞芥羽少年」爲一句，「馳騁芳郊緑野」爲一句，雖稍勉强，仍未大失文義，猶勝於「太平且樂」爲句，亦勝於「貰」韻之「一斗飲竭」爲句耳。柳詞前後段不同者，十而七八，此調既無他詞，則調無可證，衹當從文。乃以今日所不可知之調，而以己意定之，而又强古人之文以就我，毋乃不可乎？至「奏脆管繁絃聲和雅」，以「管」字作逗，無此文法，此殆可三五，亦可五三之句，豈可將「脆管繁絃」四字中破之？又「飲竭」二字，萬註「作平」，别無左證。凡此皆不免於武斷，亦是小焉者矣。萬註並云：「作長調須如此照管，則知安字平仄處，裁句長短處。不然，隨讀隨填，必至前後盡錯矣。況不如此體認，而惟舊譜是依，豈不大誤？」然則今日之鄙論，固早爲萬所笑矣。然此調前後段相比，實萬之臆擬耳。强古人之句逗，以就我臆擬而不可知之調，强古人之字音，以就我臆擬而不可定之聲，若備一説，固未嘗不可也，乃悍然曰如此則知安字平仄，裁句長短，是以牽附爲照管，以自用爲體認，誣古人而並誣後人，則自信太過矣。

江南春

《詞律》謂青蓮詩「秋風清，秋月明」，即《江南春》之濫觴。杜氏《校勘記》云：「《詞譜》以此調爲《秋風清》，較李青蓮作衹少一首韻。」余按《康熙詞譜》成書在《詞律》之後，且有採《詞律》之説者，而此調直言爲《秋風清》，非復萬氏疑似之辭，蓋必别有所本，萬未得見耳。

踏歌辭

《踏歌辭》崔液二首，《詞律》收第二首，末句「調笑暢歡情未半看天明」，作七字三字二句，註云：「唐詩刻此作五言六句，誤。」棨按：此調實五言六句，崔詞第一首末句云「歌響舞分行，豔色動流光」，斷不能讀作七字三字兩句，萬蓋未知崔詞之有二首耳。然即以第二首「調笑暢歡情未半」作尋常七言之四、三句讀之，於第四字作逗，則「調笑暢歡」，亦不成語。若謂三字逗，則《詞律》之例，除常句不註逗，其餘皆註，今固未註也。況「行」字、「情」字俱是叶？杜氏《校勘記》亦即據此，以謂五言六句爲是。《全唐詩》收崔詞，於題下註云：「此詞五言六句，與《抛毬樂》相似，惟第五句用韻不同，或將第二首末二句作上七言下三言讀，改入詞調者，誤。」則固已正之矣。又《詞律》於此詞獨第四句第一字註「可仄」，餘皆未註。若知崔詞二首，兩相比勘，則通用者不僅此一字，否則無一字可註，今僅註一字，豈别有所據耶？

右爲《詞通》作者徐戟門先生遺著《詞律箋榷》殘稿。本刊第一卷分載《詞通》，初不知作者姓氏。後經路瓠盦先生朝鑾來函，謂疑爲徐棨之筆。旋質之吴董卿先生用威，言棨字戟門，曾舉於鄉，早逝。當更託夏吷庵先生向其兄固卿先生紹楨處，詳詢其生平行跡，迄未得報，深爲耿耿。此稿雖草創未竟，而比勘精嚴，糾正紅友之謬誤甚多，洵詞苑之功臣，不容任其泯没者也。因特商之趙叔雍先生，録副付本刊分載。世有好學深思之士，更進而續成未竟之盛業，又同人之所馨香禱祝矣。

——《詞學季刊》第二卷第二號

憶王孫

秦少游《憶王孫》詞，在《淮海詞》集中。《詞律》收之作譜，而署李重光，蓋循《草堂》之誤。杜氏《校勘記》、徐氏《拾遺》已正之矣。註云：「『空』、『深』二字用平，『不』字亦作平。是起調雖不拘，然名詞名曲，多得此訣，但可爲知者道耳。」徐氏《拾遺》駁之云：「『不』字宋人多用仄聲，此註未的。」棨按：『不』字宋人用仄者多，且每用去聲。萬既知其不拘，而又註「作平」，夫作平者，其字必當平，而偶用入聲，故曰作也。況「深」、「空」二字皆註「可仄」，此獨曰「作平」，極其所蔽，將有「深」、「空」二字用仄，而此字不敢用仄者矣。宋人三字皆用仄者亦頗多，萬喜於立異，又喜謂上、入作平，故不自覺其矛盾。註又云：「《詞林萬選》云：『元人北曲《一半兒》即是此調。』然元曲亦有《憶王孫》與此同者，當是一調異名。」「一調異名」四字，不甚可解。謂《一半兒》與《憶王孫》邪？則非一調。謂元曲之《憶王孫》與詞之《憶王孫》邪？則非異名也。周紫芝又一體，作者無多，萬所註平仄未審所據。今以向子諲一詞證之，則萬註所及者，多非向詞所用；而向詞所用者，萬註又皆未及，兩詞合勘，疏失已多。尤奇者則後段次句「山共水幾時得到」之「得」字。註云「作平」，蓋以前段之「誰」字平聲，而此恰是入聲，已投其上、入作平之好耳。此體既不多見，安知此字必平？此字又非拗聲，安見必當作平乎？

一葉落

《詞律》録後唐莊宗《一葉落》詞，其次句作「搴朱箔」，杜氏、徐氏皆引《歷代詩餘》作「珠箔」。余按《全唐詩》亦作「朱」，但以「箔」言，恐是「珠」字爲長。

蕃女怨

《蕃女怨》祇温飛卿二首，餘無他作。而飛卿二首，即成二體。其第一首仄韻換平韻，第二首則換仄韻後再換平韻，萬氏收其第一首，漏一體矣。

調笑令

唐《調笑令》與宋《調笑》，明是二調。宋《調笑》多連章爲《轉踏詞》者，每詞之前，有七言古詩八句，即以詩末二字爲詞之起句，亦即以起韻，其體格字句與唐《調笑令》迥不相侔。《詞律》收宋詞爲唐詞之又一體，非也。元人邵亨真有《古調笑令》，僅將原句小變，是誠唐詞之又一體，而《詞律》不收，兩失之矣。唐體起句四字，如《葩詩》之「黄鳥黄鳥」、「其雨其雨」，不能分爲二句。其第五句之例疊二字者，亦是四字爲句，《詞律》俱分作二句，於前二字註韻叶，後二字註疊句，舊譜不然，是亦立異之過。第四句第六句，各家平仄多異，《詞律》失註。又第三句第五字，各家用仄者皆入聲，《詞律》喜以上、入作平者，而此獨註可仄。余謂唐詞由詩初變，故其用聲不離於詩，凡拗句拗字多仍詩法，此字疑當用平，各家之入聲，疑是借平，否則上、下兩句且係全拗者矣，何以此字各家皆祇用入聲乎？宋體首句二字，各家之詞，無慮數十首，皆一平一仄；惟鄭彥能有一首用仄仄，蓋所用「草草」二字，因疊字而借聲，非可仄也。《詞律》不曰「作平」，而曰「可仄」，萬氏喜以上、入作平，此兩字皆有作平之理，而獨不作平，或者別有用意。其餘拗句，亦皆失註，是偶疏矣。又《詞律》於宋體後註云「此調或題作頭子，或作破子」，語亦有誤。夫「頭子」、「破子」者，他曲多有之，非此調之別名，亦非此調之獨有。蓋《轉踏詞》者，每首各有所賦之事，「頭子」、「破子」者，在全曲之前後爲起結，比以南北曲之「楔子」、「尾聲」，庶幾近之。又《詞律》論「致語」用四六，其下必有「口號」詩，小兒女弟子演劇，皆有問語答語隊名，謂之「勾隊」，演畢「放隊」，亦用四六，不用絶句，亦不免失考。《樂府雅詞》所收《轉踏詞》凡四家，無名氏《調笑集句》，前有「儷語」及「口號」詩七絶一首，後有「放隊」詩七絶一首，而無「儷語」。鄭彥能《調笑》、《轉踏》則前有「儷語」而無詩，後有「放隊」詩七絶而無「儷語」。晁無咎《調笑》則前有「儷語」而無詩，後無「放隊」詩亦無「儷語」。無名氏《九張機》，前有「儷語」有「口號」詩，後有「放隊」詩，詩下並綴「儷語」二句。又無名氏《九張機》，則前後皆無「儷語」亦無詩句。然則「致語」之下，必有「口號」，非也。「放隊」用四六，不用絶句，亦非也。萬氏收毛澤民詞爲譜，《東堂集》中前有「儷語」而無詩，後有「放隊」詩；萬不知各家體格不同，以爲「致語」下必有「口號」。而「放隊」必不用詩，遂謂毛澤民之「放隊」詩，必本是「口號」。而誤刻作「遣隊」，真屬武斷。況毛澤民此詩，明是演畢遣散語意，安得致語時即言歌罷乎？又此詩與無名氏《九張機》之「放隊」詩，惟第三句不同，餘則僅易三字，疑或歌曲家相襲之常調。蓋《九張機》「放隊」第三句改切機綫之語耳。

遐方怨

《遐方怨》有單調、雙調二體。《詞律》單調收温飛卿第一首「斷腸瀟湘」，註云：「湘字次章用悵字，去聲，想不拘，斷腸必用仄平，譜謂可作平仄差。」棨按：此調惟飛卿二首，「湘」、「悵」二字，飛卿已自通用，自是不拘，何必以去聲而猶作疑詞。至「斷腸」二字譜可平仄，固誤，然《填詞圖譜》通用之字甚多，萬皆漏而未舉，蓋力駁《圖譜》，不憚索瘢者，今獨舉「斷腸」二字，後人將以其餘爲可從矣。雙調體《詞律》收顧夐詞，首句平仄仄，因後段仄平仄，遂取其平仄互註。論三字句，自以平仄仄爲順，仄平仄爲拗。孫光憲一詞，則前後俱作平仄仄，可見平仄仄非通例，應以後段就前段作註而説明之，未可以前段就後段也。第四句兩段皆作仄平平仄平，此猶詩之雙拗句也。萬於第一字註「可平」，若謂以孫詞之平平仄仄平爲證邪？則第一字既註「可平」，第三字當註「可仄」。若謂此等拗句第一字本可平邪？則詩中且有不容獨拗之時，況此詞而非詩？原作既兩段皆同，後人固不可意爲更定也。第五六句孫、顧詞相比並，前後段通校，則兩句之第一第三字皆平仄通用。萬於首句拗聲則相比引，而此二句之句調平順者反靳之，抑何歟？

思帝鄉

《思帝鄉》凡三體，温飛卿創之，而孫孟文倚之。韋端己二體，則由温體而變者。《詞律》以韋體列前，大抵誤於字數而不加細考，杜氏《校勘記》駁之，是也。然《詞律》此誤，亦正多矣。此調之九字句，舊譜皆作六、三兩句，非也。余謂舊作九字一句，蓋此調以九字句爲其聲調，如《浣溪沙》等詞，以七字句爲其聲調，無可疑者。韋詞體由温詞而變，並其十一字之兩句亦變爲九字，今乃連用六、三讀之，試問尚成腔否？萬氏從字誤也。韋莊次首結句八字，與温詞不同，亦與韋前一首不同，總字註「可平」無據。温庭筠詞，爲此調最先之作，當首列之。韋莊二詞實出於此體者。「滿枝」句以拗聲泛論之，「滿」字既仄，「紅」字必平，固是定格。若「紅」字既平，則「滿」字可平可仄，何曰「滿」字仄、「紅」字平定格？殊恐未然。若專就詞句言之，謂各詞無「滿」字用平者，如此用字爲定格，則不可，識者思之，當有辨也。「阮」字以韋詞互證可平，此失註。

如夢令

《如夢令》，「如夢如夢」四字，當作一句。《詞律》收秦少游詞，於「無寐無寐」分作二句，上二字註「叶」，下二字註「疊句」，其誤與《調笑令》同，詳見《調笑令》箋。至此句有疊上句末二字者，《詞律》引趙長卿「目斷行人凝佇，凝佇凝佇」，謂雖然不多，不宜從。今按趙長卿之外，尚有蔣竹山、劉景翔、楊冠卿、司馬昂父皆同此格。若此調平仄，萬氏失註亦頗多，六字句之第五字皆不註。並又第四句第六句之第三字亦皆不註。至「如夢」可用仄仄，萬或未知而不註，則更無論矣。「如」字計之，可通用者僅十四字，而遺其七字，何其疏也？平韻體之「春光春光」作二句，其誤亦與仄韻同。

西溪子

《西溪子》二體，三十三字者，牛嶠一首外，未見他作；三十五字者，則毛文錫一首，李珣二首，實衹結句多二字，亦猶襯字耳。萬註平仄，殆借毛、李三詞，以證牛詞，誠無不可。惟牛詞换仄韻處，用兩「語」字疊叶，萬註云「不必重上韻」，而不言其故，殆謂毛、李不疊也；不知牛體之用疊，既可依毛、李體而不疊，則毛、李體之不疊，亦可依牛體而用疊，是宜互註而兩存之。牛體第六句第三「昭」字，毛體第五句第二「絃」字，皆可仄，萬失註。又毛體「聽絃管」之「聽」字，註「平聲」，而李詞有「夕陽裏」，想萬意亦以「夕」字入聲作平。然此調僅四詞，牛詞作「絃解語」，平仄仄。毛之「聽絃管」，與李之「夕陽裏」，皆仄平仄。其作平平仄者，衹李珣一首，云「人來到」。四詞之中，仄平仄者得其二，平平仄者止其一，既以去聲之「聽」字讀平，則入聲之「夕」字亦必作平，是改二首以從一首也。抑思詞僅四首，此句已分三式，既可作平仄仄，又可作平平仄，亦安在其不可作仄平仄，而必改多以從少哉？況凡以仄作平者，皆爲聲律所拘，不得已而借聲耳。四詞三式，其聲之不拘，亦以至矣。一經强改，一若必不可通假者。然是又不獨改多就少，且改古調以就我矣，不亦惑乎！

訴衷情、訴衷情近、漁父家風

《訴衷情》一調，今所考見者凡八體，唐五代詞四體，《詞律》所收七體，宋詞得三體，而歐陽修、趙長卿兩詞，實係同體複收，蓋前段第四句五字，歐詞六字作三、三句法，趙詞亦六字，則尋常之六字句法。此不過句中分逗小異，宋元詞不勝縷指。歐、趙二詞，實不得更爲分體。是《詞律》所録宋體實僅二體也。張元幹《漁父家風》第三句七字，嚴次山詞相同。萬氏欲删其一字，力證其爲《訴衷情》，而不知本是《訴衷情》之别體。又自以不另收《漁父家風》爲詳慎，而不知即是《訴衷情》之别名。萬於第二句平起引嚴詞，而獨第三句七字不引嚴詞，乃至欲删張字。且《漁父家風》之爲《訴衷情》，山谷註中即有之，見於汲古閣本，萬氏所常引者，而竟未及，豈其考據之疏邪？抑立異之過邪？又李易安一詞，萬亦未見，故不但未收其體，即引證亦未及之。綜言之，則複一體，棄一體，漏一體也。此詞唐五代單調之體，以平爲主韻，仄爲句中自叶之聲，此棨今日之私説，固不能追議於前人。然萬註平仄體例亦未善。温飛卿一詞，起處由仄韻换平，接注「换三仄」，而於叶三仄之後，又曰「叶二平」。余曾於《荷葉杯》議其目迷五色，此則並甲乙而亂之矣。此詞衹有二仄韻，無三仄也；衹有一平韻，無二平也。萬實就其轉换之次第，並平仄而數之，遂使三之後而復有二，若平仄分計，庶幾頭緒稍清乎？韋莊詞「交帶裊纖腰」，「帶」字叶上「珮」字，諸家各首皆然；然此乃句中帶叶，如必執此而以前人連讀爲非，則飛卿詞之「宫錦」二字，若不連下文「鳳凰帷」讀之，將何所附聲？名詞多有用斷續句法以取姿者，此等句連讀分讀皆無不可，但不失叶可矣。顧敻「换我心爲你心」，萬註「爲字平妙，温作音字，韋作香字亦然」，不知此字諸家各首無不用平者，不獨温、韋，不識顧詞「爲」字何以獨妙？韋、顧二詞，首字平仄通用，俱失註。魏承班詞「銀漢」一首，起二句皆平仄相反，不僅首句。其起句同，而次句相反者三首，亦不僅「風飄」一句。後疊第三句末三字，有作「重重矚」者，萬謂是第二句，則竟不成調。凡此者不過檢録偶疏，而所誤則已大矣。四十四字之宋體，第三句前四字平仄多不同。清真即有第二字仄、第四字平者。萬譜王益詞云「碧霞又阻來信」，謂必如此方起調，吾不知歌法失傳之後，何以辨其爲起調邪？次句用平起者，晏小山亦云「牽衣問小梅」，不僅嚴次山一首。若《訴衷情近》則與《訴衷情》迥殊，類列是其體例之通誤，姑勿贅論，今但論其平仄，以屯田兩首互較，可通用者僅三字，而《詞律》竟失註二字，雖欲不謂之疏而不可矣。

天仙子

和凝《天仙子》二首，其第一首字句聲韻，即宋詞之半闋。《詞律》於韋莊平仄换韻體註云：「首句、次句第二字俱用仄，宋詞之所本。」未免疏矣。宋詞即用和凝詞加一疊耳。《詞律》於宋詞之體，收沈會宗作，註云：「衣未解二句，平仄多不拘。然觀張三影上句平仄仄，下句平平仄，最爲起調。」不知宋詞於此二句似張三影者多，此不拘者少。沈詞「水一派」之「水」字，當是作平，而獨註「可平」，何其立異而自攻邪？

《風流子》二體，唐爲小令，宋則慢詞。《詞律》以慢詞爲令詞之又一體，非也。所收張耒詞，首句「木」字以入作平，失注，其餘失注亦多。全調百十字，除變句及强通之字，其平仄通用者僅二十五字，而失注已至十九字。其全句變换，如前段之「愁入庾腸」，後段之「風前懊惱」，《詞律》俱於注中見之，而詞旁則僅注「前」字可叶，「惱」字可平。然入句無注。又「芳草有情」句，張耒别首即用平平仄仄者，乃並注中而亦漏之矣。起句用韻，宋詞甚多，幾與不用韻者相埒，不僅周美成、孫惟信二首。若前後起句俱用韻，亦尚有賀方回之作，不僅吴彦高，此皆失之目前者。至前段「楚天晚，白蘋煙盡處，紅蓼水邊頭」三句，吴夢窗作「窈窕緑窗人睡起，臨砌默無言」。又作「自别楚嬌天正遠，傾國見吴宫」。《詞律》疑係脱落，不知方君遇亦云「回首别離容易過」，與夢窗正同。如謂脱落，則「窈窕」句或可添字，若自别句，試添一字分爲三五兩句，則「楚嬌天正遠」，不復成語，有以知其必不然也。又後段「香箋共錦字，兩處悠悠」，王審齋云：「塵埃盡，留白雪，長黄芽。」又云：「空搔首，還是憶，舊青氊。」三字三句，《詞律》謂「雖不拘，不宜從」。余謂不拘者，如美成此調，兩首不同，祇在句法伸縮之間，則固不拘；此則音節既變，不得爲不拘；况如此一變，則自成一體，故審齋兩首同之。而羅壺秋亦云：「飛不去，有落日，斷猿啼。」此體不知自誰始變，而昔人已有從之者；既不得追削其體，而顧毅然斷之曰「不宜從」，果何説哉！

歸國遥、歸自遥

《歸國遥》之調，始於温飛卿，而韋端己踵之，未有題作《歸自遥》者。若馮正中「何處笛」三首，或署歐陽永叔作，皆題《歸自遥》，今收「何處笛」一首在前，題《歸國遥》。注云「國一作自，遥一作謡」，俾後收温、韋二體合而爲一。《康熙詞譜》云：「《樂府雅詞》注，《道調宫》一名《風光子》，趙彦端詞名《思佳客》，《詞律》編入《歸國謡》，誤。」棨按：兩調實不相合，辨見拙著《詞譜》。萬氏謂《填詞圖譜》改調名，並唐調《浪淘沙》亦曰《賣花聲》，斥爲無理。而萬氏此調之誤，則正與《圖譜》同例，真可謂厚於責人者。今姑勿論：即以一調言之，馮詞亦不得在温飛卿之先，此因但依字數，而不復詳考顛末，《詞律》通病矣。所收「何處笛」一首，「離」字、「頭」字可仄，失注，萬意殆謂此二字用仄，獨見趙介庵詞，故不注歟？然「深」字注「可平」，「特」字注「可仄」，則實未見他作，不知何據？又韋端己「春欲晚」一首，「柳」字、「早」字皆可平，以前後段互證，則「得」字、「恨」字亦可注，皆失注。萬喜詆人無據妄注，又喜以前後相比者，此獨不然。以下原稿有脱誤

定西番

《定西番》凡三體。温飛卿一體，平仄間叶者也。五代各家，則但用平韻，而字句與温同。又張子野所作，則前段多六字一句。《詞律》僅收孫光憲但用平韻之體，大抵於温體未留意，於張體

係未見耳。

連理枝

李太白之《連理枝》舊分二首，《康熙詞譜》合爲一首。是兩疊之體，已始於唐；《詞律》成時，《詞譜》未出，無足怪也。《詞律》收程書舟詞，前段「又催新火」句，「新」字不注「可仄」，後段「有何不可」句，「不」字注「作平」，兩段相比，則是第三字必不能用仄者矣。然《珠玉詞》前句云「天時正好」，「正」字即書舟之「愁」字，不但平仄，且用去聲，則後段亦必可仄無疑。書舟之「不」字仄聲，本用在可仄之處，其非作平又無疑。萬喜以入作平，多似此類。末句「待日長閒坐」，「日」字諸家無用仄者，必是作平矣。萬乃不注作平，而亦不注可平，不解何故。

江城子

《江城子》單調始於五代，而著録最先者爲韋莊詞。《詞律》用牛嶠詞爲譜，而以韋詞爲旁證。故杜氏《校勘記》微譏之。不知三十五字體，始於韋莊，《詞律》收牛嶠詞；而三十七字體始於牛嶠，《詞律》則收張泌詞，其誤一也。萬氏疏於考據，往往類此；且有明知而故收後作者，此其好立異之過，不足怪。《詞律》於一調各體，亦以字數爲先後。此調牛嶠詞三十七字，誤爲三十六字；歐陽炯詞三十六字，誤爲三十七字；故次序亦不循字數矣。牛詞「蘋葉藕花中」，「蘋」字可仄，《詞律》失注，至謂一名《水晶簾》，乃後人因詞中有此三字，故巧取立名。今遍觀五代各家詞中，無此三字者，未知萬説何所指，或因牛詞「簾捲水樓」句致誤邪？《南歌子》亦名《水精簾》，則因張泌「高捲水精簾額襯斜陽」之句，萬或誤記。然萬於《南歌子》則又未注《水精簾》之名也。改易調名，誠屬多事；然已則先誤，而以訓人，毋亦有所不可？又此調之九字句實是一句，萬於單調注云：「本九字句，故語氣或於四字斷，或於六字斷，不拘，而宋詞俱依後所載謝無逸體作雙調者勿誤。」此真未加考訂，而率意武斷矣。宋詞雙調九字，仍是一句，有語氣似可分讀者，亦有斷不能分讀者，若必謂謝無逸詞爲四字五字二句，則秦少游之「飛絮落花時候一登樓」，豈能分作四五字句乎！宋詞似此者極多，一一可以覆按；即《詞律》所録謝詞「記得年時相見畫屏中」，實亦一句，未可强分之以就我也。萬於《南歌子》之九字，强作六三兩句，此則强作四五兩句，其好改句讀以立異者如此！而《南歌子》自知其不安，故既作六三兩句，而又曰「可六三，亦可四五」。此亦自知其不安，故亦曰「四字斷、六字斷不拘」。夫雙調不過加後疊，毫無異致，豈有單調不拘，而雙調必拘者乎？黄山谷仄韻一首，必用入聲韻，試以平聲讀之，則聲調與平韻悉同。然謂此調入韻通於平韻則可，謂山谷此詞以入聲代平聲則必不可。蓋平韻之調可改入韻，而不可改上去韻，如《聲聲慢》是已；亦猶入韻之調可改平韻，如《滿江紅》是已。此類甚多，不可悉舉。李易安之《聲聲慢》，豈可謂爲以入韻代平韻；姜白石之《滿江紅》，豈更得謂爲平韻代入韻哉？平入聲之字，誠可相通；平入聲之韻，決不能全首相代。此調可押入韻，正與《南歌子》之入韻，其例相同。又如《憶秦娥》本是入韻，可押平韻，故仄韻之《憶秦娥》必不能押上去韻；悟此可以知韻即可以通律，律皆出於韻也。律出於韻，則無隨意相代之理。若如萬說，則凡平韻之詞，皆可取入聲全首代之歟？理必不然矣。《南歌子》仄韻，萬亦謂以入代平，今並辨之於此。又山谷此詞前結云：「看不足，惜不足。」後結云：「千不足，萬不足。」是否疊叶，抑係偶然，今無他詞，固難臆斷。萬謂上句兩「足」字原作仄用，愈以證實下句「足」字作平。萬喜謂上、入作平，乃不憚於全韻亦改之，此非細故，不可不辨。倘果是以入韻代平，則仍是平韻，不必另收一體。起質紅友，當亦啞然。

江城梅花引

《詞律》收康與之《江城梅花引》，注云：「此詞相傳爲前半用《江城子》，後半用《梅花引》，故合名《江城梅花引》，蓋取『江城五月落梅花』句也。但前半確然爲《江城子》，而後全不似《梅花引》，過變以下，兩調俱不相合，未知以爲《梅花引》，是何故？」又云：「《梅花引》與《江城子》第二、三、四句，平仄聲響原相似，或腔有可通。」又云：「此詞誤刻《書舟詞》中，題曰《攤破江神子》，然則此調祇應名爲《攤破江城子》可耳。《竹山集》於此調，又竟作《梅花引》，蓋與五十七字之《梅花引》相混，故今以此附於《江城子》之後，而《梅花引》仍另列云。」棨按：前半《江城子》、後半《梅花引》之說，不知所從出。萬所謂相傳云云者，既無載籍可稽，又不詳其所自；以愚意揣之，《江城梅花引》，不過《攤破江神子》之別名，並非兩調相合而爲此名也。若合兩調而得名，則作者必不應獨題《梅花引》，猶《江月晃重山》，不可題《小重山》，亦不可題《晃重山》，其理易曉。何以蔣竹山、周草窗、趙霞山皆但稱《梅花引》邪？然則《梅花引》三字，必非因五十七字之《梅花引》

可知。《四庫提要》定「娟娟霜月」一闋爲程垓詞，而正其名爲《攤破江神子》，是也。即名《江城梅花引》，亦是也。若兩調合名，不過相傳無據之説，萬既疑其後半不似《梅花引》，則亦已矣。既謂兩調合名，又謂蓋取「江城五月落梅花」之名，然則以兩調得名乎？抑以唐句得名乎？所謂毋令後人徒資彈射者耳。「娟娟霜月」之作，爲康爲程，舊無確辨。萬直謂誤刻《書舟詞》中，不知何據？至責竹山竟作《梅花引》，蓋與五十七字《梅花引》相混，則尤奇矣。此調凡五體，一爲平韻，一爲平仄互叶韻，餘則句韻小有出入者。《詞律》所收四體，而陳日湖一詞，誤落一字，以爲一體，實則祇收三體，尚遺二體也。康與之一體，本調常格，其换頭句云「斷魂斷魂不堪聞」，「斷魂」二字疊前段尾句之「總斷魂」，此實康作偶然，並非通例。兩「魂」字應叶，亦或有不叶者，皆無不可。《詞律》注云「疊二字」，則似必疊者矣。「怕黄昏，又黄昏」，兩「黄昏」偶然連用，本非疊叶，「被半温」句可不叶，皆未注明。又前段「手」字可平，不注，而後段「惟」字注「可仄」；後段「銀」字可仄，不注，並以前段「獨」字之本可仄者注謂「作平」。大抵每遇入聲，多有此誤。此外平仄失注者已尚多，已詳拙著《詞譜》，不暇毛舉。洪皓一體，平仄互叶者，换頭句當如洪忠宣别詞「一枝兩枝三四蕊」爲正格，二「枝」字句中夾叶，王觀、周密皆同。《詞律》獨收「空恁遐想笑摘蕊」一首，無怪徐誠庵又收王詞矣。陳允平一體，「鏡裏心，心裏月」，《日湖漁唱》本集中作「鏡裏心心心裏月」，《詞律》誤落一字，並非另體。康詞「睡也睡也」四仄，萬不加注；而又稱陳詞之「素紈猶在」爲殊有墻壁，使人不解。至謂陳題和趙白雲自度曲，不知何謂？杜氏《校勘記》云：「周草窗亦有和詞，題云趙白雲初賦此，以爲自度腔，實即《梅花引》也。蓋趙白雲自度，而適與《梅花引》相合，故周、陳題注各異云。」余按周題尚有「陳君衡、劉養源皆再和之」之語。趙白雲自度，不當聲句吻合舊曲如此。故前有名作，不應趙、陳、劉皆不知之，或者如姜白石之《湘月》即《念奴嬌》鬲指聲，而亦以爲自度耳。吴文英一體，「半黄細雨」，是「半黄梅子」之誤。「翠禽語似説相思」，明是一句，萬以「半黄細雨翠禽語」爲句，實有未安。此二句共十一字，各體於此，俱作上四字句，下七字句，中間三字屬下者多，亦有可上可下者。萬收各體，皆作四字七字句讀，雖有中間三字屬上，必作七字四字句者，如張仲舉「豔絶韻絶香更絶，特地風流」、趙蘉庵「靚妝照影未堪整，雪豔冰清」，皆是，而萬卻徵引未及。所譜各詞，全無七字，而强此不可七四之句獨爲七四，殊難索解。二句變爲六字一句，詞調中似此者極多；萬因後段六字句，遂將前段之「分流水過翠微」亦作六字，而不分句；是又因前後相比之成見膠執，因其後段之變，乃並其前段之不變者而亦變之。然即使前段合爲一句，亦係三字逗，與二四句法仍不同，是亦不可以已乎？

江城子慢

《江城子》詞有令、有引、有慢。令、引、慢各自爲調，別無所謂本調也。《詞律》於《江城子慢》注云：「與《江城子》本調全異。」想是指令詞爲本調，無怪其令、慢類別之誤矣。此調僅見三詞。《詞律》所譜者，吕渭老一首，而引蔡松年爲證，似於田不伐一首未之見也。全調平仄可通者十三字，萬氏僅注六字，遂失之過半；其末句之「不」字，萬注「可平」，然田詞作仄，蔡詞兩刻不同，未能作據。「碧」、「蝶」二字，萬注作「平」。詞僅三首，萬所見者僅二首，何所見而決其爲作平，安知其非平仄通用乎？萬駁《圖譜》之誤甚是，然以之爲駁議則是，以之爲通論則非。如謂《圖譜》不知前後相同之説；夫前後相同，凡知詞者皆知之，《圖譜》必無不知之理。萬則正因拘於前後相同，往往致誤人苦不自知也。又謂「豈一詞押兩碧字」？豈不思李易安《鳳凰臺上憶吹簫》固一詞押兩「休」字邪？李之重「休」字，余别有説。然重韻之詞，不始易安，宋元人往往不免。尤足怪者，萬譜《燕春臺》張子野詞，欲於「探芳菲走馬」句下，加入「歸來」二字，以合於《夏初臨》；而不知張詞上句有「當時去燕還來」之句，與「探芳菲」僅隔一句耳。《圖譜》兩「碧」字，出於無心誤讀，而萬之兩「來」字，則出於有意增改；其誤視《圖譜》爲尤甚，顧可以悍然詈人乎哉？萬之嬉詆過情者甚多，辨不勝辨；惟此詞則所駁甚確。恐讀者因其所駁之是，而忘其持論之偏，摭拾重韻，以疑古詞，比合兩段，以爲定法，流弊不小，故附及之，尤而效之，罪又甚焉矣！

望江怨

《望江怨》惟牛嶠一首，《花間》本不分段，或於「羅帷愁獨入」分段，《詞綜》從之。棨按：牛詞前半是别時語，後半是别後語；若作一段，則語意相詆迕，分之爲是也。《詞律》注云：「此小令必不分。」不知小令分段者正多，而《詞律》所譜之分段小令亦不少；乃忽謂小令必不分段，是誠奇絶！又唐五代詞，或有因傳寫不同而體段遂異者，韋端己之《訴衷情》，即分二段。此調分否無確據，但不解萬氏何以能必耳。

相見歡、錦堂春、錦堂春慢

《烏夜啼》始於南唐李後主，凡二首。一爲三十六字，又名《相見歡》者也。一爲四十七字，歐詞又名《聖無憂》，而宋調添一字，又名《錦堂春》者也。李後主以自創之調，而不自嫌同名。詞調同名者固甚多，本不可以盡避；萬氏强欲避之，以三十六字者題爲《相見歡》。《相見歡》之名，本亦見於五代，猶可説也；乃四十七字者，竟用四十八字宋詞之名，題爲《錦堂春》，並注云：「《錦堂春》原别名《烏夜啼》。」是則以後掩前，且奪李詞而不入體，僅辨其即是《錦堂春》，而不知其恰非《錦堂春》焉。杜氏《校勘記》以爲未安，余則以爲有心立異，遂致過於武斷而不自覺。甚且謂：「《相見歡》宋人名爲《烏夜啼》，而《錦堂春》亦名《烏夜啼》，因致傳訛不少；斷從唐人爲《相見歡》，而《錦堂春》亦仍其名，俱不以《烏夜啼》亂之。」殆頗沾沾自喜。不知三十六字之《烏夜啼》實唐詞本名，而《相見歡》之名，則已稍後。若宋詞四十八字之《錦堂春》，又較唐詞四十七字之《烏夜啼》已加一字，爲體不同。況宋詞亦多題作《烏夜啼》者，《錦堂春》實其别名。《詞律》喧賓奪主，反謂不以《烏夜啼》亂之，實大誤也。至聲句之間，亦多誤者。兩遍結句皆九字，萬氏注作六字三字兩句，乃又云「皆是九字句，亦可於第四字略斷」，然則究當爲九字句乎？爲六字三字句乎？抑亦爲四字五字句乎？《南歌子》之九字句，則作六三；《江城子》之九字句，則作四五；此調九字句，則模棱兩可：非作譜之道也。兩結句第五字平仄通用，失注。又换頭是短叶，非换韻；且諸家之作，有不叶者，有疊叶者，有次句叶平者，不名一格；萬氏皆失之。

何滿子

《何滿子》共五體：一爲三十六字，一爲三十七字，一爲三十七字之雙疊，此《詞律》所已收者也。尹鶚詞則用三十六字及三十七字兩體，合爲雙疊。《詞律》云：「汲古所刻《尊前集》尹鶚一首，前七字句祇六字，誤少一字。」桀按：毛熙震雙疊二首，其前一首第三句七字，前後段同；次首前段第三句「幾度香閨眠過曉」，《花間集》無「過」字，正與尹鶚詞同。尹詞全段七字句，《全唐詩》亦祇六字，非獨汲古之誤。蓋此詞單調雖兩體，而僅第三句增減一字；和凝作單調二首，每體一首用作連章，可知其曲度必同。故作雙疊者，或取其一體疊之，或合其二體疊之；毛熙震雙疊二首，一則前後皆三十七字體；一則前段三十六字體後段三十七字體，各用一體而不礙於連章；與和凝單調兩體連章正同耳。《詞律》所收雙疊毛詞，不知其第三句即有作六字者，而毅然斷尹詞爲汲古之誤，似涉粗疏。杜氏《校勘記》引《碧雞漫志》正之；然《碧雞漫志》但言三體，未言合兩體爲雙疊者，尚未足以破萬氏之説。若知其前後不同之故，由於合單調之兩體，而兩體可合之故，由於曲度之相同，證以和凝兩體連章，又證以毛熙震雙疊互用而亦連章，則其必有此體明矣。至引沈翹翹歌「浮雲蔽白日」，疑詩句亦可歌作《何滿子》之音節，謂世遠聲湮不可訂；不知薛逢《何滿子》詞，即是五言絶句，《碧雞漫志》即據爲樂天詩「一曲四詞」之證。萬引《碧雞漫志》而未見此，抑何疏邪？更謂本爲雙調，而單調者祇得其半，則讀《碧雞漫志》而未審矣。毛滂詞雙疊仄韻，《詞律》失收。汲古《宋六十一家詞》，爲萬氏所常據，而亦失之，其偶然歟？《壽域詞》二詞，前後七字句俱用平平起，《詞律》謂恐杜君誤筆；不知晏小山亦用平起，杜不誤也。第五句第三字平仄可通，失注。

長相思

《長相思》令、慢二調，或去其令、慢字，而皆稱《長相思》。《詞律》以爲一調，而謂慢詞爲又一體。凡例云：「《長相思》、《西江月》之類，長短迥殊，名則相同。」即以相比載於一處，殆不知本有令、慢之稱矣。此誤令、慢爲同調異體，較他調之令、慢類列者尤誤。至所注聲韻之誤，亦復不少。如令詞前後段起二句，或疊或不疊，而第一句又或叶或不叶，更有前後四句同疊一字者，並有前疊後不疊，及後疊前不疊者，皆宜詳注。劉光祖一詞，前後段換韻，宋元詞中所僅見，恐是偶然，録以備考則可，似不必以爲別體也。趙鼎一詞名《琴調相思令》，大抵其調爲琴曲，字句合而聲音殊，故别其名以爲誌邪？慢詞四體，《詞律》遺周清真、袁宣卿二體；其於楊補之一體，據汲古本漏去詞末之「夢負清秋」四字，而以「綢繆」爲住韻；遂謂秦少游詞尾句，汲古刻作「鴛鴦未老」，不應同是悲秋」，與楊詞正合；即柳屯田一體末句，亦與此同。不知《詞匯》何所據而添「綢繆」二字，《詞律》又何所據而是之也？前段第七句，後段第六句，可不叶，失注。最可異者，楊詞次句「淡雲障日」，《詞律》謂秦詞「蒜」、「渡」二字作去聲甚妙，與楊詞「淡」、「障」二字相合，並駁《詞匯》作「金」字平聲，相去河漢，不知柳詞用平上，周詞用兩平，袁詞用上去，皆未嘗用兩去。萬氏每遇入聲，輒言作平，每遇去聲，輒稱定律，常不惜屈古人以從己説，無足多辨。柳詞换頭句「向綺羅叢中認得」，於「綺」字作逗，亦非。至其平仄失注之字，不暇瑣舉矣。

風光好

《風光好》調本流美，非有拗聲捩句；陶穀一詞後，祇歐良一詞，又非有諸家之錯出。萬氏謂陶此詞，音甚妥叶，一似以諸詞比較而得者，何也？

望梅花

《詞律》謂：「和凝、孫光憲之《望梅花》詞，俱實咏梅花者，是知此調未可作他用。」其說甚謬。詞調之因事即物而得名者，不知凡幾；唐五代詞，調即是題，而已有不盡然者；至宋以後，則詞皆有題；倚調以成聲，而所咏之事，與調名無涉也。萬氏未嘗不知此說，而獨於此泥之，甚可駭怪。至謂「《草堂》舊收《望梅》一調，亦咏梅之作，例應收《望梅花》之後；但查《望梅》即是《解連環》，此不復收《望梅》云」，則尤可怪。夫《望梅》既知爲《解連環》，則本不應列此調之後，亦本不得復收《望梅》，何待言者，真令人不解其故，萬殆欲攻《草堂》而自忘其失辭也。宋詞别有《望梅花》一調，與五代詞調不同，《詞律》漏收。《天籟軒葉譜》以與五代詞並列，徐氏《拾遺》即收爲補體，皆未細審耳。

上行杯

韋莊之《上行杯》，在孫光憲前，且兩首整齊，易證；萬氏收孫光憲二體於前，以字數少耳。孫詞於换頭句叶前段之末句，而以後不復有叶，遂使兩段皆不似韻，其中恐有傳訛。萬謂以换頭句屬上，並謂：「詞是單調小令，不宜分作兩段。」棨按：不分段之説甚是。《九宫大成譜》收韋莊詞，本不分段，萬殆未見耳。至謂「金船滿捧」句「冠」下亦不相接，則殊未然。酒杯歌舞，本自相屬，何不接之有！割以屬上，反成笨伯語。不如不分段之爲愈矣。語詳拙著《詞譜》及《詞通》。孫光憲詞，《詞律》誤作鹿虔扆，不知何據？韋莊詞，《詞律》收「芳草灞陵春岸」一首，注云：「『金鏤盞』，韋又作『勸和淚』，不解，恐誤。」此蓋因其聲而疑其誤也。若「勸和淚」，不過「和淚勸」倒裝以就韻耳，有何不解邪？第二句第四五，平仄失注。第三句「一曲離腸寸寸斷」，蓋據《花間集》，不若《全唐詩》作「一曲離歌腸寸斷」，文義爲長，聲亦與諸作相合。

醉太平

《醉太平》一調，惟兩段第三句，有平仄通用之字，餘皆嚴整。兩段首句第一字多用平，間有仄者，故《詞律》注「可仄」。然首句首字既作可仄，則次句首字亦可仄。如顔奎云「小冠音人，小車洛人」，兩「小」字皆仄也。辛幼安仄韻一體，《詞律》所據當是汲古本。後段七字一句，三字二句，杜氏《校勘記》引戈校本正之，則六字一句，七字一句。然則無他作可證，當兩存其説。

感恩多

《詞律》之分體，往往自亂其例：於體多者或失之目前，而體少者則一字之增減，亦别爲一體。《感恩多》一調，宋以後未見作者；僅五代牛嶠二首：一爲三十九字，一爲四十字；蓋後段首句一作六字，一作七字也。《詞律》分爲二體。一二字之出入，唐五代詞最多，實不得以爲異體。葉小庚《天籟軒詞譜》實本《詞律》者，於此調衹存三十九字體，而不收四十字體，亦不以爲二體也。萬攻《塡詞圖譜》分體之妄，此豈或循《圖譜》之誤歟？

長命女

唐樂府《長命女》曲，當時殆頗盛，即宋亦未必無作者，讀《碧雞漫志》可知。今則衹見五代二詞，已得二名。馮延巳詞題《長命女》，其本名也。和凝詞題《薄命女》，後起之名也。《詞律》舉《長命女》之正名，而附注《薄命女》之名，是當然之例；然所譜則和凝之詞。夫和詞固自題爲《薄命女》者，所謂名從主人，使不考者但依萬言讀之，直謂《長命女》之名即出於和詞矣。即不得已而必用和詞，亦當疏明其故，勿使後人因我而迷惑。況馮詞明了，和詞轉有疑字，果何意而錯雜元黄哉？和詞「冷霞寒侵帳頭」，萬氏云：「霞字疑是露字。」今按《全唐詩》所收，即作「冷露」。又

《草堂詩餘》注云：「一作冷霧。」《全唐詩》之所本，萬或未見，而《草堂詩餘》則萬書中所屢及者，殆尋常蔑視此篇，故致失之目前？ 著書不可以有成見也如此！

春光好

《詞律》收《春光好》凡六體。 實按之，則和凝、歐陽炯、張元幹三首爲一體，曾覿、張元幹二首爲一體，葛立方一首爲一體，僅三體耳。 試析言之，此調五代詞當以歐陽炯四十一字體第四句仄住者爲正格；和凝詞四十字體第四句六字，係由歐陽炯之七字句偶減一字；唐五代詞調似此者不可勝數，未可以別爲一體也。 歐詞另有第四句用叶者，亦係由仄住之句偶用叶韻，實詞調中之常，亦未可以別爲一體也。 張元幹詞，於後段首句用叶，亦即由歐詞小變；宋詞此例往往而有，亦未可以別爲一體也。 以上《詞律》之三體，皆歐詞之變格；而歐詞之第四句仄住者，爲此三體所從出；《詞律》乃獨遺之，僅附見於注中，未免喧賓奪主。 且但云一首用仄不叶，而與他首拗聲用叶之句並舉，是直認爲一字平仄之小異，而不視爲一調體格之所關，故不知爲此調之主體矣，故誤列三體而明棄一體矣。 抑知歐詞共九首，其第四句用叶者僅三首，而兩用拗聲，一拗第五字，猶是常調；一拗第六字，則上下半句竟成反響； 而第四句仄住者，則至六首之多，平仄亦無甚出入，萬實未知其爲九首，故有此誤也。 此調宋詞雖沿五代遺響，而自成一體，如《詞律》所收曾覿四十二字詞，即宋人常格。 或謂和詞少一字，歐陽、張詞多一叶，既皆不得爲別體，則曾覿詞亦不過多一字多一叶耳，何以獨爲別體？ 然則謂萬之誤列，不亦過乎？ 是又有說；和詞之少一字，試於讀時小作頓挫，即與七字句之聲，無大差别。且减字實在閒句之中，觀其可叶可不叶，即知其爲無關緊要去處。至張詞之添叶，他家亦尠從之者。若曾詞之宋體則不然，以换頭處六字偶句變爲六字、七字二句，即以文體論之，音節亦已不同，何況其爲詞調？若首句之用叶，在五代體衹是變格，而在宋體，則因次句之變，遂並首句之叶，亦成爲不可易之聲；觀宋人此體此句，無不用叶者，又非若六字偶句時，此句尚可叶可不叶也。至張元幹四十二詞，亦即宋體常格，與曾詞無異。《詞律》亦列一體，使人駭詫。曾詞注云：「後段第二句七字，與前調異。」張詞注云：「後段第二句七字同，而平平仄平與前又異。」然則張詞之所以列體者，衹因一句之拗聲，實按之，則僅一字之拗聲，與曾詞小異耳。如一字一句之拗，可列一體，則歐陽炯第四句「飛絮悠揚遍虚空」，張元幹第四句「翠被眠時要人暖」，均當列一體。此皆《詞律》引證所已及者；其有引證未及者，則石孝友後段第三句「借使有腸也須斷」，亦當列一體，是可以更增三體；有以知其必不然矣。然則曾、張二體，實仍一體。至葛立方一詞，變起處三句，使與後段起句同，雙疊整齊，别開面目，是則自成一體者。然其兩段結句，變三字爲四字，則實出蔡伸。蔡伸詞全首，仍是宋詞常格，獨後段末句變爲四字；既收葛詞之體，則不得不因葛詞而並引蔡詞，以著其源；又非所論於一字之增减者。蔡詞即在汲古《六十家》中，萬又失之目前矣。綜計之，此調所已考見者凡四體，《詞律》所收者雖云六體，實則三體，而五代詞則失其主體。然則六詞之中，所可列體者僅二詞耳，殆割棄者一體，遺漏者一體，而誤認者三體，複列者一體也，何其紛糅歟？至各體中所注平仄，亦多疏者，如歐陽炯詞「春天半雨半晴」，注云「半晴之半字，若無現成佳句，定宜用平」，是矣，而「半」字旁注「可平」，不思各家無慮百十首，此字用仄者實寥寥僅見；今取此爲譜而注可平，則似平仄通用之字矣；當注曰宜平，或竟不旁注，而於注中辨之，即注中亦祇當云此爲成語所使，不可爲法，今日若無現成佳句，將使人覓此等句而填之歟？蘇、辛因使成語而失聲律，尚爲人所藉口，作譜者固不可標舉此類以示人也。注又云：「『堤上採花筵上醉』，『醉』字用仄不叶。」夫此句用叶者，末三字爲仄仄平，不叶者爲平仄仄，不僅「醉」字用仄；若照此注，將取用叶之句改其末一字爲仄，不已三仄乎？此當云仄住不叶，而删去「醉字用仄」四字可也。注又云：「『飛絮悠颺遍虛空』，『虛』字平稍異。」夫此詞逐句比較，實僅此一字之異；然此一字之異，而全句已成反響；上四字爲平起句之上半句，而下三字則與仄起句之下半句迥然兩橛；此句關於聲律不小，方且不敢以尋常拗句目之，而顧曰稍異乎哉？注又云：「因字句同於此，注明不另録。」夫另録者非即列體歟？平仄之同異，譜例祇須注明，本無另録之理。似此一叶之殊，一句之拗，何調蔑有？亦何曾另録？何獨於此乎言之？蓋萬於此調之列體，心亦知其未妥，而未得取決，故爲此言，則誤列漏列者，皆無責已，覽者勿疑吾言之刻也。紅友天稟過人，否則必不作此無疾呻吟之語也。張元幹詞「不分小亭荒草緑」，注云：「『不分』注不叶，與歐異。」夫歐詞此句不叶者爲多，張之不叶，即歐之本體，萬取歐詞之叶者作譜，而反謂張之不叶與歐異，豈不使人迷悗？注又云：「其次篇第四、五句，作『翠被眠時要人暖著懷中』，『要』字仄，『人』字平，因字句皆同，不另録。」夫此亦祇一句之拗，各調多有之，其決不能另録，所不待言。吾不識萬於此調，何以忽另抱此一見解，無惑乎？後收張元幹詞，以一拗字而竟列一體矣。然字句同不另録，既兩言之；張元幹後詞即是此例，忽又另録，非自相矛盾乎？曾覿詞注云：「後段第二句七字與前異。」夫此體非僅因第二句七字而異也。此體之所以異者，因以六字偶句，變爲六字、七字兩句，又首句用叶也。萬意蓋謂首句之用叶，已先有張元幹體，而不思張元幹詞，乃變五代詞之格，而多一叶，此體亦變五代詞之體，而多一叶，多一字，由五代詞而變，非由張元幹詞而變也，曾詞固不可與張詞相襲也。況六字偶句之體，除張詞首句用叶外，作者固已寥寥；而曾詞此體，則宋人常格，殆無不用叶者，豈得相提並論乎？注又云：「此曲一名《愁倚闌令》，不知何人又名之曰《鶴沖天》。」《喜遷鶯》之所以名《鶴沖天》者，因韋莊詞尾三字也，與此《春光好》何與？好換調名之可厭極矣。夫好換調名，誠屬可厭，而兩調同一别名，或此調正名爲彼調别名者亦正多，此調之别名，不能禁彼調之不用也；而《鶴沖天》之牽附《春光好》，則亦有故。馮延巳《陽春集》有《喜遷鶯》一首，題曰《春光好》。蓋五代詞《喜遷鶯》本有《春光好》之名，又有《鶴沖天》之名；是本名《喜遷鶯》之《春光好》，亦有《鶴沖天》之名矣。此調《春光好》之本名，正與《喜遷鶯》之别名《春光好》同；人但見《春光好》、《鶴沖天》爲同調，而不察彼《春光好》與此本名之《春光好》爲兩調；衹知《春光好》又名《鶴沖天》，如是遂以《鶴沖天》之名，並施於本名之《春光好》矣。展轉附會，而《喜遷鶯》之别名，乃連數而爲此調之别名。況馮集《喜遷鶯》詞，直題《春光好》，並無附注。驟視之有不知其即《喜遷鶯》者。古人云：「誤書思之，亦是一適。」盍思其致誤之由，其此類之謂歟？抑余顧疑兩《春光好》實一調二體，嘗取而互斠之：《春光好》三字三句起，《喜遷鶯》三字二句，五字一句，是前兩句相同，而第三句三字變爲五字也。《春光好》第四句七字，則又與《喜遷鶯》同。第五句三字，《喜遷鶯》亦變爲五字，如上例也，後遍首句，《春光好》六字，《喜遷鶯》則三字二句；詞調中此類變句甚多，如《訴衷情》、《玉蝴蝶》等皆同；在一調而互變者，次句六字則兩調相同，後起字句亦合，惟換韻爲異。然張元幹《喜遷鶯》後起即不換韻，尤爲恰合，結句七字、五字，亦如前遍之例。唐宋人詞，三字變作五字者，不勝覼數，此調之變，尚有脈絡可尋，或兩調竟是一調，亦未可知。然則《鶴沖天》之名，其因《春光好》同名而附會，以及於別名邪？其因《喜遷鶯》本亦同調，而牽連以合於一調邪？抑名雖偶同，而義各有自，初非兩調牽附邪？皆未可知。若舉後名以施諸前調，借同名而移諸異調，理則有所不可耳。而萬氏不知《喜遷鶯》亦有《春光好》之名，亦未嘗取《春光好》比勘《喜遷鶯》之調，而遽斥之曰《喜遷鶯》之名《鶴沖天》，與此《春光好》何與？不知正惟兩調不能無與，而後支離牽附者無所逃其咎。果其無與，則不過別名偶同，豈能以牽附責之。兩調同名者甚多，所以不能一一斥之者，惟其彼此無與也，則何獨斥於《鶴沖天》哉？萬氏設難，轉以自攻。若知《鶴沖天》之牽附，實由《喜遷鶯》之《春光好》，而及於此調之《春光好》，則牽附者無辭矣。

——《詞學季刊》第二卷第三號

卷三

昭君怨

周紫芝有《昭君怨》一首，用三字二句，换頭與常格異，見《竹坡詞》。又朱敦儒亦有此調，與周體同題，曰《洛妃怨》，見《樵歌拾遺》，朱雖别署調名，而詞則明是一調，由本體而小變者。六字與三字兩句互爲變换者，詞家之常，如《訴衷情》、《玉蝴蝶》皆有之。況周詞仍題《昭君怨》。蓋此詞爲此調之别體，而《洛妃怨》則此調之别名。《詞律》不收此體，如謂誤認爲别體，則譜中亦未收《洛妃怨》，是未見朱詞可知。然《竹坡詞》，則萬所常引據者，不容不見也。

怨回紇

皇甫松《怨回紇》二首，五言律詩體。《詞律》云：「或曰五律不宜混入詞譜，因《尊前集》載入，故仍之。且題名與曲意不合，正是詞體。」竊謂此論過矣。唐五代詞之調名，與詞意合者，十調而九，當時即以詞意爲調名。後漸倚調填詞，而詞意始有與調名不合者。若以名意不合爲詞體，則古樂府名與詩意不合者亦正多，豈能悉取以爲詞乎？況皇甫二首，《詞律》所收者「祖席駐征櫂」爲送别之詞；其别一首則「白首南朝女，愁聽異域歌」，即《怨回紇》之詞，即調名之本意也。以「祖席」一首名爲不合爲詞體，故收之入譜，則「白首」一首，又何以爲説耶？夫詞雖八句，調雖五律，而原作固分雙疊；且兩首句調相同，皆是仄起，以名意不同，證爲詞體，不若以雙疊證爲詞體矣。萬蓋未見兩首，故全首平仄皆以詩例注之；而不知其别首第三四句用三仄三平，失而未注。且於一、五、八句之首字，兩首同聲者認爲通用，則無惑乎名意不同之誤論矣。依詩句定字聲，賴氏《圖譜》之大病，萬所力攻者以此，奈何己亦爲之。

變格之多，用韻之雜，至《酒泉子》亦可謂甚矣。以余所見，凡二十一體；拙著《詞所》，略就其調分爲八體，而又各從其調之所變者附爲十三格，蓋亦持簡馭繁之意。詞體收至二十體，不問格調，但以字數多少爲先後，遂覺羼亂無倫，治絲而益棼之，令讀者茫無頭緒。此其體例之通誤，遇此複雜之調，宜其無可措手，兹勿具論。即以所收二十體言之，温庭筠「楚女不歸」一體，因過片中萬從《花間》作「玉釵斜篸雲鬟髻」，謂叶前段仄韻，另收一體。以韻法論之，不獨此調各詞所無，抑亦别調中所未見。即以文義論之，「雲鬟」下著「髻」字，亦屬冗複不辭。《全唐詩》及戈校本，皆作「雲鬟重」，與後段仄韻爲叶，即與《詞律》首列之毛熙震「閒卧繡幃」一體相同，是誤收一體也。又顧敻「水碧風清」一體，與前收「掩卻菱花」一首，字句悉同；惟末句换韻而後收之。「小檻日斜」一首，亦末句换韻者，以調則與前複，以韻則與後複。萬氏意蓋謂「小檻日斜」一首夾韻遥叶，又與此異，然此等但須附注以明之，若一一列體，則此調之複雜，幾可以每詞一體矣，是複收一體也。又潘閬「長憶西湖湖水上」一體，「湖水上」三字，實爲後人妄增，有《逍遥集》可據。萬能辨《詞統》專列《憶餘杭》之誤，而不知此三字之謬，且既收「長憶孤山」四十九字體，又收此體，而以《憶餘杭》之别名，專屬於此，辭不可解，是於此調謬增一體也。複誤謬增，既失三體，則《詞律》所收者，僅得十七體，視余所得者則尚遺四體，殆萬係未見邪？此調始於唐，即分二體：一爲温庭筠詞，兩段皆三三結句者；一爲司空圖詞，兩段皆七三結句者。五代各體，皆以此二體參互而成，宋人則專用司空體。《詞律》於三三結句體不列温庭筠，而列毛熙震；於七三結句體，不列司空圖而列毛文錫；是亦數典而忘其祖。在他調他人，或世次略同，或源流無别，各譜皆不能悉訂。而此則明明唐詞，各標一體，爲五代十餘體所同出，豈能以五代詞代其俎豆，而使後之學者迷其航轍哉！況於毛體注云：「此則前後整齊，宋之同叔、稼軒，皆用此體矣。」一若此體實始於毛文錫，不復知有唐詞。又似有毛體後，而同叔、稼軒用之，不知宋人皆用之，此其語病殆不止於罣漏也。然司空圖詞，猶或爲萬所未見也。若温庭筠詞，《詞律》收其誤字之「雲鬟髻」一首，然則非未見矣，奈何捨其不誤者而嬗之以毛熙震，且仍引温詞以爲參考邪？注云：「温飛卿又一首，於『春』字用仄，想所不拘，『香』字亦有用仄者，因不關韻脚，不另録。」然則萬於温詞尚疑之，故曰「想所不拘」。然温於「春」字、「香」字用仄者各二首，皆在《花間集》，萬氏宜無不見。夫調始於飛卿，同體者三首，而「春」、「香」二字用仄者二首，真所謂三占從二者，又所謂名從主人者矣。萬乃若熟視無睹，顧致疑於創調之人，於此二字不注可仄，且故出以輕泛之筆，曰「想所不拘」，曰「亦有用仄」，一若飛卿亦偶然涉筆者，豈不異歟？其曰「不關韻脚，不另録」，則尤可詫。《詞譜》通例，凡另録者，必爲一體，若字之平仄，例止旁識，即有疑義，亦不過詳辨注中，未聞有一二字異聲，而别爲著録者。萬殆以近體詩句例之，疑爲奇拗而不敢加注，而飛卿詞，又不敢竟從棄擲，故有此舉棋不定之語，而自立於無過之地，其用意實與《春光好》注中之所謂不另録者相同。彼則因列體未安而自疑，此則因己見之囿而疑及創調者，毋亦所謂心疑而詞支者乎？抑又論之，「映香煙霧隔」句，温詞云「千里雲影薄，裙上金縷鳳」，皆以「映香」二字作平仄，非僅將「香」字作仄也。就聲理以求之，次字作仄，首字必作平，萬但舉次字，則於温詞仍不免誤認。至温詞而外，牛希濟作「纖手勻雙淚」全句相反，若疑温詞之拗，牛詞則固未嘗拗矣。又次句第五字，「情」字平聲，孫光憲用「道」字、「二」字皆去聲，《詞律》亦失注。若兩段第三句，馮延巳作三平，其於前段亦作平仄平。又前段第四句，馮延巳、李珣皆作平平仄，李珣於後段亦作仄平仄，即以拗聲爲可疑，亦當爲「春」、「香」二字之附注，而萬皆失之。至注論舊譜收「鈿匣舞鸞」一首，「對妝殘」作「對殘妝」。今按「殘妝」實《花間集》倒誤，舊譜蓋失於簡擇考訂，不知《全唐詩》及他本，已作「妝殘」，萬氏謂倒寫傳訛，而不言所本耳。其論以入叶上、去，誠是，而謂落去四個韻脚，豈成詞乎？則不知馮延巳有不用仄韻之體，未嘗不成詞也。所收牛嶠「記得去年」一體，注云：「作譜者用前調句法，讀以『雪飄香，江草緑』爲對，而一段無叶韻。」不知此與前異。「雪飄香」三字，乃足上語氣。余謂「香」字起韻是也，而讀法似不必變，蓋此調前段上二句爲一貫，下三句爲一貫，變格雖多，無一首變及此者。馮延巳詞，有不用仄韻之體，與此相比，則彼爲首句起韻，此爲第三句起韻，字句皆無韻，而調以字句爲住句，固無論首句起韻，三句起韻，而調皆無異也。又此調七三結句，三三結句，本互變而成者。七三結之體，前二句無韻，而第三句起韻，未嘗以第三句連上讀。此調之前二句無韻，亦猶是也，何必割第三句之韻以屬之邪？讀法既變，則調亦隨之而變，此喉舌之事，非律吕之事，一上口諷誦，即童稚讀書者亦能解，無待論於詩詞也。又七三結句體，既收毛文錫以逮司空圖，又以字數列後，不詳平仄，而此體之列前者，如李珣、張泌之作，亦皆未注平仄。萬例，凡又一體，以平仄見前，不重注，而句調不同，因而漏誤者，不知凡幾。此體則顯然兩調，前既未注，後亦忘之，殆猶之未譜矣。至於詞體既繁，舉其類似者以示彀率，亦撰譜者所有事，然尤不可不謹。韋莊「月落星沈」一體，注云：「後段同，『歛態』一首，而次句用六字，所以不言全首者，以首句起韻之別也。」不知毛熙震「閒卧繡幃」一體，即與此全同，亦惟後段字句少一字爲小異，不必舉此韻法不同字句亦不同者，强相比似也。顧敻「掩卻菱花」一體，注云：「第二句七字異，餘與前同。」按：前爲張泌「紫陌青門」一體，兩段字句皆六字，顧詞前段次句七字，萬知其異，而不知後段次句五字，與前亦異也。顧敻「黛怨紅羞」一體，注云：「前同『小檻日斜』。」按：「小檻日斜」不起韻，此則起韻，不可言同。「月落」一首，比「歛態」後段而不比前段者，亦衹因其不起韻耳，何遽自忘之？其餘互相比類者，亦多儗不於倫之病，或半調相似，牽入他體；或此首較近，反援彼作。凡所取證，不過信手拈來，初無的義。調體本自繁雜，敘列本已凌亂，而又爲之藤交蔓引，蕪滋轇轕，不若勿爲標舉之猶愈已。潘閬十首，起句如「長憶西湖」皆平仄平平，爲後人增字者三首，前四字亦仍平仄平平，萬於四字起句者不注，而七字起句者，一三兩字注可仄，此體除潘詞未見他作，即增字三首，而前四字亦平仄無異，一三兩字之可仄，實萬氏以意爲之，無所據也。

蝴蝶兒

《蝴蝶兒》衹張泌一詞，别無可證。《康熙詞譜》云：「《詞律》所注可平可仄無本，不可從。」今按《詞律》於兩段第三句第一字前用「阿嬌」注：「阿」字可平。後用「無端」注：「無」字可仄。猶曰前後相比也。前段末句「倚窗學畫伊」，「學」字注作平，則因後段「惹教雙翅垂」，「雙」字平聲拗句。萬氏每遇入聲，皆喜强令作平，於拗字尤喜之，此其通病，安知非平仄通用邪？詞之拗句，自關詞體，若以近體詩之拗句，則仍以詩法譬之，未必皆不可移之字，況此句前用常句，後用拗句，恐是可平可仄。萬謂《玉蝴蝶》與此同一調，然即借《玉蝴蝶》爲比，兩段末句皆與此同，而其第三字則温、孫二首，皆前仄後平，且前用去聲，又可以爲作平邪？於彼則不注，而於此則必改「學」字爲作平，誠不知其何意？然猶曰從後段也，若换頭句第一字之「還」字注可仄，則真毫無佐證者。至注云：「『倚』字、『晚』字上聲，『學』字、『雙翅』，『雙』字平聲妙。」則更令人不解。夫此調之曲度，今不可知，何由知其用聲之妙？況並平仄之借證而亦無之者乎？且「學」字作平，實萬以己意爲之，而又從而譽其平聲之妙，豈將以堅人之信歟？

玉蝴蝶

小令、長調類列，《詞律》通例之誤。《玉蝴蝶》二調，唐爲小令，宋爲長調，竟合爲一調而分體，其誤蓋與《風流子》、《長相思》之令、慢並列同，不自此調始矣。此調唐體收温庭筠詞，注云：「與張泌《蝴蝶兒》相近，決是一調，故類聚於此。」杜氏《校勘記》云：「句法不同，似非一調，萬氏以同有蝴蝶之名，類聚原無不可，若謂決是一調，則恐未然。」徐氏《拾遺》亦非之。《碎金詞譜》曰：「《蝴蝶兒》第三句俱七字，此則五字，殆猶未細校也。」首句下，《玉蝴蝶》多五字一句，《蝴蝶兒》則無此句，若但變七字二句，則同調之詞所常有，萬氏一調之説，未爲誣也。惟其既變二句，復少一句，而兩段起句則前同孫而異温，後則同温而異孫，於是八句之調，已變其半，遂不得爲同調矣。然細爲比勘，則前段起句，孫已先變，後段起句，則孫變而《蝴蝶兒》不變，仍是温體。若五字句之變七字，則各調中常見者，然則所異者，實祇前段少五字一句耳，故知《蝴蝶兒》實由《玉蝴蝶》變化而出，而諸家皆起而難之，蓋因「決是一調」之語，未免孟浪，而其「相近」之説，亦無復從而勘之者。然萬説之自相矛盾，既曰「相近」，又曰「決是一調」，豈相近者即可爲同一調哉？又無怪諸家之不復留意矣。至杜氏謂同有蝴蝶之名，類聚原無不可，則亦未然。一曰《蝴蝶兒》，一曰《玉蝴蝶》，如以類列爲可，則《粉蝶兒》、《撲蝴蝶》皆可矣，皆可反謂之罣漏矣，此有以知其必不然者。孫詞後起「解飆暖」，《校勘記》云：「疑當作『鮮』」。遍考《花間集》、《全唐詩》諸舊本，皆作「鮮」，無作「解」者，不知萬氏何所據而誤？抑繕校之訛？杜氏亦未嘗檢校，故仍作疑辭耳。長調收史達祖九十九字體於後，而以李之儀九十八字體列前，此亦拘於字數之通誤，姑勿贅論。李詞注云：「『耳邊依約』，應作『依約耳邊』。」此體别無作者，不知何所據而云然，且毅然斷之曰「應作」，一似姑溪本詞已誤者。如以九十九字本體比之耶？此四字句固仄仄平平，而此則已變爲六字句，兩句俱變，何有於聲，似難强附。如以前段比之耶？則此體既無他作，祇以一詞自證，則後可從前者，安在前之不可從後哉？故謂之「可作」則可，謂之「應作」則不可。史詞注云：「『短景』下十字，可上四下六，亦可上六下四，凡詞中此等句法皆然，可以類推。」按十字一貫，可四六亦可六四者，他調中雖亦甚多，而上下不可移者亦復不少，乃曰此種皆然，而遂教人以類推，則詞調中凡遇十字二句者，皆成一上下可移，漫無定格之句調，有是理乎？注又云：「『一曲當樓』至『風前』十一字，柳詞作『見了千花萬柳，比並不如伊』，與此不同；但此調作者甚多，俱同史體，即耆卿亦有五首，獨此一篇小異，不宜從也。」此殆不知此調最先見者爲柳耆卿，故反以他家俱同史體而譏耆卿，遂直斷之曰「不宜從」；不思梅溪已在宋末，他家之同，同耆卿也，即梅溪之作，亦耆卿之體也。《碎金詞譜》且以此調爲始於耆卿，謂創體之人爲「不宜從」，則更何他家及史體之與？有「寧言周孔誤，不道鄭服非」，得無類是。潘元質一詞，此處作五五兩句，僅上句少一字，實從柳詞此體而小變者，知宋、元已有從之者矣。故謂此體爲少見爲變格，存其說而不列其體，皆可也。因其不同史體，而曰「不宜從」，是猶醴濁而廢麴櫱，而不知酒清亦出於麴櫱也，不可也。

太平時、賀聖朝影

《太平時》實即《楊柳枝》，與《賀聖朝影》皆爲一調，已詳《楊柳枝》條下。《詞律》於《太平時》調後注云：「此調一名《賀聖朝影》，因原名《太平時》，故列於此，不附《賀聖朝》之後，勿謂例有不同也。」棨按：此調當以《楊柳枝》爲原名，諸家之作，或題《太平時》，或題《賀聖朝影》，皆後起之名，非原名也。萬氏誤分二調，而以《太平時》爲《賀聖朝影》之原名，則尤誤。即果别爲一調，亦何所據而知《太平時》爲原名哉？詞之有數名者，其原名多不可考，乃獨於此可考者而誤之，不能不爲萬氏惜也。注又云：「《圖譜》方收《賀聖朝影》於前，旋收《太平時》於後，豈不一玩其腔調平仄邪？」不知己之收《楊柳枝》於前，複收《太平時》於後，其誤亦正與《圖譜》同。萬氏謂《賀聖朝影》於《楊柳枝》爲各調，余已於《楊柳枝》辨之。然則《圖譜》誤於不知，萬則既知而仍誤；《詞譜》誤於不玩腔調平仄，萬則因玩腔調平仄而始誤，其誤殆有甚於《圖譜》者。《四庫提要》云：

「《緑意》即爲《疏影》，樹方斷斷辨之，連章累幅，力攻朱彝尊之疏；而不知《疏影》之前爲《八寶妝》，《疏影》之後爲《八犯玉交枝》，即已一調複收。」棨謂萬氏意氣自喜，往往自踣，實有如《四庫提要》所評，然攻竹垞之《疏影》，而前後誤複《八寶妝》，猶各爲一調也。此攻《圖譜》複收《賀聖朝影》、《太平時》，而已則複收《楊柳枝》、《太平時》，所攻與所誤，即同在一調，又有甚於攻竹垞之《疏影》矣。

醉公子、四换頭

令、慢同譜，《詞律》已數見不鮮。《醉公子》，五代詞小令也，而以宋詞長調列爲又一體，此其通例先誤，不足多論。然讀者至此，則又有忍俊不堪者焉。《太平時》者，《楊柳枝》之别名，其實一調者也。萬氏於同調異名者，既强分之；而特譜《太平時》，復於異調同名者，又强合之；而列《玉蝴蝶》、《醉公子》兩譜於《太平時》之前後，以自形容其矛盾，而不自覺；雖令、慢同譜之誤，不自此兩調終始，而此兩調則適有一反比例之《太平時》置於其間，何其巧輳若此，真所謂「照花前後鏡，花面交相映」者矣。《醉公子》五代詞四首，《詞律》所收顧敻一首，與薛昭藴一首同。前後仄平凡换四韻，皆不同部。兩段前二句皆仄起。另有二首：一爲尹鶚詞，亦四换韻，而兩段仄與仄叶，平與平叶，其前二句則皆平起。一爲顧敻詞，韻法之平仄轉换亦同，惟通首一韻，平仄互叶，其前二句則前段上仄起，下平起，後段兩句皆平起。聲音之變，猶或尋常，而韻叶之殊，則儼然各爲一體，非句韻偶變，而參差出入不能成格者可同日語也。萬氏每於一字一韻之不同，必列一體，而於此句韻整齊之列體，轉若熟視無睹，蓋字數同，句法同，遂遺之於不覺耳。何以知之？觀其所譜二體而知之。顧夐「河漢秋雲澹」一首，所注平仄，實合顧夐別首，校之字字悉同。惟其未見尹鶚詞，故前段次句及後段首次句，皆注成平起句法，而獨前段首句不注，蓋三句平起者顧詞也，而尹詞則四句平起也。又惟其未見薛昭蘊詞，故兩段末句第三字，前注可平，後段無注，蓋前平後仄者，顧詞也，而薛詞則前後皆平也。以此證之，萬氏之獨校顧詞，而未及薛、尹兩詞，蓋無疑義。然薛、尹詞皆在《花間集》，豈得謂萬氏均未見，然則輕忽而遺棄之矣。又所譜無名氏一體，實全首一韻，平仄互叶者，而萬氏誤爲換韻，於後段注「換平叶平」。顧夐之別首，即萬氏所取校者，亦全首一韻，平仄互叶者，萬氏蓋亦誤爲換韻矣。《詞律》似精細而實粗疏，即論此調，實僅五詞，而或遺或誤，殆五詞皆失之。至宋詞長調，僅史梅溪一首，無可證者。萬氏於「自鎖煙翠」句，「鎖」字注可平，蓋以後段「水村攜酒」，「村」字平聲也，而「村」字卻不注可仄，想以順句改拗爲疑。然兩句相校，前句可依後句，而謂後句不能依前句，必無是理。既亦疑之，何故勿注？又「得與相識」之「得」字注作平，蓋亦因後段「誰獲春色」之「誰」字平聲，然毫無佐證，遽謂作平，是字即已改平而不許用仄，然亦近於武斷，安知此「得」字，非平仄通用者乎？萬氏每遇入聲，即喜作平，愈是孤調無證者，則愈用武斷，倘使後人遵循之，豈不貽誤終古哉？「鎖」字上聲，亦可作平者，既於後段「村」字不敢注作仄，則不如亦用「得」字之例，武斷作平，尚可免舉棋不定之誚，此王荊公以執拗行堅僻之法也，一笑。

上林春

楊无咎、毛滂《上林春令》，皆有令字，此外未見作者，若但署《上林春》，則惟此調慢詞有之。《詞律》於《上林春令》收楊、毛二詞，而署爲《上林春》。注曰：「或加『令』字。」未審萬氏何所本也。其於楊詞奪三四兩句，而以後段首句爲前段末句，誤以爲别有一體。今檢汲古本《逃禪詞》，奪誤正同，想萬氏即據此誤本，遂與毛詞分爲二體。而楊詞注云：「手」字或云是叶韻，不知所謂或者爲誰？萬氏每喜以己説之未敢定者託爲或説，此其明據矣。毛詞末句「衹憐他」，「衹」字平聲，而注可平，徐氏《拾遺》非之是也。然「衹」字近人俗讀若「只」，不知宋時已有此俗音否？萬以毛詞兩段比注此三字，亦以前後相比，則前句亦成三平，恐亦欠細。若必前後相比，則前段之「灞橋别後」，後段之「庭院梅瘦」，「别」、「梅」二字，何獨無注，蓋遺之矣。然此自就箋萬而言，若鄙意則謂宜從本句，因毛、楊二詞一律也。萬既失楊詞，而以毛詞兩段相比，則彼此所見者不同，故知其爲失注，非故爲刻論也。

上林春慢

《詞律》於令、慢同名之詞調名，不標令、慢者，則不憚爲之合譜，如《長相思》、《風流子》是也。調名既標令、慢者，則爲之類列，如《江城子慢》、《浪淘沙慢》是也。尤可詫者，同是小令，因彼調署名有一「令」字，遂以應合譜者，而變爲類列，如《浪淘沙令》是也。明是兩調，因彼調正名同此別名，遂以應類列者而變爲合譜，如馮延巳之《憶江南》是也。如此調《上林春慢》，若依萬氏常例，必與令詞合譜，其所以不合譜者，因調名署「慢」字，故甫隨《玉蝴蝶》、《醉公子》之後，而例忽不同也。然《長相思》一調，則或署令、慢，或不署令、慢，《詞律》兩去之而合譜。《上林春慢》宋詞僅見三首，其署「慢」字者，惟晁沖之；而晁補之、曾紆皆題《上林春》而無「慢」字。若《上林春令》，則楊、毛二首皆署「令」字，無題《上林春》者，《詞律》竟去其「令」者，然則何難並去此「慢」字，以合於《長相思》等調之例邪？《詞律》於前則題《上林春》，而注曰：「或加『令』字。」是增一無「令」字之名也。於此則題《上林春慢》，而不注曰：「或無『慢』字，是漏一無『慢』字之名也。」一名之間，而舛誤互見，斯亦怪矣。注云：「『鶴降詔飛』，補之用『孟陬歲好』，想不拘，然照後疊依此詞。」按晁氏昆仲同時之作，倘非不拘，豈肯誤用？萬乃致疑於古人，且抑補之，而謂當依沖之，不解何故？抑知此調尚有曾公衮一首，此首亦作「靚妝微步」，恰與補之同也。至謂「蛾」字宜用仄聲，想是疑其音拗而據補之「舊有衮衣」之「有」字爲説；而不知曾公衮此句，則用仄住云「舊遊回首」，亦與補之不同也。注又謂「微」字、「詔」字、「遠」字，補之用「淡」字、「歲」字、「衮」字，須知此等字不可用平。今按沖之詞中無「遠」字，此以補之「衮」字，知是「遠」字之誤。「鶴降詔飛」句，既與兩作句法全異，則「詔」字今姑且勿論，而「衣惹御香」句，補之之作雖同，而曾公衮則云「豪健放樂」，句法亦異，然則所舉三字之必用仄者，正當三家句法不同之處，句法尚且難同，何有於一字之音？且在順拗兩可之地□者，而斷之以不可用平，真可謂憑臆而談者歟？徐氏

《拾遺》云：「『鶴降』句，曾紆用『靚妝微步』，『素蛾』句用『舊遊回首』，正與補之同。」按「素蛾」句，補之用「舊有哀衣」與曾不同，徐亦誤也。

生查子

《生查子》凡六體，其兩段之後三句皆仄起，所不同者惟在兩段首句耳。首句仄起者，唐體也；平起者，宋體也；過片叶韻或七字者，唐體之變也；後起三字二句，或前後皆三字二句者，又其變也。《詞律》僅收四體，不免漏誤；而其所以漏誤者，則字句平仄之間，未嘗體認耳。譜中首列魏承班「煙雨晚晴天」一首，注云：「五言八句四韻，作者平仄多有參差。此詞八句第二字俱用仄者，所謂第二字用仄，即仄起也。五言八句四韻之體，惟唐宋平起仄起之分，亦有平仄起前後互用者，亦幾成爲常格，後六句則無論何體皆仄起之句，平仄無不同者。」謂作者平仄多有參差，甚屬未考。一似此調在五代時平仄無仄，惟魏詞八句皆仄起，不知八句仄起，五代詞莫不皆然，不僅魏一詞也。注又云：「五代而宋，漸加紀律，故或亦依此魏體，而前後首句第二字用平者爲多；雖間有一二拗句，然名流則如出一轍，所謂第二字用平則平起也。」味萬氏之意，一若此調既有魏詞之後，仍多凌亂，故五代而宋，仍在漸加紀律，雖依魏體者或亦有之，而終以平起爲正格。不知宋人名作，兩體相等，既有平起體之起仍多用仄起體者，豈未嘗一檢諸家詞集歟？至謂前後首句第二字用平者爲多，間有一二拗句，然名流如一，則尤不可解。所謂拗者，謂平起句拗第三字，如「去年元夜時」之句邪？則作者如林，不僅一二。謂拗第二字邪？則全句已反，仍成仄起，不必謂之拗矣。信如《詞律》所言，則是此調字句平仄，紛雜不可紀極。而不知除平起仄起而外，固無所謂參差，亦別無所謂漸加紀律者。余故曰失之於字句平仄，未嘗體認也。注又云：「《圖譜》注《生查子》名改作《美少年》，可笑。夫《美少年》三字，因晏小山此調首句『金鞍美少年』故也。彼牛、張、孫、魏四公乃五代時人，百餘年之前，豈即預知宋朝晏氏有此一句，而取以自名其調乎？」按此調既有《美少年》之名，即不得謂《圖譜》改之也。不過以後起之名加諸前代之詞，則誠《圖譜》之誤，顧此誤《詞律》亦頗有之，真所謂責人者重以周矣。注又云：「《生查子》本『樝梨』之『樝』，省筆作『樝』，今有讀作『查』，考之『查』且取浮槎事以爲解者，若是所乘之槎如何加一『生』字邪？」按「查」與「樝」同，非省筆也。『生查』之義，自以作樝梨爲長，此亦舊說而不言所自，一似出於己說者。萬氏此病頗多，其駁「槎」字之說，亦甚明快。浮查之說，出於楊用修，未嘗讀作「查考」之「查」，萬氏併爲一談，使楊有知，亦必不受。至讀作「查考」之「查」，則舊籍中未見此說，恐亦出於萬氏之設詞，蓋以無取之說設爲他人之詞而駁之，萬氏此病亦甚多，非周內也。《詞律》又收牛希濟「春山煙欲收」一體，過片句語「已多情未了」注云：「後起三字兩句，與前詞異，孫少監二首是有此體也。《詞統》删去『已』字，豈以《生查子》必五字起邪？」杜氏《校勘記》，徐氏《拾遺》，並以《花間集》原注一本無「已」字，非《詞統》删去。按《全唐詩》亦注云「一本無『已』字」，萬氏謂《詞統》爲删字，亦猶謂《圖譜》爲改名，皆不免故入人罪。且萬氏知孫少監有二首，而不知其有六首，且六首起句皆用仄起，惟牛希濟此詞平起，作譜自當從其多者。況牛詞過片句其爲五字一句，抑三字二句，現在疑似，更不能取以作譜。萬氏之所以取牛詞者，專爲攻《詞統》之誤，而已亦陷於誤而不自知。即使必用牛詞，亦當將首句仄起注明。觀其「已」字、「未」字注可平，則亦未曾與孫詞互勘者，何獨遺首句邪？此調鄙意謂宜唐、宋分體，萬氏於字句平仄未嘗體認，故遺宋體。至五代詞尚有劉侍讀一體，過片句五字叶韻者，則萬氏或未見矣。

紗窗恨

《詞律》收毛文錫《紗窗恨》二首，前首起句云：「『新春燕子還來至』，『至』字注韻，次句『一雙飛』，注换平。」杜氏《校勘記》引《康熙詞譜》云：「『至』字間入仄韻，非本韻也。《詞律》於第二句注换平，誤。」棨按：間入仄韻，即夾叶也。以「至」字爲夾韻，則「飛」字注换平者固誤，即非夾韻而爲起韻，而「飛」字注换平亦誤。蓋「至」、「飛」同部，是爲平仄互叶體，《詞律》亦有其例。今乃「至」字注韻，「飛」字注换平，毋亦疏忽之過歟？萬氏於《醉公子》調，亦以互叶爲换韻，此誤蓋不自此調始矣。後首注云：「前『墜』字叶『至』字，此『穩』字叶『粉』字，兩首既同，自當用韻，故比舊增注，勿謂穿鑿。」檢《填詞圖譜》，則第一體首句注云「七字仄韻起」，次句注云「换平韻」，正與萬氏同，而其注亦同。第二體注云「與第一體同，故不圖」，然則萬氏所謂比舊增注者，不知指何本而言。而《圖譜》既已注韻，則非萬氏之創獲，未可云比舊增注矣。倘舊譜皆不注韻，獨《圖譜》注韻，則萬氏之注，本於《圖譜》。萬固專攻《圖譜》者也，襲其説而又没之爲己有，則尤不可，況其説本誤，襲之而不能正其誤，且轉以自誤，又何足沾沾自喜邪？此調别無作者，覈其所注平仄，即毛詞兩首互證，惟起句前首云「新春燕子還來至」，後首云「雙雙蝶翅塗鉛粉」，「燕」字、

「蝶」字皆注可平，實無所據，大抵以近體詩句例之耳。萬每喜以此詆人，而亦往往自犯，殊不可解。過片句首云：「後園裏看百花發。」後首云：「二三月愛隨風絮。」「百」字注作平，因後首用「隨」字也。萬氏作平之字，往往無理武斷，若此字則雖武斷而有理者。

女冠子

唐《女冠子》始見於温飛卿，作者甚多，皆小令；宋則長調，而作者寥寥矣。《詞律》亦以遞列又一體焉，茲不贅論。小令收温飛卿詞「含嬌含笑」一首，《花間集》、《康熙詞譜》、《全唐詩》皆署温名，《詞律》獨署爲牛嶠，不知何以致誤。注云：「韋莊作『四月十七』，『月』字仄。又一首『昨夜夜半』，『夜』字亦作仄，想不拘，然不必從。」棨按：此調韋莊二詞皆用四仄，非獨次字用仄爲異。作者於此倘依韋體，則必仍用四仄，而一三兩字亦不能更夾平聲。若如萬氏所注，「月」字仄，「夜」字亦仄，想不拘，是仍以常句比韋句，一若韋句不同之處，祇在第二字，其一三字仍可照譜通用然者。讀者不察，則此句可誤爲平仄平仄，或平仄仄仄，或仄仄平仄矣，豈不大誤？且既有此四仄奇拗句法，兩首如一，可謂確證，而猶靳之曰「想不拘」，且毅然斷之曰「不必從」，真不知是何見解。輕疑武斷，往往類此，然不料其施之於韋莊，且施之人人口熟之此調也。此調後段第三句云「寄語青娥伴」，有作平起句者，如鹿虔扆云「倚雲低首望」是也。雖平起者僅見三句，然全句相反，爲平仄出入之大者，《詞律》未注，殆《花間》諸詞亦未盡校矣。康與之一百七字體，惟前段結處「畫梁紫燕，對對銜泥，飛來又去」三句，「紫」字注可平，「飛」字注可仄，「又」字注可平。過片次句「共人人同上畫樓斟香醑」，「樓」字注可仄，餘則全首無注，甚不可解。觀「樓」字之可仄，似是以後收蔣捷體互證，然兩體不同之字頗多，如次句「遲遲永日炎暑」，「遲」字、「永」字，蔣詞即用仄平，而此體不注。此外通用之字，不及覼舉也。若「紫」字、「又」字，則似以後段互證，而「飛」字則後段亦用平，且前後通用之字尤多，又皆未注。若謂與各體相比，則失注更夥，大似隨筆率注一二字，而未嘗經意者；不然，必不致如此罣漏也。蔣捷一百十二字體，注云：「竹山此作，字字依李漢老『帝城三五』一首平仄；但『舊家』上比李多『待把』二字，此二字不可少，而李詞落去也。沈本《草堂集》，於李詞注，一本多『到』字。不知非多一字，仍尚少一字也。」棨按：此調李、蔣之體凡三首，李一蔣二。蔣之「電旗飛舞」一首，此句亦少二字，而前段仍是六字，與漢老適同。蓋此二字不過首句襯字，故康伯可兩段皆去之，而李、蔣則或用或不用，想非不可少之字，亦不得逕斷李詞落去也。至謂沈本《草堂集》乃尚少一字，而又無所引據，則更憑臆而談矣。注又云：「『春風飛到』句，漢老用叶，伯可亦叶，此獨不用韻，想所不拘。」棨按：竹山「電旗」一首，此句亦不叶，兩首既同，斷非偶然，可知惟此句則雖周、柳之句法不同者，其用叶亦同，論詳拙撰《詞所》注。又云：「『況年來』下十三字，照本尾及康詞，前後結俱應作三句；而漢老作『見許多，才子豔質，攜手並肩低語』。竹山亦步亦趨，故此斷亦作兩句讀。於『意怯』下分段，然此段語氣連貫，作二句，作三句，俱不礙也。」棨按：此調此體，惟李、蔣三首，而三首前結俱作七字六字二句，後結俱作五四四三句。此等句法互爲調換者，他調中亦時有之，然竟謂其前段應作三句，則不可。應之云者，原文已誤之謂也。萬氏之言曰，照本尾及康詞，前後結俱應作三句，是竟謂李、蔣原詞爲已誤矣。

夫前結應照本尾，安見本尾不應照前結邪？李、蔣應照康詞，豈康詞又應照李、蔣邪？況李、蔣三首，自爲一格，康詞又自爲一格。填詞者當專奉一格，萬氏之常談也。顧可謂李、蔣之格，應從康格邪？假李、蔣三首，自有參差，猶可説也；而三首如一，勢不可以謂其應從本尾，應從康格矣。又況此調另體柳屯田二首，皆四字三句，一有領句字，一無領句字；而周清真一首，則前用四字三句，而後用七字六字二句；是又與李、蔣體倒換矣，又可曰應從前結及柳體作三句乎？抑應從後結作七六乎？總之六字二句，四字三句，在詞中本多互換，然當各從乎作者，不能追改於後人。若謂其格調本通，故諸家多改換，一自變其平日固執不通之説，何嘗非快論，亦何嘗非至理。顧必責李、蔣以應，而漫疑其爲不應，抑何自用若是哉？注又云：「此段語氣連貫，作二句，作三句，俱不礙。衹李之『質』字，蔣之『怯』字，皆是入聲，可以作平，若去聲則不可耳。因於句旁『意怯』二字注可平。」棨按：李、蔣七六二句體，無以七字句平住者。萬之所言，大抵謂其應照後段，故逕以四字三句之聲證之。則七字句之末二字，即四字第二句之前二字，如此割裂原句，以爲字音之取證，毋亦近於武斷。況康詞前結，若割裂上半，則「畫梁紫燕對對」與此音節正同，則亦無待於改矣。注又云：「即此『心懶意怯』，欲仿『才子豔質』四字用平上去入，又一首用『千載舊跡』亦同。古人心細如髮若此，而今人翻謂不妨假借，豈不毫釐千里哉？」棨按：萬氏既知此四字平上去入三首皆同，乃「意怯」二字竟注可平，已屬假借；況取四字上半句易此七字之末二字，其假借孰甚？乃已則假借之，又從而詈假借之人，非將自詈乎？其兒戲有過於自埋自掘者。余每薄萬氏之嬉笑怒罵，然校讀至此，實足引人一噱。又後段「但夢裏隱隱」五仄之句，萬以「裏」、「隱」

二字連注可平，是亦因康詞「卧象牀犀枕」句，「牀」、「犀」二字用平；而不知此體，李、蔣三詞於此句皆用五仄，斷不容以異體之康詞改之，況此體既借康詞爲證，何以康詞中獨不照此體互注乎？又過片次句，各體作十字者，皆五字逗，萬獨於蔣詞分作五字二句，是亦自相矛盾乎？注又云：「『鬧蛾』諸本多作『蛾兒』，『鬧蛾』是上元之物，去『鬧』字則晦。」棨按：上元因燈而及蛾，言「鬧蛾」者固多，言蛾兒者亦自有之，乃曰鬧蛾是上元之物，此語亦使人忍俊，不審萬氏何遽至此。柳永一百十一字體，注云：「『麥秋』以下十三字，《圖譜》强分作一四一九；『波煖』下十字，强分作兩五；『緑魚躍』三字無理。」棨按：「麥秋霽景，夏雲忽變，奇峯倚寥廓」，疑當作四四五之句，較之本體四字三句者，不過後句多一字。若斷續句法，則名詞所常見，而屯田詞猶多。其「波暖銀塘，漲新萍緑魚躍」，疑當作四六之句。「緑」字應上屬「萍」字，而非下屬「魚」字。賴氏讀五字句，固誤，然下句仍可作上三下二句法，未嘗必以「緑」字屬「魚」字，是實萬氏誤解，未可以作者爲無理也。注又云：「過變至『幕』字方叶，亦恐未確；而譜以『蕙』字爲『惡』字，謂是叶韻，但『光風轉蕙』乃《招魂》句，改爲『轉惡』，無理之甚。柳七雖俗，未必如此村煞。」棨按：過片第四句方叶，及「轉蕙」句，作「蕙」作「惡」，各有合處，已詳拙撰《詞所》。蓋《圖譜》「風光轉惡」實本《草堂詩餘》。而《草堂》則「光風」下注云，一本作「風光」。「蕙」下注云，一本作「惡」。是《草堂》别有所本，不能謂《圖譜》改之，亦不得謂《草堂》改之，且「光風」、「風光」語本不同，若云「風光轉惡」即非《招魂》「光風」句矣，又尚得謂之改乎？　周邦彦一百十四字體，今在《清真詞》集中，《草堂詩餘》、《填詞圖譜》亦均署周名，《詞律》收之，署柳永名。　注云：「諸家或以此詞爲周待制作，然其語確是柳屯田，待制縝密，不作此疏枝闊葉也，故其字句亦傳訛難考。」棨按：此詞各本既署爲清真，《樂章集》中又無此闋，萬氏署柳永而不言何據，不過謂其詞確是屯田而已，似非別有所本也。乃因疑其爲屯田，遂並疑及其字句難考，而不知此詞字句實無甚傳訛，萬氏自不審耳。注又云：「『樓臺』以下三十二字，至『户』字方叶韻，斷無此理。或云『玉』字音□，以入作叶，亦未確。『宇』字叶韻，而上既不可連「暖閣」，下「深沈」又不可連「廣排」，其爲差錯無疑。《圖譜》乃以『會』字爲叶韻，甚奇。後段雖稍明，然亦未必確然。」棨按：「玉」字讀去聲，宋詞所常見。戈氏《詞林正韻》「魚」、「語」、「御」部，入作去聲之字，即列「玉」字。萬疑爲未確，蓋未考也。「宇」字本非叶韻，若竟割裂其句，自然上下不屬，乃因己意欲割裂之，故不能通，遂反謂其爲差錯無疑，且因此而並疑後段亦未必確，真所謂「意必固我」者。「會」字在「支」、「紙」、「寘」部，隸太半之下。「支」、「魚」借叶，宋詞屢見，蓋吴越音，每以此二部之字相混，今日猶然。即如「貴」讀若「句」，即可用爲「會」叶「語」、「御」之比例，其爲作者之借叶無疑，説詳《詞所》。「玉」、「會」二叶之説，出於《嘯餘譜》，《詞律》於韋莊「四月十七」之作，尚深辨《嘯餘》，而此忽忘之，遂以謂爲未確，而斥《圖譜》爲甚奇。《康熙詞譜》謂當從《嘯餘》，杜氏《校勘記》乃云與萬氏論同，亦誤甚矣。杜氏欲易「院宇深沈」爲「深沈院宇」，使「宇」字添一韻，其意蓋救萬説。然下接「廣排筵會」四句，聲頗累贅，爲詞調所未嘗有者，故亦不可從也。屯田另有一詞，與「淡煙飄泊」體句調相似，而與清真詞不同，愈可見清真此首，未必是屯田之作，惜萬氏不言所本，無從考正矣。屯田別作，今在《樂章集》中，不識萬氏何以遺之。

中興樂

毛文錫《中興樂》後段换仄韻，末句仍收平韻，前段「女」、「與」二字，實夾叶也。杜氏《校勘記》引《康熙詞譜》及《詞瞍》之説，則併後段之兩字，亦是夾叶。余以句法疑之，説詳拙撰《詞所》。萬氏注曰：「或云『女』字是换韻，後段叶之，則非矣。試以牛詞證之，毛詞後段换仄韻處，牛詞仍用平聲本韻；而其夾叶處，則牛詞無韻。蓋韻無論换不换，而其爲詞之本韻則同，若夾叶之韻，既非本韻，苟體非夾叶，則其處無韻，必然之理也。毛詞『女』、『與』二字，牛詞無韻，故知其爲夾叶而非换韻。或説之所以致誤者，蓋此詞夾叶之聲，與本仄韻同耳。」抑夾叶之説，舊譜多無之。《詞律》凡遇夾叶，亦概目之爲换韻，然則其誤初不因本調而然矣。牛希濟一體，萬氏注云：「與前全異。」今按毛、牛二體，在换韻夾叶，若其字句，實未嘗全異。前段首次句，毛作七三，牛作六三，少一字。三四五句，毛作四三三，牛則三句皆四字，是後二句多二字。兩體小有不同，未可謂之全異。萬因其聲韻既殊，遂未合勘耳。李珣雙疊一體，實即取牛詞合而疊之，其平仄自可互證。萬氏於李詞所注平仄，以前後比較，其與牛詞不同者未嘗注；而牛詞亦全首未注，則非牛、李互注可知。然「珠簾垂垂」「珠」字注可仄，又似照李詞者，何以此字而外，餘皆不注？倘以「雁」字小拗，「珠」字三平爲疑，則注中辨明之可耳。暗作騎墻，非所以召來者也。

醉花間

毛文錫《醉花間》格調，其去詩猶甚近，故其二首直以連章詩法行之，後段之平仄全反，過片之叶否不拘，亦皆行所無事。詞體未定之時，似此者多，不獨《醉花間》爲然，實不必分爲二體者，說詳拙譜。然即分爲二體，亦宜依其原次，乃體段則連章，字數則無異，而爲之先後倒置之，未審何故。至《嘯餘譜》謂《生查子》與《醉花間》相近，其說亦無可譏，而執正體首句不同以駁之。不思正惟首句不同，故曰相近。亦正惟正異不同，而別體竟同，故取以相比也。以此詰難，不將反弓而蹐哉？五十一字體，馮延巳作凡四首，前後段平仄，均有不同，乃不注前段，僅注後段。其爲據馮詞邪？不應前段無注。其非據馮詞邪？則馮詞而外無他詞可證，真有不可思議者矣。末句「漏聲看卻」，「看」字本應平讀，注曰可平，亦似未細。首句「林鶴」，《陽春録》作「林雀」，義以「雀」爲是，想誤「雀」爲「隺」，又從而加偏旁也。

點絳脣

《點絳脣》詞，初見於馮延巳集，《詞律》收趙長卿作。注云：「『翠』字去聲妙甚，『砌』字、『淚』字亦去俱妙，凡名作皆然，作平則不起調。」其說似是而實非也。大凡必用去聲之字，必千篇一律，已成定格，然後可以揣其聲之妙者，必清平、濁平之間，實見宜上宜去之辨，然後可以就字聲而微窺舊譜。否則宫調既亡之日，何以知其爲妙？更何以限定其聲乎？且凡《詞律》之所謂妙者，以及其所謂不可易者，皆必去聲，豈去聲可知，而他聲則不可知乎？此調遍考宋作，幾及百家，而詞則將二百，於萬氏所舉去聲三字用平者，已得其半，而用上、入者，又得其三，蓋全用去聲者十之二三耳。即以名家而言，如山谷、淮海、酒邊、夢窗輩，皆未嘗拘此。而趙長卿《惜香樂府》中，此調十數首，有「翠」字用平者，云「司花先放江梅吐」。有「砌」字、「淚」字用平者，云「離家千里」，又云「眉山斂秀」，若此三字之用上、入者，則更指不勝屈。即此三字之外，亦有通體者，如三字句云「人已遠」，「已」字上聲，則誠少見。又過片云「去年如今」，則恐誤字矣。《詞律》所譜者趙詞，以謂名詞必如此。今即以趙詞證之，當可釋然。萬氏之言曰：「時人有於『翠』字用平，而砌成句，用平平仄仄，是不深於詞者。」豈知宋人已多，已實未考，固不可以責時人也。「那更梅花褪」，「那」字本上聲，注可仄，誤注。又云：「沈氏《别集》選韓魏公一首，認多『對』字，未能辨明，是使後人誤認有此體。」按《草堂詩餘别集》，萬稱爲沈氏《别集》，去其本名，使人不知爲何書，亦非沈選韓詞，非以作譜，既於題下注明，前段多一字，是即辨明矣。乃斥其不能辨，使後人誤認，然則詞刻中凡有多少乖誤者，皆將使後人誤認者乎？萬氏之刻繩前作，蓋類此。杜氏《校勘記》云：「魏公此詞，見《花草粹編》，前後段第二句均八字，並非誤多，蓋變體也。」余所見《花草粹編》舊抄本，無此詞。《詞綜》卻無「對」字。若後段次句亦八字，則以五字句加三字，調亦大變矣，何以各家未收此體？且杜氏亦不爲之補體邪？存此待考。

戀情深

《花間集》有毛文錫《戀情深》二首，此外不概見。故《詞律》注云：「此詞兩首俱以《戀情深》爲結，想因此名題。」不知《戀情深》實教坊曲，初不始於毛司徒，其結句之用「戀情深」三字者，殆有意用調名爲結句，非因此而得調名也。即如毛所作《訴衷情》二首，亦以「訴衷情」三字爲結，其調則初見於温飛卿。且温後毛前已有作者，則《訴衷情》之調，決非因毛詞得名可知，與此正同。

贊浦子

《贊浦子》又作《贊普子》，《詞律》漏注。此與萬氏所斥改名立異者不同，且兩名皆不可解，當並存之，以備考證也。毛詞後段起句，萬作「柳天桃媚」。杜氏《校勘記》云：《詞譜》作「桃夭柳媚」。今按《花間集》、《填詞圖譜》、《碎金詞譜》，皆作「桃夭柳媚」，惟《全唐詩》與《詞律》同。《全唐詩》間有採《詞律》者，或並從之而誤邪？

浣溪沙、攤破浣溪沙、浣溪沙慢

唐詞小令之《浣溪沙》，凡二調。四十二字之調，亦作《減字浣溪沙》，又名《小庭花》，《詞律》皆漏注。而四十八字之《攤破浣溪沙》，亦有但題《浣溪沙》者，實五代詞本名，尤不可不注，乃亦失之。至謂調名「沙」字義，當作「紗」，不知宋詞固多作「紗」者，萬氏自未見耳。《南唐浣溪沙》之名，誠屬無理。余疑南唐者屬人而言，如常人之稱爵里，談詞者偶冠作者於題上，非製譜者竟入朝代於調名。或後來不察，沿訛成誤，未可與改易調名同論，此宋《喜遷鶯》之謔，恐亦未恰到好處。又謂《詞統》收匏庵一首，起二句平仄全誤。此等明朝先革之作，原弄筆適興，若嘲若諷。不知張于湖一詞，已開其先，雖于湖疏放，且亦偶然涉筆，未可爲例，然不可以獨薄明人矣。又薛昭藴次句起韻，或不起韻，實分二格。萬氏云：注明不録，是不以爲一格也。然此格不録猶小焉者，綜兩調計之，實得八體。萬所録者僅三體，除首句不起韻之體外，尚遺四體。《減字》之調，孫光憲變後結，顧敻兩結皆變。《攤破》之調，和凝變前，無名氏兩結皆變。萬氏皆未收，是遺四體而棄一體矣。孫、和詞俱見《花間集》，初非僻書，實不能無疏忽之過焉。兩調首句第五字，皆可平，名詞中觸目皆是，而萬失注，亦不可解。至《攤破》之次句第三字，與減字體同，而猶失注，則係未檢也。《浣溪沙慢》過片第二句多字，萬氏謂以平叶仄，爲平仄通叶之體；但無二首可對，恐人不信，故不敢竟注。余謂萬説此句用叶，於體爲近。且過片第一句「那」字韻，及後段第八句「呵」字韻，皆可讀平聲。而「呵」字作疑問語，尤以平讀爲宜。是「多」字之韻，非孤平也，於理甚愜。雖他作相證，亦可以無疑。惟起句「水竹舊院落」，「竹」字注作平，大抵因其五仄而疑之。而句中適有此入聲字，故遂以爲作平。不思此字即作平聲，此句仍爲奇拗，詞調中實所罕遘，反不若五仄之聲爲順矣。又前段第五六句，「心事暗卜，葉底尋雙朵」。與後段第六七句「可怪近來，傳語也無箇」，兩段相比，將「卜」字、「也」字俱注作平，又安知非平仄通用之字，而必改爲作平乎？夫所謂作平者，音必用平，而字則用仄以代平也，是凡作平者，皆必不可仄者也。以清真孤作無證之詞，而爲之改定三字之聲，毋亦嫌於武斷乎？平叶之有理者，則猶疑而莫決；改聲之無據者，則滅裂而罔顧，抑獨何歟？「呵」字注叶，復於左旁特注上聲，不識何意。凡詞之限及四聲者，平去入爲多，因去聲獨用，而平入相借也。若上聲則無特殊之性質，偶有必用上聲者，必因上下字音連帶而然。今以叶韻之「呵」字，特注上聲，或因「呵」字本可平仄兩讀，故拈出之。以示非平韻乎？然「呵」字即仄讀，亦衹有去聲，《集韻》許箇切，噓氣也，責也，無上聲。

清商怨

《清商怨》兩段，起句六字，雖帶拗聲，而造句則仍常法，可四二，亦可二四，實則每二字爲一組。萬氏注云：「前後起皆三平三仄。」於字音固指點甚明，而句法則因之或混。至論晏詞上去之妙尚淺，暗翦謂之去上，固矣。「依夢遠」、「猶自短」，亦去「依」、「猶」二字，而並舉於文，固嫌割裂，即於聲亦嫌割裂。蓋依句調讀之，則其聲在平去二字，小作停頓，而後跌下上聲字，故取韻更亮，其理與去上連用者不同，不可但知有去上，而割裂原腔也。又晏殊詞中之「悔展」二字，亦舉爲去上，則猶疏矣。沈會宋詞：「誰遺鸞箋寫怨。」注云：「『遺』應作去聲。」按「遺」字，《天機餘錦》作「遣」，《詞綜》亦作「遣」。至晏殊七字起句體名《關河令》，首句云「關河愁思望處滿」，「思」字本可讀去聲，萬氏云「《片玉詞》『秋陰時晴漸向暝』」，正與此同。而趙坦庵作，一云「亭皋雙重飛葉滿」，一云「江頭伊軋動柔櫓」。不如依此爲是。是殆以美成四平爲例，故讀「愁思」爲平聲，而不慊於坦庵。不知張子野亦有二首，一云「勞生羈宦未易處」，一云「揚州商女下缺是」，第四字亦皆用仄聲。《詞綜》録美成詞，則云「秋陰時作漸向暝」，不從「時晴」，必有所本。然則竟無一首作四平者，「思」字當以仄讀爲是，推張、趙以湊晏、周，斠若畫一矣。各體中有平仄失注者，不暇毛舉。

雪花飛

黄山谷《雪花飛》一首，别無可證。《詞律》每以前後段自爲互證，則此詞前段之「春滿皇都」，後段之「雪舞街衢」，「春」、「雪」二字，當可平仄通用，乃獨無注，豈因「雪」字入聲，狃於作平之錮習邪？然亦未注作平。萬氏每遇平入互用之字，闕而不注，不獨此矣。

醉垂鞭

張子野詞集有《醉垂鞭》三首，爲各家所未見。《詞律》收其「酒面灩金魚」一首，不注平仄，想非録自本集，故不知其三首，亦不知其平仄之多可通也。前段夾叶，注換仄。後段夾叶，注三換仄。此則《詞律》通例之誤，不僅此調爲然。因不辨主韻夾韻，故注曰凡三用韻也。

傷春怨

王荊公《傷春怨》，未見他家作者，詞意即與調名相合。萬氏注云：「荊公自注夢中作，應是創調，此固無待言者。」棨意夢中得詞，決不能夢中製律。以爲創調，尚隔一塵。雜家小説中，仙鬼乩夢之詞，不能一一據以爲譜也。荊公此詞，似亦可以不譜，在選詞家不妨兼收並蓄，多一可誦之詞。而製譜家則不必炫博矜奇，多一無據之譜。詞調詞體之所以花多眼亂，不可究詰者，皆貪多之弊耳。

霜天曉角

《霜天曉角》考見者凡七體。《詞律》收六體，遺吴夢窗一體，可謂失之目前。又字句不異者三體，則全遺之，是十體而失其四也。此調有五字一句過片者，有二字三字二句過片者，《詞律》首列辛棄疾詞，過片云：「宦途吾倦矣。」「途」字注可仄叶，是將彼體之過片叶，注入此體，而誤爲句中帶叶矣。又注云：「《圖譜》改調名《月當廳》，有何不佳，而必改之，況東澤寓名月當窗，非「廳」字。」余謂製譜之家，決無妄改調名之理。《圖譜》之《月當廳》，實即用張宗瑞《月當窗》之名，而繕校偶誤。必謂其改，未免深文周内矣。趙長卿一體，注云「高賓王作『望極連翠陌』，『香更』二字可作仄平。」徐氏《拾遺》云：「『連翠』二字，亦是平仄，而非仄平，諸家亦無於『香更』二字用仄平者。」今按趙長卿又一首云「清絶十分絶」，「十分」二字，即是仄平，並有以此句作三仄者，萬固未詳，徐亦未考耳。程垓一體，注云：「書舟又一首，平仄與此詞又異，因句字同，不另録。」所謂不另録者，實有語病，前已論之。若謂平仄不同，則前收各體，如辛棄疾、黄幾詞，其五字句，皆有前句相反，及用拗字者。萬氏皆未注，而獨於程垓詞注之，未免罣漏。自有程詞之注，而辛、黄之詞，一似無所出入者，人將不復考索，貽誤不已甚歟？

卜算子

《卜算子》今可考見者，得九體。蓋以結句分之，兩結五字者爲一體；兩結六字者爲一體；前結六字後結五字者爲一體；前結五字後結六字者爲一體；是爲四體矣。而兩結五字兩結六字之體，又各因起句之異而各成三格，如是得八體。又有七字句仄住之異格一首，乃共爲九體焉。以體推之，前六後五、前五後六結句之體，其起句亦必有分格如前兩體者，今未得見。而《詞律》所收者七體，於五字結句者失一體，兩起前平住後仄住者也。於六字結句者失一體，兩起皆平住者也。至其七體之間，依字數遞列，不免亂次以濟，驟讀之，幾似無緒可信，而不知實祇釐然四體耳。首列蘇軾一首，七字句之第五字，諸家用平者，萬氏失注。次列石孝友一首，兩起句仄住叶韻，與蘇詞體不同，而平仄相從不注，蓋《詞律》通例。不思石詞之異於蘇詞者，非他調一二字增減而聲音悉同者可比。此而不注，與未譜何異，其亦粗疏之甚矣。次列徐俯一首，其不注平仄之誤亦同。又注云：「《詞統》注『遮』字是襯字大謬，此調多六字結者，觀李之儀『定不負相思意』，趙長卿『山不似長眉好』，此類甚多，豈皆襯字乎？豈他句不可襯，獨此句可襯乎？若謂詞可用襯，則詞中多少一兩字者甚衆，皆可以襯字之一説概之，而不必分各體矣。」棨按：師川此詞前結云「草滿鶯啼處」，後結云「遮不斷愁來路」，前五字，後六字，故《詞統》以「遮」爲襯字。襯字之説早有之，非始於卓人月。萬氏以爲大謬，實則非卓之謬，而萬之偏也。萬謂此調多用六字結，引李、趙爲證，而曰「豈皆襯字」，而不知實皆襯字也。此調兩結皆五字，前後整一，而作者忽添一字，非襯而何？即使非作者所添，而爲宫譜所本可添，則宫譜本五字可添一字，又非襯而何？況或添於後結，亦或添於前結，可以隨意安頓，而不必前後相比，則更非襯而何？萬氏謂「豈他句不可襯，獨此句可襯」，而不知正惟他句亦可襯，而此句乃亦可襯，故或前或後，皆可加五爲六也。若謂詞中多少一兩字者，皆可以襯之一説概之，而不必分各體，則其説尤誤。詞調之所謂分體者，後人因其字有多少而分之，此實宫譜失傳以後，不得已之所爲耳。若在當時，則一調之中，一二字之增減，於調無與也。即如此調之慢詞，張先多二字句，而與柳詞皆入歇指調，是其最近最切之明證。即如萬所言，多少一二字者，以襯字一説概之，實亦未嘗不可也。然非所論於製譜，既有此襯字，則製譜當爲之分體。蓋詞之襯字，久且羼入本調，成爲實字，非若曲之襯字，概用旁注别於本調。萬氏以曲之襯字，論詞之襯字，宜乎其扞格難通也。此詞初則隨意加襯，而兩結之間，或五或六，迨兩結皆襯而俱成六字，遂與五字結句體屹然對立。苟非有或五或六之體，則亦無從知其爲襯矣。次爲黄公度詞，前結六字句，與徐俯之後結六字句，俱不注平仄，其疏漏與前石詞同。次爲黄庭堅詞，則兩結皆六字，而亦不注平仄，是六字結句，始終未嘗譜也。黄詞前段起句云：「要見不得見，要近不得近。」後段起句云：「禁止不得淚，忍管不得悶。」四「不得」字俱注作平。萬氏作平之注，幾於無不穿鑿，惟此則確當作平者。但第三句「試問得君多少情」，「得」字亦注作平，則又誤。蓋此句第五字平聲，則第三句可用仄聲，是爲近體詩之雙拗句。若第五字不拗平，則第三字不能拗仄，倘遇入聲，尚可謂之作平，蓋此句「得」字則非作平。程書舟云「月當夜來愁處明」，「愁」字平聲，故「夜」字可用仄聲，豈得謂去聲之「夜」字作平乎？次爲杜安世二詞，前結云「恨應更多於淚」，《詞綜》無「應」字，而兩首之六字結句，亦皆未注平仄。注又云：「後村『朝見樹頭繁，暮見樹頭少』，下『樹』字仄係偶然。」按下句，各本皆作「暮見枝頭少」，無作「樹」者，未審萬氏所據何本也。《卜算子慢》詞，始於唐鍾輻，宋則子野、耆卿皆有之。《子野集》署「慢」字，《樂章集》不署「慢」字，《詞律》類列於小令之後，自是體例之誤，前屢論之矣。柳詞與鍾同，萬氏收柳而不收鍾，且引證亦未及之，想未見鍾詞也。張詞則前後段各有二字句，爲鍾、柳所無。然張詞鮑本無二字句，但附見於注中，既爲體例所在，製譜者必當注明，萬氏殆未考見也。柳詞次句「汀蕙半凋」，前結「新愁舊恨相繼」，注云「『半』字、『恨』字定格去聲」。不知「舊恨」二字，鍾詞用「暗銷」，非但不用去聲，且竟用平聲。蓋此六字句，上二字平平，下二字平仄。若作上四下二，則第四字當用仄。作上二下四，則第四字當作平。各調中似此句法頗多，亦未見其必用去聲。「江淹恨極須賦」，則「極」字入聲矣。然多用去聲重頓，然後跌下，即「汀蕙」句，平仄仄平，第三字仄本屬拗句，故亦用去聲重頓，論用聲之法，能填詞者皆知之，無待於歌者。然此二句既非領調領句之處，何所見而謂爲定格？況兩詞相校，張、柳同用去聲之字尚多，且多領句者，豈得概謂定格？

萬氏大言欺人處，往往類此，而此則本調中已矛盾自攻矣。張詞前結「奈畫閣歡遊，也學狂風飛絮輕散」，注云：「『歡遊』下十字，據後段及柳詞，應於『學』字分句，此本十字句，歌者正不妨略住。」按長調中每有兩三句一氣，字相同而句逗略異者，不可殫舉。此句十三字，柳詞作七字六字二句，張詞作五字八字二句，此例即東坡「大江東去」已有之，更不勞博考者。而萬氏於張詞十三字爲一句，不加逗斷，而謂當於「也學」略住，不已誤乎？張詞前結，鮑、侯兩本，皆作「狂風亂絮輕散」，《詞綜》亦同。而《詞律》作「狂風飛絮」，未審所據何本。杜氏《校勘記》、徐氏《拾遺》皆云《安陸集》「狂風」作「狂花」，而不及「飛絮」，余未見《安陸集》，殆作「狂花飛絮」乎？今且勿論，惟《詞律》既作「飛絮」，則「飛」字平聲。柳詞「舊」字去聲，當分注可平可仄。又張詞「夢澤」，鮑本作「西北」，亦當附注。柳詞「十二」之「十」字，必謂作平，亦無他證。張詞結句「那見」之「那」字，平仄兩讀，亦未必定從柳詞。「誰」字讀平，此皆過拗處也。詞僅三首，宮調不解，曲度不傳，萬氏謂柳詞六箇去上妙絕，又謂「去」、「翠」、「淚」等去聲妙妙，真有令人不解者。

——《詞學季刊》第二卷第四號

卷四

伊川令

《詞律》收范仲胤妻《伊川令》詞，《詞苑叢談》作「仲允」，《填詞圖譜》作「仲穎」，詞皆同而名則一聲轉寫也。葉氏《天籟軒譜》題作《伊州令》，詞句亦與此異。此爲單遍，而葉譜則雙疊，第三句末多一字，平仄無韻，第四句首多一字，第五句下多五字句叶，而聲響迥不侔矣。《填詞名解》有《伊州令》，無《伊川令》。詞調中别無《伊州令》之名，或即范妻此詞，然又未嘗敘及《伊川》傳誤之説，未審何故。杜氏《校勘記》單行本，引秦玉生説，與葉譜悉同。惟秦刻《樂府雅詞》、《陽春白雪》皆無范妻詞。杜氏校刊《詞律》，注引《詞緯》，其説仍同，想初本誤記耳。萬氏未見《伊州令》之本，就其所見而録之，固不得爲萬氏之過。然如所録，則七句小令，而三句與末句重韻，豈亦未覺，而獨無一字之注，以稍存多聞之闕歟？

後庭花

《後庭花》毛熙震二首，爲此調正格。孫光憲二首，則毛體之變格，非專體也。宋詞則僅見張先二首，别爲一體。《詞律》收毛、孫詞，並列三體，而遺張詞，而王秋澗、趙松雪之破子，則以爲即《西廂記》「襯殘紅」曲，而不列體。不知《後庭花破子》列入詞集者，不止王、趙，而元曲《襯紅》，以之專屬《西廂記》，恐亦曲家所詫者耳。毛熙震詞注云：「毛詞第一首，次句用『後庭花發』，正合題名，而各刻多改『後庭』作『瑞庭』，可笑。」今按《花間集》及《全唐詩》皆作「瑞庭」，萬氏謂當作「後庭」，不知所本。且逕謂各刻改作，則尤周内文致。萬氏於一字之訛，或舍此從彼者，皆謂爲改，而「瑞庭」確本《花間》，萬氏自改「後庭」，而反責人以改而以爲可笑。且因孫詞之「後庭新宴」句，證此詞當作「後庭花發」，不亦奇乎？注又云：「此詞用閉口韻甚嚴，後人則與元、寒、刪、先出入，太覺泛濫，不及唐人矣。」按唐人詞用詩韻，故閉口韻獨用，非因詞而嚴也。唐人用通韻者，如作古詩者閉口韻即不獨用，故馮正中即有庚、侵並叶之詞。至宋人或獨用，或通用，實仍無定。蓋宋詞雖非用詩韻，然亦尚無詞韻也。閉口韻獨用之説，疑始於曲，而遂以曲韻律夫詞。論聲音之理，自以閉口韻獨用爲是。然亦不能取有韻以後之説，繩無韻以前之詞。萬氏乃取有詩韻之唐詞，以例無詞韻時之宋詞，想不知閉口音之説之所始耳。又云：「『競膩笑纁』皆去聲，妙甚，當學之。」按此皆四字常句之首字，無必用去聲之理。毛、孫五詞，惟此首偶合，萬説未可信也。注又云：「又一首時將句作『争不教人長相見』，甚拗。愚謂恐是『争教人不長相見』，或『教人争不長相見』之誤。」説固近似。然《花間集》此類拗句，亦頗有之，未可因其拗而疑之也。孫光憲詞注云：「『葉』字可作平，然觀後孫詞，亦可用去。」夫此字既可用去，則平仄通用無疑。乃謂『葉』字可作平，作平者此字必不可用仄，故雖用入，亦必作平也。若平仄可通，則入亦何必作平哉？乃曰「可作平」，又曰「可用去」，質之紅友，得無啞然？詞中「瓊花旋」，據《花間》本實作「綻」字，萬氏不知據何本。孫光憲又一體注云：「『碧』字各本多作『緑』字，此句須叶韻，必係『碧』字無疑。」按此詞第三句「七尺青絲芳草緑」，《花間集》、《全唐詩》皆同本詞之韻，則「國」、「色」、「得」、「識」、「織」、「憶」、「極」，惟「緑」字不同部，而此句無不叶之理，故萬氏疑之。然各本無作「碧」字者，萬氏毅然改之，未免鹵莽。他人係用别名，偶據别本，雖未爲改，而萬氏皆責之以改，已乃毫無依傍而逕改，獨何説哉？萬氏徒知此句之當叶，而不知此句之本叶。蓋「緑」字北音讀若「律」，借叶「國」、「極」等字，猶姜白石「北」字讀逋沃切，借叶屋沃部，戈順卿《詞林正韻》已採入之。宋詞似此者尚多，非强辭也。至各詞中平仄失注者，不暇覼舉。毛熙震詞誤作毛文錫，杜校徐拾，皆未檢之。然人名偶誤，萬氏常事，初尚疑其必有致誤之由，曲爲考索。今既知其習誤，則亦無勞辭費矣。

巫山一段雲

《巫山一段雲》，唐詞二體，《詞律》收李珣之作於唐昭宗之前，《天籟軒譜》易之以毛文錫，而次唐昭宗之後，論世次也。《詞律》此誤已多，蓋無足異。萬氏於李珣詞首句第一字，次句第三字，俱注「可平」。毛、李四詞，皆無用平者，惟趙松雪第一字用平，亦十二首中之一，且萬氏引據所未及，想以後段證前段也。然則前段三句第三字，平仄通用，而後段三句第三字無注，獨不以前證後，何也？唐昭宗詞二首，次句第三字，三句第一字，後段次句第五字，三句第三字，皆平仄通用。萬氏失注。兩段結句，一用仄起句，一用平起句，後結二韻，一叶前段，一换别韻，萬氏不知唐昭宗有二首，故但注云：「前段句法與前詞同，但『苧蘿』句平仄各異。」誠如所言，則後段結句平仄亦與前詞異，仍漏注矣。統觀萬氏所論，似於屯田、壽域、松雪諸詞皆未見者。

醜奴兒

唐詞《采桑子》，和凝一首而外，有李後主詞稱《采桑子令》，馮延巳詞則名《羅敷豔歌》，宋詞多稱《采桑》者，若《醜奴兒》則宋人後起之名也。《詞律》標《醜奴兒》，録和凝詞，注云：「此是本詞正格，作者皆從之。」今考《采桑子》實衹一格，作者不從此格，將從何格邪？此是正格，孰爲别格邪？如萬氏之言，則必另有一格而後可，如謂正格者對攤破、促拍等而言，則所謂皆從此格者，又何所指而言哉？殊不可解。至標名或有以後掩前者，必後名已著而前名轉少人知，如《十六字令》之於《蒼梧謡》，猶可説也。若《采桑子》則人人所知，絶無反用後名之理。萬氏動斥《圖譜》好用新名，並往往斥及作者，且波及於選家，如《草堂》之用别名，輒遭訕笑，不一而足。即此調慢詞，方且斥《愁春未醒》，而己亦舍《采桑子》之舊名，而用《醜奴兒》。夫《采桑子》之名，見於《花間集》，即《詞律》所收之和凝詞，則萬氏非不知二名之先後者。大抵因攤破及慢詞皆名《醜奴兒》，故將令詞亦署《醜奴兒》，以便類列，而不知攤破及慢詞皆有《采桑子》之名也。此調有《添字采桑子》二體，《詞律》未收。徐氏《拾遺》云：「由萬氏以《醜奴兒》列爲正名，以便將《攤破醜奴兒》、《促拍醜奴兒》、《醜奴兒慢》等調附於後，此調當因無正調可附，又不便改《添字采桑子》爲《添字醜奴兒》，故致失收耳。」云云，其言頗譃而切於理。萬雖未必如徐所言，因不便改名而棄之，而其爲《醜奴兒》之名所掩，遂致相忘於不覺，或竟交臂失之，則無可諱言者。杜筱舫謂：「宋初多名《采桑子》，獨山谷詞名《醜奴兒》。」按山谷詞有《采桑子》八首，又有題《醜奴兒》者二首，則元遺山之《促拍醜奴兒》，而程書舟之《攤破南鄉子》，即杜氏以爲《山谷集》誤寫者也。此外則别無《醜奴兒》。杜氏之説，自相矛盾，或尚别有所據乎？

攤破醜奴兒、促拍醜奴兒

《攤破醜奴兒》，《康熙詞譜》作《攤破采桑子》，汲古閣本趙長卿《惜香樂府》作《一翦梅》，注：「或刻《攤破醜奴兒》。」毛氏既見或刻，是猶未誤之本，惜不能據正也。萬氏云：「『也囉』以上，端端正正是《醜奴兒》，與《一翦梅》無干，想因此詞是咏梅，而首句七字，下二句皆四字，有似《一翦梅》，故訛傳耳。」其説近理。惟尚不知有《攤破采桑子》之名，殆亦未嘗考索也。抑有同此持論，而甚不近理者，《促拍醜奴兒》注云：「書舟亦有此調，名曰《攤破南鄉子》，尤爲無涉，正與誤名《一翦梅》同。」按《促拍醜奴兒》之調，即《攤破南鄉子》，不能謂之無涉，與趙詞誤作《一翦梅》，亦正不同。萬氏知趙詞上半端端正正是《醜奴兒》，而不知程詞上半亦端端正正是《南鄉子》，知趙詞添「也囉」二字，并「真箇是」六字，所謂「攤破」，而不知程詞變後半二字七字句爲四字三句，亦所謂「攤破」，而漫曰「尤爲無涉，與誤名《一翦梅》同」，何密於彼而疏於此，明於彼而闇於此邪？ 萬氏之説曰：「《山谷集》直名曰《醜奴兒》，而元遺山『冰麝室中香』一首，題加『促拍』二字，故從之，以别於本調。」杜氏《校勘記》謂：「字數多不得名促拍，當從《詞譜》據《書舟詞》，改爲《攤破南鄉子》。」徐氏《拾遺》則收朱希真另體之《促拍采桑子》，謂當名《促拍南鄉子》。三家之説，互有是非，别爲詳辨，著於篇後。

促拍醜奴兒、攤破南鄉子同調異名之辨

《促拍醜奴兒》，《詞律》之誤，既如前述矣。而杜氏補《攤破南鄉子》之名，徐氏補《促拍采桑子》之詞，其説亦各有誤。然則兩名皆非歟？曰：皆是也。三家之誤，誤於考辨之未精析，而未得其異名之所以然也。杜氏《校勘記》云：「程書舟有《攤破南鄉子》，歐陽永叔有《減字南鄉子》，均與山谷此作，字句平仄相同。促拍者，促節短拍，與減字髣髴。此調字數多於《醜奴兒》，不能以促拍名之也。實爲《山谷集》誤寫調名，應遵《詞譜》並《樂府雅詞》，改爲《攤破南鄉子》。」徐氏《拾遺》從杜説，而補收朱敦儒之《促拍采桑子》，注云：「起二句與《南鄉子》相似，與《采桑子》大異，與一名《促拍醜奴兒》之《促拍南鄉子》黄詞，句法音響俱同，但前後第二句各少一七字句，换頭多二字耳。原題爲《促拍采桑子》，傳訛已久，非後人臆改者比，姑仍其舊。此詞字句少於《南鄉子》，應名《促拍南鄉子》。《書舟集》一首，本名《攤破南鄉子》，萬氏以爲無涉，蓋未就二詞之句調聲響細按之耳。」杜、徐二家之説如此。今檢汲古《六一詞》，未見《減字南鄉子》之調，惟《書舟詞》則有《攤破南鄉子》，杜謂當從《詞譜》及《樂府雅詞》，而遍檢《樂府雅詞》，非但不見歐、程二作，即他家亦無此調，杜説或有誤記。杜論促拍髣髴減字，不能以字多者名促拍，其辨甚確。然則此調之字，亦多於《南鄉子》，歐詞乃名「減字」，亦有可疑矣。徐氏則以朱希真詞似《南鄉子》，而字數少，應名《促拍南鄉子》，惟傳訛已久，非後人臆改者比，故雖有此論，而仍著《促拍采桑子》舊名，徐亦可謂謹矣。然朱詞以離《南鄉子》之面目，不能更襲《南鄉子》之名，徐説蓋亦未審。至曰

「《促拍南鄉子》之黄詞」，又曰「黄詞字數多於《南鄉子》，應名《攤破南鄉子》」，則於杜説又未細辨。杜固以《書舟詞》證黄詞，謂當改名《攤破南鄉子》，未嘗以黄詞爲《促拍南鄉子》也。且以字數之多，辨《醜奴兒》之促拍爲非者也。萬氏誤棄一名，遺漏一體，而曰前調準作攤破，此調準作促拍，毅然斷定，誠亦不免鹵莽。然竟奪《促拍醜奴兒》之名，而但名《攤破南鄉子》，則其説終覺有可疑者。《促拍醜奴兒》，元遺山之名也。字多於《醜奴兒》，固不便名「促拍」，而歐陽六一名《減字南鄉子》，字亦多於《南鄉子》，則更不能名「減字」。是所據以爲《攤破南鄉子》者，僅書舟一詞耳。然使此調果於《醜奴兒》無涉，何以山谷、遺山皆有此名，而朱希真之詞與此調相似者，亦名《促拍采桑子》耶？徐氏名之以《促拍南鄉子》，亦謂其調之相似，而非别有所據者也。朱詞名《采桑子》，山谷、遺山名《醜奴兒》，或用本名，或用别名，而希真、遺山又皆加「促拍」，而黄獨無之。然則此三詞者，各名其名，又必非相因而誤者也。必謂三詞皆傳誤，則其誤非出一手，其無意耶？則是同調之詞，又適誤爲同類之名，何其巧也？其有意耶？則又各誤一名，俱不相襲，絶不援彼證此，以信其説，抑何拙也？然則兩名果孰是耶？曰：皆是也。余竊有一説以解之。此調前三句，固似《南鄉子》之起句，而第二句七字，《南鄉子》作四三，此調作三四，是其小異。若後三句句各四字，則與《醜奴兒慢》之結句同，故名《攤破南鄉子》者，上半爲《南鄉子》，而下半攤破之也。名《促拍醜奴兒》者，下半爲《醜奴兒慢》，而上半字少聲稀爲促拍也。謂由《醜奴兒慢》而仍變「促拍」，非謂由《醜奴兒令》而成爲促拍也。試證以朱希真詞，則余説尤信。朱詞首句五字，次句七字，從段首句七字，次句亦七字，以下則兩段皆四字三句矣。四字三句，仍是《醜奴兒》之結句，而前半既去第三句之七字，而第二句又是上三下四句法，則與《南鄉子》上半音響迥殊，其與《南鄉子》吻合者，僅首句之五字，而後段亦變爲七字。然則所謂《南鄉子》，殆幾乎盡變矣。題之曰《促拍南鄉子》，苟不與書舟《攤破南鄉子》並列，再恐有錯齶不解者。或謂詞調變而益遠，拙著《詞所》、《詞通》固屢言之。希真之詞，固由書舟詞而遞變，何獨謂非《南鄉子》？不知一調之變，變而愈遠，而其名不離本調，則其迹可一一推尋也。書舟之詞，既合兩調，在其初變從上半而名《南鄉子》，則曰「攤破」，從下半而名《醜奴兒》，則曰「促拍」皆可也。若又從而變之，失其上半之本調，則必從下半調之名，失其下半之本調，則必從上半調之名矣。希真之詞，固已不覺其爲《南鄉子》，故自名曰《促拍采桑子》，此實無可疑者。拙著《詞所》已辨之，今並述於此。又此調趙長卿名《青杏兒》，亦名《似娘兒》。萬氏云：「今北曲小石調《青杏兒》即此調，大石調名《青杏子》亦同。本譜於北曲概不收入，以與詞調相混，故不存《青杏兒》名目。」《徐氏拾遺》云：「曲之興在詞後。詞中所無，曲中所有，自不宜闌入。若詞曲均有，則是曲襲詞，非詞襲曲，自不容不收入譜中矣。」所駁極明快，萬氏當無辭。抑余猶有說者，萬氏所謂「不存《青杏兒》名目」，則調名之下，固注又名《青杏兒》、《似娘兒》矣，何謂不存？若謂即指不存曲調而言，則曲調即此調，萬氏又自言之矣，究不知所作何語，恐萬氏亦不能爲之辭。

醜奴兒慢、醜奴兒近

《醜奴兒慢》凡三體，皆以韻法別之。一爲仄韻領起，全首平叶，即《詞律》所收潘元質詞，而諸家通用之體也。一爲全首中平仄互叶，見蔡伸詞。一爲全首平韻，見吴禮之詞。《詞律》於蔡詞則附録爲起韻用叶之證，於吴詞則僅摘其不同之句，附注潘詞下，遂致漏列二體。全首韻法不同，而竟棄之目前，可謂咄咄怪事也！潘元質詞第二句「氣」字注「韻」，第四句「啼」字注「換平叶」，「氣」、「啼」同部，是爲平仄互叶，非換韻也。詞中平仄通用者凡十五字，除入聲一字，萬謂作平，尚有十三字，而注可平者僅一字。他調疏漏，罕有如是之甚者。萬氏之平仄失注，或因無理求嚴，或因粗率不顧，余初作箋，尚爲拈出，嗣以不勝毛舉，亦復置之。然無若此詞之全漏，而僅注一字者，故偶及焉。此調次句起仄韻，全首平叶，各家詞莫不皆然，知填詞檢譜者，宜無不知。《圖譜》誤列《愁春未醒》爲一調，但舉正體比例，一語可明。且誤在全調不僅首韻，乃至設爲客難，專録蔡友古詞以爲證，不亦無疾而呻乎？蔡友古詞，全首平仄互叶，當列爲又一體，卻不能爲仄起平叶之證，體不同也。萬之言曰：「有一友不信仄聲起韻之説，適讀友古詞，則平仄更多間用，始知余説之不謬，而余亦自幸其億中云，因喜而備録之，以廣平仄互用之格。」吾不知兩體互異之詞，有何相涉，而可以證其不謬？至謂「以廣平仄互用之格」，則蔡詞本應另列一體者，附注取證，何以言廣哉？蔡詞汲古本「念傷懷」上不缺字，王寬甫校本作「懷念傷嗟」，萬蓋録毛刻而以意缺之耳。吴禮之詞，萬氏於潘詞後注云：「題無『慢』字，『和』字、『今』字俱用叶。後起云：『凝想恁時歡笑，傷今萍梗悠悠』，句法亦異，兹注明，因餘同不録。」不知吴詞次句即起平韻，全首皆平，迥然自爲一體。萬氏方以仄韻領起之調，斤斤致辨，乃於此平韻領起者，竟貿然不察，而轉譏他人之作譜者不審調，不訂韻，不較本篇之前後，不較他作之異同，遂定爲程式，得勿夫子自道乎？辛幼安《醜奴兒近》一詞，舊失其後段之半，而續以《洞仙歌》全首，萬氏據駁甚明，《四庫提要》亦然之，然不能補也。《康熙詞譜》據蕉雪堂鈔本訂正，而《醜奴兒近》乃首尾俱見。萬氏云：「《嘯餘譜》、《填詞圖譜》等書，欲以此譜詔後世之學詞者，故學者亦從而信之守之，相與模倣填之。」不知所謂模倣填之者，究屬何人？此非空言可詆者。萬氏又云：「讀者未嘗熟玩《洞仙歌》句法，安能覺齒吻間有此聲響乎？且見《圖譜》之中，鑿然注明，更無疑惑，遂認定《醜奴兒》另有此一體。」夫既學爲詞，何至不識《洞仙歌》聲響，而必誤認爲《醜奴兒》有此體？然則前之所謂模倣填之者，實亦未嘗有其人，是直逢人謾罵已，任意詈人而已。詈製譜者不足，而詈及刻書者，又不足，而詈及讀者，乃並詈及天下後世凡作詞之人，亦何所見而預決後人之必盲從不悟，而無一人識之者哉？

菩薩蠻、菩薩蠻慢

《菩薩蠻》李白詞，結句「長亭更短亭」，《尊前集》、《草堂詩餘》及《歷代詩餘》、《全唐詩》，以至《填詞圖譜》、《詞綜》等書，無不作「更」，即其他載記亦然，獨《草堂詩餘》注云：「一作『連』。」《詞律》逕作「連」字，反注云：「或作『更』字。」然此一字用平爲佳，用平則此句首一字可用仄。又云：「青蓮此調，千古詞祖，平仄悉宜從之。」棨按：《菩薩蠻》兩段結句，唐五代詞用拗律者多，不但第三字多用平，且第一字亦多用仄，其用常律句者蓋不多見。然非所論於太白詞也，太白此詞，各本皆作「長亭更短亭」。萬氏最攻《草堂》者，而此獨從《草堂》注中之「連」字，此實好立異之過。且謂「此字用平爲佳」，是因立異而並攻太白矣。乃又云「平仄宜悉從之」，適與用平之説，子矛子盾，是因立異而不能自圓，而並自攻矣。萬氏之説，以論詞調則可，以論李詞則不可。且即以詞調論，宋元人即不甚拘，原不必過爲高論耳。注又云：「原是『鑾』字，楊升庵好奇，云是『鬘』字，今人皆從之。」今觀宋人詞集，亦多作「鬘」者，豈後人追改歟？又云：「《圖譜》載《菩薩鑾慢》一調，羅壺秋作，查是《解連環》別名。」按羅詞後段第四句，較《解連環》多二字，是否一調，存俟再考。

華清引

東坡《華清引》，未見他家作者，余説已見本調下。此等冷調，製譜者即無考證，亦當拈出，使人知爲孤詞。萬氏不著一字，似絶未注意者，抑獨何歟？

散餘霞

毛東堂《散餘霞》，僅見一詞，似即東堂創調。然詞與名不相附麗，又似填舊譜者，與前之《華清引》，後之《憶悶令》不同，此關於詞調之原委，撰譜者所當有注，非可以旁識平仄，遂畢乃事。且此調平仄無他詞可證，萬氏即以兩遍互證，是亦當有注以明之，否則與常調一例，人且不知爲冷調孤詞矣。兹僅注云：「後起比前少一字。」夫兩體相較，則一字增減，固當注明。若兩遍相較，字數參差，何調蔑有？此亦何待注者？驟讀之，所謂比前者，似與前詞相比，徒令人增惝恍耳。萬氏此類之注甚多，大抵皆於無可注之詞而爲之敷衍一語，其亦不可以已乎？

憶悶令

晏小山《憶悶令》一詞，即調名之本意，當是自度腔，此外未見他作。萬氏無注，其失蓋與前兩調同也。至萬氏所注：「『醒』字作平聲讀，與後『深深良願』句法同。」按後段次句「有深深良願」，實三二句法；前段次句「酒醒遲來晚」，無論「醒」字平讀仄讀，本皆三二，若作二三，則「遲來晚」不成語矣。況以字義論，「醒」字仄讀爲定辭，平讀爲動辭，其在此句用意，斷無仄讀之理。注又云：「『信』字恐誤多。蓋前後結相同，而『願期信』字複而贅。」按「期信」猶言「期約」，而意義略别，本是偶字，不得謂之複贅。若去「信」字，則「願期」乃反複贅，而句且稚矣。況因前後結相同，而減此句之字，使之亦與前段同，則兩段起句前七後五，又將何以同之？如必謂其同，則寧以「願」字爲襯字，而不可以「信」字爲衍字，小山亦未必有此贅稚語也。且此調前段與《散餘霞》全同，惟首句仄起爲小異。若此句亦同，則惟後段首句少一字，竟是《散餘霞》之别體矣。果主此説，宜並詳之。

更漏子

《更漏子》自宋人變過片句後，唐、宋遂畫然兩界，萬氏知之而不立宋體，甚不可解。至謂北宋以後，後起竟與前同，不復用韻。徐氏《拾遺》引張淑芳一首，後起亦平仄仄，而不用韻。不知趙長卿則兩句疊叶，一如唐詞。又《六一詞》、《子野詞》均有後段仄起用韻者，歐則與《陽春集》互見，張則與《花間集》飛卿詞同，張必誤收温作，馮、歐則尚未可知也。然此蓋百中之一，宋體自爲宋體，於萬氏之説無病也，病在不立宋體爲大誤耳。即以唐體論，調始於温飛卿，反收歐陽炯變調於前，而誤署飛卿之名。萬氏屢誤作者之名，實不免率爾操觚之累。且此詞縱屬飛卿，亦當列正調之後，不能以字數較少而倒置之。然此本通例之誤，無足深尤者矣。歐陽詞後段第四句，雖「尀耐」「尀」字注「可平」，遍檢諸家詞，此字無用平者，未審何據。温詞「一葉葉」「一」字當是作平。萬氏每遇入聲，輒强使作平，此字明明作平，而但注「可平」，其好爲立異，即此可見。至此調起句，用平仄平者極多，後起用平仄仄則尤多。他調似此者，萬氏皆袛旁注，初無引證，本不待於引證者也。此則引毛熙震「煙月寒，人悄悄」，謂可不拘，一似毛詞爲少見，故特爲拈出者。使迂謹者不旁加考索，將不敢不拘。蓋其語意實僅可而有未盡之辭，非好爲刻覈也。至山谷首句用「庵摩勒」，誠如萬説，係屬偶然。然「勒」字必是非平，萬獨無説，或因此字作平，恐無三平句乎？則山谷固亦有之。萬氏謂山谷之「休休休，莫莫莫」、「了了了，玄玄玄」，亦是遊戲，而上入代平之説，向所主張之，遂自忘之，吾不解其凡遇入聲十九作平，迨至此等非作平不可之字，則皆不以作平，爲果何意哉？至上入既可代平，平亦必可代上入。唱曲者遇不叶之字，則平聲亦可融入仄聲，宋人一詞甫出，必入歌喉，山谷即偶然遊戲，亦未必作不能唱之曲也。此調用韻四易，而不相叶，各爲一部。然唐、宋諸家之作，有全首一韻，平仄互叶者。有兩段各一韻，平仄互叶者。有仄與仄叶，平與平叶者。亦遂有前互叶而後不叶，或後互叶而前不叶者。有仄相叶而平不叶，或平相叶而仄不叶者。雖不能各標一體，亦當舉其整齊有法者以爲格式，否則亦當詳述於注中，殆亦未嘗經意，故不知韻法之種種不同乎？孫光憲詞，不注平仄，此爲變體，與前體不同，平仄不能全依。前注孫詞六首同此體者，三首不可不互較也。萬氏謂各譜忘考孫全詞，不另立體，乃已亦忘之，何其明於責人哉？杜安世一體，一百四字，實此調之慢詞，而題無「慢」字，竟以爲小令之又一體，此在《詞律》已屢誤，不復贅論，所可異者，注云：「此與唐腔迴別。」夫令、慢迴別，固不待言。今既不知令、慢而併爲一調，無怪其言迴別矣。乃但謂「唐腔迴別」，則不但不知令、慢，且不知小令之有宋體，則所謂「北宋以後，後起竟與前同」者，豈非知如不知哉？此其所以不立宋體歟？

好事近

《好事近》詞，宋人最多，皆出一體。然中有別格，不可不辨。徐氏《拾遺》收汪莘詞兩段，第三句添一叶，不知陸放翁有此格，《碎金詞譜》收入中呂宮矣。有蘇子瞻、楊誠齋過片用仄住句，亦自爲一格者，徐氏未補，此皆萬氏所遺者也。後段次句，本屬拗句，前二字或平平，或仄平，或仄仄，或平仄，皆可用，不容不注。僅於次字注「可仄」，所失甚多。注中所引向、洪兩句，亦未盡此句之變。不知此句竟有用五仄四平者，尤當辨耳。其餘平仄，亦尚有失注者，不瑣舉。所最詫者，注引楊誠齋結句，而不知其後起爲仄住句，致遺一格於目前，亦可惜也。

好時光

唐明皇《好時光》，無可佐證，平仄不能臆決，句逗則可以詞義斷之。兩段次句，萬氏皆作三字逗。在後段之「嫁取箇，有情郎」，做三字逗可也，而前段之「蓮臉嫩，體紅香」，則恐不能三字逗。蓋本文截然兩句，故《天籟軒詞譜》竟作三字句，而後段從之。若六字句，則「嫩體」二字黏合，不能逗斷矣。倘「嫩體」不連讀，則强取二句，輳合一句，恐無此造句法。

繡帶兒

《繡帶兒》山谷詞名《好女兒》，與他調之有別名何以異？萬收曾詞本體，復收黄詞又一體，與他調自署別名之詞而譜從本名者又何以異？乃謂黄詞併入此調，然則尋常各調，無一不有別名併入者矣。既同此調，何以言併？倘非此調，何可言併？且其言曰：「今併入此調，而録其又一首稍異者於左。」是謂山谷三詞，録其一而併其二於曾詞也。夫製譜之事，一調無慮百十首，所録止於一首，則此百十首者，皆謂之併入矣乎？質而言之，實爲別調《好女兒》所誤。蓋調異名同，既覺其非，又恐其是，有此疑似之見，遂出以疑似之辭，當斷不斷，此其所以亂也。在萬氏既以別調《好女兒》另譜，實無所誤，所誤者衹此游移之一語。然則下筆之差，何庸深詰，而不知游移一語，即足以深誤後人。杜氏《校勘記》遂謂晏小山之别調《好女兒》，當附黄山谷詞之後，非萬氏附入之説中之哉？

天門謡

李之儀《天門謡》，實和賀方回之作，《姑溪集》中，即録方回原作於前。萬氏以李詞爲譜，而不收賀詞，未免喧賓奪主。注云：「或謂『塹』字起韻。不知此詞李自注賀方回韻。今查賀詞，故知『塹』字不是起韻。」一若《姑溪詞》中，僅有自注，未録賀詞，必待另查而得者。豈知《東山集》中，侯刻收得此調，亦注云「見《姑溪詞》」。《姑溪集》之有賀詞，蓋無可諱，此外亦更無可查。乃譜李詞，反取賀詞證之，遂爲「塹」字費如許氣力。何不直用賀詞，既免或謂之設問，又免賀詞之另查，豈不省事？吾不知萬氏於意如何，而爲此惝怳之説也。著書患其無據，此有據而必使亂其跡，其亦不可以已乎？萬氏每掩前人之説，或引書而没其出處，於此益信。此調平仄通用者僅三字，而過片句次字用平，不注可仄，蓋又爲賀詞「月」字入聲所誤，强入作平，久之而並忘其爲入聲矣。

柳含煙

毛文錫《柳含煙》，見《花間集》。其第一首本作「隋堤柳，汴河春」。萬氏謂其不起韻，無一首獨異之理。其説未嘗不是。然竟謂舊刻俱訛，善本乃是「旁」字，則恐託辭。果有善本作「旁」，何不證明爲何本邪？萬氏好虚託古籍以自助，如《三臺》之「漢蠟傳宫炬」，《浪淘沙慢》之「幾度飲散歌闋」，皆藉舊刻以證其説，而終不言舊刻爲某本。《柳含煙》之「汴河旁」，恐猶是耳。《花間集》非無誤字，然以余所見宋本及各本，則未見作「旁」字者。《全唐詩》作「旁」，或亦轉採萬説。蓋《康熙詞譜》、《全唐詩》均有偶採《詞律》處也。明知其誤，可録次首而著其疑，抑亦傳信之道，固不必託言善本也。史闕今亡，不能無慨。清人宋泰淵即用次句不起韻之體，不知其别有考證否？

一絡索

《一絡索》，宋詞小令，今可考見者凡十體，拙著《詞所》所謂四體十格者也。《詞律》收六體，所遺將半。論體以六四起句者爲最多，所收辛棄疾詞，實此調正格。吕渭老詞雖同辛體，而前結五字，實已小變。萬氏先吕後辛。爲字數所拘而誤也。兩詞首句第五字，各家皆用平聲。萬於辛詞無注，乃因吕詞前段「遠」字，後段「行」字，遂互注可平可仄。豈謂吕詞之所獨邪？抑諸詞之所同邪？用譜者將何所適從？吕詞「寄」字，實出偶然。當於注中别之，而不加旁注可也。兩段次句四字，其一三兩字，皆平仄通用，而第三字平多仄少，乃竟無旁注。且詞後注云「『倩』、『錦』二字，不可用平」，謂第一字也。不知諸家用平者甚多。如張子野之「芳菲滿眼」，又「叢叢看遍」，周美成之「和春歸去」，又「難逢尺素」，陳瑩中之「臨行卻去」，舒信道之「將花誰比」，又「天然窈窕」，又「朱顔長好」，王履道之「霜花侵鬢」，不勝覼縷。萬氏豈皆未見？吾不信矣。兩段第三句，一三兩字，亦平仄通用。吕詞注而辛詞不注，論體必注辛詞，乃得完整，萬氏之例，舉前以統後，豈謂注已見前邪？則起結兩句，辛詞仍注，何獨遺第三句？況各調凡首列非正體者，必仍於正體詳注不遺，亦萬氏之例，於此何獨不然？用譜者不知爲此調之疏，仍守萬氏之通例，不將以爲此句字音無一可通用者乎？其結句六字，前三句多用三仄，然第一二字均有用平者，如程正伯之「任花落」，歐陽永叔之「問來處」，辛幼安之「算都把」，朱希真之「問何處」皆次字用平。又張子野之「黄花訝」，則首次字俱用平。乃首字注而次字不注。吕詞五字結句，其第一字可平仄通用，如無名氏詞「來報先春秀」，又「留待纖纖手」，皆首字用平，亦不注，又豈皆萬氏所未見邪？張先一首注云：「前起七字，後起六字。」嚴仁一首注云：「第二句五字，第四句七字。」句已變换，而不注平仄。而陳鳳儀一首注云：「前後次句俱五字。」則並首句七字而忘之。此爲七五起句體，與六四、六五者各爲一體，其所以異者不僅在次句也？起處七字句之第一第三字，五字句之第二第四字，皆平仄通用，前後兩首同，不能以既注六四體爲畢事也。黄庭堅一首注云：「兩段整齊者。」不思六四、六五兩體，皆甚整齊。六五體萬氏自遺之，而六四體則更忘之耳。

杏園芳

小令或兩遍皆同，或前後參差。《杏園芳》首句六字起韻，過片句七字仄住無韻，餘句悉同，所謂換頭也。小令换頭，人多不留意。萬氏但注云「後起七字用仄，與前段異」，一似不知其爲换頭者，何哉？且此調僅見一詞，亦宜注明。

綵鸞歸令

張蘆川《綵鸞歸令》，僅見一詞，即蘆川自度曲，撰譜家所必當考辨而著明之者。萬氏不辨其爲創調，且不著其爲孤調，不免疏略。至注云：「後起七字用仄，與前段異。」亦若不知爲换頭，其失與《杏園芳》同。

謁金門

《謁金門》詞有三體。一常格，爲唐宋各家所同者，《詞律》所收之韋莊詞是也。一孫光憲詞，過片句云「輕别離，甘拋擲」，六字一句，變爲三字二句，萬氏固已援證及之，而曰「因字數叶韻同，不另録。」不思一句變爲二句，非小有出入者比。《昭君怨》、《玉蝴蝶》皆六字一句變爲三字二句，與此正同。萬氏於《昭君怨》雖遺另體，而《玉蝴蝶》則兩體並收者也。何獨於此調孫體，明知之而竟棄之，甚不可解。至賀鑄詞過片七字句，則萬氏或未見矣。萬斥《圖譜》將調名改《花自落》無謂，然《花自落》乃張輯《東澤綺語債》之别名，非《圖譜》所改。謂其看朱成碧則可，責其染素爲緇則不可。且甫於《好事近》注中，歷舉《東澤》别名，此因欲以妄改之罪加人，遂併名出《東澤》而諱之。調下亦注又名《花自落》，而目録則兼有《垂楊碧》、《出塞》之名，已嫌詳略互異。况此調别名頗多，如《空相憶》者，後人取韋莊語爲名，其來已久。乃收此詞爲譜，而竟忘此名，則其餘《東風吹酒面》、《不怕醉》、《醉花春》、《春尚早》、《早春湖山》、《楊花落》諸名，更爲勿問矣。萬氏坐人妄改，及遺棄别名，前後屢見，而未嘗如此之甚。故不避以訐爲直之過，無使誣古人者並誣後人也。

憶少年

《憶少年》二體，實猶一體。過片句多一字，《詞匯》謂是襯字可删。萬氏謂「後起八字，無第二首。但聞曲有襯字，未聞詞有襯字，不知何據。」今按《詞律》所收曹元組詞而外，万俟雅言、孫道絢皆有過片八字之體。詞有襯字，前人有言之者，未爲無據。拙著《詞通》，論之尤詳。《詞匯》襯字之説，未可厚非，但未可論於此調。若其可删之説則非矣。曹詞「念過眼光陰難者得」，「念」字本似可删，即孫詞「正雨後梨花幽豔白」，「正」字亦無害於删也。惟万俟詞「上隴首凝眸天四闊」，上字則不可删矣。夫襯字者，必語意未足，而後添字以足之。若又可删，何須蛇足？以三詞證之，頗疑此字關於音節，否則何以曹、孫兩詞，添此可删之襯字邪？既有此體，萬駁《詞匯》而收之，而又教作者以但從前體。得毋自埋自掘？其論曹元寵前段三句「清明又近也」，後段結句「把闌干暗拍」，「近」字、「暗」字不起調，觀從來名作可知，固已。顧後段次句下四字「盡成陳迹」，諸家皆仄平平仄。有作仄仄平仄者，孫道絢之「過了寒食」，朱希真之「又共誰折」，萬氏獨遺之，抑又何歟？至謂「朱敦儒一首四十六字，題作《十二時》，查與《憶少年》一字無異，故不另收作格」，語頗令人不解。夫既一字無異，自無另格之可言，則其不另收，何待言者。若謂題作《十二時》，故爲此考辨，則各調之有别名者，皆應視此例。譬如前調《謁金門》，而曰《空相憶》，一字無異，不另收作格可乎？若然，則前調别名凡十，皆必一一揭明之矣。至此調另有康與之《憶少年令》，名同而句韻不同，僅兩段體句相合。論萬氏誤例，則從類列。今既未類列，亦未别收，殆未見歟？葉氏《天籟軒詞譜》、徐氏《拾遺》，亦無其調。

占春芳

《占春芳》蘇子瞻咏梨花詞，其起句云「紅杏了，夭桃盡，獨自占春芳」，故以詞句爲名，即子瞻自度曲也。萬氏注云：「此體他無作者，想因第二句爲題名。」夫題與調名既有别，而因句爲名之調亦有别。或初創之詞，即以詞句爲名，如《訴衷情》之類，是本名也。或後來之詞已有本名，而又以詞句得名，如《謁金門》又名《花自落》之類，是别名也。以句爲名之調，不必屬於創調之人也。子瞻此詞，明是創調，萬氏不敢決，故游移之曰「想因」，又疑似之曰「題名」，不黏不脱，所謂語妙。

喜遷鶯

《喜遷鶯》有小令，有慢詞，而皆題《喜遷鶯》。萬氏以爲一調，遂以慢詞爲小令之又一體，此誤已多，可勿深論矣。此調小令，始於五代，創於韋莊，而收張元幹詞爲首，列於韋詞之前，蓋依字數多少，屢致此誤。然《詞律》中因體格正變，而字少列後者，亦往往有之，萬氏亦自言之。然則仍依字數而誤者，實不知其爲變體耳。觀張詞注云：「前後字句同，衹後起二句先平後仄而不叶韻。」其於過片不換韻，絶無一語道及，學者不知，將反以韋詞之換韻爲變體矣。且張詞除後遍第三句外，餘皆與韋詞同，則其平仄可與正體各詞相證。乃前後起二句，皆不注平仄，而後遍第三句無可取證者，反以第一「鵷」字注「可仄」，想是借證前段。然此調本非兩遍相同者，當揭明借證，使人知其來歷也。次列韋莊詞，題下注云「又名《鶴沖天》、《燕歸來》」，而《萬年枝》、《春光好》、《早梅芳》皆遺之。復注云「用三韻與前不同」，是果認張詞爲正體，韋詞爲變體矣。然又云「唐詞皆此體」，則必知韋詞爲正體者。當謂張詞與韋不同，何以反謂韋詞與張不同邪？注又云「詞末有『鶴沖天』三字，故又名《鶴沖天》，是惟此四十七字之《喜遷鶯》，方可名爲《鶴沖天》也。乃今人將一百三字之《喜遷鶯》，亦名曰《鶴沖天》，而《選聲》更注云『又名《鶴沖霄》』，似此展轉訛謬，豈可不加釐正哉？」《選聲》之《鶴沖霄》，不知何據。若一百三字之《喜遷鶯》亦名《鶴沖天》，則宋人詞已多題之。萬氏以之歸咎於今人，豈全未見宋集者？況已方斤斤然謂必此詞方可名爲《鶴沖天》，而又以過片首句換韻體晏小山《燕歸來》之名，注於此調之下，毋亦自相矛盾邪？注又謂「張元幹用此體，汲古改《鶴沖天》，以爲改正而實反錯」。《喜遷鶯》、《鶴沖天》實即一調，毛不知而改，本甚無謂。然謂其改錯，則《鶴沖天》仍未錯也。其於晏幾道詞，注云「後起首句即換仄韻」，似此體即始於晏者。不知和凝、李後主皆已有此體。注又云「一本題作《燕歸來》」，不知此詞在《小山集》，即題《燕歸來》，非别本所題也。萬氏每不著出處以示博，而反以自攻，往往類此。注又云「沈選新集，有於尾句用『榴花開欲然』者，不能辨，反選之，可笑」，不知末句平起，馮延巳已有之，如云「人生得幾何」是也。選詞與製譜不同，未可爲笑，況本有馮詞邪？所謂「沈選新集」，當是《草堂詩餘新集》，乃簡稱之而至於奪其本名，將使人無從考索，何歟？毛文錫詞，注云「末句不換平韻，仍叶仄聲」。按此詞前段平韻，後段仄韻，平仄互叶，僅一韻之變，而全體音節不同。既爲撰譜，不能以「不換平韻」一語了之。至此調本衹三體，其過片連叶一體，不過正體中又有此格。然如韋莊起句連叶，是首句即起韻，馮延巳起二句不叶，第三句始起韻，皆正體中之一格，與過片首句即換韻者同爲别格，何獨遺之？又此調正體三換韻，而薛昭藴有平韻相叶，仄韻不相叶者，有全首一韻，平仄相叶，是皆各爲一格。如以爲别體，則皆别體也。既收過片連叶體，而遺此諸體，則不能無罣漏之譏矣。然則失收四體矣。

喜遷鶯

此所論者爲《喜遷鶯慢》，《詞律》合爲一調，而以之爲又一體者也。今别出之。此調慢詞，以字句叶韻之變，凡得五體。《詞律》收三體，遺二體。一爲《洛水詞》，韻叶全異。一爲《梅溪詞》，句調特殊。皆在汲古《宋六十一家詞》中，萬氏所常引據者。未可諉爲不見也。此外字句韻叶小異者尤多，一無援證，未審何故？所收蔣捷詞，次句「謾著意絆春」用平住，而各家用仄住者亦甚多，各行其是，各爲格調，不能有丹素是非。至前遍「露添牡丹新豔」句，後遍「夢回晝長無事」句，蔣用平起，各家亦多仄起者，首二字或平仄，或仄仄，未嘗拘於平起。萬氏謂「須依此詞，方爲得調」，不知何所見而云然？至蔣詞過片疊前遍末句二字，有似《江城梅花引》，在蔣爲偶然，若撰譜則須恐讀者誤爲定式，萬氏有見於此，故云「後起是叶韻，不必疊上字」。既須如此費解，何不另譜別詞哉？此詞平仄，萬氏亦頗疏略。如「謾著意絆春」句，「謾」字多去聲，下四字多用平仄仄平，蔣詞「著」字亦是借平。後遍「鶯囀緑窗」句，用聲亦同。其有用仄仄平平者，雖可通融，不足爲法。萬氏知「緑」字，而不知「鶯」字，知後句而不知前句。且入聲作平，爲萬氏之常談，每入於偏謬而不自覺者。此「著」字之確代平聲，各家名詞，十得其九，萬氏乃獨未留意。但曰「諸去聲字宜玩」，以「謾」字與諸字相提並論，不知結處三字句之「對」字、「翠」字，各家竟有用平者，萬氏見之，能勿爽然自失？然則平日所論，皆以意爲之，而非以理持之。余屢謂萬氏論去聲之偏，及代平之誤，於此益信矣。至若前遍「絆」字而外，如第三句之「春」字，以及「生」、「漸」、「裙」、「秋」、「閒」、「對」、「何」等字，後遍「鶯」、「緑」二字而外，如「聽」、「鬢」、「輸」、「斜」、「翠」、「楊」等字，俱平仄通用，萬皆失注。尤異者，前遍「生」字、「秋」字，即後遍「去」字、「闌」字，乃後遍注可平可仄，而前遍不能通用，亦自亂其例也。趙長卿一首，萬氏但以兩遍之六字二句變爲四字三句，列爲又一體，而不知起處「商飆輕透，動簾幕，飛梧亂飄庭甃」，當以「動簾幕」爲逗，而「飛梧」

屬下，爲上三下六之句，語意乃完洽。且夢窗有此三六句法可證，海野亦有之。又前結萬氏三五四，後結作三九，《康熙詞譜》皆作三三六。余謂前結「慶有聲此夕」，尚可强作一句，若後結「道難留指日」，竟不成語，必作上三下六句，而後「指日榮遷飛驟」，辭意乃通。蓋仙源此詞，全首句調皆變，非僅變調中之六字二句也。各家或變起句，或變結句，或變中間六字二句。有仙源此作，可舉各家分證，則繁而不亂，簡而不遺，惜乎萬氏之不知用之也。諸家變格，如梅溪、白石、夢窗、稼軒，皆膾炙人口，餘亦目前家數，乃盡失之。吾謂萬氏似嚴實放，似密實疏，此之謂矣。張元幹一首，注云：「與前調絶異，恐有誤字。」竊謂此與常格不過小有出入，未可以爲絶異，萬氏未細校耳。起三句正體與此體，皆是四字三句，正體於第二句加一襯字，此體於第三句加二襯字。第四五六句則正體與此體相同。第六七句正體六字二句，此體變爲四四五字三句，是猶趙長卿之變爲四字三句也。前結正體三五四字三句，此體三四四字三句，減一襯字也。過片二字句，兩體同。正體接用三四五字三句，此體接用四四六字三句，亦加字也。第五六七句，兩體亦同。其正體之六字二句，此體變爲四字七字二句，與前遍變法異，是猶蔡伸道詞，前遍變爲四字三句，後遍變爲五字七字二句也。後結亦猶前結，此體減一襯字也。加減之字，釐然明白，且皆一二字之出入，無過三字者，是可謂之絶異乎？且欲尋其誤字之跡，亦無可見者。

荊州亭

《冷齋夜話》：魯直登荊州江亭，見柱間有詞，調似《清平樂令》，不知何人所作，筆勢類女子，又有「淚眼不曾晴」之語，疑其鬼也。是夜有女子見夢曰：「我家豫章吴城山，附舟至此，墮水死，不得歸，登江亭有感而作，不意公能識之。」魯直驚寤曰：「此必吴城小龍女輩也。」各家録此，皆無「輩」字，獨《異聞總録》有之，想其所見之本如此。然則去「輩」字而竟題一龍女，非山谷意也，山谷固未嘗實之以龍女，且未嘗必信其爲鬼，況明明曰「不知何人所作耶？」蓋牢騷寄託，故留疑竇以示人耳。若誠謂龍女，而又有家豫章墮水以死，山谷肯爲此笑柄哉？余於《詞所》、《詞故》皆辯之，而此直題龍女，更不可不辯。《天籟軒詞譜》題闕名，《碎金詞譜》題無名氏，蓋慎之也。注云：「此原無調名，因題在荊州江亭，故以名之。」不敘本事，一似萬氏始得此詞而名之者，倘讀者不能考證，豈不誤歟？杜氏校本，謂「《花庵詞選》原名《清平樂令》，非無調名」。不知此實花庵之誤也。蓋《冷齋夜話》有「調似《清平樂令》」一語，花庵忽其「調似」二字，遽名以《清平樂令》，各譜無從其誤者，惟《碎金詞譜》兼注此名，殆未細考。萬氏「原無調名」之説本不誤，但不注本事，是其所疏。杜氏引《花庵》之名以駁萬説，則轉誤矣。此調無他詞，故萬不注平仄。然前後遍互證，《詞律》之通例，是「簾」、「江」、「暮」、「淚」、「家」、「楚」、「數」、「撲」、「沙」、「詩」、「没」、「叢」皆可平仄通用，何獨於此調自亂其例？《填詞圖譜》亦以兩遍互證，爲「楚」、「叢」二字不通用，殊不可解。萬氏專攻賴氏，往往過當，如此調者確有可糾而又失之，亦以見率爾操觚矣。

萬里春

《萬里春》，雙疊换頭小令也，詞僅周清真一闋。汲古本《片玉詞》次句「簇定清明天氣」，《詞律》落「定」字，四十六字之調，遂成四十五字矣。汲古《宋六十一家詞》爲萬氏所常引據者，此詞不容不見，倘别有所本，亦宜注明，此必疏忽之故，致奪一字。然以一字而遽誤一調，則疏忽爲不小矣。萬氏似密實疏，似嚴實肆，乃更以無心遘之乎？兩遍互證，萬氏通例，此詞後二句前後相同，宜得互證者，乃未詳平仄。按不同者，惟「不」、「歡」二字。萬氏每遇入聲，多謂作平，或雖不注作平，亦不加注。此詞「不」、「歡」二字無注，則無可注矣。然以《荊州亭》例之，則有可注者亦不注，故往往使人不解。注云：「或謂前段應於『好』字分句，後段應於『莫』字分句，如此則『無些歡意』説不去。」余謂「老卻春風，無些歡意」，何嘗説不去？惟上句「老卻春風」而復加「暮」字，乃説不去耳。設辭伸辯，萬之所好，惜自繫而不能自解矣。

金蕉葉

《金蕉葉》二體，一爲柳屯田六十二字者，一爲蔣竹山四十六字者。又與蔣同體而添二字二叶者，有袁宣卿四詞，《詞律》遺之，是失一體也。柳詞在先，當列蔣詞前，今倒置之，又但拘字數之過矣。蔣詞注云：「此體作者甚多，平仄俱宜從之。」今檢此調，與蔣詞同體者，未見他作。即袁宣卿四首，已屬變格。且觀注中所論，固未嘗知有袁詞，然則「多」字殆「少」字之誤。後收《朝天子》亦注云「此體作者甚少，平仄當依之」，措語與此正同，蓋無他作可證，故平仄得俱從此作。若作者即多，則必全無出入，乃能盡依一詞矣。「孤蟾」、「枕屏」兩句，皆四二句法，上既平平平仄，下用仄仄，則其音節當在第四字一頓，即讀曲且然，兹云「外照我」、「更畫了」，俱疊三仄字，以與「過轉角」、「斷雁落」並論，則於句法失之矣。此句與□□□□□□□□□□，句法用聲悉同，萬氏於彼亦謂爲疊三仄字，余已辨之，此句亦猶前失也。且此句平仄，不必定如蔣詞。袁宣卿前云「煩惱無千萬億」，後云「不覺長吁歎息」，上四字平仄適相反，第四字平聲，不能與下連爲三仄矣。又此句前後相同皆六字句，而下爲五字句，茲乃前作六字句，而後作六字逗，不知何意？既以文論，「枕屏那更畫了」何嘗不可作句？詞中此等句法最多，萬氏每有有心立異之處，即此可見。況既謂此調前後森整，何必定使其句逗參差，自反其説哉？至謂「外照」、「更畫」俱去聲，「我」、「了」俱上聲，方是此調音響，不知袁宣卿第四字用平，既非三仄，第六字叶入韻，又非上聲矣。萬氏不知有《宣卿詞》，僅據蔣竹山一闋。宮調失傳之日，非有羣作互證，何由知其音響？固不必好爲高論耳。至於兩結句，竹山上二下三，宣卿四首皆上三下二，句法不同，則字音未能相比。然宣卿前結云「消將做飯喫」，後結云「便直恁下得」，「直」字作平，此與竹山同體，而其聲亦同者也。竹山別體第三句七字，而其前結云「帶寒露旋摘」，聲與此同；而一云「更煩襟頓失」，一云「對水盤瑩玉」，則非三仄住句。其後結云「看風動檻竹」，聲亦與此同；而一云「且笑持大白」，一云「怎得來痛惜」，則亦非三仄住句。體雖小異，而本句則同。如謂三二句法爲不同，則其同體者亦用三二句法，且住句三仄，是可見其同矣。《圖譜》謂「更畫了」、「斷雁落」，可平仄仄，即與宣卿詞合。惟「過轉角」可仄平仄，則宣卿詞所無。在《圖譜》必非據宣卿，而萬氏詰其何據，則又不知其暗合宣卿，然則賴氏縱出師心自用，而幸暗合古人，萬氏攻之，猶得自解。若萬氏三仄去上之論，與袁詞相背觸而不自知，而必譏賴氏，苦心宛轉，必欲滅盡古調而後已，其深文周內，不已甚乎！次句

「滿天星」，袁作「知他是」，又作「調停得」，萬氏失注。「夢魂怕惡」句「夢」字，袁四詞皆用仄，萬注可平，似無所據。即前遍此字，蔣、袁亦無用平者。況注中亦以「夢」字與「翠」、「碎」、「迸」、「正」、「怕」等去聲字同稱絶妙，而斥《圖譜》俱作可平，乃字旁之注，又自忘之，萬氏往往疏忽而不自覺者蓋如此。柳耆卿詞「袖中有箇風流」，《歷代詩餘》作「就中」。萬氏作六字句，下作五字句，與前遍四七不同，注云「實則句法一般」。夫一韻之中，句法長短伸縮者，各調所常見，而此詞「就中有箇風流，暗向燈光底」，仍可作四七兩句，以合前遍。若如萬氏作「袖中」，則無論四字六字，語皆未適。至此詞兩遍相同，除「巧笑」與「就中」平仄相反外，其餘皆可互證，此實萬氏通例，而連譜數調，皆棄此例不用，真不可解。注又云「後起句有『金蕉葉』字，或因句立名，或取名入句，此類甚多」，蓋不知是否始於耆卿，故爲此慎之之辭。然耆卿詞中有此名，而耆卿以前無此調，即以爲耆卿所創，未爲鹵莽也。

朝天子

《朝天子》僅見二詞，楊詞而外，有晁无咎一作，見《琴趣外篇》。「占螺浦」句，晁作「金縷褪玉肌如削」，又「徙倚」晁作「覺來」，是「占」、「螺」、「山」、「倚」皆平仄通用之字。又「千奇」句，晁作「寒食過卻」，則「食」字入聲作平也。結句以「徙倚撫」三字逗，固屬不辭，而下文「危闌吟望」亦不完句，如此一逗，而上下隔絶，兩不可通，萬氏未嘗有一詞相證，亦何苦不隨文法而爲之强逗哉？此當以「徙倚」爲逗，下領五字，而五字復作三二。晁云「覺來失鞦韆期約」，亦是二字逗，其下五字亦是三二，與此悉合，蓋此五字，即前結之五字，皆三二句法者也。萬氏未見晁詞，故謂平仄當依楊詞。然晁詞在汲古本《宋六十一家詞》中，萬氏安得不見？其粗疏可知矣。杜氏《校勘記》云：「晁補之第四句，『雲』字可仄，後段第三句『共』字可平。」今按晁詞第四句「海棠花零落」，「棠」字平聲，正與楊同。惟《天籟軒詞譜》作「早海棠零落」，則「海」字仄聲，杜氏或據葉本。惟葉本「春睡著」句無異文，何以言「共」字可仄？則杜說又非葉本，不知其果何據也？吾意或「來」字之誤耳。要之不敘何本，不録原句，未可率從也。又葉氏注此調又名《思越人》，亦未審所本。《思越人》自有本調，與此迥殊，誌此待考。

憶秦娥

《憶秦娥》始於李白，本體而外，有變格六調，凡得七體，而萬氏收六體。石孝友詞，實不足爲一體，説詳於後。然則萬氏所收者實僅五體，誤一體而遺二體也。此調别名，自《秦樓月》、《碧雲深》、《雙荷葉》而外，尚有孫氏詞名《花深深》，即萬氏所收者。又有無名氏題蓬萊閣詞，即名《蓬萊閣》，玆皆遺之。又目録中《憶秦娥》下注云：「又名《玉交枝》。」遍檢諸家《憶秦娥》詞，無名《玉交枝》者，惟《琴調相思引》有房舜卿一詞，名《玉交枝》，想因兩調連收，而編目時舛迕，遂致奪彼入此。試觀卷内詞題下，本無此名，可以知其率草致誤矣。而杜筱舫題目，亦有《玉交枝》，注云「即《憶秦娥》」，是又因萬氏之誤而誤。此而不辨，使不考者信之，則《憶秦娥》竟可名《玉交枝》，而此誤且終古矣。李白詞「灞」字、「漢」字，用平者不過十一，然謂必用仄聲，恐不盡然。「傷」字、

「陵」字，亦有用仄者，未可獨咎今人，而訶爲大謬。且宋詞中「灞陵」、「西風」句，亦有用平仄平仄者，又有「清秋節」用仄平仄者，萬皆未及舉之，於製譜家不得爲不疏。雖以上各字，當以從李詞正體爲宜，各家之偶變者，祇可以備一説，然在萬氏則己所未見而以詈人，則有所不可耳。至「年年」、「西風」兩句，作仄仄平平，則有李姑溪詞云「迎得雲歸，還送雲别」，已開其先，亦未可以斥王修微爲更奇也。明人多誤律，王作亦未必知有姑溪，然萬氏亦不知而斥之，則王有辭矣。平韻體收鄭文妻孫氏作，署爲孫夫人，蓋誤以爲黄銖母孫道絢也。注云「竹屋亦有此體」，不知此調變於賀東山，而程正伯、陸放翁、張宗瑞、翁處静皆有之，固不僅竹屋，亦不始於孫氏。當録賀詞，而以諸家旁證之。首句第一字，賀兩詞皆用仄，翁詞云「三月時」，「月」字是否作平，則在疑似之間。過片句，竹屋後三字云「留飲歡」，萬氏皆失注，竹屋詞爲所引據者，乃亦失之。至若石孝友一詞，過片句不叶，而用平住，實不能自爲一體。倘石詞列體，則李姑溪前遍第三句平住，如前所述「迎得雲歸」者，亦可以列體矣。萬氏亦云「他無作者，雖列於此，不宜從」，既不宜從，何必列此邪？毛滂詞注云「起句疊字，次句即頂上一字」，似以爲定格者。然毛之别詞，中間二字句，兩遍皆用疊字，而下句不承疊字，此詞則中間不用疊字，是可知起句疊字，亦非定格。且毛詞由馮詞而變，張子野詞亦由馮詞而變，觀張之變馮，亦可與毛詞相證，更以見疊字之非定格焉。詞中「指」字、「莫」字注「可平」。知其以毛之别詞爲證，「一」字注「可仄」，知其以兩遍互證，而「明」字别詞用仄，此則失注矣。「花開」本集及《詞綜》皆作「花朝」，蓋原注云「二月二十三夜松軒作」，故有「夜了花朝」之語，無作「花開」者，萬氏作「開」，未知所據，蓋不知原注疑而改之邪？至云「本譜俱以字數少者居前，今因青蓮詞乃爲此調鼻祖，故先列李作，後及他體」，按《詞律》，因爲字數所拘而以正體列後者，不可勝數，余前屢辯之。何必待青蓮而後有當依之次序哉？苟循字數之誤，則誤在體例，猶可説也，乃又有不依字數而質言其不可依之故者，是不啻自攻也已。馮延巳詞，以世次論，當在李白詞後，以體例論，當在孫氏詞後，蓋孫變李韻，而句調仍是李體，馮變句調，而又開張先、毛滂之先也。張先詞即由馮體而小變，仍其句調，亦仍其韻者也。毛滂詞則仍其句調，而變其韻者也。故張又當在馮後毛前。萬氏序次，本不論世次，不分體格，故前此遇之，每不暇斤斤致辨。今於此調，既自論世次矣，而後列各體，復自亂之，是於全譜爲參差，而於本調亦爲矛盾，非自擾乎？張詞「西北高樓」，本集鮑、侯兩本及《詞綜》俱作「有樓」，萬氏作「高」，未見所本，想因古樂府「西北有高樓」原句而以意改之耳，然「有樓」亦何嘗非原句？當從舊本。或疑無端逕改，世無如是妄人。不知萬氏逕改者已屢見之，柳耆卿《浪淘沙慢》「幾度飲散歌闌」，改爲「歌闌」，是其自言者。此「高」字無關出入，故不言耳。

琴調相思引

《琴調相思引》，袁去華詞名《相思引》，房舜卿詞名《玉交枝》，萬氏皆遺之，周紫芝詞名《定風波令》，萬氏復棄之，是本調别名，盡失之矣。尤異者，目録中《憶秦娥》下注云「又名《玉交枝》」，而卷内詞調下，卻無此名，是殆兩調連收，欲注於此者誤注於彼。此調失一别名，其誤猶小，《憶秦娥》無端增一别名，則其誤甚大，又使後人失考者，信《玉交枝》爲《憶秦娥》之别名，即將認房舜卿詞爲《憶秦娥》之别體，豈非沿訛踵謬，不可收拾乎？杜氏韻目《玉交枝》注，注云「即《憶秦娥》」，是即循萬氏之誤而誤。萬氏之粗疏，本不能爲之曲諱。此則涉筆甚輕，而關於詞調者甚重，萬氏亦不料其出入如此之大矣。又注謂「《竹坡集》刻作《定風波令》，必誤」，不知陳日湖有《定風波》别體詞，與此調頗相似，僅多第三句七字，及第四句平仄，而其於《定風波》本體所差者，反多於此調。然則兩調必有相通之故，竹坡之名，未必無因，旁無佐證，不能遽斷爲刻誤也。况此調别名爲彼調本名者亦甚多，萬氏亦曾論之。即使兩調不相涉，亦不許其别名之偶同乎？於《玉交枝》則誤列别調而本調失其名，於《定風波》則因有别調而本調奪其名，在他調之誤，每因立異，而此調之誤，則一因粗疏，一因武斷，要之皆自用誤之耳。至觀「只作《相思引》爲是」之語，又似知有袁去華詞者非也，實省文也，苟其知之，則題下必注矣。此調聲韻而甚出入，惟首句第五字，介庵别首用平聲，如近體拗句者，萬氏失注。

清平樂

《清平樂》始於李白，相傳爲四闋，《全唐詩》所收凡五闋，有换韻、不换韻二體。萬氏譜李白詞，而不知有其二體，殆未全見白作也。又此調有王安石次句六字體，萬氏亦遺之。尚有趙長卿、柳永前結三字二句體，然恐是六字之三三句。更有石孝友、葉夢得前結五字體，亦恐或有奪誤。萬氏不收，猶或有説。然既有此異格，倘有不收之故，尤當辨明之，以祛後來之惑，萬氏蓋亦未見。所詫者此數詞皆在汲古本，萬氏所常引據者，何以往往忽之耶？此調頗有拗聲，如温飛卿詞云：

「洛陽愁絶，楊柳花飄雪。終日行人争攀折，橋下水流嗚咽。上馬争勸離觴，南浦鶯聲斷腸。愁殺平原年少，回首揮淚千行。」兩首相同。馮延巳亦有同此者。此外各家，或拗一句二句，皆無定處。就萬氏之注所漏者舉之，則後遍「孤」字、「宫」字、「三」字、「遊」字，平仄通用，漏僅數字，而「宫」、「遊」二字爲全句音調所關，非細故也。「噴」、「蘭」二字，雖已注可平可仄，而不知此二字有連用兩平者，亦全句音調所關，當於注中詳之。一二字之平仄，而誤在全詞之音節，則所誤爲不少矣。

望仙門

《望仙門》調見晏元獻《珠玉詞》，别無作者，似即元獻自度腔，其調名亦即晏詞之結句也。「荷君恩」三字疊，晏詞三首皆同，當確證之。至謂末三字用調名則大誤，此三字即調名所從出，非用調名也，萬氏殆不知調始於元獻，而名得於詞句，轉以爲元獻填舊調而用調名入詞，猶毛文錫《訴衷情》、張泌《小庭花》之比矣。至若此調平仄，據晏詞三首，僅第三句一三兩字，及後遍首尾兩句之第一字，皆平仄通用，此外無可通者。若以句句相同者比例之，則前遍第一句，後遍第三句，皆七字平起，與前遍第三句同，則此二句之一三兩字，亦或可通。萬氏於後遍第三句之一三兩字，注可平可仄，以前遍第三句爲比例，而前遍首句同是七三，較後遍比例尤切，乃僅注第一字，不注第三字，已不可解，而後遍次句第三字，晏詞三首無用平者，亦無可比例，竟注可平。尤奇者，後遍首尾兩句第一字，晏詞平仄通用，則又不注，萬氏之以意爲之，有如此者。

西地錦

《西地錦》作者無多，今得四體，《詞律》收三體，遺其一也。此調各詞皆前後遍相同。蔡仲之作，在石孝友之前，而周紫芝之作，則同蔡體而變其後遍句法。然四字三句變爲七五兩句，同是十二字，同是一韻，實衹句法伸縮，不得謂之變格，各調中似此者，指不勝屈。周雖在蔡前，周詞不出於蔡，然其爲蔡體之變格，則明明可見。蓋本有此調，周、蔡各填之，而周則變之耳。不但本格不始於蔡，即變格亦未必始於周也。製譜者當先列蔡詞，後列周詞，以示正變。萬氏以周詞首列，而蔡後之，則正變紊矣，《詞律》本不以體格爲次，姑勿復論。若世次亦《詞律》所不論者，其所次者實字數也，而字數則兩體相同，竟何以首列周體？實不可解。至其平仄有《章華詞》一首，萬未取證，想未得見。觀萬氏所注，當是各體互證，而亦未細密。綜而言之，周詞首句第五字，次句第一字，四句第一字，及後遍首句第五字，次句第一字、第四字，皆可通用，萬氏皆失注。又既周詞首列，蔡詞爲別體，則其平仄不得以周詞統之，即句法同者可以從同，而後遍結句，爲周詞所不同者，其四五句第一字皆可通，亦宜分注。石孝友詞雖結句不同，而全體皆合。觀周詞兩遍次句平仄，知用石詞互證。然則石詞第四句，首字用仄，於彼既未取證，於此又未注明，將何說邪？

望仙樓

《望仙樓》僅晏幾道一闋，實即《胡搗練》之别名耳，故句調全同。《詞律》别爲兩詞，實疏於比勘。過片句，《梅苑》作「素衣洗盡九天香」，此少一字，徐氏《拾遺》、杜氏《校勘記》皆補正之。徐氏謂「《胡搗練》晏、杜二詞，即此調之又一體，應改列此詞之後」，杜説亦然，則皆誤也。此詞字句，與晏元獻《胡搗練》字句悉同，無所謂又一體。杜詞字句雖不同，然當列元獻詞後爲又一體，不當舍元獻前作，而取小山後作。蓋《望仙樓》之名，獨見於小山，而乃父元獻已有此調，則小山填《胡搗練》而自製新名可知。祇須於元獻詞注云「一名《望仙樓》」，而不必復列小山詞，其體本同無可列也。

相思兒令

《相思兒令》，《花草粹編》名《相思令》，無「兒」字，此失注。晏殊詞外，尚有張先一詞，體格不同，見侯刻《子野詞》及知不足齋本。萬氏收晏遺張，失一體矣。張詞各譜未收，葉譜及徐、杜皆未補及，不知何以諸家俱忽之也？晏詞二首，首句第一字，及兩段三句第一字，皆平仄通用，此皆失注，不應未見《珠玉詞》也。至云「與《相思引》無涉」，不知引、令調本不同，猶之近、慢，亦何待注，當於調名下注云「與《長相思令》不同」，斯可矣。

眉峯碧

《眉峯碧》僅此一詞，宋徽宗寫問曹組，不知何人之作，見《玉照新志》。詞即以首句得名。徐氏《拾遺》、杜氏《校勘記》皆以爲即《卜算子》，與杜安世《卜算子》之別體同，祇後結七字差異。不知杜詞中間七字句皆平仄，實不同也。徧考《卜算子》別體，如石孝友詞則前半同而兩結不同，向子諲詞則後半同而兩起不同，杜詞則起結同而中間不同，若結句則更無七字者。拙著《詞所》、《詞故》均詳辨之。萬氏謂首句用題名，而不知此詞實以首句爲調名，蓋未見出處耳。此詞無他作，惟以兩遍互證之。兩遍起句第一字，詞皆用仄，而皆注可平，兩遍次句第一字，詞皆用平，而皆注可仄，全無依據。若在徐、杜，尚可謂借證《卜算子》，而萬氏則無此説。觀萬氏首句用題名一語，蓋以此詞爲填舊調，以爲尚有他詞，如是以常理測之，以近體詩句例之，五言句首之字，宜可平仄通用者，遂以意斷之，而不防其或誤矣。

畫堂春

《畫堂春》，今所見者凡七體。石孝友一體，過片句減二字者，恐有訛奪，其確鑿可據者，尚得六體也。萬氏於兩結四字之正體外，收兩結五字一體，而不知有前五後四之體，又收後遍次句添字一體，而不知有前遍次句減字之體，亦不知有過片添字增韻次句分三三兩句之變體，蓋遺三體焉，洵所謂得半失半者矣。首收「落紅鋪逕」一詞，實秦觀之作，今在《淮海詞》中，汲古閣本即有之，萬氏所常據者，乃誤爲徐俯。按《填詞圖譜》作徐俯，萬氏攻之方不暇，乃從其誤以自誤，亦可惜也。此詞音節平易，平仄無甚出入，惟過片六字句，其第五字皆用平聲，偶有數家用仄者，皆用入聲，蓋以入代平也。秦詞「柳外畫樓獨上」，「獨」字殆亦作平，萬氏乃注「可平」，不知者認爲平仄通用，將混填上去矣。萬氏每遇入聲，多云作平，每戒人勿填上去，然其所謂作平之字，往往平仄通用，非必作平者，而遇必應作平之入聲，又往往不注作平，而注爲可平，顛倒相誤，十字而九，前已屢舉之，此又其一也。次收趙長卿詞，注云「後第二句七字，餘同」，驟視之，不知所指。試觀前調《眉峯碧》，注云「末句比前結多一字，餘同」，文法與此皆無異，而前所謂「餘同」者本詞之前遍，此所謂「餘同」者本調之前體，兩事迥別，並爲一談，未知詞而求譜者，其能辨之乎？萬氏此病最多，但無語可注者，即隨筆敷衍一二語，余曾於《散餘霞》論之。此調秦詞，注云「後起比前少一字」，即同《散餘霞》注語之失也。初見此類注語，以爲文字小疵，無關著作宏旨，輒亦置而不論。及見而益多，不得不舉一二以示例，前後似此者，不暇遍舉矣。兩結五字體，惟張先及黄庭堅兩詞。張詞兩句第一字皆平聲，黄則前仄後平，兩句互證，第一字皆應平仄通用。萬氏獨於前句仄字注「可平」，而後句平字不注「可仄」，殆亦失之。

珠簾捲

民國　徐棨

《珠簾捲》僅歐公一詞，首句即調名，似是自度腔，而《六一詞》本集不録。萬氏云：「蘆川一詞名《捲珠簾》，查即《蝶戀花》，不可混錯。」按蘆川《捲珠簾》前後遍第四句第五六字拗聲，爲《蝶戀花》所無，實轉調《蝶戀花》，萬未考也。至《珠簾捲》、《捲珠簾》，名既倒换，調亦迥殊，決無溷錯之理，猶之《瑶池宴》、《宴瑶池》耳。又云：「『間』字宜作『閒』。」按「間」、「閒」本一字，萬氏蓋以義言之，不作「天上人間」之「間」，而作「閒暇」之「閒」，故以俗書别之。不知「人間」句即猶「春到人間」之意，若改爲「閒暇」之「閒」，語反索然矣。

甘草子

《甘草子》有寇萊公、柳耆卿、楊補之三體，萬氏收一體，遺二體。然所收柳詞，實傳誤之本，非柳詞本體也。柳詞二首，在《樂章集》中，其過片皆六字句，而此詞作七字句，蓋《花草粹編》所收如此，萬氏從之而誤耳。柳詞過片既改爲七字，則與楊補之詞同，然則萬氏所收實楊體，而所遺則寇、柳二體也。寇體惟次句仄住，四五句與柳、楊異，餘亦皆同。合楊詞及寇、柳互證之，平仄多可通者。如前遍三句五句第一字，後遍首句第五字，次句四字六字，萬氏皆失注。後遍第三句之「教鸚鵡」，萬氏云「又作慵整頓」，引楊詞「五湖去」，以仄平仄爲是，而不知寇詞亦用仄平仄，四詞已得其三，必全引之，其證乃確。然「教鸚鵡」、「慵整頓」，皆柳詞，柳精音律，未必兩詞自異如此。若楊詞爲獨是，則柳詞非邪？大抵此句以拗聲爲嚴律，故三詞從之。後之作者，自當從其多者嚴者耳。至謂「似」字借叶，杜氏引《花草粹編》作「愁無侣」，萬似以「侣」作「似」，故誤。徐氏則引《歷代詩餘》。棨按：《歷代詩餘》亦本《花草粹編》，而《花草粹編》之「侣」字，恐是傳疑致誤。

《樂章集》《甘草子》二首，其「秋暮」一首，過片句云「飄散露草無似」，即《花草粹編》所録之一首也。其「秋盡」一首，過片句云「池上凭闌風緊」，不知何人誤以「池上凭闌」四字移入此首，以弗「無似」二字，顧語不可通，或因此調本有七字過片體，遂意擬一「愁」字入之。又「似」字書作「佀」，與「佀」字形體甚相近，遂更誤「似」爲「佀」矣。萬氏作「愁無似」，以爲借叶，在柳固借叶，而萬氏則非知原文而從「似」者，蓋亦由「佀」而誤爲「似」，故未言從「似」之故，否則「佀」、「似」之間，必有辨論，不肯竟以本韻之「佀」，改爲借叶之「似」，而不稱引原文也。徐、杜從《花草粹編》，而以爲萬氏之誤，不知「似」字實不誤，時萬氏之作「似」字，則實由「佀」字而誤耳。因誤而返於不誤，不誤而終出於誤，可一噱然。

阮郎歸

《阮郎歸》，曹冠詞名《宴桃園》，「園」或作「源」，韓淲詞名《濯纓曲》，萬氏皆遺之。詞以李後主、馮延巳爲最先。馮詞又見《六一詞》，或未能決爲誰作。若李後主詞，雖與馮、歐互見，而侯刻録自手稿，有題有印，其屬李後主無疑。即李、馮皆可疑，而歐陽修、張先及諸名家在前之作甚多，乃取夢窗詞爲譜，舍前從後，似未安也。後起句用仄平仄者，不僅六一、東坡，且有平平仄者，亦有三仄而恐誤字及借聲者，又後遍第三五句有用拗聲而不可從者，萬氏皆未及考證。至調中五字句諸家盡用平起句，亦有偶用仄起者，前僅關於音，此者關於調，不可不知者也，而萬氏皆失之，至謂五字句以平仄平爲妙。遍考各名家用平者固多，用仄者亦正不少。李後主詞，四句並用四聲，歐、張諸家亦平仄互用，未見其必用平。萬氏謂「高明必能用平」，且竟謂夢窗「日」、「十」爲作平，然則李、馮、歐、張非歟？杜本注云：「山谷作此詞，全用『山』字爲韻，辛稼軒《柳梢青》全用『難』字爲韻，注云福唐體即獨木橋體，此與《皂羅特髻》之全用『采菱拾翠』相近。其源出於《楚騷》，今南北曲亦演之。」今按稼軒詞《柳梢青》無注，山谷《阮郎歸》注則云：「效福唐獨木橋體作茶詞。」是福唐獨木橋體爲一名，與杜説不同。且山谷詞於每節住韻押「山」字，而節中之韻用他字，間一字一押，如渡橋然，故得此名。若稼軒《柳梢青》則全韻皆「難」字，即無韻之平住句，亦以「難」字住，與山谷體不同。至若「採菱拾翠」與韻叶截然兩事，尤不可同日語。

——《詞學季刊》第三卷第一號

卷五

賀聖朝、賀明朝

《賀聖朝》一調，始於五代，有馮延巳及無名氏詞，與宋體不同，萬氏遺之。宋詞最先者，爲葉清臣一闋，而趙師俠、趙鼎、馬莊父輩皆踵之，遂於五代體後，成爲宋體。萬氏收葉詞之誤本，而於葉體則以趙師俠詞當之，次之於末，而先列杜安世二詞，不免喧賓奪主，抑前爲後。又有張先一詞，自成面目，黄庭堅一詞，過片七字，如萬氏所收葉詞者，萬氏亦皆未收。然則此調共七體，得三體而遺四體也。首列杜詞，非此調常格。五代體起句七四，次節則四字三句，宋體起句七五，次節亦七五，此則連用七四，是其所以異也。注但云「結語前四後五」，殊未搔著癢處。蓋於此調體格，未嘗體認，而於此詞字句，亦未嘗細檢耳。次句「羞」字，以五代無名氏詞及黄庭堅詞皆入聲，似可用仄。（杜安世次首）此詞結處四字三句，實出於五代體，注以爲異，謂異於前作，而未見五代詞也。夫前作本非常格，何必取以相比？萬氏每遇無可注者，輒作此敷衍之辭，適以貽不明體格之誚。此三句之平仄，以馮延巳、張先詞證之，「萬」、「暫」、「見」、「斷」四字，皆可用平，又「愛」字是韻，馮、張此句皆叶者，此詞用「紙」、「寘」韻，「愛」字雖不同部，實是借叶，本詞中已先借「待」字，「待」、「愛」同在「蟹」、「泰」，其同爲借叶可知矣。（葉清臣詞）此詞各本，頗有參差，然實宋體常格，且在宋詞爲最先。《草堂詩餘》、《詞綜》「悶」作「更」，「候」作「再」，皆七五句，過片處「花無語」三字，作「都來幾許」四字，爲四字二句，其後諸家所從者皆此體，足見其無誤矣。《草堂》評注云「舊譜羨『日』字，正之」，《填詞圖譜》注云「一本作『花無語日』」，且由是觀之，則誤本亦不止三字，但「日」字不可通，故又有一本作「都來幾日」者，萬氏既皆知之，且以爲皆可，乃因一本作「花無語」，竟删「日」字，而不求其所以然，謂其與前段同，故收備一體。夫詞有體格，苟體格不合，無所謂可，亦既可矣，則不能有兩可，果其兩可，則當並收兩體，乃此即皆可，而所收者不在此而在彼，有此舉棋不定之詞譜乎？況果取其七字句與前段同，則黄庭堅詞固在，何不收之？況《山谷集》在《汲古宋名家詞》中，萬氏不能不見，何必取葉詞誤本，而定其爲七字過片，厚誣古人邪？（趙師俠詞）此即宋詞常格，與葉詞同者，萬氏於葉詞從誤本，而此體收此詞，但云「與前異」，是亦不明體格之故也。至《賀聖朝影》實《楊柳枝》之别名，與此調本不相涉，斷無附入此調之理。名同調異之詞，萬氏往往誤爲類列，此能不誤，而尚惟恐其誤，亦見膠固之深矣。至《賀聖朝影》、《太平時》同是《楊柳枝》別名，乃云「《賀聖朝影》原名《太平時》」，亦大誤，詳見《楊柳枝》及《太平時》。（歐陽炯詞）歐陽炯詞見《花間集》，凡二首，本名《賀聖朝》，《康熙詞譜》作《賀熙朝》，注云：「此爲唐詞，《詞律》混入《賀聖朝》，誤。」桀按：《詞綜》收此詞，亦作《賀聖朝》，未知所本。《填詞圖譜》收爲《賀聖朝》第二體，而《填詞名解》則竟云「《賀聖朝》第二體，又名《賀明朝》」，萬氏實循諸家之誤。然萬固專攻賴譜者，乃於其誤者而從之，豈非自食其餘邪？從人之誤而不覺，反云「汲古《花間集》以此調作《賀明朝》，似可另列一調」，不知《花間集》宋本皆作《賀明朝》，不獨汲古本爲然，且本無《賀聖朝》之名，賴氏不知從何致誤。夫朱氏選詞，偶誤其名，而於詞無害，其誤猶小也；賴氏作譜，竟失其名，而本調乃亡，則其誤大矣。不知其有《賀明朝》之名，而偶以爲《賀聖朝》，其誤尚易於考見，後之人猶得而是正之；毛氏既知其爲《賀明朝》，而不能辨賴説之誤，遂以其詞爲《賀聖朝》之第二體，而其名爲《賀聖朝》之別名，於賴爲盲從，於己爲臆説，蓋未嘗有所考索也。夫此調正名爲彼調別名者固甚多，今曰別名，則後之人有略而不考者，是以己之誤並誤賴氏也，是使人不覺其誤而陷此調於終誤也。然毛氏之誤，尚誤於不考也，若萬氏則既知《賀明朝》別爲一調，而仍以附於《賀聖朝》，是補賴氏之説以成其誤，助毛氏之説以實其誤，使後之論譜者，以爲《賀明朝》實即《賀聖朝》，遂合兩調爲一，而不可復分矣。況又從而爲之辭曰「不欲好奇，故附此」，使後之考見其誤者，不敢以爲誤，即欲另譜者，亦避好奇之名而不敢爲，而不得不從其誤，則其誤又遠過於賴氏矣。其尤奇者，歐詞二首，句調相同，萬氏所譜者，其第二首也。徐誠庵《拾遺》取歐詞之第一首，誤認句讀爲《賀聖朝》，又補一體，謬種相傳，滋蔓愈甚，豈非誤信萬説以爲《賀明朝》即《賀聖朝》乎？苟無萬説，但見賴譜，徐氏必因其名之不同而考求之矣。余謂萬氏之誤後人，豈周内哉？至句字韻叶之間，亦多誤處，試以兩首互證之。次句八字，萬氏分爲二句，以「只憑纖手」爲叶，然第一首云「紅袖半遮妝臉，輕轉」，若作兩句，則「紅袖半遮」，不但無叶，且用平住，則「手」字非叶句可知。觀其用聲之平仄相救，則八字一句可知矣。又「人前不解，巧傳心事，別來依舊」，萬於「解」字注「逗」，「事」字注「句」。不知第一首云「石榴裙帶，故將纖纖玉指輕撚」，若依萬氏八字爲句，則「石榴裙帶故將纖纖」，豈復成語？此蓋十二字一氣，作者兩首皆斷續句法，可逗而不可斷，與其作八四而語不可通，不如作四八，則「人前不解」尚可借「逗」爲「斷」也。後遍「睹對對鴛鴦」，萬氏作句。不知第一首云「誰料得此情何日教繾綣」，是十字句，如《摸魚子》之「度一縷歌雲不礙桃花扇」，有三七者，有五五者，惟不可逗作五五兩句也。字之平仄，萬注亦有不可解者：「只憑纖手暗拋」六字，第一首作「紅袖半遮妝臉」，平仄皆相反，萬氏但注「暗」字可平，「紅」字可仄，餘皆不注。「人前不解」，第一首作「石榴裙帶」，「不」字注作平，而「人」字不注，蓋亦以第一首之「石」字爲作平。萬氏凡遇入聲，多强使作平，即此兩字亦無必應作平之理。又「巧傳心事」，「事」字第一首用「纖」字，萬氏以「事」字斷句，而「纖」字不可斷，故「事」字亦不能注，蓋疑而闕之也。「蹙」字第一首用「深」字，萬氏注作平，亦因其入聲拗句也。「鴛」字第一首用「兩」字，萬氏失注。「淚痕透」第一首作「教繾綣」，「淚」字注而「痕」字不注。「只」字第一首用「朝」字，萬氏亦注作平，尤無必平之理矣。萬氏注中，亦取第一首字絜而句比之，而仍疏略若是，果何說哉！至徐氏於第一首，自「紅袖」以下作六字四句，遂併叶韻之字亦夾入句中，乃以爲與此體不同，而不自知其誤也。說詳《拾遺篇》中。

雙鸂鶒

《雙鸂鶒》僅朱希真一詞，萬氏不注平仄，殆因無別詞可證也。然兩遍互證，萬氏常例，乃他調之有別調可證，不專賴兩遍互證者，則必取兩遍證之，甚或前後不能比附之字，亦因之而强奪，而於此調他無可證必賴兩遍互證者，則反靳之。如謂兩遍末句不同，則舍其異者，證其同者，譜中各調皆然，豈必於此獨異哉！況末句本亦相同，前結句《歷代詩餘》作「相偎稍下沙磧」，與後結句平仄正合，又「小管」與「横笛」複，應從《歷代詩餘》作「小艇」爲是。至謂《填詞圖譜》作「雞䳵」誤，按《圖譜》本作「雞䳵」，「雞」字當是《詞律》寫誤，姑勿具論，若「䳵」則「鶒」之本字，非誤也。《說文》云：「雞䳵，小鳥，毛有五色。」《建州圖經》曰：「溪遊，雄者左，雌者右，皆有式度。」《正字通》曰：「《韻會小補》或作鸂，以鸂㶉䳵誤，別作鷘鶒鶒並非是，本字當作溪䳵。」賴氏「䳵」字不誤，《樵歌拾遺》及各本作「鸂鶒」，則相沿之字，萬氏未考而誤斥賴氏。然賴氏既用「䳵」字，則當作「谿䳵」，不當仍從「鸂」字矣。名從主人，作「鸂鶒」可也，字貴正俗，作「谿䳵」可也，賴氏作「鸂䳵」，不可也，而萬氏不知「谿」字，誤攻「䳵」字，則尤不可也。

錦堂春

《錦堂春》即李後主之《烏夜啼》，宋人於首句添一字而名之曰《錦堂春》，然題《烏夜啼》者仍多，未嘗奪其本名也。歐陽六一之《聖無憂》，則與李後主本調無異，首句亦五字矣。萬氏不審，反謂歐詞與《錦堂春》同，祇首句少一字，甚且謂《錦堂春》原别名《烏夜啼》，何其不考邪？且此調宋人於首句添字之後，始有《錦堂春》之名，萬氏乃謂《錦堂春》本有五字起句之格，而《聖無憂》斷即是《錦堂春》，則其誤尤甚矣。調始於李後主，而歐公倚之，《錦堂春》則後起而添字者，今奪李後主詞，不以列體，而於歐詞同録於後，其意以爲矜慎，而不自知其喧賓奪主也。李後主《烏夜啼》有二調，一即《相見歡》，一即此調，萬氏所謂《烏夜啼》不以立題者，已於《相見歡》辨之。《聖無憂》則本非正名，乃云「後收長調，皆係《錦堂春》，不便以《聖無憂》爲冠」，殆亦「中心疑者其辭支」乎？《錦堂春》既是《烏夜啼》之别名，則《錦堂春慢》亦未必是《烏夜啼》之慢詞，萬氏因此而去其舊名，亦大惑矣。若夫附録二詞，先歐後李，已不免於倒亂，至注云「《錦堂春》本有五字起句之格」，其説尤誤。《烏夜啼》五字起句，而《錦堂春》六字，實宋人變調，自名《錦堂春》之後，殆無復用五字者。故用宋詞之六字起句，而題曰《烏夜啼》則可，《烏夜啼》者，宋詞所從出也。用唐詞之五字起句，而題曰《錦堂春》則不可，《錦堂春》者，唐詞所本無也。謂《烏夜啼》有六字起句可也，謂《錦堂春》有五字起句不可也。至此調兩遍起句之第五字，平仄通用，萬氏失注，兩遍第三句東坡詞用仄起，句法平仄相反，未見他作，殆亦偶然。萬氏謂字數同，不另録。夫譜例，凡另録者必別體無疑，因平仄偶異而另列者，此語甚不可解，而《詞律》中屢見之，可不贅論。（程泌詞）程泌之《錦堂春》實《錦帳春》之誤，本調可證也。萬氏於李、歐詞，則明知一調異體而擯之，程詞則確非一調而收之，毋乃太疏乎？ 杜氏校刊本注云「應附《錦帳春》後」，不思凡附列者必異體也，此詞竟是《錦帳春》之本體，特第三句落句首一字，萬氏未知耳，若移附於後，體仍重出，當刪之。

錦堂春慢

宋詞之《錦堂春》小令，實《烏夜啼》之別名，既如前説矣，則《錦堂春慢》亦未必是《烏夜啼》之慢詞。各調之中，有引、令而無慢詞者固甚多，而慢詞之無引、令者亦正不少，《詞律》之令、慢類列，皆誤於體例，此則並誤於展轉附會矣。 此調今所見者四家六詞，字句參差，人自爲法，實成五體，萬氏收葛歸愚、司馬君實二體，遺王聖與、王玉笥、無名氏三體，殆皆未見也。 相比議欲增字，不知王聖與兩詞一律，與司馬之作略同，當非無本，字句增減，未可輕議。更證以玉笥之詞，則知此調在當時，聲律未嚴，故領句虛字各有出入。 萬氏使學者用葛體穩當，恐亦未然。 如取其整齊，則無名氏一首，及王聖與之作，皆甚整齊，惜萬氏未見也。 葛詞前遍「翔初朝占星説」，及兩「春」字；後遍「歌堂宴交金輕梅巧」，及兩「壽」字，皆平仄通用，各詞互證皆然。 全調通用者二十九字，失注者十七字，何其多也？ 又前後遍第五句首字各家皆仄，萬獨注可平，真屬以意爲之，雖無名氏詞後遍此字用平，殆亦偶然，且詞爲萬氏所未見，必非據此，然則萬氏動以平仄限人，而無確證者，皆此類矣。（司馬光詞）此詞前後遍參差之處，萬氏欲絜而齊之，議欲增字，不知王聖與二詞如一，必無訛奪，而與此作適同，但此作多三襯字耳。詞用襯字者，往往於兩遍中或用或不用，其例甚多，拙著《詞所》辨之頗詳，萬氏欲以己意逕改舊詞，必不可也。「彩筆」句應作六四，萬氏誤讀四六，而以爲一貫不拘，何其自用若此？又萬氏凡又一體皆不注平仄，即句法不同處，亦竟不注，故此詞亦無注，其例謂視前體，然則此詞平仄所漏者，亦如前體矣。

人月圓

《人月圓》始於王晉卿，而萬氏收吴彦高詞，起句「南」字不注「可仄」，不知王詞起句「小桃枝上春來早」，第一字本用仄也。詞中「王」、「燕」、「仙」、「淚」四字皆平仄通用者，亦失注。且後遍「司」字注「可仄」，而全遍「王」字不注，可見其兩段相證之例，或用或否，皆隨意爲之，初無定法也。（楊无咎詞）結句既異，則平仄未可以前詞概之，一三兩字可通用否，或以無據而不注，亦當説明。（又楊无咎詞）改用仄韻，爲體已殊，平仄有無可證，尤宜注明，不可皆以前體概之也。

喜團圓

《喜團圓》始見於《小山樂府》，作者甚罕，然《花草粹編》收無名氏一首，名《與團圓》，即此調也。又别有《望江梅》之名，萬氏皆失之，而竟謂此調惟此詞，未免鹵莽。次句「迢岫」，或作「遥」，或作「列」，《康熙詞譜》、《碎金詞譜》皆作「遠」，一則蒐採奥博，一則字譜謹嚴，故當從「遠」爲是，是與後遍雙字皆通用字也。

鬲溪梅令

《鬲溪梅令》僅見於《白石道人歌曲》，然其自製曲别爲一卷，此調不在自製曲中，白石於此詞旁注字譜，故萬氏誤以爲自度腔。不知集中如《杏花天影》、《醉吟商小品》、《玉梅令》、《霓裳中序第一》，或他家創譜，或舊曲新翻，凡非當時通用之調，則撰字譜以寫之，非必自度腔也。全首平仄前後相合，「不」字作平，而萬氏注爲「可平」，不知以字譜較之，「緑」、「覓」、「一」皆入聲，皆同一字，而「木」字之入聲，則與「好」字之上聲同一字，「玉」字之入聲，則與「翠」字之去聲同一字，而此「不」字之入聲，則與「變」字之平聲同一字，故知「木」、「玉」作上去，而「不」字作平矣。萬氏每遇入聲，多以爲作平，而動輒致誤，及遇作平之字，又往往不察，而注爲「可平」，此中真有不可解者。兩遍九字句，可六三，可四五，各調皆然，不必定作六字逗。萬氏於九字句讀法不一，前屢辨之，兹不具論。

朝中措

《朝中措》凡五體，萬氏收二體，遺辛棄疾、蔡伸、盧炳三體，皆在汲古刻《宋六十一家詞》中者，盧詞或恐敚字，蔡詞或因參差見疑，説詳拙著《詞所》。若辛詞必無擯棄之理，既非未見之書，又不言不收之故，有使人不得其解者。「垂柳」一本「楊柳」，固不待坡詞爲證，若引蘇改歐，而曰應作「楊柳」，反嫌武斷，蓋歐詞本亦作「楊」矣。（趙長卿詞）過片句既與歐詞不同，應注平仄，況趙有兩首可證，不能以前體平仄統之。至此詞過片七五，與起句同，惟七字句不用韻，辛詞則七字用韻，與前遍吻合，當列趙前，不知何以不收也？

雙頭蓮令

《雙頭蓮令》僅見坦庵此詞，詞即賦雙頭蓮者，其以所咏之物爲調名，蓋無可疑。萬氏謂四段整齊，題名因此，舍可據之本題，而就句調爲臆説，是亦立異之過也。「留」字可仄，漏注；又「碧」字當注「可平」，作「可仄」誤。

雙頭蓮

《雙頭蓮》長調，雖與《雙頭蓮令》同名，然小令始於趙介夫，長調則周美成已有一詞，實在趙前，是長調決非《雙頭蓮令》之慢詞可知。萬氏類列，自其體例之通誤，已不足辨矣。此調以放翁二首相校，並以二首之前後遍互證，「此」、「蕭」、「消」、「隔」、「紫」、「清」、「付」、「知」八字，平仄通用，此僅注「消」、「付」二字，漏注六字，是皆目前比勘可得者，與「消」、「付」二字一例，不知何以失之？徐氏《拾遺》引《校勘記》云：「『向暗裏，念此際』，均叶韻，萬氏失注。」今按杜氏校刻《詞律》，已删此説，蓋放翁别首此二字不叶，且前遍此句云「漫萬點如血，憑誰持寄」，「點」字不能逗斷，此首之似者，殆偶合耳。惟「空悵望」句，前遍叶而後遍不叶，他調此等句，或本應領叶，而偶少一叶，或本皆不叶，而偶用一叶者，往往有之，要以兩遍整齊畫一者爲主，則放翁此句，自應以用叶爲宜。萬氏但曰别作俱用韻，使學者亦皆叶之，而不詳言其理，是將由之而不知其道矣，非令人盲從乎？大抵萬氏亦未深求其所以然，故其措語如此，學者則不可不究也。（周邦彦）前遍十三句起處至六句乃起韻，前結處亦併六句爲一韻，而中夾極短促之三字句一韻，詞調所未嘗見，其爲訛舛無疑。拙撰《詞所》附存其詞，而不敢列爲一體，嘗臆度其致誤之由，猶有痕跡可見，詳《詞所》中，兹不贅論。萬氏既未審訛否，則不當專列此體矣。

海棠春

《海棠春》秦觀詞而外，尚有馬莊父詞兩遍，次句減一字，吴潛詞過片十四字變爲三句，萬氏皆遺之。秦詞於「解」字、「道」字斷句者固差，不知吴潛詞换頭正作四四六，吴亦宋人，未必誤讀秦詞，大抵調可通融邪？抑亦句法伸縮之故邪？馬、吴二詞平仄可以互證，「翠被寶篆」，馬作「歸逐斜撼」，「翠」、「寶」俱用平聲，「睡未足」吴作「還又是」，「還」字用平聲，更可以之前後相證，則「試」字、「作」字及「道」字皆可用平。至於「把人驚覺，笙歌會早」，在秦詞前後互證，固得通融，而馬云「秋千院落」，則固在前遍，吴云「匆匆春去」，則又有三平之證，亦不可不知者也。

慶春時

《慶春時》見小山詞中，凡二首，「倚」、「樓」、「彩」、「幽」四字，均可平仄通用，汲古本《宋六十一家詞》，爲萬氏根據之書，其中即有小山詞，且兩詞復並列，豈得不見？乃僅以兩遍互證，注「調」、「幽」二字，宜《康熙詞譜》斥爲無據也。

武陵春

《武陵春》無作「武林」者，萬氏云然，殆或偶有寫誤之本，非以「陵」作「林」者比，亦猶毛刻宋詞《伊州三臺》誤刻《伊洲》耳，乃遽摭爲條駁，反使後人以爲有作「武林」者，豈非大誤哉？此調過片句，有用平起句法者，毛東堂六首中，已得四首，萬氏録毛詞，何以未見，而使此句失注也？（李清照詞）結句多一字，《詞匯》、《詞統》襯字之説，未可厚非。詞有襯字，余於拙撰《詞通》、《詞所》皆詳論之，並散見本箋各條，茲不贅論。萬氏引坦庵詞爲證，安見坦庵又非用襯字邪？至謂前後結多寡一字者頗多，何以見其爲襯？不知長調有促尾者，猶之有換頭，固非襯字，若小令前後整齊如一，而獨結句偶多一字，正可以爲詞有襯字之據耳。此詞不注平仄，蓋統於前首，然結句第一字以坦庵詞證之，當平仄通用，萬氏失注，是其通例之誤，每調之又一體，皆有漏注者，不思既屬别體，則字句不同，安得以第一首之平仄統之哉？此調尚有張子野二首，起句少一字，一則前結句少一字，雖或訛奪可疑，然舊本皆同，即使不敢列體，亦必不能置而不論，萬氏殆未見歟？

洞天春

《洞天春》僅六一一詞，宜明注之，使人知所以斥《圖譜》無據之故。此詞前後各二十四字，惟「聲」、「悄」二字，平仄互異，「悄」字既注「可平」，則「聲」字應注「可仄」，所以不注者，想以四仄疑之，若然，則「悄」字之句，亦本四仄，不如竟以「悄」字作平爲兩全耳。四仄奇拗，其勢必無將「聲」字之句亦填成四仄者，則「悄」字之作平，蓋斷斷無疑。萬氏喜謂上入作平，此字有必應作平之理，乃反不覺，抑獨何邪？

秋蕊香

《秋蕊香》於小令外，别有長調，柳屯田又有《秋蕊香引》，萬氏皆未收。小令有於調名下加「令」字者，此亦失注。此調後遍之三字句，諸家皆用仄平仄，其用平平仄者，晏元獻而外，僅周美成詞「探新燕」之「探」字，可平可仄，餘不多見，和周韻者不少，皆用仄，此於本調所關匪細，未可以「可仄」一注了之。又兩遍第三句末三字，諸家多作仄平仄，或有作平仄仄者，如晏詞之作平平仄者甚少，不但未爲説明，且第五六字竟無旁注，可謂疏漏之甚。其次句「微」字可仄之失注，又其小焉者矣。此調合諸家觀之，似取拗聲爲正律者，即第三句不拗，而三字句無不拗者，若美成

「探新燕」一闋，其第三句亦皆拗，全闋不拗，惟元獻一人，小山即已拗矣。詞雖元獻最先，而調非所創，作譜宜取其多者，不必更拘先後，況無一詞同此者乎？又況萬氏譜詞，本不論先後者乎？如謂必拘先後而録之，則詞後必應詳注，毋使人不識宋詞之皆拗也。

桃源憶故人

《桃源憶故人》與《胡搗練》疑即一調異體，已詳《胡搗練》下。此調别名尚有《轉聲虞美人》、《醉桃園》、《杏花風》，皆漏注，放翁詞作「桃園」，想即因《醉桃園》之名而展轉致誤者。至本調與《虞美人》迥别，其不能附列，所不待言。萬氏以誤例自誤，遂致無所措手。後遍次句第五字，永叔、梅溪、放翁、于湖、書舟皆用入聲字，當是借平，宜拈出注明，以塞後人之疑。又張子野前遍第三句，一作五字，王千秋後遍第二句作五字，雖疑訛奪，亦考證所當及也。

三字令

此調二體，韻節各有不同，平仄不能借證，故萬氏於歐詞不取向詞爲證也。乃又謂「幌」字即後段「燼」字，亦即後段「滿」字、「我」字，此則真不可解者。駁《圖譜》之無據，固不必牽引向詞，牽引向詞，反以自悖本旨矣。向詞之異於歐詞者，歐詞兩遍，皆以三句起結，而中節則以兩句束之，向詞則先以兩句爲節，三節之後，乃以三句一節結之，與尋常字句不同之詞體迥別，即欲比而同之，亦但能謂向之前四句，與歐之前三句不同，而後五句相同，今乃謂多第三句，殊難索解。向實以歐之第一節變爲兩節，而添一字，歐之第一節本兩韻，故變之殊易耳。抑萬氏既謂其多第三句，則其餘皆同，既同則平仄可證，乃又絶不取證，豈非自攻其説哉？萬氏自相矛盾之處，動輒遇之。

眼兒媚

《眼兒媚》凡三體，於常格外有兩結五字者，林少瞻、趙君舉詞也，有過片平住叶韻者，趙長卿詞也，此皆遺之。至此調常格起句七字，以平平起，以平平住，實即七言近體詩句。其以仄仄起而平平住，如王雱此詞者，實屬變調。萬氏乃舉王詞爲譜。夫王雱既非此曲創調之人，亦非諸家最前之作，又非本調通用之聲，何所取而以之爲譜？甚不可解。既譜之矣，明知其不能爲通例，又自知不録常格爲未安也，復汲汲從而辨之，則何不直録常格，而爲此多費筆墨乎？然謂僅此詞及阮閎，則又不然。「樓上黄昏」，實左譽之作，此外尚有陸游二闋，尹焕、朱淑真各一闋，不僅二詞也。阮閎字閎休，或作閎，字閲休，杜氏注亦未細考。萬氏譏毛子晉不識《朝中措》，是則於例各有所當，彼自校刻古書，與撰譜者不同，知其誤而無善本可據，不敢逕改正，毛氏謹細處，何可譏邪？毛氏亦有逕改而失者，萬氏乃未言也。又楊无咎《逃禪詞》，有《眼兒媚》一首，列《人月圓》之後，而其調實即《人月圓》，其誤正與《歸愚詞》、《書舟詞》相同，萬氏乃未之覺。余則疑其過片可讀七五，而起句無韻，爲《眼兒媚》之變調，説詳《詞所》。

撼庭秋

此調前後結各四字三句，惟後結多一領句之字耳。注謂前後結二句同，蓋但指其同者言，而不知以三句之結，誤認爲二句矣。

沙塞子

《沙塞子》凡三體，周紫芝最先，當首列之。萬氏首列葛詞，且明知「寒底」句少一字，未能據補，而姑列之，非作譜之道也。葛詞《花草粹編》、《詞緯》俱作「寒澗底」，《歷代詩餘》作「寒窗底」，惟汲古本《歸愚詞》落一字，萬氏蓋據汲古也。此調三體之外，尚有朱敦儒一詞，題雖《沙塞子》，實則《定西番》之别體。萬氏不知朱詞，故未論列及之。徐氏《拾遺》收爲此調又一體，想是循《天籟軒詞譜》之誤，已别論之。（趙彦端詞）仄韻，無他作，無可校者，惟兩遍互證，則「理」、「芳」二字平仄可通，萬氏失注。至「柳際輕煙，斷雲殘日」，則前後遍句法不同，各調多有之，有可相通者，有必不可互易者，他調有别詞可證，可以各得其所以然，若此調仄韻既無别詞，則祇能依其本句，絶不容以意爲之，今乃曰「想亦不拘」，是可以隨意互易，或兩句如一矣，豈非大誤？（周紫芝詞）既以爲可從，蓋亦知葛詞脱字之未可從矣，乃仍列之最後，是亦字數誤之。不知周尚北宋人，葛、趙皆南渡後，即以世次論，亦應列周於前也。

品令

《品令》體格頗多，據徐誠庵云：「詞譜收至十二體，余今無詞譜，而所得者已十一體，卓田一體，知其格而未見其詞，則亦十體矣。萬氏僅收七體，所遺尚多。」（顏博文詞）既疑其落字，又因限於字數之故，首列此體，究覺未安。此與後列石詞，皆衹應存備其格，而不能據爲正譜者。（石孝友詞）「低低問」句，以八字變爲六字，前後參差，或「問」字下，或「時」字下，缺奪二字，亦未可知，斷不能拘於字少而先列者也。末句以各詞證之，自應作八六，惟萬氏解釋，以爲知了難當，亦欠體會，蓋謂既不相見，惟恐或病，而急切不得相聞，語意極明，且極幽怨委曲之致，若如萬說，反嫌質直而盡矣。（秦觀詞）起句三八，與後一首起句三九者，各爲一格。此首起句與石詞同，而兩結八六，前後完整。乃不謂石詞之或誤，但謂此詞爲較全，以秦從石，甘爲倒置，非拘於字數，而並忘其體格之先後歟？秦觀又一首，起句三九，作者較多，實與前首起句三八者各成一格。謂此首比前較全，不識何以辨之，而知前首之不全也？至謂兩結各六字，應是正格，尤不可解。此調各體兩結六字者爲多，前首及石詞亦皆六字，此詞固是正格，然非以兩結六字定之，萬氏之說，未審何意也。況既謂前調俱有闕誤不可從，何以仍前列之，豈非無事自擾？若末段注語，更屬費解，其「多用入聲」四字以屬上邪？以屬下邪？則「肐」、「織」、「棹」、「躍」亦非因入聲而不解，然則又何意哉？至「壓一」者，蓋謂「天然品格」，然此中壓衆人而爲第一，尚非不可解也。以上各詞，皆不注平仄。顏、石二首疑有缺誤，不注可也，淮海前一首本無闕誤，此首則萬氏稱爲正格者，而皆不注平仄，何以爲譜邪？拙著《詞所》已詳，兹不贅舉。（周邦彦詞）秦詞之外，清真自爲一體，方千里、陳君衡皆有和韻一首，餘不多見。萬氏謂方詞平仄無一字不同，按周詞「手」字，方詞作「吹」字，平上不同矣，惟三詞互校，「手」字而外，亦僅「月」、「梅」二字，陳作「蟾」、「一」，皆平入相代者，「手」字陳作「獨」字，或者方之平聲，亦平上之相代乎？則未可知，要不可謂其無一字不同，致生後人疑竇耳，即借聲亦當旁注，豈容握筆不敢下邪？（呂渭老詞）據汲古閣本《宋六十一家》，此作實收周紫芝《竹坡詞》中，大抵因竹坡、聖求兩帙相連，翻越疏誤，遂誤爲呂渭老。此誤萬氏屢見，如同在《花間集》之詞，而以孫光憲、韋莊誤爲皇甫松，其致誤正與此同也。詞中平仄，前遍之「零」、「緑」、「小」、「平」，後遍之「香」、「白」、「亂」、「重」，皆通用之字，皆失注；又「佳」字、「搔」字，注作「可仄」，似亦無據。（黄庭堅詞）首句五字，較前體多一字，亦猶秦觀兩詞，以八字九字分兩格也。平格當依前體通證之，至中間四字三句，或作六字兩句，而陳亮作四七，其後遍又作四八，卓田作四六，萬氏殆皆未見矣。

陽臺夢

《陽臺夢》有二體，此詞而外，尚有宋人解昉一首，五十七字，换韻，與此頗異，萬氏失收，《拾遺》、《補遺》亦皆遺之，惟《天籟軒》收之也。

極相思

此調音節平易，亦未見別體別名，斷無可誤者，惟「秋」、「歸」二字，今所見各詞，無用仄聲，萬氏注「可仄」，未審所據，或棨搜考未盡邪？「闌」、「數」二字，各家平仄皆同，此注「可仄」、「可平」，想以後遍證前，然亦當聲明之。

月宫春

《月宫春》，《碎金詞譜》云：「周邦彦更名《月中行》。」《康熙詞譜》亦謂「《月中行》即《月宫春》，美成所更名。」棨按：韓淲一詞，與毛詞全同，亦名《月中行》，蓋填毛體而襲周名，又陳允平一詞，則用周體而小變。萬氏未見韓詞，故分毛、周爲二詞，又未見陳詞，故於《月中行》亦失一體也。杜、徐二氏，皆謂宜以《月中行》改併，但其説未詳耳。此詞既與《月中行》分譜，萬氏又未見韓作，故以爲平仄無可證，然前遍疊用七五同式句法，即未嘗不可互證。夫《月中行》萬氏亦未見陳詞，而以爲無他作者也，而於周詞旁注平仄，非即以其本詞中同式之句互證乎？而於此調獨不然，是亦自紊其例，所謂一是一非，必居一於此者，况兩詞皆有可證，顧以爲無證，而皆失之哉！

鳳孤飛

《鳳孤飛》，僅晏叔原一詞，字句聲音，皆無出入可考，此蓋無可爲注之譜也。萬氏每遇此類詞調，非强爲注釋，即無聊敷衍，往往轉以致誤，獨此調質直二語，反得不誤，《詞律》中不誤之譜，此其第一調矣。或謂東坡《華清引》，萬氏無注而譏之，然則多言而誤，少言而誤，無言而亦誤，豈非有意爲難哉？觀於此調，則知余非好辨矣。

柳梢青

《柳梢青》調凡十體，以平仄韻分二體，又因叶韻不同者各得二體，因字數不同者各得一體，因句調不同者各得一體。蓋常格二體，而别格八體，萬氏僅收平仄韻常格各一首，餘悉遺漏，雖後首注云「此調平仄二體，兩詞可爲準繩」，而注中所列體格，仍多未盡，況韻叶之殊，可於注中明之，字數句調之異，不能以韻叶概之也？平韻體首句起韻之外，有第三句起韻者，其首句或平仄，或仄仄，而平仄者爲多，仄仄者寥寥，僅見萬氏所謂首句用仄不起韻者也，而常見之起句平仄者，反失之目前，深不可解。又平韻有於前遍第四句，即後遍第三句，各添一叶者，又有過片次句少一字者，萬氏皆遺之。（張元幹詞）仄韻體第三句起韻者，其首句亦有平仄仄仄兩格，萬氏於平韻則舉仄仄而遺平仄，於仄韻則舉平仄而遺仄仄；其過片叶韻之體，亦有首句平仄仄仄，起韻不起韻之别。萬氏但舉侯寘詞，而不知趙彦端詞，則但見過片之叶韻而不見前起之異格矣。又過片首句有多一字者，亦復遺之。罣漏若此，而漫欲以兩詞分注，該括各體，不已傎乎？至於句調不同者，平仄韻尚各有一首，此更非附注所能詳者，又無論矣。注謂次句有用仄仄平平者，而不知張詞之「細風絲雨」，即多作「細雨絲風」，知「愁」字、「涯」字有用仄聲，而不知「春」字、「寒」字亦有仄聲，若平韻體中拗字，與仄韻體之拗字略同，卻未一注，不解其故。至此詞「浮」、「細」、「歸」、「誤」、「回」五字，皆平仄通用字，萬亦失注。

太常引

《太常引》凡三體，元人舒頔有起句五字者，萬氏或未見也。兩結句「恨」、「渡」字，兩平夾仄，固宜去聲，然亦有用上聲者，當以平聲之清濁辨之，説詳拙著《詞所》、《詞通》。兩結句「卻」、「且」字，亦可用平，萬氏失注。（高觀國詞）「問一片」注「句」誤，然前遍注「逗」，辛詞亦注「逗」，此當是寫校之誤，杜刊本亦注「句」，未糾正也。

歸去來

《歸去來》屯田二體，俱在《樂章集》中，萬氏收一體而遺其一體，真可謂失之目前者矣。此詞無他作可證，即柳詞另體，句法聲音，亦有不同，不能借證。萬注以「初」字、「燈」字爲可仄，已不可解，乃至「更」字亦注「可平」，真所謂以意爲之者。己方詰《圖譜》以何據，而己又以無據出之，「尤而效之，罪又甚焉」，何以自解免邪？

河瀆神

《河瀆神》，唐詞始見於温飛卿，萬氏不收温詞，而録孫詞，似有未安。至此調温、孫五詞，及張泌一詞，俱託興江神而賦物寓情者，萬氏乃泛言咏鬼神祠廟，似是而非，其誤甚矣。張泌詞通首一韻，後遍一三兩句俱不叶，不僅「迴首」一句不叶，此亦似密實疏處也。

燕歸梁

《燕歸梁》凡八體，萬氏收六體，而杜安世詞誤奪一字，不應列體，實五體也。徐氏《拾遺》補三體，而晏體重收，是所補亦僅二體，皆遺仄韻一體矣。此調始見於晏元獻，萬氏以字數爲例，首列杜詞，然杜詞「離愁」句中明落一字，萬氏亦知之，而云「不敢增」，竟列一體。夫不知而誤可也，明知而誤不可也；不敢增又不敢棄，則附存其詞以待論定可也，公然列於調首不可也。尤可異者，論「盆」、「嬌」、「嬴」可仄，而引大晏，不知大晏换頭蓋四四五，而非七三三，不可與結句混爲一談也。（次首柳永詞）句調與晏詞不同，實柳七變體，乃摘「密憑」七字爲正體，蓋對前列杜詞言之，獨不慮於本調觸迕乎？且於晏詞之正體，又何以處之乎？《圖譜》合結句六字爲一句固誤，然誤在不合譜，非誤在文法也。乃詰以「恐冷落舊時心」，如何連法？不思舍譜論文，則此六字正是一氣矣。萬氏攻人處，往往授人以柄如此。「腸無恐」三字，均平仄通用，又「腸成結」、「恐冷落」皆可作仄平平，此俱失注。（石孝友詞）全首與晏詞正體同，惟結句五字異，注謂第二句五字異，後段更異，蓋不知其合於正體也。至謂尾句五字，恐落一字，按仄韻體結句亦作五字，不必以諸家所無而疑之也。（史達祖詞）注云「請各自兩句三字是正體」，不知此詞即屯田之變體也，但提二句，令人蒙頭蓋面，不解所謂，況前結之「也著淚，過黄昏」，亦是三字二句，而萬氏誤爲一句，此與前攻《圖譜》何異？乃不自知其誤，反舉後結爲正體，意蓋謂前結爲二句而非正體也，已實大誤，而以爲古人之誤，何哉？（謝逸詞）全首與晏元獻詞同，晏詞實本調最先者，當時石曼卿、張子野皆同此格，蓋此調之正體也。萬氏不列於首而列於此，不列晏詞而列謝詞，失之已甚。況萬氏於首列之杜詞下，即引晏詞誤證，則非不知有晏詞也，則非不知而誤也。尤可異者，注中以史、杜相比，以謝、石相比，而全忘正體之晏、變體之柳，果何説哉？至此詞句法，既知其不同，即平仄當另注，前於石詞失注，猶得曰因末句少一字而疑之，既以爲不必從，故亦不必注也，乃此詞又失注，則疏略無可解矣。（末首柳永詞）首句「絳綃」，汲古《樂章集》作「絳紗」，此句應起韻，自以作「綃」爲是，然萬氏改之而不言所據，亦不言改之之故，非校正古書之道。至「苦相招」，謂「苦」或作「若」，則以自改之「苦」字爲正本，而反以汲古本爲别本，以自飾其「綃」字之逕改矣。何以知之？《樂章集》自汲古本外，似未見他善本，故近世吴氏刻《山左人詞》，亦即從汲古《宋六十一家詞》收入者。此詞「綃」字依《詞律》逕改，「苦」字則仍作「若」，蓋「綃」字關於韻叶，《詞律》雖不言所據，而其理可從，故吴氏從之，善本無注，吴恐因注而失敗，故亦無注。至「若」字則於詞調無甚出入，萬既不言所據，吴亦不肯輕改舊文矣，此其跡之甚明者。要之論韻叶則「綃」字爲是，論文義則「苦」字爲長。且本詞尚有「若諳」句，與此重複，萬所改二字，未嘗不是，惜其不謹校勘之例，率意逕改爲未合耳。

醉鄉春

《醉鄉春》，少游偶創之調，且有本事可考，宜注明，況在孤詞，尤當詳注也。舀音以沼切，不音咬，萬氏殆誤以「咬」字爲以沼切耳。

越江吟、瑶池燕

《越江吟》即《瑶池燕》，萬氏所據，不知何本，於蘇易簡詞奪二字，故不知其爲一調遂成兩誤。按蘇易簡《越江吟》「碧桃冷落」下，本有「誰見」二字，《詞律》失之，誤連下句讀作「冷落黄金殿」，致上句亦因之而誤，後遍亦依前遍之誤讀，遂亦將六三兩句誤爲四五，而句韻全亂矣。依此句逗，即知與《瑶池燕》比勘，亦且不識其爲一調，況不知邪？故萬氏以東坡《瑶池燕》另譜，而於此調則云「無可查對」，不知皆係落二字誤之也。「青雲」之「青」字，杜氏引《周禮》「孤竹管雲和之琴瑟冬日至奏之」，疑爲「奏」字，其説甚確。兩結七字句第四字帶叶，萬氏不知帶叶之例，凡遇此類，皆成斷句，其誤不止此詞矣。句法韻叶平仄，萬氏皆闕疑不注，可依《花草粹編》本及《東坡詞》注之。至《瑶池燕》東坡詞起句七字，於第四字帶叶，不可斷句，萬氏以爲四字起句起韻，大誤。兩結亦七字句，四字帶叶，萬氏亦斷句注叶，其誤與《越江吟》蘇易簡詞同也。杜氏謂《瑶池燕》東坡詞應附《越江吟》後，不知此爲别名，非另體也。此詞於蘇易簡詞字句聲韻，無不吻合，但當注《瑶池燕》之别名於《越江吟》之下，若複列坡詞於易簡詞後，豈非同一體而收二詞乎？

右《詞律箋榷》五卷，番禺徐氏未竟稿，藏友人武進趙叔雍君處。予既假録副本，與作者所著《詞通》，陸續登載本刊矣。獨惜徐氏用力精勤，多正紅友以來言律者之缺失，而草創未半，竟夭天年，即此斷簡殘編，亦幾全遭湮没，此非特作者之不幸，抑亦詞學之一厄也。晚近宋元舊槧，月出未已，詞律之改訂，尤有待於好學深思之士，世有願繼此而作者乎？當馨香禱祝以俟之矣。丙子長夏，龍沐勛識於廣州東山寓廬。

——《詞學季刊》第三卷第二號

路朝鑾《與龍榆生言〈詞通〉作者》

榆生先生左右：夙欽雅度，未接塵談。遠辱惠寄《詞學季刊》，論著謹嚴，搜羅閎富，洵足津逮後學，傾倒無極。刊内附録鄙詞，使蚓唱鼃鳴，雜陳韶濩之側，讀竟輒增慚恧。承索拙稿，自維譾陋，學殖久荒，間有所作，造詣未深，衹足覆瓿。重以尊命，未敢自匿。録上兩闋，敬蘄正律是幸。本期刊内載有無名氏《詞通》手稿一種，玩其語意，似係亡友徐季同觀察乃弟遺著。季同名樾，浙人，子遠先生第八子。子遠經學辭章，俱負盛名。幕遊嶺表，與陳蘭浦先生友善。諸子承其家學，咸自樹立。季同能詩畫，昔與鑾同官蜀中，嘗言有弟頗好填詞，早逝，著述多散佚。惜當時忘詢其名字。今觀《詞通》手稿，稱「八家兄季同先生」，又自述「棨十七歲時」云。（刊内附録謂此字原稿不清，疑係「檠」字或「梁」字，然細審手書原稿，恐係「棨」字）疑其名棨，與季同名樾爲兄弟行。有此兩證，故鄙意疑係季同乃弟遺著，恨不及起季同於九原而問之。季同九弟固卿名紹楨，聞尚居滬，素無往還，未便函詢。尊處如有與固卿相稔友人，何妨探詢。倘能明瞭作者姓名略歷，抑亦發潛闡幽之恉。先生其有意乎？再刊内列鑾名作「鸞」，當係手民之誤。並以附陳，即希更正。耑泐布臆，祇頌著祺！路朝鑾拜啓。六月十一日。

——《詞學季刊》第二卷第一號

張逸

張逸（一八六九—一九四二），字純初，别署禺山山人，無兢老人，番禺人。嗜好繪畫，入居廉門，尤善繪牡丹。著有《筆花草堂詞》。

《筆花草堂詞》自序

余少也賤，性嗜作畫，尤好詩。寄意抒情，迄無是處，然不敢示人也。壯歲後獲交東官鶴耶，嘗見其題畫小令，讀而愛之。偶仿作一二闋以示，鶴耶擊節歎賞，謂余詞駕夫詩畫之上，因以潛心研煉，寢饋此道有年，久之，似有所悟。每於春朝花笑、秋晚蛩吟，時復倚聲，不復知人間何世，積久遂多。庚午初秋，適逢周甲，同人慫恿付梓，遂釐爲三集，得二百餘闋，以付手民。噫！士生斯世，不能有所建樹，惟藉雕蟲小技以消耗有用之光陰，其遇可知矣。若夫宮調云亡，審音奚自，但循舊譜，辨别四聲，倘亦不悖「意内言外」之恉歟？民國紀元二十年，歲次辛未仲春，無競老人自序於筆花草堂，時年六十一。

——張逸《筆花草堂詞》，民國二十一年鉛印本

近賢新刊詞集

本社最近收到近賢新刊詞集，有山陰壽石工先生鑈之《枯桐怨語》，雙流向仲堅先生迪琮之《柳溪長短句》，番禺張純初先生逸之《筆花草堂詞》，北平王蘭馨女士之《將離集》。壽、向兩先生爲詞壇宿將，世所共知。張先生嶺南耆碩，筆近稼軒、石湖一路。王女士詞，芳馨悱惻，亦閨閣未易才也。

——《詞學季刊》第二卷第一號

楊玉銜

楊玉銜（一八六九—一九四三），字懿生，號鐵夫、季良、鸞坡，以「鐵夫」號行，香山人。清光緒二十七年（一九〇一）舉人，三十年（一九〇四）考取内閣中書，曾任廣西鎮安府知府，民國間曾任無錫國專、廣州大學、國民大學教授。詞學師事朱祖謀。著有《抱香室詞》、《雙居詞》、《清真詞選箋釋》、《夢窗詞箋釋》。

《清真詞選箋釋》自序

余箋釋夢窗詞選竟，因思夢窗之學，源本清真。尹惟曉云：「求詞於吾宋，前有清真，後有夢窗。」周止庵教人由夢窗以幾清真，是則學夢窗者，又不可不以清真爲歸宿也。夢窗詞極得清真神似，但清真用典渾成，不如夢窗之破碎；清真用意明顯，不如夢窗之晦澀；清真用筆鉤勒清楚，不如夢窗縱横穿插，在若斷若續或隱或見之間。至於起伏頓挫，開合照應，格局神氣，無不酷肖而吻合，所以分者，一則陡健，一則雍容，譬之於文，夢窗其柳州，清真其六一乎？抑余更有説者，夢窗之詞出清真，知之者多。清真之詞出入何人，知之者少。今細心潛玩，知於小山爲近，不獨語摹句倣，即神氣亦在即離之間，然則謂清真之小令源出小山可也。至合吴、周、晏三家而通之，譬之於河，清真者，夢窗之龍門；小山者，清真之星宿海歟？憶前數年研夢窗未入時，意清真之詞較淺而易入也，竊有所窺測，寫爲眉評。今一覆視，殊堪噴飯，因棄而再釋之，特不知後之視今，不猶今之視昔，他人之視我，不猶今我之視昔我否耳。壬申仲秋序於紅香爐峯之麓，鐵夫識。

——楊鐵夫《清真詞選箋釋》，民國二十一年鉛印本

《吳夢窗詞箋釋》自序

予箋夢窗詞，於今爲三版，實與初版同。因第一次所箋，止一百六十八闋，且洋紙洋裝，求便於學生，反見嗤於大雅。第二次所箋，增至二百零四闋，自以爲夢窗佳搆，盡萃於此，且改作線裝，稍爲改善，然校對匆促，誤字殊多，令人有妄改字句之疑。箋釋亦復粗略，比視初版，不過百步五十步之間耳。又思人之嗜好各殊，己所棄取，豈能盡如人意。讀者既得選本，又須再購全集，豈不重費，爰決意取全集通加箋釋，前之誤者正之，略者詳之，不止缺者補之已也。今年春創稿，至仲冬始畢事，自以爲夢窗之癥結，十解八九矣。茲以經過之甘苦試言之。《滿江紅·澱山湖》詞，有「鮫宮」、「神女」句，澱山足所未經，久疑有龍王、女神等廟，苦無其證，稿屢改仍不愜意，後得《蘇州志》，載山下有龍洞，始據以解決「鮫宮」，而「神女」之疑如故也。後得《括異志》，載神女渡江事，所謂「淩曉風」者，可據以解決矣。《解語花》咏梅花詞，初版已標爲冶遊，然中所用雲容、蘭翹、簫鳳等字，實不解何謂。後得《侍兒小名録》，載蘭昌宫有三仙女，即此三姓名，不獨出典有徵，而冶遊之誼益固。《齊天樂·登禹陵》詞，「翠蓱濕」、「夜深飛去」句，有友謂梁上有蓱，是爲無理，「蓱」必「苔」誤。予援《漢宫春》「千年禹梁蘚碧」、《燭影摇紅》「莓鎖虹梁」二語，蘚、莓即苔，以本

集證本詞，可稱鐵證，改正本據之。後得睹《四明圖經》，有禹廟梁嘗飛入鏡湖與蛟龍鬥一事，始知「荓」實不誤。《渡江雲・西湖清明》詞，有「墜履牽縈」句，初選本用張良事，心知其非，欲解以《淳于髡傳》，但墜珥非墜履，故改正本闕其解。後得睹《北史・韋敻傳》，有「不棄遺簪墜履」之語，固依然用《淳于傳》也。《八聲甘州》登靈巖有「水涵空、闌干高處」句。前止以憑高所見釋之，後讀吳履齋詞集，有《滿江紅・姑蘇靈巖寺涵空閣》詞，起韻云「客子愁來，閒信馬到涵空閣」，始知「涵空」是閣名，如是「闌干高處」四字方貫。《高陽臺・豐樂樓》詞，有「飛紅若到西湖底，攪翠瀾都是愁魚」句，《杭州府志》收此詞，作「愁予」，思《楚辭》有「目眇眇其愁予」語，較有據，又有友謂「魚」、「吾」同音，「吾」、「予」同義，「愁魚」即「愁予」，改正本援以爲釋。後讀姜白石詞，有「百萬愁鱗躍春水」語，則「愁魚」又非誤矣。凡此皆今版之所改正者。至《浣溪沙・迓履翁》、《江神子・送桂花吳憲》，履翁、吳憲是否一人，如爲一人，何以翁、憲兩異？詳稽宋史，始知前爲夢窗未入吳幕，止爲先後輩稱呼，後則既在幕中，不能不有主屬之別。《探芳信・賀麓翁祕閣滿月》，疑下片「禁苑傳香」語全與題無涉，後詳稽語意，始悟雲麓未膺簽書樞密院領財計，先以祕閣爲升階，拜官之時，適值生子彌月，故詞兩慶之。至《惜紅衣》，姜石帚之非白石，初僅援夏《箋》爲說，後自爲考證，發現佳證數事，遂以刊於《詞學季刊》中，迻注於此，亦今版之特色也。至於《瑣窗寒》之非咏玉蘭，《思佳客》之非咏半面女髑髏，《憶舊遊》之非別黃澹翁，《祝英臺近・陳少游奉檄行部》、《瑞龍吟・送梅津》，同爲豔情，洞燭隱微，似無遁飾矣。至以夢窗爲宋亡乃卒，已定於改正版中。幸海綃翁與之同調，不至孤掌獨鳴。惜除於《事蹟考》所考得數證外，無他確證以助我吶喊耳。改正版序云「得十之七八」，今可謂得十之九以上。所未詳者，不過「陶洲」、「殷雲殿」、「宜男舞」、「胭脂嶺」、「錦雁峯」數處而已，幸高明有以教之。若夫訂正錯誤，補苴罅漏，則夏臞禪、錢仲聯、葉長青及同鄉高蕙石諸先生之力爲多，特標出以示不忘。時二十四年仲冬下旬，寫於梁溪國學專修學院梧柳交蔭之樓，時大雪正涔涔下也。香山楊鐵夫。

選本第一版原序

憶十年前執教鞭於香島中，始學爲詞，偶有所作，有取以充南社文集篇幅者，黠者戲之曰：「詞也詞也，鐵夫亦遂自以爲詞矣。」及走上海，得執贄歸安朱漚尹師，呈所作，無褒語，止以多讀夢窗詞爲勖。始未注意也，及後每一謁見，必言及夢窗。歸而讀之，如入迷樓，如航斷港，茫無所得。質諸師，師曰：「再讀之。」又一年，似稍有悟矣。又質諸師，師曰：「似矣，猶未是也，再讀之。」如是者又一年，似所悟又有進矣。師於是微指其中順逆、提頓、轉折之所在，並示以步趨之所宜從。又一年，加以得海綃翁所評清真、夢窗詞諸稿讀之，愈覺有得。於是所謂順逆、提頓、轉折諸法，觸處逢源，知夢窗諸詞，無不脈絡貫通，前後照應，法密而意串，語卓而律精，而玉田「七寶樓臺」之説，真矮人觀劇矣。今於全稿中選得一百六十七闋，於運典之稍僻者箋之，用意稍暗者釋之，聊以自記所得云爾，非敢以示人矣。然夢窗難讀，衆口雷同，此亦未嘗非初學夢窗者之一塗徑也。稿成，漚師已還歸道山，無從質正，海内明達，指其疵謬而教之，幸甚。抑又有言者，詩、詞格局不同，稍知此道者類能言之，然有時亦有可互印證處。偶讀《瀛奎律髓·春日類》收杜工部《立春》詩云：「春日春盤細生菜，忽憶兩京梅發時。盤出高門行白玉，菜傳纖手送青絲。巫峽寒江那對眼，杜陵遠客不勝悲。此身未知歸定處，呼兒覓紙一題詩。」方虛谷評曰：「第一句自爲題目，曰『春日春盤細生菜』；第二句下『忽憶』二字，已頓挫矣；三、四應『盤』應『菜』，加以『白玉』、『青絲』之想，亦所謂『忽憶』者也；巫峽江、杜陵客，不見此物，又祇如此大片繳去，自有無窮之味。」鐵夫按：第一句從題起，一語已說盡，似無轉身餘地；第二句想舊時在兩京立春時節，是逆入；第三、四句承二句，極力發揮，反挑下聯，此類詞之歇拍；第五句突出巫峽，空際轉身，類詞之換頭，第六句説出自己對此時節之感想，此聯是平出；第七句從現在再推進一層，第八句補述作詩理由，類詞之就題作結。布局顯與夢窗詞命意同，尤與咏上元之《倦尋芳》、咏吳門元夕風雨之《六醜》近。余因釋夢窗詞，纔知此詩之妙處，不然徒以句法論詩，此詩何能入選？虛谷之取此，殆亦取其局耶？録之以爲知者道。壬申初秋，鐵夫序於紅香爐峯之麓。

改正選本第二版原序

去年旅香江，僻陋在夷，無可與語。因以讀夢窗詞之所得，選其一百六十七首而箋釋之。鑾島書少，不足供檢查；且倉卒付印，無益友商榷。覆而讀之，發現謬點不少。尤大者，則以夢窗卒於宋亡之先也。惶愧無已。今者又閒居，天予以補過之餘閒，爰取舊選箋釋之錯誤者，重加釐訂，又加選佳詞之遺漏者，共成二百零四闋。蓋夢窗詞之精華，畢萃於此。余對於夢窗之心得，亦抉發無遺矣。非自表襮也，亦以紹義烏箋夢之遺志而已。竊謂夢窗意旨，不易尋求，前印本得十分之六，今改正得十分之七八，尚留得三二分，以待諸將來或他人之完成與糾正。天地間每有遺憾，古今公例也。余何人，能逃例外耶？他日苟能合海内之有志夢窗者，各出其所得，薈萃而印證之，亦一快事也。請記此語以爲券。鐵夫氏癸酉夏序於黄歇浦之濱。

——以上楊鐵夫《吴夢窗詞箋釋》，廣東人民出版社一九九二年

《五厄詞集稿》序

辛巳秋，余任香江廣州大學、國民大學兩校國文課，僦居深水埗青山道一小店。十一月，英、日戰機漸迫。十八日晨興，機警報嗚嗚起，旋聞天空機聲軋軋然，繼以炸彈隆隆然，擾攘半日始已。如是者三日。廿一日，有歹人來店索保護費，付以七十元始去。入暮，又聞打門聲急，店主人大譁，知無幸，歹徒已分前後門蜂湧入。初入余室，余曰：「余乃租客耳。」即出，繼又一人入，搜余身，盡括紙幣時錶去，續換一人入，則傾箱倒篋，遍覓無所得，乃緊揫余胸，大聲索款。余曰：「頃汝伴已搜去，又何存，不信可問汝伴去。」彼曰：「不必問。」乃以刀指余曰：「汝不再拿款出，即刺汝。」隨牽余出院中，交用拳脚，加老雞肋上。一人曰：「不必打他。」隨拉余出廳中，刀加余頸曰：「無錢即刺汝。」余曰：「既無錢矣，即刺死我亦無用處。」時店主人已盡出所有買命，頗得自由，旁坐見余受困，乃曰：「彼一老教書先生耳，安得有錢。」彼即割耳邊，見流血及面，見余無乞憐色，復牽余入房，釋手去，未幾事完，即呼嘯去。店主曰：「余等速避之，妨再至。」乃扶家人及余，狼狽登對山蛋家村。余止躡一履，倉皇隨行之。夜黑不辨，以一元僱人負余行，至已爲安樂窩

矣。不知距寮數十丈即峯頂，日軍據爲礮陣地，而昂船洲之礮，即以此爲目的。每礮必掠寮頂過，而碎片紛紛如雨霰下。日礮一發，寮地爲之震撼者再。宿寮中半夕，已奔避石崖躲避者三次，中有一彈，炸於距宿處數丈，焚竹寮五，死人二，火勢歷半句鐘始熄。次晨奔回故居，檢所餘事物，得回説文稿、詞稿，裝爲一篋，并棉被移對面四兒寓所，僅朝食，方偃息三樓上，而鄰棚策策有聲，女僕奔告曰：「鄰棚着火矣。」俯視之，火猶未盛，意謂尚可少延。未幾，勢及樓，知事急，復攜篋出置門外，欲再入攜被出。遇媳攜手篋出，乃手接代爲挽出以下樓，倉卒間，忘攜稿篋，至門外察覺，再入索之，已無有，而劫匪已乘機入搶。走避對面樓上，回視已在煙火中。水車灌救，僅焚三四樓少許，器物已遷徙一空，近晚又遷一膠廠宿，次日入視，僅檢回水漬殘稿少許，幸詞稿尚全。又越一夜，謀他遷，以十元僱工人護行，曲折迴繞，始至花園街李姓教員家下榻，屋小人衆。越日，又一姓關者攜其妹至，三男三女，各宿一牀，客膽怯甚，以危言聳主人，雖一字不可留。適人送殘稿至，余外出，即爲膽怯者棄諸後巷曬臺上。事殘十餘日，復經二三次小雨，又爲霉濕，更不可理，稍爲曝乾，轉寄他友處，而他友之怯亦不下前友，取詞稿之稍影響時忌者，大加揭去，而詞又不全矣。總而計之，匪也，火也、水也、雨也，加以人之揭去也，是爲五厄。今回鄉小暇，稍爲整理而録存之，即以「五厄」爲名，並述其經過如此，亦以知名山之藏，其傳與不傳，非人事之所可勉爲也，是爲序。中華民國三十一年一月五日，香山楊鐵夫序於申明亭老屋。

——楊鐵夫《楊鐵夫先生遺稿》，楊百福堂鉛印本

石帚非白石之考證

白石、夢窗二人，生卒年月，俱無確據。以故石帚之是否即爲白石，疑莫能明。或謂夢窗與白石生不同時，因知石帚之非白石。是説也，余嘗主之，今知非也。考吴履齋《詩餘别集》和《暗香》、《疏影》題云：「猶記己卯、庚辰之間，嘉定十二三年，即履齋登第後二三年。初識堯章於維揚，至己丑紹定二年再會嘉興，自此契闊。聞堯章死西湖，嘗助諸丈爲殯，今又不知幾年矣。」按：此詞前後次序，當作於丁巳、戊午之間。云是己丑年，白石猶健在也。己丑之距夢窗入蘇州鹽幕纔三年，見《事跡考略》。夢窗約三十歲，則己丑爲二十七歲内外。況白石未必即死於己丑，是二人尚有唱和之可能性。但不能據此遂指爲白石即石帚之左證，止可破時代不相及之説而已。

今人指石帚即白石者，以夢窗《惜紅衣》題有「余從石帚遊苕、霅間，三十五年矣」一語，爲最有力。殆以白石慣遊苕、霅也。古今遊苕、霅者多矣，安得以遊苕、霅之石帚，即爲遊苕、霅之白石乎？余謂石帚之非白石，止可於此語決之，何也？考《白石集》《探春慢》題「丙午冬（此丙午雖無年號，然《翠樓吟》云『淳熙丙午冬，武昌安遠樓成』云云。武昌距漢口即沔口至近，蓋即是年冬事，故知爲淳熙十三年。）千巖老人約予過苕、霅。」秋遊古沔，作《浣溪沙》，冬發沔口，作《杏花天影》，己酉秋（此四調當同年作）「己酉秋苕、霅所見」作《鷓鴣天》，又客古沔作《清秋引》。白石詞之與苕、霅有關者止此六闋。即以最後之己酉論，爲淳熙十六年，下距履齋登第十年爲十二年。時夢窗兄石龜爲同榜進士，石龜年不可知，知必比夢窗大。此時履齋爲十二三歲，此由其《二郎神·己未自壽詞》云「古稀近也」是六十五歲生日語推得。於夢窗爲長輩。余於《夢窗事蹟考》推定此時夢窗纔十餘歲，當無大差。以十餘歲之人，安能與十二年前之遊事乎？此則可證石帚之另爲一人，非白石也。

復次，以白石「去而復來」一語推之：白石雖隨任在沔爲孩童，其去沔時，假定十歲，因有隔二十年之語。由丙午上溯三十年，其生當在高宗紹興二十六年左右，順推至與履齋再會吴興之己丑，已七十三歲。縱己丑不死，相去亦無幾時。其死也，乃客死西湖，與夢窗入幕吴門之時相左，料不能常相敘會。此其一。

復次，以《夢窗集》之石帚情況推之：

（一）《三部樂》題云「賦石帚漁隱」，换頭「越裝片蓬障雨」，拙著《箋釋》斷爲遊艇之名，非家居無此設備。白石固家吴興，非杭州者。又詞中純是隱者語，雖由題生情，但詞必與人合，白石境遇，似不相當。

（二）《解連環》題「留别石帚」詞云「歲晚來時」，又云「酬花唱月」，又云「别枕夢醒」，似夢窗寄寓石帚家，經一年之久者。非連年奔走，遠家吴興之白石，能爲主人。

（三）《拜星月慢》題云「姜石帚以盆蓮數十置中庭宴客」，詞云「霧盎淺障青羅」、「冷玉紅香，罍洗」、「澹月平芳砌，磚花漾小浪魚紋起」、「繡屋重門閉」，足見器皿精良，門庭深邃，斷非旅寓景況者。租賃蝸居，數十盆蓮，塞破屋子矣。

（四）《齊天樂·贈姜石帚》云「水楊陰下晚初艤」，自指漁隱而言。「更展芳塘，種花招燕子」，以正意言，非客居人所能經營者；以喻意言，白石愛姬止小紅一人，後小紅亦不耐貧，而爲琴客以去，更何燕子之可招？此非客死西湖窮不能殯之白石所稱。此其二。

復次，又即《白石集》之情況推之：白石鄱陽人，流寓吴興，連年客維揚，客合肥，客古沔，客武昌，客無錫，客吴淞，客長沙，客鎮江，客石湖，客南昌，足無停趾，料無館水磨方氏之事。小紅爲白石最得心之作，自製曲爲白石絶詣。夢窗之贈石帚，於此數項，絶無一語之影響。此其三。

至於《惜紅衣》一調，因題爲苕、霅之遊而起，即就白石自製曲填之。慕白石，效白石則有之，若遂以爲友白石似未允。或謂石帚如有其人，應有詞可見。余謂宋人能詞者多矣，詞集失傳者多矣，幸《絶妙好辭》能掇拾一二，否則真不知有其人，豈獨一石帚哉？

——《詞學季刊》第一卷第四號

踏莎行　題譚篆卿填詞圖

閥閱蓬瀛，才華泰岱。五陵年少馳車蓋。歸來折節作詞人，清辭白石分流派。　廣雅門墻，清佳堂廨。當年未審周吴在。南園春結賞花盟，東風背荷垂楊睞。

酒泉子　題《民族詞選》

憔悴國魂，淚盡新亭人悄悄。英雄未死肝膽粗。拚頭顱。　古今唯一，湘纍沈沈呵壁叫。

是何多也醉鄉徒。樂華胥。

——以上楊鐵夫《抱香室詞集外稿》，《楊鐵夫先生遺稿》，楊百福堂鉛印本

醉落魄　題朱庸齋詞稿

茫茫塵世。滿座箏琶喧俗耳。悠然一磬雲山紫。海上牙絃，知否成連死。　梅詞片片隨風墜。洛陽聲價當時紙。西江月色襟懷似。露浣薇香，薰沐珠璣字。

——朱庸齋《分春館詞》，民國三十七年鉛印本

題《樂府補題》

聲家律細到鄱陽，浙派千秋一瓣香。騷雅清空成一手，掃除風格玉笥王。

——詹安泰《詹安泰全集》，上海古籍出版社二〇一一年

夏承燾《〈夢窗詞箋釋〉序》

宋詞以夢窗爲最難治。其才秀人微，行事不彰，一也；隱辭幽思，陳喻多歧，二也。彊村老人一代宗工，予嘗叩其吳詞《小箋》，退然不以自慊，即甘苦可知矣。香山楊鐵夫先生從彊村治吳詞者，老而彌勤，《箋釋》之作，屢刊屢改。兹予獲讀其第三稿，鉤稽愈廣，用思益密，往往於辭義之外

得其懸解。如據曹可擇《松山詞》及翁處静《遊胡園書感詞》，以證《解語花·餞處静》乃慰處静悼亡；定《江南春·賦蘗翁杜衡山莊》爲兄弟偕隱，其「芳銘」、「棠笏」之句，乃兼用賈敦頤、敦實「棠棣碑」故實，不但如鄭大鶴據《唐書·魏謩傳》所云而已。又若引《紹興志》、《四明圖經》禹廟梅梁事，方知《齊天樂》「翠蓱」、「空梁」之語爲非虚設。引《名山記》魏野詩，方知《浣溪沙·迓履翁》爲吴潛下訪之作。凡此皆互證旁通，使原詞精藴挹之愈出，較彊村之《箋》，爲尤進矣。《四庫提要》論陳后山詩，謂若非任淵「一一詳其本事，今據文讀之，有茫然不知爲何語者」。然淵生南、北宋間，元祐餘緒，猶未盡墜，較之鐵夫生七百年後而能爲夢窗之身後子雲，其難易猶有間也。或者以爲夢窗無題咏物之什不盡爲故姬作，疑鐵夫不無好奇。予以爲古今注義山《錦瑟》詩者不一，而究以悼亡之解爲近正。況夢窗之放琴客實有其事，鐵夫之箋又皆持之有故乎？前人論詞有云：「作者未必然，讀者何必不然。」此雖妙諦，固不煩舉爲鐵夫解嘲矣。二十四年冬，永嘉夏承燾。

錢仲聯《〈吴夢窗詞箋釋〉序》

香山楊丈鐵夫箋釋夢窗詞，數易其稿，寫定繡之梓。吾友永嘉夏子臞禪既序而發其藴矣。鐵夫復授予命一言。余於詞無所得，不能重違鐵夫意，謹書其耑曰：甚矣箋注之難也。箋詩難，箋詞尤難，箋夢窗之詞尤難。詞之有夢窗，猶詩之有玉溪乎？毗盧遮那莊嚴藏樓閣交網羅光，非彌勒彈指出聲，曷由睹其廣博嚴麗？玉溪之詩，得朱鶴齡、姚培謙、屈復、程夢星諸家爲之注，至馮浩集其成，而玉溪沕穆幽渺之旨畢顯無隱。箋夢窗者無聞焉。歸安朱彊村侍郎以夢窗詞轉移一代風會，顧其所爲箋，乃略而不詳，誠難之焉。蓋夢窗一生，其流聞軼事，見於説部志乘，傳諸今而足以徵信者，雲中鱗爪而已，非博證旁通，以意逆志，則其本事奚以明？其難一也。夢窗之詞，如其所謂「檀欒金碧，婀娜蓬萊」然，人巧極而真宰通，千拗萬折，潛氣内轉，非沈浸咀含，與夢窗精靈相感，則其懸解何由得？其難二也。故非熟諳天水舊事者，不足以箋夢窗；非詞人之致力深而析心細者，亦不足以箋夢窗，蓋兩者合之之爲難，博聞者不必皆詞人，詞人不皆善説詞。噫！不有鐵夫，孰爲夢窗千載之子雲？鐵夫親炙彊村之門，其所自造，縋幽鑿奥，骨重神寒，具體彊村不懈而及夢窗，蓋玩索其中二十年矣。曩歲客浙東，夢窗故鄉也，窮搜極訪其舊聞，不少倦，訪而不得，亦庶幾無遺憾矣。比年講學梁溪，疏抉益勤，一鐙煮慮，暝寫晨書，每獲一解，輒以相示。隻義未安，不憚十易，必提筆四顧，躊躇滿志而後已。與予同據一樓，連牀夜話。嘗言往者與丹徒葉燕漁論夢窗詞，鑿枘不相入，前人用心之深，燕漁故未之窺，即鐵夫所詣之精可知矣。自玉田翁致「七寶樓臺，拆下不成片段」之譏，耳食之徒，據爲口實。得鐵夫之箋，識夢窗之真不難已。至其徵典之美備，斷制之簡括，較諸馮注玉溪筆舌冗漫者，不可同日語。然是《箋》之所長不在此。余雖不知詞，儻能知鐵夫之甘苦者，又何可以不序？抑夢窗生丁末造，白雁南來，鼓鼙之思，禾黍之悲，一以倚聲發之。乃鐵夫所遇不幸與之同，當把卷旁皇之際，雲愁海思，盪魂撼魄，誦《高陽臺》「幾樹殘煙，西北高樓」之語，銅仙鉛淚，相對汍瀾而不能已也。乙亥冬十一月，虞山錢蕚孫謹序。

——以上《吴夢窗詞箋釋》，廣東人民出版社一九九二年

夏敬觀《忍古樓詞話》評

香山楊鐵夫玉銜、吴興林鐵錚鶤翔，皆漚尹侍郎之弟子。鐵夫著有《抱香室詞》，鐵錚著有《半櫻詞》，造詣皆極精深，力避凡近。鐵夫和彊村韻《倦尋芳》云：「簷陰閣雨，簷隙梳煙，庭户初晚。繞樹歸鴉，戢戢欲棲還散。西崦斜陽鶗鴂苦，東風殘信蘼蕪怨。黯天涯、自王孫去後，帶將春遠。　恨阻隔相思官路，望眼迴遮，圖畫屏展。蘄簟才親，轉瞬便疏紈扇。湖酒醞嫌紅日薄，榆錢買費青山賤。夢長安、又叢鐘聲聲敲斷。」戊辰除夕和夢窗韻《雙雙燕》云：「詩魂酒債，正檢點年涯，沈沈庭户。海檀自爇，翠縷拂簾千度。鄰舍笙歌博簺，醉譁在、紅樓深處。蕭然四壁琴書，影被青燈留住。　慵舉。依梁倦羽。芳訊報初番，試花風雨。迎春燈火，一任九衢歌舞。賸得癡呆意緒。待持向東君分訴。開鏡興闌，懶聽街頭人語。」

——夏敬觀《忍古樓詞話》，唐圭璋《詞話叢編》本

洪汝闓《六幺令·〈抱香室填詞圖〉題辭》

海風吹雨，洲上波連屋。蛟龍夜騰光氣，照水鋪金粟。驚起西窗睡叟，嚼韻聲噴竹。豪情棖觸，瑚鐫百怪，裁就珠璣二三幅。　詞人餘事撰述，更訂雲瑶曲。箋注燦列霜花，片楮親題玉。雙鯉殷勤寄我，遠道勞心目。紉蘭評菊。桐陰秋晚，坐把君書樹根讀。

洪澤丞《抱香室詞》題辭

公詞能自出手眼，渾灝流轉，卓然成家矣。老醜如我，惟有對之增愧耳。偶有所見，輒加圈識，乞恕其謬妄，幸甚。

陳衍《浣溪沙·〈抱香室填詞圖〉題辭》

北宋詞壇最擅場。有如詩律盛三唐。竹垞怎似玉田張。孤雁茗柯仍入選，太鴻開卷是天香。彊村衣鉢晚年强。鐵夫詞家以《抱香室填詞圖》屬題，其自題調寄《天香》。余論調主張北宋，南宋惟白石、夢窗。謬説如右，不倚聲且五十年矣。衍。

夏敬觀《浣溪沙·〈抱香室填詞圖〉題辭》

獨抱幽香倚枕吟。紉蘭誰會楚騷心。籠絃過指聽商音。栩栩莊周花罥蝶，聲聲杜宇竹棲禽。物情相感意俱深。

郭則澐《天香·〈抱香室詞〉題辭和原韻》

天外憑欄，秋邊倚笛，無情煙柳如此。散雨吴杯，吟霜楚調，負卻怨紅愁綺。滄江夜迴，剛曲罷、冷蟾飛起。孤感頓驚雲鬢，新寒暗憐薑指。　迢迢夢華帝里，睇長陵、墮煙凝紫。悄熨海南殘炷，寸心灰矣。古恨人間解未，早移盡、霓裳舊宫徵。怕理危絃，聲聲惹淚。

林葆恒《轆轤金井·〈抱香室詞〉題辭》

子規聲裏，莽江關、老盡庾郎詞賦。兩鬢清霜，尚蕭然寄旅。天吴漫舞，但寂寞、自修花譜。家山近、定攜俊侶。趁花田月上，素馨香溥。　翦翠裁紅，寫騎省清才，名場佗傺，鬱伊誰語。姬姜眉嫵。旗亭唱賭。想拍遍、舊時金縷。減字偷聲，飄零慰取，生平淒苦。

姚亶素《蝶戀花·〈抱香室詞〉題辭》

滿院温馨花似霧。幽夢閒尋，斜日闌干暮。百感情懷都懶賦，年光冉冉拋人去。　蜂蝶天涯知幾許。收拾吟壺，心景憑誰語。翦緑裁紅春好駐，餘生付與滄桑古。

謝掄元《卜算子·〈抱香室詞〉題辭》

獨自抱孤芳，冰雪頻年耐。粤嶠琪花世所稀，止許詞仙采。　鶗鴂妒何心，花謝春仍在。蕙些蘭騷萬古愁，香雪猶成海。

高拱元《鷓鴣天·〈抱香室詞〉題辭》

冷後名心鬢已蒼。無端哀樂付滄桑。未除綺語黃山谷，且滌愁腸范履霜。　尋古夢，抱幽香。桐陰抛卻勘書忙。逃禪又闢新詞境，樹色溪聲送夕陽。

周慶雲《天香·〈抱香室詞〉題辭》

疏蝶驚秋，愁鵑訴晚，高樓静夜孤倚。柳浪題痕，月湖書影，往事半隨煙水。冷香自抱，誰寫出、天涯吟思。分韻宫商細嚼，傳神素縑還是。　南雲雁邊剩寄。夢羅浮、問梅開未。記取浦濱觴咏，海漚身世。笛外寒笳四起。怕盼盡、斜曛暮鴉蔽。倦眼江山，幽懷畫裏。

張荃《金縷曲·〈抱香室詞〉題辭》

邃閣鑪煙裊。伴詞仙、焚香滌硯，同舒靈抱。片玉鄮山最佳處，此境幾人能到。歎朱十、錦鯨歸杳。一代文章横流劫，仗如椽、挽起狂瀾倒。思倚笛，一長嘯。　秋蟲春鳥供揮掃。漫留連、吟紅唾碧，小芳幽藻。譜出新聲驚四座，一曲紫陽高調。歎白雪、而今和少。愧我江湖長載酒，過玄亭、待和松風操。片縑捲，寸心繞。

夏承燾《減蘭·〈抱香室詞〉題辭》

荒秦冗柳，一代箏琶無幾手。金碧檀欒，誰要樓臺拆下看。　北風吹面，一夕幽芳驚世變。古月窺人，數尺危絃若有神。

夏承燾《抱香室詞》題辭

甲戌夏，鐵夫先生來遊。西溪月夜，泛湖論詞。予贊彊村翁殆集大成，其視覺翁，猶栗里之於休璉。鐵夫唯唯，云嘗選古今三家詞，前人主問塗碧山，由覺翁入清真者，今可祧碧山而奉彊翁。予歎爲碩論。翌朝出此卷命讀，神凝氣斂，居然彊翁法嗣，伏讀擊節。予於彊翁亦勉欲追摹萬一，讀鐵夫作，益縮手噤口，不敢出一語矣。小弟夏承燾拜題。

——以上楊鐵夫《抱香室詞》，清末刻本

唐圭璋《繞池遊·〈雙樹居詞〉題辭》

歷紅羊劫，憔悴天南一老。傷晚景，寸心都灰了。深山孤隱，長侶幽花幽鳥。茅亭小小。翠陰圍繞。　光風高操。曾踏千崖舒嘯。承平事、一例煙雲杳。夜長難曉，誰識覺翁淒調。肝膽冰雪，月華自照。

夏承燾《鷓鴣天·〈雙樹居詞〉題辭》

校夢庵中領瓣香。苕溪一派向南長。瓊樓彈指春如海，錦瑟箋愁鬢已霜。　茅一把，木千章。江風歸路最清涼。人生大好杭州住，桂子荷花奈斷腸。曩嘗偕鐵翁遊西湖。

——以上楊鐵夫《雙樹居詞》，民國鉛印本

唐圭璋《夢桐詞話》評

楊君鐵夫，從朱氏學夢窗，多不解，朱氏但勉以多讀夢窗詞，積三年之久，朱氏始指出夢窗詞中順逆、提頓、轉折之所在，並示以步趨之所宜。楊君從朱氏之教，作《夢窗詞箋釋》，於典之稍僻者箋之，意稍晦者釋之，力破玉田「七寶樓臺」之説。使吾人加深對夢窗詞之瞭解，亦朱氏之所賜。觀楊君原序，亦可知朱氏對後輩學詞要求之嚴格。

——朱崇才《詞話叢編續編》本

錢仲聯《近百年詞壇點將録》評

地隱星白花蛇陽春　楊玉銜

鐵夫升彊村之堂，爲《夢窗詞箋釋》，再易其稿，曾浼余爲序。《抱香詞》步趨覺翁，樓臺雖是裝成，而乏七寶瑰麗。

——錢仲聯《夢苕庵清代文學論集》，齊魯書社一九八三年

詞籍介紹

《改正夢窗詞選箋釋》，香山楊鐵夫著，上海梅白克路醫學書局代售，價一元六角。《夢窗詞》沈晦數百年，最稱難讀。自經王半塘、朱彊村諸先生之校勘，陳述叔先生之講述，此書乃重顯於世。楊鐵夫先生，治此特勤，因選出二百首，詳加箋釋，以便學者。前有排印本，與所著《清真詞選箋釋》同時流布。兹復將此本加以改訂，用中紙印行，前附《夢窗詞事蹟考》一篇，極足爲研治吴詞者之助云。

——《詞學季刊》第一卷第二號

詞壇消息

楊鐵夫《吴夢窗箋釋》第三稿出書：香山楊鐵夫先生，夙從彊村先生治夢窗詞，老而彌勤，箋釋之作，屢刊屢改，第三稿頃在無錫學前國學專修學校出版發行，其書於考索事實、詮釋辭義之外，復詳於講解筆法。吴詞素稱難治，楊先生此書，有裨於詞學不淺。海内同好，必當先睹以爲快也。

——《詞學季刊》第三卷第一號

陳慶森

陳慶森（一八六九—？），或作慶笙，原名樹鏞，字苇皆，一字諷佳，番禺人。清光緒進士，官湖南知縣。陳澧門生，與梁鼎芬、汪兆鏞、汪兆銓友交好。著有《復古述聞》、《學禮述聞》、《文獻通考訂誤》、《百尺樓詞》。

金縷曲　題繼廉訪《左庵詞話》

此事緣何廢。是年來、抗塵走俗，一行作吏。堆案簿書如束筍，消卻柔情似水。便辜負君山眉翠。忽訝瑶華新入手，惹思量酒角琴邊味。浣薇咏，不能已。　玉田韻語金鑪記。算國朝納蘭竹垞，得公鼎峙。湘水當年留舄地，笑我曾經御李。又三載匆匆彈指。爨到焦桐猶賞曲，是憐才第一真知己。書感激，墨和淚。

——陳慶森《百尺樓詞》，《詞學》第四輯

李佳《左庵詞話》評

陳苇皆大令慶森，同官長沙。聞其工詞，索所作《百尺樓詞》讀之，題《摸魚兒》以贈。苇皆步韻答云：「藹金廬、承明儤直，鑪香知染多少。薔薇春晚催歸騎，又報玉缸開了。欹帽笑。正拍遍紅牙，待起花間草。衡雲夢繞。乍一舸分巡，此邦仙吏，着箇子瞻老。王郎感，已分焦桐潦倒。琴材誰賞清調。高軒忽遺陽春和，逸響畫梁還繞。風肆好。悵五度春明，悔不瞻韓早。然脂寫稿。須喚起湘靈，更張錦瑟，重譜洞庭曉。」才華雅贍，非風塵俗吏可同語。卷下

——李佳《左庵詞話》，唐圭璋《詞話叢編》本

李佳《金縷曲·題陳莘堦大令〈百尺樓詞〉》

又入瀟湘矣。莽天涯、詞人幾輩，相逢花底。聞道風流賢令尹，澄澈吟懷似水。更高卧、元龍百尺。檀板金樽閒度曲，付紅兒、拍遍朱藤几。袖中草，玉田擬。笑儂短髮添愁縷。好詩情、風煙卷盡，簿書堆裏。曾憶元方遊白下，同聽江南春雨。算腸斷、瀟瀟滋味。搔首乾坤多難後，證塵緣、還幸逢難弟。今昔感，爲君語。

李佳《摸魚兒·贈莘堦大令》

莽乾坤、煙囂霧暗，閒愁勾起多少。長安紗帽籠頭客，那管玉梅開了。君莫笑、更幾解耽吟，著意憐芳草。宦情自擾。便作箇詞人，詞人底用，等是杜陵老。蒼茫感，我已中年潦倒。天涯誰話同調。栽花邑宰生花筆，筆下彩虹繚繞。辭絶好。算不負、江郎此日知名早。桐花閣稿。

憶前輩、仍留瓣香待爇，珠海唱春曉。

——以上李佳《左庵詩餘》，清刻本

施蟄存《〈百尺樓詞〉跋》

右《百尺樓詞集》一册，番禺陳慶森著。凡二十三頁，每半頁八行，行二十字，烏絲欄楷書，詞五十八闋，又附汪兆鏞、兆銓詞各一闋。卷首鈐三印：曰「百尺樓詩詞」，朱文；曰「仗酒祓清愁花銷英氣」，亦朱文；曰「夢闌時酒醒後思量著」，白文。卷尾亦鈐三印：曰「家在珠山玉海」，朱文；曰「陳慶森印」，白文；曰「諷佳」，朱文。此晚清粤中詞人陳慶森手書未刊稿本也。陳慶森，或作慶笙，原名樹鏞。字莘階，或署諷佳。廣東番禺人，受業於陳蘭甫之門，與梁鼎芬、汪兆鏞昆仲友善。光緒進士，曾官湖南知縣。慶森治經史，工詩詞。嘗撰《復古述聞》、《學禮述聞》、《文獻通考訂誤》諸書，未成而卒。惟《漢官答問》一卷，梁鼎芬爲刊入《端溪叢書》。《百尺樓詞》一卷，未嘗刊行，亦無傳本。昔年龍榆生、葉遐庵訪其詞，僅得《金縷曲·咏雁來紅》及《翠樓吟》二闋。香港余祖明編《近代粤詞蒐逸》，亦未能多得。可知諸家均未見此本。余於一九五四年得此本於上海書肆，藏之三十年矣。懼其終或毁損不傳，因刊布於《詞學》，爲嶺南詞壇存一文獻。一九八四年三月二十日施蟄存記。

——《詞學》第四輯

陳步墀

陳步墀（一八七〇—一九三四），字子丹，號慈雲，饒平人。清光緒廪生，宣統元年（一九〇九）恩貢，後繼承其父商行。性嗜詩文，重才惜士，結交廣。著有《繡詩樓集》、《雙溪詞》、《十萬金鈴館詞》。

鶯啼序　《花笑樓詞四種》題詞

詞源倒流三峽，有風塵物色。歎多少、淪落天涯，誰遇黄九秦七。論嘔盡、才人心血，裒然當作金聲擲。除非是楊子，名高始能消得。

拾翠洲邊，纖綃泉底，一卷花間集。好時光、笑傲園林，選歌傳遍羊石，甚匆匆、閩南別去，尚歸夢、醒餘追憶。正淋漓，金菊芙蓉，開篇初什。江湖載酒，嶺海題糕，又揮毫潑墨。尚記取、月華如水，醉不勝寒，玉宇瓊樓，青衫淚濕。英雄兒女，半生情種，更留長恨爲君賦。把鴛鴦、譜出分飛翼。無端錦瑟，聽來五十絃，彈哀音、悽倒裙屐。

詩樓讀罷，四顧蒼茫，獨數行垂泣。我忽想、照霞盛子，季瑩太守。說劍潘郎，蘭史徵君。舵浦髯公，蕭伯瑶上舍。香山吟客。黄日坡明經。飄零老大，相憐同調，搓酥滴粉渾閒事，已及身、共許千秋日。笑余客邸青箱，珍重藏玆，堪誇拱璧。

——楊其光撰、陳步墀選《花笑樓詞四種》，清宣統元年刊本

買陂塘 《十萬金鈴館詞》題詞

黯冥濛，滿樓風雨，問誰來弔今古。故家燕子知何在，又值落花春暮。心漫苦。正如夢如煙，撩亂衷情絮。填詞覓句。借幾箇金鈴，數聲玉笛，哀斷江頭路。　天涯遠，孰是騷壇盟主。蕭劉伯瑶、伯端應算同侣。當年香粉依然好，吟到白頭宫女。閒坐處。定怨緑啼紅，會説玄宗去。人間莫住。便一卷泠泠，還須自愛，野鶴孤雲趣。

——陳步墀《十萬金鈴館詞》，《繡詩樓叢書》本

謝應伯

謝應伯，嘉應人。晚清民國時人。

黄金縷 題《雙溪詞》

怨緑啼紅何日了。莫道情多，祇問愁多少。一卷新詞聲裊裊。等閒卻把儂心擾。　妝成漫向清波照。一抹斜陽，做出傷心料。溪水自雙人自悄。那堪銷盡魂兒小。

——陳步墀《雙溪詞》，《繡詩樓叢書》本

陳洵

陳洵（一八七一——一九四二），字述叔，號海綃，新會人。早歲以塾師爲業，後詞學爲朱祖謀激賞，譽稱其與況周頤「並世兩雄」，舉薦其任中山大學詞學教席。著有《海綃詞》、《海綃説詞》。

海綃説詞

通論

本詩 謂《三百篇》也

《詩》三百篇，皆入樂者也。漢魏以來，有徒詩，有樂府，而詩與樂分矣。唐之詩人，變五七言爲長短句，製新律而繫之詞，蓋將合徒詩、樂府而爲之，以上窺國子絃歌之教。謂之爲詞，則與廿五代興者也。

源流正變

詞興於唐，李白肇基，温岐受命。五代纘緒，韋莊爲首。温、韋既立，正聲於是乎在矣。天水將興，江南國蹙，心危音苦，變調斯作，文章世運，其勢則然。宋詞既昌，唐音斯暢。二晏濟美，六一專家。爰逮崇寧，大晟立府，制作之事，用集美成。此猶治道之隆於成康，禮樂之備於公旦，監殷監夏，無間然矣。東坡獨崇氣格，箴規柳、秦，詞體之尊，自東坡始。南渡而後，稼軒崛起，斜陽煙柳，與故國月明相望於二百年中，詞之流變，至此止矣。湖山歌舞，遂忘中原，名士新亭，不無涕淚，性情所寄，慷慨爲多。然達事變，懷舊俗，大晟餘韻，未盡亡也。天祚斯文，鍾美君特。水樓賦筆，年少承平，使北宋之緒，微而復振。尹焕謂前有清真，後有夢窗，信乎其知言矣。

稼軒由北開南，夢窗由南追北，善乎周氏之能言也。南宋諸家，鮮不爲稼軒牢籠者，龍洲、後村、白石皆師法稼軒者也。二劉篤守師門，白石别開家法。白石立而詞之國土蹙矣。至玉田演爲清空，奉白石爲祧廟。畫江畫淮，號令所及，使人遂忘中原，微夢窗誰與言恢復乎？

周止庵曰：「近人頗知北宋之妙，然終不免有姜、張二字横亘胸中。豈知姜、張在南宋亦非巨擘乎？論詞之人，叔夏晚出，既與碧山同時，又與夢窗别派，是以過尊白石，但主清空。後人不能細研詞中淺深曲折之故，羣聚而和之，並爲一談，亦固其所也。」

洵按：自元以來，若仇仁近、張仲舉，皆宗姜、張者。以至於清竹垞、樊榭極力推演，而周、吴之緒幾絶矣。竹垞至謂夢窗亦宗白石，尤言之無理者。

師周、吴

周止庵立周、辛、吴、王四家，善矣。惟師説雖具，而統系未明。疑於傳授家法，或未洽也。吾意則以周、吴爲師，餘子爲友，使周、吴有定尊，然後餘子可取益。於師有未達，則博求之友。於友有未安，則還質之師。如此，則統系明，而源流分合之故，亦從可識矣。周氏之言曰：「清真，集大成者也。稼軒斂雄心，抗高調，變温婉，成悲涼。碧山切理饜心，言近指遠，聲容調度，一一可循。夢窗奇思壯采，騰天潛淵，返南宋之清泚，爲北宋之穠摯，是爲四家，領袖一代。」所謂師説具者也。又曰：「問塗碧山，歷夢窗、稼軒，以還清真之渾化。」所謂統系未明者也。

周氏自言受法於董晉卿，而晉卿則師其舅張臯文。又曰：「已而造詣日以異，論説亦互相短長。晉卿初好玉田，余曰：『玉田意盡於言，不足好。』余不喜清真，而晉卿推其沈著拗怒，比之少陵。牴牾者一年，晉卿益厭玉田，而余遂篤好清真。」又曰：「因欲次第古人之作，辨其是非，與二張董氏，各存岸略。」張氏輯《詞選》，周氏撰《詞辨》，於是兩家並立，皆宗美成。而臯文不取夢窗，周氏謂其爲碧山門徑所限。周氏知不由夢窗不足以窺美成，而必曰問塗碧山者，以其蹊徑顯然，較夢窗爲易入耳。非若臯文欲由碧山直造美成也。吾年三十，始學爲詞。讀周氏《四家詞選》，即欲從事於美成。乃求之於美成，而美成不可見也。求之於稼軒，而美成不可見也。求之於碧山，而美成不可見也。於是專求之於夢窗，然後得之。因知學詞者，由夢窗以窺美成，猶學詩者由義山以窺少陵，皆塗轍之至正者也。今吾立周、吴爲師，退辛、王爲友，雖若與周氏小有異同，而實本周氏之意，淵源所自，不敢誣也。

志學

有志然後有學，學所以成志也。學者誠以三百廿五爲志，則温柔敦厚其教也，芬芳悱惻其懷也。人心既正，學術自明，豈復有放而不返者哉！若夫研窮事物以積理，博采文藻以積詞，深通漢魏六朝文筆以知離合順逆之法，入而出之，神而明之。海水洞汩，山林杳冥，援琴而歌，將移我情，其於斯道，庶有洽乎？

嚴律

凡事嚴則密，寬則疏，詞亦然。以嚴自律，則常精思；以寬自恕，則多懈弛。懈弛則性靈昧矣。彼以聲律爲束縛者，非也。或又謂宫商絶學，但主文章，豈知音節不古，則文章必不能古乎？無韻之文尚爾，何況於詞？凝思静氣，神與古會，自然一字不肯輕下。莊敬日强，通於進德，小道云乎哉！

貴拙

唐五代令詞，極有拙致，北宋猶近之。南渡以後，雖極名雋，而氣質不逮矣。昔朱復古善彈琴,言琴須帶拙聲,若太巧,即與筝、阮何異? 此意願與聲家參之。

貴養

詞莫難於氣息,氣息有雅俗,有厚薄,全視其人平日所養,至下筆時則殊不自知也。

貴留

詞筆莫妙於留,蓋能留則不盡而有餘味。離合順逆,皆可隨意指揮,而沈深渾厚,皆由此得。雖以稼軒之縱横,而不流於悍疾,則能留故也。

以留求夢窗

以澀求夢窗,不如以留求夢窗。見爲澀者,以用事下語處求之。見爲留者,以命意運筆中得之也。以澀求夢窗,即免於晦,亦不過極意研煉麗密止矣,是學夢窗,適得草窗。以留求夢窗,則窮高極深,一步一境。沈伯時謂夢窗「深得清真之妙」,蓋於此得之。

由大幾化

清真格調天成,離合順逆,自然中度。夢窗神力獨運,飛沈起伏,實處皆空。夢窗可謂大,清真則幾於化矣。由大而幾化，故當由吴以希周。

內美

飛卿嚴妝，夢窗亦嚴妝。惟其國色，所以爲美。若不覩其倩盼之質，而徒眩其珠翠，則飛卿且譏，何止夢窗。玉田所謂碎拆不成片段者，眩其珠翠耳。

襟度

清真不肯附和祥瑞，夢窗不肯攀援藩邸，襟度既同，自然玄契。詩云：「惟其有之，是以似之。」

宋吴文英夢窗詞

霜花腴 翠微路窄

海綃翁曰：此泛石湖作，非身在翠微也。次句乃翻杜子美《宴藍田莊》詩意，言若翠微路窄，則誰爲整冠乎？翻騰而起，擲筆空際，使人驚絶。三四五，座中景，如此一落，非具絶大神力不能。起句如神龍夭矯，奇采盤空。至此則雲收霧斂，曠然開朗矣。「病懷强寬」領起，「恨雁聲偏落歌前」轉身，纔寬又恨，纔恨便記，以提爲煞，漢魏六朝文往往遇之，今復得之吳詞。換頭三句，遥接「歌前」，與「年時」相顧，正見哀樂無端。「芳節」二句，用反筆作脱，則「晴暉」句加倍有力。「多陰」映「暮煙疏雨」，「稀會」映「舊宿淒涼」。夾敘夾議，潛氣内轉。移船就月，再跌進一步，筆力酣暢極矣。收合有不盡之意。上文奇峯疊起，去路卻極坦夷，豈非神境！《霜花腴》名集，想見覺翁得意。於空際作奇重之筆，此詣讓覺翁獨步。

霜葉飛　斷煙離緒

海綃翁曰：起七字，已將「縱玉勒」以下攝起在句前。「斜陽」六字，依稀風景。「半壺」至「風雨」十四字，情隨事遷。以下五句，上二句突出悲涼，下三句平放和婉。「彩扇」屬「蠻素」，「倦夢」屬「寒蟬」。徒聞寒蟬，不見蠻素，但髣髴其歌扇耳，今則更成倦夢，故曰「不知」。兩句神理，結成一片，所謂「關心事」者如此。換頭於無聊中尋出消遣，「斷闋慵賦」，則仍是消遣不得。「殘蛩」對上「寒蟬」，又換一境。蓋蠻素既去，則事事都嫌矣。收句與「聊對舊節」一樣意思，見在如此，未來可知。極感愴，卻極閒冷，想見覺翁胸次。

澡蘭香　盤絲繫腕

海綃翁曰：此懷歸之賦也。起五句全敘往事，至第六句點出寫裙，是睡中事。「榴」字融人事入風景，「褪萼」見人事都非，卻以風景不殊作結。後片純是空中設景，主意在「念秦樓也擬人歸」一句。「歸」字緊與「招」字相應，言家人望己歸，如宋玉之招屈原也。既欲歸不得，故曰「難招」，曰「莫唱」，曰「但悵望」，則「也擬」亦徒然耳。擊首則尾應，擊尾則首應，擊中間則首尾皆應，陣勢奇變極矣。金針度人，全在數虛字。屈原事，不過借古以陳今。「薰風」三句，是家中節物。「秦樓」倒影，秦樓用弄玉事，謂家所在。

六幺令　露蛩初響

海綃翁曰：此事偏要實敘，不怕驚死談清空一流，卻全是世間癡兒女幻境，極力逼出換頭二句。「那知」二字，劈空提出。「乞巧樓南北」，倒鉤。以下分作兩層感歎。「誰見金釵擘」，則不獨「不見津頭艇子」，人天今古，一切皆空。惟有眼前景物，聊與周旋耳。前段運思奇幻，後段寄情閒散，點化處在數虛字。

唐多令　何處合成愁

海綃翁曰：玉田不知夢窗，乃欲拈出此闋，牽彼就我。無識者羣聚而和之，遂使四明絶調，沈沒幾六百年，可歎！

八聲甘州　渺空煙四遠

海綃翁曰：换頭三句，不過言山容水態，如吴王、范蠡之醉醒耳。「蒼波」承「五湖」，「山青」承「宫裏」，獨醒無語，沈醉奈何，是此詞最沈痛處。今更爲推演之，蓋惜夫差之受欺越王也。長頸之毒，蠡知之而王不知，則王醉而蠡醒矣。女真之猾，甚於勾踐。北狩之辱，奇於甬東。五國城之崩，酷於卑猶位。遺民之憑弔，異於鴟夷之逍遥。而遊艮嶽、幸樊樓者，乃荒於吴宫之沈湎。北宋已矣，南渡宴安，又將岌岌，五湖倦客，今復何人？一「倩」字有衆人皆醉意，不知當時庾幕諸公，何以對此？

宴清都　繡幄鴛鴦柱

海綃翁曰：祗運化一篇《長恨歌》，乃放出如許異采，見事多、識理透故也。得力尤在换頭一句。「人間萬感」，天上嫠蟾，横風忽斷，夾敘夾議，將全篇精神振起。「華清」以下五句，對上「幽單」，有好色不與民同意，天寶之不爲靖康者幸耳，故曰「憑誰爲歌長恨」。

渡江雲　羞紅顰淺恨

海綃翁曰：此詞與《鶯啼序》第二段參看。「漸路入仙塢迷津」，即「遡紅漸招入仙溪」。「題門」、「墮履」，與「錦兒偷寄幽素」，是一時事，蓋相遇之始矣。「明朝」以下，天地變色，於詞爲奇幻，於事爲不祥，宜其不終也。

風入松　聽風聽雨

海綃翁曰：思去妾也。此意集中屢見。《渡江雲》題曰「西湖清明」，是邂逅之始，此則別後第一箇清明也。「樓前緑暗分攜路」，此時覺翁當仍寓西湖。風雨新晴，非一日間事，除了風雨，即是新晴。蓋云我祇如此度日。「掃林亭」，猶望其還賞，則無聊消遣，見秋千而思纖手，因蜂撲而念香凝，純是癡望神理。「雙鴛不到」，猶望其到。「一夜苔生」，蹤跡全無，則惟日日惆悵而已。當味其詞意醞釀處，不徒聲容之美。

三姝媚　吹笙池上道

海綃翁曰：「池上道」，湖上故居。「吹笙」，仙侶。「王孫重來」，客遊初歸，則別非一日矣。「旋生芳草」，倒鉤。「燕沈鶯悄」，杳無消息。「禁煙殘照」，時節關心，兩層聯下，爲「往事」二字追逼。「怨紅淒調」，再跌進一步作歇。態濃意遠，顧望懷愁。「方亭」即西園之林亭，「雙鴛」即惆悵不到之「雙鴛」。彼猶有望，此但記憶，「記」字倒鉤。「頓隔年華」，起步；「似夢回花上，露晞平曉」，復留步，真有迴眸一笑之態。「客」即「孤鴻」，可與放客、送客之「客」字參看，言在此而意在彼也。「又」字、「還」字最幻，蓋其人之去，已兩清明矣。所謂「頓隔年華」、「青梅已老」，比「怨紅」更悲，卻是眼前景物。

瑞鶴仙　淚荷拋碎璧

海綃翁曰：此詞最驚心動魄，是「暮砧催、銀屏翦尺」一句。蓋因聞砧而思裁翦之人也。堂空塵暗，則人去已久，是其最無聊處，風雨不過佐人愁耳。上文寫風雨，層聯而下，字字淒咽，誰知卻只爲此。「行客」，點出客即燕，《三姝媚》之孤鴻言客，此之燕去亦言客，皆言在此而意在彼也。「似曾相識」，言其不歸來，語含吞吐，此曲斷腸，惟此聲矣。「林下」二句，西園陳迹。今則惟有「寒蛩殘夢，歸鴻心事」耳。一「念」字有無可告訴意。夜笛比暮砧又换一境，暮砧提起，夜笛益悲，人生如此，安得不老。結句情景雙融，神完氣足。

瑞鶴仙　晴絲牽緒亂

海綃翁曰：「吴苑」是其人所在，此時覺翁不在吴也，故曰「花飛人遠」。《鶯啼序》曰：「晴煙冉冉吴宫樹。」《玉蝴蝶》曰：「羨故人還買吴航。」《尾犯·贈浪翁重客吴門》曰：「長亭曾送客。」《新雁過妝樓》曰：「江寒夜楓怨落。」又是吴中事，是其人既去，由越入吴也。「旗亭」二句，當年邂逅，正是此時。「蘭情」二句，對面反擊，跌落下二句，思力沈透極矣。「舊衫」是其人所裁。「流紅千浪」，複上闋之「花飛」。「缺月孤樓，總難留燕」，複上闋之「人遠」，爲「淒斷」二字鉤勒。「歌塵凝扇」，對上「蘭情蕙盼」，人一處，物一處。「待憑信，拚分鈿」，縱開；「還依不忍」，仍轉故步。「箋幅偷和淚卷」，複「挑燈欲寫」，疑往而復，欲斷還連，是深得清真之妙者。「應夢見」，尚不曾夢見也。含思淒婉，低徊無盡。

齊天樂 煙波桃葉

海綃翁曰：此與《鶯啼序》蓋同一年作。彼云「十載」，此云「十年」也。「西陵」，邂逅之地，提起。「斷魂潮尾」，跌落。中間送客一事，留作換頭點睛三句，相爲起伏，最是局勢精奇處。譚復堂乃謂爲平起，不知此中曲折也。「古柳重攀」，今日。「輕鷗聚別」，當時。平入逆出。「陳跡危亭獨倚」，歇步。「涼颸乍起」，轉身。「渺煙磧飛帆，暮山橫翠」，空際出力。「但有江花，共臨秋鏡照憔悴」，收合倚亭。「送客」者，送妾也。柳渾侍兒名琴客，故以客稱妾，《新雁過妝樓》之「宜城當時放客」，《風入松》之「舊曾送客」，《尾犯》之「長亭曾送客」，皆此「客」字。「眼波回盼」，是將去時之客。「素骨凝冰，柔葱蘸雪」，是未去時之客。「猶憶分瓜深意」，別後始覺不祥，極幽抑怨斷之致，豈其人於此時已有去志乎？「清尊未洗」，此愁酒不能消。「涼颸」句是領下，此句是煞上。「行雲」句著一「濕」字，藏行雨在内。言朝來相思，至暮無夢也。夢窗運典隱僻，如詩家之玉溪。「亂蛩疏雨」，所謂「漫霑殘淚」。

鶯啼序　殘寒政欺病酒

海綃翁曰：第一段傷春起，卻藏過傷別，留作第三段點睛。燕子畫船，含無限情事，清明吳宮，是其最難忘處。第二段「十載西湖」，提起。而以第三段「水鄉尚寄旅」作鉤勒。「記當時、短檝桃根渡」，「記」字逆出，將第二段情事，盡銷納此一句中。「臨分」、「淚墨」，「十載西湖」，乃如此了矣。「臨分」於「別後」爲倒應，「別後」於「臨分」爲逆提。「漁燈分影」，於「水鄉」爲複筆，作兩番鉤勒，筆力最渾厚。「危亭望極，草色天涯」遥接「長波妒盼，遥山羞黛」，「望」字遠情，「歎」字近況，全篇神理，祇消此二字。「歡唾」是第二段之歡會，「離痕」是第三段之臨分。「傷心千里江南，怨曲重招，斷魂在否」，應起段「遊蕩隨風，化爲輕絮」作結。通體離合變幻，一片淒迷，細繹之，正字字有脈絡，然得其門者寡矣。

絳都春　情黏舞綫

海綃翁曰：「情黏舞綫」，從題前起。「悵駐馬灞橋，天寒人遠」，反跌。「旋翦露痕」，入題。「移得春嬌栽瓊苑」，歇步。「流鶯」以下，空際取神，開合動蕩，卻純用興體，以起後闋所賦。「梅花」以下，又遥接「移得春嬌」，讀之但覺滿室春氣。詞中不外人事風景，鎔人事入風景，則實處皆空。鎔風景入人事，則空處皆實。此篇人事風景交鍊，表裏相宣，才情并美，應酬之作，難得如許精粹。

祝英臺近 翦紅情

海綃翁曰：前闋極寫人家守歲之樂，全爲換頭三句追攝遠神。與「新腔一唱雙金斗」一首，同一機杼。彼之「何時」，此之「舊」字，皆一篇精神所注。

珍珠簾 蜜沈爐暖

海綃翁曰：此因聞簫鼓而思舊人也，亦爲其去姬而作。起七字千錘百煉而出之。「蜜沈」伏「愁香」，「煙嫋」伏「雲渺」，「麟帶」，舊意。「舞簫」，今情。作兩邊鉤勒。「恨縷情絲」，提起。「銀屏」别是一處，非貴人家。垂柳腰小，亦指所思之人，與貴家按舞無涉。「緑水清明」，是其最難忘處，當年邂逅，正此時也。乃彼則「銀屏難到」，此則「客枕幽單」，徘徊歎息，蓋爲此耳。「香蘭如笑」按舞之樂，而已則歌沈人去，惟有落淚。一篇神理，注此二句，題目是借他人酒杯。

浣溪沙 門隔花深

海綃翁曰：「夢」字點出所見，惟夕陽歸燕。「玉纖香動」，則可聞而不可見矣。是真是幻，傳神阿堵，「門隔花深」故也。「春墮淚」爲懷人，「月含羞」因隔面，義兼比興。「東風臨夜」，回睇

「夕陽」，俯仰之間，已爲陳迹，即一夢亦有變遷矣。「秋」字不是虚擬，有事實在，即起句之「舊遊」也。秋去春來，又换一番世界，一「冷」字可思。此篇全從張子澄「别夢依依到謝家」一詩化出，須看其游思縹緲、纏綿往復處。

浣溪沙　波面銅花

海綃翁曰：「玉人垂釣理纖鉤」，是下句倒影，非謂真有一玉人垂釣也。「纖鉤」是月，「玉人」言風景之佳耳。「月明池閣」，下句醒出。甲稿《解蹀躞》「可憐殘照西風，半妝樓上」，半妝亦謂殘照西風。西子西湖，比興常例，淺人不察，則謂覺翁晦耳。

風入松　蘭舟高蕩

海綃翁曰：此非賦桂，乃借桂懷人也。西園送客，是一篇之眼。「客」者，妾也。「西園」，故居。「郵亭」，别地。既被妨，故「還泊」，而「秋娘」不可見矣，此遊固未到西園。蟬聲似曲，歌扇都非，「臨水開窗」，故居回首，至「重尋」「已斷」，則西園固可不到矣，何恨於矮橋哉！「和醉」應「唤酒」，脈絡字字可尋。

探芳訊　爲春瘦

海綃翁曰：本是傷離，卻説爲春。鬥草探花，佳時易過，雨聲如此，晴晝奈何。曰「年年」，則離非一日。曰「半中酒」，則此懷何堪。用兩層逼出换頭一句。以下全寫相思，相思是骨。外面衹見嬌懶，傳神阿堵，須理會此兩句。

花犯　小娉婷

海綃翁曰：自起句至「相認」，全是夢境。「昨夜」，逆入。「驚回」，反跌。極力爲「送曉色」一句追逼。復以「花夢準」三字鉤轉作結。後片是夢非夢，純是寫神。「還又見」應上「相認」，「料喚賞」應上「送曉色」。眉目清醒，度人金針。全從趙師雄夢梅花化出，須看其離合順逆處。

解連環　暮簷涼薄

海綃翁曰：起三句與《新雁過妝樓》「風簷近、渾疑玉佩丁東」同意，蓋亦思去妾而作也。暮涼，起賦。「故人」，點出。「來邈」一斷，卻以「夜久」承「暮涼」。「纖白」一斷，卻以「夢遠」承「來邈」。掩帷倦入，跌進一步，復以「闌」承「簷」。筆筆斷，筆筆續，須看其往復脱换處。换頭六字，一篇命意所注。「未秋」、「先覺」，加一倍寫，鉤勒渾厚。「抱素影」三句，謂舊意猶在，未忍棄捐。

「翠冷」二句，謂其人已去。「絳綃暗解」，追憶相逢，「褪花墜萼」，則而今憔悴，人事風景，一氣鎔鑄，覺翁長技。「明月」謂扇，「楚山」扇中之畫，卻暗藏高唐神女事，疑其人此時已由吴入楚也。

高陽臺　修竹凝妝

海綃翁曰：「淺畫成圖」，半壁偏安也。「山色誰題」，無與託國者。「東風緊送」，則危急極矣。「凝妝」、「駐馬」，依然歡會。「酒醒」、「人老」，偏念舊寒，「燈前」、「雨外」，不禁傷春矣。「愁魚」，殃及池魚之意。「淚滿平蕪」，則城邑丘墟，高樓何有焉。故曰「傷春不在高樓上」，是吴詞之極沈痛者。

掃花遊　水雲共色

海綃翁曰：「水雲共色」，正面空處起步。「章臺春老」，側面實處轉步。「山陰夜晴」，對面寬處歇步。「遍地梨花」，復側面空處迴步。以下步步轉，步步歇，往復盤旋，一步一境。換頭五字，貫澈上下，通體渾融矣。

聲聲慢　檀欒金碧

海綃翁曰：郭希道池亭，即清華池館，是覺翁常遊之地。孫無懷祇以別筵暫駐，平時之多宴，固未與也。「知道」二字，爲無懷設想，真是黯然銷魂。「膩粉」以下，純作癡戀語，爲惜別加倍出力。學者須聽絃外音。「人在」、「凝眸」、「瞰妝」，純用倒捲。「共惜」、「知道」、「輸他」，是詞中點睛。起八字殊有拙致。

杏花天　幽歡一夢

海綃翁曰：「幽歡一夢成炊黍」，以下三句繳足，「樓上宮眉在否」，以上三句逼取，順逆往來，無不如意。

青玉案　新腔一唱

海綃翁曰：「疏酒」，因無翠袖故也，卻用上闋人家度歲之樂，層層對照，爲「何時」二字，十二分出力。

金縷歌　喬木生雲氣

海綃翁曰：「此心與、東君同意」，能將履齋忠款道出。是時邊事日亟，將無韓、岳，國脈微弱，又非昔時。履齋意主和守，而屢疏不省，卒致敗亡。則所謂「後不如今今非昔，兩無言、相對滄浪水。懷此恨，寄殘醉」也。言外寄慨，學者須理會此旨。前闋「滄浪」起，「看梅」結，後闋「看梅」

起，「滄浪」結，章法一絲不走。

夜遊宫　窗外捎溪

海綃翁曰：通章祇做「夢覺新愁舊風景」一句。「見幽仙，步凌波，月邊影」，是覺。「紺雲欹，玉搔斜，酒初醒」，又復入夢矣。

夢芙蓉　西風摇步綺

海綃翁曰：前闋全寫真花。「記長堤」，逆入。「當時」，平出。「自别」轉，「慵起」結，然後以「秋魂」起，「環佩」落，千回百折以出。「畫圖重展」四字，真有「玉花卻在御榻上」之意。「驚認舊梳洗」，真有「圉人太僕皆惆悵」之意。「夢斷瓊娘」，復回顧前闋，又真有「榻上庭前屹相向」之意。寫神固不待言，難得如此筆力。

尾犯　翠被落紅妝

海綃翁曰：此因浪翁客吴，而思在吴之人也。在吴之人，即其去姬。「流水膩香，猶共吴越」，託此起興，言外見人之不如。「十載」二句，請其人留吴已久，有如此曲折，則蟬歌之咽，蓋不爲今别矣。「曾送客」，揭出。項莊舞劍，固意在沛公。「錦雁」是西湖上山，《祝英臺近》所謂「錦雁峯前」也。下二句，謂其人去，則錦雁之淚眼，與孤城接連，惟見平蕪煙闊耳。半鏡猶冀重逢，故人但有夢見，茫茫此恨，不知已浪翁能代傳否？篇中忽吴忽越，極神光離合之妙。

玉蝴蝶 角斷籤鳴

海綃翁曰：此篇脈絡頗不易尋，今爲細繹之。當先認定「書光」「書」字，謂得其去姬書札也。生動淒涼，全爲此書。所謂「萬種」，祇此一事，秋氣特佐人悲耳。「舊衫」二句，乃從去時追寫。謂臨别之淚，染此衫中，今則已成舊色，爲此書提起。而「花碧」、「蜂黄」，皆歷歷在目，所謂「淒涼」也。「傷」字，又提。「楚魂」應「悲秋」，「雁汀」、「來信」，收束「書」字。以虚結實。「都忘」，反接，最奇幻，得此二字，超然遐舉矣。言未得書前，往事都不記省也。「水沈」，花香。「岸錦」，葉色。舊賞，則未别前事。御溝題葉，又是定情之始。今則此情「應不到流湘」矣，蓋其人已由吴入楚也。「數客路、又隨淮月」，又將由楚入淮，則身益零落，固不如居吴時也。吴則覺翁常遊之地，故曰「羡故人還買吴航」，二語蓋皆書中所具。語語徵實，筆筆淩空，兩結尤極縹緲之致。

點絳唇 時霎清明

海綃翁曰：此亦思去姬而作。「西園」，故居。「清明」，邂逅之始。「春留」，正見人去。卻祇言「往事」，祇言「舊寒」。既云「不過」，則「緑陰」、「燕子」，皆是想像之詞，當前惟有征衫之淚耳。

解連環　思和雲結

海綃翁：雲起夢結，游思縹緲，空際傳神。中間「來時」，逆挽。「相憶」，倒提。全章機杼，定此數處。其餘設情布景，皆隨手點綴，不甚著力。

拜新月慢　絳雪生涼

海綃翁曰：「昨夢」九字，脱開以取遠神。以下即事感歎。「身世遊蕩」四字是骨。後闋複起。三句作層層跌宕，迴視昨夢，真如海上三神山矣。

絳都春　南樓墜燕

海綃翁曰：「墜燕」，去妾也。已成往事，故曰「又」。「葉吹」十一字，言我朝暮祇如此過。從「夜涼」再展一步，然後以「當時」句提起，「客路」句跌落。「霧鬟」三句，一步一轉，收合「明月娉婷」。「別館」正對「南樓」，「乍識」、「似人」，從「不見」轉出。「舊色舊香」，又似真見，「閒雨閒雲情終淺」，則又不如不見矣。層層脱換，然後以「真真難畫」，祇作花看收住。復轉一步作結，筆力直破餘地。

瑞龍吟 黯分袖

海綃翁曰：一詞有一詞命意所在，不得其意，則詞不可讀也。題是夢窗送梅津，詞則惟説梅津傷别。所傷又是他人，置身題外，作旁觀感歎，用意透過數層。「黯分袖」，謂梅津在吴，所眷者此時不在别筵也。第一二段設景設情，皆是空際存想。後闋始敘别筵，「一宵歌酒」，陡住。翠微是西湖上山，故下云「西湖到日」。「猶憶」是逆溯，「到日」是倒提。「誰家聽、琵琶未了，朝驄嘶漏」，乃用孫巨源在李太尉家聞召事。梅津此時蓋由吴赴闕也。「待來共凭，齊雲話舊」，一筆鉤轉。然後以「莫唱朱櫻口」一句歸到别筵。「空教人瘦」，則「黯分袖」之人也。吴詞之奇幻，真是急索解人不得。

憶舊遊 送人猶未苦

海綃翁曰：言是傷春，意是憶别，此恨有觸即發，全不注在澹翁也，故曰「送人猶未苦」。「片紅」、「潤緑」，比興之義，跌起賦情，筆力奇重。「病渴」、「分香」，意乃大明。不爲送人，亦不爲送春矣。「西湖斷橋」，昔之别地。下二句，言風景不殊。「離巢」二句，謂其人已去。「故人」，指澹翁。「寫怨」正與「賦情」對看，言我方在此賦情，故人則到彼，爲我寫怨矣。澹翁此行，當是由吴入杭。

三姝媚　湖山經醉慣

海綃翁曰：過舊居，思故國也。讀起句，可見「啼痕酒痕」，悲歡離合之迹。以下緣情布景，憑弔興亡，蓋非僅興懷陳迹矣。「春夢」須斷，往來常理，「人間」二字，不可忽過，正見天上可哀。「夢緣能短」，治日少也。「秦箏」三句，回首承平。「紅顔先變」，盛時已過，則惟有斜陽之淚，送此湖山耳。此蓋覺翁晚年之作，讀草窗「與君共承平年少」，及玉田「獨憐水樓賦筆，有斜陽還怕登臨」，可與知此詞。

新雁過妝樓　夢醒芙蓉

海綃翁曰：「翠微」西湖上山，「流水」則西湖也。其人以春來以秋去，故曰「苦似春濃」。「紺雲未合」，佳人未來之意。「不見征鴻」，則音問全無。「宜城放客」，分明點出。江楓夜落，其人在吴。下句謂其思我題葉相寄，亦如我之賦情也。結與起應，神光離合。

隔浦蓮近　榴花依舊

海綃翁曰：「依舊」，逆入。「夢繞」，平出。「年少」，逆入。「恨緒」，平出。筆筆斷，筆筆續。「旅情懶」三字，縮入上段看。以下言長橋重午，祇如此過，無復他情。詞極蕭散，意極含蓄。

應天長　麗花門曆

海綃翁曰：上闋全寫盛時節物，極力爲换頭三句追逼。至「巷空人絶，殘燈塵壁」，則幾不知爲元夕矣。此與《六醜·吴門元夕風雨》立意自異。此見盛極必衰，彼則今昔之感。

解蹀躞　醉雲又兼醒雨

海綃翁曰：此蓋其人去後，過其舊居而作也。從題前起，言前此未來，魂夢固已時到矣。且疑醉疑醒，如倦蜂之迷著矣。「梨花」乃用梨花雲事，亦夢也。三句一氣，非景語。「還做一段相思」，從下二句見。「還做」句，倒提。下二句，逆挽。「朱橋」、「深巷」，「殘照」、「西風」，夢境依稀，通體渾化，欲學清真，當先識此種。

鶯啼序　横塘棹穿豔錦

海綃翁曰：「横塘」，吴地，伏結段之吴宫。「西園」，杭居，承第三段之「西湖」。第二段閉門思舊，空際盤旋，是全篇精神血脈貫注處。花歸而人不至，舊愁新恨，掩抑怨斷，當爲其去姬作。

惜黄花慢 送客吴皋

海綃翁曰：題外有事，當與《瑞龍吟·黯分袖》參看。「沈郎」謂梅津。「繫蘭橈」，蓋有所眷也。「仙人」謂所眷者。「鳳簫」則有夫婦之分。「斷魂」二句，言如此分别，雖《九辯》難招，況清真詞乎？含思凄婉，轉出下四句，實處皆空矣。「素秋」言此間風景，不隨船去則兩地趁濤，惟葉依稀有情。「翠翹」即上之「仙人」，特不知與《瑞龍吟》所别，是一是二。

齊天樂 麴塵猶沁

海綃翁曰：此夏日泛湖作也。「春换」，逆入。「秋怨」，倒提。「平蕪未翦」，鉤勒。「一夕西風」，空際轉身。極離合脱换之妙。

踏莎行 潤玉籠綃

海綃翁曰：讀上闋，幾疑真見其人矣。换頭點睛，卻祇一夢。惟有雨聲菰葉，伴人凄涼耳。生秋怨，則時節風物，一切皆空。

青玉案　短亭芳草

海綃翁曰：此與「黄蜂頻撲秋千索」異矣，豈其人已没乎？詞極淒豔，卻具大起大落之勢，大家之異人如此。

浪淘沙　燈火雨中船

海綃翁曰：「春草」，邂逅之始。「秋煙」，别時。「來去年年」，遂成往事。「西園」，故居。「春事改」，人事遷也，不承上闋「秋」字。

六醜　漸新鵝映柳

海綃翁曰：題是「吴門元夕風雨」。上闋乃全寫昔之無風雨，卻以「年光舊情盡别」作鉤勒。下文風雨衹閒閒帶出。「少年花月」，回首承平。「長安夢」，望京華也。天時人事之感，故國平居之思，復誰領得。

鷓鴣天　池上紅衣

海綃翁曰：「楊柳閶門」，其去姬所居也。全神注定，是此一句。「吴鴻歸信」，言己亦將去此間矣，眼前風景何有焉。

夜行船　鴉帶斜陽

海綃翁曰：此與《鷓鴣天》皆寓化度寺作。彼之「池上」，化度寺中之池。此言「西池」，西園中之池，當時別地也。兩首合看，意乃大明。

古香慢　怨娥墜柳

海綃翁曰：此亦傷宋室之衰也。「月中遊」用唐玄宗事，「殘雲剩水」則無復霓裳之盛矣。「夜約羽林」用漢武帝事，「輕誤」則屯衛非人矣。滄浪韓王别業，故家喬木，觸目生哀。故後闋遂縱懷故國，「殘照誰主」，不禁説出。重陽催近，光景無多，勢將岌岌。詞則如五雲樓閣，縹緲空際，不可企矣。「金風翠羽」是七夕，「月中遊」則中秋也，「重陽又催近」由此轉出，離合之妙如此。豪宕感激，真氣瀰滿，卻非稼軒。嘗論詞有真氣，有盛氣。真氣内充，盛氣外著，此稼軒也。學稼軒者無其真氣，而欲襲其盛氣，鮮有不敗者矣。能者則真氣内含，盛氣外斂。

夜遊宫　人去西樓

海綃翁曰：「楚山」夢境，「長安」京師，是運典。「揚州」則舊遊之地，是賦事。此時覺翁身在臨安也。詞則沈樸渾厚，直是清真後身。

海綃翁曰：詞中句句是懷人，且至於夢，至於啼。又曰「可惜人生」，曰「心期誤」，悽咽如此，決非徒爲吴吟可知。當與「楊柳閶門」參看。

點絳唇 明月茫茫

惜秋華 細響殘蛩

海綃翁曰：「殘蛩」正見深秋，「細響」則懷抱無多耳。因物起興，風詩之遺。已是燈前始念殘照，又由殘照而追曉影，純用倒捲。此筆尚易見，一日之中，已是不堪回首，況隔年乎？用加倍法以逼起。換頭五字如此運意，則急索解人不得矣。「娟好」正對「老」字，有情故老，無情故好。「晚夢」三句有情奈何，「秋娘」二句無情奈何。層層脱换，筆筆變化。「淚」字是「雨」字倒影，結句縮入上「閒」字看。「畫船」，多少人家樂事。己則無心遊賞，所以閒也。閉門思舊意，卻不説出，含蓄之妙如此。案亦思去姬而作。其人以秋去，故曰「深秋懷抱」。「翠微」，西湖上山，舊攜手地也。「秀色」、「秋娘」，義兼比興。題曰「重九」，僅半面耳。將此詞與清真《丹鳳吟》并讀，宜有悟入處，則周、吴之祕亦傳矣。

丁香結　香嫋紅霏

海綃翁曰：詠物題卻似紀遊，又似懷舊，俯仰陳迹，無限低徊。置身空際，大起大落，獨往獨來。穠摯中有雄傑意態，讀吴詞者所當辨也。「自傷時背」，賢者退而窮處意。「秋風換故園夢裏」，朝局變遷也，言外之旨，善讀者當自得之。

喜遷鶯　江亭年暮

海綃翁曰：「趁飛雁、又聽數聲柔櫓」，已動歸興。「藍尾」二句，人家節物，歸興愈濃。至此咽住，卻翻身轉出舊時羈旅，言欲歸不得，正不止今日江亭也。讀者得訣，在辨承轉。讀六朝文如是，讀吴詞亦如是。「雪舞」以下江亭風景，言此時宜做初番花信矣。而峭寒如此，天心尚可問乎？身世之感，言外寄慨。「何處」正對「江亭」。「博簺良宵」，則無復關心花信，故曰「誰念行人，愁先芳草」。「短檠」二句，非「紅燭畫堂」所知。「便歸好」，蓋猶未也。結句，正見年華如羽，見在如此，未來可知。

風入松　畫船簾密

海綃翁曰：是香是夢，遊思縹緲，吴詞之極費尋索者。「不藏香」起，「楚雲」則夢也。「鑪燼」

承「香」，「朝陽」承「雲」。香既不可久，則夢亦不可留，故曰「怕煖消春日朝陽」。「晴熏」則日暖未消，「斷煙」則餘香尚殢，斷續反正，脈絡井井，不得其旨，則謂爲晦耳。「思量」起下闋，樓隔垂楊，燕鎖幽妝，人已去也。「梅花」二句，影事全空，徒增煩惱。「霜鴻」往事，「寒蝶」今情，當與《解蹀躞》一闋參看，蓋亦爲其去姬而作也。

好事近　琴泠石牀雲

海綃翁曰：上闋已了，下闋加以烘托，始覺萬籟皆寂。

倦尋芳　墜鉼恨井

海綃翁曰：起從題前盤旋，結從題後摇曳。中間敘遇舊，真是俯仰陳迹。

朝中措　海東明月

海綃翁曰：思去姬也。只「別時難忘」一句耳，卻寫得香色皆空，使人作天際真人想。

解語花　簷花舊滴

海綃翁曰：「舊滴」，逆入。「新啼」，平出。復以「殘冬」鉤轉。三句極伸縮之妙。「澹煙」二句脱開，寫春人如畫。「梅痕」二句複「舊滴」、「新啼」。歇拍復寫春人，續「凌波」、「挑薺」。「辛盤葱翠」，節物依然。「青絲牽恨」，舊情猶在。「還門」，平入。「曾試」，逆出。「帆去」，復由「雁回」轉落。「泥雲萬里」，重將「風雨」一提，然後跌落。「翦斷紅情緑意」、「輕憐」、「宜睡」，復拗轉作收。筆力之大，無堅不破。

塞垣春　漏瑟侵瓊管

海綃翁曰：題是元旦。自起句至「花心短」，卻全寫除夕。至「夢回」、「春遠」，乃點出「春」字。下闋寫春事如許，回憶曲屏，向所謂遠者，今乃歷歷在目矣。章法入神，勿徒賞其研煉。「柳絲裙」，言柳絲如春人之裙也。「争拜東風盈灞橋岸」，是柳絲，是春人，寫得絢爛。「髻落」二句，言元旦則簪花勝矣。而燕子遲來，故釵落成恨，用事入化。

惜秋華　露罥蛛絲

海綃翁曰：因「樓陰墮月」，而思「宫漏未央」。因「宫漏未央」而思「鈿釵遺恨」。觸景生情，復緣情感事。以下夾敘夾議，至於此情難問，則人間天上，可哀正多，又不獨鈿釵一事矣。殆未忘北狩帝后之痛乎？

燭影摇紅　碧澹山姿

海綃翁曰：湖山起，坊陌承，「漸暖」則忘卻暮寒矣。「恣遊不怕」，并且無愁，湖山奈何，殘梅自怨，翠屏自不照，哀樂不同也。「楚夢」，衰世君臣。「留情未散」，彼昏不知。「天長信遠」，猶望明時。「春陰簾捲」，仍復無望。如此看去，有多少忠愛。

高陽臺　宫粉雕痕

海綃翁曰：「南樓」七字，空際轉身，是覺翁神力獨運處。「細雨」二句，空中渲染，傳神阿堵。解此二處，讀吴詞方有入處。

掃花遊　冷空澹碧

海綃翁曰：不過寫春陰變雨耳。「驟捲風埃」，從「輕雲」、「深霧」一變。「紅濕杏泥」，從「冷空澹碧」一變。卻用「笙簫」二句横空一斷，從遊人眼中看出，帶起下闋。「豔辰易午」、「恨春太妒」，是通篇眼目。天氣既變，人情亦乖，奈此良辰美景何，極穠厚深摯。

過秦樓　藻國淒迷

海綃翁曰：因妒故怨，「怨」字倒提。「凝情誰訴」，怨妒都有。下闋人情物理，雙管齊下。「哀蟬」三句，見盛衰不常，隨時變易，而道則終古不變也。「能西風老盡，羞趁東風嫁與」，是在守道君子。此不肯攀援藩邸，而老於韋布之大本領，勿以齊梁小賦讀之。

宋周邦彥片玉詞

瑞龍吟　章臺路

海綃翁曰：第一段地，「還見」逆入，「舊處」平出。第二段人，「因記」逆入，「重到」平出，作第三段起步。以下撫今追昔，層層脱卸。「訪鄰尋里」，今。「同時歌舞」，昔。「惟有舊家秋孃，聲價如故」，今猶昔。而秋孃已去，卻不説出，乃吾所謂留字訣者。於是「吟箋賦筆」，「露飲」、「閒步」，與「窺户」、「約黄」，「障袖」、「笑語」，皆如在目前矣。又吾所謂能留，則離合順逆，皆可隨意指揮也。「事與孤鴻去」，咽住，將昔遊一齊結束。然後以「探春」二句，轉出今情。「官柳」以下，復緣情敘景。「一簾風絮」，繞後一步作結。時則「褪粉梅梢，試花桃樹」，又成過去矣。後之視今，猶今視昔，奈此斷腸院落何。

風流子　新緑小池塘

海綃翁曰：池塘在莓墻外，莓墻在繡閣外，繡閣又在鳳幃外，層層布景，總爲「深幾許」三字出力。既非巢燕可以任意去來，則相見亦良難矣。「聽得」、「遥知」，衹是不見。夢亦不到，「見」字絶望。「甚時」轉出「見」字後路，千迴百折，逼出結句。畫龍點睛，破壁飛去矣。

蘭陵王　柳陰直

海綃翁曰：託柳起興，非咏柳也。「弄碧」一留，卻出「隋堤」。「行色」一留，卻出「故國」。「長亭路」複「隋堤上」。「年去歲來」複「曾見幾番」。「柔條千尺」複「拂水飄綿」。全爲「京華倦客」四字出力。第二段「舊蹤」往事，一留。「離席」今情，又一留，於是以「梨花榆火」一句脱開。「愁一箭」至「數驛」三句逆提。然後以「望人在天北」一句，複上「離席」作歇拍。第三段「漸别浦」至「岑寂」，證上「愁一箭」至「波暖」二句。蓋有此「漸」，乃有此「愁」也。「愁」是倒提，「漸」是逆挽。「春無極」遥接「催寒食」。「催寒食」是脱，「春無極」是複。結則所謂「閒尋舊蹤跡」也。「蹤跡」虛提，「月榭」、「露橋」實證。

瑣窗寒　暗柳啼鴉

海綃翁曰：此篇機杼，當認定「故人翦燭西窗語」一句。自起句至「愁雨」，是從夜闌追溯。由户而庭，乃有此西窗。由昏而夜，乃爲此翦燭。用層層趕下。「嬉遊」五句，又從「暗柳」、「單衣」前追溯。旗亭無分，乃來此户庭。儔侶俱謝，乃見此故人。用層層繳足，作意已極圓滿。「東園」以下，復從後一步繞出，筆力直破餘地。「少年」、「遲暮」，大開大合，是上下片緊湊處。

丹鳳吟　迤邐春光無賴

海綃翁曰：本是「睡起無憀」，卻説「春光無賴」。已「暮景」矣，始念「朝來」。已「殘照」矣，因思「晝永」。筆筆逆，筆筆斷，爲「迤邐」二字曲曲傳神。以塾起换頭「況是」二字。不爲别離，已是無憀，縮入上闋，加倍出力。然後轉出下句。「心緒惡」則比「無憀」難遣，故曰「無計」。進此一步，已是盡頭，復作何語。卻以「那堪」二句鉤轉。「弄粉」二句放開。至「怕人道著」，則無憀無計，一齊收起，惟有無賴之春光耳。三「無」字極幻化。

滿路花　金花落燼燈

海綃翁曰：「玉人新間闊」，脱。「更當恁地時節」，複上六句。後闋全寫著這情懷。前用虚提，後用實證。

慶春宮　雲接平岡

海綃翁曰：前闋離思，滿紙秋氣。後闋留情，一片春聲。而以「許多煩惱」一句，作兩邊綰合，詞境極渾化。

華胥引　川原澄映

海綃翁曰：日高醉起，始念夜來離思，即景敘情。順逆申縮，自然深妙。

意難忘　衣染鶯黄

海綃翁曰：「簷露滴，竹風涼」六字，如繁休伯與魏文帝箋。是時日在西隅，涼風拂衽也。

霜葉飛　露迷衰草

海綃翁曰：祇是「美人邁兮音塵絶，隔千里兮共明月」二句耳，以换頭三句結上闋。「鳳樓」以下，則爲其人設想。一邊寫景，即景見情；一邊寫情，即情見景。雙煙一氣，善學者自能於意境中求之。

法曲獻仙音　蟬咽涼柯

海綃翁曰：著眼兩「時」字，曰「倦」、曰「困」，皆由此生。又著眼「向」、「處」字，窗外窗內，一齊收拾。以換頭三字結足上闋。「文園」以下，全寫「抱影凝情」。虛提實證，是清真度人處。

渡江雲　晴嵐低楚甸

海綃翁曰：「暖回」二句，「人歸落雁後」也。「驟驚春在眼」，「偏驚物候新」也。皆從前人詩句化出。又皆宦途之感，於是不禁有羨於山家矣。「何時」妙，「委曲」又妙。下四句極寫春色，乃極寫山家。換頭「堪嗟」二字突出，甚奇。「東」、「西」又奇，「指長安」又奇。如此則還山無日矣。春到而人不到，謂之何哉！此行當是由荊南入都。風翻潮濺，視山家安穩何如。水驛蒹葭，視山家偃息何如。「處」字如「此心安處」之「處」，是全篇結穴。

六醜　正單衣試酒

海綃翁曰：「薔薇謝後」，言春去也。故直從惜春起。「留」字、「去」字，將大意揭出。「爲問家何在」，猶言春歸何處也。「夜來」以下，從薔薇謝後指點。結則言蜂蝶但解惜花，未解惜春也。惜花小，惜春大。「東園」二句，謝後又換一境。「成歎息」三字用重筆，蓋不止惜花矣。「長條」三句，花亦願春暫留。「殘英」七字，「留」字結束。「終不似」至「欹側」，「去」字結束。「漂流」七字，「願」字轉身。「斷紅」句逆挽「留」字，「何由見得」逆挽「去」字，言外有無限意思。讀之但覺迴腸盪氣，復何處尋其源耶？

夜飛鵲　河橋送人處

海綃翁曰：「河橋」逆入，「前地」平出。換頭三句，鉤勒渾厚，轉出下句，始覺沈深。

滿庭芳　風老鶯雛

海綃翁曰：層層脱卸，筆筆鉤勒，面面圓成。

花犯　粉墻低

海綃翁曰：起七字極沈著，已將三年情事，一齊攝起。「舊風味」從「去年」虛提。「露痕」三句，復爲「照眼」作周旋。然後「去年」逆入，「今年」平出，「相將」倒提，「夢想」逆挽。圓美不難，難在渾勁。

過秦樓　水浴清蟾

海綃翁曰：通篇祇做前結三句。自起句至「更箭」，是去秋情事。「梅風」三句，又歷春夏，所謂「年華一瞬」。「見説」三句，「人今千里」。「誰信」三句，「夢沈書遠」也。明河疏星，又到秋景。前起逆入，後結仍用逆挽。構局精奇，金針度盡。

大酺　對宿煙收

海綃翁曰：玩二「對」字，已是驚覺後神理。「困眠初熟」，卻又拗轉。而以「郵亭」五字，作中間停頓，前後周旋。換頭五字陡接。「流潦」八字，復繞後一步出力。然後以「怎奈向」三字鉤轉。將前闋所有情景，盡收入「傷心月」中。「平陽」二句，脱開作墊，跌落下六字。「紅糝」二句，復加一層渲染，託出結句，與「自憐幽獨」，顧盼含情。神光離合，乍陰乍陽，美成信天人也。

塞垣春　暮色分平野

海綃翁曰：「漸別離氣味難禁也」，脱。「更物象、供瀟灑」，複上五句。然後以「念多才」十二字，歸到別離氣味上。後闋全從對面寫，層聯而下，總收入「追念」二字中，正是難禁難寫處。比「金花落燼燈」一首，又加變化。學者悟此，固當飛昇。

四園竹　浮雲護月

海綃翁曰：「鼠搖」、「螢度」，於静夜懷人中見，有《東山》詩人之意。「猶在紙」一語驚人，是明明有前期矣，讀結語則仍是漫與。此等處皆千迴百折而出之，尤佳在樸拙。

隔浦蓮近拍　新篁搖動翠葆

海綃翁曰：自起句至换頭第三句，皆驚覺後所見。「綸巾」、「困卧」，卻用逆敘。「身在江表」，夢到吴山。船且到，風輒引去，仙乎仙乎！周詞固善取逆勢，此則尤幻者。「簷花簾影」，從「萍破處」見。蓋曉燈未滅，所以有簷花。風動簾開，所以有簾影。若作「簾花簷影」，興趣索然矣。胡仔固是膠柱鼓瑟，王楙又愈引愈遠，可惜於此佳處，都未領會。

齊天樂　緑蕪彫盡

海綃翁曰：此美成晚年重遊荊南之作。觀起句，當是由金陵入荊南。又先有次句，然後有起句。因「殊鄉秋晚」，始念「緑蕪彫盡」也。「留滯最久」，蓋合前遊言之。「渭水」、「長安」指汴京，此行又將由荊南入開封矣。《渡江雲》「晴嵐低楚甸」，疑繼此而作。王國維謂作於金陵，微論後闋，即第二句已不可通矣。周濟謂「渭水」、「長安」指關中，亦非。

拜星月慢　夜色催更

海綃翁曰：荒寒寄宿，追憶舊歡，衹消秋蟲一歎。伊威在室，蟏蛸在户，不可畏也，伊可懷也。

畫圖昭君，瑶臺玉環，以比師師。在美成爲相思，在道君爲長恨矣，當悟此微旨。

解連環　怨懷無託

海綃翁曰：全是空際盤旋。「無託」起，「淚落」結。中間「紅藥」一情，「杜若」一情，「梅萼」一情。隨手拈來，都成妙諦。夢窗「思和雲結」，從此脱胎。味「縱妙手能解連環」句，當有事實在，疑亦謂李師師也。今謂「信音遼邈」，昔之「閒語閒言」，又不足憑。篇中設景設情，純是空中結想，此周詞之極幻者。

關河令　秋陰時晴

海綃翁曰：由更深而追想過去之暝色，預計未盡之長夜。神味拙厚，總是筆力有餘。

綺寮怨　上馬人扶殘醉

海綃翁曰：此重過荊南途中作。楊瓊，蘇州歌者，見白香山詩。「徘徊」、「歎息」，蓋有在矣。「斂愁黛，與誰聽」，知音之感。「何曾再問」，正急於欲問也。「舊曲」、「誰聽」、「念我」、「關情」，問之不已，特不知故人在否耳。拙重之至，彌見沈渾。「江陵」以下，言知音難遇也。「故人」二字倒鉤。未歌先淚，又不止斂愁黛矣。顧曲周郎，其亦有身世之感乎？

尉遲杯　隋堤路

海綃翁曰：「淡月」、「河橋」，始念隋堤日晚。「畫舸」、「煙波」，「重衾」、「離恨」，節節逆遡，還他隋堤。「舊客京華」，仍用逆遡。「漁村水驛」，收合「河橋」。「夢魂」是「重衾」裏事。無聊自語，則酒夢都醒也。「小檻」對「疏林」，「歡聚」對「偎傍」，「珠歌翠舞」對「冶葉倡條」，「仍慣見」對「俱相識」，是搓挪對法。紅友謂於「傍」字讀，非。「亭亭畫舸繫春潭。只待行人酒半酣。不管煙波與風雨，載將離恨過江南。」張文潛詩。

浪淘沙慢　曉陰重

海綃翁曰：「經時信音絶」，是全篇點睛。自起句至「親折」，皆是追敘别時。下二段全寫憶别。上下神理，結成一片，是何等力量。

應天長　條風布暖

海綃翁曰：前闋如許風景，皆從「閉門」中過。後闋如許情事，偏從「閉門」中記。「青青草」以下，真似一夢，是日間事，逆出。

掃花遊　曉陰翳日

海綃翁曰：微雨春陰，繞堤駐馬，閒閒寫景。「信流去」陡接，「怨題」逆出。「任占地持杯，掃花尋路」，言任是如此，春亦無多耳。縮入上句。「看將愁度日」，再推進一層。如此則好春亦祇是愁，而春事之多少，更不足問矣。「文君更苦」，復從對面反逼。「遍城鐘鼓」，游思縹緲，彌見沈鬱。

玉樓春　桃溪

海綃翁曰：上闋大意已足，下闋加以渲染，愈見精采。

漁家傲　幾日輕陰

海綃翁曰：「醉」字倒提。「金杯側」逆挽。上闋是朝來事，下闋是昨宵事。

蕙山溪　樓前疏柳

海綃翁曰：「無窮路」，從歸來後追憶此柳，真是黯然銷魂。「偏向此山明」，有多少往事在。「倦追尋、酒旗戲鼓」，所以見此山而無語凝佇也。前虛後實，鉤勒無跡。「今宵」以下，聊復爾爾，正見往事都非，「幸有」云者，聊勝於無耳。

秋蕊香　乳鴨池塘

海綃翁曰：春閨無事，妝罷惟有睡耳。作想像之詞看最佳，不必有本事也。「夢春遠」，妙。此時風景，皆消歸夢中，正不止一簾内外。

品令　夜闌人静

海綃翁曰：如此美景，衹於簾内依稀。「曲角闌干」，卻不敢憑，以其爲「舊攜手處」也。如此，則「應是不禁愁與恨」矣。以换頭結上闋。「縱相逢難問」，加一倍寫。「黛痕」七字，即恨即愁。「後期無定」，未有相逢。「腸斷香消」，收足起句。

木蘭花令　歌時宛轉

海綃翁曰：「薄酒」七字，是全闋點睛。「歌時」三句，從醒後逆遡。下闋句句是愁。

丁香結　蒼蘚沿階

海綃翁曰：起五句全寫秋氣，極力逼起「漢姬」五字，愈覺下句筆力千鈞。「登山臨水」，卻又推開，從寬處展步。然後跌落换頭「牽引」二字。以下一轉，一步一留，極頓挫之能事。

蘤山溪 江天雪意

海綃翁曰：「恨眉羞斂」，結上闋所謂往事。「人去」五字，轉出今情，卻從梅寫，氣味醲厚。

夜遊宫 葉下斜陽

海綃翁曰：橋上則「立多時」，屋内則「再三起」，果何爲乎？「蕭娘書一紙」，惟己獨知耳，眼前風物何有哉！

宋辛棄疾稼軒詞

永遇樂 千古江山

海綃翁曰：金陵王氣，始於東吴。權不能爲漢討賊，所謂英雄，亦僅保江東耳。事隨運去，本不足懷，「無覓」，亦何恨哉！至於寄奴王者，則千載如見其人。「尋常巷陌」勝於「舞榭歌臺」遠矣。以其能虎步中原，氣吞萬里也。後闋謂元嘉之政，尚足有爲。乃草草卅年，徒憂北顧，則文帝不能繼武矣。自元嘉二十九年，更謀北伐，無功。明年癸巳，至齊明帝建武二年，此四十三年中，北師屢南，南師不復北。至於魏孝文濟淮問罪，則元嘉且不可復見矣。故曰「望中猶記」，曰「可堪回首」。此稼軒守南徐日作，全爲宋事寄慨。「廉頗老矣，尚能飯否」，謂己亦衰老，恐無能爲也。使事雖多，脈絡井井可尋，是在知人論世者。

摸魚兒 更能消

海綃翁曰：時春未去也，然更能消幾番風雨乎？言祇消幾番風雨，則春去矣。倒提起。「惜春」七字，復用逆遡，然後跌落下句，思力沈透極矣。「春且住」，咽住。「無歸路」，復爲春計不得。「怨春不語」，又咽住。「蛛網」、「飛絮」，復爲怨春者計亦不得，極力逼起下闋「佳期」。果有佳期，則不怨春矣，如又誤何。至佳期之誤，則以蛾眉之見妒也。縱有相如之賦，亦無人能諒此情者，然後佳期真無望矣。「君」字承「誰」字來。既無訴矣，則君亦安所用舞乎？咽住。環燕塵土，復推開，言不獨長門一事也，亦以提爲勒法。然後以「閒愁最苦」四字，作上下脱卸。言此皆往事，不如眼前春去之閒愁爲最苦耳。斜陽煙柳，便無風雨，亦祇匆匆。如此開合，全自龍門得來，爲詞家獨闢之境。「佳期」二字，是全篇點睛。時稼軒南歸十八年矣，《應問》三篇，《美芹》十論，以講和方定，議不行。佳期之誤，誰誤之乎？讀公詞，爲之三歎。寓幽咽怨斷於渾灝流轉中，此境亦惟公有之，他人不能爲也。然茍於此中求索消息，而以不似學之，則亦何不可學之有。

——陳洵《海綃説詞》，唐圭璋《詞話叢編》本

《玉蕊樓詞鈔》序

余年三十，始學爲詞。從吾家簡广借書，得見《宋四家詞選》，則黎季裴所藏也。簡广爲言：「季裴工爲詞。」後十餘年，余始識季裴，則贈余《傾杯》「滄波坐渺」云云，辭情俱到，知其藴蓄者深矣。爾後迹日密，月必數見，見必有詞，如是數年，至於癸亥季裴去郡，則欲彙吾兩人唱和者爲《秋音集》。因循未果，今十四年矣。中間與季裴相見僅四面，音問亦數年一通。季裴年年北遊，余亦索居寡侣。偶一出門，則昔之登臨、吟賞、談笑、飲酒之地，皆變遷而不可復識。時思季裴，則諷其詞，知其詞之必傳，而無待余言。惟觀余兩人離合之迹，於以知其人，論其世，倘亦後之人之欲得於余，而不能無言者，必欲於古人中求之，遠則碧山、蜕巖，近則金梁、夢月，可無疑也。丙子二月十二日，新會陳洵序。

——黎國廉《玉蕊樓詞鈔》，民國三十八年鉛印本

望江南　題《花雨樓詞草》。俊盦學佛者，以詞卷屬題，爲拈此解

天女室，閒處著吟身。未必泥犁關綺語，本來成佛要文人。法秀不須嗔。

——劉翰棻《花雨樓詞草》，民國十九年刊本

減字木蘭花

七月七日六禾約祀周稚圭，未能也。夜闌對燭，感念生才，率拈短韻

南唐麗句。無限江山隨北去。汴水千年。消得詞流一輩賢。　針樓彩月。誕降官家那復說。仙籟分他。天上今傳陌上花。

——陳洵《海綃詞》，民國十二年刊本

評馬慶餘《瑶華·落花》

語語咽，筆筆轉，順逆吞吐，淒惻纏綿，是深得宋賢三昧者。

馬慶餘，字慶餘，順德人。陳海綃弟子。詩文皆高。詞規摹南宋，饒有風力。其《瑶華》咏落花一闋，尤爲海綃所歎異。年二十卒。

——《文學雜誌（廣州）》一九三三年第二期

致朱祖謀書廿一則①

一九二零年　庚申

第一函

古微先生道席：蹉跌未侍，承服風問，於今廿年。戊午夏，曾託黄元蔚上一牋。元蔚，南海人，先生甲辰所取士。自寄此書後，洵與元蔚遂不相聞，亦付浮沈。去冬承貺《彊村詞》及《鶩音集》。蔡生書中復宣美意。先生出處本末，學士歸仁，至求詞於吾清，半塘早有定論，晚學何敢贊一辭。若洵者，生而孤賤，雖頗聞君子之教，偃蹇荒落，迄無所底。今年五十矣，學詞廿年，泛濫於兩宋，得失每不自省。近似稍稍有寤，而力孱思劣，恐終不能有益。今將癸卯至己未十七年中所存稿寫上。去其非而存其是，維先生與蕙風老人實教之。正月廿一日，陳洵頓首謹上。

① 陳洵致朱祖謀信札，藏於中山大學圖書館，當爲龍榆生先生所贈。書札頗爲散亂，兹據朱祖謀致陳洵信札内容進行編年編排。

第二函

彊村先生道席：海濱孤寒，學無所底。大賢之量，一物不遺，過使君勞，則滋罪矣。奉手召及删存拙稿，有如面命。得失之故，庶幾不迷。學詞廿年，今日始得於歸，知無師之難也。勉求無辱，又不獨於詞。伏惟起居萬福，蕙風先生均此。陳洵頓首謹上，十月□□。

一九二七年　丁卯

第三函

彊村先生道席：得楊鐵夫書，知拙詞續印。先生作成後進勤勤，於洵何以爲報耶！能貧有恥，勉求無辱，使天下後世知先生之過厚於洵者，不僅文字之契，惟欲得一序。如是而已。拙稿《燭影摇紅》换頭「無限銀屏，春來遍邐都行遍」，第二句第一字，宋人無用平者，今擬改作「好春來處都行遍」，何如？近詞兩首，别紙録上，敬頌春祺百福！洵頓首謹上，正月初三日。

第四函

彊村先生道席：不承起居，忽復三年。誦及風雨，以增歎息，無緣言侍，保其心素而已。癸亥來，又得詞八十餘首，行將塵左右耳。兹先將近作四首呈教。海中揚塵，瞻望何極。敬頌道祉！不宣。洵頓首，三月廿一日。

《八聲甘州·不得彊村先生起居》（詞略）。丁卯三月廿一日陳洵呈稿，彊村先生改定。

《喜遷鶯》：「白頭簪勝。」（詞略）。立春日得楊鐵夫書，喜聞彊村先生起居，賦此寄懷，仰希改定。洵呈稿，正月三日曾上一箋，并詞二首，想達左右矣。洵又及。

第五函

彊村先生道席：奉讀手命，敬聞起居。復承獎誘，至深愧悚。洵始學爲詞，即欲由夢窗以窺美成，自今益知勉矣。與詞五闋，純用正鋒，直寫心素，由文返質，吾從先進以結束一代。微先生，誰與歸哉！癸亥來得詞七十八闋，同日付郵。今全寫上，清暇時乞爲删存，評其得失，俾知有無進益，幸甚幸甚！洵頓首謹上，丁卯立秋日。

一九二九年　己巳

第六函

彊村先生道席：四月廿九日奉廿四日手命，兼示新詞。時方以殤兒哀念，遂稽箋答。日來神志稍清，將大詞誦百十過，覺潛氣内轉，循環無端，視所謂「野云孤飛」、「去留無迹」者，一空一實，孰得孰失，必有能辨之矣。寒冬託長者德庇，遭亂幸存，重勞遠念，銘感何極。《風入松》調，是年來最稱心之作，果蒙賞譽。特恐他作，未能稱是，無以副願望耳。前寄七十八首中，多不愜意者，惟不敢自爲去取，欲先生知其失而正之也。七首之外，仍望從嚴。《浪淘沙慢》「梅浪催發」易作「梅信催徹」，何如？ 目近苦心不精，惟先生改定之。近取《詩·風雨》序義，顔所居曰仍度堂，因自號仍度居士，此洵數十年來以之自勉者。欲得先生書之，期不見棄於君子也。洵來滬擬在初秋，不知能如願否？ 到時再箋，謹復。敬頌道祉！ 洵頓首，五月十日。

第七函

清真格調天成，離合順逆，自然中度；夢窗神力獨運，飛沈起伏，實處皆空。

清真樸拙彌見渾雅，夢窗凝重乃造精純，是在善學者耳。軟媚與晦澀皆非所患也。

夢窗得清真之妙，全在運意運筆而神采自異。飛卿嚴妝，夢窗亦嚴妝，惟其國色，所以爲美。若不觀其倩盼之質，而徒眩其珠翠，則飛卿且譏，何止夢窗。

陸輔之以清真之典麗、夢窗之字面爲兩家所長，此言殊可笑。若但如此，何人不能，真所謂「微之識碔砆」也。

清真不肯附和祥瑞，夢窗不肯攀援藩邸，襟度既同，自然玄契。詩云：「維其有之，是以似之。」

「稼軒由北開南，夢窗由南追北」，善乎周氏之能言也。南宋諸家無不爲稼軒牢籠者。龍洲、後村、白石皆學稼軒者也，二劉篤守師門，白石别開家法。白石立而詞之國土蹙矣。至玉田演爲清空，奉白石爲祧廟，畫江畫淮，號令所及，使人遂忘中原，微夢窗，誰與言恢復乎？

鐵夫問周、吴異同，答之如右，未敢遽與鐵夫也。維長者正之。

彊村先生道席。洵頓首，六月十二日。

第八函

彊村先生道席：七月二十日得奉電教，以爲或續有手書，故因循未報，以至於今月餘矣。過承眷注，使任授詞，非敢偃蹇，懼爲辱耳。此間學風異正。電到之日，復得謝貞盤書，言方孝嶽攜有先生尺素面致，惟至今未見方生來。洵又無所從探悉書中所言，可得聞乎？近頗欲推演周、吴，惟發揮己意與俟人領會，於學者孰爲有益，尚乞明教，俾知所從，幸正。匆匆，敬頌道祉！洵頓首，八月廿八日。

第九函

彊村先生道席：九月初四日伍叔儻來，得讀手命。頑鄙之姿，乃承先生眷顧若此。前之不敢即唯者，誠恐生徒難教，又新舊冰炭，或不相容，則爲先生辱耳。及晤伍君，詳詢一切，始知近日學風已變，教授惟有上堂授書，此外皆非吾事。明日古教授公愚復來，如是連日將課程商妥。洵於是始受聘書，今上課已半月，所見悉如伍君言，諸生極知信仰。校員以重先生因重洵，如是當可相安矣。今校中尚缺經學一席，極屬意於竹居先生。洵告以簡先生年已八十，門人且有時不見云。洵明年夏秋間當可來滬。拙稿必欲得先生一序爲重。匆上，敬頌道祉！洵頓首，九月廿六日。

第十函

彊村先生道席：得書，知有天倫之戚，道遠缺於弔唁，下情曷勝皇恐。然此亦人生難免之事，惟先生自寬而已。推演周、吴，除寄鐵夫外，僅增數首，今聞明誨，敢不致力。洵自今年三月後，遂無一詞，蓋心力耗矣。古生公愚，著書數種，欲就先生正之，别封寄呈座右。古生并欲求書一小直幅，并爲代達。煩瀆，固不當也。洵得先生玉成，遂有名字於世，此非區區感激之言所能盡，勉求無辱而已。説詞數則附呈，先生糾其謬而正之，幸甚！洵頓首，十月十二日。

第十一函

彊村先生道席：□月十□日曾上一牋，計達左右。頃得鐵夫書，知先生復有選宋詞之舉，使洵爲評，翦拂長鳴，不敢不勉。惟近方專意於周、吴，餘力暫未遍及，周、吴期以明年蕆事，亦不能盡評兩家，約計百篇耳。書成不散入本集，作説詞一類單行，不知於體例有當否？近評稼軒一篇。亟寫呈，統俟明教。敬頌道祉！不宣。洵頓首，十一月十七日。

辛稼軒《水龍吟·旅次登樓》：起句破空而來。「秋無際」，從「水隨天去」中見。「玉簪螺髻」之「獻愁供恨」，從「遠目」中見。「江南遊子」，從「斷鴻」、「落日」中見。純用倒捲之筆。「吴鉤看了，闌干拍遍」，仍縮入「江南遊子」上。「無人會」縱開，「登臨意」收合，後片愈轉愈奇。季鷹未歸，則鱸鱠從愁一轉。劉郎羞見，則田舍從愁一轉。如此則江南遊子，亦惟長抱此憂以老而作「無人會，登臨意」已，卻不説出；而以「樹猶如此」作半面語縮住。「倩何人」以下十三字，應上結。稼軒縱横豪宕，而筆筆不能留，字字有脈絡如此。學者苟能於此得法，則清真、稼軒、夢窗三家實一家。若徒視爲真率，則失此賢矣。清真、稼軒、夢窗各有神采，清真出於韋端己，夢窗出於温飛卿，稼軒出於南唐李主，莫不有一己之性情境地，而平平轍迹則殊途同歸，而或者以鹵莽學之，或者委爲不可學。嗚呼！鮮能知味，小技猶然，況大道乎？

右評辛詞因及周、吴，此中消息，頗有洽否，彊村先生正之。洵頓首。

第十二函

彊村先生道席：奉手命，并梓成拙詞，頑鄙之姿，遂荷玉成，非僅增榮益觀而已。校正十五字，别紙寫呈。發揮周、吴，約增二十首，俟明年來滬，就先生正之，乃敢印行。其餘講義，衹是選詞，故未續寄。下期校課擬廣選兩宋諸家，以證周、吴，使學者知其淺深高下與源流分合之故。倘有評論，必當寄呈左右也。拙稿必欲得先生一序爲重。匆復，敬頌道祉！洵頓首，臘月十四日。

一九三零年　庚午

第十三函

彊村先生道席：承惠照象，如接杖履。夏秋間當可親聆面命矣。説吴詞得廿餘首，今先録上數闋。先生見之，得毋笑馮孟亭之篇篇子直乎？春寒，伏維珍攝。敬頌道祉！不宣。洵頓首，正月十九日。

第十四函

彊村先生道席：正月十四日得瞻造象。旋貢一箋并説詞數紙，求先生正定。三月十一日吴君楙來，得談手命，似前函尚未鑒典籤，不知郵局續有交到否，行當再寫寄也。洵久不填詞。近得小令兩首，詞境視前小異，此中消長，不知如何，願先生有以教之。洵頓首，三月廿三日。

「回睇鐙期月又妍」（《定風波·花期》）、「紅燭今宵」（《點絳唇·爲張庶平重逢花燭賦》）（按：二詞略）。意欲託於明得失之國史，詞乃野而不文，奈何！彊村先生改定。洵呈稿。

第十五函

彊村先生道席：前後於月之廿七日到家，行人安穩，足堪告慰。長者疲患摧蕩，效復如何，至以爲念。遊滬一月，日奉教言，十年積慕，豁於一旦，何福如之。大鶴詞墨，天壤有幾；芳華珍重，兩家同之矣。校詞墨造於癸亥十月，拙詞刻成，恰當此時，於海綃樓尤爲親切也。客遊勞乏，遂無一字到家。十日心神稍清，成留别一詞，别紙寫上。繼此則當賦湖上懷夢窗西園林亭矣。湖帆先生許作《談詞圖》，至深銘感。卷首得孟劬先生書之，尤爲兩美，長者倘亦以爲然耶？千里月明，素心何極。諸賢同此致意。手肅。敬頌道祉！不宣。洵頓首，中秋前二日。

《燭影揺紅》：「鱸鱠秋杯」(詞略)。滬上留別彊村先生。庚午仲秋，洵。

第十六函

彊村先生道席：中秋前二日曾貢一箋，并《燭影揺紅》詞，想達左右。昨李履庵自滬歸，知起居安善，正慰遠懷。近又得《大酺》一闋，寫呈改定。田田榭、且住軒，是否即高莊？此地頹然自廢，有不改其度，意將爲詞以張之也。秋深漸寒，伏維珍攝，不宣。洵頓首，廿一日。

第十七函

彊村先生道席：前後曾三度上箋問起居。八月十三日一箋，附《燭影揺紅》詞。廿一日一箋，附《大酺》詞。以爲當達左右矣。昨吴君棶書來，言重陽日得先生書，云未知此間消息，果爾則前兩函皆付沈浮矣。九月尾又上一緘，言《海綃詞》卷二《隔浦蓮近拍》詞事，改「芳園仍占禊飲」爲「芳筵仍占禊渚」。此函挂號，想不致復惱書郵。近又成《蕎山溪》一闋，并寫呈教。夢窗詞五十册，昨由蘇州寄到，并聞。匆上，敬頌道祉！洵頓首，十月八日。

第十八函

彊村先生道席：臘月九日得讀初三日手教，知十月中先有一書，竟付沈浮。郵人失職，可歎。書中所言，可得復聞乎？拙稿編次悉由尊定，并爲作序。「立箇」二字，未免粗率，改之誠是也。

其中有類此者，願得一一改之，或有全首當删者即删。校事極紛紜，向不出席，校長請飲亦不到。惟都與洵無關；惟有上堂講授，是我事耳。説詞數月來未有增。近校生舉詞社，名曰「風餘」，月一命題，請洵閲卷。一昨始集，得詞一首。前寄三首，如有可採處，願聞。詞墨及吴畫，意必待春暖矣。寄時請挂號，無爲他人所得也。手肅，敬頌道祉！洵頓首，臘月十五日。

第十九函

彊村先生道席：十日前曾上一箋，想達左右。讀大詞《石湖仙》「風懷銷盡」，不禁興發。適得一題目，遂下一轉語，作我發端，先生見之，得無笑其强顔耶？滬上詞社，想是限調不限題，他日倘得，盡讀之也。詞墨及吴畫，無日忘之。手肅，敬頌年祉！洵頓首，臘月廿五日。

一九三一年　辛未

第二十函

彊村先生道席：五月十九日得奉手教，并《談詞圖》及詞墨十二紙。時敝廬被水，堂室皆滿，一家眷屬逼居小樓，亂書狼籍，幾無坐處。至廿一日水退，始能下樓。日來略爲定疊，重展詞墨，卧遊畫圖，如坐思悲閣中也。《望江南》廿四首，惟李武曾、分虎與嚴九能詞未能得談，餘則知人論世，皆爲定評。洵自去臘患瘦嗽。春來益劇。遂無一詞，説詞因亦放下，除去年所寄，未增一字也。拙稿刻成，尚望賜以一序。蓋洵之所爲，惟先生知之耳。《應天長》一闋，前紙録上，亦欲得先生題之。蓋圖是兩人，缺一不可，其許之乎？上湖帆先生箋，乞代致。敬頌道祉！洵頓首，六月二日。《應天長》：「王風委草」（詞略）。湖帆先生有道：《談詞圖》真氣彌滿，傳神阿睹，洵將附以傳矣。倚聲報謝，即請正律。洵頓首，六月二日。

第二十一函

彊村先生道席：六月二日曾上一箋，想達左右。説詞近增六紙，寫呈。二十首皆夢窗，再增三五十首，即欲專治清真矣。其中有謬誤當修者，有無謂當删者，尚乞明示，免誤後學也。談詞圖如題就，請以八寸矮紙書寄，後當裝裱作卷。至卷首橫行「思悲閣談詞圖」六字，亦欲得先生書之。瑣瀆皇恐，敬頌道祉！洵頓首，廿一日。

——陳洵《海綃手札三種》，稿本，中山大學圖書館藏

與張爾田書

孟劬先生道席：滄萍來，得讀海日樓遺書《蒙古源流箋證》。向苦元史難讀，得此遂明瞭如指掌，惠我何厚耶？滄萍又言，執事已辭去教席，此極可羡，洵則有志未能也。自彊老徂逝，羣言淆亂，無所折中。吾懼詞學之衰也，非執事誰與正之？拙詞八紙録呈，皆卷二未刻者，其中得失，不知視前日何如，願有以教我，大著亦欲得一讀也。匆上，敬頌道祉！洵頓首，十一月朔。

——龍榆生《陳海綃先生之詞學》，《龍榆生詞學論文集》，上海古籍出版社一九九七年

與龍榆生書三則

一

榆生先生足下：前春由黄氏傳到手教，時方病黄疸，未能作答也。歲月因循，以至於今。復承寄《遯堪樂府》，藉審起居康勝，深以爲慰。洵澳門歸來，再更寒暑；連慶橋宅，已毁於兵；移居寶華，又將半載。衰年多病，復逢世難，意緒可知矣。今春偶得一詞，别紙寫呈，聊當晤語。年前得容孺書，言先人手蹟，遭亂散亡。不知近日肆中，能物色否？遺書補板，非公莫屬矣。容孺近狀如何，至念。孟劬、懺庵，寓居何所，皆所願聞。相違千里，會合無期。北望新亭，此情何極。初寒，維珍衛，不宣。洵頓首，秋盡日。

——龍榆生《陳海綃先生之詞學》，《龍榆生詞學論文集》，上海古籍出版社一九九七年

二

榆生先生有道：承示敬悉。説詞寫定六十七首寄上。前稿作廢。題圖俟散原清暇時爲之。但作「思悲閣談詞圖」六字亦足，此卷不别請人題。如勉强勞神，反令不安也。前日晤廖鳳書，云日將來滬，百圓助款，由彼自交。洵款則中秋前後當可寄到。彊老遺柩自應葬湖州，若杭州公葬，此言極不願聞。前示云，《彊村叢書》去年印出多本，價廿二圓，未審猶有存書否？又不知寄書

與寄款先後何如。此間約可消十數部。率復，敬頌起居！洵頓首，七月十七日。

三

榆生先生左右：《叢書》阿堵於十月七日交一學生郵寄。此學生誤信其表兄，遂不依期至，今想得達左右矣。洵助刻書費二百圓寄上。廖君百圓，彼云明春北遊到滬親交。洵不便再作何語。散翁題字此圖，十倍拙詞。卷一除尊校外，復校正五字。别紙寫上。今假書樣短小不美觀，能如《彊村語業》則美矣。《遺音》刻成，欲將《海綃詞》抽出單印百本，約計紙墨工費多少，復我何如？彊柩歸湖甚善。容孺代問訊。率復，敬頌起居！洵頓首，臘朔。

——張壽平輯釋《近代詞人手札墨跡》，臺灣「中央研究院」中國文哲研究所二〇〇五年

《懺庵詞續稿》序

《懺庵詞續稿》二卷，皆辛壬歸國後所作。其奇情壯采，不減海外諸篇，而格益蒼，律亦益細。昔王湘綺謂文章老成者，格局或老，才思定減。至如懺庵，豈復有才盡之患哉？惜彊村先生不及見也。壬申先立秋三日，陳洵記。

《懺庵詞續稿》題識

懺庵先生左右：得書甚慰。江南草長，佳日勝遊，殊可羨也。大詞才情富麗，而游思閒散，是真四明家法，非貌爲七寶樓臺者所知也。洵近亦得令詞三首，別紙録呈，乞較其優劣，一一評之。北行何日，仍盼嗣音。敬頌道祉！不宣。洵頓首，四月七日。

——以上廖恩燾《懺庵詞續稿》，民國刊本

不弱生《海綃翁浙遊紀真》

去秋，新會詞人海綃翁陳述叔遠遊於浙。浙詞壇領袖彊村朱氏，與述叔神交逾十稔，以文字聲韻通，而未謀一面。述叔之行，蓋以面彊村也。海内文人，於二老致其欽遲久矣。意其相會，必有文酒流連，播爲佳話者。不謂述叔至滬，而彊村病。病在胃，氣逆於胸膈間，纏綿不得愈。雖知友遠來，僅草草酬應耳。述叔爲粤人，彊村宴之於粤館子。述叔夙嗜四川館子，兹則適異地而嘗粤味，竊有所不愜。其後復與彊村晤衹一次，即詞亦未多作也。述叔辭滬，遊於杭之西湖，尋復至金陵，欲窮山水之勝。惜以年老，力不足以勝陟降，小遊輒止，殊怏怏不自適。金陵爲新都，以建設雄國内。述叔謂建設過急，徒傷民財，往往致歎息也。秋殘冬至，述叔悄然歸粤。各報紀述其行止，語多離實。若其所爲詞，近始正稿者凡二首，一則別彊村，一則懷夢窗也。讀其「對酒聽歌，吴姬休勸」及「今我何世，猶是身閒遊歷」之句，信知此老胸中，自有無限蘊藏者矣。

——《千巖表雜誌》第三期

熊潤桐《陳述叔先生事略》

先生姓陳氏，諱洵，字述叔，號海綃，本新會人，補南海生員。早歲家貧，授徒自給。喜填詞，番禺梁節庵亟稱之。辛亥以後，所詣益深，當時相與唱酬者，不過里中數子而已。癸亥，歸安朱彊村爲刊布所著《海綃詞》，其名始顯。後數年，中山大學聘主詞學講席，海内仰風，及門霑化。戊寅秋，廣州將陷，先生舉家遷澳。己卯歲暮，重返故居。明年秋，復出應廣東大學之聘，迄於今歲五月六日，不幸以疾卒於寓所，春秋七十有二。遠近聞者，莫不悼心焉。初彊村未識先生時，偶睹先生詞數闋，讀之，大詫，以爲真能得夢窗神髓者，百計諮訪，始獲致書，道傾慕之意，願得其稿刻之。是時臨桂況夔生亦以詞稱於世，享名甚久，一日過彊村，彊村盛稱先生詞，夔生澹然置之，意謂今世豈尚有能爲夢窗者邪？他日復過彊村，彊村又出先生詞，强使攜歸，夔生讀之月餘，始大歎服。先生嘗舉此事告予，以見人之相知，其難有如此者。彊村既刻先生詞，益念先生，自以垂老，常恐不獲一面。庚午秋，先生買舟北行，訪彊村於滬上，吴湖帆爲作《思悲閣談詞圖》以紀之。先是，鄭大鶴與彊村交好，晚歲貧病，自知不久於世，因排日書所爲詞以貽彊村，得四厚册，至是以二册分贈先生，且爲言大鶴之詞，亦從夢窗入者，惜公來遲，不及與之見矣。先生留滬月餘，將歸，彊村賦《應天長》以餞，萍蓬逝水，情見乎詞，明年歲暮而彊村遂卒。當彊村噩耗傳至粤中，先生方買宅一區爲終老計，署券將定，聞之，流涕而罷。自是每有所作，輒憮然歎曰：「敢謂妙質尚存，而運斤者已不可復得矣。」先生之詞，雖由夢窗以溯清真，然常自謂得訣於漢魏六朝文，不但規規於趙宋諸家也。其論詞旨要，以重、拙、大三字爲歸，此其義又豈詞所能盡？儻藝之精者，將必有合於性命之情邪？先生於填詞之外，好讀宋、明儒書，居恒以「白沙名節，道之藩籬」一語激勵後進，其素志可知矣。先生既以詞爲彊村所賞，於是世之耳先生名者，知與不知，莫不以詞歸之。而先生每念遭世衰微，埋憂無所，亦樂以詞自託云。曩者先生與予言，謂七十後，當輟講閉門，閒居安性，豈意老逢喪亂，故棲被毀，一椽之庇，亦竟不克相守以死。昔黔婁正衾，伯鸞賃廡，而先生兼之，可謂窮矣。先生卒前三日，予往視之，先生猶以知命爲言。嗚呼！當此巨變，自非知命，其將何以處之。壬午季夏，後學東官熊潤桐謹撰。

——《省立廣東大學校刊》追悼陳述叔教授專號

追悼陳述叔教授啓事

海綃詞人陳述叔先生，供奉才華，重光麗藻，蘇辛豪放，周柳紆妍。紹述夢窗，清芬遠挹；抗衡漚尹，情采近媲。白石玉田，讓其高格。八聲六醜，賴以傳真。成均講學，精義霞開。品令調音，雅聲飆發，抱千秋之絕業，稱一代之詞人。天不憖遺，少微星隕。噩耗遽傳端午，楚些同悼靈均。榴花與絳帳俱殘，蒲葉并青衫褪色。從此靈璈響絕，錦瑟聲沈。瓊樓玉宇，空傳天上銅琶；殘月曉風，竟罷人間檀板。嗚呼傷矣，同人等寂寞黃壚，悲涼宿草，歌殘白紵，痛甚人琴。定於八月二日上午九時節約時間在廣東大學禮堂開會追悼。烝烝髦士，齊申椒奠；莘莘學子，共致瓣香。揚已往之芳菲，扇後來之馨逸。爰爲小引，豈徒歎逝之辭；同賦大招，不尠激揚之意。

林汝珩、陳耀祖、周應湘、桂坫、鍾錫璜、杜之杕、石光瑛、徐紹棨、倫明、任元熙、謝祖賢、馬復、陳嘉藹、楊廉父、區文峯、徐瓊宇、熊潤桐、嚴既澄、雷通羣、黄慈博、曾廣銓、佟紹弼、鄭廣權、何格恩、倫學圃、莫培遠、董士修、鄭震寰、彭志德、李蔭光、汪彦斌、邱灼暉、李國樑、麥子筠、倪家祥、梁朝漄、羅又村、梁彦懷、黄孟駒謹啓

——《省立廣東大學校刊》第六十五期

張學華《〈秫音集〉序》

《秫音集》者，新會陳朮叔暨順德黎六禾二人之作也。譚瑑青在北京寓書六禾，索二人近稿，六禾爲蒐集百餘首，録寄都門，朮叔爲定名曰《秫音集》。此二十五年前事也。朮叔爲詞致力夢窗，而六禾則醉心姜、史，二人前後唱和幾及十年，訢合無間。洎六禾北遊，此事中輟。今檢得此稿，乃付之梓，以留鴻爪，問序於余。余於詞學未涉塗徑，辛亥後客香江，六禾督爲詞，間有所作，輒加引掖，終以鈍拙，弗習也。朮叔負譽詞壇，彊村稱爲「海南大將」。余歸後嘗與二人遊，近歲避兵濠江，朮叔亦來，未幾返穗城，鬱鬱遽歿，今墓草宿矣。六禾老健，方提挈吟侶，倡設詞社，江霞庵謂其篋中存詞千首，嶺南詞客，靈光獨存。彊村表章夢窗，喜朮叔同調，顧未見六禾詞耳。並世詞流鄭大鶴宗白石，況蕙風宗梅溪，異曲同工，不專一家也。兹集爲一時唱

和之作，並足傳世。六禾所作，固不止此，嘗鼎一臠，可知味也。余何足論詞，乃略述數十年蹤迹。當此風雨飄摇之秋，追念疇昔喁于之雅，結習未忘，六禾當亦不勝感慨已。戊子冬月，八十六叟張學華。

——陳洵、黎國廉《秫音集》，一九四九年鉛印本

朱祖謀《望江南·雜題我朝諸名家詞集後》評

雕蟲手，千古亦才難。新拜海南爲上將，試要臨桂角中原。來者孰登壇。新會陳述叔、臨桂況夔笙，並世兩雄，無與抗手也。

朱祖謀題《海綃詞》

海綃詞神骨俱静，此真能火傳夢窗者。

善用逆筆，故處處見騰踏之勢，清真法乳也。卷二多樸遬之作，在文家爲南豐，在詩家爲淵明。

——以上陳洵著、劉斯翰箋注《海綃詞箋注》，上海古籍出版社二〇〇二年

朱祖謀與陳洵書十通

第一函　一九二三年

述叔先生足下：曩讀大集，傾佩無既。屢承虛懷商榷，鄙人弇蔽極，愧無以塞命。率徇鄙見鈔得百十闋，排印成册，俾饜海内同嗜者之望，非敢有所别擇也。公學夢窗，可稱得髓，勝處在神骨俱静，非躁心人所能窺見萬一者，此事固關性分爾。兹先寄數册，餘俟得復再奉，恐參差也。率頌道祉！　弟孝臧頓首，九月廿八。

第二函　一九二六年

述叔先生足下：春尾奉書並新詞四闋。適返吴門料理移居，旋又病濕痰，牽率兩月，碌碌未作答，疚歉至今。公詞漸趨沈樸，竊以爲美成具體。所稱八十闋者，亟欲窺全豹爲快。弟思路日枯，歲不過一兩闋，了無深湛之思，與古人格格不相入。此中關捩何在，苦不自知。公慧眼人，肯爲鈍根道破否？　不敢，請了。復頌起居！　弟孝臧頓首，六月十三日。

第三函　一九二九年

述叔我兄道席：前冬羊城兵火時，曾一度函詢起居不達，遂缺嗣音。鐵夫言兩函，誤也。昨得書及新詞六首，極慰饑渴。《風入松》閴淡而彌腴，如淵明詩，殆爲前人所未造之境。此事推表海内，定無異喙矣。前示一帙，把讀數十過，擬發七首，別紙録上，酌定後便可印第二卷。鐵夫言從者端陽後作滬遊，尤爲翹跂。近作《六醜》寫求指教，貌似深婉，終落窠臼，衰鈍殆無進境。一歎！率復，祇頌道安！弟孝臧頓首，四月廿四日。

《浣溪沙》「江城五月」、《鷓鴣天》「昨夜東風」、《贊成功》「綺筵素月」、《減字木蘭花》「疏疏過月」、《暗香疏影》「賦情月屋」、《浪淘沙慢》「梅浪催發」。用美成「天憎梅浪發」句意。鄙意美成謂梅花漫浪而發，草窗誤摘「梅浪」二字連文，《探春慢「梅浪半空如繡」》。後人有沿用者，恐不可從。請酌。

第四函　一九二九年

述叔先生道席：衰慵不任，久未通問。上月爲中山校事電達數言，度邀澄察。此事緣校長伍叔儻初意屬之鄙人，暮齒孱軀，詎堪此任？乃爲道及執事爲斯道宗匠，且高蹤密邇，尤爲相宜。微聞此席分占時刻亦屬無多，塾課餘閒可以了之，諒可上邀俯允。伍君傾慕之忱極其殷拳，用敢再貢一紙以勸高駕，當蒙一諾也。大稿卷二已付梓人寫樣，似較排印爲美觀。如有新作，亟盼録示續入。此頌著安！弟孝臧頓首。

第五函　一九二九年

述叔先生有道：七月間奉達電文，旋遭仲弟之喪，心力摧崩，百事俱置不復理，遂闕嗣音。伍君返粵時，托人索一函擕奉，計達青睞。月初得手書，正思裁復，又得謝仲晦函，稱大學教席已承允就，欣幸無已。不知莘莘學子中，有幾許能領受教益耳。承示推演周、吴，自爲此道，獨辟奥窔，若云俟人領會，則兩公逮今，幾及千年，試問領會者幾人？屢誦致鐵夫書，所論深妙處，均發前人所未發。蒙昧如鄙人，頓開茅塞。其俾益方來，詎有涯涘。倘成一書以惠學者，自以發揮己意爲宏大耳。大詞次卷已付梓人，年内當可蕆工。如增新作，切望録示，幸甚。率復，敬頌道安！仍盼復音，不一一。弟期孝臧頓首，九月晦日。

第六函　一九三〇年

述叔道兄閣下：月前疊誦手書並辛、吴詞評，豁我心目。《説詞》書成自應單行，如散入本集，轉失大方也。滬上葉、趙諸公謀纂清詞，約弟與其事。鐵夫所謂選宋詞而欲公爲評者，殆誤會耶？大集卷二梓成，先寄閲，校改後再印。校課《説詞》講藝盼陸續寄數份，索閲者多也。率復，即頌著安！弟期孝臧頓首，臘月朔。

第七函　一九三〇年

述叔道兄足下：昨以鄙照奉寄，當已邀覽。比來尊纂《詞説》又得幾許？仍盼一讀。潮州吴君楙英年嗜學，有志於倚聲，敢介一言，俾之終謁，尚祈進而教之。率頌著安！　弟期孝臧頓首。

第八函　一九三〇年

述叔先生道席：春間疊誦詞箋，以衰慵不支，猶稽作答。比日又兩奉手書，又《説詞》一卷，繙帋數四，神解砉然，不僅啓牖方來也。涼秋將至，晤教匪遥，至以爲盼。今年僅得一小令，寫上。率復，即頌起居！　弟期孝臧頓首。

第九函　一九三一年

述叔先生道席：三披惠札，一奉蕪箋，衰慵當荷垂諒也。尊詞卷一編次，略以意爲理董，不知當否？示復即付寫人。《曲玉管》收句「立箇」二字，鄙見終覺未愜，僭易作「屬付漁樵」何如？校事想依舊，《説詞》又增幾許？仍盼一讀。客滬同調者舉詞社，牽率得詞二首，殊無勝處，記遊補得幾首。敬承起居！　弟孝臧頓首，臘月三日。

第十函　一九三一年

述叔先生道案：開歲以來，未通隻字，衰懶可笑。雲天倚望，想同情也。暑假休沐，當多清暇，《説詞》已成帙否？如有印本，得睹爲快。今年得幾詞？尤願一讀。去年滬遊後所作《大酺》、《驀山溪》、《燭影摇紅》、《三姝媚》、《點絳唇》五首已編入卷二，此外尚有未寄者否？卷一寫樣後已開雕，七月可斷手。《談詞圖》及詞墨十二紙呈教。《望江南》詞多未愜處，希削正。否則亦求指疵也。手頌道安！孝臧。

——陳洵著、劉斯翰箋注《海綃詞箋注》，上海古籍出版社二〇〇二年

吴梅《王飲鶴〈柯亭殘笛譜〉敘》評

並世才彦，歷夢窗以達清真之境者，彊村、述叔而外，君可繼軌。

——吴梅《瞿安日記》，《吴梅全集》，河北教育出版社一九九八年

龍榆生《木蘭花慢・聞海綃翁以端午後一日在廣州下世，倚此抒哀》

賸芳菲楚佩，儘孤往、戀殘陽。奈撼地鯨波，極天烽火，瞬歷滄桑。興亡。那知許事，咽危絃、酸淚不成行。未信春蠶已老，肯同遼鶴來翔。　繁霜。百感共茫茫。還飽一枝黄。甚忍寒滋味，方憑雁信，去年曾得翁書，并見寄《木蘭花令》詞，不料竟成絶筆。竟泣蒲觴。凄涼。幾多怨悱，寄騷心、異代

黯相望。泉底冰綃浥透，一鐙樂苑重光。

——龍榆生《忍寒詞》，民國三十七年鉛印本

陳匪石《〈聲執〉敘》評

學倚聲四十年，師友所貽，諷籀所得，日有增益，資以自淑。第念遠如張炎、沈義父、陸輔之，近如周濟、劉熙載、陳廷焯、譚獻、馮煦、況周儀、陳鋭、陳洵，其論詞之著，皆示人門徑。

——陳匪石《聲執》，唐圭璋《詞話叢編》本

張爾田《再與榆生論蘇辛詞》評

述叔學夢窗者。其晚年詞，清空如話，中邊俱徹，是真能從夢窗打出者。凡學夢窗而僻澀，皆能入而不能出耳。

——《詞學季刊》第二卷第三號

張爾田《論詞絶句·陳述叔海綃詞》

解從南宋溯清真，始信霜腴有替身。畢竟鮫絲誰網得，無因説與采珠人。

——《同聲月刊》第四卷第二號

郭則澐《清詞玉屑》評

陳述叔工倚聲，與黄晦聞齊名，稱「陳詞黄詩」。眷珠江妓雪娘，有「雪娘病起重見江湄」《探芳信》云：「紫簫遠。又鳳翼飛帲，天風吹轉。洗夢塵清泚，銀河水深淺。人間百感冬温夜，教作良辰看。漸黄昏，隔水初燈，歲華深院。妝薄淚痕泫。有印粉窗紗，凝香羅薦。莫倚高寒，仙帔紺霞捲。熨懷暗墜金爐燼，漫借笙歌暖。正銷凝，那更簷花怨斷。」其詞境固寢饋夢窗者。雪娘善歌，述叔《鶯啼序》敘言謂：「橘公、文叔皆喜聽之，而余與翰風爲最。翰風既歿，有道雪娘事者，感音思舊，不覺長言。」觀此，則雪娘妙曲，有足傾倒一時裙屐者，可知非阿好也。粤城荔支灣，爲花舫所萃，其地爲昌華故苑，紅棉最勝。述叔「荔灣對酒」《掃花遊》句云：「遊事知幾許。看畫槳家家，暗藏煙浦。」寫景絶肖。又「記荔灣幽賞」《江城子慢》云：「怕尋覓天寬處，花底歡腸終窄。」則的是夢窗雋語，貌襲者不能到也。　卷九

——郭則澐《清詞玉屑》，朱崇才《詞話叢編續編》本

蔡嵩雲《柯亭詞話》評

作詞固難，看詞亦不易。看前人詞，最宜仔細分析，能洞見前人工拙，方能發見自己短長，而加以改進。大鶴、蕙風，最善論詞。彊村則心知其故而不多言。方今論詞具法眼者，當推嘉興張

孟劬、南海陳述叔。孟劬深受大鶴陶鎔，述叔則傳彊村衣缽者。二人一病一老，此後恐成廣陵散矣。

——蔡嵩雲《柯亭詞話》，唐圭璋《詞話叢編》本

覺諦山人《清詞壇點將録》評

四寨水軍頭領張横　陳洵

——《同聲月刊》第一卷第九號

錢仲聯《光宣詞壇點將録》評

馬軍五虎將五員之一：天猛星霹靂火秦明　陳洵

海綃詞極爲彊村推許，與蕙風並舉，稱爲「並世兩雄，無與抗手」，《望江南》詞有「新拜海南爲上將，試要臨桂角中原。來者孰登壇」之語。謂其詞「處處見騰踏之勢」，可以知其概矣。

——錢仲聯《夢苕庵清代文學論集》，齊魯書社一九八三年

陳聲聰《讀詞枝語》評

陳述叔《海綃翁説詞》有「三貴」之説。「貴拙」云：「唐五代令詞極有拙致，北宋猶近之，南渡

以後，雖極名雋，而氣質不逮矣。昔朱復古善琴，言琴須帶拙聲，若太巧，即與筝阮何異。此意願與聲家參之。」「貴養」云：「詞莫難於氣息，氣息有雅俗，有厚薄，全視其人平日所養，至下筆時，則殊不自知也。」「貴留」云：「詞筆莫妙於留，蓋能留則不盡而有餘味，離合順逆，皆可隨意指揮，而沈深渾厚，皆由此得。故以稼軒之縱横而不流於悍疾，則能留故也。」所論甚精，藝至於拙，至矣，然非養到者不能得，此一事也。貴留猶書家之留筆，無垂不縮之意也。

陳聲聰《論近代詞絶句・陳洵詞》

深辭密意海綃詞，更爲周吴進一思。自是偏師尊澀體，能言琴帶拙聲宜。陳洵字述叔，廣東新會人。早歲遊宦江右，晚執教中山大學，有《海綃詞》。洵詞專爲夢窗，穠麗不及，而深澀過之，嘗言：「昔朱復古善琴，言琴須帶拙聲，否則與筝阮何異。」朱祖謀云：「海綃詞神骨俱静，此真火傳夢窗者。」又云：「善用逆筆，故處處見騰踏之勢，清真法乳也。」又云：「新會陳述叔，臨桂況夔笙，並世兩雄，無與抗手。」葉恭綽云：「述叔詞，固非襞積爲工者，讀之，可知夢窗真諦。」

——以上陳聲聰《填詞要略及詞評四篇》，廣東人民出版社一九八六年

陳聲聰《論詞絶句・陳述叔》

翻空妙語海綃詞，冷暖心情只自知。要向翁山數宗派，並驅臨桂更矜奇。

——陳聲聰《兼于閣雜著》，上海古籍出版社二〇〇二年

詞林近訊　海綃翁近狀

新會陳述叔先生洵爲嶺表詞學大師，朱彊村先生所謂「新拜海南爲上將，更邀臨桂角雙雄」《彊村語業》卷三《憶江南》者也。所著《海綃詞》二卷，早由朱先生收入《滄海遺音集》中。自廣州經亂，先生避居澳門，久無音問。比從粵友朱庸齋君處，得知先生已返省垣，教授廣州大學，方整理十年來詞稿，從事續刊云。

——《同聲月刊》創刊號

吴庠《覆夏臞禪書》評

晚清詞人學夢窗者，以漚尹年丈、述叔先生兩家爲眉目。讀其晚年諸作，何嘗不清氣往來。

——《同聲月刊》第一卷第三號

詞林近訊　《滄海遺音集補編》之校刻

往歲朱彊村先生校刻《彊村叢書》既竟，因取並世友好沈子培、裴韻珊、李孟符、曾剛甫、夏閏枝、曹君直、張孟劬、王静安、陳述叔、馮君木、陳仁先等十一家詞，合刻爲《滄海遺音集》。今朱先生下世十年，集中作者，亦惟閏枝、孟劬、述叔、仁先四先生健在。龍君榆生，既取《遯盦樂府》未刊稿刻成單本，復擬續刊三家十年來近作，合爲《滄海遺音集補編》，以竟朱先生未了之業。頃聞閏枝先生之《悔盦詞續》，及仁先先生之《舊月簃詞》，均經寄到，正在校刻中云。

——《同聲月刊》第一卷第十二號

龍榆生《〈海綃説詞〉後》

右《海綃説詞》一卷，新會陳述叔先生遺著。述叔先生下世後，汪先生從其家屬取來，將爲壽諸梨棗。予從汪先生乞得録副，先載本刊，以餉藝林。述叔先生於夢窗詞致力最深，往歲朱彊村先生擬刊《夢窗詞》定本，欲并自著《夢窗詞小箋》，及述叔先生之《海綃説詞》，永嘉夏臞禪君承燾之《夢窗詞後箋》附刊行世，以爲研讀吴詞者之津筏，嗣以彊翁下世未果。予爲校刻遺書，乃取《説詞》之論夢窗者，附刊《滄海遺音集》後。其後江寧唐圭璋君，輯印《詞話叢編》，亦收《海綃説詞》一卷，乃從予借録，并取中山大學排印講義本，湊合而成。此卷爲庚辰歲不盡十日，萬雄自大澳鈔寄者，曾經述叔先生手加删訂。除論稼軒二則，夢窗三則此三則爲舊刊所未有外，全論清真，較《詞話叢編》本多過一倍，且所論亦時有出入，殆最後定本也。中華民國三十一年七月十五日，龍沐勳録畢附記。

——《同聲月刊》第二卷第六號

龍榆生《〈海綃遺詞〉後》

海綃翁遺詞一卷。有海綃樓原鈔及萬雄二澳漁屋鈔本。予既承汪先生之命，並以所藏手稿，參互寫定，别爲校記，將以木版刊行。而世之欲讀翁詞者，以刊版稍稽時日，盼先在本刊發表。爰就原鈔揭載，而以萬鈔所多出之三闋，附録爲補題云。壬午初秋。龍沐勳謹識。

——《同聲月刊》第二卷第七號

張伯駒《叢碧詞話》評

清真《蘭陵王》詞，《海綃説詞》云：「托柳起興，非咏柳也。『弄碧』一留，卻出『隋堤』；『行色』一留，卻出『故國』。『長亭路』應『隋堤上』，『年去歲來』應『拂水飄綿』，全爲『京華倦客』四字出力。第二段『舊蹤』，往事，一留；『離亭』，今情，一留。於是以『梨花榆火催寒食』一句脱開。『愁一箭』至『數驛』三句，逆提。然後以『望人在天北』合上『離席』作歇拍。第三段『漸别浦』至『岑寂』，乃證上『愁一箭』至『波暖』二句，蓋有此『漸』，乃有此『愁』也。『愁』是逆提，『漸』是順應。『春無極』正應上『催寒食』。『催寒食』是脱，『春無極』是復。『月榭攜手，露橋聞笛』是離席前事。『似夢裏淚暗滴』，仍用逆挽。周止庵謂復處無脱不縮，故脱處如望海上神山。詞境至此，謂之不神不可也。」余按清真此詞，全是就眼前真情景以白描法寫之。從柳説起，説到古來别離，又説到今時别離，再説到現在與師師别離。「望人在天北」，望師師也。然後再説到别離後自身情況，再歸到「沈思前事，似夢裏淚暗滴」作結。篇法次第井然，而亦是眼前真情景，天然篇法。《海綃詞話》講得極細，足爲後學示範。但清真當時應非如此枝枝節節而寫之，後學有眼前真情景來寫詞，看到海綃所説應如何留、如何出、如何應、如何脱開、如何逆提、如何合、如何證、如何脱、如何復、如何順應、如何逆挽，則反而如墜五里霧中，不知如何著筆矣。

——張伯駒《叢碧詞話》，屈興國《詞話叢編二編》本

俊文《〈海綃詞〉序》

師乃九江朱先生再傳弟子，處士簡竹居之高足也，性恬退，不樂仕進，工文章，以詞學名家，著有《海綃詞》上下卷。歸安朱孝臧先生見之，歎爲百越特異之才，又嘗論吾粵文學，以曲江始，以師結，其位置亦可想見。秋間，本省中山大學仰師之學，將以殊禮延爲詞學主講，然慮其韜伏不出，乃倩孝臧先生代爲將意。師初以輓近學風不飭，果卻聘，後經各方剖釋敦促，遂於冬十月竭其寢饋卅餘載之絶學，傳諸當世，士林聞而慶之。登壇之日，立雪者盈門，此風本已久絶見聞，不圖復見諸今日，豈偶然哉，足徵學者傾仰之殷也。此詞版藏杭之西湖西泠印社，粵中尠覯。兹按期分録本刊，以享閲者。己巳殘冬，俊文呵凍謹識。

——《蚌湖月刊》第十二期，一九三〇年

沈軼劉《繁霜榭詞札》評

陳洵《海綃説詞》，就詞分段，對比紬繹，以求得作者用意遣詞之所在，頗能杜絶空言，然有時亦不免瑣碎牽附。其論吴文英，渲染衆評而益甚其辭，使吴變成超人，誇炫失次，轉成疵累，然猶有事例也。況周頤則大談玄理，視作神仙，誠如現代詞論家施議對所謂「引向外緣」，語涉虚玄，幾同揚子《法言》之比矣。

——沈軼劉《繁霜榭詞札》，《近現代詞話叢編》本

龍榆生《絶句贈方檝》

海南宗派海綃開，詞筆恢張視此才。解向坡仙參妙諦，何妨七寶炫樓臺。

——龍榆生《忍寒詩詞歌詞集》，復旦大學出版社二〇一二年

譚祖任

譚祖任（一八七一——一九四三），字篆卿，一作篆青、瑑卿，號移庵，南海人。譚宗浚子。清光緒拔貢，官郵傳部員外郎。民國時於北京組織聊園詞社，著有《聊園詞》。

燭影摇紅·《抱香室詞》題辭

清絶幽姿，歲寒荏苒霜華勁。一尊江國對流霞，香泛吟邊冷。坐閲嚴宵向永。寫騷懷，哀絃淚迸。冰壺澹抱，幾許仙心，瓊疏春靚。回首前遊，郡樓嘯傲邊聲靖。蓴絲鱸雪戀西風，愁話滄桑影。塵海波濤靡定。念沈憂，孤芳自警。閒門卻掃，瑶想參差，翛然人境。

——楊鐵夫《抱香室詞》，清末刻本

靈《詞林新語》

南海譚瑑青久客京師，精治庖膳。客有北行者，以不得就一餐爲恨。

——《詞學季刊》第一卷第三號

錢仲聯《光宣詞壇點將録》評

馬軍小彪將兼遠探出哨頭領一十六員之一：地空星小霸王周通　譚祖壬

瑑青嶺表巨匠，《聊園詞》佳構紛披，慢詞尤勝。遐庵評其《解連環·展上巳》爲「哀感無端」，《浪淘沙慢·索門杜居》爲「工於皴勒，得美成之筆」，良非溢譽。

——錢仲聯《夢苕庵清代文學論集》，齊魯書社一九八三年

嶺南詞話彙編

下冊

余意 編著

南方傳媒
廣東人民出版社
·廣州·

崔師貫

崔師貫（一八七一—一九四一），原名景元，字百越，號今嬰，南海人。清末諸生，曾任香港大學教授，工詩詞，著有《北村類稿》、《丹霞遊草》。

《希古堂詞存》序

吾粵自明以來，詩人多著稱，至嘉、道後尤盛。顧詞家實罕，惟吴石華尸其名，後漸有繼聲，而多屬流寓，非粵産也。笛樓先生則粵産而流寓於外，故時尠知者。先生爲張南山門下士，元本見聞，於詩及駢散文，皆操之極熟。中歲始爲詞，用力甚勤，初猶囿於浙派，蓋時尚使然。既而趨於黿溪、玉笥、草窗，町畦自闢，洵爲豪傑之士矣。惜去中土寫遠，與同時名流少晉接。早歲參戎，歷仕邊徼，復經厄挫，蹉跎以老，其治績亦不彰，顧澹於榮利，嘯歌自適，殆所謂吏隱者歟？全集前刻於沅州，日久散佚。黄子蘅秋流連祖硯，紬感桑滄，擬重修輯。邇養疴赤柱山下，介而相見，出觀原稿，依永一通。幸風流之可接，懼耆獻之無徵，不辭譾陋，爰序而歸之。歲辛未春三月，南海崔師貫謹書。

——黄炳堃《希古堂詞存》，民國二十年刊本

石州慢　《抱香室詞》題辭

又惹紅樓，彈徹石州，離恨稠疊。遊情底事多淹，叵耐惱人華髮。吴山越水，幾度載酒題襟，前盟未冷鷗能説。卻惜海山孤，對蠻花空發。　疏闊。那因詩案，流落江湖，頓更筆札。一瓣心香，自向彊村人爇。化蛾身世，慣見屢劫星霜，抱春不逐蘭膏滅。盡付與歌筵，是誰家風月。

——楊鐵夫《抱香室詞》，清末刻本

羅惇曧

羅惇曧（一八七二—一九二四），字掞東，號癭公、癭庵，順德人。康有爲弟子。優貢生，清末任郵傳部郎中、京師大學堂編書局分纂，民國時任總統府秘書、參議、國務秘書。於京劇、詩文有獨到造詣，劇本有《文姬歸漢》、《紅拂記》，詩有《癭庵詩集》。

題彊村侍郎校詞圖

四印精刊有鶩翁，王朱前後此心同。鄭叔問新逝。樵風逝後誰商榷，零落丹鉛感慨中。

遺稿叢殘粤兩生，感君風義重生平。披圖我有交親涕，暮雨寒鐙共此情。君輯刊麥孺博、潘若海遺稿，名《粤兩生集》。孺博，吾外甥；若海，吾摯友也。

奉題漚尹先生校詞圖，時同遊西湖

水磨坊前舊隱居，紅梅閣下小精廬。花前負手微吟歇，筠簟疏簾自勘書。

六橋雙鳳研爲成容若遺物

今年喜得納蘭硯，去日能尋特勒碑。絶歎行邊舊持節，祇矜心力爲填詞。

題張雨珊先生《湘雨樓詞集》三首

散人自書天隨子，詞客宜居水磨坊。收取蘅芷作吟料，芰衣蘭佩亦家常。

先師德望並嵩衡，文采機雲好弟兄。湘雨嶽雲樓對矗，少年鄉國舊齊名。先師尚書文達公遺著曰《嶽雲樓集》。

湘中曾刻六家詞，耆舊風流想見之。悵念王翁今宿草，丁香愁對著花時。長沙王祭酒刻《湘中六家詞》，雨珊先生與王湘綺翁詞並在焉。甲寅春，湘綺翁入都，集百餘人於法源寺爲賞丁香之會，過從甚數。

——以上羅惇曧《癭庵詩集》，民國十七年刊本

與冒廣生書①

一

松筠庵送江杏老别照片，奉贈一張志念。已移居校場頭條四印齋舊宅，朱、夏均嘗居此，皆詞人也。有暇能下訪否？君有詩相賀否？鶴亭京卿先生，矗叩，廿七日。

二

《焦山二首》：「焦山佳處松寥閣，今作陶齋香火龕。想見梁髯思舊淚，交柯萬竹藪蒼巖。」「梁髯一病過冬春，昔日兹山作主人。手拓鶴銘曾贈我，海西庵榻已生塵。節庵居焦山海西庵數年，宣統庚辛之間，余居京師之四印齋，節庵拓《瘞鶴銘》八字『王朱前後詞仙之家』，製横幅爲贈。」《鶴亭司榷鎮江，吾自蘇州馳書約遊焦山，值其還如皋。吾乃獨遊，戲占一絶寫王夢樓卷後，留待鶴亭來看》：「鈍宧今作江山主，尚戀家鄉水繪園。賸我瓜廬獨吟望，和詩不見樸巢孫。」

鈍公，瘿呈稿，己未正月。

——上海博物館圖書館編《冒廣生友朋書札》，上海書畫出版社二〇〇九年

① 共九則，兹録與詞相關者二則。

黃濬《花隨人聖盦摭憶》評

予始得樵風、彊村二家詞，實羅癭同曹時手贈，時在庚戌，癭薄遊吴會乍歸也。癭公初住教場二條胡同，是王半塘故宅，所謂四印齋，庚子朱古微曾來同居之。癭公因集《瘞鶴銘》題曰「王朱前後詞仙之宅」。後遷廣州會館，仍榜此八字於客廳。尚記是冬癭公絮絮爲言至蘇州得見文小坡，并書贈小坡一詩於予之團扇。彈指二十餘年，癭公歿亦歲星一周。今翻《彊村語業》卷二《西河》小序云：「庚戌夏六月，癭庵薄遊吴下，訪予城西聽楓園，話及京寓，乃半塘翁舊廬。回憶庚子、辛丑間，嘗依翁以居。離亂中更，奄逾十稔，疏燈老屋，魂夢與俱，今距翁下世且七暑寒已。向子期鄰笛之悲，所爲感音而歎也。爰和美成此曲，以攄舊懷。」即紀兹事。

癭公是年遊吴，於天童訪寄禪上人，於蘇州訪朱古微、鄭叔問。癭公有詞，記當時《國風報》曾載之。遐庵爲癭公刊詩，似未録及。古微《西河》小序中「訪城西聽楓園」云云，聽楓園者，叔問爲彊村蘇閶所僦之居。《樵風樂府》卷七《驀山溪》小序云：「吴城小市橋，宋詞人吴應之紅梅閣故地也，橋東今爲吴氏聽楓園。水木明瑟，以老楓受名。紅葉池亭，不減舊家春色，且先後並屬延陵，於勝地若有前因。彊村翁近僦其園爲行寓。翁所著詞，聲滿天地，折紅一曲，未得專美於前也。爰託近意，歌以頌之。」而彊村和作，亦有小序，中云「叔問爲相陰陽，練時日，可見其投分之厚，爲謀之忠」。蓋是時陳矐庵啓泰爲江蘇巡撫，駐蘇州，陳素風雅，延叔問處幕中，故吴門詞流接武。鼎革後，風流雲散矣。癭公生平亦以友朋爲性命者，以叔問老年多舛，爲言於任公先生，以其喪偶厚賻之。叔問有謝書云：「别來數更喪亂，感懷雅舊，恍若隔生，音訊闕然，寤思曷極。去臘展誦惠書，猥以悼亡，矜垂甚備，高義仁篤，荷遽相并。重承任公老友厚賻，頒逮三百金，周急救凶，幽明均感，撫臆論報，銜結深銘。祇以衰病之餘，少稽陳謝，伏惟愷弟之宥，代剖赤情，幸甚幸甚。兹值亡妻營奠有日，敢以赴告，敬求飭送沽上爲感。下走集蓼餘年，遭家多難，比來知死知生，彌憎鮮民之痛。昨承寄示孑民先生，函訂大學主任金石學教科兼校醫，月廩約四百番錢，禮遇誠優且渥。第念故國野遺，落南垂四十年，倦旅北還，既苦應接，且聞京師僕賃薪米之費什倍於南，居大不易；蒿目世變，何意皋比，頽放久甘，敢忝爲國學大都講耶？業醫賣畫，老而食貧，固其素也。辱附契末，聊貢區區，未盡願言，但有荒哽。」按此書以戊午正月發，是民國七年也。先生即以是年二月捐館，衰病疲茶，宜其無意北歸。夔公晚亦侘傺，卒年才逾五十，去叔問之殁不過六年，生無寸椽，殯於蕭寺，寡妻併命，楹書蕩然，文人酷遇，於斯已極。每憶甲子九日，予與辛平視夔公喪於法源寺，輒覺悲從中來，以較樵風身後，又别菀枯，誠汪容甫所謂「九淵之下，尚有天衢，秋荼之甘，或云如薺」者已。叔問身後，亮集以《冷紅簃填詞圖》乞人題咏，弢庵先生題二絶句云：「流落江南吾小坡，二窗斷送卌年過。故知一切誰真妄，奈此迴腸蕩氣何。」「三過吴門一面慳，眼中猶是舊朱顔。如何入畫還相避，背坐拈毫對小鬟。」可想見山人早年風度。曾剛甫題云：「西風吹下藤州淚，社作今無竹屋詞。解識二窗微妙旨，樵風一卷亦吾師。」剛甫與夔公至交，讀「藤州吹淚」之句，彌念吾夔庵也。

——黄濬著、李吉奎整理《花隨人聖盦摭憶》，中華書局二〇一三年

錢仲聯《光宣詞壇點將録》評

軍中走報機密步軍頭領四員之一：地樂星鐵叫子樂和　羅惇㬊

癭公度曲當家，詞亦不凡。《蝶戀花》數闋，自是《陽春》、《小山》遺音。

——錢仲聯《光宣詞壇點將録》，《詞學》第三輯

黄節

黄節（一八七三——一九三五），原名晦聞，改名節，字玉昆，號純熙，别署晦翁，順德人。早年師事簡朝亮。創辦《政藝通報》、《國粹學報》，啓迪民智。主講於兩廣優級師範學堂、廣東高等學堂、北京大學、清華大學。一度出任廣東省教育廳廳長。南社社員。以詩名世，著有《蒹葭樓詩》。

《海綃詞》序

陳洵字述叔，本新會人，補南海生員。少有才思，遊江右十餘年，歸粤。辛亥秋七月，番禺梁文忠重開南園，述叔與余始相識。文忠與人，每稱「陳詞黄詩」，此實勉厲後進。余詩未成，甚愧。

述叔蚤爲詞，悦稼軒、夢窗、碧山，其時年未五十。今又十餘年，歸安朱彊村先生見其詞，槖金刊之。以余知述叔平生，命余屬序。述叔數贈余詞，余未學詞，雖心知其能，以彊村詞宗當世稱述叔詞，且爲刊而傳焉，則知其詞之有可傳世也。述叔窮老，授徒郡居，微彊村，世無由知述叔者矣。癸亥七月五日黄節序。

——陳洵《海綃詞》，民國十二年刊本

伍懿莊《浮碧詞》序

詞之爲道，其發於愛國者乎？南宋以後，斯學獨盛。周草窗編《絶妙好詞箋》，所采皆當時遺民，姓氏或有不多見者。迄今四庫詞曲一部，著録宋人蓋十而九九，金元之間祇一二家耳。嗟夫！詞之爲道，匪發於愛國，則奚爲獨盛於南宋，其時爲之邪？鄭所南謂張玉田詞，能令後三十年西湖錦繡山水，猶生清響，不徒賞其詞而已，痛湖山非昔而歌哭者之無人也。有明以降，吾粤詞風獨盛，翁山、元孝，皆能本其愛國思想，發而爲詞。嗟夫！斯學之盛也，乃僅僅能令愛國者寫其歌哭之情而已。由斯而譚，屈、陳二子去今奚止三十年。西湖山水，果有陸陵之歎否邪？無張循王孫，則清響絶矣。雖然詞之爲道，發於愛國者也，然第有其人，而僅以詞傳，則其於愛國之道如斯已乎？予知其不然也。南海伍君懿莊，善書畫，尤工詞，翩翩世胄，席可以致仕宦之地，而顧不爲，乃自放江湖詩酒間以寫其志，予焉知其志之所託邪？抑殆如張循王孫，一片空狂懷抱，日日化而爲醉者邪？丙午春莫，出其所爲《浮碧詞》以示予，屬爲之序。予不能詞，然每讀其詞，覺其芳馨悱惻，有清響而已。懿莊誠愛國者哉，懿莊誠愛國者哉，則必不止以斯傳也。順德黄節序。

——《廣東文徵續編》

奉題漚尹先生校詞圖

校字殷勤過海虞，古人真意重踟躕。先生别有滄桑感，難寫傷心入畫圖。

——龍榆生輯《彊村校詞圖題詠》，《彊村叢書》本

題海綃樓匾附記

朮叔，傷心人也；其詞，傷心詞也。

——陳洵著、劉斯翰箋注《海綃詞箋注》，上海古籍出版社二〇〇二年

張爾田《與黄晦聞書》

晦聞我兄先生左右：初八日寄一快郵，今又奉到手誥，循誦之餘，流臉霑膝。比閱雜報，多有載静庵學行者，全失其真，令人欲嘔。嗚呼！亡友死不瞑目矣。憶初與静庵定交，時新從日本歸，任蘇州師範校務，方治康德、叔本華哲學，間作詩詞。其詩學陸放翁，詞學納蘭容若，時時引用新名詞作論文，强余輩談美術。固儼然一今之新人物也。其與今之新人物不同者，則爲學問，研

究學問，别無何等作用。彼時弟之學亦未有所成，殊無以測其深淺，但驚爲新而已。其後十年不見，而静庵之學乃一變。鼎革以還，相聚海上，無三日不晤，思想言論，粹然一軌於正，從前種種，絶口不復道矣。其治學也，縝密謹嚴，奄有三百年聲韻、訓詁、目録、校勘、金石、輿地之長而變化之。其所見新出史料最夥，又能綜合各國古文字而折其意義。彼嘗有一名言曰：「治古文字學，不可解之字，不可强解，讀書多，見聞富，久之自然觸發，其終不可通者，則置之可也。」故彼最不滿意者，爲莊葆琛、龔自珍之治金文，以其强作解事也。考證鐘鼎文字及殷墟書契，一皆用此法。近年校勘蒙古史料，於對音尤審，又欲注《蒙古源流》，研究滿洲、蒙、藏三種文字，惜尚未竟其業。此皆三百年學者有志未逮者，而静庵乃以一人集其成，固宜其精博過前人矣。世之崇拜静庵者，不能窺見其學之大本大原，專喜推許其《人間詞話》、《戲曲考》種種，而豈知皆静庵之所吐棄不屑道者乎！惟其於文事似不欲究心，然亦多獨到之論。其於文也，主清真，不尚模倣，而尤惡有色澤而無本質者。又嘗謂「讀古書當以美術眼光觀之，方可一洗時人功利之弊」，亦皆爲名言。至其與人交也，初甚落落，久乃愈醇。弟與相處數十年，未嘗見其臧否人物。臨財無苟，不可干以非義，蓋出於天性使然。嗚呼！静庵之學，不特爲三百年所無，即其人亦非晚近之人也。今静庵死矣，何處再得一静庵？此弟於知交中尤爲惋歎者也。静庵名在天壤，逆料必有無知妄作，大書特書，以汙吾良友者。一息尚存，後死之責，不敢不盡。然而所以報吾友者，僅乃如此，亦已啬矣，奈何奈何！雨僧兄若見，便請以此示之。尊體務宜保攝，勉慰故人，至望至望。

——《學衡》第六十期

梁啓超

梁啓超（一八七三—一九二九），字卓如，一字任甫，號任公，又號飲冰室主人、飲冰子、哀時客、中國之新民、自由齋主人，新會人。早年師事康有爲，清光緒間舉人，戊戌變法領袖之一，是中國近代思想家、政治家、教育家、史學家、文學家。生平著作甚夥，後人輯爲《飲冰室合集》。

《飲冰室詩話》評詞

南海先生曰：「伯雋殆有宿根者，遊戲人間耳。」顧伯雋寡言，吾無從窺其底藴。以文字論之，知其非冷腸人也。記其所填《摸魚兒》一闋云：「算只有、江山無數，怎盛得靈氣住。氣吞地球常八九，渺爾衆生何有。甚情緒。向百尺高樓，覷看行人路。滿城簫鼓。算愁裏無人，夢中無地，獨自任情苦。　秋風起，春草春花又暮。忍見陀城煙樹。蕭蕭馬鳴催落日，弄得老天憔悴。我何顧。算萬里堂堂，猶是神州土。笑聲歸去。待日闇雲冥，風狂雨横，重見舊遊處。」又《金縷曲》一闋，記得末句云：「他若有情吾能見，吾有情更待向誰説。空佇立，肝腸熱。」然則伯雋豈忘世耶？記昔嘗責備之，伯雋曰：「我今日正在卧薪嘗膽的時候。」但薪膽生涯，忽忽十年矣。海内風雲，如此其急，而小舍利佛，尚不肯出定，吾又安能無憾也。

武陵何鐵笛烈士來保，余未獲識面，顧夙聞譚瀏陽稱其爲人，謂生平肝膽交，除紱丞外，君爲第一，因此神交者數年矣。庚子，君與唐瀏陽共事，而君實任衡、湘一切布畫，漢變後死事最烈。頃趙曰生郵寄其絶命詞四章，亟録如下：……鐵笛復有《滿江紅》一闋，其自序云：「庚子黨禍再作，亡命桃源，遂遊桃源洞，黑箐鬼語，蒼櫚猩啼，魂悽魄殭，非復人間世也，援筆賦此。」其詞云：「造化小兒，簸弄我，望門投止。黑夜裏，攀藤附葛，雨來風起。燈火一星林際出，忽聞犬吠心頭喜。又山門、閉了寂無人，鐘聲死。　撫身世，淚盈眥；悲家國，血盈臆。叶上聲。問蒼天何苦，磨人至此。靖節先生知甚處，避秦有甚桃源裏。聽天邊、啞啞有慈鵶，歸來只。」

去年聞學生某君入東京音樂學校，專研究樂學，余喜無量。蓋欲改造國民之品質，則詩歌、音樂爲精神教育之一要件，此稍有識者所能知也。中國樂學，發達尚早，自明以前，雖進步稍緩，而其統猶綿綿不絶。前此凡有韻之文，半皆可以入樂者也。《詩》三百篇，皆爲樂章尚矣。孔子稱誦詩三百、歌詩三百、絃詩三百、舞詩三百。如《楚辭》之《招魂》、《九歌》，漢之《大風》、《柏梁》，皆應絃赴節，不徒樂府之名如其實而已。下至唐代絶句，如「雲想衣裳」、「黄河遠上」，莫不被諸絃管。宋之詞、元之曲，又其顯而易見者也。蓋自明以前，文學家多通音律，而無論雅樂、劇曲，大率皆由士大夫主持之，雖或衰靡，而俚俗猶不至太甚。本朝以來，則音律之學，士夫無復過問，而先王樂教，乃全委諸教坊優伎之手矣。讀泰西文明史，無論何代，無論何國，無不食文學家之賜，其國民於諸文豪，亦須頂禮而尸祝之。若中國之詞章家，則於國民豈有絲毫之影響耶？推原其故，不得不謂詩與樂分之所致也。鄭夾漈有言：「古之詩曰歌行，後之詩曰古、近二體。歌行主聲，二體主文。詩爲聲也，不爲文也。浩歌長嘯，古人之深趣。今人既不尚嘯，而又失其歌詩之旨，所以無樂事也。凡律其辭則謂之詩，聲其詩則謂之歌，詩未有不歌者也。（中略）嗚呼！詩在於聲，不在於義。孔子曰：『《關雎》樂而不淫，哀而不傷。』亦謂《關雎》之聲和平，能令聞者感發而不失其度耳。若誦其文，習其理，能有哀樂之事乎？二體之作，失其詩矣。」《通志·樂略》：「其言可謂特識。」夾漈時已然，輓近迺益甚，至於今日，而詩、詞、曲三者，皆成爲陳設之古玩，而詞章家真社會之蝨矣。頃讀雜誌《江蘇》，屢陳中國音樂改良之義。其第七號已譜出軍歌、學校歌數闋，讀之拍案叫絶，此中國文學復興之先河也。惜余亦一門外漢，僅如夾漈所謂誦其文習其理而已。寄語某君，自今以往，更委身於祖國文學，據今所學，而調和之以淵懿之風格，微妙之辭藻，苟能爲索士比亞、彌爾頓，其報國民之恩者，不已多乎？

余故交中，復生、鐵樵之外，惟平子最有切密之關係，相愛相念，無日能忘。前月在美洲時，得所寄小詞，自序云：「九月十五日，午夢初醒，念我故人，遠隔太平洋。此時卻月影正圓矣。洲別東西，時異晝暝，然相隔僅一塊土耳。戲占一闋，以寄遥思」：「故鄉日影初停午。郵書電話渾無據。兩面總高山。盈盈一水間。　頻思穿地脈。一望君顔色。皓月正當天。知君眠未眠。」

樂學漸有發達之機，可謂我國教育界前途一慶幸，苟有此學專門，則吾國古詩今詩，可以入譜者正自不少，如岳鄂王《滿江紅》之類，最可譜也。

梁溪蔣君萬里，其詩屢見各報。頃以新詞二闋見寄，氣象壯闊，神思激揚，洵足起此道之衰，録之。「揚子江」一闋調寄《大江東去》云：「乘風萬里，看長流日夜，更番潮汐。舊是神州形勝地，天界華夷南北。襟帶淮湘，并吞漢泗，吐納猶嫌窄。茫茫天塹，當年雄視無敵。　記得初導岷山，濫觴一勺，水勢奔湍急。終古英雄淘未了，巫峽千尋崔崒。擊楫雄心，投鞭壯志，人物原奇特。六朝遺恨，江流嗚咽如泣。」「黄河」一闋調寄《望海潮》云：「濫觴星宿，導源積石，滔滔今古長流。勢薄秦關，氣吞大野，紆迴灌遍神州。逝水幾時休。看河聲入塞，嶽色横秋。一氣鴻蒙，直隨大陸共沈浮。　西風一葉扁舟。奈迅如駛箭，難著閒鷗。水激桃花，歌悲瓠子，投鞭此去堪憂。借箸共誰籌。慨澄清有志，挽救無謀。欲上昆侖山頂，遥望海東頭。」

挽公度詩頗多，不能悉録，擇録佳句一二。嶺西倚劍生作：「儒林争拜靈光殿，詩界新開人境廬。」又：「民間私定陶潛謚，海上龕迎白傅歸。舊日冠巾成紀念，故山猿鶴尚哀飛。」又：「人天撒手歸真早，留下仔肩付與誰。」公度於丙申春間，曾爲一《金縷曲》贈鄙人及吴鐵樵、陳師曾者，記其開端三句云：「世界無窮事，付後來、二三豪俊，吾今倦矣。」讀倚劍生詩，悵觸及此，哀與慚兼矣。

某贈某《金縷曲》一闋，兩人者皆余摯友也。不許我道其姓名，顧愛其詞不忍釋，乃隱之以入詩話：「悲憤應難已。問此時、絶裾温嶠，投身何處。莫道英雄無用武，尚有中原萬里。胡鬱鬱、今猶居此。駒隙光陰容易過，恐河清、不爲愁人俟。聞吾語，當奮起。　青衫搔首人間世，悵年來、興亡弔遍，殘山賸水。如此乾坤須整頓，應有異人間起。君與我、安知非是。漫説大言成事少，彼當年、劉季猶斯耳。旁觀論，一笑置。」

公度集中，詩多詞少，然亦曾爲數十首，其原稿昔在余篋中。戊戌之役，同成灰燼，平生一憾也。蘭史頃以公度一詞見寄，調寄《雙雙燕》，題爲《題蘭史羅浮記遊圖》，今録之：「羅浮睡了，試召鶴呼龍，憑誰喚醒。塵封丹竈，賸有星殘月冷。欲問移家仙井。何處覓、風鬟霧鬢。只應獨立蒼茫，高唱萬峯峯頂。　　荒徑。蓬蒿半隱。幸空谷無人，棲身應穩。危樓倚遍，看到雲昏花暝。回首海波如鏡。忽露出、飛來舊影。又愁風雨合離，化作他人仙境。」原注云：蘭史所著《羅浮遊記》引陳蘭甫先生「羅浮睡了」一語，便覺有對此茫茫、百端交集之感。先生真能移我情矣，輒續成之。狗尾之誚，不敢辭也。又蘭史與其夫人舊有偕隱羅浮之約，故「風鬟」句及之。「羅浮睡了。看上界沈沈，萬峯未醒。喚起霜娥，照得山河盡冷。白遍梅田千井。見玉女、青青兩鬢。恰當天上呼船，倒卧飛雲絶頂。　　仙洞有人賦隱。羨胡蝶雙棲，翠屏安穩。煙扃擬叩，還隔花深松暝。誰揭瑶臺明鏡。應畫我、高寒瘦影。指他東海火輪，祇是蓬萊塵境。」原注云：昔在菊坡精舍聽陳蘭甫先生話羅浮之遊，云僅得「羅浮睡了」四字，久之未成詞也。壬寅三月，余遊羅浮，至東江泊舟，望四百峯橫亘煙月中，覺陳先生此四字神妙如繪，故於遊記中紀其事。而黄公度京卿以飄逸仙才成詞一首見寄，猿驚鶴舉，惜不能起陳先生相賞也。寒夜無眠，獨步月，如置身五龍潭上、玉女峯邊，忽憶京卿原韻，意有所悟，擬和成稿。蓋距京卿寄示時，又易一寒暑矣。

十年前，以狄平子之介紹，得交桂伯華，心儀其人。嗣聞其隱於金陵，就楊仁山居士學佛，不婚不宦，醰然有得，心益嚮往之。今春平子以書來，言伯華東渡學梵文，以弘法自任。亟思走謁，苦不知其所居地。客有自署公耐者，忽以伯華近作詩、詞見寄，以綺語說法，感均頑豔，維摩詰耶？天女耶？文殊師利耶？舍利弗耶？吾烏從測之，惟喜誦不克割捨耳。乃録入詩話。《江城子》一闋云：「落盡紅英萬點，愁扳緑樹千條。雲英消息隔藍橋。袖間今古淚，心上往來潮。

懊惱尋芳期誤，更番懷遠詩敲。靈風夢雨自朝朝。就醒春色暮，歌罷客魂銷。」《菩薩蠻》二闋云：「才華已爲情消損，那堪又被多情困。珠玉女兒喉，新詞懶入眸。清愁銷不得，夢入蓮花國。方信斷腸癡，斷腸天不知。」「月斜迷夢春城隔，隔城春夢迷斜月。寒燭畫樓殘，殘樓畫燭寒。許時同密語。語密同時許。才盡費疑猜，猜疑費盡才。」

附：苦痛中的小玩意兒

《晨報》每年紀念增刊，我照例有篇文字。今年真要交白卷了，因爲我今年受環境的酷待，情緒十分的無俚。我的夫人從燈節起，卧病半年，到中秋日，奄然化去。他的病極人間未有之苦痛，自初發時，醫生便已宣告不治，半年以來，耳所觸的衹有病人的呻吟，目所接的衹有兒女的涕淚。喪事初了，愛子遠行，中間還夾著羣盜相噬，變亂如麻，風雪蔽天，生人道盡，塊然獨坐，幾不知人間何世。哎，哀樂之感，凡在有情，其誰能免！平日意態活潑興會淋漓的我，這會也嗒然氣盡了，提筆屬文，非等幾個月後心上的創痕平復，不敢作此想。《晨報》記者索我的文，比催租還兇狠。我没有法兒對付，衹好撒個爛污寫這篇没有價值的東西給他。

我在病榻旁邊這幾個月拿什麼消遣呢。我桌子上和枕邊擺著一部汲古閣的《宋六十家詞》，一部王幼霞刻的《四印齋詞》，一部朱古微刻的《彊村叢書》。除卻我的愛女之外，這些「詞人」便是我唯一的伴侣。我在無聊的時候，把他們的好句子集句做對聯鬧著玩。久而久之，竟集成二三百副之多，其中像很有些好的，待我寫出來。寫出以前，請先説幾句空論。駢儷對偶之文，近來頗爲青年文學家所排斥，我也表相當的同意。但以我國文字的構造，結果當然要産生這種文學。而這種文學，固自有其特殊之美，不可磨滅。我以謂愛美的人，殊不必先横一成見，一定是丹非素，徒削減自己娱樂的領土。楹聯起自宋後，在駢儷文中，原不過附庸之附庸。然其佳者，也能令人起無限美感。我鬧這種玩意兒，雖不過自適其適，但像野人獻曝似的公諸同好，諒來還不十分討厭。對聯集詩句，久已盛行，但所集都是五七言句，長聯便不多見。清末始有數副傳誦之作，如彭雪琴遊泰山集聯：「我本楚狂人，五嶽尋仙不辭遠；地猶鄹氏邑，萬方多難此登臨。」以湖南人當内亂擾攘時代，遊五嶽之一山東的泰山，所集爲李、杜兩家名句，真算佳極了。又如吾粤觀音山上有三君祠，祀虞仲翔、韓昌黎、蘇東坡，皆遷謫來粤的人。張香濤撰一聯云：「海氣百重樓，豈獨浮雲能蔽日；文章千古事，蕭條異代不同時。」所集亦是李、杜句，把地方風景、諸賢身分都包舉在裏頭，亦算傑構。此外集句雖多，能比上這兩副的不多見。詩句被人集得稀爛了，詞句卻還没有。去年在陳師曾追悼會，會場展覽他的作品，我看見一副篆書的對：「歌扇輕約飛花，高柳垂陰，春漸遠汀洲自緑；畫橈不點明鏡，芳蓮墜粉，波心蕩冷月無聲。」所集都是姜白石句，我當時一見，歎其工麗。今年我做這個玩意兒，可以説是受他衝動。我所集最得意的是贈徐志摩一聯：「臨流可奈清癯，第四橋邊，呼棹過環碧；此意平生飛動，海棠影下，吹笛到天明。」吴夢窗《高陽臺》、姜白石《點絳唇》、陳西麓《秋霽》、辛稼軒《清平樂》、洪平齋《眼兒媚》、陳簡齋《臨江仙》。此聯極能表出志摩的性格，還帶著記他的故事。他曾陪泰戈爾遊西湖，別有會心。又嘗在海棠花下做詩做個通宵。我又有贈蹇季常一聯：「最有味，是無能，但醉來還醒，醒來還醉；本不住，怎生去，笑歸處如客，客處如歸。」朱希真《江城子》、張梅厓《水龍吟》、劉須溪《賀新郎》、柴仲山《齊天樂》。此聯若是季常的朋友看見，我想無論何人，都要拍案叫絕。説能把他的情緒全盤描出。

此外專贈某人之作卻没有了。但我把幾百副録出，請親愛的朋友們選擇，選定了便寫給他。内中劉崧生挑了一副，四句都是集姜白石：「忽相思，更添了幾聲啼鴂；屢回顧，最可惜一片江山。」《江梅引》、《琵琶仙》、《法曲獻仙音》、《八歸》。林宰平挑的一副是：「酒酣鼻息如雷，疊鼓清笳，迤邐渡沙漠；萬里夕陽垂地，落花飛絮，隨意繞天涯。」劉後村《沁園春》、周草窗《高陽臺》、姜白石《淒涼犯》、朱希真《相見歡》、秦少游《如夢令》、趙令畤《烏夜啼》。胡適之挑的是：「胡蝶兒，晚春時，又是一般閒暇；梧桐樹，三更雨，不知多少秋聲。」張泌《胡蝶兒》、辛稼軒《醜奴兒近》、温飛卿《更漏子》、張玉田《清平樂》。丁在君挑的是：「春欲暮，思無窮，應笑我早生華髮；語已多，情未了，問何人會解連環。」温飛卿《更漏子》、蘇東坡《念奴嬌》、牛希濟《生查子》、辛稼軒《慶宫春》。舍弟仲策挑的是：「曲岸持觴，記當時送君南浦；朱門映柳，想如今緑到西湖。」辛稼軒《念奴嬌》、姜白石《玲瓏四犯》、秦少游《滿庭芳》、張玉田《渡江雲》。

此外還有各人挑去的，不能盡記了。以下衹把我自己認爲愜心的彙録幾十副。

春瘦三分，輕陰便成雨；月明千里，高處不勝寒。□□《一翦梅》、夢窗《祝英臺近》

獨上西樓，天淡銀河垂地；高斟北斗，酒酣鼻息如雷。李重光《相見歡》、范希文《御街行》、張于湖《念奴嬌》、劉後村《沁園春》。

西子湖邊，遥山向晚更碧；清明時節，驟雨纔過清明。徐囦子《瑞鶴仙令》、清真《浪淘沙慢》、稼軒《念奴嬌》、淮海《滿庭芳》。

水殿風來，冷香飛上詩句；芳徑雨歇，流鶯喚起春醒。東坡《洞仙歌》、白石《念奴嬌》、夢窗《選冠子》、夢窗《高陽臺》。

滿地橫斜，梅花政自不惡；一春憔悴，杜鵑欲勸誰歸。碧山《高陽臺》、稼軒《漢宮春》、趙長卿《臨江仙》、稼軒《新荷葉》。

宿鷺圓沙，又是一般閒暇；亂鴉斜日，古今無此荒寒。玉田《聲聲慢》、稼軒《醜奴兒近》、夢窗《八聲甘州》、草窗《高陽臺》。

春水滿塘生，鸂鶒還相趁；胡蝶上階飛，風簾自在垂。張泌《醉花間》、陳子高《菩薩蠻》。

銀漢是紅墻，一帶遥相隔；鸞鏡與花枝，此情誰得知。毛文錫《醉花間》、温庭筠《菩薩蠻》。

滿身花影倩人扶，我欲醉眠芳草；幾日行雲何處去，除非問取黄鸝。小山《虞美人》、東坡《西江月》、六一《蝶戀花》、山谷《清平樂》。

月滿西樓，獨鶴自還空碧；日烘晴晝，流鶯喚起春酲。李易安《一翦梅》、奚愁厓《念奴嬌》、梅溪《柳梢青》、竹屋《風入松》。

今夕是何年，霜娥相伴孤照；輕陰便成雨，海棠不分春寒。東坡《水調歌頭》、夢窗《花犯》、夢窗《祝英臺近》、李蠙洲《清平樂》。

燕子不歸，幾日行雲何處去；海棠依舊，去年春恨卻來時。謝勉仲《浪淘沙》、六一《蝶戀花》、漱玉《如夢令》、小山《臨江仙》。

燕子來時，更能消幾番風雨；夕陽無語，最可惜一片江山。王晉卿《憶故人》、稼軒《摸魚兒》、張文潛《風流子》、白石《八歸》。

一晌銷凝，簾外曉鶯殘月；無限清麗，雨餘芳草斜陽。子野《卜算子慢》、飛卿《更漏子》、清真《花犯》、淮海《畫堂春》。

笑索紅梅，香亂石橋南北；醉眠芳草，夢隨蝴蝶西東。玉田《木蘭花慢》、夢窗《解連環》、東坡《清平樂》、西麓《木蘭花慢》。

春水滿塘生，鸂鶒還相趁；東岸緑陰少，楊柳更須栽。張泌《醉花間》、辛稼軒《水調歌頭》。

芳草接天涯，幾重山幾重水；墜葉飄香砌，一番雨一番風。清真《浣溪沙》、子野《碧牡丹》、希文《御街行》、耘叟《木蘭花慢》。

玉宇無塵，時見疏星渡河漢；春心如酒，暗隨流水到天涯。耆卿《醉蓬萊》、東坡《洞仙歌》、白石《角招》、淮海《望海潮》。

日暮更移舟，望江國渺何處；明朝又寒食，見梅枝忽相思。白石《杏花天影》、白石《清波引》、白石《淡黄柳》、白石《江梅引》。

小樓吹徹玉笙寒，自憐幽獨；水殿風來暗香滿，無限思量。李煜《攤破浣溪沙》、清真《大酺》、東坡《洞仙歌》、淮海《畫堂春》。

千里歸艎，山映斜陽天接水；一聲長笛，雁横南浦月當樓。高竹屋《後庭宴》、范希文《踏莎行》、劉龍洲《憶秦娥》、張蘆川《浣溪沙》。

有約不來，空悵望蘭舟容與；勸春且住，幾回憑雙燕丁寧。張君衡《清平樂》、葉石林《賀新郎》、洪叔嶼《永遇樂》、賀方回《薄倖》。

遥夜相思更漏殘，不如休去；尋芳過後西湖好，曾有詩無。韋莊《浣溪沙》、周邦彦《少年行》、歐陽修《采桑子》、辛棄疾《漢宮春》。

欲寄此情，鴻雁在雲魚在水；偷催春暮，青梅如豆柳如絲。毛滂《玉樓春》、曼殊《清平樂》、史邦卿《綺羅香》、馮延巳《阮郎歸》。

軟語商量，海燕飛來窺畫棟；冷香摇動，緑荷相倚滿横塘。梅溪《雙雙燕》、六一《臨江仙》、白石《念奴嬌》、顧敻《虞美人》。

酒醒簾幕低垂，燭影摇紅夜將半；過雨園林如繡，東風吹柳日初長。晏小山《臨江仙》、蔡伸道《洞仙歌》、□□□《念奴嬌》、淮海《畫堂春》。

小院春寒，燕子飛來窺畫棟；空江歲晚，柳花無數送舟歸。謝勉仲《浪淘沙》、馮正中《蝶戀花》、草窗《三姝媚》、淮海《虞美人》。

寒雁先還，爲我南飛傳我意；江梅有約，愛他風雪耐他寒。辛稼軒《漢宫春》、韋端己《歸國謡》、程觀過《滿江紅》、朱希真《鷓鴣天》。

亦愛吾廬，買陂塘旋栽楊柳；頓成輕别，問後約空指薔薇。稼軒《水調歌頭》、晁無咎《摸魚兒》、賀方回《柳色黄》、白石《解連環》。

高處不勝寒，見姮娥瘦如束；無情應笑我，摟虚空睡到明。東坡《水調歌頭》、夢窗《一寸金》、東坡《念奴嬌》、希真《減蘭》。

小樓昨夜東風，吹皺一池春水；梧桐更兼細雨，能消幾個黄昏。重光《虞美人》、馮延巳《謁金門》、漱玉《聲聲慢》、趙德麟《清平樂》。

細草和煙尚緑，遥山向晚更碧；黄葉無風自落，秋雲不雨長陰。清真《浪淘沙慢》、孫巨源《何滿子》。

試憑他流水寄情，卻道海棠依舊；但鎮日繡簾高捲，爲妨雙燕歸來。碧山《瑣窗寒》、漱玉《如夢令》、蒲江《倦尋芳》、次膺《清平樂》。

樓上幾日春寒，杜鵑聲裏斜陽暮；西窗又吹暗雨，紅藕香殘玉簟秋。李易安《壺中天慢》、少游《踏莎行》、白石《齊天樂》、易安《一翦梅》。

垂楊還嫋萬絲金，又恐被西風驚緑；斷紅尚有相思字，試憑他流水寄情。白石《一萼紅》、東坡《賀新郎》、清真《六醜》、碧山《瑣窗寒》。

冷照西斜，正極目空寒，故國渺天北；大江東去，問蒼波無語，流恨入秦淮。草窗《高陽臺》、玉田《憶舊時》、白石《惜紅衣》、東坡《念奴嬌》、夢窗《八聲甘州》、西里《八聲甘州》。

泣殘紅，誰分掃地春空，十日九風雨；舉大白，爲問舊時月色，今夕是何年。李珣《西溪子》、碧山《慶清朝》、稼軒《祝英臺近》、于湖《賀新郎》、白石《暗香》、東坡《水調歌頭》。

呼酒上琴臺，把吳鉤看了，闌干拍遍；明朝又寒食，正海棠開後，燕子來時。夢窗《八聲甘州》、稼軒《水龍吟》、白石《淡黄柳》、晉卿《憶故人》。

羅衣特地春寒，細雨夢回，猶自聽鷓鴣；殊鄉又逢秋晚，江上望極，休去采芙蓉。馮延巳《清平樂》、李中主《浣溪沙》、梅溪《青玉案》、清真《齊天樂》、梅溪《綺羅春》、陳允平《唐多令》。

戲拋蓮菂種横塘，新緑生時，水佩風裳無數；猛拍闌干呼鷗鷺，五湖舊約，煙蓑雨笠相過。稼軒《浣溪沙》、梅溪《綺羅香》、白石《念奴嬌》、蒲江《賀新郎》、白石《湘月》、劉龍洲《破陣子》。

笑倦遊猶是天涯，萬里乾坤，不如歸去；驚客裏又過寒食，一椿心事，曾有詩無。草窗《高陽臺》、白石《玲瓏四犯》、耆卿《安公子》、趙立之《滿江紅》、白石《小重山令》、稼軒《漢宮春》。

以上所録，約占原來所集之半，有些七言八言的也還好，懶得鈔了。此外不滿意的，打算拉雜摧燒他。

我做這頑意兒，免不了孔夫子罵的「好行小慧」，但是「人生愁恨誰能免」，我在傷心時節尋些消遣，我想無論何人也該和我表點同情。十二年十二月三日。

鵲橋仙

成容若卒於康熙乙丑五月十六日，今年今日其二百四十年周忌也。深夜坐月，諷納蘭詞，棖觸成咏

冷瓢飲水，蹇驢側帽。（注一）絶調更無人和。爲誰夜夜夢紅樓。（注二）卻不道當時真錯。（注三）　寄愁天上，和天也瘦。廿紀年光迅過。十二年歲星一周，謂之一紀。斷腸聲裏憶平生，（注四）寄不去的愁有麼。

（注一）《飲水》、《側帽》，皆容若詞集名。（注二）「只休隔夢裏紅樓，有箇人兒見」，集中《雨霖鈴》。「此夜紅樓，天上人間一樣愁」，集中《減蘭》句。容若詞屢説「紅樓」，好事者附會爲《紅樓夢》中人物。（注三）「而今才道當時錯」，集中《采桑子》句。（注四）集中《浣溪沙》原句。

《雙濤閣日記》記詞學活動

正月十七日　仲策填一詞壽我。仲策詞大進，吾甚畏之。

十八日　前許寫白石詞爲仲弟壽，今日始業。

十八日　寫白石詞半葉。

二十日　寫白石詞二葉。

——以上梁啓超《飲冰室合集》，中華書局一九八九年

《静春詞》跋

《静春詞》一卷，宋遺民袁易通甫撰。《知不足齋叢書》有《静春堂詩集》四卷，蓋本八卷而佚其半。其詞集，則《詞綜》、《御選歷代詩餘》附録之詞人姓氏，及錢補《元史·藝文志》皆著其目。錢志諸詞集目，一依《歷代詩餘》移録，未必皆見原書，詩餘又似從《詞綜》稗販也。顧傳本絶稀，明清以來，官私藏目，無著録者。《詞綜》選其詞二首，《歷代詩餘》因之，外此即亦不復見矣。施國祁《禮耕堂叢説》稱張詡庵藏有詩集後四卷之佚目，詩餘目亦在焉，引以説《玉田詞》，甚自矜詫，則原書之稀見可想。此本凡詞三十四首，鈔自明吴文恪《唐宋百家詞》，《百家詞》無刻本者三種，此本並絶於著録，尤珍異矣。通甫，吴人，生宋景定三年，卒元大德十年，年僅四十五。黄溍爲作墓志銘，龔壩、陸文圭、楊載、虞集等皆爲其詩作序。其於晚宋詞人，與張玉田交最契，集中與玉田往還之詞二首，《山中白雲詞》與通甫往還者亦三首，詞品清空綿眇，亦玉田之亞也。從子廷燦，既手録斯本，乃命并録張詞、黄志、陸序附於後，俾知人論世者有所資焉。戊辰初秋，新會梁啓超。

——《北平北海圖書館月刊》第一卷第五號

跋程正伯《書舟詞》

程垓正伯《書舟詞》一卷，《直齋書録解題》著録。毛氏汲古閣有刻本，四庫全書采之。楊升庵《詞品》云：「程正伯，東坡中表之戚，故盛以詞名。獨尤尚書以爲正伯之文過於詞。」毛子晉跋所刻《書舟詞》亦云：「正伯與子瞻，中表兄弟也，故集中多溷蘇作。」清代官書皆沿此説，故《歷代詩餘》附録《詞話》及《詞人姓氏》皆置諸北宋蘇門四學士之間。《四庫提要》以列《山谷詞》後，《小山詞》前。然《直齋書録》所序次，則後於稼軒，而先於白石，不以廁北宋作者之林也。朱氏《詞綜》同。余讀正伯詞，愛其俊宕，其中確有學蘇而神似者，然通觀全集，終覺不似北宋人語；又怪正伯既東坡戚畹，集中詞逾百首，何以無一與元祐諸賢唱和之作，諸賢詩文詞集亦無一及之。又王灼《碧雞漫志》於北宋詞人評騭殆遍，尤推重蘇門諸子，何以亦無一語及正伯？又集中詞題屢稱臨安，不稱杭州，則諸詞作於南宋無疑。縱謂東坡中表幼弟可以南渡後尚生存，亦太牽强矣。記王文誥《蘇詩總案》，於東坡母黨諸程考證綦詳，檢之確無名垓字正伯者，於是益大疑。及細讀本集卷首所載紹熙甲寅王稱序云：「程正伯以詩詞名，鄉之人所知也，獨尚書尤公以爲不然，曰：『正伯之文過於詩詞。』今鄉人有刻正伯歌詞，求余書其首。余以此告之，且爲言正伯方爲當塗諸公以制舉論薦，使正伯惟以詞名世，豈不小哉！』玩其語氣，是王稱作序時正伯尚存，且甫被論薦，則正伯乃紹熙間人，上距東坡百餘年矣。」嗣偶繙《渭南文集》卷三十一，見有《跋程正伯所藏山谷帖》一條，文云：「此卷不應攜在長安逆旅中，亦非貴人席帽金絡馬傳呼入省時所觀。程子他日幅巾筇杖，渡青衣江，相羊喚魚潭、瑞草橋清泉翠樾之間，與山中人共小巢龍鶴菜飯，掃石置風爐，煮蒙頂紫茁，然後出此卷共讀，乃稱耳。」案文，明是正伯攜卷在臨安逆旅中請題者，則正伯與尤延之、陸放翁同時，其決非東坡中表，益信而有徵矣。《詞人姓氏》及《提要》皆謂正伯眉山人，今考集中有「不知家在錦江頭」、「且是芙蓉城下水，還送歸舟」等語，則爲蜀人無疑，是否眉山，尚待考也。楊升庵喜造故實以炫博，偶見正伯與坡公母黨同姓，遂信口指爲中表，其述尤尚書語亦不過襲王序耳。後人以其以蜀人談蜀事，遂不復置疑，不知爲所欺也。子晉跋謂「其詞多溷蘇作，今悉删正」，今據鈔本吴文恪《百家詞》校之，闋數悉同毛刻，所謂删正者又不知何指也。正伯不失爲宋詞一名家，其年代若錯誤，則尚論南北宋詞風者滋迷惑，故不辭詳辨之如右。

跋四卷本《稼軒詞》

《文獻通考》著録《稼軒詞》四卷《宋史·藝文志》同，而引《直齋書録解題》注其下云「信州本十二卷，視長沙本爲多」。或誤以爲此四卷者即長沙本，實則直齋所著録乃長沙本，衹一卷耳。十二卷之信州本，宋刻無傳。黄蕘夫舊藏之元大德間廣信書院本，今歸聊城楊氏，而王半塘四印齋據以翻雕者，即彼本也。可見稼軒詞在宋有三刻。一爲長沙一卷本，二爲信州十二卷本，三即四卷本。明清以來，傳世者惟信州本。毛刻六十一家詞亦四卷，實乃割裂信州本以求合《通考》之卷數，毛氏常態如此，不足深怪，而使讀者或疑毛、王二刻不同源，而毛刻即《通考》與《宋志》之舊，則大不可也。近武進陶氏景印宋元本詞集，中有《稼軒詞》甲、乙、丙三集，其編次與毛、王本全別，文字亦多異同。余讀之頗感興趣，顧頗怪其何以卷數畸零，與前籍所著録者悉無合也。嗣從直隸圖書館假得明吴文恪訥所輯《唐宋名賢百家詞》，其《稼軒集》正採此本，而丁集赫然在焉，乃拍案叫絶，知馬貴與所見四卷本固未絶於人間也。甲集卷首有淳熙戊申正月元日門人范開序稱：「開久從公遊，暇日裒集冥搜，才逾百首，皆親得於公者。以近時流布於海内者率多贋本，吾爲此懼，故不敢獨閟，將以祛傳者之惑焉。」范開貫歷無考，然信州本有贈送酬和范先之詞十首，而此本幾「先之」皆作「廓之」，蓋一人而有兩字，「開」與「先」與「廓」，義皆相屬，疑即是人，誠從公遊最久矣。戊申爲淳熙十五年，稼軒四十九歲，知甲集所載皆四十八歲以前作，稼軒年壽雖難確考，但六十八歲尚存，則集中有明證。乙、丙、丁三集所收，則戊申後十餘年間作也。其是否並出范開裒録，抑他人續輯，下文當更論之。此本最大特色，在含有編年意味，蓋信州本以同調名之調彙録一處，長調在先，短調在後，少作晚作，無從甄辨。此本閲數年編集一次，雖每首作年難一一確指，然某集所收爲某時期作品，可略推見。考稼軒以二十九歲通判建康府，三十一歲知滁州，三十五歲提點江西刑獄，三十七歲知江陵府，三十八歲移帥隆興（江西），僅三月被召内用，旋出爲湖北轉運副使，四十歲移湖南，尋知潭州兼湖南安撫，四十二三歲之間轉知隆興府兼江西安撫，五十間（？）以言者落職，久之主管沖佑觀，五十二歲起福建提點刑獄，旋知福州兼福建安撫，五十四被召還行在，五十六歲落職家居，五十九歲復職奉祠，六十二歲間起知紹興府兼浙東安撫，六十五歲知鎮江府，明年乞祠歸。六十七歲差知紹興府又轉江陵府，皆辭免，未幾遂卒。其生平仕歷大略如此。以上所考，據本傳參以本集題注等，雖未敢謂十分正確，大致當不謬。此本甲集編成在戊申元旦，明見范序。其所收諸詞，皆四十八歲前官建康、滁州、湖北、湖南、江西所作，既極分明。乙集於宦閩時之詞一首未見收録，可推定其編輯年當在紹熙二年辛亥以前，所收詞以戊申、己酉、庚戌等年爲大宗，亦間補收丁未以前之作，丙集自宦閩詞起收，其最末一首爲辛酉生日，蓋壬子至辛酉十年間五十三歲至六十二歲之作，中間强半爲落職家居時也。丁集所收詞，時代頗廣漠難辨，似是雜補前三集之所遺，惟有一點極當注意者，稼軒晚年帥越、帥鎮江時諸名作，如《登會稽蓬萊閣》、《京口北固亭懷古》諸篇皆未收録。《北固亭懷古》詞云「四十三年，望中猶記，烽火揚州路」，稼軒於紹興三十二年以忠義軍掌書記奉表歸朝，以嘉泰四年知鎮江府，相距恰四十三年，作此詞時六十六，幾最晚作矣。此決非棄而不取，實緣編集時尚未有此諸詞耳，然則丁集之編，當與丙集略同時，其年雖不能確指，要之四集皆在稼軒生存時已編成，則可斷言也。若欲爲稼軒詞編年，憑藉兹本，按歷年遊宦諸地之次第，旁考其來往人物，蓋可什得五六。就中江西一事，稼軒家在廣信，而數度宦隆興（南昌），故在江西所作詞及贈答江西人之詞集中最多，其時代亦最難梳理。略依此本甲、乙、丙三集所先後收録，畫分爲數期，而推考其爲某期所作，雖未能盡正確，抑亦不遠也。惟四集中丙、丁集所甄採，似不如甲、乙集之精嚴，其字句間與信州本有異同者。甲、乙集多佳勝，丙、丁集時或劣誤，似非同出一手編輯。若吾所忖度范廓之即范開之説果不謬，則似甲、乙集皆范輯，丙、丁集則非范輯，蓋辛、范分攜，在紹熙元二年間，廓之赴行在，稼軒起爲閩憲，故丙集中即無復與廓之往還之作，廓之既不侍左右，自無從檢集篋稿，他人因其舊名而續之，未可知也。信州本共得詞五百七十二首，此本四集合計，除其複重，共得四百二十七首，但其中卻有二十首爲信州本所無者。内四首辛敬甫補遺本有之。丙集有《六州歌頭》一首，丁集有《西江月》一首，皆諛頌韓平原作。《西江月》之非辛詞，《吴禮部詩話》引謝疊山文已明辨之。《六州歌頭》當亦是嫁名，本傳稱「朱熹殁，僞學禁方嚴，門生故舊至無送葬者，棄疾爲文往哭之」，時稼軒之年亦已六十一矣。其於韓，不憚披其逆鱗如此，以生平澹榮利、尚氣節之人，當垂暮之年，而謂肯作此無聊之媚竈耶？范序謂懼流布者多贋本，此適足證丙、丁集之未經范手釐訂爾。戊辰中元，新會梁啓超。

跋四印齋本《稼軒長短句》

陶氏涉園《景刻宋元詞》中有《稼軒詞》一種，分甲、乙、丙三集者，向來著録家所未見也。甲集百十一首，乙集百十四首，丙集百七首。三集之編，似非同出一人一時。甲集最善，卷首爲淳熙戊申正月元日門人范開序，稱「暇日裒集冥搜，才逾百首，皆親得於公者，以近時流布率多贋本，故不敢自閟」云云。乙、丙集是否仍開續輯，抑出後人手，不敢知矣。今取校此本，甲集有而此本無之詞凡三首，其二首亦見辛敬甫校《永樂大典》補遺本。乙集八首、丙集四首中，惟兩首見補遺，餘皆未見。其字句與此本異同者百餘事。甲集殊多勝處，如《念奴嬌》之「喚做真閒客」，此本誤「閒箇」；《沁園春》之「驚弦雁避」，此本誤「驚絃」；「被東風吹斷」，此本「被」誤「快」。《滿江紅》之「嫦娥孤冷」，此本誤「孤令」；「晚風吹贈」，此本「贈」誤作「帽」。《木蘭花慢》之「共秋風、只等送歸船」，此本「等」誤「管」；《水龍吟》之「桐陰閣道」，此本誤「闇道」；《聲聲慢》之「丹蕉葉展」，此本誤「葉底」；《滿庭芳》之「風雨曉來稀」，此本誤「稀稀」。凡此皆吾讀此詞時懷疑不釋者，今得校正，釐然有當於心。乙、丙集與此本之異文，則此本較勝者多矣。長夏無事，予校具列卷端，其題目有詳略者，亦悉校録焉，凡二日而畢。戊辰先立秋三日，啓超。

又

此本與淳熙本甲、乙、丙集校，此有彼無者二百四十首，彼有此無者，甲集四首，乙集八首，又並有而調名異題者一首，丙集四首。兩本合計，除複重共五百八十八首，再合以辛敬甫從《永樂大典》所輯補遺三十六首，内除誤收他人作二首，占此兩本複重五首，實二十九首，都共得詞六百一十七首，是爲傳世辛詞之總數。戊辰夏啓超記。

《清代學術概論》論清詞

以言夫詞，清代固有作者駕元、明而上，若納蘭性德、郭麐、張惠言、項鴻祚、譚獻、鄭文焯、王鵬運、朱祖謀，皆名其家，然詞固共指爲小道者也。

《國學入門書要目及其讀法》評《詞苑叢談》

徐釚《詞苑叢談》，唯一之詞話，頗有趣。

評成容若《淥水亭雜識》

容若小詞，直追李主。

——以上梁啓超《飲冰室合集》，中華書局一九八九年

跋《稼軒集外詞》

此所謂集外者，謂信州十二卷本《稼軒長短句》所未收也。其目如下：

《生查子·和夏中玉》「一天霜月明」、《滿江紅》「老子當年」、《菩薩蠻》「稼軒日向兒曹說」此首亦見《稼軒詞》甲集、《菩薩蠻·和夏中玉》「與君欲赴西樓約」、《一翦梅》「塵灑衣裾客路長」、《一翦梅》「歌罷尊空月墜西」、《念奴嬌·謝王廣文雙姬詞》「西真姊妹」、《念奴嬌·三友同飲借赤壁韻》「論心論相」、《念奴嬌·贈夏成玉》「妙齡秀發」、《江城子·戲同官》「留仙初試砑羅裙」、《惜奴嬌·戲同官》「風骨蕭然」、《南鄉子·贈妓》「好箇主人家」此首亦見《稼軒詞》乙集、《糖多令》「淑景鬥清明」此首亦見乙集、《踏歌》「顛厥看精神」此首亦見甲集、《眼兒媚·妓》「煙花叢裏不宜他」、《如夢令·贈歌者》「韻勝仙風縹緲」、《鷓鴣天·和陳提幹》「翦燭西窗夜未闌」、《踏莎行·春日有感》「萱草齊階」、《□□□·出塞春寒有感》「鶯未老」、《謁金門·和陳提幹》「山共水」、《鵲橋仙·送粉卿行》「轎兒挑了」、《好事近·春日郊遊》「春動酒旗風」、《好事近》「花月賞心天」、《好事近》

「春意滿西湖」、《水調歌頭・和馬叔度遊月波樓》「客子久不到」、《水調歌頭・鞏采若壽》「泰嶽倚空碧」、《賀新郎・和吳明可給事安撫》「世路風波惡」、《漁家傲・湖州幕官作舫室》「風月小齋模畫舫」、《霜天曉角・赤壁》「雪堂遷客」、《蘇武慢・雪》「帳暖金絲」、《緑頭鴨・七夕》「歎飄零離多會少」、《烏夜啼・戲贈籍中人》「江頭三月清明」、《品令》「迢迢征路」。

右三十三首見辛敬甫啓泰輯《稼軒集》，朱氏《彊村叢書》、《稼軒詞補遺本》。皆采自《永樂大典》者，原輯本三十六首，內《洞仙歌・壽葉丞相》一首，已見信州本；《鷓鴣天》二首「天上人間酒最尊」、「有箇仙人捧玉卮」，則誤采朱希真《樵歌》；今皆刪去。《南歌子》「萬萬千千恨」，右一首見《稼軒詞》甲集。陶氏涉園景宋本乙、丙集同。甲集本有三首，爲信州本所無；內《菩薩蠻》一首「稼軒日向兒曹說」，《踏歌》一首「擷厥看精神」，皆已見辛輯，不復録。《浣溪沙・贈子文侍人名笑笑》「儂是嶔崎可笑人」、《鵲橋仙・贈人》「風流標格」、《行香子》「歸去來兮」、《一翦梅》「記得同燒此夜香」、《虞美人》「夜深困倚屏風後」，右五首見《稼軒詞》乙集。乙集原有八首，爲信州本所無；內《糖多令》一首，「淑景鬥清明」；《南鄉子》一首，「好箇主人家」；《鵲橋仙》一首，「轎兒挑了」，皆已見辛輯，不復録。《六州歌頭》「西湖萬頃」、《西江月・題可卿影像》「人道偏宜歌舞」、《清平樂》「春宵睡重」、《菩薩蠻・贈周國輔侍人》「畫樓影蘸清溪水」，右四首見《稼軒詞》丙集。《祝英臺近》「緑楊堤，青草渡」、《鷓鴣天》「欲上高樓本避愁」、《鷓鴣天》「一片歸心擬亂雲」、《西江月》「堂上謀臣帷幄」，右四首見《稼軒詞》丁集吳文恪《唐宋名賢百家詞》鈔本。《金菊對芙蓉》，右一首見《草堂詩餘》。凡四十八首，散在各本，可撮收繕寫。稼軒詞自陳直齋即已推信州本爲最備。信州本有詞五百七十二首，益以此所録，都爲六百二十首，辛詞傳世者盡是矣。惟此四十八首，在全辛詞中價值何若，則有更待評量者。案稼軒甲集范開序稱：「近時流布於海内者，率多贋本。」甲集編成於淳熙戊申，時稼軒方在中年，而范開已有慨於贋本之混真。此後尚二十年，稼軒齒益尊，名益盛，則嫁名之作益多，蓋意中事耳。丁集所收《西江月》「堂上謀臣帷幄」一首，謝疊山已辨其爲京師士人所作，不容以冤忠魂。見《吴禮部詩話》。考韓侂胄下詔伐金，在開禧二年，此《西江月》決當作於彼時。據詞中「天時地利人和，燕可伐與曰可」及「此日樓臺鼎鼐，明年帶礪山河」等語。依畢氏《續通鑑》，則稼翁已於開禧元年乙丑前卒；雖繫年未確，然翁於乙丑解鎮江（京口）帥任，奉祠西歸，兩見本集題注；翁莅京口，似未及一年，所以遽解職之原因，雖不可確考，以理勢度之，當是不贊開邊之議，故或自引退，或爲執政所排，歸後方飾巾待盡，翁蓋卒於開禧三年。安肯更學勢利市兒，獻頌朝貴？此不待疊山之辨，已可一言而決也。《六州歌頭》亦侂胄封王時媚竈之作，事同一律；集中於其年有「戊午拜復職奉祠之命」《鷓鴣天》一詞，文云：「老退何曾説著官，今朝放罪上恩寬。便支香火真祠俸，更綴文書舊殿班。扶病脚，洗衰顔。快從老疾借衣冠。此身忘世渾容易，使世相忘卻自難。」此種懷抱，此種意興，豈是作「看賢王高會，飛蓋入雲煙」等語之人耶？惟彼兩詞，皆學稼軒而頗能貌襲者，意當時傳頌甚盛，編集者無識，率爾攙收，正乃范開所謂「吾爲此懼」耳。《永樂大典》所載佚詞，内失調名一首，題有「出塞」字樣；稼軒一生無從出塞；又《漁家傲》一首，題有「湖州幕官」字樣，稼軒宦跡未到湖州，似皆屬贋鼎。自餘數十首，或妓席遊戲題贈，或朋輩酬應成篇，即使真出稼軒，在集中亦不爲上乘。諸佚詞中，吾以丁集之《祝英臺近》「緑楊堤，青草渡」一首爲巨擘。大抵辛詞傳本，以范氏所編甲集爲最謹嚴可信，惜僅及中年之作，不能盡全豹；乙集倘亦出范手，但編成亦僅後四年耳。甲、乙集所收出信州本外者共十一首，當皆認爲真辛詞。信州本蓋輯於稼軒身後，故自少作以迄絶筆，皆蒐采不遺。信州爲稼軒釣遊地，門人後學甚多，其慎擇或不讓范開，在宋代辛詞諸刻中，當最完善。此諸佚詞，或爲輯者所曾見而淘棄者，今重事掇拾，毋亦過而存之云爾。戊辰孟秋啓超記。

民國十六年，在清華常與先生讀辛詞，時先生方搜輯材料，欲爲辛編製年譜。十七年孟秋，先生成文二篇：（一）跋四卷本《稼軒詞》、（二）跋《稼軒集外詞》。比即出以相示，並謂能據此補編辛詞，亦屬快事。峯受而諾之。是年冬，先生卧疾於北平協和醫院，峯每往省視，先生輒以此爲問。以人事遷延，至十八年冬，勉成《辛詞校注》一書，惜先生已不及見矣。先生所著《稼軒年譜》，尚未及半，遽歸道山，遂成絶筆。其《跋四卷本稼軒詞》一文，已見清華《國學論叢》二卷一號（商務出版），兹篇係未刊稿，録奉榆生兄載入詞刊，以餉海内之治辛詞者。儲皖峯，二十二年五月，浙大。

——《詞學季刊》第一卷第二號

跋《稼軒詞補遺》

《稼軒詞》以信州十二卷本爲最備，凡五百七十二首。宋淳熙本甲、乙、丙三集合計三百三十二首，内十六首爲信州本所無。此本補遺三十六首，除誤收朱希真二首外，一首複信州本，四首複淳熙本，其爲諸本所未見者，實二十九首。三本互除複重，都得詞六百一十八首，是爲傳世稼軒詞之總數。淳熙本甲集范開序云：「近時流布海内者，率多贋本。」此六百十八首中，未必悉爲稼軒作。然已無從辨别，過而存之可耳。戊辰先立秋三日啓超跋。

又

後五日，復見明吴訥《唐宋百家詞》，所收《稼軒集》正淳熙本。惟更有丁集，凡詞百首。内五首與乙集重出，其爲諸本所無者。又五首内一首，係誤入《龍洲詞》，實多出四首，都計六百二十一首，實傳世稼軒詞總數。啓超又記。

吴夢窗年齒與姜石帚

亡友王静安嘗疑夢窗詞中之姜石帚非姜白石，叩之，亦未能盡其説也。今以《草窗詞》證之，知夢窗年代不能上及白石。儀徵劉伯山毓崧《敘杜刻草窗詞》，考證草窗年代經歷極精覈。據稱草窗與夢窗唱酬，始於景定癸亥春暮，草窗年甫三十有二，夢窗之齒，應長於草窗五十餘歲，時已八十上下，其所以作此推斷者，緣夢窗集中《惜紅衣》調下題注有「余從姜石帚遊苕、霅間三十五年矣」一語。若石帚即白石，則夢窗從遊時雖年僅弱冠，其交草窗時則已八十也。劉氏以謂昔人忘年下交，至可敬佩。考《草窗集》中關涉夢窗之詞凡三首，一《玲瓏四犯》，二《拜星月慢》，三《玉漏遲》。《玲瓏四犯》題爲「戲調夢窗」，中有「年少恐負韶華，儘占斷豔歌芳酒」、「還約在劉郎歸後，憑問柳陌舊鶯，人比似垂楊誰瘦」等語，縱使夢窗忘年，草窗對此先輩，終不能如此謔浪，且此等語以調八十老翁，寧復情理耶？《玉漏遲》題爲「題吴夢窗霜花腴詞集」，詞云：「老來歡意少，錦鯨仙去，紫霞聲杳。怕展金奩，依舊故人懷抱。猶想烏絲醉墨，驚俊語香紅圍繞。閒自笑，與君共是，「承平年少」，此是夢窗死後追述舊歡之作，依劉氏所證算，則草窗壯年，夢窗行將就木，安得云共是年少耶？然則二窗年輩決非甚相懸絶如劉氏所云矣。劉氏因夢窗集中與石帚往還諸作，既以證夢窗之忘年下交草窗，又以證白石之忘年下交夢窗。案：《白石歌曲》，考其蹤跡，其寓居苕、霅，乃在淳熙丁未至紹熙壬子四五年間，下距景定癸亥七十餘年。假定夢窗弱冠時從白石遊苕、霅，則其交草窗時，已非年逾九十不可，此必無之理也。然則欲考夢窗年齒，必須將其與白石之關係葛藤先行翦斷，但石帚之爲何如人，則祇得付諸闕如矣。

伯山又推論石帚實白石年齒，謂「其早年隱居箬坑之丁山，屢經奏薦，因秦檜當國不起」，此説不知何本。記在宋人説部中曾見，決非伯山臆造，則可斷言耳。考白石二十世孫虬緑撰《九真姜氏世系表略》臨桂況氏蕙風簃傳鈔乾隆寫本姜氏家藏《白石道人集》附録，見《香東漫筆》卷一，稱白石曾祖俊民爲紹興八年進士，父噩爲紹興三十年進士，知漢陽縣。秦檜死於紹興二十五年，其當國時，與白石曾祖、祖父年代略相值，而其父尚未通籍。白石《昔遊》詩序稱「早歲孤貧」，其父卒於何年，雖無從考，然《探春詞慢》自序云：「予自孩幼從先人宦於古沔。」則其父出宰漢陽時白石尚孩可知，安得在秦檜當國中屢薦不起耶？使夢窗集中之姜石帚，而在秦檜時爲已享高名之徵士，其人益非壽逾百齡不可矣。伯山又假定姜、吴同遊苕、霅，在嘉泰癸亥前後，而夢窗時甫弱冠，則年歲勉可相及。然白石自紹熙癸丑以後，客越客杭，自此終其身，蹤跡未再到苕、霅。此按諸其詩詞集，顯然可稽者。伯山改遲十年，於事實決無合也。然則白石、石帚非一人，當爲信讞矣。乾隆寫本《白石集》有洪武十四年八世孫福四志略稱：「是編白石暮年自删定，録寫兩本，一付兒子，一詒猶子通，世世寶之。」世系表記夔子名瓊，官太廟齋郎。瓊能寶先人手澤且教率子孫世世勿替，必非俗子。夢窗所交石帚，得毋即其人而增減乃父之號以自號耶？姑書以備再考。

記《時賢本事曲子集》

讀《歐陽文忠公集》卷一百三十二《近體樂府二》第二十四葉，《漁家傲》調下小注引有《京本時賢本事曲子後集》一則，初不知何時何人所著。繼讀吴文恪《唐宋名賢百家詞》之《東坡詞》，其調名下小注引楊元素《本事曲集》者兩條，《滿庭芳》「三十三年，漂流江海」篇，《滿江紅》「憂喜相尋風雨過」篇。引《本事集》者兩條，《虞美人》「買田陽羡」篇，《減字木蘭花》「雙龍對起」篇。凡遺文五條，體裁相同，皆紀北宋中葉詞林掌故。又讀紹興間輯本《南唐二主詞》，《蝶戀花》調下注云：「《本事曲》以爲山東李冠作。」李冠亦北宋中葉之「時賢」也，因此可推定以上所引同一書，其全名爲《時賢本事曲子集》，且有前後集，省名則稱《本事曲集》，再省則稱《本事集》或《本事曲》，著者則楊元素也。歐集所引冠以「京本」二字，則當時有刻本且不止一本可知。遍考南宋簿録諸書，自紹興闕書目下逮晁志、陳録、馬考以至《宋史·藝文志》皆不著録，惟尤延之《遂初堂書目》載有楊元素《本事曲》，當爲本書省名，此後公私藏目皆不復見，知此書南宋尚有傳本，入元則全佚矣。考《東坡詞》集中與楊元素贈答唱和之詞多至十三首，交情之親厚可知。元素名繪，綿竹人，《宋史》有傳，神宗時以侍讀學士出知亳州，歷應天、杭州。據王文誥《蘇詩總案》，知其守杭在熙寧五年甲寅七月，時東坡方以同鄉爲杭倅，故過從尤契密也。本傳稱有集八十卷，不言有《本事曲子集》，或附全集中耶？今兩集俱佚，不可考矣。張子野詞《勸金船》調下題云：「流杯堂唱和，翰林主人元素自撰腔。」東坡詞亦有《泛金船》一闋，題云：「流杯亭和楊元素。」則元素固自能詞，且曉暢音律。今張、蘇詞具在，而元素原唱並不能託嚴詩編杜集之例以傳於後，甚可慨也。《本事曲子》既有前後集，想卷帙非少。據所存佚文，知其每條於本事之下，具録原曲全文，是實最古之宋詞總集，遠在端伯《花庵》、草窗諸選本以前，且覼述掌故，亦可稱爲最古之詞話，尤可寶貴。今諸選幸傳，而此書乃並書名及撰人名皆在若存若亡之數，東坡詞注所引，惟吴本有之。今所存汲古閣本，及四印齋翻元延祐本皆已删去。朱彊村輯編年《東坡樂府》亦未見吴本。吴本舊鈔孤行，不絶如縷，非得此與歐集注及遂初目合參，幾不復知世間曾有此名著矣。今故亟録佚文五則於左，他日若見他書更有徵引，當續録焉。

《時賢本事曲子集》佚文

歐陽文忠公，文章之宗師也。其於小詞，尤膾炙人口。有十二月詞，寄《漁家傲》調中，本集亦未嘗載，今列之於此。前已有十二篇鼓子詞，此未知果公作否？歐陽文忠公近體樂府《漁家傲》「正月新陽生翠琯」篇。

子瞻始與劉仲達往來於眉山，後相逢於泗上，久留郡中，遊南山話舊而作。東坡詞《滿庭芳》「三十三年，漂流江海」篇。

董毅夫名鉞，自梓漕得罪歸鄱陽，遇東坡於齊安，怪其豐暇自得。曰：「吾再娶柳氏三日而去官，吾固不戚戚，而憂柳氏不能忘懷於進退也。已而欣然同憂患，如處富貴，吾是以益安焉。」乃令家僮歌其所作《滿江紅》，東坡嗟歎之，次其韻。東坡詞《滿江紅》「憂喜相尋風雨過」篇。

陳述古守杭，已及瓜代。未交前數日，宴僚佐於有美堂，因請二車蘇子瞻賦詞。子瞻即席而就，寄《攤破虞美人》。東坡詞《虞美人》「買田陽羨」篇。

錢塘西湖有詩僧清順居其上，自名藏春塢。門前有二古松，各在淩霄花下。子瞻爲郡，一日屏騎從過之，松風騷然，順指落花覓句，爲賦此詞。東坡詞《減字木蘭花》「雙龍對起」篇。

案《苕溪漁隱叢話後集》卷二十一「西湖處士」目下云：「按楊元素《本事曲》有《點絳唇》一闋，乃和靖草詞。」又後集卷三十九「長短句」目下引《本事曲》云：「南唐李國主嘗責其臣曰：『吹皺一池吹水，干卿何事？』蓋趙公所撰《謁金門》辭有此一句，最警策。其臣即對曰：『未如陛下「小樓吹徹玉笙寒」。』」云云。此亦楊氏《本事曲》佚文，梁先生文中未引，兹附見於此。戊辰仲冬，趙萬里記。

記《蘭畹集》

民國　梁啓超

讀歐陽文忠公《近體樂府》卷三第十葉，《千秋歲》調下注云：「《蘭畹》作張子野詞。」第十八葉《水調歌頭》調下注云：「此詞載《蘭畹集》第五卷。」歐公樂府刻成於慶元二年，知《蘭畹》必在其前，惟未審爲何時代何人所編。繼讀南唐二主詞，《搗練子令》調下注云：「出《蘭畹曲令》。」當即《蘭畹集》。二主詞王静安已考定爲紹興末年輯本，則《蘭畹》又當在其前矣。繼又讀《碧雞漫志》，卷二云「《蘭畹曲會》，孔寧極先生之子方平所集」，「孔自號滍皋漁父，與姪處度齊名，李方叔詩酒侣也」，知其書本名《曲會》。會即集也，後人用通俗之稱改作集，又省去曲字耳。王静安謂二主詞注作「曲令」，義校「曲會」爲長，非也。曲即令，復舉不詞。北宋無詞名，凡詞皆稱曲子，或省稱曲。曲會猶言詞集耳。編者孔方平與李方叔爲友，蓋元祐間人，此書之成，或當先於《尊前集》，與楊元素之《時賢本事曲子集》時代略同。楊集專收北宋「時賢」，此集蓋兼及唐五代，不限年代之詞家總集，當以此爲首矣。《花間集》亦斷代。據《歐集注》則至少有五卷，卷帙不爲不富，慶元時尚存，而此後藏家無復著録，蓋佚於宋、元之間矣。

方平蓋孔氏之字，其名無考，王頤堂頗稱道其詞，以與晁次膺、万俟雅言並論列。今傳世者惟黄載萬《梅苑》中選存一首耳。頤堂又謂其自作之詞隱名爲魯逸仲，《詞綜》有魯逸仲一首，然則亦方平作矣。《歷代詩餘》附録詞話引玉茗堂選《花間集》序，有「逮及《花間》、《蘭畹》、《香奩》、《金荃》，作者日盛」語，則湯若士知有此書，是否明末猶存，不可知矣。

——以上梁啓超《飲冰室合集》，中華書局一九八九年

與仲弟論詞書七則

一

近詞皆學《樵歌》。此間可辟出新國土也，但長調較難下手耳。

二

《樵歌》，四印齋有不完本，其完本則在朱古微之《彊村叢書》。此叢書爲古微所哀刻，宋、元詞凡數十種，洋洋大觀。弟有意學詞，不可不置一部也。

三

《鵲橋仙·成容若卒於康熙乙丑五月十六日，今年今日共二百四十周忌也，深夜望月，諷納蘭詞，棖觸成咏》：「泠瓢飲水，蹇驢側帽，絶調更無人和。爲誰夜夜夢紅樓，卻不道、當時真錯。寄愁天上，和天也瘦，廿紀年光迅過。斷腸聲裏憶平生，寄不去的愁有麼。」

——梁啓超《飲冰室合集》，中華書局一九八九年

四　一九〇九年五月二十五日

仲弟鑒：五月二日書收。……近尚有填詞否？前寄示數闋，意態雄傑，遠過初況。所寄惟琢句尚有疵纇，宜稍治夢窗以藥之。兄廢此半年，近兩句頗復有所棖觸，拉雜成數章，詩多，詞僅二耳。輒録以相娛悦。黨事誠不問，風波稍静，亦足慰耳。雪公不能復居港，行將與弟相見也。承復，即請學安！啓超頓首，五月二十五日。

五　一九〇九年七月二十四日

仲弟鑒：秋後三日一片，并《解連環》詞，悉收。詞中下半闋第三句「亂鴉無限」，「鴉」字失律，此處必當用仄聲也。弟詞之精進，前次所寄數闋，煞有可誦者，但總不免剽滑之病，句未能練，意未能刻入。此事誠難，兄雖知之，而不免自犯此病，大約此事千秋無我席矣。弟若嗜此，當下一番刻苦工夫，非可率而圖成。今寄上《夢窗全集》一部，以資模仿，幸察收。兄年來頗學爲詩，而詞反不敢問津。前月寄去吾弟之二律，海内二三名家頗傳誦，以爲佳。兄詩近專學動蕩雋遠一派，想弟或不以爲然耶？……專承大安！啓超頓首，七月二十四日。

六　一九〇九年九月二十三日

《唐多令》二詞，乃大佳。三次所寄，一次佳似一次，不能不令老夫生畏矣。惟嫌習見語尚多，雖佳，而若在何人集中曾見之者，若能更趨奇驚刻入，意境求奇驚，語句求刻入。期可漸希名家也。惟以秋霜滿面，至可嚴憚之老二，乃日絮絮作兒女子語向人，豈不令人失笑耶？嫻兒昨詰我以阿叔何故作此，我衹得嗔之曰：《楚詞》美人香草，汝叔之寄託深遠矣。嫻兒苦求索解，老夫無奈，衹得又將時事一一附會。乃知古今來爲《錦瑟》華彩作鄭箋者，大率類是也，一笑。兄近日貧乃徹骨，拂逆之事更亹亹不知所届，然心境之曠怡，乃過於前，不知學道有進耶？抑疲於憂患而不復覺爲憂患也？比月來因節家費，乃至德文教習亦不得不停，最爲可惜。然方並力以著射利之書，中學國文教科也。無意中反使嫻兒獲大益，彼固甚願乃翁之食貧也。吾近年覺詞之趣味又不如詩，弟亦有意學此否耶？拉雜奉復，以當言面。兩渾，九月廿三。

七　約一九二五年

書悉，諸館復函請飭送去，已別函知會博生矣。北戴借屋又生問題，往否尚未定也。再看風色如何亦好。《樵歌》四印齋又不完本，其完本則在朱古微之《彊村叢書》，此叢書爲古微所哀刻，宋、元詞凡數十種，洋洋大觀。弟有意詞學，不可不置一部也。近忽發詞興，昨寄之思莊手卷外，更有數首，別紙寫呈。此復仲弟。兄七日。

——《南長街五十四號梁氏檔案》，中華書局二〇一一年

與胡適書論詞

一

《嘗試集》讀竟，歡喜讚歎，得未曾有，吾爲公成功祝矣。然吾所尤喜者，乃在小詞。或亦夙昔結習未忘所致耶？竊意韻文最緊要的是音節，吾儕不知樂，雖不能爲可歌之詩，然總須努力使勉近於可歌。吾鄉先輩招子庸先生創造粵謳，至今粵人能歌之，所以益顯其價值。望公常注意於此，則斯道之幸矣。厭京華塵濁，不欲數詣，何時得與公再續良晤耶？惟日爲歲，手此，敬上適之吾兄。啓超，十四日。

二

適之足下：兩詩絶妙，可算「自由的詞」。《石湖詩書後》那首若能第一句與第三句爲韻——第一句仄，第三句平——則更妙矣。《去年八月》那首「月」字和「夜」字，用北京話讀來，算有韻，南邊話便不叶了，廣東話更遠。念起來總覺不嘴順，所以拆開都是好句，合誦便覺性味減。這是個人感覺如此，不知對不對。我雖不敢説無韻的詩絶對不成立，但終覺其不能移我

性。韻固不必拘定什麼《佩文詩韻》、《詞林正韻》等，但取用普通話念去合腔便好。句中插韻固然更好，但句末總須有韻，自然非句句之末，隔三幾句不妨。若句末爲語助詞，則韻挪上一字。如「匪報也，永以爲好也」。我總盼望新詩在這種形式下發展。拙作《沁園春》過拍處誠如尊論犯復，俟有興當更改之，但已頗覺不易。又有寄兒曹三詞寫出，呈乞賜評，公勿笑其舐犢否？

啓超，七月三日。

採桑子　寫近詞裝一手卷，寄稚女思莊，填此令代跋

別來問我閒功課，偶作新詞。正寫新詞，悵念時艱忽淚垂。　寫成當作平安信，遠寄嬌兒。想我嬌兒。生小何曾識別離。

鵲橋仙　自題小像寄思成

也還安睡，也還健飯，忙處此心閒暇。朝來點檢鏡中顏，好像比去年胖些。　天涯遊子，一年惡夢，多少痛愁驚怕。此語是事實。開緘還汝百温存：「爹爹裏好尋媽媽。」歇拍句用來信語意。

虞美人　寄女兒令嫻

一年愁裏頻來去，淚共滄波注。小女去年侍母省婿，跋涉海上數次。懸知一步一回眸，嵌著阿爺小影在心頭。　天涯諸弟相逢道，哭罷應還笑。海雲不礙雁傳書，可有夜牀俊語寄翁無？

三

適之足下：頃爲一小詞，送故人湯濟武之子遊學。此子其母先亡，一姊出嫁，更無兄弟，孤子極矣。即用公寫法録一通奉閲，下闋莊語太多，題目如此，無法避免，且亦皆心坎中語也。請一評，謂尚得要否？啓超，廿二。

沁園春　送湯佩松畢業遊學

可憐阿松，萬恨千憂，無父兒郎。記爾翁當日，一身殉國，血横海島，魂戀宗邦。今忽七年，又何世界，滿眼依然鬼魅場。泉臺下，想朝朝夜夜，紅淚淋浪。　松兮已似我長，學問也爬過一道墻。念目前怎樣，脚跟立定；將來怎樣，熱血輸將。從古最難，做名父子，松汝嵌心謹勿忘。汝行矣，望海雲生處，老淚千行。

四

適之吾友：復示敬悉。原詞已小有改削，再寫呈。今日又成題畫四小令，并寫呈，稍可觀否？大作極平實，小有批評，已登報。想見政府憒憒如此，恐終無好果也。昨見爾和文，不知所謂老先生爲誰，萬不料乃出秉三也，一歎！啓超，端午。

沁園春　送湯佩松遊學

可憐阿松，萬恨千憂，無父兒郎。記爾翁當日，一身殉國，尸横海島，魂戀宗邦。彈指七年，只今世界，眼底依然鬼魅忙。此句屢改終不愜。泉臺下，想朝朝夜夜，啼血淋浪。　松兮已似我長，學問也爬過一道墻。念目前怎樣，脚跟立定；將來怎樣，肩膊擔當。從古最難，做名父子，松汝當心切勿忘。汝行矣，望海雲生處，老淚千行。

《題宋石門羅漢畫像》四首

好事近　跋鼇墮闌戲貓

晴晝日烘花，篩碎滿階花影。花底貓兒打架，問有無佛性？　霎時熱惱變清涼，雨過竹逾靜。院院悄無人語，猛一聲寒磬。

西江月　改那婆斯擎鉢

香積微煙散後，祇桓齋供完時。各人受用各些兒，鉢裏醍醐一味。　達摩去聲十年做甚？黄梅半夜洽誰？不如捶破這銅皮，「銅皮」二字未妥。免得慧能搗鬼。

相見歡　那迦犀養蒲

頭陀抱甕忙傛平聲？此句未妥。眼巴巴。要看菖蒲結子又開花。　菩提葉，原畫有菩提樹。年年落，且由他。若合得時一樣没根芽。

清平樂　闍囉多伏虎

長者低瞑，坐得盤陀冷。坐下山君呼不應，眼看闍黎入定。　堂堂月照空林，琅琅泉戛鳴琴。後夜欠伸一吼，眼前大地平沈。

五

適之足下：昨寄稿《相見歡》中「菖蒲」應改作「石蒲」，蓋所養者盆中蒲草也，若菖蒲則開花不足奇矣。又數日前更有小詞數首，并寫呈。啓超，廿六。

好事近　籍亮儕病中賦詩索和，其聲哀厲，作小詞以廣之

千古妙文章，衹有一篇七發。侈説驚濤八月，又怪桐百尺。主人能强起學乎？憊矣謹謝客。幾句要言妙道，恰霍然病失。

咄咄臭皮囊，偏有許多牽掣。哄動文殊大士，至維摩丈室。多生結習滿身花，天女漫饒舌。一喝耳聾之後，看有何言說？

西江月　癸亥端午前三日，師曾以畫扇見詒，畫一宜興茶壺，媵以小詞，蓋絶筆矣。檢視摩挲，追和此解，泫然欲涕

憶得前年此日，陳郎好畫剛成。忽然擲筆去騎鯨，撇下一壺茶咏。　摘葉了無葉相，團泥那是泥形。（注一）虚空元自没虧盈，此意而翁能領。（注二）

注一：原詞云：「摘葉何須龍井，團泥不必宜興。」注二：散原先生原句。

六

適之足下：昨寄諸詞，内《相見歡》一闋擬改如下：朝朝料水量沙，眼巴巴。要看石蒲結子又開花。　菩提葉，長和落，且由他。若合得時一樣没根芽。

又《西江月》「黄梅半夜洽誰」改「傳誰」。因此字萬不能用仄聲也。又《清平樂》「琅琅泉戛鳴琴」改「泉奏」，與上句「月照」叶韻。啓超。

——耿雲志主編《胡適遺稿及秘藏書信》，黄山書社一九九二年

梁任公先生絶筆：《辛稼軒年譜》之第一頁與最後一頁

去年九、十月間，梁任公先生正編《辛稼軒年譜》而病作，遂入北平協和醫院醫治。病未痊，無意中先生得關於稼軒書籍數部，急於續編，遂離病院回津。雖云休養，實則著作唯勤，家人苦諫不聽，病因是復發，且更纏綿，延至十八年一月乃不起。右爲年譜稿首末兩頁，首頁旁注年月、末頁則爲先生絶筆矣。末頁兩行爲先生録辛稼軒祭朱子文，豈意竟成讖語。「所不朽者，垂萬世名。孰謂公死，凜凜猶生」，稼軒之所以讚朱子者，殆亦吾人之所以讚先生者歟？

——《沈水畫報》一九二九年六月二十九日

滕若渠《根香山館詞話》評

梁任公詞多豪氣縱横，不可一世，然纏綿婉轉者亦有之，如《採桑子》云：「沉沉一枕扶頭睡，直到黄昏。猶掩重門。門外梨花有淚痕。　薰篝蕭瑟爐煙少，不道衣單。卻道春寒，絲雨濛濛獨倚欄。」

——《先施樂園報》一九一八年十二月十九日

徐珂《康居詞話》評

七月既望，梁任公同年集宋詞爲楹帖，書以寄贈，句云：「春已堪憐玉田《高陽臺》，更能消幾番風雨稼軒《摸魚兒》；樹猶如此龍洲《水龍吟》，最可惜一片江山稼軒《摸魚兒》」。集句如自己出，而傷心人之別有懷抱，於此見之，通人固無所不能哉！越二旬八月五日，而淞滬戰事起，風聲鶴唳中，吟諷一過，爲之黯然。又有一聯寄吾子新六云：「滿身花影倩人扶小山《虞美人》，我欲醉眠芳草東坡《西江月》；幾日行雲何處去六一《蝶戀花》，除非問取黃鸝山谷《清平樂》。」蓋亦集宋詞而手書之者。

——孫克强、楊傳慶、和希林編《民國詞話叢編》，社會科學文獻出版社二〇二〇年

哲廬《紅藕花館詞話》評

詞之工絕處，乃不在韻與豔。蓋韻，小乘也；豔，下駟也。韻則近於佻薄，豔則流於褻媟。今人率以是二者言詞，未免失之淺矣。故先哲偶爲詩餘，必先洗粉澤，後除琱繢。靈氣勃發，古色黯然，而以情興經緯其間。梁任公遊台灣有感春之作，調寄《蝶戀花》，詞凡五首，余最愛其四、五兩首，雖豪宕震激而不失於粗，纏綿輕婉而不入於靡。其四云：「依約年時攜手處，謝卻梨花，一夜簾纖雨。雨底蜀魂啼不住，無聊祇勸人歸去。　綿地漫天花作絮。饒得歸來、狼藉春無主。解惜相思能幾度，輕軀願化相思樹。」其五云：「莫愁江潭搖落久。似説年來，此恨人人有。欲駐朱顏宜倩酒。鏡中爭與花俱瘦。　雨橫風狂今夕又。前夜啼痕，還耐思量否。愁絕流紅潮斷後，情懷無計同禁受。」其第四首，以台人多有欲脱籍歸故國者。第五首則當英俄邊境正劇時，故能於豪爽中著一二精緻語，綿婉中著一二激勵語也。操縱自如，尤見錯綜。

任公又有《浣溪沙·詠台灣歸舟晚望》云：「老地荒天闕古哀。海門日落浪崔嵬。憑舷切莫首重回。　費淚山河和夢遠，彫年風瑟挾愁來。不成拋卻又徘徊。」余常謂僻調宜渾脱，乃近自

然；常調宜生新，斯能振動。任公此詞雖清雅沉著，然不及感春之作超絶也。

——《小説月報》第二卷第一號

張伯駒《叢碧詞話》評

朱希真《好事近·漁父》五闋，梁任公云：「五詞飄飄有出塵想，讀之令人意境翛然。」吾亦云然。而朱古微《宋詞三百首》不選，何耶？

——張伯駒《叢碧詞話》，《詞學》第一輯

錢仲聯《近百年詞壇點將録》評

天退星插翅虎雷横　梁啓超

《飲冰室詞》，如《六醜》，詞評家謂得片玉神味，然其虎步龍行之作，轉失之目睫。

——錢仲聯《夢苕庵清代文學論集》，齊魯書社一九八三年

陳聲聰《論近代詞絶句》評

燕市蕭蕭易水歌，唾壺擊碎欲如何。討源斠律辛勤甚，一事欒城勝老坡。梁啓超，字卓如，號任公，廣東新會人。清舉人，南海康有爲弟子，戊戌變法，世稱「康梁」。失敗後，亡命日本。民國初，一任司法總長，反袁帝制成功，復任財政總長及幣製局總裁，後主講清華大學研究院。卒後，友人輯其所作爲《飲冰室全集》，附詞一卷。其詞非顓門，故不如詩之精，與其師康有爲皆所謂賢者無不能之事耳。

——陳聲聰《填詞要略及詞評四篇》，廣東人民出版社一九八六年

潘之博

潘之博（一八七四—一九一六），初名博，字若海，一字弱海，南海人。少棄舉業，從軍幕，以康有爲爲師。民國三年（一九一四）入馮國璋幕，積極謀劃倒袁行動，遭通緝而亡命香港。著有《弱盦詞》，朱祖謀將之與麥孟華詞集合刻爲《粵兩生集》。

聲聲慢 爲令嫻女史題《藝蘅館詞選》

巧句穿珠，古囊集錦，人間風月千篇。點墨研朱，緑窗閒度華年。新聲别裁僞體，傍玉臺、搜遍金奩。寫萬本，料江河不廢，都市争傳。　供我迴腸蕩氣，正珊瑚擊碎，百感無端。一瓣心香，幽閨多少纏綿。詞流古今百輩，望下風、應拜嬋娟。還按拍，唤雙鬟、歌向酒邊。

——梁令嫻《藝蘅館詞選》，民國二十四年鉛印本

夏敬觀《忍古樓詞話》評

南海潘若海民部之博，乙卯、丙辰歲，佐江蘇軍幕，假兵符，趨黔桂，起兵以抗袁項城。項城懸重金購捕之，乃走香港，匿亞賓律道康南海宅，悲憤嘔血而死。所著有弱庵詩詞各一卷，兹得其集

中未收詞一闋。「別後寄魏豹公天津」《木蘭花慢》云：「慢相逢湖海，怪豪氣、減元龍。歎尊酒天涯，聚原草草，別更悤悤。雕蟲。恥談小技，衹長歌當哭豁愁胸。不復貂裘夜走，時憂炊米晨空。孤蓬。飄轉任西風。身世苦相同。念少誤學書，老猶彈鋏，歸去無從。途窮。我今不慟，且閉門種菜託英雄。萬里俱傷久客，百年將近衰翁。」若海與順德麥孺博徵君孟華齊名。孺博有蜕盦詩詞各一卷，與若海詩詞並刊，名《粵兩生集》。

——夏敬觀《忍古樓詞話》，唐圭璋《詞話叢編》本

龍榆生《忍寒漫録》評

南海潘若海先生之博，雅善倚聲，夙爲彊村先生所推許。梁令嫻女士曾采其詞十餘闋入《藝蘅館詞選》。彊翁復爲删定遺稿，與順德麥孺博先生孟華所作合刊爲《粵兩生集》。二氏詞并多激昂慷慨之音，信不愧爲抑塞磊落之奇才也。頃承張孟劬先生檢寄潘氏遺詞二闋，特爲迻録於此。惜案頭無《粵兩生集》，不省曾否收入集中耳。

西河　壬子八月遊頤和園作

深静地。宸遊當日曾記。逶迤御宿比昆明，翠華慣涖。瑶池王母望依稀。仙山樓閣飛峙。閬風夢，易吹墜。斜陽暗换人世。波飄菰米黑沈雲，半池賸水。牙檣錦纜幾飄零，白鷗時時

驚起。偶來眺賞不自意。怯高寒、危闌愁倚。漠漠黍禾無際。感興亡、漫灑西風殘淚，如見銅駝荊棘作平裏。

霜葉飛 宿開平鎮署，和清真韻

接天衰草。荒山戍，夕峯光照林表。戰雲羣馬狂嘶風，動四城悽悄。漸獵獵旌旗蕩曉。譙樓低挂寒星小。便縱不聞雞，也起舞須臾，尚喜燭影留照。　因笑皂帽青衫，江南倦客，此間何事來到。白頭幕府厭趨迎，感杜陵懷抱。況戰伐乾坤未了。邊笳猶作淒涼調。看夜徂、干戈裏，萬事低迷，恨添多少。

——《同聲月刊》第一卷第九號

錢仲聯《近百年詞壇點將録》評

地奇星聖水將軍單廷珪　潘之博

弱盦《醉蓬萊·題葉南雪秋夢盦填詞圖》句云：「覷詞人老去，鬢雪盈簪，淚花斑袖。一寸秋懷，付與雁孤蟲瘦。」傷心人自別有懷抱。

——錢仲聯《夢苕庵清代文學論集》，齊魯書社一九八三年

黎國廉

黎國廉（一八七四—一九五〇），字季裴，號六禾，齋名玉蕊樓，順德人。入選學海堂專課肄業生，清光緒十九年（一八九三）舉人，官福建補用道，署興泉永道。二十三年（一八九七）於穗參與創辦《嶺學報》並任主編。三十年（一九〇四）力争粤漢鐵路粤人自辦。民國間從事教育工作，後移居香港。工詩詞，善燈謎，著有《玉蕊樓詞鈔》等，與陳洵合撰《秝音集》。

一萼紅　依草窗體題《左笏卿詞卷》

盪愁煙。有空中環佩，霎瞬現嬋娟。麝魄沾芬，雪魂嵌骨，縹緲齊赴哀絃。幾時借、柔鄉影事，飄一縷、幽豔到梅邊。拂面墻花，斷腸煙柳，此意誰傳。　猶抱京華凄夢，把蘇情辛思，换就纏綿。滿眼河山，滿襟風月，容易消盡流年。會共君、旗亭呼飲，聽雛鬟、斟酌選瑶篇。只恐天涯故侣，漸又華顛。

傾杯　依子野體寄懷述叔

滄波坐渺，霜風緊，孤絃斂。素約詞仙，哀時同調，花蟲繡簡。星虹拂劍，記泊雁閒箏，碎珊瑚、興接燈唇颭。小聚盟鷗，密圍譚麈，西窗一夜，遙情可念。　舊影雪鴻餘印，江關淚點。茶清酒釅。付心期、敗壁殘蛩，料無復紅鱗、生冷臉。迴潮夢險。憑題遍、研色寒雲，不是春痕豔。零楓賸柳斜陽閃。

瑣窗寒　輓述叔

逝水詩瓢，斜陽賦筆，老懷悲哽。霜花稿賸，四野月明鵑影。黯江山，詞人又零，燕歸對立無言靜。痛紫簫響絕，花間啼鳥，換音誰聽。　回省。歡娛景。記十載楊絲，幾番遊詠。殘蛩敗壁，萬疊風波催暝。夢沉沉，山鬼自吟，織蛟夜壑魂未醒。唱愁眉，淚灑藤陰，望極芳塵冷。

西子妝　依夢窗體題伯颺《水周堂詞卷》

人瘦燭銷，酒闌笛倦，賸有高樓新調。畫船煙水舊留題，載春歸、換愁多少。霜華易老，耐幾度、絲心亂擣。余雅愛詞中「絲與春心同亂」之句。甚年年，替落花淒怨，東風殘照。　長安道。廿載韶光，別恨同一覺。夢迴桑海賸驚魂，黯玉驄、軟紅懷抱。雲箋自料。更誰惜天涯芳草。待重逢，細雨燈窗夜悄。

最高樓　題鐵夫《雙樹居詞稿》

滄州夢，辛苦付遥哦。老子慣婆娑。繡鸞淒調宜漁笛，聒龍閒譜擬樵歌。酒邊情，花外思，儘銷磨。　也解作、春城鶯燕語。也解結、秋巖猿鶴侶。傷破碎、舊關河。斜陽煙柳供憔悴，小山叢桂託微波。灑襟塵，江恨極，庾愁多。

臨江仙　書鐵夫《五厄詞集》後

春盡鵑留千點血，故人幽户深苔。憂時天挺倚聲才。壯懷鵬舉烈，厄遇鹿潭哀。　殘日西沈君已遠，海桑遺恨蓬萊。鶴孤原不著塵埃。記曾當日共，辛苦賊中來。

過龍門　依梅溪體題廖懺庵《捫蝨談室詞》

世界視吾禪，旁若無人。詞龍青兕是前身。湖海雄奇蓄錦巧，奄有朱陳。　南極老仙存，白髮紅塵。吟臺雙笑八千春。故國蒓鱸欣邂逅，尊酒重論。

——以上黎國廉《玉蕊樓詞鈔》，民國三十八年鉛印本

古應芬

古應芬(一八七三—一九三一),字勷勤,亦作湘芹,祖籍梅縣,生於廣州番禺。中國國民黨早期重要的組織活動家,孫中山的得力助手之一。

《廖仲愷自書詞稿》跋

仲愷兄遺詞凡數十闋,此其一鬮耳。四十已後始致力於此,而成就已如此,使其不遭戕害,所詣寧止此耶? 此兄其生平得意之作,願紀文珍藏之。十九年六月,古應芬。

——廖仲愷《廖仲愷自書詞稿》,稿本,中山大學圖書館藏

何鑄

何鑄,字子陶,南海人。著有《夢句樓弱冠草》。

寄懷楊君侖西

微笑拈花慣有詞，君著有《花笑樓詞稿》。夜涼猶是寫烏絲。風流我慮將消歇，一卷如君要護持。

——高旭《高旭集》，社會科學文獻出版社二〇〇三年

易孺

易孺（一八七四—一九四一），字季復，號大厂、韋齋等，鶴山人。早歲肄業於廣雅書院，爲陳澧再傳弟子。中年遊學日本，習師範。從楊文會學佛。工詩詞書畫，尤精篆刻。歷任北京高等師範學校、上海音樂學院教授。民國初年，與蕭友梅合作新體樂歌。晚歲窮愁潦倒。填詞務爲生澀，自謂「百澀詞心不要通」云。著有《大厂詞稿》、《和玉田詞》、《韋齋曲譜》等。

韋齋雜説

於詞有一種偏矯固執之鄙見，不敢求知於人，尤不願强人附我。在素志，編定一備具完足之

詞論，未成書之先，更不欲爲鱗爪之記載。茲以本刊付印，榆生先生甚盼草一作，兼旬未報，再不容緩，扶病率書，不成片段，聊表所企而已。

唱詞之法亡，而填詞者愈衆，此可以謂之乘人之危，而巧取豪奪。填詞者衆，求唱詞之法者寡，是謂因陋就簡，畏難苟安。

作有好詞，填有好詞，大衆吟賞字句，不必管宮調配合與否，尤不必問聲韻協和與否，亦何嘗不是豪舉，不是快事？而且於所謂文學占一重要位置，依然加冕不墜，又何必自尋煩惱，摇破舟，追絶港耶？以上是許多人向我呆子不宣諸口而默示以意者也。但我現尚未能唱詞，即唱詞之法，亦未盡行搜集。雖然，不知老之將至，尚日日在繼續努力，單人努力。

以後必可以唱詞：一、記譜法即仿五綫，稍事研討，十日可了，百日可習，卒歲可成。未知其理，不習其術，鄙夷之，畏之，斯亦已矣。二、器音備而易，鋼琴、大風琴，音域袤延齊一，唱詞僅占中央稍迤左右二小區，以一指打之，所需音即隨應而出，絶無技術之難我。習其宮調，半載已成，藉亦咸備而當。（如蕭友梅氏、王光祈氏所著）居今日尚棄而不講唱詞之法，是謂入寶山空回。

四聲清濁，在複音音樂之歌唱中，原無所需，如四部合唱一歌，每歌一字，已具四聲，且各呈清濁，主四聲法者，已失效用。惟唱詞爲一種獨歌性，不利用合唱。且賦徒歌性，樂聲僅伴奏之職，而主調音符，亦僅詔人以某字唱某音而已。所以唱詞，吾定爲一種純妙之雅音。而且並不如流行稱爲單調，故有微美之伴奏樂可，即一竹一木（如我國之笛或簫、外國之長笛Flute）亦可。

原於上則，故唱詞最重念清字音，使人一聆而感受辭意之美，不需要樂聲以混之，此爲唱詞要律，亦即爲作詞填詞要義。吾人能知宮呂而按尋之以製一詞，謂之自度腔。則用字之四聲清濁，自可就律支配。若填入之調，必須將所欲填之詞，按宮呂唱過，審其何字可以於清濁上通融，何字萬不能苟且，是爲最大規程，捨此不講，吾不欲與之言矣。

我國之簫或笛，音域太狹，不敷旋宮轉調之用。如荀勗所作，須分出十二笛（即簫）。梁武亦造十二笛，均不能備各調。今若秉一外國之笛（Flute）吹以協之，則無論何調之詞，均可浹洽，此何等省事而易爲乎！

綜上以言，今日有五線譜以記欲唱之詞音，有鋼琴、風琴，一打便成欲唱之詞調，有笛（Flute），一吹便出欲唱之調聲，而譜紙及樂器，隨處可得。Flute更便於攜帶，此是最好機會，如何再能不羣起而研究唱詞也？

昔毛西河（蕭山毛奇齡）嘗自誇能唱詞（見其所著詞話「予少不檢，曾以度曲知名」一段），而崇禎甲寅一段，尚有「詞雅則音諧，音諧則絃調」之語。此又鄙見之所最信仰者也。

用外國記譜法，及外國樂器，是爲適用而普及，並能留傳起見，若唱風歌味與夫唱法，自有我在。或創或因，其權在我，非强人以就調，實利用其物質耳。大厂附志。

——《詞學季刊》創刊號

《和玉田詞補編一》題識

孺和玉田詞，以蒙盦促同作和白石《淒涼犯》詞起興也。時正讀玉田詞而好之。蒙盦既雜和諸家，成《吴絲新譜》。孺遂專和《山中白雲》，於前卷秋詞如干首之外，更有所作補録於此。念盦易孺并記。

《和玉田詞補編二》題識

年前於陳蒙盦齋中，率筆縱墨，寫花樹果蓏之屬數十葉，久已忘之。蒙盦昨來，出裝成一册，命各題詞，審爲選前寫八葉成册，頗覺愧汗。爰取《山中白雲詞》内有意言相屬諸小令，和而題之，仍録於此。念盦易孺。

《和玉田詞後篇》題識

既取《山中白雲詞》慢調之可和者，成秋詞一襲。同時踐心觀之，請寫九秋圖册，更拈小令九章和而題之，録而爲後篇。念盦易孺。

——以上《同聲月刊》第二卷第三號

重刊《蘧廬詞》敘

朱彊村《湖州詞徵》卷二十三録韓純玉詞十首，采録《湖州府志》云：「韓純玉，號蘧廬，諸生，終身不求仕進，避迹棲賢山。選近詩兼繫以小傳。有《蘧廬詩》一册，多淒楚之音。」又載《明詞綜》云：「純玉，字子蘧，歸安人，有《蘧廬詞》一卷。」予前得鳳晨堂刊本詩詞各一册，不分卷。詩分古、律、絶，詞分小令、中調、長調。詞後有闕葉，至《洞庭春色》一首，末數字亦不完，而《詞綜》、《詞徵》均未選此首，他無可校，惜哉！今先將詞册入《民智藝文雜俎》中，即取《詞綜》、《詞徵》二本校一過，附記卷後。純玉，逸人也，家國種族之恨甚深，宜流布矣。二十三年，大厂居士。

《蘧廬詞》跋

右《蘧廬詞》一卷，明韓純玉著。純玉，明之遺民也，痛惡外族入主中國，謝絶人世，高隱深晦。著書寄憤，詩多淒楚之音，詞亦低徊銷黯。其小令《憶江南》第五首云：「西湖怨，遊子畏人知。覆水芰荷船莫進，催人歌舞月初低。慎勿夜深歸。」自注云「旗下種蓮，無敢采者」云云。即此已可知其概。又小令《憶秦娥·渡錢塘江口占》下半闋云：「胥江空聽濤聲怒，蠡湖已見扁舟度。扁舟度。無情風送，有情潮去。」則激越感愴，於家國種族，寄憾無端。而《四庫存目提要》乃有「純玉，明翰林韓敬之子，敬以黨附湯賓尹見擯於時，純玉以是抱憾終身，不求仕進」等語。此官書曲辭也，不可信。然予詫乎王昶所選數章，絶非集中佳構，若「江南怨」不敢選，亦無足異，「胥江」一首亦置之，可謂傎矣。大厂敬跋。

——以上韓純玉《蘧廬詞》，民國二十二年鉛印本

《壽樓春課》序

年前與貞白、蒙庵談詞甚洽，暇輒赴市樓茗飲，詞外幾無他言。説聲説韻，雖有契有否，然大致均勿舛盭也。偶成《壽樓春》一闋，迫二君和，勉應我，嗣隔日有作，都凡得若干首，命曰《壽樓春課》。閣置既久，近二君謂可將孺作先出以付剞氏，乃志數行如此。戊寅月當頭夕，孺。

——易孺《壽樓春課》，民國鉛印本

《大厂詞稿》自述

明李蓘爲《花草粹編敘》，通首皆好，極洽余心。中尤以「及久而傳習者衆，則人狃於恒所見聞，若以爲易辨，了不復顓顓措意，率以爛惡相尚，而其法浸衰又久，則法遂蔑不可追矣」諸語爲更切更痛。詞之爲道，所以有江河日下之悲乎？孺少習之，垂老始稍悟。嚮不自足，未嘗有襮獻意。今歲春，諸詞友會晤，頗數數，羣以爲孺年已及矣，可哀而删定之，使後亦知有顓顓措意者。孺懶，不遑畢録，則又同起任焉，盛誼可感。爰芟存什一成稿，其爲次則由近而逮遠，亦思誤之一義也。年六十一以後作，當別存。少作，亦不必具，僅百數十章耳。分寫者吕貞白、陳蒙盦、鄭雪

耘、阮季湖四公，附書以謝。乙亥夏五望，大厂居士孺述并書。

《依柳詞》序

耆卿啓慢調先河，竟體皆足以資槼度。前人以還，蒿叟、伯弢并奉揚至烈。褻視淺闕《樂章集》者，不期自廢。孺亦最近始深領悟，儗如陳、方之於清真，病未能也。亘年餘厘此，不忍再摧汰，乃録於册。誰謂荼苦，知我罪我，干卿底事。陳後主《遥山鐙詩》「依柳更疑星」，劉後村《方寺丞艇子初成詩》「新營小店皆依柳」，雜取以名篇，真《葩經》「依依」之恉耳。

《欹眠詞》題詞

又次金陵，讀半山詩，采「欹眠過白下」語名集，得詞，亦名之。

《雙清詞館詞》序

西湖寓鄧瑞翁南陽小廬，樓西竹院致佳，古梅冠平生所見。通湖水爲沼，廳事名「酥醪小隱」。年前予牓墻欞額曰「雙清池館」，後於夢窗詞得「空濛乍斂，波影簾花晴亂」一首，正賦雙清樓，並有「錢塘門外」原注，詞極佚麗淵粹。予有和章，去之甚遠。今廬恰在昔錢塘門外，予無意中署「雙清」名，與古闇合。屢續舊遊，仍以聲韻爲樂，集所得詞，即拈池館之名借名之。上章敦牂重午後十日，大厂居士孺。

《鶯啼序》詞小序

夢翁此調三闋，以賦荷一首爲最。諸凡綿曠盪折，兼而有之，且和人韻絶無苦痕。予此行爲荷而來，久畜冒艱險，繼聲志，第殊未敢輕舉，比已畏熱，將去之矣。適近爲廬主人鄧瑞翁夫人郭君意寫紅藕花小摺疊，仍宜作書於後，一面爰竭三曉起之力，對花填成，亦次原韻，且勰其聲之清濁，字之虚實，以殿本集，庶無豔邪？予爲是調二十年前，逵今廑二耳，初亦作於湖上素園之一鐙萬里樓夜，實依夢翁豐樂樓之撰，其時繩律無是嚴也。

《宜雅齋詞》序

祖居西城十二甫，吴荷屋中丞爲先祖香生公手書「宜雅齋」牓，今幸存孺處，然已展轉數度，遘求而歸，惜半生尚無一椽以張之，負先德矣。故昔有一時所爲詞，寄名於是，律舛辭謬者衆，兹汰過半，姑寫定焉。

《湖舠詞》序

己巳作，録存八首。連年愛住湖上，有所作，輒不能忘吾廣雅欄景水漪、風裳雨蓋，政復似闇紅一舸，因名吾詞。

《花鄰詞》序

戊辰秋九月，挈室赴杭，住葛嶺下，與孫花翁墓近，朅來憑弔，亡何目見其毀。既以枯筆寫圖作記，仍題一詞，亦即名此行倚聲集曰《花鄰》，即湖上寓居詩詞録之一襲。

《絶影樓詞》序

雖去鄉井又十餘載，比倏歸去，年餘又復遠行，住幽燕，歸滬瀆，月恒倚聲爲紀。中以題繢事者至衆，兹删存十有一闋入此，究律多疏，無以福吾志也。樓牓爲雲持所書，到處張之，今亦腹痛故人，名吾稿，亦延念而已。

《簡宧詞》序

壬子至丙辰五年間，朅來燕、扈二市，浣塵不去，寫韻多思，雖湖上偶居，白門尋舊，無所愜也。痛汰什九，不成律度，聊紀蹤跡耳。

《湖夢詞》序

中歲頗耆四明覺翁詞，因是屢入杭，作湖遊詩紀行跡外，亦偶爲詞，不能工，並不甚多，第耆夢深，兹去其蕪者，姑録焉。

——以上易孺《大厂詞稿》，《清詞珍本叢刊》本

致葉恭綽書

遐公法座：前冒雨擾清興，承教請益，快感無似。歸後傷風，又復困頓。敝藏傳鈔勞巽卿鈔《宋二十家詞》，中有舒亶《信道詞》、蘇庠《後湖詞》、曹組《元寵詞》，擬隨拙選兩宋人詞校刊，正欲得《花草粹編》一查。近悉趙叔雍先生處有此專鈔本，未便借瓻，惟前開三家詞，未知《粹編》選録，有溢出《樂府雅詞》之外者否？可否乞轉求叔雍代查一查，如有不爲《樂府雅詞》所載之什，惠予録副見示，以校敝藏，則甚幸矣。（敝藏爲《雅詞》所缺者三集共九闋）。孺素孤陋，藏弆未富，叔雍先生如有珍藏南北宋詞集，爲各家所未校刊，最懇能專人鈔一副本見賜，俾得由樂院校刊行世，功德不亞於灑沈也。肅頌鈞祺。大厂孺叩。十九日。

——《趙鳳昌藏札》，國家圖書館出版社二〇〇九年

與龍榆生論詞書五則

一

榆生詞長侍右：奉示稽答。連日爲代課事及舍内姪入税校事尚未就緒，心不寧貼，致未急工編務，詞亦未填竟。《切韻考》已購得，甚慰。拙標佩文韻因鈔畢未斠，尚有不少錯誤，望得便攜至舍，俾於數分鐘之間大略審查一過，再録副本何如？雙照樓詞目極欲一觀，至希費神鈔示。寐墨亟望攜來，居士付保管之責。桃花開未，當含蕾邪？敬頌道祺！大厂孺頓首。

二

榆生詞長侍福：連日因整理書物，致稽裁答。蒙自福酉，謹當於是日偕室人、内弟赴祝老大人無量壽，並攜呈祝書拙作。但如風雨則路極難走，恕不踐約，現料天氣必佳也。寐墨擬有辦法，面詳一切，先頌大慶！厂居士孺頓首，十三日。

三

榆生詞長大雅：前日鞠腕傳觴，爲長者上壽。承桃燕豐腆，酒美肉甘，歡樂無既，團聚如家人婦子，真有「緑楊宜作兩家春」之況，得未曾有。天氣晴燠，又復致佳，此尤足諗，老大人期頤多福之徵慶也。謹此道謝，并代致室人兩弟一同上謝。今晨恭讀長者大集，閎然和粹，如置身兩京循吏傳中，扶杖而觀郅治矣。順布佩仰，祇頌侍祺纂福！大厂居士合十。

四

榆生詞長：示敬悉。本星期日（即十日）如無雨，定偕眷奉領賞鞠茶會，並攜呈命書拙作。先頌侍祺！大厂居士頓首。中華民國□□年十一月七日。

五

榆生詞長撰座：前損臨雅談甚快，旋奉書擬踐共倚平韻《滿江紅》賦太湖鼋渚之韻，命標四聲清濁，兹以破工夫采白石、夢窗各一首分别標出，比較其用聲之同異處。（白石自敘之，意是白石創此詞調，然則必爲夢窗倚其聲也）發見兩家相差有限，且最要之聲眼如兩翠字及韻之清濁，又各去入等聲均無舛遣，可知兩家均向音律追求也。紅察兩詞之意及其詞，竊擬足下用白石之聲而和其詞，居士則倚夢窗而亦和之。因足下曾到鼋渚，而居士僅至錫惠山，而欲往未能也。（姜詞約是已到者，吴詞則有望而未即之概）足下以爲然否？速復一言，以便著手。歲暮窮況，正吾人本色也。成後，居士即譜作唱歌，彼此兩首俱冠以原詞，而以和作爲第二次之亢歌，二人和意不同（一已到，一想望），則譜曲亦神氣各異，故當譜成兩調也。大願如此，乞早成之。《填詞百法》，顧憲融編，崇新書局印行。另胡雲翼著《宋詞研究》，中華書局出版，較勝。匆頌撰祺！大厂居士和南。

附姜、吴詞聲譜二紙（略）

——張壽平輯釋《近代詞人手札墨迹》，臺灣「中央研究院」中國文哲研究所二〇〇五年

《宋詞集聯》序

大厂居士，窮愁著書。倦欹胡牀，輒以宋詞集聯自遣，先後得若干首，皆一氣呵成，或悱惻纏綿，或悲涼慷慨，所謂借他人杯酒，非僅如無縫天衣而已。予嘗戲語居士，曷寫以貽予，俾裝成小册，朝夕展對，吾廬幻設，得此亦足爲蓬蓽之光矣。相與大笑。承寫示若干首，亟爲刊布，以公同好云。忍寒廬附識。

一春彈淚説凄涼晏小山《浣溪沙》，紅了櫻桃，緑了芭蕉蔣竹山《行香子》，正是困人天氣謝無逸《如夢令》。

三徑都荒長卻掃吴竹洲《減蘭》，築成臺榭，種成花柳楊西樵《鵲橋仙》，共誰同倚闌干周少隱《清平樂》。

五十年來所觸，隱栝此中，亦可哀矣。

更説道花枝何巖叟《喜遷鶯》，旋題羅帶新詩晏小山《清平樂》，天還知道秦少游《水龍吟》。

念恨如芳草葛玉蟬《沁園春》，莫倚高樓噴笛侯彥國《鳳凰臺上憶吹簫》，春已歸來辛幼安《漢宮春》。

華嚴有行願品，唯蓮師微詔人以禪淨兼修。

淡月闌干曾純父《眼兒媚》，正慘慘暮寒蔡友古《喜遷鶯》，老去多愁誰念我周少隱《念奴嬌》。

去年時節晏小山《點絳唇》，憶盈盈倩笑陸放翁《沁園春》，酒邊華髮更題詩韓仲止《浣溪沙》。

歲殘得此，借瑣耗奇，將愁蠹夢，不嫌悲幻，榆生教我。

聊對舊節傳杯吴夢窗《霜葉飛》，拍手欲嘲山簡醉蘇東坡《瑞鷓鴣》。

多有憐才深意柳屯田《尉遲杯》，香篝漸覺水沈銷辛幼安《鷓鴣天》。

甲戌重陽，傳示同社，乞取白衣一送。

歎千古猶今張玉田《桂枝香》，夷甫諸人，神州沈陸，幾曾回首辛幼安《水龍吟》三連句。

更從頭細數蔣竹山《喜遷鶯》，水部多情，杜郎老矣，易惱愁腸周草窗《柳梢青》三連句。

俯仰之間，不知涕之何自，世有同悲者乎？乙亥孟春晦。

把江山好處付公來辛稼軒《八聲甘州》，怕春寒輕失花期李漢老《漢宫春》，故園换葉方千里《華胥引》。

弔興亡遺恨淚痕裏陸務觀《月上海棠》，强載酒細尋前跡周美成《應天長》，初日酣晴方秋崖《水龍吟》。

乙亥人日，獨自滬北步往真茹南村，訪榆生不見，遠念延翁。

最可惜一片江山姜白石《八歸》，再逢伊面柳耆卿《秋夜月》。

更能消幾番風雨辛稼軒《摸魚子》，同爲春愁史梅谿《過龍門》。

姜、辛名句，早成絶對，足下二語，繫予感尤深。不自嫌其襲，榆生以爲何如？

獨咏蒼茫袁宣卿《柳梢青》，佳處逕須攜杖去辛幼安《滿江紅》。

忍寒滋味侯彦國《清平樂》，風流不枉與詩嘗汪方壺《浣溪沙》。

榆生詞長任事有易不懼之精神，冥心孤往，以忍寒自名其廬。

——《詞學季刊》第二卷第三號

西河　朱彊村先生輓詞，即用《語業》「庚戌懷半塘」一闋聲均

悲泣地。地横風動警長記。拔心掩抑老卷葹，亂煙乍起。浦灘情瓴檝帆飛，霜飆侵占樓際。

大槐路能更使，驕驄遍欲誰繫。歸英華表鶴難尋，鎩翎故壘。命軺昔别越江珠，愁鮫應涕波水。

燕臺去後破敗市，賸吴門閒住臣里，湛獨憑闌人世。夢觚棱舊國殘雲，孤證千百哀詞，紅梨裏。

——易孺《大厂詞稿》，《清詞珍本叢刊》本

奉題懺翁《半舫齋詞卷》

千年宫羽久銷沈，賸使華辭默賞音。八寶樓臺君占取，堯章旁譜惜難尋。

吾鄉舊有半帆亭，半曲維君半舫聽。我近零篇輸什九，當年知我鬢青青。

——廖恩燾《半舫齋詩餘》，民國二十八年鉛印本

校刊《北宋三家詞》敘

予藏有精鈔本《宋二十家詞》，緘鐍篋衍，歷有年矣，頗自珍祕，屢欲校而刊之。惟察其二十家，僅舒亶《信道詞》、蘇庠《後湖詞》、曹組《元寵詞》三家世無刊本，餘皆經專家校刊流播。因以暇日，借友人龍榆生教授所録朱彊村先生批校《四部叢刊》、涵芬樓藏鮑渌飲鈔校本之《樂府雅詞》，及《花庵絶妙詞選》、《花草粹編》、《詞綜》、《歷代詩餘》諸書，校勘一過，别爲校記於後，扃而置之，亦數年矣。去歲滬變，家屋播遷，藏籍雖幸保存，然倉遽移居，稍有零散，是鈔亦致缺失數册。《信道》、《元寵》二種，適在遺佚中，遍檢不獲，傷惋而已。好在當時鈔存校過備刊之稿本尚在，《後湖》一集，原鈔亦未失，良用自慰。念再事因循，時節因緣，則又不知奚若。頃橐筆民智書局，因商之林焕庭翁，以所鈔存三集校稿，入余所編定之《民智藝文雜俎》中，以新製成宋體活字排印，庶不負一番丹鉛之役，而海内亦得見北宋三家佚存詞集也。理董畢，爰志其況如此。二十一年冬日，大厂居士。

校刊《北宋三家詞》志語

余所藏精鈔《宋二十家詞》，其目爲《半山詞》王安石、《寶晉詞》米芾、《後湖詞》蘇庠、《省齋詩餘》廖行之、《苕溪詞》劉一止、《元寵詞》曹組、《赤城詞》陳克、《松隱詞》曹勳、《相山詞》王之道、《鄮峯真隱詞》史浩、《蓮社詞》張掄、《南湖詩餘》張鎡、《南澗詞》韓元吉、《東澤綺語》張輯、《樵隱詩餘》毛幵、《渭川詞》呂勝己、《方壺詩餘》汪莘、《王周士詞》王以寧、《信道詞》舒亶、《虛靖真君詞》張繼先。

韋按：此目年代次序頗傎置，當以其鈔成時序爲次，尚未經整齊先後也。

余此鈔雖無敘跋，惟《省齋詩餘》後有數行云：壬戌四月十四日，從孫藏本校正，毛扆；己酉八月，依毛斧季校本手録，巽卿；咸豐己未六月二十一日《大典》本校過，多所改正；秋井草堂記。此有景寫「雙聲」二字連環印。

據此數行題記，當是仁和勞氏傳鈔毛斧季校本，而又經巽卿覆校者。按：彊村《東堂詞跋》謂陳氏雙聲爲巽卿姬人。此正有「雙聲」二字小印。余故定此鈔爲轉録勞氏校鈔斧季本。

余此鈔最異者，爲舒信道詞有「疏英乍蕾」之《菩薩蠻》一闋，又末章《好事近》闋，曹元寵詞末章《小重山》一闋，均爲各本所無。未知是斧季原鈔已如此，或勞巽卿傳鈔時所校補，則難於考定。然所據何本增入，尤無可臆測。玩其詞句，確與本人意味相同，又可決其非出僞撰，抑又何苦作僞一兩闋耶？亦或勞氏曾見《大典》本，據以補入耶？苦無記録左證，真無自懸斷矣。是鈔之可貴，亦坐是也。

余校是鈔三家後數年，於去夏，得趙氏萬里《校輯宋金元人詞》排印本，見有《舒學士詞》及《箕潁詞》各一卷亦在内。亟細勘數次，互有異同，惟余鈔所有而諸本所無之舒詞二闋、曹詞一闋，亦未經其輯出，且蘇養直《後湖詞》，趙氏未有較輯，均於欣幸中略致微憾。茲以余舊校未便輒易，所有與趙校有歧之處，附書校記後，以志景企，資商榷耳。二十一年冬，大厂居士志。

校刊《北宋三家詞》最録

余既出舊藏鈔本《二十家詞》中之舒亶《信道詞》、曹組《元寵詞》、蘇庠《後湖詞》三種，校而刊之，於敘辭、志語、補目、校記之後，更檢取昔人所著録三家之時代、仕履、軼聞數則，及近時朱彊村先生遺墨數段，成此小篇，亦以起觀覽者之感會，而引助余一番讐勘刊布之微誠云爾。大厂志。

舒亶

舒信道，名亶，神宗朝御史，與李定同陷東坡於罪者。《花庵詞選》。

舒亶，字信道，慈溪人，試禮部第一，累官御史丞，以罪斥，終直龍圖閣待制。卒贈直學士。《詞綜》、《歷代詩餘》同。

亶，字信道，明州慈溪人。治平二年進士，試禮部第一，神宗朝爲御史中丞，徽宗朝累除龍圖閣待制，有集。厲鶚《宋詩紀事》。

舒信道有曲云「十年馬上春如夢」，或改云「如春夢」，非所謂遇知音。胡仔《苕溪漁隱叢話》前集卷五十九一葉。

舒亶乃承奉權邪密意，與李定鍛煉坡翁詩案者。覽其文辭，亦非士俗下才，乃甘心爲人鷹犬，遂自儕於蝨賊鬼蜮。哀哉！復何及矣。朱彊村批涵芬樓《樂府雅詞》卷中舒信道詞首葉。

如此等雅詞，倘出太虛、无咎之手，便覺神骨俱仙，乃辱以舒信道乎？朱批《虞美人·寄公度》一首之眉。

亶當日考訊坡公，退而曰：「子瞻真天下才。」亶能隱服坡公，固應有此吐屬，卒甘心爲小人，故君子尚德，浮華有文，非道所貴。朱批《一落索・蔣園》一首之眉。

舒學士詞附録

醉花陰　送陸宣德　《梅苑》無題

粉輕《梅苑》作「妝」一捻和香聚。教露華休妒。今日在尊前，只爲情多，脈脈都無語。　西湖雪過難留《梅苑》作「留難」住。指廣寒歸去。去後又明年，人在江南。夢到花深《梅苑》作「開」，《花草粹編》同處。《歷代詩餘》二十三

案：《梅苑》七、《花草粹編》五引此闋，與「月幌風簾」一詞銜接，不注撰人。《歷代詩餘》以爲舒作，失之。趙萬里《校輯宋金元人詞・舒學士詞》後附録及案語。

案：舒學士集久佚，其詩餘載《樂府雅詞》，凡四十八首。江山劉毓盤先生嘗云，於范氏天一閣見《舒學士集》十卷，録其詞一卷，校以雅詞，多《醉花陰》「送陸宣德」一首。此説也，余頗疑之。案：送陸宣德一詞，始見於《梅苑》，與「月幌風簾」一首銜接，不注撰人。《歷代詩餘》誤以爲舒作，不圖與天一閣本適合，以《梅苑》原文校之，文字又不盡同，此不可解也。檢阮元《天一閣書目》及薛福成《天一閣見存書目》，均未見有《舒學士集》，果范氏藏書，有出於目外者耶？意劉君篤老著書，其所稱引，或有出於記憶，所謂天一閣本者，非依託即誤記也。附書於此，以質世之博雅君子。萬里記。趙氏輯《舒學士詞》目録後案語一段。

曹組

曹元寵名組，工謔詞，有寵於徽宗，任睿思殿待制。《花庵詞選》。

曹組字元寵，潁昌人，宣和三年進士，有旨换武階，兼閣職，仍給事殿中。《揮麈録》云：「官止副使，有《箕潁集》。」《詞綜》、《歷代詩餘》同。

組字元寵，潁昌人，緯弟，宣和三年進士，召試中書，换武階，兼閤門宣贊舍人，仍給事殿中，官止副使，有《箕潁集》。《宋詩紀事》。

曹元寵，本善作詞，特以《紅窗迥》戲詞盛行於世，遂掩其名，如《望月婆羅門》詞，亦豈不佳？詞云：「漲雲暮捲，漏聲不到小簾櫳。銀河淡掃澄空。皓月當軒高挂，秋入廣寒宫。正金波不動，桂影朦朧。　佳人未逢。歎此夕、與誰同。望遠傷懷對景，霜滿愁紅。南樓何處，想人在、長笛一聲中。凝淚眼、泣盡西風。」此詞病在「霜滿愁紅」之句，時太早耳。曾端伯編《雅詞》，乃以此詞爲楊如晦作，非也。《漁隱叢話》後集卷三十九八葉。

韋案：朱彊村補涵芬本《雅詞》「對景」作「對影」，「泣盡」作「立盡」。

此等詞看似平平，極不易作。朱彊村批《水龍吟》「牡丹」一首之眉。

碧户朱窗小洞房。玉醅新壓嫩鵝黄。半青橙子可憐香。　風露滿簾清似水，笙歌一片醉爲鄉。芙蓉褥冷夜偏長。

翠帶千條蘸碧流。多情不解繫行舟。章臺惜别恨悠悠。　濕雨傷春眉黛斂，倚風無力舞腰柔。絲絲煙縷織離愁。《浣溪沙》二首，朱彊村補録涵芬《雅詞》曹詞後。

雨細雲輕，花嬌玉軟，於中好個情性。争奈無緣相見，有分孤零。香箋細寫頻相問。我一句句兒都聽。到如今、不得同歡，伏惟與他耐静。　此事憑誰執證。有樓前明月，窗外花影。拚了一生煩惱，爲伊成病。祇恐更把風流逞。便因循、誤人無定。恁時節、若要眼兒廝覷，除非會聖。《憶瑶姬》一首，趙萬里輯古楊偍《古今詞話》，據《花草粹編》十一所引。

箕穎詞附録

紅窗迥　赴試步行戲作慰足

春闈期近也，望帝鄉迢迢，猶在天際。懊恨這一雙脚底。一日廝趕上，五六十里。　争氣。扶持我去，轉得官歸，恁時賞你。穿對朝靴，安排你在轎兒裏。更選個、宫樣鞋兒，夜間伴你。《詞苑萃編》二十二引《詞品》。

案：曹元寵以《紅窗迥》謔詞名於時，《碧雞漫志》二云：「組作《紅窗迥》及雜曲數百解，聞者絶倒。」《苕溪漁隱叢話》云：「曹元寵本善作詞，特以《紅窗迥》戲詞盛行於世，遂掩其名。」《夷堅志》云：「紹興中曹勳使金，好事者戲作小詞，其後闋云：『單于若問君家世，説與教知，便是紅窗迥底兒。』顧其詞久佚。」《詞品》三云：「小説載曹東畝赴試步行戲作《紅窗迥》慰其足。考曹東畝名豳，乃南渡後人，有《西河》一首載《花庵中興以來絶妙詞選》九」，《詞苑萃編》云「東畝後改元寵，嘉熙時人」，其説誤甚。趙萬里《校輯宋金元人詞·箕穎詞》後附録及案語。

《碧雞漫志》二云：「政和間曹組能文，每出長短句，膾炙人口，潦倒無成，作《紅窗迥》及雜曲數百解，聞者絶倒，滑稽無賴之魁也。」又云：「今少年不學柳耆卿，則學曹元寵，其貶之也如此。蓋以其專工謔詞故也。」謔詞見於小説平話者居多，當時與雅詞相對稱，宋世諸帝，如徽宗、高宗，均喜其體。《宣和遺事》、《歲時廣記》載之。此外尚有俳詞，亦兩宋詞體之一，與當時戲劇，實相互爲用，此談藝者所當知也。萬里記。趙萬里校輯《箕潁詞》目録後案語一段。

蘇庠

蘇養直，名伯固，號後湖居士。《花庵詞選》

蘇庠，字養直，丹陽人，紹聖中，同徐俯薦於朝，不起。自放江湖間，號後湖居士，有《後湖集》一卷。《詞綜》、《歷代詩餘》同。

庠字養直，澧州人，伯固之子。韋按：此與《花庵》不同。初以病目，自號眚翁，後徙居丹陽之後湖，更號後湖病民。紹興間，居廬山，與徐俯同召，不起，卒年八十餘，有《後湖集》。

《鶴林玉露》：紹興間，養直與徐師川同召，師川赴，養直辭。師川造朝，便道過養直，留飲甚歡。二公平日對弈，徐高於蘇，是日養直拈一子，笑視師川曰：「今日須還老夫下此一著。」師川有愧色。

《鐵網珊瑚》：紹興中，建安徐翊云：「蘇公隱丹徒，五召不起。」周君德友主縣簿，願從之遊。文章往來，委曲如瑣，求之古人，未易一二也。以上《宋詩紀事》。

《後湖詞》一卷，蘇庠養直撰。《直齋書録解題》

《信道詞》校跋

右《信道詞》一卷，余藏精鈔仁和勞氏校鈔毛斧季鈔本《宋二十家詞》之一。余復取諸本校勘一過，去夏復得中央研究院印行之趙氏萬里《校輯宋金元人詞》，亦有是詞之輯，因取以讎閲余前所校，多有發生意義，爰記如下：

趙氏所據《樂府雅詞》爲趙輯寧星鳳閣校鈔本，余所據爲《四部叢刊》涵芬樓藏鮑渌飲鈔校本；《花草粹編》，則趙據明萬曆刻本，余據傳鈔本，所以互有出入，尤其趙氏是以字數多寡分先後，於原詞面目，恐有遺失，且余鈔本，往往有特殊於諸本者，有足以救正趙氏所校輯者，亦有他本及趙校，可是正余鈔者，並分疏之。

《醉花陰》，余本「了知君此意」句，趙校云「劉輯作『悄』」，劉即劉毓盤氏，趙氏此輯目録後案語，嘗言其非依託則誤記，是劉本不可信。余此本作「了知」，非必可信，然亦他本所無。

《滿庭芳》三，題，余據本《樂府雅詞》爲「送權府蘇臺道宗朝奉」，趙輯本無「臺」字。

《菩薩蠻》六，「杜鵑啼破江南月」，《花草粹編》作「南江」，涵芬樓《雅詞》亦作「南江」，趙輯則作「江南」。

《木蘭花》三，「一番樂事又□□」，趙校注云「《詩餘》作『春深』」，庫本《雅詞》作「今年」。今按朱彊村眉批云：四庫本作「將離」，與趙氏所據本異，余鈔本正作「將離」。

《浣溪沙》二，題，余鈔作「和葆春先晚飲會」，與各本均不同，恐有誤字。細玩詞意，當以《樂府雅詞》「和葆光春晚飲會」爲正。趙氏校輯本作「和葆先春晚飲會」，想是星鳳閣《雅詞》本如此作，與余據涵芬本不同，惟《花草粹編》亦作「葆光」。又末語「幾多落葉上青枝」，余此本與趙輯同，涵芬本《雅詞》與《花草粹編》及《歷代詩餘》，均作「緑葉」。

《浣溪沙》四、五，此二闋，余鈔本與各本，均有殘闕補綴痕跡，似俱不可盡信。又無從定孰是非，惟四闋二語，涵芬本《雅詞》作「瑶譬」，趙校本作「摇譬」，更不審誰當也。又五闋起四字，朱彊村批云：四庫本作「瀏鵬交交」。趙校本云：四庫全書本《樂府雅詞》作「白鷺飛飛」。又「管絃」下二空格。朱批云：庫本作「聲罷」。趙校云：庫本作「競奏」。劉毓盤本作「聲裏」，又「魚梛」上一空格，朱批云：庫本作「聽」。趙校云：庫本作「雜」，劉本作「響」。「梛」，涵芬本作「根」。

《醉花陰》「送陸宣德」一闋，余此鈔無之。朱校涵芬本《樂府雅詞》，補録於後，而批於眉云：蔣藏鈔本有此首，無「露芽初破」一首。又云：乾隆間澹容居士輯本，此詞見《花草粹編》，未標名。上一首即「月幌風簾」云云，趙校本亦附録此闋，而加案語，謂《梅苑》七、《花草粹編》五，引此闋與「月幌風簾」一詞銜接，不注撰人。《歷代詩餘》以爲舒作，失之。

大厂居士記。

《曹元寵詞》校跋

右《曹元寵詞》一卷。余藏精鈔勞氏本之一。余取諸本校如上，兹復取趙氏校輯本諦視，獲異文如干條於下：

民國　易孺

《曹元寵詞》，此標題趙氏作《箕潁詞》。《樂府雅詞》僅如其選例標「曹元寵」三字。

《點絳唇》二，末語，予鈔作「人何在」。趙輯本同。涵芬本《雅詞》作「何人在」。

《撲蝴蝶》，題下按語一段，諸本均無，疑是校者所作，當不外毛、勞二氏之手。又「幸容易」三字，趙輯屬下段，涵芬《雅詞》屬上段。

《憶少年》，末語「把闌干拍」，朱批云「明刻本作『把闌干□拍』」，與余此鈔正同。「拍」下校語二行，當亦爲毛或勞氏所作。

《驀山溪》，「梅」一首起二語，諸本互異。趙輯據《梅苑》、《全芳備祖》、《花庵》、《草堂》、《花草粹編》諸書作「御」韻，予此鈔正是「御」韻。趙引趙長卿和韻用「御」字爲證，予更得袁宣卿一首，亦用「御」韻，多一證也。宣卿題爲「次陳帥用曹元寵梅花韻」，起語云：「蕊珠宮闕，西帝陳嬪御。」

《點絳唇》二，「歸雁愁還語」，予鈔本如此，與諸本無一同者。趙輯作「愁還去」，與涵芬本《雅詞》同，《花草粹編》、《詞綜》、《歷代詩餘》均作「愁邊去」。

《點絳唇》三，「好夢長長少」，趙輯與涵芬本均如此作，《花草粹編》、《歷代詩餘》作「常常」，余鈔本同之。又「鳳帷人悄」，趙輯及余鈔本均如此，《粹編》、《詩餘》均作「鳳帷」，涵芬本亦作「鳳帷」，是余鈔本，亦有與趙輯本同者。

今按涵芬藏鮑校鈔本《樂府雅詞》，似稍遜於諸本，如趙氏萬里所據之星鳳本、朱彊村批校稱秦刻本等。如元寵詞之《醉花陰》「梅妝淺淺風蛾裊」，涵芬本作「深淺」，疑是筆誤或臆改。又末語「各是一般好」，余鈔本及涵芬本皆如此，趙輯本作「各有」，又《水龍吟》末有「高情未已，齊燒絳蠟」，涵芬本缺「未已齊」三字，朱批據秦刻本補，趙輯及余鈔均不缺。

大厂居士記。

《後湖詞》校跋

右《後湖詞》一卷，余藏精鈔勞氏本之一，余取諸本校如上。此詞尚未見有刊本。趙氏萬里《校輯宋金元人詞》，亦無輯出。余藏此鈔，繕寫甚秀朗。從勞巽卿校本轉録，亦若流傳有緒。其中《訴衷情》案語一段，大約勞氏所作，可珍也。

大厂居士記。

——以上易孺輯校《北宋三家詞》，上海民智書局一九三三年

陳運彰、吕傳元《〈大厂詞稿〉序言》

詞緣歌興，樂依律生。樂律既亡，詞乃益盛。舍本逐末，正名之謂何？習俗相沿，是非遂泯，欲求其本，此道末由。孺翁少習華辭，旁通音律，嗜好既竱，鑽孯益勤。夫以四聲清濁，以求填詞，其説甚辯。吾知其無當，而不能非之。翁乃益之，以比合虚實，不恤律協言謬之譏，以就舊譜，事逾苦，志逾堅，獨行其是，果協於律耶？恐亦未必能自必也。竭慮冥搜，或冀闇合，縱鄰於愚，猶賢乎已。偶睹一斑，世本駭怪。今獲其筌，未忍從衆。即以詞言，無忝作者，屬以萍聚，乃契苔岑，

評泊藝事，不苟雷同。比翁寫定所填詞出，以相似去取之間，自標宗旨，功力淺深，境界利鈍，雖存什一，可按而窺。憐其老病，分任書寫，將付梓氏，用詷當世，或識焦桐，抑覆醬瓿，盡其在我。翁不自問，亦不能問之，辱爲知言，何堪貢諛。以事述志，庶幾無愧。人亦有言，予忖度之。序翁之詞，莫或逾斯。合成序言，用答諈諉。昔有聯吟之詩，合璧之畫，文不概見。若援此例，非創實因，興會所届，遑恤我後。相視而笑，聊復書之。乙亥五月，潮陽陳運彰、九江吕傳元連句分書。

胡墒手録《雙清池館集詞録》評

遐庵先生復書謂高渾漸減針線之迹。墒。（謂易孺詞《聖塘引・人間何世》）

工聲。墒注。入門之辭與庵共里。墒。（謂易孺《西湖五月寒・雨意生獰》）

末二語念誦至千萬次，仍不忍釋，不知其何以感人之深。墒敬記。（謂易孺《過澗歇近・曉醒》）

原詞聲律大差，與坡公詞迴異，師此作亦衹可借「荷華媚」三字爲題牌，仍謂之自度可矣。墒。（謂易孺《雙清・高華自斂》）

師向不倚熟調，惟偶愛《浣溪沙》，此闋摛辭，得未曾有。墒。（謂易孺《浣溪沙・翠椀偏反碧意迷》）

——以上易孺《大厂詞稿》，《清詞珍本叢刊》本

陳聲聰《論近代詞絶句》評

幾回大道見回車，緑樹浮雲四面遮。歲晚向人書乞食，無歸詞客等無家。易孺字大厂，又號韋齋，廣東鶴山人。留學日本，習師範，歷任北京高等師範學校、上海音樂學院教授，晚窮愁潦倒，工詩詞書畫及篆刻。有《大厂詞稿》及《和玉田詞》。龍榆生云：「孺填詞務爲生澀，愛取周、吴諸僻調一一依其四聲虚實而强填之，用心至苦，自謂『百澀詞心不要通』云。」孺詞，自取蹊徑，迥不猶人，猶詩中之山谷、后山也。

——陳聲聰《填詞要略及詞評四篇》，廣東人民出版社一九八六年

錢仲聯《近百年詞壇點將録》評

地醜星石將軍石勇　易孺

大厂爲陳蘭甫弟子，其詞審音琢句，取徑生僻，所謂「百澀詞心不要通」也。

——錢仲聯《夢苕庵清代文學論集》，齊魯書社一九八三年

詞籍介紹

《韋齋活葉詞選》，易大厂居士選，民智書局發行，精裝一册，實價九角三分。近代詞集選本，其獨標宗旨，具見卓識者，固自不乏，而陳陳相因，巧立名目者，實居多數。大厂居士研治詞學，歷數十年，其自爲《雙清池館詞》，託體既高，尤嚴於守律。茲復出其積歲所選宋詞，交民智書局

以仿宋字精印行世。其自序選詞緣起，謂「别有好尚，一惡熟，二畏豔」，故兹編所録，並别具手眼，且多爲不經見之詞。各家並有附録，舉其一章語數，或零辭雋句，有可珍者，表而出之；尤見抉擇之精，足增賞鑒之力。居士兼通聲律，故擇調綦嚴，而各有其特殊音節，最堪尋味。因並拈出，以告世之讀居士此選者。

——《詞學季刊》創刊號

《北宋三家詞》，易大厂編校，民智書局出版，仿宋精印，一册八角五分。大厂居士得精鈔《宋二十家詞》，其十七家，已見《彊村叢書》，惟舒亶《信道詞》、曹組《元寵詞》、蘇庠《後湖詞》三種，未見刻本。居士因取諸家選本，參互校勘，精印單行。又雜采昔人著録三家之仕履、逸聞，及近時朱彊村先生之評語，趙萬里君之校語，别爲《校刊北宋三家詞最録》，以冠篇首。此所據鈔本，大抵亦由各選本輯録而成，非復三家詞集之舊。乃經居士之校勘行世，使治北宋詞者，多得資糧，亦未始非詞壇之幸事也。

——《詞學季刊》第一卷第二號

《蘧廬詞》，明吴興韓純玉撰，易大厂校，民智書局仿宋精印，一册定價五角。純玉爲明遺民，痛外族入主中國，謝絶人世，高隱深晦，著書寄憤。詩多悽楚之音，詞亦低徊銷黯，足以想見其人之高節。其激壯沈鬱處，在稼軒、須溪之間，爲明、清間一大家數。大厂居士以所藏鳳晨堂刊本，重校入《民智藝文雜組》中，用仿宋聚珍版精印，亦留心民族文學者所應一讀也。

——《詞學季刊》第一卷第四號

詞壇消息 易韋齋主編音樂與藝文

易大厂居士本擅倚聲，近感詞樂失傳，思於新樂方面，别謀創製。爰集國立音樂專科學校同人，組織音樂藝文社，發行兩月刊，由居士自任主編；兼約音專諸教授，及本社董事長葉遐庵先生、主編龍榆生先生爲基本社員，從事撰稿；一面發揮樂理，一面自由作長短句，由音樂專家爲作譜，與正民智書局訂立合同，將由彼出版發行云。

——《詞學季刊》創刊號

詩壇近訊 孺齋詩出版

鶴山易大厂居士，工詩詞，兼善書畫篆刻。其手寫《大厂詞稿》，早由商務印書館行世。前歲其友吕貞白、陳蒙庵兩先生，復就其近年所作詩，删存一二百首，排印一册，殊爲精粹，聞早出版流傳云。

——《同聲月刊》第一卷第二號

龍榆生《哭大厂居士三首》

居士捨我去，倏忽已逾月。祝我長康健，雅咏聲頓歇。秋間居士來詩，有「近畫似儂甘淡沱，貧家得米易消磨。惟當祝汝長康健，及早相逢一放歌」之句。頗聞病榻言，稍悔生事拙。我書相慰藉，書到輒哽咽。肝膽結交意，不得一永訣。淒涼水調歌，今歲中秋，居士有和予《水調歌頭》二闋。掩淚視遺札。

我初識居士，遠溯十載前。我年未三十，居士已華顛。相約究聲律，亦復勤雕鐫。百澀矜詞心，居士有「百澀詞心不要通」之句。苦調發朱絃。清新五七字，得之在欹眠。居士曩年來往京滬火車中所得詩，自題《欹眠集》。翛然雲鶴姿，懼以明自煎。寧爲古人縛，不受俗拘牽。以此負絶藝，居士兼工書畫，尤精篆刻。往往艱粥饘。散亂四壁書，送老此一廛。

三載迫貧病，辛苦强力支。時復靸雙履，買菜備婦炊。我方事舌耕，挾策步行遲。循簷偶相遇，招我一伸眉。注茗暖我軀，持餌療我飢。念我多兒女，諒直非所宜。勸我稍和光，𩋫兮風汝吹。爲我製小印，佩之常不離。我出爲感知，居士不我疵。平生廣廈心，呴沫空爾爲。傷哉一長慟，肯自倦驅馳。

詞林近訊　大厂居士下世

大厂居士姓易氏，廣東鶴山人，原名廷憙，字季復。後改名韋齋，號大厂，又號宜雅翁，又號待公，晚復更名孺，號念盦。少負才名，不受羈勒。工書畫，兼擅詩詞，篆刻尤精，有秦漢古鉢意象，自稱當與安吉吴昌碩争一日之短長也。民國初建，曾入臨時大總統府任秘書。旋往燕京，任師範大學音樂系教授，與蕭友梅博士合作新體歌詞，著有《新歌初集》等（商務印書館出版）風行於全國各學校。後又南行至滬，助蔡元培、蕭友梅諸先生創設國立音樂院。晚鬻書畫篆刻自給。三年來困於貧病，老境至不堪，竟於去年夏曆十一月初九日，病歿滬寓，享年六十有八。無子，僅存一老妻。所有喪葬贍養之費，尚待友朋之資助。詞人身後蕭條如此，聞者爲之酸鼻。所著詩詞，當在數萬首，遺稿叢殘，整理不易。其已出版行世者，僅《雙清池館詩詞稿》（石印本）、《大厂詞稿》（商務印書館石印本）、《孺齋詩存》（排印本）各一卷，及原拓印譜二種云。

——以上《同聲月刊》第二卷第二號

龍榆生《忍寒漫録》評

往年予居滬上，舉辦《詞學季刊》，頗主蘇、辛，謬欲以壯音轉移風氣。老友大厂居士方持嚴律之説，於四聲陰陽虚實，一一篤守，以爲必如此，乃得與填詞之「填」字，名實相符也。是時胡展堂先生方卧病香港，與予及大厂以詩歌相酬答，藉遣煩憂。胡先生以予二人交誼極深，而論詞相左，終以調人自處，爲詩兩解之。今胡先生下世數年，而大厂窮愁客寄，音書阻絶，歲寒濡呴，悵憶前遊，不禁感喟交集矣。偶檢《不匱室詩鈔》，轉録有關於詞學之作如次。《讀榆生教授論學詞文，九疊至韻寄之》云：「藝事非苟然，矩矱有必至。治詞嚴四聲，如詩争半字。抑亦傷心人，甘自縛才思。式縠念後生，時復祝我類。奄奄二百年，蘇辛幾擯棄。詞派闢江西，感深興廢事。照天騰淵才，奔走呼號意。樂苑耿傳燈，豈奪常州幟。邁往足救亡，斯言可終味。」

——《同聲月刊》第一卷第二號

亡友大厂居士，詞翰之餘，兼精繪事，偶因興到，放筆寫花卉山水，有蕭疏淡遠之趣，洵爲天賦逸才也。書成，隨手題句，或詩或詞，立就不加雕飾，較其精心結撰之作，轉近自然，惜未能彙刻成編，傳之來葉耳。偶於行篋中得其水仙小幅，題云：「吴覺翁『昨夜冷中庭，月下相認』，詞旨蕭寂，率筆擬之，并賦小句，仍次翁《夜遊宫》韻：鐙下摧絲已響，聾孤夢、練衣初冷。如寄珠江蜑家艇。賦湘妃，奈塵生，水中影。　毫秃鋒猶勁。賸慘緑、蘸成俄頃。未借幽馨愛光景。抱清幽，隔年人，獨知醒。」是幅作於丙子長至夕，録存於是，蓋不勝人琴之痛矣。

——《同聲月刊》第二卷第十號

大厂居士，病中曾爲予作衰柳殘荷立軸。淡墨留痕，極凋疏之致。并題《浣溪沙》詞云：「多難誰從證此秋。新凉能病悟真愁。肯扶幽怨共登樓。　慘緑儘交流夢去。香紅猶帶夕陽收。近池塘處笑輕漚。」蓋絶筆也。

——《同聲月刊》第三卷第二號

夏敬觀《忍古樓詞話》評

鶴山易大厂孺，工詩、詞、書、畫、篆刻。其《大厂詞稿》，手寫印行，巾箱攜取，良可珍玩。「夢窗韻答雲持」《思佳客》云：「涼後冰帷斷水沈。祇餘星漢隔宵心。未驚璚盌添人醉，恐爲銖衣殢夢深。　和怨拆，帶香斟。玉璫親手累沈吟。飛來日上催詩雨，不管南雲片片陰。」「庚申重陽析津攜眷屬登河北公園小山」《六幺令》云：「嫩陰扶午，綿緉添微燠。清沽照雲同繞，燕子低如沐。又見園亭陗道，轉折行都熟。寒香猶逐。呼錢急買，深碧輕黄趁時菊。殘陽樓外漸没，瑟瑟難窮目。溪畔似鬢叢蘆，怒出參差玉。閒恨霜皮老柳，聽過從軍曲。榮林休卜。茱萸無恙，共取平安對花囑。」

——夏敬觀《忍古樓詞話》，唐圭璋《詞話叢編》本

龍榆生《〈彊村雜稿〉題跋》述易孺《集宋詞帖》

此事吴中文士最喜爲之，其工者直如無縫天衣，彌堪把玩。彊村興寄所托，偶亦及此，庶幾文同己出，饒有絃外之音。此外則吾亡友鶴山易大厂居士曾手寫《集宋詞帖》一册，用珂羅版印行，亦多可喜。今則嗣音闃然矣。

——龍榆生《龍榆生詞學論文集》，上海古籍出版社一九九七年

何弘景

何弘景，又名季海，南海人，民國間人。何香凝胞弟，嶺南醫家。

懺庵姻大兄命題《捫蝨談室詞集》，即乞郢教

雄渾非蘇即是辛，夢窗源自出清真。千秋默契傳心法，一集重刊付手民。北宋曉風殘月岸，南唐流水落花春。屏除魔道涪翁體，捫蝨詞稱老斲輪。己丑端節前三日，姻愚弟何弘景季海。

——廖恩燾《捫蝨談室集外詞》，一九四九年鉛印本

梁啓勳

梁啓勳（一八七六——一九六三），字仲策，梁啓超弟，新會人。早年入萬木草堂，師從康有爲，後留學美國習經濟，畢業歸國歷任交通大學及北平鐵道管理學院訓育處主任，中國銀行駐京監理官，青島大學教授。著有《海波詞》、《詞學》、《詞學銓衡》、《稼軒詞疏證》、《曼殊室隨筆》。

曼殊室隨筆　詞論

自序

溯自新紀元之第十五年，丙寅春正月，始作讀書隨筆。觸目如有疑義、感想、互證、校勘等，輒援筆記之。歲月易得，於今二十又一年矣。舊稿盈篋，約之可得四十萬言，分類而詮次之，都爲五卷，

曰詞論、曲論、宗論、史論、雜論。敢云有得，亦曰備忘而已。三十五年丙戌臘將半，仲策識於曼殊室。

一

作品互相摹倣，乃文人之常，不足爲病。但摹倣過甚，則有迹近剽竊者矣。大約詩詞一類，若欲摹擬一名作，切忌採取同一韻脚，否則易涉於剽竊之嫌疑。如周清真之《滿路花》一闋，實竊取柳耆卿之《定風波》不少。周之「朱消粉褪，絶勝新梳裹」，即柳之「終日厭厭倦梳裹」。周之「日上三竿，殢人猶要同卧」，即柳之「日上花梢，猶壓香衾卧」，全首多類此。此採取同一韻脚之病也，當知所戒。

盧蒲江之《謁金門》「風不定。移去移來簾影」，靜境妙觀，不減後主之「風壓輕雲」。陳西麓之《謁金門》「風不定，吹漾一簾波影」，乃鈔襲蒲江，而意境便不如矣。調名既同，而韻脚亦同，故痕跡愈顯，尤當引爲大戒。

康伯可居翰林時，值南渡之初，頗受知於高宗。一次，重陽大雨，奉敕賦詩。康口占雙調《望江南》一闋曰：「重陽日，風雨苦凄凄。戲馬臺前泥拍肚，龍山會上水平臍。直浸到東籬。茱萸潤，黄菊濕滋滋。落帽孟嘉尋箬笠，休官陶令覓蓑衣。兩個一身泥。」真堪解頤。

辛稼軒壽王道夫之《清平樂》「料得今宵醉也，兩行紅袖争扶」，黄公紹之《青玉案》「落日解鞍芳草岸。花無人戴，酒無人勸，醉也無人管」，環境不同，各自有其美感。

賀方回有《蝶戀花》一首，曰：「幾許傷春春復暮。楊柳清陰，偏礙遊絲度。天際小山桃葉步。白蘋花滿湔裙處。　竟日微吟長短句。簾影燈昏，心寄胡琴語。數點雨聲風約住。朦朧淡月雲來去。」李世英亦有一首《蝶戀花》，曰：「遥夜亭皋閒信步。才過清明，漸覺傷春暮。數點雨聲風約住。朦朧淡月雲來去。　桃杏依稀香暗度。誰在鞦韆，笑裏輕輕語。一寸相思千萬緒，人間没箇安排處。」此調之韻與叶共八個，賀、李兩首從同者居其七，若云暗合，恐世間無如是之巧。「數點雨聲風約住，朦朧淡月雲來去」，是誠佳句。兩首乃一字不易，則未免太無聊矣。李世英名冠，北宋之山東人。

蘇東坡之「溪風漾流月」與張功甫之「光摇動、一川銀浪」，趙汝愚之「江月不隨流水去」與張叔夏之「長溝流月去無聲」，意境相同，唯觀察各異，皆不愧爲佳句。是以作品須首重意境。

李後主之「别時容易見時難」，世傳名句。但較於李義山之「相見時難别亦難」，是不逮矣，後主少卻一層意思。

二

文人之習用語，各自有其不同之好尚。周止庵謂「梅溪好用『偷』字，品格便不高」，故劉融齋有「周旨蕩而史意貪」之誚。信然。史梅溪之作品，「偷」字誠不少用，試録列之，看是否非用此字不可。梅溪詞品雖不甚高，但格律最稱謹嚴。

做冷欺花，將煙困柳，千里偷催春暮。《綺羅香》

巧翦蘭心，偷黏草甲，東風欲障新暖。《東風第一枝》

諱道相思，偷理綃裙，自驚腰衩。《三姝媚》
應念偷翦酴醾，柔條暗縈繫。《祝英臺近》
芳意欺月矜春，渾欲便偷許。《祝英臺近》
墜絮孳萍，狂鞭孕竹，偷移紅紫池亭。《慶清朝》
冷截龍腰，偷拏鸞爪，楚山長鎖秋雲。《夜合花》
輕衫未攬，猶將淚點偷藏。《夜合花》
向黄昏、竹外寒深，醉裏爲誰偷倚。《瑞鶴仙》
更暗塵、偷鎖鸞影，心事屢羞團扇。《玲瓏四犯》
杏墻應望斷，春翠偷聚。《齊天樂》
犀紋隱隱鶯黄嫩，籬落翠深偷見。《齊天樂》

《牡丹亭》、《長生殿》，總算得兩部名作，一稱詞藻第一，一稱格律第一，世有定評。湯臨川好用「則」字，且每次用得均甚有力；洪昉思則好用「不提防」，試分别舉之：

則怕的羞花閉月花愁顫。《驚夢·醉扶歸》
則爲俺生小嬋娟。《驚夢·山坡羊》
則索因循靦腆。同上
則爲你如花美眷，似水流年。《驚夢·山桃紅》
也則待你忍耐温存一晌眠。同上

單則是混陽烝變。《驚夢・鮑老催》

則把雲鬟點，紅鬆翠偏。《驚夢・山桃紅》

坐起誰忺，則待去眠。《驚夢・綿搭絮》

則待把飢人勸。《尋夢・月兒高》

也則爲水點花飛在眼前。《尋夢・懶畫眉》

則咱人心上有啼紅怨。同上

則道來生出現。《尋夢・尹令》

偏則他暗香清遠。《尋夢・二犯麼令》

則掙的箇長眠和短眠。《尋夢・川撥棹》

也則是照獨眠。《尋夢・意不盡》

《驚夢》八個，《尋夢》七個，不爲少矣，「則」字個個響亮。《長生殿》之「不提防」亦甚有趣，試列舉之：

不提防番兵夜來圍合轉。《賄轉・解三醒》

不提防爲著橫枝，陡然把連理輕分。《獻髮・泣顏回》

不提防柙虎樊熊，任縱橫社鼠成狐。《疑讖・集賢賓》

不提防透青霄橫當仙路。《神訴・么篇》

不提防餘年值亂離。《彈詞・一枝花》

不提防撲通通，漁陽戰鼓。《彈詞・轉調賀郎兒》

不提防斷砌頹垣，翻做了驚濤沸濤。《雨夢・黑麻令》

不提防慘淒淒月墜花折。《補恨・普天樂》

雖則曰好尚不同，但此三君之不厭其多，真可謂有特殊情味者矣。

三

晁無咎評東坡詞曰：「人謂東坡詞多不諧音律，然横放傑出，自是曲子中縛不住者。」推許之意，溢於言外。又沈寧盦嘗爲湯若士改易《牡丹亭》字句之不協律者，若士不懌曰：「彼惡知曲意哉！吾意之所至，不妨拗折天下人嗓子。」若東坡與若士者，真可稱詞曲中豪傑之士也已。試思「曲子縛不住」及「拗折天下人嗓子」二語，是何等氣概。然必須有兩君之聰明，有兩君之學力，庶可語此。若初學而欲執此二語以自文其短，勢必將沈淪萬劫，永無重見天日之期。須知兩君之所以如此，乃入而復出，非空疏也。試觀《東坡樂府》及《牡丹亭傳奇》兩部作品，非至今仍能保持其最高地位耶？并未因此而損其聲價也，斯可知矣。入而復出則可，若不入尚何出之足云，終久是門外漢而已。

四

集句爲聯，是亦一格。日前因綴蘇、辛詞句賀人新婚，精神既已集中，遂得數十副，姑存録之：

對景難排，重按霓裳歌遍徹。後主《浪淘沙》、後主《木蘭花》

有誰堪摘，未成沈醉意先融。漱玉《聲聲慢》、漱玉《浣溪沙》

宗風嗣阿誰，正商略遺篇，晚來明月和銀燭。東坡《南歌子》、稼軒《哨遍》、東坡《千秋歲》

文字起騷雅，怎安排心眼，胸中書傳有餘香。稼軒《水調歌頭》、東坡《殢人嬌》、稼軒《虞美人》

鸞鏡與花枝，紅幕半垂清影。温飛卿《菩薩蠻》、孫光憲《更漏子》

香箋共錦字，烏絲重記蘭亭。張文潛《風流子》、辛稼軒《臨江仙》

歌扇輕約飛花，眉峯壓翠。姜白石《琵琶仙》、陸子逸《瑞鶴仙》

濃香暗黏襟袖，闌影敲涼。周美成《玉燭新》、史梅溪《玉簟涼》

笛在月明樓，欲喚飛瓊起舞。後主《憶江南》、碧山《無悶》

鳥啼花滿徑，且教紅粉相扶。蒲江《謁金門》、東坡《西江月》

舞歇歌沈，淒淒更聞私語。草窗《三姝媚》、白石《齊天樂》

愁濃酒惱，年年負卻熏風。漱玉《怨王孫》、碧山《慶清朝》

不堪聽急管繁絃，憑虛醉舞。美成《滿庭芳》、夢窗《齊天樂》

漫想念清歌錦瑟，盡付沈吟。草窗《大酺》、梅溪《月當廳》

望殘煙草低迷，珠簾半卷。後主《臨江仙》、秦淮海《水龍吟》

冷淡胭脂匀注，鬢翠雙垂。宋徽宗《燕山亭》、張玉田《國香慢》

翠葉吹涼，謾寫入瑤琴幽憤。白石《念奴嬌》、稼軒《賀新郎》

歌橈喚玉，試憑他流水寄情。玉田《臺城路》、碧山《瑣窗寒》

且教紅粉相扶，驚殘好夢。東坡《西江月》、放翁《瑞鶴仙》

載取白雲歸去，曾賦高情。玉田《甘州》、梅溪《夜合花》

舞歇歌沈，翠袖倚風縈柳絮。夢窗《三姝媚》、東坡《浣溪沙》

潭空水冷，飛雲當面化龍蛇。稼軒《水龍吟》、淮海《好事近》

清影徘徊，耿耿素娥欲下。子野《燕臺春》、美成《解語花》

淡煙飄薄，濛濛殘雨籠晴。耆卿《女冠子》、淮海《八六子》

待翠管吹破蒼茫，夜潮正落。碧山《無悶》、美成《一寸金》

爲玉樽起舞回雪，羅帶輕分。白石《琵琶仙》、淮海《滿庭芳》

兩行紅袖争扶，非關病酒。稼軒《清平樂》、漱玉《鳳簫》

一片蒼云未掃，惱亂愁腸。玉田《掃花遊》、東坡《滿庭芳》

玉漏已三更，濃睡不消殘酒。李知幾《臨江仙》、李易安《如夢令》

寒雲飛萬里，曉霜初著青林。趙西里《八聲甘州》、王碧山《水龍吟》

簾卷西風，斷送一年殘暑。漱玉《醉花陰》、東坡《謁金門》

雁横南浦，連娟十樣宮眉。文濳《風流子》、稼軒《滿庭芳》

燭映簾櫳，萬枝香裊紅絲拂。方回《天香》、飛卿《菩薩蠻》

暖回雁翼，一夜風吹杏粉殘。美成《渡江雲》、叔原《採桑子》

舞榭歌臺，粉面都成醉夢。稼軒《永遇樂》、稼軒《西江月》

風簾露井，孤山無限春寒。子逸《瑞鶴仙》、夢窗《高陽臺》

夜來秋氣入銀屏，雁橫煙水。汪彦章《小重山》、高竹屋《齊天樂》

風送菊香黏繡袂，人倚西樓。顧敻《玉樓春》、張文潛《風流子》

日長蝴蝶飛，池臺遍滿春色。永叔《阮郎歸》、美成《應天長》

睡起流鶯語，東風暗換年華。石林《賀新郎》、淮海《望海潮》

楊柳拂河橋，晝日移陰，煙裏絲絲弄碧。美成《憶舊遊》、美成《滿江紅》、美成《蘭陵王》

井牀聽夜雨，瑣窗睡起，斷腸點點飛紅。稼軒《臨江仙》、稼軒《念奴嬌》、稼軒《祝英臺近》

紫陌飛塵，誰把香奩收寶鏡。稼軒《滿江紅》、稼軒《念奴嬌》

虛簷轉月，莫因長笛賦山陽。東坡《滿庭芳》、東坡《浣溪沙》

月色忽飛來，冷浸佳人澹胭粉。秦淮海《生查子》、晁無咎《洞仙歌》

東風休放去，誰憐季子敝貂裘。稼軒《菩薩蠻》、蘇東坡《浣溪沙》

剗襪下香階，素面翻嫌粉涴。後主《子夜啼》、東坡《西江月》

翠輦辭金闕，侵晨淺約宮黄。稼軒《賀新郎》、美成《瑞龍吟》

回首月明中，殘照猶在庭角。李後主《虞美人》、周美成《丹鳳吟》

起來花影下，冰姿自有仙風。李知幾《臨江仙》、蘇東坡《西江月》

覺來聞曉鶯，我欲醉眠芳草。温飛卿《菩薩蠻》、蘇東坡《西江月》

高會盡詞客，有人夢斷關河。聶冠卿《多麗》、辛稼軒《清平樂》

五

詞選之最古者，首推歐陽炯之《花間集》。後蜀孟昶廣政三年庚子（九四〇）。最近者，則有朱祖謀之《宋詞三百首》。民國十三年甲子（一九二四）。上下相距恰千年。若斷代選本，衹以當代爲限者，則前有周密之《絕妙好詞》，專選南宋；近有譚獻之《篋中詞》，專選清代。至若徐乃昌之《小檀欒室閨秀詞》，則又以性爲别者矣。

周密之《絕妙好詞》，去取之間頗謹嚴，至清初而有查爲仁、厲鶚二公爲之作箋注，查、厲皆博雅君子也。宋刻《花間集》，則以圈點斷句，韻用圈而句用點，詞集之有斷句者，當以此爲最先矣。康熙中葉，以帝者之力，命詞臣編輯《歷代詩餘》，所選者自唐迄明，計詞人九百五十七，調一千五百四十，詞九千零九首，真可稱選本之洋洋大觀者矣。雖所選未必盡精粹，然此種雄偉之氣魄，非帝者莫能辦也。

六

張三影以「雲破月來花弄影」等數語得名，實則子野詞繪影之作最多，佳句尚不止此。試舉其顯著者如左：

雲破月來花弄影。《天仙子》
隔墻送過鞦韆影。《青門引》
柔柳輕搖，墜飛絮無影。《翦牡丹》
嬌柔懶起，簾幕捲花影。《歸朝歡》
無數楊花過無影。《木蘭花》
横塘水静花窺影。《傾杯》
固向鸞臺同照影。《木蘭花》
鴛鴦集，仙花鬥影。《雙韻子》
苕水天摇影。《虞美人》

子野詩更有「浮萍破處見山影」之句，意境亦殊俊逸。以上所列舉，均屬以「影」字爲韻脚，用重筆描寫者也。此外復有輕描淡寫之影，亦殊見佳妙。如：

花影閒相照。《謝池春慢》
棹影輕於水底雲。《南鄉子》
願教清影長相見。《相思兒令》
花上月，清影徘徊。《宴春臺慢》
隔簾燈影閉門時。《醉桃源》
草樹争春紅影亂。《木蘭花》

寒影透清玉。《憶秦娥》
人在銀潢影裏。《鵲橋仙》
水天溶漾畫船遲，人影鑑中移。《畫堂春》
風烏弄影畫船移。《芳草渡》
綠定見花影並照。《勸金船》
高鬟照影翠煙搖。《西江月》
水影横池館。《卜算子慢》
照影紅妝，步轉垂楊岸。《蝶戀花》
梧桐雙影上珠軒。《虞美人》
花影瀲金尊。《慶春澤》
漸樓臺上下，火影星分。《泛青苕》
更日高院静，花影重重。《漢宫春》
此外更有寫影而不著「影」字者，如：
湖水亦多情，照妝天底清。《菩薩蠻》
片段落霞明水底，風紋時動妝光。《河滿子》
絲綸慢卷，牽動一潭星。《滿庭芳》
由此觀之，可見此翁對於燈影、月影、水影，與夫各種之影，固具特殊興趣而别有會心者也。

七

劉辰翁《須溪詞》有《虞美人》一首，題曰《壬午中秋雨後不見月》，詞曰：「濕雲待向三更吐。更是沈沈雨。眼前兒女意堪憐。不說明朝後日、說明年。原註：今年十七望。當年知道勝三鼓。便似佳期誤。笑他拜月不曾圓。只是今朝北望、也淒然。」案：壬午乃元世祖至元十九年，亦即入主中夏之第六年，翌年頒行《授時曆》。又案：朔望之不準確，原易補救，衹要接連兩個月小盡，即可挪移適合。但當日所用者，乃度宗咸淳六年所頒之《成天曆》，原欠精密。觀於陸秀夫輔帝昺至閩南，即改用鄧光薦所造之《本天曆》，而同時元世祖亦改用郭守敬所造之《授時曆》，則《成天曆》之不能滿人意，於斯可見。辰翁字會孟，廬陵人，生於理宗紹定初年，第進士，目睹南宋之亡，入元不仕。《須溪集》中有《蘭陵王》兩首，一曰《丙子送春》，一曰《丁丑感懷》，悲苦殊甚。丙子乃恭帝德祐二年，即元兵入臨安擄恭帝北去之年。丁丑乃元世祖至元十四年，即外族入主中夏之年。哽咽之聲，與靖康元年汪水雲之《水龍吟》略相似。但水雲身世衹是送病人入醫院，而須溪則送殯矣。

元兵入臨安，全太后及恭帝北行，乃丙子閏三月事，故須溪有「送春」之《蘭陵王》。其第三疊換頭曰：「春去。尚來否？正江令恨別，庾信愁賦。原註：二人皆北去。蘇堤盡日風和雨。歎神遊故國，花記前度。」無限幽怨。《須溪集》中不少傷春詞，多屬緬懷故國之作，如《寶鼎現》之「等多時春不歸來，到春時欲睡。又說向、燈前擁髻。暗滴鮫珠淚。便當日、親見霓裳，天上人間夢裏。」

又《摸魚兒》之「怎知他春歸何處，相逢且盡尊酒。少年嫋嫋天涯恨，長結西湖煙柳。休回首。但細雨斷橋，憔悴人歸後。東風似舊。問前度桃花，劉郎能記，花復認郎否？」又《瑣窗寒》之「記匹馬經行，風林煙樹。家山何在，想見緑窗啼霧。又何堪滿目淒涼，故園夢裏能歸否？」最爲沈痛。

八

詞之斷句，嚴格乃在韻脚；至於句與逗，則解音律者未嘗不可以伸縮。如《八聲甘州》之第一韻，趙西里一首曰：「寒雲飛萬里，一番秋、一番攬離懷。」辛稼軒一首曰：「把江山好處付公來，金陵帝王州。」要之此一韻乃十三字，作五八也可，八五也亦可。又《漢宫春》之第二韻，辛稼軒所作，一則曰：「無端風雨，未肯收盡餘寒。」一則曰：「山河滿目雖異，風景非殊。」張子野兩首，一則曰：「奇葩異卉，漢家宫額塗黄。」一則曰：「無聊强開强解，蹙破眉峯。」可見此十字一韻，四六或六四，可隨意也。

夢窗詞之於音律，最稱嚴整，試舉其《水龍吟》兩首之結二韻以作參證。「鴻漸重來，夜深華表，露零鶴怨。把閒愁换與，樓前晚色，棹滄波遠。」此《水龍吟》之正格也。又一首曰：「攜手同歸處，玉奴唤緑窗春近。想驕驄又蹋西湖，二十四番花信。」更有趙長卿一首曰：「簾幕中間垂處，輕風送一番寒峭。正留君不住，瀟瀟更下黄昏後。」結二韻共計二十五字，三首相同，唯斷句則大不相同，愈可知此中消息。

又《水龍吟》起韻乃十三字，吴夢窗一首曰：「豔陽不到青山，古陰冷翠成秋苑。」陸放翁一首曰：「摩珂池上追遊路，紅緑參差春晚。」吴作六七，陸作七六。似此實不勝枚舉，《八聲甘州》、《漢宫春》與《水龍吟》，乃最普通之長調而爲人所共知者，特引之以爲方。

《念奴嬌》一調，名作如林，而以和《大江東去》之作爲尤多。試將李易安一首，蘇東坡一首，並列而比較之，則余所謂「嚴韻脚、活句逗」之説更明顯：

蕭條庭院，又斜風細雨，重門須閉。李

大江東去，浪淘盡、千古風流人物。蘇

寵柳嬌花寒食近，種種惱人天氣。李

故壘西邊，人道是、三國周郎赤壁。蘇

樓上幾日春寒，簾垂四面，玉闌干慵倚。李

遥想公瑾當年，小喬初嫁了，雄姿英發。蘇

被冷香消新夢覺，不許愁人不起。李

羽扇綸巾，譚笑間、檣櫓灰飛煙滅。蘇

清露晨流，新桐初引，多少遊春意。李

故國神遊，多情應笑我，早生華髮。蘇

人或執此詞以誚東坡之粗疏，但試以上文之列舉作例證，則坡公亦未可遽以粗疏見誚耳。或則以坡詞爲《念奴嬌》之又一體，猶是淺見。然而凡此所云，亦唯有深得此中三昧，而達到遊行自在之境界者，乃能出此，若新學而欲藉此以作不守繩墨之口實，則大惑矣。

萬紅友對於詞學之所供獻，實有不可磨滅之勞績。至於同一調而斷句偶有差别者，輒曰「又一體」，則難免空疏之誚矣。

九

宋詞之所以變爲元曲，雖則原因種種，大約自然與人工參半，固歷歷可稽。但當日南宋諸賢，自以爲詞之境界，都被五代北宋占盡，難出其範圍。然又不能如詩學之歐、蘇、梅、王，特闢新意境，用洗晚唐泛浮纖仄之病，徒相率在含蓄藴藉上用過分之工夫，結果遂流爲夢窗等之晦澀，至是已入絶境，此而不變，則亦可以無作矣。曲與詞之别，形式結構，無甚差殊，所異者衹在活潑流麗間，約略不與宋詞同，此正晦澀之反動矣。然而一種文體之轉變，殊非偶然，藴釀化分，胥循軌轍，恰似蝸牛緣壁，痕迹可尋。楚騷、漢賦、唐詩、宋詞，其銜接遞嬗之程序，固自宛然。詞與曲亦當不能外此例。試舉一事作佐證：金章宗太和乙丑，元遺山赴并，道逢捕雁者，獲一雁，殺之，其一飛鳴不忍去，竟自投地死，因買而葬諸汾水上，累石爲識，名曰「雁丘」。元之友李仁卿倚《摸魚兒》以賦其事，中有句曰：「摧勁羽。儻萬一、幽冥卻有重逢處。」又曰：「霜魂苦。算猶勝、王嬙青家貞娘墓。」又泰和中，大名民家小兒女，有以情私不遂，雙雙赴水者，自是此陂荷花，開皆並蒂。仁卿亦有《摸魚兒》一闋寫其事，中有句曰：「香瀲灩、銀塘對抹胭脂露。」詞誠佳絶，但絶非宋人語，尤非南宋。以青家及貞娘墓陪襯雁丘，宋賢固亦能之，但運用之技術，必不能若是之流麗輕倩。至於以「對抹胭脂」寫並頭蓮，宋人似不能有此意境，已全入曲之韻味。金在宋、元之間，其中不之文學知名，試讀元遺山、韓温甫、李欽叔、蔡伯堅、王拙軒、李莊靖及殷氏弟兄誠之、復之諸人之集，則詞曲遞嬗之消息，未嘗不可尋。其中如所舉之李仁卿佳句，正自不少也。

一〇

「藝術」乃一概括名詞。以空間言之，是多方面的；以時間言之，是無止境的。若欲以一語包舉之，則曰「唯美」。美亦多方面的，無止境的。有天然之美，有人工之美。思如何而後可以模倣天然，補助天然，改造天然，此等工作，謂之曰藝，而成功則有術焉。

吾人對於「美」之一字，第一個觀念曰「柔」，換言之，即軟性的，證於寫美之形容詞可以知之，不遑列舉。第二個觀念曰「歡娱」，凡讚揚美麗者多用愉快語，亦隨在可以得佐證。第三個觀念曰「複雜」，複雜之對面曰「單調」，太單調云者，即不美之意義矣。此三種觀念，誰也不能謂之錯誤。

然而美是多方面的，必不能僅以此三種觀念而盡之也。唐太宗語人曰：「人言魏徵舉止疏慢，態度崛强，自我視之，則愈覺其娬媚。」娬媚即美之意。以一鬚髮斑白之田舍翁而譽之曰美，則美非衹限於柔性可知矣。謂魏徵爲田舍翁，亦唐太宗語。袁紹與董卓争論廢立事，卓按劍叱紹曰：「豎子敢爾，將謂乃公之刀爲不利乎？」紹亦勃然曰：（「天下健者，豈唯董公？」引佩刀横揖，昂然而出。）試閉目凝想括弧内之數語，衹覺袁紹之態度美不可言。此亦非柔性也，然而真美。「美」誠與「歡娱」有密切關係。纔曰美，便即與怡情悦性生聯想，此則通常觀念矣。然而馮延巳之「和淚試嚴妝」，每一念及，輒生美感，淚非愉快事也。姜白石之「別母情懷，隨郎滋味，桃葉渡江時」，別母亦非愉快事也，但每一念及，彌覺其美。「淚」與「嚴妝」兩絶對，苦的「情懷」與樂的「滋味」兩絶對，二者調合，乃竟發生一種特殊美感，此殆與東坡所謂「剛健含婀娜」同一韻味，「剛健」之與「婀娜」，固兩絶對也。

「姹紫嫣紅」、「繁絃急管」，寫美之詞句也，足見美是須要複雜。單音不可以爲曲，必要疾徐高下，七音克諧，而優美之歌曲乃得成立。美人裝束較複雜於男子，其理亦同。但成功之要竅，端在調和，複而不調，無寧單簡。「秋水長天」，祇是一種顏色；「明月照積雪」，祇是一種顏色；「玉人和月摘梅花」，也祇是一種顏色。斯三者，作者以爲美，讀者亦以爲美。然而顏色祇是單純，又何必定要「嫣紅姹紫」、「新緑嬌黄」，而後可以描寫良辰美景哉？此無他，得調和之韻味而已。西印度及馬來婦女之裝束，顏色與佩帶，何嘗不複雜，但失調和之藝術，雖多亦無當耳。柳耆卿之「楊柳岸，曉風殘月」，是三種天然景物集合而成，但美感無限，傳誦千古。秦少游之「斜陽外，寒鴉數點，流水繞孤村」，是四種天然景物集合而成，晁無咎謂「雖不識字人，亦知識天生好言語」，此無他，亦曰調和而已。可見美感不外調和，形色如是，聲音亦復如是。著意調和，是即藝術之所謂「術」。

金之初葉，澤州李俊民，字用章，有《莊靖先生樂府》一卷，詞品頗似遺山。中有《謁金門》十二闋，題曰：「西齋得梅數枝，色香可愛，一日澤倅崔仲明竊去，感歎不已，賦《謁金門》十二章以寫其悵望之懷。」曰《寄梅》、《探梅》、《賦梅》、《歎梅》、《慰梅》、《賞梅》、《畫梅》、《戴梅》、《別梅》、《望梅》、《憶梅》、《夢梅》，凡十二首。《紅樓夢》作者或亦嘗見《莊靖樂府》。

一一

詞之《品令》一調，多作俳語體，因此可以略識時代方言。如秦少游一首曰：「幸自得。一分索彊，教人難喫。好好地惡了十來日。恰而今，較些不。　須管啜持教笑，又也何須肐織。衠倚賴臉兒得人惜。放軟頑，道不得。」由今讀之，多不可解，得其意而已。中國文字演形而不演聲，所以此民族得維持其萬世不變之統一。而不然者，恐一部《二十四史》之面目與内容，定不如是。

「殘雪無多，莫教容易成流水」，此顧梁汾詞句也，語甚平常，但似未經人道，此其所以爲佳。蓋新意境祇應在眼前覓取，隨手拈來，便成佳構，方是上乘。

「祇覺上清塵土絶，那知玉宇高寒甚」，已微露下僚匏繫之無聊，時梁汾年未三十也。至於「飄泊青衫，隨例屬天家拘管。憶二十年前慧業，侍玉皇香案」，厭倦之情，見於辭色矣。

一二

鄭叔問《樵風樂府》，有借白石韻之《惜紅衣》詞六首，均於第二句「日」字起韻。並代詞流如朱彊村、潘若海諸公，亦有從而和之者。但此調是否第二句起韻，不能無疑。白石原唱，起三句曰：「枕簟邀涼，琴書换日，睡餘無力。」文氣三句直落，似可以不必在第二句停頓。《惜紅衣》乃白石自度曲，自是前無古人，然而雖不能援例於先，亦未嘗不可以求證於後。吾見《夢窗集》亦有《惜紅衣》一首，起三句曰：「鷺老秋絲，蘋愁暮雪，鬢那不白。」文氣亦是三句直落。按戈順卿《詞林正韻》，「白」字在第十七部陌職韻，而「雪」字則在第十八部黠屑韻，顯然非協。又按周德清《中原音韻》，「白」字在第六部皆來韻，而「雪」字則在第十四部車遮韻，亦顯然非協。韻文之道，不能逢韻而不協，但可以非韻而偶協。即令「日」與「力」可借協，焉知非行文偶協也。夢窗之於詞律，最稱嚴謹，即以此調而論，白石於換頭第三韻「故國渺天北」，「國」字乃暗韻。而夢窗於此句亦曰「繡箔夜吟寂」，可見不苟。且「鷺老秋絲」一首，乃爲石帚而作，其詞題曰：「余從姜石帚遊苕、霅間三十五年矣，重來傷今感昔，聊以咏懷」云。叔問先生固最服膺夢窗者也，吾寧信夢窗。

一三

王静安先生之《人間詞話》，語語精警，每節均有獨到處。其中有一節曰：「詩之《三百篇》、《十九首》，詞之五代、北宋，皆無題也；非無題也，詩詞中之意不能以題盡之也。如觀一幅佳山水，而即曰此某山某水，可乎？詩有題而詩亡，詞有題而詞亡。」讀畫之喻，精警獨絶。但「詩有題而詩亡，詞有題而詞亡」一語，則未免太極端矣。太白詩九百九十餘首，除古樂府例以篇名爲題外，其餘詩歌似未見有無題者；杜詩一千四百四十餘首，無題者衹三十餘首。若是者，豈得曰詩至李、杜而詩亡哉！東坡詞三百三十餘首，無題者衹一百十餘首，約及三之一强；此猶是以朱氏《彊村叢書》本言之也，若毛氏汲古閣本則無題者衹十餘首耳。稼軒詞六百二十三首，無題者衹八十七首，約及七之一强。若是者，豈得曰詞至蘇、辛而詞亡哉！《人間詞話》於五代而外，特崇蘇、辛，固甚明顯，想是於下筆時文章奔放而不可勒，偶出此極端之言而已。要而論之，五代之詞皆無題，誠是也，揆厥所由，約有二因，請言其旨：初期之詞衹是小令，寄興言情，一以歌咏式出之，言簡而意核，純任自然，隨所感以流露，初無取乎特立一題而結構之也，此其一。又詞之初起，每一調之創造，調名即是題意，實無重立一題之必要，迨乎後世，則調名已變爲符號，更莫問其本意矣，此其二。斯二者，雖不敢謂即可以探其源，亦曰一端而已。

一四

焦里堂《雕菰樓詞話》曰：「周密《絶妙好詞》所選皆同於己者，一味輕柔潤膩而已。黄玉林《花庵絶妙詞選》不名一家，其中如劉克莊諸作，磊落抑塞，真氣百倍，非白石、玉田輩所能到。可知南宋詞人，不盡草窗一派也。近來朱彝尊所選《詞綜》，規步草窗，學者不復周覽全集，而宋詞遂爲朱氏之詞矣。王阮亭選唐五七言詩亦然。」

大抵選録古人之詩古文詞者，衹是憑一己之好惡以爲去取，所好即取之，所惡即去之。無所謂標準，己之好惡即標準也；無所謂理由，己之好惡即理由也。此乃純粹的主觀作用，更不容有絲毫客觀存乎其間。

民國二三年間，余正研讀蘇、辛詞，知詩詞之有和韻體，實創始於東坡，前無古人。又見東坡和章質夫《水龍吟》之楊花一首，實突過元、白。於是將蘇、辛詞集之朋儔步韻唱和詞兼收而羅列之，較其優劣。又嘗於民國十五六年間，欲研究環境與情緒之關係，曾將東坡詞分作徐州、杭州、黃州、惠州四部分，又將稼軒詞分作上饒、鉛山及宦遊三部分，用察其情感之變化。此種笨工作，乃純粹的客觀作用，不容有絲毫主觀存乎其間。

計此兩次之笨工作，勞力誠不少，叢稿盈篋，既非欲重刻蘇、辛分類詞，又非欲編蘇、辛之朋儔酬唱集，亦曰樂其所好而已。後作《稼軒詞疏證》，此稿乃大得用。

一五

田同之《西圃詞說》曰：「古人名作中轉折跌宕處多用去聲。蓋三聲之中，上、入可以作平，去則獨異。故論聲雖以一平對三仄，論歌則當以去對上、平、入也。其中當去者非去則激不起，用入且不可，斷勿用平、上也。」此與萬紅友「上、入可替平，去則獨異」之說相同。

江順詒《詞學集成》曰：「韻與音異。平、上、去、入謂之韻，喉、舌、唇、齒、牙謂之音，由喉、舌、唇、齒、牙之音可以配合宮商，由平、上、去、入之韻不能配合宮商。」江氏之所謂韻與音，似即田氏之所謂聲與歌。我國之專門術語，多未經過共同審定以求劃一之工作，比辭差異，在所不免，且勿具論。但江氏所謂喉、舌、唇、齒、牙可以配合宮商，而平、上、去、入乃不能配合宮商，未免令人迷惑。獨惜江氏並未進一步示人以能不能之方，不無遺憾。

江氏又曰：「填詞入律，苟無絃索之變，北曲詞至今亦可不變南曲。」原來江氏之音律學問乃如此，無怪其謂四聲不能配合宮商矣。案：北曲之興，正以當日之入主中夏者乃漠北民族，發音之緩急輕重，詞不能按，乃製北曲。然而北方無入聲，四聲闕一，不適用於南方，乃生南曲。假令如江氏所言，四聲與宮商無關，則古人亦何必不憚煩而委曲遷就也。至於「苟無絃索之變」一語，尤爲大奇。歌曲隨絃索乎？抑絃索隨歌曲乎？主從不辨，其蔽也愚。

江氏又曰：「詞即樂府，廟廷用之，又何曲之變哉！」案：詞雖亦稱樂府，但廟廷上所用之樂府，決非如兩宋之詞。平調、清調、瑟調，鼓吹、橫吹，及郊廟、讌饗等樂歌，雖與後世之詞有幾許因緣，但小令、引、慢等靡靡之音，定非用以奏諸廟堂者也。至於詞曲之轉變，全出於娛樂之需要，與朝廷製禮作樂之動機，曾無關係。東塗西抹，貌爲淵博以嚇人，殊非學者態度。總而言之，江氏抹煞四聲陰陽而侈言音律，無論如何，恐亦不能自完其説。

江氏又云：「玉田所舉之《惜花》詞，『深』字不協，改『幽』亦不協，再改爲『明』字乃協，『深』、『幽』、『明』三字同是平聲，而或協或不協，足徵四聲之與五音毫不相涉。」此真乃門外漢語。「深」、「幽」、「明」三字雖同是平聲，但「深」、「幽」二字乃陰平，而「明」字則陽平故也。

吳衡照《蓮子居詞話》曰：「『折』乃高半格，『掣』乃低半格。」案：「折」之音符爲「ク」，「掣」之音符爲「リ」，恰如五線譜之♯與♭。音樂本乎天籟，原理原則，曾無古今中外之分。

陸次雲述曲公金叟之言曰：「字有四聲，度曲者四聲各得其是，雖拙亦佳。如陽平拖韻稍長，即類於陰；陰平發音稍亮，即類於陽。」見《湖壖雜記》。謝章鋌曰：「音樂之道，儒者解其義而不習其器，樂工習其器而不解其義。故樂工鮮能著書，而儒者之張皇楮墨，祇如話鈞天、望神山，持論愈高，實用愈少。至今日則文人多啞而樂工多盲，雖有妙製，輒遭荼毒，非齣刪其句，即句更其字。」

見《賭棋山莊集》。啞文士、盲樂工之喻，實爲崑曲衰落之本源。

葛長庚《玉蟾詩餘》有《菊花新》九首，長短不一，平仄互協，一韻貫徹，甚似元曲之散套。徐誠庵謂《菊花新》一調，以宋仙韶院中菊部頭得名云。案：張子野集有《菊花新》一首，爲大吕調，五十二字，與葛作九首全不相同。葛長庚號白甫，南宋光、寧間人，學道於武夷山，有封號。元曲散套，乃以同一宫調而曲牌各異之諸曲合組而成。此九首雖長短各别，而皆以《菊花新》名，若以趙德麟之十二首《蝶戀花》例之，則此較爲活潑矣。要之河水湯湯，必有泉源；元曲之發生，亦必非突然轉變，無根而植者也。

一六

《歷代詩餘》所選之稼軒詞共二百九十一首，其中有《端正好》一首曰：「軟波拖碧蒲芽短。畫橋外、花晴柳暖。今年自是清明晚。便覺芳情較懶。　春衫瘦、東風翦翦。過花塢、香吹醉面。歸來立馬斜陽岸。隔岸歌聲一片。」更有《菩薩蠻》一首，曰：「東風約略吹簾幕。一簷細雨春陰薄。試把杏花看。濕紅嬌暮寒。　佳人雙玉枕。烘醉鴛鴦錦。折得最繁枝。暖香生翠幃。」此二首爲諸本稼軒詞所無。《端正好》即《杏花天》，乃誤入《梅溪詞》，題曰「清明」。早年作《稼軒詞疏證》時，已發見其誤入。唯《菩薩蠻》一首，當時雖未敢認爲稼軒作，但未得主名。己卯長夏，偶翻閱《于湖詞》，此首乃忽然入目，題曰「諸客赴東郊之集」，共三首，此其一也。張、史與稼軒同時，但三人集中，並無唱和之作。蓋以于湖之騰達略先於稼軒，而梅溪則較晚。《歷代詩餘》未審何所據而致誤也。

然而詩詞最易誤入他人集，不比文章。蓋文章有議論，有事實，且篇幅較大，故不易相亂。詩詞則不然，本是小品，酬唱投贈，原屬閒情，並未嘗視作正經大事。投簡偶雜入叢稿中，後人彙刻，最易相蒙，一也。録他人之作品爲筆墨酬應，在作書者或偶喜其清新，隨手拈來，若當時不標出録某人作等字，則後之收輯詩文集者每爲所惑，二也。此「六曲闌干」之於歐陽永叔與馮延巳，「遥夜亭臯」之於李後主、李世英、歐陽永叔，所以聚訟紛紜，莫知誰屬也。

一七

「鳳髻金泥帶，龍紋玉掌梳。走來窗下笑相扶。愛道畫眉深淺、入時無。　弄筆偎人久，描花試手初。等閒妨了繡功夫。笑問鴛鴦兩字、怎生書。」此六一居士之《南歌子》也，不似理學名臣語氣。

「天接雲濤連曉霧。星河欲轉千帆舞。仿佛夢魂歸帝所。聞天語。殷勤問我歸何處。　我報路長嗟日暮。學詩謾有驚人句。九萬里風鵬正舉。風休住。蓬舟吹取三山去。」此易安居士之《漁家傲》也，不似弱女子語氣。

「暖雨無情漏幾絲。牧童斜插嫩花枝。小田新麥上場時。　汲水種瓜偏早，忍煙炊黍又嗔遲。日長酸透軟腰肢。」此丹陽女子賀雙卿之《浣溪沙》也。雙卿富於文藝天才而嗇於命，適一樵子爲妻，姑惡夫暴，備受折磨。讀此詞則其日常生活可知。雙卿嘗發一心願曰：「但願人間苦惱悉集於我躬，藉以超脱天下之可憐女子。」真傷心人也。雙卿家庭無筆墨，詩詞稿多用針尖畫於蘆葉上，鄰女拾而存之。譚仲修之《篋中詞》，曾録其長調兩首。

「銷減芳容，端的爲郎煩惱。鬢慵梳宮妝草草。别離情緒，待歸來都告。怕傷郎又還休道。利鎖名韁，幾阻當年歡笑。更那堪鱗鴻信杳。蟾枝高折，願從今須早。莫辜負鏡中人老。」此孫夫人之《風中柳》也。説愁説恨，一望而知爲尋愁覓恨，蓋福慧雙修人也。

一八

舊説：一妓女偶因誤唱秦少游之門韻《滿庭芳》，而臨時改作江陽韻者。又因一時窘迫，不得已而强改柳耆卿之可韻《定風波》者。並録之以作譚資之助。

秦少游之《滿庭芳》曰：「山抹微雲，天黏衰草，畫角聲斷譙門。暫停征棹，聊共引離尊。多少蓬萊舊事，空回首、煙靄紛紛。斜陽外，寒鴉萬點，流水繞孤村。　消魂。當此際，香囊暗解，羅帶輕分。謾贏得、青樓薄倖名存。此去何時見也，襟袖上、空惹啼痕。傷情處，高城望斷，燈火已黄昏。」歌者誤唱「譙門」爲「斜陽」，座客目之而笑，静聽以觀其窘。而此人乃從容不迫，仍用江陽韻續唱到底，詞曰「山抹微雲，天黏衰草，畫角聲斷斜陽。暫停征棹，聊共引離觴。多少蓬萊舊事，空回首、煙靄茫茫。斜陽外，寒鴉萬點，流水繞宫墻。　堪傷。當此際，輕分羅帶，暗解香囊。謾贏得、青樓薄倖名揚。此去何時見也，襟袖上、空惹餘香。傷情處，高城望斷，燈火已昏黄。」

柳耆卿之《定風波》曰：「自春來、慘緑愁紅，芳心是事可可。日上花梢，鶯穿柳帶，猶壓香衾卧。暖酥消、膩雲嚲，終日厭厭倦梳裹。無那。恨薄情一去，音書無個。　早知恁麼，悔當初、不把雕鞍鎖。向雞窗，只與蠻箋象管，拘束教吟課。鎮相隨，莫拋躲，針線閒拈伴伊坐。和我，免使年少，光陰虛過。」開封府尹錢可，字可道，性嚴峻而迂，人多畏之。一日宴客，傳營妓來供應。有歌耆卿此詞者，或曰謝天香。至第一韻「可可」，其人猛憶此字犯長官之諱，懼獲譴，乃將「可」字發音臨時收束，餘韻在喉中盤旋，變爲「呵嗚噫」，三轉而發一「已」字音。府尹瞠目視之，聽其續歌曰：「自春來、慘緑愁紅，芳心是事已已。日上花梢，鶯穿柳帶，猶壓香衾睡。暖酥消、膩雲髻，終日厭厭倦梳洗。無奈。恨薄情一去，音書誰寄。　早知恁地。悔當初、不把雕鞍繫。向雞窗，只與蠻箋象管，拘束教儂字。鎮相隨，莫拋棄。針線閒拈靜相對。和你，免使年少，光陰虛費。」歌未竟，此穆然之府尹，早已顏色和霽，繼則點頭按拍，報以微笑。

此兩首所難在臨時更改而流麗自然，堪稱妙品。但《滿庭芳》一首，變易原文十一字，《定風波》一首，變易原文十八字。然而倉猝之間，其亦難能矣。

《多麗》亦名《緑頭鴨》，乃一百三十九字長調，原是平韻。聶冠卿一首改填入聲。平韻轉入，原不犯律。余嘗戲將聶作復由入轉平，照原文不易一字，並録之以助譚笑。原詞曰：「想人生，美景良辰堪惜。向其間、賞心樂事，古來難是並得。況東城、鳳臺沁苑，泛晴波、淺照金碧。露洗華桐，煙霏絲柳，緑陰摇曳蕩春色。畫堂迴、玉簪瓊佩，高會盡詞客。清歡久，重然絳蠟，別就瑤席。有翩若輕鴻體態，暮爲行雨標格。逞朱唇、緩歌妖麗，似聽流鶯亂花隔。慢舞縈回，嬌鬟低嚲，腰肢纖細困無力。忍分散、彩雲歸後，何處更尋覓。休辭醉，明月花好，莫謾輕擲。」平調有從首句第三字起韻者，因即以「生」字爲韻。詞曰：「想人生。堪惜美景良辰。向其間、賞心樂事，古來得是難並。況東城、鳳臺沁苑，照金碧、波淺泛晴。露洗華桐，煙霏柳色，綠絲摇曳蕩春陰。玉珮迴、畫堂高會，詞客盡簪瓊。別重就、久然絳蠟，瑶席歌清。　有標格暮爲行雨，體態翩若鴻驚。逞朱唇、緩歌妖麗，隔亂花聽似流鶯。纖細腰肢，舞困無力，嬌鬟低嚲慢回縈。何處覓、彩雲分散，歸後忍更尋。休謾擲、莫辭輕醉，月好花明。」全詞共十二韻，字之參伍錯綜，亦祇以本韻爲界，無移用他韻字者。然而亦祇可謂之點金成鐵而已。宋詞有以真文、庚青、侵尋互叶者。如草窗《少年遊》：「松風蘭霧滴厓陰。瑶草入簾青。玉鳳驚飛，翠蛟時舞，噴薄濺春雲。」

用語體作律詩，若元微之《悼亡》三首，已屬難能。至於朱敦儒、謝應芳等詞集中偶見之別體，則較於「謝公最小偏憐女」，活潑多矣。更有蜀中妓之《鵲橋仙》，尤爲本色。詞曰：「說盟說誓，說情說意。動便新愁滿紙。多應念得脱空經，是那個先生教的。　不茶不飯，不言不語，一味供他憔悴。相思已是不曾閒，又那得工夫咒你。」

光緒中葉，旅居淞滬，客有眷一雛妓者，沈醉經年。端陽節後，聞此妓適人，甫一月而殞。或作《卜算子》以調之曰：「客歲端陽起，今歲端陽止。問你銅錢有幾多，人生行樂耳。　五月十三嫁，六月十三死。問你恩情有幾多，死者長已矣。」

一九

汲古閣影宋鈔本《章華詞》，佚前八葉，致作者姓名因而湮没，憾事也。詞筆甚高，超逸有生氣，置於兩宋詞林，堪稱上品。中有《清平樂》一首，題曰「辛卯清明日」，起韻曰：「風不定。舞碎海棠紅影。」此非《清平樂》，乃《謁金門》也，似是和盧蒲江之「風不定。移來移去簾影。」若是，則其人應生於寧宗慶元以後。考南宋一百五十年間衹有兩辛卯，一在孝宗乾道七年，一在理宗紹定四年，既曰慶元以後，宜是紹定四年。若是，似可決爲理宗朝之人物矣。

卷中屢見「湘」、「楚」等名。如《虞美人》之「又是一番紅葉，下三湘」，《清平樂》之「誰管天涯顦顇，楚鄉又過清明」，《醉蓬萊》之「又值生初，故鄉何在，三楚雲高，謾勞回首」。則其人固當久客荊楚者。

又如《秦樓月》之「秋漠漠。登臨常羨東飛鶴」，《木蘭花》之「登樓準擬故人書，殷勤試問西歸雁」，寫鴻雁多曰南歸北來，言東西飛者實所罕見，客荊楚而東望思歸，則其人之故鄉應是江西或浙江。

又《西江月》之「捲簾獨坐撚髭鬚」，《朝中措》之「看取星星潘鬢，花應羞上人頭」，則其人作客湖湘時，應在中年以後。

又如《朝中措》之「宦遊只欲賦歸休」，《西江月》之「天涯流落歲將殘。望斷故園心眼」，足見其人實宦遊他鄉，下僚沈滯，不甚得意。

《辛卯清明》一首，起二句既以《謁金門》亂《清平樂》，復有《春日述懷》之《木蘭花》，起二句曰：「小桃枝上東風轉。草緑江南岸。」此二句乃《虞美人》，而非《木蘭花》。可見此稿不但佚前八葉，即存者亦多顛倒羼雜。

以上所云，衹是隨筆掇録所見，或可供顯微闡幽者之採擇焉。

二〇

顧梁汾《彈指詞》有《金縷曲》一首，題曰「悼亡」。詞曰：「好夢而今已。被東風、猛教吹斷，藥爐煙氣。縱使傾城還再得，夙昔風流盡矣。須轉憶、半生愁味。十二樓寒雙鬢薄，遍人間、無此傷心地。釵鈿約，悔輕棄。　茫茫碧落音誰寄。更何年、香階刬襪，夜闌同倚。珍重韋郎多病後，百感消除無計。那只爲、箇人知己。依約竹聲新月下，舊江山、一片啼鵑裏。雞塞杳，玉笙起。」

納蘭容若《飲水詞》亦有《金縷曲》一首，題曰「亡婦忌日有感」。詞曰：「此恨何時已。滴空階、寒更雨歇，葬花天氣。三載悠悠魂夢杳，是夢久應醒矣。料也覺、人間無味。不及夜臺塵土隔，冷清清、一片埋愁地。釵鈿約，竟抛棄。　重泉若有雙魚寄。好知他、年來苦樂，與誰相倚。我自終宵成轉側，忍聽湘絃重理。待結箇、他生知己。還怕兩人俱薄命，再緣慳、賸月零風裏。清淚盡，紙灰起。」

兩詞所用之韻，除下半闋第三韻而外，餘悉相同，顯然步韻之作，但不知誰步誰之韻耳。顧梁汾夫人爲誰氏，卒於何年，未及細考。查其門人鄒升恒所撰之《梁汾公傳》及無錫新舊兩縣志之文苑傳，均未敘及。納蘭容若夫人盧氏，據徐健庵所撰之《納蘭君墓志銘》及韓慕廬所撰之《納蘭君神道碑》，亦祇言盧夫人先於君而卒，未指何年。但《彈指詞》有寄吳漢槎《金縷曲》二首，題曰「寄吳漢槎寧古塔，以詞代書。時丙辰冬，寓京師千佛寺，冰雪中作」。丙辰乃康熙十五年。其第二首中有句曰：「薄命長辭知己別，問人生、到此淒涼否？」則梁汾悼亡，不能在丙辰之後。《飲水詞》有《沁園春》二首，題曰「丁巳重陽前三日，夢亡婦澹妝素服，執手哽咽，語多不復能記憶。但臨別有云：『銜恨願爲天上月，年年猶得向郎圓。』婦素未工詩，不知何以得此。覺後感賦長調」。則容若悼亡，不能在丁巳之後。

丙辰、丁巳，相差祇在上下一年間，但是否即以是年賦悼亡，未敢武斷。故誰是原唱，誰爲步韻，迄未可知。又按「亡婦忌日」一首，有「葬花天氣」一語，則納蘭夫人似是卒於暮春，曰忌日云者，已不是悼亡之當年，而「入夢」一首則在丁巳九月。是則容若悼亡，亦不能在丙辰以後。「亡婦忌日」一首有曰「三載悠悠魂夢杳」，又曰「忍聽湘絃重理」，可見此詞之作已在悼亡之後三年，且既續絃矣。又據梁汾寄漢槎詞，有「兄生丁未吾丁丑」一語，得知梁汾生於崇禎十年，長於容若十八載，蓋容若乃生於順治十一年甲午也。梁汾享大年，七十八歲，容若卒年祇三十一歲而已。容若生於甲午十二月，卒於乙丑五月，實得廿九歲零五個月。若兩人果於康熙乙丑、丙辰間賦悼亡，則容若祇二十左右，無怪其悼亡詞悲苦特甚也。

二一

詞之格律，祇要嚴守每一韻之字數，至於句讀，未嘗不可以通融。此語似未經人道，或有之而未獲見也。前已略舉其端，茲更將陳允平、楊澤民、方千里三家所和周邦彦詞，列舉其句讀之互有出入者，用資比照，以周詞爲主而陳、楊、方之和韻爲賓。若陳、楊所作與周同，而方獨異，則陳、楊從闕，餘彷此。下注調名者即周之原作也。

歸騎晚，纖纖池塘細雨。《瑞龍吟》

憶桃李春風，梧桐秋雨。楊

似楚江暝宿，風燈零亂，少年羈旅。《瑣窗寒》

似向人欲説離愁，因念未歸行旅。楊

梁間燕，社前客。《應天長》。方曰：「春依舊，身是客。」

江湖幾年倦客。陳

金釵試問妙客。楊

天便教人，霎時廝見何妨。《風流子》。陳曰：「春已無多，只愁風雨相妨。」

唯恨小臣資淺，朝覲猶妨。楊

都爲酒驅歌使，也應無妨。方

樓下水，漸緑遍，行舟浦。《荔枝香》。楊曰：「開宴處，俯北樹，臨南浦。」

天際漸迤邐，片帆南浦。陳

大都世間最苦，惟聚散。《荔枝香》

素蟾屢明晦，彩雲易散。楊

到得春殘，看即是，開離宴。《荔枝香》

玉瑟無心理，懶醉瓊花宴。陳

正泥花時候，奈何客裏，光陰虛費。《還京樂》。陳曰：「奈春光漸老，萬金難買，榆錢空費。」

念鶯輕燕怯媚容，百斛明珠須費。楊

行路永，客去車塵漠漠。《瑞鶴仙》

愛樹色參差，湖光渺漠。楊

有松桂扶疏，煙霞渺漠。楊

更暮草萋萋，疏煙漠漠。方

任流光過卻，猶喜洞天自樂。《瑞鶴仙》

但無心萬事由天，夢中更樂。陳

待開池賸起林亭，共宴同樂。楊

早歸休月地雲階，賸追歡樂。方

念漢浦離鴻去何許，經時音信絶。《浪淘沙慢》

望日下長安近，莫使鱗鴻成間絶。陳

但惆悵章臺路，多少相思拚愁絶。方

秋意濃，閒佇立庭柯影裏，好風襟袖先知。《四園竹》

獨向閒庭步月，闌干瘦倚，此情唯有天知。陳

菖蒲漸老，早晚成花，教見薰風。《塞翁吟》

年年對賞美質，朝朝披翫香風。楊

寒瑩晚空，點清鏡斷霞孤鶩。《蕙蘭芳引》

池亭小，簾幕初下，散飛鳧鶩。楊

登山臨水，此恨自古，消磨不盡。《丁香結》

青青榆錢滿地，縱買閒愁難盡。方

官柳蕭疏甚，尚挂微微殘照。《氐州第一》。陳曰：「潮帶離愁去，冉冉夕陽空照。」

徐整鸞釵，向鳳鑒低徊斜照。楊

芳草如薰，更瀲灩波光相照。方

還是獨擁秋衾，夢餘酒困都醒，滿懷離苦。《解蹀躞》。陳曰：「無奈歷歷寒蟬，爲誰喚老西風，伴人吟苦。」

那況淚濕征衣，恨添客鬢，終日子規聲苦。方

霽景對霜蟾乍昇，素煙如掃。《倒犯》。方曰：「盡日任梧桐自飛，翠階慵掃。」

百尺鳳凰樓，碧天暮雲初掃。陳

畫舫並仙舟，遠窺黛眉新掃。楊

入尋常巷陌，人家相對，如説興亡斜陽裏。《西河》

對三山半落青天，數點白鷺飛來，西風裏。陳

《西河》結韻，句讀大率如周作，但陳和不能作如是斷。雖則周詞可點作「入尋常巷陌人家，相對如説興亡，斜陽裏」，然楊、方所作，又必不能作如是斷。方千里所和曰：「好相將載酒，尋歌互對，酬答年華鶯花裏。」楊澤民所和曰：「袖青蛇屢入，都無人對，唯有枯松城南裏。」周、楊、方均押「對」字，計此字亦有用韻者。誠如是，則周詞更不能在「家」字斷。若「對」字是韻，則陳詞爲脱卻一韻矣。然而四印齋所收之《清真集外詞》中，有《西河》一首，結句乃三字，與陳作同。詞曰：「想當時萬古雄名，盡作往來人，淒涼事。」「人」字句少一字。又可見若用三字結，則少卻一韻，亦無礙。

《西河》一調，作者無多，清真而外，於南宋諸大家中，唯見稼軒、玉田、夢窗各一首，皆用七字句結。稼軒一首，丘宗卿有和韻，結句乃改用三字，與陳西麓之和清真同。稼軒原作曰：「過吾廬定有，幽人相問，歲晚淵明歸來未。」丘之和韻曰：「想天心注倚方深，應是日日傳宣，公來未。」可見此調有七字結或三字結，於歌時無礙。

如上文所標舉，已足證祇要每韻不失律，句讀儘可由人。清真、西麓，均馳譽詞壇，非泛泛者。即楊、方所賡和，亦復字字清圓，意新韻愜，允爲佳構。可見譜律別出東坡赤壁之《念奴嬌》爲「又一體」，猶是淺見，無有是處。若以杳不相涉之兩人，各自吟咏，猶得曰各人所據之體，本不相同。但陳、楊、方三人固指名和清真詞者也，各將一部《片玉集》自首至尾逐韻賡和，豈有和他人之作

而自用別體者哉！　萬紅友祇斷斷於上四下六或上六下四，每以惡聲向人，貌爲自得，殊屬所見不廣。

楊澤民《和清真詞》一卷，乃據江建霞所收之《宋元名家詞》本，共十三種，實轉鈔汲古閣之未刊本，而於光緒二十一年督學湖南時刻於長沙者也。其中唯張埜夫之《古山樂府》一種收入《彊村叢書》，餘均未見。計江之所鈔共二十二種，因與四印齋避免重出，故祇刻十三種。

因寫此稿，乃發見萬紅友《詞律》不但句讀時見武斷，脱韻處亦復不少。各家所作間有出入，猶得曰此韻可協可不協。至於和韻詞，若兩家或三家均協此韻，則必不能認爲非協矣。主觀蔽人，賢者不免。是以兹篇於屬稿時，祇用純客觀之笨方法，將周、陳、楊、方四家詞陳於案上，逐字對勘。而徵用之參考書亦復羅列當前，凡三日而畢。三十一年十一月二十八日寫記。

二二

每見南宋詞人，偶有運用散文句法入詞者，輒曰「效稼軒體」。如姜白石次韻稼軒之《漢宮春》曰：「雲曰歸歟。縱垂天曳曳，終反衡廬。……知公愛山入剡，若南尋李白，問訊何如。年年雁飛波上，愁亦關予。」又「次韻稼軒蓬萊閣」之《漢宮春》曰：「一顧傾吴。苧蘿人不見，煙杳重湖。當時事如對弈，此亦天乎？……秦山對樓自緑，怕越王故壘，時下樵蘇。只今倚闌一笑，然則非歟。」白石詞最爲清麗，似此兩首，祇是貼旦反串外末，終不掩其婀娜。

此種風格，實則稼軒集並不多見。祇有「盟鷗」之《水調歌頭》一首曰：「凡我同盟鷗鷺，今日既盟之後，來往莫相猜。」因此詞當代即已傳誦，和者甚衆，因强名之曰「稼軒體」，其實劉後村最好運用此種技術，集中不少見。如「喜歸」之《水調歌頭》曰：「街畔小兒拍笑，馬上是翁矍鑠，頭與壁俱還。」又《沁園春》之「天下英雄，使君與操，餘子誰堪共酒杯。……使李將軍遇高皇帝，萬户侯何足道哉」，又《滿江紅》之「歎臣之壯也不如人，今何及」。白石、後村均與稼軒同時。

向滈有《如夢令》一首曰：「誰伴明窗獨坐。和我影兒兩箇。燈燼欲眠時，影也把人拋躲。無那。無那。好箇悽惶的我。」絶似朱希真，以入《樵歌》，可以亂真。滈字豐之，有《樂齋詞》一卷，見江刻《宋元名家詞》。案：此詞亦見四印齋《漱玉詞補遺》，云輯自《詞統》，但半塘已認爲界於疑似。樂齋《如夢令》共八首，前三首有題，後五首無題，此乃五首之一。五首意境一貫，應是樂齋作。江刻《宋元名家詞》後出，當日半塘或未見也。

元人詞頗有類似《樵歌》處，別具一種風格，多本色而少雕鏤，詞曲轉變之蹤跡，固自宛然。如謝應芳之《驀山溪》曰：「無端湯武，弔伐功成了。賺盡幾英雄，動不動、東征西討。」又「吴江阻風」之《滿江紅》曰：「怪底東風，要將我、船兒翻覆。行囊裏、是羣賢相贈，數篇珠玉。江上青山吹欲倒，湖中白浪高於屋。幸年來、阮籍慣窮途，無心哭。」又「梅花」之《風入松》曰：「歲寒心事舊相知。相別去年時。如今重睹春風面，比年時消瘦些兒。」又「初度」之《點絳唇》曰：「海上歸來，鬢毛枯似經霜草。薄田些少。茅屋園池小。　三子犁鋤，三婦供蘋藻。村居好。兔園遺稿。是我傳家寶。」應芳字子蘭，有《龜巢詞》一卷。

舒頔有《貞素齋詩餘》一卷，亦多本色語。如「晴雪」之《滿江紅》曰：「萬里豈無祥瑞應，四方已在饑寒裏。」別有會心。又《謁金門》之「休説邊陲蕭索。米白魚肥如昨。別後情懷何處託。寒光倚山閣。」又《折桂令》之「想無愧乾坤俯仰。且隨緣詩酒徜徉」，又《風入松》之「故人情況近如何。應被酒消磨。醉來笑倚娉婷卧。傷心處暗揾香羅」，以旖旎寫沈痛，而不見斧鑿痕，自是高手。隨便牽取他人衣袂以擦自己的眼淚，妙不可言。又《沁園春》之「平生性，喜不爲酒困，常帶書癡。……赫赫功名，堂堂事業，不博先生這肚皮。休瞞我，任高官厚禄，也要些兒」。又「端午」之《水龍吟》曰「輕雲閣雨還晴，蒼皇又負端陽節。……看連城澒洞，大家愁惱，這光景，何時歇」。又《沁園春》之「風回太液清池。欲留住、東皇共笑嘻。想乾坤浩浩，誰曾整頓；干戈擾擾，孰問安危。籠絡人才，登崇禄秩，赤箭青芝敗鼓皮。都休問，看營巢燕子，哺乳鶯兒」。又《太常引》「菱花再照，鸞膠再續，應笑雪盈顛。深夜語嬋娟。也曾是都門少年」。嶺字道原，績溪人，生於元季，時天下已大亂，故多悲憤語。

詞由五代之自然，進而爲北宋之婉約、南宋之雕鏤，入元復返於本色。本色之與自然，衹是一間，而雕鏤之與婉約，則相差甚遠。婉約衹是微曲其意而勿使太直，以妨一覽無餘，雕鏤則不解從意境下工夫，而唯隱約其辭，專從字面上用力，貌爲幽深曲折，究其實衹是障眼法，揭破仍是一覽無餘，此其所以異也。

二三

南宋詞人對於花草之吟咏，似以梅爲特多，蓋以此花之品格既高，而江南嶺北之間又特盛故也。白石爲此花特製二曲，曰《暗香》，曰《疏影》，古今獨絶，固然論矣。即其他詞人之名作，亦復美不勝收。周草窗則獨運其才思，不寫梅花而寫梅影，曰「素壁秋屏，招得芳魂，仿佛玉容明滅。疏疏滿地珊瑚冷，全誤卻撲花幽蝶」，的確是影而非花。把「影」字刻畫得入神入妙，可稱化工之筆。王碧山亦有「梅影」一首，曰「幾度黄昏，忽到窗前，重想故人初别」，與草窗工力略相敵。《花外集》有《西江月》一首賦畫梅，詞曰：「褪粉輕盈瓊靨，護香重疊冰綃。數枝誰帶玉痕描。夜夜東風不掃。　溪上横斜影淡，夢中寂寞魂銷。峭寒未肯放春嬌。素被獨眠清曉。」此非樹上之花，亦非墻上之影，實絹本上之畫梅也。碧山以咏物擅場，集中名作如咏「春水」之《南浦》，「雪意」之《無悶》，「新月」之《眉嫵》，「落葉」之《水龍吟》，「螢」與「蟬」之《齊天樂》，「榴花」之《慶清朝》，均屬神來之筆，刻畫入微。

黄子由夫人胡與可，元功尚書之女公子也。一日，值大風後入書齋，見桌上塵封，乃以指甲畫折枝梅於其上，並題《百字令》一闋。詞曰：「小齋幽僻，久無人到此，滿地狼藉。几案塵生多少憾，玉指親傳蹤跡。畫出南枝，正開側面，花蕊俱端的。可憐風韻，故人難寄消息。　非共雪月交輝，者般造化，豈費東君力。只欠清香來撲鼻，亦有天然標格。不上寒窗，不隨流水，應不鈿宫額。不愁三弄，衹愁羅袖輕拂。」既非枝上之梅花，亦非窗上之梅影，更非絹素上之畫梅。雖屬遊戲之作，具見慧心。子由名由，長洲人，舉淳熙進士第一，終刑部尚書。

寫花之色香易，寫花之身分難。如白石之「客裏相逢，籬角黄昏，無言自倚修竹。昭君不慣胡沙遠，但暗憶、江南江北。想佩環、月夜歸來，化作此花幽獨」，則真能畫出梅花之身分者。又如夢窗「連理海棠」之《宴清都》「東風睡足交枝，正夢枕瑶釵燕股。障灔蠟滿照歡叢，嫠蟾冷落羞度」，尚不失海棠身分。拙作有《菩薩蠻》一首「咏海棠」曰：「困眠慵起遲春晝。香融粉膩胭脂透。嬴得最憐伊。輕顰薄媚時。　深深庭院静。紫燕雕梁並。闌角月如鉤。低鬟眉黛愁。」亦未唐突。

二四

徐誠庵著《詞律拾遺》八卷，杜筱舫補注及校勘二卷，對於萬紅友多所是正，厥功甚偉，但疏忽處時亦有之。甚矣，考訂之不易也。

《夏初臨》一調原是平韻，筱舫補注曰：「此調王碧山有入聲韻，音節極諧，已補列《拾遺》内。」見杜刻《詞律》卷十五葉八。查《花外集》並無《夏初臨》，繼檢《詞律拾遺》之卷四葉三，見所録乃王碧山「疏簾蝶粉」之《應天長》，而非《夏初臨》也。詞曰：「疏簾蝶粉，幽徑燕泥，花間小雨初足。又是禁城寒食，輕舟泛晴渌。尋芳地，來去熟。尚仿佛大堤南北。望楊柳、一片陰陰，摇曳新緑。　重訪豔歌人，聽取新聲，猶是杜郎曲。蕩漾去年春色，深深杏花屋。東風裏，曾共宿。記小刻近窗新竹。舊遊遠，沈醉歸來，滿院銀燭。」復查《詞律》卷五葉三十，見《應天長》本調所收之九十八字體，乃周美成「條風布暖」一首，録之以資比較。詞曰：「條風布暖，霏霧弄晴，池臺遍滿春色。正是夜堂無月，沈沈暗寒食。梁間燕，社前客。似笑我、閉門愁寂。亂花過，隔院芸香，滿地狼藉。　長記那回時，邂逅相逢，郊外駐油壁。又見漢宮傳燭，飛煙五侯宅。青青草，迷路陌。强載酒，細尋前跡。市橋遠，柳下人家，猶自相識。」誠庵所輯之《碧山詞》，未知出自何本，致誤《應天長》爲《夏初臨》。但美成之「條風布暖」，人所共知，且筱舫於《詞律》卷五此詞之下，亦有案語。味其聲調，句法與平仄悉相若，亦應不至於無所覺，是誠疏忽。查《應天長》與《夏初臨》兩調皆無別名也。試將洪咨夔之《夏初臨》一闋録存，以供參證。詞曰：「鐵甕栽荷，銅彝種菊，膽瓶萱草榴花。庭户深沈，畫圖低映窗紗。數枝奇石谽谺。染宣和、瑞露明霞。於菟長嘯，楓林未落，霜草先斜。　雪絲香裏，冰粉光中，興來進酒，睡起分茶。輕雷急雨，銀篁迸插簷牙。涼入琵琶。枕幃開、又送蟾華。問生涯。山林朝市，取次人家。」上、入雖可以通平，但如白石之《滿江紅》，西麓之《絳都春》，草窗之《念奴嬌》等，率皆一韻不失，句逗相依，變其聲而不易其調，以是見巧，此固與自度新曲不同也。試將周詞《應天長》與洪詞《夏初臨》一對照，豈獨韻之平仄不同而已哉！

二五

音樂之能移人，蓋因其與七情相感應也。詞調既按律呂宮調以製譜，豈曰無因。後世不察，不管壽詞輓歌，曾不選調，隨手拈來，便爾填砌，其間必有戾乎情性者矣。茲特從五代兩宋之詞人專集中，擷采其注出宮調之詞牌，按宮分隸。又將《中原音韻》所標舉各宮調之情趣韻味，分別附注。雖則聲調之哀樂於作者下筆時之情緒大有關係，未必盡屬嚴格如括弧內之四字所云，然大致總不甚遠。又古人詞集於每首之下標出宮調者百不得一，蓋當日人士，應是望名即能舉其宮商，故無取蛇足。以是窮數日之力，僅拾得約及四百調，用資舉例而已。其有一調而分隸兩宮或兩宮以上者，則加△符於上角。即如《少年遊》一調，周美成「南都石黛掃晴山」一首五十字，隸黄鐘宮；高竹屋「春風吹碧」一首五十二字，隸商調。又如《定風波》一調，周美成「莫倚能歌斂翠眉」一首六十字，隸商調；柳耆卿「自春來」一首一百字，隸歇指調；「佇立長堤」一首一百四字，隸雙調。細玩其情味，各各不同。此中消息，下文更分論之，此不過舉例而已。後之所列，乃以金奩、子野、樂章、片玉、于湖、白石、夢窗七人之集爲根據，更旁蒐側求而得此。

正宮 即黄鐘宮（富貴纏綿）

醉垂鞭　黄鶯兒　玉女摇仙佩　雪梅香　早梅芳　鬥百花　甘草子　△齊天樂　△虞美人
清平樂　△浣溪沙　醜奴兒慢　惜紅衣　角招黄鐘角　徵招黄鐘徵

中吕宮 即夾鐘宮（高下閃賺）

△南鄉子　△菩薩蠻　△踏莎行　△小重山　△西江月　慶金枝　浣溪沙　相思兒令
師師令　山亭宴慢　謝池春慢　惜雙雙　△感皇恩　送征衣　晝夜樂　柳腰輕　梁州令　滿庭芳
宴清都　六醜　綺寮怨　如夢令　揚州慢　長亭怨慢　玉蝴蝶　拜星月　△生查子　柳梢青
玉京秋

中吕調 即夾鐘羽

菊花新　△虞美人　醉紅妝　天仙子　△菩薩蠻　戚氏　輪臺子　△引駕行　△望遠行

彩雲歸　△洞仙歌　離别難　擊梧桐　夜半樂　△祭天神　過澗歇近　△安公子　△歸去來
△燕歸梁　△迷神引　意難忘　宴清都　眼兒媚　△晝錦堂　新雁過妝樓　探芳信　多麗
△六幺令

高平調　即林鐘羽（倏暢滉漾）

怨春風　于飛樂令　△臨江仙　江城子　轉聲虞美人　△燕歸梁　酒泉子　定西番　△河傳
偷聲木蘭花　千秋歲　△醉桃源　△天仙子　望漢月　△歸去來　八六子　△長壽樂
△瑞鷓鴣　瑞鶴仙　△木蘭花慢　解語花　拜星月慢　玉梅令　楊柳枝　探芳新　澡蘭香
倦尋芳　△卜算子　歸自遥　△六幺令

南吕宮　即林鐘宮（感歎悲傷）

江南柳　八寶裝　一叢花令　夢江南　△河傳　蕃女怨　荷葉杯　透碧霄　△木蘭花慢
臨江仙引　△瑞鷓鴣　憶帝京

仙吕調　即夷則羽

望海潮　如魚水　玉蝴蝶　滿江紅　△洞仙歌　△引駕行　望遠行　八聲甘州　△臨江仙
竹馬子　小鎮西　小鎮西犯　△迷神引　促拍滿路花　惜黄花慢　剔銀燈　紅窗聽　△鳳歸雲
△女冠子　木蘭花令　甘州令　西施　△河傳　郭郎兒近　鬲溪梅令　淒涼犯　絳都春　△六幺令

仙呂宮　即夷則宮（清新綿邈）

宴春臺慢　好事近　△傾杯樂　笛家弄　點絳唇　蘭蕙芳引　滿路花　△倒犯　歸去難
△玉樓春　暗香　疏影　△南歌子　河瀆神　△六幺令　鵲橋仙　△踏莎行　減字木蘭花
△醉落魄　桂枝香

大石調　即黃鐘商（風流蘊藉）

清平樂　△醉桃源　恨春遲　△傾杯樂　迎新春　曲玉管　滿朝歡　夢還京　鳳銜杯
△鶴沖天　受恩深　看花回　柳初新　兩同心　△女冠子　△玉樓春　金蕉葉　惜春郎　傳花枝
△傾杯　△瑞龍吟　風流子　還京樂　玲瓏四犯　驀山溪　望江南　隔浦蓮　△更漏子
△木蘭花　△法曲獻仙音　過秦樓　側犯　塞翁吟　霜葉飛　塞垣春　醜奴兒慢　△尉遲杯
△繞佛閣　紅羅襖　△感皇恩　三部樂　琵琶仙　燭影搖紅　東風第一枝　高山流水　夜合花
△夜飛鵲　△玉燭新　△荔枝香近　阮郎歸　△西河　渡江雲　△念奴嬌　六州歌頭　水調歌頭
鷓鴣天　醜奴兒　柳初新　歌頭

道宮　即仲呂宮（飄逸清幽）

△西江月　△小重山　△夜飛鵲

正平調　即仲呂羽

△菩薩蠻　淡黃柳　青玉案

雙調　即夾鐘商（健捷激裊）

慶佳節　採桑子　御街行　玉聯環　武陵春　△定風波　百媚娘　夢仙鄉　歸朝歡
相思令　△少年遊　賀聖朝　△生查子　雨霖鈴　△尉遲杯　漫卷紬　徵部樂　佳人醉　△迷仙引
采蓮令　秋夜月　巫山一段雲　婆羅門令　掃花遊　△秋蕊香　△迎春樂　一落索　紅林檎近
△玉燭新　黃鸝繞碧樹　△繞佛閣　芳草渡　醉吟商　翠樓吟　歸國遥　△應天長　荷葉杯
謁金門　小重山　獻衷心　賀明朝　鳳樓春　△念奴嬌　漢宫春　惜秋華　金錢子　秋思
△倒犯　雨中花　南鄉子

歇指調　即林鐘商（急併虚歇）

雙燕兒　卜算子慢　夏雲峯　永遇樂　△卜算子　△荔枝香　鵲橋仙　浪淘沙　浪淘沙令
△祭天神　女冠子　上行杯　天仙子　集賢賓　殢人嬌　思歸樂　△應天長　合歡帶　長相思
△尾犯　駐馬聽　傷情怨　蕙蘭芳引　更漏子　△南歌子　△蝶戀花　△訴衷情　△木蘭花
減字木蘭花　△少年遊　△醉落魄　喜朝天　破陣樂　三字令　古傾杯　△傾杯　雙聲子
陽臺路　内家嬌　二郎神　醉蓬萊　宣清　錦堂春　△定風波　訴衷情近　留客住　迎春樂
隔簾聽　△鳳歸雲　抛球樂

般涉調　即黃鐘羽（拾掇坑塹）

漁家傲　塞姑　△瑞鷓鴣　△洞仙歌　△安公子　△長壽樂　蘇幕遮　夜遊宫　△傾杯

黄鐘宫　即無射宫

△少年遊　△浣溪沙　華胥引　△尾犯　△齊天樂　鶴沖天　喜遷鶯　△南鄉子　漁父

憶秦娥　連理枝

小石調　即中吕調（旖旎嫵媚）

夜厭厭　△迎春樂　△蝶戀花　△法曲獻仙音　西平樂　法曲第二　△秋蕊香　一寸金

渡江雲　四園竹　花犯　△西河　江南春　△晝錦堂

越調　即無射商（陶寫冷笑）

清平樂　瑣窗寒　丹鳳吟　憶舊遊　慶宫春　大酺　水龍吟　蘭陵王　鳳來朝　石湖仙

秋宵吟　遐方怨　△訴衷情　思帝鄉

霜花腴　婆羅門引羽　△瑞龍吟　霜天曉角　惜紅衣

商調　即夷則商（悽愴怨慕）

△應天長　解連環　浪淘沙慢　南鄉子　垂絲釣　△訴衷情　丁香結　氐州第一　解蹀躞

△蝶戀花　三部樂　品令　△定風波　霓裳中序第一　龍山會　三姝媚　國香慢　△少年遊

醉蓬萊　玉蝴蝶　玉漏遲　一斛珠　△更漏子　△木蘭花　生查子

試於各宫調中，任取一詞牌，按照《中原音韻》之四字評語，作進一步之研究，細嚼其聲情韻味，藉驗周德清之所標榜是否有當。如《永遇樂》，隸歇指調，《中原音韻》所稱爲「急併虚歇」者：

蘇東坡《夜宿燕子樓》「明月如霜」一首；李易安「落日鎔金」一首；辛稼軒《京口北固亭懷古》「千古江山」一首。劉須溪「璧月初圓」一首。即此四首，其神情韻味之若何「急併」，讀者自有會心，但絶無半點安詳閒静之神韻，可斷言也。録辛稼軒一首作代表。《永遇樂・京口北固亭懷古》：「千古江山，英雄無覓，孫仲謀處。舞榭歌臺，風流總被，雨打風吹去。斜陽草樹，尋常巷陌，人道寄奴曾住。想當年，金戈鐵馬，氣吞萬里如虎。元嘉草草，封狼居胥，贏得倉皇北顧。四十三年，望中猶記，烽火揚州路。可堪回首，佛狸祠下，一片神鴉社鼓。憑誰問，廉頗老矣，尚能飯否？」

又如《瑞鶴仙》隸高平調，《中原音韻》所稱爲「條暢滉漾」者：周美成「悄郊原帶郭」一首；陸子逸「臉霞紅印枕」一首；袁去華「郊原初過雨」一首；陸景思「濕雲黏雁影」一首；吴夢窗「晴絲牽緒亂」一首。即此五首，若細細玩味，祇覺情緒仿佛，如柳絲摇曳，如湖上波紋，神態微帶幽怨，但絶無淒厲悲切之狀。所云條暢滉漾，恰如其分。録陸子逸一首作代表，《瑞鶴仙》：「臉霞紅印枕。睡起來、冠兒還是不整。屏間麝煤冷。但眉峯壓翠，淚珠彈粉。堂深晝永。燕交飛、風簾露井。恨無人，説與相思，近日帶圍寬盡。　重省。殘燈朱幌，淡月紗窗，那時風景。陽臺路迥。雲雨夢，便無準。待歸來，先指花梢教看，卻把心期細問。問因循、過了青春，怎生意穩。」

又如《憶舊遊》，隸越調，《中原音韻》所稱爲「陶寫冷笑」者：周美成「記愁横淺黛」一首，如「迢迢。問音信，道徑底花陰，時認鳴鑣。也擬臨朱户，歎因郎憔悴，羞見郎招。舊巢更有新燕，楊柳拂河橋」；張玉田「記開簾過酒」一首，如「淡風暗收榆莢，吹下沈郎錢。……故園幾回飛夢，江雨夜涼船。縱忘卻歸來，千山未必無杜鵑」。趙虚齋「望紅蕖影裏」一首，如「照夜銀河落，想粉香濕露，恩澤親承。十洲縹緲何許，風引彩舟行。尚憶得西施，餘情裊裊煙水汀」。似此等作品，既非旖旎，亦非幽怨，更非雄豪，衹能名之曰「陶寫冷笑」而已。

又如《解連環》，隸商調，《中原音韻》所稱爲「悽愴怨慕」者：周美成「怨懷無託」一首，如「信妙手能解連環，似風散雨收，霧輕雲薄。……謾記得當日音書，把閒言閒語，待總燒卻。」姜白石「玉鞭重倚」一首，如「問後約空指薔薇，算如此溪山，甚時重至。水驛燈昏，又見在曲屏近底。」吴夢窗「思和雲結」一首，如「正岸柳衰不堪攀，忍持贈故人，送秋行色。」似此諸作，雖欲不認爲「悽愴怨慕」，而不可得矣。

又如《蝶戀花》，周美成以之隸商調，所謂「悽愴怨慕」者是已。如「桃萼新香梅落後。葉暗藏鴉，苒苒垂亭牖。舞困低迷如著酒。亂絲偏近遊人手。雨過朦朧斜日透。客舍青青，特地添明秀。莫話揚鞭回別首。渭城荒遠無交舊。」是誠悽愴怨慕。柳耆卿以之入小石調，則所謂「旖旎嫵媚」者。如「蜀錦地衣絲步障。屈曲回廊，静夜閒尋訪。玉砌雕闌新月上。朱扉半掩人相望。旋暖熏爐温斗帳。玉樹瓊枝，迤邐相偎傍。酒力漸濃春思蕩。鴛鴦繡被翻紅浪。」是誠旖旎嫵媚，張子野以之入歇指調，即所謂「急併虚歇」者，如「檻菊愁煙蘭泣露。羅幕輕寒，燕子雙飛去。明月不諳離恨苦。斜光到曉穿朱户。昨夜西風凋碧樹。獨上高樓，望盡天涯路。欲寄彩箋兼尺素。山長水闊知何處。」又曰：「有箇人人凝淚眼。淡煙芳草連天遠。」又曰：「和淚語嬌聲又顫。行行儘遠猶回面。」是誠急併虚歇。兹三者同是《蝶戀花》，而神韻異殊有如是者。可見此調，商調、小石、歇指咸宜，隨各人之情緒，皆可就範也。

又如《應天長》，周美成一首隸商調，悽愴怨慕。柳耆卿一首隸歇指，急倂虛歇。韋莊一首隸雙調，健悽激梟。周詞一百字，柳詞九十三字，韋詞五十字。調名相同，而格律句法各異，故情韻亦異。

至如《暗香》與《疏影》二調，隸仙吕宫，此乃白石之自度曲，彼自以爲清新綿邈，則自是清新綿邈，更無容置議矣。是以張玉田之「無邊月色」及「碧圓自潔」，亦祇得依樣葫蘆而已。録白石原作二首：「舊時月色，算幾番照我，梅邊吹笛。喚起玉人，不管清寒與攀摘。何遜而今漸老，都忘卻春風詞筆。但怪得、竹外疏花，香冷入瑶席。　江國，正寂寂。歎寄與路遥，夜雪初積。翠尊易泣，紅蕚無言耿相憶。長記曾攜手處，千樹壓西湖寒碧。又片片、吹盡也，幾時見得。」《疏影》：「苔枝綴玉，有翠禽小小，枝上同宿。客裏相逢，籬角黄昏，無言自倚修竹。昭君不慣胡沙遠，但暗憶、江南江北。想佩環、月夜歸來，化作此花幽獨。　猶記深宫舊事，那人正睡裏，飛近蛾緑。莫似春風，不管盈盈，早與安排金屋。還教一片隨波去，又卻怨、玉龍哀曲。等恁時、重覓幽香，已入小窗横幅。」

至於仙吕調，乃夷則羽，其韻味則迥然不同。如史梅溪之《玉蝴蝶》：「晚雨未摧宫樹，可憐閒葉，猶抱涼蟬。」吴夢窗之《惜黄花慢》：「翠香零落紅衣老，暮愁鎖、殘柳眉梢。」此兩首則表現淒涼況味矣。

以上之所列舉，並發凡舉例之《少年遊》、《定風波》而綜合之，共得三十二首。計《少年遊》二，《定風波》三，《永遇樂》四，《瑞鶴仙》五，《憶舊遊》三，《解連環》三，《蝶戀花》三，《應天長》三，《暗香》二，《疏影》二，《玉蝴蝶》一，《惜黄花慢》一。其間一調祇入一宮，而諸家所作，神韻不殊者凡六調，即《永遇樂》、《瑞鶴仙》、《憶舊遊》、《解連環》、《暗香》、《疏影》是也。其有一調而分隸數宮，諸家所作，神韻悉依其標出之本宮，與他作迥然不同者一調，即《蝶戀花》是也。其有調名相同而格律各異，字數與句法全不相同，所屬之宮調亦不同，而神韻隨之者凡三調，即《少年遊》、《定風波》、《應天長》是也。從多方面反復尋繹，而歸納法綜覈之，覺其神韻與宮調宛然相合。所得之結果如此，則周德清標舉之四字評語，不爲武斷矣。後之作者，於調名之下未注明所屬之本宮，則未敢妄加議論。即有一調除本宮外不能更入他宮者，祇因未經注出所屬何宮，亦未敢妄議。

二六

蘇東坡有《木蘭花令》一首，題爲「次歐公西湖韻」，所謂西湖者，乃潁州西湖也。詞曰：「霜餘已失長淮闊，空聽潺潺清潁咽。佳人猶唱醉翁詞，四十三年如電抹。　草頭秋露流珠滑，三五盈盈還二八。與余同是識翁人，惟有西湖波底月。」歐公原唱曰：「西湖南北煙波闊，風裏絲簧聲韻咽。舞餘裙帶緑雙垂，酒入香腮紅一抹。　杯深不覺琉璃滑，貪看六幺花十八。明朝車馬各西東，惆悵畫橋風與月。」坡公此詞成於哲宗元祐六年辛未八月，以龍圖閣學士出知潁州時聞歌之作。上推四十三年，即仁宗慶曆八年戊子。查歐公因朋黨論之嫌疑，以慶曆五年出知滁州，此詞應是道出潁州時作。

辛稼軒有《永遇樂》一首，題爲「京口北固亭懷古」，詞曰：「千古江山，英雄無覓，孫仲謀處。舞榭歌臺，風流總被，雨打風吹去。斜陽草樹，尋常巷陌，人道寄奴曾住。想當年，金戈鐵馬，氣吞萬里如虎。　元嘉草草，封狼居胥，贏得倉皇北顧。四十三年，望中猶記，烽火揚州路。可堪回首，佛狸祠下，一片神鴉社鼓。憑誰問，廉頗老矣，尚能飯否？」南宋高宗紹興三十二年，稼軒參耿京戎幕，駐淮北，奉表南歸，還抵海州，聞張安國已殺耿京而投於元。稼軒乃率其部曲二千人突入五萬元兵之壘，生縛安國，挾之馬上，向西南飛馳，至揚州渡江，獻俘於臨安，戮安國於市。寧宗嘉泰四年，稼軒由浙東安撫移知鎮江，上溯匹馬渡江之日，恰四十三年。此詞蓋自傷英雄遲暮，所懷未伸，回憶四十三年前出入烽火時事，故有此元氣淋漓之作。

甲午黄海戰争至丁丑盧溝橋事變，中間亦恰是四十三年，棖觸迴腸，口占一曲以自遣。《好事近》：「四十又三年，何事繫人留戀。消得春風幾度，問歸來雙燕。　蘇辛才氣自拏雲，下筆走雷電。千古山河無定，只長江如練。」

二七

《唐多令》一調，吴夢窗之「縱芭蕉、不雨也颼颼」，多一字；周草窗之「燕風輕、庭院正清和」，亦多一字。按此調第三韻原是七字，吴詞或可作「芭蕉不雨也颼颼」，或可作「縱芭蕉不雨颼颼」。

於律，此句應作三四，第三字宜逗，似以後擬爲是，周詞則「正」字是襯音，似無不宜。此乃詞加襯音之顯例。

又周草窗之《憶舊遊》，結韻「空江冷月，魂斷隨潮」，亦多一字。此應是七字句，且五、六兩字必拗，乃此調之正格，若作「空江冷月魂斷潮」，則恰合矣。如草窗又一首之「空庭冷月羌管清」，又一首「愁痕沁碧江上峯」，周美成之「東風竟日吹露桃」，張玉田之「蕭蕭漢柏愁茂陵」，王碧山之「涓涓露濕花氣生」，是其例矣。

於斯可見，詞之伸縮力原甚强，加襯字也可，七字句添一字而成兩四字句，亦無不可。只要無礙於按拍，即歌者亦未嘗不可以變更原文，是在知音。明乎此，則詞曲遞嬗之消息及其原理，亦可以知其概矣。

二八

東坡之詞，乃詩人之詞；白石之詩，乃詞人之詩。白石詩以七言絶句爲最佳，清空靈妙，不食人間煙火，而古體與律詩，衹是平平。東坡之詞，衹是以作詩之餘勇，效時尚之新聲，以示「我亦能之」而已。白石之詩，則於含商嚼徵之餘暇，自稱詩人，亦曰「我亦能之」而已。東坡以詩人而效爲新聲，順序以行，其詞真可稱「詩餘」。白石以詞人而效爲古風，逆序以行，其詩允可稱「詞餘」。順序者自然，倒卷珠簾總不免帶幾分勉强。是故東坡之詞，大氣磅礴，恰如其詩；而白石之古體，衹是貼旦反串，殊欠自然。是故白石之詩，自不堪與東坡比。若東坡之詞而欲效爲輕清柔媚，亦必貽笑白石，個性使然也。然而東坡固絶世聰明人也，自不學柳七，且復誠少游何必學柳七。率其個性以行，結果乃獨立新體，自成一家，而詩餘在文學上之地位因以提高，變小兒女之柔情旖旎而爲士大夫之蕩氣迴腸，此聰明人之所以爲聰明已夫！

二九

宋詞音譜之見於載籍者，並非無痕跡可尋。其爲人所共知者，則有姜夔自度曲及張炎《詞源》。既知ㄣㄟㄱ八久ㄎ一△マ之爲上尺工凡六五一合四，則按舊譜而譯以工尺，宜若可以上腔。祇是自宋代以至於今日，八九百年間，展轉繙刻，摹寫雕鐫校對，在在均易致誤。蓋以符號非同正字之有文義可尋，偶或筆誤，尚易於辨證也。

歌曲乃原於天籟，決非怫人之性而强人以所難。既曰天籟，自應婦孺皆知。試味「有井水飲處皆能歌柳詞」一語，可以略知其概。又白石詞除自度曲而外，邊旁皆不注音符；玉田雖有《詞源》之作，但其詞集無注音符者。可見當日祇是自度新腔乃須做譜，其餘凡屬略有此中常識者，宜是見調名即可按歌，此亦一佐證也。

以工尺譜宋詞而流傳至今者頗不乏。即如童君伯章之《中樂尋源》一書，其間所用以舉例者，散板則有後主之《浪淘沙》，東坡之《念奴嬌》，稼軒之《永遇樂》。繁板則有玉田之《桂枝香》，入北曲；白石之《惜紅衣》，入南曲；此外尚多。宋代不會南北曲之名詞，其必爲後人所譜無疑。《惜紅衣》且有贈板，詞中如「岑寂」二字，白石舊譜「岑」字之旁注爲「ㄋ」，「寂」字之旁注爲

「マフ」；工尺譜則「岑」字佔一板半，「寂」字佔兩板半，共爲四板。凡十六拍。宛轉低徊，真可謂「聲依永」者矣。

平心而論，研究宋詞音譜，自爲一種學問；以今之工尺譜宋詞，又別爲一種學問。詞與曲既屬同源，且每字之陰陽八聲亦既有定律，則依律以點定宋詞之新譜，俾得重上歌喉，有何不可？但勿如世俗之曲師，强改原文以就我，其亦可以告無罪矣。

三〇

《樂府廣題》曰：「北齊神武，攻周玉壁不克，恚憤成疾，勉坐以安士衆。悉召諸貴會飲，使斛律金歌《敕勒》，神武自和之。其歌本鮮卑語，易爲齊言，故句之長短不整。」此即有名之《敕勒歌》是已。歌曰：「敕勒川，陰山下。天似穹廬，籠蓋四野。天蒼蒼，野茫茫，風吹草低見牛羊。」

歌曲之所以由整齊之四、五、七言而變爲長短句，其說不一，亦曰各明一義而已。蓋凡百事物之轉變也以漸，不能一蹴而就。其進行也非僅須時，尤須待機，或經數百載未見其寸進，若機會來臨，其進或能以尺。整齊之詩歌漸變而爲長短句，乃因樂律天籟於轉接處之抑揚頓挫，每於正文之外須加以襯音，而腔調乃得輕圓。久而久之，將襯音筆録以備忘，漸羼入正文，句逗亦因頓挫而變遷，此亦長短句成立之一原因。觀於宋詞，每一韻之字數相同而句逗各異者，作用全在乎頓挫。

如上文所録，《敕勒歌》因以北齊方言轉譯鮮卑語，故句法之長短不整。此應是長短句成立之主因。計自南北朝以降，中原歌曲已漸攙入西北民族歌謠之格調；而唐代樂歌，多雜西涼龜兹及蔥嶺東西諸國之成分，尤屬顯然。《樂府廣題》之此段記載，實長短句因運會而助長進行之鐵證矣。

兩不相同之民族遇合，文化每起變化，固無論彼方程度之高下也。高固可以相互啓發，低亦未必無所獲。西域民族之於中國樂歌，亞拉伯民族之於歐洲算術，是其例矣。蓋相互啓發固是一種作用，但取精多而用物宏，亦是一種作用故也。

三一

東坡詩集有《漁父詞》四首，彊村等按其聲韻，認爲的是長短句，收入詞集，允爲得當。又以《詞律》等書無此調，疑是坡公之自度曲，詞曰：「漁父飲，誰家去。魚蟹一時分付。酒無多少醉爲期，彼此不論錢數。」「漁父醉，蓑衣舞。醉裏卻尋歸路。輕舟短棹任斜横，醒後不知何處。」「漁父醒，春江午。夢斷落花飛絮。酒醒還醉醉還醒，一笑人間今古。」「漁父笑，輕鷗舉。漠漠一江風雨。江邊騎馬是官人，借我孤舟南渡。」

作《漁父詞》者多矣，其深得漁父之神韻者，東坡而外，唯見《樵歌》之《好事近》十首，及《盤洲樂章》之《漁家傲》十二首。《樵歌》如「摇首出紅塵，醒醉更無時節」、「醉顔禁冷更添紅，潮落下前磧」、「晚來風定約絲閒，上下是新月」、「昨夜一江風雨，都不曾聽得」、「撥轉釣魚船，江海儘爲吾宅。恰向洞庭沽酒，卻錢塘横笛」，真乃如見其人，呼之欲出。《盤洲樂章》之《漁家傲》乃分月描寫，其正月一首曰：『正月東風初解凍。漁人撒網波紋動。不識雕梁並綺棟。扁舟重。眠鷗浴雁相迎送。溪北畫橋彎螮蝀，溪南古岸添青葑。長把魚綫尋酒甕。春一夢。起來拈笛成三弄。』其四月一首中有句曰：『一風弄碧漪摇島嶼，奇雲蘸影千峯舞。」九月之下半闋曰：「半夜繫船橋北岸。三杯睡著無人唤。睡覺只疑橋不見。風已變。纜繩吹斷船頭轉。」十一月曰：「妻子一船衣百結。長歡悦。不知人世多離别。」十二月曰：「江上雪如花片下。宜入畫。一蓑披著歸來也」等句，皆清俊可誦。此乃南宋大曲，其《破子》有句曰「漁父醒。月高露下衣裳冷」，又曰「漁父笑。笑中起舞漁家傲」，不減張志和之「西塞山前」。

三二

東坡《金山妙高臺》詩曰「長生未可學，請學長不死」，意味深長。孔子生世衹七十三年，但至今未死。可見軀體雖不長生，但其思想猶存留於世人之思想中，則不得謂之死。《列子·楊朱篇》曰：「百年猶厭其多，而況久生之苦也乎？」以久生爲苦，百年爲多，自是莊列學派之厭世觀，但因此愈可明長生與不死之别。久生有苦樂不同之觀感，而不死則無之。蓋一在軀體之長存，一在姓名之不滅也。

東坡《盧敖洞》詩曰：「上界足官府，飛升亦何益。」稼軒壽南澗《水調歌頭》曰：「上界足官府，公是地行仙。」東坡《别子由兼從子遲》詩曰：「遥想茅軒照水開，兩翁相對清如鵠。」稼軒呈趙晉臣《滿江紅》曰：「一舸歸來輕似葉，兩翁相對清如鵠。」杜子美《遊奉先寺》詩曰：「天闕象緯逼，雲卧衣裳冷。」稼軒咏水仙之《賀新郎》曰：「雲卧衣裳冷。看蕭然風前月下，水邊幽影。」相師固不嫌相襲也。東坡《次韻孔毅父集古人句見贈》曰：「退之驚笑子美泣，問君久假何時歸。」稼軒亦久假而不歸矣。讀東坡此詩，足證集詩爲詩之風，北宋猶未大行。

東坡《墨花》詩，其引子曰：「世多以墨畫山水竹石人物者，未有以畫花者也。汴人尹白能之，爲賦一首。」讀此詩題，足證墨畫花卉之風，北宋猶未大行。若近代則墨蘭、墨梅、墨荷、墨竹，隨在皆有。

集詩爲詩，其有不啻口出天衣無縫者已不易，若集詩爲詞，尤屬難能。東坡樂府有集句《南鄉子》三首，並録之。詞曰：「寒玉細凝膚吴融。清歌一曲倒金壺鄭谷。冶葉倡條遍相識李商隱，争如。豆蔻梢頭二月初杜牧。　年少即須臾。白居易芳時偷得醉工夫白居易。羅帳四垂銀燭背韓偓，歡娱。豁得平生俊氣無杜牧。」「悵望送春杯杜牧。漸老逢春能幾回。杜甫花滿楚城愁遠別許渾，傷懷。何況清絲急管催劉禹錫。　吟斷望鄉臺李商隱。萬里歸心獨上來許渾。景物登臨閑始見杜牧，徘徊。一寸相思一寸灰李商隱。」「何處倚闌干杜牧。絃管高樓月正圓杜牧。蝴蝶夢中家萬里崔塗，依然。老去愁來强自寬杜甫。　明鏡借紅顔李商隱。須著人間比夢閒韓愈。蠟照半籠金翡翠李商隱，更闌。繡被焚香獨自眠許渾。」

集詩句以爲詞，唯小令如《卜算子》、《生查子》、《浣溪沙》、《菩薩蠻》等尚可將就，長調則不能也。即如《南鄉子》一調，其中之二字句，已屬强湊矣。東坡見孔毅父所貽集句詩，曾表示驚奇，似以爲得未曾有，此三首或是見孔作而作，出奇鬥勝，不肯後人，而故以拘束之詞調爲之，未可知也。惜彊村翁以此三詞編入不知年，無從稽考。和韻體之詩，創自東坡，集古人之句以爲詞，似亦未之前聞，聰明人固無施不可。

相師固不嫌相襲，即自己作品，亦有時不嫌再三重見者，如《楚辭》：「芳與澤其雜糅兮，唯昭質其猶未虧」（《離騷》）；「芳與澤其雜糅兮，羌芳華自中出」（《思美人》）；「芳與澤其雜糅兮，孰申旦而別之」（《惜往日》）。

三三

東坡嘗令朝雲乞詞於秦少游，少游作《南歌子》贈之。詞曰：「靄靄迷春態，溶溶媚曉光。不應容易下巫陽。只恐翰林前世、是襄王。　暫爲清歌駐，還因春雨忙。瞥然歸去斷人腸。空使蘭臺公子、賦高唐。」彊村本《淮海詞》有《南歌子》三首，但無此詞。王敬之輯《淮海詞補遺》，據袁文《甕牖閒評》補入，查初白《蘇詩補注》亦據嚴有翼《藝苑雌黄》引用此詞，讀之可以仿佛朝雲之豐神。紹聖元年，東坡《朝雲》詩曰：「經卷藥爐新活計，舞衫歌扇舊因緣。丹成逐我三山去，不作巫陽雲雨仙。」查初白謂結二語似因此詞翻案，誠然。王敬之乃疑此詞爲朝雲歿後作，無有是處，想是因詞之結二語而生臆斷也。但「瞥然歸去」云者，殆謂若驚鴻之翩然而逝，正與「舞衫歌扇」句相應，是豈曇花一現之意乎？又「蘭臺公子」句，乃用宋玉《風賦序》，「莊襄王遊於蘭臺之宮，亦與「巫陽雲雨」句相應，是豈以蘭臺公子喻坡公乎？

紹聖三年丙子七月五日悼朝雲一首，乃用紹聖元年朝雲詩之韻。詩曰：「苗而不秀豈其天，不使童烏與我玄。駐景恨無千歲藥，贈行惟有小乘禪。傷心一念償前債，彈指三生斷後緣。歸卧竹根無遠近，夜燈勤禮塔中仙。」此詩之小引，謂朝雲嘗從泗上比丘尼義沖學佛云，應是幹兒殤後事。蓋東坡之到泗州，正在此時，又曰朝雲誦《金剛經》四句偈而絶。讀此則「經卷藥爐」句可以自明。此詩以解脱强抑其悲傷，至同年《丙子重九》詩，終亦不能自已。曰：「……此會我雖健，狂風卷朝霞。使我如霜月，孤光挂天涯。西湖不欲往，墓樹號寒鴉。」此蓋指惠州西湖，朝雲字子霞。

東坡幼子遯，即朝雲所生子，小名幹兒，殤於元豐七年七月二十八日。東坡以建中靖國元年七月二十八日卒，而朝雲亦歿於紹聖三年七月。父子夫婦皆以七月終，而二十八日尤奇。東坡有《哭子》詩二首，是亦性情之作，詩曰：「吾年四十九，羈旅失幼子。幼子真吾兒，眉角生已似。未期觀所好，蹁蹮逐書史。摇頭卻梨栗，似識非分恥。吾老常鮮歡，賴此一笑喜。忽然遭奪去，惡業我累爾。衣薪那免俗，變滅須臾耳。歸來懷抱空，老淚如瀉水。」「我淚猶可拭，日遠當日忘。母哭不可聞，欲與汝俱亡。故衣尚懸架，漲乳已流牀。感此欲忘生，一卧終日僵。中年忝聞道，夢幻講已詳。儲藥如丘山，臨病更求方。仍將恩愛刃，割此衰老腸。知迷欲自反，一慟送餘傷。」親子之情，出自天真，含氣以生者皆如是，非祇人類爲然也。至於事已無可奈何，輒皈依佛法以求解脱。用新名詞釋之，是曰臨時追認。若出世法則根本無親子關係，更何由生此苦惱哉！佛法之入中土，所以爲智識分子樂予接受，良非偶然。

三四

侵尋、廉纖、鹽咸三閉口韻，若不得其道，須用强記。宋元之詞曲大家，守法甚嚴，鮮有出入。唯弁陽老人周草窗，對於閉口韻，最爲凌亂無章，幾於無首不錯。如集中《少年遊》一闋「松風蘭露滴厓陰。瑶草入簾青。玉鳳驚飛，翠蛟時舞，噴薄濺春雲。」第一韻「陰」字，自應用侵尋閉口韻到底；乃第二韻轉庚青，則非閉口；第三韻又轉真文，亦非閉口。下半闋之禽韻是侵尋，而「情」字又轉庚青矣。又《鷓鴣天》一首，曰「燕子時時度翠簾」，乃廉纖韻，其後則「綿」、「煙」、「懨」、「韉」、「眠」亂押一通，衹有一「懨」字猶是廉纖。又《浣溪沙》一首，曰「竹色苔香小院深」，乃侵尋韻。其下則「扃」、「塵」、「清」、「雲」並用。又《木蘭花慢》曰「恰芳菲夢醒，漾殘月，轉湘簾」，乃簾纖韻。其下則「煙」、「籤」、「眠」、「鮮」、「妍」、「軿」、「船」、「懨」並押，衹「籤」「懨」二韻不誤。又一首曰「碧尖相對處，向煙外，挹遥岑」，乃侵尋韻，其下則「尋」、「雲」、「清」、「明」、「青」、「琴」、「平」、「笙」並押，衹「尋」「琴」二韻不誤。

又「好夢不分明」之《唐多令》，「明」字非閉口，而下押一「沈」字韻。「粉黄衣薄沾麝塵」之《戀繡衾》，下押深陰二韻。「玉肌多病怯殘春」之《江城子》，下押「深」字韻。又一首曰「羅窗曉色透花明」，下押「陰」字韻。「飛絲半濕乍歸雲」之《眼兒媚》，下押「心」字韻。「不下珠簾怕燕嗔」之《浣溪沙》，下押「心」字韻。「吴山青」之《長相思》，下押「心」字韻。「玉潤金明」之《國香慢》，下押「簪」字韻。「塔輪分斷雨，倒霞影、漾新晴」之《木蘭花慢》，下押「簪」字韻。又《清平樂》之下半闋曰「翠羅袖薄天寒」，下押「南」字韻。凡此皆起韻非閉口，而下協閉口韻，此皆草窗音律不謹處，未可爲訓，試舉兩宋之名家詞作反證，未得謂詞韻不若詩韻之嚴，用以自解也。

周美成《南柯子》：「桂魄分餘暈，檀香破紫心。曉窗初試鬢雲侵。每被蘭膏香染、色深沈。指印纖纖粉，釵横隱隱金。有時雲雨鳳帷深。長是枕前不見、殢人尋。」

姜白石《一蕚紅》：「古城陰，有玉梅幾許，紅蕚未宜簪。池面冰膠，墻腰雪老，雲意還又沈沈。翠藤共、閒穿徑竹，漸笑語、驚起卧沙禽。野老林泉，故王臺榭，呼唤登臨。南去北來何事，蕩湘雲楚水，目極傷心。朱户黏雞，金盤簇燕，空歎時序侵尋。記曾共、西樓雅集，想垂楊、還嫋萬絲金。待得歸鞍到時，只怕春深。」

張功甫《滿庭芳》：「月洗高梧，露溥幽草，寶釵樓外秋深。土花沿翠，螢火墜墻陰。静聽寒聲斷續，微韻轉、淒咽悲沈。争求侶，殷勤勸織，促破曉機心。兒時曾記得，呼燈灌穴，斂步隨音。任滿身花影，猶自追尋。攜向華堂戲鬥，亭臺小、籠巧妝金。今休説，從渠牀下，凉夜伴孤吟。」

韓子耕《高陽臺》：「頻聽銀簽，重燃絳蠟，年華衮衮驚心。餞舊迎新，能消幾刻光陰。老來可慣通宵飲，待不眠、還怕寒侵。掩清尊。多謝梅花，伴我微吟。鄰娃已試春妝了，更蜂腰簇翠，燕股横金。勾引東風，也知芳思難禁。朱顔那有年年好，逞豔遊、贏取如今。恣登臨。殘雪樓臺，遲日園林。」

此四首皆侵尋閉口韻，雖九韻之長調亦首尾如一，殊非偶然。若夢窗則更嚴整矣。吴夢窗

《木蘭花慢》：「送秋雲萬里，算舒捲、總何心。歎路轉羊腸，人營燕壘，霜滿蓬簪。愁侵。庾塵滿袖，便封侯、那羡漢淮陰。一醉蓴絲膾玉，忍教菊老松深。　離音。又聽西風，金井樹、動秋吟。向暮江目斷，鴻飛渺渺，天色沈沈。沾襟。四絃夜語，問楊瓊、往事到寒砧。爭似湖山歲晚，靜梅香底同斟。」

「愁侵」、「離音」、「沾襟」三暗韻，原是可協可不協，乃亦不苟且，是夢窗獨勝處。

此平韻也，試更觀草窗之仄韻。「宮簷融暖晨妝懶，輕霞未勻酥臉」之《齊天樂》，「臉」字乃廉纖韻之上聲，但其下則亂協「見」、「靨」、「倩」、「染」、「變」、「怨」、「掩」、「黯」、「遠」等韻，祇「染」、「掩」、「黯」三韻不誤。又「寒菊欹風棲小蝶」之《夜行船》，下協「月」、「篋」、「怯」、「説」、「節」等韻，祇「篋」、「怯」二韻不誤。又「餘寒正怯」之《醉落魄》，下協「揭」、「褶」、「折」、「説」、「雪」、「別」、「蝶」等韻，祇「褶」、「蝶」二韻不誤。又「轉翦楚臺雲，玉影半分秋月」之《好事近》，「月」字不是閉口，其下不應協「蝶」、「葉」、「疊」等韻。又「秋水浸芙蓉，清曉綺窗臨鏡」一首，「鏡」字非閉口，其下不應協「沁」字。凡此非故意挑剔也，試舉夢窗兩首以爲方：

吴夢窗《一寸金》：「秋入中山，臂隼牽盧縱長獵。見駭毛飛雪，章臺獻穎，臞腰束縞，湯沐疏邑。簀管刊瓊牒。蒼梧恨、帝娥暗泣。陶郎老、憔悴玄香，禁苑猶催夜俱入。　自歎江湖，雕龍心盡，相攜蠹魚篋。念醉魂悠揚，折釵錦字，黠髯掀舞，流觴春帖。還倚荊溪檝。金刀氏、尚傳舊業。勞君爲脱帽篷窗，寓情題水葉。」

吴夢窗《花心動》：「入眼青紅，小玲瓏、飛簷度雲微濕。繡檻展春，金屋寬花，誰管采菱波狹。翠深知是深多少，不都放、夕陽紅入。待裝綴，新漪漲翠，小圜荷葉。此去春風滿篋。應時鎖蛛絲，淺虚塵榻。夜雨試燈，晴雪吹梅，趁取玳簪重盍。捲簾不解招新燕，春須笑、酒慳歌澀。半窗掩，日長困生翠睫。」

「獵」字乃簾纖韻之入聲，雖以十韻之長調，亦一貫到底。二窗齊名，若專以韻律言之，則草窗不逮矣。

三五

作近體詩，以不重字爲佳，誠以有限之篇幅，須容納多量之意境，重一字則少一字之含義故也。後世之試帖詩，更以重字爲大戒。此則故意立一窄途徑以鬥巧，又別爲一問題。蓋試帖詩乃詩匠工作，原不問意境之爲何故也。詞則不若詩之嚴，亦以詞未嘗用作取士之工具耳。然爲含義問題，亦自以少重字爲佳。

晏小山有《御街行》一首，重字最多，然讀之不但不覺其贅，彌覺其美，詞曰：「街南緑樹春饒絮，雪滿遊春路。樹頭花豔雜嬌雲，樹底人家朱户。北樓閒上，疏簾高捲，直見街南樹。　闌干倚盡猶慵去，幾度黄昏雨。晚春盤馬踏青苔，曾傍緑陰深駐。落花猶在，香屏空掩，人面知何處？」計「街」字二，「緑」字二，「樹」字四，「春」字三，「花」字二，「南」字二，「猶」字二，「人」字二。以一首七十六字之調，而重出十一字，佔七分之一有奇，每不及七個字即重出一字，但讀來殊令人不察。此則關乎文章技術矣。李易安之《聲聲慢》異於是，蓋疊字非重字之比。李易安「尋尋覓覓」之《聲聲慢》，凡九疊字。其疊也，乃努力出之，有意作驚人之筆。若晏小山之「渡頭楊柳青青，枝枝葉葉離情」，何嘗不是接連疊六字，但讀來殊不費力，不似「尋尋覓覓」之沈重。蓋小山乃以平淡出之，絶不經意，恐彼且不自覺其疊，更何費力之與有？至於易安居士之《聲聲慢》祇應重讀，無取細吟。

秦少游之「杜鵑聲裏斜陽暮」，最爲東坡所賞，但頗嫌「暮」字與「斜陽」意疊。趙德麟之「斜陽只與黄昏近」，也是名句子，「斜陽」之與「黄昏」，其複更甚於「暮」矣。又袁去華之「斷腸落日千山暮」，也是名句子，「落日」何異於「斜陽」，「暮」亦複矣。然而袁、趙各自保其俊語，曾不爲嫌。趙、袁既不以爲嫌，則秦亦宜若無咎。雖然，袁之「暮」字乃「千山」之形容詞，謂「千山」已入暮景也。趙之「斜陽」與「黄昏」，乃平列之兩名詞，兩不相礙。而秦則以「暮」字作「斜陽」之形容詞，殊屬不妥。東坡之言是也。

以疊字行文，詞爲數見，近體詩不如也。蓋以詞之格律較爲活潑，自二字以至於九字，可以各自爲句，各自描寫一單獨意境，故字雖無多，而容積較大。不若近體七言律，五十六字祇限寫八句，無伸縮之餘地，呆滯而不靈變，缺乏活潑。

詞之疊字，非祇一疊也，三字四字，亦所常有。如歐公之《蝶戀花》「庭院深深深幾許」，是三疊字。此猶是前四字可以一逗，第二個「深」字語意屬上而第三個「深」字乃再起。若放翁之《釵頭鳳》「錯錯錯」、「莫莫莫」，則三疊自爲句矣。更有草窗之《醉落魄》「憶憶憶憶，宫羅褶褶銷金色」，則四疊自成一句矣。近體律絶，那能有此？此四個「憶」字，有「最令人不能忘懷者」八個字之含義，非空泛也。

三六

顧太清，乃嘉道間貝勒奕繪之側福晉，有《東海漁歌》四卷，格律直追北宋，奇女子也。余最賞其「題曇影夢痕圖」之《金縷曲》二闋。序曰「孫静蘭，許雲姜之甥女也，十二歲殁於外家，外祖母許太夫人爲作是圖，題咏盈卷，因次許淡如韻二闋」，中有句曰「照慈帷、殘燈尚在，夢回不見」，又曰「暮年人、咄咄書空唤」。第二闋之結韻曰「料不聞、拍枕千呼唤。青青草，小墳畔」，輕描淡寫，而具見真性情。不但無斧鑿痕，且不似女子手筆。歲辛巳，壽君幼卿重刊《東海漁歌》，徵題及余，因成《解連環》一闋付之。中有句曰「問鐵板、誰是元戎，恐擊碎珊瑚，讓伊眉嫵」，或以爲過譽，然而試將《東海漁歌》置於《小檀欒室閨秀詞》中，定見鶴立。

詞不幸而産生於五季，風尚委靡，文藝之士，多用作鏤月裁雲、牽愁惹恨之工具，甚焉者用以調情。苟世無東坡，則詞之品格將日就衰落矣。女子善懷，其天性也。故以女子而習此種文藝，每易流於卑弱。太清集中，和片玉、白石之作特多，足見門徑。彼其所以不纖不仄，不卑不弱，蓋有由矣。

三七

「晚春盤馬踏青苔，曾傍緑陰深駐。落花猶在，香屏空掩，人面知何處。」此晏小山《御街行》也，頗似柳耆卿。「草色煙光殘照裏，無言誰會憑欄意」、「衣帶漸寬終不悔，爲伊消得人憔悴」，此柳耆卿《蝶戀花》也，極似晏小山。若互入兩人之本集，可以亂真。

詞至北宋，猶有五代遺風。造意以曲而見深，乃文章技術之一種。北宋詞人，雖曲其意境，猶不失其天真，「天然去雕飾」一語，可作總評。至耆卿乃漸流於濃豔，唯小山尚守輕清之家法，然已是尾聲矣。小山結北宋之局，耆卿開南宋之風。周美成正如詩中之杜甫，乃集大成者，廣大無邊，不能僅以之作畫期之代表。

其間雖有蘇辛一派，力返自然，欲以雄豪剋濃豔，然而矯枉過直，難免有劍拔弩張之嫌。故南宋詞人目之爲别派，仍相率遵耆卿之作風，以漸入於堆垛之窮途。蓋天然界本是平淡，濃麗終屬人爲。既以濃麗相尚，則去天然漸遠，勢使然也。天然日以遠，意境日以窘，唯賴人爲之雕琢，貌爲深沈，則舍堆垛更有何法？是故南宋末流之晦澀，亦勢使然也。吾嘗謂意境宜曲折，最忌一覽無餘。若用障眼法而貌爲曲折，識破仍是一覽無餘，殊非深文周納之言。

宋孝宗曾欣賞俞國寶之《風入松》，但頗嫌「明日重攜殘酒」一語未免寒酸，乃爲之改作「明日重扶殘醉」，僅易二字，而氣象便爾不同。孟子曰「居移氣，養移體」，自是至理。大抵人之性情氣度所受環境之影響，與昆蟲變色同一道理，非衹是生存之要素，亦性質之所因以養成者也。路隅之王孫，雖不肯自道其姓名，但器宇必與乞兒異，可斷言也。宋徽宗「北行見杏花」之《宴山亭》，雖在顛沛流離中，依舊雍容大雅。據《南燼紀聞》所載，當日徽宗攜鄭后，欽宗攜朱后，狼狽北行，押解者驅之如犬羊，衣履隨氣候以爲燥濕，無復人形。而詞中亦祇曰「易得凋零，更多少無情風雨」而已。李後主作俘虜時之《烏夜啼》，曰「燭殘漏滴頻欹枕，起坐不能平」，雖懊惱猶不失其嫵媚。至如賀雙卿之「日長酸透軟腰肢」，非不佳，但總乏名貴氣。後世詩人，多少以宫詞爲題者，祇能謂之婢學夫人。

三八

作品須有意境，尤須有新意境。若意境雖非不佳，但仿佛曾在某人集中見過，則無味矣。然而文藝之發達，已經過相當之長時期，那有如許新意境留待你來發現，固也。但翻舊爲新，是亦一法。如朱服之《漁家傲》「戀樹濕花飛不起」，「濕花飛不起」，雖屬陳舊，但加「戀樹」二字，則未經人道矣。又如寫遊子思家，若用「故鄉渺邈」、「魚雁沈沈」等，自是陳舊，但陸放翁曰「寫得家書空滿紙，流清淚。書回已是明年事」，則「思」字與「遠」字之精神，自充分表現，此之謂技術。又如劉養源之《摸魚兒》曰：「何日見。試折藕占絲，絲與腸俱斷。」描寫情思而用「斷腸」及「藕絲」等字，在所常有。但不曰「藕斷絲連」而曰「絲斷」，用作「腸斷」之陪襯，則未經人道矣。此較馮小憐之「欲知心斷絶，先看膝上絃」尤俊。

人類生息於宇宙間，境界即在宇宙内，我見得到，他人亦必見得到。且彼先而我後，若下筆定欲作未經人道語，其事實難，但食人之餘，實所不甘。然而文藝乃精神生活之糧，又不能不寫。其法衹有努力求新而已。俯拾即是者雖或有人用過，但埋藏者亦未或必無。或則用翻新法，將原屬正方形之質料，改爲多角形。或用特別觀察力，改正視而爲側視，則景物自然改觀。如周美成之「兔葵燕麥，向斜陽、影與人齊」。麥影在地而與自己之影齊，則一人於暮色蒼茫中躑躅於野田蹊徑之景象，自活現於紙上。又如「午陰嘉樹清圓」，題曰《夏日》，衹「清圓」二字，已能把赤日當頭之夏景表現，且深得「午」字之神髓。若在春秋佳日，或朝暾及黄昏時，則樹影橢而長矣。又如「柳陰直。煙裏絲絲弄碧」，衹一「直」字，已能把長條刻畫出來，無待「絲絲」矣。凡此皆如攝影家之取景，轉側欹斜以變其姿勢，則雖習見之景物，亦可改觀。若能運用此法以至於熟極生巧時，則新意境自可以用之而無竭。

更有一種，寫的是習見景物，衹將動詞活用之，意境便新。如歐陽永叔之「緑楊樓外出鞦韆」，佳處衹在一「出」字。又如柳耆卿之「夢覺透窗風一線」，下句曰「寒燈吹息」，但不用下句，即「透」字與「一線」等字，已能把户牖嚴閉之寒夜景象刻畫出來。衹著力在一二動詞，而意境便新。

復有用特殊觀察之法，移主觀以爲客觀，如稼軒之「紅蓮相倚渾如醉，白鳥無言定自愁」，與白石之「樹若有情時，不會得、青青如此」等類，即用此法。鳥之愁不愁，樹之有情無情，孰能知之？衹因反主爲客，而意境便新。

更有以消極爲積極之法。如「尋常相見了，猶道不如初」、「不見又思量，見了還依舊」、「相見争如不見，有情還似無情」、「不是不相逢，淚空濕年年别袖」等是也。愈消極，愈積極。此之謂加倍寫法，意境亦可以翻新。

更有用畫龍點睛法，如晁元禮之「共凝戀、如今别後，還是隔年期」，以百三十餘字之長調寫中秋，但通篇衹是寫明月，雖則「玉露初零」一韻曾帶及「秋」字，但衹是泛寫，未涉節序也。至「共凝戀」一韻而中秋對月之情緒乃盡量湧現。正如「羣山萬壑赴荊門」，亦所謂「萬牛回首邱山重」，似此則意境便新。

更有一種取巧法，曰鬧中取静，曰忙裏偷閒，曰苦中尋樂。如夢窗之「隔江人在雨聲中」，鬧中取静也。雨聲與人聲争喧，而境界卻是十分幽静。又如李後主之「爐香閒嫋鳳凰兒。空持羅帶，回首恨依依」，忙裏偷閒也。蒼皇出走，偏能有此閒情。又如蔡幼學之「明年不怕不逢春」，及張玉田之「恨西風不庇寒蟬，便掃盡一林殘葉。謝他楊柳多情，還有緑陰時節」，苦中尋樂也。玉田之《長亭怨》，題曰「舊居有感」，落魄王孫，園林易主，悲苦無限，結韻乃强自振作。凡此，或撇去眼前而專取遠景，或跳脱環境而寄情物外，用取巧方法以新人耳目，耳目新則自覺其意境新矣。

復有一法，乃援用幾種不調和之事故，强扭合以行文。如杜少陵之《哀王孫》「可憐王孫泣路隅」，「王孫」之與「路隅」，不相調合也，而「泣」，亦非「王孫」之常態。又如《長生殿·彈詞》之《梁州第七》「只得把霓裳御譜沿門賣」，「御譜」之與「沿門」，不相調合也，而「賣」，尤非所以語於「御譜」。讀者至此，精神鮮有不爲之震蕩者矣。此無他，亦曰强扭不相調合之事故，以不倫不類爲當行，使讀者之心目猛覺異様，歎爲得未曾有，而意境自新。

此一段亂雜無章之隨筆，老友有謬許爲度人金針者，愧不敢承。亦曰識途老馬，略知此中甘苦而已。三十三年八月二十二日寫記。

三九

詩以無題爲例外，凡無題者亦特署「無題」二字作代表。詞則幾以有題爲例外，無題爲當行，一任讀者猜啞謎，隨各人之主觀以糊猜一通。或曰此忠君愛國之言也，或曰此期待情人而不至也。應否如此，别爲一問題，且勿具論。

無題已如此，即有題者亦仍須猜謎，如韓玉汝之《鳳簫吟》，題曰《草》；周美成之《蘭陵王》，題曰《柳》。「長行長在眼，更重重、遠水孤雲」，誠然咏草。「長亭路，年去歲來，應折柔條過千尺」，誠然咏柳。唯據《石林詩話》則曰：「元豐初，虜人來議地界，玉汝自樞密都承旨出分畫。玉汝有愛妾劉氏，臨行劇飲通夕，且作樂府詞留别。翌日神宗已密知，忽詔步軍司，遣兵爲搬家追送之。玉汝初莫測所因，久之，方知其自樂府詞發也。」劉貢甫有一小詩贈玉汝，言及此事。貢甫乃玉汝姻親，當可據。讀此乃感覺「鎖離愁，連綿無際，來時陌上初薰。繡幃人念遠，暗垂珠露，泣送征輪」之别有韻味，非祇咏草而已也。

《古今詞話》曰：「美成以李師師事獲譴。一日，徽宗見師師淚痕界粉。問：『何所苦？』曰：『適送周邦彦行耳』。問：『邦彦亦有留别詞否？』曰：『有之。』乃歌《蘭陵王》詞。上惻然，翌日而美成召還」。讀此乃感覺「斜陽冉冉春無極。念月榭攜手，露橋聞笛。沈思前事，似夢裏、淚暗滴」之别有韻味，非祇咏柳而已也。

由此言之，則有題猶不足，且更須知本事，庶幾可得其迴蕩之精神。又如劉辰翁之《寶鼎現》「等多時春不歸來，到春時欲睡」，讀此，亦曰寫春困之幽情而已。若一考辰翁身世，知有德祐丙子春三月元兵入臨安擄恭帝與全太后北行之事，且此事乃辰翁所目擊，則必不以辰翁爲發春困之幽情矣。

劉辰翁尚有送春之《蘭陵王》曰：「送春去，春去人間無路。……春去，誰最苦？……春去，尚來否？」又《摸魚兒》曰：「怎知他春歸何處，相逢且盡尊酒。少年嫋嫋天涯恨，長結西湖煙柳。休回首。但細雨斷橋，憔悴人歸後。東風似舊。問前度桃花，劉郎能記，花復認郎否？」須先知作者生於南宋德祐間，又知有德祐丙子春間事，乃可得其神韻，有題猶未足也。當日南宋遺民，實在可憐，猶日日盼望打一勝仗，帝后得歸以來也。

四〇

周美成最善於運用古人詩句以入詞，如「定巢燕子，歸來舊處」，即杜少陵之「頻來語燕定新巢」也。「正野店無煙，禁城百五」，即元微之「初過寒食一百六，店舍無煙宫樹緑」也。諸如此類，試展《片玉集》，觸目皆是。

此宋人而用唐人詩句也。更有援用當代人詩句者，如宋真宗强徵楊璞詣闕，璞作一滑稽小詩以自脱，辛稼軒用其詩作《山花子》一首。參觀《雜論》第一則。又謝師厚居鄧，其妹婿王存奉使荊湖，枉道過之，夜至其家。師厚有詩曰：「倒著衣裳迎户外，盡呼兒女拜燈前。」稼軒之《木蘭花慢》

曰：「秋晚蓴鱸江上，夜深兒女燈前。」又如張乖崖在蜀，有録曹參軍老病廢事，公責之曰：「胡不歸。」明日參軍求去，且以詩留別，中有句曰：「秋光都似宦情薄，山色不如歸意濃。」公驚謝曰：「吾過矣，同僚有詩人而我不知。」因留而慰薦之。見東坡《送路都曹詩序》，但此參軍之姓氏，東坡亦既忘之矣。草窗之《唐多令》曰：「輦路又迎逢，秋如歸興濃。」此二公者，均不嫌借當代人之詩句以入詞，實所罕見。

然而原作必有大過人處，脱稿即已傳誦，乃得邀當代名流之採用。如楊璞詩，雖非錘煉之作，但滑稽可喜。謝師厚之絶句，山谷以爲似杜，謂「倒著衣裳迎户外，盡呼兒女拜燈前」二語，置於杜集，可無愧色。録曹參軍之句，則爲張乖崖所傾倒，宜其傳誦一時也。乖崖此舉，足留一儒林佳話，但非所以論於吏治矣。

四一

劉一止之《喜遷鶯》「怨月恨花煩惱，不是不曾經著」，此乃北宋詞人之本色語。即此便佳，何必雕鏤。又如「無可奈何花落去，似曾相識燕歸來」、「風乍起，吹皺一池春水」及「和淚試嚴妝」等，亦是本色語。馮延巳好用「嚴妝」二字，「和淚試嚴妝」、「嚴妝才罷怨春風」、「嚴妝欲罷囀黄鸝」，皆《陽春集》中語。

吴夢窗之《宴清都》：「繡幄鴛鴦柱，紅情密，膩雲低護秦樹。芳根兼倚，花梢鈿合，錦屏人妒。東風睡足交枝，正夢枕、瑶釵燕股。障灩蠟、滿照歡叢，嫠蟾冷落羞度。人間萬感幽單，華清慣浴，春盎風露。連鬟並暖，同心共結，向承恩處。憑誰爲歌長恨，暗殿鎖、秋燈夜語。敘舊期、不負春盟，紅朝翠暮。」詞非不佳，但不知所云。題曰《連理海棠》，唯於「芳根兼倚」及「東風睡足交枝，正夢枕、瑤釵燕股」，可約略理會出連理來。又因見詞題，始識以楊妃況海棠而已。此一首可稱爲夢窗派之模範作品，學夢窗者，面貌大抵如斯。此與義山詩之《碧城》，同一象徵。讀來好聽，艱於理解。晚唐之詩，晚宋之詞，走入同一途徑。

四二

《喜遷鶯》一調，長短不一，有四十六字、四十七字、百零三字、百零四字者，而以百零三字爲最普通。但内容仍頗有出入。試擇録兩首，然後加以檢討。

喜遷鶯　劉一止

曉光催角。聽宿鳥未驚，鄰雞先覺。迤邐煙村，馬嘶人起，殘月尚穿林薄。淚痕帶霜微凝，酒力衝寒猶弱。歎倦客，悄不禁重染，風塵京洛。　追念人别後，心事萬重，難覓孤鴻托。翠幌嬌深，曲屏香暖，争念歲華飄泊。怨月恨花煩惱，不是不曾經著。者情味、望一成消減，新來還惡。

喜遷鶯　史達祖

月波疑滴。望玉壺天近，了無塵隔。翠眼圈花，冰絲織練，黄道寶光相直。自憐詩酒瘦，難應接許多春色。最無賴，是隨香趁燭，曾伴狂客。　蹤跡，漫記憶，老了杜郎，忍聽東風笛。柳院燈疏，梅廳雪在，誰與細傾春碧。舊情拘未定，猶自學當年遊歷。怕萬一，誤玉人寒夜簾隙。

劉詞百零三字，史詞百零一字。上半闋第四韻，與下半闋第三韻，劉作六六，史作五七。同是十二字，而句讀不同，是所常有。又過片第一句，劉作五字，不協韻。史作二三，協兩韻，亦所常有，不成問題，所欲討論者，結韻而已。

劉之結韻曰「者情味，望一成消滅，新來還惡」，凡三句，十二字。史之結韻曰「怕萬一，誤玉人寒夜簾隙」，凡二句，十字。此外每韻之字數，無不相同，唯結韻少二字，此史作之所以爲百零一字也。查各家所刻之《梅溪詞》，此首皆作百零一字，唯戈順卿所選，此首獨作百零三字。結韻曰「怕萬一，誤玉人寒夜，窗際簾隙」，凡三句，十二字，句讀悉與劉作同。試將諸家所作之《喜遷鶯》結韻，録列以作參證：

願歲歲，這一卮春酒，長陪佳節。胡浩然

待歸也，便相期明日，踏青挑菜。吴子和

棹歸晚，載荷香十里，一鉤新月。吴子和

翠深處，看悠悠幾點，楊花飛落。蔣竹山

歎濱海，道難留指日，榮遷飛驟。趙長卿

倦遊也，便檣雲柂月，浩歌歸去。馮去非

竊以爲戈選所據之本，是對的，史作仍是百零三字體，諸刻所據，應是別出一源，結韻將「寒夜」二字顛倒，而「簾隙」之上脱二字耳。

四三

周美成之《大酺》，乃一首名作。起韻曰：「對宿煙收，春禽静，飛雨時鳴高屋。」首句用一字領起，「宿煙收，春禽静」成對偶。方千里和韻曰：「正夕陽閒，秋光淡，鴛瓦參差華屋。」草窗一首曰：「又子規啼，荼蘼謝，寂寂春陰池閣。」句法悉與美成同。然而亦有立異者。陳西麓一首曰：「霧幕西山，珠簾捲，濃靄淒迷華屋。」又一首曰：「漸入融和，金蓮放，人在東風樓閣。」吴夢窗一首曰：「峭石帆收，歸期差，林沼半銷紅碧。」首句四字，並非一領三，與第二句更不成對偶，句法悉與美成異。雖則首四字用仄仄平平，五人無出入，但句之構造，則大不相同矣。若用一字領起，辭氣須貫串兩句，恍如既對「宿煙收」，又對「春禽静」也。苟非用一字作領，則首句與次句竟無連鎖關係矣。如「峭石帆收」、「漸入融和」，四字獨立，無所依傍。西麓「霧幕西山」一首乃和清真，而夢窗亦精於音律而謹小慎微者，足證《大酺》首句，可不必定用一字領起。

周草窗「弔雪香亭梅」之《法曲獻仙音》，是一首名作，尤以「一片古今愁，但廢緑平煙空遠。無語銷魂，對斜陽衰草淚滿」，最爲清俊而沈痛。李篔房有和韻曰「池苑鎖荒凉，嗟事逐鴻飛天遠。香徑無人，甚蒼蘚黄塵自滿」，王碧山亦有和韻曰「荏苒一枝春，恨東風人似天遠。縱有殘花，灑征衣鉛淚都滿」，均不及原唱。篔房猶是對景，碧山衹是傷别，借題發揮而已。

稼軒「元日立春」之《蝶戀花》曰「往日不堪重記省。爲花常把新春恨」，夢窗「除夕立春」之《祝英臺近》曰「殘日東風，不放歲華去」，均能認定搭截題，融會而貫通之，不愧名作。

顧梁汾「閏月」之《步蟾宫》曰「恨無端添葉與青梧，卻倒減黄楊一寸」，語亦俊。

四四

萬紅友《詞律》，其有功詞學，固無待言。然而錯誤、武斷、孤陋等處抑亦不少。如張于湖之《六州歌頭》，上半闋之「隔水氈鄉落日，牛羊下、區脱縱横」，與下半闋之「聞道中原遺老，常南望、翠葆霓旌」，句法正同，「下」字與「望」字，微逗而已。《詞律》乃斷「鄉」字爲一句，「下」字爲一句。又韓南澗有同調一首，《詞律》並收。其上半闋曰「草軟沙平驟馬，垂楊渡、玉勒争嘶」，下半闋曰「前度劉郎幾許，風流地、也自應悲」，句法與于湖正同。而《詞律》亦於上闋作三句斷，「平」字與「渡」字各自爲句，而上半闋與下半闋遂參差矣。愚竊以爲不妥。試將此兩詞録列其上下闋對照之二韻，而用×作符號以明其句逗：

隔水氈鄉落日，牛羊下×區脱縱横。看名王×宵獵，騎火×一川明。張

聞道中原遺老，常南望×翠葆霓旌。使行人×到此，忠憤×氣填膺。張

草軟沙平驟馬，垂楊渡×玉勒争嘶。認蛾眉×凝笑，臉薄×拂燕脂。韓

前度劉郎幾許，風流地×也自應悲。但茫茫×暮靄，目斷×武陵溪。韓

於斯可見，上下兩半闋此二韻乃遥對整齊。其七字句皆作三四，兩五字句一作三二，一作二三，兩首如一，曾無出入。足證《詞律》之武斷。

又韓作「認蛾眉凝笑」一韻，因「眉」字偶與支思韻協，《詞律》遂斷作「認蛾眉叶凝笑臉豆薄拂

燕脂叶」，非祇武斷，且有意矜奇矣。試問「宵獵騎」、「到此忠」、「暮靄目」，其亦可以自爲逗乎？斯不然矣。

《六州歌頭》隸大石調，南澗一首曰「東風著意，先上小桃枝」，誠可稱爲風流蘊藉。但于湖一首曰「長淮望斷，關塞莽然平」，允可稱爲惆悵雄壯。是則此調亦可以入正宮矣。此調聲韻悠揚，音節極美，而三字句甚多，不易運用。是以古今來作者無多，約略不過一二十首。

四五

中國韻書，通轉雜糅，多未能愜人意。蓋自齊梁以前，四聲且未成立，韻書更無論矣。即後來之作韻書者，率以古人詩歌爲依據，於無標準之中求標準，此法允爲最善，杜、韓即其宗匠矣。然而中國文字，衍形而不衍聲，至使方言不統一，隨地異殊，適於此者未必合於彼，此乃根本之困難問題。即如元周德清之《中原音韻》，詞曲家所奉爲圭臬者矣，然而中州音不協於江南者殊多，斯亦無可如何之事矣。豈唯周作，諸家莫不皆然。其間最武斷而最支離者莫若時本韻書，如清之《佩文詩韻》等類。彼之通轉，率祖述宋吴棫《韻補》、明楊慎《轉注》，而參以臆斷，前後齟齬，幾不能自完其說。他勿具論，即以開合音言之，已是誤人不淺，列舉其錯謬如下：

真　通侵　　删　通覃咸　　先　通鹽咸

軫　通寢　　震　通沁　　質　通緝

宥　通沁　　豔　通霰　　陷　通諫

勘　通翰　　感　通銑　　支　通佳

凡此皆昧於發音六義之原理，逞其臆斷，誤己誤人。如「真」、「删」、「先」、「軫」、「震」、「質」，皆抵齶發音，「侵」、「覃」、「咸」、「鹽」、「寢」、「沁」、「緝」，則皆閉口音，閉口如何能與抵齶通？又「宥」乃斂唇音，而「沁」則爲閉口音，閉口如何能與斂唇通？至於「豔」、「陷」、「勘」、「感」，皆閉口音，而「霰」、「諫」、「翰」、「銑」，則爲抵齶音，抵齶如何能與閉口通？「支」乃展輔音，而「佳」則爲半抵齶，若嚴格亦不可通。舉其大略，已足驚奇。以此而侈言通轉，不知如何能通，如何能轉也。

時本韻書已如此，即如嘉、道間戈順卿載之《詞林正韻》，王半塘等尊之爲最晚出而最精審之韻書，前無古人，爲填詞家之金科玉律者矣。參觀四印齋本《詞林正韻》王氏跋。全書分爲十九部門，計平韻十四部，而上、去隸之，入聲五部。所收共一萬三千十四字，謂皆取則於古名家詞，參酌而審定之，盡去其弊。參觀原書《發凡》。然第十四部平聲之「覃」而附以「凡」，上聲之「感」而附以「范」，去聲之「勘」而附以「梵」，是抵齶雜於閉口矣。又第十七部入聲之「質」而附以「緝」，第十八部入聲之「勿」而附以「葉」、「帖」，則又閉口雜於抵齶矣。又第十九部入聲之「合」而附以「乏」，則又以抵齶雜於閉口矣。凡此諸端，不無微瑕。

四六

謝默卿元淮之《碎金詞譜》，板本有二。其一刻於道光二十三年癸卯，所收之詞共一百八十闋，乃以許穆堂之《自怡軒詞譜》爲底本，而許之所收，則根據《九宮大成譜》，凡唐、宋、元人詞之標出宮調者，分類而輯録之，都爲六卷。計卷一乃仙吕宮、仙吕調、中吕宮、中吕調，卷二乃大石調、越調，卷三乃正宮、高宮、小石調、小石角，卷四乃高大石調、高大石角、南吕宮，卷五乃商調、商角、雙調、雙角，卷六乃黄鐘宮、羽調，所收凡六宮十三調。每一詞之後附以譜，譜之左方注四聲，右方則爲工尺，句讀分明，凡閉口音則加○以爲别。第二板刻於道光二十七年丁未，所收之詞共五百五十八闋，於《九宮大成譜》之外，復據《欽定詞譜》及《歷代詩餘》之標注宮調者而廣收之，增爲十四卷，計卷一乃南仙吕宮，卷二乃北仙吕調，卷三南中吕宮，卷四北中吕調，卷五南大石調、北大石角，卷六南越調、北越角，卷七南正宮、北高宮，卷八南小石調、北小石角，卷九南高大石調、北高大石角，卷十南南吕宮、北南吕調，卷十一南商調、北商角，卷十二南雙調、北雙角，卷十三南黄鐘宮、北黄鐘調，卷十四南羽調、北平調，凡六宮十八調。詞不附譜，唯於原詞每字之左方注四聲，右方則注工尺。二刻皆套板精印，工尺乃紅字。

自元、明以後，以爲宋詞之歌譜，久已失傳，豈圖吉光片羽，尚得此五百餘闋可以附諸歌喉，是誠可喜。默卿自序曰：「兹譜之作，即以歌曲之法歌詞，亦冀由今之聲以通於古樂之意焉耳。按宋人歌詞，一音協一字，故姜夔、張炎輩所傳詞譜，四聲陰陽，不容稍紊。今之歌曲，則一字可協數音，曼衍抑揚，縈紆赴節，即使分寸節度，不能如宋詞之謹嚴，亦足以諧協竹肉矣。」讀此，則工尺譜應是許穆堂、謝默卿二公依宮調以爲聲容，以工尺易フㄟ，而自製今譜者矣。

然而宋詞歌譜，其流傳至今而爲人所共知者，厥爲白石之自製曲。考《揚州慢》一闋，宮調則爲中呂宮。「淮左名都」四字，宋譜爲「淮久左ル名フ都ヘ」，即所謂一字協一音是已。若譯以今譜，應作「淮六左凡名工都尺」，然《碎金詞譜》乃作「淮工左六工名工六都五」，與宋譜全不相侔。若按宋譜則「六凡工尺」乃自高而低，其聲沈著而高古。而今譜之「工六工工六五」則自低而高，由「名」字之陽平，轉落「都」字之陰平，故用「工六五」以揭之。

復次，余嘗據金奩、子野、樂章、片玉、于湖、白石、夢窗七人之本集，擷取其標注宮調之詞，共得四百零五闋，亦以宮調爲綱而分隸之。但與《碎金詞譜》相對照，所隸屬之宮調多不相同。且余之所輯有般涉調九闋、歇指調二十三闋、正平調三闋、道宮三闋、高平調三十闋，此五宮調爲《碎金詞譜》所未收，雖則道宮、歇指已失於金元時，餘三調則未亡也。其或名稱之各異歟？未可知矣。參觀本集二五。

《碎金詞譜》之工尺與白石集旁綴之音譜，各不相侔，已如上述。但崑曲以「上尺工凡六五一合四」爲音符，究竟始於何時，是不可以不問。

張嘯山文虎《舒藝室餘筆》卷三有《白石道人歌曲校語》一篇，曰：「宋人詞集存於今者，唯張子野、柳耆卿分著宮調，其有旁譜者唯堯章此集耳。據張叔夏《詞源》，言其父斗南有《寄閒集》，亦旁綴音譜，今已不傳，則此集實吉光之片羽矣。」又曰：「宋人歌詞，以合下四四下一一上勾尺下工工下凡凡等十二聲配十二律，以六下五五一五配四清聲，凡十六聲」云。試將白石詞集所用之符號，與張炎《詞源》所用之符號，暨《詞源釋文》並明代管色表列如左：

5	4	3	2	1
明朝管色	詞源釋文	詞源譜	白石譜	十二律吕
合	合	△	ム	黄鐘
背四	下四	⊗	マ	大吕
四	四	又	マ	太簇
背一	下一	⊖	一	夾鐘
一	一	一	一	姑洗
上	上	ㄣ	么	仲吕
勾	勾	L	L	蕤賓
小尺	尺	∧	人	林鐘
啞工	下工	⑦	フ	夷則
小工	工	ㄱ	フ	南吕
啞凡	下凡	ⓡ	リ	無射
小凡	凡	八	リ	應鐘
六	六	幺	久	黄鐘清
啞五	下五	ⓞ	う	大吕清
五	五	う	ㄎ	太簇清
一五	一五	ㄎ	ㄎ	夾鐘清

由是觀之，白石與玉田所用之符號曾無異同，衹字勢略殊而已。據舒藝室校語，謂「ㄙ疑本作亼，乃「合」之半字也。么亦作ㄅ，疑本作ヒ，乃『上』字草書也。久疑本作ス，乃『六』字草書也」云。所言如是。余以爲ㄎ之爲五，八之爲凡，亦皆形似。以此論之，則此十二律吕四清聲之十六符號，衹是樂工之速記，力求簡便，字源猶是「上尺工凡六五一合四」也。又如明代之「背四啞工啞凡小凡」等，亦衹是樂工之術語而已，玉田生於南宋末，則工尺已行於南宋，似無疑義。白石生於北宋末，而所用之音譜亦與南宋同，則工尺已行於北宋，亦無疑義。

或者曰，謂工尺與宋譜符號爲形似，誠然。疑二者原是一體，不爲無因。但是否宋符號由工尺等字蜕變，抑工尺等字乃宋符號之轉變，不可不察，若因果倒置，則後先易位矣。此實一强有力之反詰，允宜審慎。欲答此問，應先明符號之意義。

符號之作用，或取其便於書寫也，或取其易於記憶也。質言之，即化繁爲簡是已。畫＋－×÷四符號，較於寫加減乘除四字，便捷多矣。「人」乃二畫，而「尺」字則爲四畫。「マ」乃二畫，而「四」字則爲五畫。「ム」乃二畫，而「合」字則爲六畫。以此論之，則似宋符號應在工尺之後，因其筆畫乃由繁而化簡故。

《儀禮經傳通釋》所載《風》、《雅》十二篇詩譜，其《關雎》一篇之音符如左：

關清黄關南雎林鳩南在黄河姑之太洲黄窈黄窕南淑清黄女姑君清黄子林好南逑清黄。此詩之譜，學者咸認爲成周元音。計《關雎》一篇，共八十個字，若全録其譜，不知須費幾許時間，乃得完成。此豈樂工之所能忍耐哉！《詞源》稱ㄅ人フリ等符號曰俗譜，其出於伶工之俗手，殆無疑義。但自速記方面著眼，則較填寫十二律吕之名，便捷多矣。由「仲林南應」而變爲ㄣ人フリ或上尺工凡，中間不知幾經更革。今之所欲追求者，正爲此事耳。

或者又曰，マムフ人等符號已行於北宋，魏良輔生於明中葉，而崑曲乃用「四合工尺」作音譜，而不用マムフ人。既曰符號之意義乃去繁就簡，而崑曲音譜乃去簡就繁，此原則不已破壞乎？斯亦一有力之質詰。考《詞源》之管色應指譜，有「リ掣ワ折人大凡ワ打」等符號，乃笛工之暗記。其形相與「リ凡ㄣ上八尺」等音符，每易相亂。後之舍宋譜而用工尺譜，原因或在於是歟？崑曲用「上尺工凡六五一合四」等九字作音譜，皆筆畫比較簡潔之字，既曰「字」，則填譜時縱偶或草率，猶有痕跡可尋，易於區別。不至如「凡、掣、打」三符號之易於相蒙，而「上」與「折」之難分，「尺」與「大凡」之易混耳。若是，則又似工尺在宋符號之後矣。

或有根據《楚辭・大招》之「四上競氣，極聲變只」一語，疑以爲工尺已用於戰國時，殆未必然。王逸《楚辭注》：「四上，謂上四國，即代、秦、鄭、衛也。」因代、秦、鄭、衛四國之樂歌，《大招》本篇上文曾敘及之，故曰四上，爲上四國。洪興祖《楚辭補注》：「四上，謂聲之上者有四，即代、秦、鄭、衛是也。」若是，則四上非指音符可知。

四七

《凄涼犯》亦名《瑞鶴仙影》，乃白石自製曲，曰仙吕犯雙調。其結韻曰「怕悤悤不肯寄與誤後約」，萬紅友以「怕悤悤」爲一讀，「不肯寄與誤後約」爲七仄句，徐誠庵亦同此主張。吾則以爲不若作「怕悤悤不肯寄與」爲一句，「誤後約」爲一句，似較妥協。試將姜白石、吴夢窗、張玉田諸人之作録列如下，用資比較：

怕悤悤不肯寄與，誤後約。白石

倚瑶臺十二金錢，暈半減。夢窗

且行行平沙萬里，盡是月。玉田

夢三十六陂流水，去未得。玉田

「不肯寄與誤後約」、「十二金錢暈半減」、「平沙萬里盡是月」，雖未嘗不可以獨立成句，但「六陂流水去未得」則不能矣。因「三十六陂」四字不可分離，「夢三十」三字難成句讀也。

白石一首，題曰「合肥秋柳」，其結二韻曰「謾寫羊裙，等新雁來時繫著。怕悤悤不肯寄與，誤後約」，無論以文氣、以音節，結韻均以七、三爲宜。夢窗一首，題曰「重臺水仙」。玉田之第一首，題曰「北遊道中」，第二首題曰「過鄰家見故園有感」。又白石此詞，誤入《夢窗集》，朱彊村已剔除之矣。

——梁啓勳《曼殊室隨筆》，《民國叢書》本

《詞學》例言

一、聲音之道，以大别言之，一曰語言，一曰歌曲，舉凡意志與情感之表示，綏由於此，其發於自然者謂之天籟，漸進而具格律者即稱藝術。是故「藝術化」之一語，實含有規矩準繩之意義焉。

詩詞歌曲，表示情感之工具也。兹數者，各自有其格律，故亦各自成爲一種藝術。至若作品之感人深淺，則視作者之技術爲何如。技術之優劣，又視所用之工具爲何如，所謂「工欲善其事，必先利其器」，事即技術，而器即工具也。又曰「能與人規矩，不能使人巧」，規矩即格律，而巧即技術也。可見技術雖屬於天才，唯規矩則必須先知，然後有巧不巧之可言。詞爲文學藝術之一種，就表示情感方面言之，容或可稱爲一種良工具。此書之作，上編乃與人規矩，下編乃示人如何而後可以謂之巧。

二、凡屬純文學最不能以科學論，因文學家之人生觀多異乎尋常，故其所造之意境亦别有天地，然而意境爲一事，藝術又别爲一事。是書之作，全部皆用嚴整之科學方法，於每一標題之下，無處而非用歸納法或比較法，以求其公例。

三、詞由詩變，其特異處即在長短句錯雜成章，故句讀實爲詞之根本大法。是書於斷句一節三致意，探其本也，不此之求，則將如李清照所謂「句讀不葺之詩」矣。

四、長短句錯雜之法。每章不同，各自有其格律，故符號實爲不可少之一事。符號者何？即調名是已。詞之調名，似有意義而實無意義，作用不過符號。本書於調名一節，搜索頗費工夫。命名之始，大别可分爲九：

（一）用古人詩句中語，如《玉樓春》、《滿庭芳》等是，此類最多；

（二）以地理，如《六州歌頭》、《八聲甘州》、《揚州慢》等是；

（三）以宫室，如《沁園春》、《擷芳詞》等是；

（四）以人名，如《蘭陵王》、《虞美人》等是；

（五）以風俗，如《菩薩蠻》、《蘇幕遮》等是；

（六）以宫調，如《角招》、《徵招》等是；

（七）本意，如《别怨》、《望梅》等是；

（八）寓意，如《六醜》、《暗香》、《疏影》等是；

（九）用本詞中之一句，如《憶王孫》、《如夢令》等是。

五、平仄亦詞之大法，四聲乃一平三仄，即所謂平、上、去、入是也。河北方言衹三聲，而吾粤則九聲，但詞之格律最少亦須用五聲，即陽平、陰平、上、去、入是已。書中之平仄與發音二節，舉例頗勞斟酌。

六、詞之歌譜既失傳，覩音一節，原是余一人之理想，後證以王伯良《曲律》及《苕溪漁隱叢話》之所記載，乃知此理想亦竟爲事實矣。

七、宫調最爲複雜，且敘述於歌譜失傳之後，倍覺困難。本編衹於羣書中徵集諸説，用最簡明之方法以詮次之，俾讀者能於最低限度中獲一明瞭之印象而已。

八、下編技術之分類，不過略舉其大致，細工分析，當不止此。每類所舉之例證，幾經選擇，力求避免武斷之嫌，但是否能一一恰當，仍不敢自信。

九、余最不以詩文詞曲之選本爲然，書中固屢言之矣。是書上、下二編，計引用古人作品以爲例者凡一百六十六首，非矛盾也。余之所以惡乎選本者，殆惡其衹以主觀作標準，任意去取，不付理由耳。余所列舉之百六十六首，則皆以客觀的精神，在一標題之下，搜求名作以爲例證，既非主觀，則「選」之一字，自可以不任受。

十、是書以辛未十二月二日始屬稿，十六而規模粗具。半載以還，隨時修補。一日之間，工作在十八小時以上者有之，兼旬而不理會者亦有之，稿凡三易，至壬申五月二十日而書以成，自謂祗摭拾羣書以備忘，若云著述，則吾豈敢。壬申十一月十六日新會梁啓勳識。

——梁啓勳《詞學》，中國書店一九八五年

《稼軒詞疏證》序例

人之思想變化，每與時代及環境爲因緣，若作品不編年，則無以見其遷移之痕跡。稼軒先生詞品，上承北宋之正聲，下開南宋之别派，雄風傑調，横絶一時。在文學上之地位，自足千古，但傳世詞六百數十首，坊本皆以調爲别，無時代性。伯兄久欲爲之次第，然全集詞題之有甲子，及詞句中略有年代可追求者，不過四十餘首，尚不及十分之一，頗感困難。初欲以地爲别，循先生宦遊之足跡爲先後，分建康、臨安、滁州、豫章、湖湘、帶湖、三山、瓢泉、會稽、京口十項目。此法似甚便，然地有重至者，如建康、豫章、帶湖是也，若用空間，則失時間，仍非本旨。

戊辰之夏，伯兄嘗用武進陶氏涉園景宋淳熙三卷本，校臨桂王氏四印齋景元大德信州十二卷本竟，並隨筆寫考證數十條於信州本之眉。秋九月，始屬稿著先生年譜。原擬譜成而後編其詞，繼又獲見明吴訥《唐宋百家詞》所收之四卷本。甲集乃先生門人范開輯，有淳熙戊申元日之序文，從知甲集詞皆先生四十八歲以前作品，最爲確據；乙集不知何人輯，然據伯兄鉤稽所得，無閩中詞，知是成於紹熙辛亥；丙、丁集頗亂雜，通各時代皆有，但無浙東詞，知是成於嘉泰辛酉。伯兄謂四卷本所收詞截止於嘉元庚申似有誤，因丙集有辛酉生日前兩日之《柳梢青》詞一首，知是截止於辛酉。因即以此爲依據，將各詞繫於譜中，而加以考證，豈意譜尚未完，而病猝發，竟以不起，所志中斷。

啓勳不自揣其譾陋，繼伯兄未竟之業，將宋四卷本、信州十二卷本，並辛敬甫從《永樂大典》輯得之補遺，集合而詮次之。去其誤入與重出，得詞六百二十三首，是爲先生傳世詞之總數。雖其中有一二首發生真僞之辯，但未得有力之反證，自不容否認，於是專從並時人之詩文詞集覓證據，以推求年代，結果尚不負初志。十月十九日始屬稿，於每首之下，先録飲冰室校勘與《歷代詩餘》之異同則爲啓勳所校，次録飲冰室考證，又次爲啓勳之案語。其間有因伯兄翻檢未周、考證不甚確者，則修正之；未備者，則補充之。名曰《稼軒詞疏證》。詞取斷句，悉依萬氏《詞律》，分韻叶句豆，韻與叶用圈，句則用點於字旁，而豆則加點於字間，凡此符號，則爲心之所裁。全集分爲六卷，以年爲序，卷一、卷二爲淳熙丁未以前詞；卷三爲戊己、庚辛四年間詞；卷四、卷五爲壬子至辛酉之十年間詞；卷六則爲壬戌以後四卷本所未收之詞。每卷於目録之先，標出年與歲及所在地，用存伯兄以地爲綱之意云爾。十八年十二月一日，啓勳記。

伯兄嘗語余曰：「稼軒先生之人格與事業，未免爲其雄傑之詞所掩，使世人僅以詞人目先生，則失之遠矣。」意欲提出整個之「辛棄疾」以公諸世。其作《辛稼軒年譜》之動機，實緣於此，所志未竟，而遽戛然，可爲深惜。余不文，不敢爲先生作傳，且每見古人之傳，總不免有作者之主觀語，難得真相，蓋有時因行文之便，此病最易犯也。今但列舉客觀之事實，以供讀者之想象，雖祇區區十條，似亦可以表現先生之全人格矣。啓勳又記

《稼軒詞疏證》後記

諸家所刻之稼軒先生詞，以信州十二卷本爲最多，計五百七十三首，照目録計乃五百七十二，因《鷓鴣天》詞六十首，而該目録則錯算爲五十九首故也。萬載《辛氏補遺》，計三十六首，内二首誤入朱希真《樵歌》，一首重出信州本，實得三十三首。明吴訥《唐宋百家詞》所收之稼軒四卷本，其中爲信州本及《辛氏補遺》所無者，計甲集一首，乙集六首，丙集四首，丁集四首，都爲十五首。又於《清波别志》輯得一首，《草堂詩餘》輯得一首，爲諸本所未收。以上合計共得六百二十三首，是爲稼軒傳世詞之總數。既知四卷本非輯於一時，而有斷代性質。故凡甲集詞之未能編出者，亦可確定爲四十八歲以前作品；乙集詞之未能編出者，亦知不外爲四十九歲至五十二歲之四年間作品；丙、丁兩集之未能編出者，亦知當是五十三至六十二之十年間作品。雖則後輯之三集，間有兼收前集之所遺，但爲數無多，其有顯明之證據者，已悉提置於本年。至於嘉泰壬戌以後，爲四卷本所未及收之詞，與乎信州本及補遺所載，而爲四卷本失載之詞，共計一百八十一首，其中能編出年代者，已有八十九首，尚餘九十三首，則以附於卷六，但仍以丁卯之絶筆詞殿全集之後。統計認爲不知年之詞，僅全集七分之一强，亦始料所不及也。然而未能一一繫諸年，是以不敢冒編年之名，而唯曰「疏證」。補遺之三十三首，乃據辛敬甫嘉慶十六年刊之《稼軒集鈔存》，其間訛脱之字，則依歸安朱

氏《彊村叢書》本改正。

《歷代詩餘》所選之稼軒詞，共二百九十一首，其中有《端正好》一首「軟波拖碧蒲芽短」、《菩薩蠻》一首「東風約略吹羅幕」爲諸本所無。《端正好》即《杏花天》，乃誤入《梅溪詞》，故《菩薩蠻》一首，亦未敢必其爲稼軒作。日前窮兩日之力，取以校信州十二卷本，其間互異者，凡二百十數字，且多獨勝處，如《沁園春》之「此心無有親冤」，信州本作「新冤」。伯兄奮筆改「新」爲「親」，而《歷代詩餘》果作「親」。又《哨遍》之過片第一句「噫！子固非魚，魚之爲計子焉知」，信州本及小草齋本，皆作「子固非魚噫」，其不如《歷代詩餘》遠矣。又《滿江紅》之結句，信州本作「被野老、相扶入東園，枇杷熟」，久已疑其不叶，争奈信州十二卷本、宋四卷本、淳熙三卷本，皆作如是云云。今見《歷代詩餘》，乃作「被野翁，相挾入東園，枇杷熟」，諸如此類尚多，獨惜不獲見其所據之原本以窺全豹耳。

汲古閣宋六十家詞之《稼軒集》，其編排次第，與信州本悉相同，唯少十一首，且强分十二卷爲四，至於字之異同，則介乎信州本與《歷代詩餘》之間，可證諸家所據之原本，各不相若也。十八年十二月二十一日啓勳記。

——以上《廣東文徵續編》

《海波詞》自序

民國　梁啓勳

余年甫成童，即愛讀傳奇體小説，雖不解音律，然心竊好之。是以《玉茗》四種、《紅雪》九種及《西厢》、《琵琶》、《桃花扇》、《長生殿》等，其中曲文之能背誦者，不下一二百折。一十七，乃始讀詞，武進張氏《詞選》，殆即余之啓蒙師矣。計張氏所選，共一百十六首；陽湖董氏續之，補選一百二十二首，共得二百三十餘首。行吟坐嘯，不久亦都能記憶所好。時亦既漸覺選本之取舍由人，悉憑主觀，殊未足以見其真，用是乃追求其中諸大家之本集，如小山、樂章、東坡、淮海、片玉、東山、稼軒、白石、碧山、玉田等，次第讀之。自兹以往，愈追及於晚唐五代，下逮金元，間亦效古人之所爲，按譜堆砌，但隨寫隨擲，片紙無所存。或則行歌自答，並稿而無之。蓋自慚淺薄，未敢以告人也。庚午秋，出門而之青島，環境乍起變化，而意緒亦隨之。一日薄暮，獨徘徊於海濱，得《菩薩蠻》三闋，起句曰「海波浮動羣山立」，當時自念，何妨留一迹象，藉供他日之回顧，留稿之心遂以動，因即以「海波」二字作叢稿之名，時則新紀元之第十九年十月二十八日，即夏曆庚午重陽前二日，上距讀張皋文《詞選》之初，三十又八年矣。乃試搜索舊作之尚留記憶者，共衹十數首。廿載以還，薄有所積。丁亥春三月，略爲料理，計得二百數十首，乃編年以爲序，分甲、乙、丙、丁等集。甲集起於光緒戊申迄辛未青島旅次，乙集起自壬申北還迄乙亥六十歲，丙集乃六十一歲至乙酉七十，丁集則爲七十一歲以後作。覆瓿文章，其細堪憐，姑彙而録之，用誌懷感。丁亥清明後十二日，新會梁啓勳識。壬辰立夏付印。

——梁啓勳《海波詞》，一九五二年鉛印本

解連環　題顧太清《漁歌》

風簷燕語，雕闌小立，玉階平步。最堪憶、紅雨軒前，記香徑錦茵，繡衣行處。柳絮兒童，破長日、一庭清午。喜相逢未嫁，燭妒鏡憐，暗香飛度。　流光擲人最苦。笑紅綿不冷，情寄牛渚。問鐵板，誰是元戎，恐擊碎珊瑚，讓伊眉嫵。袖墨淋浪，謝詞客、重繙簫譜。按伊涼，杜娘舊曲，緩歌慢舞。

——顧春《東海漁歌》，民國三十年鉛印本

夏孫桐評《海波詞》

尊詞意淡氣静，格調上追北宋，豪情勝概而以磊落出之，不屑與時流矜新鬥巧，詞品甚高，至爲欽佩。素持鄙説「詞之寫景難於言情」，尊作於實景曲盡，此亦勝於詞流之一端也。

邵章評《海波詞》

尊詞構思奧衍，出筆秀逸，不雕琢而自成格調，宋人之佳境也。中有藉詞以存題者，似宜削去，長題亦宜整鍊，免以辭害體，幸勿姑息。

作也。

夏仁虎評《海波詞》

冥心獨往，開徑自行，一洗近代詞家倣摹依傍之習，閏庵推其工寫實景，尤爲定評，必傳之作也。

黄復評《海波詞》

集中咏膠澳山水諸作，觸緒造端，寓情於景，以庸峭綿邈之筆寫巖壑林岫之奇，尤足駘蕩景光、感嫮神志。卷中間有牽率酬應之作，等諸餘雋，宜從删汰。

——以上梁啓勳《海波詞》，一九五二年鉛印本

松《〈稼軒詞疏證〉介紹》

《稼軒詞疏證》，新會梁啓勳疏證，民國二十年家刻本，六圓。新會梁任公先生篤好稼軒詞，晚歲乃有《稼軒年譜》之作，未及半，歸道山，遂成絶筆。介弟仲策先生亦喜攻稼軒詞。己巳初冬，始有疏證之作，歲暮脱稿。所收都凡六百餘首，分爲六卷。蓋將宋四卷本、信州十二卷本，並辛敬甫從《永樂大典》輯得之補遺，集合而詮次之，去其誤入與重出，得詞六百二十二首，又於《清波雜誌》輯得一首，共六百二十三首。以視信州本之五百七十二首，吴文恪《唐宋名賢百家詞》所收宋

四卷本之四百二十七首，此編爲最多矣！任公先生之作《稼軒年譜》，即以得見吴本每卷所載略具編年之意，可由此推知其作詞之時代；年譜中所考證，即爲稼軒詞編年之準備。此作可謂能繼任公先生未竟之業，而補苴訂正之功尤不可没。所疏如《感皇恩》滁州送范倅詞，據《南宋文範》周孚《滁州奠枕樓記》，證明稼軒莅滁任在乾道八年。《滿江紅》賀王帥宣子平湖南寇詞，引史王佐破陳峒事，知在淳熙六年四月。《滿庭芳》和洪景伯及遊豫章、東湖三祠，引景伯詞集《盤洲樂章》，證明在淳熙八年辛丑。《沁園春》送趙景明知縣東歸，引《歷代詩餘》趙和章及邱宗卿和章，知淳熙十一年甲辰冬初，稼軒猶在湖南。又稼軒落職居家之年，《宋史》本傳失載；辛敬甫舊譜罷官在戊申，任公先生推定爲丙午、丁未間。此書根據《西河》「送錢仲耕自江西漕移守婺州」一首，有「對梅花更消一醉」句，知必在冬日；而乙巳冬之《菩薩蠻》，有「霜落瀟湘白」之句，知乙巳猶在湖南；又據洪景盧《稼軒記》，證明稼軒乙巳在湖南，則江西送錢仲耕之作必在丙午冬；是冬稼軒尚在江西按撫任，則落職必爲丁未無疑。凡此種種，可見其涉獵之廣，用力之勤，創獲頗多。大之足以補史傳方志所不備，次之則稼軒生平志業遭際出處蹤跡俱略見矣。而集中唱和之作互見他集者，亦復搜集，備列於篇，以資考證，洵佳作也。又聞今人遼陽陳慈首氏補辛敬甫所撰年譜，更有《稼軒詞箋》之作，則此書爲不孤矣。

——國立北平圖書館《讀書月刊》第一卷第二期

許之衡

許之衡（一八七七—一九三五），字守白，自號飲流齋主人，番禺人。清末歲貢生，畢業於日本明治大學，歷任北京大學、北京師範大學教授兼導師，雅擅詩詞、篆刻、音樂。著有《守白詞》、《中國音樂小史》、《曲律易知》、《飲流齋説瓷》。

《淥水餘音》序

吾粤夐隔中原，僻處南嶠，聲名文物，未能與大江南北相頡頏，而倚聲一道，作者尤尠。趙宋一代，惟南海劉隨如，名動海宇，今《百咏》一編，雖已散佚，幸《中興以來絶妙詞選》采輯，尚多足資諷詠。此外若李文溪詞，蒐於汲古閣；趙玉淵詞，刊於四印齋，皆足以驂之靳，餘則罕聞矣。有清以來，斯學幾絶。迨至同光後，始稍稍復振，其間揖讓風騷、馳騁壇壝者，亦間有人，然求如劉隨如詞之沖雅，猶未易覯也。香山徐君儁村，世業貨殖，兼習佉盧，近居舊都，於治商餘暇，忽鋭志爲倚聲，朝夕嫥孳，寢饋忘倦，復得吾友邵次公詞宿，與之切磋，每一闋成，儕輩輒驚詫驫歎，輒不料造詣孟晉至此，真所謂天授，非人力也。詞集成，屬余爲弁言，余愧怍滋甚，辭不獲已，環誦再四，覺其振采掞華，一日千里，豈惟平揖隨如，直將入北宋之堂，而嗜其胾矣。喜吾道之不孤，更爲鄉邦張目，不禁踴躍而三百也。爰略述里乘文獻與詞有關者，以期一洗鴂俗，發揚南音，若夫君詞之工，與時會之成其詞者，則次公已罄之，固無俟余贅陳也。己巳歲臘，番禺許之衡。

——徐禮輔《淥水餘音》，民國十九年刊本

《守白詞乙稿》自記

周清真詞，南宋時推尊已盛，方千里、楊澤民、陳西麓均遍和之。千里四聲悉依原詞，論者或謂爲太嚴，不知吴夢窗用清真之專調，四聲遵原詞甚謹，即趙聞禮、樓采等亦然，乃知千里非故爲嚴酷也。余喜清真詞，時有和作，四聲一字不易，惟上、去兩通之字，則據《詩韻》及《中原音韻》兼用之，彙爲一册，聊以自遣而已。若云竊比方、陳，則吾豈敢。己巳八月，守白記。

——許之衡《守白詞乙稿》，民國十九年刊本

徵招　題陳家慶女士《碧湘詞稿》並贈别

沅蘭澤慧鍾靈秀，吟情擷芳瑶草。喜見謝庭人，動筆花飛藻。絳帷風日好。誦萬葉、芸編初了。惜别燕臺，去程迢遞，海天帆曉。　雲水數峯青，湘靈遠、誰譜鸞絃清調。路隔紫簫聲，悵荃蘭縹緲。半淞煙樹裊。知濯魄、冰壺多少。望汀渚、時有歸鴻，寄碧窗新稿。

——許之衡《守白詞》，民國十八年刊本

《曼陀羅寱詞》跋

乙盦年丈學行爲當代所宗，而填詞則欲獨創一格，不入宋、元、明、清範圍。然詞之一事，欲脱盡古人蹊徑，其勢亦難。撫誦茲卷，惟欽其學行，不當以此論而已。守白志。

——沈曾植《曼陀羅寱詞》，《滄海遺音集》本

《中白詞》題辭

中白詞以北宋相標榜，實則學張皋文而更遜者耳。常州派之病在僅知不用詞眼及數句一氣而下，便已謂盡北宋奧竅，而拋去大、重二字，則北宋無法可似也。但有謂力矯浙派，中白亦與有力焉，故得名云。守白志。

——莊棫《中白詞》，民國十四年刻本

《雙辛夷樓詞》跋

次玉詞謂學北宋，而所學者僅以李易安爲期向。易安在北宋徒以女子見翹異耳，北宋名家甚多，何必定學一女子，況未必似耶？其妹學南宋，尚有規矱。守白志。

——李宗禕《雙辛夷樓詞》，民國九年鉛印本

《濯絳宧存稿》跋

此故人劉君子庚之詞集也。友人邵君嘗索閱劉詞，余漫未應之。一日，邵過余齋案頭，見此卷，旋閱旋用筆摘其疵。余力阻，然已勒帛滿紙矣。余謂友曰：「故人之詞，不忍卒讀，不忍卒讀。」遂覆卷而罷。子庚前年作古。守白志。

——劉毓盤《濯絳宧存稿》，清光緒二十七年刻本

《雲起軒詞鈔》跋

雲起於光緒間爲力矯浙派之一人，詞學稼軒，半塘翁甚稱之。然稼軒在南宋未爲詞之至者，雲起學之，亦有獨到處，但未得爲甚高也。守白志。

——文廷式《雲起軒詞鈔》，清光緒刻本

《霞川花隱詞》跋

越縵爲近代學海巨子，而填詞亦甚刻意爲之。同光間浙派鼎盛，越縵亦難越其藩離。此稱二家詞鈔，其一則樊雲門也。購時殘本，樊詞缺。守白。

——李慈銘《霞川花隱詞》，《二家詞鈔》本

民國　許之衡

與夏瞿禪論白石詞譜

瞿禪先生左右：遜聞鴻名，欽遲已久。近由羅膺中先生轉交下惠贈大著《白石歌曲旁譜辨》，瀏覽之餘，欽佩無既！白石旁譜，爲從來不易整理之業。尊著爬梳縷析，嘉惠學者至多。篇中並述及拙著之説，不勝慚恧。弟應商務印書館之約編《中國音樂小史》時，屬稿草草，未盡其説。竊謂琴曲歌辭之説，乃以琴聲度之，而不必樂器定用琴也。嘗聽昆曲《玉簪記·琴挑》一齣，所歌「雉朝雊兮」一曲。曲譜明寫琴曲，而唱時以簫協之，極其美聽。視其譜則固一字一音者，疑白石譜之一字一音，用琴聲法而仍可以簫管協。此必前代已有之，匆促間未查書考證，容暇再考，然必不始於昆曲也。若宋詞當時用琴協之，則琴聲極沈悶，必不美聽。而姜詞自序固屢言簫管，且多極言音之諧美者，以意度之，必與昆曲中《琴挑》一齣之琴曲唱法相同，然後乃有諧美可言。此就樂理一方面論之，因匆促未及考據也。但樂理似可無大謬，又拙著有「其中皆不止一字」之語，固屬未有真確之認識。然在樂理中，古樂所謂一字一音者，乃舉多數而言，其中亦有一字不止一音，但是少數。此觀於清代《律吕正議續編》各譜可知，正義固主張一字一音最力者，而其所訂之譜，則常有不止一音，蓋多數而不拘少數也。弟見古樂譜多有此，因疑白石譜亦有之，固見之未瑩，然尚非矛盾也。拙著因爲體裁所束縛，故對於白石旁譜之管見，未能詳爲發揮，殊屬憾事。今讀尊著，則益昭若發矇，獲益不少矣。至於宋詞無拍之説，則按之樂理，似爲決無之事。尊著所舉論拍四説，蓋拍決不止一種，拍之不同，視其所唱之調而異，有一句一拍者。但必不多，如《霓裳散序》，散序即散板，即一句一拍。亦即吴瞿安所謂止有底拍者也。有一字一拍者，有數字一拍者，大抵視一句一拍爲多。蓋一句一拍，究稍欠美聽。而極聲音之美者，必爲一字一拍與數字一拍之二種。至謂慢曲必十六拍，引、近必六均拍之一説，當是北宋時一種舊例。及後慢曲新聲日出，必須變通，宋人記載，乃偶舉舊例言之耳。以上論拍諸語，雖屬未有考證之臆見，然拍決不止一種，及視所唱之調而異。則按之樂理似不謬，即再詳考證，亦不無線索可尋也。率復鳴謝，並草草布臆，幸有以教之。順頌著祺！弟許之衡拜上，十月一日。

——《詞學季刊》第二卷第一號

與趙尊岳書

叔雍先生詞宗惠鑒：夙仰鴻名，未親儀範，情殷景慕，不盡依馳。承惠贈大著《和小山詞》暨尊刻《和珠玉詞》、《蕙風詞》及《詞話》共五册，祇領之下，感謝莫名。和晏尊作，芳菲悱惻，逼真叔原，欽佩已極。蕙翁《詞話》，平中罕見全本，百朋之賜，永感弗諼矣。弟詞學極淺，初學弄翰，猥承青目，慚悚交并。拙詞甲稿今覺深悔，出版當大加删汰。另訂乙稿和清真專調，約六十餘闋，月内擬送呈政。步周詞似微勝甲稿，然比之尊和晏詞，則猶小巫之見大巫也。另拙著《曲律易知》二册送呈哂存。專此，敬頌春祺！弟許之衡拜上，廿七日。

叔雍先生惠鑒：前承賜書並齒及。弟粗知曲學，諸承獎借，愧何如之。拙詞乙稿，兹草草即就，謹寄呈五部，上瀆典籤，並留備轉貽同好之用，希爲察存，并乞教正爲幸。專此，敬頌台祉！

弟許之衡敬上，三月廿八日。

——《趙鳳昌藏札》，國家圖書館出版社二〇〇九年

朱彊村評《守白詞》

託旨深，故無浮藻；選言潔，故無滯音。高朗之致，把臂汴京。其次者，亦不墮金源以下。把卷三復，唯有低首。彊村朱孝臧識。

冒廣生評《守白詞》

大集諸詞，能通消息之微，此則昔人所謂麗以則者。世愚弟冒廣生讀。

黃福頤評《守白詞》

守白論作詞之法，云以大、重爲主腦，以兩宋爲融合，以清真爲歸宿。今觀所作，殆駸駸乎能副所言矣。弟黃福頤拜讀。

王季烈評《守白詞》

小令間有一二語直摩南唐宋初之壘，長調則多變徵之聲，規模特立，由此鍥而不捨，不難獨樹

一幟矣。弟王季烈僭評。

——以上許之衡《守白詞》，民國十八年刊本

朱孝臧評《守白詞乙稿》

思窈而沈，筆重而健，是深得清真法乳者，若徒賞其步韻之穩、守律之嚴，猶皮相也。彊村朱孝臧識。

夏孫桐評《守白詞乙稿》

清真詞，渾灝之中，意無不達，字字有攫拏之勢，所以獨有千古。作者和之，守律至嚴，字字熨貼，會心處輒有遠韻，非於此三折肱者不辦。閏庵夏孫桐識。

夏敬觀評《守白詞乙稿》

意深而能透，辭碎而能整。《丹鳳吟》以次，用筆動盪，纖悲微痛，發於肺肝，尤得美成神理。映盦夏敬觀讀竟題記。

陳曾壽評《守白詞乙稿》

綿密之中，時饒遠韻。學清真，得其沈著，無一字落近世町畦，洵爲豪傑之士，拜服無量。仁先陳曾壽題。

邵瑞彭評《守白詞乙稿》

守白上法清真，功力日邃，此卷多屬愜心貴當之作。蓋守白能從最細處入，從最大處出，非時賢所能抗手，比於方、陳、楊，有過之無不及矣。淳安邵瑞彭。

——以上許之衡《守白詞乙稿》，民國十九年刊本

長洲葯庵居士評點《守白詞》

頗似重光。《浪淘沙·花草六朝寒》

花間佳句。《蝶戀花·大好名園誰是主》

無日不在「欺花困柳」中。《臨江仙·一樣風光朝與暮》

日争故爲園公所乘。《臨江仙·几對南來新乳燕》

不認者衆矣。《臨江仙·樣呈嬌》

自分向背王孫，所以終難遣。《臨江仙·香國滿園春色好》

風力盛而驕，所以卒衰。《臨江仙·才覺醲花風裊娜》

捕得一二遊蜂而酣嬉矣，何補？《臨江仙·閒看簷牙蛛結網》

雖草就而仍阻通明，徒多此舉耳。《臨江仙·愛學入時裝束好》

「衹有治葉倡條，那有芳草」，可步歐公「庭院深深」一詞之後。《臨江仙·不解寵花驕柳意》

短句渾成極。《暗香·居仁堂梅》

二詞已近北宋，語語譏射，乃其餘事。《燭影摇紅·居仁堂牡丹》

即以詞論，已近北宋，況又雙闋耶？《遥天奉翠華引·居仁堂咏雪》

小品調笑亦妙。《如夢令·過象坊橋感花事闌珊口占》

茱萸難耐，天下遂從此多事矣。《洞仙歌·晚晴簃菊》

末二語不止繪影繪聲。《風入松·晚晴簃芭蕉》

俱罵得蘊藉。《摸魚兒·見三海捕魚有感》

衹是説樓而包含甚大。《滿江紅·望延慶樓》

有意摹六一。《踏莎行·銀海雲流》

各首皆具宋人規矩，尤以橋堤銅牛爲勝。《應天長·宋張矩有西湖十景詞，余讀而好之，爰用其調分咏頤和園景物》

尖巧。《望江南·誰與接紅牙》

二晏佳句。「葬花」、「待月」皆劇。《望江南·題袖涴羅衫》

運化時事，是作者所長。《高陽臺·己未七夕》

韓無咎原作，可亂楮葉。《水龍吟·翩然幺鳳輕盈》

初臻老到之境。《霜花腴・墜殘法曲》

語語是咏燕，卻語語不是咏燕，刻畫入微，令人絶倒。俊語絡繹而下，此八首極似況夔笙。《浣溪沙・仿蘇有轆轤體「咏燕」詩，意有所諷，余採其意入詞》

二首均能運化時事於倚聲之中，大奇，前首新穎，此首綿密。《木蘭花慢・鏡波明紺宇》

氣勢宏闊。《八聲甘州・圍城古松和次公》

兩宋名句。《唐多令・詠梅氏室》

擷碧山之精英。《一萼紅・三海啓禁偕問叔同遊》

四聲悉依美成，信不易易。《綺寮怨・聞陳述叔北來成咏》

選字運筆，俱是清真法，但稍淺耳。《花心動・題秋聲集》

絳樹雙聲，能歌兩曲，怨抑之情，視夔翁原唱更顯。《浣溪沙・和況夔翁聽歌詞》

慷慨悲涼。《蘭陵王・和夏閏枝丈咏柳》

下闋極跌宕，收尤勝。《金菊對芙蓉・洪憲瓷瓶》

此調夢窗效美成四聲極嚴，宜作者謹守之。《拜星月慢・瘦菊迎霄》

匠心巧運。《黄鸝繞碧樹・唐花》

極跌宕摇曳之致，語多有絃外音。《望海潮・過洛陽》

大露，然卻是佳句。《虞美人・段家橋口占》

純是清真家法，四聲尤虛之裕如。《蕙蘭芳引・和冒鶴亭丈滬上贈畹華作》

守律之嚴，不亞千里。《六丑・聞牡丹謝後作》

此詞是有意摹學方回。《石州慢·過半畝園遇釋戡哲維》

闌入龍川、龍洲一派，似非上乘。《木蘭花慢·過洛陽》

學韋莊，未易易也。《謁金門·愁似織》

太似竹垞。《高陽臺·陳椿軒邀飲》

此詞固穩，然近浙派。《百字令·壽曾剛甫六十》

長調頗能一氣卷舒，但格未高耳。《多麗·和張矩園聽歌有贈》

摹擬北宋，兼守四聲，漸入自然之境，但□輕耳。《過秦樓·李景元體》

豔而能剛，頗有碧山味。《霓裳中序第一·畹華三十初度》

豔而拙，頗有片玉味。《丁香結·琳闕飛仙》

二語佳。《桂枝香·人如芳字》

二首皆近半塘，前首更勝。《徵招·題陳家慶女士碧湘詞稿并贈別》、《轆轤金井·送宋韻冰女士遊日本》

——許之衡《守白詞》，民國十八年刊本

長洲葯庵居士評點《守白詞乙稿》

四語極自然。《垂釣絲·繞花翠羽》

下闋渾成。《隔浦蓮近拍·珠簾垂下繡葆》

押「相」字新，換頭渾成。通首極似美成。《意難忘·宮柳嬌黃》

換頭以下，能撐得開。《華胥引·霜紅蘆岸》

「鏡圓」句，難中見穩。《瑣窗寒·燕翦初忙》

四字句，甚不易。《側犯·紺雲暮捲》

料理「料」字，夢窗和平，此依方、陳和去聲。「清淚」句能自然而闊大。跌宕。《還京樂·露華浄》

句外有意。《月下笛·草軟蛩啼》

句外有意。《月下笛·夜坐中庭對月》

摇曳。《風流子·圓荷新點碧》

新穎雅雋。《解蹀躞·樹底黄鸝嬌弄》

下闋勝。《蕙蘭芳引·楓樹舞紅》

得用古之法。「散」韻穩愜，且有寄託。《玲瓏四犯·隋苑初晴》

豔詞有唐五代、宋、元、清人之别，纖巧儇俗，皆非正軌。此作可謂探得驪珠。《風流子·秋色滿銀塘》

包蕴甚多，尺幅中有千里之勢。《驀山溪·東風甃地》

似北宋人不經意之作。《六幺令·近秋庭宇》

换頭處得片玉法。《夜飛鵲·梨花半開處》

「從别後」句，極難填，此卻遊刃有餘。《六醜·見簾鉤弄影》

樸。《滿路花·簾鉤閣晚陰》

此北宋之《滿江紅》，非清人之《滿江紅》也。《滿江紅·塞北人歸》

「楓岸」二句，用西麓句格。「邐」字、「寄」字，斟酌方、陳之間。叶仄而未次韻。惟「紙」字方、陳、楊皆次韻。《四園竹·山光盪碧》

末二句極難填，得此自佳。《三部樂·香閣題襟》

雋穎沈重。《氐州第一·孤閣凌虚》

「竭」、「歇」、「缺」各韻，意義相同，造句宜有變换，此詞得之。《浪淘沙慢·漸春暮》

傷今弔古，氣象萬千。收沈雄。《西河·登黄鶴樓》

轉動極靈。《解語花·金波盪夕》

新穎卻能凝重。《選冠子·簟織湘紋》

通首從少陵「絶代有佳人」一詩運化而出，妙在上下闋如一筆書。《紅林檎近·梅子青如染》

短句均不易。《倒犯·傍檻見鶯歸燕來》

神似片玉。《大酺·記緑陰濃》

押「藥」字佳，跌宕。《瑞鶴仙·度榆關作》

數語俊妙。《霜葉飛·亂花芳草》

起用清真詞。下闋首二句，夢窗叶仄韻，此依方、陳不叶。一氣卷舒，俯仰今古。《西平樂·金陵懷古》

北宋派之《滿庭芳》不易作，此詞近之。《滿庭芳·槐影當窗》

收句甚健。《早梅芳近·溪谷深》

民國　許之衡

自然。《塞翁吟・嫩碧闌干鳥》

此調和者極多，詞卻能獨出機杼。《瑞龍吟・長干路》

老健雋妙。《看花回・怨娥窺鏡無語》

過片處佳。《宴清都・夜色催鼉鼓》

通首平穩。或謂「飄殘梧階」二句，應藏暗韻，似未必然。《綺寮怨・幾點南鴻雲外》

鬱勃淒感，言中有物。《丹鳳吟・和芋庵白門感春》

沈静。《紅林檎近・秋菊霏芳意》

「食」、「宅」二韻均佳。「殘僧」句四上聲字相連，卻能渾然無迹。《應天長・偕枚叔遊玉泉山》

新而凝重。《尉遲杯・江南路》

此首情景相融，神隨筆轉，用十四個入聲字，均妥帖，允稱佳構。《拜星月慢・倦蝶沈廊》

「荼蘼」句五平，極自然。押「難」韻不纖仄。《晝錦堂・卯酒酣餘》

風格不背清真，而意境則近碧山。《玉燭新・海棠》

新警。《花犯・繚墻陰疏梅弄晚》

寄託是宋人咏物法。押「煦」、「吐」、「慮」等韻亦不窘。《黄鸝繞碧樹・落葉》

得明典暗用之法。《解連環・素心誰託》

曲而自然。「遠隔」句「隔」字，方、陳皆和入聲。《憶舊遊・記蘭房水静》

「家」、「紗」二韻，俱妙。《渡江雲・東風繚繞處》

此詞用三十八箇去聲字，穩貼已自不易。《浪淘沙慢・夜泊處》

情韻融成一片，不知其守四聲也。《慶春宮·凝碧鴛沈》

——許之衡《守白詞乙稿》，民國十九年刊本

夏敬觀《忍古樓詞話》評

番禺許守白之衡，羅君掞東之戚。曩在北都，時相過從，今歿已數年矣。予昔評其詞，謂「意深而能透，辭碎而能整」。朱漚尹則謂其「思窈而沈，筆重而健，亦海南之傑出者也」。和清真韻《滿路花》云：「簾鉤閣晚陰，窗槅融晴雪。飛梅嬌弄蕊，輕塵絶。遊絲拂處，一縷柔情折。客愁天際闊。不斷平蕪，送人又换韶節。　新梢紅糝，暗灑啼鵑血。雲屏燈影顫，春魂接。蓮壺動響，催夜聲聲切。幽夢尋花説。卻愁好花似人，容易輕别。」

——夏敬觀《忍古樓詞話》，唐圭璋《詞話叢編》本

廖仲愷

廖仲愷（一八七七——一九二五），原名恩煦，又名夷白，字仲愷，出生於美國，歸善人。中國國民黨左派領袖、民主革命活動家。後被行刺身亡。善詩詞、書法，後人編有《廖仲愷集》、《雙清文集》行世。

戴季陶《〈廖仲愷自書詞稿〉跋》

余生平不能詩詞，非性不近，亦由修養不佳之過耳。藝術爲人生真樂，亦即天然本體之表現，惟樂於藝術者乃得完成其天真，成仁取義，亦即完成天真之最偉大者也。余與仲愷先生共患難者十餘年，見其生平無寂寞氣，無悲哀語，反躬自思，所怪多矣。余二人所負之使命、所作之工作相若者甚多，而余以乏此偉大之天真，斯其成全者僅矣。紀文出此册囑題，因書此爲誌。紀文之剛毅平和，兩者皆若仲兄，好美之性亦自天成，他日成德，益國益世，必深而廣。用誌此意，以爲與紀文別時之紀念，惟細味而悦之。戴季陶，八月廿九日。

譚延闓《〈廖仲愷自書詞稿〉記》

仲愷先生，信道之篤，見義之勇，臨事之果，有舉世非之而不顧之概，所謂振奇人也，而所爲詞乃婉約如此，異哉！其學養之深乎！余嘗得其手書數紙，亦以此數闋，蓋尤生平得意作也。今後生偶能抒寫胸臆，便欲吐棄舊文學，抑知先正致力乃如此耶？宜紀文兄之永寶愛之也。十七年七月延闓記。

——以上廖仲愷《廖仲愷自書詞稿》，稿本，中山大學圖書館藏

林庚白《孑樓詞話》評

歲壬戌、癸亥之交，廖仲愷數出入於粵軍，蓋策之以討陳炯明也。有「安海感賦」之《蝶戀花》一闋云：「五里長橋橫斷浦，送盡離人，又送征人去。剩對山花憐少婦，向來椎髻圍如故。黯黯斜陽原上暮，罌粟淒迷，道是黄金縷。彩勝紅旗招展處，幾人涕淚傷禾黍。」其於農村婦女之力作，民間之遍種鴉片，與武人之挾鴉片以收功，慨乎其言之，可資爲後之史料。詞亦佳。

——孫克强、楊傳慶、和希林編《民國詞話叢編》，社會科學文獻出版社二〇二〇年

劉翰棻

劉翰棻（一八七七—一九五一），字俊龕，號冷禪，東莞人。一八九七年中秀才，曾學於萬木草堂，拜康有爲爲師，戊戌政變後逃亡澳門，後留學日本。回國後曾任惠來縣縣長、廣州培正中學等校教員。中年爲上海英美華商煙草公司秘書，其間拜朱祖謀爲師，專研詞學。抗戰勝利後歸鄉。著有《花雨樓詞草》。

《花雨樓詞草》自序

余素不解倚聲，惟性嗜詞章，於詞尤癖。名山大川，拓其胸襟；雨雪風霜，資其閲歷。花晨月夕，馬影雞聲，旅次寡歡，緑窗無俚，輒唱古近人詞，以爲消遣。興致勃然，繼而按拍填譜，似覺有味。春絢萬紅，秋寫一碧。選韻夢窗，希音白石。雖有時學作，脱稿自娱，旋欲付火，從未以示人。山人何求，思埋名以寂滅，寧復效梅村、飲水，引吭高歌哉！且造詣未深，誠恐效顰獻醜，貽笑大方。溷淪五濁，不免有我相之見存焉。邇者幽居禪悦之暇，欲把過去現在一切事結束，即搗麝拗蓮、鏤雲鎪月、少年綺語、半世哀思，一時妄造口過如詞，並收拾而結束，了今生未完文債。偶搜行篋，得詞一百首，都爲一卷，名曰《花雨樓詞草》。攜而之海上，就正於吾師朱彊村侍郎，親聆訓誨，獲益良多，乃知詞學淵深，好固難，識亦不易。斯編姑存，毋亦等於哀雁留聲，冷蟬訴恨，淚痕血點，剩此區區片羽吉光，詎配珍同拱璧。然詞迺騷壇玩品之一，虚僞褒譏，何關榮辱。流傳磨滅，付諸浮沈。感身世之艱難，託文章而遊戲。人生八苦，凡事隨緣。彼語業之存廢，亦隨緣耳。己巳秋七月，東莞劉翰棻自記於廬山海會寺。

鶯啼序

余少溺詩詞，詞雖强學，苦無門徑。自從彊村師遊，致力七載，略有端緒。白頭歸佛，綺語懺除，不欲多事歌吟，譜此明志。用夢窗「豐樂樓」韻。

天花雨樓漸暝，濕春愁恨綺。睹飢燕、重覓巢痕，感伊漂泊空際。廢城繞、炊煙澹澹，青山媚晚風光霽。沸冰絃歌引，涼蟾柳梢斜墮。　卌載寒窗，埋首雪案，溯新聲豔倚。揉殘調、深念奴嬌，楚鬟嬲寫紅翠。賦長門、花生繡筆，度金縷、高山流水。歎年年、幺鳳摸魚，頓忘人世。　湘蘭泣暮，朔草沈香，問誰酷愛美。暗裏想，雕蟲没用，藻續渲染，歲月銷磨，枉拋心事。蘋洲按拍，橫塘同唱，荒雞鳴起龍泉舞，餍薺鹽、送老歸何地，無聊至此。狂將翰墨生涯，上告太虛星緯。　清修障礙，綺語泥犁，覺懺除莫遲。怕重惹、彈箏癥結，譜笛餘歡，一曲微雲，碧闌十二。稀藏玉篋，慵酬文錦，潯陽琶訴哀怨處，卻閒情、須掩江州袂。皈依佛法聞鐘，竊慕玄師，采經萬里。

慶春宮　挽潘蘭史徵君

燕市留雲，吴淞翦水，託閒舊結鷗盟。博學宏儒，忘年素友，布衣没世稱名。瓣香潘岳，呼詩客、泉臺顯靈。桐琴絃絶，有酒盈尊，魂返同傾。　柏林在昔談經。未展雄才，翁仲先迎。花雨題詞，蕙風賜畫，感君無限深情。淚珠雙落，痛今後、寒蟬自鳴。長生何味，南雪知交，寥若晨星。

摸魚子　崔卓吾學士裝褫彊村師手札屬題詞跋後，秋雨瀟疏，小樓夜坐，賦此悄然，次彊村師韻

一更更、打窗零雨，燈情書味消受。腐儒慣帶寒酸氣，怎禁冶秋僝僽。謀不就。空攬鏡，應憐容比黃花瘦。諛詞獎逗。記日極來鴻，身慚屈蠖，盡在賞音後。　千秋志，立了青年時候。而今禪悦依舊。春江學倚新聲調，搖冷薄羅雙袖。君念否。賜墨寶，師門幾見人人有。攜歸隴畝。當玉篋珍藏，金箴細檢，垂老保存守。

龍吟曲　自題《花雨樓唱詞圖》

撫儂如此頭顱，等閒嚼曲江湖老。延齡菊水，渾身花雨，嘯歌自悼。白髮憂時，丹心酬國，歎非年少。感承平過後，商量琴譜，聊嗣響、抒懷抱。　金縷玉關高調。畫旗亭、雙鬟彈了。哀絲翠管，銅琶鐵板，倚聲天笑。扇影衫痕，詞場舊夢，已隨音渺。奈紅肥競爽，且揮危涕，唱龍洲稿。

王瑞瑶《〈花雨樓詞草〉序》

《花雨樓詞草》，吾師劉覲察俊龕先生所作也。先生襟懷灑落，文學優長。傳通公羊，蚤馳經生之譽；章成代馬，還留詩客之名。既擅雕蟲畫虎，復工幺鳳摸魚。瑶琴錦瑟，曲唱紅肥；金縷

珠燈，杯斟白墮。微雲衰草，拍淮海之聲腔；殘月曉風，摩屯田之神味。嗟乎！本來面目是志士，又拋心力作詞人矣。方其萬木環堂，聽鳴鐘於南海；三島歸國，卻舞扇乎東瀛。迭奏陽關之曲，弗聆下里之音。十萬狂花秦淮，也容側帽；二分明月揚州，憶教吹簫。及夫襟題燕市，擊筑高歌；字嚼花間，按圖細譜。先年祭鱷，韓江汕潮問俗；幾度聽鶯，歇浦煙水浮家。寄託感喟，發泄憤悲。西子湖頭，釣雪飫聞漁樂；匡廬山脚，批雲步和樵歌。雖去住以無常，亦謳吟而不輟。闋填水調，法梅溪之正宗；影弄風情，棄草堂之餘唾。無何幻呈蒼狗，劫換紅羊。依依遼鶴，悵人民城郭以哀鳴；渺渺銅駝，對棘地荊天而長涕。世愈變而感愈深，歌彌嬌而意彌永。追蹤巨濟，把臂臨川。斜陽煙柳，懷故國以傷心；近水樓臺，繞孤村而入夢。措或長或短，句成一字一淚。文綺寮怨語，心主清真；樂府製詞，鼻祖太白。爾乃風塵厭倦，林谷藏修，閉掃地以焚香，虔持齋而念佛。欲登彼岸，渡寶筏之三乘；如是我聞，貢心香之一瓣。菩提煩惱唯其心，經卷文章異其趣。維摩琴操，各悟禪機；憨山蓮池，未忘結習。吹裂橫竹，倚聲差近玉田；彈碎秦箏，鬥韻不離石帚。況復經當代詞宗師祖朱彊村侍郎掬誠指教，藉悉體裁，溯淵源而本師承，得門徑而通消息。夢窗、草窗，家派仍分；碧山、遺山，時代更異。六十家嗣響猶存，七百載遺音未艾。詞林正韻，無過順卿；律學專書，允推紅友。彼香草美人之作，皆思家憂國之言。稼軒龍香鳳尾，跌宕豪華；東坡玉宇瓊樓，纏綿忠愛。偶爲綺語，詎報泥犁哉！瑞瑤八千里奉母就醫，自南自北；十九年尋師求學，聽雨聽風。鐵板銅琶，儘多絕調；高山流水，誰是知音。堂東彈淚之吟，賦情豈無商隱；江南斷腸之句，解唱唯有方回。愧非蘭畹真傳，敢詡竹垞後起。緣曩時問難過從，將大著謀付剞瞓，斯編三復，聊贅一辭。吴蘋香集纂華簾，我輸夙慧闕秋芙。稿焚苗硯，人惜奇才；彩筆生花，綺席妙題。黄絹絧書鹵草，玉臺亂寫烏絲。庚午仲春二月杪，女弟子丹徒王瑞瑶拜讀，并序於都門旅次。

朱祖謀評劉翰棻詞

玲瓏其聲，窈曼其旨，草窗、玉田，行當把臂入林。

韓文舉題《花雨樓詞草》

爲有人間萬態移，楊朱歧路始生悲。晦明不斷鵑啼血，社稷難忘燕寄思。我抱餘情仍顧曲，君償舊願續填詞。百年雖滿無多日，煩惱菩提莫用疑。

汪鳳翔《點絳唇·題劉翰棻〈花雨樓詞草〉》

脆管哀絲獨夜聽，侍郎朱彊村神韻草堂萬木草堂靈。十年桑海花歌泣，滿地江湖酒醉醒。春水白雲望南國，君宗夢窗，以卜居白雲山陲，姑比春水。秋山紅葉又西泠。君囊來西湖，曾傳「西泠紅葉」之句。絳唇愧費佳人唱，彩筆虚傳處士星。草中有承見懷之作，調寄《點絳唇》。

汪鳳翔與劉翰棻論詞書

俊盦詞長有道：夏間接奉《花雨樓詞草》二册，遵示分寄一份致北平。前途亦早有信歸，表示拜佩。兹將家兄原信附呈台察。家兄疏懶之性，其所得於天者，似較弟尤優。平日對於友戚翰札極鮮，即家信亦不過於報紙邊隙略綴蠅頭兩行，旁人見之應笑。兹不畏執事見笑，而附寄者，蓋竊以爲，吾輩作品最難得旁人真評，其直接向我評論者，總不免含幾分客氣，究竟其心窩上作何語言，無從探聽。極是一件放心不下之事。今家兄對於尊草，曾從頭到尾讀竟，可知是不忍釋手，而讀竟之後，又説出一個佳字，則此佳不是尋常佳，乃是真實無妄佳。且不但空口讚歎，而又説是將一詩一畫奉酬，雖此詩此畫至今尚未見到，而此願卻是從自心發出，未嘗含帶半分勉强。是則尊草之價值崇高，幸得真憑實據。家兄雖非詞學聞人，無足輕重，然由家兄一人推而至於十百千萬人，其良心上之批評亦莫不如此。是則執事頻年以來，穿鍼裁錦，鬭角鏤心，至今日克。自知其功未唐捐，則凡平日所盪之氣，於今略可補回；所迴之腸，於今亦略可舒慰。算是文人事業，已坐管城而慶告成功，能不快哉，能不賀哉！區區用意，蓋爲此耳。專此，敬請撰安！弟汪鳳翔頓首，内子小女同拜，壬申十月二十一日作。

千仞弟：北平平安如常。《花雨樓詞草》已讀竟，甚佳。有詩一首，畫一張奉酬，容續寄也。壬申八月四日上午，公嚴手書，家人同叩。

我弟山樓坐念經，晚鐘嘗憾不同聽。新詞絶妙霏花雨，野史闌珊賸草亭。擾擾修羅今宙合，迢迢處士幾文星。長門黯澹青娥老，惆悵纖眉競尹邢。

俊盦仁兄以新刻所著《花雨樓詞草》，託舍弟千仞由西湖寄至舊都，讀後奉呈一律，即希郢正。壬申冬至後一日公嚴弟汪鸞翔書於讀我書齋。

汪公嚴孝廉，乃梁節庵、朱鼎甫高足，紀曉嵐曾孫婿張南皮許爲奇才。深通佛學，工書畫，精詩詞，解金石。廣雅《無邪堂答問》五卷，伊獨占一卷。歷充北平各大學教授。千仞博士謂家兄非詞學聞人，謙辭耳。俊盦居士。

——以上劉翰棻《花雨樓詞草》，民國十九年刊本

近賢新刊詞集

本刊最近收到近賢新刊詞集，有泉唐袁文藪先生毓麐之《香蘭詞》一卷，東莞劉俊盦先生翰棻之《花雨樓詞草》一卷，南通徐貫恂先生鋆之《澹廬詩餘》二卷，《碧春詞》一卷、《皕鏡簃詞》一卷。嘉興莊一拂先生之《春好團焦倚聲》一卷。各家並饒佳什，而袁、劉二集，鐫刻尤精。彊村先生題辭，稱劉詞近玉田、草窗，徐詞自壬子後一洗少作粉澤之態，可謂善變云。用爲宣揚，并向作者致謝。

——《詞學季刊》第二卷第二號

梁廣照

梁廣照（一八七七—一九五一），號長明，番禺人。清末，歷任刑部主事、法部典獄司主事。民國改元，任唐山鐵路學堂監學及國文教員，後創辦香港灌根中學、長明中學；抗戰勝利後，任教於廣州私立知用中學及國民大學。著有《長明詞》、《柳齋遺集》。

胡慶初詞敘

慶初姻兄，夙推學究。早飲香名，振安定之家聲，鍾順德之間氣。履綦文史，擅名士之風流；申舒性靈，得雅人之深致。源探白石，頗嫌自製曲之多；秀擷夢窗，殊覺太組織之密。舉凡中唐、晚唐之小令，北宋、南宋之長謡，靡不極力揣摩，專精研究。輒抗心以希古，會衆絃以剴今。於時陳述叔丈負詞林之望，爲談藝之宗。君獨嶽嶽談鋒，折五鹿角；彬彬文質，成一家言。聽其議論之精，足徵其藴蓄之久。風騷之選，舍君其誰？丙戌夏月，余歸自金陵。老去填詞，恨無知己。勉强按譜，愧難安絃。迺於客座周旋，屢承高人訓迪。一見如故，兩心莫逆。簫譜分修，笛家並唱。疑謫仙之再世，殆美成之替人。霜天曉角之晨，閒愁共話；零雨殘雲之夕，此恨平分。顧余與君，則尤可言者。回憶前官京師，與先令叔子賢法部同僚，結異姓昆弟之好，令叔蔗園律師，又屬妹倩聯鑣結轡，頻傾北海之樽，聲鉢催詩，或翦西窗之燭，雖出處之蹤跡固異，而性情之契合仍深。永念生平，彌嗟絃括。兹者邂逅逢君，有新相知之樂；蹉跎慰我，泯互相輕之心。奈破硯未焚，乏鏘流之酬唱；琴雅懶習，徒感慨之纏綿。惟有闌干舊時月色，斷無消息昨夜星辰。軼事重論，恍如隔世。猶不能已之於懷，謹敘所由，用題卷尾。異日有飲水處，皆誦柳屯田詞；學倚聲時，願附鄒祗謨之集。若夫聲音之協、拍調之工，可付絃歌，直紹樂府，抑至此乎？非所詳矣。

《陳寂園詩詞集》序

唐詩宋詞，尚矣。長慶體標創格，每求平易，《花間集》出，揮毫便愛倚聲。然而詩人多不工詞，兼才由來難得，以故鍾嶸《詩品》，評定諸家，各有所長，而不屑綺語之債。紅友《詞律》，教填四聲，必須細辨，而未溯風詩之始。烏絲閒寫，聲調譜存。其工者，唐則李青蓮、温冬郎，並皆佳妙；宋則蘇東坡、姜白石，亦有流傳。沓雜仙心，膾炙人口。今歲節盦大叔在北平時，設寒山詩社，張壇坫，容與風流，樂此不疲，厥風復振。汪憬吾、陳述叔兩世丈，亦能樹準的，浄去塵壒，一時合尊促席之儔、負笈提函之侶，相隨研究，互有證明。兹者耆舊凋零，敦槃冷落，誰復念予寂寞舊學商量乎？丙戌九月，余蒙知用中學張伯蓀校長謬採虚聲，遽加禮聘，於諸生休沐日講論詞章。揚雄少作雕蟲，發憤忘老；韓愈晨入講學，抗顔爲師。綆短汲深，淵臨冰履，幸得寂園學長隨時指導，迷方識途。過聚星堂，差喜同方同術；咏停雲句，偶然以咏以觴。舊絃不調，遠緒相引。此才晚出，慧業宿該。談次袖出大作，屬余弁言。余讀書餘閒，奉手接近。仰其出風入雅，具温柔敦厚之遺；結氣回腸，有窈窕幽深之意。裁篇騰句，不誇聲鉢之催；樵唱漁謳，並入吹簫之譜。頓觸逸興，幸遇新知。翹企之私，匪言可喻。竊嘗尋觀往製，雅慕前規。工部詩王，備具衆體；美成詞聖，邁越昔賢。若夫初學入門，則義山、放翁，雕刻盡致；君特、叔夏，鐫鏤最工。曳手吟哦，頗會此旨。極力摹仿，欲從末由。恨才力之凡庸，更根柢之淺薄。老慚炳燭，陋等語冰，乃如萬人如海之中，獲一言過情之譽，亦索居之大快也。嗟夫！夫地偏而心遐者，幽居之適意也；景促而情逸者，畸人之消閒也。余居近闤闠，湫隘囂塵，典盡琴書，貧老卑賤，罕遊讌之紛擾，歎筆墨之荒蕪。君苗見陸機文，欲焚硯久；孝穆覽江總製，願寄集中。異日買屋，得鄰耦耕。可約效元白之酬唱，敢云時與齊名；記南北之題襟，祇冀伸於知己云爾。

《白鶴草堂詩詞集》序

《白鶴草堂詩詞集》，唯龕弟作也。觀其胎息穩厚，辭氣老成。陳古刺今，有《詩》三百篇之義法；迴腸結氣，採宋七十家之菁英。推其隱衷，亦祇以忙裏偷閒，空中傳恨，初不意蜚譽之速、造境之深至此，而卒至此者天也，非人之所能爲也。若夫觀物之微，託興之遠，綿綿邈邈，不求工而自工者，則又弟詩詞之特色。年前，嘗以弟詩詞就正於吴玉臣、陳朮叔兩丈，均許以此才晚出，大雅不羣。由孟入陶，恍悟撫琴飲酒；本蘇兼柳，堪付鐵板紅牙。他則不用更論也。粤東詩派，如南園諸子、嶺南三家，類皆藻厲壇坫，名滿桑梓。近年以來，詞之一道，則有葉南雪、梁節庵、陳朮叔、黎季裴、楊鐵夫諸老，亦各刻苦專精，矜慎撰録，不意替人已有，並世而生，輝映相華，音響遥接，老師碩彥，咸推重於弟。昔景文諷太沖詩，振衣濯足；宣子愛白石調，疏影暗香。每載酒行，聽説杜樊南作，有飲水處，争唱柳屯田詞。又豈僅不斷詩筒，走幾家之驛騎；若干詞卷，紹六一之風流。已哉！是則弟固不必以詩詞傳，而人皆欲得傳其詩詞也。兹聞吴門弟子，擬即編纂，分任校讎，題曰《白鶴草堂詩詞初集》。蓋以弟夙精國技，紹白鶴派之真傳，自闢草堂，成杜少陵之詩史，示不忘本，藉以尊師云。

雨霖鈴 乙亥秋月

邊秋霜節，展遺詞稿，何限嗚咽。清真白石爲友，編抄和作，淵源如接。手澤存焉，都是一生心血。尚記得，去歲今朝，吟望低垂白頭豁。 飢驅我自慚輕别，五嶺南，驚道文星没。深情苦語忘病，尚期許藏山事業。去秋拳拳以宜早日删訂詩文詞稿爲囑，病中猶未代訂，可感也。此後何依，考德論文更與誰説。若問到眼淚晴時，注海傾河竭。

——以上梁廣照《柳齋遺集》，一九六二年鉛印本

黄榮康

黄榮康（一八七七—一九四五），字祝蕖，號凹園、蕨庵，三水人。擅長詩畫，曾與人組織「烽火詩社」與以畫爲媒的「清遊會」。主要從事教育事業，與高劍父、陳樹人等交往甚密。著有《求慊齋叢稿》。

《擊劍詞》自序

吾生平非好詞者也，爲之亦不工，然而江湖載酒，慣聽鐵撥銅琶；驛館懷人，不少曉鶯殘月。黃河遠上，爭唱西涼；紅豆相思，偏生南國。感鄰家之絲竹，難遣中年；弔往代之英雄，早添華髮。交狗屠而淋漓痛飲，聞雞唱而慷慨悲歌。加以年來時事迭更，海疆多故，擾擾龍蛇，茫茫塵劫。妖鳥奇花，儘入洋樓影裏；胡笳牧笛，半歸軍樂譜中。大江東去，戰血猶紅；落日西傾，遊燐盡碧。終古之湖山依舊，太平之風月何如。汪水雲聲情激楚，還抱宫絃；鄺湛若志節崎嶇，獨藏古錦。況復羈旅連年，家山極目；孤燈雨夜，短棹風晨。一曲驪駒，惘惘飛花之路；數聲騾鐵，蕭蕭落葉之裝。別南浦兮，春水已波；出北門兮，白雲無盡。匹馬獨行，亂山殘照；征鴻何處，遠塞新霜。作鄉書而野店眠遲，驚戍鼓而荒村起早。又或孤懷無遣，聊託春遊，好事相逢，最憐夜度。沈約偶爲綺語，陶潛亦有閒情。東風庭院，明月闌干，癡牛騃女之殷勤，葉姊根姨之繾綣。碧荷池畔，悄看鵁鶄；紅杏梢頭，戲調蝴蝶。賣花聲喚，乍醒春夢之魂；剗襪痕留，尚記夜來之事。吳山送而越山迎，菱歌促而蓮歌緩。凡茲種種，無限悠悠，忍俊不禁，低徊欲絶。故當酒闌燈炧之時，雁後花前之際，未嘗不引商刻羽，減字偷聲，潑綺麗之餘波，寫邊橑之雜景，此吾《擊劍詞》之所由作也。嗟乎！歸來長鋏，窮士何依。敲缺唾壺，壯心未已。歎鬱鬱而斫地，呼烏烏而仰天。匈奴未滅，等閒兒女之恩仇；文字有情，恍若鬼神之歌泣。蓋吾之所爲詞者如是，而工不工又何必計哉！

——黃榮康《擊劍詞》，清末鉛印本

《筆花草堂詞》序

去年七月，予友張君純初六十生日，置酒徵諸歌者，爲《紫雲》之曲已。復遲予甘泉山館，擕王靜安詞話，相與論訂其「隔」與「不隔」之旨，君蓋深於此者。今年自編詞稿三册曰《花痕夢影詞》、曰《豁塵集》、曰《百花詞》，屬予選定。予讀至「記瓊筵賭酒，紈扇題花。恣評泊、十萬畫裙紅袖」，又「可憐閲盡興亡，照殘今古，夜夜珠江月」，又「棹入藕花鄉，煙波鷗夢涼」諸句，以爲稼軒、石湖不是過。近人多喜夢窗，而靜安獨謂其凌亂破碎，雕繪太甚，非以其有所隔耶？而君何如者也。士生亂離之世，懼觸文網，往往隱焉而不言，言焉而不盡，或且逃遁掩抑，長咏婉諷，自《三百篇》、《離騷》以至於宋元之雜曲，靡不皆然，而要以不隔爲歸。情真景確，使人覽而知之，而尋味卻悠然而無窮。予嘗持此以測天下古今之文，固不特詞之一道而已。而君之詞乃適得之，因揭以爲之序。辛未初夏，三水黄榮康祝蕖書於借花小閣。

——張逸《筆花草堂詞》，民國鉛印本

摸魚子　題朱竹垞《静志居琴趣》後

歎從來、風流才子，文章罪孽難數。賜書門第聲華重，人似少年徐庾。裁笛譜。定風月鶯花，多少閒情緒。金荃一部。把白紵清歌，紅牙細拍，字字按宫羽。　當年事，傳遍旗亭樂府。銷魂真箇如許。多情拚墮犁泥獄，試問人生何苦。留綺語。並詩卷風懷，未肯輕删去。有人和汝。問江北江南，緑紗窗底，同聽杏花語。

——黄榮康《擊劍詞》，清末鉛印本

題璇珍女弟《微塵吟草》

錦字瑶箋意共深，碧桐飛上紫鸞吟。木蘭古調翻新樣，紅玉英風有嗣音。千里關山明月夜，一叢香草美人心。鬚眉壓倒休相訝，更向無塵妙處尋。

——陳璇珍《微塵吟草》，民國三十六年鉛印本

鄧方

鄧方（一八七八—一八九八），字方君，一字秋門，順德人。陳衍《石遺室詩話》曰：「秋門早卒，年僅二十有一。已有駢體文一卷，詩八卷千有餘首。五言多近漁洋，七言多近梅村，斯已難矣。」有《小雅樓詩集》。

讀亡友朱昌甫詞卷

殘稿西風奠酒卮，秋鐙此夕感懷時。飄零曲本關河遍，愁把山陽笛一枝。

——鄧方《小雅樓詩集》，清光緒二十六年刊本

胡漢民

胡漢民（一八七九—一九三六），幼名衍鸛，後改名衍鴻，字展堂，晚號不匱室主，漢民乃其筆名。番禺（今廣州）人。中國近代民主革命家、中國國民黨早期主要領導人之一，曾任國民政府主席。

《廖仲愷自書詞稿》跋

仲愷兄治學治事之勤，爲儕輩所稱服，其於藝術亦酷好之，審美批判往往爲專門者所不逮。詩詞不多作，嘗語余云：「惟庚戌居陳簡始幕次，及被陳炯明禁石龍時，得恣意爲之耳。」庚戌所爲詩，頗效西崑，綺麗纏綿，今不知復能得其遺稿否？斯册自寫《菩薩蠻》一闋，雜諸咏中，已見

其前後作風之不同，所謂與年俱進者也。戴、譚兩跋不惟深知仲愷，且名理不刊，衣被天下，紀文兄其皆寶之。十九年六月三十日，漢民識。

——廖仲愷《廖仲愷自書詞稿》，稿本，中山大學圖書館藏

《耕煙詞》序

采珊師《耕煙詞》及所著《詞徵》曾印於廣州，未幾遇陳炯明之亂，板遂遺失。師詞品近蘇、辛，不屑屑於南宋以後，異於粵中他詞家。生平窮約，力學不遇，輒以詩句發抒其懷抱，詩不存而存詞，蓋自珍也。《詞徵》脱稿，時同里汪莘伯先生即許爲創作而必傳。汪先生固以詩詞名於粵者，人知其傾倒之不易。漢民僅八歲時，從師受《詩》、《禮》句讀，其後格於人事，不復能獲文學之教於師門，每展遺編，未嘗不引以爲憾。邇者，人鶴同志謀再版二書，索序於余。嗟夫！廢學多慚，賞奇同快，余猶是十餘年來之感想耳，豈能有益於師之所學耶？民國十八年十月，漢民識。

——張德瀛《耕煙詞》，民國三十年刻本

龍榆生《忍寒漫録》評

《不匱室詩鈔》，又有十疊至韻，續寄榆生教授云：「我不能倚聲，感興亦嘗至。去家三萬里，懷人一百字。歸示嶺南客，謂有東坡思。内慚竭吭吻，敢望齊品類。冒易三折肱，黝索使勿棄。漸於此道嫺，當識甘苦事。君爲多士言，慷慨非常意。依然託體尊，不廢異軍幟。高調取自娱，何

如有同味？」

又榆生以答大厂作見示，二十八疊至韻，率呈兩君云：「大辯在無言，有言皆篤至。同住海之涯，煮石復煮字。一心儀廣樂，萬態約微思。但患遠於人，不患出其類。居士固嘗云，泛愛無所棄。賢哉朱彊翁，何止藏山事。託體必有尊，救時亦深意。我如聾者歌，敢樹調人幟。冷暖祇自知，一滴大海味。」

時予與展堂先生尚未謀面，而聲氣之相投如此。救時私願，何日稍酬？區區文字之微，亦聊盡我心而已。

——《同聲月刊》第一卷第二號

温肅

温肅（一八七八—一九三九），原名聯瑋，字毅夫，號檗庵，晚號清臣，順德人。清光緒二十八年（一九〇二）舉人，次年（一九〇三）成進士，改翰林院庶吉士，後散館授編修，繼任國史館、實録館協修官。宣統二年（一九一〇）補授湖北道監察御史。民國成立，參與清室復辟活動。一九二九年受聘香港大學哲學、文辭二科教授。有《温文節公集》。

題《心影詞》

可是龍洲劉改之，風流儒雅足吾師。娵隅卻抱蠻參恨，有井能歌柳七詞。誰識瓣香宗白石，生憎時論比烏絲。當今作者稱陳椿軒許守白，王後盧前恐未宜。

——劉景堂《心影詞》，民國九年石印本

題《十萬金鈴館詞》二首

閉門覓句陳無己，刻意傷春杜牧之。一種幽懷誰會得，才成絶妙外孫辭。
十萬金鈴護落花，不教茵溷損芳華。繡詩諸女應忙煞，又捧新詞十指誇。

——陳步墀《十萬金鈴館詞》，《繡詩樓叢書》本

蔡守

蔡守（一八七九—一九四一），初名有守，字哲夫，一字寒瓊，六十後自號寒翁，順德人。在詩、書、畫、金石學領域有精深造詣。南社社員。有《寒瓊遺稿》。

談月色《〈蔡寒瓊詩詞〉序》

寒翁既歿，遺稿零亂，掇拾得詩四百一十七首，詞六十有二闋。所爲文，行篋中無可檢討，即詩詞亦不過十之二三耳。編輯既竣，忽憶及往日曾獲一夢，夢之境爲余與翁及不識姓名之男子二共桌而餐，中一人出素紙條三，曰：「此三事非汝不辦，可將汝姓各題一紙。」余諾，聲未竟，翁急撼余臂，驚而思不得其故。比此稿成，始悟翁之殮、之葬及遺稿之輯，恰爲三事也。低徊妖夢，心有餘悲。國曆三十一年壬午秋仲，蔡談月色謹識於白下茶丘。

陳歗湖《〈蔡寒瓊詩詞〉序》

江淮河海，皆水也；西澗南溪，亦水也；乃至於硯滴簷溜，溝澮之行潦，積窪之沮洳，安得謂之非水哉？泰岱嵩華，皆山也；雞籠覆舟，亦山也；乃至於坵垤拳石，園池之堆秀，縑素之點皴，安得謂之非山哉？竊謂文流所稱詩與詞，以彼物比此物，其爲淺深鉅細之差別也，亦若是乎而已矣。夫詩者，文字之精華，而詞又詩之精華也。圓顱方趾，分山川靈氣，八斗一石之一粒，用之不見諸事功，而有益於人、有益於世。舍之，不自潔其身，入深山而歸密林，非仙非俗，不隱不官，惟語言之業是修。吾友蔡寒瓊，殆亦墮入其中之一人。寒瓊歿將三稔，其耦談女士集其所爲詩詞，以余知寒瓊，殷勤屬余爲之序。余維《陸魯望集》有云：「聞淫畋漁者，謂之暴天物。天物既不可暴，又可抉擿刻削露其情狀乎？使自萌卵至於槁死，不得隱伏，天能不致罰耶？長吉夭，東野窮，玉溪生官不挂朝籍而死，正坐是哉！正坐是哉！」寒瓊嘔出心血，幸存四百餘首，六十餘闋，其爲廣大不測，是否能生草木、居禽獸、興寶藏、蓄蛟龍、殖貨財，他日上之梨棗，垂之名山，後世讀者自能辨其酸鹹，奚用嗇夫喋喋爲？而於天物，蓋未嘗不刻削露其形狀，使其不得隱伏，可斷言矣。寒瓊神交遍宇内，宇内談藝之流，罔不聞聲相思，裁牋贈答，但未見有月旦其文字者。余既三復斯集，胝沫不盡，語其幽則古瓦生苔、玉殿飛鼠；語其豔，則水芹努芽、山蕊争春；語其逸，則雲生洞壑、鳥鬥庭花；語其放，則海若教戰、瑇瑁乘潮；語其閒，則山魈聽松、夜僧敲月；語其邃，則叢篠大櫟，可休可吟；語其寂，則閣坐瓦棺、兵避白苧；語其狂，則魯酒一杯、盧茶七椀；語其恨，則老夫不出、滿徑蓬蒿；語其奇，則蝌蚪盈案、龍生九子；語其窮，則秋至昭關、趙國多寒；語其淡，則露脚斜飛、吴質倚桂。「自有仙才自不知」、「上清淪謫得歸遲」，此玉溪句也。「客路迢迢信難越」、「寒江浪起千堆雪」，此東野句也。「正是青春日將暮，桃花亂落如紅雨」、「衰蘭送客咸陽道，天若有情天亦老」，此長吉句也。嗟乎寒瓊！奚奴背古錦，金瀨廢曹務，楚客怨江籬，吾欲手君大作，望古而叩三賢，有以異乎？無以異乎？魂兮歸來，試聽卅載故人濡禿豪狀，君咳唾，果許其能似萬一否也？滇南陳歗湖書於小倉山畔鄰袁野屋之景袁堂。

黄賓虹《〈蔡寒瓊詩詞〉序》

憶自己酉，余悯時艱，將之皖江，道經滬瀆。時黄晦聞、鄧秋枚兩君刊輯《國學叢書》，蔡君哲夫共襄其事，因締交焉。蔡君研究古籀文字，詩學宋人，書畫篆刻，靡不涉獵。海内知名之士，文翰往還，幾無虚日。又嘗奔走吴越，擬遊泰岱。適戰事作，遂還粵中，居十餘年，以余篤好三代文字，時爲得古印譜寄余。後以訪友重來，旋寓金陵，偕其配月色夫人，文藝自樂，倡和尤多，然坎坷無所遇，處境益貧，而詩日益進。性獨嗜茶，自比於杜茶村，而卒鬱鬱以老。嗟夫！茶村挾濟世才，丁時數奇，憂患流離，羈棲轉徙，其所爲詩，讀者謂爲如天寶之杜甫、義熙之陶潛，前後不同。以蔡君之才之遇，方之茶村，古今一轍，當無不同。遺編僅存，世亂未已。晦聞先没，秋枚老病，哀成斯集，將付梓人，倘令黄、鄧兩君見之，感慨爲何如也？壬子初冬，歙黄賓虹敘。

諶斐《〈蔡寒瓊詩詞〉序》

余識翁於丙子秋，再晤翁於庚辰春難後，相逢悽然道故。比鄰而居，蹤跡乃密，言不避爾汝，見不拘朝夕，如是者一年而翁殁，不禁怵然而悲，憬然而悟。悲者悲夫翁殁之忽，悟者悟夫人生雖得一談言之解人，而亦遭天妒，此古人歎知己之難也。翁既殁，其夫人月色綜合其詩詞，而屬余校訂。自惟弇陋，曷敢當之，第以與翁朝夕相見，爾汝相稱，一旦驚其怛化，中心於邑，有非祭奠隕涕即可盡此懷者，故略爲次第，參校訛謬，以示死生之交情，然聞所存僅十之二三耳。夫以翁足跡半天下，交遊極朝野，卒以白紵山爲難民終，故以蘇州遊草《劫稿》殿其後。蓋《劫稿》殆爲傷心涕淚之漬歟？仍其舊，所以存其真，藉覘夫翁境之異及世道之衰云爾。癸未夏四月上浣，懷寧諶斐謹識。

陳道量《蔡寒翁遺稿跋》

順德蔡寒翁下世之三年，其耦談月色女士編次翁之詩詞，醵貲而刊行之。先是丁丑明年，余來白下，寒翁、月色亦自當塗辟兵歸，互聞聲而未識面。余招飲於秦淮酒肆，始定交。翁所居在茶丘左，近慕杜茶村之爲人，曾舉茶壽之會，寄冷趣於高夐之界以自娱。性不善飲，嗜茶，榜曰「茶恩茶喜茶四妙之亭」。己卯九日，冶城登高，會者甚盛，時翁已病，猶策杖來會，思之旦暮間事耳。今墓草已宿，遺集幸未湮没，凡翁所造，余往年皆見之類，以古拙真率見勝，如吉金貞珉，古色斑斕，光氣照人眉宇，識者自能辨之。夫以翁之樸學，媢古終身，蹇滯抱孱而殉，豈所謂命耶？重展此集，爲之太息久之，是爲跋。中華民國三十二年癸未夏日，鎮海陳道量。

——以上蔡守《寒瓊遺稿》，民國三十二年鉛印本

高旭《願無盡廬詞話》評

蔡哲夫以所作《蠡樓詞》一卷見示，中多綺麗之辭，頗與李笠翁相近。就中余酷愛其兩闋，如「昏夜苦寒」調寄《愁春未醒》詞云：「濕煙裹樹，淫雨迷樓。畫出暮昏景，問如何、寒氣還留。想是水雲陰，海氛冷，客寮幽。未離大被，未收軟褥，未卸重裘。　耿耿寒燈，沉沉寒夜，薄薄寒裯。渾如朔風吹大雪，人在孤舟。記否前年，桃花映面杏盈眸。春人旖旎，春衫瀟灑，春夢温柔。」

「中秋有寄」調寄《人月圓》云：「今宵海上生明月，怎禁起相思。伊人秋水，空勞遠睇，千里拋離。風流雲散，月明燈滅，意苦詞悲。願卿長久，拼儂闊别，盡有歸時。」

——孫克强、楊傳慶、和希林編《民國詞話叢編》，社會科學文獻出版社二〇二〇年

盛景璿

盛景璿（一八八〇——一九二九），字季瑩，一字澹逋，號芰舲、雪友、濠叟、遁齋，番禺人。從事鹽業，喜好收藏。《嶺南書畫録》稱其「工詩，擅書，嗜金石。書法蘇軾，畫法元人，山水小景雅倩曠逸，尤好徵集嶺南金石，懸崖絶巘，廢壘殘碑，摹拓殆遍」。

虞美人　題《雙溪詞》

雙溪紺澈微波冷。寫照雙雙影。繡絲刺碧映清樽。遮莫狂吟忙煞畫樓人。　題襟滄海豪琴酒。慧福甘低首。秋深遥夜未成眠。重把瑶華披盡玉釭前。

——陳步墀《雙溪詞》，《繡詩樓叢書》本

關賡麟

關賡麟（一八八〇——一九六二），字揚善，號穎人、伯辰，筆名稊園，南海人。清光緒二十年（一八九四）舉人，派赴日留學，回國後入京師大學堂仕學館學習法政。三十年（一九〇四）賜進士，任兵部主事。三十一年（一九〇五）隨團考察歐美九國。後在郵傳、鐵道、交通等部門任要職。一九二二年任北京交通大學校長。一九二七年任交通部漢、粤、川鐵路督辦，平漢鐵路局局長。新中國成立後，任全國政協委員、鐵道部顧問、中央文史館館員等職。著有《稊園詩集》、《瀛談》等。

《詞盦詞》序

余自弱冠，憙爲詞章，於樂府長短句頗留心玩索，粗知旨趣，偶有摹擬，輒爲長老所見稱許。中年以後，案牘勞擾，人事倉卒，不耐爲之，恒經年不一倚聲，以爲是桎梏性靈苦人之具也。歲己未，識宜黄黄子茀怡於燕市，聞其能詞。又十年，乃得盡讀其所爲詞稿，熟聞其議論，而後知其劬學篤嗜，致力彌勤，服膺清真、夢窗，而不爲稼軒之麤率、屯田之香澤。方其刻羽引商，鎔辭鍊字，精詣所至，發聲成律，故能振采文囿，掉鞅藝林，蓋非徒不覺爲苦，且隱然有不疲之樂，非淺嘗者比也。西江詞派，自廬陵、同叔接軫風騷，半山、涪翁異軍特起，沿及石帚，紀律益嚴。晚清以來，道希騰踔於前，吷盦喁于於後，流風所被，各擅勝場。君以鬱伊多感之身，邕幽渺難宣之旨，怨誹不亂，淒咽動人，冶詩文於一爐，合書畫爲三絶，故都諸老，所至垂賞。己巳、庚午間，復以史局之役從余白下，廡舂近接，聲相聞，斗室匏懸，一身雌伏。往往結伴聽歌，排日訪古。鬧紅一舸，尋消夏之俊遊；踏青雙鞵，證傷春之幽夢。蓋莫愁湖畔，同泰寺前，儼然一浄業湖、陶然亭之興趣焉。於是拈鬮命韻，賭唱分牋，倡風雅於蔓草荊榛之間，得賞音於裸壤聾俗之外。余以鮮暇，未預招邀，樂賓從之多才，諒文人之好事。雖南樓月色，每避庾亮之胡牀；而龍門雪遊，願戒思公之廚饌。見獵心喜，開卷眼明，此又披誦兩京酬唱諸作而不勝神往者也。昔法時帆命所居爲詩龕，繪圖徵詠。蓋命名之意，以質不以文，今君署集曰《詞盦詞》，毋亦有與時帆詩龕後先儷美之意乎？詞凡二百餘闋，不爲多，然君之掇芳翫奇、鏤冰刻楮，方未有艾，其繼是而殺青者，余樂得而更端請之。辛未四月，南海關賡麟。

——黄福頤《詞盦詞》，民國二十二年鉛印本

齊天樂　《抱香室詞》題辭

幾曾傳了空中恨，詞人更催頭白。得酒腸芒，看花眼纈，付與盈川吟筆。天涯浪跡，數雪竇聽泉，月湖吹笛。覓句西泠，六橋還蠟阮生屐。　歸來故山倦客。愛新腔自度，檀板偷拍。殘夢

温岐，斷腸賀老，儘借尊前歌出。幽香最憶。料厮守芳心，滿懷馨逸。寫向丹青，有何人會得。

——楊鐵夫《抱香室詞》，清末刻本

夏敬觀《忍古樓詞話》評

南海關潁人賡麟，著有《稊園詩集》。稊園者，其居北平時所建别墅也。曩嘗聚集爲詩鐘會，潁人記問最博，每會輒冠曹。其夫人張織雲亦工吟咏，今集中有《飴鄉集》四卷，乃其夫婦唱和之作。潁人詩篇極富，偶爲小令，亦至工緻。「豳風堂晚飲」《蝶戀花》云：「林氣蘇蘇收積雨。曲岸荷風，盡力吹殘暑。選得闌干臨水處。杯盤草草誰賓主。　向晚蟬聲催客去。柳外明蟾，卻又留人駐。燈火西門門外路。歸鴉已滿城棲樹。」織雲和詞云：「萬緑葱蘢含宿雨。霽色初開，亭榭清無暑。一棹煙波容與處。垂楊院落誰爲主。　薄暮馬嘶人漸去。涼月如鉤，照我行還駐。芳草黏天丁字路。雙雙歸鳥池邊樹。」

——夏敬觀《忍古樓詞話》，唐圭璋《詞話叢編》本

陳煥章

陳煥章（一八八〇——一九三三），字重遠，高要人。早年入萬木草堂，師從康有爲。清光緒三十年（一九〇四）進士，一九一一年獲得哥倫比亞大學經濟學博士。生平以闡揚「孔教」

爲職志。著有《孔門經濟學原理》、《孔門理財學》、《孔教經世法》、《誠默齋詩詞稿》。

《誠默齋詩詞稿》自序

君子立身處世，應擇努力目標。其大者，如何講科學發展、經世良謨，於國家有貢獻。其次者，亦宜研哲學性理，成鉅製鴻篇，藉以正人心而敦風俗。若不此之圖，欲鍛煉推敲以求律細語圓，珠聯玉唱，倚聲則《蘭畹》之章、《金荃》之本；作書則思運用，盡於精熟規矩，諳步胸襟，因而成尋章摘被，索句閉門，搜求筆法，皓首揮灑，辛勞備致，究爲雕蟲小技，無裨大計。雖然，研討科學，高談性理，而真能探秘奧，著事功，其言論又足以風行草偃，轉移風氣，蔚爲人望，詢不數數覯。況丁此人慾横流，淫辭僻行，蜂起雲湧，朱紫不分，披沙揀金，從何下手。昔人有言，登高一呼，羣山響應，聲非加疾，其勢然也。試問何處是可登之高，何處是可攀之路，操何術而有羣山響應之勢，凡此皆時運之際會，非可强而致也。且人必有所不爲，然後可以有爲，斯爲有爲有守者。於是摒妄念，存誠默，遂寄情翰墨，聯藻詞章，非敢冀何、陶、沈、謝、褚、柳、歐、虞名垂不朽。然仍不自度其不敏，以爲書法乃我國固有藝術、文化、精神所托，各迹舉世珍同拱璧，詩詞可譜新聲，被管絃，作詩史，載道義，既鏗鏘叶韻，又普遍深入。余不能爲其大，且爲其小，興趣所在，不計工拙，故樂爲之。至於收集散餘，影印成帙，聊備他日再輯，驗其得失，此則區區之意耳。陳煥章序於誠默齋。

——《廣東文徵續編》

俞棪

俞棪，番禺人。清末民國時人。著有《鬼谷子新注》。

題《詞盦詞》

有涯能遣託平生，吭墨裁縑字有聲。望遠傷高家國感，非關綺語賦閑情。
齊粱機杼楚騷心，質實清空在審音。笛夜鶯天香一瓣，引商刻羽幾沉吟。
曉風殘月柳三變，滴粉搓酥左與言。用詞評語。等是空中傳恨語，知從正變溯詞源。
衣上年年浣洛塵，茝蘭采詠寄吟身。四聲刌度爬梳慣，抱碧靈襟契夙因。

——黃福頤《詞盦詞》，民國二十二年鉛印本

葉恭綽

葉恭綽（一八八一——一九六八），字裕甫，一字玉甫、玉虎、玉父、譽虎，號遐庵，番禺人。祖父葉衍蘭、父葉佩瑲於金石、書畫、詩文均有聲於時。幼承庭訓，早年入京師大學堂仕學

館，留學日本，加入同盟會。曾任北洋政府交通總長、廣州國民政府財政部長、南京國民政府鐵道部長、北京大學國學館館長。新中國成立後任中央文史館副館長，第二屆中國政協常委。在文史、書畫、收藏、政治方面均有建樹。著有《遐庵詩稿》、《遐庵詞稿》、《遐庵匯稿》，輯有《廣篋中詞》、《全清詞鈔》。

《廣篋中詞》詞話①

《廣篋中詞》例言

一、是編乃繼譚仲修先生《篋中詞》而成，以不盡屬後起，故稱之曰廣。

一、原書斷自清初以迄同時，茲亦從同。

一、編録款式悉依原書，期成合璧。

一、原選已收，而以當時全稿未出或未見，致有遺珠者，謹擇諸大家之作，酌量續收其餘之作；如其人已故者，其詞已多采入《清詞鈔》中，故此編不再詳選，反是，其人尚存者則輯録稍多，

① 《民族詩壇》一九三八年第五期載有葉恭綽《近詞案記》，中有一段案語：「遐庵先生纂輯光宣以還諸家詞，繼譚仲修《篋中詞》爲《廣篋中詞》四卷，間加案語，足供文學史料。茲録刊於此，藉覘近數年詞壇述作，且足示初學以階梯焉。」以此可知《近詞案記》録自《廣篋中詞》，此不再贅録。

亦昔賢《同人集》、《同聲集》之意云爾。

一、是編注重光、宣以還諸作家，以補原書所未備。其光、宣以前爲譚先生所遺者，間亦選録，惟別擇從嚴，以期不失原旨。

一、譚選凡采自專集者，悉注詞集之名，否則從闕，兹不依此例，以泯町畦。

一、是編仍依前例注重雅言，其語體詞及文語糅雜者，恕未采録。

一、近代詞流奮興，百家騰躍。是編限於時地，蒐采容有未周，繼續徵求，請俟異日。

一、昔人選詞多附己作。恭綽學詞卌載，迄用無成，何敢妄希前哲。兹將門人輩所代選者摘録數首，聊見一斑，亦冀後起聲家知此事，固非易言也。

一、是編雖篇幅有限，而采集甄擇，費時五載，朋輩匡助之力良多。朱君居易尤始終其事，勞勩倍常，常君鼇卿、沈君癡雲並與校勘之役，合併彰紀。

卷一

王夫之薑齋《瀟湘怨詞》、《鼓棹集》

《摸魚兒》「翦中流」：故國之思，體兼《騷》、《辨》。船山詞言皆有物，與並時批風抹露者迴殊，知此方可言詞旨。

《惜餘春慢》「似惜花嬌」：宛轉關情，心灰腸斷。

《多麗》「悄年華，偏是流光難擲」：「暗傷亡國，清露泣香紅」，情至語，不可律限。
《燭影摇紅》「瑞靄金臺」：此傷永曆之詞。
《綺羅香》「流水平橋」：纏綿往復，忠厚之遺。

屈大均翁山《騷屑詞》

《紫萸香》「恨沙蓬、偏隨人轉」：聲情激楚，噴薄而出。
《長亭怨》「記燒燭、雁門高處」：縱横排盪，稼軒神髓。
《夢江南》「悲落葉」：一字一淚。

今釋澹歸《徧行堂詞》

《風流子》「東皇不解事」：痛切。

彭孫貽羿仁《茗齋詩餘》

《燭影摇紅》「風軟遊絲」：雅令。茗齋詞與羨門可稱二難。
《八聲甘州》「憶當年」：屈曲洞達，脱胎柳七。

梁清標玉立《棠村詞》

《春雲怨》「疏燈薄暮」：感遇之詞。

陳世祥散木《含影詞》

《小重山》「銅輦音稀夢未真」：唐人宮怨。

計南陽子山《負鐙草》、《江楓草》

《玉樓春》「子規啼遍楊花路」：雅令。

萬錦雯雲紱

《祝英臺近》「引鷗朋」：垂縮處，具見筆致。

洪昇昉思《嘯月詞》

《大酺》「羨杏花飛楊花舞」：昉思曲子，卓絶一時，詞亦深美，不同凡響。

沈雄偶僧《柳塘詞》

《金明池》「山上圍棋」：亦興亡之感。

清初詞派，承明末餘波，百家騰躍，雖其病爲蕪獷、爲纖仄，而喪亂之餘，家國文物之感，蘊發無端，笑啼非假。其才思充沛者，復以分途奔放，各極所長。故清初諸家，實各具特色，不愧前茅，遠勝乾嘉間之膚庸淺薄、陳陳相因者。因補録諸家之作，輒拈出以供論清詞者之商榷焉。

屠文漪漣水《蒓洲詞》

《念奴嬌》「冬缸夏簟」：銜哀累歎。

任曾貽淡存《矜秋閣詞》

《絳都春》「溪山似畫」：瞻視不凡。

陳聶恒秋田《栩園詞棄稿》

《高陽臺》「別墅林亭」：山中白雲，佳處可窺碧山。

李荃玉階《竹軒詞》

《水龍吟》「更餘幾日殘春」：虎賁尚傳神理。

項映薇朱樹《桐花館詞》

《八聲甘州》「正蕭蕭夜雨滴空庭」：清空不隔。

過春山葆中《湘雲遺稿》

《綺羅香》「舊恨香消」：與靈芬館僅隔一塵。

洪亮吉稚存《更生齋詩餘》

《木蘭花慢》「眼中何所有」：森挺。

楊芳燦蓉裳《芙蓉山館詞鈔》

《甘州》「拍金笳、别譜柳枝詞」：情文相生。

方履籛彥聞《萬善花室詞》

《長亭怨慢》「正春色中人如酒」：駘蕩柔折，常州派支流也。

沈學淵夢塘《桂留山房詞集》

《綺羅香》「錦被初温」：清綺。

顧廣圻千里《思適齋詞》

《小重山》「滯卻仙都欲蜕姿」：蕭曠空靈。

施朝幹培叔《正聲集》

《長亭怨慢》「問誰觸將離情緒」：工於用筆。

韋佩金酉山《夜雨珠簾詞》

《買陂塘》「距山城嵯峨當面」：縱盪開闔。

李福備之《花嶼讀書室詞鈔》

《西子妝慢》「不定花光」：恰到好處。

蕭掄子山《判花閣詞》

《掃花遊》「東風竟杳」：頗得中仙韻味。

陸容蓉鏡《巢睫詞》

《木蘭花慢》「是誰從空際」：已涉常州派藩籬。

吴頡鴻笛江《荃石居詞》

《金明池》「柳暝蒼煙」：末句有明月夜珠之致。

何桂林子劭《海天琴思詞》

《滿庭芳》「蒼靄横江」：淡蕩秀折。

謝質卿蔚青《轉蕙軒詞》

《琵琶仙》「如此關山」：追蹤白石，具體而微。

張雲驤南湖《冰壺詞》

《祝英臺近》「點清波，依畫艕」：柔婉。

王闓運壬秋《湘綺樓詞鈔》

《轆轤金井》「玉窗長別」：山陽思舊，韋曲傷春，《豪士賦》之流亞。

《南鄉子》「春恨壓屏山」：自評，此詞有北宋人意致。

張祖同雨珊《湘雨樓詞》

《緑意》「東風舊識」：雅人深致。

曾淞幼茎《紉荼詞》

《賀新涼》「別恨縈南浦」：頗得改之鱗爪。

陳克常步良《藤花館詩餘》

《點絳唇》「身小於鷹」：勁拔。

桂文燿星垣《席月山房詞》

《揚州慢》「末麗鬟風」：哀時感事，悲憤彌襟，與下一首按：指《滿江紅·悼荔》「試問羅襦」同入《詞林紀事》。

張泰初安甫《横經堂詩餘》

《高陽臺》「山遠横煙」：一氣旋折，不傷剽滑。

石芝眉士《鶴舫詞》

《步蟾宮》「曉風料峭鳴窗紙」：本色語，恰不落套。

《琵琶仙》「徙倚層樓盼鄉路」：清空如拭，王静庵所謂不隔也。

陳廷焯亦峯《白雨齋詞存》

《蝶戀花》「采采芙蓉秋已暮」：温婉。

《滿庭芳》「潮落楓江」：中仙遺響。

《鷓鴣天》「一夜西風古渡頭」：跌宕。

《白雨齋詞話》極力提倡柔厚之旨，識解甚高，所作亦足相副。

林則徐少穆《雲左山房詩餘》

《高陽臺》「玉粟收餘」：詞史。

吴振棫宜甫《無腔村笛》

《鷓鴣天》「獨自簾櫳獨自愁」：工於造語。

張崇蘭猗谷《夢溪棹謳》

《祝英臺近》「五更風」：對此茫茫，百端交集。

姚詩雅仲魚《景石齋詞略》

《鷓鴣天》「三十年來夢乍醒」：高朗。

王僧保西御《秋蓮子詞》

西御湛深詞學，所作《學詞紀要》、《詞律參論》、《詞律調體補》、《隋唐五代十國遼宋金元詞人姓氏爵里彙録》、《詞評所見録》、《詞林書目》及《松雲書屋詞選》正副篇，惜失其傳。

史念祖繩之《弢園詞》

《渡江雲》「一番梅子雨」：淮海神味。

《鷓鴣天》「風雨誰家發夜謳」：感遇之作。

盛昱伯熙《鬱華閣詞》

《八聲甘州》「驀横吹意外玉龍哀」：幽情苦緒，出以清雄之筆，源出《東坡樂府》。

文廷式道希《雲起軒詞鈔》

《邁陂塘》「任啼鵑苦催春去」：回腸蕩氣，忠愛纏綿。
《八聲甘州》「響驚飆越甲動邊聲」：有關掌故。
《浣溪紗》「畏路風波不自難」：用山巨源語。
《祝英臺近》「翦鮫綃」：與稼軒「寶釵分」同爲感時之作。
《翠樓吟》「石馬沈煙」：氣象穎異，彊村所謂兀傲，固難雙也。
《鷓鴣天》「萬感中年不自由」：神似稼軒。
《水龍吟》「落花飛絮茫茫」：胸襟興象，超越凡庸。
《蝶戀花》「九十韶光如夢裏」：沈痛。
《賀新郎》「別擬西洲曲」：何減東坡「乳燕飛華屋」。

黄遵憲公度《人境廬詞》

《雙雙燕》「羅浮睡了」：亦感時之作。

梁鼎芬節庵《欵紅樓詞》

《卜算子》「萬葉與千枝」：雋妙。

《蝶戀花》「又是闌干惆悵處」：柔厚。

《臺城路》「片雲吹墜遊仙景」：幽窈。

張德瀛采珊《耕煙詞》

采珊先生於詞學孳討至深，所作《詞徵》六卷，深美平實，足與《藝概》抗衡。

志鋭伯愚《窮塞微吟》

《柳梢青》「水戲魚龍」：末三語不減窮塞主詞。

李綺青漢父《聽風聽水詞》、《草間詞》

《水龍吟》「暖風吹遍蠻花」：雄麗。

漢父丈爲詞卅載，功力甚深，清迥麗密，可匹草窗、竹屋，兹選其尤者。

潘之博若海《弱盦詞》

《解連環》「露華流夕」：態濃意遠。

《霜葉飛》「斷雲無緒飄難定」：神似覺翁。

《八聲甘州》「歎漂零殘客向天涯」：情味曲盡。

弱海爲詞孟晉，思深力沈，天假以年，足以大成。惜哉！

丁立鈞叔衡

《徵招》「碧波低蘸琅玕」：怨抑而温厚。

章樹福清甫《竹塢詞正續稿》

《暗緑》「林煙淺抹」：清迥。

卷二

黄人摩西《摩西詞》

《南歌子》「柳黛銷還展」：妙不説盡。

譚獻仲修《復堂詞》

《蝶戀花》「玉頰妝臺人道瘦」：正中、六一之遺。

《金縷曲》「又指離亭樹」：如此方可云清空不質實。

《渡江雲》「大江流日夜」：曲而有直體。

仲修先生承常州派之緒，力尊詞體，上溯《風》、《騷》，詞之門庭緣是益廓，遂開近三十年之風尚。論清詞者，當在不祧之列。

鄭文焯叔問《樵風樂府》

《玲瓏四犯》「竹響露寒」：清迥高華，脱胎白石。

《月下笛》「月滿層城」：感事沈吟。

《謁金門》「行不得」：沈痛。
《拜星月慢》「潤逼煙紗」：火逼美成。
《慶春宫》「霜月流階」：長歌當哭。
《永遇樂》「江驛迢迢」：故國之思。
叔問先生沈酣百家，擷芳漱潤，一寓於詞。故格調獨高，聲采超異，卓然爲一代作家，讀者知人論世，方益見其詞之工。

麥孟華孺博《蜕庵詞》

《解連環》「旅懷千結」：感遇哀時之作。

王鵬運佑霞《半塘定稿》

《滿江紅》「荷到長戈」：生氣遠出。
《御街行》「小窗夜静寒生處」：末三語，對此茫茫。
《三姝媚》「蘼蕪春思遠」：纏綿往復。
《沁園春》「詞汝來前」：奇情壯采。
幼遐先生於詞學獨探本原，兼窮蘊奥，轉移風會，領袖時流，吾常戲稱爲桂派先河，非過論也。

彊村翁學詞實受先生引導，文道希丈之詞，受先生攻錯處亦正不少。清季能爲東坡、片玉、碧山之詞者，吾於先生無間焉。

況周頤夔笙《蕙風詞》

《蘇武慢》「愁入雲遥」：「珠簾繡幕」三句，乃夔翁所最得意之筆。

《曲玉管》「兩槳春柔」：末三句亦所最自賞。

《西子妝》：怨斷凄涼，意内言外。

夔笙先生與幼遐翁崛起天南，各樹旗鼓。半塘氣勢宏闊，籠罩一切，蔚爲詞宗。蕙風則寄興淵微，沈思獨往，足稱巨匠，各有真價。固無庸爲之軒輊也。兹所采，足見一斑。

沈維賢師徐

《燭影摇紅》「侵曉池塘」：神似覺翁。

繆荃孫小山《碧香詞》

《水龍吟·桐綿》「卷簾惆悵春深」：深婉。

藝風先生作詞不多，而所藏歷代精槧名鈔之詞甚富，所輯常州詞録，亦極詳審。

張上龢芷蓴《吴漚煙語》

《拜星月慢》「路鬼呼燈」：窈異。
《六醜》「正東風漸老」：捖搏回旋，工於用筆。
《瑞龍吟》「横塘路」：愈皺愈厚。

張祥齡子馥《半篋秋詞》

《清平樂》「滿池謝草」：詞家之中晚唐詩。

張仲炘次姍《瞻園詞》

《解連環》「怨懷何極」：憂生念亂。
《瑞龍吟》「朝天路」：天際輕陰之感。
《長亭怨慢》「暫休恨安愁無處」：感深情切。
《六醜》「又莓苔浄掃」：江南風景，重遇龜年。結舌斷腸，言之淒咽。

王嘉詵劭宜《蟄庵詞》

《燕梁歸》「別院文楸葉葉霜」：俊逸。

劉毓盤子庚《濯絳宧存稿》

濯絳宧所編《詞史》及輯唐五代宋金元人詞，極見辛勤。自作詞亦負盛名，而稍傷於碎，兹取其渾成者。

龐樹柏檗子《玉琤瑽館詞》

《浣溪紗》「幾曲吴波晚棹移」：清峭。

王以敏夢湘《檗塢詞存》

《八聲甘州》「記車塵十里走鈿車」：深切而駘蕩。

余年十五，學詞於夢湘丈，今遂四十載。丈詞奄有梅溪、夢窗之勝，以不爲標榜，故知者較稀，然實湘社中翹楚，足與湘南、楚頌並驅中原。

汪述祖子賢《餘園詩餘》

《雙雙燕》「呢喃並語」：義兼比興。

桂赤伯華

《臨江仙》「落盡紅英萬點愁」：語含哲理，詩雜仙心。

吴昌綬伯宛《松鄰遺集》

伯宛校刊雙照樓宋元人詞，精密絶倫，有功詞苑。自爲詞不多，皆温雅可誦。

惲毓珂晉肅《蘭窗瘦夢詞》

《水龍吟》「昨朝聽水聽風」：此調下半闋第三句第三字用仄，惟曾覿《海野詞》作「仙」，張榘《芸窗詞》作「良」，皆平聲，或可不拘，然終以用仄爲是。又按東坡《水龍吟·露寒煙冷》一首，此句作「萬重雲外」，則此字自可作平也。

《霓裳中序第一》「滄波洗柳色」：下半闋第五句《白石詞》作「笛裏關山」四字，諸名家皆作五字，姑多填一字，未知是否。

劉福姚伯崇《忍庵詞》

《西江月》「春餅龍圖試罷」：調高詞苦。

《臨江仙》「幻出玉樓遥殿影」：沈摯。

徐珂仲可《天蘇閣詞》

《絳都春》「相逢客裏」：澹折疏雋。

仲可先生著述甚富，關於詞者有《近詞叢話》及《清代詞學概論》暨《歷代詞選集評》，爲時傳誦。

劉恩黻新甫《麐楼詞》

《霜葉飛》「墜瓶單緒」：疏俊。

洪汝沖未丹《候蟄詞》

《疏影》「誰家畫閣」：清麗芊綿，而骨格遒健。

味聃同學中年專力詞學，秀韻不凡，兹擇遒緊者數首録之。

蔣兆蘭香谷《青蕤盦詞》

蔣先生著《詞説》一卷，論詞頗有見地，自作者不逮所見，録此以見一斑。

曾習經剛甫《蟄庵詞》

《高陽臺》「積雨妨車」：詞中温、李，上溯浣花。

《桂枝香》「晚雲紺碧」：變雅之音。

《天香》「麝粉成塵」：寓物興懷，義兼比興。

蟄庵詩深美粹潔，於同光間獨標一幟。詞雖罕作，而迥非凡響。彊村翁收入《滄海遺音》，有以也。

沈宗畸太侔《繁霜詞》

《燭影摇紅》「吹醒梅魂」、《真珠簾》「春前燕子差遲羽」：二首皆有本事，詞亦高華。

王景沂義門《濜碧詞》

《浣溪紗》「芳草何曾管别離」：名句絡繹。

陳昭常簡持《楝花風館詞》

《蝶戀花》「袖口香寒心更苦」： 煙柳斜陽，感深今昔。

《霜葉飛》「亂山斜日秋蕭瑟」： 邊愁時局，俯仰無端。

李岳瑞孟符《郢雲詞》

《燭影摇紅》「樓上黄昏」： 此亦可入詞史。

《六醜》「鎮看花淚眼」： 麥秀之歌。

沈曾植子培《曼陀羅寱詞》

子培丈詞，力矯凡庸，乃詞中之玉川魁紀公也。 兹取較平易者，備一格。

沈澤棠芷鄰《懺庵詞鈔》

芷鄰丈詞取徑朱、厲，而能去其碎。 兹取較沈厚者三首。

梁啓超卓如《飲冰室詞鈔》

《六醜》「聽徹宵殘雨」：片玉神味。

《金縷曲》「瀚海飄流燕」：深心託豪素。

陳鋭伯弢《裦碧齋詞》

裦碧居吴，與朱、鄭齊名，但功力稍遜。此數首最爲完璧。

王允晳又點《碧棲詞》

《碧棲詞》脱胎玉田，而無其率滑。兹選其襟抱較廓者。

程靏甘園《匏笙詞》

《六醜》「看黄昏照水」：思致深曲，而筆情軒朗。

俞安鳳伯敭《水周堂詞》

《高陽臺》「羯鼓頻撾」：所感甚深。

廖仲愷仲愷《雙清詞草》

《黄金縷》：警拔。

汪兆銓莘伯《惺默齋詞》

《高陽臺》「夢雨催寒」：獨絃哀歌。

章華縵仙《淡月平芳館詞》

《倦尋芳》「綰香殢蝶」：神似梅溪。

楊增犖昀谷

《沁園春》「誰譜新歌」：奇情異采。

徐樹錚又錚《碧夢庵詞》

《憶舊遊》「正疏簾挂午」：壯往幽奇，神遊象外。

程頌萬子大《定巢詞》

子大少日填詞，與易五抗手，而無其荒率。此選多晚年作，所謂文章老更成也。

朱祖謀古微《彊村語業》

彊村翁詞，集清季詞學之大成，公論翕然，無待揚榷。余意詞之境界前此已開拓殆盡，今兹欲求於聲家，特開領域，非別尋塗徑不可。故彊村翁或且爲詞學之一大結穴，開來啓後，應有繼起而負其責者，此今日論文學者所宜知也。至所作之兼備衆長，不俟再論，兹録僅當嘗臠爾。

周慶雲夢坡《夢坡詞存》

夢坡建兩浙詞人祠堂於西溪，復編《兩浙詞人小傳》、《潯溪詞徵》，沆瀣流傳，用意良美，所作亦清拔殊俗。

潘飛聲蘭史《說劍堂詞》

《雙雙燕》「羅浮睡了」：興會飆舉，雅近東坡。

高旭劍公《天梅遺集》

《桃源憶故人》「傷心影裏傷心賦」：如怨如慕。

嚴復又陵

《摸魚兒》「傍樓陰」：嗣宗《咏懷》。

《金縷曲》「旅邸情難遣」：胸襟甚大，氣倍詞前。

陳毅彝仲《罌謐詞》

《解連環》「素翎孤潔」：自況之詞。

王國維靜安《觀堂長短句》

靜安先生不欲以詞名，而所作詞話，理解超卓，洞明原本。拈出「境界」二字及「隔」與「不隔」諸説，尤徵精識。所作小令，寄託遥深，參以哲理，饒有五代北宋韻格，洵足獨樹一幟。

卷三

蔡楨嵩雲《柯亭長短句》

《拜星月慢》「雁足音沈」：含情綿邈。

嵩雲邃於詞學，所作《詞源疏證》於音律剖析精微，多發前人未盡之意。自填詞亦當行出色，無愧作者。

郭則澐嘯麓《龍顧山房詩餘》

《六醜》「記吹香舊館」：骨清詞綺。

《鎖陽臺》「鈿閣塵寒」：悽婉。

《倦尋芳》「磴深草掩」：海棠燕子，玉田神味。

嘯麓爲詞未五年，高者遂已火攻南宋，能者固不可測也。

李哲明惺樵《觙民詞學》

《水龍吟》「翠陰做盡年芳」：深至。

《氐州第一》「風葉聲銷」：高渾遂逼片玉。

向迪琮仲堅《柳溪長短句》

《玉樓春》「朱樓夢散辜歡計」：《陽春集》佳處。

《三姝媚》「溪山行歷慣」：工於搏捖。

左運奎子文《迦庵詞》

《琵琶仙》「如此溪山」：清遒。

《三姝媚》「銀濤飛翠瓦」：往復纏綿。

陳曾壽仁先《舊月簃詞》

《八聲甘州》「慰歸來歲晏肯華予」：芳潔之懷，上通騷雅。

《八聲甘州》「鎮殘山風雨耐千年」：悲壯。

仁先四十爲詞，門廡甚大，寫情寓感，骨采騫騰，並世殆罕儔匹，所謂文外獨絶也。

夏仁虎蔚如《嘯盦詞》

《采桑子》「背人蕉萃逢人笑」：《花間》佳處。

《臨江仙》「倚闌人似遊絲孏」：寄託甚高。

《西平樂》「畫榜迎潮」：此調有三難，以一百二十八字之長調，祇押七韻，一難也；全闋用去聲字甚多，清真三十六，夢窗三十一，何處可以出入，不易斟酌，二難也；貫頭字少，非有氣以行之，不易貫串，三難也。偶存此闋，以待證之作家。

金兆蕃籛孫《藥夢詞》

《秋霽》「秋老亭皋」：如聽西臺之哭。

《瑞龍吟》「春歸路」：雅婉深摯。

黄侃季剛

《小重山令》「馬腦岡頭石徑微」：高華。

汪東旭初

黄、汪二君並太炎先生高足弟子，詞皆有家數，殆所謂教外别傳也。

王孝煃寄漚

《西河》「形勝地」：具體而微。

石凌漢弢素《淮水東邊詞》

南都蓼辛社同人，守律極嚴，擇言尤雅，裒然成集，足式浮靡。

洪汝闓澤丞《勺廬詞》

《六醜》「漸酴醾過了」：雅令。
《霓裳中序第一》「秋花媚素節」：寄託遥深，工於比興。
《小重山》「有約行雲到畫廊」：含毫邈然。
《齊天樂》「西風乍醒宫槐夢」：森峻回曲。

黃福頤茀怡《詞庵詞》

《西平樂慢》「地接層岡」：最難之調，偏能渾雅流麗，功力深矣。

易孺大庵《宜雅齋詞》

大庵詞審音琢句，取徑艱澀。兹録其較疏快之作，解人當不難索也。

崔師貫百越《百月詞》

《滿庭芳》「琴几延薰」：用舉兒詞意。
《六醜》「對層城十二」：驚心動魄之辭。

張爾田孟劬《遯庵樂府》

孟劬詞淵源家學，濡染甚深，與大鶴犨討復究，極幽微，故所作亦具泠紅神理。

陳訓正無邪《玄林詞録》

《高陽臺》「斜月窺墻」：碧山意境。
《真珠簾》「東風儘力將春至」：時彦及住湯山。
《垂楊》「客途倦矣」：婉而多風。
《惜秋華》「對老秋容」：感事懷人，石碑銜口。

林鶡翔鐵尊《半櫻詞》

鐵尊詞，深得彊村翁神髓，短調尤勝，可謂升堂入室。

汪兆鏞憬吾《雨屋深鐙詞》

《憶舊遊》「隱林梢半角」：神似玉田。
《柳梢青》「雨暗煙昏」：欲言不盡。
《天香》「飄篆經幢」：洪芻《香譜》有鄭康成注漢宫香方。

羅振常子經《徵聲集》

《浪淘沙》「天際鳥飛還」：深厚。

許之衡守白《守白詞》

《摸魚兒》「是何年」：可入《詞林紀事》。

陳洵述叔《海綃詞》

《風入松》「人生重九且爲歡」：沈厚轉爲高渾，此境最不易到。述叔詞最爲彊村翁所推許，稱爲一時無兩。述叔詞固非襞積爲工者，讀之可知夢窗真諦。

楊鍾羲子勤《雪橋詞》

《東風第一枝》「朝雨欺寒」：悲咽。

《浪淘沙慢》「爲春瘦」：深心託豪素。

譚祖任瑑青《聊園詞》

《琵琶仙》「日夜江流」：倩俊。

《清平樂》「别懷誰共」：高亮。

《解連環》「意寬春窄」：哀感無端。

《浪淘沙慢》「景光迅」：工於皴勒，得美成之筆。

陳世宜小樹《舊時月色齋詞》

《六醜》「記棠陰睡穩」：鬱紆菀結。

《秋霽》「秋影涵空」：壯往蕭翏。

劉永濟洪度

《鷓鴣天》「白渚青山叫水禽」：佳句可入詞眼。

徐聲越《聲越詞録》

《六醜》「又滄波换夢」：鬱勃沈摯。

《醉翁操》「參差誰思」：高秀。

陸維釗微昭

《踏莎行》「薄幕無塵」：幽雋。

李嘉芬蘭軒《鳥心花淚詞》、《雲影詞》

《臺城路》：清而不剽。

王蘊章蓴農《秋平雲室詞》

《燭影搖紅》「春冷瑶天」：賦物甚工。

劉富槐龍伯《瑶園詞》

《六醜》「恨尋春較晚」：鬱伊善感。

《賀新涼》「認取前朝樹蔭」：慷慨哀歌。

鄧邦述孝先《漚夢詞》

《玉京謡》「竹樹窺人遠弄影」：沈痛。

趙熙堯生《香宋詞》

《三姝媚》「涼煙秋滿灞」：詩人之詞。

《甘州》「任西風吹老舊朝人」：蒼秀入骨。

李孺子申《愛雲軒詞》

《祝英臺近》「水紋深，山緑秀」：春蠶到死絲難盡。

《長亭怨慢》「有天外飛來星使」：雅切。

《鷓鴣天》「最是愁人二月天」：清峭。

聞宥在宥

《鷓鴣天》「舊日摩挲事有稜」：幽咽。

《臨江仙》「昨夜西風又到」：深於《飲水》。

吴梅瞿庵《霜厓詞》

瞿庵爲曲學專家，海内推挹。詞其餘事，亦高逸不凡。

陳寶琛伯潛《弢庵詞》

弢庵先生七十後始爲詞，猶是詩人本色。

王易曉湘《簡盦詞》

曉湘所著《詞曲史》，徵引繁博，論斷明允。所作亦淵雅可誦。

黎國廉季裴《秫音詞》

季裴丈老去填詞，刻意夢窗，功力深至。兹録其無鍼線迹者。

耆齡壽民《見山樓詞》

《三姝媚》「愁多嫌漏緩」：掩抑低回。

汪兆銘精衛《小休集詞》

《浪淘沙》「江樹暮鴉翻」：深懷遠抱。

《齊天樂》「海波浮簸山如動」：善寫難狀之景，兼工使事。

沈尹默尹默《秋明集》

《風入松》「水風多處立娉婷」：清迥。

趙尊嶽叔雍《珍重閣詞》

叔雍早歲學詞於況夔笙先生，克傳衣鉢，近作益臻深美。曾彙刊明人詞至二百餘種，信大觀也。

夏孫桐閏枝《悔庵詞》

悔庵填詞極早。平生不事表襮，故知者較稀。今巋然爲壇坫靈光，正法眼藏，非公莫屬已。

溥儒心畬《萃錦園詞》

《玉樓春》「驚沙連海邊關色」：居然馮、韋。

謝覲虞玉岑《孤鸞詞》

《疏影》「河梁杏葉」：幽咽。

袁思亮伯夔

《玉樓春》「夢回依舊閒庭院」：沈痛。

《洞仙歌》「狂花輕薄」：沈摯。

黄孝紓公渚《墨謔膏詞》

《霓裳中序第一》「天涯雨似織」：鬱勃蒼涼。

《三姝媚》「青莎明十里」：粹美。

林葆恒子有《忉盦詞》

子有輯《閩詞徵》六卷，采集略備。己作亦足稱後勁。

楊丙貢天遒

《綠意》「碧螢暗炫」：寄託遥深。

林巘楨肖蝓

《南浦》「微雨一番休」：微而顯。

卷四

路朝鑾金坡《瓠盦詞》

《琵琶仙》「晚雨初晴」：幽窈處似樊榭。

《高陽臺》「貝闕銷銀」：《山中白雲》遺響。

《疏影》「寒空歛碧」：正始之音。

夏敬觀盥人《吷盦詞》

鑒丞平生所學，皆力闢徑塗，詞尤穎異。三十後已卓然成家，今又廿餘載矣。詞壇尊宿，合繼王、朱，固不徒爲西江社裏人也。

陳方恪彦通《鸞陂詞》

《臨江仙》「歌斷酒闌燈暈冷」：絶世豐神。

《點絳唇》「嫵婉苕華」：波峭。

《臨江仙》「岸柳蕭颼蟲語斷」：可謂迴腸蕩氣矣。

《滿庭芳》「樓傍春陰」：神似秦、柳。

劉景堂伯端《海客詞》

《瑞龍吟》「年光誤」：深思密藻。

《水龍吟》「昨宵疏雨空庭曉」：深美閎約。

《天仙子》「曉起推帷寒意淺」：似小山。

張茂炯仲清《艮廬詞》

《減字木蘭花》「飄燈珠箔」：身世之感。

《艮廬詞》審律甚嚴，而絶無黏滯膚廓之病，當在鄉先輩紅友、順卿之上。

邵瑞彭次公《揚荷集》

次公詞清渾高華，工於鎔翦，殘膏剩馥，正可沾溉千人，兹録其傳誦一時之作。

邵章伯褧《雲淙琴趣》

雲淙詞精力彌滿，而審律綦嚴，無一字不經洗鍊，足稱苦心孤詣。

劉翰棻俊畬《花雨樓詞草》

《六醜》「正鴛鴦瓦冷」：深婉。

廖恩燾懺庵《懺庵詞》

懺庵老去填詞，力倣覺翁。兹録其疏快清渾之作。

梁啓勳仲策《海波詞》

仲策著《稼軒詞疏證》及《詞學》二書，識超義卓，考證精詳，足稱佳著。

冒廣生鶴亭《小三吾亭詞》

鶴亭丈少學於先大父南雪公，爲詞瓣香朱、陳，中年以後兼采衆長，而才情横溢，時露本色。

梁廣照長明《柳齋詞選》

《鷓鴣天》「回首中原淚萬行」、《鷓鴣天》「吟盡乾桑與轉蓬」：二首皆詞史。

顧憲融佛影《大漠詩人詞集》

《解連環》「錦緘遥託」：跌宕回復。

《小重山》「高髻當門耐晚涼」：凄麗。

陳文中淑通《巴歈歌辭》

《風流子》「石尤風浪急」：流麗。

《浪淘沙慢》「孟冬至風鶩倦羽」：渾灝圓轉。

袁榮法帥南

《三姝媚》「霞痕明斷岸」：情韻斐然。

帥南近輯《湖南詞徵》，蒐采甚廣，有功桑梓。

袁毓麐文藪《香蘭詞》

《倦尋芳》「麝衾夢短」：宛轉關情。

楊玉銜鐵夫《抱香詞》

鐵夫校釋夢窗詞，至於再三，可謂覺翁功臣。所作亦日趨渾成，七寶樓臺，拆之可成片段。

梁鴻志衆異《爰居閣詞》

《燭影搖紅》「吹透芳塵」：吹香散綺，竟體芳蘭。

龍沐勳榆生《風雨龍吟室詞》

榆生承彊村先生之教，以詞學傳授東南，苕溪一脈，可云不墜。近年余與諸友倡《詞學季刊》，榆生實任編輯，主持風會，願力甚宏。兹所采録，略見所學一斑。

楊圻雲史《江山萬里樓詞鈔》

《臨江仙》「一夜西風吹不住」：俊拔。

《南鄉子》「風雨過」：奇觀。

郭宗熙詞白《栖白廎詞》

《疏影》「湖光暱客」：清折。

李書勳又塵

《霜葉飛》「更誰憐汝經霜後」：興往情來。

查爾崇峻丞

《綠意》「江南恨滿」：温厚沈摯。

胡嗣瑗琴初

《玉京秋》「荒苑闊」：自況。

《霜葉飛》「滿天淒緒」：汐社之音。

許鍾璐佩丞《辛盦詞》

《霜葉飛》「滿襟蕭緒」：淒咽。

章鈺式之

《玉京秋》「天宇闊」：高朗。

唐圭璋圭璋《春水緑波詞》

圭璋致力詞學，精勤不懈，所輯《詞話叢編》、《全宋詞》、《宋詞三百首箋》及《南唐二主詞箋》諸書，風行一時，有功詞苑。

盧前冀野《紅冰詞》

冀野曲學專家，馳名海内外。詞不多作，恰是出色當行。

萬雲駿雲駿

《長亭怨慢》「早凋盡」：繚曲隱軫。

張爰大千

《三姝媚》「春寒梅萼小」：大千諸詞，頗有東坡神味。

陳配德星伯

《秋思耗》「欹枕西堂側」：繁音促節。

周岸登道援《蜀雅》

《秋霽》「楓老朱顏」：沈鬱。

靳志仲雲《居易齋詩餘》

《八聲甘州》「卻還將舊歷惱新人」：神似玉局。

呂貞白傳元

《更漏子》「高柳飄絲」：清迴。

朱衣居易《清湖欸乃》

居易爲榆生高足弟子，於詞學備得其傳。助余編選清詞，能别具手眼，所作亦不愧師承。

吴茝珮纕《佩秋閣詞稿》

《紅情》「無多春色」：柔厚。

王蘭馨□□《將離集》

《鷓鴣天》「萬頃煙波蕩月華」：淒惋。

羅莊孟康《初日樓稿》

《采桑子》「海棠零落香紅謝」：頗似正中。

陳家慶秀園《碧湘閣詩餘》

《水龍吟》「他鄉歲晚遄歸客」：胸次不凡。

倫鸞靈飛《玉函詞》

《瑞鶴仙》「暝雲低院宇」：秀切。

張默君默君《紅樹白雲山館詞草》

《水龍吟·金陵懷古次伯秋均》「蔣山千古崔巍」：姿致不凡。

吕鳳桐花《清聲閣詩餘》

《賀新涼》「霜鎖閒庭院」：情景交會。

郭貞和寄媗

《柳梢青》「丹桂開過」：雋極。

《清平樂》「夢回怯冷」：深渾。

孫祥偈松泉《蓀荃詞》

《摸魚子》「近重陽」：義兼比興。

——沈辰垣等編《御選歷代詩餘附篋中詞廣篋中詞》，浙江古籍出版社一九九八年

《東坡樂府箋》序

宋人論蘇子瞻詞者，曰「東坡樂府如教坊雷大使舞，雖極工，終非本色」，又曰「東坡詞如天仙化人，無空無迹」，綜二者之説，似東坡詞不得爲正宗者。吾謂古今中外之文學，皆以表其心靈，故胸襟、見識、情感、興趣，觸景而發，遂成咏唱，初無一定之矩矱也，後人艱於創作，自縛於窠臼而不能出，遂反奉爲金科玉律。其合者固亦足趾美前修，下者遂馴致遺神存貌，聲病嚴而詩道衰，九宫格出而字學壞，豈不皆以是歟？東坡詞之於律如何，今已不能詳析，抑亦無事争辯，要其胸襟、見識、情感、興趣，非猶夫其時之人之作也。前之李重光、馮延巳、大小晏、歐陽永叔，後之辛稼軒、王碧山，肸蠁潛通者，僅此而已。此數子之作，其有當於詞之本色否歟？抑别有其本色，如詩之墨守聲病、字之牢守九宫格，然後爲工歟？蓋聲病、九宫格，規矩準繩之事也；胸襟、見識、情感、興趣，神而明之之事也，舍神明而拘繩墨，斯正軌歟？所謂上繼《風》、《騷》者，僅如是歟？抑宋代

詞家多矣，卓然名世者無慮數十，撏撦規撫，籠罩至今。自元迄今，仿晏、張、秦、柳、周、賀、姜、辛、吴、王，以至《花間》、《陽春》、南唐二主者，蓋靡所不有，獨未聞有真學蘇者。粗才摇筆稱學蘇、辛，實則蘇、辛真諦，毫未夢見，此不能稱爲學蘇也。豈超絶古今，直不容人學步歟？蓋東坡之詞，純表其胸襟、見識、情感、興趣者也，規矩準繩乃其餘事，故論者至以爲非本色而不能以學，所謂「天仙化人」，殆亦此意。爲詞者而不究其胸襟、見識、情感、興趣，而徒規矩準繩之是務，宜其於蘇門無從問津也。此乃論詞之體格耳，偭越者幸勿以爲藉口。張皋聞、周保緒頗知此意，故所作間涉藩籬，近日王幼遐、文道希益暢其説，緣是詞之體益尊而境益廣，斯實詞學興衰一大關鍵，論學者所不可不察也。治詞者沿此以求其本，猶習畫者冥通摩詰、道子，復何院本之足云。故論詞而尊蘇，實爲正法眼藏，非旁門左道。至力薄者舉鼎絶臏，貌取者畫虎類犬，則學者之過而非師之咎也。東坡詞夙少定本，兹龍君萸生萃各本互勘寫定，爲《東坡樂府箋》三卷，體例詳贍，搜集廣博，於詞之獨到處，尤多發微。余喜其志之同也，漫述所見如右，期相印證。至編校之精核，有目共賞，固無事贅言也。是爲序。民國十一年

《水周堂詩詞》序

比年朋好凋零，時切思舊之念，恒思掇拾其遺著，使一生心血，不致於湮没。日者俞伯敭丈之子人蔚、人玨，以君之詩詞來屬編校。越月畢事，人蔚等將取以付刊。余維粤東自昔僻在海隅，罕通中原，故歷代文學著稱，頗後他省，是非人文獨遜，抑無以爲漸摩應求標榜使之然也。有清一

代，粤東文化，不能不歸功於惠、翁、阮、張之倡導，而他省人士之流寓者，亦時有異軍之特起，斯亦灌輸演進之效致然也。省會中他省新占籍者若徐、若汪、若胡、若沈諸氏，皆家學綿衍，聲稱藉甚。俞丈與吾家，舊同爲紹興籍，同占籍番禺，又與上述諸氏多有連，所居復多在城之東北隅，故省會言讀書者，恒相題目，有「小北仔」之稱。言及「小北仔」者，不問而知爲被服儒素、篤志好學之子弟也。當光緒中葉，時局多艱，有志之士，多憤發蹈厲，思有所變革。此小北之徒所潛爲蓄備者甚力，其間歌嘯悲咤，意氣往復，亦好爲文章。君年稍長，爲詩詞特工，朋輩皆推之，今存者甚稀，殆悔其少作耶？庚子，余遊滬，君曾爲詞送之，今亦無存。厥後余北遊，君以書抵余，謂近晤吴敬恒、鈕鐵生也者，學識非凡，恨君未與把握，闊不通音問者累歲，但聞試吏粤中而已。民國三載，始重晤於北燕，則君傫然瘠立，無復向時豪態，發爲文字，亦多幽抑之音，爲余述謀食之苦，聽之泣下。自後回翔郎署者數歲，略有山水友朋之樂。而君死矣，死後家無所有，獨有詩詞數卷，即此是也。余主不加別擇，悉付剞劂，以待後人評定。蓋君之所作，於輓近誠有可以自立者，晚年所作尤工，蓋非夫一時一地之人之作，而可廁於近數十年國之作者之林者也。君事功既不能有所表見，則留此數册，以作君之行狀讀，庶君之志量，猶可隱約見之。余駸駸老矣，於文章事業，無能爲役，回溯少年文酒過從之樂，恍若隔世。遂欲卜居西湖之上，優遊故鄉，以藏其拙，而惜君之不及見也。前歲余展上巳於北海畫舫齋，君賦詞有「修竹空滿林，山陰故鄉遥，阻歸計」語。於斯集之刊，聊述君之行誼，爲志鄉邑文獻者有所考焉。民國十八年

——以上葉恭綽《遐庵匯稿》，《民國叢書》本

《渌水餘音》跋

兩月前，次公以儁村此帙寄余，且述儁村學詞之經過。余攜示彊村翁，同爲歎異，因及次公指授之得法，暨次公及門陳文中、姜可能諸人詞學之孟晉。余曰：「次公之道無他，不令學者讀宋以後詞，猶學詩者從《風》《騷》入，習字者從篆籀入，雖蕪言累句、拙體敗筆，猶爲《風》《騷》篆籀，而非俳諧、釘餃、館閣體也。昔曹子桓《典論》謂：『請將軍捐棄故技。』唐名樂工教其子弟，須十年不近樂器，以滌前習，蓋學之云者，乃神識間事，一經鐫刻，深入無間，迷途迂道，不遠而復，蓋猶易於伐毛洗髓也。故次公之法，似遠而實近，似拙而實巧。」翁莞爾曰：「有是乎！子之善於昭晰也。」因書以爲跋，且以券儁村之詞之日進焉。共和十有九年四月，遐庵葉恭綽。

——徐禮輔《渌水餘音》，民國十九年刊本

彙合宋本兩部重印《淮海長短句》序

秦少游《淮海詞》，宋刊可考者凡三種：一、乾道間杭郡所刊《淮海全集》之《淮海長短句》三卷本；二、南宋長沙所刊《百家詞》中之《淮海詞》；三、南宋某處所刊《琴趣外篇》中之《淮海琴趣》。二、三兩種，今皆不可得見，世所存者祇杭郡本二部而已。一爲故宮所藏，原藏無錫秦氏。一爲吴縣吴湖帆所藏，原藏潘氏滂喜齋。且皆非完璧。世曾兼見此二宋本者，殆祇黄蕘圃。見後幅按語。汲古閣輯詞至富，乃稱《淮海詞》從無的本，其他可知。乾隆修四庫諸臣，亦未一見宋本，致疑全集分卷爲張綖所亂而非原書之舊。說見後幅。自秦氏藏本入宮，滂喜齋本又秘藏吴下，致朱彊村、王幼遐、吴印丞、陶蘭泉四家刻詞時，均未得全見此兩本。朱氏跋吴本及陶氏刊詞敘録，均太息引爲慊事。余居海上，數與湖帆往還，因得見滂喜齋一本。嗣袁守和同禮寓書，謂將景印故宫藏本，閱數月而寄滬。於是兩槧原狀，皆得寓目。余審諦數四，覺宋槧佳處，不一而足，且可釋明清兩代校刻家無數之疑，因取所見《淮海詞》凡十三種，彙而校之，編爲四表：一、《淮海詞版本系統表》；二、《淮海詞經見各本概要表》；三、《淮海詞經見各本字句異同表》；四、《現存淮海詞兩宋本比較表》。條分縷晰，自謂頗極詳密，蓋前此固尚無人以此十三種本從事彙校者也。《淮海詞》經此整理，版本字句之異同變遷，胥可瞭然。因思宋本《淮海詞》，天壤間祇存此二部，而所存原版葉數又不一，既同出一版，似不如裒兩本之屬於原版者合而景印，以存其真。因商之袁、吴二氏，得其許可，印以行世，并附所撰四表暨校勘隨筆各條，其兩本内序、識語之可資考證者，一並附入。至兩本原缺各葉，均經鈔補，而所從出不同，吴本似從張綖本出，且又出朱卧庵手，訛誤較少，故此次凡兩本無原版之葉，則用吴本之鈔補葉，而將故宫本異同注出，庶真相可稽。而《淮海詞》可據此爲比較最善之本。獨惜康熙時黄子鴻尚及見之《淮海琴趣》，今已了無蹤跡；長沙本更久不可得見，無從爲最有力之校證，是可歎也。至是書之校勘，借録多賴張菊生元濟、徐積餘乃昌、袁守和同禮、趙蜚雲萬里、趙叔雍尊嶽、龍萸生沐勳、吴瞿庵梅、吴湖帆湖帆諸先生之力，其繕寫則賴何

君誌航、時君巽庵，合并聲謝。民國十九年

——葉恭綽《遐庵匯稿》，《民國叢書》本

《全清詞鈔》序

我編輯《全清詞鈔》始於一九二九年，其時居滬，方爲當局所忌，故從事於文藝編輯工作以自韜晦。又朱彊村先生爲詞壇尊宿，亦方寓滬，與夏劍丞、冒鶴亭、黄公渚、龍榆生諸君及余結詞社。後與龍榆生創編《詞學季刊》，又校刊《淮海詞》，葺印《廣篋中詞》，同人因以編《全清詞》相屬。時余方倡導「韻語與音樂合一」之説，以爲今後短長句之韻文必别生變化，但其體製當與宋代之所謂詞不同，即與元曲暨明清之詞曲亦殊異，殆將合詩、騷、歌、謡而爲一，而要點則章句之長短、音韻之平仄，皆不必局限，而以必能合樂爲主，因此可信必有一種新體詞曲之産生，余擬定其名曰「歌」，歌既生則舊日之詞曲恐遂成祧廟，猶文之駢體，字之篆隸矣。而詞則尤先退位，以元明清之詞，幾乎例不能唱，已不合羣衆之要求，而聲情音色亦不易配合也。而有清二百數十年詞之造詣，實超乎其他文藝之上，至末造尤然，蓋幾乎與唐詩、宋詞繼軌，故可稱爲此類韻文之一大後勁，亦可云即其一大結穴。繼此以往，恐將别啓逕途，新創形式，故編輯清一代之詞，實有繼往開來之義，而非如以往詞鈔、詞匯之所謂揚風扢雅或聲應氣求而已也。造端既頗宏大，則徵集資料、決定方針實爲首務。古微先生之言曰：「清代時近則作者多，廣收必濫，嚴取嫌類詞選，非本旨，無已，其定爲『詞鈔』乎？」衆皆曰「善」。時夏潤之、邵伯絅、譚篆卿方旅北京；柳翼謀、吳瞿庵、盧冀野、蔡嵩雲、唐圭璋、夏臞禪、石弢素皆在南京，而楊鐵夫、汪憬吾在廣州；張艮廬在吳門；邵次公在汴梁，而徐積餘、潘蘭史、金籛孫、吳湖帆、易大岸咸在滬，皆任搜集之勞，郵筒日再至。余復廣向各圖書館、書坊及私家購借，一二年間，詞之總集、別集及附見者麕集余所，凡逾五千種。其始同人分任初選，而余任覆選而終決於朱先生。朱先生一一爲之審擇，且有增乙。閱年餘而朱先生逝世，余不得不承其後，而時局屢變，選事粗畢而倭戰起矣。滬失之晨，余倉皇避地，旋將全稿運致香港，企續前功。乃倭攻香港，藏稿處適當火線，幸爲一張姓者先移出，未與他物同燼。及余旋滬，遂誓畢其役，延陸微昭助任編次，大體粗完，而余患病幾於不能救。還鄉養痾，間有搜補，而余年近七十矣。時局日臻安謐，余入京始發篋，重加編訂，有所釐正，都爲四十卷。另例言、目録、引用書目爲一卷，即今稿也。先是，陳君乃乾輯清詞家之著名者，彙其詞集爲《清代百名家詞》，龍榆生近選清人詞爲《清詞選》，皆已印行，一則祇限於若干家之詞集，一則祇限於若干人之作品，其體製固與此不同，抑前者固主便於省讀，未及綜合貫串以供源流正變之推尋，此編之出，或可爲研求近三百年詞學之一助。至於一切體例，具載例言。末學衰年，難成完璧。方今吾國文藝，已又轉入一新時代，此書與大衆相見，倘能供從事吾國傳統文藝或韻文史者之片段資料，藉以不没朱先生及諸同志之勞勩，是固余之深幸，抑亦諸作者之所深幸者。以二十年來，余所得諸詞家之原稿，又多已燬失，其中手稿或以絶版者不少，藉此或可存什一於千百也，抑今之歌咏多能合樂，其流行當極廣，已證前此吾言之不謬。第歌咏源出於詞曲，固無疑義。寖假文藝音樂之進步，能貫通古今中外，則前此詞曲之未能合樂者，或亦可悉被管絃，則詩、詞、曲、歌之間似不必定爲鴻溝之畫，則詞之存在當如詩與曲仍有其一定之地位價值，則此編或可與《全唐詩》、《全宋詞》同爲韻文總集之會要。獨惜清詞作品浩如淵海，吾所未選之一千數百家及未及見者，雖未必盡爲遺珠，然若集大成則猶爲有待，是則須賴羣賢之努力矣。譬之通道，斯其篳路藍縷也乎？時一九五二年六月。

——葉恭綽《矩園餘墨》第一輯，民國鉛印本

《毛刻宋六十家詞勘誤》序

彙刻宋詞，始於虞山毛氏。雖編校疏舛，猶夫明人刻書遺習，然天水一代詞集藉是而存者不尠，實有宋詞苑之功臣也。毛氏所刊止於五集六十一家，然初意似非限此。明末清初，宋詞存者尚富，使當時能繼續付之剞劂，詎非幸事。惜乎潛采堂、傳是樓、靜惕堂，暨厥後守山閣、小玲瓏山館、知聖道齋之所蒐集，毛氏尚有未及見者，遂不克謂之全璧，然甄采之功，匪可没也。自《彊村叢書》出，人手一編，毛刻或淪祧廟，但若無此基礎，恐古微老人亦未易奏功，斯又先河後海，論者所宜知者矣。朱子居易從予治清詞有年，復助唐君圭璋研考宋詞，精勤不苟，因感毛刻之多疏舛，欲整治之，使無疵纇，兼以見諸家鈔刻之異同善否，遂發篋爲勘誤一書，鉤考綜貫，以存作者之真，而匡汲古之謬，累月脱稿，持以示予。予維校勘之學，莫盛於清，雖蠹剔爬梳，有時或嫌破碎，然有功古籍則爲事實，第所治率以經史子爲多，集部浩瀚，難以遍及。若夫詞則又益未遑焉。自古微老

人校刊宋元諸詞，網羅各本，字櫛而句梳之，斯道乃大光，而龍榆生之於東坡、楊鐵夫之於夢窗，則爲之愈專而效亦益著。今居易乃取《六十一家》而悉校之，吾未知較朱、龍、楊諸家何如，而其爲毛氏之功臣，則無疑也。因慫恿其付刊，而爲之序。中華民國二十五年六月。

俞平伯詞集序

德清俞君平伯，承先德曲園、階青兩先生家學，淹通博雅，有聲於時。余昔纂《清詞鈔》，曾從君索先德所爲詞，顧不知君之亦深於詞學也，故輯《廣篋中詞》，亦未及録君所作。比復來京師，乃得讀君詞稿曰《古槐書屋詞》者，則功力深至，迥異時流，始感昔者知君之未盡，而君顧不自慊，且下筆矜慎，綜數十年所作，僅存此二卷，是不但足以窺君之詞之工，抑君治學處世之不苟，概可知也。時勢遷流，詞之學似已不爲世重，第文藝之有聲調節拍者，恒能通乎天籟，而持人之情性，此殆始終不可以廢，或者形式應有所變以合乎時趨而已。至其抒情寫實，鳥啼花笑、濤飛雹擊，以至吟紅裁碧之能，引商刻羽之巧，固不分時地與體製，皆莫之能異者也。且將演進焉，而使之與道大適。文化高潮之湧至，其必有此一日，吾徒功能之未逮，斯亦已矣。必謂畛分溝限，視前後若涇渭之不能合，抑何自視之卑而所見之隘也。余意《詩》三百篇，由二字至九字，本爲長短句，漢、魏迄於唐、宋，習爲排律、對偶，束縛平板，實斯道之衰。其中自有佳製，然流變實如此。以求合樂之故，而有詞與曲之産生，乃自然之理。余廿年前，即主今後應有標新之製，名之曰「歌」，其定義則一必能合樂，二須有韻脚，三雅俗能共賞。首與蔡孑民、蕭友梅、黄自、易大岸諸先生致其研討，今諸人皆已矣，余老衰，迄無所就。曩編《清詞鈔》、《廣篋中詞》以迄與龍榆生合編《詞學季刊》，及爲諸大學講述，皆屢表其主張，而應者蓋寡。今者新製之歌，傳播無慮數萬，高下固不必論，而詞與曲與歌之遞嬗則已成事實，獨惜鴻篇佳製，如詞與曲初期所産生者不少概見，斯實吾徒實踐不力所致，應引以自咎，而又不得不有望於詞林諸同志者也。平伯於詞所造既深，而又能審音度曲，於此必有所契，其有意於代興之作也乎？余日望之，因於此發其凡焉。一九五四年春。

《佞宋詞痕》序

余少好爲詞，十五六歲時所作，謬邀文道希、易哭庵、王夢湘諸丈之賞譽，其後執教、從政，荒所業者有年。嗣於一九二八年秋，南下居滬，始識吴君湖帆。吴君工書畫，多藝能，與賢配潘静淑女士伉儷相莊，倡隨文史，侔於趙、管。一日以所藏宋刻《梅花喜神譜》屬題，始爲賦《疏影》詞一闋。時余方觸時忌，欲以文學自晦，因遂多填詞，詞亦少進。然湖帆時方專繪事，未甚爲詞也。自是數年間，余得奉教於當代詞宗朱古微先生，又與冒鶴亭、夏劍丞、林鐵尊、潘蘭史諸君結漚社相倡和。復與龍榆生共編《詞學季刊》，繼又輯有清一代詞爲《清詞鈔》，余遂忝附聲家之列，所作益多，湖帆則仍罕命筆也。抗日時，余避寇離滬，流徙數年，意興牢落，所作遂稀，湖帆乃大肆力於詞。今年余居京，湖帆裒所爲詞屬汪君旭初選定，付之剞劂，來緘索序，計爲卷五，爲詞二百五十有餘，附以潘夫人遺作。余雖未窺其全，然以其所作之富，及爲之之專，見豹一斑，足概其餘。噫！湖帆於此道，其有所成矣乎？余近歲感於時局之變，以爲爲學應探其本，又夙持「聲文合一」之説，謀韻文之能合樂，以爲繼詞曲後應産生新體之歌，故罕爲詞，而所製之歌又迄無成就。日月云邁，而余則既老矣。自念屢變而終無成，視湖帆之鍥而不舍，既愧且恨，因撮余所感者，著之簡端，以覆湖帆，亦以證一藝之成之匪易，如余之屢易所嚮而終無所成之可以爲戒也。至湖帆之詞之工，固不待余之揚榷矣。一九五三年六月，時年七十又三。

《衲詞楹帖》序

自竹垞《蕃錦》，生面别開，組繡穿珠，作者羣起。逮《眉緑樓》與《水流雲在》、《麝塵蓮寸》，三家專集詞句，斐然成章。江陰何氏復集詞爲詩，號《詞苑珠塵》。之數家者，賫輯所存，粲盈卷軸，雖云别調，要是大觀。同、光以還，復有集詞爲聯語者，吾粤陳蘭甫先生恒喜爲之。先大父南雪公亦所集盈百，第不過佇興偶作，未裒然成帙也。元和顧氏、烏程張氏，家園亭館楹帖，悉集詞句，盛稱一時，第亦僅限於自賞。比歲，梁任公喜集詞爲聯贈人，人争欲得之，都所集當至二百，然猶未極廣博也。今歲，丹徒趙君以所集宋詞聯三百餘郵示，已驚其夥矣。頃邵君茗生復寄所集宋代詞聯，爲數至三千餘，擇其尤者，尚三百餘，機杼在心，若自己出。誠哉文章之事，後起而益工也。余惟天下事物，靡不自簡而之複，孤往之士，於意所蕲向，冥心媷志，鍥而不捨，雕蟲貫蝨，洞及纖悉，其精神之浹注，固與任重致遠者無異也。故君子往往以一藝之微而克通乎道。今邵君年事方盛，學裕而才富，其所規爲當甚遠大，顧縈情於此，津津焉若不能自休，詎非其不苟之精神，隨所寄而發露者歟！余嘉邵君致力之勤，而又以券其推之遠大之，其能益著也，因樂爲之敘，固非止與諸家所集絜其短長已也。民國二十年三月。

——以上葉恭綽《矩園餘墨序跋》第二輯，民國鉛印本

《清名家詞》序

余嘗論清代學術有數事超軼明代，而詞居其一。蓋詞學濫觴於唐，滋衍於五代，極於宋而剥於明，至清乃復興。朱、陳導其流，沈、厲振其波，二張、周、譚奠其體，王、文、鄭、朱續其緒，二百八十年中，高才輩出，異曲同工，並軌揚芬，標新領異，迄於易代，猶綺餘霞。今之作者，固强半在同、光、宣諸名家籠罩中，斯不可不謂之極盛也已。顧篇章流播，散在羣書，甄綜貫串，有待賢哲。百十年來，以地望結集者如《粤西詞見》、《湖州詞録》之類；以聲氣結集者如《薇省同聲集》、《題襟集》之類；以品類結集者如《百花詩餘》、《閨秀詞鈔》之類。或搜羅雖富，而抉擇未遑；或執德未宏，而規模較隘，於掇華擷秀之道，尚有未逮。余曩者有《清詞鈔》之輯，欲網羅有清一代之詞，擇尤選録，經營五載，所輯蓋五千餘家，以矜慎從事，猶未勒成，復欲選其最者爲《清六十家詞》，以確有本原、能自立門户者爲限，牽於人事，亦未成書。海寧陳乃乾先生，承學好古，今之汲古閣、知聖道齋也。頃出其清閟所藏清詞，擬付印廣傳，先以百家爲一集。詞宗碩匠，大致無遺，表一代之宏規，存百年之文獻，與吾所擬集者正復相去無幾。後生可畏，先我著鞭，此書出而余之《清六十家詞》殆欲焚筆硯矣。方今聲家争起，萬派争流，余恒持通變之説，謂後將創爲新體之歌以應時會，顧體製必有所承以資蜕化，而胸襟、意境與技巧之誠中形外，則固歷劫而不能劘者。學者欲究

斯道之蕃變，以期能自得師，則此書固司其扃鑰也。民國二十五年六月。

——葉恭綽《矩園餘墨序跋》補遺，民國鉛印本

《冰紅集詞》題識

此書爲鄧文如舊藏，不知如何佚出，爲章孤桐兄所得。余曩輯《全清詞》，覓玉棱作僅得一首，不甚已。今得此，頓獲遺珠，已采入編内矣。冰紅與水雲雖爲大小阮，然詞不同源。水雲力厚思沈，有如老杜；冰紅則類昌谷、方城，蓋取徑不同，故成就各別。綜此三册，初期類玉田、草窗，參之梅溪，其後漸入蒼渾，胸襟亦較恢廓，似欲由夢窗以摩清真之壘，未及大成而殞，殊可惜也。然在同、光間不失爲一作家，安得有好事者爲之付印，以闡幽光耶？遐翁葉恭綽識。

——蔣玉棱《冰紅集詞》，稿本

《通雅齋詞》跋

琢如標義頗高，而所作實不足副之。體格既嫌不高，選詞造句尤多淺率。於柔厚駘蕩之旨，更少窺見，信哉全才之難也。

——成本璞《通雅齋詞》，清光緒三十四年刻本

《席月山房詞》跋

星垣先生詞，向聞其名，未之見也。今得此册以示南屏、東原二丈，同爲欣慰。綽近輯有清一代詞，吾粵詞家寥落，殊形減色。慈博先生方廣蒐粵中文獻，渴望有以助吾闡發，藉揚盛美，庶湖山清響，流播中原。玆編特其嚆矢耳。葉恭綽借讀因識。

——桂文燿《席月山房詞》，鈔本，中山大學圖書館藏

《蓮裳公詞稿》題誌

此爲先曾祖蓮裳公詞稿。卷首審訂者不知何人，似係先祖南雪公刻此詞時請其審訂者，因刻本悉依其意見也。蓮裳公手稿甚多，迭經變亂，所存無幾。十年前余始將詩稿名《斜月杏花屋詩》付刊。一九五七年四月，曾孫恭綽謹志。

自去冬始，書價大昂，此爲北京東來閣自廣州搜購所得。此册未選，諸作均未刻。

——葉英華《蓮裳公詞稿》，稿本，上海圖書館藏

《説劍堂詞》跋

余與夏劍丞、姚虞琴編校蘭史詩竟，謀並刊所爲詞，乃取其已刊及所存各稿，由余爲之選定，

凡得若干首，以屬譚和庵附刊於詩後。蘭史少時，所刊詞曰《海山詞》、《花語詞》、《長相思詞》，曰《珠江低唱》，凡四種。厥後所作曰《飲瓊漿館詞》，曰《花月詞》，則皆未附刊。今兹綜合選録，名之曰《説劍堂詞》，從其朔也。海上詞人爲漚社，歲時宴集相唱和，恒以齒敘座。自彊村謝世，蘭史以年最長爲尊宿，意興甚豪，吾輩方歎爲莫及。乃匪久，復與夢坡、子大先後逝，社事遂稀。世宙茫茫，三數書生喁于海壖，託於春鳥秋蛩，求稍澹其民物之抱，而聊相慰藉，蓋尚如是之不易也。抑世道晦盲，人情涼薄，吾輩今日爲蘭史編其遺著，他日誰爲吾輩任此役者，循誦再三，益不勝生世之感矣。民國二十三年九月葉恭綽跋。

——潘飛聲《説劍堂詩集三卷詞集一卷》，民國二十三年鉛印本

《欸紅樓詞》跋

右梁節庵丈《欸紅樓詞》一卷。余今歲還鄉，於李芳谷處得其稿，是否全璧，未敢定也。丈没不十年，藏書星散，詩之已定稿者，其子匿不示人，僅由親友掇拾付刊。余懼此稿亦淪於毁滅，故亟付梓人。丈少日入燕，即寓先大父南雪公米市胡同宅，從南雪公學詞，與先伯伯蘧公、先嚴仲鸞公、本生先嚴叔達公，日相唱和，今丈詞集中，尚有存者。獨惜先嚴昆季所作，竟無一存，遺澤就湮，掩卷增痛。至先生詞筆清迴，極馨烈纏綿之況，當世自有定評，固毋庸區區重爲揚榷也已。民國二十一年七月，葉恭綽。

——《詞學季刊》創刊號

傅燮詷《詞覯》跋

康熙間，靈壽傅燮詷所輯《詞覯》六卷，皆清初人所作。余廿年前得於杭州，乃壬戌金陵傅德炤根據道光甲辰中金天福傳鈔而重鈔者，訛脱頗多。余於北京曾見傅氏家祠所藏稿本爲二十二卷。余初以爲金氏鈔本爲不全，近經細閲，知六卷本實傅氏自從廿二卷摘鈔者。兩本至今迄未曾刻過，其中不少作者已無傳作，藉此均留片羽。故此書内容作品雖限於順、康時，亦有留傳價值也。余維順、康間詞，雖襲明人餘習，未入正軌，但此是一時風會，其間傑出者，一方面承明末諸家渾厚綿麗之長而去其纖仄，一方面漸窺唐宋間諷寓寄託之旨而逐開新境，似較之後來之膚庸淺薄似反有所長。指張皋文、周保緒等派之外而言。固論近三百年詞學者所應知道的，至燮詷所選各詞，未必即爲作者的精品，即傅燮詷自己所作亦頗平凡，但其論詞的體制等有如下之説法：《詩》三百篇，皆可被之絃歌，即古人之詞。漢創樂府即漢人之詞。唐之樂歌《清平》、《陽關》等即唐人之詞。至樂部散而詞調出，唐之樂歌不傳。宋末元興，始有南北曲，則曲之聲日繁而詞之聲日失，所謂詞者，不過存其格調之梗概而已，求之宫調，已成絶響云云。誠爲通識至論，似較之後來論詞作詞者，反爲中肯。如論調名、音律等儘高於萬紅友諸人。其自序云：「余爲是編，乃不忍以三十年采集之苦心，棄之敗簏，且以備他年采輯者之用，若幸而得傳，則余三十載之苦心，亦可竊附而藉以不朽。」及金天福鈔本序文認爲「其志可哀，故重爲裝訂，然亦以無力開雕，爲憾言之」，似頗多感慨。但金氏所望亦迄未能實現。今又閲百載，恐詞家知傅燮詷其人及《詞覯》者恐極寥寥，能知金天

民國　　葉恭綽

福曾傳鈔者更少，至傅德炤之重鈔，更不待言矣。時代變遷，趨向不同，文藝作品之沈埋毁棄者何限，誠足令人慨惜，但本古爲今用之旨，網羅放失，以存一時之真相，而備歷史性之參考資料，似亦不爲浪費精力也。因爲述所見，以跋之如右。

納蘭容若致張見陽手札書後

右清初葉赫納蘭即葉赫那拉容若成德致張見陽純修手札二十九通，先後跋語已詳，尤以愛新覺羅啓功元白考訂爲精審，可不再贅。容若所作詞，殆冠清代，手迹向所稀見。余曩者得其自書詞二首，遭亂失去，今獲見此長卷，如遇故人，復有風流闃寂之感也。余少時即頗信容若與《石頭記》關係諸説，但未得確證，是以欲續蔡孑民之索隱，亦迄未下筆，第有一點爲研究容若身世、事蹟所不容忽者，則容若言行中似對清朝若有隱憾是也。此説余昔聞之文道希丈廷式，文則聞之盛伯希。容若承席華膴，爲貴公子，不應有是。第考其先代葉赫那拉，本遼東一部落，至其祖金台吉與愛新覺羅族搆怨，致爲所滅，幾殄其族。其存者殆以俘其女爲后故，留少數人編入旗下，明珠以次，皆孑遺也。觀清太宗攻那拉族時，誓師之詞，仇怨之深，蓋可想見。及順治入關定鼎，明珠以外戚顯貴，爲時未幾，是否已盡忘前恨，固未可知。厥嗣聰明，又與諸優秀漢人習，灌輸濡染，因生民族思想，亦意中事。尋其因果，當由清用明珠爲囮網，以軟化漢族諸名士，明珠因令其子與門客從事延攬，而其子乃不覺爲芝蘭之化耳。觀於高江村由明珠薦引入參機要，又容若拜徐健庵爲師，以三十萬金託徐氏編《通志堂經解》，而徐兄弟顯達後，必邀舅氏顧亭林至京。及顧梁汾乞容若救吳漢槎諸事，皆有蛛絲馬迹。又明珠令門客安氏行鹽致巨資，殆亦以供延攬之用者。安即麓村先人，實清初所俘朝鮮人，編入內務府旗籍者。其時俘虜分與各貴族爲奴，乃等閒事，其中不乏優秀分子、翹然特出者，故清代大臣恒有擡旗之舉，即銷除奴籍之謂。論者或疑安麓村既爲那拉氏家奴，不應有如此風流文采，此實不明旗籍掌故，蓋此類人，雖屬奴籍，實非如廝養僕隸，專供伺應灑掃之役者也。當時明珠家之財權，殆在安手。容若年幼未能指揮，故恒有勸諸名士周旋安氏之事，而諸名士雖爲利禄而來，亦或未忘故國，且有密謀恢復而故爲地上工作者。觀於顧亭林、屈翁山諸人與仕清諸貳臣情好不匱，殆亦因此。容若初與諸名士往還，天下尚未大定，其間殆亦有窺見那拉上代與愛新覺羅族一段恨史者，乘機默運，自在意中。容若諸作品亦時以諸名士不以貴遊視彼爲喜，其間或有涉及政治關係，未可知也。世傳清代祖訓戒那拉氏女子入宮。余查清代史牒，累朝皆有葉赫那拉氏之妃嬪，匪止咸豐、光緒兩朝，其傳訛之故，殆亦緣清初有此事實，故形爲丹青。匪寇昏媾，可爲感傷。見陽乃漢軍旗人，工詩畫，余藏有見陽手繪《楝亭夜話圖》，乃紀容若没後曹楝亭與施世綸及見陽三人話容若舊事者，三人皆漢軍，施則琅子也。中有顧梁汾長跋，語甚淒咽，與此卷可相印證。且楝亭與《石頭記》及容若三方面之關係，亦研究紅學者之好資料也。又余曾藏見陽所刊《飲水詩詞集》初印本，雕鏤極精，墨釘猶在，並有梁汾「積書巖」藏印，惜爲六丁收去，附志於此，以供編訂容若事實者之參考。遐庵葉恭綽，志於北京東城芳嘉園即那拉氏母家故邸之鄰舍。芳嘉園世稱爲鳳皇窠，以其曾誕二皇后也。

——以上葉恭綽《矩園餘墨》第一輯，民國鉛印本

明祝允明手寫《樂府指迷》跋

此希哲手鈔本，其書法之工，固不待論，抑古人之勤學，豈今人所能望其肩背耶？余别有希哲手寫《夷堅志》，有曾見其手寫《興寧縣志》，此外王雅宜手鈔《莊子》、陶南村手書《古刻叢鈔》均在余處。蓋書經手寫，必能格外精熟，非必緣典籍之難得也。今此風已渺，不可得矣。曩時陳蘭甫先生、王湘綺先生，又先祖蘭臺公均好自鈔書，先正典型，思之神往。此册文字與刻本容有異同，若取加校訂，亦快事也。如《樂府指迷》作者，各本多稱爲「沈義父」。余往日頗疑「義」爲「乂」之誤，而「父」字乃形似誤重，今此本正作「乂」，足證吾説，可爲一快。民國三十五年十月。

按此必爲希哲自課之用，故末幅乃雜録唐詩之類，王百穀疑爲朱子儋作，正以其書法之精湛耳。自課之書法，而精湛若此，所以難能可貴。百穀通倪，殆不能爲此，然百穀平生翰墨甚富，亦非泛泛浪子之儔，猶之楊鐵厓、陳眉公，雖裝點山林架子，然固績學有素也。希哲與子儋契，殆此册爲子儋取去後乃存於子儋所耳。

月來重檢《吴江》、《震澤》諸志，言作「沈義甫」或「義父」，並無作「沈乂」者，枝山未知所據何本，尚待考訂。

此祝氏手鈔《樂府指迷》，與《海嶽遺事》合裝一册，殆明代少刻本，故爾傳鈔也。沈氏事迹見《蘇州》及《吴江》各志，均頗簡略。此書有明《花草粹編》附刻本、《四庫全書》翁大聿校本、百尺樓叢書本、四印齋所刻詞本，近年唐君圭璋彙印《詞話叢編》，乃取諸本加以彙校，其中頗有出入，用列表於下，以供參考：

唐本原文　即唐圭璋彙校本	祝鈔原文　即祝允明手鈔本
「而失柔婉之意」	祝作「而無宛轉之思」
「思此則知所以爲難」	祝作「此其所以爲難」
「唐宋諸賢」	祝作「唐宋諸人」
「姜白石清勁知音」	祝作「清勁亦知音」
「語雅澹」	祝作「語亦雅澹」
「有些俗氣」	祝作「間有些俗氣」
「漸染教坊之習」	祝作「微流教坊之習」
「可惜」	祝本無此二字
「結句須要放開含有餘」	祝作「結尾須是放開含有餘」
「遍城鐘鼓」	祝作「遍城風雨」
「亦好」	祝作「亦不妨」
「時提調」	祝作「時時提調」
「覺不可曉」	祝作「覺不分曉」
「一兩件事」	祝作「一兩件故事」
「引用」	祝作「須用」
「又深閉門」	祝作「又用深閉門」

「一枝帶雨」　祝作「一時帶雨」

「祇説花之白」　祝作「祇説白」

「則是凡百花」　祝作「則凡是百花」

「唐人諸家句」　祝作「唐人諸家詩句」

「即如《花間集》小詞」　祝作「如《花間集》小詞」

「等字」　祝作「等事」下同

「便是書字了」　祝作「便是書了」

「直捷」　祝作「直拔」

「玉筯雙垂」　祝作「玉筯還垂」

「卻是賺人與耍曲」　祝作「卻是賺與耍曲」

「翦截齊整」　祝作「翦裁齊整」

「古曲亦有拗音」　祝作「拗者」

「礙」　祝作「硋」

「今歌者」　祝作「令歌者」

「金字當用」　祝作「金玉當作」

「游字合用去聲字」　祝作「游字合用去聲」

「往往不協律腔」　祝作「往往多不協律腔」

「做賺人所作」　祝作「做賺人所作之詞爲多」

「故多唱之」　祝作「所以人多唱之」

「乃大病也」　祝作「乃詞家大病也」

「略用情意」　祝作「略有情意」

「或要入閨房之意」　祝作「或融入閨房之意」

「然多流豔淫之語，又不似詞家體例，所以爲難，又有直爲情賦曲者，尤宜宛轉回互可」　祝作「然多流爲豔淫之語，當自有斟酌，如祇直咏花卉而不着些豔語，又不似詞家體例，所以爲難。又有宜爲情賦曲者，尤宜宛轉回護可也」

「怎字、恁字、奈字、這字、你字之類」　祝作「如怎、恁、奈、這、你字之類」

「不得已而用之」　祝作「不得已則用之」

「一詞中兩三次用之」　祝作「一詞兩三處用之」

「不若徑用一静字」　祝作「所以不若徑用一死字」

「柳詞《木蘭花》」　祝作「柳詞《木蘭花慢》」

「在上」　祝作「在其上」

「詞中」　祝作「詩詞中」

「此何意也」　祝作「此何意義，如此之類，不可枚舉，亦不思之甚也」

「乃故爲豪放」　祝作「乃欲爲豪放」

「諸賢之詞」	祝作「以余觀諸賢之詞」
「不放處」	祝作「至於不豪放處」
「楊花」	祝作「及咏楊花」
「非不能也」	祝作「非不能也，以此文過飾非，吾恐諸賢有語矣」
「多要兩人名對使」	祝作「多要用兩人名對使」
「學也」	祝作「學他」
「如《宴清都》云『庾信愁多，江淹恨極』，《西平樂》云『東陵晦迹，彭澤歸來』，《大酺》云『蘭成憔悴，樂廣清羸』，《過秦樓》云『才減江淹，情傷荀倩』之類是也。」	祝作「庾信愁多，江淹恨極，東陵晦迹，彭澤歸來，蘭成憔悴，樂廣清羸，才減江淹，情傷荀倩，親持鄭驛，時倒融尊。」
「不唯讀之」	祝作「蓋不唯讀之」
「而歌時最協韻應拍」	祝作「而歌詞最要協韻應拍」
「不可以爲閒字而不押」	祝作「不可以爲閒字而未押韻」
「如《木蘭花》」	祝作「如《木蘭花慢》」
「以他皆可類曉」	祝作「其他皆可類曉」
「又如《西江月》」	祝作「又小詞中如《西江月》」

「第二第四」	祝作「第二第四韻」
「平聲押東字，側聲須押董字」	祝作「平聲韻押東字，側聲韻須押董字」
「尤可笑下」	祝「有詞腔謂之均，均即韻也」
「初試詞」	祝作「初賦詞」
「全在推敲吟嚼之功也」	祝作「全在推敲吟嚼之功，不可急性」
「咏月出兩個月字」	祝作「咏月而出兩個月字」
「戒宜之」	祝作「宜深戒之」

以上校對結果，似祝本頗多勝處，用眘録以詔後來讀者，當能自得之，勿須覼縷也。首段自序之末，有「時齋沈乂伯時書」七字，爲各本所無。沈伯時，名義父，各紀載及此書各刻本均同，而此乃作「乂」，不知何據。或者有一鈔本從俗作「乂」，又脱去「父」字，而祝因之，未可定也。民國三十五年九月。

《花間集》跋

《花間集》刻本，世傳海源閣所藏宋淳熙本爲最。民國七、八年，楊氏書散出時，余曾求之未得。今聞歸天津某氏。此本紙墨不類宋物，羅叔言斷爲明仿，誠然，是所據是否即淳熙本，亦不能臆斷。緣淳熙本每半葉十行，行十七八字不等，而此則每半葉十行，行十八字。淳熙本無陸放翁跋，而此有之。或此刻乃據紹興晁本，而淳熙本則别有所據，未可知也。卷内有武功伯及天籟閣印，蓋經徐有貞、項元汴遞藏，不知何時歸羅叔言，又歸袁寒雲及日本人橋川。至沈朗倩，明末諸生，入清爲僧。其「太史公牛馬走」及「侍直清暇」兩章，與沈之行歷不符，當係另一人之章，叔言誤記耳。頃承一氓同志見示，因題。余藏書遭倭寇之亂，散失已盡，未能廣爲參訂，殊以爲愧。

宋刻《淮海集》零葉跋

此宋刻《淮海集》照片二紙，乃昔年張菊生先生得自日本，而轉以貽余者。時余方校訂《淮海詞》，冀得乾道本作根據也。乃中日戰開，迄今無法覓得該宋本對勘，而國内迄無原刻全本，僅余裒集兩種宋本殘帙合印本流行於外而已。古籍外流，乃至文藝珍本亦多歸他國，可慨也。又余考訂《淮海詞》時，曾向宗子岱借觀明胡民表刻本，子岱以序文先見寄，謂全刻與張綖本完全相同，序文爲張繪所撰，即張綖之弟也。余未及再與子岱通信，而抗日戰興，子岱旋去世，今未知此本尚在宗家，抑散歸何處矣。

清焦里堂自録倚聲卷跋

此卷爲吴湖帆借閲，忽已六年。今以見還，若前此仍在余所，恐亦已失去矣。

此詞卷於民國二十五年得之滬市，市估云出自徐積餘家，未之詳也。積餘近歲家貧病廢，所藏多以易米，又爲子弟私售，今歲逝世，藏物星散矣。余曩得里堂《易説》全稿，經亂失去，聞亦出自積餘家。積餘温雅沖和，世稱長者，而所遘若此，可歎也。里堂詞曾付刊，此卷與之有無異同，容後校勘方知。余以輯有清一代詞，因藏詞人手稿不少，經亂多歸散失。今漸老，無復往時興會，藏物亦無可託付者，因思雲林、天籟尚不再傳，一切有爲法，本如夢幻，亦不必再生係戀矣。民國三十二年十月。

——以上葉恭綽《矩園餘墨序跋》第二輯，民國鉛印本

龔氏《詞斷》跋

《詞斷》一卷，民國二十四年春得於滬肆。所選詞爲唐代李白、白居易、温庭筠三家，五代則南唐二主以次凡九家，宋代則歐陽修、晏幾道諸人凡二十五家，大體與周保緒《詞選》略同而微有出入，去取間頗具手眼。不著選者氏名，第鈐印章曰「龔宣」、曰「宣侯私印」、曰「羽琌山館」。全卷皆有朱筆圈識，末有字一行曰：「道光庚子孟冬重録，初五燈下校讀一過，記之。」卷面標曰「《璓聰館詞選》，庚子夏日重定。」卷中有朱筆眉批四處，藍筆眉批四處，字跡工秀，與卷中所選詞似出一手所書。余維「羽琌山館」爲龔定庵居昆山時之别號，世所共知。此龔宣殆即選詞之人，而其人爲誰無從考證。定庵歿於道光辛丑，爲庚子之後一歲。據吴昌綬所撰年譜。定庵共生二子，曰橙、曰陶，無名宣者。定庵及橙，名號皆累易，陶後更名寶琦，字念匏，然均未名宣及字宣侯，然則此龔宣究何人耶？如謂與定庵無涉，則此「羽琌山館」印章之印泥，與龔宣名印色澤全同，且鈐

印之部位相連，況又姓龔，決非偶然並列可知。刓序文奥麗遒勁，完全屬定庵家數，可信淵源有自。如謂係定庵或其家屬，則又毫無實證。考定庵原配段氏無所出，二十四歲續娶何氏，橙係何年所生無可考。今假定定庵二十五歲生橙，則道光庚子，橙當二十五歲。橙本早慧，此詞選或出其手，未可知也。橙平生著書甚夥，多失傳，則此書之散佚亦意中事。余數年來蒐羅詞集逾千，而總集則不少概見。此書既無刻本，故亦收置遐庵，惟以未得主名爲憾，深願海内宏雅，有以啓余。兹將所選詞目及序文附録於後，以供研考焉。民國廿四年

——葉恭綽《遐庵匯稿》，《民國叢書》本

《詞斷》跋 之二

余舊得道光年龔宣所手寫《詞斷》一册，曾作一跋，載《遐庵類稿》三七零頁，其時不能斷定龔宣爲何人，僅據各印章疑爲龔定庵之子。後得張彦雲祖廉所編《定庵年譜外紀》，屢言定庵子宣及宣侯，雖未言所據，但彦雲《外紀》内序曾言所紀定庵及孝拱逸事，資料多得自陳小鐵及仲彦父子。大約龔宣即孝拱，亦係據陳氏父子所言。今彦雲已逝，無從質證，然緣之推斷，似宣即孝拱可無疑問。因補記於此。一九五一年三月十日。

——葉恭綽《矩園餘墨序跋》第二輯，民國鉛印本

菉斐軒所刊《詞林要韻》跋

菉斐軒所刊《詞林要韻》不分卷，連同所刊《詩韻》，共裝六册，碧綾紅線，裝飾甚華。民國二十三年冬，得於滬肆。余考菉斐軒《詞韻》始見稱於厲太鴻，《論詞絶句》云：「欲呼南渡諸公起，韻本重雕菉斐軒。」注云：「曾見紹興二年刊菉斐軒《詞林要韻》一册，分東、紅、邦、陽十九韻，亦有上、去、入三聲作平聲者」。而秦敦夫駁之，謂其乃曲韻非詞韻，且疑爲元、明之季謬託，但秦氏《詞學全書》中則重刊之。今考秦本完全與此本同，行款、字數間有伸縮，蓋爲拘於版之尺寸。又秦本於清代之諱亦悉照避，此因時代關係，其實仍一本也。惟秦所據之阮雲臺藏本，是否即是此本，則無由辨識，蓋書中絶無阮氏、秦氏題記也。此書之真價，自以其是否宋刊爲斷。今考書中中縫，悉寫紹興二年刊，與厲太鴻所稱同，而藏印則有「子固私見」一章、「仇遠」一章，「子固」當即彝齋，與山村約略同時，其生皆及南宋之末。此二印既不似僞作，則秦氏謂此書爲元、明之季所謬託，已可證其非是。此外尚有「梅花草堂」一印，當爲明之張大復；「學海」二字印，則不知何人。惟此書既以詞韻、詩韻同刻，而詞韻分部之法於前無據，證以宋人各詞，亦不盡合。其詩韻之分部，則完全與現行之本同，無絲毫差異。按現行詩韻之分部，實祖南宋平水劉淵淳祐壬子所刊之《禮部韻略》，元初黄公紹《古今韻會》因之。惟劉、黄二氏皆分一百七部，現行韻乃分一百六部，則以黄公紹之後，復經陰氏時中删去上聲之拯部，故黄、陰二氏皆元初人，不應紹興時已先采刊其分部之法，且南宋自高宗至理宗功令用韻，皆仍沿用景祐所定之《禮部韻略》，其部爲一百零七，從無紹興時詩韻爲一百六部之說，此書之非紹興時所編刻，已無疑義。惟究係何時所編刻，尚難臆斷。考黄公紹《韻會舉要》中劉辰翁序文，所稱壬辰十月乃元世祖二十九年，而編《韻府羣玉》之陰氏時中乃元初人，其書中尚有趙子昂題字，此書之出，當與之同時，或稍後，則趙彝齋、仇山村自能有之，因此或可釋趙彝齋死於宋代之疑，亦一趣事也。至元初，刊物假託紹興，則殆亦如其他書籍冒名居奇，無足深論，故余定此書爲元初刊物或可無誤。秦敦夫所云元、明之季，偶未深考耳。至秦氏以此書將入聲分配於上、去、入三聲，因斷其乃曲韻非詞韻。近人番禺張德瀛亦謂《詞林韻釋》爲北曲而設，於詞無與，余意曲雖無入聲，而詞中以入聲分叶餘三聲音者甚多，詳細見戈順卿《詞林正韻·發凡》。且曲之無入聲，緣其音啞，但詞亦本以能合樂爲原則，必謂詞之與曲，其間判若鴻溝，恐宋末元初事實並不如是，故必斷此爲曲韻而非詞韻，余未敢贊同。暇當博采衆説，以證吾説焉。至菉斐軒係何地何人，已無可考。惟知其此外曾刊行宋人詞集數種，殆亦陳起之流亞歟？病中多暇，以此書究不失爲詞韻之祖，故略疏所見於上。民國廿四年

——葉恭綽《遐庵匯稿》，《民國叢書》本

《雪亭詞》題耑

此詞題名，不知何時挖去，無從推度。嘗屬朱居易衣，窮搜旁證，結果從《古今詞匯》、《詞綜》諸書考得《雪亭詞》乃仲恒所作。恒，字道久，仁和人，妻鍾氏名筠字賁若，查初白母亦氏鍾，故道久稱之爲甥云。民國二十五年秋，葉恭綽記，此詞藏篋中已六載矣。

——仲恒《雪亭詞》，《清詞珍本叢刊》本

宋版《淮海詞》校印隨記

綽按：故宫所藏《淮海全集》，乃錫山秦氏家藏本，其以何因緣入清宫，今不可考。向疑朱古老跋内「全集存錫山秦氏」云云，似秦氏别有一藏本。今午，晤詢古老，始知其曩時亦得自傳聞，並未目驗。然則故宫所藏，蓋即秦本之全璧，吴本僅單行長短句而已。《淮海全集》目録，確係自宋時即定爲四十卷，又後集六卷，長短句三卷；得此可以證明紀氏《四庫全書總目》以爲此種分卷，由於明嘉靖張綖重編，蓋屬不確。至《文獻通考》載《淮海集》三十卷，三字或四字之誤；《宋史》作四十卷，或衹舉文集而言，或漏載後集，均未可知。《長短句》以三卷爲一卷，或因篇帙無多，三卷合裝一册，故遂以爲一卷。如此解釋，則一切可以貫通無滯矣。《閒居文集自序》在元豐七年，時公方三十六歲，所編卷數，不能以爲定本；故不必據以疑四十六卷及三卷之編訂也。《直齋書録解題》及李之藻、張綖、胡民表刊本均係四十卷，又《後集》六卷、《長短句》三卷。以意度之，淮海全集目録確自宋時即如此編定，不過印行時或有單行之舉，而文學家記述，有時亦欠周密，遂致參差。即如故宫本嚴秋水跋稱：「右《淮海集》四十卷、《後集》六卷」云云，竟不提及《長短句》，而《長短句》固在該帙内。詎能因嚴跋漏載，遂謂當時未編入耶？

故宫本之鈔補葉係根據何本，故宫原本，未有聲明。然臆揣，當是根據李之藻本，蓋以兩本相較，如《八六子》之「紅袂」誤作「紅社」，《鵲橋仙》之「傳恨」誤作「傅恨」，《一落索》之「空飛」作「飛空」，《虞美人》第三首之「夕陽」作「斜陽」，兩本皆同，而他本均與之不同，即其確證也。

兩本同出一版，已無可疑。惟究係何時何地所刊，尚無確證。然竊意主乾道間刊於杭郡者爲是。蓋兩宋公私書籍，刊於杭者最多，而南宋尤盛。宋亡，其版必偕他版同入西湖書院之庫，逮明初遂移入南雍。其不見於《太學經籍志》者，殆偶然疏漏耳。至由南監曾否移於北監，張綖序所謂「北監舊有集版」一語，有無根據，現已無從考證。或者張序之「北」字乃「南」字之訛，未可知也。

吴本鈔補葉，出自朱卧庵，當係據張綖本，較故宫本之鈔補葉爲佳。故此次付印，凡無宋版之葉，即用吴本之鈔補葉。第卧庵鈔本欠整齊，故屬何志杭君重爲謄録，而將故宫本之異同悉注於上。又故宫本下卷末葉係原宋版，而依故宫本及吴本兩鈔補葉之行款，至末葉均不能與之吻合。余知鈔補葉之行款，必與宋本不同，致有此病。因悉心推敲，將各鈔補葉悉照原來宋版排比，如下半闋皆提行寫，及一調而有數首者，所有「其二」、「其三」等字均提行寫，到末葉恰相銜接，一字不差。足證兩本之鈔補葉，均非照原版，而此番重行鈔補爲較得其真也。又吴本《調笑令》之標題，如「王昭君」及「詩曰」、「曲子」、「右一」等字，其地位之高下，亦與原宋版不同。今據故宫本下卷第一葉原版格式，致歸一律。民國十九年

——葉恭綽《遐庵匯稿》，《民國叢書》本

《遐翁詞贅稿》跋

余髫年學詞，忽忽數十載，雖嘗奉教於詞宗諸老輩如朱古微、文道希、王夢湘、樊雲門、易實

甫、夏劍丞、冒鶴亭諸先生，然心得無幾。竊意言爲心聲，然聲有情焉，情有韻焉，非融會乎一切，使之誠中形外，翕合無間，而又能以合律動人，固未足以言詞也。自詞與樂離，雖形式具在，已本戾而道窒，故余往者恒倡別立歌之一體，繼詩、詞、曲之後，以應時需而開新徑。人民建國以來，歌已大行其道，蔚爲大宗，詞、曲殆幾成祧廟矣。余則以才力蹇薄，且人事溷之，迄未有所創獲，仍局於舊體之範疇。即其至也，斷潢仄逕，不達通津，遑云深造，今既垂耄，百無所就，詞亦可知。親故哀其荒落，爲理舊稿，略依年代編次印出，備貽知好求教，此亦適形其陋劣，安所企於作者之林，更無當於今之文藝。其事已贅，故名曰《贅稿》云爾。舊承夏、冒兩翁賜序，仍冠於首，以謝啓掖之賜。遐翁病榻口述。

——葉恭綽《遐翁詞贅補》，一九五九年影印本

題虞山毛氏汲古閣影宋精鈔本《梅屋詩餘一卷石屏長短句一卷》後

昔歲吴印丞校刊宋詞，余屢與商榷。然未知此底本爲羣碧樓所藏也。今承湖帆出示，始悉流傳之緒，而印丞早墓有宿草矣。哀響霜腴，醉魂花外，念之惘然。遐庵葉恭綽志。

——《圖書月刊》第三卷第一期

評梁啓勳《海波詞》

大作體素儲潔，寄情綿邈，工於造句，而泯雕琢之痕。善於寫景而富沖和之趣，固植根於李、

晏、張、蘇、秦、周，而以姜、辛、王、張暢其流者也。讀竟，因志數言，其中間有繩糾，知非徒貢諛者比也。綜觀全集，知功力已極深至，迴非時流所及，夏、邵二公所評，非阿好也。細讀尊詞，似絕無明清詞家氣習，大約緣不誦元以後詞之故，此極得訣。

——梁啓勳《海波詞》，一九五二年鉛印本

與黄漸磬書

奉示祗悉。前承示大詞，匆匆未能有所貢獻。兹垂寄新作，叔雍評騭已極精細，弟本無庸費辭，惟以兄在詩壇之資格，而從事於詞，此非可以尋常看待，至少等於心餘之長教育，如别無特出手眼，根本失其需要。且弟信兄從事於此，必能獨闢境界，且必能將弟所懷之理想，爲他人所未能實現者，使之實現。故不憚詞繁，奉瀆左右焉。詞與詩文相通之點，即至要在有胸襟、意境，而以必須按律之故。修辭、造句，復有其特殊技術，然專工修辭、造句，未可即謂爲佳詞，故詞之推尊五代、北宋者，理也，亦勢也。南宋亦儘有有胸襟、意境者，然終遜於北宋。北宋詞意境、胸襟之高邁，莫過於東坡，歐陽、大小晏次之。然歷代詞家，學各家者紛紛，而能學蘇、歐陽、大小晏者極少，此不止天姿、學力關係，實胸襟、意境之不如。故爲詞必須從胸襟、意境着重，而技術又足以達之。兄擬學清真，此已可云取法乎上，蓋清真之用筆，正如昔人評右軍字之佳處，曰「雄秀」，固不必如稼軒、後村之張眉努目，而筋摇脈轉，乃如天馬行空。以清真之法度，寫東坡之胸襟、意境，於詞之道，至矣盡矣。兄詩筆之精練，業已九轉丹成，一轉而用之於詞，祇須注意於其規矩準繩，其神而明之之處，可一以詩之法行之，便萬無一失。近作數首，細讀之下，似才情爲神韻所縛，略有怯場狀態，尤以《齊天樂》爲遜。《綺寮怨》最完善，《還京樂》次之，餘未盡公所長也。此殆因機杼稍生之故，多做後，自然純熟。至技術方面，似用字之軟硬、生熟、深淺，不盡勻稱；又音節尚須講求。類如層、瓊、硬、兩等字，叔雍已標出。詞之必講音律與否，在今日頗成疑問。但弟有一偏見，即以爲音律可不論過嚴，而音節必須諧協。蓋有韻之文，不論頌贊、詩歌、歌曲，必須讀咏之餘，鏗鏘宛轉，然後情味曲包。弟嘗離開《詞律》，而誦近人之詞，往往覺其拗口處，一檢《詞律》，即恰係失律處。又有時四聲不錯，而清濁偶誤，誦之即不能順口。類如《齊天樂》「凝怨瓊梳」之「梳」字，必用清平，設改爲「瓊樓」，則直讀不下去。此則隨時留意，自能合拍也。近人論律過嚴，弟不甚謂然，以爲不差分秒，亦不能唱出，何必如此自討苦吃？但頗有意做一種可以合今樂之韻文，或依新譜填製，或製後再依新譜，求其可以照唱。其體裁，則在歌謠之間，多用白描，使之通俗，而卻須有文學上之價值。以元曲爲例，而再變之。竊以爲由樂府而變五七言，加以四聲，實使文學發展受其束縛，故詞乃應運而生；詞之窮，而曲復出焉。元曲至今亦百年，而尚未有代興之物。昆曲，仍元曲之枝流餘裔，二黃、梆子復無文學價值。所略有文學價值者，獨各地之歌謠，如粵謳、南詞等。然未有整齊之而令成爲具體化者。此弟之所以主張應發生此物也。民國二十年來，定一國歌不出，各地之校歌皆無足觀，殆即因無人注意之故。不知兄有意從事於此否耶？久欲爲一文，發揮此旨，因懶漫未成。此函所言，毫無倫序，不足示人。暇當敘次所懷成章，奉請商榷焉。民國廿三年

致劉天行函

天行先生道席：前奉一月五日書，稽復甚歉。弟自去年三月患病，今已十一閱月，精神萎頓，百事俱廢。尊函久擬奉答，竟不能一氣呵成，實則弟十年來無一日不在病中，故《篋中詞》之刊行，自己亦不能滿意，今述其編選經過如下：

弟自少習詞，承先祖秋夢老人及文道希先生、王夢湘先生之教，泛覽清詞，即不滿於王蘭泉、陶凫鄉等所選，故得誦譚氏《篋中詞》而喜，然同、光間人，譚選固多遺漏，且闕其工作，似由《詞綜》、《續詞綜》等選本而加以選拔，繼以諸並時朋好之作，糅雜成編。其清初名家專集，頗多遺珠，又所采並時作品，亦多非其至者。殆以清初專集，譚氏多未之見，及采集時作者尚未成家刊集之故，因此欲繼譚氏之後，而補其缺失。從事十餘載，所得不少，嗣因從政，擱置廿年。民十七後居滬，始再着手，一切體例仍從其朔。同時並有《清詞鈔》之纂輯，網羅一代作品，凡四千餘家，意欲糾補以前各選家之缺失，成一斷代而完善之選本。以造端宏大，至今猶未卒業。愚之日力精神，自此遂皆集中於此。反視《篋中詞》之續編，頗覺其不足稱道，特以多年心血，不忍棄之而已。且其間現存作家不少，不能列之清詞，遂姑以爲倉庫。逮民廿七，避地香港，對《清詞鈔》，仍行從事，遂不能兼顧譚氏續編，將全部底稿置之滬寓。詎到港後，仍復多病，且滬上已成風鶴之區。私念世難日殷，孱軀不保旦夕，《清詞鈔》既觀成無日，若《廣篋中詞》又復湮没，未免可惜。因託滬友將《廣篋中詞》底稿，加以詮次，付之印行。其編校一切，鄙人全無法躬親，結果錯誤之處甚多，然既已成書，則亦聽人之指摘而已。私意或猶稍勝於毀滅。不久，敝寓罹意外，書件損失不可數計，此稿因已印而幸免。國難中一切一切，祇能作如是觀，不敢求全責備矣。承示各節，大體可以上列各情爲之解答，蓋此書一則自始即備爲譚氏之續，故不能免爲原書體例所拘，又采葺凡十餘年，往往作者新詞不及追列，且時人寫示所作，以其自鳴得意，難以嚴芟，而讀者見仁見智，正難相强，此亦不能盡滿人意之故也。現《清詞鈔》將次成編，其中體例正略如尊指，祇作者歷史一種，已費了八年心力，尚未就緒，其編次先後，亦極繁難，而不易無疵。至所選之詞是否能爲其人代表之作，則更不敢言。若詞中本事之詮釋，各詞家派别授受之源流正變，本將有所記述，但兹事似無人可以代理，而鄙人病中已無法著筆，故全書久未完成。目下印刷工料奇昂，鄙人經濟久非昔比，覓一人鈔寫均非易事，而病軀不知能苟延幾時，故《清詞鈔》大概四十册之出版，已與愚平生志行，同付杳茫，恐尚不及《廣篋中詞》，猶得以四册書供人批評也。書至此，爲之黯然。清代詞家可徵者殆六千人，而可取者不及三千，或亦有佳作失傳者，故《清詞鈔》之外，本擬編《清詞存目》一書，聊存梗概。亦經著手及半，第此事恐亦無完工之日。又《清詞鈔》，本請朱古微先生主政，當時斟酌體例，煞費苦心，其定名「詞鈔」，亦係朱先生意旨，蓋既不同《詞綜》之寬泛，亦有異「詞選」之專嚴。逮朱先生去世，弟不忍不繼其志，遂沿以爲例。本意如時力許可，將别出《清詞選》及《清代百家詞録》與陳乃乾者不同二書相輔而行，然恐衰孱無能爲役，當留待賢者矣。執事廣學甄微，遠承賜教，同聲之應，不任欽遲。春煦，就晴窗，奉復已，三輟而後就，尚未傾盡所懷，惟亮之是企。民國卅五年二月

——以上葉恭綽《遐庵匯稿》，《民國叢書》本

與陳柱尊教授論自由詞書

柱尊先生左右：奉示暨新著，敬領誦一一。執事高才廣學，恢廓無涯，拘墟瞀儒如綽者，惟有佩羨，何能妄加評騭。年來於詞學，略有探討，承詢「自由詞」一節，敢罄所見，藉塞明問。詩、詞、曲本一貫之物，以種種關係而異其體裁與名稱，其爲敘事、抒情之韻文則一也，應求可以合樂與詠唱，則亦同。愚主張曲之流變，應産生一種可以合樂與詠唱之物，其名曰「歌」。其詳已見拙著《振蘭簃裁曲圖詩序》，兹不復贅。尊著「自由詞」實即愚所主之「歌」。鄙意應不必仍襲詞之名，蓋詞繼詩，曲繼詞，皆實近而名殊，猶行楷篆隸，每創一格，定有一專名與之，以明界限而新耳目。張天方曩作新詩，弟亦曾以此説進。蓋既非沿襲，則宜逕立新名，至名實之間，是否相副，則愚復有所見。愚所主之歌，以能合樂與咏唱爲主，合樂事本奥賾，姑不細敘。所求能咏唱則事並不難，但一、必須句末有韻，或二句、三句再用韻。二、腔調必須諧協，此事説穿甚淺，而諸名家往往不明。袁子才謂古人詩有可傳者、有可讀者，所謂可讀即指誦之而聲調鏗鏘者。曾滌生謂韓退之詩爲玉磬聲聲澈、金鈴個個圓，亦指其可誦。如何始可誦？鄙意不外陰陽清濁能調協而已，如杜詩「風急天高猿嘯哀」，風、天、高、哀，四字皆清平，如「猿」字亦清平，假定「風起天高鵑叫哀」，尚讀得下去乎？故不論何種韻文，皆有自然之律，過於違反，即不能成誦矣。三、須通俗顯淺而不俚鄙，能此三者，可合今日之所需。但即此已似非易。公才雄氣猛，盍努力開一新境邪！早起奉復，不盡欲言，即頌道安！弟恭綽上，五月六日。

——《學術世界》第一卷十二期

與龍榆生書五則

一　一九三三年

兩函奉悉。前欲托右孟代上復函，不料其久不至，致延閣。相去咫尺，交郵寄件又極費事，故寧稍歉候也。先集拜讀，多藹然仁者之言，敬佩敬佩！《稼軒集》較通行本爲多，但亦有缺漏處，頃已爲叔雍借去參校矣。《怡雲詞》并無人任選，已列入兄任選中。《絳濯宧詞》則已選就矣。周癸叔詞收到盼即示。沈寐叟遺照向以爲隨時可得，故適無之，尊藏乞假一用。至前函所論選鈔不如彙刻一節，《清詞鈔》開始時曾屢經討論，意在網羅一代所作，以彰其盛，且免遺佚放失，故主選鈔而不主彙刻，以彙刻勢不能多也。清代詞家約計逾四千人，有集者恐亦過千，且多巨帙，如陳迦陵，勢難遍刻。將來或選三四十家最著名者彙爲一編，仍加別擇，如《絶妙好詞》例，與《詞鈔》相輔，一主精嚴，一主廣博，庶無遺憾。尊意以爲然乎？專復，即頌萸生先生春祺！綽上，二月廿六日。

二

榆兄大鑒：奉示喜慰，於次公之逝又惘然也。竟無蹤跡不知，弟極念其內學院之圖籍，但無從查探。《季刊》改爲詩詞，弟不贊成。或以爲詞曲亦可。因詩太泛濫，將來必流於膚淺無價值，可不必也。清詞稿本皆在滬。居易去後，由一沈君從事編校。弟不自著手，終難成書。《篋中詞》出版，曾送上一部，已時到否？汪憬吾住澳門南灣三七二樓。此間亦頗有文酒之集。晤鶴亭丈及古庵、吷庵諸君能致祺。此頌道安！弟綽上，二月廿二。

三　一九五二年

十日示悉。旬月來同人不斷研究，又竟訪得唐代笙譜、笛譜，且前此西安亦曾訪得宋詞譜，文藝界因此殊形興奮，且因此不久將特設一民族音樂研究所，由國立音樂學院之古代音樂及民間音樂兩研究室合併擴充而成，規模頗大，將設研究員至六十人。現方極力訪求人與物之可供研究者，如有所知，望特別介紹爲盼。温州與元曲極有關係，不知有無特殊資料，請一詢瞿禪兄爲幸。至京，音樂原譜如鈔一份，大約工料約十六萬元，且須有人細校。如滬上有人能深入研究，弟則犧牲此款以供衆覽，亦無不可。《事林廣記》弟已覓得，可不必寄。《詞調溯源》須向爛攤尋覓，轉覺爲難，如兄有之，望寄我一部何如？朱居易現在南昌任南昌大學副教授，已將尊寓地址告之矣。承示研究步驟，兄及瞿禪似均不會唱曲，從前大岸自命能唱，亦係誑語，則關於樂譜、樂器，一方面似難深入，或者且打通詞曲遞嬗，均係有一定音律而無一定字句字數等等概要與憑證。兄看過音樂學院報告後，不知有何感想，亦盼示悉。此間研究者有王希琴君九之弟，俞平伯、唐蘭等數人，亦僅係初步耳。幸均不太忙，易有成績。此復榆生兄。綽，五月十七夕。

四　一九五七年

榆生兄：八日來示，稽復爲歉，亦緣展轉覓鈔新詞未得也。今《詩刊》已出版，各報亦有登載，計均寓目矣。此間有韻文學會之設，範圍太廣，難得主持綜攬之人，不知滬上可另起爐灶否？昨文懷沙在此間電臺試播吟誦詩詞，此亦醞釀已久者。似乎廿年前我所持聲樂合一之主張，漸有實現之望，不知兄如何看法也。承示舊體詩詞，因主持乏人，不見精采。其實癥結恐尚有所在，緣一般把持者仍不欲放手。且舊者戰鬥力不强，又無組織，勢難取勝。余老矣，一般有承先啓後之責者，不可不積極努力也。承詢《清詞鈔》事，因出版社無人真正負責，形同束閣。現全稿已移往古籍出版社，仍無下文，真有「河清難俟」之感！有人云該社尚畏批評，如由社會知名之人函詢該社因何不出版，似可起些作用。不知兄可否聯合三數人，分頭函問該社，以期促進，是所深感。該社地址係北京東單東總布胡同十號。專復，即頌春安！弟恭綽，一月卅一。

五　一九六二年

元亮先生：前得惠書，稽復爲歉。天暑事冗病發，皆其故也，知好諒不必責耳。近日各報，頗望愚有所述作，但老拙實苦爲難，不得已，故寫一論詞之文，兹寄上稿一分，祈閲。此雖臨時之作，但數十年藴藉，亦頗藉以發抒，惟坐言起行，當非易事。目下詞流湧現，然若不善於引導，恐將趨向分歧。區區所言，實具苦心，非敢云先識也。然懷之數十年，幾無可語者。執事當有其條件，故亟以奉寄，望詳加繩檢，加以引導，或可爲教課之一助。近日趙樸初做詞曲不少，頗稱同志，不知曾見之否？愚則自作不能如樸初之明快，有類初放之纏足，尚待格外努力。君何不試爲之，以開風氣？想校中錢仁康諸君均可談及此也。愚不能作譜，是一遺憾，但今能作譜者不少，何不倡導爲之？至打破詩、詞、曲、歌之界限，似時機已到，亦亟宜從事矣。愚年太老、病太多、事太雜，故亟盼望能多得同志，闡揚此舉，以應時需，了無他故。此文尚須續做，如有卓見，亦亟希詳示，以資養料。余容再布，即頌時祺！　遐翁上，七月卅一。

——張壽平輯釋《近代詞人手札墨跡》，臺灣「中央研究院」中國文哲研究所二〇〇五年

與吴湖帆論詞書三十三則

一

此《後村詞》殘本，彊村翁刊行。《後村長短句》，時曾見之，雖非全璧，然字句多勝他本，且傳世宋刊無第二本，固極可珍也，後村平生志行恢廣，頡頏稼軒，詞亦相類。集中《遊蒲澗和菊坡韻》至於再三，所深感矣。菊坡詞，世不多見，兹録其原作於左，可稱笙磬同音也。

二

昨耗數小時，劇不稱名，殊近唐捐。向謂畹華等等劇似好墨卷，能取科第而不足名家，梅黨爲之瞠然，但無以難也。虬髯客變成赤面紅鬚，一切動作略有豪氣，而不足以狀其有韜略之英雄，則以演者胸中未知張仲堅爲何等樣人耳。此與《霸王别姬》之項羽總扮不好同一原因，君謂何如？先曾祖詞一卷送呈，卷端兩序可證文字因緣，亦非偶爾。董志題詞尚未下筆，拙速可哂。湖帆先生，綽上，廿九夕。

三

示悉。兹再鈔呈，但尊稿絶不一示，而索弟寫其二，未免不公，務望將大作《芳草渡》示我。聽少樓未知感想如何？弟恒以爲絶作，惜此獨不能往看耳，滬人能賞之者，度亦不多也。詞趣圖求速藻，感之。此上湖帆兄，綽上，五日。

芳草渡（詞略）

四

示悉。弟遷杭冗累，昨始歸滬。大作感謝，兹遵示呈上（不必重書，請補書可耳）。題董美人詞不審有無大疵，尚盼磨勘。十年不作詞，下筆無有是處。至「短夢低徊今昔」句，乃用原志中「昔今悲故，今故悲新」意，此二句原旨似謂亡者睹生人之悼痛，當爲之悲，近人有爲亡悼詩者（代亡者悼存者），即此意也。不知尊意以爲如何？湖帆先生左右，恭綽上，廿六。

五

昨函忘將格紙附上，兹再補之。精神不貫，可見一斑矣。《淮海詞》序跋大作斷不可少，千萬勿卻，朱古老可允作一跋矣。湖帆我兄，綽上，九日。

六

奉大詞，工甚，但愧不克當耳。仲清詞亦刻意經營，苦無腦力，不能和一字，焦灼之至。賜書序文因係石印，筆劃須加粗肥，否則恐漫漶。又有一處，似宜再酌，謹再奉上，屢瀆爲歉。餘頌大安！湖帆我兄，綽上，廿八。

七

湖帆吾兄：連日欲走談，未果。兹有致張仲清一紙，望寄去。歲暮有何佳況？曾見何妙跡否？餘頌大安！弟恭綽上。

八

昨函計達。舍侄輩欲求海内名家各畫《遐庵詞趣圖》爲弟壽，其在滬一部分仍須由弟求乞，兹送上染色羅紋紙一幅，敢祈染翰。此紙本不甚適用，舍侄不在行，已用此紙請别位畫好，故只得從同，輕瀆爲歉。博山昆仲賜畫，昨始得見，厚貺何以爲報，希先代謝是荷。餘頌湖帆我兄大安！弟綽上，十一月六日。

九

昨函忘附次公詞，兹奉上。冒鶴汀有《霓裳中序第一》一闋，尚未見也。《淮海詞》大序千萬請勿吝，能手寫尤佳。（附上紙格。字大小不論，只須外廓不逾此格耳）蓋石印本須手寫，而難得好手也。餘不一一，即頌大安！（聞從者將赴蘇州，不知何日？）湖帆先生，綽上，七日。

十

復示悉。五十元弟亦模糊，如不能證明，即充公留作公益可也。弟生日本不妨小集，宴樂清談，惟一、弟尚在病中，届時未能出院；二、朋僚各方欲來滬者多已力止之，故不願再有舉動，致形厚薄；三、弟身世間感觸甚多，念之不歡，故不願提起，因此惟有躲避。俟弟出院，當設法找一清静處所敘會一日（限於六七人），勝於喧鬧多多矣。是日弟家中亦絶無舉動也。次公寄一詞來，兹奉閲，倘承大筆渲染，定不讓次專美，何幸如之。但不敢請耳。再：《淮海詞》因補輯校訂，稿迄未定，然所差無幾。此書自謂可以對得住少游，惟細思兄必須有一序或跋，望即秉筆，不求長篇，能一星期内交下最感。附件備參考（尚有數表正在鈔謄，未及附上）。惟切乞交回，無副本也。《清代學者象傳》兄如未定購，弟當奉贈一部，祈示爲荷，餘頌大安！弟綽上，十一月七日。

十一

題詞四易稿而終不佳，只可就此貢醜，功力所限，不可强也。張仲清處，近已往復兩函，渠意仍須推他人分任，並云有所見已告瞿安，望細詢瞿兄是何言語，即見告爲幸，餘頌大安！湖帆我兄，綽上，十二月廿七。

十二

《疏影》詞苦思累日，不能湊泊，奈何！亦緣題目太出色，故不能有出色之作耳。潘君所藏小象擬胡林翼、羅澤南兩人及婁東十老均要彩本，不知可否托其代拍，由弟出資？又，瞿安先生不知已否來滬？弟欲往訪之也。前請代覓《滂喜齋藏書記》，並盼早惠。餘頌大安！湖帆吾兄，綽上，十二月十八。

十三

頃歸自白門（赴棲霞商修塔事），奉示敬悉。已收集草目，尚未付印，因逐日有新收者，不能收口。現第一步係彙集藏目，然後就所需要者分别借用，未知可否請蘇地諸公就家藏者先爲録目見示？（其需用者當隨時奉聞。）其有特别須訪求之本，再隨時奉請設法，似較簡易，不知尊意以爲如何？附呈議決案一件，請留存。又，徵書啓四份備分送知友，統祈鑒察。（曹元忠之《雲瓿詞》敬希代覓。）餘頌大安！　湖帆吾兄，綽上，十一月廿九。

十四

斯葉可勿掃，留待款重陽。美人迢遞千里，露白復蒹蒼。百輩推排待盡，萬古消沉向此，醉睡復何鄉。籬菊亦憔悴，弄影一絲簧。　濟無楫，飛無羽，渡無梁。一樓突兀眼底，詩界尚金湯。差喜羣賢畢至，非我佳人莫解，九辯費篇章。寄謝舊時雁，寥廓已高翔。掃葉樓重陽追賦。

十五

示悉。有數事須奉聞者：一、張仲清一函祈交去。並接洽，看有無須商議之事。一、吴瞿庵自作詞暨蘇地諸公自作詞盼爲搜集，並盼諸公轉爲搜集。（指兼指生存者。）一、婁東十老等攝影盼設法取來。一、兄手所徵赴比出品如有未交來者，望催。一、題圖須稍緩，蓋近日忙極，又精神不濟也。湖帆兄鑒，綽上，廿四。

十六

黄慰萱來，奉示拜悉。渠云刻工每字八分或一角。弟曾在蘇刻碑，價五分，不知黄之刻資可減否？又碑石亦擬托其代辦，統望轉知。極力克己，定一廉價，省得另找他人。仲清來書詢鈔詞給值事，弟前已復之，不知何以未收到。（以下請告仲清先生。）此間鈔費係每千二角五至三角，蘇地或可稍省。惟鈔寫務用處中格式，以免復寫之煩。又，《滂喜齋藏書記》許我已三個月，幸勿再忘記爲盼。此上湖帆吾兄，綽上，二月廿六。

又，瞿庵及諸公所作詞並盼代催速寄。頃奉大函，敬悉艮廬《九珠詞》及王藏目均收。《思萱圖》尚未題，忙及懶均有之。弟新有所得，頗足詑兄也。

十七

蘇垣相左爲惜！是夕適有小事須了，否則當滯蘇，與公暢遊，兼訪當地諸賢豪也。旅蘇鄧孝先、宗子戴二君藏詞聞頗多，可否設法鈔一目録？曹君直元忠之《雲瓿詞》能代覓得否？又，《滂喜齋藏書記》乞再覓一部。瑣瀆爲歉。餘頌秋安！（趙章草簽已題而不佳。致陳佩忍函祈飭送，渠住胥門朱家園四十號。）湖帆先生，綽上，十一月六日。（前承開示諸詞集，望在蘇檢出帶滬爲企，又及。）

十八

前日函計達。……前請代索吴瞿庵及金松岑自作詞，望爲代促。又，宗、鄧及他家藏詞目，亦望設法取得，此皆爲蘇地選詞用，不過非見其目不能定其重複否，此屬不能省之手續，非有他也。又此舉於彙編詞學書目亦有助益。從者何時歸滬，弟恐在此過陰曆年矣。仲清函祈轉，餘頌湖帆先生侍安！綽上，廿六。

十九

大示奉悉。歸元恭及明代人亦擬擷之，或者共攝一張較大者，何如？大作細膩熨貼。（「豔説斜陽侶」之「豔」字，似不甚穩，易之何如？）故宫博物院所藏《淮海詞》景印本已寄到，尊藏務望賜假一校，至荷。從者何日歸滬耶？碑石價與刻價計已與前途商訂矣。專布，即頌大安！（本擬來蘇叩祝，兼訪諸友，不料適有冗累相妨，致不果，歉悵之至。）湖帆吾兄，弟綽上，八日。

二十

示悉。昆山名賢象請全照，六名臣祇要胡林翼、羅澤南，至張公來象已有之矣。黄蔚萱處望再與商一廉價（刻價、石價），因事屬公家，不能不力求核實也。（略詳前函。）一張二吴詞已收到，兹遵將張稿寄還，祈轉致。專復。即頌大安！（鈔詞格紙印好即送。）湖帆吾兄，綽上，三月二夕。（祈詢陳子清美術展覽會古代書畫之出品人清單，現急待用，望其速行找出交下。）

二十一

大詞奉悉。王佩諍藏詞目可由臺從帶滬，惟陽曆廿一號褚民誼請公吃飯，望期前歸滬爲企。蘇地諸詞流所作，望就近征取，蓋籍公在蘇催促，遠勝函索也。張、王字卷甚欲快睹，（弟亦新有所得，覿面再談。）弟數年前有買明人字之癖，故所得不少，惟南中此物不值錢，則又聞之索然矣。囑書件當遵辦。婁東十老只須相頭，不必全身攝影也。專復，祇頌湖帆先生春禧！綽，二月九日。

二十二

迭函計達。柏林美展籌備處公函奉上，希察收。北平新到劇跡書畫多件（懷素《苦筍帖》、趙松雪《道德經》、馬遠山水卷等），公久不歸，將減眼福矣。近鶴亭來，亦深盼駕回也。詞社曾開兩次，拈詞係《天香》、《塞恒春》，弟只交《天香》一卷耳。餘不一一，即頌湖帆兄冬安！恭綽上，十一月廿六。

二十三

大筆送上。昨函請代覓各家畫片，可否請王君一爲搜集或翻照？因須用極急也。此請大安！弟綽上，廿四。（小孩病如何？今日詞集人不多，拈調爲《早梅芳近》。）

二十四

頃談爲快，褚函奉上。今日議定每星期六（下午三時）同人於祖韓處討論一次，下星期望前往爲荷。又，同人意此次出品注重大青緑（因合西人眼光嗜好），鄙意兄已畫之一幅可用，衹須再別出手眼，得一驚人之作，便可增光壇坫矣。又，仲清選詞處已告公渚具函，請再另函相托。又，已囑公渚送上空白徵求函廿份，請隨時填用可也。湖帆吾兄，綽上，十四夕。

二十五

失迎爲歉，且不知瞿安先生同蒞，尤悵悵也。渠不知常來滬否？來滬時幸祈見告，甚欲一談也。葉小鶯小影，不識可否覓一照片以便重摹？若能睹原本，則更妙矣，乞一詢瞿安兄是幸。子清兄扇茲送還。印章祈刻「遐庵眼福」四字。梅譜題詞是否限於《疏影》一調，能從寬否？湖帆先生。綽上，廿五。

近擬編《後篋中詞》，補譚氏之遺，并收現代之作。尊藏清代及近人詞集，或單詞片什，倘承録示，不勝感幸。此數月擬専辦此以寄放心，尚希惠助是荷。又及。又擬編關於詞學書目，不分存佚均收。如承指示一切，尤所盼幸。

二十六

不見兩旬，良念！詞社三集未交卷。偶拈《芳草渡》一闋（依原韻及四聲又清濁），費時半月，煞費經營，乃吃力仍不討好，姑呈一笑，試評騭之。此調本難，或不致在五名後耳。尊作務乞見示，以資啓發，盼甚。……《遐庵詞趣圖》舍侄急於付裱，能速惠否。並盼，以上湖兄。綽，卅一。

芳草渡（詞略）

二十七

古老所編《滄海遺音》已將刻竣，李孟符嶽瑞之《郢雲詞》乞書一封面，依《彊村叢書》之篇幅大小可也，並望即交下。梁仲異屬題卷子及《惠靈法師碑》等三種並希交來手。此上湖兄。恭綽上，一月廿二。

二十八

《好事近·以董思白畫禪室印章爲湖帆四十壽，媵以小詞》：畫派衍華亭，衣鉢香光能繼。合與名章授荊，證南宗三昧。高齋玄賞喜同心，休滴硯山淚。願此石交長久，共龍華佳會。恭綽上。

二十九

命題之件，兹勉成一詞請正。昨晤雲史，知渠早已交卷矣。此間尚可覓三數題者，望寄四份來爲幸。日前奉到手書，屬書墓碑等，經鄭重將來函另藏一處，今竟覓不得，望别示其詳，以便寫奉。又雷君之件尚未奉到，不審已交舍間否？小鵜之逝，聞之愴然，此才遂不永年，可爲藝林一哭！孔達近寓何處，所刊書已出版否？徐蔚士兄來函已收，謝謝！此上湖兄。弟綽上，十一月廿三。

三十

示悉。近緣患病，又苦熱，殊無聊。兄遇雖窮，尚有妻子友朋三樂，衲爲在家僧而實無家，況味可想。勉自排遣，惟作詩畫。近習山水，又每星期作詩鐘，屢次掄元，足傲蘇州人也。潤格無現成者，其價與前在滬刊者同，如有生意，請爲招攬，當有康密順奉贈，呵呵！北行足救目前，惟至多恐不能過毛詩之數，旅費總要用百餘，僅以半贍家，是否生意經。又，以弟經驗，孤身作客實頗苦，兄恐較弟更不慣也。尚請斟酌。時局有轉機，何時實現，則未卜耳。此復醜翁。暇翁。詞箋寫上。此作頗得意，蓋沈鬱而跌宕也。

三十一

今日報載書版展覽會籌備決議數條，弟於此事頗熱心，而苦不能努力，深盼兄及同人廣爲徵集，以彌弟之憾如何！小鵜未知何日歸滬？餘不一一。湖帆吾兄，綽上，十五。

弟欲集此屆選詞諸公小照，共繪爲一圖。現先徵集攝影，祈向仲清、佩諍、巍成、瞿安各索一六寸照片，並請兄亦賜一照，至托至托！

三十二

湖兄大鑒：前得寄詞目，諸事紛紜，未再覆。弟到廣州後，本擬杜門，並親友不見，以省煩擾。到港僅二小時即入省，以港中政論紛呶，恐惹是非也。……

三十三

大雨，趙家莊之遊只可作罷。《詞學雜誌》第二册須用蘇書《大江東去詞》拓本，乞檢下，以便拍印。湖帆兄，綽上，十五。

——何聞輯《葉恭綽致吴湖帆尺牘》，《新美術》二〇〇一年第二期

與趙尊岳書九則

一

示悉。大作珠聯玉貫，足使小巫氣索，因是益怯於下筆矣。奈何之。傭書人現因忙時已過，暫可不需，請另爲設法。王佩諍送兄書一部坿上，又附綴詞一册，統祈察收。另齊如珊來書足有宣傳資料。又友人調查一紙，足有商情參考，統候采擇。北平圕收條一紙，亦乞察入，餘不一一，即頌大安！ 叔雍先生。恭綽上。

尊處有無《庚子秋詞》及《春蟄吟》？ 因欲輯選劉伯崇之詞，據古老云僅見於此兩書也。

二

示悉。《芸窗詞》奉閲，以爲秦、馬諸人藏本，弟仍擬購之也。又《竹洲詞》一卷南宋吴儆著未知曾有人刻過否？祈查示詞調爲何。人日之集，曾否訂？明下局。李審寄書屬轉，希察收。渠住興化范祠東，可逕復之。渠云尊處有所刻錢牧齋集，欲得一部，亦請逕復之可也。此上叔雍兄。綽頓首。

三

送上選詞三册，又孟符詞一册附一函，希轉古老。又夔公詩二册，請以一送楊、一留用。又《題襟集》一册，用畢交還。丐關於銅簡事一束，乞費神辦理。此上叔雍兄。綽頓首，二月十日。

四

南京蔡嵩雲來書仍乞見還，奉閲。所詢白石詞版本情形。弟自愧儉腹，可否乞爲指示，至通函討論，度不見拒也。蔡爲李道士高徒，近方撰《詞源疏證》，專注意詞律，一苦行專家也。《芸窗詞》，不知與毛本有異同否？《竹洲詞》已查過否？并念。此上叔雍先生。綽頓首，二月廿六。

五

大作豐神絕世，詞人之詩，自無俗骨，已略豇管窺，仍送與鶴亭，請其閲後，逕還尊處矣。茲事完成，亦兩月來一快舉。角道攝影送呈一分保存事，尚盼鼎助也。前日時想所登遊記及攝影，計已見。薛曙星事如知，應已具，似宜早發所願，事須及熱也。弟病尚未全愈。知念，并及。餘頌大安！　叔雍吾兄。綽頓首。

六

送上圖一卷，此圖本未甚重視。嗣以友人鄭重覓還相贈，遂請人題咏。意欲藉此多徵名作，以慰亡者。茲由闇公寄還，敬求鴻筆，爲之題識，殁存均感。能兼撰一詞尤佳，以卷中正闕此體也。余報已回滬，前議可履行耳，再遲又恐渠寡晦矣。又翦相一紙，附閲兩則，均類插贓，顯係發電者具有成見及作用，不肖無足論，似機關爲人利用，亦正不宜，盼切實注意及之耳。餘不一一。叔雍我兄。弟綽上，廿七。

七

詞稿呈覽，此爲弟四易稿，既竭吾才，唯有望公救濟一法，磨勘兼修正。聿不吝教荷之。《詞律》

附還，有用吴遊片羽，如不再俟，我即付刊，何如？過久殊乏趣也。叔雍吾兄。綽上，此夕。

八

損書推挹過當，何敢當承！索先集，兹再上一分，希轉致陳君。日前曾聞友人言及陳君詞詣淵邃，不審有無刊布。儻有專集，希索寄一部爲望。國學館以窘於經費，起樽良隘，如承不棄，指導壹是，欣幸何既。《歷代詞人考略》，不審已否成書，鄙意繼《歷代詞綜》之後，而爲《清詞綜》，亦屬必要之務，不知目下有人從事否也。安吉一老，遽歸道山，聞之悵然。此後遺墨益增聲價矣。專復，敬頌道安！　叔雍先生侍史。綽，十二月一夕。

九

叔雍先生：昨電梅宅，始知大駕未行。兹送上先曾祖、先祖詞集各一册，祈鑒存。先曾祖足跡不出里閭，先祖則服官京師數十年，宏獎風流，一時之望，于晦若、文道希、易實甫、梁杭叔諸公皆從之遊，張孝達、盛伯希、景劍泉、潘伯寅諸公皆極契合，晚年與張公束、譚仲修等酬唱甚多。冒鶴亭、梁任公等皆晚年學詞弟子也。如海上有輯《清詞綜》等書時，幸采録及之，幸甚。又前談丁君輯存名人小象，祈代覓目録一分，不勝至荷。餘頌大安！　恭綽，廿六。

——《趙鳳昌藏札》，國家圖書館出版社二〇〇九年

與朱庸齋書

奉書，適事冗且病，遂爾稽復。大作情韻豐容，極似少游，此境殊非易造。承示云云，誠自知之論。清詞誠多佳作，且識解遠越元、明，然由其薰習，仍易流於廓與碎（夔笙頗有俊語，然體格亦不甚高），仍以由五代、北宋致力爲佳。昔人所謂「重、拙、大」，鄙意欲加一「深」字，庶成全璧。然今日能勝此者何人？比年頗悟詞之技術，最要者爲用筆，此點南宋已無人注重。但試讀五代、北宋諸名家，有一不於此擅勝者乎？亦可云五代、北宋之詞皆與詩文相通且本於學。北宋以後，僅用力於詞而求其工，非致力於學而求其詞之工，此所以不能勝前也。尊詞已窺北宋之藩，且具天賦之長，亟宜自力。嶺南詞學，素稱落伍；繼往開來，其有意乎？弟病中不能構思，百事俱廢。跛者已經忘履，僅望他人之我先而已。一切如此，不止文藝。《分春館詞》如印成，幸惠我一册。遐翁漫上。

——《廣東日報》一九四八年十一月一日

清代詞學之攝影

民國十九年五月國立暨南大學學術演講

承貴校函約講演，鄙人一時實想不出什麽可以貢獻的東西。昨始想到「清代詞學攝影」這個題目，因爲鄙人近來正在編輯清一代的詞，其間略有所見，特行説明於下，不過許多係一時的感想所及，恐尚不能據爲定論。

民國繼清之後，對於過去的這二百七十餘年事，應有一個清賬。歷史就是最好的賬簿。不過清史至今没有編好。前次清史館出版的《清史稿》，其中雖有藝文志，但亦不足爲清朝文學的統計表。鄙人因爲好詞之故，所以打算把詞的一部份歸攏起來，做一個清賬，以作文化史和學術史的一部分，因此搜羅詞家很是不少，截至現在止，已得四千餘人，除去不明籍貫及年代者外，依照地域分配作一統計如下：

清代詞人產地表

江蘇 二〇〇九	浙江 一二四八	安徽 二〇〇	廣東 一五九	福建 八七
江西 七一	湖南 六〇	滿洲 五八	直隸 五八	山東 五三
四川 三四	河南 三四	貴州 三二	湖北 三二	山西 二六
雲南 一八	廣西 一八	陝西 一三	奉天 一一	順天 一〇
甘肅 三	蒙古 三	綏遠 無	察哈爾 無	吉林 無
黑龍江 無	新疆 無			

關於各地詞家的統計現在尚未成功，現在所查得的人共計是四千八百五十餘人，除去不知籍貫的六百多人，已知籍貫的如上表爲四千二百三十七人，此係很暫時的一種統計，將來考證明確

當然還要修正的。不過此種統計到也很有趣味。

詞是文學當中的一種，他的發達實與其他文化學術有密切的關係。觀於上表所列，可知江浙文化之盛，亦可知揚子江流域文化傳播來得容易。安徽居第三位，亦因揚子江流域灌輸較易之故。廣東是屬珠江流域，江西和四川也是爲着長江的關係。至於滿洲，一部份是有特殊情形的——不是指滿洲那地方而言，乃是指散處各地的滿洲作家——這是要附帶聲明的。最少是甘肅、蒙古兩地，與江浙比較，相差到數十倍，可知詞之發達與否，與文化學術適成正比例。這是縱的研究，尚有横的研究：

朝代的研究

順治 一八八	康熙 一一七	雍正 三六	乾隆 三六二	嘉慶 三二八
道光 四四〇	咸豐 二〇二	同治 一一〇	光緒 一七八	宣統 一三二

此種年代很難分，分起來亦不能準確，所以我把那人死於何代，即作爲何代的人，亦不過是大概罷了。在此表上看出，道光朝詞人最多，頗足怪異。據我的理想，或者爲承常州詞派盛興之後，風氣大開的緣故，否則爲何道光朝其他學術均未超過乾嘉兩朝，單獨詞學特異呢？這種理想，我看或可成立吧。雍正朝極少，尚未考得他的原因，順治朝人亦不少，不過多是生於明代的人物。

綜合清朝詞人，約有六千，恐怕還不止。來比較元、明兩代，固然多的多，即宋朝爲詞學全盛期，也不及此數，這或者因爲年代久遠湮没了。但友人趙叔雍先生搜集明一代的詞，費盡力量不過二百餘家，可見清代詞學比較是很盛的。以上均是談量的方面，現在要再談質的方面，庶幾可知清詞的價值。

清詞之超越明代而上接宋、元，這是可斷言的。詞發源於五代，到兩宋，總算登峯造極了。清詞能上接兩宋，實因具有下列兩種優點：一、託體尊；二、審律嚴。因爲以前的人，往往視詞爲一種遊戲作品，而不認爲高尚的，所以詞人作品雖是很多，但是除了諸大家的詞饒有寄託外，都不過寫些流連光景的話，固然體格不見高尚，而且多傷於率野，無深厚之情緒及高遠的理致。元人也多是如此，而且多流入纖碎一路。及至明代，連詞的體質多未辨清，他們的詞往往不是浮麗纖巧，就是粗獷叫囂，直到清初還是染的這種餘習。嗣後，浙派首領朱彝尊出，覺得詞學日見頹靡，便想設法挽救，標出宗旨，汰去不少惡習，漸將詞的品格提高，於是詞學漸漸走入正軌。康、雍、乾幾朝，幾全受這浙派勢力的支配。厲樊榭可以説是裏頭最有心得的。直到嘉慶時代，又有常州派出來，首領是張惠言、周濟，他們以爲浙派專於文字上做工夫，磨礱雕琢，遺神襲貌，弄得外强中乾，流弊不可勝言。因爲這樣，所以張惠言主張以詞上接《風》、《騷》，其重視之如此，而詞的風氣因爲之一變。光緒間，浙、常兩派均由盛而衰了，因而復有桂派的發生，其代表人物即是王鵬運、況周儀，他們以常派爲根底，而又稍加變化，因之詞風復又一變。清詞共有三變，而其不謀而合的卻同是提高風格，增進詞的地位。注：「桂派」字樣係假定的，且各派人物不盡是該地之人，如常州派者未必即是常州人，請諸君不要誤會。

詞本合樂，到南宋後，歌詞的樂譜即漸漸失傳了，自元迄明，大家都不講究了。在清順治和康熙兩朝的詞，不合律的也很多，直到萬樹、戈載編著《詞律》、《詞韻》，歸納各大家作品，定出一個標準來，於是填詞的人始兢兢於守律，所以清詞大家很少不合律的，不但講究平仄，即四聲陰陽亦不容混，這也是清詞獨優之點。我看清代文學，多不能超越前代的，如曲不及明，更不及元；又詩也不及明朝，獨詞較好，可知清人對於詞的研究深切了。由此看來，清詞立在重要的地位定無可疑的。

我們研究以前的文學歷史，覺得一種新興文藝必定要受到前一時代的影響，如清朝距現在不過十幾年，現時當然要受他直接的影響，但是要問現在這個詞，有無進展的可能？我以爲前人講詞注重的兩點：一、情——屬於内的；二、景——屬於外的。或使情、景融合，但是可否再加以「理」字呢？據我自己理想，應該是可以的。最近王静安先生標舉「境界」二字，此境界可説包括「情」、「景」、「理」三者。即如前人所没有的境界，我們何妨取來入詞而成新的境界，我想這個是可以的。還有詞的作法必定要受他的束縛，要調有定格，字有定數，詞有定聲，感覺非常痛苦，這是填詞的人個個感到的，且雖如此束縛，究竟不能入樂。若是隨便作自度腔，又患無所依傍，不成爲詞。我們要想救濟這種缺憾，那末應對於音律加以十分的研究，把從前的音調、節拍、聲腔、樂器等等，一概弄得明明白白，隨時可以做出新調、新譜，那就可以不拘於舊調、舊譜，甚至可在音樂上改造一番詞的境界。我們居清代之後，能如此做再進一步的工夫，或者有超過前清的一日，但這不是平步可以登天的，至少要把詞的性質先弄明白，能夠按譜填詞，一絲不錯，且意境、字句均臻上乘，方可説到自己創作。鄙見如此，還希望諸君指教。孟廉泉筆記

歌之建立　民國廿八年四月在香港嶺南大學

今天所要講的題目是《歌之建立》。這個題目的意思在下面說明。我們大家都知道，中國的文學可分成許多種類，但大體來講，亦可劃做兩部分，一、有韻之文，如詩、歌、詞、曲等；二、無韻之文。今天所講的就是有韻之文中的一部分。我國的歌謡，其見於記載者甚古如《書經》，在堯舜時代的社會已經流行了，我們暫且不談。關於它體裁的變化，作品的優劣、作風的盛衰，這些都是屬於中國文學史的一部分問題，且有專書論及。我們去研究一種學術，因爲想知道它的體裁和用處，尤其是文學，我們不能不知道它的源流正變，但是如果要自己做文學家，那就不祇應知古人作品的源流與正變，而且應知道它演變的原因、痕跡與背景，由這些演變痕跡與背景，再推演成一種我們現在及將來所需要的新文學出來。由這一點我們知道不單祇要得到古人作品的面目，而且應要得到他們作品的精神，以做推陳出新之用。一般人常罵「死的文學」、「非活的文學」，這就是指祇得到古人文學的骸骨，而得不到它的精神，不能融合産生一種合時代需要的東西。中國有韻之文除賦等外，許多散體文中如《易經》、《書經》、諸子及其他皆有韻的，現在暫時省去不講，專論及那些可歌之文，換句話說，就是指詩、歌、詞、曲。剛説過有韻之文，不祇是詩、歌、詞、曲，現在我們怎樣來下一個界説呢？大體可以根據下列三個條件：一、有韻；二、可歌唱；三、合音樂。如古之《詩經》與現行的詞、曲皆是。據我的想像，可歌之文，必須與音樂相配合，方能進步，古代如是，近代如是，將來恐怕也如是。歷代詩、歌、詞、曲之發達，名家多至不可勝數，然其異彩，每在既合音樂，又可歌唱，得文學之精神，受韻味之配合。反之如僅徒具形式，往往馴至不能生存，如詞之代詩、曲之代詞便是，這一點當各位研究文學史時，應當注意到的。《書經》云：「詩言志，歌永言，聲依永，律和聲。」「詩言志」者，意思就是説將内心的情感在詩中表達之；「聲依永」就是拉長其腔調，而使之易合於音樂；至於「律和聲」乃聲之高低快慢完全要依定律，音調要協和之謂，足見中國古代文學與音樂早已互相關連。雖然古代之音樂不可與現代音樂比較，但是我們當知道，中國上古已有音樂的存在，並且文學與音樂早已配合，詩歌都是可以唱的。當時文學發達，而音樂方面亦有相當發達的，故此可以配合。音樂與文學的關係，至秦、漢便開始轉變了，詩歌由可歌唱漸漸變爲不可歌唱。秦、漢詩歌不合樂的原因，爲的周末天下大亂，能配合詩歌之樂器、樂譜多已失傳，古之遺留既失，而創新者又未有其人，遂成了文學與音樂分離的景象。漢代有所謂樂府，其名雖謂樂府，實多不能唱，郊祀、祭天等流行歌曲，其樂譜之名之見於載籍，爲國家所制定者，亦不過二三十種而已，間亦有採諸民間及外國者，其果能配合音樂與否，已不可考。六朝亂禮樂，敗漢之樂器、樂譜，又經一番紊亂而失傳。另一方面，漢代因詩歌不求盡合樂譜，一般文人單行演進，謀文字的整齊及受其他的影響，遂由《詩經》兩字、四字、九字均有的長短句的詩，變爲四言、五言、七言等的詩。再後至蕭梁時期，沈約倡「聲病之説」，注重對偶聲律，嚴行束縛，形體精神，均感僵硬，離樂越遠，當時衹有一二種禮節上所用之樂歌及民間流行之謠唱，如《子夜》、《烏棲》之類而已。此期内之音樂未聞有何等進步與發明，故文學亦罕進步。余所論專指文學的體裁而言，至於作品，任何時代皆有佳者，不可誤會。六朝至隋，南北始合而一統天下，一般人漸有餘暇以注意於音樂方面。外國音樂流入中國者又多，國家亦頗講制定音樂之事，當時音樂由七部增至九部，吸收外來音樂，如西涼、天竺、高昌等。故樂律得以發展，有許多樂譜産生。惟文學方面仍受種種拘束，詩歌概爲五七言，没有什麽變化，僅隋煬帝之詩有由三字句、五字句至七字句者。至唐襲隋的音樂，當時外來音樂流入中國的更多，如甘州、涼州、波斯、突厥等的都有，故音樂起了很大的變化；但在詩歌體制方面仍保持原來一樣，幾乎純粹係五七言，故此音樂與詩歌已經難以配合。於是勉强配合，或字數仍舊而加以汎聲，或附加文字而不入正文，如《柳枝詞》、《竹枝詞》、《棹歌》等句末，必加兩字如「襖靄」、「柳枝」等，這就是汎聲，汎聲是不加入正文的，讀時所不用，祇在唱時加入。現在看唐代的詩集，因爲不是樂譜的原故，故多將汎聲鉤去不要。又初唐時發覺五七言詩之不易唱，而有五七言相間的詩，後人因名之曰詞。最早作者爲李白，現在我們拿他的《菩薩蠻》來看看：「平林漠漠煙如織。寒山一帶傷心碧。暝色入高樓。有人樓上愁。」頭兩句實爲七言詩，後兩句爲五言詩，五七言混合便變成詞了。後來白居易、温飛卿等的作品亦多是此種。嗣後再加改進，有些由五言減去兩字而成三言，或由五言加一字而成六言，六言加一字而變成七言等等，如《花間集》、《尊前集》、《雲謡集》中諸作，皆可見其痕跡。這樣將字數來加減，不祇在五代爲然，北宋也是一樣，如蘇軾的中秋詞内「明月幾時有，把酒問青天。以上是五言。不知天上宫闕，已變成六言。今夕是何年。仍五言」，其所以將字加減的原因，因爲想適合唱的條件，故此唐代所以加的字是放在旁邊的，仍叫做詩。至宋乃將所加的字正式成爲正文，便叫做詞了。詞的本體，原則上完全係與音樂配合，此實係我國文化上一大進化。不過一般文人不盡能通音樂，往往信筆抒寫，不盡合律，故此唱者不免臨時加以補救。字數有加有減，聲調有高有低，但依然可以唱出。到了金元，外國音樂流入中國，與中國固有音樂混合而產生一種新音樂，這種新音樂既相當複雜，宋詞的文句不能與之配合，乃有北曲的產生。將詞句充分列入正文，如科諢白之外。即是在正文上加句加字加聲，以與新樂相應，故北曲係一種文學與音樂完全配合的東西，其時音樂亦極爲進步。北曲本身文學之美，更不待言，故元曲成爲中國文學史上一大重鎮。北曲發達之故，因元代在異族壓迫之下，學者多寄情歌曲，以抒懷抱，且當局及有勢位者對於中國文學程度及欣賞力較差，但音樂則易聽易懂，而普通流行歌曲亦易於欣賞，於是元曲爲適合一般人能了解之，故曲詞乃多白話而通俗，因通俗遂普及民間，具備一種通俗文學之特殊勢力，乃在中國文學史上建設了一個新時代。明太祖曾説《琵琶記》可與四書五經並列，可見元曲在當時的位置是怎樣了。但元末天下大亂，一切文化多不能保存，故至明太祖洪武十八年，朝廷大典尚衹用道士奏樂，其後更少人注意到這種與音樂相連的文學。但在民間的自然的轉變中，因北曲簡直雄大，而婉曲轉折不足，故有南曲的產生，江浙間有新腔出現，如崑腔等是。作曲家一時稱盛，作品大半能配音樂。到了清朝，情況與元代略同，本可產生一種文學音樂合流的東西，可惜雖然吸收了許多外來樂器，康熙、乾隆朝又研究了許多樂律，不過都沒有拿來充分利用，以致未有新的文學音樂產生，但在民間，卻有許多自然的演變，亦有些地方能保留元、明以來習慣者。大體看來，明、清兩代的音樂，沒有多大變化，因此作曲方面亦衹由北曲變爲南曲，至於二簧、梆子等實係畸形發展，故其詞句幾無文學上之價值。清代既然沒人有發展音樂的抱負和計劃，所以沒有新的發現，而且一般人亦不覺得音樂與文學是最有關連的，他們以爲詩詞是一件事，合樂能唱的是另外一種作品，所以把音樂與文學這一個關係大大忽略了。當時南北曲雖作者有人，而可唱的有限，如十種曲等。至乾隆間蔣士銓的九種曲等，雖係樂曲，而實已多不可唱。清代有文學價值的歌曲既多不可唱，伶人乃自動地去做祇求可唱的歌曲以應需要，故清代二百多年當中，最流行之崑曲、二簧、梆子三種，崑曲文詞雖典雅，但文學並非祇求雅的，二簧則有百分之九十以上沒有文學價值，梆子更不能列入文學的範圍了。例如「你的朝來我的庭」這樣的句子。音樂與文學一直乖離，祇剩下各地的民間歌謠，尚有可取，故近廿年來，許多人採集各地歌謠以作種種的研究，就是爲求新文學與音樂或戲劇的真髓。地方的歌謠，各時各地皆有存在的，它所包藏的力量最大，不過在歷代文學史上甚少理會到這點的重要性罷了。回溯已往，不祇元代是這樣，就是宋、唐以前都是這樣，蓋正式音樂與文藝配合極少或且中斷，而在民間方面卻永遠都有一種需要的，於是乎在不見天日、不受拘束底下産生了許多極特色的文學。民間自由利用同時，無論在某一個時代，民間的文學及音樂都由自然轉變而産生，並非根據有計劃的辦法去做出來的。我們現在姑勿論已往的事。自民國以後，正是新建設時期，及國難嚴重的時期，許多人提倡我們應仿歐洲文藝復興時代的精神，而建立一種中華民國的新文藝。話是這樣說，方法亦多得很，但注意用音樂與文章配合，以爲精神上之新給養者尚少。現在香港和各地方努力於音樂歌咏的人漸多，但是否得其要領而能創生一種新的體製尚成一問題。我們當知道社會需要到某種事物的時候，它一定要得到一種事物以滿足其需要，好的事物當然先接受，不過沒有好的而祇有壞的時候，它亦祇好拿些壞的來滿足其慾望。故近年景象祇有以拉雜混亂的東西來供餓不擇食的人。以前，上海的《毛毛雨》、《桃花江》一類的歌曲，就由此應運而生。現在報紙上仿粤謳平喉等已深入一般青年的腦筋，在這樣情形之下，需要者多而供給者少，雖然黨部方面有種種的統制，亦没有辦法的。因爲他們肚子餓極的原故，所以文藝、音樂，我認爲已到了一個危險的時代，那些未經一番選擇而做的文藝，很容易以粗製濫造的東西搶去重要的地位，故在中國整個文化上，遂弄出現在青黄不接的景象。在國家社會立場上是如此，在文學立場方面又怎樣呢？我們説過，文學經二三百年，總有一個變更，詩之後有詞，詞之後有曲，而曲的承繼者是什麽呢？上面已很顯明的説出，梆子、二簧一類東西，多半没有文學的價值，這豈不是曲之後便成中斷的趨勢麽？在文學傳統方面，有中斷的可能，在國家社會文化立場，有這樣大需要，我們應該有什麽辦法？鄙人最近的主張以爲，最低限度應將音樂與文學配合的關係，使之回復到元代的情形一樣。現在我國門户大開，最易吸收外來文化，我們可以將我國古代音樂優點保存，加以外來音樂的優點而製成一種中華民族的音樂。先從選定樂律、樂器著手，然後創造新的樂譜，繼用優美的文學以作歌詞，這種新的産物在文學方面表示中華民族的文學精神，在音樂方面奠定中華民族的音樂基礎，如此則無論如何，總比得上宋代之産詞、元代之産曲。中華民國成立到現在已經多年，我們還定不出一首國歌，這不能不算是奇恥大辱。我們當然不承認我們的文化落後，所以我們要想辦法來補救，是以鄙人的意見常希望繼元曲之後，應創造一種新的産物，在音樂前提未决定以前，亦可假定這個産物的體裁：（一）一定要長短句；（二）一定要有韻脚，因爲要適合歌唱的原因，故需用韻脚，韻脚不必一定根據清的詩韻；（三）不拘白話文言，但一定要能合音樂。如此經音樂家與文學家合作努力，相輔而行，這個希望不難可以實現。這就是用文學之優點以激發新音樂，以音樂之優點以激發新文學。倘若將來產生了這樣一個產物，我們可以給它一個名字叫做「歌」。各位都知道「詩」的本義是什麽，「詞」的本義是什麽，「曲」的本義是什麽，但現在「詩、詞、曲」這三個字已成爲另外的一個專有名稱了，所以擬用「歌」這個字作爲這個新産物的名字，將來「歌」字自然成爲一個專有名詞。一説到「歌」，一般人都知道「歌」是指什麽，因此現在我們可以將「詩、詞、歌、曲」四個字的次序改爲「詩、詞、曲、歌」。這整個計劃不是三兩個人可以做到的，一定要許多人一致主張，使此主張造成一種風氣，使這種風氣爲一種政策，然後循序纔能實現。至於音樂如何改進，本人並非音樂專家，不能妄下斷語，不過本人有這一個主張，有這一個意思而已。記得幾年來，曾同蔡孑民、易大庵、蕭友梅、黄自諸先生屢加討論，曾有較具體之答案。到來有機會纔好發表，今天暫且用上面的話來供給各位。劉鉌筆録

——以上葉恭綽《遐庵匯稿》，《民國叢書》本

浣溪沙　題蔣鹿潭遺象

屹立詞壇特建牙。倚聲杜老論非誇。好將鶴唳壓羣蛙。　柳色夢迷仙掌路，簫聲啼損馬塍花。江關蕭瑟況無家。

木蘭花慢　題林子有詞集

喜詞仙未老，依前是、舊風神。想荒徑幽尋，輕藤獨倚，調逸腔新。煙雲幾番過眼，剩滄江、一卧寄閒身。散髮扁舟弄晚，扶頭小閣留春。　淞濱。吟望共朝昏。歌酒憶逡巡。問山川滿目，鳥心花淚，多少愁痕。殷勤昔狂漫理，儘彌天哀感付清尊。惆悵旗亭唱罷，可堪急管重陳。

金縷曲　題納蘭容若詞

佔定詞壇價。三百年、異軍突起，中原誰亞。遼海盤山鍾間氣，披靡當時王謝。祇故國、哀思難寫。飲水幾人知冷暖，笑描紅、刻翠風斯下。朱陳輩，漫方駕。　珠申當日空華化。感興亡、一般入洛，黃鐘聲啞。側帽行歌知己少，謠諑蛾眉愁畫。漫認作、鶯嬌燕姹。淥水亭中閒讀易，我知君、亦是傷心者。空悵恨，知音寡。

余少耽容若詞，曾與夏劍丞、文公達爲《金縷曲》詞咏之，今僅記「淥水亭中」二句。余數十年來綜覽清詞逾萬，求有深懷孤寄如容若者殊罕。且容若生長華膴，何以其詞語多蕭瑟，幾類李重光。後見其詞中有「興亡命也豈人爲」語，始恍然其有覆巢完卵之悲，與梅村、芝麓輩之仕清無異，故相沆瀣。其與梁汾、西溟之契，更有由矣。暇因補成此闋，以質詞流，想不目爲穿鑿。余藏《楝亭夜話圖》，曹楝亭題詩有「那蘭心事幾曾知」句，後其集中乃改爲「那蘭小字幾曾知」。又「布袍廓落任安在」，集中作「班絲廓落誰同在」，皆可互相印證也。

減字木蘭花　題陳荦階《百尺樓詞》

笙竽萬籟。嶺海詞流推幾輩。風月平章。此事輸君擅勝場。　微吟擁鼻。尚想當年湖海氣。鄰笛淒清。愁聽陽關煞尾聲。

八聲甘州　黎季裴丈《玉蕊樓詞》刻成，不兩月，遂謝人世，賦此追悼。即用集中此調原韻，然審律遠不如丈之嚴矣

甚獨平醒無俚，羨南柯、用丈見題《退庵夢憶圖》詞句。彌天委空山。歎霜花孤隕，風絃永寂，誰領騷壇。卅載收身江海，沼挂不須彎。揮手人間事，檀觸槐鑾。　多少蟬愁蛩怨，盼回黄轉緑，芳思難删。問遼空笙鶴，仙翮幾時還。想秋墳、秣音同唱，丈與陳述叔倡和詞卷名《秣音集》。黯夕陽、淒咏瑣窗寒。丈有《瑣窗寒》調悼述叔詞，前年在廣州同人社集唱首，亦爲此詞。飛雲渺，悵藤陰下，悴葉聲乾。

鷓鴣天

壇園茗話中有感篆卿久逝，因念昔日都中同輯清詞諸友，篆卿外，夏閏枝、邵次公、壽石工輩已無一存，而《清詞鈔》全部凡數千家，雖經寫定，而版行無日。余衰年乏力，深愧無以對入選數千詞人，更無以對二十餘年相助諸知好。彊村翁多所指授，丹黄甲乙，猶滿行間，惜未及綜滙，已先去世。如原稿亦歸杳漠，則余之負咎益深矣。因賦此詞，聊抒衷抱。

日下詞壇理舊聞。聊園清讌幾琴尊。瑶華已集千家選，鄰笛難招一代魂。　空寫定，悵沈淪。白頭慚對上彊村。鴛湖青浦憑誰繼，受簡將何慰九泉。

——以上葉恭綽《遐翁詞贅補》，一九五九年影印本

浣溪沙　《遐庵詞甲稿》題詞

誰道高歌有鬼神。微詞讔語恨難申。佯歡强笑太無因。　海色迷漫言外意，天花迢遞夢中人。尋聲救苦幻耶真。　民國三十二年四月八日印成志感。

臨江仙

用李後主韻。民國廿六年七夕，余在滬，約諸友爲南唐李後主逝世千年紀念。時兵氛方烈，風聲鶴唳，舉座黯然，旋約各賦詞紀事，依後主《虞美人》、《臨江仙》二詞體韻，耆之成卷。兹檢出重讀，如見諸故人，而大庵已於月前仙去，所繪殘杏，猶紛披滿眼。時艱方棘，感痛滋深，因再和此闋，其爲淒悒，殆不止山陽聞笛之悲已也。

已分春心灰寸寸，更堪一片花飛。誰云流水尚能西。人間天上，愁夢畫簾垂。　蠟淚蠶絲通幾劫，回頭煙月都迷。殘妝猶戀鬧蛾兒。無情空恨，堤柳總依依。

——以上葉恭綽《遐庵詞甲稿》，民國鉛印本

掃花遊

民國十五六年，余卜居聖湖之濱，每來往孤山，見道側孫花翁墓，埋没蓬顆間，心焉傷之，擬爲修葺，未果也。旋聞湖濱築路，墓將被毁。方商之周湘舲，謀遷葬。得易大岸自杭急札，云墓已毁。湘舲立遣人往杭地道，則僅得束棺之鐵及石碣、石案諸物，棺槨則云已化盡。湘舲乃與劉翰怡築冢於道左高阜，表曰「宋詞人孫花翁墓」，樹石案於前，實則遺骼已莫知所在矣。方事之殷，大岸爲圖紀之，且題詞甚悲，久存余所。越十餘載，余避兵香港，大岸病逝於滬，所遇之阨甚於花翁。及卅一年冬，余歸，乃偕諸友爲營葬於滬之聯義山莊。其遺命欲葬西湖，終莫之遂，可哀也已。余檢書笥，得大岸圖卷於叢殘中，念文人無命，今古一丘，乃依大岸原調并次其韻和詞一章，題之卷尾。霜花已謝，雁影空留，留此墨痕，徒多一重公案。噫！月泉、汐社，不必尚在人間；玉田、碧山，亦復誰爲吟侶。後不如今今非昔，固不止懷賢傷逝之痛而已。後有作者，請視斯文。

詞心百結，付一往沈冥，罷歌萇楚。怨痕夢縷。儘秋墳夜唱，鶴衣愁舞。坏土飄零，莫話西陵風雨。逐流去。問塵世，那尋堪葬花處。　穿冢空自許。甚没分同歸，段橋西路。菊泉薦俎。好蕭條異代，共盟幽素。滿目江山，誰省騷人意苦。漫囘佇。拆冰絃，恨深重鼓。

題李易安三十一歲小像

黄花人瘦鏡中顰，可是丹青自寫真。易安能畫。我若妝臺稱侍史，風前應作捲簾人。

當時讕語太悠悠，豈有佳篇餉汝舟。一例流傳輕薄甚，更□月上柳梢頭。

啼鵑感慨舊山河，漱玉哀音均轉和。吟到衣冠南渡句，風雲氣比女兒多。

讀《稼軒集》

芳菲苦助啼鵑淚，芻豆徒傷仗馬心。剩向九原添叱咤，人間何地著騷吟。謝疊山夜過稼軒墓，聞大聲呼嘯，祭之乃止。竊意稼軒乃南宋第一血性男子，其率衆由金歸宋，意將大有所爲，乃平生從未稍伸其志，其不平也固宜。高宗徒縻以禄位，豈稼軒志哉！

題夏劍丞《映盦填詞圖》

映盦習詞卅載前，我年未冠相攻錯。映盦於光緒中葉，初爲詞，曾作《鶯啼序》諸詞見商，時余年方十餘，今忽卅餘載矣。精金辟灌成大器，繁會和調競天樂。王幼遐文道希陳伯沆況夔笙并驅馳，更伍彊村儕大鶴。置身不落汴宋後，況與朱厲争强弱。堂堂藝苑名久標，宛宛佳篇時有作。朅來漚社一追從，近年在滬同結漚社。愧類鉛刀廁霜鍔。回思丱歲談藝日，才退心灰興非昨。强從玉海薈瑛瑶，余近輯《後篋中詞》，又輯有清一代詞。敢侈玄扃探鐍鑰。冷暖自知一杯水，佐使相資萬金藥。嗚呼八表此何時，空共書叢啜糟粕。還君此卷有餘情，勝過屠門矜大嚼。

題朱竹垞所藏王漁洋手札，今藏遐庵

愛好貪多任世評，主盟南北未相輕。填詞老去風懷減，獨遣銷魂爲阮亭。此册乃薈歷年函札，其籤題猶竹垞自書。又竹垞曾手録漁洋詩句爲《摘句圖》，可徵二人交誼。

腕底空誇八法豪，小亭銀榜怯題糕。虞戈省識朱家筆，豈獨賡歌有捉刀。札中懇朱代筆書亭額，漁洋召試不能完卷，賴張英爲之代作，曾見前人紀載。

李佛客丈《雙辛夷樓填詞圖》爲拔可題

零鴛哀嘯雜清商，佳句江南記斷腸。説夢卅年花欲老，傾愁百丈海難量。相憐紅萼爲誰老，何處青山非故鄉。稍喜小山餘韻在，家聲輝映玉蘭堂。

周夢坡逝世經年追悼

絮酒重傾有百哀，晨風猶憶共銜杯。三生片石誰同證，百轉溪流念此才。清秘藏多憐漸散，霜花香好爲誰開。詞流幾輩垂垂盡，愁向湖庵以溯洄。夢坡於西溪建兩浙詞人祠，今同人附祀夢坡於此。

——以上葉恭綽《遐庵匯稿》，《民國叢書》本

爲黄公渚題葉中鄉《朋舊詩詞册》

一編摘豔向詞林，記識登科若可尋。亦是當時聲氣事，豈徒笙磬侈同音。册中皆科第中人。有清詞客五千家，一代才人有歲差。卻幸珊瑚希漏網，敢云老眼竟無花。余選清詞數千家，此册中人皆與其列。

——葉恭綽《矩園餘墨·遐庵詩乙稿》，民國鉛印本

冒廣生《〈遐庵詞甲稿〉序》

語中國之學術，其莫小於詞乎？士夫出餘力稍習爲之，以陶冶其性情而遠於鄙俗，斯亦無愧於大雅之林矣。三四十年前，佻薄之子見人之能爲古文者，則譽其小説；人之能爲詩者，則譽其詞。譽人者，其意實相輕，受人之譽者，非怒於言，則怒於色，以小説之賈不如古文，詞之賈不如詩也。自頃歌曲盛行，庠序之子非學詞無以卒業，此亦足以覘運會之升降矣。而又定於一尊，驅天下之才智，咸趨於質實之一塗，而束縛之以四聲，此猶作文而專學樊宗師，作詩而專學李長吉，所詣即甚深至，適足示人以隘焉耳。詞家之聖，莫聖於柳、周，《樂章》、《清真》，全集具在，其於四聲，或此闋與彼闋之不同，或前遍與後遍之不同，甚至全句平仄互易而律自諧，蓋工尺祇有高低無平仄，字之平仄，則工尺之高低可以融之，使聽者之耳與歌者之口，訢合而無間焉。詞云詞云，四聲云乎哉？番禺葉裕甫，博雅嗜古，有名於時，其曾祖父蓮裳先生、祖南雪先生，兩世皆以詞鳴。

自其垂髫，濡染家學，即能爲詞，而所爲又輒工；中歲從政，出而膺國家付託之鉅，時或作輟，迨流寓江左，避兵香江，而所作乃精且多。新建夏吷庵爲選定，得如干首，顔曰《遐庵詞稿》，刻既竣，而以書抵余，曰：「吾詞之平凡，丈之所知也。於多事之秋而爲此不急之務，又無謂也。顧念詞學淵源，關係之深者無如丈者，丈其爲我序之。」余少時客嶺南，從吾師南雪先生學爲詞，師所居越華講舍，有竹木池亭之勝。後堂絲竹，余與潘蘭史、姚伯懷恒得與聞。今潘、姚並逝，舊時講舍，景物已非。數年前過廣州，輒徘徊布政司後街，低徊而不能去。初見裕甫才十一二歲，余所學百無一就，而裕甫亦年過六十矣。裕甫平時常病詞家縛於聲病，逐末忘本，雜乎人而彌遠乎天，欲求各地風謡，合之今樂，别爲新體，以接《風》、《騷》，中承樂府，後繼詞曲，旁紹五七言詩，而爲羣衆抒情寫實之用，此其識爲甚偉。而兹事體大，非國家設大晟府，得美成者流相與揚扢，而徒恃一人手足之烈，則終無以觀厥成。今兹所存之詞，誠不足以盡其百一。若更出其所學，大之若葉大慶之《考古質疑》、葉適之《習學記言》，次之若先德石林公之《避暑録話》，又次之若葉盛之《水東日記》，其爲沾溉來學，流布更廣，盍亦董而理之乎？因序《遐庵詞》一及之，欲使世之讀其詞者，知裕甫之學無所不闚，而詞特其家學云爾。癸未正月，如皋冒廣生。

夏敬觀《〈遐庵詞甲稿〉序》

周止庵論詞，謂「北宋盛於文士，衰於樂工；南宋盛於樂工，衰於文士」，余嘗深味其言，以爲確論。然反覆思之，北宋詞非不被諸絃管，余於其言又致疑焉。夫文士製詞，樂工製譜，自漢魏樂府以來皆若是。製詞者不縛於律，故常超妙；製譜者不妄竄易，斯盡能事。東坡不諳音律者，固亦有入樂之詞。耆卿自諳音律者，有井水處皆歌之矣。其惡濫之語，爲世訾謷，庸非出自樂工之手耶？是則製譜者有優劣之判耳，止庵之論，猶有未盡也。近頃，余與葉君遐庵推論及此，欲溝通今古，令宋詞歌法復明於今日。今樂且克與之合流，而遐庵太息於世無作者，製曲至難，且以學力不逮爲憾。夫以遐庵之才之大，何所不可，顧此之責不在文士而在樂工。吾曹但當闡明樂學，使工知其理可也。矧君乃自稼軒進而爲東坡之詞者，其趣在得天之籟，固毋庸斤斤於較音比律者哉！余與君皆曾從萍鄉文芸閣學士遊，君爲詞最早，其詞旨蓋承先世蓮裳、南雪兩先生之緒，而又多本之學士，晚年益洗綺羅薌澤之態，浩歌逸思，恒傑出塵濭之外，而纏綿悱惻，又微近東山。此甲稿所存少作，汰其泰半，大抵十數年來，退休林下之什也。余嘗謂稼軒豪邁師東坡，凡言蘇、辛者皆知之矣。豪而不放，稼軒所不能也，或知之，或不之知；其雄姿壯采、穠麗婉密學於東山，則未有知之者。又嘗謂東山詞世無能爲者，近世詞人間，惟君之才氣爲最近。君遜謝未遑。昔陳后山謂「東坡以詩爲詞，如教坊雷大使之舞，雖極天下之至工，要非本色」，陸務觀亦謂「其不喜裁翦以就聲律」，至於東山，則莫不以爲作家者。君年六十有二，猶若四五十許人，精力過於流輩，達兹一間，猶反掌也，豈遑多讓哉！然則製詞以合今樂，又非君所難矣！壬午仲冬，新建夏敬觀序。

——以上葉恭綽《遐庵詞甲稿》，民國鉛印本

夏孫桐《〈廣篋中詞〉序》

遐庵先生，匡濟偉才，餘事關懷文獻。比年退居滬上，篤嗜倚聲，於是有編輯清詞之舉。博搜沈佚，已得數千家。又以先輩甄録今詞者，莫善於復堂譚氏《篋中詞》，因其例爲廣録。先告成，貽書徵序，以孫桐之固陋，不足爲識途之馬，謹就先生自定例言闡繹之。夫詞雖小道，有風會，有淵源。風會者，天時人事之所趨，無論正變，一代之特色存焉；淵源者，守先待後之所在，以持正變，一代之定論繫焉。清初鴻碩蔚興，斯文間氣，詞亦起明代之衰。竹垞、樊榭，以通才爲詞學專家，上承兩宋之遺緒，而詞乃有軌轍可循。茗柯、止庵，發表意内言外經旨，實有關於温柔敦厚之教，而詞體益尊。復堂學派，私淑毗陵，本其説以抑揚二百餘年之作者，評騭精而宗旨正。光緒以來，言詞者奉爲導師。今先生更有以廣之，於有清一代詞家之風會淵源，綜括靡遺，指掌可辨，洵足成復堂未竟之志矣。先生甄録宗旨，既一本於復堂，而編輯之勝於復堂者有二端：復堂取材半出選本，而於專集所見未博，今則所得專集多至倍蓰，補詞補人，庶免遺珠之憾，此一善也；復堂正集斟酌精審，再三續補，不避重複，究涉瑣碎，今則條理貫串，首尾秩如，合成完璧之觀，此二善也。半唐、叔問、彊村諸公與復堂同時或稍後，允稱同調，其擥古精博或且過之，而於今詞未盡措意。彊村《詞莂》一編，僅録大家，未暇徧及。先生爲是編，彊村所親見，迨書成而彊村墓草已宿，爲之慨然。世所尤切望者，《清詞全編》早日觀成，與是編相副而行，聲家淵藪，文獻英靈，於斯爲盛。孫桐雖老，願拭目俟之。乙亥六月，江陰夏孫桐序。

夏敬觀《〈廣篋中詞〉序》

甄選清代詞者，先後有佟世南、蔣重光、王昶、黃燮清、姚階、孫麟趾諸家，其最晚出，厥惟仁和譚獻《篋中詞》。嘉、道前，詞人大抵祖禰陳維崧、朱彝尊、厲鶚、郭麐，豪者稱蘇、辛，清婉者稱白石、梅溪、玉田、碧山而已。武進張惠言與弟琦撰《宛鄰詞選》，琦子曜孫復敘録嘉慶詞人爲《同聲集》，荊溪周濟與張氏甥董士錫善繼爲《詞辨》，於是風氣稍變，浙派外，常州別樹一幟。顧二百年來所薰習濡染，莫能盡滌，譚氏於《詞辨》有評，輯《篋中詞》剖析精微，議論洽當，至其自爲詞則結習仍所不免。臨桂王給諫鵬運在中書日，振衰扶雅，況舍人周儀輩，翕然從之。同時文學士廷式、鄭舍人文焯、朱侍郎祖謀、陳大令鋭，蔚起爲詞宗，海内益響風趨正軌，故評清詞者，愈晚出愈勝於前，此不易之論也。葉君遐庵，早承先世蓮裳、南雪先生之學，詞旨閎美。予嘗疑前人盛道姜、張，未嘗有姜，君韙予言，且曰「盛道蘇、辛者，亦何嘗有蘇。蓋東坡、白石，自有其超妙者在，未可執後之不善學者之詞而病蘇爲粗豪、詆姜爲俗也」，此其所見，不又精於張、董、周、譚之流耶？譚氏殁於光緒中葉，於近人詞固不及見。今遐庵取而廣之，又補其所當有而闕者，録其所當取而遺者，都爲若干卷，合譚選觀之，於一代盛衰之故，與夫後勝於前之跡，可朗然矣。新建夏敬觀序。

——以上沈辰垣等編《御選歷代詩餘附篋中詞、廣篋中詞》，浙江古籍出版社一九九八年

朱祖謀《跋宋本兩種合印〈淮海居士長短句〉》

秦太虛《淮海長短句》，流傳善本甚稀。余往年校刊是詞，曹君直以所録松江韓氏本見貽，出自黄蕘圃據宋本手校，而所據宋本，未得見也。後識吴湖帆，始得見潘氏滂喜齋所藏宋本，即蕘圃據以校勘者。今歲葉遐庵以影印故宫藏宋本見貽，始知錫山秦氏家藏宋本已入祕府，亦蕘圃所經見者。兩本之同出一版，而詞集或有時别印單行，致蕘圃間滋迷惑，實則滂喜齋藏本亦即《淮海全集》中物也。遐庵既幸兩宋本之復見，又傷兩宋本之僅存，乃取兩宋本之屬於原版者，并合影印；其兩本皆缺者，則取潘氏本補葉，以其出朱卧庵手校精審也。遐庵又以歷代所刊《淮海集》，今存者尚十餘種，乃鉤考其源流統緒及字句異同，爲《淮海詞版本系統表》、《淮海詞經見各本概要表》、《淮海詞經見各本字句同異表》、《現存淮海詞兩宋本比較表》各一，復别爲《兩宋本校記》及《兩宋本各序跋摘要》，彙印於後，精密貫串，得未曾有。余聞遐庵治事精幹，不圖治學翔實亦如此。遐庵先德，三世以詞名嶺海，家學所承，遠有端緒，其所作亦把臂前賢。成連海上，能移我情，載覽兹編，逌然神往已。庚午孟冬之月，朱孝臧跋。

吴湖帆《〈淮海居士長短句〉題識》

淮海居士丁元豐盛世，上承晏、柳，下啓周、辛，嘯傲蘇門，自擅雅操。雖「香囊」、「羅帶」，見識於眉山；而「飛蓋」、「華燈」，盛傳於洛下。况「揮毫萬字，一飲千鍾」，其豪情豈讓「大江東去」哉？顧自北宋迄今，疊經喪亂，天水舊刊，幾等球圖。所傳長短句八十餘首，經張、黄、胡、李、段、毛諸家，各就所見，重梓行世。雖不失爲淮海功臣，而篇次錯雜，定非舊觀。此番禺葉丈遐庵所以有宋刻本《淮海長短句》合印之舉也。案宋刻全集，惟故宫有之，而鈔補甚多，亦非足本。嚴秋水跋謂「歲久漫漶」者是也。其黄復翁、潘文勤公遞藏之殘宋本，今歸余所僅有。第一卷全，第二卷第二、第四兩葉，前有《閒居文集序》，四葉而已。余嘗以故宫本對校，知同出一源，惟印刷較清楚耳。若《木蘭花慢》、《金明池》、《喜春來》諸闋，二書俱不載。疑所遺亦不止此耳。遐庵又爲《秋夢詞》，係家學相承，綵翰不輟。近居滬，與余間日過從，譚藝甚歡。論及秦詞，世無定本，將以故宫及敝笈兩殘宋本合影印之；並以宋以後各家刻本十三種，彙校其字句異同，别附《寫刻統系表》及《校勘記》於後，凡數萬言，致力綦勤，於淮海可謂無遺憾矣。兩宋本得此爲延津之合，抑亦讀者諸君子之所快也。庚子十月，吴湖帆識於梅影書屋。

吴湖帆《二跋〈淮海居士長短句〉》

己巳七月，番禺葉遐庵丈見示故宫善本書影，載《淮海集》總目一葉，文集首葉，長短句首葉，嚴秋水題跋一葉。

——以上秦觀《淮海居士長短句》，民國十九年影印本

陳柱《答葉遐庵先生論自由體詞書》

遐庵先生閣下：昨奉大示，敬悉起居萬福。新創詩歌，公主張别立新名，律以詩變而詞，則有詞名；詞變而曲，則有曲名。既有新體，則應别造新名，不必沿襲舊名，此名家之正名之論。曷勝欽佩！承命題賈似道墨拓，草草題就，敬祈教正爲荷。順頌撰安！二十五年五月十日。

——《學術世界》第一卷第十二期

夏敬觀《忍古樓詞話》評

番禺葉玉甫恭綽，亦號遐庵，蘭臺先生之孫也。幼隨父仲鸞太守於南昌官所，與余爲總角交。年十六七即能詞，萍鄉文芸閣學士廷式極歎賞之。芸閣詞宗蘇、辛，玉甫嘗爲余言：「近代詞學辛者尚有之，能近蘇者惟芸閣一人耳。」余謂：「學辛得其豪放者易，得其穠麗者罕。蘇則純乎士大夫之吐屬，豪而不縱，是清麗，非徒穠麗也。」玉甫之詞，極近此派。「遊勞山」《渡江雲》云：「連山青插海，畫屏九疊，嵐影亂雯華。萬松開紺宇，依約蓬萊，雲外幾人家。瀛洲咫尺，誰與翦、溟渤鯨牙。吼怒潮、馮夷如訴，清籟雜悲笳。堪嗟。齊煙氣黯，泰岱雲沈，送黄流日下。問幾時、神山重到，弄水看花。華嚴樓閣憑彈指，休悵恨、殘照西斜。歸路迴，源窮八月仙槎。」「題張紅薇女士百花卷」《蘭陵王》云：「慢春惜。一片花飛褪碧。金壺裏、依約返生，照海千紅鬧裙屐。風流溯往日。誰識。鷗波妙墨。瑶臺路、撩亂衆芳，春燕秋鴻苦相憶。空中本無色。甚海印生光，彈指成實。雲泥朝市渾如客。任丈室輕散，梵天微笑，華鬘回首幾過翼。好常住常寂。香國。夢曾覓。奈蕙炷霜清，蘿帳塵積。吟風泣露都無力。剩炫晝桃李，弄晴葵麥。青蕪如錦，顧恨影，粉淚漬。」「爲吴湖帆題所藏隋董美人墓誌」《疏影》云：「武擔片石。認春心蜀道，鵑淚凝碧。瑶軫飄零，羽箭調疏，蜀王善製琴及弓箭。剩此可憐殘墨。驚鴻怨寫陳思賦，合纂入梁臺專集。蜀王有文集。勝雷塘十里荒阡，莫問玉鉤遺跡。　堪歎楊花委地，洛川餘墜羽，猶伴書客。鏡黛塵凝，砌草霜清，漫想舊時顔色。穠華朝露庸非福，恨少個阿雲同歷。阿雲，太子勇之嬖妾。祇深情、刻骨難銷，短夢低徊今昔。」

——夏敬觀《忍古樓詞話》，唐圭璋《詞話叢編》本

何嘉《綘岑詞話》評

番禺葉譽虎先生恭綽，一字遐庵，文章政事，久爲世所稱道，書法遒勁，得者珍之。先生早年曾從其大父南雪翁學詞，南雪詞爲清季一大作家。先生淵源家學，自非淺涉者所可比擬焉。先生之詞，如其書法，挺拔闊厚，饒有陽剛之美，而無纖佻之敝，素爲余所愛誦。如《西河·用片玉韻》：「歌舞地。龍蟠勝勢誰記。傾城半面晚妝殘，夢雲捲起。八公草木未成兵，真人遥在天際。　凝情處，瑟罷倚。曲終柱鳳愁繫。一時王謝總尋常，燕迷故壘。小樓昨夜幾多愁，臨江休問春水。漲空蜃氣幻海市。甚窺墻惆悵臣里。不分閲人成世。暗啼鵑淚斷，千紅都盡，狼藉春

臺城裏。」清真此詞，和者極衆，獨此作深得詠歎之致。

近數年間，先生擺脱政事，以吟詠翰墨自遣。家富收藏，珍本之詞集尤多，以之校刊享世，稱善本也。又發起編印《清詞鈔》，亦爲文化界一絶艱巨之工作，今則不知進行如何？誠望能克成大業也。

——《社會日報》民國廿七年十二月七日

錢仲聯《近百年詞壇點將録》評

天富星撲天雕李應　葉恭綽

遐庵詞學世家，席豐履厚，又爲北洋「交通系」政要，財力雄富，爲並世詞流所不及。編《全清詞鈔》，所收詞人達三千一百九十六家，使有清一代詞學之源流正變，得以推尋，有功於藝苑者匪細。遐庵自爲詞亦工，間接聞譚獻緒論，於彊村、蕙風、芸閣，均親接謦欬，其造詣之深，非偶然也。

——錢仲聯《夢苕庵清代文學論集》，齊魯書社一九八三年

詞壇消息　《清詞鈔》與《後篋中詞》

十八年冬，由葉遐庵先生之提議，約集滬上詞流朱彊村孝臧、徐積餘乃昌、董授經康、潘蘭史飛聲、周夢坡慶雲、夏劍丞敬觀、劉翰怡承幹、吴湖帆、陳彦通方恪、易大厂韋齋、黄公渚孝紓諸先生於覺林素菜館，議決設立「清詞鈔編纂處」，並推定彊村先生爲總纂，同時廣約南北專家，分主選

政，兼徵海内藏家所有清人詞集。歷時三載，其初選稿本，已積至百餘巨册，所收專集約五六千家。初由遐庵先生彙送彊村老人鑒定。自彊翁下世，乃由遐庵先生自總其成。近復續得數百家，進行不少懈，雖殺青尚有待，而清詞一大結集，終竟全功，殆可預卜。遐庵先生又自選録清代及並世詞家作品，爲《後篋中詞》。聞已編纂竣事，不久即可刊出流布云。

——《詞學季刊》創刊號

詞壇消息

《清詞鈔》最近消息

葉遐庵先生主纂之《清詞鈔》，搜羅選録，瞬經數載，所有詞人别集，漸臻完備。惟範圍過大，一時未易畢功。頃先生移居，將特闢一室，從事采輯清詞之散見各總集或其他記載者，一面進行編次，並詳考作者之身世，嚴定作品之去取，期歸於至精至當，然後鏤板印行云。

——《詞學季刊》第一卷第二號

詞壇消息

《後篋中詞》與《清詞鈔》

番禺葉遐庵先生恭綽搜輯清詞，最爲繁富，本刊亦已屢爲披露矣。比聞先生所輯《後篋中詞》業經全部脱稿，印行有日。其書體例一依譚氏《篋中詞》，補正其遺失，兼採並世作者，而自成其爲一家之書。至《清詞鈔》以範圍過廣，編選又特矜慎，約須一載之後，方克畢功云。

——《詞學季刊》第三卷第二期

詞林近訊　《清詞鈔》成書有日

番禺葉遐庵恭綽先生，治詞學數十年。晚歲息影滬上，致力於清詞之選輯，所得逾五六千家，所選亦積稿至數十鉅册。自淞滬戰發，葉先生避居香港，初令沈君癡雲宗威代爲保管，而先生急欲成書，已於去歲派人攜稿南行，躬任編纂之役。近據確息，成書有期。想曾讀先生手輯《廣篋中詞》者，莫不引領以望此偉製之發刊行世也。

——《同聲月刊》第一卷第四期

郭則澐《清詞玉屑》評

太常仙蝶，屢見前人題咏，顧子山「題仙蝶圖」《粉蝶兒慢》前闋云：「萬劫紅消，千愁緑懺，肯戀人間花草。葛衣仙羽化，慣閒遊瓊島。沆瀣一片招手飲，不避麻姑纖爪。問三生，夢迷離，栩栩羅浮春曉。」蓋羅浮仙蝶亦時至人家，事略相類。葉遐庵居粤，飲汪憬吾齋，嘗見羅浮蝶來止，用夢窗韻爲賦《天香》一闋云：「珠海回潮，蓮鬚勝地，倩影筠籠清峭。浥粉衣輕，留仙裙皺，荏苒壺中天小。棲塵未慣，禁短翼、蓬萊歸早。花塢愁偕蜂亂，河橋懶分蛛巧。珍叢舊迎緑曉。醉東風、酒痕多少。懊惱絳都迢遞，隔墻春鬧。文采空驚蓋世，恨離合家山送人老。悵寫新圖，遊仙夢杳。」汪所居近蓮鬚閣故址，抗跡林棲，皜然不滓，詞意兼爲寫照。　卷十一

——郭則澐《清詞玉屑》，朱崇才《詞話叢編續編》本

吴梅《瞿安日記》評

而葉譽虎方欲輯近人詞，擬名《詞會》。爲復堂《篋中》之續，徵我近作，當録二三首送去。卷三

繼至槐樹巷彭宅，應正社書畫友之召。至則葉譽虎恭綽、張大千、何亞儂及吴湖帆、張紫東皆在座。合作畫兩幅：一幅余題詩，紫東書款；一幅譽虎題小詞，亞儂書款。遂夜飯。余詩云：『椒酒辛盤付等閒，雲煙供養接荊關。披圖不似華亭筆，認取吴中劫後山。』」譽虎詞云：「筆端逸氣，相賞翏天松石意。別有人間，一角江南雨後山。　昂霄縱壑，未信出山泉水濁。萬谷笙鐘，入耳泠然待好風。」飯畢，天忽下雪，余即歸。卷五

——《吴梅全集》，河北教育出版社二〇〇二年

張伯駒《叢碧詞話》評

葉玉甫印《〈淮海集〉經見各本概要表》，黏字者，衹有毛晉、清王敬之兩刻本。

——張伯駒《叢碧詞話》，《詞學》第一輯

陳鴻慈

陳鴻慈（一八八一—一九五〇後），字芑村、莒村，番禺人。清光緒三十年（一九〇四），入讀日本法政大學法政速成科。宣統二年（一九一〇）法政科舉人。同盟會會員。民國時任廣東都督府軍法處處長，廣東樂昌、陽江、三水、東莞縣長，肇羅地方法院首任院長等職。一度出任汪僞廣東高等法院院長兼廣東綏靖公署軍法處長。一九四九年移居香港。著有《燼餘殘稿》、《戊辰集》。

《懺庵遺稿》跋

吾邑沈伯眉先生撰《粵東詞鈔》，蒐集南漢、趙宋以來粵人工長短句者六十餘家，藝林推重。懺庵丈爲先生喆嗣，淵源家學，工倚聲，舊稿數十闋。丈之長君公直世兄曾刻之，刻成。丈檢閱，謂所録間有舛誤，異時當自加審定，乃寫定而未及重刻。戊辰冬，丈遽歸道山，遺書滿篋，其中《懺庵詩鈔》二卷，光緒季年先已刊行。辛亥後所爲詩，皆丈手自録存，蠅頭細書，精雅不苟，而點竄塗乙者多，遂請汪憬老爲之校訂，併將丈自定詞稿附於後，都凡詩二卷、詞一卷，統署曰《懺庵遺稿》，蓋以別於先年自刊本也。鴻慈末學，丈垂睞有加，攜酒看山，時陪杖屨，析疑問難，教益良多。

以丈之行義，原不藉此區區文字以傳，而生平蹤迹，於此略見梗概，恐日久散佚，爰付剞劂，用垂不朽，并以抒夙昔景慕之微恉云爾。己巳十月，陳鴻慈謹跋。

——沈澤棠《懺庵遺稿詩二卷詞一卷》，民國十八年刊本

廖景曾

廖景曾（一八八一——一九五二），字伯魯，南海人。清末附貢生。曾任職於省府中學高等學堂、廣東省教育會、廣雅版片印行所、廣東省立編譯局、法官學校，主持廣東省立圖書館。著有《春秋通義》、《艮盧詩話》。

《闇齋詩文詞稿》序

闇公世丈，辛亥後遁迹海濱，先後十餘年，屏絶人事，以「闇齋」顔其室，每言孑遺之民，不當以文采自炫，間有所作，未嘗出以示人。顧其遭際亂離，倉皇遷徙，牢愁自寫，不能無所寄託。傷時感事，紙墨遂多。又嘗與吴澹庵、丁潛客、陳真逸諸公遊，迭相酬唱。諸公前卒，傳狀之作，責無可辭。晚歲惟汪慵叟過從最密。慵叟輯「碑傳續集」，於所作悉數采録，未及付梓，終恐散佚。弟

子黄君了因等，以印行爲請，闇公遜謝，而了因索之益堅，且與高圓悟、董仲偉、董鶴年、胡太初諸君，鳩貲促其付印。闇公重違其意，遂檢篋中存稿屬景曾編次，引丁敬禮定吾文爲此，愧不敢承，謹從事校讎之役而已。《詩》云「風雨如晦，雞鳴不已」，毛序謂「亂世思君子，不改其度焉」。世變日亟，滄海横流，舉國競趨於權利之途，而諸君獨惓念師門，更欲壽以文字，殆所謂亂世不改其度者歟？編印畢事，特述其緣起，以告後賢，未敢云商量舊學也。戊子仲秋，南海廖景曾識。

——《廣東文徵續編》

汪兆銘

汪兆銘（一八八三—一九四四），字季新，筆名精衛，祖籍浙江紹興，出生於廣東三水。早年投身革命，加入同盟會，行刺清攝政王。抗戰期間，投靠日本，在南京成立僞國民政府，任僞國民政府主席。著有《雙照樓詩詞稿》。

《隨山館詞鈔》序

李君霈秋校刊《隨山館詩簡編》既成，復得譚仲修先生《粤東三家詞鈔》，將以《隨山館詞》附於《詩簡編》之後，以其非所著樂府之全，故名之曰「詞鈔」，與詩稱「簡編」同例也。屬兆銘爲之記。謹案：《篋中詞續》既選録陳蘭甫、葉蘭雪、沈伯眉諸先生暨先叔父之詞，附之以評曰：「嶺南文學，流派甚正，近代詩家，張、黎大宗，餘韻相禪。填詞有陳蘭甫先生，文儒蔚起，導揚正聲。葉南雪爲春蘭，沈伯眉爲秋菊，婆娑二老，並秀一時。約梁君星海將合二集，益以寓賢汪玉泉，爲《粤東三家詞》云。」《篋中詞》成於前清光緒四年，《三家詞》成於光緒二十年，前後蓋十六年，想見先輩纂輯之勤，銓擇之精，彌足仰止。朱棣垞先生受詩法於先叔父，而於詞則未致力，從兄莘伯先生實傳之。所作有《惺默齋》、《萇楚軒》諸集。從子嶔屺及崧豳姪女亦能纘其緒，持此以語霈秋，或亦爲之忻然一笑也。中華民國三十二年十一月，汪兆銘謹識。

——《同聲月刊》第三卷第九號

《懺庵詞續稿》題識

大作沈博絶麗，造詣之精，令人感佩。五日此間有一禊會，先生赴平，未克共敘爲悵。專此，敬請台安！弟兆銘頓首。

——廖恩燾《懺庵詞續稿》，民國刊本

評文廷式詞

番禺汪精衛先生兆銘，手批《廣篋中詞》云：「文芸閣能爲沈博絶麗之文，其詞脱胎蘇、辛，而設色絢麗，無其率易之習，可謂於詞壇别樹一幟，蔚爲重鎮。」

——龍榆生輯《文芸閣先生詞話》，《同聲月刊》第二卷第十二號

與龍榆生書六則

一

榆生先生惠鑒：奉誦手書並大著，佩仰兼至。彊村師葬事未竣，至用罣懷。弟與右任先生談及，尚無定議，如彊村師在日曾營生壙，則誠宜遵其遺志，未可擅作紛更。世變方殷，妥靈宜早，誠如尊論。如窀穸有期，尚祈示知，俾得稍盡棉力，是所至感，餘不一一。專此，敬請台安！弟汪兆銘頓首，七月廿二日。二十一年自南京行政院發寄上海國立音樂專科學校

二

榆生先生惠鑒：獲誦手書，敬承一是。彊師葬事，銘以遠道未克參加，至爲歉疚。付印遺書，竊願隨先生及諸先生之後，稍盡棉力。兹敬捐肆百元，應匯至何處，便祈示知，是所至荷。捐册附還，并祈察收。循誦大作，超超元著，期望之深，則徒增内慚耳。諸事冗雜，未能屬和，至歉至歉。專此，敬候台安！弟汪兆銘頓首，四月五日。二十二年自南京行政院發寄真如暨南大學

三

榆生先生惠鑒：病中屢聞樹人、仲鳴諸君述及先生想念之篤，至爲感紉。一月八日手書，久未裁答。抱歉尤深。弟因新創引起舊疾，纏綿數月，顧此失彼，心實厭倦，又不能不有以處之。最近始決轉地療養，如獲平復，把晤有期。前此曾聞先生慨然有三百年來詞選之議，至縈心曲，未知近日皋比之暇，曾否有所區畫？倘因風便，稍聞緒論，實用感慰。病中作書，潦草殊甚，尚乞鑒恕。專此，敬請著安！弟汪兆銘頓首，二月十七日。二十五年自上海安和寺路發寄廣州東山

四

榆生先生惠鑒：頃奉八月二十四日賜書，敬諗近狀安善，至慰！弟在四、五、六月間病頗劇，惠書久不報，罪甚！弟心臟病經醫斷爲流血過多所致。當時三傷雖非致命，然流血不止，歷時三十餘分鐘，故頗有危及生命之可能，加以兩次開割，故流血尤多。累月調養，幸已粗痊，歸國之期，當不在遠，可以告慰。承示「決意留申，專心纂述」，聞此消息，至爲欣仰。前讀大選詞集，精而不失之隘，博而不失之濫，深用傾倒。固知此次選一代之詞，必更有深識獨見。如胡展堂先生詩所稱「嘗愛古人尊所學，更爲後輩廣其途」者，無待弟芻蕘之獻。若憑臆見，妄加論騭，則以爲古今選家所持標準，似不出以下數者：

一、確立標準。合則取之，不合則去，且嚴於門户，排斥異己，惟恐不力。論其獨標一義，確示南針，固其所長。然其弊也，强人就己，甚至對於宗派不同之大家，盡遺其精華，而獨取合於己者數首。此不惟失之隘，且褊亦甚矣。朱古微先生專精夢窗，而於文芸閣《雲起軒詞》，推挹備至，絶不持門户之見，此老襟度、學識，真足佩服。

二、專務博綜。網羅弘富，固其所長，然漫無抉擇，其最大弊害，爲以詞傳人，此爲詞史計則得矣，而不合於詞選之本旨。以詞選之耳目，原在示人以模範，而非爲其人傳與不傳計也。

三、專録數大家之作，而其他悉屏而不取。此於示人以模範之旨適合。然遺珠之歎，必所不免。使取唐詩而專收李、杜諸大家之作，則崔顥《黄鶴樓》之詩不傳於今，豈非遺恨！

四、雜以聲氣應酬之私。此不待論，其他尚有數者，亦不遑列舉矣。

以弟之愚，以爲選一代之詞，宜以落落十數大家爲主，於此十數大家，務取其菁華，使其特色所在，爛然具陳，俾學者知所模範。絶不持强人就己之見，苟於心以爲未當，附以批評可耳。於此落落十數大家之外，如有佳作，亦擇其尤精者選之。或爲附庸，或竟獨立，皆可。以爲之輔，如此或可兼收衆長而去其弊。愚妄之言，未知能不爲高明所笑否？尚有數語，亦附録於此。尊所學尚矣，然知尊而不知所以尊之者，亦未爲得。例如男女相悦之辭，爲文學之起源。自《三百篇》以迄於五代，言情之作，大家不廢，及宋則欲尊詩體，大家往往於所爲詩汰去言情之作，而一發之於詞。此於詩未爲尊，而於詞則未爲褻也。近年又有所謂尊詞體者，欲於詞中删去言情之作，此真乃不可以已乎？周止庵氏似未免此弊。竊意詞選於此，亦似宜留意。淫蕩之作，固不當取，若夫緣情綺靡，則含英咀華，正當博搜而精取之，亦不必爲「外集」、「集外詞」以强生區别也，未知高見以爲何如？以上皆隨筆亂寫，并未留意修飾辭句，敬祈一笑置之，且切勿示人也。承索閲近作，病中無以應命，僅鈔詩一首呈正。專此，敬請文安！弟汪兆銘頓首，九、十五。

印度洋舟中　三月八日

多情燈火照更殘，露氣微生莞簟寒。自被瘡痍常損慮，轉令魂夢得粗安。蒼波熨月無微摺，碧宇篩星有密攢。誰奏雞鳴風雨曲，悄然推枕起長歎。三十五年自法國寄上海極司非而路

五

榆生先生惠鑒：昨接塵談，至爲快慰。夜間披讀大著緣起，情深文明，華實並茂，佩甚佩甚。鄙意大處著眼，小處著手。現在全面和平尚未實現，「中興鼓吹」四字，似太弘大。固知凡讀大著緣起，必不有此誤會，但恐一般人望文生義，即作别解，可否易爲《同聲月刊》？亦即緣起中開宗明義之語也。又初辦月需若干，亦祈計及。初基不嫌其狹隘，但求其穩固，而不受牽掣，不虞中斷，未知尊意何如？此上，敬請大安！兆銘謹啓，八月六日。民國二十九年

六

榆生先生大鑒：奉手書並大作，佩敬兼至。編輯凡例，精當無倫。鄙意將「或關係民生疾苦」句删去，詩有賦、比、興之分，原不限於一體，且恐千篇一律，轉成爲變相之應酬文字，如宋人之以理學爲詩，近人之以社會主義爲詩，説理不如文言之深切詳盡，而抒情技術，概置不論，此亦詩道之憂也。在詩言詩，對國家民族之阽危，民生之疾苦，自然流露，斯爲得之。「清新俊逸，富有熱情」，似已包括一切，不必再列舉矣。未知尊意以爲何如？懺翁函二封均已收到，容遲日作覆。專此，敬請大安！兆銘再拜，八月二十三日。

再者弟前函所云「獨力主持」者，指先生自出己意，在編輯方面。選材標悄，不受牽掣之謂，至於集資舉事，在籌款方面。取精用弘，固多多益善也。又及。

——《同聲月刊》第四卷第三號

致趙尊岳論詞書三則

一

叔雍先生惠鑒：頃接兄偕史量才先生來書，并惠賜新著，感甚荷甚。兹有覆書，乞并致量才先生爲禱，附呈拙稿一篇，乞并呈尊大人一閱。温幼菊爲吾粵畫家，所作畫甚有南田風槼。前日，兄蒞舍時，本欲展請觀覽，匆匆未果。弟前頗有請古微師題詞之意，繼恐黨人家庭風味，非古微師所愜，故躊躇未果。如兄得暇，賜以佳什，以爲家乘之光，感且不朽。專此，敬請侍安！弟兆銘敬啓，十月十五日。

二

叔雍仁兄惠鑒：頃奉手翰，敬悉一切，承賜鴻詞，銘感無既。惟自顧樗材薄植，何能稱此風華蘊藉之作，未免内愧矣。夔老竟貺以琳琅，真屬意外榮賜，感謝之忱，非可言喻。兹有兼函敬煩代達爲幸。旬日前遊西湖至三潭印月，愛二我軒所製攝影，購得一匣，敬祈代呈夔老，聊助吟興。另椽筆一枝，亦在杭購得者，敬以持贈，定知夜窗同夢筆生花也。餘不一一。專此陳謝，敬請台安！弟汪兆銘敬啓，十一月十七日。

三

叔雍仁兄惠鑒：前奉手翰，并承惠贈蕙風簃名著兩種，持領之餘，無任感紉。乞代向蕙風先生致感謝之忱爲荷。新年本擬趨賀，并圖良晤，因行色匆匆，遂以不果，抱歉良深。舊曆年杪，當可回滬，屆時必當趨前領教也。草草不恭，敬請台安！弟兆銘敬啓，元旦。

——《趙鳳昌藏札》，國家圖書館出版社二〇〇九年

石獅頭兒《詞話》引

某夕，在汪精衛先生寓晚膳，談及近人所爲詞。先生云：「雲起軒詞，人人知爲學蘇、辛，而不知其沈博絶麗，非深於夢窗者不能也。彊村詞，人人知爲學夢窗，而不知其灝氣流轉，非深於東坡者不能也。」余聞之，憬然有悟。

——《同聲月刊》第一卷第三號

龍榆生《〈雙照樓詩詞未刊稿〉跋》

汪先生《雙照樓詩詞稿》，前有曾仲鳴氏仿宋聚珍本，斷手於十九年六月，題曰《小休集》，其後續有所作，改題《掃葉集》，久未續刊。自予創辦《同聲月刊》，因從先生乞得未刊各稿，分期刊布，已而日本人黑田君，及上海中華日報社，並有排印本，《小休》、《掃葉》兩集俱備。澤存書庫主人陳人鶴君，復從先生乞取删定本，壽諸梨棗，藉爲先生六十祝嘏之資，仍題曰《雙照樓詩詞稿》。予曾與校訂之役，世行諸本，蓋以此爲最善云。後此有作，時時手寫寄予，予爲載入月刊，然亦偶有未備。自先生下世，曹少巖、屈沛霖兩君，爲理董遺稿。予從假得録副，以校澤存本，亦續有增改，因特補録，並爲校記如上，容更商諸人鶴，爲謀續刊。其已載《同聲·今詩苑》諸篇，亦仍重録，以免後先失次。嗚呼！先生往矣，每念數載以還，深宵昧旦，吟興偶發，輒飛箋相示，賞音契合，既感先生年來用心之苦，未嘗不躍然以喜、悄焉以悲也。青簡尚新，而其人已亡，孤燈恍然，如見顏色，而國家興亡之痛，從容文酒之歡，夢影前塵，直同天上矣。乙酉季春，龍沐勛謹記。

——《同聲月刊》第四卷第三號

詞林近訊

《雙照樓詩詞》在校刻中

汪先生詩詞，舊有仿宋印《雙照樓詩詞稿》，僅及《小休集》而止，其續稿《掃葉集》，除由本刊次第登載外，復有日人黑根祥作君彙印本，在北京出書。近聞陳人鶴羣先生，方爲精雕木板，不久即可刊成云。

——《同聲月刊》第一卷第十號

林庚白《孑樓詞話》評

精衛所刊《雙照樓詩詞稿》，亦時有佳構。……又《八聲甘州》詞有句云：「輕颸微颭枝頭露，似桃波䨲面欲生寒。」《念奴嬌》詞有句云：「暮靄初收，月華新浴，風定波微翦。翛然攜手，雲帆與意俱遠。」一則以娟秀勝，一則以澹遠勝。

——孫克强、楊傳慶、和希林編《民國詞話叢編》，社會科學文獻出版社二〇二〇年

周醒南

周醒南（一八八五—一九六三），字惺南，號煜卿，惠陽人。一九一二年出任廣東公路處處長，一九一八年隨陳炯明入閩主路政與市政建設，一九三三年返粵，歷任惠陽商會會長、廣州市稅務局局長。廣州淪陷後避難香港，創辦學校。

《草間詞》序

吾邑江孝通、李漢父兩前輩，五羊共學，雙鳳諧聲，俱捷南宫，同官日下，拔新領異，藻厲詞壇。拈毫而海水羣飛，擊節而仙葩欲散。余尚童年，江老遽離塵網，長遊冀北，李公僑寓京師，古循郡館，皓鶴新亭。恍安昌之堂前，與聞絲竹；傳歐公之座上，許見文章。授《草間詞》而讀之，抑有感焉。嗚虖！天下傷心之致，若是其夥乎！於氣爲冬，於時爲秋，在日爲夜，在月爲玦，爲漁陽之鼓，爲山陽之笛，爲暴雨之摧花，爲飆風之脱葉，嗚斷井之寒蛩，泣孤舟之嫠婦，觸古悲而淚滋，憂時危而魂怖。哽咽喉裣，難攄餇素，爲凄婉之倚聲，爲激昂之刻羽，纏綿愷惻，離奇惝怳，别有懷抱，其信然矣。先生作宰閩中，觀察遼左，傳韓大中之美政，聽顔有道之歌謳。金鏡亡秦，珠囊歸漢。摩挲銅狄，恍如春夢之留痕；望斷觚稜，感作西臺之遺記。凄迷陵闕，寥落江關，青黎庶以干戈，墜衣冠於塗炭。我辰安在，生世不諧，以秋後之晚香，作燒餘之幸草。一官黑水，匹馬蒼山，債師貽譏，贖官見誚。竹林嗟盡，風木含悲。荼蘼香銷，怕向斷釵之讖；海棠春□，難爲錦瑟之哀。悽惻旅魂，傷落葉之滿屋，人天終古，寧不悲哉！蓋詞雖一源，釐爲兩卷，《聽風聽水》，止於遜清；梅村《草間》，托自異代。舉凡牢騷離别之際，裴裒生死之間，直舉胸情，一攄孤憤，莫不千回百折，盪氣迴腸。先生旁搜羣雅，不囿一家，情貌無遺，正變俱備，淵源姜、史，圭臬蘇、張，周、柳暢其風流，温、李衍其密緒。響戛絃外，旨標味先，要眇以致其幽，清泠以流其韻，大成有作，無得而譏。僕思仿楚庭，蒐羅文獻，襲錦綦而耀後，求履憲而儀前。先生白紵詞工，紅杏意鬧。旃檀香在，寧同虚井之灰；神劍光韜，肯作幽泉之鐵。固宜傳胥鈔録，秃盡柔毛；所冀剞劂重刊，廣傳音響。庶江淹筆妙，並重人間；顯慶輅存，共欽法物。夙叨謬許，敢謝引喤。俯仰卅年，盱衡一代。未能結轖撰杖，捧硯手書之旁；猶幸齎素濡毫，綴名緗緹之末。

——《廣東文徵續編》

古直

古直（一八八五—一九五九），譜名雙華，字公愚，號層冰，别署孤生、遇庵，梅縣人。早年投身革命，參加同盟會，創辦梅州中學。後被聘爲國立廣東大學（後改名中山大學）文學教授、系主任。著有《隅樓集》、《層冰堂詩集》等。

《詩詞專刊》題辭

大宇長宙，有物渾然。包剛柔而含陰陽，紘六合而章三光。風興雲蒸，鬼出電入。悠遊温潤，龍蓯繽紛。及其效於人倫，吻於庶物也，清清泠泠，愈病釋酲，恬愉無矜，繁憤胥平。吾無以名之，名之曰詩。夫詩安昉哉，高密諒不於上皇，隱侯欲始乎生民。夫含靈秉氣，情志斯根，物動情摇，咏歌斯發。芳菲菲其襲人，目眇眇而愁予。若有朕焉，若無塄焉，可近而不可即，若失而不能忘，雖庭軒以前，載籍蔑云哉！詩與天地并生，又何疑矣。余居大學之三年，同學諸子，相與爲文章之會，賞析已久，篇什遂多，日者撰次，都爲一編。即實建號，楬以詩詞。夫詞準宫商，而詩聲依永，同本六義，故曰詩餘。聯爲一家，正以明其或源或委。兹事之興，盛唐已見其端，兩宋於焉極熾。逐清一代，作者如林。朱、厲紹述叔夏，張、董知重清真，荊溪始標四家，彊村獨宗君特。晚得海綃，大將登壇，臨桂犄之，旗鼓中原。朱彊村詞「新拜海南爲大將，試邀臨桂角中原」，「海南」謂术叔。斯文不絶，必有英傑，其將在於同學諸君乎？詳諷衆製，無美不羅。採玉于闐之河，探珠媚川之都。尋律定墨，取則伐柯。紏縵縵其若展，縹綿綿而已紆。寄情於芴穆之初，游情於蒼昊之上。才思驅風雲而壯，色韻夾情文而暢。盈耳則洋洋，溢目則朗朗。精妙孅纖，極口不能。甘苦疾徐，若有數存焉。雖才愧季札，未必鑒微；而論準子桓，不能妄歎矣。登高之際，偶爾造耑。白雲涉其遐想，紅綿渺其深思。雨雪興哀於凍人，露翻微傷乎亂俗。旁有意逆之作，未必遽云得之，或者足補光禄之怯言，能詳崇賢之幽旨乎？即效總持，並寄集中，或致青雲，或招弓矢，兩無容心焉。諉諈授簡，輒標其趣。大雅君子，與我同志，當亦有樂乎此也。中華民國二十三年三月，梅縣古直。

——國立中山大學中國語言文學研究會編《詩詞專刊》，民國二十年鉛印本

《桐花閣詞鈔》跋

吾州吴石華先生《桐花閣詞》，身後流傳甚罕。番禺陳蘭甫先生曾搜訪原本，刊入《學海堂叢刻》。今去蘭甫先生之世又四十年矣。原詞刻本殆絶天壤，叢刻亦非人人能得，過此以往，流風歇絶。吾滋懼焉，爰從叢刻中抽出，刊爲單行本行世，以紹靈芬。好事君子，或有取乎爾！中華民國三年四月，邑子古直題於抱甕齋。

《桐花閣集外詞》序

余年來到處搜訪《桐花閣詞》原本，迄不可得。惟先後從舊抄本中抄得數十闋，以與《學海堂叢刻》所刊相校，無一重複者，知爲集外遺詞也。因即校定若干首，附集後，題曰《桐花閣集外詞》云。中華民國三年四月，古直記。

——以上吴蘭修《桐花閣詞鈔一卷集外詞一卷》，民國三年鉛印本

黄佛頤

黄佛頤（一八八六—一九四六），字慈博，號慈溪，香山人。黄映奎之子。清宣統元年（一九〇九）拔貢，歷任廣東通志局分纂、香山縣修志局分纂、中學校長等職。工書善文，平生致力於嶺南文獻的整理與研究，著有《廣東金石目》、《嶺南藏書家考略》、《拜鵑草堂詩詞鈔》。

百字令　題純初先生《百花詞草》

衆香管領，有徐黄畫品，姜張詞筆。滴粉搓酥真個是，棐几湘簾豔溢。取次芳華，眼前心裏，何處無春色。橋西潭水，舊遊杜老還憶。　太息蕪穢哀多，靈修日遠，顑頷餘騷客。風信番番空過了，緑意紅情誰識。没骨圖開，同心調倚，輝麗成雙璧。幾時撲蝶，羣仙同會生日。

——張逸《筆花草堂詞》，民國二十一年鉛印本

青玉案　《雙樹居詞》題辭

藜牀世外塵難涴。儘借作、蒲團坐。琴譜紫霞閒自課。銅琶雙調，銀戕十擬，珠織驪龍唾。　枝香羞向風中墮。襟抱伊誰許酬和。空谷清風明月我。青山吟老，紅桑看遍，容與鴟夷舸。

——楊鐵夫《雙樹居詞》，民國鉛印本

吴肇鍾

吴肇鍾（一八八七—一九六七），字唯龕，號白鶴道人，三水人。著名拳師，性情豪邁，善詩詞。著有《白鶴草堂文稿》、《白鶴草堂詩詞初集》。

《白鶴草堂詩詞初集》自序

余少好擊劍，間及文事，淺耕薄耨，文本不立，何有詩詞？即以志事發情，自鳴其籟，以達其不得已於言者，亦不過春蚓秋蟲而已，不足語於詩詞也。獨是丁逢喪亂，羈旅莫歸，觸於外、鬱於中者愈雜，哀樂難制，抑塞之感益深，而欲宣泄其情者愈亟。所爲詩詞雖多，而人事雜遝，性復疏懶，稿之散失者亦愈甚，況經兵火，殆十亡七八，則今之所存，即比春蚓秋蟲因時自鳴者，蓋亦僅矣。門人以爲詩詞心血也，心血應歸人類不宜散棄者，必欲剞劂之。嗚呼！此非風雨晦明，興其唱歎之心歟？倘世有同感者，當更擊缶拊髀，相與而歌嗚嗚耳。庚寅春，白鶴道人吴肇鍾唯龕。

——《廣東文徵續編》

劉景堂

劉景堂(一八八七—一九六三),號伯端,番禺人。早年供職於廣東學務公所。一九一一年赴香港。曾入南社。與廖恩燾在香港創辦詞社,振興詞風,著有《心影詞》、《滄海樓詞》。

《心影詞》自序

余少喜倚聲,困於簿書,未能致力。辛亥移家海嶠,與六禾昕夕過從,復親韻事,故余詞與六禾唱和爲多。六禾嚴於格律,凡一調必依某家某闋,五聲不紊。余苦其束縛,且力有未逮。然又病近代詞家之漫不叶律者,故一調之中如古人平仄互用,則寬其限制;至若孤調之無可假借,亦不敢稍有出入,此余之志也。然或意眩目迷,不自知其舛誤,深望大雅君子摘其瑕而告之。又余詞寓懷十之八九,即景詠物十之一二,已事迷離,都成心影,故以名詞。要之言與過俱,罪隨心滅,亦何待人之相諒哉!庚申春夜,守璞自識。

——劉景堂《心影詞》,民國九年石印本

《影樹亭詞集》序

吾粤詞家，彊村最推許述叔。余卅年前，因六禾而得讀述叔詞。去年旅居香港，又因六禾而獲與懺庵爲友，始讀懺庵詞。懺庵長余二十餘歲，恨相見晚，嘗爲余言，昔與述叔論詞，沆瀣一氣。今述叔、六禾皆已殂謝，惟吾懺庵丈年登大耄，而詞與之俱老，所爲詞如《懺庵正續集》、《半舫齋詩餘》、《捫蝨談室詞》，皆以次問世，人多能誦。邇復出《影樹亭集》，屬序於余。曩者張闇公序陳、黎《秫音集》，謂述叔專於夢窗，六禾致力姜、史。余謂丈詞雖合耆卿、稼軒一鑪而冶，實亦導源夢窗。彊村所稱「潛氣内轉，能於順逆伸縮處求索消息，非貌似七寶樓臺者所可同年而語，而其驚采奇豔，又得於尋常聽睹之外，江山文藻助其縱横，幾爲倚聲家別開世界」等語，丈詞固早有定評矣。況斯集又與余及六禾唱和爲多，因並舉述叔及余輩四人先後離合之迹，以爲之序。庚寅夏月，劉景堂拜撰。

《滄海樓詞》序

余既敘懺庵丈《影樹亭詞》，丈屬鈔近作《滄海樓稿》與《影樹亭詞》合刊。余自維後學，遠遜丈詞之精深造詣，然以同聲難得，往跡難追，況重違丈意，謹選自癸未客潯州始以迄今歲所賦長短調共六十四闋，並綴數言於卷首，聊識合刊之由。辛卯冬月，劉景堂。

——以上廖恩燾、劉景堂《影樹亭詞滄海樓詞合刻》，一九五一年鉛印本

《滄海樓詞》自序

兩宋詞人，惟東坡、白石變化莫測，古今論者，罕窺其奧。元、明無足數。有清一代，浙、常兩派，迭爲雄長，蜚聲於台鼎尊俎間，探驪得珠，固亦難言。洎乎同、光，百年以還，奇才崛起，如蔣、文、王、鄭，於浙、常之外，各標新異，彊村晚歲，兼衆美而總其成，猗歟盛矣！然深心微旨，僅見於《宋詞三百首》選，及題清代諸名家詞集後《望江南》二十六闋。後之學者，仍多茫昧，難免歧趨。余生也晚，且僻處遐陬，未獲親聞咳唾。六十而後，自謂於此道頗有悟入，率爾成聲，得百餘闋。又何敢追較前賢，存心得失，姑略存之。知我者其在水雲、雲起之間乎？癸巳冬月，劉景堂。

——《廣東文徵續編》

《玉蕊樓詞鈔》跋

余癸丑、甲寅間旅居香港，與六禾丈比鄰。丈導余爲詞，析四聲，辨雅俗。春秋佳日，唱酬無間。忽忽三十餘年，雖無所成，然得稍窺詞之窔奧，而不致歧趨者，皆丈力也。丈所爲詞，持律至嚴，審音精細，其造詣之深，實非余所能測。今將梓其《玉蕊樓集》，而先付覽誦。余不敏，謹就所知略述一二。丈於兩宋詞人格調，類能探討幽窅，搜遺抉奇，發前人之所未見。集中如考證草窗《月邊嬌》、《采緑吟》二詞中「凝」字、「裏」字韻，均有創獲。又如宋詞全首叶上聲韻者，近人但知白石《秋宵吟》，而龍洲《西吴曲》，玉田《珍珠令》，李元暉之《擊梧桐》及無名氏之《魚游春水》亦全叶上聲韻，皆所忽視。丈獨四聲不紊，舉而和之。他作恪依宋詞四聲者，更不勝指數，且有五聲並具者，尤爲難能。至於平仄，則無一不守成調。又如白石之《鶯聲繞紅樓》及《杏花天影》，皆爲譜律所未載，而白石《摸魚子》中二句，一爲「斜河舊約今再整」，一爲「年年野鵲曾並影」，每句下四字皆入、平、去、上四聲俱備，音韻絶妙，乃清代詞家竟無用其體者，丈並依和無遺。其他宋詞所存，今孤調未經人用，而集中亦多依和，且嚴整出譜律之上。後之讀者手此一編，當知正法眼藏之所在，其有功詞學，豈亞前人哉！　己丑秋月，劉景堂。

——黎國廉《玉蕊樓詞鈔》，民國三十八年鉛印本

雲僧題劉景堂玉照

伯璣殊愧我，三影最憐君。玉樹臨風貌，金莖絶世文。無人歌古調，有汝抹微雲。安得天台去，重談到夜分。

——劉景堂《心影詞》，民國九年石印本

鳳棲梧　題《捫蝨談室集外詞》

翦翠裁紅情一往，海水天風，入耳非凡響。不運斧斤成大匠，風流千古歸仙掌。　幾度看花閒拄杖，但願花前，歲歲人無恙。若賭旗亭紅袖唱，新聲應壓黄河上。

——廖恩燾《捫蝨談室集外詞》，一九四九年鉛印本

許崇清

許崇清（一八八八—一九六九），番禺人。早年畢業於日本東京帝國大學，入同盟會，歷任國民政府廣州市教育局局長、廣東省教育廳廳長、中山大學校長等職。

甘州子　題《捫蝨談室集外詞》，顧太尉原均

箋詞花下付鬟笙，捫蝨處，裼裘輕。海雲早趁酒漪平，飛檄記龍庭。煙島上，噓氣彩虹横。

——廖恩燾《捫蝨談室集外詞》，一九四九年鉛印本

嚴既澄

嚴既澄（一八八九—？），原名鍥，字既澄，以字行，筆名嚴素，四會人。曾供職於商務印書館、文治大學、上海大學、北京大學、北京師範大學，於兒童文學頗有造詣。著有《初日樓詩》、《駐夢詞》。

《初日樓少作》跋

右存少作若干首，華年哀樂，略盡於兹。從此洗浄心塵，當不復事此雕蟲小技。天空海闊，何施不可，夫奚以呻吟擁鼻爲？辛酉六月十一夜，録稿後自記。

——嚴既澄《初日樓少作》，民國十三年鉛印本

題《憶雲詞》

嚼雪裁花豔欲仙。蠶絲鵑血兩天然。詞壇便有花間霸，不向低頭但比肩。

生涯甘幻綺羅叢。贏得家家貯小紅。合與定庵詩抗席，有才如此信天工。定庵七絶，憶雲小詞，皆幼年所心愛。

《駐夢詞》自跋

余年十五，就學私塾中，偶於塾師案頭獲覩《白香詞譜》一册，取而誦之，雅愛其音節之諧婉，因以作法質於師，師曰：「兹道大難，今世已無作者，非爾曹所能學也。」爲之憮然者久之。逾年，獲見時人之作於日報中，始悟塾師之言，不過自文其陋。復於掃葉山房購得石印本毛氏《詞學全書》、萬氏《詞律》，爰稍稍依譜試填，以自娱悦焉。洎夫游藝京華，爲之益力，間出所作示人，爲鄉

先輩沈太侔宗畸先生所見，亟加稱賞，以書抵余，謂吾詞「幽微婉約，實得詞之正則」。且於余南歸而後，數以書來，督余勿荒故業，爲斯道延一線之傳。實則時彦之工於詞者固多，若余則作輟不恒，旁騖滋甚，已無復抗手前賢之盛心。沈翁阿其所好，適以增吾愧汗而已。昔人有言：「韓退之以文爲詩。蘇子瞻以詩爲詞，雖極天下之工，要非本色。」余亦向持此論，以爲一切文體，胥各自有其特徵，豈可比而齊之，亂其畛域？詞之氣骨，略遜於詩，至其纏綿幽咽，疏狀入微，若姚姬傳所謂「得陰柔之美者，求諸古近體詩中，惟七言絶句，庶幾得其一二」，斯吾所謂詞之特質，論詞者所當依爲圭臬者也。勝清三百年間，詞人輩出，可謂洋洋乎大觀矣。然試執此以繩，納蘭才高，時或失之縱恣；竹垞則華妝盛飾，真美反掩而不彰。其能掇周、柳之流風，嗣南唐之逸響者，惟項憶雲，庶乎近之。此吾夙昔之蘄向，沈翁品題之語，可謂先得吾心，惜乎有志焉而未逮耳。嚮者，浙中詞人某公嘗爲吾友言，吾詞亦自佳，獨惜了無寄託，不耐尋味耳，是殆年齡所限歟？不知常州諸子所謂主風騷、託比興之言，余向目爲魔道。温飛卿之好爲側豔，本傳未嘗諱言，而張皋文之儔，必語語箋其遥旨。綺羅薌澤，借爲朝野君臣，荊棘斜陽，繹以小人亡國，自謂能探奥窔，實皆比附陳言。夫作家之處境萬殊，其所作又安得咸趨一軌？偶然寄意，固不必無，即興成文，尤爲數見，又豈必人人工部，語語靈均，而後能垂諸久遠耶？余少不更事，閒來弄翰，奚敢謬託風騷？亦如小鳥嬉春，無心自炫；孤蛩弔月，有感斯鳴。固不解以迷離隱約之辭聳人觀聽也。紀元二十又一年九月二十日記於故都。

——以上嚴既澄《初日樓詩一卷駐夢詞一卷》，民國二十一年鉛印本

黎世蘅《初日樓少作序》

民國六年秋，愚將東渡日本，道出滬上，晤四會嚴素既澄於酒樓。時坐客俱一時之雅，而既澄談吐肆應，才藻繽紛，顧勤懇多厚，意頗心儀其爲人，度其必有澤於詩教者深也。翌年，復以事走滬上，登其室曰初日樓者，既澄偶以羈旅北京時所作詩詞若干首見示，不禁大歎服，益信前此心儀之不爽。嗣頻年往來於滬上者不知幾何次，而每至之日，未嘗不與既澄遊，亦未嘗不談詩，惟行色匆匆，不能罄傾胸膈，爲可憾耳。今年春，又以事走滬上，晤對之下，欣然話往。既澄乃出其所著詩屬序，且將梓而獻諸世焉。夫詩有多義，或美或刺，或敷陳制教爲後世典守，或寓寄俗尚爲采風者所資，然纏綿悱惻，抒展性靈，如既澄之所爲者，月白風清，浹人肌髓，證以古先民「微言相感」、「以喻其志」之説，正相吻合。今既澄方值盛年，幸時以離合欣感之言，發爲唱歎，蔚爲時代珍品，誠甚盛事，又豈止愚一人昕夕翹企而已耶？自維薄殖，仰荷慇拳，敢不貢其所欲言以歸之。民國十三年六月，子鶴黎世蘅。

王伯祥題《初日樓少作》

尊著歌哭異情，讀之迭生哀樂，感人之深，捷於影響。是知言出由衷，古今所貴，壯懷綺思，初無二致也。誦竟，輒志景慕，還質既澄，或不以我爲不解漢而遂鄙其辭乎？

葉聖陶《浣溪紗·題〈初日樓少作〉》

瀟灑巾裾拂宋賢。天真歌泣湧如泉。纖塵霏不上冰絃。　釵畔靦然承密意。酒中突地惜芳年。芳年情味愛迴旋。

顧頡剛《初日樓少作跋》

此編淒迷哀怨，讀者且不勝情，想作者下筆時，其心頭之酸苦，當不知作何狀。予與既澄遊，常謂是樂天一流。今讀此編，乃知所爲歡笑，悉由强作。予性木訥，自知情感不深，不能爲文辭，然入世以來，猶覺我之真性未泯，而他人魚魚鹿鹿，即此尚不能求其保持領略，人我之間，遂觸手生障壁。況既澄靈心善感，其處世之不安，必有什百倍於我者，其低迴悵惘之情，更何能自已耶？願既澄更抒心聲，多爲歌哭，招回人間已失之性靈，勿自鄙於呻吟擁鼻，閟情懷而弗宣也。頡剛讀記。

俞平伯《初日樓少作跋》

有生情感之流，殆無往而勿傾注，或奔蕩而爲江河，或渟蓄而爲湖沼，或迫束而爲谿渚，雖弘纖異其度，躁静殊其趣，而傾注之勢畢具焉。故靈襟慧性，密守葳蕤，而芬韶自遠，猶彼桃李成蹊，何假言說？蘭生空谷，無人亦芳。既非有所爲而發，夫豈以其獨喻而遂閟之乎？若必守型度而分正變，畫情性以别貞淫，則膠柱調絲，識曲者掩耳。既澄兄此作，其佳處往往如良金美玉，自發精英，摇人靈魂，再施稠喻，匪特戾作者之素抱，且侮得讀是詩者。會心在邇，雅契多方，一編行世以來，將聞跫然足音，振於寥廓。既澄自重其業，又何所悵恨耶？平伯跋於西湖碧霞西舍。

——以上嚴既澄《初日樓少作》，民國十三年鉛印本

饒鍔

饒鍔（一八八九—一九三二），字純鉤，自號純庵，潮州人。清末生員，自罷科舉。嗜好文史，勤於著述。著有《潮州藝文志》、《西湖山志》、《天嘯樓集》。

《遠遊詞鈔》跋

澄海姚行軒先生天健，嘉慶中以詩馳聲江淮間，殁後未及百年，遺書零落，鄉人至不能舉其名姓。余既喜讀其詩，顧以未窺全豹爲憾。歲甲寅，有以《遠遊詩鈔》告售者，審之，行軒初刻原本也。詩共十卷，末附詞一卷，凡小令、長調七十三闋，乃知行軒不僅能詩，且工於詞焉。爲評選者，吴門王曉林編修植。據編修跋文，知行軒平生爲詞，實不止是編。潮陽陳蒙庵者，臨桂況蕙風先

生高弟也，故與吾友鄭雪耘善。余聞之雪耘，蒙庵家藏有《粤東詞鈔》，潮人入選者二人，一爲陳園公，一即行軒。乃屬雪耘鈔其本來，而蒙庵果精寫一卷見貺。亟持與初刻本對勘，語句間有異同，而粤東本所選者，又溢出王選二十餘闋，彙而刊之，不獨可補王本之闕，蓋行軒所作詞於是乎大備矣。夫行軒詞學稼軒，而時有屯田風味，故吐辭豪不墜俗，麗不傷雅，與其詩實足并傳。曉林本儒者，不善倚聲，其選行軒詞殊未盡當，而李福跋《遠遊詩鈔》，謂詩勝於詞者，今以其書觀之，亦非篤論也。

——饒鍔《天嘯樓集》，民國二十三年鉛印本

馮　平

馮平（一八九二—一九六九），字秋雪，號西谷，南海人。同盟會員。一九一六年在澳門與古桂芬等成立雪堂詩社，並出版《詩聲》月刊。編著有《水佩風裳集》、《宋詞緒》。

冰簃詞話

去歲金風初至，采薪遽憂，晝永夜長，書城坐困，籠愁日淡，煮夢燈熒。連城藥爐事暇，輒於榻前爲余誦唐宋諸大家長短句，每終一闋，絮絮評高下，有屈古人者，余則如律師，滔滔申辯不已。連城謂余傷氣，古人縱屈，亦不許作辯護士，否則

去詞談野乘。余素不甚喜説部，頗反舌，可否亦筆之。積二旬，得百三十則，病中所記，詞多蕪雜。去臘歲除，出而删汰。冰簃，余與連城讀書之室也，爰取以名篇，中所論者，皆愈後余辨正也。民國第一己未年初夏，秋雪記。

詞者，補詩之窮也。蓋詩於五七言不能盡者，詞能長短以陳之，抑揚緩促以達之，温柔細膩以出之，和人之性情，詞之功尤居詩上也。

詞或曰詩餘，不知實樂之餘也。六藝，樂居其次，而佚亡久。居今日而求樂之似者，不能不取諸詞矣。

宋女子李易安清照，洵一代詞家，果使易笄而弁，則宋代諸公，亦當避軍三舍。其《聲聲慢》、《醉花陰》、《壺中天慢》等，非當代專家所能望其肩背。其《聲聲慢》詞云：「尋尋覓覓，冷冷清清，淒淒慘慘戚戚。」一連十四疊字，匪特不覺其疊，且一疊一轉，一轉一深，一深一折，真化筆也。後人多有倣之者，然自鄶矣。

繼漱玉後者，推朱淑真，有《斷腸詞》一卷。辭則可頡頏易安，而情則不及焉。其《菩薩蠻》云：「山亭水榭秋方半。鳳幃寂寞無人伴。愁悶一番新，雙蛾祇舊顰。　起來臨綉户。時有疏螢度。多謝月相憐。今宵不忍圓。」纏綿悱惻，又可伯仲易安矣。

——《詩聲》第四卷第二期

民國　馮平

李易安之《聲聲慢》一連十四疊字，已是難能可貴，不謂《西青散記》内有《鳳凰臺上憶吹簫》

云：「寸寸微雲，絲絲殘照，有無明滅難消。正斷魂魂斷，閃閃摇摇。望望山山水水，人去去隱隱迢迢。從今後，酸酸楚楚，衹是今宵。　青遥。問天不應，看小小雙卿，嫋嫋無聊。更見誰誰見，誰痛花嬌。誰望歡歡喜喜，偷素粉寫寫描描。誰還管，生生世世，夜夜朝朝。」連用四十餘疊字，脱口如生，洵心靈舌慧，前無古人矣。

詞之疊韻，所在多有，然連疊一韻到底，則罕覯焉。宋蔣捷《聲聲慢·賦秋聲》云：「黄花深巷，紅葉低窗，淒涼一片秋聲。豆雨聲來，中間夾帶風聲。疏疏二十五點，麗譙門、不鎖更聲。故人遠，問誰摇玉佩，檐底鈴聲。　彩角聲吹月墮，漸連營馬動，四起笳聲。閃爍鄰燈，燈前尚有砧聲。知他訴愁到曉，碎噥噥多少蛩聲。訴未了，把一半、分與雁聲。」

詞之有宋，猶詩之有唐。有清一代詞學大昌，集宋之大成者也。吴梅村、顧梁汾也，則可追蹤幼安；曹寔庵也，可伯仲方回、美成；納蘭容若，則升南唐二主之堂；朱竹垞、陳其年、厲樊榭也，則容與乎白石、梅溪、玉田、夢窗之間；王小山則直逼永叔、少游；張皋文則集兩宋之精英，開詞家未有之境；項蓮生則從白石、玉田、夢窗而超出其外；龔璱人則合周、辛一爐而冶，作飛仙劍俠之音；蔣鹿潭則與竹垞、樊榭異曲同工，勝朝杜工部也。鹿潭而後，雖有作者，然大都從字句間雕琢，有辭無氣，過此目往，恐成廣陵散矣。

——《詩聲》第四卷第三期

月前因沛功先生得交謝君菊初，並介紹入社，破題兒第一課題爲「落花」，君填《大江東去》詞云：「朱欄憑眺，看千紅萬紫，已知春暮。記得夭桃曾識面，可奈東風吹去。一段鶯愁，幾番蝶怨，多少銷魂處。杳芳園裏，悄然相對無語。　回憶漢苑繽紛，楚宫旖旎，觸景添離緒。縱使家僮還未掃，畢竟留他難住。流水無情，斜陽尚在，莫把衷懷訴。春陰乞借，明年更倩誰護。」不匝月，謝君即賦悼亡，君謂「生平未嘗填詞，而首次賦落花，時已心滋不懌，詎料竟成詞讖」云云。雖然，詩讖之説，按諸古籍皆云歷歷不爽，惟我觀之，則未敢決其必然。猶憶八年前讀書於廣雅書院，時初解吟咏，《秋懷》兩律中有句云：「萬斛愁懷百歲身」，詩成，以箋謄寫，分示學友。陳子見而弗悦，曰：「君詩不祥實甚。」余曰：「何謂也？」曰：「萬斛愁懷百日身。」余曰：「余作乃「歲」字，非「日」字也，君誤耳。」陳子立出詩箋示余，余亦爲咋舌，果誤寫「萬斛愁懷百歲身」爲「萬斛愁懷百日身」。後學友來言與陳子同，謂恐成詞讖，蓋皆誤「日」爲「歲」也。時余雖不信，而心終惴惴，恐真成讖。然屈指至今，蹉跎八載，則此詩終不驗也，又何讖之足云乎？

今歲雙星渡河之夕，予約連城填七夕詞，題爲「問仙」與「傚仙」，各賦一題，以鬮定。余得「問仙」，連城得「傚仙」也。復翻詞牌以定譜，得《踏莎美人》。時已夜午，推窗仰視，雙星閃閃，正渡河時也。拙作下半闋云：「白露横空，鵲橋延佇。人間天上喁喁語。一年一度□歡娱。細問天孫巧字怎生書。」連城作有云：「夜夜比肩，朝朝檢韻。此情此景而無分。女牛若解悄含顰。應羨阿儂朝夕畫眉人。」予之「問仙」詞，「問」字已嫌問得太過，而連城之「傚仙」詞，「傚」字尤突過予前，牛女有知，淚當簌簌落也。詩成，黑雲頓翳，微有雨點，意者其仙姬之淚乎？

——《詩聲》第四卷第四期

連城最愛《漱玉集》，謂其清新雋逸，別饒豐致，且詞華横溢，睥睨一代，唐宋諸公，不足道也。余謂其言過當。連城曰：「『寵柳嬌花』之『寵』字，『怎生得黑』之『黑』字，奇險而穩，唐宋諸公，能及否乎？至其詞之純屬天籟，不假雕飾，尤與宋代諸公七寶樓臺者有别。」又曰：「寫真景，男子能之，惟寫真情，非女子不辦。男子縱有能者，亦與真字相去尚遠，試將古今來巾幗詩詞，一讀便知。蓋情字天賦，女子獨厚，無可如何者也」云云，是二説我頗疑之。

連城又曰：「鍾梅心之『花開猶似十年前，人不似、十年前俊』二語，時人稱道弗置，不知實從李易安之『舊時天氣舊時衣，祇有舊懷不似舊家時』句脱胎出來，而情韻鏗鏘不及也。易安詞之「守着窗兒，獨自怎生得黑」，情語也；「莫道不消魂，簾捲西風，人似黄花瘦」，致語也；「寵柳嬌花寒食近」，麗語也；「祇恐雙溪舴艋舟，載不動許多愁」，趣語也；「舊時天氣舊時衣，祇有舊懷不似舊家時」，痴語也；「此情無計可消除，纔下眉頭，卻上心頭」，苦語也。才思如此，蔑以加矣。

其《漁家傲》云：「天接雲濤連曉霧。星河欲轉千帆舞。仿佛夢魂歸帝所。聞天語。殷勤問我歸何處。」昂藏若千里之駒，此豈女兒家言耶？兩宋諸公，當低首碧茜裙下也。

周止庵批清真《六醜》云：「不説人惜花，卻説花戀人，已是加倍寫法。而易安之『惟有樓前流水，應念我、終日凝眸』二句，比清真詞更深一層。」蓋清真詞云「長條故惹行客，似牽衣待話，别情無極」，覺物尚有情，而易安則覺眼前事物，俱屬無知，誰可與語，祇有强教流水以情，縱不能載歸舟，亦應憐我危樓悵望也，的是更加一倍寫法。

——《詩聲》第四卷第六期

評周邦彦《點絳唇》「遼鶴歸來」：此詞脉絡釐然，以相思爲經，以寄書爲緯。「舊時」二句，用留字訣收住，並復上「遼鶴」二句，讀之令人蕩氣回腸，有悠然不盡之思。

評周邦彦《菩薩蠻》「銀河宛轉三千曲」：「何處望歸舟，夕陽江上樓」、「深院捲簾看，應憐江上寒」，寄意深遠，皆從對面下筆，乃自老杜「遥憐小兒女，未解憶長安」二句嬗蜕出來。

評周邦彦《蝶戀花》「月皎驚烏栖不定」：不隔。又曰：刻骨深情。語語從心坎中出，不假雕飾，可抵一篇江淹《别賦》。换頭「執手」三句，情景逼真，低徊往復，極纏綿之致，已難爲别矣，至「露寒人遠雞相應」，更何以爲情邪？末句以「露寒」回應「月皎」，以「雞相應」回應「驚烏」，以「人遠」回應「栖不定」。周詞脉絡之細，於此可見。

評周邦彦《解語花》「風消焰蠟」：「桂華流瓦」四字寫月色，細膩風光，妙絶千古。「從舞休歌罷」，用重筆結，直破餘地。

評周邦彦《千秋歲引》「蟬咽涼柯」：「縹緲玉京人」二句，情韻悠揚，如柳絲摇漾春風中。又收二句，痴拙，與「拚今生、對花對酒，爲伊淚落」、「夢魂凝想鴛侣」等句，異曲同工。是周詞之不可及處。

評吴文英《霜花腴》「翠微路窄」：通篇祇做「霜飽花腴」、「燭銷人瘦」二句耳。「秋光」句用人常道之俗語入詞，彌見深妙。「芳節多陰，蘭情稀會」，復上「霜飽」二句，「算明朝」以下，結出題義。通篇辭意綿密，極低徊往復之致。

評吴文英《高陽臺》「修竹凝妝」：「傷春不在高樓上」，言在上者猶是湖山歌舞，不知國之將亡也。

評吴文英《點絳唇》「明月茫茫」：下半闋咏嘆出神，淒咽鐫骨，當是憶姬之作。

評吴文英《渡江雲》「羞紅顰淺恨」：「明朝」二句，是空際轉身法，用筆力重千鈞。

評吴文英《六么令》「露蛩初響」：「塵緣」句與「雲梁」句，隔韻爲對。「今夕何夕」，過峽語。此亦憶姬之作。

評吴文英《掃花游》「水園沁碧」：「愛緑葉」二句，用荆公詩「緑陰清潤勝花時」句入詞，而分作兩句。

評吴文英《塞翁吟》「有約西湖去」：「天勁秋濃」四字甚新。杜校以爲「香動」之誤，何也？竊以爲「天勁」二字甚新，亦無費解之處。若改作「香動」，真點金成鐵矣。

評吴文英《古香慢》「怨娥墜柳」：亡國之音哀以思。此詞定必元兵入臨安後作。曰「凌山高處」、「秋澹無光」者，哀九廟之丘墟也。曰「夜約羽林輕誤」者，咎約金攻遼、約元滅金之失策也。曰「腸斷珠塵蘚路」者，傷帝昺之蒙塵嶺海也。

評王沂孫：碧山詞意顯而不晦，又能含蓄。夫顯則易流於直率，碧山卻顯而能曲、能留。其不可及處在此。

評王沂孫《更漏子》「日銜山」：温、韋之遺。

評王沂孫《慶宫春》「明玉擎金」：宋人詞多有用唐人詩意者。如此詞後段，係用李長吉《金銅仙人辭漢歌》語意。運筆超邁，落想昂藏，一結寫出水仙之神。

評王沂孫《長亭怨》「泛孤艇」：中仙《長亭怨慢》，故園身世之哀，遲暮之感，同時並奏。讀「苒苒斜陽」二句，令人起惘惘之思。

評王沂孫《一萼紅》「占芳菲」：「歲寒」二句，孤懷誰語，感喟遥深。借題發揮，而不離題，又不著相，此碧山咏物諸作所以壓倒一切也。

評王沂孫《千秋歲引》「層緑峨峨」：「已銷黯」句用重筆作撇，總束上段。然後以「況淒涼」句進深一層開下，「荏苒」句復提，回顧上段，「縱有」復蕩開，「但殷勤」復合。數虚字運用之妙，爲王詞少見者。

評錢惟演《木蘭花》「城上風光鶯語亂」：「緑楊芳草幾時休」，有悲天憫人之思，惜下句略淺耳。

評晏殊《浣溪沙》「一曲新詞酒一杯」：南唐二主之遺。

評晏殊《浣溪沙》「一向年光有限身」：全首衹做「不如憐取眼前人」一句耳。

評晏殊《清平樂》「紅箋小字」：「鴻雁」句拙樸。

評歐陽修《蝶戀花》「誰道閑情抛棄久」：「不辭」句極温柔教厚之致。

評張孝祥《六州歌頭》「長淮望斷」：于湖此詞，忠義奮發，與岳武穆《滿江紅》異曲同工。

評張孝祥《西江月》「問訊湖邊春色」：「寒光」二句，不是寫景，是寫胸中悠然之致也，是跟上二句來。

評姜夔《一萼紅》「古城陰」：換頭以下，聲可裂帛。姜詞之聲情激越者，首推此闋。

評姜夔《長亭怨慢》「漸吹盡枝頭香絮」：「高城不見」、「亂山無數」，隱刺時局，何限感喟。

評劉克莊《沁園春》「何處相逢」：神似稼軒，而氣有未逮，要與龍洲相伯仲。

評周密《高陽臺》「小雨分江」：「夢魂」二句，語意精警，未經人道。《一萼紅》、《高陽臺》，皆草窗詞之沉雄悲壯、聲情激越者。

評姚雲文《紫萸香慢》「近重陽偏多風雨」：慨當以慷。

評范仲淹《御街行》「紛紛墜葉飄香砌」：李易安《一翦梅》云「此情無計可消除，纔下眉頭，卻上心頭」句，爲人傳誦，不知實從文正此詞末三句奪胎出來。

評柳永《曲玉管》「隴首雲飛」：平易中有峭拔氣，鉤勒處亦極渾厚。

評晁補之《憶少年》「無窮官柳」：換頭以下，合物、我、人三面齊寫，感喟遥深。

評賀鑄《更漏子》「上東門」：末三句與李後主「離恨卻如春草，更行更遠還生」同一神理，惟此拙而彼巧耳。

——馮平編《宋詞緒》，香港太平書局一九六五年

黄沛功

黄沛公，號奉宣、心陶閣主、岐江釣徒，香山人。世居香山石岐，後寓澳門，與馮平等成立雪堂詩社，出版《詩聲》雜誌。著有《心陶閣詞話》。

心陶閣詞話

心餘、容若之《蝶戀花》，各極其妙。心餘詞云：「雨雨風風愁不止。月下燈前，愁又從新起。天許有情人不死。不應更遣愁如此。　暫時撇去仍來矣。纔盡天涯，又到人心裏。我愛人愁愁愛汝。一人一個愁相倚。」容若詞云：「蕭瑟蘭成看老去。爲怕多情，不作憐花句。閣淚倚花愁不語。暗香飄盡知何處。　重到舊時明月路。袖口香寒，心比秋蓮苦。休説生生花裏住。惜花人去花無主。」真所謂筆舌互用也。心餘妙句，如：「情一往，灩灩溶溶難比，恰似一江春水。」又：「記前歲，同在京華懷爾，爾懷亦復相似。」又：「料知音各有淚痕雙，誰先墮。」又：「卻怪影兒難拆，峭風前拋他獨自。料應偎倚。防人相妒，轉令歡相避。」又：「捫胸臆。既相識如斯。不若休相識。」又：「不如放眼向青天。立盡松陰，我與我周旋。」容若妙句，如：「不恨天涯行役苦。祇恨西風，吹夢成今古。」又：「一世疏狂應爲著，横波。作個鴛鴦消得麽。」又：「塞鴻去矣，錦字何時寄。記得燈前佯忍淚，卻問明朝行未。」又：「緘書欲寄又還休。個儂憔悴甚，禁得更添愁。」又：「曾記年年三月病，而今病向深秋。」又：「腸斷月明紅豆蔻。月似當時，人似當時否。」又：「幾時相見，西窗翦燭，細把而今説。」又：「不爲香桃憐瘦骨，怕容易、減紅情。」皆别具一副詞筆。曲而能達，爲二公獨步也。

——《詩聲》第四卷第六期

《潛確類書》言衡州華光長老以墨暈作梅花，如影然，黄魯直觀之曰：「如嫩寒春曉，在孤山水邊籬落間，但欠香耳。」家漱庵畫意，仿雪湖道人，客歲用潑墨法寫梅，蓋雪中景也。余題《清平樂》云：「暗香含雨。黯黯雲遮住。幾個放翁和幾樹。不辨沉沉何處。　是梅是雪繽紛。非煙非霧氤氳。一樣龍賓驛使，伴伊萼緑黄昏。」漱庵令弟弼臣，亦善丹青，其畫《美人花間戲卧圖》，生趣天然，栩栩欲活。余題《菩薩蠻》云：「春人慵到扶難起。腰肢倦甚無人倚。贏得十分憨。紅顔花半酣。　鞦韆方弄罷。眠近酴醾架。緑縟縱如茵。嫌渠香未温。」余酷愛兩翁之畫，因録此二闋而並志之。

咏田家要閑淡樸雅，咏漁家要灑脱飄逸。金完顔璹《漁父詞》云：「楊柳風前白板扉，荷花雨裏緑蓑衣。紅稻美，錦鱗肥。漁笛閑拈月下吹。」頗饒風致。及觀厲樊榭《漁家詞》云：「漁事多，奈漁何。漁心太平誰似我。春雨漁蓑，落日漁艖，漁舍水雲窩。　約漁兄漁弟經過，聚漁兒漁女婆娑。漁竿連月浸，漁網帶煙拖。歌，漁笛定風波。」其風趣殆更過之。宋人郭振《宿漁家》詩云：「幾代生涯傍海涯，兩三間屋蓋蘆花。燈前笑説歸來夜，明月隨船送到家。」亦佳。

賀無庵寓澳門南灣時，學琴於李柏農，所習《雙鶴聽泉》一曲，每當夜静，爲余一彈再鼓，風濤之聲，與琴聲相贈答，恍置身塵世外也。余偶與無庵别，寄余以《菩薩蠻》云：「南灣日晚多風雨。抱琴獨坐無人語。君去幾時歸。懷君花正飛。　春山青欲墮。春水愁無那。昨日得君書。還君雙鯉魚。」觀此詞，其志趣可想見矣。乃未幾無庵遷返羊城，余亦南飄北轍，迄無定所，惜未能學琴於無庵，如無庵之學柏農也。

清道咸間，粤東三子詩推重一時，而其倚聲則少流傳。譚康侯詞，尚未之見。若張南山、黄香石詞，偶見於名流筆記中，亦管豹耳。南山海珠寺之《滿江紅》云：「一水盈盈，似湧出蓬壺宫闕。遥望處、紅墻掩映，碧天空闊。光接虎頭春浪遠，影翻驪夢秋雲熱。看人間天上兩團圓，江心月。　南北岸，帆檣列。花月夜，笙歌徹。願珠兒珠女，總無離别。鐵戟苔斑兵氣静，石幢燈暗經聲歇。試重尋忠簡讀書堂，英風烈。」香石《西江月》云：「屋角烏雲漬墨，檐前銀竹懸流。愁心滴碎幾時休。怕看遠山沉岫。　安得青天見月，但聞玉漏添籌。曉來花架莫凝眸。打落那邊紅豆。」又《憶仙姿》云：「銀漢迢迢清景。滿院露凉風冷。回憶别離時，又是隔年秋永。人静。人静。憑遍一欄花影。」香石素稱方嚴，而詞乃爾風韻。宋廣平賦梅花，不類其爲人，未足奇也。

重陽詞不少佳作，而以宋人姚雲文之《紫萸香慢》爲最佳。其詞云：「近重陽、偏多風雨，絶憐此日暄明。問秋香濃未，待攜客、出西城。原自羈懷多感，怕荒臺高處，更不勝情。向樽前、又憶漉酒插花人，衹座上、已無老兵。　凄清。淺醉還醒。愁不肯、與詩平。記長楸走馬，雕弓搾柳，前事休評。紫萸一枝傳賜，夢誰到、漢家陵。盡烏紗、便隨風去，要天知道，華髮如此星星。歌罷涕零。」若此等詞，正杜少陵所謂「顧視清高氣深穩」者矣。

秦少游在處州時，夢中成《好事近》一闋云：「山路雨添花，花動一山春色。行到小溪深處，有黄鸝千百。　飛雲當面化龍蛇，夭矯挂空碧。醉卧古藤陰下，杳不知南北。」詞語頗奇，非復人間意境。後公南遷，久之北歸，逗遛於藤州光華寺，方醉起，以玉盂汲泉，欲飲，笑視之而化。自來慧業文人，具有夙根，觀此詞益信。

——《詩聲》第四卷第八期

民國　　黄沛功

宋人詞，有風趣絶佳，雅俗共賞者。辛幼安填《西江月·示兒》云：「萬事雲煙忽過，一身蒲柳先衰。而今何事最相宜。宜醉宜遊宜睡。　蚤已催科了辦，更量出入收支。乃翁依舊管些兒，管竹管山管水。」又宋自遜，號壺山，填《蓦山溪·自述》云：「壺山居士，未老心先懶。愛學道人家，辦竹几蒲團茗碗。青山可買，小結屋三間，一徑俯清溪，修竹栽教滿。　客來便請，隨分家常飯。若肯再留連，更薄酒三杯二盞。吟詩度曲，風月任招呼，外事不相關，自有天公管。」陳眉山亦有詞云：「背山臨水。門在松陰裏。茅屋數間而已，土泥墻、窗糊紙。　竹床木几。四面攤書史。若問主人誰姓，灌園者、陳眉子。」「不衫不履。短髮垂雙耳。攜得釣竿筐筥，九寸鱸、一尺鯉。　菱香酒美。醉倒芙蓉底。旁有兒童大笑，唤先生、看月起。」詞能似此明白如話，句句雅馴，更難於詩。

孫子瀟之夫人席浣雲，所居曰長真閣，閨房唱和，令人豔羨。馮秋雪與其夫人趙連城，讀書一室，顔曰冰簃，倩家漱庵繪《冰簃讀書圖》，囑余題詞，余倚《壽星明》云：「冰簃主人，仙侶劉樊，時還讀書。看燈熒縹帙，雙行並坐；香添紅袖，滴露研朱。董氏書帷，孟光食案，月夕風晨酒熟初。南陔近，指杏花深巷，是子雲居。　今吾自愛吾廬。愛吟社攤箋集庾徐。況塤篪迭奏，翩翩二陸；唱隨多暇，汲汲三餘。公子親調，佳人相問，一片清泠貯玉壺。閑掩卷，記當年雄武，攬轡登車。」觀此詞，則馮君唱隨之樂，何讓子瀟、浣雲耶？　其令弟印雪有《雲峰仙館圖》，亦漱庵所繪，余題《清平樂》云：「溪山佳處，中有高人住。峰外白雲飛過去，閑煞兩行煙樹。　客來風月能談，知非捷徑終南。半點紅塵不到，螺青當户層嵐。」

——《詩聲》第四卷第十期

梁令嫻

梁令嫻（一八九三—一九五六），原名思順，筆名藝蘅，新會人。梁啓超之女。早年負責整理梁啓超來往信件及文稿，後隨夫駐外。回國後歷任松坡圖書館幹事、北平女青年會董事兼秘書、北平紅十字會理事，幫助重組燕京大學國文系。新中國成立後被聘爲中央文史研究館館員。編有《藝蘅館詞選》。

《藝蘅館詞選》自序

令嫻校課之暇，每嗜音樂，喜吟咏，間伊優學爲倚聲。家大人謂是性情所寄，弗之禁也。既而麥蜕舁世丈東遊，主吾家者數月，旦夕奉手從受業。丈既授以中外史乘掌故之概，暇輒從問文學源流正變，丈諄諄誨不倦。令嫻家中頗有藏書，比年以來，盡讀所有詞家專集，若選本手鈔，資諷誦殆二千首，乞丈更爲甄别去取，得如干首。同學數輩展轉乞傳鈔，不勝其擾，乃付剞劂，聊用自娱。夫選家之業，自古爲難，稚齒譾學如令嫻，安敢率爾從事。顧詞之爲道，自唐訖今千餘年，在本國文學界中，幾於以附庸蔚爲大國，作者無慮數千家，專集固不可得悉讀，選本則自《花間集》、《樂府雅詞》、《陽春白雪》、《絶妙好詞》、《草堂詩餘》等，皆斷代取材，末由盡正變之軌。近世朱竹垞氏網羅百代，泐爲《詞綜》，王德甫氏繼之，可謂極兹事之偉觀，然苦於浩瀚，使學子有望洋之歎。若張皋文氏之《詞選》，周止庵氏之《宋四家詞選》，精粹蓋前無古人，然引繩批根，或病太嚴；主奴之見，諒所不免。令嫻兹編，斟酌於繁簡之間，麥丈謂以校朱、王、張、周四氏，蓋有一節之長云。抑令嫻聞諸家大人曰：凡詩歌之文學，以能入樂爲貴，在吾國古代有然，在泰西諸國亦靡不然。以入樂論，則長短句最便，故吾國韻文，由四言而五七言，由五七言而長短句，實進化之軌轍使然也。詩與樂離，蓋數百年矣，近今西風沾被，樂之一科，漸復占教育界一重要之位置，而國樂獨立之一問題，士夫間莫或厝意，後有作者，就詞曲而改良之，斯其選也。然則兹編之作，其亦可以免玩物喪志之誚歟！　戊申八月，新會梁令嫻。

《藝蘅館詞選》例言

一、是編分甲、乙、丙、丁四卷。甲卷爲唐、五代詞；　乙卷爲北宋詞；　丙卷爲南宋詞；　丁卷爲清朝及近人詞。

一、唐、五代爲詞之濫觴，摘鈔若干首，以明淵源。

一、詞之有宋，如詩之有唐，南宋則其盛唐也。故是編所鈔以宋詞爲主，南宋尤夥。

一、清真、稼軒、白石、碧山、夢窗、草窗、西麓、玉田，詞之李、杜、韓、白也，故所鈔視他家獨多。

一、元、明兩代，名家者少，故闕焉。

一、清朝，斯道大昌，嘉、道以後，作者駸駸欲逼古人，鈔若干首以覘進化。

一、詞之本事，有可考見者，附録於末。

一、前賢批評，摘鈔附於眉端。

一、近人詞所見甚稀，他日有得，當更補鈔。

《藝蘅館詞選》詞評①

家大人云：昔人言宋徽宗爲李後主後身，此詞感均頑豔，亦不減「簾外雨潺潺」諸作。評徽宗皇帝《燕山亭·見杏花作》。

家大人云：稼軒《摸魚兒》起處從此奪胎。文前有文，如黄河伏流，莫窮其源。評歐陽修《蝶戀花》「誰道閒情拋擲久」。

家大人云：康南海謂起二句純是華嚴境界。評晏幾道《臨江仙》「夢後樓臺高鎖」。

家大人云：李易安謂「介甫文章似西漢，然以作歌詞，則人必絶倒」，但此作卻頡頏清真、稼軒，未可謾詆也。評王安石《桂枝香》「登臨送目」。

家大人云：飛卿詞「照花前後鏡，花面交相映」，此詞境頗似之。評柳永《八聲甘州》「對瀟瀟暮雨灑江天」。

家大人云：奇語。評秦觀《浣溪沙》「漠漠輕寒上小樓」。

麥丈云：聲可裂石。評張舜民《賣花聲》「木葉下君山」。

---

① 因諸多評語摘自前代著述，茲不録。僅録梁啓超、麥孺博、潘若海、王鵬運、朱祖謀等評語及梁令嫻案語。

家大人云：「斜陽」七字，綺麗中帶悲壯，全首精神提起。評周邦彦《蘭陵王・柳》。

家大人云：「流潦妨車轂」等語，托想奇拙，清真最善用之。評周邦彦《大酺・對宿煙收》。

家大人云：最頹唐語，卻最含蓄。評周邦彦《滿庭芳・風老鶯雛》。

家大人云：「兔葵」、「燕麥」二語，與柳屯田之「曉風殘月」，可稱送別詞中雙絶，皆融情入景也。評周邦彦《夜飛鵲・河橋送人處》。

家大人云：張玉田謂清真最長處在善融化古人詩句，如自己出。讀此詞，可見此中三昧。評周邦彦《西河・金陵懷古》。

家大人云：亡友陳通父最賞此語。評陳克《菩薩蠻・赤闌橋盡香街直》。

家大人云：五詞飄飄有出塵想，讀之令人意境翛遠。評朱敦儒《好事近・漁父》。

家大人云：此詞最得「咽」字訣，清真不及也。評李清照《鳳凰臺上憶吹簫・香冷金猊》。

家大人云：此絶似蘇辛派，不類《漱玉集》中語。評李清照《漁家傲・天接雲濤連曉霧》。

家大人云：自憐幽獨，傷心人別有懷抱。評辛棄疾《青玉案・元夕》。

家大人云：此南渡之感。評辛棄疾《念奴嬌・書東流村壁》。

家大人云：無限感慨，哀同甫，亦自哀也。評辛棄疾《破陣子・醉裏挑燈看劍》。

家大人云：《賀新郎》調以第四韻之單句爲全首筋節，如此句最可學。評辛棄疾《賀新郎・別茂嘉十二弟》。

家大人云：琵琶故事，網羅臚列，亂雜無章，殆如一團野草，惟其大氣足以包舉之，故不覺粗率。非其人，勿學步也。評辛棄疾《賀新郎·賦琵琶》。

家大人云：回腸蕩氣，至於此極，前無古人，後無來者。評辛棄疾《摸魚兒·更能消幾番風雨》。

家大人云：《菩薩蠻》如此大聲鏜鞳，未曾有也。評辛棄疾《菩薩蠻·書江西造口壁》。

家大人云：譚仲修最賞此二語，謂學詞當於此中消息之。評辛棄疾《鷓鴣天·鵞湖歸病起作》。

麥丈云：賦體如此，高於比興。評韓元吉《好事近·汴京賜宴》。

麥丈云：當有所刺。評陸游《鵲橋仙·夜聞杜鵑》。

麥丈云：菊坡雖不以詞名，然此詞豪邁，何減稼軒！評崔與之《水調歌頭·帥蜀作》。

麥丈云：靜境妙觀。評盧祖皋《謁金門·香漠漠》。

家大人云：與清真之「斜陽冉冉春無極」，同一風格。評姜夔《玲瓏四犯·越中聞簫鼓感懷》。

麥丈云：俊語。評姜夔《念奴嬌·吴興荷花》。

麥丈云：渾灝流轉，奪胎稼軒。評姜夔《長亭怨慢·漸吹盡枝頭香絮》。

麥丈云：全首一氣到底，刀揮不斷。評姜夔《八歸·湘中送胡德華》。

麥丈云：諷詞。評史達祖《雙雙燕·過春社了》。

麥丈云：本色語。評鍾過《步蟾宫·東風又送酴醿信》。

麥丈云：穠麗極矣，仍自清空。如此等詞，安能以「七寶樓臺」誚之？評吴文英《高陽臺·修竹凝妝》。

麥丈云：奇情壯采。評吴文英《八聲甘州·渺空煙四遠》。

麥丈云：時事日非，無可與語，感喟遥深。評黄孝邁《湘春夜月·近清明》。

家大人云：陳通甫最賞之，謂其怨而不怒。評陳允平《絳都春·鞦韆倦倚》。

麥丈云：此言半壁江山，猶可整頓也。眷懷君國，盼望中興，何減少陵。評王沂孫《高陽臺·殘萼梅酸》。

麥丈云：此刺羣小競進，慨天下之將亡也。憂時念亂，往復低回。評周密《大聖樂·東園餞春》。

麥丈云：亡國之音哀以思。評張炎《高陽臺·西湖春感》。

家大人云：鳥之將死，其鳴也哀。梅村固知自愛者。評吴偉業《賀新郎·病中有感》。

麥丈云：俊句。評陳維崧《虞美人·無聊笑撚花枝説》。

家大人云：體物入微，碧山卻步。評陳澧《疏影·苔痕》。

令嫻案語葉英華詞：居士爲蘭臺太夫子之尊甫，家大人與麥丈同學詞於蘭老。篋中無蘭老詞，未獲甄録，良用遺憾，附志數語，以記淵源。

令嫻案語王鵬運詞：《半塘丙稿》、《味梨集》，南海康太夫子嘗爲作序，頃篋中無《味梨集》，評語俟補録。

令嫻案語鄭文焯詞：叔問舍人，今代詞家第一，全集琳琅，不可悉取，專取其感咏戊戌、庚子國事者録之。

令嫻案語王仁堪詞：可莊太夫子，文學、吏治，有聲於時。今從《薇省集》録出一首，以誌淵源。

令嫻案語曾習經：蟄庵年丈之詩，家大人篋中甚多。惟詞則僅此一闋，蓋疇昔書箑見贈者。録此俟補。

王半塘云：河梁生别之詞，山陽死友之痛，不是過也。評曾習經《大石·長安路》。
朱祖謀云：淒麗盤折。評麥孟華《六醜·除夕》。
潘若海云：温厚悱惻。評麥孟華《解連環·旅懷千結》。
令嫻案語梁啓超詞：家大人於十五年前，好填詞，然不自以爲工，隨手棄去。令嫻從諸父執處裒集，得數十闋。今兹選詞，乞麥丈爲摘録二首。昔弁陽翁選《絶妙好詞》，録周明叔三首。竊取斯義，以殿全帙云爾。
令嫻案語黄遵憲詞：公度世丈之詩，近世獨步，多能知音。其詞亦駸駸追辛、姜。全集寫本皆存家大人處。戊戌之役，散佚不可復得。今僅從《飲冰室詩話》録兩首，非丈得意之作。然嘗鼎一臠，可以知味。
令嫻案語康有爲詞：南海太夫子不以詞名家，偶從仲父所録《南海詩集》中，見此一首，蓋少作也，録誌淵源。
——梁令嫻《藝蘅館詞選》，廣東人民出版社一九八一年

雷縉、雷瑊《閨秀詞話》評

虞山楊芬若女士《綰春樓詞話》云：「倚聲之道，自唐迄今，專集選本，高可隱人。惟女史之以詞名者，論專集則有《漱玉》、《斷腸》，媲美兩宋；論選本則千餘年來，僅見《藝蘅》而已。」藝蘅名令嫻，梁氏，粵之新會人，卓如先生女。其選本上溯唐五代，下迄有清，博視竹垞《詞綜》而無其

浩瀚，精視皋文《詞選》而矯其嚴苛，繁簡斟酌，頗具苦心，藝蘅亦一詞壇之功臣歟！

——雷縉、雷瑊《閨秀詞話》，《詞話叢編二編》本　卷三

宣雨蒼《詞讕》評

《藝蘅館詞選》，梁啓超托其女令嫻名所輯也，自唐迄今，不盡純粹。彼新學家眼光，無論何事，例視他人别具一副，原無足異。其於今人中，極稱鄭叔問氏，録詞甚多，然所録者，大半皆叔問自删之作，不逮今集存者遠甚。文章千古事，得失寸心知。叔問之心知，自高出《藝蘅》之知人。

——《國聞週報》第三卷

徐禮輔

徐禮輔，字雋村，香山人。民國間人。從商，好詩詞，入邵瑞彭門。著有《渌水餘音》。

《渌水餘音》自識

禮輔早歲經商，未嘗學問。丙寅客舊都，從詞宿邵次公先生遊，始致力於刌律倚聲之學，聆其妙緒，略窺宋賢門徑。於是約朋儕結詞社，飛牋往來，𣃁正得失，惟自視所作，無一當意。録可存

者得若干首，刊《渌水餘音》一卷。嗣來海上，同調綦尠，偶檢舄作，如逢舊友，乍驚乍疑，似夢遊古山川，醒後不復憶蹊徑，回首前塵，良用慨然。甲申季春，逢禮輔五十晉一初度，本擬將前刊增印以餉同好，迺原版已在舊都毀失，無已，將《渌水餘音》攝影製版，印成是册，分贈親友，用留紀念。尚有新稿若干，擬編印第二卷，一俟整理付刊，再行分贈。夫有韻之文，逮詞而止，鄙爲小道，目爲詩餘，里儒之言，比比然矣。不知「煙柳斜陽」之句，「瓊樓玉宇」之歌，其纏綿忠愛，與美人香草殆無殊致，感事以生情，麗情而傳物，謂爲騷餘，亦無不可，世之作者，其亦韙余言乎？中華民國三十三年，歲次甲申季春之月，香山雋村徐禮輔識。

朱孝臧《〈渌水餘音〉序》

己巳秋冬間，海上朋輩議撰録三百年來聲家所作，都爲一編，扇《花》、《草》之餘芬，存《蘭》、《荃》之墜緒，張皇幽眇，開示來兹。予以殘年，獲與盛業，欣幸何似。同時葉君遐庵，亦有編次《後篋中詞》之役，循半厂舊例，甄采所逮，弗遺並世，天機文錦，爛然在目。邵君次公書告遐庵，謂有香山徐君雋村，從受詞學，才質穎發，姿性慧朗，才及兩月，篝燈搦翰，藻思綺合，步趨之捷，一時無匹，並以詞稿寄遐庵，介其丐予題識。予受而觀之，覺其神采飆舉，妙語霞起，思深而筆茂，質厚而恉遠，從此孟晉不舍，允升宋賢之堂而嚌其胾。予歎雋村天才之美，益徵次公桄檠之功矣。雋村刊所爲詞名曰《渌水餘音》，方將追蹤《白紵》，託志《陽春》。予苦無以相益，率書數語，用質遐庵，并諗次公。庚午仲春之月，歸安朱孝臧。

李盛鐸《〈淥水餘音〉序》

香山徐氏，五十年來聲華藉甚，以通曉時務見偁，文史之業，非所長也。雋村以烏衣子弟，壯而好學，近從次公習填詞，鋭志覃閲，所造甚遠。寄示《淥水餘音》一卷，湛思妙句，煙逸風高，繩尺謹嚴，不失豪黍，信虖有目共賞之作。故家喬樹，滋長蘭茁，展帙爲之訢然。己巳歲除，李盛鐸。

邵章《〈淥水餘音〉序》

詞者詩之餘，意内而言外，本諸性情而託於咏歎，曰賦、曰比、曰興，有《三百篇》之遺則焉。世謂歡愉之音難好，牢愁之音易工，理所必然，特未足以概詞之大全。要之，詞必以誠立，猶之樂不可以僞爲，登山情滿，觀海氣溢，神思所發，動搜無形，萬塗詰萌，無待緣飾。反之，規橅古人，優孟衣冠，雖復槃桓門户，含咀宫商，猶醻魄也，欲其感人而行遠，難矣。是以申媪之行吟，賢於韓娥之振響；甯公之攸角，邁乎鄒忌之揮絃：惟其誠也。余以端居多暇，偶習長短言，同聲相應，奉手羣雅，族弟次公晤言尤密，每覽篇翰，輒相窮究，乃知心與境融，然後才與神會，思苟無衺，則言必有中。至若膏腴害骨，繁華損枝，皆詞之忌也。邇來學者，漸知誦法汴京諸賢，風氣一變，蓋千載一時之會也。余謂凡效倚聲，宜立三槷，覺翁植其體，清真導其路，柳公神其用，然後擷采衆長，自抒靈抱，庶幾不遠。香山徐子雋村，爲次公升堂弟子，近撰所爲詞一卷，鐫版以行，要余題辭，余覽其託志高遠，有得乎意内言外之恉，爰書所懷歸之。庚午春二月，邵章。

邵瑞彭《〈淥水餘音〉引》

夫雅詩云亡，而《琴慎》之曲起；春者勞聲，而《成相》之謳作。比興之義，性情之文，詩教所被，洄洄無鄂。有均之言，依聲侂意，文士操觚以長言，山父叩轅而節響，其趣一也。詞者，《國風》之遺，古詩之流，治世難巧，衰世易工，積微成著，捷比枹鼓，姜娥夕謼，景臺晃霣，子埜援絃，刑天秉戈，聲音感人，豈不易哉！香山徐子儁村，曏曾從予問字。己巳之冬，同居東城，呴沫之樂，奚減江澤。每就予諏諮倚聲塗轍，華燭見跋，諷誦未息。申紙凝思，紗歌風動，神理淵會，不假企諭。財盈一月，得詞七十又餘首。皓詣孟遬，兑若天成，藻綺之美，絜采虹霱，見者訝之，聞者疑焉。予少治《齊詩》，習聞五際之説，泰始陰陽之氣，中於人心，以發聲音，反之人心，哀樂之情，孚假兩大，而分盛衰。詞以悱惻靡曼爲工，不能顯於太平之世，世變兪極，則詞將益哀，其聲之成文也，亦倍激楚而奮厲。明月之珠，舟漁所利，蚘羸之病，窮陰蔽霄，鳴鴂在尰，海水知寒，乾鵲知歲。儁村之工其詞，其幸也，固有其大不幸者在，又豈獨儁村一人之不幸哉！予聞淥水之歌，師延所造；沫土之樂，盛世弗容。儁村既寫定詞稿，請名於予，遂謚之《淥水餘音》，并書此爲引。己巳歲不盡十四日，邵瑞彭。

——以上徐禮輔《淥水餘音》，民國十九年刊本

芸子《渌水餘音》推介

香山徐儁村禮輔績學工詞，嘗從予友邵次公遊，詞學猛進，爲彊村、倬盦諸詞林耆宿所稱許。近集所製詞數十首，都爲一卷，題曰《渌水餘音》，木刻精刊，現已出書。詞筆之工，刊印之良，並堪玩賞，海内聲家，當刮目以待矣。右照爲《渌水餘音》序文之一，彊村老人所撰也，文筆高雅，字勢遒峭，真可謂無上瑰寶。又有葉遐庵序一篇，信手直書，辭意流暢，筆法遒勁，亦藝林之一逸品也。容於下期刊登，以供閲者欣賞。

——《北京畫報》民國十九年五月三十一日

冼玉清

冼玉清（一八九五—一九六五），南海人。著名女學者，歷任嶺南大學、中山大學教授，詩人、畫家、文史學家。著作頗夥，有《廣東藝文志》、《廣東女子藝文考》、《粵東印譜考》等。

摸魚子　題《捫蝨談室集外詞》

對江山、渾多棖觸，傷懷翻託豪語。行人眼界詞人腕，胎息夢窗如故。光氣吐，十二渡鯨洋，珠玉收無數。旌蜺起舞。趁浪雪千堆，槎風萬里，呼吸入毫素。　年時事，頗記明公題句，海天躑躅圖補。鵑花歷亂紅凝血，濺淚襟痕疑醑。公最恕。説那有感時，竟不裙釵許。公今按譜。正鐵板銅琶，高歌引得，威鳳振霄羽。

——廖恩燾《捫蝨談室集外詞》，一九四九年鉛印本

李崇綱

李崇綱（一八九六—一九四四），又名立之，惠陽人。歷任國民黨革命軍營長、旅參謀主任、團長、副師長、旅長，一九三七年授予陸軍少將，抗日戰爭爆發，任第四戰區司令長官部少將高參兼軍官教導大隊教官。一九四四年春病逝於柳州。

高陽臺　題《无盦詞》用韓子耕韻

山鬼知人，齋僧勝我，韓祠八載冰心。結客江南，依然矮屋榕陰。欲呼花外詞魂醒，鑄相思、

慵算年侵。更傾尊，酒熱杯闌，吼作龍吟。　奚囊不載銅駝恨，歎幾番玉笛，幾處刀金。海鱷能驅，樓船鐵馬難禁。樵仙窈窕遊驄健，對新亭、莫但傷今。試登臨，眼底湘橋，夢裏楓林。

——詹安泰《詹安泰全集》，上海古籍出版社二〇一一年

屈向邦

屈向邦，字沛霖，號蔭堂，番禺人。民國間人，以貨殖起家，從汪伯序遊，與葉恭綽、易孺交，喜好金石書畫。著有《粵東詩話》、《蔭堂詩集》、《蔭堂筆記》。

《白石詞評》跋

曩讀東塾先生《憶江南館詞》，覺其格調清剛，神似白石；而其論詞，則未得觀，未能與所爲詞相印證。今歲三月，於周學長康燮許獲讀先生此本，玩其所評，校所爲詞，頗有相契之處，因知先生之詞，果得力於白石也。評語極簡括，惜墨如金，而批郤導窾，洞中肯綮，發前人所未發，所得實較前人爲深。其評《齊天樂·賦蟋蟀》云：「『候館離宮』，懷汴都也；『豳詩漫與』，想盛時也；『兒女呼燈』，不知亡國恨也。故以『更苦』語結之。」云云，則真是千載下白石之唯一知己。自來

評白石詞者，多以爲祇《暗香》、《疏影》二詞，傷二帝之憤，發之較有内容外，其餘惟以風流氣韻，標映一世，比之蘇、辛，内容空虚多矣。今得先生評語，而知白石惓懷家國，隨感而發，非祇以風流氣韻標映一世爲高者，特讀者未能悉心索隱闡微耳。即此一端，先生之用功固有獨到處。其他評語，雖一字一句，皆足以啓發後人，爲研究白石詞之祕鑰。周學長搜求而刊布之，其有功於士林豈淺鮮哉！庚戌仲秋，同邑後學屈向邦謹跋。

——陳澧著、周康燮編集《白石詞評》，龍門書局（香港）一九七〇年

《小摩圍閣詞鈔》跋

吾粤詞壇，自中清以降，繼吴石華、黄琴山、張南山諸家後，享名最盛者，端推沈伯眉、陳東塾兩先生。東塾之詞，所在多有，人得而讀之。惟伯眉詞則傳世極罕，自定本更未得見。望風懷想，不勝渴慕之情。幸而今年周學長康燮，雅愛搜求遺佚珍本而刊布之，以慰士林之望。因亟求得是本，以示余。余細讀之，狂喜，信其爲最後自定之本也。因風寄慕之情，於以大慰，亦大快事也。其詞以清靈之筆，舒窈窕之思，出入白石、玉田，嗣響竹垞、樊榭，遥接浙派，以之角逐中原，堪稱健者，無怪東塾歎爲天下之寶也。加評點者兩人，東塾字體，人能識之，其一則字不經見，未知何人手筆，或者許青皋之所爲歟？青皋與伯眉同輯《粤東詞鈔》，爲最契之詞友，理或然也，因并識之。壬子孟夏，同邑後學屈向邦謹跋。

——沈世良《小摩圍閣詞鈔》，香港崇文書店一九七二年

馮恩江

馮恩江，字永年，番禺人。官江西南康縣知縣，清光緒五年（一八七九）主持重修南康縣城池。著有《看山樓詩鈔》、《看山樓詞》。

況周頤《蕙風詞話續編》評

番禺馮恩江永年，半塘之戚也。戊子二月，余自蜀入都，始識半塘，即以《看山樓詞》見貽，并云：「斯人甚好名，若有人爲之著録，不知其欣慰奚似。」今事隔十七年，半塘之言猶在耳也。馮官江西南康知縣。

王鵬運寄馮永年書

半塘雜文存者絶少。檢敝篋，得其寄番禺馮恩江永年手札舊稿。馮爲半塘之戚，有《看山樓詞》，故語多涉詞。「十年闊别，萬里相思。往在京華，得寄《南園二子詩鈔》，嘗置座隅，不時循誦，以當晤言。去秋與家兄會於漢南，又讀《看山樓詞》，不啻與故人煙語於匡番寒翠間，塵柄鑪香，可彷佛接。尤傾倒者，在言情令、引，少游『曉風』之詞，小山『蘋雲』之唱，我朝唯納蘭公子深入北宋堂奥，遺聲墜緒，二百年後乃爲足下拾得，是何神術，欽佩欽佩。姪溷跡金門，素衣緇盡，閒較倚聲之作，謬邀同輩之知。既獎藉之有人，漸踴躍以從事。私心竊比，乃在南宋諸賢，然畢力奔赴，終彳亍於絶潢斷澗間，於古人之所謂康莊亨衢者，不免有望洋向若之歎。天資人力，百不如人，奈何，奈何。萬氏持律太嚴，弊流於拘且雜，識者至訾爲癡人説夢，未免過情。然使來者之有人，綜羣言於至當，俾倚聲一道，不致流爲句讀不緝之詩，則篳路開基，紅友實爲初祖，不審高明以爲然否？往歲較刻姜、張諸詞集，計邀青睞，祈加匡訂。此外如周、辛、王、史諸家，皆世人所欲見，又絶無善本單行。本擬讎刊，並公同好，又擬輯録同人好詞，爲笙磬同音之刻，自罹大故，萬事皆灰。加以病豎相纏，精力日茶，不識此志能否克遂。它日殘喘稍蘇，校刻先人遺書畢，當再鼓握鉛之氣。足下博聞强識，好學深思，其有關於諸集較切者，幸示一二，盼盼。歸來百日，日與病鄰，喪葬大事，都未盡心毫末，負儹高厚，尚復何言。饑能驅人，廄門未遂，涉淞渡湖，載入梁園。今冬明春，當返都下，壹是家兄，當詳述以聞，不再覼縷。白雪曲高，青雲路阻，雙江天末，瞻企爲勞。附呈拙製，祈不吝金玉，啓誘蒙陋。風便時錫好音。諸惟爲道珍重不備。」又云：「倚聲夙昧，律吕尤疏。特以野人擊壤，孺子濯纓，天機偶觸，長謡斯發。深慚紅友之持律，有愧碧山之門風。意迫指訾，遑恤顔厚。兹録辛巳所造，得若干闋就正。嗟夫！樗散空山，大匠不視。桐焦爨下，中郎賞音。得失何常，真賞有在。傳曰：『子今不訂吾文，後世誰知訂吾文者。』謬附古誼，率辱雅裁，幸甚幸甚。」半塘故後，其生平著作與收藏均不復可問。即其奏稿存否，亦不可知。此手札亦吉光片羽矣。

——以上況周頤《蕙風詞話續編》，唐圭璋《詞話叢編》本

張錫麟

張錫麟，字務洪，番禺人。清光緒二十三年（一八九七）拔貢，掌教廣雅書院，辛亥革命後曾入安福軍幕。書法北碑、行草，工駢體文，有《榘園駢體文鈔》、《榘園詞鈔》。

《榘園詞鈔》自序

詞非愁不工，以愚之孱軀，於愁寧能多受，乃明知而又好之，當有自問而難驟答者。愚自中年以後，常儽然爲寠人，才復拙，宜益日增其困境。有相愛者知之困而獲解者，固數數矣，若實至解無可解時，則以不解解之，厥爲填詞。古之工此者，其處境困否，或各不同，而其詞意之工，非從愁字再透進數重，決無此悱惻動人語。彼能動人，必先有以自動其心，心方欲愁，詞爲引之，引而愈長，愁愈固結焉，而莫之自解。窮其弊，將可迍人之遇而促其齡。愚於此道，素畫宋爲界限，初從蘇、辛入手，今登覽、酬應諸作，終不能浄洗其舊習；繼服膺柳、周，雖明知其難學，乃妄以清真爲可親，尤嗜其澀調。拙稿本不足觀，獨和古詞中，於周固所刻意，而諸家名作，亦間有分和者，當其經營以布局，躑躅以導意，囁嚅以選言，牽湊以趁韻，挑燈易稿，時至失寐，癡拙所至，雖風霆奔繞於毫端，妖魅出没於硯側，且置勿問，尚何愁困之自覺。夫愁生於境困，惟別有所託，始克驅之使遠去。人有憤悶，宣之以言，其事即如煙開雲豁，其心即如澄廓之太空，昧者鬱氣於其中，沾滯如水，更將如束濕以腐其物，是宜自悟。然則天地不妨爲一愁城，愛詞者復可甘心爲愁人，人輒謂愁時不能搦管，愚則冀借身外之閒愁，以解其眼前之深愁，且其效亦數數相應。序成，再取舊稿披玩，則某時困嘗和某詞，某時復困嘗和某詞，此中滋味，蓋至今猶歷歷在吾心目間也。戊辰立秋，菂緣自識。

——張錫麟《棨園詞鈔》，民國十七年刊本

著涒吟社徵詩詞啓　代沈孝耕禮部作

圭塘魚鳥，元承旨之風流；輞水煙霞，王右丞之雅集。每緣暇日，爰播清徽，音異器而同工，錦殊機而一製。況復花新葉早，地依帝里之光；玉潔冰清，人盡仙曹之選。某揚州夢覺，人海塵勞，罷遊明月之橋，爰誦清風之句。梅花索笑，耳雖冷於空山；繭紙分題，興更濃於春酒。爰立詩社，名曰著涒，託絲竹於中年，集羽霓於同日，刻燭而徵精楮，挈尊而論高文。秋蟀春鶊，韻四時而均響；畹蘭畝蕙，香百和以隨風。所冀勝流，同茲雅會。或緣情吐恨，蠶抽展轉之絲；或得句開顏，鸞舞團圞之鏡。誰歟健者，登壇坫而揮毫；僕也請前，奉棨敦而待命。

——張錫麟《棨園駢體文鈔》，民國二十一年刻本

《長明詞》序

長明填詞行且二十年，在燕京及雞林時，多與余相依，有所作必相示，餘則郵達，不謂遠者。今夏，余遊西塞，哲嗣甘仲欲編次其詩、文、詞稿，求之長明而不得，因轉索於余，且乞審定。辛亥後，自歎身世類浮梗，拙稿散佚過半，何有於其他，獨長明詞稿存行篋中者，尚得五十二首，先序而歸之，以應其求。長明，吾甥也，官法部，有時名，其爲詞意境至清，其聲可擬林籟，可比石泉，有所感則發不自禁，蓋原於天性。近年尤肆力於是道，精進當不止乎此者。甘仲能嗣其家聲乎？余日望之。乙卯六月，番禺張錫麟。

——梁廣照《長明詞》，民國四年鉛印本

倫鸞

倫鸞（？—一九二七後），字靈飛，番禺人，杜鹿笙室。少時穎悟，熟誦楚辭、古文、唐詩、宋詞。十五歲受聘爲桂林女校講授國文、數學、地理。工詞，有《玉函詞集》，受況周頤、朱祖謀讚賞。

況周頤《玉樓述雅》評

番禺倫靈飛鸞，爲杜鹿笙先生德配，唱隨之雅，時論以昔賢趙、管，近人王惕甫、曹墨琴比之。靈飛資稟穎邁，四子經傳，弱齡畢業。楚騷、古文、唐詩、宋詞，往往背誦無遺。年甫十五，即據講座爲人師。于歸後，爲桂林女學教習數年，授國文、輿地學、算學，生徒百餘，人咸佩仰之。比年侍養滬濱，不廢清課，不爲世俗之好所轉移，其微尚過人遠矣。夙工詩、詞，肆力於駢散體文，日進而不已。精楷法，得北碑神韻。仿惲派寫生，期與南樓清於抗手。詞尤清婉可誦，氣格漸近沈著，不涉綺紈纖靡之習。《南浦・用樂笑翁韻同外作》云：「風景數楙湖，最難忘、一片鳥聲催曉。宿霧斂前山，疏林外、微露黛痕如掃。比鄰三五，水邊山下紅樓小。如此他鄉堪負戴，休論天涯芳草。　天風吹轉萍蹤，忍回頭、輕棄桃園去了。料得燕呢喃，應念我、昔日偕遊重到。山居夢渺。黯然滄海情懷悄。昧旦雞鳴仍客裏，添上襟塵多少。」《滿庭芳・暮秋遊半淞園》云：「疏柳顰煙，殘荷擎雨，樓臺近水寒侵。塵氛偶避，結伴一行吟。指點半淞帆影，天涯路、無限秋陰。斜陽外，畫船簫鼓，猶作盛時音。　幽尋。增悵惘，平蕪到海，不見遥岑。歎星霜屢易，如此登臨。花月春江信美，争得似、舊日園林。憑闌久，鄉關何處，回首碧雲深。」《蝶戀花・詠鸚鵡》云：「花影迴廊春暖處。丹觜如簧，調舌圓如許。身在棗花簾底住，不同凡鳥寒依樹。　九十韶光容易去。道不如歸，欲學紅鵑語。歸路迢迢須記取，玉籠得似家山否？」《青玉案・詠重臺牡丹》云：「金相玉質憐芳影。更天與、瓊枝並。舊約華鬘仙路迴。人天方恨，更無重數，目斷江山暝。　低回洛水前身認。翠袖單寒問誰省。自惜輕羅塵未肯。寶奩托月，羽衣疊雪，雙照銀缸冷。」《南鄉子·咏雪師子》云：「蓄鋭貌猙獰。搏象精神照玉霙。如此雄奇休入夢，瞢騰。冷處憑誰一喚醒。皮相僅堪驚。也似麒麟楦得成。便作虎形應遜汝，聰明。隨意堆鹽特地精。」如右數闋，矜持高格，濬發巧心，進而愈上，何止與琴情閣、生香館分鑣並轡而已。靈飛詞《醉太平·桂林舟中作》云：「深閨不慣長征也，山程水程。」彊村朱先生盛稱之，謂雅近宋人風格。

靈飛詞，斷句如《蝶戀花·中秋》云：「不見盈時忘闕苦。良宵翻恨逢三五。」《虞美人·訪菊》云：「燕煙刬徑步遲遲。認得疏林穿過、是東籬。」《臨江仙·題曾季碩書畫便面》云：「染綴花枝長旖旎，輕摇還怕飛紅。」《高陽臺·懷古幽棲居士》云：「春在羣芳，自憐天賦清奇。」《鳳棲梧·易安居士》云：「最憶歸來堂裏事。茶經書帖閒情膩。」《暗香·咏臘梅》云：「古香清絶，近歲寒、別有癯仙風骨。淡比黄花，卻向羣芳自矜節。」又云：「冰雪稱娟潔。恁爛漫著花，拗枝如鐵。」《金縷曲·賞雪》云：「十分清處憑闌立。暫徘徊、梅邊竹外，晴時月色。冷眼大千今何世，萬象從教粉飾。問可是、豐年消息。」《倦尋芳·春寒用王元澤韻》云：「昨夜東風驚夢覺，海棠卻道能依舊。怯冰奩，自低徊、試衣人瘦。」並佳妙之句。即各全闋，亦並妥帖可存也。

靈飛久客桂林，悦其地僻塵遠，風土清嘉，不啻故鄉視之。朅來棲屑淞濱，帶水簪山，時縈離夢。《百字令·寄懷桂林諸親友和鹿笙外韻》云：「昔遊如夢，正乍寒天氣，紋窗清寂。柳外樓臺清似水，得似灕江風日。灕咽桃花，路遥芳草，別話長相憶。盛筵應再，浮雲世事何極。猶記咏絮簾櫳，浣花時節，勝友如雲集。異地更思山水好，何日重尋苔跡。此際江南，梅花初著，誰爲傳消息。贈言猶在，篋箋珍重收拾。」鹿笙先生元唱序云：「客歲十月望日，去桂林，生平離悰，此爲最苦。忽忽逾年，感而賦此。」詞云：「嶺梅欲綻，正林凋霜緊，繁英都寂。只赤屏山千里意，依約去年今日。舊雨鷗盟，晚風驪唱，潭水深情憶。黯然回首，醴陵別恨無極。　懷想五美芳塘，浣花小築，裙屐陪歡集。如此他鄉應念否，看取畫圖陳跡。瀕行得送別圖多幅。滿目關河，驚心烽火，鱗雁無消息。雲涯悵望，墜歡何處重拾。」靈飛有《韻聲閣稿》，詩筆亦清新，與詞稱。靈飛賃廡樾湖，皋比坐擁，師弟間情誼款深。比年天各一方，猶復蒼雁䞓鱗，時傳尺素。間有遭逢不偶，迫切無可告語，僅乃傾臆函丈之前。事或風化攸關，輒表章以賦咏，冀斯事附托以傳，蓋顯微闡幽之旨，何止憐才篤舊而已。《滿江紅》序云：「桂郡陽生橎溪，宋時閨秀亦稱生，朱淑真稱朱生，見某説部。陽讀若央，桂林有此姓。蚤歲從余受學，貌端妍，性惠穎，擅詞章，工書法。數年已還，磋磨硯席，幾於青勝於藍，余雅愛重之。其母誤信鳩媒，以適龍州某氏。某借胥無文，性復粗獷，迫糟糠下堂，而別圖膠續，溪家不知也。龍州錯壤蠻徼，榛狉之族，爲婦實難。姑威無度，輒不免於鞭箠。溪猶委曲求全，不忍爲外人道也。溪幼失怙，無伯叔兄弟。母氏依婿以居，丁垂暮之年，離待遇之酷。溪積不能平，始稍稍爲余言之。溪于歸七年，亦既抱子，俄故婦貿然歸，姿情嘻嗃。益知夫也不良，薄倖之尤，恥與匹孋，遂賫恨自裁。遺書與余訣別，觸目酸辛，不辨是墨是淚。嗟乎！關山萬里，誰與招魂，賦此哀之。何揚州所云：『薤玉樹著土中，使人情何能已也』」，詞云：「一紙遺書，千秋恨、紅顔命薄。憐弱質、于歸萬里，投荒差若。獞犵比鄰風土異，鳳雅爲偶姻緣錯。更婿鄉、憔悴北堂護，傷萍泊。　聞啼鳥，驚姑惡。士罔極，情難托。問去帷誰氏，覆車猶昨。紫玉成煙清自葆，黄花比瘦生何樂。莫執經、更憶筍班聯，人如琢。」「紫玉」句意最佳，清貞自葆，陽生不死矣。

——況周頤《玉樓述雅》，唐圭璋《詞話叢編》本

姚寶猷

姚寶猷（一九〇一——一九五一），名良珍，字健生，平遠人。畢業於廣東高等師範大學文史系。曾任中山大學教授、廣東省教育廳廳長等職。

《微塵吟草》序

《詩》三百篇，多古人行役之什，發憤之詞；楚騷、漢魏以來，又多借物抒情，因言達志；洎乎唐五代兩宋詞人，更感懷家國，憂己傷時，變風變雅，因時而作，豈徒關山風月而流連於景物也乎！吾邑陳璇珍女史，以一弱質萬里從軍，歷粤、湘、鄂、豫諸省，參與徐州蘭鳳、羅王諸役，有《微塵吟草》一卷，詩詞各半，幽約怨誹之言，低徊要眇之音，往往雜以快語而不拘泥於古，使人誦之，幾疑身在戎馬關山間，壯心奮起，柔情隨生。昔曾文正公云：「聲律之道，與兵事相表裏。」《微塵吟草》其此意歟？今春邂逅羊石，以將刊其作，索序於予。噫！天下變亂，流離顛沛之際，蒼黄

吶喊之間，求諸鬚眉能下馬草露布、磨盾爲詩詞者，有幾人哉？今竟見諸女子，不特壓倒古之木蘭、紅玉已也。噫，是足以傳矣！三十五年秋，蕉嶺姚寶猷撰。

——陳璇珍《微塵吟草》，民國三十六年鉛印本

朱子範

朱子範（一九〇二—一九五八），字澹園，番禺人。少入名儒楊裕芬之門，後考入中山大學獲碩士學位，留校任教授。後久居港、臺，病逝於臺灣。

《懷雪樓詞稿》序

「大江東去」，蒼涼抑塞之詞；「烏鵲南飛」，無可奈何之語。而況情歌扇底，感喟萬端；橐筆天涯，嘶酸有淚。問銅駝於故國，睹玉盌於人間，風雲鬱其素懷，冰雪洗其襟抱。得不哀絲豪竹，畫淡月於疏簾；鐵板銅琶，唱霜天之曉角者哉！少牧先生，曲譜斷腸，才過載酒。數小山、淮海爲祧祖，合清真、玉田爲一人。每當月上梢頭，風來柳下。紅牙低唱，寫春風數聲；玉笛横吹，弄梅花一曲。瘦筇訪隱，不無危苦之詞；破帽籠秋，慣聽荒寒之調。凄如其訴，慨當以慷。擊節而響徹涼州，折柳而愁生祖道。曉風殘月，行人爲弔屯田；斜日亂鴉，倦客難忘夢窗者也。嗟乎！

我生靡樂，君亦多愁，望親舍於白雲，渺歸艎於煙渚。越臺戴笠，有懷昨日之遊；珠海題襟，未老十年之夢。何妨解事，共話新聲；試續流風，重尋舊約。此際撞鐘鯤海，序來絶妙好辭；他時返棹鵝潭，同唱中興鼓吹。

——《廣東文徵續編》

詹安泰

詹安泰（一九〇二—一九六七），字祝南，號无庵，饒平人。畢業於廣東高等師範、廣東大學中國文學系。主中山大學教席，終生從事古典文學教學與研究，尤精於詞學，與夏承燾並有「一代詞宗」之譽。著有《无庵詞》。

无盦説詞 ①

令詞最重情意。情深意厚，即平淡語亦能沈至動人，否則鏤金錯采，無當也。

① 詹安泰先生發表於《光明日報·文學遺産》第一四五期（一九五七年二月二十日）之《讀詞偶記》與此基本相同，唯《讀詞偶記》多如下一條：「柳耆卿永詞，來自民間，復多新調，其鎔鑄與創造之才，非並時諸家所可及。」

寫令詞不可立意取巧。一經取巧，即陷尖纖，必無深長之情味。尤西堂、李笠翁輩即犯取巧之病，驟看煞有意致，按之情味索然。好逞小慧，終身無悟入處也。

令詞非鋪敘之具。寫令詞不可立意鋪敘，須立意精煉；精煉而覺晦昧時，則當力求其自然。精煉而能出之以自然，則進乎技矣。古來令詞之精煉無過飛卿者，試讀飛卿詞，有不自然之句不？温詞最麗密，人驚其麗密，遂目爲晦昧，失之遠矣！

寫景言情，分之爲二，合之則一。善言情者，但寫景而情在其中；善寫景者亦然，景中無情，感人必淺，其能摇蕩心魂者，即景亦情也。温飛卿之「江上柳如煙，雁飛殘月天」，孫孟文之「片帆天際閃孤光」，馮正中之「細雨濕流光」，何嘗不是景語，而情味濃至，使人低回不盡。作令詞固當會此，讀令詞亦當會此。唐五代人小詞之不可及，多在此等處，不獨寫情之拙重而已。

以重、拙、大言，南唐二主及馮正中詞實過花間。常州詞人主重、拙、大而高擡飛卿，殆不可解。飛卿詞措語下筆，重則有之，大猶可强爲傅合，將安得拙耶？而此三義中似尤以拙爲首著，蓋惟拙爲能得重且大，能重且大者未必能拙。

重、拙、大爲作詞三要，固也，然輕清微妙之境界亦不易到，因此等境界，不容不用意，又不容大著力也。馮正中「風乍起」詞，深得此中三昧。宋詞家惟韓子耕、范石湖時有此境；淮海《浣溪沙·漠漠輕寒》一首，亦能寫此境界，然頗著奇語，便覺矜持。

讀《花間集》，學飛卿或失之難，學端己或失之易，惟學孫孟文可無所失。

如有巧妙之意境，則貴出之以拙重之筆，庶不陷於尖纖。巧妙而不尖纖，爲孟文所特擅，但或出之以奇横，不盡拙重耳。

奇横非險巧之謂也，令詞最忌纖巧而不妨奇横，如張子野之「昨日亂山昏，來時衣上雲」，奇横極矣，然是何等氣象，其得謂之險巧耶？

花間詞派，孫孟文是一大家，與温、韋可鼎足而立，《花間集》録孫作特多，不爲無故。宋人張子野、賀方回均由孫出，張得其意，賀得其筆，故賀猶遜張一籌。

周止庵以李後主詞爲亂頭粗服，以比飛卿之嚴莊與端己之淡粧，論奇而確。飛卿多比興，端己間用賦體，至後主則直抒心靈，不暇外假矣。

南唐後主與馮正中詞亦自有别：正中雖不乏寄意深遠之作，選聲設色，猶不盡脱花間習氣，如後主之氣象雄偉、力大聲宏者，殆不可得。此則性情襟抱，遠不相及，非關學養也。

正中詞可學，故爲宋初諸家所祖。若後主之「林花謝了春紅，太匆匆。無奈朝來寒雨晚來風。胭脂淚，相留醉，幾時重？自是人生長恨水長東。」哀豔而復雄奇，悲情而復仁愛，曲折深至而復痛快淋漓，兼包衆長，無美不備，直是天地間第一等文字，詎可學而能耶？即此可判李、馮之高下。

以亂頭粗服比後主詞，周止庵可謂善於取譬。余謂惟亂頭粗服亦不失其爲國色者，乃係天下之至美。若温之嚴粧，韋之淡粧，終輸一著，以其猶有粧在也。周氏特尊飛卿，竟不悟此！

范希文詞，雖所傳不多，殆足以壓倒一世，論氣象，論情境，幾可踵美南唐；所不及者，著意奇創，不免矜持耳。

歐、晏並稱，歐詞清深，晏詞和美。小晏運以巧思，尤多麗句，故較易學。

張子野詞，能斂能橫，善挑善剔，有含藴深厚者，亦有力破餘地者，創意甚多，讀之可增詞識。「人生無物比多情，江水不深山不重」，子野《木蘭花》句也，覺古今形容多情之句無出其右者，人徒賞其「三影」及「桃杏嫁東風」等句，可謂貌相。

柳耆卿詞，寓曲折於平直，氣機最爲流暢，可藥破碎，可救艱澀。

耆卿敘句樸拙處，爲美成所祖。特耆卿轉筆輕圓，美成則多滑轉；耆卿意脈拈連，美成則多起落；耆卿一瀉無餘，美成如往而復；輕重厚薄，固自有不同耳。

耆卿詞最長鋪敘，隨意抒寫，無微不至，以其精樂律，善創調，一無拘束，得以舒卷自如也。然而取材不精，故時不免俗濫。

賀東山詞，古豔絶倫，而筆力精健，氣韻亦高，讀之久久，可以滌除俗穢，引動雄懷。王觀堂《人間詞話》謂「北宋名家，以方回爲最次」，未爲公論。

東山《天香》詞，騰空寶氣，凌厲無前，刷羽綵鸞，有時自賞，當爲壓卷之作。

幽咽、俊快，兼有二長，東山合作，直如參軍樂府，讀之神王。

東坡樂府，氣體高妙，前無古，後無今，於詞境爲最高，最不易學。蓋既不雕鐫句調，又不用拙重之筆，天趣流行，大氣包舉。學之者不失之庸，即失之肆，恰如分際，恰到好處，正不易言也。

坡詞北行，金源作者蔡伯堅、吴彦高、元裕之等均多摹擬之作，足爲坡公羽翼。求之於宋，反不可得。

詞至東坡，境界最大，取材最廣，可以發抒懷抱，可以議論古今，其作用不亞於詩文，蓋至是而詞體乃尊矣。

東坡《水調歌頭》，上闋「我欲乘風歸去，又恐瓊樓玉宇，高處不勝寒」，「去」、「宇」協韻；下闋「人有悲歡離合，月有陰晴圓缺，此事古難全」，「合」、「缺」協韻。似係偶合，非有意爲此，集中他作，亦無於此處用韻者。顧坡派詞家，每依此首用韻，如蔡伯堅《明秀集》中《水調歌頭》八首無一例外，顯係有意倣此。作始者無心，而步趨者固執，積之已久，遂成定律，天下事類此者衆，此特其一端耳。

宋以後學坡詞者大率走稼軒一路，稼軒固不能與東坡例視也。武進張皋文不以學蘇自命，所作《水調歌頭》乃真神似東坡，因知此事自有解悟，非可點滴以求也。

東坡天人姿，胸襟、學養種種均非凡夫所能學步，但亦不能因噎廢食。讀東坡詞多，不惟可以擴胸襟，開眼界，於慢詞驅遣、馳驟之法，亦大有裨益。

淮海詞，不懾不怒，不茹不吐，其音和，其氣静，其神穆，而深入淺出，情味濃至，讀之令人低徊不盡。周止庵謂其逐清真之辣，又病其少用重筆，殆非真知淮海。不辣不重，正其所以爲淮海也。淮海《滿園花》、《品令》諸作，純用白描，間入方言，多不可解。此係有意存真，故爲塵下。戲謔之作，並時多有，不足爲大雅之累。與耆卿之不免俗濫有關風格者，正自有别。

讀淮海詞多，覺他人所作，多是偏才，浪費氣力。鬆而能厚，平而能深，是少游特擅。

晁無咎詞，超妙遜東坡，厚重遜少游，而有清剛之氣，深沈之思，高視闊步，不肯作猶人語，自是一大家數。

山谷詞專重意趣，不避險怪，雖有佳作，究非當行，轉不如濟北詞人之猶可學步。

褻諢之作，山谷、耆卿均喜爲之。惟耆卿體貼入微處，用常語便得，山谷則非運用俗語方音不成，此固可見山谷之好奇。要之，對此等事之描繪，山谷究非耆卿敵手。

清真詞，神完法密，思沈力健。周止庵謂「讀得清真詞多，覺他人所作，都不十分經意」，信然。

張玉田謂清真「善於融化詩句」。實則清真以前，若耆卿，若東坡，若山谷，均喜以詩句入詞；並時賀方回，運用詩句亦不減清真。耆卿《醉蓬萊》之「漸亭皋木下，隴首雲飛」，《傾杯》之「梨花一枝春帶雨」；山谷《鷓鴣天》之「且看欲盡花經眼」，《南鄉子》之「莫待無花空折枝」；方回《第一花》之「飛入尋常百姓家」，《忍淚吟》之「十年一覺揚州夢」亦見山谷《鷓鴣天》，其明徵也。至若東坡《定風波》之括杜牧之詩，《水調歌頭》之括韓退之詩，方回《晚雲高》之演杜牧之詩，此例起自顧夐，用韻微不同耳。通篇均翦裁詩句爲之，不惟摘句而已。

滕宗諒《臨江仙》，前結「氣蒸雲夢澤，波撼岳陽城」，用孟浩然詩句；後結「曲終人不見，江上數峯青」，用錢起詩句，是又在坡、谷之先矣。因知以詩句入詞，非詞家所忌，特不能專以此見長耳。融化沿用，原出一轍，清真所長，固別有在。若以此論，則衆人之所同能，非爲清真所獨擅矣。

於富豔精工中見沈頓，詞家所難，美成能之，以工力言，不能不推聖手。然終覺用心太細，氣格不高，殆猶詩中義山，不足以當工部也。

漁洋服膺易安，至推爲婉約宗主，然則將置少游於何地！平心而論：易安於此道致力甚深，其自命亦殊不凡，觀其論北宋諸公詞可見。以詞心言，真可不愧少游；特矜氣太重，時欲出奇制勝，畢竟女流，襟抱尚覺褊隘。

易安工於言情，其《聲聲慢》、《鳳凰臺上憶吹簫》、《一翦梅》、《武陵春》諸闋，均纏綿悱惻，足以蕩氣迴腸。《醉花陰》之「簾捲西風，人比黄花瘦」，雖傳誦一時，通首不稱，惟以句勝耳。「蹴罷秋千，起來慵整纖纖手。露濃花瘦，薄汗輕衣透。見有人來，襪剗金釵溜。和羞走，倚門回首，卻把青梅嗅。」女兒情態，曲曲繪出，非易安不能爲此。求之宋人，未見其匹，耆卿、美成，尚隔一塵。

陳簡齋不以詞名，而《無住詞》中《臨江仙》、《虞美人》諸闋，骨氣奇高，直可摩坡仙之壘。惜所作不多，不能自成家數。

辛稼軒詞，思力沈透，筆勢縱横，氣魄雄偉，境界恢闊，每下一筆，即有籠蓋一切之概。此由其書卷多、襟抱廣、經驗豐得來，絶非粗莽淺率者所得藉口。

坡詞由南而北，稼軒由北而南，雖作風不同，而辛受蘇影響之迹象，卻可按索。

稼軒詞最沈著處，每以最渾脱之筆出之，此層最須體會。有似脱口而出，實乃幾經鍾鍊，沈痛至極者，尤不可草草看過。

稼軒詞至難學，然不可不讀，盤礴之氣，堅蒼之骨，得於此植其基也。周止庵標稼軒爲一宗，而其詞於稼軒實無所得。近賢如文芸閣、王半塘、沈子培、朱古微等乃真知取氣植骨於稼軒者。

稼軒詞真力彌滿，不易以貌襲也。徒襲其貌必平淺，患平淺也而益之以風趣，則學稼軒乃轉入竹山一路矣，烏睹所謂稼軒者！蔣心餘、鄭板橋輩均如此。

稼軒詞以力量勝、性情勝，所謂「滿心而發，肆口而成」也。惟其如此，故爲令詞，時不免失之直率。直率不爲稼軒病，學稼軒而專師其直率，乃真大病矣。

劉融齋謂白石詞「擬諸形容，在樂則琴，在花則梅」，以格韻言也；張玉田謂白石詞「如野雲孤飛，去留無迹」，以意境言也。余謂白石實兼衆長，集中有絕類稼軒者，如《玲瓏四犯》、《翠樓吟》、《永遇樂》諸闋是；有絕類美成者，如《霓裳中序第一》、《秋宵吟》、《月下笛》諸闋是。至若《惜紅衣》、《念奴嬌》、《揚州慢》、《琵琶仙》、《長亭怨慢》以及《暗香》、《疏影》等作，於清虛騷雅中自饒激楚之音、淒婉之味，則前無古人，自開氣派。玉田以下，歷數百年，宗風不墜，胥於此中求之也。常州詞人尊稼軒、美成而力詆白石，門户之見甚深，然於白石，亦何曾有毫髮損哉！

令詞非白石所長，然如《點絳唇》、《鬲溪梅令》等亦非凡手可及。王觀堂衹賞其「淮南皓月冷千山，冥冥歸去無人管」，殆取其有遠韻耶？以此兩語，較之「今何許？憑欄懷古，殘柳參差舞」，與「謾向孤山山下覓盈盈，翠禽啼一春」，情味孰爲濃至，必有能辨之者。

石湖小詞有絕佳者，如《眼兒媚》之「春慵恰似春塘水，一片縠紋愁。溶溶曳曳，東風無力，欲避還休。」香軟温馨，中人欲醉，使淮海爲之，恐不外是。惜石湖詞如其詩，專主清潤，類此者不多耳。夢弢和作，幸不及此，否則將不知要費許多氣力也。

梅溪《雙雙燕》，體物之工，古今第一。東坡《水龍吟》咏楊花，如不遺貌取神者，恐亦不能出其右也。

梅溪詞盡態極妍，思精筆靈，可療粗率，可藥腐俗。

梅溪詞用心過細，時病巧琢；然清麗圓美，自是出色當行之作，其佳者便可比肩美成，筆力差弱耳。或以儕之白石，非知言也。白石工力未必勝梅溪，白石格韻，斷非梅溪可到。

朱希真詞，清超拔俗，合處極似東坡，而少奇逸之趣。襟抱亦自瀟落，聰明才學不及東坡也。用韻特寬，白話方言亦時見，希真於此等處自有分曉。

夢窗詞鍊字鍊句，迴不猶人，足救滑易之病。

夢窗詞以麗密勝，然意味自厚，人驚其麗密而忘其意味耳。其源出自飛卿。

夢窗詞亦有氣勢，有頓宕，特不肯作一平易語，遂不免陷於晦澀。讀者須於此處求真際，不應專講情韻，獵采藻也。

夢窗詞用意過事曲折，故有「不成片段」之譏。然能細加按索，自有脈絡可見，非湊雜成章也。惟不可穿鑿求之耳。況蕙風謂「非絶頂聰明，勿學夢窗」，恐以湊雜爲夢窗也。

王碧山詞，品高味厚，托意深遠，而句調安雅，不雕不率，於兩宋諸家中最爲純正。陳亦峯至欲尊之爲古今第一人，雖屬私嗜，然以醇雅言，雖少游亦當卻步也。《花外集》中，無遊戲之作，無粗率之筆，求之兩宋詞集中未見其比。

碧山事跡，最難考索，因有疑其曾入翰苑者。朱彝尊跋《樂府補題》及劉毓盤《詞史》。又《碧山詞》或作二卷，黄虞稷《千頃堂書目》，朱彝尊《詞綜·發凡》引目，《歷代詩餘》等。或不分卷，名《花外集》者均不分卷。錢大昕

《元史·藝文志》作《碧山樂府》一卷、《花外集》二卷，似誤。以余所考，《碧山詞》原名《花外集》，不分卷；後易名《碧山樂府》，始有二卷之分。因有疑其已佚一卷者，羌無實據，均不可信。以草窗題辭推之，碧山或非布衣，然不能謂其入翰苑也。以陸輔之《詞旨》考之，《碧山詞》必有遺佚，然不能謂其脱去一卷也。

碧山詞多託物寄意，故情味殊厚。然即以咏物詞觀，亦曲折深透。以其不用險仄之筆，故高於夢窗。

張玉田以故國王孫，遭覆亡之痛，故其詞感慨特深。惟其過事句調之流轉與騰躍，故時時陷於空滑。

玉田警句最多，善用翻仄之筆，亦不少迴複蕩漾之境，然非白石之儔匹也。白石超逸排盪處，句調乃極精潔；玉田稍一用力，便覺浮粗矣。白石層折多而鋪排少，故有開闔，有頓宕；玉田以鋪排爲層折，故貌似開闔，實乃平平，甚至有筆無意。

玉田專學白石「高柳垂陰，老魚吹浪」一類句調耳，非真白石也。二白並稱，不免冤煞堯章。

研習令詞，須先細事分析，然後求其脈絡；研習長調，須先看其脈絡，然後細事分析。

令詞易纖，慢詞易滯，故讀令詞須留意其凝重處，讀慢詞須留意其曲折處。

令詞不難於穠豔而難於凝重，慢詞不難於鋪排而難於頓宕。能凝重則意味深厚，能頓宕則局寬筆靈。

讀名家令詞，於看似平易者最須切實體會；讀名家慢詞，於看似瑣屑者最須加意玩索。平易每多本色語，必其意味甚深厚也，不則淺率矣；瑣屑每多渲襯語，必於前後情意有關也，不則冗濫矣。

詞家生香出色，每於渲染處見之。有全篇不多著主語而渲染得淋漓盡致者，不得以其喧賓奪主而目爲浮濫之辭。

詞法雖多端，然亦不外順逆、承轉、正反、主賓之類，能加按索，必無不可通者。如不可通，非雜湊即晦昧。雜湊與晦昧，均非佳詞，不讀可也。

古詞有於描寫景物中間忽插入情語者，此正是穿插變化處，不可認爲破碎，須細尋其關係。突如其來，戛然而止，不黏不脱，若即若離，此詞中甚高境界，應於氣格神味中求之。

詞人今昔之感最深，故一觸景物即追懷往昔，追懷往昔即感慨係之。作長調如苦不能下筆時，即依次抒寫，亦可終篇。但老於此道者，每喜錯綜運用。

詞家有所謂「留」字訣者，亦非奇創。蓋猶歐公所謂「擬歌先斂，欲笑還顰」耳。爲欲「最斷人腸」，故「先斂」，故「還顰」，不則儘可筆直寫下，誰爲拘管者？又安所用其「留」耶？「留」與「頓」有別，或以「留」爲留下遥頂者，非是。

右居澂江時爲同學講授詩詞，談鋒偶及，隨筆札出者，故意甚淺近，辭不加點。以其尚非抄襲，或於初學有裨，爰爲過録於此，語止於詞，其談詩部分，容後再録。

三十六年四月廿四日，祝南附識於石牌。

——《國立中山大學文學院院刊》第一期

《无盦詞》序

余志學之年，即喜填詞。風晨月夕，春雨秋聲，有觸輒書，書罷旋棄。三十以後，愛我者頗勸以存稿，積今五年得百首，亦才十餘六七耳。蔡生起賢，見而好之，爲葺抄成册。嗚呼！兵火滿天，舉家避難，尚不知葬身何所，守此區區，寧非至愚，顧敝帚自珍，賢者不免，余亦不恤人間恥笑矣。隨身行李，尚有《鷓鴣巢詩》丙丁稿、《花外集箋注》、《宋人詞題集録》等稿本。丁丑秋中，无盦自識於楓溪途次。

——詹安泰《无盦詞》，民國三十七年鉛印本

霜花腴　《捫蝨談室集外詞》題詞

怨潮暮咽，唤酒醒、紛愁細雨涼煙。光怪裝新，唧噥聲緊，蕃街走馬年年。去程夢寬，向繡心、争入蠻箋。但闌干，往日低徊，亂紅如海漸荒寒。　遼鶴舊歸何處。看斜陽一抹，廢壘千連。鶗血空啼，堯年難問，吟商掩抑尊前。舊情最牽，喜故人，相對華顛。料雄深，共治辛吴，老懷無淚懸。

——廖恩燾《捫蝨談室集外詞》，民國三十八年鉛印本

《花外集箋注》自序

碧山詞，格高意遠，類多咏物，尋繹綦難；又其生平，不見史傳，考索匪易；是以往昔載筆，罕嘗論及。終明之世，詞話輩出，雜識尤繁，求其關於碧山之論述，片言隻字，不可得也。有清一代，詞學復興，竹垞《詞綜》，於碧山詞，多所選録；皋文所收，富逾姜、史，夢窗之作，反見遺焉。自時厥後，《花外》一集，始見重視。保緒繼起，既鑿源派，標立四家，尊碧山爲一宗，示學子以「問途」，於是倚聲之士，幾無不知有碧山矣。輓近名手，胎息碧山，爲數至夥；半塘、彊村，其尤著者。張爾田先生謂半塘、彊村，均得力碧山。顧碧山詞，則迄無注本，詎非詞林一大憾事哉？余以顓愚，粗聞雅音，於碧山詞，嗜之頗篤，研習之餘，遇有疑滯，隨筆札出。積時既多，割棄未忍，爰爲之校注箋釋。兹編所録，僅其一部，即專言寄託，間疏名物；其諸彩藻之注釋，文藝之批評，有關旨要者，亦爲羼入。昔人云：「作者未必然，讀者又何必不然。」區區之心，竊本斯義。然仁智所見，未必從同；揣摩作意，或至傅會。蠡測管窺，固難抉其精微，擘箋染翰，庶有異乎鈔胥云爾。詹安泰，一九三六年。

——詹安泰《詹安泰全集》，上海古籍出版社二〇一一年

與龍榆生書三則

一

榆生詞宗先生道案：前奉寸緘，想蒙察及。世變日亟，風鶴頻聞。誦韓致堯「中華地向城邊盡，外國雲從島上來」之句，惟增痛腹。比得小詞兩首，録呈誨正。須加注脚，則瞿禪先生意也。南中學子，習尚浮囂，每當國變，尤爲特甚。未審先生新蒞此地，亦有所煩厭否？敬承撰安，不次。小弟詹安泰頓首，十二月八日。

詹安泰詞稿

燕山亭　書感分寄榆生主任、瞿禪教授，時廿四年十一月

空外哀笳，吹落凍禽，暝色旋籠高樹。待指斗牛，與説開天，一覺前宵風雨。慘碧樓臺，問經碎秋魂知否。遲暮。長夢澀關榆，教兒閒譜。劉後村「生怕客談榆塞事，且教兒誦花間集」，不啻爲吾儕今日寫照也。

須信掩淚孤吟，誤幾度憑闌，片帆南浦。腰肢瘦了，翠黽攜歸，知他舞楊誰妒。萬一回頭，看海水、横飛天宇。休訴，離雁共、夕陽淒苦。

水龍吟　得瞿禪病訊，倚此慰問，兼抒近懷，即用秦望山席上韻

午禽啼夢危樓，不成西笑還輕凭。素心人遠，山門深閉，鬼車驚聽。八表同昏，一丘未老，嵇懷誰詠。怪枯香死嗅，桑田坐閲，還癡望，東風醒。　瘴海陰晴難定，蕩吴魂、網梢松頂。繡春待款，登臨費淚，鏡華流暝。局外承平，人間遊戲，偶然乘興。漫連環索解，蘋漁殘譜，付紅濤頂。

「紅水」見薛據《登秦望山》詩。

榆生詞宗先生教正，弟詹安泰呈稿。

二

榆生尊兄先生詞席：伏誦九月廿日手畢，至爲快慰。弟暑中爲舍弟天泰赴廣州謀職事，幾經波折，然後有成，在省黨部工作。前後居留二十日。不特所費不貲，益增貧困，而奔走權門，精神上亦受莫大之損失。刻雖復返韓師，尚覺無心問學也。未動身前曾寄去拙稿一束，由東山而滬上，均不得達，最近始由滬上郵回。兹再奉呈左右，權作詞刊或社刊補白之資。《論寄託》篇殊太頑執，以擬作之題不少，此爲第一章，專論寄託之不可忽視。故不覺其意之褊狹也。容有所得，當再録奉。《詞刊》九期爲友人索去，此間無從購得，倘有餘，希賜一本。匆此，敬承著安，不次。弟安泰頓首，九月廿六日。

瞿禪兄暑中僅自温州寄來一函，下期不知仍居杭州否？尊體素弱，尚希節嗇精力，千萬珍

重。弟泰又及。

三

榆生尊兄先生著席：前寄拙稿一束，計達。屬筆倉遽，紕謬必多，删潤是幸。友人饒宗頤君，幼齡劬學，頃録所作《瓠峯詞跋》見示，頗可觀。玆爲轉寄，或可以實《詞刊》也。弟稿多因題旨太寬，未能完卷。刻先整理《花外集小箋》，脱成一部分，即行録奉。近作一首，附呈乞教。匆承撰安，不次。十月廿九日，弟安泰頓首。

——張壽平輯釋《近代詞人手札墨跡》，臺灣「中央研究院」中國文哲研究所二〇〇五年

致陳中凡書

斠玄吾師先生函丈：久不奉候，罪戾至深。尊恙已占毋藥否？榆兄亦患胃病，經年未愈，聞之戚然。大抵此病最宜休養，多用精神之人，每不易治。家父習醫數十年，常以此諭泰，固由老人愛子心切，當非無稽之談。甚望吾師少加節制思慮也。日前郵奉小詩數首，想塵左右。泰半年來不填詞，惟稍稍講習杜、韓、蘇、黄之七古，及宛陵之五古，興之所至，亦學塗鴉。即春假至今，已得長短句三四十首。誠以泰前寫詩偏枯瘦，填詞患滯澀，欲治此少救其弊也。但此間解人難得，故仍無悟入處。吾師倘可一費清神，爲泰指示門徑否？有潘鳧公者伯鷹，原名式工詩，書法、圖章亦甚

精雅，刻寓都門，屢有函件往還。又南京李子建葆元，亦寄其新刊《涵象軒集》來，此兩人未謫與師亦有一面之緣否？頃將年來名師益友詩箋、簡札裱成四册，晨夕展翫，恍如瞻對，頗慰岑寂。自吾師外，如瞿禪、虎公、子建、潭秋等，均甚可觀。此事在泰竟成嗜好，亦不自知其故也。肅此，敬叩鈞安！

受業詹安泰拜上，五月三十日燈下。

致羅香林書

元一教授吾兄道席：鴻詔兄轉來大教敬讓，一是《彊村叢書》内《心泉詩餘》僅有跋尾，卷首並無小傳，當即撿出，命小犬過録附奉。學校新生已放榜，刻正籌備招收研究生及專科生。宗臨下鄉，尚未進城。進城時與弟同住，弟擬明日偕擎民赴港，約勾留一星期，返校閱卷。到港時，必訪九龍塘德雲道四號黎季裴丈，得便請駕臨一晤。關於文史稿件，倉卒不克寫奉，遲日面商何如？倘可闢專欄，則詩詞或有關詩詞之論文，篋中頗有存稿，或可爲力也。匆匆奉復，敬承履福，不具。弟詹安泰再拜，九月廿五日。

致劉伯端書二則

一

伯端先生詞長吟席：承惠佳製，清健絶倫，吟諷再三，惟有拜佩。七夕之作，以弟已先成《拜星月》一解，無能續出，即録求正。《風流子》、《渡江雲》均所愛誦，容當一一奉和也。聞先生與禾丈等唱酬之樂，不禁神王。賤眷稍事安頓後，擬有港、澳之遊。倘得一接光儀，〔罒〕聆雅教，幸何如之。即晚和禾丈一詞，并請削定。專此，敬頌道安，不具。弟詹安泰再拜，八月十日燈下。

二

伯端詞長先生道席：過港承眷注，至感。屢蒙見惠大作。清而不流，厚而不澀，浙、常之長，一鑪共冶，曷勝歎慕。弟頗思别出生辣一路，由生辣以尋重、拙、大之義。而才力不勝，迄無所就，甚自愧也。或當再向蒼質處走耳。港中詞老不少，禾丈尤所仰佩，甚思傾聆鴻誨，而集會人多，無緣請益，耿耿此心，如何可言？目下時局甚緊，萬一有變，此調恐永不許彈矣。弟已遷居文明路中山大學北齋十三號，倘蒙賜教，請按新址爲荷。附小詞乞教。匆匆，敬頌履綏，不具。弟詹安泰再拜，十月十一日。

——以上詹安泰《詹安泰全集》，上海古籍出版社二〇一一年

陳運闓

陳運闓，原名彬，字伯懌，一字質庵，籍潮陽，生於上海。陳運彰兄。詩書俱擅。

況周頤《蕙風詞話補編》評

陳蒙庵與兄質庵，運闓，原名彬，一字伯懌。競爽詞壇，有二難之目。晉江丁眄亭成勳，一字欽堯所著《切夢刀》，質庵題詞，調《減字浣溪沙》云：「武庫青霜試及鋒。頓教殘醉失惺忪。趾離退舍脱光雄。趾離，夢神名，見《致虚閣雜俎》。脱光，刀神名，見《齊太公兵法》。　蝶栩定應回夜枕，鯨鏗須及待晨鐘。邯鄲歸騎莫從容。」質庵樂道好静，書法尤工，得晉帖神髓，不輕爲人作也。　卷三

質庵近詞《合歡帶·賀黄佩蘅新婚》云：「恰新春、景淑辰良。叶鳳卜、儷珪璋。並蒂花開人似玉，錦屏間、子細平章。雲嬌月媚，紅深翠婉，初試梅妝。倚奩品、乍可鸞窺暈淺，蛾門眉長。　蘭因鴛牒，玉貌羊車，襟懷叔度汪洋。屈指蟾圓三五夜，二分春早付仙郎。花明酒滿，椒紅柏緑，乞與穠香。有情仙、豔説藍橋，料量玉杵瓊漿。」江夏燕爾之期，爲正月初十日，「郎」韻雅切婉麗，允推冰雪聰明。　卷三

陳質庵運闓録示近詞，《清平樂·題徐仲可真如室圖》云：「神樓畫裏。山水清空地。隔斷西湖紅十里。領取如如真諦。　西來大意云何？先生笑指煙蘿。懺到文人慧業，真成文室維摩。」質庵一字伯懌，近有志於聲律家之學，所造甚深，與蒙庵塤篪迭奏，今之「龜溪二李」也。「襄陽回望不勝悲」詩一句，即四書人名六，妙造自然，殆不能有二。「離家人漸損豐頤」亦成句，即卦名六，皆奇句。　卷三

——況周頤《蕙風詞話補編》，屈興國《詞話叢編二編》本

況周頤《餐櫻廡漫筆》評

陳質庵彬屬題《閒軒深坐圖》，爲賦《清平樂》云：「斷無塵涴。人境成清可。何必閒雲來伴我，早是天空雲過。　君家嗜睡圖南。一般道味醰醰。斯旨也通禪定，便如彌勒同龕。」

——況周頤《餐櫻廡漫筆》，《申報》一九二五年十一月九日

陳運彰

陳運彰（一九〇五—一九五六），原名彰，字君謨，一字蒙庵，亦署蒙安、阿蒙、蒙厂、蒙父，號華西、證常，籍潮陽，出生於上海。精詩詞、書畫、篆刻，學詞拜況周頤爲師。歷任之江文理學院、太炎文學院、聖約翰大學教授。著有《紉芳簃詞》。

雙白龕詞話

小題大做，不如大題小做，一則刻意經營，不免張脈僨興；一則隨手拈來，自然妙契機微。以一己之意思，能使古人就我範圍，此選家之能事。然結果反爲古人所囿，束縛之，馳驟之，

乃至不能自脱。

沈伯時《樂府指迷》云：「孫花翁有好詞，亦善用意，但雅正中時有一二市井語。」此病至深，不可不知。昔人評書，所謂「如王謝家子弟，縱復不端，正奕奕有一種風氣。」此則關乎性情懷抱，益以讀者洗伐之功，不可强求者也。彼三家村學究，孤陋寡聞，使其描寫珠光寶氣、雍容華貴之意象，必致愈裝點愈覺其寒傖，何以故？以其未曾夢見，心所本無故。

《楊柳枝》，本唐人樂府，劉、白諸作，純乎唐音，及《花間》所收，則不能不名之爲詞，然詩、詞之累限，究竟若何而分，難言也。劉、白非《花間》，《花間》亦決非劉、白，斯不可誣耳。

《碧山詞》與《山中白雲》較，信爲勁敵，叔夏之流美，聖與之凝煉，爲草窗、山村所不逮。其弊也，乃病滑與琢，兩家别集，慎加抉擇，則精者亦不過十之三四而已。

凌次仲廷堪論詞，以詩譬之，其言曰：「慢詞如七言，小令如五言。慢詞北宋爲初唐，秦、柳、蘇、黄如沈、宋，體格雖具，風骨未遒。片玉則如拾遺，騷騷有盛唐之風矣。南渡爲盛按：原文爲「倫」唐，白石如少陵，奄有諸家，高、史則中允、東川，吴、蔣則嘉州、常侍。宋末爲中唐，玉田、碧山，風闊有餘，渾厚不足，其錢、劉乎？草窗、西麓、商隱、友竹諸公，蓋又大歷派矣。稼軒爲盛唐之太白，後村、龍洲，亦在微之、樂天之間。金、元爲晚唐，山村、蜕巖，可方温、李，彦高、裕之，近於江東、樊川也。小令唐如漢，五代如魏、晉，北宋歐、蘇以上如齊、梁，周、柳以下如陳、隋，南渡如唐，雖才力有餘，而古氣無矣。」次仲填詞，守律最嚴，於詞雖不專主一家，而深解音律，其微尚固與白石老仙爲近也，且其詞集名曰《梅邊吹笛譜》，又嘗乞張桂巖賜甯爲畫《暗香》、《疏景》詞意小照，可知其瓣香所在矣。

情與境，不可以户説而眇論也，須身受而意感之。漬漸之功，在乎自養。以研經考史之功治詞學，與自己了不相干，此是爲人；以語録話頭之言説詞境，使人家永不明白，不但欺人，直是自欺。

初學爲詞，以不看論詞之書，爲第一要義。以其精警處決不能了解，了解處即非精警。且各有看法不同，不可以躐也。

《蕙風詞話》曰：「余嘗謂北宋人手高眼低。其自爲詞，誠夐乎弗可及。其於他人詞，凡所盛稱，率非其至者，直是口惠，不甚愛惜云爾。後人習聞其説，奉爲金科玉律，絶無獨具隻眼，得其真正佳勝者。流弊所及，不特蘊没昔賢精誼，抑且貽誤後人師法。」按清代詞人乃反是，其流傳論詞之語，議論之精闢，乃有夐絶古人者，迨其自爲之，乃多不踐其言，不僅爲眼高手低已也。是以讀宋人論詞語，當别白是非；讀清人説詞，尤當知其所蔽。昔人以初學填詞，勿看元以後詞。余謂閲詞話諸書，於清代諸家，非慎選嚴擇，其流弊亦相等也。

張氏《詞選》，如惜抱之《古文辭類纂》，然則《宋詞三百首》，其湘鄉之《經史百家雜鈔》乎？

《湘綺樓日記》有言：「古豔詩，惟言眉目脂粉衣裝，至唐而後，及乳胸腰足，至宋、明乃及陰私，亦可見世風之日下也。」按此言詩體云然，若倚聲之作，殆又甚焉。五代、北宋之豔詞，其骨豔，其意摯，愈樸愈厚。南宋之作，不免刷色。自此以降，徒以佯色揣稱爲能事。儇薄相尚，尖新纖巧，無所不用其極，直可覘世運之遞降也。劉改之《沁園春》指、足二闋，爲龍洲詞中最下下者，而世豔稱之。即賢者如邵孺復亨貞，亦嘖嘖稱道，刻意追摹。《蟻術詞選》孺復詞集名卷三《沁園春》序云：「龍洲先生，以此詞咏指甲、小脚，爲絶代膾炙，繼其後者，獨未見。彦强庚兄，示我眉、目二作，真能追逐古人於百歲之上，不既難矣。暇日偶於衛立禮坐上，以告孫季野丈，爲之擊節不已，因相約同賦，翼日而成什焉。」龍洲詞於宋人中，未爲上乘，其横放傑出之才，要不可厚非。孺復爲元代詞人，亦卓然名家，其集中擬古十首，若《花間》、雪堂、清真、無住、順庵、白石、梅溪、稼軒、遺山、龍洲，靡不神似，可見其功力之深至。後世盛稱孺復詞，亦僅及其《沁園春》眉、目兩詞，失其真矣。至若竹垞、葆馚、秋錦諸公，偶事遊戲，分和賡咏，愈出愈奇，出人意表。捃摭故實，餖飣成文，縱不至於穢褻，究無當於大雅。可憐無補費精神，致斯道爲之不尊，未始非諸公扇此隳風也。

學詞要從相信自己起，不相信自己止。填詞要從不學古人起，能學古人止，能事畢矣。

《憶雲詞》刪存稿《菩薩蠻・戲仿元人小令》云：「夜來風似郎蹤惡，曉來雲似郎情薄。窗外柳飛綿，問郎心那邊。　誓盟全是假，只合將花打。見面説相思，知人知不知？」此種詞直是元人豔曲，古人固有此一格，然其中自有消息，亦不必再學之也。蓮生詞爲復堂所推重。吴瞿安乃謂與《靈芬館詞》同一流弊，其致毁之由，當屬此種。

讀《古詩十九首》，不外傷離怨別，憂生年之短迫，冀爲樂之及時。其志愈卑下，而其情彌真切，爲僞道學家所萬不敢言者，此其所以爲千古絶唱也。自有寄託之説興，詩、詞遂成隱謎；自有派別之説起，語言乃不由衷情。故南宋以下，遂無真文字矣。

田山薑同之《西圃詞説》云：「後來詩、詞並稱，余謂詩人之詞，真多而假少。詞人之詞，假多而真少。如邶風《燕燕》、《日月》、《終風》等篇，實有其別離，實有其擯棄，所謂文生於情也。若詞，則男子而作閨音。其寫景也，忽發離別之悲；咏物也，全寫捐棄之恨。無其事而有其情，令讀者魂絕色飛，所謂情生於文也。此詩、詞之辨也。」此論殊精警。惟所謂真多假少、假多真少，尚須視乎其人，非漫然生情及言之不文者所能概之耳。

以婉曲之筆，達難言之情；以尋常之語，狀易見之景。此閨襜中人，所獨擅其長。其病也，或患於淺，或傷於薄。然情真則語摯，意足乃神全。是語益淺近，而愈覺其深厚；景至平庸，而不礙其韶秀。要本出之自然，不假雕琢，斯爲得之。此惟《漱玉詞》近之，世以幽棲居士與之並稱，非其偶也。

彭瑟軒鸞評《獨絃詞》云：「疇丈肆力古文辭，餘事倚聲，奇氣自不可揜。亦有工緻綿密，神明規矩之作。《獨絃詞》同工異曲，卓然名家，足當厚、㱿、秀三字。」瑟軒與子疇、鶴巢、半塘諸公相唱和，嘗取子疇《碧瀣詞》、鶴巢《獨絃詞》、半塘《袖墨詞》，益以吾師蕙風先生《新鶯詞》，序而刻之，爲《薇省同聲集》。當時詞風，爲之丕變。譚復堂所謂「四人，人各有格，而衿抱同棲於大雅」者也。半塘論詞，以重、拙、大三字爲揭櫫，乃人人所習聞者，此厚、㱿、秀三字，則知者鮮矣。嘗謂能厚、㱿、秀，始能達重、拙、大之境，此固互相表裏，亦填詞之六字真言也。

仇山村稱張玉田詞：「律呂協洽，當與白石老仙相鼓吹。」然《山中白雲》，用韻至爲氾濫，真、文、庚、青，闌入侵、尋；元、寒、删、先，雜用覃、臨。句中於雙聲疊字，亦有安之未洽者，讀之頓覺戾喉棘舌，如《新雁過妝樓·賦菊》云：「瘦碧飄蕭搖梗，膩黃秀野發霜枝。」「飄」、「蕭」、「搖」三字連用，政恐未易上口。惟用入聲韻，則又極爲謹嚴，屋、沃，不混入覺、藥；質、陌，不混入月、屑，極爲可法。

宋尚木徵璧曰：「詞稱綺語，必清麗相須。但避癡肥，無妨金粉。譬則肌理之與衣裳，鈿翹之與環髻，互相映發，百媚斯生。何必裸露，翻稱獨立。且閨襜好語，吐屬易盡，率露之多，穢褻隨之矣。」尤展成侗云：「近日詞家，愛寫閨襜，易流狎昵。歸揚湖海，動涉叫囂，二者交病。」此清初二詞家論詞精語，切中當時之弊。展成能言之，而躬自蹈之，何也？

俳詞與雅詞，僅隔一間，俳詞非不可作，要歸醇厚。情景真，雖庸言常景，自然驚心動魄，本不暇以文藻爲之妝點也。第一須避俗，俗不在乎字面，而在乎氣骨，此不可以言傳也。多讀古人名作，自能辨之。尤展成《西江月·咏新嫁娘》云：「昨宵猶是女孩兒，今日居然娘子。」此等句，看似新穎，實則淺俗，一中其病，將終身不克自拔。

——《雄風》第二卷第二期

世人争説夢窗詞，不免有西崑諸公撏扯義山之譏。欲求蘭亭而苦乏金丹，能换凡骨者誰邪？曩侍臨桂先生坐。一日，先生忽詔予曰：「欲作詞，須讀古人詞五千首，然後下筆。」當時未嘗不驚怖其言若河漢也。由今思之，始忱然而歎曰：「嗟乎！此先生不惜心法傳授者，政復在此。差幸不誤落塵網中，端賴受此當頭一棒。」試問從古至今，何曾有五千首可供我讀之佳詞；即讀得五千首佳詞，又有何用？默察世趨，則此五千之説，尚嫌其少。何則？不如是，不足以語別白是非也。「讀千賦然後能賦」與「説法四十年，未曾道著一字」同一義理。要悟到此境，方合分際。

《蘋洲漁笛譜》《減字木蘭花》題序云：「西湖十景尚矣。張成子嘗賦《應天長》十闋誇余曰：『是古今詞家，未能道者。』余時年少氣鋭，謂此人間景，余與子皆人間人，子能道，余顧不能道邪？冥搜六日而詞成，成子驚賞微妙，許放出一頭地。異時霞翁見之，曰：『語麗矣，如律未協何！』遂相與訂正，閲數月而後定。是知詞不難作，而難於改；語不難工，而難於協。翁往矣，賞音寂然，姑述其概，以寄余懷云。」填詞協律之説，百年以來，學者精研討索，各有創獲。舊譜既亡，亦徒具成説而已。觀夫草窗十詞，試比勘其音節句法，能得其與霞翁數閲月相與訂正之苦心否？即此可見南宋時，樂律已不能具守。易安所譏「句讀不葺之詩」，霞翁黜削當時官譜諸曲以爲繁聲者，則謹守古詞遺譜，亦當慎知所採擇。畏守律，以爲古調放失，輒便自恣，與泥古法而穿鑿傅會有乖雅音，其弊適均。寧失之拘，毋失之放，是亦折中之一道。

清人詞之所以不及五代北宋者，以其看得太正經，又一面則太隨便也。

《湘綺樓詞》，《水龍吟·題嶽雲聞笛圖》自序云：「圖爲程穆庵爲其師顧印伯作，印伯爲余弟子，葉焕彬誤以康有爲爲我再傳弟子，故戲比之。時久不作詩，偶題二絶句寄去。又於案頭得來紙索題者，因檢案頭易由甫《琴思樓詞》本，和其第一篇《水龍吟》韻，以期立成，蓋文思不屬時，非和韻必無著手，以此知宋人和韻，皆窘迫之極思也。印伯温文大雅，必無無聊之作。見此必憐我之恖恖矣。如張孝達，則又無此捷才，而印伯亦師之，弟子不必不如師，康南海又何諱焉？」壬秋作此詞時，年已八十有三，老懶不復精思，故作此鶻兀語，然以和韻啓發文思，此理卻極精。況先生教初學填詞，多和古人韻，即此法也。

入聲字在詞中，用之得當，聲情激越，最是振起其調。此唯美成、堯章兩家，獨擅其勝。蓋出天成自然之音節，有定法即非有定法，當驗諸唇吻齒牙之間，不能泥守一字一聲，鍥舟守株以求之也。昧者爲之，步趨不失，而未有不捩喉棘舌者。

彊村丈自述學詞之次第云：「予素不解依聲。歲丙申，重至京師，半塘翁時舉詞社，張邀同作。翁喜奬借後進，於予則繩檢不少貸。微叩之，則曰：『君於塗徑，固未深涉，亦幸不睹明以後詞耳。』貽予《四印齋所刻詞》十許家，復後約校《夢窗四稿》。時語以源流正變之故，旁皇求索，爲之且三寒暑。則又曰：『可以視今人詞矣。』示以梁汾、珂雪、樊榭、稚圭、憶雲、鹿潭諸作。」以上諸家，並彊丈得力之所由，其晚年手定清詞爲《詞莂》，以繼《宋詞三百首》者，仍此志也。凡所願學，於兩宋之外，輔以上述諸家別集，涵咏而玩索之，神明變化，終身以之可也。

彊村丈選《宋詞三百首》，蓋幾經易稿，嘗與先臨桂師斟酌討論，商量取捨，二公論詞宗旨，於此尚可略見端倪。厥後剞劂斷手，尚復更加增損，而印本流行不能追改矣。重訂之本，散在人間，亦有數本，本各不同，江寧唐氏箋本，即其一也。先師亦有十四家詞之選，其目爲：温飛卿、李後主、晏同叔、晏叔原、歐陽永叔、蘇子瞻、柳耆卿、周美成、李易安、辛幼安、姜堯章、吳君特、劉會孟、元裕之。又備選三家：馮正中、秦少游、賀方回。惜其稿已佚。異日當重爲寫定，以爲《詞莂》之先。

先師爲《宋詞三百首》作序云：「大要求之體格神致，以渾成爲主旨。夫渾成未遽詣極也，能循塗守轍於三百首之中，必能取精用閎於三百首之外。」此二公不惜金針度與人之旨略，更纚以《詞莂》一篇，則臨濟宗風，於焉大昌矣。

《唐詩三百首》爲村塾陋書，其稱名頗苦不韻，彊村丈援之以題所選詞，詎爲便於初學計邪？竊附諍議，不敢逃輕議前輩之譏。

談柳學吴，爲近二十年來盛行之事，亦時會風氣使然。彊丈選詞，三變存詞多，而黄九竟盡删，原選山谷《鷓鴣天·黄菊枝頭》、《定風波·萬里黔中》各一首。當有深意存其間，然後學固莫能測也。

涪翁詞正是詞家正脈，其爲秀師所訶之語，特飾辭爲其作詩高位置耳。

柯山存詞不多，如《風流子·亭皋木葉下》一首，其意境當在少游之上。既選而復删之，何也？

《宋詞三百首》所選諸家，僅存一二首，而屢見於宋人總集者，似可不録。

岳忠武「怒髮衝冠」一闋，自是天地正氣，不當以文辭論，若詞以人重計，何不易以《小重山》？

覺翁是彊丈瓣香所在，故所選爲最多。宣泄宗風，正復在兹，特恐索解人不得耳。以上數則《宋詞三百首》校記

《聽秋聲館詞話》：「孫文靖爾準《論詞絶句》云：『作者誰能按譜填，樂章情趣闊三千。誰知萬首連城璧，眼底無人識畹仙。』蓋爲吾鄉王畹仙中翰一元作。畹仙寄籍奉天，冒吴姓，舉京兆。

康熙癸未捷南宫，工駢體文，善倚聲。所作幾萬首，顧自來選家，咸未録及，里中人鮮有知其姓氏者。余亦僅見咏物詞一卷。」按：《詞綜續編》云：「自訂詞一千六百餘首，釐爲二十卷，名《芙蓉舫集》。」清代詞家别集之繁富，若陳其年《湖海樓詞》三十卷，戈寶士《翠薇花館詞》十九卷。王君所作，庶幾相埒，顧名字翳如，可慨也。其年之意氣才華，寶士之持律正韻，並一時無兩。顧兹鉅帙，轉滋多口，乃知下筆之不可不慎。愛好貪多，宜自反矣。

趙仲符執信《飴山詩餘》，《減字木蘭花》云：「陸居非屋，三徑幽偏溪一曲。誰與追尋？把臂風期似竹林。　清言狂醉，問著時流都不會。隔斷仙津，粧鏡欹斜似美人。」自注：「『虹』，别名美人，見《詩疏》。」李武曾良年《秋錦山房詞》，《解連環・送孫愷似陪使朝鮮》云：「歌殘朝雨，聽都人豔説，酒樓孫楚。纔幾日、天子呼來，見鞭影麯塵，采風東去。堠杳程荒，夢不到、朱蒙舊部。想名藩冠帶，紫羅黄革，遍逢迎處。　書生據鞍慣否？脱絺衣挂晚，短亭談虎。膩小艇、鴨緑江油，信繭紙吟秋，鬢雲遮暑。渡口楊花，惜過了、一天飛絮。看雌圖、别敘紛綸，棧車載五。」自注：「『雌圖』、『别敘』，並《孝經緯》，周廣德中高麗所進。」清初詞家爲詞，喜掉書袋，援引僻典，上及經子，非自注不能明，其實與詞之工拙無關也。即如趙詞之用《詩疏》，李詞之引《孝經緯》，細按之，究亦未當，抑且色澤不侔。自注之，則味同嚼蠟；不注，則人莫知所謂。好奇之過，知所勉夫！

有一種詞，純以天分性靈出之，好在無意求工，自然流露天真。若遇事著色句勒，便墮阿鼻犁。

姚梅伯燮《畫邊琴趣》，《解連環・觀女郎解九連環》云：「金絲細翦，恁鸞環裊就，看時零亂。背花陰、掩袖凝思，驀嚮瓊纖纖，扣來銀釧。玉指雙挑，把恨結、無端尋遍。笑圓圓樣子，層層抱住，到頭不斷。　似緣蟻珠宛轉。似青蟬離蜕，緑蠶卸繭。便輸伊，鐵石心腸，怕幾度迴來，也須柔軟。解慧鸚哥，隔煙影、頻頻偷看。總憐如繞疑山，只明一半。」此題絶新穎，詞亦稱題。然至换頭處，已現舉鼎絶臏之勢。故下乎此，則堆垛字面矣。此等詞學不至，未有敗者，而頗爲初學者所喜。以梅伯之纖媚猶若是，他可知矣。

王西樵士祜《炊聞詞》，《點絳唇・閨情》云：「雨嬲空庭，夢迴失卻桐廬路。春愁相赴。又是紅窗暮。　卜損金釵，怕見芳園樹。微寒度。水沈銷炷，且伴春風住。」「嬲」字入詞，殊不多見。按：《廣韻》：嬲，奴鳥切，音嬈，擾。《集韻》：乃老切，音腦，義同。王荆公詩：「嬲汝以一句，西歸瘦如臘。」又：「細浪嬲雪於娉婷。」西樵此字，蓋從此出。《四庫全書提要》嘗譏其「失之琱琢過於求奇之病，非詞家本色也。」此雖非篤論，然過於求奇之病，當知所戒。

——《茶話》第二十三期

紉芳宧讀詞記

民國　陳運彰

《蓮社詞》一卷、《道情鼓子詞》一卷附　重校定本

右《蓮社詞》一卷，附《道情鼓子詞》一卷，宋張掄材甫撰。《蓮社詞》見《直齋書録解題》，已

佚。《鼓子詞》初未見著録。今以吴兔宋藏舊鈔本校《彊村叢書》勞巽卿校本。勞氏以卷首九首從花庵《中興以來絶妙詞選》卷二録入，遂疑改易標題爲汲古毛氏所爲，吴伯宛《宋金元詞集見存卷目》從之，因别析爲卷，其説頗允。吴鈔闕十首，目録則否，且諸題亦未全，蓋同有脱失也。吴鈔與勞校章次並同，而調下各題，勞校多無之，闕文間有異同，足資互補。勞氏據《陽春白雪》卷四補《春光好》一首，《武林舊事》卷七補《壺中天慢》一首。以首九首，及《春光好》合十首，爲《蓮社詞》中作。按花庵所選第一首《柳梢青》、第四首《臨江仙》，今並見於《武林舊事》。花庵且云集中多應制詞，則《壺中天慢》草窗雖有，或謂是康伯可所賦之説，别無他證，亦可謂《蓮社詞》中作也。今重爲寫定，凡《蓮社詞》十一首，《道情鼓子詞》一百首。吴鈔頗多誤字，並爲著之。宋人所著録之詞，則校其異同。頗疑調下諸題爲後人所加，然亦出宋人手。《臨江仙·禁中丹桂》，《全芳備祖》既入牡丹部，前集卷二。復重出於巖桂花部，前集卷十三。固當時花庵諸人隨意所附著也。《武林舊事》數則，及巽卿手跋，别録於後。庚辰三月，蒙庵記。

吴鈔本凡宋詞六家，爲蓮社、拙庵、松坡、文簡公、碎錦、雙溪，共二册，每半葉八行，行十八字。有「兔牀」、「漫叟」兩印，即彊村先生所藏。己未十月，彊翁校刻明鈔《松坡詞》，曾據以校改若干字。跋中所稱鋟木既竣，始於滬上見吴兔牀手寫本者也。疑《蓮社》刻成在先，故未及覆校耳。辛未歲，彊翁謝世，藏書間有散出者。越歲正月，於友人齋頭見之，假歸一夕，遽還之。僅及此種，惜未盡其餘。蒙庵又記。

晦庵詞　校江氏刻汲古閣本刻《宋元名家詞》

右《晦庵詞》一卷，凡十八首，以嘉慶壬辰閩中重刊《晦庵先生朱文公文集》第十卷《樂府》校毛鈔，即從《全集》裁篇别出，以詞調短長爲先後，遂失原本章次，今一一分注於下：《水調歌頭·聯句問訊羅浮同張敬夫》一首，别繫於《念奴嬌》之後，閩刻全集列諸最後，附注云：「此篇與南軒聯句，一本次於第五卷《蓮花峯次敬夫韻詩》下。」毛氏所見全集，當是别一本，故後來補入，不復與前四蓮同列矣。《憶秦娥·雪、梅二闋懷張敬夫》題下注云：「從《朱子全集》增入，蓋江氏所爲，此二闋見第五卷《東歸亂稿》中。」編者注云：「二闋合次樂府，以看後詩，仍舊編附此。」其後詩云：「題二闋後，自是不復作矣。」「久惡繁哇混太和，云何今日自吟哦。世間萬事皆如此，兩葉行將用斧柯。」自花庵誤爲張安國詞後，《中興以來絶妙詞選》卷二。後來選本如《全芳備祖》，永以爲張作，汲古閣《于湖詞》亦有之，乃子晉所補。檢宋本《于湖居士集》三十一卷至三十四卷《樂府》，景宋本《于湖先生長短句》五卷，《拾遺》一卷，均無之，可證也。江氏僅云「從全集增入」，頗易滋疑。海寧趙君《宋金元名家詞補遺》，從《釣臺集》下得《水調歌頭·不見嚴夫子》一首，爲全集所無，因補録之。紉芳簃校畢并記。運彰。

天游詞

右《天游詞》一卷，元古郢詹玉可大撰，原二十三首，四印齋《宋元三十一家詞》據傳鈔明弘治寫本，復從《詞綜》、《樂府紀聞》補入《清平樂》一首。今按《天游詞》見《天下同文》前甲首卷五十僅二首，元鳳林書院《精選名儒草堂詩餘》卷上得九首，《同文》二首即在此中。《詞綜》卷廿七爲四首，而《御選歷代詩餘》所録達十八首之多，所未録者惟《渡江雲》、《一萼紅》、《滿江紅》、《漢宫春》、《霓裳中序第一》、《清平樂》六首而已。今以元《草堂》校之，則此諸詞見同卷他人之作者，竟達十三首之多，其《洞仙歌·送張宗師捧香》一首、《歸朝歡》一首、《點絳唇·墨本水仙》一首爲滕玉霄詞，《滿江紅·牡丹》一首、《臨江仙·自結》一首、《瑞鷓鴣》二首、《蝶戀花》二首、《月下笛》一首、《六醜·楊花》一首、此本調名誤《多麗》，爲彭巽吾詞。《木蘭花慢·白蓮》一首爲曹通甫詞，《臨江仙·白髮》一首爲謝醉庵詞。以上諸家，元《草堂》即次於天游後，僅《浣溪紗·楊侯席上作》一首爲元《草堂》所無而已。元《草堂》隨得隨刊，參差不一，當時傳本頗稀，鈔本又多訛奪。竹垞選《詞綜》，即以趙晚山詞誤作王竹澗，可證也。頗疑此本爲明人從元《草堂》鈔撮成帙，如汲古刻白石諸家之例，而所據本未善，遂成此誤，若云作僞，似不應爾。《浣溪紗》一首亦見《樂府紀聞》，《清平樂》或以爲石次仲，或以爲毛平仲。汲古《樵隱詞》無之，正見於《金谷遺音》。然則《天游詞》之存世者，僅十首耳。《歷代詩餘》所録與此本當同出一源，而《浣溪紗》從《樂府紀聞》，《桂枝香》則從《天下同文》出，觀其詞題可知。庚辰三月望夜，以各選本校一過既畢書此。蒙父。

東海漁歌　校補西泠印社活字本

右《東海漁歌》四卷，西林顧春太清著，臨桂況先生據如皋冒氏鈔本重校印行。冒鈔闕第二卷。從錢塘沈湘佩女史善寶《閨秀詞話》所引，爲三卷中所無者，得五首，爲補遺一卷。既而山陰諸貞壯先生得一鈔本，四卷完善。持校況刻，頗多異同，蓋屢經改定，其稿本非出一時也。聞東瀛藏書家乃有六卷之鈔本，其五、六兩卷之目，曾經傳布，鈴木虎雄《支那文學研究》。惜未見其詞也。諸氏藏本，彊村先生曾假之以校況刻，復迻録第二卷，謀補印以成完帙，未得果，僅以二卷佚詞印入《詞學季刊》。其第一卷刻本尚闕《望月婆羅門引》、《臨江仙慢》、《賀聖朝》三首。第三卷闕《乳燕飛》、《廣寒秋》、《一叢花》三首。第四卷闕《踏莎行》二首。其補遺中《浪淘沙》、《惜分釵》二首，已見第二卷，其他三首，當在五、六兩卷中，其目録可按也。蒙古三六橋藏善孖齋《王孫乘槎載妓圖》，有西林所題《齊天樂》一首，亦爲四卷所無者。今諸氏藏書樓已爲絳雲之續，留此副本，而東瀛秘籍，雖未得窺全豹，亦露一鱗片爪，不可謂非厚幸矣。舊所校本爲貞白索去，兹復更寫一通。因附録諸佚詞，及五六卷目，別有附記，書之左方。庚辰三月，嬰香寮書。

《東海漁歌》四卷本佚詞

望月婆羅門引　中元步月

海棠花底，亂蛩啼遍小闌干。月明雲浄天寬。立盡梧桐影裏，深草露華寒。聽哀音幾度，痛哭中元。　蒿燈細然，蕩萬點、小金丸。看到香消火滅，過眼浮煙。秋風庭院，破塵夢、清磬一聲圓。南窗下、翦燭更闌。

右詞在第一卷「垂楊秋柳」之次

臨江仙慢　白雲觀看坤鶴老人受戒

閬苑會仙侶，金鐘低度，玉磬初敲。松陰下、仙音一派風飄。笙簫。早人語静，幢幡繞，壽字香燒。張坤鶴，被霞裾鶴氅，寶髻簶翹。　消摇。同登道籙，看取天外鸞軺。擁無邊滄海，皓月銀濤。相邀。滌除玄覽，瑶池宴，已熟蟠桃。功成後，行不言之教，萬物根苗。

右詞在第一卷《浣溪沙·中秋作》之次

賀聖朝　秧歌

滿街鑼鼓喧清晝。任狂歌狂走。喬裝豔服太妖淫，盡京都遊手。　插秧種稻，何曾能彀。古遺風不守。可憐浪費好時光，負良田千畝。

右詞在第一卷《長相思·爲陳素安姊畫紅梅小幅》之次

乳燕飛　輓許金橋呈珊枝嫂

日暮忽聞訃。驀傳來、金橋厭世，痛心驚仆。三日云何成長往，莫是庸醫耽誤。廿八歲、摧殘玉樹。母老家貧情特慘，況安人、年少嬌兒孺。傷心事，意難訴。　簞瓢陋巷安其素。最難忘、音容笑貌，翩翩風度。斷簡殘篇零落散，渺渺錢塘歸路。何日葬、半山墳墓。哭不成聲心已醉，挽斯人、未盡斯人苦。權當作，招魂賦。許氏先塋在杭州半山。西方何處，紛紛饒舌。

右詞在第三卷《更漏子・憶雲林》之次

廣寒秋　題慈相上人竹林晏坐小照

琅玕陰裏，是心清淨，晏坐了無餘說。巖花澗草任風吹，更不許、紛紛饒舌。長安道遠，且向者邊休歇。掃除一切性光圓，本來法、無生無滅。

右詞在第三卷《菩薩蠻・登石景山天空寺望渾河》之次

一叢花　題沈湘佩《鴻雪樓詞選》

雪泥鴻爪舊遊蹤。南北任飄蓬。花簾昔有吟詩侶，吳蘋香女士。喜天游、邂逅初逢。彩筆一支，新詩千首，名重浙西東。　哀而不怨宛從容。珠玉粲玲瓏。鴛鴦繡了從君看，度金針、滅盡裁縫。大塊文章，清奇格調，不減古人風。

右詞在第三卷《浪淘沙慢・久不接雲姜信用柳耆卿韻》之次

踏莎行　恨次屏山韻

黛淺環鬆，欲消無價。者般滋味因誰惹。香消風靜月明時，更添一倍新愁也。　拍遍闌干，立來花下。怕春歸去催花謝。待安排處費安排，旁人錯解成閒話。

右詞在第四卷《踏莎行·夢次屏山韻》之次

前調　老境

臘盡春迴，歲華虛度。隨緣隨分行其素。非非是是混行藏，圯橋且進黄公履。偶爾拈毫，曲成自顧。唾壺擊碎愁難賦。敢將淪落怨天公，虛名多爲文章誤。

老境蹉跎，寄懷章句。潛身作個鑽研蠹。自憐多病故人疏，消愁牘有中山免。每別思量，熱心如炷。問天畢竟何分付。但求無事是安居，成仙成佛何須慕。

右詞在第四卷《塞上秋·牽牛》之次。第一首刻本已有，但多不同，因并録之。别有説見後

齊天樂　善孚齋《乘槎載妓圖》

衆香國裏香風起，靈槎流風而下。天女腰肢，維摩眉宇，聞是王孫自寫。欲何爲也。有百八牟尼，一函般若。不著纖塵，屏除一切更嫻雅。　本來心在雲水，現官身説法，恁般瀟灑。不染峯巒，不增泉石，一片青天光射。翠眉嬌姹。豈謝傅東山，管絲遊冶。載個人兒，散天花侍者。

右詞見玉并《香珊瑚館詞》附録

右太清佚詞，自《齊天樂》以上，並從諸氏鈔本補録。《踏莎行·老境》二首，刻本存其一，即以二首合并改成者。以此例之，則所缺諸詞，定稿時或有所删汰也。太清詞格，況先生所評爲至碻當，所謂「其佳處在氣格，不在字句，當於全體大段求之，不能以一二闋爲論定一聲一字爲工

拙」，斯語最爲可味。按東瀛本目録第三卷缺詞尚有《木蘭花慢》一首，諸氏鈔本無之，無從補録。昔人有謂「鐵嶺詞人，男中成容若，女中太清春，直闖北宋堂奥」，見《蘭雲菱夢樓筆記》引。今二家佚事並多，傳聞異辭，詞集傳世亦各本紛歧，如出一轍，亦一奇也。吴絲詞客記。

《東海漁歌》第五卷目録

《黄鶴引》、《玉燭新》、《舞春風》、《水調歌頭》、《鶯啼序》、《古春慢》、《金縷曲》、《醉翁操》、《雪獅兒》、《秋波媚》、《金縷曲》、《滿江紅》、《金縷曲》、《滿庭芳》、《占春芳》、《憶仙姿》、《高陽臺》、《惜餘春慢》、《沁園春》二、《江神子》、《淒涼犯》、《南鄉子》、《青山相送迎》、《惜秋華》、《玲瓏四犯》、《山鬼謡》、《比梅》、《驀山溪》、《訴衷情令》、《沁園春》、《惜春郎》、《海棠春》、《洞仙歌》、《明月棹孤舟》、《一翦梅》、《輥繡球》、《定風波》、《惜秋華》、《看花回》、《瑶臺聚八仙》、《暗香》、《疏影》、《上昇花》、《庭院深深》、《醉太平》、《醉春花》、《桃園憶故人》、《惜黄花》、《多麗》、《玉交枝》、《愁春未醒》、《新雁過妝樓》、《桃花水》、《風蝶令》、《南鄉子》、《殢人嬌》、《定風波》、《燕山亭》、《早春怨》、《菩薩蠻》二、《金縷曲》、《虞美人》。

《東海漁歌》第六卷目録

《醉花陰》、《醜奴兒》、《瑣窗寒》、《憶人人》、《鵲橋仙》、《早春怨》、《喝火令》、《長相思》、《浣溪沙》、《賀新涼》、《南柯子》、《滿江紅》、《雲淡秋空》、《畫屏秋色》、《金風玉露相逢曲》、《鬢雲鬆令》、《意難忘》、《減字木蘭花》、《菩薩蠻》、《齊天樂》、《踏莎行》、《滴滴金》、《南鄉子》、《風光好》、《金縷曲》、《賀新郎》、《金風玉露相逢曲》、《金縷曲》、《西江月》、《醉太平》。

右《東海漁歌》卷五、卷六詞目，從彊村先生傳鈔本，當從鈴木氏文中録出者，未見原本，不知有否訛奪。其第二卷目録校諸鈔本即《詞學季刊》所據本，多《風光好》一首，而少《步蟾宫》一首，可見二本非出一源。諸鈔第二卷中亦多重改之處，不知孰爲後先。安得盡聚諸家所藏，並凡對勘，勒成一定本也。十七日寫竟附記。

詞林書目

右《詞林書目》一卷，儀徵王僧保西御輯，分專集、選集二類。專集自唐温庭筠《金荃集》起，訖元滕賓涵《淵子詞》，凡二百四十三集。選集自《御定歷代詩餘》起，訖《詞林紀事》，凡七十一集，蓋以竹垞《詞綜·發凡》所引詞目增益重編者。其專集或無卷數，選集或闕人名，間附按語，僅及簡明目録，類分未晐，序次多舛，當屬未定草稿也。西御當道光季年，與江都秦玉生、甘泉徐嘯竹聯淮海詞社，當時推爲竹西詞學之冠。後在城殉難。見《選草叢譚》二。所著有《秋蓮子詞》。刻本極難得。《論詞絶句》三十六首，見《選草叢譚》，尚有《學詞紀要》、《詞律參論》、《詞律詞體補》、《隋唐五代十國遼宋金元詞人姓氏爵里彙録》、《詞評所見録》、《松雲書屋詞選正副篇》，均未見。此爲彊村先生手寫本，小有訛敚。因爲重録一過訂定之。庚辰三月，正行寫訖題記。

——《之江中國文學會集刊》第五期

紉芳簃說詞

十數年前，曾作《詞述》一卷，雜敘聲家雅故，詞籍源委，間抒臆見，或事目論，隨筆抒寫，都無詮次。薦經亂離，積稿散失，亦既忘之矣。朋輩中偶存殘帙，用以相示。深悔少作，益增慚惶。顧有謂一得之愚，亦堪節取，十駕之至，要在跬步，遂忘譾陋，賡爲札録，或訂舊製，別標新意。庶幾他日，更爲論定。三十八年一月十五日紉芳簃寫記。

《復堂日記》云：「廉訪按：此指張蔭桓亡友謝章庵，有《白香詞譜箋》稿本，網羅亦富，所託未尊，不能追厲箋《絶妙好詞》也。屬余校正付刻。」按此書今刻入《半庵叢書》中。《白香詞譜》，實爲陋書，謝箋亦無甚精要。復堂雅人，何取於此？觀日記「託體未尊」之語，絃外之音，蓋可知矣。

清代詞派，凡更數變，可就當時撰録覘之。若王漁洋、鄒程村之《倚聲集》，朱竹垞、王蘭泉之《詞綜》，皆屬別出手眼，能使古人就其模範，一時風氣，爲之丕變。張惠言、董士錫結集，切箴時弊，實奠常州詞派之始基，而周濟、潘德輿乃首爲發難，《詞辯》之選，即其幟志，介存自云「全稿厄於黄流」者，乃是飾辭，觀其擬目，則「正」、「變」兩卷，儼然與張、董爲敵國，其他瑣瑣，乃不足論矣。復堂於光緒初元，主持風雅，最爲老師，《篋中》之集，《詞辨》之評，亦此志也。然一派之盛衰，其是非利鈍，及行之久暫，則時代爲之，有非大力者所能左右者矣。

《彊村詞》自記云：「予素不解倚聲，歲丙申，重至京師，半塘翁時舉詞社，强邀同作。翁喜獎借後進，於予則檢繩不少貸。微叩之，則曰：『君於兩宋塗徑，固未深涉，亦幸不睹明以後詞耳。』

貽予《四印齋所刻詞》十許家，復約校《夢窗四稿》。時時語以源流正變之故，旁皇求索，爲之且三寒暑。則又曰：可以視今人詞矣。示以梁汾、珂雪、樊榭、稚圭、憶雲、鹿潭諸作。」以上爲彊村丈得於半塘之指授，其晚年手定清詞爲《詞莂》，以繼《宋詞三百首》，仍本此旨。

《詞莂》所選十四家，爲毛西河、陳其年、朱竹垞、顧梁汾、曹珂雪、成容若、厲樊榭、張皋文、周稚圭、蔣鹿村、王半塘、鄭叔問、朱彊村，況夔笙，此選與張遯堪同訂，以己作入選，遂逕題張氏名。民十五，彊村丈作《望江南·雜題我朝諸名家詞集後》二十六首，凡三十三人，上列十三家外，益以屈翁山、王船山、王貽上、李武曾、李分虎、周保緒、項蓮生、嚴九能、王壬秋、陳伯弢、陳蘭甫、莊中白、譚復堂、文道希、徐湘蘋、萬紅友、戈順卿、陳述叔。萬、戈二氏，一以「律」，一以「韻」，徐湘蘋則閨秀之領袖也。以詞論，實三十人。武曾、分虎，以兄弟並稱；壬秋、伯弢，以湘咏自標；中白、復堂，則常州別子也。別裁僞體，截斷衆流，三百年鉅製，差備於是，唯翁山、船山二家，以明代遺民，列之新朝之首，竊恐於義未安耳。

彊村《望江南》以屈、王二家冠首，題屈集云：「湘真老，斷代殿朱明。不信明珠生海嶠，江南哀怨總難平。愁絶庾蘭成。」王集云：「蒼梧恨，竹淚已平沈。萬古湘靈聞樂地，雲山韶濩入悽音。字字楚騷心。」此則身世之感，後先同揆，故知有所託而言者。

潘梅巖廷章《南柯子·歸山》序云：「余少年亦喜爲詞，然不能避《花間》、《草堂》熟徑。中頗厭之，因而棄去。近日詞場飆起，争趨南宋，猶詩之必避少陵，而趨劍南也。鄙亦不盡謂然。而故情復萌，聊以自暨犢鼻，然而崑崙琵琶，已棄樂器者，幾十年矣。自伊璜來築萬石窩，代爲乞緣，勉强有作，後於應酬間，亦時時及之，其將按紅牙拍乎？抑付鐵綽板乎？知其未有當也。」詞云：「打破夢中夢，撐開山外山。羸顛劉蹶幾何年？一齊收拾，交付大羅天。問我真休歇，從人乞小緣。齊州九點破蒼煙。揀定一處，風定日高眠。」此所言，清初詞派也。風氣所趨，賢者不免。中間有一二大力者爲之主持，則移潛默化，有不期然而然者。及其既衰，則又不期然而變者矣。清代二百數十年，詞格屢變，每變而益高，而門户逾多，黨争遂起，一派之興，亦各主持數十年，彼非一是非，尚不知其所屬也。

趙伸符執信《飴山詩餘》，《減字木蘭花》：「陸居非屋，三徑幽居溪一曲。誰與追尋？把臂風期似竹林。　清言狂醉，問著時流渾不會。隔斷仙津，妝鏡欹斜似美人。」自注：「虹，别名美人，見《詩疏》。」李武曾良年《秋錦山房詞》，《解連環·送孫愷似陪使朝鮮》云：「歌殘朝雨。聽都人豔説，酒樓孫楚。纔幾日、天子呼來，見鞭影麴塵，采風東去。堠杳程荒，夢不到、朱蒙舊部。想名藩冠帶，紫羅黄蓋，遍逢迎處。　書生據鞍慣否？脱絺挂晚，短亭談虎。膩小艇、鴨緑江油，信繭紙吟秋，鬟雲遮暑。渡口楊花，惜過了、一天春絮。看雌圖，别敘紛綸，棧車載五。」自注：「《雌圖别敘》，並《孝經緯》，周廣德中高麗所進。」清初詞家爲詞，喜掉書袋，援引僻典，上及經子，非自注不能明其所指。其實與詞之工拙無關也。即如趙詞之用《詩疏》，李詞之引《孝經緯》，細按之究亦未當。自注之，則味同嚼蠟；不注，則人不知所謂。好奇之過，知所勉夫！

草窗西湖十景詞，自序云：「西湖十景尚矣。張成子嘗賦《應天長》十闋，誇余曰：『是古今詞家未能者。』余時少年氣鋭，謂此人間景，余與子皆人間人。子能道，余顧不能道耶？冥搜六日而詞成。成子驚賞敏妙，許放出一頭地。異時霞翁見之曰：『語麗矣，如律未協何！』遂相與訂正，閲數月而定。是知詞不難作，而難於改；語不難工，而難於協。翁往矣，賞音寂然，姑述其概，以寄余懷云。」按填詞協律之説，百年來學者精擘討索，各有創獲。舊譜既亡，亦徒具成説而已。觀草窗十詞，試比勘其音節句法，能得其與霞翁數閲月相與訂正之苦心否？即此可知南宋時樂律已不能具守，易安所譏「句讀不葺之詩」。霞翁黜削當時官譜諸曲，以爲繁聲者，則謹守古詞遺譜，亦當慎所抉擇。畏守律，以古調放失，輒便自恣，與泥古法而穿鑿傅會，有乖雅音，其弊適相等。寧失之拘，毋失之放，亦或折衷之一道。

守四聲，比陰陽，以爲能守律矣。硜硜焉，不敢稍軼，而自甘於桎梏，且援仇山村所謂「不恤協律言謬」之譏以自解。不知四聲之出入，未必合於律也。侈言寄託，皮傅騷雅，適成其讔謎射覆也。一則徒見其言之謬，一則難測其意所寓，此近代詞之一劫。

——《永安月刊》第一一八期

校詞札記

宋葛剛正《三續千字文》「闌干遍倚」句，注引周美成詞「空佇立，盡日闌干倚遍」，爲今本《清真》、《片玉》諸集所無。

《清真集》，《花犯》「相將見、脆圓薦酒」，元巾箱本及《陽春白雪》，「脆圓」並作「脆丸」，以「丸」爲「圓」，蓋避欽宗諱桓，嫌名。

《清真集》、《青玉案·良夜燈光簇如豆》一首，實隱栝山谷《憶帝京》而成。《緑窗新語》引楊偍《古今詞話》，又作秦少游《御街行》。三詞大同小異，不知孰爲最先。山谷詞句法似有誤，《欽定詞譜》所説尚可從。今臚列三詞如左，並録《古今詞話》所述少游事。《苕溪漁隱叢話》，屢駁楊氏説，則此事固不足信也。

《山谷琴趣》二《憶帝京·私情》

銀燭生花如紅豆，占好事、而今有。人醉曲闌深，借寶瑟、輕招手。一陣白蘋風，故滅燭、教相就。花帶雨、冰肌香透，恨啼烏、轆轤聲曉。岸柳微涼吹殘酒。斷腸時、至今依舊。鏡中消瘦。那人知後。怕夯你，來僝僽。

《欽定詞譜》十六「啼烏」作「啼鳥」。「岸柳」句至結拍作：「柳岸微寒吹殘酒（韻），斷腸人（句）依舊鏡中消瘦（叶）。恐那人知後（叶），鎮把你（讀）來僝僽（叶）。」注云：「『曉』字與『透』押，亦遵古韻。」

《清真集》上《青玉案》

良夜燈光簇如豆。占好事、今宵有。酒罷歌闌人散後。琵琶輕放，語聲低顫，滅燭來相就。玉體偎人情何厚。輕惜輕憐轉唧噹。雨散雲收眉兒皺。只愁彰露，那人知後，把我來僝僽。

古今詞話　趙萬里輯本

秦少游在揚州劉太尉家，出姬侑觴，中有一妹，善擘箜篌，此樂既古，近時罕有其傳，以爲絶藝。姝又傾慕少游之才名，偏屬意少游，借箜篌觀之。既而主人入室更衣，適值狂風滅燭，姝來且親，有倉卒之歡，且云：「今日爲學士瘦了一半。」少游因作《御街行》，以道一時之景曰：「銀燭生花如紅豆。這好事、而今有。夜闌人静曲屏深，借寶瑟、輕輕招手。可憐一陣白蘋風，故滅燭、教相就。花帶雨，冰肌透。恨啼鳥、轆轤聲曉，岸柳案：句有脱誤微風吹殘酒。斷腸時、至今依舊。鏡中消瘦。那人知後，怕你來僝僽。」

《全芳備祖》所收劉後村詞，校朱氏《彊村叢書》五卷本《後村長短句》，得逸詞二首，一《賀新郎·瓊花》，一《如夢令·酴醾》。趙萲雲《宋金元名家補遺》，僅收《賀新郎》一首，附校記云：《瓊花集》四，引作王廣文詞，未詳孰是。《如夢令》則未收入，而别據《翰墨大全》，補《滿江紅》一首，按《賀新郎》「約」字韻，《後村長短句》中，咏荼蘼三疊此韻，則此詞亦後村所作無疑。

賀新郎

寀負東風約。憶曾將，淮南草木，筆端籠絡。后土祠中明月夜，忽有瑶姬跨鶴。迥不比、水仙低弱。天上人間惟一本，倒千鍾、瓊露花前酌。瓊露，丹陽酒名。追往事，怎忘卻。　移根應費仙家藥。漫回頭、闗山信斷，堡城笳作。問訊而今平安否，莫遣玉簫驚落。但畫卷、依稀描著。

往年崔帥畫軸見賜。白髮愧無渡江曲，與君家子敬相酬酢。新舊恨，兩交錯。《全芳備祖·瓊花門》

如夢令

今夜荼蘼風起。應是玉銷瓊碎。淡蕩滿城春，惱破愁春人睡。須醉。須醉。莫待梅黃雨細。同上《酴醾門》

滿江紅 壽湯侍郎

曉色朦朧，佳色在、黃堂深處。記當日、霓旌飛下，鸞翔鳳翥。蘭省舊遊隆注簡，竹符新剖寬憂顧。有江南、千里好溪山，留君住。　牙板唱，花裀舞；雲液滑，霞觴舉。顧朱顔緑鬢，年年如許。見説相門須出相，何時再築沙堤路。看便飛丹詔日邊來，朝天去。趙輯《宋金元名家詞補遺》，引《翰墨大全》丙集十三

《稼軒詞》中與范廓之酬唱之詞，元大德廣信書院本，毛氏汲古閣刻本，凡「廓之」均作「先之」，惟汲古閣鈔本甲、乙、丙、丁集，作「廓之」，梁任公定「廓之」即稼軒門人范開，一人而有兩字，「開」與「先」，與「廓」義皆相屬。按開於淳熙戊申正月元日作《稼軒詞序》，蓋甲、乙兩集，皆出開所手編，汲古所鈔，其源於宋本。元大德本改「廓」爲「先」，當是寧宗時人所爲，寧宗諱擴，「廓」爲嫌名。甲集，《念奴嬌·賦雨巖》「獨倚西風寥廓」，大德本作「寥闊」。又《滿江紅·和廓之雪》「卻收擾擾還寥廓」，大德本改作「空闊」，可證也。丁集，《婆羅門引·用韻答傅先之》，大德本作

「用韻答傳先之，時傳宰龍泉歸」，則别是一人，非范開也。

汲古閣精鈔本《絶妙好詞》，吴縣顧鶴逸麟士所藏。顧歿後，其後人乞章式之鈺作墓誌銘，因以此爲潤筆，遂歸四當齋。朱彊村丈，嘗假之校寫定本，蓋將以刊入叢書者，繼乃不果刻，其校本今在予家，移寫彊村跋尾一首於此，可當概略：

《絶妙好詞》一書，柯寓匏謂與竹垞選《詞綜》時，聞遵王藏有寫本。從子煜，爲錢氏族婿，因得假歸，傳寫板行。何義門謂竹垞詭得之，非也。今通行諸本，皆由之出。己未歲尾，鶴逸先生出示所藏精鈔本，有「毛子晉」、「斧季」諸印。遵王藏書，半歸季滄葦，此爲毛氏所得，故汲古秘本有其目，而延令書目無之。卷二，李鼐仲鎮姓氏，諸刻皆脱去，其《清平樂·亂雲將雨》一首，遂誤屬李泳。卷七脱簡，趙與仁《好事近》詞後存「浣溪紗」三字。仇遠《生查子》前存「北山南」三字，知爲《玉蝴蝶》之「獨立軟紅」一闋，皆此本勝處。其字句可諟正諸刻者，尤不勝枚舉，然亦不免小有訛異。而卷四，施岳缺三十二行，詞六闋，並目亦佚去，知目爲後人補編，非弁陽原本也。是書自沈伯時時，已惜其板不存，墨本亦有好事者藏之。今墨本不可復睹，此鈔亦珍如星鳳矣。庚申秋七月。

——《子曰叢刊》第三期

《遠遊詞鈔》後跋

壬申二月，饒鈍鉤自潮安書來，云得《遠遊詩鈔》附詞，因乞録此册，越月寄至。蒙父記。按

《粤東詞鈔》小傳，行軒詞《遠遊》之外，尚有《倦遊》一種，惜鈍翁不能兼得也。越雪檢書記。

——姚天健《遠遊詞鈔》，紉芳簃鈔本

《玉棲述雅》跋

右《玉棲述雅》一卷，臨桂況先生未刊遺著之一。玉棲云者，漱玉、幽棲，閨彦詞家別集存世之最先者也。今評泊閨秀詞，因剌取以爲名。先生於國變後，遯迹滬上，以文字給薪米，境嗇彌甘，不廢纂述。夙昔文字及身刊行者，毋煩贅説，遺稿藏家，幸未失墜。或俟編訂，或從删汰，整比理董，時猶有待。懼違素志，未敢率爾。此稿成於庚申、辛酉間，隨手撰録，聊資排遣，而論詞精語，有足與詞話相輔翼者。殘膏剩馥，沾溉後人，政復不淺。傳録是本藏之有年，比者《之江中國文學會集刊》，徵及先生遺著，因以授之。揚潛闡幽，有煒彤管，固先生本旨也。庚辰十一月，弟子潮陽陳運彰敬跋。

——《之江中國文學會集刊》第六期

與龍榆生書二則

民國　陳運彰

一

詞刊二卷二期承賜，敬謝！兹攝成先師舊藏許、文、王、繆、張、馮、鍾諸家詞稿，敬奉原卷吾兄亦曾見過清賞。除文、王兩家已見詞刊外，餘五家將亦足爲詞刊資料，尤繆小珊向來絶少見，其詞可貴也。歲暮瑣冗，久不親筆硯，匆匆不盡。敬候示復，即上榆生道兄。弟運彰頓首。

二

前日大講（此二字第杜撰詩如何）由四人記録，聞整理後將發表。弟已切囑諸生非呈兄審定心叔亦切囑諸生矣後，勿逕付印也。儘請放心。如此可以少伸龍舌，一笑。太炎學院星期六日之課，兄仍照上否？允文欵屏寫就後即由彼處或交心叔轉交，何如？梁卓如沈寐叟《稼軒詞小箋》登在詞刊幾期？請示。能假觀弟所存詞刊爲人取去數本，已不全矣允幸。榆生大兄。弟彰再拜，三日，蒙庵。

——張壽平輯釋《近代詞人手札墨跡》，臺灣「中央研究院」文哲研究所二〇〇五年

憶昔況贈教授又韓

歲癸亥，予學詞於臨桂師，月數四造謁。吾師樓居宴起，輒命又韓先應客。惟時予年十九，又韓長予一歲，方鋭意學畫。兩人者，意氣不相上下，志趣雖異，契密乃無間，因得闚其性情，於吾師爲最肖也。自此以後，世變日棘，其家累綦重，竭力搘撑，雖屢空，無怨色，斯固吾師之素養，而善爲繼志者。吾師之留遺，圖書外，無長物，乃屈爲小吏，稍能自給，俸入少裕，則躑躅於荒肆冷攤間，見善本書刻，傾囊市之，用相誇詫。既不樂，棄之若浼，用粥畫貿薪米，隨手塗抹，不屑於媕婭以媚世。世方以詭隨獵高貲，收聲價，乃默默若無聞，其所守可覘矣。比與予同膺大學講席，益因

暱，所居相距不半里，暇則過予，伸紙作畫，或引吭高歌唐宋詞，雜以詼嘲，每逾夜分。偶不至，予家人亦異之，曰：「今日乃不見況先生也。」予嘗戲語：「以子之藉餘蔭，出長技，使稍稍卑論儕俗，寧不足與人挈短長哉！」迺反詰予：「試自反，胡空自苦，斯足疑耳。」則相與大笑。迴溯從吾師問業時，瞬息逾廿年，吾兩人蹤跡未嘗少疏，抑將進而互相策勵，其可念者，惟吾兩人莫逆於心也。中秋前七日，爲其四十初度，顧謂予曰：「君子贈人以言，子將何以教我？」追憶昔遊，吾師之聲音笑貌，嘗能幾微得之於吾又韓，而吾兩人之成就，誠恐不克荷負，此宜各自警惕者也。乃瑣屑述之若是，庶不戾於贈言之義乎！

——《永安月刊》第一〇二期

減蘭　共讀樓校刻《清名家詞》題辭

一朝文獻，度越朱明爭幾見。聲黨連翩，蘭畹金荃若個賢。花庵絶妙，未抵長沙坊本好。汲古功深，尚論千秋一樣心。

——陳乃乾輯《清名家詞》，上海書店一九八二年

夏敬觀《忍古樓詞話》評

潮陽陳蒙庵運彰，夔笙舍人之弟子也，著有《紉芳簃詞》三卷。頃見其近詞數闋，造詣益進。《徵招》云：「芳塵不度淩波遠，天涯萬重雲水。怨曲倩誰招，送濃春羅綺。玉箏慵自理。更消得

曲瓊聲脆。俊約難忘，一襟離思，此時猶是。迢遞數歸鴻，憑分付、偷將翠綃封淚。婉轉説相思，竚雲階月地。玉容明鏡裏。只花也替人顰頞。水熏静、寂寞良宵，問夢中情味。」《鬲溪梅令》云：「倦看蜂蝶殢墻東。數番風。莫問羣芳消息有無中。落花空復紅。　别情難遣總愁儂。怕歸鴻。萬一書來辛苦説初逢。夢魂禁不通。」《浪淘沙》云：「點點與行行。征雁回翔。秋心不共遠天長。隨分高樓拚一醉，莫滯愁鄉。　籬菊獨凌霜。諳盡新涼。相思西北暮雲黄。無雨無風蕭瑟甚，催近重陽。」

——夏敬觀撰《忍古樓詞話》，唐圭璋《詞話叢編》本

況周頤《蕙風詞話補編》評

丁眄庭先生著《切夢刀》一書，稱引詳確，辨析精審，斟酌於義藴術數之間，濟之以多見而識，知微知彰，寓牖民覺世之閎旨，求之近代撰述中，得未曾有。陳蒙庵彰題詞調《金縷曲》云：「訂韻諧字徵。先生精均學，撰述甚富。更精妍、神交六侯，異書料平聲理。不待三更風力勁，悟徹春婆妙諦。長柳後、微言難繼。處世原來大夢，阿誰窺、幻影真如意。先覺有，破玄秘。　一編好作南針指。恁紛紛、蕉隍覆鹿，槐柯封蟻。底事黄粱猶未熟，大可及鋒而試。便指顧、華胥醒矣。舊籍張劉牙慧耳。坊間張三丰、劉誠意解夢書，自云得諸秘藏，實襲君書以售欺者。笑廣微、瑣語休輕比。應紙貴，洛陽市。」　卷三

賀人新婚詞，宜莊雅温麗，涉佻便俗。陳蒙庵賀林郅君新婚，調《五彩結同心》云：「鳳占宜

室，燕賀升堂，穰桃咏葉風詩。冰泮佳期屆，秦臺路、紅紫越恁芳菲。華筵緋燭籠香霧，屏舒錦、玉樹交枝。臨鸞鏡、芙蓉蒂開，彩毫與畫新眉。　席棻舊家和靖，恰仙人萼緑，比似瓊姿。清課琅玕竹，雕華手、蓉玉漫擬才思。新人工刻竹。花風妍暖花朝近，春如海、月正圓時。珠履集、雲璈曲奏，好斟緑醅紅卮。」　卷三

鄭叔問藏《樵歌》

陳蒙庵近得朱希真《樵歌》三卷，而不詳其板本。以較四印齋、彊村諸本，間有同異。嘗憶鄭叔問藏無錫士人刻本，吴伯宛爲之著録《詞集存目》中。夫謂之無錫士人而不名，必亦不詳刻者之姓氏，未審即此本否？叔問往矣，遺集零落，固何所得而一爲校之耶！　卷三

——況周頤《蕙風詞話補編》，屈興國《詞話叢編二編》本

況周頤《餐櫻廡漫筆》評

陳蒙庵彰藏明媛張紅橋像硯拓本，硯高四寸三分弱，寬四寸三分，厚六分。像半身，高二寸七分。圓姿替月，手執如意或靈芝也。像左方刻七言絶句：「摩挲膩劚紫雲根，一片瑶臺影尚存。我是洞天舊遊客，春山深淺認眉痕。林鴻。」行書，徑二分。左側「瑶臺仙景」四字篆書，徑四分。下有「世發秘玩」朱文印。右側「洪武十五年二月望日，王蓬戹觀」，行書，徑三分弱。趺刻「乾隆四十八年於弱中齋賞此研」、「嘉慶十九年香山臧墨卿記」，分書，徑三分。蒙庵絶珍弆之，付裝潢

竟，題《夢芙蓉》詞云：「紅橋留韻事，記茗華刻玉，舊題小字。個儂清課，長伴蘭閨裏。墨花香凝翠。年時多少沉思。喚徹真真，消鶯昏燕曉，潘鬢幾顛頷。　認取奩塵麝膩，曾寫回文，並巧蘇家蕙。小鸞標格，珍重到眉子。玉扃何處是。依稀月下環珮。省識東風，琉璃闕寶篋，不數平津秘。」按：紅橋，閩縣人，居於紅橋之西，因以爲號。恃才擇配，常曰：「欲得才如李青蓮者事之。」因林鴻投詩稱意，遂歸焉。後林鴻有金陵之遊，作詞留别，紅橋亦以詞送之。别後，竟以念鴻而卒。有遺稿行於世。鴻字子羽，福清人。洪武中，拜膳部員外郎，召試龍池，《春曉》、《孤雁》二詩，名動京師，有《鳴盛集》。

——況周頤《餐櫻廡漫筆》，《申報》一九二四年八月二十八日

小橋墓，前明重修，在漢陽城外，陳蒙庵得斷甎，絶珍弆之，文曰「小橋之墓」，籙書樸雅入古，其上段闕文，當是修墓年月。蒙庵賦《滿江紅》題其拓本云：「一片苔華，猶未滅當時名字。更想像、雄姿英發，金龜夫婿。玉筋香銘芳草路，銅臺往事東風裏。付浪淘、人物盡風流，今誰是。　摹遺跡，何年製。尋短碣，銷沉未。剩殘珪碎璧，香魂憑寄。赤壁衹今餘水月，黄昏應見歸環佩。佇鸚洲、一例感前塵，蒼茫意。」歇拍美人名士，闋合有情，全闋爲之增色。

——況周頤《餐櫻廡漫筆》，《申報》一九二五年二月十三日

陳蒙庵彰屬琦兒作《雲窗授律圖》，蕙風爲題《洞仙歌》云：「塵飛不度，甚雲閒如我。放鶴歸來見深坐。有松聲合併，幽澗鳴泉，風動處，依約宫商迭和。一邱聊復爾，桐帽棕鞋，隨分商量到

清課。遠致屬聲家，淡墨溪山，君知否、個中薪火。蚤點檢、秋期托蘭荃，便翛盡爐煙，付它寒鎖。」附識云：「陳生蒙庵，有志聲律家之學，就余商榷，素心晨夕，此圖得其彷彿。」

——況周頤《餐櫻廡漫筆》，《申報》一九二五年十一月十七日

高毓浵《詞話》評

岳州城北門内有小喬墓，封高丈許，四周甃以石，繞以迴廊，上有女貞樹，古色蒼然，紫藤施其上，旁有欀軒，爲遊者憩息地，取孫策謂周郎、二喬雖流離，得吾兩人亦足相欀之意。陳蒙庵得斷甎，文曰「小喬之墓」，賦《滿江紅》題其拓本云：「一片苔花，猶未滅、當年名字。更想像、雄姿英發，金龜夫婿。玉筯香銘芳草外，銅臺往事東風裏。付浪濤、人物盡風流，今誰是。摹遺跡，依稀似。尋短碣，消沉未。剩殘珪碎璧，香魂憑寄。赤壁衹今餘水月，黄昏應見歸環珮。佇鸚洲、一例感前塵，蒼茫意。」

——孫克强、楊傳慶、和希林編《民國詞話叢編》，社會科學文獻出版社二〇一二年

郭則澐《清詞玉屑》評

況夔笙少習繪事，太夫人以妨治經爲戒，乃棄去不復爲。晚歲偶爾遣興，絶不示人。其門人蒙庵、巨來，各得所繪梅花一幅，蒙庵以其畫無款，乞古微侍郎補題詞，侍郎卒，畫不可復覓。幸尚藏便面二事，因填《漢宮春》寫感云：「蠹墨盈牋，把春風詞筆，點染丹青。傷心馬塍花事，清淚如

傾。幽香重覓，省遺恨、咽到無聲。腸斷紫霞一曲，詞仙又賦騎鯨。占取隴頭芳訊，只怕聞鄰笛，難叩玄亭。漫誇幾生修到，總付飄零。江山滿目，忍夜臺、碎語堪聽。歸來鶴、天寒獨守，何時爲證香盟。」沈乙庵丈亦工畫，不輕出手，侍母疾時，嘗畫以娱母，與夔笙適異。卷十二

——郭則澐《清詞玉屑》，朱崇才《詞話叢編續編》本

陳聲聰《讀詞枝語》評

潮陽陳蒙庵運彰爲况蕙風門人，著有《紉芳簃詞》、《吴絲新譜》諸集，皆未印。録其《踏莎行》一闋云：「百五光陰，萬千心事，芳菲時節人憔悴。隔年贏得獨思量，明朝還惜閒紅紫。怨擲鶯梭，恨題鳳紙，江南春在餳簫裏。東風傳燭散輕煙，無言手把重門閉。」又《木蘭花》一闋云：「開簾風鎖餘寒緊，宿醉扶頭留枕印。星期潮信總無憑，飛絮落紅還有盡。尋消問息縈方寸，春去不關人遠近。一重雲樹一重山，千種相思千種恨。」清麗得聲家三昧。

劉惜闇有和蒙庵咏手錶《齊天樂》云：「長依玉腕殷勤護，曾教釧環生妒。引耳傾聽，凝眸更覷，分秒縈回疑誤。針鋒指處。怪點點流光，暗偷將去。亘歲無休，一腔搏縷意難抒。徐催美人遲暮。懼芳春逝也，無計留駐。凹館聯詩，迴廊待月，還又頻頻相顧。微音似訴。念閲世良多，獨伊如故。且伴餘年，一聲聲細數。」自西物東來，詩人喜咏新物，然此則已非西物，亦不新矣，以詞論，固頗熨貼。

陳聲聰《論近代詞絶句》評

俊賞於人本不同，嶺南詞曲有宗風。紉芳一歇吴絲絶，片羽惟餘翰墨工。陳運彰字蒙庵，廣東潮陽人，久居上海，工書法，爲況周頤門人，夏敬觀《忍古樓詞話》、葉恭綽《廣篋中詞》皆選入其作品。有《紉芳簃詞》、《吴絲新譜》等詞集，陳世宜謂其長調多未協律。吾觀其詞頗華絢，但覺未甚渾凝耳。未刊印。

——以上陳聲聰《填詞要略及詞評四篇》，廣東人民出版社一九八六年

楊兆燾

楊兆燾，中山人。楊鐵夫子。曾留學美國。

《楊鐵夫先生遺稿》後記

先君子所著《抱香室詞》、《雙樹居詞》及《夢窗詞箋釋》、《清真詞選箋釋》，早經梓行，備受世重。年前復於遺篋中得《抱香詞集外稿》、《五厄詞集稿》、《鐵城土語語原考》三種，不敢自秘，敬謹付之剞劂，公諸同好，併將《抱香室》、《雙樹居》兩詞影印重刊，定名曰《楊鐵夫先生遺稿》。丙辰中秋楊兆燾恭識。

——楊鐵夫《楊鐵夫先生遺稿》，楊百福堂鉛印本

黎　騷

黎騷（一九〇四—一九六九），字暢九，别署蒿庵，順德人。曾任上海、廣州各報章編輯、粤縣僚幕。能詩。著有《蒿庵詩稿》、《申椒集》。

《心齋詩詞》序

戊寅之中秋，日寇陷廣州。余奉母避居澳門，因得與畫人張谷雛、李研山、吾宗心齋遊。南灣風月，東望雲帆，輒聯袂共賞，遂又得聞心齋之詩論，其言曰：「詩之爲道，微妙難言，專一家者非一家，祖一代者綜異代，五聲集耳悦其和，五味在口嘗其甘，五色在眼取其妍，百花釀酒而益香，百藥成丹而致效。錯綜百家，不名一人。採之杜、蘇，以固其根柢；糅之白、陸，以廣其庭户；絢之温、李，以增其藻麗；參之黄、陳，以窺其奥窔；蹟之歐、梅，以探其幽峭。滙衆之長，以蓄我勢。及其用也，如鹽在水，視之無形；如劍在匣，出之即飛。更以造物爲師，引時代爲本，不貌古人之衣冠，自成一己之言語，力去陳套，刻意務新。寫景必兼到乎情，使無我渾忘；抒情必言外寓物，如諫果彌甘。風月雲雷，第供揮灑，山川人物，來就馳驅。於其成也，如蘭子之七劍，其五在空；如單父之百花，無一色同。安坐以肆應，八面玲瓏，此其所以爲詩也。」心齋之言若此，亦猶岳武穆用兵，神而明之，寧拘於古人之兵法陣圖哉！厥後蹤蹟漸疏，偶或晤見，亦輒以詩爲談資。一日，偶遇心齋於李研山之石溪壺館，座中佳士，咸善諧謔。客有問心齋曰：「尊號是取莊子『唯道集虛，虛者心齋也』之意乎？」心齋曰：「未盡吾意也。」客曰：「曩所見《鈴書》，首有『碧海青天夜夜心』之印文，得無以是爲心乎？」心齋笑而不答。研山乃謂客曰：「昔者張子野有『張三影』之稱，蓋子野平生所爲詞，凡有『影』字者無不佳，如『雲破月來花弄影』、『嬌柔懶起，簾壓卷花影』、『柳徑無人，墮絮飛無影』。今心齋所爲詩，凡用『心』韻者，亦靡不佳妙，如『風葉有高思，江波無住心』、『教雲參世變，揮雨洗天心』、『涓涓野菊回幽淚，戚戚寒山見苦心』、『削蹟自荒喬木意，題詩聊補草亭心』、『乍聽後時黃鵠句，已低寒月隔江心』等句，雲蒸霞蔚，氣象含弘，何必減『張三影』。由此『心』字詩，恒傳誦朋輩中，並以『心齋』稱之。」座客恍然相視，莫逆於心。然此僅心齋之零珠片玉而已，其餘動心駭目之作，亦咸稱其所論，而不愧爲一世之詩也。慨自晚清以降，國人之爲詩者，已厭於性靈之淺語，力求有以變之。於是舍唐尊宋，蔚爲時尚，但其流風每失於艱澀扭捏，非欠自然，便趨惡狀，與祖唐者之陳腐滯滑實殊途而同病，宜其爲知詩者所疵耳。心齋之論，蓋本其心得，以堂正之陣旗，爲偏弊之鍼石。心齋旁及倚聲，雖非專工，要不失爲當行。其所爲詞，深沈激宕，遠宗白石，近祧鹿潭，然都能入能出，不爲古人籬藩所囿。如《鷓鴣天》之「終悲明旦非今日，真恐寒花有碎心」，《臨江仙》之「蒹葭零落白，楊柳一生愁」。《揚州慢》之「歎潮吞遠岸，教逝水何聲。試東望、雲昏山斷，空守峯青」，《念奴嬌》之「追念舊日繁華，狂抛萬玉，傾命曾何惜。費盡才情誰則覺，袖裏芳心能繹」等語，皆盪氣迴腸之作。余愛心齋詞能洗盡陳言，力除纖靡，出以沈鬱排奡之筆，所謂「行神如空，行氣如虹」者也。研山嘗謂文章公器，目所同睹，非曲意毁譽所可損益，余輒深韙其言。抑心齋之先德澤闓公，畢生致力於詩，有《拙存堂詩》二卷行世，蓋得少陵之神髓，而尤長於古風，所謂一門風雅，求之古今詩壇，亦不數數見。余與賢喬梓兩代唱酬通好，因併及之。第七十八丁未寒食，暢九黎騷於龍山蒿庵。

——《廣東文徵續編》

佟紹弼

佟紹弼（一九一一—一九六九），原名立勳，字紹弼，號臘齋，廣州人。曾任勷勤大學、廣東大學、國民大學、廣州大學教授。著有《臘齋吟草》。

《分春館詞》序

一

粵東文明之都，人才之衆，輓近最矣。至於藻翰之士，前世詩爲盛，文筆次之，詞爲遜，而邇來能詞者，陳述叔一人而已。庸齋佛然卒起於少年，遊於中原士夫，以詞知名，充其所詣，羣聚同好，或將以詞光前世未竟之緒，而與當代事功之士相互競爽，則余之所望也。中原能詞者推朱彊村爲至，而彊村又盛推述叔。述叔壯而遺佚，晚始講詞於中山大學，其治詞取途夢窗，而極詣於清真婉約隱秀之境。少年如曾傳韶、如馬慶餘、如鄧次卿，皆從問業，而庸齋亦以年家子從述叔遊，此四君者，述叔皆許之。唯余獨及交庸齋，其餘短命死矣。庸齋年才二十餘，而遭逢變亂，其遇又或得或失，故其志微，其情懭悢。夫興懷於綺羅芳菲之間，而發其空涼深窈之旨，亦庸齋之天性然也。述叔死矣，而庸齋春秋方富，紹述叔起而講詞，更十年或二十年，行見絃歌之聲，洋洋盈耳。余雖不能詞，異時海内又治，亦願從庸齋遨嬉於山緑湖光，歌雲舞繡，以寄其擊壤欣忭之情，聽庸齋及其徒高歌相酬答也。甲申十一月，佟紹弼序。

二

誠有以信於心，則縱浪以自恣，而不以己徇人。君之於詞，將以爲寄耶？抑將與古爲徒，而相狎於寥邈亢浪之表耶？君處人和易，從容步趨，内外開朗，人所不足，君獨有餘，惟至於言詞則反是，而人知與不知，大率指目君以爲笑者，可慨也。余識君至七八歲，而聚合日多，知之頗悉。從喪亂以迄於今，君際遇之奇，有爲衆人所嗟歎駭異而蘄至弗獲者矣，君乃恬然自若，無所形色，至其跋疐阨塞挫辱，而爲人所難堪，則又處之泰然。凡人患得患失、寵辱若驚者衆矣，君得失蓋皆以詞致，而曾不以間其專好之心，治之彌堅，鑽之彌至，日羣其徒侶，聲出乎沈酣，意廣乎冥漠，滂沛洋溢，口吟指畫，若將以此終身者然。夫唯君有以自得，然後敢騁其才，睥睨自快，而於當世無所避就也。夫士可以辭天下之至榮，而不可奪其自尊；可以出衆人之胯下，而不可易其素守。乃世往往謂其大言爲狂，彼烏測乎君意量所在？甲申初刻，余嘗爲作序，故其詞今不復論，而言其人，既以堅君之趣，抑亦以自發也。戊子，佟紹弼。

——朱庸齋《分春館詞》，民國三十七年鉛印本

陳璇珍

陳璇珍（一九一四—一九六七），號微塵館主，大埔人。幼隨父母下南洋，長回國，畢業於中山大學。曾任廣州民生中學校長。抗戰時北上參軍，輾轉湘、鄂、贛、豫，任第二十集團軍司令部秘書、三十二軍軍法官等職。善詩詞繪畫。著有《微塵吟草》。

《微塵吟草》自序

余生也晚，且一介女子，學未湛深，翰墨膚淺，吟詠之工，更何敢言？惟嗜詩詞，乃余天性。溯自束髮受書，課餘閱讀，不覽其他篇籍，祇是沉浸詞林，匪特酷愛古調，尤喜現代新體，提要鉤玄，劄記數千，習染既久，竟爾成癖。每當遊目騁懷，賞心樂事，或感國家多難，金甌破缺，情不能

已，發諸吟詠，聊誌己志，藉留鴻爪。復得凹園黄祝蕖老師，及卓右文、彭鴻元、江完白、楊海天、黄伯軒、張倫、蘇世傑、陳海天，暨姚寶猷、黄棨、陳居霖、褚問鵑諸詩長不棄，分别題序，感謝奚似！兹承諸友好慫付梨棗，非敢言工，聊當紀事，並以自勵云爾。又蒙張拔君設計封面，黎明君精心編校，附此致謝。中華民國三十五年冬，陳璇珍謹識。

褚問鵑《〈微塵吟草〉序》

余與陳子聲氣有數而未嘗識面也，值同仁集會，因得握手道平生，訂趨向，自人品學術以至文章詞賦無不談，悉同所旨。越數日，余乃訪六榕，循古道，登樓而入，其室穆如清風，四壁琳瑯，作寫並絶，則陳子詞也跌宕有奇氣。向索全稿，於是出其珠玉曰《微塵吟草》使余讀之。詩清絶，風懷旖旎；詞尤峭拔，天才横溢處，不屑屑於律吕，而格調自高，半爲疆場鼙鼓之音，蓋囊參商將軍戎幕所作者也。將軍馳騁中原，驅除倭虜。陳子揮毫盾鼻，作戰鼓號角諸篇什，以文章濟武備，何其壯也！迨後河北底定，陳子亦解甲歸，歸而出其所積，一發之於詞，而其詞乃彌工，方之香南雪北，無多讓焉。然而陳子固不以是爲已足，聞將軼明、清而探北宋，以窺詞學之宗。余韙其言，而有深感焉。夫古代閨秀，縱有過人之秉，而囿於見聞，其所爲詩詞，言情以外，無他長，非力不及，時不遇耳！今陳子生當進化之世，爲女子者亦得飛躍於金戈鐵馬之場，列名於朝士之位，胸次包羅既富，其發於詞者，自亦有深邃之旨、洪博之音，豈古昔才女所得想見其萬一哉！陳子值空前之會，當以空前之成就自期；若僅追蹤古人，非區區所敢望於陳子者也。今聞吟草付梓，特書數語以爲勉，質之陳子，意謂如何？丙戌九月望日，問鵑述於穗城客次。

江完白《乙酉遊粵獲讀〈微塵吟草〉率奉一章藉助吟興並乞指正》

橫刀躍馬氣如何，殺敵平胡志不磨。草檄應憐知己少，論詩總覺遜君多。心懸家國身擐甲，日理軍書夜枕戈。清興肯因征戰減，柳營從未廢吟哦。

張倫《題〈微塵吟草〉》

一卷詩詞分外妍，新歌旖旎倍纏綿。佳人千古多留恨，罷讀微塵錦繡篇。從來閨閣有詞人，道韞當年迥出塵。今識荼陽才女士，渴懷詩思寄璇珍。

卓右文《題〈微塵吟草〉》

大千世界感微塵，翠袖寒生日暮雲。欲斬長鯨踏滄海，更隨明月弔湘君。牽蘿補屋花應滿，刻燭成篇體自芬。試問古今奇女子，幾人書劍賦從軍。

彭鴻元《題〈微塵吟草〉》

騷壇法眼悟微塵，吟草清新慧絶倫。絮柳才堪振逸響，木蘭詞合認前身。畫眉更得封侯婿，潘鼻隨參入幕賓。糞著佛頭慚舉筆，瓣香南國有佳人。

楊海天《奉題璇珍女詞人〈微塵吟草〉》

寫盡人間絶妙詞，才如江海恨如絲。娥眉不讓鬚眉勝，一卷詩成紙貴時。

——以上陳璇珍《微塵吟草》，民國三十六年鉛印本

劉錫基

劉錫基，字衡戡，台山人。中山大學文學士，曾遊朱子範之門，善碑隸，性情孤僻。年不永。

《白鶴草堂詩詞初稿》跋

梅上神山翼然，有縹渺飛樓屹峙，署曰「白鶴草堂」者。主人方昌其町畦自闢之拳派，授徒衆歷數十載，著望未有艾，而乃悦莊生説劍之趣，復著《劍説》、《析拳經》，不故步自封，以閟絶技，若前人之爲也。因又署小樓曰「聽劍」，此其術通於道者耶？將昭其實而自樂耶？主人究心武備，擅醫名海内外；而於文事，行草書入明人之室。居常温經研賦，根極始末，亹亹光新，上下議論，宿學儒生，每爲心折，多識草木鳥獸蟲魚之名，而咸遺其澤，瑰奇幽邈，醖釀深厚，益發爲詩歌以鳴天趣，而意度夷曠，外和而内嚴。其周贍他人之急，行善如弗及，夷險一致，以不欺爲本。苟當理，雖艱鉅勇而自任焉，匪躬之奉，則泊如也，由是及門所知嚮而信其行，抑又於詩導之矣。嗟夫！詩，心聲也，所以持其志而祀其私也。主人特識遠志，固不以文字求，使無詩焉，其傳世也必矣。今讀所爲詩，古體蒼英堅拔，神似青丘，而高者薄漢魏三唐。近體則出入玉溪、樊川、東坡、劍南、誠齋，足以追配少陵，然率以氣行，多寫其浩然之胸臆。本其胎息，離其窠臼，然不以摸擬爲能，視戚施之士，風推浪旋，無以自拔，而猶自矜創獲，其小大之不同量爲何如耶？間又爲詞，取則東坡、稼軒、白石，豪邁沈遠，挹之無窮。余近年得陪杖屨，主人視之若骨肉，每侍討論，以盡悉其學術之原本。辛卯三月，值主人懸弧之辰，倡諸同學，將壽此集於梨棗，藉當奉觴掬脂之義，以爲九如之頌云。董刊校之任者，受業潮陽馬壁魂諸君；述其事者，受業台山劉衡戡也。

——《廣東文徵續編》

陳居霖

陳居霖（一九二一—？），字念雪，清遠人。業醫，曾任職於廣東中醫藥專科學校、香港醫師研究所，力主中醫藥科學化。

《微塵吟草》序

處末世而求能詩詞者，實戛戛其難，況巾幗乎？昔隨園嘗謂方外、閨閣，才名每較匹夫易起，要亦視其所詣何如耳。道韞、清照之作，千秋傳誦勿衰，豈偶然哉！宗人璇珍女史，曩同學於祝蕖先生之門，致力吟事，抗戰軍興，又隨其外子足跡遍西南，所見廣而所作愈多，於詞尤勝，並顏其集曰《微塵吟草》，將以付梓，丐予敘之。予以爲詩固莫盛於唐，詞則莫盛於宋，倘能潛心以探兩代之精髓，必有所得者焉。惜予以衣食奔走，所學日荒也！今人每以古代詩詞，限於平仄句韻，反不若新體之易爲。夫詩詞固聲韻之學，使無其獨立格律體制，則何以別於文章？故歷千百年而不朽者，此也。今人多不讀書，徒倡新棄舊，喜易惡難，不亦誣乎？璇珍女史，深察此理，因拉雜敘而歸之，以見處末世而求巾幗能詩詞者之尤不易也。民國三十五年新秋，清遠陳居霖。

——陳璇珍《微塵吟草》，民國三十六年鉛印本

朱庸齋①

朱庸齋（一九二一——一九八三），原名奐，字涣之，號庸齋，以號行，新會人，世居廣州西關。出身書香世家，少穎異，尤酷愛詞章，從陳洵學詞，歷任廣東大學、廣州大學、文化大學教席，廣東省文史研究館館員等。著有《分春館詞》、《分春館詞話》。

王藴章《臨江仙·題〈分春館詞〉》

經醉湖山勞倦眼，天涯三見紅桑。曝書亭子久荒涼。平分春一半，消受淚千行。　便作詞人無一可，搗殘麝墨題香。梅邊花譜寫劉郎。瓊簫和恨咽，錦瑟比愁長。

——朱庸齋《分春館詞》，民國三十七年鉛印本

① 朱庸齋《分春館詞話》久爲學林傳誦，但據其門人陳永正先生《朱庸齋集序》稱：「《分春館詞話》中概論部分，多録自一九七一至一九七七年先生致友人函札；專家詞論部分，多録自一九六一至至一九六三年弟子聽課筆記。《分春館詞話》確屬當代著作。」（《朱庸齋集》，廣東人民出版社二〇一八年）該詞話産生的時代已經溢出本編收録範圍，故不收録。

主要徵引書目

B

《白石詞評》，清陳澧著、周康燮編，龍門書局（香港）一九七〇年
《百尺樓詞》，清陳慶森撰，《詞學》第四輯
《半舫齋詩餘》，廖恩燾撰，民國二十八年鉛印本
《蚌湖月刊》第十二期，一九三〇年
《北平北海圖書館月刊》第一卷第五號，一九二八年
《北宋三家词》，易孺辑校，上海民智书局一九三三年
《筆花草堂詞》，清張逸撰，民國鉛印本
《碧春詞》，清徐鋆撰，清光緒三十二年刻本
《碧琳腴館詞》，清鄭權撰，清光緒二十六年刊本
《冰紅集詞》，清蔣玉棱撰，稿本

C

《草間詞》，清李綺青撰，民國七年鉛印本
《茶話》第二十三期，一九四八年
《懺庵詞》，廖恩燾撰，民國二十年鉛印本
《懺庵詞鈔》，清沈澤棠撰，清光緒二十九年刊本
《懺庵詞話》，清沈澤棠撰，清刻本
《懺庵詞續稿》，廖恩燾撰，民國刊本
《懺庵詞續稿》，廖恩燾撰，民國刊本
《懺庵隨筆》，清沈澤棠撰，清宣統三年刻本
《懺庵遺稿詩二卷詞一卷》，清沈澤棠撰，民國十八年刊本
《長明詞》，梁廣照撰，民國四年鉛印本
《陳白沙集》，明陳獻章撰，文淵閣四庫全書本
《癡夢齋詞草》，清黄玉堂撰，民國四年石印本
《初日樓少作》，嚴既澄撰，民國十三年鉛印本
《初日樓詩一卷駐夢詞一卷》，嚴既澄撰，民國二十一年鉛印本
《詞盦詞》，黄福頤撰，民國二十二年鉛印本

《詞話叢編》，唐圭璋編，中華書局一九八六年
《詞話叢編補編》，葛渭君編，中華書局二〇一三年
《詞讕》，宣雨蒼撰，《國聞週報》第三卷
《詞林紀事》，清張宗橚輯，上海古籍出版社一九九八年
《詞學季刊》，龍沐勛編，上海書店出版社一九八五年
《詞則》，清陳廷焯撰，上海古籍出版社一九八四年
《詞徵》，清張德瀛纂，《詞話叢編》本
《賜曲園今是堂集》，明陶奭齡撰，四庫禁燬叢刊集部第八〇册
《叢碧詞話》，張伯駒撰，《詞學》第一輯

D

《大厂詞稿》，易孺撰，《清詞珍本叢刊》本
《棣垞集》，清朱啓連撰，清刻本
《東陂漁父詞》，清顔琬撰，清道光二十四年刻本
《東皋草堂文集》，清韓海撰、胡蓉編，清乾隆刊本
《東海漁歌》，清顧春撰，民國三十年鉛印本
《東籬詞稿》，清顔琬撰，鈔本，廣東省立中山圖書館藏

《東塾集》，清陳澧撰，續修四庫全書集部一五三七册
《東塾先生詩鈔别本》，清陳澧撰，民國二十三年鉛印本
《東塾續集》，清陳澧撰，沈雲龍《近代中國史料叢刊》本
《讀白華草堂詩集》，清黄釗撰，清道光二十八年刻本
《讀書月刊》第一卷第二期，一九三二年

F

《繁霜詞》，清沈宗畸撰，民國五年鉛印本
《繁霜榭詞札》，沈軼劉撰，《近現代詞話叢編》，黄山書社二〇〇九年
《芳菲菲堂詞話》，畢幾庵撰，《詞學季刊》第一卷、第四卷
《分春館詞》，朱庸齋撰，民國三十七年鉛印本
《覆瓿集》，宋趙必瑑撰，文淵閣四庫全書本

G

《高旭集》，高旭撰，社會科學文獻出版社二〇〇三年
《耕煙詞》，清張德瀛撰，民國十年刊本
《耕煙詞》，清張德瀛撰，清光緒間汪兆銓精鈔本

《古今詞話》，清沈雄輯，唐圭璋《詞話叢編》本
《古今詞統》，明卓人月、徐士俊輯，遼寧教育出版社二〇〇〇年
《廣東通志初稿》，明戴璟等修，四庫全書存目叢書本
《廣東文徵》，吴道鎔等編纂，香港中文大學出版社一九七八年
《廣東文徵續編》，汪宗衍等編纂，廣東文徵編印委員會一九八八年
《閨秀詞話》，雷瑨、雷瑊輯，屈興國《詞話叢編二編》本
《國朝詞綜續編》，清黄燮清輯，續修四庫全書一七三一册
《國朝詩人徵略》，清張維屏輯，清咸豐二年刻本
《國風報》第一卷第四期，一九一〇年
《國立中山大學文學院院刊》第一期，一九四八年

H

《海波詞》，梁啓勳撰，一九五二年鉛印本
《海門文選》，清李符清撰，清嘉慶刊本
《海綃詞》，陳洵撰，民國十二年刊本
《海綃詞箋注》，陳洵著、劉斯翰箋注，上海古籍出版社二〇〇二年
《海綃手札三種》，陳洵撰，稿本，中山大學圖書館藏

《寒瓊遺稿》，蔡守撰，民國三十二年鉛印本
《寒松閣詞》，清張鳴珂撰，續修四庫全書集部第一七二七册
《濠園剩草一卷一品花詩餘一卷》，清周浚霖撰，清同治九年刻本
《後村别調補》，清沈宗畸撰，《晨風閣叢書》本
《後村先生大全集》，宋劉克莊撰，清鈔本
《胡適遺稿及秘藏書信》，耿雲志主編，黄山書社一九九四年
《花隨人聖盦摭憶》，黄濬著、李吉奎整理，中華書局二〇一三年
《花笑樓詞四種》，清楊其光撰、陳步墀選，清宣統元年刊本
《花陰寫夢詞》，清倪鴻撰，清光緒九年刻本
《花影吹笙詞鈔》，清葉英華撰，清光緒三年刊本
《花雨樓詞草》，劉翰棻撰，民國十九年刊本
《淮海居士長短句》，宋秦觀撰，民國十九年影印本
《淮海先生詩詞叢話》，清秦國璋輯，民國三年刊本

J

《擊劍詞》，黄榮康撰，清末鉛印本
《嘉靖廣東通志》，明黄佐纂修，明嘉靖刻本

《兼于閣雜著》，陳聲聰著，上海古籍出版社二〇〇二年
《見星廬詞稿》，清林聯桂撰，清道光刻本
《劍光樓詞》，清儀克中撰，清咸豐十年刊本
《劍光樓詩四卷詞一卷》，清儀克中撰，清光緒八年刊本
《今夕庵煙語詞》，清居巢撰，清咸豐四年刻本
《金霞仙館詞鈔》，清吕鑑煌撰，清光緒二十一年刻本
《近代詞人手札墨跡》，張壽平輯釋，臺灣「中央研究院」中國文哲研究所二〇〇五年
《精選古今詩餘醉》，明潘游龍輯，遼寧教育出版社二〇〇三年
《景石齋詞略》，清姚詩雅撰，清光緒七年刊本
《疚齋詞論》，冒廣生著，葛渭君《詞話叢編補編》本
《矩園餘墨》，葉恭綽撰，民國鉛印本
《榘園詞鈔》，張錫麟撰，民國十七年刊本
《榘園駢體文鈔》，張錫麟撰，民國二十一年刻本
《倦齋吟稿》，清李綺青撰，民國鉛印本
《筠心堂文集》，清張岳崧撰，清道光二十四年刻本

K

《康有爲全集》，清康有爲撰，中國人民大學出版社二〇〇七年

《柯亭詞話》，蔡嵩雲著，唐圭璋《詞話叢編》本

L

《蘭皋明詞彙選》，清顧璟芳等編選，遼寧教育出版社一九九八年
《樂志堂詩集》，清譚瑩撰，續修四庫全書集部一五二八册
《類編草堂詩餘》，明黄作霖等刻 明萬曆三十五年刻本
《楞華室詞鈔》，清沈世良撰，清咸豐四年刻本
《冷廬雜識》，清陸以湉撰，續修四庫全書子部第一一四〇册
《荔香詞鈔》，清陳良玉撰，鈔本
《蓮裳公詞稿》，清葉英華撰，稿本，上海圖書館藏
《梁啓超手批稼軒詞》，辛棄疾著、梁啓超手批，中華書局二〇一一年
《兩般秋雨庵隨筆》，清梁紹壬撰，續修四庫全書子部一二六三册
《兩當軒集》，清黄景仁著、李國章校點，上海古籍出版社一九八三年
《廖仲愷自書詞稿》，廖仲愷撰，稿本，中山大學圖書館藏
《嶺雲海日樓詩鈔》，清丘逢甲撰，續修四庫全書集部一五七六册
《留香小閣詩詞鈔》，清楊懋建撰，《清代稿鈔本》本
《柳齋遺集》，梁廣照撰，一九六二年鉛印本

《龍榆生詞學論文集》，龍榆生著，上海古籍出版社一九九七年
《淥水餘音》，徐禮輔撰，民國十九年刊本

M

《曼殊室隨筆》，梁啓勳撰，《民國叢書》本
《曼陀羅寱詞》，清沈曾植撰，《滄海遺音集》本
《冒廣生友朋書札》，上海博物館圖書館編，上海書畫出版社二〇〇九年
《冒鶴亭詞曲論文集》，冒廣生著，上海古籍出版社一九九二年
《梅邊吹笛譜》，清凌廷堪，《粵雅堂叢書》本
《梅窩詞鈔》，清陳良玉撰，清光緒元年刊本
《捫蝨談室詞一卷集外詞一卷影樹亭和詞摘存一卷》，廖恩燾撰，民國三十八年鉛印本
《夢羅浮館詞鈔》，清許泰撰，稿本
《夢苕庵清代文學論集》，錢仲聯著，齊魯書社一九八三年
《夢桐詞話》，唐圭璋撰，朱崇才《詞話叢編續編》本。
《民國詞話叢編》，孫克强、楊傳慶、和希林編，社會科學文獻出版社二〇二〇年
《明詞話全編》，鄧子勉編，鳳凰出版社二〇一二年

N

《南長街五十四號梁氏檔案》，中華書局二〇一二年

《南宋雜事詩》，清沈嘉轍等撰，文淵閣四庫全書本

《南雅樓詩斑》，清沈宗畸撰，民國五年鉛印本

《廿四花風館詩鈔一卷詞鈔一卷》，清陳昭常撰，民國十九年刻本

P

《蓱緑詞》，清丁至和撰，清咸豐十一年刻本

《坡亭詞鈔》，清易宏，《粤十三家集》本

Q

《千巖表雜誌》第三期，一九三一年

《攓雲閣詞》，清徐灝撰，清末刊本

《清詞序跋拾零》，夏志穎輯，《古籍研究》總第六十八卷

《清詞玉屑》，郭則澐撰，朱崇才《詞話叢編續編》本

《清代名人書札》，北京師範大學出版社二〇〇九年
《清名家詞》，陳乃乾輯，上海書店出版社一九八二年
《清真詞選箋釋》，楊鐵夫箋釋，民國二十一年鉛印本
《秋夢盦詞鈔》，清葉衍蘭撰，清光緒十六年刻本
《蘧廬詞》，韓純玉撰，民國二十二年鉛印本
《欽定四庫全書總目（整理本）》，中華書局一九九七年

R

《然脂餘韻》，王蘊章輯，《小説月報》第五卷第八號
《忍寒詞》，龍榆生撰，民國三十七年鉛印本
《忍寒詩詞歌詞集》，龍榆生著，復旦大學出版社二〇一二年
《日湖漁唱補遺續補遺》，宋陳允平撰，《粤雅堂叢書》本

S

《三洲漁笛譜》，清梁煦南撰，清光緒十四年刊本
《山堂萃稿》，明徐問撰，四庫全書存目叢書本
《賞奇畫報》第二期，一九〇六年

《聲執》，陳匪石著，唐圭璋《詞話叢編》本

《詩詞專刊》，民國二十年鉛印本

《十萬金鈴館詞》，清陳步墀撰，《繡詩樓叢書》本

《式洪室詩文遺稿》，清梁慶桂撰，民國二十年鉛印本

《守白詞》，清許之衡撰、長洲葯庵居士評，民國十八年刊本

《守白詞乙稿》，清許之衡撰，民國十九年刊本

《壽樓春課》，易孺撰，民國鉛印本

《雙清池館集》，易孺撰，民國影鈔本

《雙樹居詞》，楊鐵夫撰，民國鉛印本

《雙溪詞》，清陳步墀撰，《繡詩樓叢書》本

《雙辛夷樓詞》，李宗禕撰，民國九年鉛印本

《説劍堂集》，清潘飛聲撰，清光緒二十四年刊本

《説劍堂詩集三卷詞集一卷》，清潘飛聲撰，民國二十三年鉛印本

《松心文鈔》，清張維屏撰，清咸豐刻本

《宋詞緒》，馮平編，香港太平書局一九六五年

《宋六十名家詞》，明毛晉輯，上海古籍出版社一九八九年

《隨山館詞鈔》，清汪瑔撰，民國刻本

《隨山館詞稿》，清汪瑔撰，清光緒刻本

《隨山館叢稿》，清汪瑔撰，續修四庫全書集部一五五八册

《隨山館猥稿》，清汪瑔撰，續修四庫全書集部一五五七册

T

《搨花亭詞稿》，清李繼燕，清康熙刻本

《唐五代兩宋詞選釋》，清俞陛雲撰，上海古籍出版社一九八五年

《唐五代宋遼金元名家詞集六十種輯》，劉毓盤輯，民國鉛印本

《天嘯樓集》，饒鍔撰，民國二十三年鉛印本

《填詞要略及詞評四篇》，陳聲聰著，廣東人民出版社一九八六年

《聽風聽水詞》，清李綺青撰，民國八年鉛印本

《聽松廬詞鈔》，清張維屏撰，清刻本

《聽松廬駢體文鈔》，清張維屏撰，清咸豐刻本

《通雅齋詞》，清成本璞撰，清光緒三十四年刻本

《同聲月刊》，龍榆生主編，國家圖書館出版社二〇一六年

《桐花閣詞鈔》，清吴蘭修撰，學海堂叢刻本

《桐花閣詞鈔一卷集外詞一卷》，清吴蘭修撰，民國三年鉛印本

《藝談録》，清張維屏撰，清咸豐刻本

W

《晚晴簃詩滙》，徐世昌輯，續修四庫全書集部一六二九册
《微塵吟草》，陳璇珍撰，民國三十六年鉛印本
《微尚齋雜文》，清汪兆鏞撰，民國三十一年刻本
《衛星》第一卷第四號，一九三七年
《文溪集》，宋李昴英撰，文淵閣四庫全書本
《翁山文外》，清屈大均撰，續修四庫全書集部一四一二册
《无盦詞》，詹安泰撰，民國三十七年鉛印本
《吴梅全集》，吴梅著，河北教育出版社二〇〇二年
《吴夢窗詞箋釋》，楊鐵夫箋釋，廣東人民出版社一九九二年

X

《希古堂詞存》，清黄炳堃撰，民國二十年刊本
《席月山房詞》，清桂文燿撰，鈔本，廣東省立中山圖書館藏
《席月山房詞》，清桂文燿撰，鈔本，國家圖書館藏
《席月山房詞》，清桂文燿撰，鈔本，上海圖書館藏

《席月山房詞》，清桂文燿撰，鈔本，中山大學圖書館藏
《遐庵詞甲稿》，葉恭綽撰，民國鉛印本
《遐庵彙稿》，葉恭綽撰，《民國叢書》本
《遐翁詞贅補》，葉恭綽撰，一九五九年影印本
《夏承燾集》，夏承燾著，浙江古籍出版社、浙江教育出版社一九九七年
《小嫏嬛詞話》，清王初桐撰，清嘉慶刊本
《小嫏嬛館詞草》，清許王勳撰，清光緒七年刻本
《小摩圍閣詞鈔》，清沈世良著，香港崇文書店一九七二年
《小祇陀盦詩鈔》，清沈世良撰，清同治二年刻本
《小三吾亭詞》，冒廣生撰，清光緒二十六年刻本
《小雅樓詩集》，清鄧方撰，清光緒二十六年刊本
《心影詞》，劉景堂撰，民國九年石印本
《新刊古今名賢草堂詩餘》，明嘉靖刊本
《雄風》第二卷第二期，一九四七年
《虛舟詩草》，清賴學海撰，清光緒二十年刻本
《續修四庫全書總目提要（稿本）》，齊魯書社一九九六年
《學海堂三集》，清張維屏編，清刊本
《學衡》第六十期，一九二七年

《學術世界》第一卷十二期，一九三五年
《雪橋詩話全編》，楊鍾羲撰，人民文學出版社二〇一一年
《雪亭詞》，仲恒撰，《清詞珍本叢刊》本

Y

《研筏齋文集》，清趙希璜撰，清刻本
《楊鐵夫先生遺稿》，楊鐵夫撰，楊百福堂鉛印本
《倚聲初集》，清王士禛等輯，續修四庫全書集部一七二九册
《亦有秋齋詞鈔》，清鈕福疇撰，民國十年鉛印本
《憶江南館詞》，清陳澧撰，續修四庫全書集部一七二六册
《藝蘅館詞選》，梁令嫻編，廣東人民出版社一九八一年
《藝談録》，清張維屏撰，清咸豐刻本
《欽定四庫全書總目（整理本）》，中華書局一九九七年
《飲冰室合集》，梁啓超著，中華書局一九八九年
《飲冰室評詞》，梁啓超撰，唐圭璋《詞話叢編》本
《飲虹簃論清詞百家》，盧前撰，陳乃乾輯《清名家詞》，上海書店一九八二年
《飲瓊漿館詞》，清潘飛聲撰，《晨風閣叢書》本

《影樹亭詞滄海樓詞合刻》，廖恩燾、劉景堂撰，一九五一年鉛印本
《瘻庵詩集》，清羅惇曧撰，民國十七年刊本
《瘻暈山房詩删》，清羅天尺撰，清乾隆刻本
《永安月刊》，上海書店出版社二〇〇八年
《雨屋深鐙詞》，清汪兆鏞撰，民國元年刊本
《玉蕊樓詞鈔》，黎國廉撰，民國三十八年鉛印本
《玉香亭詞》，清張維屏撰，清道光刻本
《御選歷代詩餘附篋中詞廣篋中詞》，清沈辰垣等編，浙江古籍出版社一九九八年
《閟伽壇詞》，清劉肇隅撰，民國鉛印本
《遠遊詞鈔》，清姚天健撰，紉芳簃鈔本
《月波樓琴言》，清陳其錕撰，清咸豐六年刊本
《粤東詞鈔》，清沈世良、許玉彬撰，謝永芳校點，鳳凰出版社二〇一二年
《粤東詞鈔三編》，清潘飛聲輯，《廣州大典》五二〇册
《粤東三家詞鈔》，清葉衍蘭輯，清光緒二十一年刻本
《雲起軒詞鈔》，清文廷式撰，清光緒刻本
《雲韶集》，清陳廷焯撰，稿本，國家圖書館藏

Z

《在山泉詩話》，潘飛聲著，謝永芳、林傳濱校箋，人民文學出版社二〇一六年
《詹安泰全集》，詹安泰著，上海古籍出版社二〇一一年
《趙鳳昌藏札》，國家圖書館出版社二〇〇九年
《之江中國文學會集刊》第五期，一九四〇年
《之江中國文學會集刊》第六期，一九四一年
《中白詞》，清莊棫撰，民國十四年刻本
《中興以來絶妙詞選》，宋黄昇編、唐圭璋等校點《唐宋人選唐宋詞》，上海古籍出版社二〇〇四年
《皺水軒詞筌》，清賀裳撰，唐圭璋《詞話叢編》本
《竹林詞鈔》，清吕洪、吕鑒煌撰，清光緒十九年刻本
《竹雨緑窗詞話》，碧痕撰，《民權素》第九期
《煮葵堂詩詞合鈔》，清顔師孔撰，清光緒十四年刻本
《著涒吟社詩詞鈔》，清沈宗畸輯，光緒三十四年鉛印本
《濯絳宧存稿》，清劉毓盤撰，清光緒二十七年刻本
《子曰叢刊》第三期，一九四八年

《櫻窗雜記》，清汪兆鏞撰，民國十五年刊本
《醉盦詞別集》，清王繼香撰，稿本
《左庵詞話》，清李佳撰，唐圭璋《詞話叢編》本
《左庵詩餘》，清李佳撰，清刻本

後記

本人之所以從事搜集和整理嶺南詞學文獻工作，緣於跟隨吴承學老師的一段訪學經歷。猶記得在華東師範大學齊森華先生門下攻讀博士時，我曾多次聽到他對吴承學老師人品和學問的讚揚，遂萌生了跟隨吴老師學習的願望。博士畢業後我仍回廣東工作，齊老師知道我的願望，再三叮囑我要多向吴老師請教。二〇一〇年九月，願望終於得以實現。和吴老師第一次見面，是在中山大學中文堂他的長江學者辦公室。談及我的訪學計劃，吴老師鑒於我的博士論文的方向是在詞學領域，就讓我先了解一下嶺南詞話的相關情況，目標是整理出一部《嶺南詞話彙編》。

詞話以隨筆的體裁來評論詞、詞的作者以及詞的源流，可以資閒談、考藝文、評優劣，是古典詞學批評的獨特形式。詞話彙輯之作，前有唐圭璋先生《詞話叢編》，煌煌五巨册，將宋代以來重要詞話專著幾乎囊括殆盡，書中收録嶺南人所著詞話《詞徵》、《海綃翁説詞稿》、《粤詞雅》三種。若以《詞話叢編》所録詞話的標準來衡定，嶺南地區可稱爲詞話者，僅有沈澤棠《懺庵詞話》，黄燿桑《詞犀》（有目無書），徐紹棨《詞通》、《詞律箋榷》數種而已。若僅以這幾部詞話結集而稱「嶺南詞話彙編」，規模顯然太小。不過，經過本人多方面的摸查，驚喜地發現：嶺南人所作詞話專著雖然偏少，但在詩文序跋、論詞絶句、詩話等文獻中，所載嶺南人的詞論詞評者則頗多。我將了解到的這一情況向吴老師匯報，並提出可借鑒學界近來的做法，將上述專著以及散見的談詞文字彙輯成書。如鄧子勉所編的《宋金元詞話全編》，即是鑒於宋元詞學專著所存寥寥無幾，而以宋金元人的談詞文字輯録而成的。其價值正如王水照先生序中所言，此舉「有助於較爲全面地瞭解宋金元時期的詞學思潮、詞人活動等，掌握由北宋及金代到南宋以及元朝，詞學觀的發展、承繼和演變的情況」。同理，若將歷代文獻中談及嶺南詞的文字進行全面收集整理，亦可覘不同歷史時期嶺南詞學觀念之演變。此想法得到吴老師的肯定。

二〇一一年，我以《嶺南詞學思想研究》爲題申報廣東省社科規劃項目並順利立項。在此項目進行中，我發現有不少嶺南之外人士評論嶺南詞的文獻資料，這些資料對於研究嶺南詞學的發展也大有裨益，故將其一併收入《嶺南詞話彙編》，使之形成嶺南人士論詞、嶺南之外人士論嶺南詞這兩種話語形態。二〇一七年課題結項後，我又花了近兩年的時間進一步完善書稿，遂形成目前此書的規模與格局。

在當下的學術評價中，對古籍文獻進行收集和整理這一研究的基礎性工作每每被「高明之士」所卑視。經過這個項目的訓練，我深感古籍整理工作之不易，其考驗的是整理者全方位的學識與能力。如本書中所録沈世良《題蘭甫丈〈憶江南館詞〉集後》一詩，首句曰「御廚早啖防風粥」，「御」字筆畫在多個刻本中均不甚清晰，難以辨認，爲此我請教責編李永新先生，他在微信上回復説：「此句乃用典。白居易官翰林時，御賜防風粥。」以典故來校勘古籍，乃所謂「理校法」，陳垣先生稱此法須通識者爲之，是校勘中最高妙者。又如遇到部分行草書手稿，龍飛鳳舞，雖然字形優美，然不識爲何字，我則多向長期浸淫書法的張百軍、楊繼龍、陳雪軍諸兄請教。經此一役，我不但知曉自己古籍整理能力的不足之處，同時也充分認識到高質量文獻整理文本的重要價值。

完成這個項目，對我而言，還有另外一層意義。我是湖北人，未到廣東之前以及在廣東工作之初，受某種因無知而産生的偏見影響，總以爲嶺南是「文化沙漠」。隨著課題研究的深入，近距離觸摸歷代嶺南文人留下的文獻，嶺南文化中那種立足内陸、面向海洋的氣魄，以及繼承傳統、勇於革新的精神，讓我大爲感動。六祖慧能當年遠至湖北黄梅禮五祖時，五祖問：「汝是嶺南人，又是獦獠，若爲堪作佛？」答曰：「人雖有南北，佛性本無南北。」這顯示出的正是嶺南文化中追求卓越的主體性格。嶺南有著悠久的歷史人文，隨著歷史的發展，嶺南文化也不斷豐富，實爲中華文化園囿中的奇珍，值得我們用心去發掘、研究和轉化。

在此感謝吴承學老師的信任，以「嶺南詞話整理」一題命我，讓我有機會觸摸到嶺南的歷史文化；本書出版之際，吴老師又欣然賜序，惠我實多。感謝我的博士導師齊森華先生、碩士導師阮忠先生多年來的温情關懷，誘我於學，堅我做個讀書人的定力。感謝張百軍、楊繼龍、陳雪軍諸兄，幫我認識了好多字。感謝東莞理工學院宣傳部張友炳兄，爲本書的出版事宜，多費心力。責編李永新先生專業敬業，經常説古籍整理應盡力減少錯誤，要經得起歷史的檢驗，實在誨我良多，在此一併鳴謝！

余意　二〇二三年二月於東莞